LITTÉRATURE

FRANÇAISE

Z.

LE MANS. — IMPR. A. LOGER, C.-J. BOULAY ET Cᶜ.

LITTÉRATURES

ANCIENNES ET MODERNES

LITTÉRATURE FRANÇAISE

GENRES — BIOGRAPHIES — MODÈLES

PAR

M. HENRI HURÉ

Chef d'institution, à Paris

ET

M. JULES PICARD

De la Bibliothèque Sainte-Geneviève

TOME II

LIBRAIRIE CATHOLIQUE DE PÉRISSE FRÈRES
(NOUVELLE MAISON)

RÉGIS RUFFET ET Cᵉ, SUCCESSEURS

PARIS | BRUXELLES
38, RUE SAINT-SULPICE | PARVIS SAINTE-GUDULE, 4

LYON (ANCIENNE MAISON), RUE MERCIERE, 49

1863

LITTÉRATURE
FRANÇAISE

ÉTUDES GÉNÉRALES

LA LANGUE

Lors de la soumission de la Gaule, César, dans ses *Commentaires*, la partageait géographiquement en trois parties : c'était le sol de la France actuelle, si, avec la Savoie, on y ajoute par la pensée la Suisse et la Belgique. Ce vaste territoire était habité par de nombreuses familles ou tribus, de race *ibère* ou *celte*, formées en peuplades militantes, sédentaires, nomades, suivant leur caractère ou les ressources du pays. N'oublions pas que, vers l'embouchure du Rhône, était Marseille, la colonie phocéenne émigrée en Gaule avec les souvenirs de la Grèce, et la *province romaine* (Provence), recevant de Rome les ordres militaires et les inspirations du goût.

Ainsi, avant l'arrivée des conquérants francs, deux langues, le grec et le latin, pour une faible portion du pays, et trois idiomes celtiques, le belge, l'aquitain et le gaulois proprement dit, pour tout le reste de la contrée gauloise, ont concouru au langage des hommes qui l'habitèrent avant nous. Qu'en reste-t-il d'appréciable aujourd'hui? A peine quelques noms de fleuves et de montagnes, à peine quelques termes de la vie commune. Cependant nous croyons que les traces en sont plus abondantes qu'on ne le soupçonne d'ordinaire, et que l'étude approfondie des différents patois restituerait aisément à chaque idiome une large part de l'héritage qu'il a laissé. Malheureusement la corruption du terme s'est rapidement produite, parce que, d'un côté, les Celtes n'écrivaient pas, et que le savoir disparut avec les Druides, et parce que, d'ailleurs, les Romains, empiétant toujours sur la politique et la religion, eurent bientôt substitué, comme langue officielle, le latin à l'idiome national. Les nobles et les riches d'entre les Gaulois se glorifièrent même de parler avec éloquence la langue de leurs vainqueurs. La Gaule fut la plus romaine des provinces romaines, et cela durant quatre siècles environ.

Alors accourt fondre sur elle une nuée de barbares avides de la posséder : ce sont les Francs, les Visigoths, les Bourguignons, les Ostrogoths, les Normands, etc., apportant tous le contingent de leur vocabulaire. Les derniers n'ont même sur le langage qu'une influence bien restreinte, puisqu'ils trouvent une langue formée, une langue qui n'est plus ni celte, ni latine, ni germaine ; une langue qui se nomme *romane,* dans laquelle se sont fondus ces trois éléments principaux avec le basque et quelques mots grecs.

Mais, en étudiant consciencieusement le fond de notre langue actuelle, il faut reconnaître, si l'on ne se laisse séduire par l'artifice d'aucun système, que le latin en est bien l'élément principal ; les autres idiomes y apportent les termes relatifs aux mœurs des nouveaux conquérants, en sorte qu'il n'y a guère dans notre langue de mots d'origine germanique que ceux qui ont trait à la vie militaire, au régime féodal, à la chasse, et aux usages ordinaires de la vie commune. Encore ces mots ne sont-ils devenus purement français qu'après avoir emprunté pour un temps la forme grossière du bas latin (1).

Le travail d'assimilation se fit lentement, bien entendu, et les formes subirent, avec les mots, de nombreuses et de profondes mutilations. « Les substantifs et les adjectifs latins, dit Staaff, furent privés de leurs déclinaisons, trop compliquées pour la masse ignorante du peuple, tant gallo-romain que barbare ; l'article, inconnu des Latins, fut introduit dans notre langue ; les pronoms subirent des modifications essentielles ; les conjugaisons latines perdirent leurs riches flexions ; les formes passives furent remplacées par une périphrase, etc. Si l'on s'en tient aux mots proprement dits, ou, si l'on aime mieux, aux racines, on voit les sons purs s'altérer, *a* devenir *ai* ou *ei, e* se changer en *ie* ou en *oi, i* en *oi,* etc.; des lettres s'intercalent, se préposent, se transposent ou disparaissent (les consonnes) pour raisons d'euphonie. Enfin et surtout, la savante construction de la phrase latine devient une construction simple, logique et naturelle... Le plus ancien monument connu de la langue française est le *Serment de Louis le Germanique,*

---

(1) Parmi de nombreux exemples, citons : alòd, *allodium,* alleu ; banjvan, *bannum,* ban, et les dérivés bannir, bannière, banlieue, etc. ; scepens (du verbe *scapon*), *scabinus,* échevin, etc. Du reste, cette transformation latine n'a pas toujours eu lieu, même passagèrement.

prononcé à Strasbourg en 842. La comparaison du texte et de la version latine avec la traduction en français moderne est propre à faire saisir clairement le procédé de formation de notre langue, et l'immense développement que cette dernière a dû parcourir avant d'atteindre à son état actuel. L'examen attentif de chaque mot du texte sert en outre de preuve au système de transformation indiqué plus haut. » Le plus ancien document connu, après le *Serment de Louis le Germanique*, est la *Cantilène de sainte Eulalie.*

Cette langue *romane*, appelée à de si brillantes destinées, a dû se parler ailleurs que sur le sol français; sans doute elle était commune, à quelques exceptions près, à toute l'Europe de l'ouest : l'italien, l'espagnol, le français ne furent à l'origine que des variétés du même langage. Peu à peu, les intérêts, la politique, les climats, en séparant les peuples, modifièrent les idiomes; et les langues différèrent de peuple à peuple, comme les patois de province à province. La France même eut deux langues au ixe siècle, la langue d'*oïl* au nord, et la langue d'*oc* au sud. Cette dernière, sœur de l'italien, commençait, quatre siècles plus tard, à se confondre avec la première, et devait bientôt n'en faire qu'une avec elle, lorsque, après la guerre des Albigeois, le pouvoir royal opéra la fusion des intérêts.

La langue d'*oïl* elle-même, qui devait former le langage épuré du siècle de Louis XIV, se divisait en trois dialectes qui ont conservé jusqu'à nos jours leurs patois différents : le normand, le picard et le bourguignon. C'est de leur mélange confondu dans l'Ile-de-France, où la cour séjournait de préférence , que naquit le français définitif. Mais, jusqu'au xve siècle, chaque écrivain adoptait un dialecte particulier, sans se préoccuper de l'unité de langage, tout en contribuant à la compléter par de nombreux emprunts faits aux dialectes voisins.

Joignez à cette élaboration l'influence des autres langues romanes, de l'arabe, des études latines et grecques; l'idée, si heureusement appliquée par l'Allemagne, des combinaisons de mots pour l'abréviation des périphrases et pour l'expression des formules techniques; l'emprunt fécond, s'il reste sage, fait à toutes les nations pour exprimer en français ce qui manque au français; vous retrouverez alors tous ou presque tous les éléments de notre belle langue, devenue aujourd'hui la langue universelle en Europe dans les classes éclairées.

Le siècle de Louis XIV a complété l'œuvre en déterminant la grammaire, en fixant la prononciation, en régularisant l'orthographe de la langue française. Les mœurs et les événements peuvent encore maintenant lui faire subir quelques modifications légères; mais les admirables chefs-d'œuvre qui forment son trésor,

la noblesse de ses allures, la clarté de ses expressions, la richesse
de ses moyens lui assurent une existence glorieuse et durable
dont il serait insensé de préjuger la fin.

TABLEAU DE LA LITTÉRATURE FRANÇAISE

Nous avons à tracer le magnifique tableau de nos gloires littéraires; nous nous efforcerons d'être brefs, sans omettre pourtant aucune partie importante.

La Gaule, devenue romaine, se forma rapidement aux mœurs,
aux coutumes, au langage de ses vainqueurs : ses grandes villes
eurent des écoles qui rivalisèrent avec celles de la métropole; et
nous avons eu, dans notre premier volume, à citer avec éloge
des poëtes, des orateurs et des historiens gaulois. Quand la langue,
à la suite des invasions, se fut reformée comme nous l'avons vu
plus haut, et que la langue d'*oc*, qui eut aussi ses gloires, se fut
fondue dans la langue d'*oïl*, on vit alors apparaitre des œuvres
vraiment littéraires.

Sans céder à l'enthousiasme qu'on est convenu d'accorder aux
essais des écrivains romans, témoignons une juste reconnaissance
aux audacieux qui osèrent ouvrir la barrière et montrer la route
à de plus habiles. Au XIᵉ siècle, l'œuvre capitale est le *Livre des
Rois;* mais la seule que nous puissions étudier est la *Chanson de
Roland* ou le *Roman de Roncevaux.* Au XIIᵉ siècle, à l'époque des
Croisades, un progrès immense semble se faire : la théologie, la
philosophie, l'éloquence brillent dans les écoles avec saint Thomas,
saint Bernard, Abailard, etc.; la sculpture, la musique, l'architecture s'appliquent à de savantes études; l'histoire jette ses premières étincelles dans nos chroniques; la poésie lutte énergiquement contre les embarras d'une langue imparfaite, dans les chants
des trouvères et dans des essais de poëmes héroïques ou badins,
faibles ébauches qui éveillent l'émulation et suffisent à l'ardente
imagination de l'époque. Les deux siècles suivants se laissent emporter à ce premier mouvement; et, si l'on tient compte de la barbarie du temps et des faibles ressources que l'écrivain trouve dans
l'instrument même qu'il manie, il faut reconnaitre que cette période n'a pas été sans gloire. On y célèbre en vers les exploits
d'Alexandre et de Charlemagne, en dépit souvent des premières
notions chronologiques; on y raconte les hauts faits des paladins,
d'Artus, des chevaliers de la Table-Ronde; on y reproduit énigmati-
quement l'éternelle lutte de la ruse et de la force par les contes du
Renard et d'Ysengrin; on y publie l'allégorique *Roman de la Rose,*
et des romances, et des chansons, et des fabliaux. Et, pendant que
la poésie se glorifie des Huon de Villeneuve, des Wace, des Rute-

beuf, des Chrestien de Troyes, des Guillaume de Lorris, la prose montre avec orgueil les écrits immortels de Joinville et de Villehardoin.

Durant le XIVe et le XVe siècle, une sorte de décadence anticipée semble frapper les lettres; il est vrai que les circonstances leur sont peu favorables. C'est le temps funeste des guerres avec les Anglais, des désordres et des massacres à l'intérieur. Jean de Meung continue le *Roman de la Rose;* il y satirise sans grande finesse, mais avec énergie, tout ce que la chevalerie respecte; il attaque surtout l'Église et la femme. La poésie semble avoir dépouillé toute pudeur : elle se plait, aussi bien que les arts, dans la peinture de ce qui fait rougir et dans l'immoralité. Dans les œuvres qui se préservent de l'obscénité se glissent le mauvais goût et la recherche. Cependant il y a place encore pour l'étude dans le drame comique de l'*Avocat Patelin*, dans les poésies d'Alain Chartier, de Christine, de Villon, et dans les écrits en prose de Froissard et de Philippe de Commines.

Soudain la décadence s'arrête, au milieu du désordre jeté dans les croyances par les funestes apostasies de Luther et de Calvin : c'est l'époque qui fut justement appelée la Renaissance, si l'on n'applique ce nom qu'au mouvement heureux des lettres et des arts. Marot est déjà un poëte par l'imagination et par le style. Rabelais, dont l'esprit fait taire le cœur, dont la plume impudique s'attaque à tous les pouvoirs, raille tout, blâme tout, ne s'arrête pas même devant ce qui est respectable, et il est le père de la satire et du comique en France, comme Aristophane à Athènes le fut de la bonne comédie. Cependant les écrivains commencent à se tracer une route et à se proposer un but; leur admiration se reporte sur les modèles antiques, et leur intelligence conçoit ce qui constitue le vrai et le beau. L'originalité demeure; mais l'imitation des chefs-d'œuvre en réglera désormais les emportements. Ronsard, du Bellay, Dubartas, Dorat, poussent un peu trop loin peut-être leur enthousiasme d'imitation, la servilité de reproduction des procédés antiques; mais, s'il faut accuser avec Boileau les mécomptes de Ronsard et de son école, on doit reconnaître au moins les services qu'ils rendirent au bon goût, à la correction du style et au progrès de la langue.

Les auteurs de prose puisèrent à la même source l'autorité de leurs écrits; Amyot emprunta aux anciens sa simplicité et l'abondance du style, Montaigne se montra nourri de la lecture de Plutarque et de Sénèque; de Thou fit effort pour reproduire Tite-Live, l'historien modèle; Bodin emprunta à Aristote sa dialectique, et Régnier à Horace sa verve et sa critique. Le premier pas est franchi par les écrivains : ils ont horreur du médiocre.

Enfin, Malherbe vint. . . . . .

c'est-à-dire le bon sens mis au service de l'inspiration; c'est-à-dire le progrès suivi du progrès sans ralentissement. L'imagination subit un frein salutaire; le désordre de Ronsard fut savamment organisé; les formes furent dessinées, et la poétique devint une science réelle. Dans la prose, une révolution également féconde s'accomplit par les soins du disciple de Malherbe, Balzac, qui retrancha tous les écarts et tous les caprices de la plume, qui moula la phrase, formula la période et détermina l'harmonie. Vaugelas, Patru, Ménage réglèrent la grammaire et la syntaxe; Corneille transforma le théâtre; Pascal fixa la langue; Voiture donna la mesure de la finesse française; Racine, celle du sentiment; Molière, celle du comique.

A partir de ce point, les merveilles se succèdent; et, si le génie se voile par instant, il semble que ce soit pour faire ressortir la perfection de la forme. Nous voyons briller tour à tour ou tous ensemble Boileau, la Fontaine, Fénelon, Bossuet, la Bruyère, Bourdaloue, Fléchier, M\ⁿᵉ de Sévigné, la Rochefoucault, et, presque sans interruption, Regnard, Saint-Simon, le Sage et Massillon. Un autre siècle nous présente et Voltaire, et Montesquieu, et J.-J. Rousseau, et Buffon, et Delille, et la Harpe, et Gresset, et tant d'autres. A ces grands noms la littérature française peut ajouter nos gloires modernes en tous les genres de littérature, nos grands poëtes, nos grands orateurs, nos grands historiens, auxquels il ne manque peut-être, pour consacrer leur gloire, que le jugement de la postérité. L'éclat de tant de chefs-d'œuvre brille encore, et fait notre plus important bagage de gloire. « Si notre nation l'oubliait, a dit un penseur, si les calculs de l'industrie et les jouissances du bien-être pouvaient jamais absorber l'activité puissante de notre pays, si la prédication des intérêts matériels et la réaction contre les idées généreuses devaient enfin prévaloir, nous démentirions notre histoire, et remonterions le cours de nos destinées. Ce serait comme la tentative insensée de nous faire une autre patrie. »

DIVISION ET PLAN

Il nous a paru sage, dans le volume consacré à la littérature française, de nous abstenir d'exposer les préceptes de chaque genre : ces préceptes ont été donnés dans le volume qui précède, et d'ailleurs, assez d'illustres maîtres ont fourni sur ce point la leçon et l'exemple, pour que nous n'ayons la prétention ni de faire mieux, ni même de faire aussi bien. Du reste, en esquissant le portrait de chaque époque, nous tiendrons compte des variétés de goût, de forme et de caractère qui donnent à nos écrivains un cachet d'originalité.

La même considération et, de plus, l'espace restreint que nous laisse pour chaque auteur français la multiplicité des chefs-d'œuvre, nous ont contraints à ne citer que des morceaux choisis, sans tenir compte des différents genres auxquels ils appartiennent. Fidèles cependant à la marche suivie dans le premier volume, autant qu'elle était praticable dans celui-ci, nous divisons toute la littérature française en cinq livres ou cinq époques.

Le premier livre comprend l'étude des monuments littéraires français depuis l'enfance jusqu'au xve siècle inclusivement; le deuxième embrasse le xvie siècle; le troisième, le xviie; le quatrième, le xviiie; le cinquième, la partie du xixe siècle écoulée jusqu'à ce jour. Dans ce cinquième livre, nous ne citerons que les auteurs qui sont morts, et quelques auteurs vivants, en petit nombre, dont la postérité ne démentira pas la renommée déjà illustre. Chaque livre comportera : 1° la peinture de l'époque littéraire; 2° les morceaux choisis de poésie; 3° les morceaux choisis de prose. Enfin, comme dans le volume précédent, nous ferons précéder nos citations de la biographie abrégée des auteurs auxquels nous les aurons empruntées. Le cinquième livre cependant ne renfermera ni tableau d'époque ni biographies : les auteurs sont encore presque tous vivants (1).

_____

(1) Un recueil précieux, *Urval ur franska litteraturen* (Stockholm, 1861), nous a épargné souvent de pénibles recherches.

LIVRE I. — 1ʳᵉ ÉPOQUE

(DEPUIS L'ENFANCE DE LA LITTÉRATURE JUSQU'AU XVᵉ SIÈCLE INCLUSIVEMENT.)

CHAPITRE PREMIER

PEINTURE DE L'ÉPOQUE

On doit entendre qu'il s'agit ici d'un portrait en raccourci, d'une exposition générale des faits littéraires les plus importants, depuis les origines mêmes de la langue écrite. A peine est-il possible de supposer quels furent les essais de la littérature au temps des Gaulois, des Gallo-Romains et même des Gallo-Francs. Les Gaulois n'eurent guère d'autres poëtes que leurs bardes, qui ne nous ont rien laissé ; mais Marseille et son Académie durent transmettre quelque chose à l'admiration des siècles suivants, et le géographe Pythéas, on le sait, avait recueilli par écrit les observations de ses voyages dans le Nord. Après Jules-César, des écoles s'ouvrent dans toute la Gaule, à Toulouse, à Nîmes, à Poitiers, à Autun, à Lyon, à Narbonne ; et nous avons vu et apprécié les travaux de Stace, de Pétrone, d'Ausone, de Varron, qui tous sont des Gallo-Romains. L'éclat des lettres dans la Gaule est de peu de durée ; la corruption du goût et du langage gagne cette région comme elle a gagné le centre de l'empire. Les barbares achèvent d'éteindre le feu de l'esprit ; l'Église seule, recueillant l'étincelle du génie parmi les débris et les ruines, rallume le flambeau de la poésie et de l'éloquence. C'est l'époque où brille Fortunat, le poëte à la fois gracieux et sévère, mais toujours élégant, le poëte qui rattache la gloire littéraire de l'ancien monde à celle du nouveau monde ; c'est l'époque de la ferme croyance et de la véhémente parole. Puis apparaissent, sous les Mérovingiens, et saint Grégoire de Tours et Frédégaire, écrivains latins pleins de cœur et de vo-

lonté, mais victimes de la barbarie d'une langue dégénérée. Hélas !
après eux, les ténèbres s'épaississent encore davantage ; l'ignorance
règne en souveraine sur les intelligences endormies, jusqu'à l'avénement de Charlemagne.

Sous ce glorieux empire, les sciences et les lettres se réveillent
de leur long sommeil : Éginhard, Bède, Alcuin, Marculfe et tant
d'autres font faire à l'esprit, sous l'impression du maître, un pas
si gigantesque, qu'il ne put le pousser au delà et se sentit contraint
de reculer. Les successeurs de Charlemagne laissèrent se développer le système féodal, puissant pour exercer les courages, incapable d'ouvrir les intelligences. Ce fut le moment où le latin était
une confusion de mots corrompus, où le français, à peine conçu,
n'avait encore qu'une forme indécise ; état obscur qui devait se
prolonger jusqu'au jour de l'affranchissement des masses. Du VIe
au IXe siècle, la langue française, à peine saisissable, et traitée
honteusement de *langue vulgaire*, était parlée par les classes infé-
rieures ; le latin, un latin qui valait moins encore que la langue vulgaire, était le langage des lettres et des sciences.

Au IXe siècle, quand les communes sont sorties de la servitude,
le latin n'existe plus guère comme langue parlée : il fallait bien
une nouvelle expression pour la pensée, quand l'esprit, la race,
les aspirations étaient changés. La chaleur du ciel provençal, le
caractère vif et passionné des populations méridionales, les traditions grecques du sol firent éclore les premiers chants ; la langue
d'*oc* eut une poésie et des troubadours avant que les Français du
nord, plus graves et plus laborieux, eussent assez poli la langue
d'*oïl* pour qu'elle pût se prêter au rhythme. « Qu'il serait doux de
s'arrêter à cette belle et poétique époque, où comtes, barons, seigneurs et clercs, troubadours et jongleurs, pastours et châtelaines,
se livraient au métier de la *gaie science*, et faisaient retentir châteaux, bourgs et villages de chansons badines ou d'odes guerrières.
Bientôt cependant les chants cessèrent, les harpes se turent, les
voix devinrent muettes. Le meurtre et le pillage passèrent sur ce
beau pays et n'y laissèrent que des ruines. Dès la guerre des Albigeois, la langue d'*oc* cessa, pour ainsi dire, de posséder une littérature vivante. Mais la tradition poétique s'est conservée ; et, de
temps à autre, des poëtes sortis du peuple font retentir les échos
de la Provence de leurs joyeuses chansonnettes ou de leurs plain-
tives élégies (1). »

La langue d'*oïl*, plus lente à s'élaborer, fut plus lente aussi à
produire ; les esprits du Nord étaient moins rapides et plus épais ;
mais, quand ils eurent une fois conçu, leurs écrits moins recher-

_____

(1) Citons Pierre Gondouli, vers la fin du XVIe siècle, et Jacques Jasmin, qui appartient à cette génération.

chés, moins délicats, eurent une franche et rude énergie que le Midi n'a jamais connue. Depuis le xie jusqu'au xiiie siècle, brille, dans la langue d'*oïl*, le genre épique de ces temps, les chants de gestes, les satires pleines de fiel, les tensons et les sirventes. Mais, après ce siècle, au fort des Croisades, l'imagination semble avoir perdu tout son feu, et s'être uniquement préoccupée du spectacle de la monarchie aux prises avec la féodalité. Avant de quitter cette époque, passons du moins en revue ses œuvres les plus brillantes.

C'est d'abord ce qu'on appelle *Chants de gestes*, ou récits mélangés de lyrisme et d'histoire, composés par les ménestrels, marchant à la suite des chefs pour les enflammer à de nouveaux exploits ou seulement pour les flatter ; c'est la *Chanson de Roland*, entonnée devant Guillaume par le Normand Taillefer ; c'est la *Légende de Charlemagne*, racontée sous toutes les formes, chantée sur tous les tons ; c'est le *Cycle des Romons carlovingiens*, le *Cycle de la Table-Ronde*, où sont racontés les faits et gestes d'Artus, de Merlin l'Enchanteur, de Lancelot du Lac, d'Ogier le Danois, des quatre fils Aymon, de Gérard de Roussillon, etc. C'est encore, dans un ordre inférieur, les contes ou fabliaux, importés de tous les pays où l'imagination est riche, de l'Inde, de la Perse, de l'Arabie, source principale du *Roman des sept sages*. Ce qui domine dans les fabliaux, où les personnages orientaux revêtent, dans notre littérature, le masque des barons, des religieux et des bourgeois, c'est le rire un peu aigre de la satire, s'attaquant de préférence aux femmes et aux moines, et respectant rarement les convenances et la morale.

Un genre nouveau se produit, car il n'emprunte rien aux anciens : c'est le drame ou plutôt le *mystère*. Le désir pieux de rendre plus vifs les sentiments religieux par l'appareil déployé, le goût naturel à l'homme de se repaître d'un spectacle émouvant, introduisirent, dans les églises mêmes, la représentation des miracles et des mystères de la religion. Aux grandes solennités, à Noël, à la Passion, aux Pâques, des pièces mystiques, dans lesquelles les saints, les martyrs, la sainte Vierge, le Christ lui-même, apparaissaient, avec les anges, en lutte ouverte ou cachée avec le diable, faisaient partie presque intégrante de la fête, sans distraire la piété naïve de ces temps. Dans ces compositions dramatiques, dont la plus ancienne est le *Mystère des vierges folles et des vierges sages*, écrit en latin et en langue d'*oc*, il ne se rencontre aucun des artifices, aucune des habiletés de l'art moderne ; le charme qu'y trouvaient nos pères est un sujet d'ébahissement pour nous ; leur ignorance croyait y rencontrer une leçon et un souvenir : nous n'y voyons plus que grossièreté, erreur et mauvais goût.

Le genre satirique et le genre didactique ont pour bagage quelques poëmes irréguliers de morale sérieuse, quelques critiques mordantes des vices de l'époque, dont les types principaux sont la *Bible Guyot*, le *Chastoiement d'un père à son fils*, le *Roman du Renard*, le *Roman de la Rose*. Ces œuvres firent les délices de ceux qui se piquaient alors d'un haut goût; et nous sommes peut-être mal placés pour les apprécier aujourd'hui. Ce qui est certain, c'est que le progrès se fait : ces travaux bruts d'abord se polissent et se dessinent; le mot s'applique mieux à la chose; la phrase se complète et s'éclaircit; l'important prend la place de l'accessoire; la légende devient chronique; la chronique va mériter le nom d'histoire. C'est à cet ordre qu'il faut à peu près rapporter et les pages du sire de Joinville et celles de Geoffroy de Villehardoin. « Rudes, grossiers, dit un critique, manquant de cette entente de l'art, de ces procédés de facture, fruits d'une époque plus récente, ils intéressent par leur naïve brusquerie, par le tour pittoresque, par une sensibilité vraie et pleine de charmes, qui contraste avec la sensibilité des siècles postérieurs. On voit qu'ils sont les créations d'une époque de foi, simple, mais forte à remuer des montagnes; d'une époque où la valeur chevaleresque avait pour compagne une délicatesse de sentiments qui se perd avec les beaux temps de la chevalerie. Partout se reflète la vie simple et rude, pleine de foi, de valeur antique, et de délicieuse bonhomie d'un peuple jouissant de toute la vigueur de la première jeunesse. Ces productions trahissent le cachet d'une individualité puissante que n'ont pas encore assujettie la règle, les mœurs et la coutume. »

Nous l'avons dit : jusqu'à la Renaissance, la littérature tombe dans le sommeil à partir du xive siècle. Examinons l'état politique et intellectuel de notre pays; nous y trouverons l'explication de cette léthargie suivie d'un si brillant réveil. Les guerres avec l'étranger ont introduit en France, par leur durée, l'oubli de tout ce qui est sacré pour le citoyen : oubli de foi, oubli de mœurs, oubli de patriotisme, oubli de l'antique courage; la chevalerie n'est plus qu'un nom; on ne sait guère si l'on est Anglais ou Français; la philosophie se glorifie d'être agressive et ergoteuse sur les mots sans vouloir rechercher les grandes vérités de la foi et de la raison; il n'est pas jusqu'à l'Église qui n'ait à gémir souvent sur les désordres et la fausse conscience de quelques-uns de ses enfants.

Notons pourtant ce qu'il est possible de noter dans les travaux d'une époque où la dialectique, prenant la place de la littérature, met l'emphase et la prétention à la place du naturel et de la naïveté. « Il faut signaler, sur la limite du xive et du xve siècle, dit M. Géruzez, entre Christine de Pisan et Alain Chartier, Eustache Deschamps, poëte fécond et plein d'élévation qui a appliqué à des

sujets de haute morale et de politique nationale les rhythmes de
la ballade et du rondeau ; et Olivier Basselin, joyeux campagnard
du Val de Vire, foulon de son métier, qui composait, sans renoncer à son moulin, et pour le plaisir du voisinage, des chansons
bachiques... qui pétillent d'esprit et de franche gaieté. Quelques-
uns de ces couplets ont été le moule de nos strophes lyriques les
plus harmonieuses. »

Au xvᵉ siècle apparaissent deux poëtes éminents, chez lesquels
tout diffère, caractère et origine : c'est Charles d'Orléans, délicat,
fin et enjoué, plein de tact et d'élégance, comme il convenait au
fils de Valentine de Milan ; c'est Villon, le plébéien, échappé par
bonheur au gibet, plus triste, plus ferme, plus profond, quelquefois sublime. Ces deux maîtres ont, l'un et l'autre, un cachet
bien marqué d'originalité.

« Le théâtre, continue l'auteur cité plus haut, commença sous
Charles V à prendre une existence régulière par le privilége accordé aux confrères de la passion. Cette confrérie était composée
d'artisans qui se délassaient de leurs travaux en représentant des
scènes dramatiques de l'Ancien et du Nouveau Testament. Deux
autres associations, les enfants sans souci, recrutés parmi les étu-
diants et les fils de famille, mauvais sujets spirituels, et la basoche,
élite des clercs de procureurs et d'avocats, formaient deux troupes
souvent distinctes, quelquefois réunies, qui jouaient des farces,
des moralités et des soties, l'une sur des tréteaux publics, l'autre
sur la table de marbre dans la grande salle du palais. Les mystères
et les miracles, en se perfectionnant, auraient pu produire la tragédie ; la comédie était en germe dans les farces et dans les soties ;
mais, au xviᵉ siècle, les rigueurs de l'autorité et le retour aux
littératures de l'antiquité étouffèrent ces essais du théâtre national. »

Le tableau de cette première époque se complète par la nouvelle
et le roman, tels que les entendirent et Louis XI et Antoine de la
Salle ; par les travaux historiques dus à Froissart, à Christine de
Pisan, à Philippe de Commines, et à tant d'autres chroniqueurs ; par
les écrits éloquents d'Alain Chartier ; enfin, par l'œuvre suprême
de ces temps-là et des siècles suivants, par l'*Imitation de Jésus-
Christ*, attribuée à Gerson, le chancelier de l'Université, œuvre de
salut et d'espérance, œuvre sublime et presque biblique.

CHAPITRE II

POËTES ET MORCEAUX

—

XIIe SIECLE

Pour ce siècle, nous donnerons seulement quatre courts échantillons de la poésie en langue d'*oc*, en joignant au texte une interprétation évidemment nécessaire, et trois modèles de la poésie en langue d'*oil*. A mesure que l'art se développe, il sera facile de suivre le perfectionnement de la poésie.

CANTILÈNE DE SAINTE EULALIE

Buona pulcella fut Eulalia,	Bonne jeune fille fut Eulalie,
Bel avret corps, bellezour anima.	Bel avait corps, plus belle âme.
Voldrent la veintre li Deo inimi,	Voulurent la vaincre les ennemis de Dieu,
Voldrent la faire diavle servir.	Voulurent la faire servir le diable.
Elle n'out eskoltet les mals conselliers,	Elle ne voulut écouter les mauvais conseillers,
Qu'elle Deo ranciet chi maent sus en ciel,	Ni renier Dieu qui habite dans le ciel,
Ne por or, ned argent, ne paramenz,	Ni pour or, ni pour argent, ni pour parures,
Por menatce regiel, ne preiemen ;	Par menace royale, ni prière ;
Ne ule cose non la povret omne pleier,	Nulle chose ne pouvait jamais la plier
La polle sempre non amast lo Dio menestier.	A ce que cette fille n'aimât pas toujours le service de Dieu.

BERTRAND DE BORN. — Troubadour et guerrier, vicomte de Hautefort ; il lutta contre Henri II, roi d'Angleterre. Il est renommé pour ses écrits satiriques et ses sirventes. Son fils périt à la bataille de Bouvines (1214).

FRAGMENT D'UN CHANT GUERRIER

Be m' platz lo dous temps de Pascor,	Bien me plait le doux temps de Pâques,
Que fais foillas e flors venir ;	Qui fait feuilles et fleurs venir ;
E platz me quant aug la baudor	Et il me plait quand j'entends la joie
Dels auzels que fan retentir	Des oiseaux qui font retentir
Lor cant per lo boscatge ;	Leur chant par le bocage ;
E platz mi quan vei sobre'ls pratz	Et il me plait quand je vois sur les prés
Tendaz e pavaillos fermatz ;	Tentes et pavillons plantés ;

E ai gran allegratge,	Et j'ai grande allégresse,
Quan vei per campaigna rengatz	Quand je vois rangés dans la campagne
Cavaliers et cavals armatz.	Cavaliers et chevaux armés.

LE MOINE DE MONTAUDON. — Ce troubadour, appartenant au XIIIe siècle, était un gentilhomme d'Auvergne qui se fit moine, mais vécut plus souvent dans le monde que dans le cloître. Ses chansons nombreuses sont moins remarquables que sa satire contre les troubadours et moins vives que le tenson que nous citons (1).

TENSON ENTRE DIEU ET LE TROUBADOUR

L'autrier fui en paradis,	L'autre jour je fus en paradis,
Per qu'ieu sois gai e joios,	Pourquoi je suis gai et joyeux,
Quar me fo tant amoros	De ce que me fut tant amoureux
Dieus à cui tot obezia,	Dieu à qui tout obéit,
Terra, mar, val et montanha;	Terre, mer, vallée et montagne;
E m dis : Monge, quan vengnis,	Et il me dit : « Moine, quand vins-tu,
Ni com estai Montaudos,	Et comment va Montaudon,
Lai on as major companha?	Là où tu as grande compagnie?
— Senher, estat ai aclis	— Seigneur, j'ai été prosterné
En claustra un an o dos;	En cloître un an ou deux;
Per qu'ai perdut los baros :	C'est pourquoi j'ai perdu les barons :
Sol quar vos am eus servis	Seulement parce que je vous aime et sers
Me fan lor mor estranha.	Je me suis aliéné leur amitié.
En Randos, cui es Paris,	Le sire Randon, à qui est Paris,
Non fon anc fals ni gintros;	Ne fut jamais faux ni trompeur;
E cre que mos cors el planha.	Et je crois que mon corps (moi) il regrette.
— Monge, ges ieu no t grazis	— Moine, je ne t'ai pas en gré
S'estas en claustra rescos,	Si tu restes en cloître à l'ombre,
Ni vol guerras ni tensos,	Si tu ne veux guerres et luttes
Ni pelej' ab tos vezis,	Ni querelle avec tes voisins,
Per qu'l bailia t remanha;	Pour que la puissance te reste.
Ans am ieu lo cant e'l ris,	Mais j'aime le chant et le ris,
E'l segles en es plus pros	Et le monde en est plus pieux
E Montaudos i gazanha.	Et Montaudon y gagne.
— Senher, ieu tem que falhis	— Seigneur, je crains de faillir
S'ieu fauc coblas ni cansos;	Si je fais couplets et chansons;
Qu'om pert vostr' amor et vos	Car on perd votre amour et vous
Qui son escien mentis,	Lorsqu'on ment à sa conscience,
Per que m'part de la barganha,	C'est pourquoi je me séparai du monde,
Pel segle, que no m n'ahis.	Où je ne me sentais pas à l'aise.
M'en tornei à las lessos	Je m'en retournai aux leçons
E laissei l'anar d'Espanha.	Et je renonçai au voyage d'Espagne.
— Monge, be me o fezis,	— Moine, tu as bien mal fait
Que tost non aniest coitos	De ne t'en point aller tôt
Al rei cui es Salaros,	Au roi à qui est Salaros (Saragosse),

---

(1) Cette citation et quelques autres sont extraites de l'édition Crapelet.

Que tant era tos amis;
Per que lau que t'o afranha.

Qui tant était ton ami;
C'est pourquoi je le loue de t'avoir
laissé là.

Ha! quans bos marcs d'esterlis
Aura perdutz éls tieus dos!
Qu'el te levet de la fanha.

Ah! que de bons marcs de sterling
Tu auras manqué à recevoir!
Car c'est lui qui te tira de la boue.

— Senher, ieu l'agra ben vis
Si per mal de vos no fos,
Quar anc sofris sas preizos.
Mas la naus dels Sarrazis
Nous membra ges cossi s banha;

— Seigneur, je l'aurais bien vu,
Si pour mal de vous ne fût
Que je souffris un jour ses prisons.
Mais la nef des Sarrasins
Ne vous souvient comme elle se bai -
gne;

Quar si dins Acre s culhis
Proi agr' enquer Turcs felos :

Que si dans Acre est admise
Il y aura encore beaucoup de Turcs
félons :

Fol es quius sec en mesclanha.

Bien fou qui vous suit en mêlée.

PIERRE DE CORBIAC. — Nous n'avons que deux morceaux poétiques de ce troubadour : le premier est consacré à sa défense; le second, un hymne à la Vierge, fort curieux, dont nous donnons ici un extrait.

PRIÈRE A LA VIERGE

Domna des angels regina,
Esperansa dels crezens,
Segon que m comanda sens
Cant de vos lenga romana;
Quar nuls hom, just ni pecaire
De vos lauzar no s deu taire,
Com sos sens meils l'aparelha

Dame, reine des anges,
Espérance des croyants,
Selon que m'ordonne sens
Je chante de vous en langue romane;
Car nul homme, juste ou pécheur,
De vous louer ne se doit taire,
Suivant que son esprit l'y dispose
mieux,

Romans o lenga latina.

En roman ou en langue latine.

Domna, roza ses espina
Sobre totas flors olens,
Verga seca frug fazens,
Terra que ses labor grana,
Estela del solelh maire;
Noirissa del nostre paire,
El mon nulla nous somelha
Ni londana ni vezina.

Dame, rose sans épine,
Par-dessus toutes fleurs parfumée,
Branche sèche qui portes fruits,
Terre qui produis grain sans labour,
Étoile, mère du soleil,
Nourrice de notre père,
Au monde nulle ne vous ressemble,
Ni lointaine, ni voisine.

Domna, joves, enfantina,
Fos à Dieu obediens
En tots sos comandamens.
Per que la gent crestiana
Cre ver e sab tot lo faire
Quens dis l'angel saludaire.

Dame, jeune, enfantine,
Tu fus à Dieu obéissante
En tous ses commandements.
C'est pourquoi le monde chrétien
Croit et connaît tout le discours
Que vous dit l'ange sauveur.

. . . .
. . . .

. . . .
. . . .

Domna, verges pur' e fina
Ans que fos l'enfatamens

Dame, vierge pure et sans tache,
Avant que fût l'enfantement

Et apres tot eissamens,
De vos trais sa carn humana
Jhesu-Christ nostre salvaire ;
Si com ses trencamens faire
Intra'l bel rais quan solelha.

Per la fenestra vezina

Domna, vos etz l'aiglentina
Que trobet vert Moysens,
Entre las flamas ardens ;
E la toison de la lana
Que mulhet dins la sec'aire,
Don Gedeous fon proaire :
E natura s meravelha
Com remazest enterina.

Domna, estela marina
De las autras plus luzens,
La mar nos combat e'l vens,
Mostra nos via certana.
Quar sius vols à bon port traire,
Non tem nau ni governaire,
Ni tempest quens desturbelha,
Ni'l sobern de la marina.

Domna, metges e metzina,
Lectoaris e enguens,
Los naflatz de mort tesnens,
La vilheje onh e sana.
Dossa, pia, de bon aire,
Fai nos tost de mal estraire ;
Quar perdutz es qui sonelha,
Que la mort l'es trop vezina.

Domn' espoza, filh'e maire,
Manda' l filh e prega' l paire,
Ab l'espos parl' e cosselha
Com merces nos si' aizina.
   Pos dormen mas tuns esvelha
Ans quens sia mortz vezina.

Et après tout mêmement,
De vous tira sa chair humaine
Jésus-Christ notre sauveur ;
Tout comme sans fracture faire
Entre le beau rayon, quand il fait so-
   leil,
Par la fenêtre voisine.

Dame, vous êtes l'églantine
Que trouva verte Moïse,
Entre les flammes ardentes ;
Et la toison de laine
Qui se mouilla dans l'air sec,
Comme l'éprouva Gédéon :
Et nature s'émerveille
Comment vous restâtes dans la pureté.

Dame, étoile marine
Plus brillante que les autres,
La mer et le vent nous assaillent,
Montre-nous route certaine.
Si tu nous veux conduire à bon port,
Je ne crains ni navire ni pilote,
Ni tempête qui nous engloutisse,
Ni la violence de la mer.

Dame, médecin et médecine,
Electuaire et onguent,
Des blessés craignant la mort
La veille oins et guéris.
Douce, pieuse, débonnaire,
Faites-nous tôt sortir du mal.
Car il est perdu celui qui sommeille,
Et la mort est bien voisine.

Dame, épouse, fille et mère,
Mande au fils et prie le père,
Avec l'époux parle et tiens conseil,
Afin que pitié nous soit propice.
   Puis dormants éveille-nous
Avant que la mort soit près de nous.

CHRESTIEN DE TROYES. — Ce poëte, né à Troyes, était le commensal et le chantre du comte de Flandre, Philippe d'Alsace, et il jouit d'une gloire éclatante de son vivant et après sa mort. Il écrivit de nombreux romans en vers, qui furent continués par ses imitateurs, comme *Perceval le Gallois*, par Gautiers de Denet, et *Lancelot du lac*, par Godefroy de Ligny. La plupart des œuvres de Chrestien ont été perdues.

DESCRIPTION DE L'ÔUIE
(*Le Chevalier au Lion.*)

Puisque vos plait or m'escoutez,
Cuer et oreilles me prestez ;

Car parole ouïe est perdue,
S'elle n'est de cuer entendue ;

Quas oreilles vient la parole
Ainsi com li vens qui vole,
Mes ni areste, ni demore,
Ains s'en part en molt petit d'ore ;
Se li cuers n'est si esveillez
Qual prendre soit apareillez,
Et qu'il la puisse en son venir

Prendre et enclorre et retenir.
Les oreilles sont voie et dois,
Par où vient jusqu'au cuer la vois :
Et li cuers prent dedans le ventre
La vois qui par l'oreille y entre ;
Et qui or me voudra entendre,
Cuers et oreilles me doit tendre.

Dans Hélynand. — C'était un Normand des environs de Beauvais qui vécut auprès des grands, et en particulier à la cour de Philippe-Auguste, chantant, pour égayer ou distraire le roi, des vers sur différents sujets. Nous citons les trois premières strophes de son *Chant sur la mort.*

CHANT SUR LA MORT

Mors si te ses entrebouter
Ke nus ne se suet encrouter
En liu ke reponres li vaille
Cil qui plus haut se veut bouter
En l'auoir plus doit redouter
Le jour ca ati de bataille,
Dont est faus ki dist ne me caille,
Se Dieu ne puis auoir si faille,
N'ai soing de sermons escouter :
A gloutenie ai fait métaille,
Ne li faurai coment kil aille ;
Trop sui jouenes port mort douter.

Mors cest communement jeu
Ke cil a sens de deseu
Qui por valeur ne pour rikeche,
Ne pour nul bien kil ait eu,
Quide kil ne te pait treu,
Si fera voir a le destreche :

Sa dont seu cuer a Dieu n'adreche
A crier merci sans pereche ;
Sen cors et s ame a decheu ;
Car en pueur et en tristreche,
En pleurs, en larmes, en destreche,
Sans fin a son lit esleu.

Mors nule chose n'est plus voire,
Ca t'en henap couenra boire
Tous ceux ke Dieu fist et fera,
Dont se fait boin des maus recroire,
Et maint sors cors et ame acroire :
Puis con ne set kant ce sera ;
Car ki Dieu sour tous amera,
Couronne ens es cieus portera
Auoec lui florie de gloire ;
Li dampnes tormentes sera
En fu qui sans fin ardera ;
Ce doit cascuns doter et croire.

Robert Wace. — C'est l'auteur du *Roman de Rou* ou *Rollon*, dans lequel il raconte l'établissement des Normands en Neustrie, et l'occupation de l'Angleterre par Guillaume le Conquérant. Voici les détails qu'il donne sur lui-même dans ce poëme :

Longue est la geste des Normands,
Et à mettre est grieve en romans ;
Je l'en demande qui c'en dist
Qui cette estoire en roman mist,
Je di et dirai que je suy
Waicce de l'isle de Gersuy,
Qui est en mes vers occident,
Au fieu de Normandie appent :
En l'isle de Gersuy fu nez,
A Caen fu petit portez,
Illenque fu à leistre mis,
Puis fu longues en France appris,

Quand j'eus de France repairay
A Caen longues conversay,
De romans faire m'entremis
Moult en écris et moult en fis
Par Dieu aye et par le roy
Autre servir fors lui ne doi ;
Me fu donné, Dix li rendra,
A Baex une provenda
De Henry roy second vous di
Neveu Henry, père Henry ;
Longue est l'estoire ains que le fint
Comme Guillaume roy devint.

Robert traduisit aussi en français le *Roman de Brut*, origine des poëmes de l'*Enchanteur Merlin*, du *Saint-Graal*, de *Tristan de Léonnois*, etc. Ce poëte, né en 1112, mourut en 1180 ; il avait été clerc de la chapelle de Henri II.

IRRUPTION DES FRANÇAIS EN NORMANDIE
(*Roman de Rou.*)

Li dus ont sa gent à Falaise
Nouvelles oit dont moult li poise,
Tort li fait li roiz ce li semble,
Sez chevaliers mande et assemble,
Ses chastiauz fist lost enforchier,
Fossez parer, murs redrechier,
Le plain païs lairra gaster
S'il peut bien les chastiauz garder ;
Bien porra se dit retrouver
A plaines terres recouvrer ;
Ne se vont à Francheiz monstrer,
Par le païs les fait aller ;
Mais il les cuide convier
Vilainement au reparier ;

Li roi sa gent appareilla,
Vers Baex lour dit s'en ira,
Bussin tout essileira,
Et quant d'ilenc repairera,
Par Varaville passera,
Auge et Leuvin tout gastera.
Par Bussin Francheiz coururent
Très qu'à l'eue de seulle furent,
A Caen d'ilenc retournèrent,
Et à Caen olne passèrent,
Encore ert Caen sans chastel
Ni avoit fait mur ne quesnel,
Quant li roiz de Caen retourna
Par Varaville s'en ralla.

XIIIᵉ SIÈCLE

Marie de France. — On sait peu de chose sur cette femme, véritablement poëte. Elle dut naître en Normandie ou en Bretagne, et passa plusieurs années en Angleterre. Elle composa des lais sur l'histoire de plusieurs chevaliers valeureux, et ses vers faisaient les délices des juges les plus délicats de son siècle. On rapporte généralement au règne de Henri III d'Angleterre l'époque de sa gloire, à laquelle mit le comble le recueil de ses fables ou *ysopets* (imitation d'Ésope). Elles sont dédiées à Guillaume Longue-Épée, et brillent par une admirable naïveté. Elle traduisit encore le *Purgatoire de saint Patrice.*

D'UN COC QUI TRUVA UNE GEMME SOR UN FOMEROI [1]

Du coc racunte ki munta
Sour un fémier, è si grata
Selunc nature pur chaceit,
Sa viande cum il soleit :
Une chière jame truva,
Clère la vit, si l'esgarda ;
Je cuidai, feit-il, pur cha cier
Ma viande sor cest fémier,

Or ai ici jame truvée,
Par moi ne serez remuée.
S'uns rices hum ci vus truvast,
Bien sai ke d'or vus énurast ;
Si en créust vustre clartei,
Pur l'or ki a mult grant biautei.
Quant ma vulentei n'ai de tei
Jà nul hénor n'auraz par mei.

MORALITÉ

Autresi est de meinte gent,
Se tut ne vient à lur talent,
Cume dou coc è de la jame ;

Véu l'avuns d'ome è de fame :
Bien, ne henor, noient ne prisent,
Le pis prendent, le mielx despisent.

(1) *Le Coq et la Perle.*

DOU CHIEN È DOU FORMAGE [1]

Par une feie ce vus recunt
Passeit un chiens desus un punt ;
Un formage en sa geule tint,
Quant il enmi cel punt parvint
Enl'aigue vit l'umbre dou fourmaige.
Purpensa sei en sun curaige

K'il les vuleit aveir andeus,
Iluec fu-il trop cuveiteus
En l'iaue saut, sa buche ovri,
E li fourmages li chéi,
E umbre vit, è umbre fu,
E sun formage en ot perdu.

MORALITÉ

Pur ce se deivent castier
Cil ki trop voelent coveitier,
Ki plus coveite que sun dreit

Par li méismes se deçeit ;
Kar ce k'il a pert-il suvent
E de l'autrui n'a-il talent.

THIBAUT, COMTE DE CHAMPAGNE. — Né en 1201, mort en 1253. Il fût mêlé aux principaux événements de ces temps, à la guerre des Albigeois, à la coalition formée contre Blanche de Castille ; il devint roi de Navarre et entreprit une croisade peu heureuse. Comme poëte, il acquit une renommée plus grande : il nous a laissé soixante-six chansons. On remarquera, dans le morceau que nous citons, l'introduction des rimes masculines et féminines entremêlées.

CHANSON POUR EXCITER A LA CROISADE

Signor, saciez, ki or ne s'en ira
En cele terre, u Diex fu mors et vis,
Et ki la crois d'outre mer ne prendra,
A paines mais ira en paradis :
Ki a en soi pitié et ramembrance
Au haut seignor, doit querre sa venjance,
Et délivrer sa terre et son païs.

Tout li mauvais demorront par deça,
Ki n'aiment Dieu, bien, ne honor, ne pris,
Et chascuns dit, Ma femme que fera ?
Je ne l'airoie à nul fuer mes amis :
Cil sont assis en trop fole attendance,
K'il n'est amis fors, que cil sans dotance,
Ki pour nos fu en la vraie crois mis.

Or s'en iront cil vaillant bacheler,
Ki aiment Dieu et l'onour de cest mont,
Ki sagement voelent à Dieu aler,
Et li morveus, li cendreus demourront :
Avugle sunt, de ce ne dont-je mie,
Ki un secours ne font Dieu en sa vie,
Et por si pot pert la gloire del mont.

Diex se laissa por nos en croix pener,
Et nous dira au jour, où tuit venront,
« Vos, ki ma crois m'aidates à porter,

[1] Le Chien qui lâche sa proie pour l'ombre.

Vos en irez là, où li angele sont,
Là me verrez, et ma mère Marie ;
Et vos, par qui je n'ai onques aie,
Descendez tuit en infer le parfont. »

Cascuns quide demourer toz haitiez,
Et que jamais ne doive mal avoir,
Ainsi les tient enemis et pechiez,
Que ils n'ont sens, hardement, ne pooir :
Biau sire Diex ostez nos tel pensée,
Et nos metez en la vostre contrée
Si saintement, que vous puisse veoir,

Douce dame, roine coronée,
Proiez pour nos, virge bien eurée,
Et puis après ne nos puit mescheoir.

BENOIT DE SAINTE-MORE. — Benoît, né en Angleterre, d'une famille de Touraine, fit la traduction en vers français de la *Guerre*
de Troie, par Darès le Phrygien, et celle de l'*Histoire des ducs de*
Normandie. Il vécut sous Henri II, qui l'aimait et l'encourageait.

FRAGMENT DE L'HISTOIRE DE DARÈS, TRADUITE

Agamemnon ni li Grezeis
Ne bien ne plus de cinquante reis,
Ne porent Troie en dix ans prendre,
Unques n'i sorent tant entendre.
E icis dux, o ses Normanz,

E ode ses autres buens aidanz,
Conquist un réaume plenier
E un grant pople fort é fier,
Qui fu merveille estrange é grant
Sol entre prime é la nuitant.

GUILLAUME DE LORRIS. — Né près de Montargis, mort vers 1260.
Il fut le premier auteur du *Roman de la Rose*, que continua Jean
de Meung. Il florissait sous le règne de saint Louis. Outre cette
œuvre, Guillaume a écrit encore des poésies diverses ; il se distingue par le naturel, la fécondité et la peinture des caractères.

DESCRIPTION DU TEMPS

(*Roman de la Rose.*)

Le temps qui s'en va nuit et jour,
Sans repos prendre et sans séjour,
Et qui de nous se part et emble
Si celéément qu'il nous semble
Qu'il nous soit adès en un point,
Et il ne s'y arreste point,
Ains ne fine de trespasser
Si que l'on ne pourroit penser
Lequel temps c'est qui est présent,
Ce demande-je au clerc lisant ;
Car aincois qu'il eût ce pensé,
Seroit-il jà outre passé.
Le temps si ne peut séjourner,

Mais va toujours sans retourner,
Comme l'eau qui s'avale toute,
Dont n'en retourne arriere goutte.
Le temps s'en va, et rien ne dure,
Ne fer, ne chose tant soit dure ;
Car il gaste tout et transmuë.
C'est celui qui les choses muë,
Qui tout fait croistre et tout mourir,
Et qui tout use et fait pourrir.
Le temps si envieillit nos peres,
Et vieillit roys et empereres,
Et aussi nous envieillira,
Ou la mort jeunes nous prendra.

RUTEBEUF. — Ce trouvère appartient à la seconde partie du XIIIe siècle; il vivait sous les règnes de saint Louis et de son fils. Ses œuvres consistent en complaintes, pièces historiques sur les croisades, contes, satires, etc. Il fut un des continuateurs du roman du *Renard*.

DE BRICHEMER (1)

(Satire.)

Rimer m'estuet de Brichemer
Qui jue de moi à la briche;
Endroit de moi jel'dois amèr,
Je nel'truis aeschars ne chiche.
N'a si large jusqu'outre mèr
Quar de promesse m'a fait riche :
Du forment qu'il fera semèr
Me fera encoan flamiche.

Brichemer est de bel afère,
N'est pas uns hom plains de desroi;
Cortois et dous et débonère
Le trueve-on, et de bel aroi;

Mès n'en puis fors promesse atrère,
Ne je n'i voi autre conroi :
Autele atente m'estuet fère
Com li Breton font de lor roi (2).

Ha! Brichemer, biaus très douz sire,
Paié m'avez cortoisement,
Quar votre bourse n'en empire,
Ce voit chacuns apertement.
Mès une chose vous vueil dire
Qui n'est pas de grand coustement :
Ma promesse fetes escrire,
Si soit en vostre testament.

JEAN DE MEUNG. — Surnommé *Clopinel* parce qu'il était boiteux; né vers le milieu du XIIIe siècle, mort vers 1318. C'est un continuateur du *Roman de la Rose*, auquel il ajouta dix-huit mille vers, remarquables surtout par la facilité et la naïveté. On lui doit encore les *Proverbes dorez*, les *Remonstrances au roy*, etc.

LA BONNE ET LA MAUVAISE FORTUNE

(Roman de la Rose.)

Aux riches fortune fait voir,
Dès qu'ils ont perdu leur avoir,
De quel amour ceux les amoyent,
Qui leurs amis devant estoyent.
Ne trouvent nul qui les sequeure;
Mais le vrai amy si demeure,
Qui n'aime pas pour les richesses,
Tant a le cœur plein de noblesses;
Et tels amys moult bien se preuvent,
S'ils entre mil un seul en treuvent;
Car nul bien n'est en terre basse,
Que valeur d'amy ne le passe :
Toujours vaut mieux amys en voye;
Que ne font deniers en courroye;
Et valent mieux que nul avoir
Qu'ils puissent en ce monde avoir
Dont leur profite adversité,
Plus que ne fait prospérité;

Car par ceste ont-ils ignorance,
Et par adversité science.
Et le pauvre qui par tel preuve,
Les vrais amis des faulx épreuve,
Certes moins eust été déçu,
S'il s'en fust dès lors apperçu,
Dont luy fait un grand advantage,
Puisque d'un fou a fait un sage.
Mieux lui vaut le mal qu'il reçoit,
Que richesse qui le déçoit;
Car richesse ne fait pas riche
Celuy qui en thrésor la fiche;
Mais souffisance seulement
Sait homme vivre richement.
   Aux richesses on fait laidures,
Quant on leur oste leurs natures;
Leur nature est qu'ils doivent courre,
Pour les gens aider et secourre,

---

(1) Extrait de Tissot. — (2) Allusion à une vieille prophétie attribuée à Merlin, qui déclarait que le roi Arthur, si célèbre dans nos romans de chevalerie, n'était pas mort, et qu'il reviendrait un jour régner sur la Bretagne.

Sans estre à usure prestées :
A ce les a Dieu aprestées.
Certes Dieu n'ayment ni ne doutent,
Qui tous deniers en thrésor boutent.
Et plus qu'il n'est besoin les gardent,
Lorsque les pauvres ils regardent
De froid trembler, de faim périr :
Mais Dieu leur saura bien mérir.
Trois grans méchéances adviennent
A ceux qui telz vies maintiennent :
Le premier est travail d'acquerre ;
Le second, qui le cœur les serre,

Est la peur qu'aucun ne leur emble,
Quant ils les ont mises ensemble,
Dont s'esbahissent sans cesser ;
Le tiers est douleur du laisser.
Ainsi pecune se revanche,
Comme dame très noble et franche,
Des serfs qui la tiennent enclose ;
En paix se tient et se repose,
Et fait les malheureux veiller,
Et soucier et travailler.
A tel tourment vivront et vivent
Ceux qui les grans richesses suivent.

XIVᵉ SIÈCLE

JEAN FROISSART. — Né à Valenciennes en 1333, mort vers 1410. Il fut à la fois poëte et historien. Robert de Namur lui fit écrire les guerres de son temps, qu'il présenta à Philippine de Hainaut, femme d'Édouard III, roi d'Angleterre. Il voyagea plus tard en Italie, puis fut secrétaire du duc de Brabant, pour lequel il composa des pastourelles et des épithalames. Il continua jusqu'à sa mort de passer d'une cour à l'autre, laissant à chacune des souvenirs poétiques de son séjour. Outre ses petites poésies, pleines de charme et de naïveté, il composa le *Chevalier au soleil d'or* et la *Chronique de France, d'Angleterre, d'Écosse et d'Espagne.*

RONDEL

Reviens, amy ; trop longue est ta demeure :
Elle me fait avoir peine et douleur.
Mon esperit te demande à toute heure.
Reviens, amy ; trop longue est ta demeure.

Car il n'est nul, fors toi, qui me sequeure,
Ne secourra, jusques à ton retour.
Reviens, amy ; trop longue est ta demeure :
Elle me fait avoir peine et douleur.

RONDEL

On doit le temps ainsi prendre qu'il vient :
Tout dit que pas ne dure la fortune.
Un temps se part, et puis l'autre revient :
On doit le temps ainsi prendre qu'il vient.

Je me conforte ainsi qu'il me souvient
Que tous les mois avons nouvelle lune :
On doit le temps ainsi prendre qu'il vient :
Tout dit que pas ne dure la fortune.

EUSTACHE DESCHAMPS. — Poëte champenois, né vers le milieu du XIVᵉ siècle, mort en 1422. Il fut écuyer de Charles V et de

Charles VI. Il composa des fables, inventa la ballade et écrivit avec une grande finesse, mêlée à beaucoup de simplicité et d'élégance. On lui doit encore le *Miroir de la vérité*.

BALLADE SUR LA MORT DE BERTRAND DU GUESCLIN [1]

Estoc d'honneur, et arbres de vaillance,
Cuer de lyon esprins de hardement [2],
La flour des preux et la gloire de France,
Victorieux et hardi combatant,
Saige en vos faits, et bien entreprenant,
 Souverain homme de guerre,
Vainqueur de gens et conquéreur de terre,
Le plus vaillant qui oncques fust en vie,
Chascun pour vous doit noir vestir et querre [3] :
Plourez, plourez, flour de chevalerie !

O Bretaigne, ploure ton espérance !
Normandie, fay son enterrement;
Guyenne aussi, et Auvergne, or t'avence;
Et Languedoc, quier lui son monument.
Picardie, Champaigne et Occident,
 Doivent pour plourer acquerre
Tragédiens, Aréthusa requerre
Qui en eaue fu par plour convertie,
Afin qu'a touz de sa mort les cuers serre.
Plourez, plourez, flour de chevalerie !

Hé! gens d'armes, aiez en remembrance
Vostre père; vous estiez si enfant.
Le bon Bertran, qui tant ot de puissance,
Qui vous amoit si amoureusement,
Guesclin est mort : priez dévotement,
 Qu'il puist paradis conquerre.
Qui dueil n'en fait, et qui n'en prie, il erre,
Car du monde est la lumière faillie ;
De toute honeur estoit la droicte serre [4] :
Plourez, plourez, flour de chevalerie !

OLIVIER BASSELIN. — Né à Vire, vers le milieu du XIVe siècle, mort en 1418. Il était foulon. « Les vaux, situés près de sa ville natale, dit le *Dictionnaire général*, et où l'on étend encore, pour les faire sécher, les draps des fabriques établies sur la Vire et la Virène, retentirent de ses chants, qui en prirent le nom et s'appelèrent *Vaux-de-Vire*, d'où beaucoup d'étymologistes font dériver *vaudeville*. L'ancien vaudeville diffère complétement pour le fond des *Vaux-de-Vire* de Basselin, recueils de chansons bachiques. »

(1) Extrait de Tissot. — (2) Saisis de hardiesse. — (3) Doit chercher et vêtir habit de deuil. — (4) Le mot *serre* est ici un substantif et employé dans le sens que lui donnent les modernes.

A SON NEZ

(Vau-de-vire.)

Beau nez dont les rubis ont cousté mainte pipe
    De vin blanc et clairet,
Et duquel la couleur richement participe
    Du rouge au violet;

Gros nez! qui te regarde à travers un grand verre
    Te trouve encor plus beau :
Tu ne ressembles point au nez de quelque hère
    Qui ne boit que de l'eau.

Un coq d'Inde sa gorge à toy semblable porte.
    Combien de riches gens
N'ont pas si riche nez! Pour te peindre en la sorte,
    Il faut beaucoup de temps.

Le verre est le pinceau duquel on t'enlumine;
    Le vin est la couleur
Dont on t'a peint ainsi plus rouge qu'une guisne
    En beuvant du meilleur.

On dit qu'il nuit aux yeux : mais seront-ils les maistres ?
    Le vin est guarison
De mes maux : j'aime mieux perdre les deux fenestres
    Que toute la maison.

CHRISTINE DE PISAN. — Née à Venise en 1363, elle vint à Paris à l'âge de cinq ans, avec son père, nommé astronome de Charles V, elle fut élevée à la cour et épousa le notaire du roi Étienne du Castel. Restée veuve à vingt-cinq ans, avec trois enfants, elle écrivit des ballades, des rondeaux, des lais et des virelais, poésies qui lui attirèrent la bienveillance du comte de Salisbury. Elle voulut demeurer en France, malgré les offres qui lui furent faites, et commença sous Charles VI la *Vie de Charles V*. Parmi ses nombreux écrits, nous choisissons quelques strophes des *Dicts moraux*, ou *Leçons données à son fils*.

DICTS MORAUX A SON FILS

Fils, je n'ai mie grand trésor
Pour t'enrichir. Mais au lieu d'or,
Aucuns enseignemens montrer
Te veuil, si les veuilles noter.

Ayme Dieu de toute ta force,
Crains le, et de servir t'efforces;
Là sont, se bien les as apprins,
Les dix commandemens comprins.

Tant t'estudies à enquerre,
Que prudence puisse acquerre;
Car elle est des vertus la mere,
Qui hait fortune l'amera.

En quelque estat que soyes mis
Par fortune où tu es soubmis,
Gouuerne toi si en tel ordre,
Que de vivre en sens ayes ordre.

Se as bon muaistre, sers le bien,
Dys bien de lui, garde le sien,
Son secret scelles, quoi qu'il fasse,
Soyes humble deuant sa face.

Se d'armes auoir renommée
Tu veulx, si poursuis mainte armée,
Gard' qu'en bataille ne barriere
Ja ne soyes véu derriere.

Se tu es capptaine de gent,
N'ayes renom d'amer argent ;
Car à peine pourras tirouuer
Bons gens d'armes si en veulx louer.

Se pays as à gouuerner,
Et longuement tu veulx régner,
Tiens justice et cruel ne soyes,
Ne de greuer gens ne quiers voyes.

Se tu as estat ou office,
Dont tu te mêles de justice,
Garde comment tu jugeras,
Car deuant le grant juge iras.

Se tu viens en prospérité,
A grant cheuance et hérité,
Garde qu'orgueil ne te surmonte,
Pense qu'à Dieu fault rendre compte.

Tiens toy à table honestement,
Et t'habille de vestement
En tel atour qu'on ne s'en mocque,
Car on cognoist l'œuf à la coque.

Ayes pitié des pauvres gens
Que tu voys nuz et indigens,
Et leur aydes quant tu porras;
Souuiengne-toy que tu morras.

Tiens ta promesse et très peu jure,
Gardes que sois trouué parjure;
Car le menteur est mescreu
Et quant vrai il dit, il n'est creu.

N'ayes en dédain nul chastoy.
Ne desprises moindre que toy.

Car il est de tels mal vestus,
Ou plus qu'en toy a de vertus.

Souuent ne menasse de battre,
De teste rompre ou bras abattre,
Car c'est signe de couardise,
Personne ou folle ou pou hardie.

Ne tiens mesgnie à ton loyer,
Si grant que ne penses poyer,
Souuent par trop mesgnie auoir,
On despent la terre et l'auoir.

Ne rapportes parolles aucunes
De quoy il pust sourdre rancunes,
Ton amy rappaise en son ire,
Se tu peulx par doulcement dire.

Se est par fortune desmis
D'office, et a pouureté mis,
Pense qu'on se mourt en pou d'heure,
Et qu'au ciel est nostre demeure.

Tiens tes filles trop mieux vestues,
Que bien aornées soyent veues;
Fais-leur apprendre bel maintien;
Jamais oyseuses ne les tien.

Se tu sçays que l'on te diffame
Sans cause, et que tu ayes blasme,
Ne t'en courrouc's. Fay toujours bien,
Car droit vaincra, je te dys bien.

N'entreprends sans conseil des sages,
Grands frais ne périlleux passages,
Ne chose où il chée grant doubte.
Fol est qui péril ne redoubte.

Bonne exemple et bonne doctrine
Dys voulontiers et t'endoctrine.
Car pour néant son oreille ouure,
Pour ouir, qui ne met pas en œuvre.

Ne laisse pas que Dieu seruir,
Pour au monde trop asseruir;
Car biens mondains vont à défin,
Et l'âme durera sans fin.

ALAIN CHARTIER. — Né à Bayeux vers 1386, mort en 1449. Il fut secrétaire des deux rois Charles VI et Charles VII, ambassadeur, archidiacre de Paris et conseiller au parlement, où il acquit le titre de père de l'éloquence française. Il fit faire à la langue et à la poésie un pas considérable par l'énergie de sa prose et la grâce de ses vers. Les œuvres principales de Chartier sont, en vers : le *Régime de fortune*, le *Bréviaire des nobles*, le *Débat du réveille-matin*, des rondeaux, des ballades, etc ; et, en prose : le *Curial* (courtisan), le *Quadriloge invectif*, etc.

BALLADE

O fols des fols, et les fols mortels hommes
Qui vous fiez tant ez biens de fortune,
En celle terre, et pays où nous sommes,
Y avez-vous de chose propre aucune ?
Vous n'y avez chose vostre nesune,
Fors les beaux dons de grâce et de nature.
Si fortune donc par cas d'aventure
Vous toult les biens que vostres vous tenez,
Tort ne vous fait, ainçois vous fait droiture :
Car vous n'aviez rien quand vous fustes nez.

Ne laissez plus le dormir à grands sommes
En vostre lit par nuit obscure et brune,
Pour acquester richesses à grands sommes :
Ne convoitez choses dessous la lune,
Ni de Paris jusques à Pampelune,
Fors ce qu'il faut sans plus à créature,
Pour recouvrer sa simple nourriture.
Souffise-vous d'estre bien renommez,
Et d'emporter bon loz en sépulture :
Car vous n'aviez rien quand vous fustes nez.

Les joyeux fruits des arbres, et les pommes,
Au temps que fut toute chose commune,
Le beau miel, les glandes et les gommes
Souffisoient bien à chascun, à chascune ;
Et pour ce fut sans noise et sans rancune.
Soyez contens de chauld et de froidure
Et ne prenez fortune douce et sure,
Pour vos pertes enfin deuil ne menez,
Fors à raison, à point et à mesure :
Car vous n'aviez rien quand vous fustes nez.

ENVOI

Si fortune vous fait aucune injure,
C'est de son droit, jà ne l'en reprenez,
Perdissiez-vous jusques à la vesture :
Car vous n'aviez rien quand vous fustes nez.

CHARLES D'ORLÉANS. — Né en 1391, mort en 1467. Petit-fils de Charles V et père de Louis XII, Charles montra toujours un grand goût et un grand talent pour les lettres. Il demeura vingt-cinq ans en Angleterre, après la bataille d'Azincourt, où il avait été fait prisonnier. Sa poésie est noble, gracieuse, fine et délicate, et n'a d'autres défauts que ceux de son temps. Il composa des chansons, des ballades, des rondeaux, etc., et contribua, dit-on, au recueil des *Cent nouvelles nouvelles*.

RONDEL

Allez-vous-en, allez, allez,
Soucy, soin et mélancolie;
Me cuidez-vous toute ma vie
Gouverner, comme fait avez?
Je vous promets que non ferez;
Raison aura sur vous maistrie;
Allez-vous-en, allez, allez,

Soucy, soin et mélancolie.
Si jamais plus vous retournez
Avecque votre compagnie,
Je prie à Dieu qu'il vous maudie,
Et le jour que vous reviendrez :
Allez-vous-en, allez, allez,
Souci, soin et mélancolie.

LE RENOUVEAU

Le temps a laissé son manteau
De vent, de froidure et de pluye,
Et s'est vestu de broderie
De soleil luisant, clair et beau.
Il n'y a ni beste, ni oiseau
Qu'en son jargon ne chante ou crie :
Le temps a laissé son manteau

De vent, de froidure et de pluye.
Rivière, fontaine et ruisseau
Portent en livrée jolie
Gouttes d'argent d'orfavrerie;
Chascun s'habille de nouveau :
Le temps a laissé son manteau
De vent, de froidure et de pluye.

XVe SIÈCLE

CLOTILDE DE SURVILLE. — Il n'entre pas dans notre plan de discuter si les poésies que nous possédons sous ce nom, publiées par M. Vanderbourg, appartiennent ou n'appartiennent pas à Clotilde de Surville. Cette femme poëte, née vers 1405, morte vers 1495, élevée à la cour du comte de Foix, Gaston Phébus, se consacra, après la mort de son mari, à la culture des lettres et à l'éducation de ses enfants, Elle composa des contes, des chansons, des élégies, etc.

VERSELETS A MON PREMIER·NÉ

O cher enfantelet, vray pourtraict de ton père,
  Dors sur le seyn que ta bousche a pressé!
Dors, petiot; cloz, amy, sur le seyn de ta mère,
  Tien doulx œillet par le somme oppressé!

Bel amy, cher petiot, que ta pupille tendre
  Gouste ung sommeil qui plus n'est faict pour moy!
Je veille pour te veoir, te nourrir, te défendre...
  Ainz qu'il m'est doulx ne veiller que pour toy!

Dors, mien enfantelet, mon soulcy, mon idole!
  Dors sur mon seyn, le seyn qui t'a porté!
Ne m'esjouit encor le son de ta parole,
  Bien ton soubriz cent fois m'aye enchanté.
O cher enfantelet, etc.

Me soubriraz, amy, de ton réveil peut estre ;
    Tu soubriraz, à mes regards joyeulx...
Jà prou m'a dict le tien que me savoiz cognestre,
    Jà bien appriz te myrer dans mes yeulx.

Quoy ! tes blancs doigteletz abandonnent la mamme,
    Où vingt puysez ta bouschette à playzir !...
Ah ! dusses la seschier, cher gage de ma flamme,
    N'y puyseroiz au gré de mon dezir !

Cher petiot, bel amy, tendre fils que j'adore !
    Cher enfançon, mon soulcy, mon amour !
Te voy tousjours ; te voy et veulx te veoir encore :
    Pour ce trop brief me semblent nuict et jour.
O cher enfantelet, etc.

Estend ses brasselets : s'espand sur lui le somme ;
    Se clost son œil ; plus ne bouge... il s'endort...
N'estoit ce tayn floury des couleurs de la pomme,
    Ne le diriez dans les bras de la mort ?...

Arreste, cher enfant !... j'en frémy toute engtière !...
    Réveille-toy ! chasse ung fatal propoz !
Mon fils !... pour un moment... ah ! revoy la lumière !
    Au prilx du tien rends-moy tout mon repoz !...

Doulce erreur ! il dormoit... c'est assez, je respire ;
    Songes légiers, flattez son doulx sommeil !
Ah ! quand voyray cestuy pour qui mon cueur souspire,
    Aux miens costez, jouir de son réveil ?
O cher enfantelet, etc.

Quand te voyra cestuy dont az receu la vie,
    Mon jeune espoulx, le plus beau des humains ?
Oui, déjà cuide veoir ta mere aux cieulx ravie
    Que tends vers luy tes innocentes mains !

Comme ira se duyzant à ta prime caresse !
    Aux miens bayzers com't'ira disputant !
Ainz ne compte, à toy seul, d'espuyzer sa tendresse,
    A sa Clotilde en garde bien autant...

Qu'aura playzir, en toy, de cerner son ymaige,
    Ses grands yeulx vairs, vifs, et pourtant si doulx !
Ce front noble, et ce tour gracieulx d'ung vizaige
    Dont l'amour mesmes eut fors esté jaloux !
O cher enfantelet, etc.

Pour moy, des siens transportz onc ne seray jalouse,
    Quand feroy moinz qu'avec toy les partir :
Fais amy, comme luy, l'heur d'ugne tendre espouse,
    Ainz, tant que luy, ne la fasses languir !...

Te parle, et ne m'entends... eh ! que dis-je ? insensée !
    Plus n'oyroit-il quand fust moult esveillé...

Povre chier enfançon ! des fils de ta pensée
  L'eschevelet n'est encor débroillé...

Tretouz avons esté, comme ez toy, dans ceste heure ;
  Triste rayzon que trop tost n'adviendra !
En la paix dont jouys, s'est possible, ah ! demeure !
  A tes beaux jours mesme il n'en soubviendra.
O cher enfantelet, etc.

Voylà ses traitz... son ayr ! voylà tout ce que j'ayme !
  Feu de son œil, et rozes de son tayn...
D'où vient m'en esbahyr ? aultre qu'en tout luy-mesme
  Pust-il jamais esclore de mon seyn ?

FRANÇOIS CORBUEIL, dit VILLON. — Né en 1431. Sa vie n'est guère connue que par ses poésies, dans lesquelles il peint, tantôt tristement, tantôt joyeusement, ses alternatives de bonne et de mauvaise chance. A lire ses œuvres, on s'aperçoit que la vie de Bohême ne date pas d'hier. Il fut même condamné à être pendu, et dut la vie à quelque caprice de Louis XI. S'il faut reprocher à sa muse une trop grande licence, il faut lui accorder la malice de l'enfant de Paris, la gaieté, le naturel, et le bon goût qui la débarrassa de l'emphase et de l'érudition prétentieuse des devanciers de Villon. Boileau a dit :

Villon sut le premier, dans ces siècles grossiers,
Débrouiller l'art confus de nos vieux romanciers.

Il eût pu ajouter qu'il servit de modèle aux maîtres que nous allons bientôt admirer. Il écrivit le *Grand* et le *Petit Testament*, les *Dames de jadis*, etc.

BALLADE

Je connois bien mouches en laict.
Je connois à la robe, l'homme.
Je connois le beau temps du laid.
Je connois au pommier, la pomme.
Je connois l'arbre à voir la gomme.
Je connois quant tout est de mesme.
Je connois qui besogne, ou chomme.
Je connois tout, fors que moy-mesme.

Je connois pourpoint au collet.
Je connois le moyne à la gonne.
Je connois le maistre au valet.
Je connois au voyle la nonne.

Je connois quant piqueur jargonne.
Je connois folz nourriz de cresme.
Je connois le vin à la tonne.
Je connois tout, fors que moy-mesme.

Je connois cheval et mullet.
Je connois leur charge et leur somme.
Je connois bietrix et bellet.
Je connois gect qui nombre et somme.
Je connois vision de somme.
Je connois la faute des bresmes.
Je connois le pouvoir de Romme.
Je connois tout, fors que moy-mesme.

ENVOI

Princes, je connois tout en somme.
Je connois coulorez et blesmes.

Je connois mort, qui tout consomme.
Je connois tout, fors que moy-mesme.

FRAGMENT DU GRAND TESTAMENT

Premier, j'ordonne ma pauvre ame
A la benoiste Trinité,
Et la commande à Nostre-Dame,
Chambre de la Divinité;
Priant toute la charité,
Et les dignes anges des cieux,
Que par eux soit ce don porté
Devant le trosne précieux.

Item, mon corps j'ordonne et laisse
A nostre grand'mere la terre.
Les vers n'y trouveront grand-gresse.
Trop lui a fait faim dure guerre.
Or lui soit délivré grand erre :
De terre vint, en terre tourne.
Toute chose (si par trop n'erre)
Volontiers en son lieu retourne.

GUILLAUME ALEXIS. — On ignore la date de sa naissance ; on sait qu'il vivait encore en 1505. Nous citons un extrait du *Passe-temps de tout homme et de toute femme ;* outre le *Grand blason*, il avait composé le *Dialogue du crucifix et du pèlerin*. La Fontaine faisait grand cas de ses poésies.

L'AVARE

L'homme convoiteux est hastif
A ravir, à donner tardif;
Il sçait bien les gens refuser,
Et est habile à s'excuser :
S'il donne rien, tost s'en repent;
Pour perdu tient ce qu'il despend;
Ses escus sans cesse il manie;
En autre livre n'estudie :
Soir et matin compte et recompte,
Pour sçavoir que son thrésor monte :

Il soupire; tousjours escoute
S'il vient rien; tousjours est en doute;
Il n'a cure de payer rien;
S'on lui demande, il perd maintien;
Il donne, mais c'est pour gagner,
Et ne gagne pas pour donner;
Large il est là où il n'a droit;
En ses propres biens est estroit;
Pour donner a la main couverte,
Et pour prendre l'a bien ouverte.

PIERRE BLANCHET. — On sait peu de chose de ce poëte, sinon qu'il naquit à Poitiers en 1459, et mourut en 1519. Nous donnons, comme échantillon des drames gais de ce temps, un extrait de l'*Avocat Pathelin*, rajeuni en 1706 par Brueys.

L'AVOCAT PATHELIN

SCÈNE V

Pathelin demande son salaire à Aignelet.

PATHELIN.
D'y, Aignelet.

LE BERGIER.
Bee.

PATHELIN.
Vien ça, vien.
Ta besogne est elle bien faicte ?

LE BERGIER.
Bee.

PATHELIN.
Ta partie est retraicte;
Ne dy plus Bee; il n'y a force.

Luy ay je baille belle estorse?
T'ai-je point conseille à point?

LE BERGIER.
Bee.

PATHELIN.
He dea! On ne te orra point.
Parle hardiment, ne te chaille.

LE BERGIER.
Bee.

PATHELIN.
Il est ja temps que je m'en aille:
Paye moy.

LE BERGIER.

Bee.

PATHELIN.

A dire voir,
Tu as tres bien faict ton devoir,
Et aussy bonne contenance.
Ce qui luy a baille l'advance,
C'est que tu t'es tenu de rire.

LE BERGIER.

Bee.

PATHELIN.

Quel Bee? Il ne le fault plus dire.
Paye moy bien et doucement.

LE BERGIER.

Bee.

PATHELIN.

Quel Bee? Or parle saigement.

LE BERGIER.

Bee.

PATHELIN.

Sces tu quoy je te diray?
Je te prie, sans plus m'abayer,
Que tu penses de moy payer.
Je ne vueil plus de baverie
Paye moy.

LE BERGIER.

Bee.

PATHELIN.

Est ce mocquerie
Est ce quanque tu en feras?
Par mon serment, tu me payeras.
Entends tu? se tu ne t'envoles.
Çà argent.

LE BERGIER.

Bee.

PATHELIN.

Tu te rigoles!
Comment! n'en auray autre chose?

LE BERGIER.

Bee.

PATHELIN.

Tu fais le rimeur en prose,
Et à qui vends tu tes coquilles?
Sces tu qu'il est? Ne me babilles
Meshuy de ton Bee, et me paye.

LE BERGIER.

Bee.

PATHELIN.

N'en auray je autre monnoye?
A qui cuides tu te jouer?
Et je me devoye tant louer
De toy : or fay que je m'en loe.

LE BERGIER.

Bee.

PATHELIN.

Me fais tu manger de l'oe?
Maugrebleu! ay je tant vescu,
Qu'un bergier, un mouton vestu,
Un villain pillard, me rigolle?

LE BERGIER.

Bee.

PATHELIN.

N'en auray je autre parolle?
Si tu le fais pour toy esbatre,
Dy le, ne m'en fais plus debatre :
Vien t'en souper à ma maison.

LE BERGIER.

Bee.

PATHELIN.

Par sainct Jean, tu as bien raison;
Les oysons menent les oes paistre.
Or cuydois je estre sur tous le maistre
Des trompeurs d'icy et d'ailleurs,
Des corbineurs, et des bailleurs
De paroles en payement,
A rendre au jour du jugement;
Et un bergier des champs me passe!
Par sainct Jacques! se je trouvasse
Un bon sergent, te feisse prendre.

LE BERGIER.

Bee.

PATHELIN.

Heu, Bee! l'en me puisse pendre,
Si je ne vois faire venir
Un bon sergent, mesavenir
Luy puisse, s'il ne t'emprisonne.

LE BERGIER.

S'il me treuve, je luy pardonne.

MARTIAL DE PARIS. — Né vers 1440, mort en 1508. Il fut quarante ans procureur au parlement. L'on doit à ce poëte, plein d'imagination et d'esprit, les *Vigiles de la mort du roi Charles VII*, les *Dévotes louanges à la Vierge Marie*, etc.

LE BON TEMPS

Chacun vivoit joyeusement
Selon son estat et mesnage;
L'on pouvoit partout seurement
Labourer en son héritage,
Si hardiment que nul outrage
N'eust esté fait en place ou voye,
Sur peine d'encourir dommage :
Hélas! le bon temps que j'avoye!

Lors estoye en la sauve-garde
De paix et de tranquillité;
De mal ou danger n'avois garde;
Justice avoit autorité;
Le pauvre estoit autant porté
Que le riche plain de monnoye;
Blez et vins croissoient à planté :
Hélas! le bon temps que j'avoye!

Il n'estoit en cette saison
De logier par fourrier nouvelles,
N'ez hostels mettre garnison;
Mais de faire chere à merveilles,
Boire à deux mains à grans bouteilles,
Le gras fromage par la voye
Qu'on mangeoit à grosses rouëlles :
Hélas! le bon temps que j'avoye!

Du temps du feu roy trespassé,
Ne doutoient brigans d'un festu;
Je fusse passé, rapassé,
Mal habillé, ou bien vestu,
Qu'on ne m'eust pas dit, d'où viens-tu?
Ni demandé que je portoye ;
Chemin estoit de gens battu :
Hélas! le bon temps que j'avoye!

OCTAVIEN DE SAINT-GELAIS. — Né en 1465, mort en 1502. Octavien traduisit dès sa jeunesse l'*Odyssée* d'Homère, l'*Énéide* de Virgile, etc., et, plus tard, composa, sous le titre de *la Chasse et le Départ*, un recueil de ballades, de triolets, de rondeaux, etc. Il fit l'éloge de Charles V, de Charles VII, de Louis XI; les *Plaintes sur les malheurs publics*, le *Séjour d'honneur*, mêlé de prose et de vers, etc. Il fut évêque d'Angoulême.

REGRETS

Ores connois mon temps premier perdu ;
De retourner jamais ne m'est possible.
De jeune, vieux, de beau, laid suis venu.
En jeunes ans, rien n'étoit impossible
A moi jadis, hélas! ce me sembloit.
C'étoit abus qui caultement embloit
Ce peu qu'avois alors de connoissance,
Quand je vivois en mondaine plaisance.
Adieu vous dis, nobles et plaisans lieux,
Où j'ai passé ma jeunesse première :
Ores vous perds ; car je suis venu vieux :
Age a reçu de moi rente pleniere.
Adieu Coignac, le second paradis,
Chasteau assis sur fleuve de Charente,
Où tant de fois me suis trouvé jadis :
Quand à part moi me souviens et ramente
Biens et soulas que j'avais à loisir;
J'en ai un deuil qui passe tout plaisir.

CHARLES DE BORDIGNÉ. — Né à Angers, et mort en 1531. On n'a de ce poëte, qui était prêtre, que la *Légende de maistre Pierre Faifeu;*

c'est le recueil des tours d'espièglerie d'un héros imaginaire, racontés avec beaucoup de finesse et de variété.

LA POUDRE AUX PUCES
(Conte.)

Pour son plaisir, non d'argent trop muny,
Faifeu alla d'esprit non immuny,
Pour mieux user de cautelle ou miracle,
Chez les Bretons vendre le tyriacle,
En se vantant qu'il guérit de tous maux,
Sans y faillir, tant soint-ils anormaux !
Bref, quand eust fait bien ou mal ses repuces,
Il s'en alla vendre la poudre aux puces.
Il avoit fait force petits cornets,
Pour affronter tous ses jolis cornets,
Où n'y avoit que scieure de bois
Bien fort poudré. Adonc à ses abbois,
Chacun accourt; lors en fist bonne vente :
Car pour tout vray publiquement se vante
Que les puces toutes fera mourir.
Là eut argent, pour son fait secourir,
Tant et si bien, qu'il fut assez content.
L'un des présens s'advisa tout content,
Que bien sont fous de-là s'estre amusés,
Sans qu'il leur dist la maniere d'user
De la poudre que il leur a vendue;
A Faifeu va, sans faire autre attendue,
Luy demander la maniere et la sorte
Qu'il faut user de la poudre qu'il porte.
Il y respond, sans faire long caquet,
Que mettre faut les puces en paquet,
Puis les prendre chacune seule à seule,
Et leur pousser la poudre dans la gueule :
Toutes mourront sans faire long séjour.
Lors chacun rit d'avoir eu celuy jour
Tel passe-temps, et si bonne responce :
Mais tout soudain le galland fist esponce
Avec l'argent qu'eut par son plaisant jeu;
Il s'en alla, et sans leur dire adieu.

JEAN SOUCHET. — Né à Poitiers en 1476, mort après 1550. Il fut poëte de bonne heure et écrivit jusqu'à l'age de 74 ans. Ses vers sont soumis à une marche plus régulière que ceux de ses devanciers, et il observe ordinairement l'alternative des rimes masculines et féminines. Dans le grand nombre de ses œuvres, on distingue : le *Traverseur des voies périlleuses*, la *Chronique de Clotaire et de Radégonde*, le *Chappelet des princes*, les *Cantiques de la sainte et dévote âme*, les *Triomphes de François Ier*, etc.

BALLADE

Quant justiciers, par équité,
Sans faveur procès jugeront ;

Quant, en pure réalité,
Les avocats conseilleront ;

3

Quant procureurs ne mentiront,
Et que chacun sa foi tiendra ;
Quant pauvres gens ne plaideront,
Alors le bon temps reviendra.
Quant ceux qui ont autorité,
Leurs sujets plus ne pilleront ;

Quant nobles, sans crudélité
Et sans guerres, en paix vivront ;
Quant les marchands ne tromperont,
Et que le juste on soutiendra ;
Quant larrons au gibet iront,
Alors le bon temps reviendra.

ENVOI

Prince, quant les gens s'aimeront,
Je ne sçais quand il adviendra,

Et qu'offenser Dieu ils craindront,
Alors le bon temps reviendra.

MELLIN DE SAINT-GELAIS. — Né en 1491, mort en 1558. Il était poëte et musicien, fort en faveur à la cour de François Ier, où il introduisit, dit-on, le madrigal et le sonnet. Il réussit surtout dans le genre léger ; ses épigrammes sont spirituelles. Il fit la traduction d'une *Élégie* d'Ovide, la *Genevre*, etc.

D'UN VIEILLARD D'AUPRÈS VÉRONNE
(Épigramme tirée de Claudien.)

O bienheureux qui a passé son âge
Dedans le clos de son propre héritage,
Et n'a de vue éloigné sa maison,
En jeunes ans et en vieille saison ;
Qui d'un bâton et d'un bras secouru,
Va par les champs, où jeune il a couru,
Les siècles longs pas à pas racontant,
Du toit champêtre où il est habitant !
   Nul accident d'inconstante fortune
Ne lui montra sa fureur importune,
Ni n'a été par peines et dangers
Sa soif éteindre aux fleuves étrangers.
   Il n'a senti, suivant le fait des armes,
La froide peur des assaus et alarmes,
Ni marchandant a expérimenté
D'être en la mer des ondes tourmenté,
Et de procès n'ouït oncques le bruit
Qui empeschast de son aise le fruit ;
Mais tout rural et inexercité,
A peine a vu la prochaine cité,
Se contentant loin de mur et de tour,
De voir à plein le beau ciel tout autour.
S'il faut nombrer quelque temps, le bonhomme
Ne compte point par les consuls de Rome,
Mais seulement connoît les ans passés,
Aux fruits qu'il a d'an à autre amassés.
Quand son jardin verd et fleuri devient,
Il connoît bien que le printemps revient,
Et aux fruits mûrs l'automne il certifie :
Voilà son art et sa philosophie.
Il voit lever et coucher le soleil
Au même lieu que son somme et réveil,
Et est le dos du rustique séjour
Son zodiaque où mesure le jour.

Tel chêne est or aux champs grand et superbe
Qu'il lui souvient avoir vu être en herbe,
Et les forêts a vu plantes menues,
Qui, quant et lui, sont vieilles devenues :
Non plus connoît sa voisine Véronne
Qu'il fait Memphis que le Nil environne ;
Et tant lui est le prochain lac de Garde
Que la mer Rouge, et d'y aller n'a garde.
  Ce néanmoins, le temps et ses efforts
N'ont affoibli ses membres sains et forts,
Et ses neveux voyent en l'âge tiers,
De leur ayeul les bras durs et entiers.
Un autre donc aille voir Hibérie,
Ou plus s'il veut, car je tiens et parie
Que ce vieillard, qui ne veut qu'on le voie,
Plus de vie a qu'un autre et plus de joie.

ÉPIGRAMME

Chatelus donne à déjeûner
A six, pour moins d'un carolus ;
Et Jaquelot donne à dîner
A plus, pour moins que Chatelus.

Après tels repas dissolus,
Chacun s'en va gai et falot :
Qui me perdra chez Chatelus,
Ne me cherche chez Jaquelot.

MARGUERITE DE VALOIS. — Née en 1492, morte en 1549. Sœur de François Ier, reine de Navarre, elle garda toujours un cœur français. C'était une femme accomplie, possédant toutes les connaissances de ce temps, favorable aux poëtes et aux savants ; on la nomma la *dixième Muse* et la *quatrième Grâce*. Elle composa des farces, des comédies pieuses et des pièces de tout genre, recueillies sous le titre de : *les Marguerites de la Marguerite des princesses, très-illustre royne de Navarre*.

SUR LA MALADIE DE FRANÇOIS Ier

Rendez tout un peuple content,
O vous, notre seule espérance.
Dieu ! celui que vous aimez tant,
Est en maladie et souffrance.
En vous seul il a sa fiance.
Hélas ! c'est votre vrai David ;
Car de vous a vraie science ;
Vous vivez en lui, tant qu'il vit.

De toutes ses graces et dons
A vous seul a rendu la gloire ;
Par quoi les mains à vous tendons,
Afin qu'ayez de lui mémoire.
Puisqu'il vous plaist lui faire boire
Votre calice de douleur,
Donnez à nature victoire
Sur son mal, et notre malheur.

Le désir du bien que j'attends,
Me donne de travail matière.
Une heure me dure cent ans ;
Et me semble que ma litière
Ne bouge ou retourne en arrière ;
Tant j'ai de m'avancer désir !
O qu'elle est longue ma carrière
Où à la fin gist mon plaisir !

Je regarde de tout costé,
Pour voir s'il n'arrive personne ;
Priant la céleste bonté
Que la santé à mon roi donne ;
Quand nul ne vois, l'œil j'abandonne
A pleurer, puis sur le papier
Un peu de ma douleur j'ordonne :
Voilà mon douloureux métier.

O qu'il sera le bien venu,
Celui qui, frappant à ma porte,
Dira : Le roi est revenu
En sa santé très-bonne et forte :

Alors sa sœur, plus mal que morte,
Courra baiser le messager
Qui telles nouvelles apporte,
Que son frère est hors de danger.

COUPLETS A JÉSUS-CHRIST

Seigneur, quand viendra le jour
    Tant désiré,
Que je seray par amour
    A vous tiré?
Et que l'union sera
    Telle entre nous,
Que l'espouse en nommera
    Comme l'espoux...

Ce jour des nopces, Seigneur,
    Me tarde tant,
Que de nul bien ny honneur
    Ne suis content;

Du monde ne puys avoir
    Plaisir ny bien;
Si je ne vous y puys voir,
    Las! je n'ay rien.

Essuyez des tristes yeux
    Le long gémir,
Et me donnez pour le mieux
    Un doux dormir.
Car d'ouyr incessamment
    Vos saints propos,
C'est parfait contentement
    Et seur repos.

CHAPITRE III

PROSATEURS ET MORCEAUX

—

IXᵉ SIÈCLE

SERMENT DE LOUIS LE GERMANIQUE
(842)

Pro Deo amur, et pro kristian poblo, et nostro commun salvament dist di en avant, in quant Deus savir et podir e me dunat, si salvaraï eo cist meon fradre Karlo, et in adjudha et in cadhuna cosa, si cum hom per dreit son fradre (fradra) salvar dist (dust), in o quid il mi altre si fazet, et ab Lud-her nul plaid nunquam prindrai, qui, meon vol, cist meon fradre Karlo in damno sit.

Pour (de) Dieu l') amour, et pour (du) chrétien peuple et notre commun salut, de ce jour en avant, en tant que Dieu savoir et pouvoir me donne, ainsi sauverai-je celui-ci mon frère Charles et en aide et en chaque chose, si comme on par droit son frère sauver doit, en ce que (afin que) il à moi de même fasse; et de Lothaire nul accommodement jamais (en) prendrai, qui, à mon vouloir, à celui-ci mon frère Charles en dommage soit.

Xᵉ SIÈCLE

EXTRAIT DU SYMBOLE
(Trad. attribuée à saint Athanase.)

Kikumkes vult salf estre devant totes choses, besoing est qu'il tienget la

Quiconque veut sauf être, avant toutes choses besoin est qu'il tienne la comune fei. — Laquele si caskun entiere e neent malmis me ne guarderas sans dotance pardurablement periras. — Juste est a certes la comune fei que uns deu en trinitet et la trinitet en unitet aorums...

la commune foi. — Laquelle si chacun entière et sans mélange ne la garde, sans aucun doute pour toujours il périra. — Celle-ci est certainement la commune foi, que un Dieu en trinité et la trinité en unité nous adorions...

XIe SIÈCLE

SAINT BERNARD, FRAGMENT D'UN SERMON
(1091)

Por ceu volt il en terre dexendre et ne volt mies solement dexendre en terre et nastre, anz volt assi estre conuiz; et por ceste conissance faisons nos ni ceste feste de l'Aparicion. Hui vinrent li troi roi por querre lo soloil de justise qui neiz estoit, de cui il est escrit : Cy ke vos uns bers vient, et Orianz en ses nonz. Il ensevirent hui lo conduit de la novele estoile, et si aorèrent le novel enfant de la Virgine...

C'est pour cela qu'il voulut descendre sur terre, et il ne voulut pas seulement descendre en terre et naître, mais voulut aussi être connu; et, pour cette connaissance, nous faisons aujourd'hui cette fête de l'Épiphanie. Aujourd'hui sont venus les trois rois pour querir le soleil de justice qui était né, de qui il est écrit : Voici un roi qui vous est venu du côté de l'Orient. Ils suivirent le chemin que leur montrait la nouvelle étoile, et ils adorèrent le nouveau-né enfant de la Vierge...

EXTRAIT D'UNE TRADUCTION DU LIVRE DES ROIS

Le secunds livres des Rejs.

Sathanas se eslevad encuntre Israel et entichad David que il feist anumbred ces de Israel è ces de Juda. Et li reis comendad a Joab ki esteit maistre cunestables de la chevalerie le rei, que il alast par tutes les lignées de Israel dès Dan jesque Bersabée e anumbrast le pople...

Le second livre des Rois.

Satan s'éleva contre Israël et entraîna David à ce qu'il fît dénombrer ceux d'Israël et ceux de Juda. Et le roi commanda à Joab, qui était maître connétable de la chevalerie du roi, qu'il allât par toutes les familles d'Israël depuis Dan jusqu'à Bersabée, et qu'il dénombrât le peuple...

XIIe SIÈCLE

LA MORT DE ROLAND

(Cette citation est extraite de la *Chronique de Turpin*, roman historique attribué à Turpin, archevêque de Reims en 753; on croit que cette chronique est d'un moine de Saint-André, et qu'elle fut traduite au xiie siècle par Robert Gaguin.)

Rollanz ne se poet sostenir, si se cochia on pré per desoz l'arbre, molt desiranz eue à sa soi esteindre qu'il avoit molt grant... Lors regarda vers lo cel Rollanz li martyrs et fit ceste proieire : « Biauz sire Deus Jhesucris,

Roland ne se put soutenir; il se coucha sur l'herbe au-dessous de l'arbre, désirant beaucoup de l'eau pour éteindre sa soif qui était fort grande... Alors regarda le ciel Roland le martyr et fit cette prière : « Beau per la cui amor je laissai mon païs e vinc çai en iceste terre salvagie per essaucer saincte chrestianté, e si ai feit maintes batallies sore Sarrasins e vencues ot l'aïe de toi, sire, per cui je ai soffert mainte fain e mainte soi e mainte anguoisse que conter ore ne puis; beaus sire, je te comant m'âme. Issi te pret que tu ostes m'âme de la mort durable. Sire, perdon à moi mes péchiez et si me met en durable vie e repos. Je te croi de tot mon cuer; je te régéis de ma bouche, et si sei que tu veus oster m'âme de cest chaitif cors e que tu la fasces vivre de mellior vie. »

... Après ceste proieire se parti l'âme d'au cors au benoit martir Rollant, e laissa le cors; e li angre l'emportarent ou regne Deu e en la joie durable. Ore feit joie sanz terme avoec les sainz martyrs.

sire Dieu Jésus-Christ, pour l'amour de qui je laissai mon pays et vins ici en cette terre sauvage pour exhausser la sainte chrétienté, et y ai livré maints combats contre les Sarrasins et les ai vaincus par ton aide; sire, pour qui j'ai souffert plusieurs fois la faim et la soif, et maintes angoisses que je ne puis compter; beau sire, je te recommande mon âme. Et je te prie de préserver mon âme de la mort éternelle. Sire, pardonne-moi mes péchés, et place-moi dans la vie et le repos éternels. Je crois en toi de tout mon cœur; je te confesse de ma bouche, et, si tu veux arracher mon âme de ce chétif corps, fais-le vivre d'une meilleure vie. »

... Après cette prière partit l'âme du corps du bienheureux martyr Rolland, et laissa là le corps; et les anges l'emportèrent au royaume de Dieu et en la joie éternelle. Maintenant elle jouit du bonheur sans fin avec les saints martyrs.

MAURICE DE SULLY. — Né en 1160, mort en 1196. Il étudia et enseigna à Paris, fut renommé comme prédicateur, devint évêque de Paris, et commença l'édification de Notre-Dame. Il composa des sermons, des traités théologiques, et des épîtres au pape.

EXPLICATION DU PATER [1]

En trestotes les paroles et les orisons qui furent onques establies ne dites en terre, si est li plus sainte et li plus haute la *Patre nostre*. Quar ceste noméément establit Deus meismes, et commanda à dire à ses apostres; et par ses apostres le commanda à dire à tos ceus qui en lui croient. Por ce est-elle plus dite et plus doit être en sainte église que nule autre orisons; mais ce saciés, por voir, que tels poés vos estre que plus demandés vos mal que bien à vostre ues quant vos dites la *Patre nostre*; et porce que vos saciés que vos dites la *Patre nostre*, si vos dirons et démosterrons en romans ce que la latre a en soi, et ce que ele nos enseigne, etc.

De toutes les paroles et les prières qui ont été récitées et dites sur la terre, la plus sainte et la plus haute est le *Pater noster;* car Dieu lui-même l'établit spécialement, et il commanda à ses apôtres de le dire, et par eux il enjoignit la même chose à tous ceux qui croient en lui. Aussi le *Pater* est-il et doit-il être récité en sainte Église plus qu'aucune autre prière; mais apprenez en vérité, que vous pouvez être tels qu'il arrive que vous demandiez plus de mal que de bien, sans le savoir, quand vous dites le *Pater noster*. Donc, pour que vous sachiez ce que vous dites et demandez quand vous récitez le *Pater*, nous vous dirons et démontrerons en langue romane ce que la lettre a en elle-même et ce qu'elle nous enseigne, etc.

(1) Extrait de Tissot.

XIIIe SIÈCLE

Ville-Hardoin (Geoffroy de). — Né vers 1167, mort en Thessalie. Sénéchal de Champagne, au temps de la IVe croisade, il fut choisi pour négocier avec Venise le transport par mer des croisés, assista à la prise de Constantinople et fut nommé maréchal de Romanie. Il a laissé l'*Histoire de la conquête de Constantinople*, empreinte d'une grande simplicité et d'une grande modestie.

PRISE DE CIBOTOS
(1207)

Ençois (1) que cil assaut commençast, le samadi matin s'en vint un mès (2) batant en Constantinople, et trova l'emperéres Henri el palais de Blakerne, seant al mengler (3), et li dist : « Sire, sachiez que cil (4) de Chivetot (5) sunt assis (6) par mer et par terre, et se vos ne les secorez hastivement, ils sunt pris et mors. » Avec l'emperéres ère (7) Coenes de Betune, et Joffrois li mareschaus de Champaigne, et Miles de Braibanz, et pou de gens. Et li conseils si fu cors, que l'emperéres s'en vient al rivage, et s'en entre en un galion, et chascuns en tel vaissel com il pot avoir. Et lors fait crier par tote la ville, que il le sievent (8) à tel besoing com par secore ses homes, que il les a parduz, se il ne le secort. Lors veissiez (9) la cité de Constantinople mult efformier (10) des Venissiens, et des Pisans, et d'autres genz qui de mer savoient : et corent as vaisaux, qui ainz ainz, qui mielx mielx. Avec als entroient li chevaliers à tote lor armes; et qui ançois (11) pooit, ançois se partoit del port, por suyvre l'empereor. Ensi alérent à force de rames tote la vesprée (12), tant com lor dura, et tote la nuit trosque (13) à lendemain al jor. Et quant vint à une pièce (14) après le soleil levant, si ot tant exploitié (15) l'emperéres Henris, que il vit li Chivetot, et l'ost (16) qui ére entor et par mer et par terre : et cil dedenz n'orent mie dormi la nuit, ainz se furent tote nuit bordé (17), si malade et si navré com il estoient, et com cil qui n'atendoient se la mort non. Et quant l'emperéres vit que il estoient si prés, que il voloient assaillir, et il n'avoit encor de sa gent se pou non, car avec lui n'ére fors que Joffrois le mareschal en un autre vaissel, et Miles le Braibanz, et un Pisan, et un autre chevalier, et tant que il avoient entre granz et petit de vaissialz dix-sept, et cil en avoient bien soixante; et virent que se il attendoient lor genz, et soffroient que cil assaillissent cels de Chivetot, que il seroient morz, ou pris. Si fu tels lor conseils que il iroient combattre à els de la mer; et voguèrent celle part (18) tuit d'un front, et furent tuit armé as vaissials, les hialmes laciez (19). Et quant cil les virent venir qui estoient si appareillié d'assaillir, si connurent bien que ce ére secours, si se partirent del chastel, et vindrent encontre als, et tote lor ost se logia sor le rivage de grant genz que il avoient à pié et à cheval. Et quant il virent que l'empereor et la soe gent venroient totes voies sor als, si refor lor genz qui estoient sor le rivage, si que cil lor pooient aidier de traire et de lancier : ensi les tint l'emperéres assis (20) à ses diz-sept vaissiaus, tant (21) que li cris vint qui érent meuz (22) de Constantinople, et ançois que la nuit venist, on

(1) Avant. — (2) Messager. — (3) A table. — (4) Ceux. — (5) Cibotos. — (6) Assiégés. — (7) Étaient. — (8) Suivent. — (9) Vous auriez vu. — (10) Fournir. — (11) A mesure que. — (12) L'après-midi. — (13) Jusque. — (14) Un peu. — (15) Se dépêcha. — (16) L'armée. — (17) Fortifié. — (18) Dans cette direction. — (19) Casque en tête. — (20) Renfermés. — (21) Tellement. — (22) Partis.

y ot tant venu, que il orent la force en la mer par tot, et furent tote nuit
armé, et aancrez lor vaissiaus. Et fu lor conseils telx, que sitost que il
verroient le jor, que il s'iroient combatre à els el rivage, et pour tollir (1)
lor vaissials. Et quant vint endroit (2) la mie-nuit, si traistrent (3) li Grien (4)
toz lor vaissials à terre, si bottèrent (5) le feu dedenz, et les ardrent (6) toz,
et se deslogièrent, et s'en alèrent fuiant.

HENRI DE VALENCIENNES. — C'est le continuateur de Ville-Hardoin, sans doute un des chevaliers de Henri, l'empereur de Constantinople. Son récit est une œuvre d'imagination, un tableau
coloré, une narration poétique, si on le compare avec le récit tout
militaire et tout politique de Ville-Hardoin.

BATAILLE DE PHILIPPOPOLIS

Li mariscal de notre ost (7) si perçut la gent Burille qui vonoient
huant (8) et glatissant, et menant une mult grant tempeste; car bien cu-
doient contrester (9) à nos fourriers. Jofrois (10), ki mariscaus estoit de
nostre ost, si manda à l'empereour k'il aroit la bataille contre Burille le
traitour, ki emperres se faisoit contre Diex et contre raison, et qu'il che-
vauchast. Et quant li emperres l'oï, si li plot (11) mult durement cil man-
demens, car il estoit mult désirans de avoir la bataille. « Biaux sire Diex,
dist-il, plaise vous que nous hui nous puissions vengier de Blas (12) et de
Comains, s'il vous vient à plaisir... Ai grant joie de ce que jou voi que il
atendent; car se il féissent sanlant (13) de fuir, et Burille vausist (14) après
lui ardoir (15) sa terre, sachiés bien que je n'eusse nule fiance (16) en nostre
retour, ains fust cascuns de nous perdus par droite famine et par soufraité
de viande (17)... Vous véés bien que ce n'est mie jeu d'enfant... Est avis de
si cruel bataille et si morteus, que se li uns de nous tenoit l'autre, je ne
quit mie k'il le rendist pour cent mil besans d'or que il ne l'ochesist (18).
— Sire, fait Pieres de Douay, que alès vous chi plaidant? Alès avant har-
diement; et bien sachiés, se mors ne m'en destourne, vous ne serés ui
quatre piés devant (19)... » Et sachiés que à celui matin, pour la douchour
dou tans, li oisillon chantoient mult douchement, chascuns selonc sa manière... Dont Henris de Valenchiennes dist bien et aferme que onkes mais
à nul jour de sa vie n'avoit veut plus bel jour de celui.
    Que vaut alongemens? Les eschiéles s'entreaprochent par grant orguel et
par grant ire (20)... Atant es-vous (21) Burille vengnant à tout trente-trois
mile homes dont il avoit fait trente-six batoilles... quidoient prendre as
mains l'empereour et tous ceus qui avoec lui estoiens. Et li emperres fist
chevauchier sa gent, et lor dist que or se contenist (22) cascuns comme
preudomes; car il voient bien que li besoins en est venus...
    Li jours estoit si biaus com vos avés oy, et li Blac (23) font lor trompes
soner; et li capelains Phelippes, ki tient en sa main la crois de nostre re-
demption, lor commença à sermonner, et dist : « Signour, pour Dieu
soyés preudome cascuns en soi-meismes, et ayés fiance en Nostre-Si-
gnour, ki pour vous soufri paine et torment, et ki pour le péchié de Evain
et de Adam soufri martire... Que vaut çou (24)? je vous commant à tous,

(1 Enlever. — (2) Environ. — (3) Retirèrent. — (4) Les Grecs. — (5) Mirent. — (6) Brûlèrent. — (7) Armée. — (8) Hurlant. — (9) S'attaquer. — (10) Ville-Hardoin. — (11) Plut. — (12) Bulgares. — (13) Semblant.
(14) Voulût. — (15) Brûler. — (16) Confiance. — (17) Manque de vivres. — (18) Ne le tuât. — (19) Vous ne
nous précéderez pas de quatre pieds. (20) Colère. — (21) Voyez-vous. — (22) Se conduisit. — (23) Bulgares.
— (24) Or çà.

en nom de pénitenche, que vous poigniés (1) encontre les anemis Jhésu-Christ, et je vous asoeil (2), de par Dieu, de tous les péchiés que vous oncques feistes dusques au jour de lui. »

Quant li capelain et son serviche définé, et il ot monstré la crois où nostre sire rechut, pour son povre puple racater, mort et passion, cil ki poindre devoient devant par son commandement, quand il virent lieu et tans, lanche baissié, fiert chevael des espourons en escriant : *Saint-Sépulcre !...* Que vous diroie-jou ? Il (les ennemis) se misent à la fuite, et li nostre les ochioient en fuiant; et pour çou que il venissent plus tost à garison, cascuns jetoit jus teles armures comme il portoit...

JOINVILLE (Jean, sire de). — Né en 1224, mort en 1318, sénéchal du comte Thibault IV et ami de saint Louis. Il accompagna le roi à sa première croisade et fut fait prisonnier. Il écrivit des *Mémoires* sur les expéditions et le règne de son maître : il y montre pour le roi une sincère affection, et ce qu'il a vu, il le raconte avec sensibilité et avec naturel.

SAINT LOUIS RENDANT LA JUSTICE

Maintes fois avint que en esté, il aloit seoir au boiz de Vinciennes apries sa messe, et se acostoioit à un chesne et nous fesoit seoir entour li; et tous ceulz qui avoient à faire venoient parler à li, sans destourbier de huissier ne d'autre. Et lors il leur demandoit de sa bouche : « A yl ci nulhui qui ait partie ? » Et cil se levoient qui partie avoient; et lors il disoit : « Taisiez vous tous, et en vous delivrera l'un apres l'autre. » Et lors il appeloit Monseigneur Pierre de Fontaines et Monseigneur Geffroy de Vilette, et disoit à l'un d'eulz : « Delivrez moi ceste partie. » Et quant il veoit ancune chose à amender en la parole de ceulz qui parloient pour autrui, il meisme l'amendoit de sa bouche. Je le vis ancune fois en esté, que pour délivrer sa gent, il venoit ou jardin de Paris, une cote de chamelot vestue, un seurcot de tyreteinne sanz manches, un mentel de cendal noir entour son col, moult bien piqué et sanz coife, et un chapel de paon blanc sur sa teste, et fesoit estendre tapis pour nous seoir entour li. Et tout le peuple qui avoit à faire par devant li, estoit entour li en estant, et lors il les fesoit delivrer en la maniere que je vous ai dit devant du boiz de Vinciennes.

XIVe SIÉCLE

CHRISTINE DE PISAN. — Nous avons donné plus haut la biographie de cette femme ; nous étudions présentement ses chroniques.

CY DIST PREUVES, PAR RAISON ET EXEMPLES
DE LA NOBLECE DU CORAGE DU SAGE ROY CHARLES

Retournant à nostre matiere, nous avons le suppoz de nostre œuvre, c'est nostre dit prince; né, nourry, parcreu et couronné, regarder nous convient, après, comment nous emplirons le convenaut promis en nostre

(1) Frappiez. — (2) Absous.

proëme (1), en quelle maniere se pourra descripre par ordre de vérité en luy comprise, les trois susdis biens; c'est assavoir noblece de corage, chevalerie et sagece, en récitant en trois parties distinctes en nostre volume; dont la primiere partie est assavoir, comment, par effect, luy pourrons imposer la primiere vertu descripte, en trois espéciaulx dons de Dieu et nature octroyez, c'est assavoir, noblece de courage, avec les trois deppendances susdictes, qui ne sont fors amer (2) vertu, soy gouverner par prudence, et procurer le bien de renommée; si povons dire en tel maniere :

Le sage roy, anobly de nature par longue genealogie continuée en triumphe, avec ce, de Dieu, par grace, doué de noblece de courage, laquelle luy fit délaissier ignorance en juene aage, par vertu née d'ammonestement (3) de grant discrécion (4), jugiant et cognoiscent les folz délis (5) estre préjudiciables, dampnables et hors ordre de fame (6) deue à digneté et trosne royal, desirant de laissier les choses basses et tendre aux haultes béatitudes, pourpensa comment et par quel maniere pourroit octraire et aluchier (7) meurs virtueux par continuation de vie salutaire par quoy l'odeur de renommée devant Dieu et au monde luy fust permanable (8); délaissant en jeunes jours les abis jolis, vagues (9) et curieus, lesquelz jueunece luy avoit ainçoiz (10) amonnestez, prist habit royal et pontifical, sage et impérial, comme affiert (11) à tel digneté ; et avec ce, par l'exemple de l'escripture, qui dit : « Si ton œil te scandalise, si l'ost de toy, » pour oster toute folle mémoire, chaça d'environ soy tous les folz procureurs, amenistrateurs et anonceurs des folles jueuneces passées, où yceulx flateurs le souloyent instruire et conduire au gré de sa folle plaisance ; lequel exemple noter seroit expédient aux princes et nobles, tant en leur fait, comme ou gouvernement de leurs meneurs, lesquelz souvent sont par maulvais losengers (12) plus amonestez és follies peut estre que mesmes nature ou jueunece ne les amoneste ou sémont (13).

Et ainssi le sage prince, sanz user de simulacion, soubz vesteure faincte, certainement tourna ses meurs en tous vertueux offices, et, pour mieulx parfournir l'affeccion de son noble corage, desira remplir sa noble court et conseil de preudes (14) hommes et expers des estats necessaires à pollicie et ordre de bien et sagement vivre et gouverner l'estat royal et augmenter la chose publique; pour ce, en pourvoyant au fait de ses guerres, actray (15) de tous pays environ soy, pour le fais de la chevalerie bien gouverner et maintenir par secours et bon conseil, tous les expers chevaliers sages et duis (16) d'armes, qu'il pot oncques finer (17), lesquelz grandement honora et pourveut largement ; et, par leur conseil volt user et en tel maniere qu'il s'en ensuivy la gloire et augmentacion de sa dignete et utilité de son royaume, si comme cy après sera par moy desclairé en la deuxième partie de cestuy volume, en laquelle j'espere traictier, comme je promis, de chevalerye.

GASTON PHÉBUS. — Né en 1343, mort en 1391, comte de Foix, surnommé Phébus à cause de sa blonde chevelure. Nous n'avons pas à raconter sa vie aventureuse. Passionné pour la chasse, il nous a laissé un traité des *Déduicts de la chasse des bestes sauvaiyes et des oyseaux de proie*, dont nous donnons un extrait.

PRÉAMBULE

En non et en honeur de Dieu, créateur et seigneur de toutes choses, et du benoist son filz Jhésu-Christ et du saint Esperit, de toute la sainte Trinité

(1) Préambule. — (2, Aimer. — (3) Enseignement. — (4, Sagesse. — (5) Plaisirs. — (6, Estime. — (7) Acquérir. — (8) Durable. — (9, Mondains. — 10) Autrefois. — 11. Convait. — (12) Flatteurs. — (13, Avertit. — (14) Sages. — (15, Fit venir. — (16. Habiles. — (17, Trouver.

et de la Vierge Marie, et de tous les sains et saintes qui sont en la grace de Dieu, je Gaston, par la grace de Dieu, surnommé Fébus, comte de Foys, seigneur de Béarn, qui tout mon temps me suys délité (1) par espicial... en chasse...

Or te proveray come vénéours (2) vivent en ceste monde plus joyeusement que autre gent; quar quant le vénéour se lieve au matin, il voit la tres douce et belle matinée et le temps cler et serin, et le chant de ses oyseles qui chantent doulcement, chescun en son lengage du mieulx qu'ilz puent, selon ce que nature leur aprent. Et quant le souleill sera levé, il verra celle douce rousée sur les rainceles et herbetes, et le souleill par sa vertu les fera reluysir; c'est grant plaisance et joye au cuer du vénéour. Après quant il sera en sa queste et il verra ou encontrera bien tost sans trop quester de grant cerf, et le destournera bien et en court tour ; c'est grant joye et plaisance au vénéour...

FROISSART. — Cet écrivain, que nous avons cité comme poëte, trouve ici sa place comme chroniqueur. La *Chronique de France, Angleterre, Écosse et Bretagne* est une œuvre remarquable par sa simplicité et par l'honnêteté du narrateur, toujours plein d'enthousiasme pour les traits chevaleresque qu'il nous raconte.

COMBAT DES TRENTE (3)

En cette propre saison avint en Bretagne un moult haut fait d'armes que on ne doit mie oublier; mais le doit-on mettre en avant pour tous bacheliers (4) encourager et exemplier. Et afin que vous le puissiez mieux entendre, vous devez savoir que toudis (5) étoient guerres en Bretagne, entre les parties des deux dames, comment que messire Charles de Blois fut emprisonné. Et se guerroyoient les parties des deux dames par garnisons qui se tenoient ens (6) és chasteaux et ens és fortes villes de l'une partie et de l'autre. Si avint un jour que messire Robert de Beaumanoir, vaillant chevalier durement et du plus grand lignage de Bretagne, et étoit châtelain d'un châtel qui s'appelle Châtel Josselin, et avoit avec lui grand' foison de gens d'armes de son lignage et d'autres soudoyers ; si s'en vint par devant la ville et le châtel de Plaremiel (7), dont capitaine étoit un homme qui s'appeloit Brandebourg, et avoit avec lui grand' foison de soudoyers allemands, anglois et bretons, et étoient de la partie de la comtesse de Montfort. Et coururent ledit messire Robert et ses gens par devant les barrières, et eust volontiers vu que cil de dedans fussent issus hors ; mais nul n'en issit.

Quant messire Robert vit ce, il approcha encore de plus prés et fit appeler le capitaine. Cil vint avant à la porte parler au dit messire Robert et sur assigurance (8) d'une part et d'autre. « Brandebourg, dit messire Robert, a-t-il là-dedans nul homme d'armes, vous ni autres, deux ou trois, qui voulussent jouter de fer de glaives contre autres trois? » Brandebourg répondit et dit : « ... D'une seule joute, c'est une aventure de fortune trop tôt passée, si en acquiert-on plutôt le nom d'outrage et de folie que renommée d'honneur ni de prix; mais je vous dirai que nous ferons, si il vous plait. Vous prendrez vingt ou trente de vos compagnons de votre garnison, et j'en prendrai autant de la nôtre. Si allons en un bel champ, là où nul ne nous puisse empêcher ni destourber, et commandons, sur la hart, à nos compa-

(1) Plu. — (2) Chasseurs. — (3) Extrait de Tissot — (4) Jeunes gens. — (5) Toujours. — (6) Dans. — (7) Ploërmel. (8) Assurance.

gnons d'une part et d'autre, et à tous ceux qui nous regarderont, que nul ne fasse à homme combattant comfort ni aye (1) ; et là endroit nous éprouvons et faisons tant que on en parle au temps avenir, en salles, en palais, en places et autres lieux par le monde; et en aient la fortune et l'honneur cils à qui Dieu l'aura destiné. — Par ma foi, je m'y accorde ; et moult parlez ore vassamment (2). Or soyez vous trente, et nous serons nous trente aussi, et le créante (3) ainsi par ma foi. — Aussi le créanté-je, dit Brandebourg; car là acquerra plus d'honneur, qui bien s'y maintiendra, que à une joute. »

Ainsi fut cette besogne affermée et créantée ; et journée accordée au mercredi après, qui devait être le quart jour de l'emprise... Quand le jour fut venu, les trente compagnons Brandebourg ouïrent messe, puis se firent armer et s'en allèrent en la place de terre là où la bataille devoit être, et descendirent tous à pied et défendirent à tous ceux qui là étoient que nul ne s'entremit d'eux pour chose ni pour meschef que il vît avoir à ses compagnons, et ainsi firent les trente compagnons à Monseigneur Robert de Beaumanoir. Cils trente compagnons, que nous appellerons Anglois, à cette besagne attendirent longuement les autres, que nous appellerons François. Quant les trente François furent venus, ils descendirent à pied et firent à leurs compagnons le commandement dessus dit. Aucuns disent que cinq des leurs demeurèrent à cheval à l'entrée de la place, et les vingt-cinq descendirent à pied si comme les Anglois étoient. Et quant ils furent l'un devant l'autre, ils parlementèrent un peu ensemble tous soixante, puis se retrairent arrière, les uns d'une part et les autres de l'autre, et firent toutes leurs gens traire en sus de la place bien loin. Puis fit l'un d'eux un signe, et tantôt se coururent sus et se combattirent fortement tout en un tas, et rescouroient (4) bellement l'un l'autre quand ils véoient leurs compagnons à meschef.

Assez tôt après ce qu'ils furent assemblés, fut occis l'un des François, mais pour ce ne laissèrent mie les autres le combattre, ains (5) se maintinrent moult vassamment d'une part et d'autre aussi bien que tous fussent Rolands et Oliviers. Je ne sais à dire à la vérité : « Cils se maintinrent le mieux et cils le firent le mieux.» Ni n'en ouïs oncques nul priser plus avant de l'autre; mais tant se combattirent longuement que tous perdirent force et haleine et pouvoir entièrement. Si les convint arrêter et reposer; et se reposèrent par accord les uns d'une part et les autres d'autre, et se donnèrent trèves jusques adonc qu'ils se seroient reposés et que le premier qui se releveroit rappelleroit les autres. Adonc étoient morts quatre François et deux des Anglois. Ils se reposèrent longuement, et tels y eut qui burent du vin que on leur apporta en bouteilles, et restreignirent leurs armûres qui déroutées (6) étoient, et fourbirent leurs plaies.

Quant ils furent ainsi rafraîchis, le premier qui se releva fit signe et rappela les autres. Si recommença la bataille si forte comme en devant et dura moult longuement, et avoient courtes épées de Bordeaux roides et aigües et espois (7) et dagues, et les aucuns haches, et s'en donnoient merveilleusement grands horions, et les aucuns se prenoient aux bras à la lutte et se frappoient sans eux épargner. Vous pouvez bien croire qu'ils firent entre eux mainte belle appertise d'armes, gens pour gens, corps à corps, et mains à mains. On n'avoit point en devant, passé avoit cent ans, ouï recorder la chose pareille.

Ainsi se combattirent comme bons champions et se tinrent cette seconde empainte moult vassamment, mais finalement les Anglois en eurent le pire. Car ainsi que je ouïs recorder, l'un des François qui demeuré étoit à cheval les débrisoit et défouloit trop mésaisement, si que Brandebourg leur capitaine y fut tué et huit de leurs compagnons, et les autres se rendirent pri-

_____

(1) Aide. — (2) Bravement. — (3) Promets. — (4) Secouraient. — (5) Mais. — (6) Défaites. — (7) Épieux.

sonniers quand ils virent que leur défendre ne leur pouvoit aider, car ils ne pouvoient ni ne devoient fuir.

GERSON (Jean Charlier, dit). — C'est l'homme éminent de ce siècle de troubles, le théologien par excellence, le docteur inspiré par la raison, le vrai catholique. Sa vie appartient à l'histoire de l'Église; sa gloire est consacrée, quand on l'a nommé l'auteur de l'*Imitation de J.-C.;* son honnêteté est reconnue, quand on connaît l'énergie qu'il déploya contre l'assassinat politique. Ses œuvres les plus remarquables sont : *De la Simplification et de la Direction des cœurs, des Petits Enfants à conduire devant le Christ, de la Pauvreté spirituelle, des Consolations de la théologie,* etc.

AU ROY CHARLES VI

..... Pour oster toute occasion, en estat de chevalerie, de se livrer à mauvaises actions, gens d'armes et souldoiers doivent bien estre payez, pour bien payer ce qu'ils prennent. C'est le commandement de sainct Jan Baptiste; si payement faut aux gens d'armes, ils s'excuseront de payer; se ils ne payent, ils pilleront et roberont sur les pauvres gens très outrageusement, d'aultruy cuir, large courroye. Après que s'ensuit-il au pauvre peuple ? Il s'en convient fuir devant eux, comme brebis font devant loups ; et ne vauldroit-il pas donc mieux au pauvre peuple estre sans deffence, que tels protecteurs, ou tels pillars avoir ? Vrayement il n'est langue qui suffit à descrire la tres misérable indignité de ceste besongne. Je vous supply que vostre tres noble, tres piteux et tres bening courage parface en miséricorde et compassion, ce que je ne pourroye jamais exposer par quelque parolle ou lamentation. Las! un povre homme aura-il payé son imposition, sa taille, sa gabelle, son fouage, son quatriesme, les esprons du roy, la ceincture de la royne... peu luy demeure : puis viendra encores une taille qui sera créée, et sergens de venir et de engager pot et poilles. Le povre homme n'aura pain à manger, sinon par advanture aucun peu de seigle ou d'orge, sa povre femme gerra, et auront quatre ou six petits enfants au fouyer, ou au four, qui par advanture sera chauld, demanderont du pain, crieront à la rage de faim. La povre mère si n'aura que bouter ès dens que un peu de pain où il ait du sel. Or devroit bien suffire cette misère; viendront ces paillars qui chergeront tout : ils trouveront par adventure une poule avec quatre poussins, que la povre femme nourrissoit pour vendre et payer le demeurant de sa taille, ou une de nouvel créée, tout sera prins et happé, et quérez qui paye...

EXTRAIT DES MÉMOIRES SUR DU GUESCLIN

LE TOURNOY

C'étoit autrefois une coûtume fort loüable d'instruire la jeunesse à coure la lance, et de proposer un prix à celuy qui réüssiroit le mieux dans ce noble exercice, afin que cette lice luy servit d'apprentissage pour faire un jour la guerre avec succès. C'est sur ce pied qu'on marqua dans Rennes le jour, le temps et la place où se devoient donner ces sortes d'assauts. Chacun courut avec empressement pour les voir; les dames paroissoient aux fenêtres magnifiquement parées, pour être les spectatrices de ces combats. La présence de tant de témoins et d'arbitres excitoit dans le cœur de chaque écuyer un désir ardent de bien faire, et de sortir avec honneur d'une si glorieuse carrière. Bertrand se mit sur les rangs avec les autres, mais il devint la raillerie de ce beau sexe, qui, le voyant si laid et si mal monté, ne manqua pas d'éclater de rire à ses dépens, en disant qu'il avoit plus l'air d'un bouvier que d'un gentilhomme, et qu'il avoit apparemment emprunté le cheval d'un meunier pour faire une course de cette importance. D'autres, qui connoissoient sa naissance, sa bravoure et son cœur, prenoient son party, soûtenans qu'il étoit le plus intrépide et le plus hardy chevalier de toute la province, et qu'il alloit bientôt donner publiquement des preuves de son adresse et de sa force.

Bertrand, qui prêtoit l'oreille à tout ce qu'on disoit de luy, se reprochoit intérieurement son méchant air et sa mauvaise mine, et desesperoit de pouvoir jamais plaire aux dames étant si mal fait : il pestoit aussi dans son âme contre la dureté de son père qui le négligeoit si fort, qu'il souffroit qu'il eût une si méchante monture dans une occasion de cet éclat. C'est ce qui l'engagea de prier un de ses cousins, qui se trouva là, de luy faire l'amitié de luy prêter son cheval, afin qu'il pût se démêler avec succés de l'action qu'il alloit entreprendre, l'assûrant qu'il reconnoîtroit dans son temps le bon office qu'il attendoit de son honnêteté. Ce parent ne balança point à luy faire ce petit plaisir, l'accommodant sur l'heure de ses armes et de son cheval. Bertrand, se voyant dans un équipage assez leste et monté fort avantageusement, se présenta pour rompre une lance, tendant les mains au premier écuyer qui voudroit entrer en lice avec luy. L'un des plus braves de la troupe luy répondit par le même signe. La carrière étant ainsi réciproquement ouverte, Guesclin poussa son cheval avec tant de force, et pointa sa lance avec tant d'adresse, qu'il donna juste dans la visiere de son adversaire, et luy fît sauter le casque à bas. Il frappa ce coup avec tant de roideur qu'il jetta par terre le cheval et le chevalier. Le premier en mourut à l'instant; et l'homme demeura longtemps pâmé sur la place, sans pouvoir reprendre ses sens, et quand il fut revenu de ce grand étourdissement, il demanda le nom de son vainqueur; mais on ne luy pût donner là dessus aucun éclaircissement; parce que le casque qui couvroit la tête de Guesclin ne permettoit à personne de le reconnoître. Il arriva pour lors une conjoncture fort heureuse pour Bertrand, et qui fît voir à tout le monde la bonté de son naturel; car son père, qui ne le connoissoit point au travers de son armûre de tête, voulant vanger l'affront de celuy qui venoit d'être terrassé, se présenta pour faire un coup de lance contre luy; mais Bertrand, qui reconnut les armes de sa maison sur l'écu de son père, jetta aussitôt par respect la sienne par terre.

Tous les spectateurs furent également surpris d'une contenance si contraire à celle qu'il venoit de faire éclater. Son pere, qui s'imaginoit que sa seule crainte avoit toute la part à cette action, fut bien détrompé quand il le vit aussitôt mesurer ses forces avec un autre, auquel il fît perdre les étriers, et qu'il atteignit sur la tête avec tant de roideur, qu'il luy fît voler son casque à plus de dix pieds de là. Toute l'assemblée battit aussitôt des mains, applaudissant à ce généreux aventurier, dont ils ne connoissoient ny le nom, ny la personne; mais ce fut un redoublement de joye, particulièrement pour son père, quand Guesclin leva la visière devant tout le monde pour se donner à connoître. Il courut pour embrasser ce cher enfant qui luy faisoit tant d'honneur, et dont tous les assistants admirerent la grande jeunesse et la grande adresse, et la surprenante hardiesse. Il luy promit qu'à l'avenir il l'assisteroit de tout ce qu'il auroit besoin, de chevaux et d'argent, pour busquer fortune dans la guerre, pour laquelle il avoit des dispositions si heureuses; et sa mere et sa tante qui se trouverent là ne se pouvoient tenir de joye de voir dans ce jeune homme les glorieux prémices de ce qu'on leur avoit dit qu'il devoit devenir un jour.

Boucicaut (Jean le Maingre, sire de). — Né en 1364, mort en 1421. Après avoir été le compagnon d'armes de Bertrand du Guesclin et de Charles VI, il guerroya en Prusse, et plus tard fut fait prisonnier à la bataille de Nicopolis. Il fut pris encore à la bataille d'Azincourt et mourut en Angleterre. Les *Mémoires* qu'il a laissés ont été écrits sous sa direction.

CY DIT COMMENT LA CITÉ DE GENNES SE DONNA AU ROY DE FRANCE

Si adveint, environ l'an de grace 1397, que les Genevois (1), ainsi comme ils ont d'ancienne coustume de gouverner leur cité et le pays qui leur appartient soubs l'obéissance d'un chef que ils eslisoient entre eulx avec le conseil d'un nombre des anciens de la ville, selon leurs statuts esleurent pour duc celuy qui leur sembla homme plus propice et idoine (2, à les bien gouverner. Celuy duc estoit nommé messire Antoine Adorne; et encores que il feust du peuple, et non mie gentil-homme d'extraction, si estoit-il, saige et bien et prudemment les gouvernoit et tenoit en justice. Mais ainsi comme devant est dit, comme il soit comme impossible tenir en paix les communes et peuple d'icelle nation, qui ne se peut souffrir pour leur grand orgueil à nul suppéditer, si par force n'est, ains veulent tous estre maistres, se rebellerent contre iceluy leur duc, et le chasserent. Mais apres feit tant par amis, que il feut rappellé à la seigneurie; en laquelle quand il eut un peu esté d'espace, luy qui sage estoit considéra la grande variété de ses citoyens, lesquels il sentoit ja murmurer et machiner contre luy. Cy veid bien que longuement ne la pourroit garder ne tenir pour la division d'eulx, qu'il convenoit tenir et gouverner soubs grande puissance.

Si s'advisa celuy duc, pour le bien de la dicte cité, d'une saigecaute le (3) : car il feit tant par dons, grandes promesses et belles paroles, que les principaulx des nobles, et qui debvoient avoir les plus grandes dominations en la ville, dont ceulx du peuple les avoient ch assez, ne y demeurer sinon peu d'eulx n'osoient, feurent d'accord d'eulx donner au roy de France. Et ceste chose agréerent mesmement des principaulx de ceulx du peuple. Quand il eust toute ceste chose traictée et bastie, il le manda hastivement par ses messaiges en France.

Le roy eut conseil que ce n'estoit mie chose à mettre à néant ; et que bon seroit pour luy d'estre saisy et revestu de si noble joyau comme de la seigneurie de Gennes, par laquelle sa puissance et par mer et par terre pourroit moult accroistre. Si envoya un chevalier de France avec belle compaignée de gens, pour en recevoir les hommaiges et gouverner pour le roy la dicte cité. Mais iceluy ne leur fut pas longuement agreable, ains conveint qu'il s'en partist. Et ainsi semblablement plusieurs des chevaliers de France y feurent envoyez, et mesmement le comte de Sainct Pol. Mais aucuns par advanture, pour les cuider tenir en amour, leur estoient trop mols et trop familiers, et frequentoient avec eulx souvent, et dansoient avec les dames. Si n'est pas la maniere de gouverner ceux de delà. Pourquoy tousjours il convenoit que iceulx gouverneurs s'en partissent.

XVe SIÈCLE

Juvénal des Ursins (Jean). — Né en 1388, mort en 1473. C'est le fils du prévôt des marchands de Paris. Après avoir fait partie

(1) Génois. — (2, Propre. — (3) Ruse.

du parlement de Poitiers, il entra dans les ordres, fut évêque de Beauvais et de Laon, puis archevêque de Reims. Il revisa le procès de Jeanne d'Arc et sacra Louis XI. On lui doit l'*Histoire de Charles VI et des choses mémorables advenues pendant quarante-deux ans de son règne.*

LA FOLIE DE CHARLES VI

Le roy, pour executer ce qui avoit esté entrepris et conclu en son conseil, se partit des marches de devers Paris, et se mit en chemin pour venir au Mans, et y arriva environ la fin de juillet. En ladite ville, il attendit ses oncles les ducs de Berry et Bourgongne. Et estoit le duc de Berry fort occupé à la conqueste de Guyenne, où il labouroit et travailloit fort, et en avoit conquesté la plus grande partie, et presque tout. Toutesfois il faisoit la meilleure diligence qu'il pouvoit de s'en venir. On envoya devant Sablé, une place forte, faire commandement qu'ils rendissent la place au roy, et luy fissent obéissance. Mais ils firent les sourds, et n'obéirent en aucune maniere, et disoit-on que Craon estoit dedans. Quand le duc de Bretagne sceut que le roy approchoit, et qu'il avoit intention de venir en armes sur luy, il envoya vers le roy bien notable ambassade. Car il redoutoit fort la venüe du roy, et qu'il n'entrast en armes en son pays. Si presenterent ses ambassadeurs leurs lettres qui estoient de creance, qui fut que le duc s'esmerveilloit que le roy vouloit venir audit pays, et qu'il n'estoit ja necessité qu'il amenast armée, et qu'il le feroit obeïr en toute la duché de Bretagne, et que tout estoit sien, et à son commandement. Et s'offroit à luy faire tout service, comme son bon, vray, et loyal vassal et subjet. Or est vray que, environ le commencement d'aoust, on s'appercevoit bien que le roy en ses paroles et manieres de faire avoit aucune alteration, et diversité de langage non bien entretenant. Lequel dit que comme que ce fust il vouloit aller aux champs en armes. Et de faict monta à cheval, pour aller, et au devant de luy vint un meschant homme mal habillé, pauvre et vil personne, lequel vint au devant du roy, en lui disant : « Roy, où vas-tu? Ne passes plus outre, car tu es trahy, et te doit-on bailler icy à tes adversaires. » Le roy entra lors en une grande frenesie, et merveilleuse, et couroit en divers lieux, et frappoit tous ceux qu'il rencontroit, et tua quatre hommes. Lors on fit grande diligence de le prendre, et fut pris et amené en son logis, et fut mis sur un lict, et ne remuoit ny bras ny jambes, et sembloit qu'il fust mort. Les physiciens vinrent qui le virent, lesquels le jugerent mort sans remede. Tout le peuple pleuroit et gemissoit, et en cet estat le voyoit chacun qui vouloit. Des Anglois mesmes par le moyen du seigneur de la Rivière le vinrent voir. Et de ce fut le duc de Bourgongne très-mal content. Et dit au seigneur de la Rivière qu'un jour viendroit auquel il s'en repentiroit. C'estoit grande pitié de voir les pleurs et douleurs qu'on menoit. La chose vint à la cognoissance du pape et du roy d'Angleterre, qui en furent très-desplaisans. Et partout on faisoit processions, et oraisons très-devotes. Si recouvra santé, et se voua à Nostre-Dame, et à monseigneur sainct Denis. Il fut en une abbaye de religieuses, et y fit sa neufvaine. Puis bien devotement vint à Chartres, fit sa devotion en l'église, et y donna un beau don. Et fut ramené à Paris.

PIERRE DE FENIN. — Ce chroniqueur, d'une famille noble de l'Artois, est peu connu ; sa chronique est la suite naturelle de celle de Juvénal des Ursins.

LA FRANCE A LA MORT DE CHARLES VI

Ainsi avoit en France deux rois, c'est assavoir le roy Charles et le roy Henry, lequel roy Henry se nommoit roy de France et d'Engleterre, et tous deux contendoient d'avoir le royaume ; par quoy le dit royaume fut long-temps en voie de perdicion.

Item, le Doffin, qui se fist nommer roy de France après la mort du roy Charles, son père, comme dit est, estoit très mal gouverné : et y avoit la plus grant partie d'estrangiers qui le gouvernoient, par espécial Davegny du Chastel, le vicomte de Nerbonne et plusieurs autres gens de petit estat. Et pour ce y avoit mout de grans seigneurs qui tenoient le party du roy Charles, qui en estoient très mal contens : et avoient la plus grant partie dissention eulx ensemble, donc les besoingnes du roy Charles empiroient tous les jours en plusieurs manieres. Et avec ce, ceulx qui luy avoient donné le conseil de mectre le duc Jehan de Bourgoingne à mort le tiroient tousjours arrière de ses ennemis le plus qu'ilz povoient, et mout reparoit pour lors le roy Charles à Bourges en Berry.

Item, le roy Charles, qui estoit de sa personne mout bel prince et biau parleur à toutes personnes, et estoit piteux envers povres gens, mais il ne s'armoit mie vollentiers et n'avoit point chier la guerre, s'il s'en eut peu passer. Et avoit espousé la seur du roy Loys, qui estoit moult dame de haut parage et sage ; et eut pluseurs enfans, donc mencion sera faicte cy-après plus à plain, quand lieu sera. Et avecquez ce, se veut, par pluseurs fois, excuser qu'il n'avoit point esté coupable de la mort au duc Jehan de Bourgoingne, et que ce qu'on avoit fait avoit esté contre sa voulenté ; mais le duc Phelipes n'en veut estre content, ne faire paix, et si en fut requis moult de fois ; et luy offroit le roy Charles à luy faire de grans amendemens. Et si osta depuis tous ceux qui avoient esté traicteur de la mort au duc Jehan de son hostel, et plus ne le voulloit tenir autour de luy ; mais nonobstant la paix ne se povoit trouver vers le duc Phelipe de Bourgoingne ; car son conseil metoit tousjours devant que son père avoit esté mourdri en paix, et que bonnement ne se povoit fier en chose que le roy Charles ne son conseil feissent. Et aussy on luy ramentevoit le serment qu'il avoit fait aux Englez, lequel il devoit garder de rompre, ou autrement il seroit déshonnoré s'il le faisoit. Et par telz choses, demoura longuement la paix à faire entre le roy Charles de France et le duc Phelipes de Bourgoingne, donc le royaume fut mout travaillé.

BERRY. — Nous extrayons le prologue de l'*Armorial* de le Bouvier ou Berry, héraut d'armes de Charles VII ; il écrivit aussi une *Chronique* attribuée à tort à Alain Chartier, dont nous avons cité quelques vers.

PROLOGUE

Je, Berry, premier héraut du roy de France, mon naturel et souverain seigneur, et roy d'armes de son païs de Berry, honneur et reverence. A tous ceux qui ce petit livre verront, plaise sçavoir que, en l'honneur de nostre Sauveur Jésus-Christ, et de la glorieuse Vierge Marie, au seiziesme an de mon aage, qui fut en l'an mille quatre cens et deux, j'eus en volonté (ainsi comme Dieu et nature me conseillèrent, et ordonnèrent, et selon que en jeune aage un chacun s'applique à faire chose et labeur, où son plaisir l'encline) de prendre ma délectation à voir et parcourir le monde, ainsi que ma complexion s'y trouvoit beaucoup encline. Et pource qu'en icelle année le tres noble et tres chrétien royaume de France, et la bonne cité de Paris, estoient au plus haut honneur, auctorité, et renommée de tous les royaumes chrestiens, où aboudoit le plus de noblesse, d'honneur, de biens et richesses largement, tant en nombre de princes, prélats, chevaliers, clercs, marchands et commun, que autrement; je formay et résolus dans ma pensée, que suivant mon petit pouvoir, et selon ce que je pourrois comprendre en mon entendement, je verrois les beaux et hauts faits qui pourroient doresnavant advenir en iceluy royaume, et me trouverois partout où je saurois les grandes assemblées, et importantes besongnes d'iceluy, et d'autres; et qu'après leur veüe je rédigerois ou ferois mettre en escrit, ainsi que je le sçaurois comprendre pour le mieux, tant les biens que les maux, lesquels j'y aurois peu remarquer. Si me fasse Dieu la grace, que ce que j'escriray soit plaisant et agreable à ceux qui le liront, oyront, ou voudront voir. Car *toutes choses qui s'escrivent ne peuvent pas estre plaisantes à un chacun.* Or telles matieres ne peuvent justement ny loyaument estre escrites, si ce n'est dans la pure et naïfve vérité, laquelle sans nulle faveur, et en ma conscience, j'ay intention d'escrire à mon pouvoir, sans donner loüange à un party plus qu'à l'autre, sur les divisions qui cy-après sont advenües audit royaume.

LETTRE DE JEANNE D'ARC AU ROY D'ANGLETERRE

(Extrait des mémoires.)

JÉSUS, MARIA,

Roy d'Angleterre, et vous, duc de Bethfort, qui vous dictes régent du royaume de France; vous, Guillaume de la Poulle; vous, de Suffort; Jean, sire de Tallebot; et vous, Thomas, seigneur d'Escalles, qui vous dictes lieutenants dudit Bethfort, faictes raison au Roy du ciel, rendez à la Pucelle, qui est envoyée de par Dieu, le Roy du ciel, les clefs de toutes les villes que vous avez prises et violées en France. Elle est ici venue de par Dieu, pour réclamer le sang royal, elle est toute preste de faire paix, si vous lui voulez faire raison, par ainsi que vous voulez vuider de France; et qu'amendez les dommages que y avez faits, et rendez les deniers qu'avez reçus de tout le temps que l'avez tenu. Et entre vous, archers, compagnons de guerre, gentilshommes et autres, qui estes devant la ville d'Orléans, allez-vous-en, de par Dieu, en vostre païs; et se ainsi ne le faictes, attendez les nouvelles de la Pucelle, qui vous ira veoir brefvement à vos bien grans dommaiges.

Roy d'Angleterre, se ainsi ne le faictes, je suis chef de la guerre, et vous asseure qu'en quelque lieu que je trouverai vos gens en France, je les combattrai et les chasserai, et ferai aller hors, veullent ou non; et, s'ils ne veullent obeïr, je les feray tous occire. Je suis ici envoyée de par Dieu, le Roy du ciel, pour les combattre et pour les mettre hors de toute France; et, s'ils veullent obeïr, je les prendray à mercy. Et n'ayez point opinion d'y demeurer plus; car vous ne tiendrez poinct le royaume de France, de Dieu, le Roy du ciel, fils de la Vierge Marie. Ains le tiendra Charles, le vray héritier; car Dieu, le Roy du ciel, le veut, et lui est révélé par la Pucelle, que bien brief il entrera à Paris en bonne et belle compaignie. Et si vous ne voulez croire les nouvelles de par Dieu et de par la Pucelle, je vous advise que en quelque lieu que nous vous trouverons, nous vous férirons et frapperons dedans, et y ferons un si grand hay-hay, que depuis mille ans en France n'y en eust ung si grand; et croyez fermement que le Roy du ciel envoyera tant de forces à la Pucelle, que vous ne vos gens d'armes ne lui sauriez nuire, ne aux gens de sa compaignie; et aux horions voira-t-on qui aura le meilleur droict. Et vous, duc de Bethfort, qui tenez le siége devant Orléans, la Pucelle vous prie que vous ne faciez poinct destruire; et se vous lui faictes la raison, encore pourrez vous venir veoir que les François feront le plus beau faict que oncques fut fait pour la chrestienté ; et vous prie me faire responce, si vous voulez faire paix en la cité d'Orléans, où nous espérons estre bien brief. Et si ainsi ne le faictes, de vos gros dommaiges vous souvienne.

Escript, ce mardy de la sepmaine saincte.

OLIVIER DE LA MARCHE. — Né en 1426, mort en 1501. Il fut page de Philippe le Bon, ennemi de Louis XI qu'il combattit à Montlhéry et à Beauvais, et il fut pris à Nancy. Remis en liberté, il continua à servir Marie, la fille de son maitre. Outre ses ouvrages rimés, il composa des *Mémoires* et un *Traité sur les duels*.

PRÉFACE

Avant de-present souvenance de ce que dit le sage Socrates, qu'oisiveté est le delicieux lict, et la couche, où toutes vertus s'oublient et s'endorment, et, par le contraire, que labeur et exercice sont le repos, l'abisme, et la prison où sont les vices abscons (1) et mucés (2), et qu'ils ne se peuvent réveiller, ne ressourdre, sinon que par la dicte oisiveté, mere de tous maux, à ceste cause, me trouvant tanné (3) et ennuyé de la compaignie de mes vices, et desireux de reveiller vertus lentes et endormies, ay empris le fais et labeur de faire et compiler aucuns volumes, par manière de mémoires; où sera contenu tout ce que j'ay veu, de mon temps, digne d'estre escript et ramenteu : et n'enten pas d'escrire, ou toucher de nulles matieres, par ouir dire, ou par raport d'autruy : mais seulement toucheray de ce que j'ay veu, sceu, et expérimenté : sauf, toutes-voyes, que pour mieux donner à entendre aux lisans, et oyans, mon escript, je pourray à la fois toucher pourquoy, et par quelle manière, les choses advindrent, et sont advenues, et par quelles voyes elles sont venues à ma congnoissance, afin qu'en eclair-cissant le paravant advenu, l'on puist mieux entendre et congnoistre la vérité de mon escript.

JACQUES DU CLERCQ. — Né en 1424. Il fut conseiller du duc de Bourgogne Philippe le Bon, et il a laissé des *Mémoires* précieux pour la connaissance des mœurs et des usages de ces temps.

HABILLEMENS DU TEMS

En 1647, les dames et demoiselles ne portoient plus nulles queus à leurs robbes, mais elles portoient bordures de gris de letisses de velours et aultres choses de largeur d'ung velours de hault ; elles portoient sur leurs chiefs des bourlets en maniere de bonnets ronds, et diminuant par dessus de la haulteur de demie aulne, ou trois quartiers de long, aucunes moins, aultres plus, et déliés couvierchiefs par dessus pendans par derriere jusques en terre, avec cinture de soye de la largeur de quatre ou cinq pouces, les tissus et ferures larges et doreéz, pesant cinq, six et sept onces d'argent ; de larges colliers d'or en leurs cols, de plusieurs façons.

En ce temps aussy les hommes se vestoient court ; ils faisoient fendre les manches de leurs robbes et de leurs pourpoints, si bien qu'on voyoit leurs

(1) Cachés. — (2) Renfermés. — (3) Lassé.

bras, parmy une déliée chemise qu'ils portoient; la manche de la chemise
estoit large : ils avoient longs cheveulx qui leur venoient par devant jusques
aulx yeulx, et par derrière jusques en bas; sur leurs testes ils portoient ung
bonnet de drap d'un quartier ou quartier et demy de haulteur, et les nobles
et les riches, grosses chaînes d'or au col, avec pourpoint de velours ou drap
de soye, et de longues poulaines à leurs solliers de ung quartier ou quartier
et demy de long, et à leurs robbes gros maheurtres sur leurs épaulles pour
les faire apparoistre plus gros et plus fournis; leurs pourpoints estoient garnis de bourre, et s'ils n'estoient ainsy, ils s'habilloient jusques en terre de
robbes; tantost en habit long, tantost en habit court; et n'y avoist sy petit
compagnon de mestier qui n'eut une longue robbe de drap jusques aux
talons.

PHILIPPE DE COMMINES. — Né vers 1445, mort en 1509. Il fut
successivement le ministre et le conseiller du duc de Bourgogne
et du roi de France. Il fut guerrier, diplomate et historien. C'est à
ce dernier titre qu'il nous intéresse. «Commines, dit Bachelet, s'y
montre politique, plein de sagacité, observateur d'un jugement
droit et sain, narrateur vrai et précis; ni les bienfaits ni les injures
n'ont influé sur ses jugements... Sa diction, sans manquer de la
naïveté de Froissard, est plus précise, plus claire et plus noble. »
Au point de vue de la philologie, l'ouvrage de Commines a un prix
tout particulier : il offre une transition, curieuse à étudier, entre la
langue du moyen âge et la langue française du xvɪᵉ siècle.

MORT DE LOUIS XI

Le roy nostre maistre avoit fait de rigoureuses prisons, comme cages de
fer et autres de bois, couvertes de plaques de fer par le dehors et par le
dedans, avec terribles ferrures de quelques huict pieds de large, et de la
hauteur d'un homme, et un pied plus. Le premier qui les devisa, fut l'évesque de Verdun, qui, en la première qui fut faite, fut mis incoutinent, et a
couché quatorze ans. Plusieurs depuis l'ont maudit, et moy aussi, qui en ay
tasté, sous le roy de présent, l'espace de huict mois. Autrefois avoit fait
faire à des Allemans des fers très pesans et terribles, pour mettre aux
pieds, et y estoit un anneau, pour mettre au pied, fort malaisé à ouvrir,
comme à un carquan, la chaîne grosse et pesante, et une grosse boule de
fer au bout, beaucoup plus pesante que n'étoit de raison, et les appelloit l'on
les *fillettes du Roy*. Toutefois j'ai veu beaucoup de gens de bien prisonniers
les avoir aux pieds, qui depuis en sont saillis à grand honneur et à grant
joye, et qui depuis ont eu de grands biens de luy, et entre les autres, un fils
de Monseigneur de la Grutuse de Flandres, pris en bataille, lequel ledit seigneur maria, et fit son chambellan, et séneschal d'Anjou, et lui bailla cent
lances...
On pourroit dire que d'autres ont esté plus suspicionneux que luy ; mais
ce n'a pas esté de nostre temps, ne par aventure homme si sage que luy, ne
qui eût de si bons subjets, et avoient ceux-là par aventure esté cruels et tyrans ; mais cestuy-cy n'a fait mal à nul, qui ne luy eust fait quelque offense.
Je n'ai point dit ce que dessus pour seulement parler des suspicions de nostre roy, mais pour dire que la patience qu'il a portée en ses passions, semblables à celles qu'il a fait porter aux autres, je la répute à punition, que
nostre Seigneur luy a donnée en ce monde, pour en avoir moins en l'autre,

tant és choses dont j'ay parlé, comme en ses maladies, bien grandes et dou-
loureuses pour luy, et qu'il craignait beaucoup avant qu'elles luy advins-
sent, et aussy à fin que ceux qui viendront après luy, soient un peu plus
piteux au peuple, et moins aspres à punir qu'il n'avoist esté : combien que je
ne luy veux pas donner de charge, ne dire avoir veu meilleur prince. Il est
vray qu'il pressoit ses subjets, toutes-fois il n'eût point souffert qu'un autre
l'eût fait, ne privé, ny étrange.

Après tant de peur, et de suspicions et douleurs, nostre Seigneur fit miracle sur luy, et le guérit, tant de l'âme que du corps, que tousjours a accoustumé, en faisant ses miracles : car il l'osta de ce misérable monde en
grande santé de sens et d'entendement, et bonne mémoire, ayant receu tous
ses sacremens, sans souffrir douleur que l'on cogneut, mais tousjours parlant jusques à une patenostre avant sa mort. Ordonna de sa sépulture, et
nomma ceux qu'il vouloit qu'ils l'accompagnassent par chemin, et disoit
qu'il n'espéroit à mourir qu'au samedy, et que Nostre Dame luy procureroit
cette grâce, en qui tousjours avoit eu fiance et grande dévotion et prière; et
tout ainsi luy en advint : car il décéda le samedy pénultième jour d'aoust,
l'an mil quatre cens quatre-vingts et trois, à huict heures du soir, au dit lieu
du Plessis, où il avoit pris maladie le lundy de devant. Nostre Seigneur ait
son âme, et la veuille avoir receuë en son royaume de paradis!

OLIVIER MAILLARD. — Né dans ce siècle, mort en 1502. Il était
cordelier, docteur de Sorbonne, professeur de théologie et probablement prédicateur de Louis XI. Nous empruntons à la collection
de M. Tissot des extraits d'un sermon, non comme modèles d'éloquence, mais comme type du genre oratoire de l'époque.

SERMON POUR LE 5e DIMANCHE DE CARÊME

Seigneurs et povres pécheurs : sy vous avez détenu la matière d'hyer, l'on
doit faire quelque chose pour avoir paradis. Isaye nous disoit hyer, que Dieu
le créateur deslye son poeuple par sa benoicte passion des lyens de l'ennemy d'enfer. Pour joindre la matière d'hyer à celle du jour d'huy, saint
Pol en nostre épistre nous présente Dieu le créateur en fourme d'évesque
prest pour dire la messe, ayant les sandales vermeilles aux pieds, les rubys
vermeils aux doys, la cappe rouge, la mittre sur la teste et la croche en la
main.

Il est anuyt le cinquiesme dimence de quaresme, à l'aventure qu'il en na
de vous aultres qui ne le verrez jamais. Et dès cy en avant se commence le
mistère de la benoiste passion du doulx Jhésucrist. — Frère, mon amy, nous
n'y entendons rien. Dites-nous, s'il vous plaist, de quoy sert ceste épistre du
jour d'huy ou mistère de la passion. Que voeult dire cest évesque, prest
pour dire la messe ? Que voeult dire la croche, la mittre, les sandales, le rubys et la chappe vermeille ? — Seigneurs, tout à la manière que l'évesque
se présente à la messe pour faire sacrifice à Dieu : en telle forme et manière
se présenta Dieu le créateur le jour du grand vendredy pour faire sacrifice à
Dieu son père pour nos péchiez. Il porta la croche, ce fut la croix; la mittre
sur la teste, ce fut la couronne d'espines ; les sandales et les rubys vermeilz,
ce furent les cloux qui lui perchèrent les mains et les pieds; la cappe vermeille, ce fut son précieux sang qui le couvrist depuis la teste jusque aux
piedz. Et comme dist nostre épistre : il ne sacrifia pas du sang des che-
vreaux ne des veaulx; mais son propre sang il respandit tout pour l'amour
de nous. Puis donc que le cas est itel que Dieu le créateur a tant souffert pour

l'amour de nous, faisons quelque chose pour l'amour de luy; mectons la
main à l'œuvre, lessons nostre meschante vie, rasons et destruisons la maul-
dite vile de Jhérico, la vie des péchiés. Et c'est de quoy je veulx suader en
mi le teusme allégué. *Secundum verba assumpta quæ præsunt sit civitas Jherico
anathema, et omnia quæ in ea sunt.* Vela, seigneurs, que disent les paroles..

        Hem!   hem!   hem!

Afin que, à l'honneur de Dieu, au salut de vos âmes et de la myenne, je vous
puisse dire quelque chose dont vous soyez meilleurs; nous saluerons la
doulce Vierge bien eurée, advocate des pécheurs, et dirons le beau *Ave
Maria.*

    ..... Qu'en dites-vous, dames, serez-vous bonnes théologiennes? Et vous
aultres gens de court, que vous samble-il? Metterez-vous la main à l'œuvre?
Vous y devez le guet, dictes moi par vostre arme, s'il vous plaist, avez-vous
point poeur d'estre dampnez? — Et frère, direz-vous, pourquoy serous-nous
dampnez? Ne véez-vous pas que nous sommes si soingneulx de venir en vous
sermons tous les jours, et puis nous alons à la messe, nous jeusnons, nous
faisons des aulmones, nous disons tant d'orisons, Dieu aura pitié de nous et
nous exaulcera. — Seigneurs, vous dictes bien, mais vous ne dittes point
tout, je vous asseure, seigneurs. Si vous estes en péchié mortel, Dieu ne vous
exaulcera pas en prières et orisons, *erubescimus sine lege loqui,* ce nous seroit honte de dire quelque chose qui ne fust foundée en raison et en droict, si
vous estes légistes nulz de vous, vous avez une belle loy civile : là où dist
l'empereur que si ung homme est serf ou esclave, il doit estre degecté et
débouté de toute procuracion et advocasserie et ne sera point ouy en justice
que s'il a desservi la mort : il ne porra appeler qu'il n'aye la teste trenchie
ou ne soye pendu au gibet. Je requiers au grant empereur qui est là sus,
qu'il ne nous face mye le tour. Après vient le pape, qui ne porte pas d'espée, et dist que nul de servile condicion ne poeult estre promeu à quelque
bénéfice espirituel. Vous avez ung aultre loy civile qui dist que quant l'on
achate ung héritaige, se le vendeur y met des condicions, il les fault toutes
garder sans en laisser une : aultrement le marchié est nul. Nous achetons
l'héritaige du paradis; le vendeur, c'est Dieu; le créateur nous y met des
condicions, ce sont ses commandemens : si nous en laissons ung, le marchié
est nul. Vous plait-il oyr non pas le droit civil ne le droit canon, mais le
droit et commandement divin? Je cuyde que celluy-là ne mentist oncques
du premier, quand il dist : *In peccatis nostris moriemini...* Ce fust Dieu le
créateur qui le dist aux Juifz : « Vous morrez, dist-il, on poeult ainsi dire
en vos péchiez, et sy ne faites pénitance et vous ostez hors de la servitude du
dyable, jamais ne serez exaulcez en voz prières; » car tant que nous sommes
en un soeul péchié mortel, nous sommes serfz et esclaves au dyable d'enfer.—
Et du second, frère, qu'en direz-vous? — Or acoutez, m'entendez. Saint Jaques
nous en parle en sa Canonique. Or dictes, saint Jaques mon amy. *Si quis
totam legem servaverit, offenderit autem in unum, factus est omnium reus.*
Vela le texte à la paine du livre. Il n'y a un mot qui ne vaille son pesant
d'or. Acoustez : ce n'est ne fable ne mensonge. Il est escript du doit de Dieu,
dit le benoit saint Jaques. Quiconques aura gardé toutte la loy, et deffail-
lera en l'ung des commandemens, il sera coupable de tous les aultres. Certes,
seigneur, il ne souffist pas de le dire : je ne suys pas murtrier, je ne suys
pas larron; se tu as failly au moindre, tu es coulpable de tous; il ne faut
qu'ung petit trou pour noyer la plus grant navire qui soit sur la mer; il ne
fault que une petitte faulse poterne pour prendre la plus forte vile ou le plus
fort chasteau du monde, il ne fault que une petite fenestre ouverte pour
desrober le plus grant et puissant bouticle de marchant qui soit en Bruges.
Hélas! pécheur, puisque pour deffaulte d'ung nous sommes coulpables de
tous, qu'est-il de vous aultres qui en rompez tant tous les jours? A qui com-

menceray-je le premier? à ceulx qui sont en ceste courtine : le prince et *sua altese* la princesse. Je vous asseure, seigneur, qu'il ne souffist mye d'estre bon homme, il fault estre bon prince, il fault faire justice, il fault regarder que vous subjectz se gouvernent bien. Et vous, dame la princesse, il ne souffist mye d'estre bonne femme, il fault avoir regard à vostre famille, qu'elle se gouverne bien selon droit et raison. J'en dictz autant à tous autres de tous estatz. A ceulx qui maintiennent la justice, qu'ilz facent droit et raison à chascun. Les chevaliers de l'ordre qui faictes les sermens qui appartiennent à vostre ordre, les sermens sont bien grans, comme l'en dist; mais vous en avez fait ung aultre premier que vous gardez mieulx, c'est que vous ne ferez rien de ce que vous jurerez. Ditz-je vray, qu'en que vous plaist? — En bonne foy, frère, il est ainsy. — Tirez oultre. Estes-vous là, les officiers de la pannetrye, de la frutterye, de la boutilerie? Quand vous ne devriez desrober que ung demy lot de vin ou une torche, vous n'i fauldrez mye. — En bonne foy, frère, vous ne dictes que du moins. — Où sont les trésoriers, les argentiers? Estes-vous là qui faictes les besoingnes de vostre maistre, et les vostres bien? Accoustez, à bon entendeur il ne fault que demi mot... Il se faut oster de la servitude du diable, et garder tous les commandemens de Dieu; en les gardant vous raserez et destruirez la cité de Jhérico. Et c'est de quoy je voeulx suader en my le teusme allégué. *Secundum verba assumpta quæ præsunt sit civitas Jherico anathema et omnia quæ in ea sunt.* Vela, seigneurs, que disent les parolles...

Hem ! hem ! hem !

.... Saint Grégoire vient, qui florette cette matère et dist qu'ils sont quatre manières d'auditteurs : les premiers, ceulx qui viennent synon pour reprendre le prescheur ou pour veoir ceulx qui sont au sermon; les seconds sont ceulx qui oyent preschier et n'en retiennent rien et n'en font coute ; le tiers sont ceulx qui ouent et retiennent, mais ne s'amendent point pourtant, et touttes les troys manières de gens s'en vont avec les dyables. Les quatriesmes sont ceulx qui ouent et retiennent et mettent la doctrine à excécucion et s'amendent. Ceulx en sont de la part de Dieu et profitent au sermon. Or, levez les espritz, qu'en dictes vous, seigneurs, estes vous de la part de Dieu? Le prince et la princesse, en estes vous? Baissez le front. Vous aultres gros fourrez, en estes-vous? Baissez le front. Les chevaliers de l'ordre, en estes-vous? Baissez le front. Gentilzhommes jeunes gaudisseurs, en estes-vous? Baissez le front. Et vous, jeunes dames de court, en estes-vous? Baissez le front; vous estes escriptes au livre de dampnez : vostre chambre est toutte merquée avec les dyables. Dictes-moy, s'il vous plaist, ne vous estes-vous pas myrées au jour d'huy, lavées et espoussetées? — Oy bien, frère. — A ma voulenté que vous fussiez aussi soingneuses de nectoyer voz ames.

.... Or, levez les espritz, qu'en dictes vous, seigneurs? Regardez moy tous. Estes-vous là, les usuriers plains d'avarice? Certes il fault restituer; et ne souffist mye de dire : « Je feray dire des messes, je donneray pour l'amour de Dieu; » il fault rendre les biens à ceulx à qui ilz sont, ou jamais n'entrerez en paradis.

Baillifz, Escouttestetes, Escabins et toutte telle manière de buillon qui composez les povres gens, vous ne laissez vos rapines ne péchiez, pour preschement ou doctrine que vous oyez. Seigneurs, vous estes durs; mais vous trouverez plus dur que vous. — Quel remède, frère? — Il fault laissier vous péchiez et rendre à chascun ce qu'il luy appartient. Vous y penserez : Dieu vous en doint la grâce. Le *Pater noster* et *Ave Maria* et une *Ave Maria* pour mon intencion.

LIVRE II. — 2ᴱ ÉPOQUE

(LE XVIᵉ SIÈCLE.)

CHAPITRE PREMIER

PEINTURE DE L'ÉPOQUE

Le mouvement qu'on est convenu d'appeler la Renaissance commença vers le milieu du xvᵉ siècle, et il ne reçut son développement qu'au xviᵉ. L'élan eut plusieurs causes qu'il est à propos de chercher jusqu'en Italie d'où il est parti ; il fut dû aussi à des découvertes nouvelles dans les arts, dans les sciences et dans les lettres, dont nous tiendrons compte également.

L'Italie ancienne n'était plus depuis longtemps ; les barbares l'avaient ravagée et transformée. A peine y conservait-on le souvenir des vieilles gloires littéraires ; des débris mutilés, mais empreints encore d'un cachet de grandeur et de bon goût révélaient seuls ce qu'avait produit sous ce beau ciel le génie romain inspiré par le génie grec. Le passage victorieux de Pépin et de Charlemagne sur le sol italien avait rendu un peu d'ordre et de calme aux flots agités de la population ; et, si les traditions se réveillèrent, si l'amour de l'art se réchauffa, on peut dire que les deux Carlovingiens y contribuèrent puissamment en rendant à Rome les moyens de lutter contre la barbarie.

Rome, reconnue la capitale chrétienne du monde, donna le signal des études antiques dont elle avait seule conservé la mémoire, elle inspira le goût du vrai beau, l'admiration pour les chefs-d'œuvre, le désir de les posséder, et bientôt l'ambition d'en produire de nouveaux. Les seigneurs et les riches négociants de cette heureuse terre mirent leur luxe et leur fortune dans l'acquisition des tableaux et des statues, et polirent leur langage dans les entretiens élevés où ils appréciaient les productions artistiques.

Grâce aux charmes délicats d'une langue musicale, la littérature fit parmi eux des progrès immenses et rapides qui excitèrent bientôt l'attention de l'Europe et l'admiration de la France, de la France, où, sans modèles et sans règle, nos poëtes et nos prosateurs avaient déjà presque réussi à former leur langue et à créer des chefs-d'œuvre.

Il est certain qu'avant le *Père des lettres*, François Iᵉʳ, déjà l'enthousiasme pour les beaux ouvrages de l'esprit avait pris, cessé et repris plusieurs fois.

Les guerres de Charles VIII et de Louis XII en Italie donnèrent le point de maturité et d'éclosion à toutes les aspirations de l'art. Mais d'autres causes allaient entraîner cet heureux enfantement bien au delà des premières prévisions, même les plus ambitieuses.

Un monde nouveau fut découvert : avec l'éclat des richesses, les navigateurs audacieux rapportèrent de merveilleux récits, des fables étranges, les délices de l'inconnu. La découverte de l'imprimerie prêta un secours puissant à la curiosité, un aliment inépuisable à l'étude, par la reproduction des manuscrits, par les échanges de la pensée, par la lumière naissant de la discussion. La poudre à canon mit la force morale à la place de la force physique ; la ruine de Constantinople chrétienne fit rejaillir sur l'Europe l'érudition des savants grecs, qui fondèrent des écoles dans le Nord et surtout en Italie, d'où Lascaris devait importer en France et les sérieuses études et le goût de l'ancienne littérature. Enfin l'influence du protestantisme, funeste sur tant de points, fit naître dans les esprits une fermentation, un emportement, une résistance de pensée, qui, en procurant aux croyants la fermeté de la foi, fournit à la pensée la vigueur et la logique.

A peine le passé s'était-il révélé aux imaginations depuis quelques années, que les amis des lettres tournèrent leurs efforts vers l'imitation des chefs-d'œuvre de l'antiquité. Le lyrisme d'Horace fut le type du chant français ; on ne put concevoir d'épopée que sur le patron fourni par Homère et Virgile ; les mystères, les sotties disparurent devant le souvenir des tragiques et des comiques de la Grèce et de Rome ; Cicéron, Sénèque, Tacite servirent de modèles aux philosophes, aux orateurs, aux historiens.

Mais l'excès est toujours à côté du bien, et l'inexpérience du goût allait le faire tomber dans une périlleuse exagération. L'imitation du paganisme, l'horreur du gothique, les manières classiques menaçaient la langue d'un bouleversement funeste, de l'envahissement subversif des deux langues anciennes, et de l'abâtardissement de l'idiome national. Une heureuse réaction se fit, et l'on rentra dans le sentier du bon sens ; les arts et les lettres opérèrent une sage fusion entre les richesses du vieux monde et l'énergie du

génie chrétien. D'une erreur momentanée et efficacement reconnue, il ne resta qu'un trésor de mots, de tournures, d'idées
nouvelles; qu'un ornement précieux pour la pensée; qu'un scrupule salutaire de correction et de prosodie. Il ne s'agissait plus que
de faire rayonner du centre aux extrémités ce foyer d'amélioration :
l'imprimerie termina l'œuvre, commencée par le génie national
et façonnée par le travail des langues anciennes, de l'italien et
de l'espagnol.

Passons en revue les hommes dont le talent et les efforts ouvraient
la voie à l'immortalité du XVIIᵉ siècle. Dans la poésie, deux chefs
d'école se partagent l'admiration, Marot et Ronsard. Marot est
l'ami de l'art gaulois; et, fidèle à l'esprit ancien, il prouve que le
vieux langage ne peut nuire ni à l'esprit, ni à l'élégance, ni à la
richesse; il se fait aimer du maître royal, qu'il range avec Marie
Stuart parmi ses disciples. Ronsard et Joachim du Bellay jurent
par les Grecs et les Latins que la littérature des trouvères a fait
son temps, et qu'il y a lieu de tout remanier sur le modèle des anciens. Nous avons vu qu'ils eurent la raison du plus fort, et qu'ils
en abusèrent : le bon sens de la nation française fit justice de leurs
excès, tout en profitant de l'innovation du maître et de sa pléiade.

Philippe Desportes et Jean Bertaut, admirateurs de Ronsard,
évitèrent ses excès et introduisirent dans la langue l'élément italien;
nos poëtes lui doivent l'harmonie. Mathurin Régnier écrivit des
satires auxquelles, pour être des chefs-d'œuvre, il n'a manqué
que la convenance.

La littérature dramatique subit une transformation plus lente :
l'on en demeura longtemps à la tournure satirique et moqueuse
des sotties et des farces. Enfin Jodelle, imitant le théâtre antique,
écrivit une tragédie et une comédie dans le style nouveau, *Cléopâtre,*
et *Eugène* ou *la Rencontre.* Nommons encore dans différents genres
Robert Garnier, Pierre de Larivey, Alexandre Hardy : Malherbe
vient, Corneille et Molière le suivront.

Dans la prose, saint François de Sales oppose, aux emportements de la réforme, une douceur vraiment évangélique, une vie
exemplaire, une éloquence pleine d'onction; Calvin et Théodore
de Bèze, l'un plein de fiel et de violence et grand raisonneur, l'autre
modéré, calme et poli, défendent avec talent leurs dangereuses
innovations. Agrippa d'Aubigné écrit l'histoire, et publie des
pamphlets remplis de verve et de malice. Rabelais, le représentant
de l'indifférence en religion, fournit des saillies et des injures à
quiconque prétendra insulter après lui aux croyances les plus
respectables; mais c'est l'écrivain de ce temps le plus riche et le
plus éclatant. Montaigne ramasse dans ses *Essais* tout ce que l'antiquité a su trouver de pensées profondes et d'opinions libérales,

et les revêt d'un style naïf qui réjouit les loisirs de l'homme sérieux. La Boëtie, Charron enseignent une philosophie plus sévère et plus pratique.

L'histoire grandit : aux annales, aux mémoires, aux chroniques se substitue le récit des faits plus largement étudiés, plus sagement appréciés ; Brantôme, d'Aubigné, Sully sont la gloire de cette époque, gloire à laquelle de Thou eût donné le couronnement s'il eût écrit en français son *Histoire universelle*. La grammaire a ses maîtres et ses législateurs dans les Dolet, les Scaliger, les Budée, les Estienne. Amyot enseigne avec éclat l'art des traductions.

Enfin toutes les parties de la littérature se polissent et se perfectionnent ; l'esprit est en travail, et semble à peine satisfait de ce qu'il produit. C'est la condition du succès, c'est l'explication la plus plausible de la moisson de chefs-d'œuvre que le siècle suivant récoltera.

CHAPITRE II

POËTES ET MORCEAUX

Clément Marot. — Né à Cahors en 1495, mort en 1544. Il abandonna l'étude des lois pour être page, puis valet de chambre auprès de Marguerite de Valois. Il suivit François Ier, et il fut blessé et pris comme son maître à Pavie. Accusé de luthéranisme et emprisonné deux fois, il dut deux fois sa délivrance au roi. Obligé pour le même motif de fuir la cour, il y revint, en repartit et alla mourir à Turin. « Aucun poëte français, dit A. R., n'a surpassé Marot dans le genre familier, surtout dans l'épigramme railleuse ou gracieuse, et dans l'épître : abandon, naïveté, finesse dans la plaisanterie, il réunit toutes les qualités de notre vieille poésie ; mais, s'il en a les grâces, il en a aussi les limites. Continuateur de Charles d'Orléans et de Villon, il a une vigueur de plaisanterie, une gaieté moqueuse, une verve poétique qu'on ne retrouverait pas dans le premier ; et le séjour d'une cour polie, le commerce des grands, et ce sentiment d'élégance et de délicatesse que l'influence des femmes commençait à répandre sur les mœurs, ont donné à sa poésie un caractère de distinction que le second n'a pas connu. »

ÉPITRE AU ROI
(Pour avoir été dérobé.)

On dit bien vrai, la mauvaise fortune
Ne vient jamais, qu'elle n'en apporte une

Ou deux ou trois avecques elle; Sire,
Votre cœur noble en sçaurait bien que dire :
Et moi, chétif, qui ne suis roi, ni rien,
L'ai éprouvé; et vous conterai bien,
Si vous voulez, comment vint la besogne.
J'avais un jour un valet de Gascogne,
Gourmant, ivrogne, et assuré menteur,
Pipeur, larron, jureur, blasphémateur,
Sentant la hart de cent pas à la ronde,
Au demeurant le meilleur fils du monde...
. . . .
. . . .
Ce vénérable ilot fut averti
De quelqu'argent que m'aviez départi,
Et que ma bourse avoit grosse apostume :
Si se leva plutost que de coutume,
Et me va prendre en tapinois icelle;
Puis la vous met tres bien sous son esselle,
Argent et tout (cela se doit entendre);
Et ne crois point que ce fut pour la rendre,
Car oncques puis n'en ai ouï parler.
Bref, le vilain ne s'en voulut aller
Pour si petit, mais encore il me happe
Saye, bonnets, chausses, pourpoint et cappe;
De mes habits, en effet, il pilla
Tous les plus beaux; et puis s'en habilla
Si justement, qu'à le voir ainsi estre,
Vous l'eussiez pris, en plein jour, pour son **maistre**.
Finalement, de ma chambre il s'en va
Droit à l'étable, où deux chevaux trouva;
Laisse le pire, et sur le meilleur monte,
Pique et s'en va. Pour abréger le conte,
Soyez certain qu'au partir dudit lieu
N'oublia rien, fors à me dire adieu.
Ainsi s'en va, chatouilleux de la gorge,
Ledit valet, monté comme un saint George;
Et vous laissa monsieur dormir son saoul,
Qui au réveil n'eust sçu finer d'un soul :
Ce monsieur-là, sire, c'étoit moi-même,
Qui, sans mentir, fus au matin bien blesme,
Quand je me vis sans honneste vesture,
Et fort fâché de perdre ma monture :
Mais de l'argent que vous m'aviez donné,
Je ne fus point de le perdre étonné;
Car votre argent, tres débonnaire prince,
Sans point de faute, est sujet à la pince.
Bientost après cette fortune-là,
Une autre pire encore se mesla
De m'assaillir, et chacun jour m'assaut;
Me menaçant de me donner le saut,
Et de ce saut m'envoyer à l'envers,
Rimer sous terre, et y faire des vers.
C'est une longue et lourde maladie
De trois bons mois, qui m'a toute étourdie
La pauvre teste, et ne veut terminer;

Ains me contraint d'apprendre à cheminer,
Tant foible suis. Bref, à ce triste corps,
Dont je vous parle, il n'est demeuré, fors
Le pauvre esprit, qui lamente et soupire,
Et en pleurant tasche à vous faire rire.
Voilà comment, depuis neuf mois en çà,
Je suis traité. Or ce que me laissa
Mon larronneau, long-temps a, l'ai vendu,
Et en sirops et juleps dépendu :
Ce néanmoins, en ce que je vous mande,
N'est pour vous faire requestre ou demande :
Je ne veux point tant de gens ressembler,
Qui n'ont souci autre que d'assembler.
Tant qu'ils vivront, ils demanderont eux ;
Mais je commence à devenir honteux,
Et ne veux plus à vos dons m'arrester.
Je ne dis pas, si voulez rien prester,
Que ne le prenne. Il n'est point de presteur,
S'il veut prester, qui ne fasse un debteur.
Et savez-vous, Sire, comment je paie?
Nul ne le sçait, si premier ne l'essaie.
Vous me devrez, si je puis, du retour;
Et je vous veux faire encore un bon tour.
A celle fin qu'il n'y ait faute nulle,
Je vous ferai une belle cedulle,
A vous payer, sans usure s'entend,
Quand on verra tout le monde content ;
Ou, si voulez, à payer ce sera
Quand votre los et renom cessera.
Et, si sentez que sois foible de reins
Pour vous payer, les deux princes lorrains
Me plegeront. Je les pense si fermes,
Qu'ils ne faudront pour moi à l'un des termes.
Je sçai assez que vous n'avez pas peur
Que je m'enfuie, ou que je sois trompeur;
Mais il fait bon assurer ce qu'on preste :
Bref, votre paye, ainsi que je l'arreste,
Est aussi sûre, avenant mon trépas,
Comme avenant que je ne meure pas.
Avisez donc, si vous avez désir
De rien prester, vous me ferez plaisir ;
Car depuis peu j'ai basti à Clément,
Là où j'ai fait un grand déboursement ;
Et à Marot, qui est un peu plus loin.
Tout tombera, qui n'en aura le soin.
Voilà le point principal de ma lettre :
Vous sçavez tout, il n'y faut plus rien mettre.
Rien mettre, las ! certes et si ferai,
Et ce faisant, mon style j'enflerai,
Disant : O roi amoureux des neuf Muses!
Roi en qui sont les sciences infuses,
Roi, plus que Mars, d'honneur environné,
Roi, le plus roi qui fut onc couronné ;
Dieu tout puissant te doint, pour t'étrenner,
Les quatre coins du monde à gouverner,

Tant pour le bien de la ronde machine,
Que pour autant que sur tous en es digne.

ÉPITAPHE DE JEAN LEVEAU

Ci gist le jeune Jean Leveau,
Qui, en sa grandeur et puissance,
Fust devenu bœuf ou taureau ;
Mais la mort le prit dès l'enfance.

Il mourut veau par déplaisance,
Qui fut dommage à plus de neuf ;
Car on dit, vu sa corporance,
Que c'eust été un maistre bœuf.

DU LIEUTENANT-CRIMINEL DE PARIS ET DE SAMBLANÇAY

Lorsque Maillart juge d'enfer menoit
A Monfaulcon Samblançay l'ame rendre,
A nostre advis, lequel des deux tenoit
Meilleur maintien ? Pour le nous faire entendre,
Maillart sembloit homme qui mort va prendre :
Et Samblançay fust si ferme vieillart,
Que l'on cuydoit (pour vray) qu'il menast pendre
A Monfaulcon le lieutenant Maillart.

François Ier. — Né en 1494, mort en 1547. Les poésies du *Père des lettres* n'offrent rien de bien remarquable ; le style en est sans ornement et quelquefois sans clarté. Nous citons de lui quelques vers pour satisfaire la curiosité.

ÉPITAPHE DE LAURE

En petit lieu comprins vous pouvez voir
Ce qui comprend beaucoup par renommée ;
Plume, labeur, la langue et le sçavoir,
Furent vaincus de l'aimant par l'aimée.
O gentille âme ! étant tant estimée,
Qui te pourra louer qu'en se taisant ?
Car la parole est toujours réprimée,
Quand le projet surmonte le disant.

François Sagon. — Il fut un des nombreux ennemis de Marot, et l'attaqua dans plusieurs pièces. Ses œuvres sont nombreuses et pour la plupart assez médiocres.

DIXAIN

Adressant à Marot, qui se faisoit nommer Maro, par substraction du T.

Maro sans T est excellent poëte,
Mais avec T il est tout corrompu.
Il prend de T marotte pour houllette,
Et peult sans T ce que plusieurs n'ont peu.
Avecque T c'est ung beau nom rompu ;
Tourné sans T, c'est le latin de Romme ;
Droict avec T, le françois d'ung sot homme.
Maro sans T triomphe en latin grave,
Et avec T, desmonstre en françois comme
Ung glorieux sans raison faict le brave.

BAÏF (Lazare de). — Né au commencement du siècle, mort vers
1550. Il fut ambassadeur de France, composa des traités savants,
et fit des traductions françaises de tragédies grecques.

TRADUCTION D'HÉCUBE
(Talthybius à Hécube.)

Au devant du tombeau et du hault tabernacle
De cestuy sacrifice, et trop piteux spectacle,
Tout l'exercite estoit des Gregeois assistant :
Alors Pyrrhus le filz d'Achilles plus n'attent ;
Mais, prenant de la main ta fille Polyxene,
Au plus hault du tombeau la conduit et amene.
Là il s'assiet et pose : et moy estant auprès,
Je suys, et quelques ungs qui furent par expres
Choisis jeunes et fors pour garder le saillir
De ta fille, et que peur ne la feist tressaillir,
Qui empeschast le coup : ce faict Pyrrhus prins a
Ung vaisseau de fin or, tout plein, dont arrousa
Le tombeau de son pere, et après me commande
Proclamer haultement, si que ma voix s'entende
De tous les assistans, que silence se face.
Au milieu je me dresse et esleve la face,
Et commence un tel cri. Tous en ceste présence,
Or oyez, or oyez, chascun face silence.
Sur ce chascun se taist ; et lors Pyrrhus profere :
O filz de Peleus, mon geniteur et pere,
Te soit l'oblation et offrande aggreable,
Dont les mors on evoque, et leur vie est placable,
Vien boire ce vermeil sang incontaminé,
Qui par cet exercite et par moy t'est donné,
Afin que tu nous sois propice, et que secours
Donne à nostre equippage, et aux navires cours,
Et que tous nous puissions, sans plus ci sejourner,
Heureux en nos païs et maisons retourner.
Ainsi Pyrrhus parla ; et tous ceulx de la place
Au ciel tendent les mains, prians qu'ainsi se face.
Cela faict, il a prins par le manche doré
Son espée tranchante, et du fourreau tiré
Faisant signe à ceulx la qui ordonnez estoyent
Pour ta fille garder, qu'à la tenir s'employent ;
Ce qu'elle congnoissant, dit lors ce qui s'ensuit :
O vous Grecs qui avez le mien païs détruit,
Bien volontiers je meurs : et pourtant n'approchez
De moy pour me tenir, ni à mon corps touchez :
Car d'assuré courage et ferme volonté
Ce mien col vous sera franchement présenté.
Et pour ce au nom des dieux moy qui suis libre et franche,
Que libre je demeure, et la teste on me tranche ;
Car honte me seroit certes inestimable,
Que de serve le nom si vil et reprochable
Entre les mors acquisse, estant extraicte et née
De si haulte maison et royale lignée.
Lors le peuple à fremir commence et murmurer,

Demonstrant qu'à la vierge on doit obtemperer.
Et sur ce Agamemnon commande expressement
Que la vierge on delaisse. Et tout subitement,
Que ceulx la qui estoyent ordonnez, entendirent
Le vouloir de leur chef et prince, y obeirent.
Elle après son surcot commence a deux mains prendre
Au plus hault de son pis, et en deux pars le fendre.....
. . . .
. . . .
Les genoulx met en terre, et sur ce a referé
Ces derniers mots piteux, dont maint homme a pleuré :
Regarde, jouvenceau, ou bon te semblera
Le tien coup adresser, si ce pis te plaira,
Ton glaive y soit fiché : ou si plus desirée
Ma blanche gorge estoit, elle t'est preparée.
Pyrrhus prenoit pitié de la noble pucelle,
Voulant et non voulant, en ce doubte chancelle.
Finablement le glaive a poulsé au travers
Des conduits de l'esprit : et le sang coule envers
Ainsi que de tuyaux. . . . .

BÉRANGER DE LA TOUR. — Ce poëte, contemporain de François Ier et de Henri II, a écrit quatre recueils de poésies, parmi lesquelles un sonnet et deux épigrammes dignes d'être cités.

SONNET

(Des antiques de Nismes, à J. Robert, juge-criminel audit lieu.)

L'antiquité, pour se rendre immortelle,
Et son renom par siècles allonger,
Maint euvre fit, où se voulut loger,
Lequel chacun encor reconnoit d'elle.

Nismes est l'un ; car sa tour maigne est telle,
Qu'on ne pourroit l'artifice songer ;
Et moins encor comme on ha peu ranger
Le temple saint de Diane la belle.

L'amphitéatre est tres superbe et grand ;
La basilique admirable se rend ;
Les sept aussi montagnes emmurées ;

Mais certes toy, plus grand te manifestes,
De nous remettre en leur entier les restes
Qui jusque icy nous estoient demeurées.

ÉPIGRAMME

(Des cheveux de Louise.)

Le poil doré, cler et luisant,
Qui fait un front beau et plaisant
A Louise, est sien comme dit :

Ce qu'est vray, car j'estois présent
Quant le marchant les lui vendit.

ÉPIGRAMME
(A une mesdisante.)

Echo demeure solitaire,
Et rapporte ce qu'elle entend ;

Mais vous en faites bien autant,
Car jamais ne vous pouvez taire.

HABERT (François). — Mort vers 1565. Il avait plu à François Iᵉʳ, et Henri II le nomma son poëte. Ses chants nombreux se composent d'épitres, de rondeaux, de ballades, de traductions, de poëmes allégoriques, de fables, etc. Habert est vraiment poëte par le talent, par l'imagination et par le goùt.

DU COQ ET DU RENARD
(Fable.)

Le renard, par bois errant,
    Va quérant,
Pour sa dent, tendre pasture,
Et si loin en la fin va,
    Qu'il trouva
Le coq par mésaventure.

Le coq de grand peur qu'il a,
    S'envola
Sur une ente haute et belle,
Disant que maistre renard
    N'a pas l'art
De monter dessus icelle.

Le renard qui l'entendit,
    Lui a dit,
Pour mieux couvrir sa fallace :
Dieu te garde, ami très-cher!
    Te chercher
Sois venu en cette place,

Pour te raconter un cas
    Dont tu n'as
Encore la connoissance ;
C'est que tous les animaux,
    Laids et beaux,
Ont fait entre eux alliance.

Toute guerre cessera ;
    Ne sera
Plus entr'eux fraude maligne :
Sùrement pourra aller
    Et parler
Avecque moi la geline.

De bestes un million,
    Le lion
Mene jà par la campagne ;

Le brebis avec le loup,
    A ce coup
Sans nul danger s'accompagne.

Tu pourras voir ici bas
    Grands ébats
Démener chacune beste :
Descendre donc il te faut
    De là-haut
Pour solemniser la fête.

Or fut le coq bien subtil :
    J'ai, dit-il,
Grande joi' d'une paix telle,
Et je te remerci' bien
    Du grand bien
D'une si bonne nouvelle.

Cela dit, vient commencer
    A hausser
Son col et sa creste rouge,
Et son regard il épard
    Mainte part
Sans que de son lieu se bouge.

Puis dit : J'entends par les bois
    Les abbois
De trois chiens qui cherchent proie ;
Ho! compere, je les voi ;
    Près de toi
Va avec eux par la voie.

Oh! non ; car ceux-ci n'ont pas
    Sçu le cas
Tout ainsi comme il se passe,
Dit le renard : je m'en vas
    Tout là bas
De peur que j'aye la chasse.

5

Ainsi fut par un plus fin,	Qui ne veut estre déçu
Mise à fin,	A son sçu,
Du subtil renard la ruse.	D'un tel engin faut qu'il use.

Antoine de Saix. — Né vers 1505, mort vers 1579, précepteur et aumônier du duc de Savoie. Il composa un recueil estimé de poésies didactiques, comme l'*Esperon de discipline*, la *Bouche naïve*, etc., et l'oraison funèbre de Marguerite d'Autriche.

MORALITÉ

(Que les parens doivent montrer bon exemple à leurs enfans.)

C'est un grand point que parler doctement,
Mais qui voudra m'instruire utilement
Doit faire bien le métier dont se mesle :
Faire est le masle, et le dire est femelle.
Montrez par faits chose qu'avez ouïe :
Preuve de l'œil vaut mieux que de l'ouïe.
L'on peut sa voix mentir ou déguiser,
Mais par les faits on ne peut abuser :
Par quoi je dis qu'à leçon de science,
Faut joindre encor celle d'expérience.
Celui a beau bien dire et bien prescher,
Qui par effet ne veut avant marcher ;
Et après tout, science sans pratique
Est un beau bras qui est paralytique.
Quand vous direz : Enfants, vous n'êtes rien,
Si, avant tout, vous n'êtes gens de bien ;
C'est fort bien dit, cela ne peut que plaire ;
Mais aux propos faut joindre l'exemplaire.

Petits enfants, singes souples et gais,
Merles, linots, pies et pape-gais,
Disent et font ainsi qu'ils ont vu faire,
A tout le moins, le veulent contrefaire.
Les voulez-vous prescher de netteté,
Si estes pleins de malhonnesteté ?
Celui a beau parler d'estoc et taille,
Qui le premier s'enfuit de la bataille ;
Socrate a dit, de sagesse pourvu,
Sois toujours tel que tu veux estre vu.

La Borderie. — Né en 1507. Il fut le disciple favori de Marot, et il versifiait comme son maitre avec abondance et bonheur d'expression. Il a écrit l'*Amye de Court*, œuvre pleine d'entrain et d'imagination, et le *Voyage de Constantinople*, dont nous citons les premiers vers.

DISCOURS DU VOYAGE DE CONSTANTINOPLE

Laissant la France à nulle autre seconde,
La plus fertile et fameuse du monde,
Laissant le roy mon seigneur et mon prince,
Pour son service en estrange province,
Perdant de veue et messieurs ses enfants,

Et de sa court les honneurs triumphans :
Et me voyant privé de la lumière,
D'une qui est en beauté la première,
Le sang esmeu par amour naturelle,
Commence en moi une forte querelle :
J'ai d'une part vouloir de satisfaire
A mon devoir, et service au roy faire
Pour lui donner certaine congnoissance,
Que mon vouloir surmonte ma puissance.
D'autre costé, mes sens sont esbahis
De l'eslongner, ensemble mon païs,
Pour accointer une terre incongnue,
De nation infidele tenue,
Contraire à moy de foy et d'alliance,
Ou je n'espère amytié ne fiance.
Et tout ainsi comme le jeune autour,
Volant de branche en branche tout autour
Des bois loingtains, qui eslongne son aire,
Se void laissé et de pere et de mere,
Et luy convient seul apprendre à voler,
A seul se paistre, à seul se consoler.
Ainsi à moy, jeune de sens et d'age,
Convient errer loingtain pelerinage,
Et loing d'amys, de voysins et parens,
Suyvre païs estranges apparens,
Mettre en oubly le naturel ramage,
Changer de mœurs, d'habitz et de langage.

Tous ces labeurs, remplis d'estonnement
Sont au partir en mon entendement;
Mais la raison me va dire, au contraire,
Que rien ne m'est tant propre et nécessaire
Que visiter diversitez de lieux;
Et que n'en puis enfin que valoir mieux,
Ayant congneu mainte façon de vivre.
Ne plus ne moins que par lire maint livre.
L'on peut atteindre à parfaite science :
Ainsi de l'œil la longue experience
Le cours des lieux et le divers usage,
C'est ce qui rend enfin l'homme tres sage.
Avec cela que l'honneur ne s'acquiert
Que de celuy qui par peine le quiert.

CHARLES FONTAINE. — Né en 1515. Il fut l'ami et le défenseur de Marot, et se passionna de bonne heure pour la poésie, grâce à laquelle il trouva auprès de François Ier un favorable accueil. Il rassembla ses épîtres, ses élégies, ses odes, etc., sous le nom de *Ruisseaux de Fontaine*. Nous citons une pièce naïve adressée à son fils.

CHANT SUR LA NAISSANCE DE JEAN
SECOND FILS DE L'AUTEUR

Mon petit-fils, qui n'as encor rien vu,
A ce matin ton pere te salue :

Viens-t'en, viens voir ce monde bien pourvu
D'honneurs et biens qui sont de grand value;
Viens voir la paix en France descendue;
Viens voir François, notre roi et le tien,
Qui a la France ornée et défendue :
Viens voir le monde, où y a tant de bien.

Jean, petit Jean, viens voir ce tant beau monde,
Ce ciel d'azur, ces étoiles luisantes,
Ce soleil d'or, cette grand'terre ronde,
Cette ample mer, ces rivières bruyantes,
Ce bel air vague, et ces nues courantes,
Ces beaux oiseaux, qui chantent à plaisir,
Ces poissons frais et ces bestes paissantes :
Viens voir le tout à souhait et désir.

Viens voir le tout sans désir et souhait;
Viens voir le monde en divers troublemens;
Viens voir le ciel, qui notre terre hait;
Viens voir combat entre les éléments;
Viens voir l'air plein de rudes soufflements,
De dure gresle et d'horribles tonnerres;
Viens voir la terre en peine et tremblemens;
Viens voir la mer noyant villes et terres.

Enfant petit, petit et bel enfant,
Masle bien fait, chef-d'œuvre de ton père,
Enfant petit, en beauté triomphant,
La grand'liesse et joye de ta mère,
Le ris, l'ébat de ma jeune commere,
Et de ton pere aussi, certainement
Le grand espoir et l'attente prospere,
Tu sois venu au monde heureusement.

Petit enfant, peux-tu le bien venu
Estre sur terre, où tu n'apportes rien,
Mais où tu viens comme un petit ver nu?
Tu n'as ni drap, ni linge qui soit tien,
Or, ni argent, ni aucun bien terrien :
A pere et mere apportes seulement
Peine et souci; et voilà tout ton bien.
Petit enfant, tu viens bien pauvrement!

De ton honneur ne veuil plus estre chiche,
Petit enfant de grand bien jouissant,
Tu viens au monde, aussi grand, aussi riche,
Comme le roi, et aussi florissant.
Ton héritage est le ciel splendissant;
Tes serviteurs sont les anges sans vice;
Ton trésorier, c'est le Dieu tout-puissant;
Grace divine est ta mere nourrice.

THÉODORE DE BÈZE. — Né en 1519, mort en 1605. Ce sectaire,
devenu plus tard le successeur de Calvin, s'était fait un nom parmi

les poëtes, avant de soutenir la réforme au colloque de Poissy. On sait qu'il traduisit en vers les *Psaumes de David*, et des *Cantiques de la Bible*. Il composa encore le *Sacrifice d'Abraham*, pièce dramatique, dont nous citons un cantique.

ÉPIGRAMME
(Réponse à Guillaume Guéroult.)

Un certain esprit de travers
Trouve mes vers rudes et verds,
Facheux et contraints à merveilles,
Donnant le laurier précieux
A Marot doux et gracieux;
A moy, de Midas les oreilles.

Asne envieux, j'ai bien appris
De donner à Marot le prix;
Mais quant est des oreilles miennes,
Pour les changer qu'est il besoin
De chercher un Midas si loin?
Ne sais-tu pas où sont les tiennes?

CANTIQUE D'ABRAHAM ET DE SARA

Or sus donc commençons,
Et de loz annonçons
Du grand Dieu souverain.
Tout ce qu'eusmes jamais,
Et aurons désormais,
Ne vient que de sa main.

C'est luy qui des hauts cieux
Le grand tour spacieux
Entretient de là haut,
Dont le cours asseuré,
Est si bien mesuré,
Que jamais il ne faut.

Il fait l'esté bruslant;
Il fait l'hyver tremblant;
Terre et mer il conduit,
La pluye et le beau temps,
L'automne et le printemps,
Et le jour et la nuict.

Las! Seigneur, qu'estions nous
Que nous as entre tous
Choisiz et retenuz?
Et contre les méchants
Par villes et par champs,
Si longtemps maintenuz?

Tiré nous as des lieux
Tous rempliz de faux dieux,
Usant de tes bontez,
Et de mille dangers,
Parmy les estrangers,
Tousjours nous as jectés.

En notre grand besoing
Egypte a eu le soing
De nous entretenir,

Puis contrainct a esté
Pharaon despité
De nous laisser venir.

Quatre rois furieux
Desja victorieux
Avons mis à l'envers.
Du sang de ces meschans
Nous avons veu les champs
Tous rouges et couvers.

De Dieu ce bien nous vient,
Car de nous luy souvient,
Comme de ses amis.
Luy donc nous donnera,
Lors que temps en sera,
Tout ce qu'il a promis.

A nous et noz enfans,
En honneur triomphans,
Ceste terre appartient.
Dieu nous l'a dict ainsi
Et le croyons aussi,
Car sa promesse il tient.

Tremblez doncques, pervers,
Qui par tout l'univers
Estes si dru semez,
Et qui vous estes faicts
Mille dieux contrefaicts
Qu'en vain vous reclamez.

Et toy, Seigneur vray Dieu,
Sors un jour de ton lieu,
Que nous soyons vengez
De tous tes ennemis;
Et qu'à neant soyent mis
Les dieux qu'ils ont forgez.

PONTUS DE TYARD. — Né vers 1521, l'un des membres de la pléiade. Helléniste et latiniste, il se livra à la poésie française et y introduisit l'imitation des anciens. Ses œuvres forment quatre livres, dont l'un, les *Vers lyriques*, renferme des chansons, des épigrammes et des sonnets. Ronsard lui attribue à tort l'introduction en France du sonnet.

SONNET AU SOMMEIL

Père du doux repos, sommeil père du songe,
Maintenant que la nuit, d'une grande ombre obscure,
Faict à cet air serain humide couverture,
Viens, sommeil désiré, et dans mes yeux te plonge.

Ton absence, sommeil, languissamment alonge,
Et me fait plus sentir la peine que j'endure :
Viens, sommeil, l'assoupir et la rendre moins dure,
Viens abuser mon mal de quelque doux mensonge.

Jà le muet silence un esquadron conduit
De fantosmes ballans dessous l'aveugle nuict ;
Tu me dédaignes seul qui te suis tant dévot !

Viens, sommeil désiré, m'environner la teste ;
Car d'un vœu non menteur un bouquet je t'appreste
De ta chere morelle et de ton cher pavot.

OLIVIER DE MAGNY. — Mort en 1560, secrétaire de Henri II. Il composa trois recueils de poésies, dont le dernier n'est pas sans mérite, et qui renferment des odes et des sonnets.

SONNET

Celui vraiment est bien plus qu'ignorant lui-mesme,
Qui dit, mon cher Rousseau, que tu sois ignorant ;
Car qui veut voir de près ton sçavoir apparent,
Et te donne un tel nom, commet un grand blasphesme.

Tu sçais mentir par-tout d'une assurance extresme ;
Tu sçais aux lieux de paix jetter le différent ;
Tu sçais tirer les vers du nez d'un requérant,
Et faucher sous tes pieds le fruit qu'un autre seme.

Tu sçais trompeusement piper les vérités ;
Tu sçais galantement prester tes charités ;
Tu sçais subtilement feindre l'homme fidele ;

Tu sçais fausser la foi que tu vas promettant ;
Tu sçais estre un poltron ; bref, tu sçais tant et tant,
Qu'ignorant est celui qui sçavant ne t'appelle.

Du BELLAY (Joachim). — Né en 1524, mort en 1560. Il vivait au milieu des divertissements de la cour de François Iᵉʳ. La lecture des écrivains de l'antiquité lui révéla son talent de poëte. Il donna peu dans les travers de Ronsard et échappa à l'enflure et à l'incorrection de cette école; ses vers sont naturels, harmonieux et faciles. Outre un ouvrage en prose sur la langue française, il composa les *Antiquités de Rome*, le *Songe*, les *Regrets*, recueils de sonnets; des vers lyriques, des *Discours au roy* en vers, et la traduction de deux chants de l'*Énéide*. Du Bellay fait partie de la pléiade.

DISCOURS SUR LA LOUANGE DE LA VERTU

L'homme vertueux est riche :
Si sa terre tombe en friche,
Il en porte peu d'ennui;
Car la plus grande richesse,
Dont les dieux lui font largesse,
Est toujours avecque lui.

Il est noble, il est illustre,
Et il n'emprunte son lustre
D'une vitre, ou d'un tombeau,
Ou d'une image enfumée,
Dont la face consumée
Rechigne dans un tableau.

S'il n'est duc, ou s'il n'est prince
D'une et d'une autre province,
Si est-il roi de son cœur;
Et de son cœur estre maistre,
C'est plus grand chose que d'estre
De tout le monde vainqueur.

Que me sert-il que j'embrasse
Pétrarque, Virgile, Horace,
Ovide et tant de secrets,
Tant de dieux, tant de miracles,
Tant de monstres et d'oracles,
Que nous ont forgé les Grecs;

Si, pendant que ces beaux songes
M'appastent de leurs mensonges,
L'an, qui retourne souvent,
Sur les aisles empennées
De mes meilleures années,
M'emporte avecque le vent?

Que me sert la rhétorique
Du nombre pytagorique,
Un rond, une ligne, un point,
Le pinceter d'une corde,
Ou sçavoir quel ton accorde

Et quel ton n'accorde point?

Que sert une longue barbe,
Du latin, de la rubarbe,
Pour me faire vertueux?
Ou une langue sçavante,
Ou une loi mise en vente
Au barreau tumultueux?

Que me sert-il que je vole
De l'un jusqu'à l'autre pole,
Si je porte bien souvent
La peur et la mort en pouppe,
Avecque l'horrible troupe
Des ondes grosses du vent?

Que me sert-il que je suive
Les princes, et que je vive
Aveugle, muet et sourd,
Si, après tant de services,
Je n'y gagne que les vices,
Et le bon-jour de la cour?

C'est une divine ruse
De bien forger une excuse,
Et, en subtil artisan,
Soit qu'on parle ou qu'on chemine,
Contrefaire bien la mine
D'un vieux singe courtisan.

C'est chose fort singulière
Qu'une regle irrégulière
Dessous un front de Caton;
Ou dire qu'on est fragile,
Affublant de l'Évangile
La charité de Platon.

C'est un vertueux office,
Avoir pour son exercice
Force oiseaux et force abbois,

Et en meutes bien courantes
Disperser toutes ses rentes
Par les champs et par les bois.

C'est un heureux avantage
Qu'un alambic en partage,
Un fourneau mercurien;
Et de toute sa substance
Tirant une quintessence,
Multiplier tout en rien.

De tonneau diogénique,

Le gros souris zénonique,
Et l'ennemi de ses yeux,
Cela ne me déifie :
La gaie philosophie
d'Arystippe me plaist mieux.

Celui en vain se travaille,
Soit en terre, ou soit qu'il aille
Où court l'avare marchand,
Qui fasché de sa présence,
Pour trouver la suffisance,
Hors de soi la va cherchant.

QUATRAIN

(Sur la paix et sur la guerre.)

Du verd laurier superbe est la couronne ;
Moins d'apparence a le pasle olivier ;
Mais plus amer est le fruit du laurier,
Plus doux le fruit que l'olivier nous donne.

SONNET

Marcher d'un grave pas et d'un grave sourci,
Et d'un grave souris à chacun faire feste,
Balancer tous ses mots, répondre de la teste,
Avec un *messer non*, ou bien un *messer si :*

Entremesler souvent un petit *et cosi.*
Et d'un, son serviteur, contrefaire l'honneste ;
Et, comme si l'on eust sa part à la conqueste,
Discourir sur Florence et sur Naples aussi ;

Seigneuriser chacun d'un baisement de main,
Et, suivant la façon du courtisan romain,
Cacher sa pauvreté d'une brave apparence ;

Voilà de cette cour la plus grande vertu,
Dont souvent, mal monté, mal sain et mal vestu,
Sans barbe et sans argent, on s'en retourne en France.

RONSARD (Pierre de). — Né en 1524, mort en 1585. Après avoir été page du duc d'Orléans, puis de Jacques Stuart, et avoir rempli plusieurs missions diplomatiques, il se consacra à la poésie, fut couronné aux Jeux floraux et s'y vit proclamé le poëte français par excellence. Il devint le favori de Charles IX. Ses œuvres se composent de sonnets, d'odes, d'élégies, d'une épopée, etc.; et elles offrent de la variété et de l'élégance; mais il faut y reprendre une érudition un peu pédantesque et l'imitation outrée des Grecs et des Latins. La vogue de Ronsard ne se soutint pas, et ses poésies sont presque oubliées.

ODE A Mᴳᴿ LE DUC D'ORLÉANS

Charles tu portes le nom
     Et renom
Du prince qui fut mon maistre;
De Charles, en qui les dieux,
     Tout leur mieux,
Pour chef-d'œuvre firent naistre.

Naguere il fut comme toi,
     Fils de roi;
Ton grand-pere fut son pere;
Et Henri le très-chrétien,
     Pere tien,
L'avoit eu pour second frère.

A peine un poil blondelet,
     Nouvelet,
Autour de sa bouche tendre,
A se friser commençoit,
     Qu'il pensoit
De César estre le gendre.

Mais la mort, qui le tua,
     Lui mua
Son épouse en une pierre;
Et pour tout l'heur qu'il conçut,
     Ne reçut
Qu'à peine six pieds de terre.

Comme on voit, au point du jour,
     Tout-autour,
Rougir la rose épanie;
Et puis, on la voit, au soir,
     Se déchoir
A terre toute fanie :

Ainsi ton oncle, en naissant,
     Périssant,
Fut vu presque en mesme espace,
Et comme fleur du printemps,
     En un temps,
Perdit la vie et la grace.

Si, pour estre né d'ayeux
     Demi-dieux,
Si, pour estre fort et juste,
Les princes ne mouroient pas,
     Le trépas
Devoit épargner Auguste.

Si ne vainquit-il l'effort
     De la mort,
Par qui tous vaincus nous sommes;

Car aussi bien elle prend
     Le plus grand
Que le plus petit des hommes.

Le vieux nocher importun,
     Un chacun
Charge en sa nacelle courbe,
Et sans honneur à la fois
     Met les rois
Pesle-mesle avec la tourbe.

Mais, comme un astre luisant,
     Conduisant
Au ciel sa voie connue,
Se cache sous l'Océan
     Demi-an,
Avec Thetis la chenue ;

Puis, ayant lavé son chef,
     De rechef
Remonstre sa face claire,
Et plus beau qu'auparavant
     S'élevant
Sur notre horison éclaire :

Ainsi ton oncle mourant,
     Demeurant
Sous la terre quelque année,
De rechef est retourné
     En toi né
Sous meilleure destinée.

Il s'est voilé de ton corps,
     Saillant hors
De la fosse ténébreuse,
Pour vivre en toi doublement,
     Longuement,
D'une vie plus heureuse.

Car le destin, qui tout peut,
     Ne te veut
Comme à lui trancher la vie,
Ains que voir, par tes vertus,
     Abattus
Sous toi les rois de l'Asie.

Dieu, qui voit tout de là-haut
     Ce qu'il faut
Aux personnes journalieres,
A parti ce monde épars
     En trois parts,
Pour toi seul et pour tes freres.

Ton premier aisné François,
      Sous ses loix
Régira l'Europe sienne :
D'Afriq' sera couronné
      Ton puisné ;
Toi de la terre Asienne ;

Car quand l'âge, homme parfait
      T'aura fait,
Comme Jason fit en Grece,
Tu tri'ras les plus vaillans
      Bataillans
De la françoise jeunesse ;

Puis, mettant le voile au vent,
      En suivant
De Brenne l'antique trace,
Tu iras, couvrant les eaux
      De vaisseaux,
En l'Asie prendre place.

Là, dès le premier abord,
      Sur le port,
A cent rois tu feras teste,
Et captifs dessous les bras,
      Tu prendras
Leurs terres pour ta conqueste.

Ceux qui sont sous le réveil
      Du soleil ;
Ceux qui habitent Niphate ;
Ceux qui vont d'un bœuf suant,
      Remuant
Les gras rivages d'Euphrate ;

Ceux qui boivent dans le sein
      Du Jourdain
De l'eau tant de fois courbée,
Et tout ce peuple adorant,
      Demeurant
Aux sablons de la Sabée ;

Ceux qui vont en bataillant
      L'arc vaillant,
Quand ils sont tournés derrière,
Et ceux qui toutes saisons
      Leurs maisons
Roulent sur une civière ;

Ceux qui d'un acier mordant
      Vont tondant
La terre, aux tiges nourrice,
Et ceux dont les chesnes verts
      Sont couverts
De soye sans artifice ;

Ceux qui vont, en labourant,
      Déterrant
Tant d'os ès champs de Sigée,
Et ceux qui plantés se sont
      Sur le front
D'Hélespontes et d'Égée :

De ces peuples bien que forts,
      Tes efforts
Rendront la force périe ;
Et vaincus, t'obéiront
      Et seront
Vassaux de ta seigneurie.

SONNET CONTRE UN ENVIEUX

De soins mordans et de soucis divers,
Soit sans repos ta paupière éveillée,
Ta levre soit de noir venin mouillée,
Tes cheveux soient de viperes couverts !

Du sang infect de ces gros lézards verts
Soit ta poitrine et ta gorge souillée,
Et d'une œillade envieuse et rouillée,
Tant que voudras, guigne-moi de travers :

Toujours au ciel je leverai la teste,
Et d'un écrit qui bruit comme tempeste,
Je foudroirai de tes monstres l'effort.

Autant de fois que tu seras leur guide,
Pour m'assaillir ou pour sapper mon fort,
Autant de fois me sentiras Alcide.

AU ROI HENRI II

Sire, quiconque soit, qui fera votre histoire,
Honorant votre nom d'éternelle mémoire,
Afin qu'à tout jamais les peuples à venir,
De vos belles vertus se puissent souvenir,
Dira depuis le jour que notre roi vous fustes,
Et le sceptre françois en la dextre reçustes,
Que vous n'avez cessé en guerre avoir vécu,
Maintenant le vainqueur, maintenant le vaincu,
Dieu vous a fait déjà servir d'exemple au monde,
Qu'un roi, tant soit-il grand, d'infortunes abonde.
Or, après mainte guerre et mainte treve aussi,
L'un des princes lorrains, avec Montmorenci,
Ont ramené la paix, il faut bien qu'on la garde.

Ceux qui la gardent bien, le haut Dieu les regarde,
Et ne regarde point un roi de qui la main
Toujours trempe son glaive au pauvre sang humain.
Sire, je vous supplie de croire qu'il vaut mieux
Se contenter du sien, que d'estre ambitieux
Sur les sceptres d'autrui. Malheureux qui desire
Ainsi, comme à trois dez, hasarder son empire,
Sous le jeu de fortune, et auquel cq ne sçait
Si l'incertaine fin doit répondre au souhait !

Que désirez-vous plus ? Votre France est si grande !
L'homme qui n'est content et qui toujours demande,
Quand il seroit un Dieu, est malheureux, d'autant
Que toujours il desire, et n'est jamais content.

Il vaudroit beaucoup mieux, vous qui venez sur l'âge,
Jà grison gouverner votre royal ménage,
Et vos petits enfans encores aux berceaux,
Qu'acquérir par danger des sceptres tous nouveaux ;
Il vaut mieux vivre en paix, c'est-à-dire bien vivre,
Ou bastir votre Louvre, ou lire dans un livre,
Ou chasser ès forests, que tant vous travailler,
Et pour un peu de bien si long-temps batailler.
Que souhaitez-vous plus ? La fortune est muable ;
Vous avez fait de vous mainte preuve honorable ;
Il suffit, il suffit ; il est temps désormais
Fouler la guerre aux pieds, et n'en parler jamais.
Pensez-vous estre Dieu ? L'honneur du monde passe,
Il faut un jour mourir, quelque chose qu'on fasse ;
Et après votre mort, fussiez-vous empereur,
Vous ne serez pas plus qu'un simple laboureur.

Donc, Sire, puisque Dieu, qui de votre couronne
Et de vous a pris soin, Paix, sa fille, nous donne,
Présent qu'il n'avoit fait aux princes vos ayeux :
Gardez bien ce joyau, il vous enrichit mieux
Que s'il avoit dompté par une longue guerre
Dessous votre pouvoir l'Espagne et l'Angleterre.

O Paix, fille de Dieu, qui nous viens réjouir,
Comme l'aube du jour qui fait répanouir
Avecques la rosée une rose fleurie,
Que l'ardeur du soleil avoit rendue flétrie :
Après la guerre ainsi venant en ce bas lieu,
Tu nous as réjouis, ô grand' fille de Dieu !
Pends nos armes au croc, et, au lieu des batailles,
Attache à des crampons les lances aux murailles ;
Fais que le coutelas, de sang humain souillé,
Pendu d'une courroie, au fourreau soit rouillé ;
Et que le corselet au plancher se moisisse,
Et l'araigne à jamais ses filets y ourdisse.

GUILLAUME BOUCHET. — Né en 1526, mort en 1606. Il écrivit les *Séries*, ouvrage mélangé de vers et de prose. C'est un auteur instruit, imitateur assez habile des anciens poëtes.

HUITAIN

Dédale crioit à son fils,
Afin de lui donner courage :
Vole comme je t'ai appris,
Suis toujours la moyenne plage ;

Mais l'enfant, proche du naufrage,
Disoit : Je ne suis plus en l'air ;
Ne m'apprend donc plus à voler,
Monstre-moy plustot comme on nage.

ÉPIGRAMME IMITÉE DE MARTIAL

Tu dis que de Pierre à merveille
L'oreille rend mauvaise odeur ;
De cela ne t'en esmerveille ;

C'est que toy qui es un flatteur,
Luy soufflant toujours à l'oreille,
Luy cause cette puanteur.

MACLOU DE LA HAYE. — Né en Picardie et valet de chambre de Henri II. Nous choisissons parmi ses poésies ce qu'il nomme une épigramme. C'est en réalité une fable.

ÉPIGRAMME

Un fol attachant à son col,
Pour s'estrangler, un fier licol,
Trouva sous l'arbre, d'avanture,
Un beau thresor, au lieu duquel
Il jetta le cordeau mortel,
Où jà branloit sa mort future.

L'autre venant chercher son or,
Trouvant en lieu de son thresor
Ce licol, le prend et le noue
De rage à son col, et soudain
S'en pendit de sa propre main.
Ainsi de nous le sort se joue.

BELLEAU (Remy). — Né en 1528, mort en 1577. Belleau fut précepteur de Charles de Lorraine et l'un des poëtes de la pléiade. Ronsard le nomma le peintre de la nature. Il décrivit les *Pierres précieuses* ; il composa les *Églogues sacrées*, les *Odes d'Anacréon*, plusieurs poésies de différents genres, et fit une comédie en cinq actes, *la Reconnue*.

ODE POUR LA PAIX

Quitte le ciel, belle Astrée ;
En France, tant désirée,
Viens faire d'ici ton séjour
          A ton tour.
Assez les flammes civiles
Ont couru dedans nos villes,
Sous le fer et la fureur ;
Assez la pasle famine,
Et la peste, et la ruine,
Ont ébranlé ton bonheur.

Le rocher, ni la tempeste,
Toujours ne pend sur la teste
Du pilote paslissant,
          Frémissant.
La nue, épaisse en fumée,
Toujours ne se fond armée
De feu, de soufre et d'éclair;
Quelquefois, après l'orage,
Elle fourbit le nuage,
Et le rend luisant et clair.

Montre-nous ta face belle
En cette saison nouvelle ;
En pitié regarde-nous
          D'un œil doux!
Que sous ta main que j'honore,

Au soir l'épi se redore !
Viens, plus gracieuse encor
Que n'est l'étoile qui guide
Le soleil, quand par le vuide
Il étend son crespe d'or !

Que le ciel, à ta venue,
Épanche une douce nue
De parfums et de senteurs,
          Et d'odeurs,
De miel, de manne sucrée,
Tant, que la France enivrée
Soit grosse d'un beau printemps,
D'un printemps qui toujours dure,
Et qui surmonte l'injure
Et les échanges du temps.

Sois donc, Seigneur, la défense
Et le rempart de la France,
Nourrissant notre grand roi
          En ta loi,
Et que sous ta main maîtresse
Croisse sa tendre jeunesse,
Lui servant de guide encor
Pour le dresser en la voye,
Comme Apollon, devant Troye,
S'avançoit devant Hector!

BAÏF (Jean-Antoine de). — Né en 1532, mort en 1589. Nous avons déjà cité son père; pour lui, poëte de la pléiade, enthousiaste de réformes dans la langue, il établit dans sa maison du faubourg Saint-Marceau une académie reconnue par Charles IX. Le cardinal du Perron l'a appelé mauvais poëte ; et, cependant, dans ses poëmes, ses enseignements, ses mimes, on trouve des traits qui ne manquent ni de style ni d'une certaine élévation. Il composa une tragédie d'*Antigone* et la comédie du *Brave*.

LE LOUP ET L'ENFANT
(Fable.)

Un loup ayant fait une queste
De toutes parts, enfin s'arreste
A l'huis d'une cabane aux champs,
Au cri d'un enfant que sa mère
Menaçoit, pour le faire taire,
De jeter aux loups ravissans.

Le loup, qui l'ouït, en eut joye,
Espérant d'y trouver sa proye.
Et tout le jour il attendit

Que la mère son enfant jette;
Mais le soir venu, comme il guette,
Un autre langage entendit :

Car la mère qui, d'amour tendre,
En ses bras son fils alla prendre,
Le baisant amoureusement,
Avec lui la paix va faire,
Et le dorlottant pour l'attraire,
Lui parle ainsi flatteusement :

Nenni, nenni, non, non, ne pleure ;
Si le loup vient, il faut qu'il meure ;
Nous tuons le loup s'il y vient.

Quand ce propos il ouït dire,
Le loup grommelant se retire :
Céans l'on dit l'un, l'autre on tient.

A SOI-MÊME
(Imitation de Martial.)

Baïf, si tu veux sçavoir
    Quel avoir
Pourroit bienheureux te rendre,
En ce douteux vivre-ci,
    Ois ceci,
Et tu le pourras apprendre.

O chétif ! cet heur, hélas !
    Tu n'as pas !
Hé ! ta fortune est trop dure !
Mais ce qu'on ne peut changer
    Est léger
Si constamment on l'endure.

Un bien tout acquis trouver ;
    N'éprouver,
Pour l'avoir, aucune peine :
Un champ ne trompant ton vœu :
    D'un bon feu,
Ta maison toujours sereine :

N'avoir que faire au palais
    Ni aux plaids :
Loin de cour, l'esprit tranquille ;

Les membres gaillards et forts,
    En un corps
Bien sain, dispos et agile :

Cette simplesse entre gens,
    Se rangeans
Sous une amitié sortable :
Un vivre passable et coi
    A requoi,
Sans trop surcharger la table :

Passer gayement les nuits,
    Hors d'ennuis ;
Toutefois n'estre pas ivre :
Un lit qui ne te déçoit,
    Mais qui soit
Chaste, et de noises délivre :

Estre content de ton bien,
    Et plus rien
Ne désirer, ni prétendre ;
Sans souhaits, sans crainte aussi,
    Hors souci,
Ton heure dernière attendre.

GAUCHET (Claude). — Ce poëte, aumônier de Charles IX, composa les *Plaisirs des champs*, divisés en quatre livres. C'est une œuvre de mérite et de talent, dont nous tenons à donner un extrait, le début de la chasse au cerf.

LA CHASSE DU CERF
(Au roy.)

. . . .
Sus, sus doncques, veneurs, plus ne fault sommeiller :
C'est trop couver les draps ; il vous fault esveiller.
Desja de tous costez l'hironde babillarde
Nous annonce le jour ; ja la troupe gaillarde
Des oyseaux resjouys fait resonner les bois,
Les eaux et les vallons de leurs plaisantes voix :
L'aurore au crin d'argent, diligente courriere,
Annonce le lever de la grande lumiere.

Voyez-vous ce brouillard qui couvre ces estangs,
Ces prez et ces vallons ? c'est signe de beau temps :
La fraischeur de la nuict, d'une tendre rosee,
De nostre vieille mere a la face arrosee ;

Jamais ne fit plus beau, l'œr, le vent et les cieux
Ne se sont point monstrez de l'an plus gracieux.
C'est trop couver les draps et la plume molasse
A celui qui desire estre aujourd'hui de chasse.
Desja notre roy prest accuse vos longueurs ;
Il vous faut l'assister comme braves picqueurs.
Et faire tant qu'il puisse en vous tous recognoistre
Qu'avez la volonté de luy faire paroistre
Combien vous estes prests de monstrer dans les bois
Vos valleurs aussi bien qu'en belliqueux exploictz,
Et que vos forts courtautz ont aussi bonne aleine
A picquer un bon cerf qu'à combattre en la plaine.
Nostre prince vaillant brulle d'un beau soucy
D'esclairer vos vertus en ceste chasse icy.

On tient, en tout pays, pour chose bien certaine
Qu'un bon chasseur ne peut qu'estre bon capitaine.
Ayant de toy congé, tes veneurs sont partis
Avecques leurs limiers, çà et là despartis
Pour s'en aller en queste, à fin qu'ils te rapportent
Quels cerfz ils auront veus, et quelle teste ils portent.
S'ils trouvent cestuy-là, marquant dix et huict cors,
Esclame, faulve brun, et bien entier de corps,
Il se fera courir ; et, comme chacun pense,
Contre les chiens courants il sera de deffense ;
Car de tout ce que peut estre un cerf accomply,
Pour courre longuement cestuy-là est rempli.
Sus, sus, donc à cheval, belle et brave noblesse ;
Il faut charmer le soing qui vous poind et vous presse :
Il ne faut desdaigner se charger d'un jambon,
D'un beuveur cervelat assisté d'un flascon.
La chasse ne vaut rien sans un tel attirage :
Cela donne au veneur la force et le courage ;
Et lorsque le soleil darde son plus grand chault,
Mal est garny celuy à qui cela deffault.

Tout est desja sus-bout ; ja toute chose est preste
Qui duit à bien lancer et bien chasser la beste ;
Les barils pleins de vin ja desja l'on envoye ;
Ja les chevaux chargez sont presque à moitié voye
Du buisson de Tillet, où chascun attendra
Les veneurs, ce pendant que nostre roy viendra,
Là estant arrivez, sur la verde herbelette
On mettra le jambon, le pan de costelette,
Le cervelat, l'andouille et la longe de veau,
Poivrée par dessus de vin vieil et nouveau,
Et tout ce qui se peut de viande salée
Propre se recouvrer pour disner l'assemblée.

Qu'on couple donc les chiens. Sortez, Mirault, Briffault,
Fillault, Margette aussi, Teroane et Pitault :
Voilà pour un relais ; et l'autre aura Truelle,
Souillard, Clerault, Hunault, et Bataille et Rochelle.
Un autre aura Verdault, Sarrasin, et Margault,
Et Brouault, ce bon chien, et Guidon, et Fricault ;

Et d'un autre relais, et Souillart, et Vistesse,
Gerbault, et Capitaine, et Gaillard, et Duchesse ;
Et le cinquiesme aura Bragard, et Billebault,
Joyeuse, Soliman, Rustault, et Barigault.
Nous aurons Caporal, et la bonne Peluë,
Rigault et Broussebois, Pelault et Mammeluë,
Mirauldin, et Parfait, et Confort, et Calvin,
Les plus rusés de tous ; lesquels jamais en vain
N'ont couru par les bois, et Gerfault, et Tabourre,
Pour premiers descoupler au son du laisse courre.
Ces douze seulz pourroient, sans ayde et sans support,
Suivre le cerf par tout, et le conduire à mort.
Ainsi doncques, grand roy, ta grand' meute couplée
Se meine où se doit voir toute son assemblee :
Au carfour de Tillet ensemble bien montez ;
Tes officiers se sont du matin transportez.
Où au lieu plus commode en fin tu vas descendre,
Plus proche de l'endroit où tu désire attendre
Le rapport des veneurs, tandis qu'on fait disner
Tes courtaulz, pour plus frais après les t'amener.
Ceux qui ont soin des leurs ne bougent de l'estable,
Jusques à tant qu'au bois on te dresse la table...

PASSERAT (Jean). — Né en 1534, mort en 1602. Professeur au collége du Plessis, à Paris, il fit une étude approfondie du latin et de la législation ancienne. Il eut au collége de France un grand succès, que consacrèrent ses œuvres. Il composa la majeure partie de la *Satyre Ménippée*, traduisit Apollodore, écrivit des commentaires sur plusieurs auteurs latins, des poésies latines et françaises, et le conte du *Coucou*. Sa langue poétique est fort curieuse à étudier.

LA DIVINITÉ DES PROCÈS

Je chante les procès ; rien n'est, en vérité,
Rien n'est plus ressemblant à la Divinité.
Je vais, pour le prouver, sans ordre, à l'aventure.
Comparer des procès et des dieux la nature.

Les anciens ont fait trois manieres de dieux,
Qui demeurent ès eaux, en la terre et aux cieux :
Il y a des procès d'eau, de ciel et de terre ;
Ceux du ciel maintenant se vuident à la guerre,
Ou à coups de canon (1) ; on plaide des édits,
Dont le vainqueur s'attend à gagner paradis.

Combien que les procès de la terre et de l'onde,
Si fort que ceux du ciel ne tempestent le monde,
On aime mieux sa vie encore hasarder
Que de les laisser perdre, et ne les bien garder :
Témoins les Angevins, qui leurs procès envoyent
Par terre en sûreté, de peur qu'ils ne noyent ;

(1) Les guerres de religion.

Et se fiant d'eux-mesme, ô Loire, à ta merci,
Ne s'y osent fier pour leurs procès aussi.
Pour rendre leur venue aux mortels incertaine,
Les dieux les viennent voir ayant des pieds de laine :
Les procès, au venir, marchent si doucement,
Qu'ils ne sont entendus pour le commencement ;
Puis d'un son éclatant leur présence est connue.
Les dieux et les procès sont voilés d'une nue :
Les dieux vendent les biens aux hommes chèrement,
Achetés par souci, par peine et par tourment,
Dont la propriété n'est par eux garantie.
Avant que par procès soit riche une partie,
Il se faut coucher tard et se lever matin,
Et faire à tout propos le diable saint Martin ;
Remarquer un logis, assiéger une porte,
Garder que par derrière un conseiller ne sorte,
S'accoster de son clerc, caresser un valet,
Reconnoistre de loin, aux ambles, un mulet ;
Avoir nouveaux placets en main et en pockette,
Dire estre de son cru tout cela qu'on achette
A beaux deniers comptans : bref, il faut employer
Possible et impossible à procès festoyer.
On n'ose démentir des dieux les saints oracles,
Ni l'arrest des procès : les dieux font des miracles ;
Les procès, que font-ils ? les plus goutteux trotter,
Galloper les boiteux, pour les solliciter,
Les rendant, au besoin, prompts, dispos et habiles.
Du profond des forests ils traisnent dans les villes
Cerfs, et daims, et sangliers, sans rets ni hameçons,
Et sans mouiller la paste ils prennent les poissons.
Leur occulte cabale attire métairie,
Villages et chasteaux, rentes et seigneuries ;
Comme le luth d'Orphé, les arbres déplantés,
Ou celui d'Amphion, les rochers enchantés,
Qui, descendant des monts en une grasse plaine,
Bastirent sans maçons la muraille thébaine.

Ce qui est jà passé, et une fois est fait,
Par tous les dieux ensemble estre ne peut défait :
Les procès, en ce point, ont sur eux l'avantage,
Pour ce qu'un alibi, avec un témoignage
Presté par charité, défait tout le passé,
Fait un mort estre vif, et un vif trépassé.
On reconnoist les dieux, ainsi que dit Homere,
Au mouvement des pieds, qu'ils tournent en arriere :
Mon procès prend plaisir à toujours reculer.
Les dieux sont reconnus souvent à leur parler ;
Car tout autre est leur voix que n'est notre langage.
Les procès, vrais Bretons, ont à part un ramage.
Aux dieux, francs de la mort, on dresse des autels :
Qu'on en dresse aux procès, puisqu'ils sont immortels.
Mon procureur Guillon en sçauroit bien que dire ;
Qui, mon procès jugé, tire encore et retire ;
Et depuis seize mois m'a tant villonisé,
Que je le tiens déjà pour immortalisé.

6

Les dieux, comme on dit, ont de rien fait le monde :
Un procès mal *esteint,* qui en *enfans* abonde,
Ou de rien, ou de peu, fait parfois grand fracas,
Croissant par écriture au sac des avocats.
La main de Jupiter, par un horrible foudre,
Porte des tourbillons, met en cendre et en poudre
Les orgueilleuses tours et les hautes forests :
Aussi font bien souvent les foudres des arrests.
Les plus grosses maisons, à plaider obstinées,
Par l'effort des procès se trouvent ruinées.
Jupiter courroucé d'un don va s'appaisant :
Un vigoureux procès s'adoucit d'un présent ;
L'ambroisie et nectar font des dieux les délices ;
Et le procès friand aime fort les épices.
Apollon est à craindre avec son arc d'argent,
Comme avec un exploit est à craindre un sergent.
D'Apollon et Bacchus on vante la jeunesse,
Un procès rajeunit souvent en sa vieillesse.
Si les dieux déguisés, changeant leur majesté,
En bestes et oiseaux par la terre ont été,
Et ont fait de bons tours dessous forme empruntée ;
Le procès ne doit rien aux changes de Protée.
Vous le pensez civil, il devient criminel :
Vous l'estimez fini, le voilà éternel.
Est-il prest à juger ? de nouveau il informe :
A chaque bout de champ il prend nouvelle forme ;
D'un corps il en fait sept, qu'il alonge en dépens,
Ainsi qu'Hercule vit sept testes de serpens
Renaistre d'un seul col. . . . .
. . . .
L'injustice et les torts par les dieux sont vengés,
Et aussi par procès les hommes outragés.
Du monde la grandeur de ta grandeur est pleine,
Procès, fils du Chaos ; mais j'ai trop courte haleine
Pour un si long discours : finis doncques mes vers,
Toi qui dois mettre fin à ce grand univers.

ÉPITAPHE

Jean Passerat ici sommeille,   Et croit qu'il se réveillera
Attendant que l'ange l'éveille,   Quand la trompette sonnera.

S'il faut que maintenant en la fosse je tombe,
Qui ai toujours aimé la paix et le repos,
Afin que rien ne poise à ma cendre et mes os,
Amis, de mauvais vers ne chargez pas ma tombe.

GARNIER (Robert). — Né en 1534, mort vers 1600. Dans le genre tragique, c'est le premier poëte qui mérite d'être cité ; Jodelle semble, tant il est rude encore, appartenir à un autre siècle. Garnier a écrit huit tragédies qui firent l'admiration de son époque, et dont les chœurs, pleins de feu et d'éclat, méritent une mention particulière. Les sujets en sont nobles et bien traités ; on ne peut leur reprocher que l'embarras et la lourdeur de leur marche.

MONOLOGUE DE CÉSAR RENTRANT DANS ROME VICTORIEUX

O sourcilleuses tours! ô costeaux décorés!
O palais orgueilleux! ô temples honorés!
O vous murs, que les dieux ont maçonnés eux-mêmes,
Eux-mêmes étoffés de mille diadèmes,
Ne ressentez-vous point le plaisir en vos cœurs,
De voir votre César, le vainqueur des vainqueurs,
Par tant de gloire acquise aux nations étranges,
Accroistre votre empire, ainsi que vos louanges?

Et toi, fleuve orgueilleux, ne vas-tu par tes flots
Aux tritons mariniers faire bruire mon los,
Et au père Océan te vanter que le *Tybre*
Roulera plus fameux que l'Euphrate et le *Tygre*?

Jà presque tout le monde obéit aux Romains :
Ils ont presque la mer et la terre en leurs mains;
Et soit où le soleil, de sa torche voisine,
Les Indiens perleux au matin illumine;
Soit où son char, lassé de la course du jour,
Le ciel quitte à la nuit, qui commence son tour;
Soit où la mer glacée en cristal se resserre;
Soit où l'ardent soleil seche et brusle la terre,
Les Romains on redoute; et n'y a si grand roi
Qui au cœur ne frémisse, oyant parler de moi.

César est de la terre et la gloire et la crainte;
César des vieux guerriers a la gloire restreinte :
Taisent les Scipions, Rome, et les Fabiens,
Les Fabrices, Métels, les vaillans Déciens!
Les Gaulois, qui jadis au Tybre venoient boire,
Ont vu boire sous moi les Romains dans la Loire;
Et les Germains affreux, nés au métier de Mars,
Ont vu couler le Rhin dessous mes étendars.

CHŒUR

(Imitation du psaume *Super flumina.*)

Comment veut-on que maintenant
    Si désolées,
Nous allions, la fluste entonnant,
    Dans ces vallées?

Que le luth, touché de nos doigts,
    Et la cithare,
Fassent résonner de leur voix
    Un ciel barbare?

Que la harpe, de qui le son
    Toujours lamente,
Assemble avec notre chanson
    La voix dolente?

Trop nous donnent d'affection
    Nos maux *publiques*,
Pour vous réciter de Sion
    Les saints cantiques.

Hélas! tout soupire entre nous,
    Tout y larmoye :
Comment donc en attendez-vous
    De chants de joye?

Remplissons les airs de soupirs
    Sortans à peine,
Qui renforceront des zéphyrs
    La foible haleine.

Hélas ! eh ! qui se contiendra
De faire plainte,
Lorsque de toi nous souviendra,
Montagne sainte ?

Nos enfans nous soient désormais
En oubliance,
Si de toi nous perdons jamais
La souvenance !

VAUQUELIN DE LA FRESNAYE (Jean). — Né en 1536, mort en 1606. Ce poëte magistrat et guerrier composa un *Art poétique* et bon nombre de satires qui sont peu considérées. Ses poésies légères ne manquent pas d'esprit.

LA BELETTE
(Fable.)

Il advint d'aventure un jour qu'une belette,
De faim, de pauvreté, gresle, maigre et défaite,
Passa par un pertuis dans un grenier à blé,
Où fut un grand monceau de froment assemblé,
Dont gloute elle mangea par si grande abondance,
Que comme un gros tambour s'enfla sa grosse pance ;
Mais voulant repasser par le pertuis étroit,
Trop pleine elle fut prise en ce petit détroit.
Un compere le rat lors lui dit : O commere !
Si tu veux resortir, un long jeûne il faut faire ;
Que ton ventre appétisse, il faut avoir loisir,
Ou bien en vomissant perdre le grand plaisir
Que tu pris en mangeant, tant que ton ventre avide,
Comme vuide il entra, qu'il s'en retourne vuide.
Autrement par le trou tu ne repasseras ;
Puis au danger des coups tu nous demeureras.

ÉPITAPHE DE P. RONSARD

Ronsard, Tours te bâtit, fidelle,
Un tombeau : sais-tu bien pourquoi ?

Afin que tu vives par elle,
Et qu'elle vive aussi par toi.

ÉPIGRAMME

Celui qui pauvre s'alloit pendre,
Trouve un trésor dans un poteau :
Pour le trésor qu'il alla prendre,
Il laissa là son vil cordeau.

Mais celui qui riche avoit mise
Sa pécune au poteau fendu,
A du pauvre la corde prise,
Et, misérable, s'est pendu.

MERMET (Claude). — Mort vers 1600. Mermet, notaire et écrivain, a composé un recueil de poésies peu nombreuses ; mais nous citons avec plaisir quelques petites pièces fort spirituelles.

SUR UN QUI PLEUROIT LA MORT DU BANQUIER

Ne pleure plus, tu te fais tort ;

Ce n'est qu'une personne morte.

RÉPONSE.

Ah ! je ne pleure pas le mort ;

Je pleure l'argent qu'il m'emporte.

ÉPIGRAMME
(A un qui sent toujours son paysan.)

Tu dis que tu es gentilhomme
Par la faveur du parchemin ;

Si un rat le trouve en chemin,
Que seras-tu ? Comme un autre homme.

ÉPIGRAMME
(Des amis.)

Les amis de l'heure présente
Ont le naturel du melon ;

Il en faut essayer cinquante,
Avant qu'en rencontrer un bon.

MARIE STUART. — Née en 1542, morte en 1587. L'histoire de cette malheureuse reine est connue. Nous citons seulement la romance dont elle composa les vers et la musique à la mort de son époux François II.

En mon triste et doux chant,
D'un ton fort lamentable,
Je jette un œil touchant
De perte irréparable,
Et en soupirs cuisants
Je passe mes beaux ans.

Fut il un tel malheur
De dure destinée,
Ni si triste douleur
De dame infortunée,
Qui mon cœur et mon œil
Voi en bière et cercueil ?

Qui en mon doux printems
Et fleur de ma jeunesse,

Toutes les peines sens
D'une extreme tristesse ;
Et en rien n'ai plaisir
Qu'en regret et désir.

Si, en quelque séjour,
Soit en bois ou en pré,
Soit à l'aube du jour,
Ou soit sur la vesprée,
Sans cesse mon cœur sent
Le regret d'un absent.

Mets, chanson, ici fin
A si triste complainte
Dont sera le refrain :
Amour vraye et sans feinte.

BARTAS (G. de Salluste, sieur du). — Né vers 1544, mort en 1590. Gentilhomme de Henri IV, il consacrait tous ses loisirs aux lettres. Il composa un poëme de *Judith* en six chants, la *Chute d'Adam*, le *Sacrifice d'Abraham*, un grand nombre d'autres morceaux bibliques, et quelques pièces moins sérieuses. Le père Rapin ne lui a reproché que la magnificence des paroles. Ce n'est pas un grand défaut.

VERS AU ROI DE NAVARE

Prince, daigne approcher ; Pan habite en nos bois :
Ne méprise ces rocs : ces rocs ont autrefois
Nourri ces grands héros qu'à vaincre tu travailles :
Héros qui par duels, par siéges, par batailles,
Ont poussé jusqu'au ciel l'honneur du sang de Foix.
Hercule ayant vaincu le triple orgueil d'Espagne,
Se fit pere du roi de ce coin de montagne,
Qui des fils de ses fils a toujours pris la loi.

Henri, l'unique effroi de la terre Hesperide,
Tu ne pourrois avoir plus grand ayeul qu'Alcide :
Il ne pourroit avoir plus grand neveu que toi.

DESPORTES (Philippe). — Né en 1546, mort en 1606. Cet oncle
du satirique Régnier suivit le duc d'Anjou en Pologne et jouit
d'une grande fortune dont il sut faire un noble usage. Ami de l'antiquité, il évita les excès de Ronsard et contribua aux gloires du
siècle suivant. Ses œuvres légères sont nombreuses et renferment
un grand nombre de sonnets. Il traduisit les *Psaumes* en vers
français.

Las! que ferai-je? oserai-je hausser
Les yeux au ciel, pour à toi m'adresser
En cet effroi qui mon âme environne?
Je suis confus, j'ai l'esprit défaillant,
Mon œil se trouble; et mon cœur tressaillant
Veut me quitter, tant mon forfait l'étonne!

Cachons-nous donc; mais où pourrai-je aller,
Au ciel, en l'onde, en la terre ou en l'air,
O Seigneur Dieu, pour éviter ta face?
Si je me couvre en l'obscur de la nuit,
Ton œil divin par les ombres reluit,
Et tout soudain remarquera ma trace.

D'aller au ciel tu es le commandant;
Il vaut donc mieux fuir en descendant,
Et m'abîmer au plus creux de la terre;
Mais de ton œil je ne serois absent;
Car les enfers vont sous toi fléchissant,
Et jusques-là tu me feras la guerre.

Soit que je veille ou que je sois couché,
Rien que je fasse, hélas! ne t'est caché;
Tu sondes tout, pénétrant la pensée :
Veux-je fuir? tu me viens attraper,
Et pour courrir je ne puis échapper;
Car par ta main ta foudre est devancée.

Tu peux, hélas! tu peux me foudroyer,
Mais voudrois-tu ta colère employer,
Et bassement frapper un peu de poudre?
Tu es, grand Dieu, tout juste et tout-puissant;
Je ne suis rien, si qu'en me punissant
Tu perds, Seigneur, et ta peine et ton foudre.

Me châtiant, tu te rends poursuivant
Contre un fétu, foible jouet du vent,
Tu veux montrer ta force à un ombrage,
A un corps mort, à un bois desséché,
A un bouton qui languit tout penché,
Et au bouillon enflé sur le rivage.

Hélas, Seigneur, ayes pitié de moi !
Tu es mon tout, mon sauveur et mon roi ;
Seul je t'invoque en ma plainte ordinaire.
Souvienne-toi que tu m'as façonné ;
D'os et de nerfs tu m'as environné :
Voudrois-tu bien ton ouvrage défaire ?

Si je ne suis qu'un bourbier amassé,
Tes mains pourtant, tes mains m'ont compassé ;
Tu m'as couvert de charnure et de veines :
Quand tu voudras, tu me feras dechoir
Comme la fleur qui flétrit sur le soir,
Et découler comme l'eau des fontaines.

Déja, Seigneur, déja j'ai bien senti
Sur moi chétif ton bras appesanti ;
Je n'en puis plus, il faudra que je meure.
Un voile obscur me dérobe les cieux,
Mille remords m'agitent furieux,
Et ma vigueur s'affaiblit d'heure en heure.

Mes tristes jours coulent légérement,
Je n'attends rien qu'un obscur monument ;
Je suis en proie à mes peines terribles :
Las ! je n'ai clos les yeux pour sommeiller,
Que tout tremblant il me faut réveiller,
Épouvanté de visions horribles.

O Seigneur Dieu qui vois ma passion,
Ne me délaisse en cette affliction ;
Chasse ton ire, adoucis ton courage ;
Veuille en douceur ta colère changer !
Tends-moi la main, sauve-moi du danger
Qui m'est prochain par ce cruel orage.

TABOUROT (Étienne). — Né en 1547, mort en 1590, procureur du roi au bailliage et à la chancellerie de Dijon. Ce zélé partisan de la Ligue donnait ses loisirs à la poésie, et ses sujets sont traités avec une philosophie toujours honnête et empreinte de gaieté.

A MAUMISERT, MON VALET

Maumisert, je t'ai entendu
Pleurer ta fortune ; qu'as-tu
A te fâcher de mon service ?
Reçois tu pàs autant d'office,
De bienfaits et plaisir de moi
Que j'en saurois tirer de toi ?
Viens-çà. Pendant que tu reposes,
Sans t'émayer d'aucunes choses,
Ronflant, libre toutes les nuits,
N'ai-je pas mille et mille ennuis ?
Et ne faut-il pas que je pense
A notre ordinaire dépense ;

Et comme il faut le lendemain
Travailler pour chasser la faim ?
Vois tu pas comme je courtise
Un âne masqué de feintise,
Pendant qu'à grand'peine en un mois
Tu me salueras une fois ?
Puis tôt après, chargé d'affaire,
Allant selon mon ordinaire,
Ou par la ville, ou au palais,
Je vais devant, tu viens après ;
Ainsi sur l'élément liquide
A ton tour tu me sers de guide :

Et lorsque je suis au barreau,
Tu vas jouer, sur le carreau,
A la darde mes aiguillettes,
Ou bien souvent tu cabarettes :
Et lorsque du travail je prens,
Sans souci tu passes le temps.
Tu n'as pas peut-être agréable
De me venir servir à table :
Mais, quand tu as bien déjeuné,
Ne peux tu attendre un dîné ?
Sans manger point tu ne demeures,
Comme je fais jusqu'à dix heures ;
Ainsi, me voyant un petit
Manger, tu reprends appétit,
Et aiguises ta dent pour paître
Ce qui reste devant ton maitre ;
Ainsi je t'ôte le soupçon
Que ta viande est un poison.
Le jour, fermé dans mon étude,
Avec grande sollicitude
Et courbé sur mon estomac,
Je feuillette quelque gros sac ;
Et toi cependant tu te ris,

Ou de quelque joyeux devis
Tu t'entretiens, ou bien tu chantes
Assis auprès de mes servantes.
Bref tu ne prends aucun souci
Du présent ni futur aussi ;
Et tu n'as pas peur que la vigne
Reçoive quelque mal insigne,
Mais encor que les autres fruits
Soient par un orage détruits ;
Car tu n'en veux laisser de faire
Tes quatre repas d'ordinaire.
O heureux, trois et quatre fois,
Si ton bonheur tu connaissois !
Car pour vrai tu nous verrois être,
Moi du nom, toi par effet maitre,
Et que je ne suis rien, sinon
Le depensier de la maison ;
Et encore au bout de l'année
Ta fortune est si fortunée,
Que, me servant de peu ou rien,
Il faut du plus clair de mon bien
Te donner salaire et bon gage :
Es tu pas plus heureux que sage ?

AUBIGNÉ (T. Agrippa d'). — Né en 1554, mort en 1630. Il fut le partisan fidèle du roi de Navarre, qu'il servit dans toutes ses guerres ; mais, à la mort de Henri IV, il alla vivre dans la retraite. Il traita des sujets historiques, des mémoires, des satires en prose ; dans sa jeunesse il avait fait des poésies et en particulier les *Tragiques*. Tous ces ouvrages sont remarquables par une surprenante énergie.

EXTRAIT DES TRAGIQUES

Seigneur, veux-tu laisser en cette terre ronde
Régner ton ennemi? N'es-tu seigneur du monde ?
Toi, Seigneur, qui abas, qui blesse, qui guéris,
Qui donne vie et mort, qui tue et qui nourris.

Les temples du payen, du Turc, de l'idolâtre,
Haussent dedans le ciel et le marbre et l'albâtre ;
Et Dieu seul au désert, pauvrement hébergé,
A bâti tout le monde, et n'y est pas logé !

Les moineaux ont leurs nids, leurs nids les hirondelles ;
On dresse quelque fuye aux simples colombelles :
Tout est mis à l'abri par les soins des mortels,
Et Dieu seul immortel, n'a logis ni autels.

Nous faisons des rochers les lieux où l'on te presche,
Un temple de l'estable, un autel de la crèche :
Eux du temple, une estable aux ânes arrogans,
De la sainte maison, la caverne aux brigands.

Les premiers des chrétiens prioient aux cimetieres;
Nous avons fait ouïr aux tombeaux nos prieres,
Fait sonner aux tombeaux le nom de Dieu le fort,
Et annoncé la vie au logis de la mort.

En ces lieux caverneux, tes cheres assemblées,
Des ombres de la mort incessamment troublées,
Ne feront-elles plus résonner tes saints lieux,
Et ton renom voler des terres dans les cieux?

Quoi! serons-nous muets? serons-nous sans oreilles?
Sans mouvoir, sans chanter, sans ouïr tes merveilles?
As-tu esteint en nous ton sanctuaire? Non;
De nos temples vivans sortira ton renom.

Tel est en cet état le tableau de l'Église;
Elle a les fers aux pieds, sur les gênes assise,
A sa gorge la corde et le fer inhumain,
Un psaume dans la bouche, et un luth en la main.

Que ceux qui ont fermé les yeux à nos miseres,
Que ceux qui n'ont point eu d'oreille à nos prieres!
De cœur pour secourir, mais bien pour tourmenter,
De main pour nous donner, mais tout pour nous ôter,

Trouvent tes yeux fermés à juger leurs miseres!
Ton oreille soit sourde en oyant leurs prieres!
Ton sein serré soit clos aux pitiés, aux pardons!
Ta main sèche, stérile aux bienfaits et aux dons!

Ils blasphèment le ciel; et les voûtes célestes
N'ont-elles plus de foudre et de feux et de pestes?
Ne partiront jamais du throsne où tu te sieds,
Et la mort et l'enfer qui dorment à tes pieds?

TRESSON (Claude de). — Ce poëte est peu connu, si ce n'est par ce qu'il dit de lui-même. Il servit dans les guerres civiles, vécut à la cour, dont il ne fut pas satisfait, et finit ses jours dans la retraite. Ses premières œuvres sont légères; mais ses dernières poésies sont consacrées à la religion.

LE PORTRAIT DE LA COUR

La cour est un théâtre où l'on voit à toute heure
Tantôt quelqu'un qui rit, tantôt quelqu'un qui pleure.
La cour est un théâtre où l'on voit tous les ans
Diversement jouer les pauvres courtisans.
La cour est un théâtre où l'homme peut connoître
Que celui qui n'a rien n'y peut long-temps paroître.
La cour est un théâtre où l'on voit à la fin
Le pauvre venir riche, et le riche coquin.
La cour est un théâtre où l'on voit le plus sage,
Pour vivre en courtisan, jouer ce personnage;

Se trouver au lever de ceux dont la faveur
Bâtit et débâtit des hommes la grandeur;
Faire la mine à l'un et montrer bon visage
A tel que l'on voudroit voir mort de grand courage;
Ne parler à demi, courtiser un vilain,
A cause qu'il aura les finances en main;
Pour porter un clinquant, engager une terre;
Se battre en estocade, à celle fin d'acquerre
Entre ses compagnons le renom de vaillant;
Despendre en vanité tout ce qu'on a vaillant;
Faire du rodomont, porter haute l'espée;
Penser estre un César, penser estre un Pompée,
Et n'avoir jamais vu batailles ni combats...
. . . .
Faire le desdaigneux, contre-faire le louche;
Avoir toujours ce mot, Dieu te gard', dans la bouche;
Faire le compagnon avecques les plus grands:
Ne se mesurer point, faire en tout les sçavans,
Et au partir de là n'avoir d'autre science
Que de sçavoir un peu discourir d'une danse,
Et bien souvent encore on ignore comment
Un homme doit danser pour danser galamment;
Porter sur une épaule une rappe pendante;
Penser valoir tout seul plus que ne font cinquante;
Réciter de beaux vers, en discourir toujours;
Et ne sçavoir que c'est ode, stance, discours;
Se friser, se fraiser, se farder le visage...

BERTAUT (Jean). — Né en 1552, mort en 1611. Ce poëte, plus réservé et plus gracieux que Ronsard, qui, comme a dit Boileau,

Rendit plus retenus Desportes et Bertaut,

fut évêque de Séez et premier aumônier de Catherine de Médicis.

CHANSON

Les cieux inexorables
Me sont si rigoureux,
Que les plus misérables,
Se comparant à moi, se trouveroient heureux.

Mon lit est de mes larmes
Trempé toutes les nuits,
Et ne peuvent ses charmes,
Lors même que je dors, endormir mes ennuis.

Si je fais quelque songe,
J'en suis épouvanté;
Car, même son mensonge,
Exprime de mes maux la triste vérité.

Toute paix, toute joie
A pris de moi congé,

Laissant mon âme en proie
A cent mille soucis dont mon cœur est rongé.

L'ingratitude paye
Ma fidelle amitié :
La calomnie essaye
A rendre mes tourments indignes de pitié.

En un cruel orage
On me laisse périr ;
Et courant au naufrage,
Je vois chacun me plaindre, et nul me secourir.

Et ce qui rend plus dure
La misere où je vi,
C'est ès maux que j'endure,
La mémoire de l'heur que le ciel m'a ravi.

Félicité passée,
Qui ne peux revenir,
Tourment de ma pensée,
Que n'ai-je en te perdant perdu le souvenir ?

Hélas ! il ne me reste
De mes contentemens
Qu'un souvenir funeste,
Qui me les convertit à toute heure en tourmens.

Le sort, plein d'injustice,
M'ayant enfin rendu
Ce reste un pur supplice,
Je serois plus heureux si j'avois tout perdu.

DURANT (Gilles). — Né en 1554, mort en 1615. Les œuvres nombreuses de ce poëte philosophe, chansons, élégies, odes, sonnets, sont écrites avec esprit et avec facilité. Il fut avocat au parlement de Paris.

A MADEMOISELLE MA COMMÈRE
SUR LE TRÉPAS DE SON ASNE (1).

Depuis que la guerre enragée
Tient notre muraille assiégée
Par le dehors, et qu'au dedans
La faim nous alonge les dents,
La faim, meurtriere de la vie,
De tant de miseres suivie ;
Je jure que je n'ai point eu
Douleur qui m'ait tant abattu,
Et qui m'ait semblé plus amere,
Que pour votre asne, ma commere.
Votre asne, hélas ! ô quel ennui !
Je meurs quand je repense à lui.
Votre asne qui, par adventure
Fut un chef-d'œuvre de nature,
Plus que l'asne apuléien.
Mais quoi ! la mort n'épargne rien ;
Il n'y a chose si parfaite
Qui ne soit par elle défaite :
Aussi son destin n'étoit pas
Qu'il dût vivre exempt du trépas :
Il est mort, et la Parque noire,
A l'eau du Styx l'a mené boire :

(1) Il s'agit de cet âne qu'on mit à mort du temps de la Ligue.

Styx, des morts l'éternel séjour,
Qui n'est plus passable au retour.
Je perds le sens et le courage,
Quand je repense à ce dommage;
Et toujours depuis en secret,
Mon cœur en gémit de regret :
Toujours, en quelque part que j'aille,
En esprit me revient la taille,
Le maintien et le poil poli
De cet animal tant joli.
J'ai toujours en la souvenance
Sa façon et sa contenance ;
Car il sembloit, le regardant,
Un vrai mulet de président,
Lorsque d'une gravité douce,
Couvert de sa petite housse,
Qui jusqu'à bas lui dévaloit,
A Poulangis il s'en alloit
Parmi les sablons et les fauges,
Portant sa maîtresse en vendanges,
Sans jamais broncher d'un seul pas;
Car Martin souffert ne l'eût pas :
Martin, qui toujours par derriere
Avoit la main sur sa croupiere.
Au surplus, un asne bien fait,
Bien membru, bien gras, bien refait;
Un asne doux et débonnaire,
Et qui n'avoit rien d'ordinaire,
Mais qui sentoit, avec raison,
Son asne de bonne maison :
Un asne sans tache et sans vice,
Né pour faire aux dames service,
Et non point pour être sommier
Comme ces porteurs de fumier,
Ces pauvres baudets de village,
Lourdauts sans cœur et sans courage,
Qui jamais ne prennent leur ton
Qu'à la mesure d'un bâton.
Votre asne fut d'autre nature,
Et couroit plus belle aventure;
Car, à ce que j'en ai appris,
Il étoit bourgeois de Paris :
Et de fait, par un long usage,
Il retenoit du badaudage;
Il faisoit un peu le mutin
Quand on le sangloit trop matin.
Toutefois, je n'ai connoissance
S'il y avoit eu sa naissance :
Quoi qu'il en soit, certainement
Il y demeura longuement,
Et soutint la guerre civile

Pendant le siége de la ville,
Sans jamais en être sorti ;
Car il étoit du bon parti.
Vraiment il le fit bien paroître,
Quand le pauvret aima mieux être
Pour les ligueurs en pièces mis,
Que vif se rendre aux ennemis.
Tel, qui de la Ligue se vante,
Ne voudroit ainsi mettre en vente
Son corps par pièces étalé,
Et veut qu'on l'estime zélé.
Or bien, il est mort sans envie;
La Ligue lui coûta la vie :
Pour le moins eut-il ce bonheur,
Que de mourir au lit d'honneur,
Et de verser son sang à terre,
Parmi les efforts de la guerre ;
Non point de vieillesse accablé,
Rogneux, galeux, au coin d'un blé :
Plus belle fin lui étoit due.
Sa mort fut assez cher vendue :
Car au boucher qui l'acheta,
Trente écus d'or sol il coûta.
La chair, par membres dépecée,
Tout soudain en fut dispersée
Au légat, et la vendit-on
Pour veau peut-être, ou pour mouton.
De cette façon magnifique,
En la nécessité publique,
(O rigueur étrange du sort!)
Votre asne, ma commere, est mort.
Votre asne, qui, par adventure,
Fut un chef-d'œuvre de nature.
Depuis ce malheur advenu,
Martin malade est devenu,
Tant il portoit une amour forte
A cette pauvre bête morte!
Hélas! qui peut voir sans pitié
Un si grand effet d'amitié ?
Pour moi, je le dis sans reproche,
Quoique je ne fusse si proche
Du défunt comme étoit Martin,
J'ai tel ennui de son destin,
Que depuis quatre nuits entieres,
Je n'ai su clore les paupieres;
Le regret me suit, et l'esmoi
Ne déloge point de chez moi.
Depuis cette cruelle perte,
Mon âme aux douleurs est ouverte :
Si que, pour n'avoir plus d'ennui,
Il faut que je meure après lui.

MALHERBE (François de). — Né en 1555, mort en 1628. Malherbe est le père de la poésie française; avant lui la langue poé-

tique n'était pas définie. Malherbe sembla connaître tout à coup
les ressources et les richesses de la versification; il sut joindre
aux grandes idées, aux nobles images, aux sentiments délicats,
l'harmonie, le nombre et l'expression. Il a chanté nos gloires, et
il a excellé à peindre la douleur. Henri IV apprécia son génie, et le
poëte fit entendre à la mort du roi de nobles regrets. Après une vie
honorable à tous les titres, Malherbe donna l'exemple d'une mort
chrétienne. Il fut inhumé dans l'église Saint-Germain-l'Auxerrois,
laissant après lui le renom éternel d'avoir rectifié le goût des écrivains français.

CONSOLATION A DU PERRIER

(Sur la mort de sa fille.)

Ta douleur, du Perrier, sera donc éternelle !
    Et les tristes discours
Que te met en l'esprit l'amitié paternelle,
    L'augmenteront toujours !

Le malheur de ta fille au tombeau descendue,
    Par un commun trépas,
Est-ce quelque dédale où ta raison perdue
    Ne se retrouve pas ?

Je sais de quels appas son enfance étoit pleine,
    Et n'ai pas entrepris,
Injurieux ami, de soulager ta peine
    Avecque son mépris.

Mais elle étoit du monde où les plus belles choses
    Ont le pire destin :
Et, rose, elle a vécu ce que vivent les roses,
    L'espace d'un matin.

Puis, quand ainsi seroit que, selon ta prière,
    Elle auroit obtenu
D'avoir en cheveux blancs terminé sa carrière ,
    Qu'en fût-il avenu ?

Penses-tu que plus vieille, en la maison céleste,
    Elle eût eu plus d'accueil ?
Ou qu'elle eût moins senti la poussière funeste
    Et les vers du cercueil ?

Non, non, mon du Perrier, aussitôt que la Parque
    Ote l'âme du corps,
L'âge s'évanouit en deçà de la barque,
    Et ne suit point les morts.

Tithon n'a plus les ans qui le firent cigale ;
    Et Pluton aujourd'hui,
Sans égard du passé, les mérites égale
    D'Archémore et de lui.

Ne te lasse donc plus d'inutiles complaintes ;
  Mais, sage à l'avenir,
Aime une ombre comme ombre, et des cendres éteintes
  Éteins le souvenir.

C'est bien, je le confesse, une juste coutume
  Que le cœur affligé,
Par le canal des yeux vuidant son amertume,
  Cherche d'être allégé :

Même quand il avient que la tombe sépare
  Ce que nature a joint,
Celui qui ne s'émeut a l'âme d'un barbare,
  Ou n'en a du tout point ;

Mais d'être inconsolable, et dedans sa mémoire
  Enfermer un ennui,
N'est-ce pas se haïr pour acquérir la gloire
  De bien aimer autrui ?

Priam, qui vit ses fils abattus par Achille,
  Dénué de support,
Et hors de tout espoir du salut de sa ville,
  Reçut du réconfort.

François, quand la Castille, inégale à ses armes,
  Lui vola son dauphin,
Sembla d'un si grand coup devoir jeter des larmes
  Qui n'eussent point de fin :

Il les sécha pourtant ; et, comme un autre Alcide,
  Contre fortune instruit,
Fit qu'à ses ennemis, d'un acte si perfide,
  La honte fut le fruit.

Leur camp, qui la Durance avoit presque tarie
  De bataillons épais,
Entendant sa constance, eut peur de sa furie,
  Et demanda la paix.

De moi, déjà deux fois d'une pareille foudre
  Je me suis vu perclus ;
Et deux fois la raison m'a si bien fait résoudre,
  Qu'il ne m'en souvient plus.

Non qu'il ne me soit grief que la terre possède
  Ce qui me fut si cher ;
Mais en un accident qui n'a point de remède,
  Il n'en faut point chercher.

La mort a des rigueurs à nulle autre pareille ;
  On a beau la prier,
La cruelle qu'elle est se bouche les oreilles,
  Et nous laisse crier.

Le pauvre en sa cabane, où le chaume le couvre,
Est sujet à ses lois;
Et la garde qui veille aux barrières du Louvre
N'en défend point nos rois.

De murmurer contre elle, et perdre patience,
Il est mal à propos :
Vouloir ce que Dieu veut, est la seule science
Qui nous mène au repos.

EXTRAIT DE L'ODE A LOUIS XIII

(Allant châtier la rebellion des Rochellois.)

Donc un nouveau labeur à tes armes s'apprête :
Prends ta foudre, Louis, et va, comme un lion,
Donner le dernier coup à la dernière tête
De la rebellion.

Fais choir en sacrifice au démon de la France
Les fronts trop élevés de ces âmes d'enfer;
Et n'épargne contre eux, pour notre délivrance,
Ni le feu ni le fer.

Assez de leurs complots l'infidèle malice
A nourri le désordre et la sédition :
Quitte le nom de Juste, ou fais voir ta justice
En leur punition.

Par qui sont aujourd'hui tant de villes désertes,
Tant de grands bâtiments en masures changés;
Et de tant de chardons les campagnes couvertes,
Que par ces enragés?

Marche, va les détruire, éteins-en la semence;
Et suis jusqu'à leur fin son courroux généreux,
Sans jamais écouter ni pitié ni clémence
Qui te parle pour eux.

Laisse-les espérer, laisse-les entreprendre :
Il suffit que ta cause est la cause de Dieu,
Et qu'avecque ton bras, elle a pour la défendre
Les soins de Richelieu...

SUR LA GRANDEUR PÉRISSABLE DES ROIS

(Paraphrase d'une partie du psaume CXLV.)

N'espérons plus, mon âme, aux promesses du monde;
Sa lumière est un verre, et sa faveur une onde
Que toujours quelque vent empêche de calmer.
Quittons ces vanités, lassons-nous de les suivre :
C'est Dieu qui nous fait vivre,
C'est Dieu qu'il faut aimer.

En vain, pour satisfaire à nos lâches envies,
Nous passons près des rois tout le temps de nos vies
A souffrir du mépris, et ployer les genoux ;
Ce qu'ils peuvent n'est rien ; ils sont, comme nous sommes ,
Véritablement hommes ,
Et meurent comme nous.

Ont-ils rendu l'esprit, ce n'est plus que poussière
Que cette majesté si pompeuse, si fière,
Dont l'éclat orgueilleux étonnoit l'univers ;
Et, dans ces grands tombeaux où leurs âmes hautaines
Font encore les vaines,
Ils sont mangés des vers.

Là se perdent ces noms de maîtres de la terre,
D'arbitres de la paix, de foudres de la guerre ;
Comme ils n'ont plus de sceptre, ils n'ont plus de flatteurs ;
Et tombent avec eux d'une chute commune,
Tous ceux que leur fortune
Faisoit leurs serviteurs.

LES SYBILLES

(Alliance de France et d'Espagne.)

LA SYBILLE PERSIQUE.

Que Bellone et Mars se détachent,
Et de leurs cavernes arrachent
Tous les vents des séditions :
La France est hors de leur furie,
Tant qu'elle aura pour alcyons
L'heur et la vertu de Marie.

LA LIBYQUE.

Cesse, Pô, d'abuser le monde ;
Il est temps d'ôter à ton onde
Sa fabuleuse royauté ;
L'Èbre, sans en faire autres preuves,
Ayant produit cette beauté,
S'est acquis l'empire des fleuves.

L'ÉRYTHRÉE.

Taisez-vous, funestes langages,
Qui jamais ne faites présages
Où quelque malheur ne soit joint ;

La discorde ici n'est mêlée ;
Et Thétis n'y soupire point
Pour avoir épousé Pélée.

L'HELLESPONTIQUE.

Soit que le Danube t'arrête,
Soit que l'Euphrate à sa conquête
Te fasse tourner ton désir,
Trouveras-tu quelque puissance
A qui tu ne fasses choisir
Ou la mort, ou l'obéissance ?

LA TYBURTINE.

Sous ta bonté s'en va renaître
Le siècle où Saturne fut maître ;
Thémis les vices détruira ;
L'honneur ouvrira son école ;
Et dans Seine et Marne luira
Même sablon que dans Pactole.

RÉGNIER (Mathurin). — Né en 1573, mort en 1613. « Boileau a surpassé Régnier, a dit la Harpe ; mais il ne l'a pas fait oublier. » Et Boileau lui-même, son admirateur désintéressé, lui rend ce témoignage : « Régnier a le mieux connu, avant Molière, les mœurs et le caractère des hommes. » Que dire après un tel éloge ? Malheureusement la réserve a manqué aux ouvrages de ce poëte, et la régularité à sa vie.

SATIRE

(A M. le marquis de Cœuvres.)

Marquis, que dois-je faire en cette incertitude ?
Dois-je, las de courir, me remettre à l'étude,
Lire Homère, Aristote, et, disciple nouveau,
Glaner ce que les Grecs ont de riche et de beau ,
Reste de ces moissons, que Ronsard et Desportes
Ont remporté des champs sur leurs épaules fortes,
Qu'ils ont, comme leur propre, en leur grange entassé,
Egalant leurs honneurs aux honneurs du passé ?
Ou si, continuant à courtiser mon maître,
Je me dois jusqu'au bout d'espérance repaître,
Courtisan morfondu, frénétique et rêveur,
Portrait de la disgrâce et de la défaveur;
Puis, sans avoir du bien, troublé de rêverie,
Mourir dessus un coffre en une hôtellerie,
En Toscane, en Savoie, ou dans quelque autre lieu,
Sans pouvoir faire paix ou trêve avecque Dieu?
Sans parler je l'entends; il faut suivre l'usage,
Aussi bien on ne peut où choisir avantage.
Nous vivons à tâtons; et, dans ce monde ici,
Souvent avec travail on poursuit du souci :
Car les dieux, courroucés contre la race humaine,
Ont mis avecq' les biens la sueur et la peine.
Le monde est un berlan où tout est confondu :
Tel pense avoir gagné, qui souvent a perdu,
Ainsi qu'en une blanque, où par hasard on tire;
Et qui voudroit choisir, souvent prendroit le pire.
Tout dépend du destin, qui, sans avoir égard,
La faveur et les biens en ce monde départ.

Mais, puisqu'il est ainsi que le sort nous emporte,
Qui voudroit se bander contre une loi si forte?
Suivons doncq' sa conduite en cet aveuglement;
Qui pèche avec le ciel, pèche honorablement :
Car, penser s'affranchir, c'est une rêverie ;
La liberté, par songe, en la terre est chérie ;
Rien n'est libre en ce monde ; et chaque homme dépend,
Comtes, princes, sultans, de quelque autre plus grand.
Tous les hommes vivans sont ici bas esclaves;
Mais, suivant ce qu'ils sont, ils diffèrent d'entraves;
Les uns les portent d'or, et les autres de fer :
Mais, n'en déplaise aux vieux, ni leur philosopher,
Ni tant de beaux écrits qu'on lit en leurs écoles,
Pour s'affranchir l'esprit ne sont que des paroles;
Au joug nous sommes nés, et n'a jamais été
Homme qu'on ait vu vivre en pleine liberté.

En vain, me retirant enclos en une étude,
Penserois-je laisser le joug de servitude,
Etant fort du désir d'apprendre et de savoir,
Je ne ferai, sinon que changer de devoir :
C'est l'arrêt de nature; et personne en ce monde

7

Ne sauroit contester sa sagesse profonde.
Puis, que peut-il servir aux mortels ici-bas,
Marquis, d'être savant, ou de ne l'être pas?
Si la science pauvre, affreuse et méprisée,
Sert au peuple de fable, aux plus grands de risée,
Si les gens de latin des sots sont dénigrés,
Et si l'on est docteur sans prendre des degrés?
Pourvu qu'on soit morguant, qu'on bride sa moustache,
Qu'on frise ses cheveux, qu'on porte un grand panache,
Qu'on parle baragouin, et qu'on suive le vent,
En ce temps d'aujourd'hui, l'on n'est que trop savant.

Du siècle les mignons, fils de la poule blanche,
Ils tiennent à leur gré la fortune en la manche ;
En crédit élevés, ils disposent de tout,
Et n'entreprennent rien qu'ils n'en viennent à bout.
Mais quoi! me diras-tu, il t'en faut autant faire :
Qui ose, a peu souvent la fortune contraire.
Importune le Louvre et de jour et de nuit;
Perds, pour t'assujettir, et la table et le lit;
Sois, entrant, effronté, et sans cesse importune;
En ce temps l'impudence élève la fortune.

Il est vrai ; mais pourtant je ne suis point d'avis
De dégager mes jours pour les rendre asservis,
Et sous un nouvel astre aller, nouveau pilote,
Conduire en autre mer mon navire, qui flotte
Entre l'espoir du bien et la peur du danger
De froisser mon attente, en ce bord étranger.

Et, pour dire le vrai, c'est un pays étrange,
Où, comme un vrai Prothée, à toute heure on se change ;
Où les lois par respect, sages humainement,
Confondent le loyer avec le châtiment,
Où, pour un même fait, de même intelligence,
L'un est justicié, l'autre aura récompense.

Car, selon l'intérêt, le crédit ou l'appui,
Le crime se condamne, et s'absout aujourd'hui.
Je le dis, sans confondre, en ces aigres remarques,
La clémence du roi, le miroir des monarques,
Qui, plus grand de vertu, de cœur et de renom,
S'est acquis de clément et la gloire et le nom.

Or, quant à son conseil qu'à la cour je m'engage,
Je n'en ai pas l'esprit, non plus que le courage;
Il faut trop de savoir et de civilité,
Et, si j'ose en parler, trop de subtilité.
Ce n'est pas mon humeur : je suis mélancolique;
Je ne suis point entrant, ma façon est rustique;
Et le surnom de bon me va-t-on reprochant,
D'autant que je n'ai pas l'esprit d'être méchant.

Et puis, je ne saurois me forcer ni me feindre;
Trop libre en volonté, je ne puis me contraindre :

Je ne saurois flatter, et ne sais point comment
Il faut se faire accort, ou parler faussement,
Bénir les favoris de geste et de paroles,
Parler de leurs aïeux au jour de Cérisoles,
Des hauts faits de leur race, et comme ils ont acquis
Ce titre avec honneur de ducs et de marquis.

Je n'ai point tant d'esprit pour tant de menterie :
Je ne puis m'adonner à la cageollerie ;
Selon les accidents, les humeurs ou les jours,
Changer, comme d'habits, tous les mois de discours.
Suivant mon naturel, je hais tout artifice :
Je ne puis déguiser la vertu ni le vice,
Offrir tout de la bouche, et d'un propos menteur,
Dire, pardieu, Monsieur, je vous suis serviteur;
Pour cent bonadiés (bonjours) s'arrêter en la rue,
Faire sur l'un des pieds en la salle la grue,
Entendre un Marjollet qui dit avec mépris :
« Ainsi qu'ânes, ces gens sont tous vêtus de gris,
Ces autres verdelets aux perroquets ressemblent,
Et ceux-ci mal peignés devant les dames tremblent ; »
Puis, au partir de là, comme tourne le vent,
Avecques un bonjour, amis comme devant.
Je n'entends point le cours du ciel ni des planettes,
Je ne sais deviner les affaires secrettes,
Connoître un bon visage, et juger si le cœur,
Contraire à ce qu'on voit, ne seroit point moqueur...

EXTRAIT DE LA 10e SATIRE

Je pense, quant à moi, que cet homme étoit ivre,
Qui changea le premier l'usage de son vivre;
Et, rangeant sous des lois les hommes écartés,
Bâtit premièrement et villes et cités :
De tours et de fossés renforça ses murailles,
Et renferma dedans cent sortes de canailles.
De cet amas confus naquirent à l'instant
L'envie et le mépris, le discord inconstant,
La peur, la trahison, le meurtre, la vengeance,
Et de mille autres maux la redoutable engeance.
Ainsi la liberté du monde s'envola;
Et chacun se campant, qui deçà, qui delà,
De haie et de buissons remarqua son partage.
La fraude fit alors la nique au premier âge,
Et du mien et du tien naquirent les procès,
A qui l'argent départ bon ou mauvais succès.
Le fort battit le foible et lui livra la guerre.
De là l'ambition fit envahir la terre,
Qui fut, avant le temps que survinrent ces maux,
Un asile commun à tous les animaux ;
Quand le mari de Rhée, au siècle d'innocence,
Gouvernoit doucement le monde en son enfance;
Que tout vivoit en paix, qu'il n'étoit point d'usures,
Que rien ne se vendoit par poids ni par mesures :

Qu'on n'avoit point de peur qu'un procureur-fiscal
Formât sur une aiguille un long procès-verbal.
Les ennuis, les chagrins nous brouillèrent la tête;
L'on ne pria les saints qu'au fort de la tempête;
L'on trompa son prochain, la médisance eut lieu,
Et l'hypocrite fit barbe de paille à Dieu.
L'homme trahit sa foi, d'où vinrent les notaires,
Pour attacher au joug les humeurs volontaires.
La faim et la cherté se mirent sur le rang;
La fièvre, les charbons, le maigre flux de sang
Commencèrent d'éclore, et tout ce que l'automne
Par le vent du midi nous apporte et nous donne.

OGIER DE GOMBAULD (Jean). — Mort en 1666. Il fut attaché à
Marie de Médicis, qui lui paya une pension, et il fit partie d'une
société de gens de lettres réunie chez Conrat. Ses sonnets, trop estimés de son temps, ont été trop dépréciés par Boileau.

SONNET CHRÉTIEN

Monarque souverain des hommes et des anges,
A qui tout doit son être et sa félicité,
Je sens à tous objets mon cœur sollicité,
D'ajouter une voix au bruit de tes louanges.

Je suis ravi de voir les richesses étranges
Dont tu pares les cieux, ta superbe cité;
L'ordre des élémens, dont la nécessité,
S'entretient chaque jour de contraires échanges.

Mais si de ta grandeur je pense m'approcher,
Dans cet excès de gloire où je te vais chercher,
Mes yeux sont éblouis de clartés nompareilles :

C'est là que la raison est soumise à la foi.
L'homme en vain se travaille à dire tes merveilles :
Il faut, pour te comprendre, être Dieu comme toi.

ÉPIGRAMME

(Petits auteurs.)

Ou vous donne le privilége,
Petits auteurs, on vous protége,
Et souvent on vous fait du bien :
N'en déplaise aux pouvoirs suprêmes,
Les ouvrages ne valent rien,
S'ils ne se protégent eux-mêmes.

ÉPIGRAMME

(Jugement des œuvres d'autrui.)

Vous lisez les œuvres des autres
Plus négligemment que les vôtres,
Et vous les louez froidement.
Voulez-vous qu'elles soient parfaites?
Imaginez-vous seulement
Que c'est vous qui les avez faites.

ÉPIGRAMME
(Le moyen de se défaire de quelqu'un.)

Tu veux te défaire d'un homme,
Et jusqu'ici tes veux ont été superflus.
Hasarde une petite somme ;
Prête-lui trois louis, tu ne le verras plus.

MAYNARD (François). — Né en 1583, mort en 1646. Cet auteur, ami de Desportes, de Régnier et de Malherbe, fit des vers pour Richelieu, qui n'en tint compte, comme nous allons le voir dans une des épigrammes de l'auteur. Écrivain fécond, facile et harmonieux, il a été loué par Malherbe, et plus tard par la Harpe.

SONNET

Rome, qui sous tes pieds as vu toute la terre,
Ces deux fameux héros, ces deux grands conquérans
Qui, dans la Thessalie, achevèrent leur guerre,
Doivent être noircis du titre de tyrans.

Tu croyois que Pompée armoit pour te défendre,
Et qu'il étoit l'appui de ta félicité ;
Un même esprit poussoit le beau-père et le gendre ;
Tous deux ont combattu contre ta liberté.

Si Jule fût tombé, l'autre, après sa victoire,
Par un nouveau triomphe, eût abaissé ta gloire,
Et forcé tes consuls d'accompagner son char.

Je les blâme tous deux d'avoir tiré l'épée,
Bien que le ciel ait pris le parti de César
Et que Caton soit mort dans celui de Pompée.

ÉPIGRAMME
(Au duc de Richelieu.)

Armand, l'âge affoiblit mes yeux,
Et toute ma chaleur me quitte ;
Je verrai bientôt mes aïeux
Sur le rivage du Cocyte.

C'est où je serai des suivans
De ce bon monarque de France,
Qui fut le père des savans,
En un siècle plein d'ignorance.

Dès que j'approcherai de lui,
Il voudra que je lui raconte

Tout ce que tu fais aujourd'hui
Pour combler l'Espagne de honte.

Je contenterai son désir
Par le beau récit de ta vie,
Et charmerai le déplaisir
Qui lui fait maudire Pavie.

Mais, s'il demande à quel emploi
Tu m'as occupé dans le monde,
Et quels biens j'ai reçus de toi,
Que veux-tu que je lui réponde ?

ÉPIGRAMME

Un rare écrivain comme toi
Devroit enrichir sa famille,

D'autant d'argent que le feu roi
En avoit mis dans la Bastille.

Mais les vers ont perdu leur prix ;   Malherbe, en cet âge brutal,
Et, pour les excellents esprits,   Pégase est un cheval qui porte
La faveur des princes est morte.   Les grands hommes à l'hôpital.

PATRIX (Pierre). — Né en 1585, mort en 1672. Destiné d'abord au barreau, il entra plus tard au service de Gaston, duc d'Orléans. Il fut renommé pour ses bons mots : ayant été malade à quatre-vingts ans, ses amis vinrent le féliciter de son rétablissement, et le pressèrent de se lever : « Hélas, messieurs, dit-il, ce n'est pas la peine de se rhabiller. »

UN MOURANT

Un pied dans le sépulcre et tout près d'y descendre,
Pour n'être au premier jour que poussière et que cendre,
Puis-je encore, ô mon Dieu, fléchir votre courroux,
          Et recourir à vous?

N'ayant à vous offrir, pour expier mon crime,
Que cette maigre, sèche, et mourante victime,
Quelle immense bonté pour elle vous avez,
          Si vous la recevez!

O le don précieux! la magnifique offrande!
Quel présent je vous fais! que ma ferveur est grande!
Et qu'il en est bien temps, quand déjà tout perclus,
          Le monde n'en veut plus!

Cependant, mon Sauveur, en cet état funeste,
C'est tout ce que je puis, et tout ce qui me reste,
Avec mille regrets d'avoir songé si tard,
          A ce triste départ.

M'y voilà parvenu, la force m'abandonne,
Je pâlis, je succombe, et tout mon corps frissonne,
Ma fin sans doute approche, et, de peur d'expirer,
          Je n'ose respirer.

Ah! voici le moment que mon âme appréhende.
Au secours, mon Sauveur! permettez que je rende
Et mes derniers soupirs et mes derniers abois
          Au pied de votre croix.

RACAN (Honorat de Beuil, marquis de). — Né en 1589, mort en 1670. Il servit avec honneur et devint maréchal des camps et armées du roi. Cet ami de Malherbe, membre de l'Académie française, a composé des bergeries, des odes sacrées, des poésies diverses, faibles pour la plupart.

SONNET

EN L'HONNEUR DE SON PÈRE

Celui de qui la cendre est dessous cette pierre,
Avecque peu de bien, acquit beaucoup d'honneur,
Fut grand par sa vertu plus que par son bonheur,
Aimé durant la paix, et craint durant la guerre.

Quand les rois ont détruit avecque leur tonnerre
Le pouvoir des Titans qui s'égaloit au leur,
Aux campagnes de Mars on a vu sa valeur
Peupler les monuments, et déserter la terre.

Après tant de travaux et de faits généreux,
Son esprit est au ciel parmi les bienheureux,
Et ne peut désormais ni désirer ni craindre.

Passant, qui dans la France as son nom entendu,
En voyant son tombeau, garde-toi de le plaindre ;
Plains plutôt le malheur de ceux qui l'ont perdu.

STANCES

Tircis, il faut penser à faire la retraite ;
La course de nos jours est plus qu'à demi faite ;
L'âge insensiblement nous conduit à la mort :
Nous avons assez vu sur la mer de ce monde
Errer au gré des flots notre nef vagabonde ;
Il est temps de jouir des délices du port.

Le bien de la fortune est un bien périssable ;
Quand on bâtit sur elle, on bâtit sur le sable ;
Plus on est élevé, plus on court de dangers :
Les grands pins sont en butte aux coups de la tempête,
Et la rage des vents brise plutôt le faîte
Des maisons de nos rois que les toits des bergers.

O bienheureux celui qui peut de sa mémoire
Effacer pour jamais ce vain espoir de gloire,
Dont l'inutile soin traverse nos plaisirs ;
Et qui, loin retiré de la foule importune,
Vivant dans sa maison, content de sa fortune,
A, selon son pouvoir, mesuré ses désirs !

Il laboure le champ que labouroit son père ;
Il ne s'informe point de ce qu'on délibère
Dans ces graves conseils d'affaires accablés ;
Il voit sans intérêt la mer grosse d'orages,
Et n'observe des vents les sinistres présages
Que pour le soin qu'il a du salut de ses blés.

Roi de ses passions, il a ce qu'il désire ;
Son fertile domaine est son petit empire ;
Sa cabane est son Louvre et son Fontainebleau ;

Ses champs et ses jardins sont autant de provinces ;
Et, sans porter envie à la pompe des princes,
Se contente chez lui de les voir en tableau.

Il voit de toutes parts combler d'heur sa famille,
La javelle à plein poing tomber sous sa faucille,
Le vendangeur ployer sous le faix des paniers ;
Et semble qu'à l'envi les fertiles montagnes,
Les humides vallons et les grasses campagnes
S'efforcent à remplir sa cave et ses greniers.

Il suit aucune fois un cerf par les foulées,
Dans les vieilles forêts du peuple reculées,
Et qui même du jour ignorent le flambeau ;
Aucune fois des chiens il suit les voix confuses,
Et voit enfin le lièvre, après toutes ses ruses,
Du lieu de sa naissance en faire son tombeau.

Tantôt il se promène au long de ses fontaines,
De qui les petits flots font luire dans les plaines
L'argent de leurs ruisseaux parmi l'or des moissons ;
Tantôt il se repose, avecque les bergères,
Sur des lits naturels de mousse et de fougères,
Qui n'ont d'autres rideaux que l'ombre des buissons.

Il soupire en repos l'ennui de sa vieillesse,
Dans ce même foyer où sa tendre jeunesse
A vu dans le berceau ses bras emmaillotés ;
Il tient par les moissons registre des années,
Et voit de temps en temps leurs courses enchaînées,
Vieillir avecque lui les bois qu'il a plantés.

Il ne va point fouiller aux terres inconnues,
A la merci des vents et des ondes chenues,
Ce que nature avare a caché de trésors ;
Et ne recherche point, pour honorer sa vie,
De plus illustre mort, ni plus digne d'envie,
Que de mourir au lit où ses pères sont morts.

Il contemple du port les insolentes rages
Des vents de la faveur, auteur de nos orages,
Allumer des mutins les desseins factieux ;
Et voit en un clin d'œil, par un contraire échange,
L'un déchiré du peuple au milieu de la fange,
Et l'autre en même temps élevé dans les cieux.

S'il ne possède point ces maisons magnifiques,
Ces tours, ces chapiteaux, ces superbes portiques
Où la magnificence étale ses attraits,
Il jouit des beautés qu'ont les saisons nouvelles ;
Il voit de la verdure et des fleurs naturelles,
Qu'en ces riches lambris l'on ne voit qu'en portraits.

Crois-moi, retirons-nous hors de la multitude,
Et vivons désormais loin de la servitude

De ces palais dorés où tout le monde accourt :
Sous un chêne élevé, les arbrisseaux s'ennuient ;
Et devant le soleil tous les astres s'enfuient,
De peur d'être obligés de lui faire la court.

Après qu'on a suivi sans aucune assurance
Cette vaine faveur qui nous paît d'espérance,
L'envie en un moment tous nos desseins détruit ;
Ce n'est qu'une fumée, il n'est rien de si frêle,
Sa plus belle moisson est sujette à la grêle,
Et souvent elle n'a que des fleurs pour du fruit.

Agréables déserts, séjour de l'innocence,
Où, loin des vanités, de la magnificence,
Commence mon repos et finit mon tourment,
Vallons, fleuves, rochers, plaisante solitude,
Si vous fûtes témoins de mon inquiétude,
Soyez-le désormais de mon contentement !

CHAPELAIN (Jean). — Né en 1595, mort en 1674. Tout jeune, il se fit estimer par ses connaissances et par ses poésies. Il voulut donner un poëme épique à la France et consacra trente ans à écrire la *Pucelle ;* mais Boileau contribua à éclairer le public sur le peu de valeur de cette œuvre. Cependant Richelieu l'avait nommé à l'Académie, et il reçut une pension de mille écus. Il composa des odes, des mélanges, et une traduction de *Guzman d'Alforache.*

JEANNE D'ARC A CHARLES VII
(Fragment de la Pucelle.)

En ces termes, dit-elle, et jusqu'en ta présence,
Oser de ses décrets blâmer la Providence,
L'oser jusqu'en ton nom, l'oser en me parlant,
Ah ! c'est être, à vrai dire, un peu trop insolent.
Ah ! c'est trop écouter l'indigne jalousie,
Dont pour mes grands succès on a l'âme saisie ;
C'est faire trop d'injure au bras du Tout-Puissant,
Et de ses longs bienfaits être méconnoissant !
On a donc pu sitôt bannir de sa mémoire
Du Dieu libérateur l'éclatante victoire ;
Quand, près de ses hauts murs, la fidèle Orléans
Vit sous mes coups mortels tomber les assaillants.
On ne se souvient plus de ce hardi passage
Qui de tant de cités éloigna le servage ;
On ne se souvient plus du sacre glorieux
Dont l'éclat triomphant s'offre encore à mes yeux.
Cependant ces exploits, ces merveilles insignes,
D'une mémoire illustre à jamais seront dignes.
Ces miracles fameux, si grands, si relevés,
Sans Agnès, par nos mains viennent d'être achevés.
Jusqu'ici, malgré tout, j'ai tenu ma promesse,
Sans les charmes impurs de cette enchanteresse.

Les cieux ont vu par moi leur ordre exécuté,
Sans avoir eu besoin des traits de sa beauté.
Ils me verront encor, sans son aide funeste,
De leur ordre immuable exécuter le reste ;
Sans elle, ils me verront des perfides tyrans
Attaquer les drapeaux et dissiper les rangs.
A la merci des traits, ils me verront, sans elle,
Aller porter la guerre à la cité rebelle ;
Et seule me verront, par mille grands efforts,
Maîtriser ces remparts, et les joncher de morts.
Charles, telle à Paris sera ma destinée :
C'est ainsi que la chose est au ciel ordonnée.

MALLEVILLE (Claude de). — Né en 1597, mort en 1647. Il fut
secrétaire de Bassompierre, et plus tard secrétaire du roi de la
chancellerie. La douceur et la grâce dominent dans les sonnets,
les stances, les élégies de ce poëte ; mais il n'a pas toujours donné
à la facilité de sa plume le temps de se corriger.

PARAPHRASE DU PSAUME CXIII

(Extrait.)

Vous que le Roi des rois soumet à ma puissance,
Célébrez sa splendeur et sa magnificence,
Dont le superbe éclat pare le front des cieux ;
Louez dans vos concerts ses forces sans pareilles,
          Et chantez les merveilles
          De son bras glorieux.

On ne voit rien d'égal à ses bontés suprêmes :
Son infaillible appui soutient les diadèmes ;
Il arma la foiblesse, il préside aux combats :
Il fait briller partout les rayons de sa gloire,
          Et toujours la victoire
          Marche devant ses pas.

C'est ce Dieu souverain dont la force indomptable
Sut briser d'Israël la chaîne insupportable,
Qui contre un fier tyran assura son repos,
Et qui, l'ayant tiré d'un honteux esclavage,
          Le sauva de sa rage
          Et de celle des flots.

Devant le camp sacré, la mer respectueuse,
Retenant la fureur de l'onde impétueuse,
De son liquide sein fit deux solides bras ;
Et le fameux Jourdain, interrompant sa course,
          Retourna vers sa source
          Et suspendit ses pas.

Ces rochers dont le front se cache dans les nues,
Tressaillirent de crainte en leurs cimes chenues,

Comme font les agneaux au milieu des vallons,
Et la terre sous eux fut légère et mobile,
            Comme un roseau débile
            Devant les Aquilons.

Impérieuse mer, qui braves les rivages,
Toi dont le fier courroux, excitant les orages,
Choque, brise, renverse, abîme les vaisseaux ;
Qui calma ta fureur ? Qui te rendit muette ?
            Quelle force secrète
            Mit un frein à tes eaux ?

Et vous, appui du ciel, orgueilleuses montagnes,
Immobiles fardeaux qui pressez les campagnes;
Rochers enracinés dans un ferme élément,
Quelle main, sans l'effort des vents et des tempêtes,
            Sut ébranler vos faites
            Jusques au fondement ?...

BARREAUX (Jacques Vallée, seigneur des). — Né en 1602, mort en 1673. La vie de ce poëte fut fort orageuse, et presque entièrement livrée aux plaisirs. Le sonnet que nous donnons est le seul morceau qui soit resté de lui, et nous le citons ici comme modèle du genre, à l'entrée du XVIIᵉ siècle, c'est-à-dire au moment où la gloire du sonnet va s'éclipser.

SONNET

(Recours d'un pécheur à la bonté de Dieu.)

Grand Dieu, tes jugements sont remplis d'équité :
Toujours tu prends plaisir à nous être propice ;
Mais j'ai tant fait de mal que jamais ta bonté
Ne me pardonnera sans blesser ta justice.

Oui, mon Dieu, la grandeur de mon impiété
Ne laisse à ton pouvoir que le choix du supplice ;
Ton intérêt s'oppose à ma félicité,
Et ta clémence même attend que je périsse.

Contente ton désir, puisqu'il t'est glorieux ;
Offense-toi des pleurs qui coulent de mes yeux ;
Tonne, frappe, il est temps, rends-moi guerre pour guerre.

J'adore en périssant la raison qui t'aigrit ;
Mais dessus quel endroit tombera ton tonnerre,
Qui ne soit tout couvert du sang de Jésus-Christ ?

CHAPITRE III

PROSATEURS ET MORCEAUX

PHILIPPE DU BEL. — Évêque de Nantes et conseiller d'État, il a prononcé la plupart de ses sermons de 1580 à 1586; la première édition de ses œuvres est de 1686.

SERMON POUR LE JOUR DE LA NATIVITÉ [1]

Est-ce point aujourd'huy, très-illustre et chrestienne assemblée, est-ce point aujourd'huy que l'Église nous représente ceste célèbre et mémorable cause d'éxsultation et d'aise receu en Israël, quand ceulx d'Isachar, de Zabulon et de Nephtaly, chargez de présens, pleins de resjouissance viennent trouver David, esleu en Hebron roy d'Israël et de Juda, quand Amasias, plain de l'esprit de Dieu, luy dit au nom de tous : « Paix avecques toy, fils d'Isaï, paix avecques toy, paix avec tous ceux qui te prestent leurs mains secourables, car le Seigneur t'aide, car Dieu benist l'inauguration de ton règne, de ton heureux advénement à la couronne, bénist soit le fils d'Isaï, car Dieu le favorise ! Est-ce point ici un subject de joye semblable à celuy de David transferant l'arche d'alliance, de la maison bien-heurée d'Obet-Edon, en la cité de Hierusalem, en espérance de grâces, de bénédiction et bénéfices de Dieu plus grans sus sa maison, sus son peuple et cité de Hierusalem; quand en ceste translation ce roy et prophète assembloit toute sorte de musique, en tesmoignage de son aise, quand pour rendre grâces, honneur et gloire à Dieu, il esleuoit son cœur et sa voix, en cantiques et harmonie accordante avecques son Seigneur et son Dieu ? Ou bien, est-ce aujourd'huy que se rafraischit la mémoire de la resjouissance si grande qui fust au sacre de Salomon faicte par Sadoc et Nathan, quand le peuple monte en Gihon, avec telle multitude de chantres, avecques telle et grande joye, qu'à la clameur et éxsultation dé cest aise, la terre et le ciel en retentit, le peuple criant: Vive le roy Salomon. Est-ce point icy l'aise du peuple de Juda et de Hierusalem, quand Josaphat, voulant donner secours aux habitans de la montagne de Seir, après avoir exhorté le peuple de croire à leur Dieu, pour estre asseuré de croire à ses prophètes, pour avoir heureux succez, met en ordre les chantres du Seigneur, les faict marcher au devant de l'armée, chantans d'une voix : *Confitemini Domino quoniam in æternum misericordia ejus* ; et que, sur la fin du cantique arrivant en Seir, ils trouvent que leurs ennemis avoient tourné contre eux-mesmes leurs propres mains et armes, toute la région couverte des corps des enfants de Moab et d'Ammon, sans qu'un seul restast garanty de la mort? Quand le peuple alors, appelant ce lieu la vallée de bénédiction, retourne en Hierusalem avecques harpes, cistres et trompettes, jusques en la maison de Dieu, Josaphat marchant devant eux, ravy en l'aise et admiration de telle merveille, Dieu de sa seulle main leur ayant donné joye de leurs ennemis ? Ou plustost la joye qui fut

1) Extrait de Tissot.

en Hierusalem du temps d'Ézéchias, en la grande célébrité et feste de Pasque et solemnité des pains azymes faicte en remémorant la liberté du peuple, tiré à main forte de la captivité d'Égypte, et telle que depuis Salomon n'en avoit esté solemnisé de semblable ny avecques telle resjouissance au peuple? Ou, est-ce celle si grande qui fut du temps de la réédification du temple par Esdras, entre les enfans de la transmigration, faisans avec un aise si merveilleux la dédicace du temple et solemnité de Pasque ; pour avoir le Seigneur Dieu converty le cœur du roy Assuérus, aidé et conforté leurs mains à la réédification du temple du Dieu d'Israël, à la liberté de son peuple et réduction d'iceluy en la terre de ses peres? Ou bien la joye du peuple de Bethulie si grande sus la victoire de Judith contre Holofernès quand selon la face des saincts le peuple joyeux célèbre avec Judith la resjouissance de ceste victoire par trois mois, Israël la mettant au nombre des saincts jours des Hébreux ; chantons *Incipite Domino in timpanis*, et ce qui s'ensuit du cantique? Ou bien, est-ce point donc, au jour de ceste grande et solemnelle feste que l'Église nous propose, la resjouissance du peuple d'Israel captif; quand, à la prière d'Esther, il est libéré de la persécution d'Aman, et qu'il voit Mardochée en habit royal sortir hors du palais d'As-suérus, avec le grand manteau de pourpre, et portant la couronne d'or sus la teste, à l'éxsultation et joye de toute la cité et aux Juifs comme d'une nou-velle lumière cause de joye, d'honneur, de vie, de feste, de festins et de dances? Non, non, très-illustre et très-chrestienne société; non, non, peuple bon, je vous annonce une joye toute pleine, sans meslange de tristesse, une joye non pour vous seulement, non particulièrement pour un peuple ju-daïque, mais ainsi que le soleil estend ses rayons sur les bons et mauvais, ainsi cest aise sera commun au Juif, au Grec et au Latin, à toute nation; il n'y a rien d'exempt, il ne tiendra qu'à nous que nous soyons participans de cest aise : car le Saulveur vous est nay, à vous, pasteurs vigilans, à vous, puissances souveraines, à vous, princes, à vous, seigneurs, à vous, magi-stratz, à vous, peuple, qui estes veillans en l'office de vos charges et vocation, à vous et pour vous, est nay ce Saulveur, nostre vrai Mardochée, auquel Dieu a donné la couronne, non d'Assuérus, temporelle, mais la sienne, cé-leste, divine et éternelle, reluisante sur sa teste de la lumière qui illumine le monde.

VIEILLEVILLE (François de Scipeaux, maréchal de). — Né en 1509, mort en 1571. Il fut un des plus vaillants capitaines français sous le règne de François Ier, de Henri II et de Charles IX. Ses mémoires, fort intéressants, ont été écrits par son secrétaire.

BATAILLE DE SAINT-DENIS

Le Roy qui estoit à Chasteau-Thierry, s'en retournant de Champaigne, adverty de l'arrivée du connestable à Paris, se diligente d'y venir. Mais il eust nouvelle au pont Chalenton que la bataille avoit desja esté donnée, et que le sieur connestable s'estoit retiré dedans Paris, et blessé à mort par ung Ecossais qui luy donna d'une pistolade dedans les reins. Sur quoy Sa Majesté s'escria fort hault, en disant : « Ah! mareschal de Vieilleville, tu avois bien prédict ce malheur, et que le juste jugement de Dieu en feroit la décision. »

Arrivé que fut Sa Majesté dedans Paris, il n'y cogneust que toute tris-tesse, larmes et mélancolie à cause de la mort dudit seigneur connestable, qui estoit le comble de sa fascherie et ennuy, et de ce qu'ils n'avoient peu conférer ensemble avant son trépas; car il eust appris de luy beaucoup de secrets par lesquels il se fust pu conduire en ceste guerre si précipitement commencée. Mais ce qui luy despleust beaucoup oultre cela, fust qu'il trouva l'honneur de la victoire en dispute, et que le prince de Condé maintenoit luy appartenir, d'aultant que le chef son ennemy s'en estoit fui avec plus de mille hommes dedans Paris et qu'il y estoit mort en moins de vingt-quatre heures, et beaucoup de grands seigneurs avec luy dedans le champ mesme de bataille; et qu'il se retira tout à son aise, sans estre poursuivi, à Sainct-Denis avecques ses blessés; mais, bien plus, qu'il se présenta le lendemain en bataille devant l'armée ennemie, et qu'il n'y eust ame vivante des leurs qui osast venir au combat, encore qu'ils y fissent alte jusques à midi, et un chef ne se peult dire saezy de l'honneur d'une journée, qu'il n'aict chassé, deffaict et tellement ruyné et achevé son ennemy, qu'il ne s'en puisse relever; et tant s'en fault que cela soit advenu, que le matin ils reffuserent la bataille; et ung milliasse d'aultres propos que tenoit ledit sieur prince pour tirer le droict de son costé.

M. le mareschal de Montmorency alleguoit d'aultre part que l'honneur luy appartenoit, d'aultant qu'il demeura maistre du champ de bataille, et qu'il eust tout loisir d'enterrer ses morts; et que tout le bagaige de ses ennemis fust pillé et emporté par les siens, et leurs corps demeurez nuds sur la place, aux chiens et oiseaulx : de dire que son armée print la fuicte devers Paris avec ung grande spovente, sont propos faicts à plaisir; mais y allerent seulement ceulx qu'il ordonna pour la conduite de M. le connestable son pere; il confessoit bien qu'il y avoit plus de mille hommes, mais c'estoit pour servir d'escorte à sondit pere, car il y avoit tant de fuyards de l'armée ennemie, que, s'ils l'eussent veu mal accompaigné, ils se feussent peult-estre ralliez et jectez dessus luy et sa trouppe, estant petite.

Sur ces propos, le roy et les mareschaulx de Brissac et de Bourdillon ne pouvoient asseoir aucun jugement, tant pour l'incertitude des allégations, que pour ce qu'il n'y avoit en la compagnie personne qui n'y fust du party catholique et suspect en la matiere, et qu'ils ne vouloient pas tollir au plus ancien mareschal de France, qui estoit de Montmorency, ce qu'ils pensoient à la verité luy appartenir.

CALVIN (Jean). — Né en 1509, mort en 1564. Nous n'avons pas à donner la biographie de ce fameux réformateur; mais nous avons cru bien faire de montrer à nos lecteurs un échantillon de son style, si court qu'il fût. Les œuvres de Calvin sont : l'*Institution chrétienne*, le *Traité de la Cène* et les *Commentaires sur l'Écriture sainte;* toutes se font remarquer par la gravité du style et par l'érudition.

FRAGMENT D'UNE LETTRE A FRANÇOIS Ier

Or, c'est vostre office, Sire, de ne destourner ne vos oreilles, ne vostre courage d'vne si iuste défense, principalement quand il est question de si grande chose : c'est assavoir comment la gloire de Dieu sera maintenue sur terre; comment sa vérité retiendra son honneir et dignité; comment le regne de Christ demeurera en son entier. O matiere digne de voz oreilles, digne de vostre iuridiction, digne de vostre throne royal! Car ceste pensée fait vn vray roy, s'il se recognoist estre vray ministre de Dieu au gouvernement de son royaume : et, au contraire, celuy qui ne regne point à ceste fin de servir à la gloire de Dieu, n'exerce pas regne, mais brigandage. Or on s'abuse si on attend longue prospérité en vn regne qui n'est point gouverné du sceptre de Dieu, c'est-à-dire sa saincte parole.

RABELAIS (François). — Né en 1483, mort en 1553. Après avoir été moine, médecin, attaché à l'ambassade de Rome, prébendier de l'abbaye de Saint-Maur, il fut nommé curé de Meudon. Rabelais, éditeur des traités d'Hippocrate et de Galien, auteur d'une *Topographie de l'ancienne Rome*, est pour tous un savant honorable; mais Rabelais, père de *Gargantua* et de *Pantagruel*, a été diversement jugé, admiré avec emportement et attaqué avec aigreur. Il est certain que ces livres sont remplis de finesse, de gaieté, d'originalité, et qu'ils sont à ce titre un précieux monument pour notre langue; mais il est vrai aussi qu'ils renferment beaucoup d'extravagances, beaucoup de peintures déshonnêtes, d'expressions barbares et d'allusions peu faciles à saisir. Du reste, les plus habiles commentateurs hésitent encore à déterminer quels personnages du temps l'auteur a voulu désigner.

COMMENT GARGANTUA FUT INSTITUÉ PAR UN SOPHISTE ÈS LETTRES LATINES

Ces propos entendus, le bonhomme Grandgousier fut ravi en admiration, considérant les hauts sens et merveilleux entendement de son fils Gargantua. Et dit à ses gouvernantes : Philippe, roi de Macedone, cognut le bon sens de son fils Alexandre, à manier dextrement un cheval. Car ledit cheval étoit si terrible et effrené, que nul n'osoit monter dessus, parce qu'à tous ses chevaucheurs il bailloit la saccade; à l'un rompant le col, à l'autre les jambes, à l'autre la cervelle, à l'autre les mandibules. Ce que considérant Alexandre en l'hyppodrome (qui étoit le lieu où l'on promenoit et voltigeoit les chevaux), avisa que la fureur du cheval ne venoit que de frayeur qu'il prenoit à son ombre. Dont montant dessus, le fit courir encontre le soleil, si que l'ombre tomboit par derrière, et par ce moyen rendit le cheval doux à son vouloir. A quoi connut son pere le divin entendement qui en lui étoit, et le fit très bien endoctriner par Aristoteles, qui pour lors étoit estimé sur tous les philosophes de la Grece. Mais je vous dy, qu'en ce seul propos que j'ay présentement devant vous tenu à mon fils Gargantua, je connois que son entendement participe de quelque divinité : tant je le voy aigu, subtil, profond et serain. Et parviendra à degré souverain de sapience, s'il est bien institué.

Pourtant je veux le bailler à quelque homme sçavant, pour l'endoctriner selon sa capacité. Et n'y veux rien épargner. De fait, l'on lui enseigna un grand docteur sophiste, nommé maître Thubal Holoferne, qui lui aprint sa charte si bien qu'il la disoit par cœur au rebours; et y fut cinq ans et trois mois : puis lui lut le Donat, le Facet, Theodelet et Alanus *in Parabolis* : et y fut treize ans, six mois, deux semaines.

Mais notez que cependant il lui apprenoit à écrire gottiquement, et écrivoit tous ses livres. Car l'art d'impression n'étoit encore en usage.

Et portoit ordinairement un gros écritoire, pesant plus de sept mille quintaux, duquel le galimart (1) étoit aussi gros et grand que les piliers d'Enay (2); et le cornet y pendoit à grosses chaînes de fer, à la capacité d'un tonneau de marchandises.

(1) *Galimart*, par corruption de *calemar*, en latin *calamarium* : c'est la partie de l'écritoire où l'on met les plumes. — (2) Enay, abbaye à l'embouchure du Rhône et de la Saône, fameuse par ses antiquités, et entre autres par de gros piliers qui, étant tachetés de rouge et de blanc, passent, dit-on, chez les Lyonnais, pour de la pierre fondue.

Puis lui lut *de Modis significandi*, avec les commens de Hurtebise, de
Falquins, de Troppiseux, de Gualehaut, de Jean le Veau, de Bellario, Brelin-
guandus, et un tas d'autres : et y fut plus de dix-huit ans et onze mois. Et
le sçut si bien qu'au coupelaud il le rendait par cœur à revers. Et prouvoit
sur ses doigts à sa mère, que *de Modis significandi non erat scientia*.

Puis lui lut le compost, où il fut bien seize ans et deux mois, et lors sondit précepteur mourut : et fut l'an mil quatre cens et vingt, de la gale qui
lui vint.

Après en eut un autre vieux tousseux, nommé maître Jobelin Bridé, qui
lui lut Hugotio, Hebrard, Grecisme, le Doctrinal, les Paris, le *Quid est*, le
Supplementum, Marmotret, *de Moribus in mensa servandis*, Seneca *de Qua-
tuor Virtutibus cardinalibus*, Passavantus *Cum momento*. Et *Dormi secure* pour
les fêtes. Et quelques autres de semblable farine, à la lecture desquels il devint aussi sage qu'onques puis ne fourneâmes nous (1).

COMMENT GARGANTUA FUT MIS SOUS SES AUTRES PÉDAGOGUES

A tant que son père aperçut que vrayement il étudioit très bien et y mettoit tout son temps, toutefois que en rien ne prouffitoit. Et, qui pis est, en de-
venoit fou, niais, tout rêveux et rassoté. De quoy se complaignant à don Phi-
lippes des Marais, Viceroy de Papeligosse, entendit que mieux lui vaudroit
rien apprendre que tels livres sous tels précepteurs apprendre. Car leur sçavoir n'étoit que bêterie, et leur sapience n'étoit que moufles, abatardissant
les bons et nobles esprits, et corrompant toute fleur de jeunesse. «Qu'ainsi
soit, prenez (dit-il) quelqu'un de ces jeunes gens du temps présent, qui ait
seulement étudié deux ans, en cas qu'il n'ait meilleur jugement, meilleures
paroles, meilleur propos que votre fils, meilleur entretien et honnêteté entre
le monde, réputez-moi à jamais un taillebacon de la Brene (2). » Ce qu'à
Grandgousier plut très-bien et commanda qu'ainsi fût fait.

Au soir en soupant, ledit des Marais introduit un sien jeune page de Ville
Gougis, nommé Eudemon, tant testonné, tant bien tiré, tant bien époussseté,
tant honnête en son maintien que trop mieux ressembloit quelque petit an-
gelot qu'un homme. Puis dit à Grandgousier :

« Voyez-vous ce jeune enfant? Il n'a encore douze ans : voyons, si bon
vous semble, quelle différence y a entre le sçavoir de vos rêveurs mateolo-
giens (3) du temps jadis et les jeunes gens de maintenant. » L'essai plut à
Grandgousier, et commanda que le page proposât. Alors Eudemon, demandant congé de ce faire audit Viceroy son maître, le bonnet au poing, la face
ouverte, la bouche vermeille, les yeux asseurés, et le regard assis sus Gargantua, avecques modestie juvénile, se tint sur ses pieds, et commença le
louer et le magnifier, premièrement de sa vertu et bonnes mœurs, seconde-
ment de son sçavoir, tiercement de sa noblesse, quartement de sa beauté
corporelle; et, pour le quint, doucement l'exhortoit à reverer son père en
toute observance, lequel tant s'étudioit à bien le faire instruire, enfin le prioit
qu'il le vousist retenir pour le moindre de ses serviteurs. Car autre don pour
le présent ne requeroit des cieux, sinon qu'il lui fût fait grace de lui complaire en quelque service agréable.

Le tout fut par iceluy proféré avec gestes tant propres, prononciation tant
distincte, voix tant éloquente, et langage tant orné et bien latin, que mieux
ressembloit un Gracchus, un Ciceron, ou un Emilius du temps passé, qu'un
jouvenceau de ce siècle. Mais toute la contenance de Gargantua fut qu'il se

(1) Cela veut dire qu'il fut aussi avancé qu'au commencement, et que son pain, pour suivre la métaphore,
ne fut pas plus cuit que le nôtre quand on l'enfourna. — (2) *Taillebacon*, comme taille-boudin, veut dire un
homme de néant. *Brene*, petit pays de la Touraine. — (3) — Pédants, discoureurs de science.

print à plorer comme une vache, et se cachoit le visage de son bonnet, et ne
fut possible de tirer de lui une parole, non plus qu'un pet d'un âne mort. Dont
son père fut tant courroucé qu'il voulut occire maître Jobelin. Mais ledit des
Marais l'en garda par belle remonstrance qu'il lui fit, en manière que fut son
ire modérée. Puis commanda qu'il fut payé de ses gages, et qu'on le fit bien
chopiner sophistiquement (1) : ce fait qu'il alla à tous les diables. Au moins,
disoit-il, pour le jourd'hui ne coustera-t-il gueres à son hôte, si d'avanture il
mouroit ainsi sou comme un Anglois. Maître Jobelin, parti de la maison, con-
sulta Grandgousier avec le Viceroy, quel précepteur l'on lui pourroit bailler, et fut avisé entre eux, qu'à cet office seroit mis Ponocrates, pedagogue
de Eudemon, et que tous ensemble iroint à Paris pour connoître quelle étoit
l'étude des jouvenceaux de France pour iceluy temps.

HISTOIRE DE BAYARD. — Il s'agit ici d'une œuvre d'une exquise
simplicité, d'un intérêt soutenu, d'une modestie pleine de noblesse,
d'une œuvre enfin digne en tout du héros qui l'a inspirée. Le titre
seul suffit à expliquer la matière, et à montrer l'humilité de l'é-
crivain : *Très-joyeuse, plaisante et récréative histoire composée par le
loyal serviteur, des faicts, gestes, triomphes et prouesses du bon chevalier sans paour et sans reproche, gentil seigneur de Bayart.*

COMMENT LE BON CHEVALIER GARDA UNG PONT SUR LA RIVIÈRE DU GARILLAN

LUY SEUL, L'ESPACE DE DEMYE-HEURE, CONTRE DEUX CENS ESPAIGNOLZ.

Le bon chevalier, qui desiroit tousjours estre près des coups, s'estoit logé
joignant du pont, et avecques luy ung hardy gentil-homme, qui se nommoit l'escuyer le Basco, escuyer d'escuyrie du roy de France Loys douziesme; lesquels commencèrent à eulx armer quant ils ouyrent le bruyt
(s'ilz furent bientost pretz et montez à cheval, ne fault pas demander), délibérez d'aller où l'affaire estoit. Mais en regardant le bon chevalier par dela
la rivière, va adviser environ deux cens chevaulx des Espaignolz, qui venoient droit au pont pour le gaigner : ce qu'ilz eussent fait sans grande
résistance, et cela estoit la totale destruction de l'armée françoise. Si commença à dire à son compagnon : « Monseigneur l'escuyer, mon ami, allez
vistement quérir de noz gens pour garder ce pont, ou nous sommes tous
perduz; cependant je mettray peine de les amuser jusques à vostre venue;
mais hastez-vous; » ce qu'il fist. Et le bon chevalier, la lance au poing, s'en
va au bout dudit pont, où de l'autre costé estoient desja les Espaignolz
pretz à passer; mais, comme lyon furieux, va mettre sa lance en arrest, et
donna en la troppe qui desja estoit sur ledit pont. De sorte que trois ou
quatre se vont esbranler, desquelz en cheut deux en l'eau, qui oncques puis
n'en relevèrent, car la rivière estoit grosse et profonde. Cela fait, on luy
tailla beaucoup d'affaires; car si durement fut assailly, que sans trop grande
chevalerie n'eust sceu résister : mais, comme ung tigre eschauffé, s'acula à la
barrière du pont, à ce qu'ils ne gaignassent le derrière, et à coup d'espée se
deffendit si très-bien, que les Espaignolz ne sçavoient que dire, et ne cuy-
doient point que ce feust ung homme, mais ung ennemy. Brief, tant bien
et si longuement se maintint, que l'escuyer le Basco, son compaignon, lui
amena assez noble secours, comme de cent hommes d'armes; lesquelz
arrivèrent firent ausditz Espaignolz habaudonner du tout le pont, et les chas-

(1, *Chopiner sophistiquement* est, selon Henri Étienne, boire beaucoup et du meilleur.

8

sèrent ung grant mille delà. Et plus eussent fait, quant ilz apperceurent une grosse troppe de leurs gens, de sept a huyt cens chevaulx, qui les venoient secourir. Si dist le bon chevalier à ses compaignons : « Messeigneurs, nous avons aujourd'huy assez fait d'avoir sauvé nostre pont; retirons-nous le plus serrément que nous pourrons. »

Son conseil fut tenu à bon; si commencèrent à eulx retirer le beau pas. Tousjours estoit le bon chevalier le derrenier, qui soustenoit toute la charge ou la pluspart, dont au long aller se trouva fort pressé à l'occasion de son cheval, qui si las estoit que plus ne se pouvoit soustenir, car tout le jour avoit combattu dessus. Si vint de rechief une grande envahie des ennemys, qui tous d'ung floc donnèrent sur les François, en façon que aucuns furent versez par terre. Le cheval du bon chevalier fut acculé contre ung fossé, où il fut environné de vingt ou trente qui criyoient : *Rende, rende Seignor!* Il combattoit tousjours, et ne sçavoit que dire, sinon : « Messeigneurs, il me fault bien rendre, car moy tout seul ne sçaurois combattre vostre puissance. »

Or estoient desja fort esloignez ses compaignons, qui se retiroient droit à leur pont, cuydans tousjours avoir le bon chevalier parmi eulx. Et quant ilz furent ung peu esloignez, l'ung d'entre eulx, nommé le chevalier de Guyfray, gentil-homme du Dauphiné, et son voisin, commença à dire : « Hé! Messeigneurs, nous avons tout perdu! Le bon capitaine Bayart est mort ou pris, car il n'est point avecques nous. N'en sçaurons-nous autre chose? Et aujourd'hui il nous a si bien conduitz, et fait recevoir tant d'honneur! Je faiz veu à Dieu, que s'il n'y devoit aller que moy seul, je y retourneray, et plustost seray mort ou pris, que je n'en aye des nouvelles. » Je ne sçais qui de toute la troppe fut plus marry, quant ilz congneurent que le chevalier Guyfray disoit vray. Chascun se mist à pied pour resangler son cheval, puis remontèrent; et d'ung courage invaincu se vont mettre au grant galop après les Espaignolz, qui enmenoient la fleur et l'eslite de toute gentillesse et seullement par la faulte de son cheval; car s'il eust autant peu endurer de peine que luy, jamais n'eust été pris. Il fault entendre que, ainsi que les Espaignolz se retiroient et qu'ils enmenoient le bon chevalier, pour le grant nombre qu'ilz estoient ne se daignèrent amuser à le desrober de ses armes, ne luy oster son espée qu'il avoit au costé : bien le dessaisirent d'une hache d'armes qu'il avoit en la main, et en marchant tousjours luy demandoient qui il estoit. Il, qui sçavoit bien que, s'il se nommoit par son droit nom, jamais vif il n'eschapperoit, parce que plus le doubtoient Espaignolz que homme de la nation françoise, si le sceut bien changer; tousjours disoit-il qu'il estoit gentil-homme. Cependant vont arriver les François ses compaignons, cryant : *France! France! Tournez, tournez, Espaignolz; ainsi n'enmenerez-vous pas la fleur de chevalerie!* Auquel cry les Espaignolz, combien qu'ils feussent grant nombre, se trouvèrent estonnez, néantmoins que d'ung visage asseuré receurent ceste lourde charge des François; mais ce ne peut si bien estre que plusieurs d'entre eulx, et des mieulx montez, ne feussent portez par terre. Quoy voyant le bon chevalier, qui encores estoit tout armé, et n'avoit faulte que de cheval, car le sien estoit recreu, mist pied à terre, et sans le mettre en l'estrier remonta sur ung gaillart coursier dessus lequel avoit esté mis par terre, de la main de l'escuyer le Basco, Salvador de Borgia, lieutenant de la compaignie du marquis de la Padule, gaillart gentil-homme. Quant il se veit dessus monté, commença à faire choses plus que merveilleuses, cryant : *France! France! Bayart, Bayart, que vous avez laissé aller!* Quant les Espaignolz ouyrent le nom, et la faulte qu'ilz avoient faicte de luy avoir laissé ses armes après l'avoir pris, sans dire recours ou non (car si une fois eust baillé la foy, jamais ne l'eust faulsée), le cueur leur faillit du tout, et dirent entre

eulx : Tirons oultre vers nostre camp, nous ne ferons méshuy beau faict.
Quoy disant, se gectèrent au galop; et les François, qui voyoient la nuict
approcher, très-joyeulx d'avoir recouvert leur vray guydon d'honneur, s'en
retournèrent lyement en leur camp, où durant huyct jours ne cessèrent de
parler de leur belle adventure, et mesmement des prouesses du bon chevalier.

HERBERAY DES ESSARTS (Nicolas de). — Mort vers 1552. On sait
peu de choses de cet écrivain, sinon qu'il était commissaire d'artillerie, et que, par l'ordre de François Ier, il traduisit *Amadis des
Gaules*, la *Chronique de dom Florès de Grèce* et *Flavius Josèphe*.

COMBAT D'AMADIS CONTRE LE GÉANT BALAN

Après il vint un escuyer présenter à Amadis un très beau coursier et une
forte lance, et quasi aussitost peut-on ouyr sonner du hault de la tour vermeille troys trompettes ensemble : parquoy Amadis demanda que cela si-
gnifioit. « Damp chevalier, respondit l'escuyer, Balan mon seigneur est
prest de venir; pour tant tenez-vous sur vos gardes, si bon vous semble. » A
peine eust-il achevé ceste parole, que tous ceux de la forteresse, tant hommes
que femmes, vindrent sur les murailles pour voir la meslée; et à l'instant
sortit Balan, chevauchant tout un pareil cheval que celuy qu'il avoit envoyé
à Amadis, et estoit armé d'un harnois cler à merveilles, portant un escu
grand outre mesure; et comme il approchoit de son ennemy, qui estoit déjà
en équipage de combatre, dit si hault qu'il fut entendu de tous : « Par Dieu!
Damp chevalier de l'Isle Ferme, ton outrecuydance t'a bien aveuglé l'entendement, et m'esbahis comme tu penses doresnavant que j'aye pitié de
toy, veu que tu ne l'as sceu prendre lorsque je te l'ay offerte. — Pitié !
respondit Amadis, je ne t'en parleray oncques; bien est vray que j'ai pensé
l'avoir de toy, et de ton âme, si tu te veux repentir; autrement employons
le temps à l'exécution, et non pas à menasses ou paroles, comme tu faiz. »
Lors baissèrent la veue, et se couvrans de leurs escuz en couchant leurs
lances, donnèrent carrière à leurs chevaux, et vindrent l'un contre l'autre
d'une telle vitesse, qu'il sembloit que la foudre les portast; Amadis rencontra
Balan d'une telle force, qu'il luy faussa l'escu et le devant de son haubert,
brisant son bois contre les os de l'estomach, dont il receut tant de douleur
qu'il tomba sur le champ, ainsi qu'il chargeoit Amadis; et demeura sa lance
dedans la teste du cheval de son ennemy, car le mal qu'il enduroit luy
avoit abaissé son coup, et quasi fait perdre la pluspart de sa force : toutesfois le cheval tomba mort, et son maistre souz luy; mais il se releva incontinent et mit l'espée au poing, marchant droit à Balan, lequel encores tout
estourdi de sa cheutte, ne se pouvoit quasi tenir sur piedz. Ce néantmoins,
crainte de mort et honte d'estre vaincu luy firent prendre cueur, et s'efforcer
à se deffendre. Lors commencèrent à chamailler l'un sur l'autre, de sorte
qu'à les ouyr sans les voir, on eust plustost jugé estre marteaux sur en-
clumes qu'espées sur harnois, et ainsi que le géant hauçoit son espée de
toute sa force, pensant de ce coup abatre Amadis, il para de son escu, et
se tirant à costé, print Balan à descouvert, et le navra au bras, à la jointe du
coude; la douleur le fit quasi esvanouir, et recula deux pas en arrière,
chancelant comme s'il eust esté yvre. Quant le chevalier de l'Isle de l'Infante
cogneut à veue d'œil qu'Amadis avoit le meilleur du combat, mesmes que du
premier coup de lance il avoit abatu celuy qu'il estimoit invincible, luy voyant
sortir tant de sang le long du bras que la place en estoit toute tainte, ne

sçavoit présumer qu'il povoit estre, et, comme s'il eust advisé quelque fantosme, fit le signe de la croix, disant à la damoyselle : « Je m'esbahis, damoyselle, où vous avez sceu prendre un tel dyable, qui fait choses impossibles aux hommes mortels. — Chevalier, respondit-elle, si le monde en estoit peuplé de telz, l'outrecuydance des meschantz n'auroit telle vigueur qu'elle a ! » Cependant Amadis poursuivoyt le géant fort et ferme, lequel s'afoyblissoit petit à petit, perdant la force de son bras droit, de sorte qu'il fut contraint prendre son espée à gauche, et tandis, son ennemy luy donna si grand coup sur le hault de l'armet, que le devant luy tourna derrière ; chose qui vint mal à propos à Balan : car, ne pouvant plus avoir veue, fut forcé de le racoustrer non sans peine, pour l'impotence qui luy estoit venue au bras droit par l'effusion du sang qu'il avoit perdu. Lors Amadis, pensant estre au-dessus de ses affaires, hauça l'espée ; mais le géant avoit desja remis son armet, et vit descendre le coup ; parquoy para l'escu au mieux qu'il peust, et y entra l'espée d'Amadis si avant, qu'impossible luy fut la retirer, et se prindrent à poucer l'un contre l'autre, de si grande aspreté, que finablement les courroyes se rompirent, et demeura l'espée et escu jointz ensemble au pouvoir d'Amadis, lequel s'en trouva plus empesché que devant ; car il estoit si pesant, qu'il ne le pouvoit bonnement lever de terre. Et a ceste cause, Balan commença à jouer son personnage, chargeant Amadis, ainsi que bon luy sembloit, combien que ce ne fust que de la main gauche, et bien pour l'autre, car s'il eust eu le bras droit à son commandement, Amadis estoit mort sans doute, n'ayant espée n'escu dont il se peut ayder. Mais nécessité, mère d'invention, luy apresta à l'heure nouveau remède qui fut tel : il avoit encores son escu pendu en escharpe, lequel luy nuysoit tant, qu'il ne pouvoit nullement employer sa force pour retirer son espée du lieu où elle estoit engagée ; parquoy il l'arracha de son col et le jeta aux jambes de Balan, qui s'en saisit habilement, et tandis print son espée à deux mains, et mettant le pied droit sur l'escu du géant, tira de si grand courage qu'il la délivra, non sans souffrir cependant beaucoup ; car sans intervalle Balan le chargeoit, de sorte qu'il luy fit mainctes playes. Toutefois, voyant qu'il avoit recouvert la meilleure pièce de son harnois, recouvra par mesme moyen aussi nouvelle force et plus de cueur, et se mist après son ennemy, pour luy rendre ce qu'il luy avoit presté ; à quoy il ne tarda guères, dautant que la douleur qu'il avoit en l'estomach du coup de lance, s'augmenta si asprement que l'aleine lui faillit et tumba esvanouy sur le camp. Ce que voyant ceulx du chasteau, estimans qu'il fust mort, se prindrent à faire le plus grand deuil du monde, crians d'une voix contre Amadis : « Ha trahistre ! à mal'heure as tu occis le meilleur chevalier de la terre ; » mais pour toutes ces lamentations Amadis ne s'effroya, ains se lançant sur le géant, luy arracha l'armet de la teste, et cognoissant qu'il avoit encores vie, lui dit assez hault : « Rendz-toi, Balan, si tu ne veux perdre la teste : » neantmoins il ne remuoit pied ny mains...

MONTLUC (Blaise de). — Né vers 1502, mort vers 1577. Ce fut un valeureux capitaine sous François Ier, Henri II, François II et Charles IX : il acquit beaucoup de gloire durant les guerres d'Italie ; mais on lui a reproché ses rigueurs contre les protestants. Les *Commentaires* qu'il nous a laissés sont écrits avec pureté, et empreints d'un grand caractère de véracité. Il raconte naïvement jusqu'à ses cruautés.

EXTRAIT DES COMMENTAIRES

M'estant retiré chez moy en l'aage de soixante quinze ans, pour trouver quelque repos après tant et tant de peines par moy souffertes pendant le temps de cinquante cinq ans que j'ay porté les armes pour le service des roys mes maistres, ayant passé par degrez et par tous les ordres de soldat, enseigne, lieutenant, capitaine en chef, maistre de camp, gouverneur des places, lieutenant du Roy ès provinces de Toscane et de la Guyenne, et mareschal de France; me voyant stropiat presque de tous mes membres, d'arquebuzades, coups de picque et d'espée, et à demy inutile, sans force et sans espérance de recouvrer guérison de ceste grande arquebuzade que j'ay au visage; après avoir remis la charge du gouvernement de Guyenne entre les mains de Sa Majesté, j'ay voulu employer le temps qui me reste à descrire les combats auxquels je me suis trouvé pendant cinquante et deux ans que j'ay commandé, m'asseurant que les capitaines qui liront ma vie y verront des choses desquelles ils se pourront ayder, se trouvant en semblables occasions, et desquelles ils pourront aussi faire proffit et acquérir honneur et réputation. Et encor que j'aye eu beaucoup d'heur et de bonne fortune aux combats que j'ay entrepris, quelques fois (comme il sembloit) sans grande raison, si ne veux-je pas que l'on pense que j'en attribue la bonne yssue, et que j'en donne la louange à autre qu'à Dieu; car, quant on verra les combats où je me suis trouvé, on jugera que c'est de ses œuvres. Aussi l'ay-je tousjours invoqué en toutes mes actions, avec grande confiance de sa grâce; en quoy il m'a tellement assisté, que je n'ay jamais esté deffaict ny surpris, en quelque faict de guerre ou j'ay commandé, ains tousjours rapporté victoire et honneur. Il faut que nous tous qui portons les armes ayons devant les yeux que ce n'est rien que de nous, sans la bonté divine, laquelle nous donne le cœur et le courage pour entreprendre et exécuter les grandes et hazardeuses entreprises qui se presentent à nous.

Et pource que ceux qui liront ces commentaires, lesquels desplairont aux uns et seront agreables aux autres, trouveront peut estre estrange, et diront que c'est mal fait à moy d'escrire mes faicts, et que je devois laisser prendre ceste charge à un autre; je leur diray, pour toute responce, qu'en escrivant la vérité et en rendant honneur à Dieu, ce n'est pas mal fait. Le tesmoignage de plusieurs qui sont encore en vie, fera foy de ce que j'ay escrit. Nul aussi ne pouvoit mieux represénter les desseins, entreprinses et executions, ou les faicts survenus en icelles, que moy-mesme qui ne desrobe rien de l'honneur d'autruy. Le plus grand capitaine qui ayt jamais esté, qui est César, m'en a monstré le chemin, ayant luy-mesme escrit ses commentaires, escrivant la nuict ce qu'il executoit le jour. J'ay donc voulu dresser les miens, mal polis, comme sortans de la main d'un soldat, et encore d'un Gascon, qui s'est toujours plus soucié de bien faire que de bien dire; lesquels contiennent tous les faicts de guerre auxquels je me suis trouvé, ou qui se sont executez à mon occasion, commençant dès mes premiers ans que je sortis de page, pour monstrer à ceux que je laisse après moy, qui suis aujourd'hui le plus vieux capitaine de France, que je n'ay jamais eu repos, pour acquerir de l'honneur en faisant service aux roys mes maistres, qui estoit mon seul but, fuyant tous les plaisirs et voluptez, qui destournent la vertu et grandeur les jeunes hommes que Dieu a doués de quelques parties recommandables, et qui sont sur le point de leur avancement. Ce n'est pas un livre pour les gens de sçavoir : ils ont assez d'historiens ; mais bien pour un soldat capitaine : et peut estre qu'un lieutenant de roy y pourra trouver de quoy apprendre. Pour le moins, puis-je dire que j'ay escrit la vérité, ayant aussi bonne mémoire à présent que j'eus jamais, me ressouvenant des lieux

et des noms, combien que je n'eusse jamais rien escrit. Je ne pensois pas en
cest aage me mesler d'un tel mestier : si c'est bien ou mal, je m'en remets à
ceux qui me feront cest honneur de lire ce livre, qui est proprement le discours de ma vie.

L'Hôpital (Michel de). — Né en 1505, mort en 1573. La peinture de ce grand caractère appartient à l'histoire ; disons seulement
de lui que, ministre dans des temps difficiles, il fit tous ses efforts
pour prévenir les querelles religieuses et l'effusion du sang. Il fut
grand législateur, magistrat intègre, et mourut pauvre. Il écrivit
le *Traité de la réformation de la justice*, des harangues, un testament, et composa des poésies latines fort remarquables.

CONSEILS

Avez vous un génie vaste et propre aux grandes choses ? La vie privée ne
suffit-elle pas à votre âme ? Jeune ou dans l'age viril, prenez part aux affaires
publiques ; c'est la vocation de la nature. Après Dieu, c'est à la patrie que
nous devons le premier hommage de notre pieux dévouement. Quand vous
vous serez offert à elle, persévérez, souffrez à son service jusqu'au dernier
terme de la vie, jusqu'aux portes du tombeau, tant qu'elle le voudra. Si, ennuyé de vous, elle appelle d'autres favoris, allez en paix, retournez à vos enfans et à votre femme avec une réputation inviolable, un nom sans tache,
comblé d'honneur, et, ce qui vaut mieux, soutenu par la conscience d'une
honorable vie. Il est beau d'achever ses jours en repos dans sa maison, après
avoir bien servi les intérêts publics ; il est beau de voir un vieillard, autrefois chargé de grands emplois, conduisant desormais des travaux champêtres, tantôt disposant avec art les arbres de son verger, tantôt lisant ou écrivant des choses que lira la postérité ; mais le bien le plus désirable à nos derniers momens, c'est, après avoir parcouru la carrière de la vie, de quitter
son corps, d'exhaler son âme au milieu des embrassemens de son épouse et
de ses enfans, et d'être enseveli dans la tombe de ses pères.

Amyot (Jacques). — Né en 1513, mort en 1593. Étant entré
dans les ordres, il fut dix ans professeur de grec à l'université de
Bourges, et devint le précepteur des enfants de Henri II. Il dut
à ses élèves d'être nommé évêque d'Auxerre et grand aumônier.
Ses œuvres sont des traductions ; et sa meilleure traduction est celle
de *Plutarque*, dont le style simple et vrai a fait un des plus précieux monuments de notre langue.

ALCIBIADES ET CORIOLAN

Et au contraire, pour autant qu'Alcibiades sçavoit bien s'entretenir de
bonne grâce, et se comporter comme il falloit avec toutes gens, il ne se fault
pas esmerveiller, si, quand il faisoit bien, sa gloire en estoit haultement
exaltée, et luy honoré, aimé et bien voulu du commun, veu que mesmes
quelques-unes de ses faultes estoyent souvent prises en jeu, et en parloit-on
comme de gentillesses faittes de bonne grace et à plaisir ; dont procédoit

qu'encore qu'il feist et souvent et de grands dommages à la chose publique,
ne fut néantmoins débouté. Par ainsi voit-on que ceulx mesmes à qui l'on
faisoit mal ne le pouvoyent hair : et l'autre ne pouvoyt tant faire, qu'il feust
aimé de ceulx dont il estoit bien estimé. Aussi ne feit jamais Martius aucun
grand exploit, estant capitaine des siens, ains le feit estant capitaine des
ennemis contre son propre païs : là où Alcibiades, estant homme privé et
estant capitaine, feit plusieurs bons services aux Athéniens. Au moyen de
quoy, tant qu'il fust présent, il vint tousjours au-dessus de ses calumnia-
teurs, autant qu'il voulut, et n'eurent leurs calumnies aucun effect encontre
luy, sinon pendant qu'il fut absent : là où Martius en sa presence fut condamné par les Romains, et en sa personne meurtry et occis par les Volsques : non que je veuille dire qu'ilz ayent en cela bien fait ny justement,
mais au moins leur donna-il luy-mesme quelque couleur de ce faire, quand
il refusa publiquement la paix aux ambassadeurs romains, qu'il accorda
tantost après particulièrement, à l'instance et prière des femmes. En quoy
faisant, il n'ostoit pas l'inimitié qui estoit entre les deux peuples, ains laissant la guerre en son entier, il faisoit perdre à ceulx de qui il avoit charge
l'occasion de bien exploitter : là où il falloit que du consentement et par le
conseil de ceulx qui s'estoyent tant fiez en luy que de le faire leur capitaine
général, il retirast son armée, s'il eust voulu faire tel compte comme il devoit de l'obligation dont il leur estoit tenu : ou, s'il ne se soucioit point des
Volsques en l'entreprise de cette guerre, ains l'avoit suscitée seulement en
intention de soy venger, pour puis après s'en déporter quand il auroit as-
souvy son courroux, il ne falloit pas que, pour l'amour de sa mère, il par-
donnast à son païs; ains falloit qu'en pardonnant à son païs il espargnast
aussi sa mère, parce que sa mère et sa femme faisoyent partie du corps de
son païs et de la ville qu'il tenoit assiégée. Car, d'avoir inhumainement re-
jetté toutes publiques supplications, prières d'ambassadeurs, et oraisons des
prestres et gens de religion, pour gratifier de sa retraitte aux prières de sa
mère, cela n'estoit pas tant honorer sa mère que déshonorer son païs, lequel
fut préservé par pitié, et moyennant l'intercession d'une femme, et non pas
pour l'amour de soy-mesme, comme s'il n'en eust pas esté digne. Ainsi fut
ceste retraitte une grâce à la vérité fort odieuse, cruelle, et de laquelle ny
les uns ny les autres ne seurent gré à celuy qui la feit, pource qu'il se retira, non point à la requeste de ceulx à qui il faisoit la guerre, ny du consentement de ceulx aux dépens desquelz il la faisoit; de tous lesquelz accidens fut cause la seule austérité de sa nature, et sa trop présomptueuse,
haultaine et fière opiniastreté, laquelle estant de soy-mesme odieuse à tout
le monde, quand elle est jointe à l'ambition, alors devient encore plus sauvage, plus farouche et plus intolérable : car les hommes qui ont ce vice-là de
nature, ne veulent point faire la cour au peuple, comme voulans monstrer
qu'ilz n'ont que faire d'honneur populaire ; et puis, quand on ne leur en fait,
ilz s'en courroucent et en sont marris.

Car un Metellus, un Aristides et un Epaminondas avoyent bien ceste manière de faire, de ne vouloir point flatter la commune, ny rechercher la
bonne grâce du menu populaire par caresses et paroles flatteresses, mais
c'estoit pource que véritablement ilz méprisoyent ce que le peuple pouvoyt
ou donner ou oster : portant ne se courrouceoyent-ils point à leurs citoyens
quand ilz les condamnoyent à quelques amendes, ou qu'ilz les bannissoyent,
ou qu'ilz leur faisoyent endurer quelque rebut ; ains les aimoyent comme
devant, tout aussi-tost qu'ilz monstroyent se repentir du tort qu'ilz leur
avoyent fait, et se reconcilioyent facilement avec eux, incontinent qu'ils
étoyent rappelez : car celuy qui desdaigne de caresser le peuple pour
en avoir faveur, doibt aussi moins que tout autre chercher à s'en venger
s'il en est rebuté, pource que prendre ainsi aigrement à cœur un rebut

et un refus de quelque honneur, ne procède d'autre chose que de l'avoir trop ardemment désiré.

Pourtant Alcibiades ne dissimuloit point qu'il ne fust bien aise de se voir honoré, et marry de se voir mesprisé et rebuté de quelque honneur, mais aussi cherchoit-il les moyens de se rendre agréable et bien voulu de ceulx avec lesquelz il vivoit : là où la fierté et haultaincté de Martius l'empeschoit de caresser ceulx qui le pouvoyent honorer et avancer, et néantmoins son ambition faisoit qu'il se dépitoit, courrouçoit et douloit, quand il se sentoit mesprisé. C'est tout ce que l'on pourroit avec raison reprendre en luy : car au demourant toutes autres bonnes et louables qualitez estoyent en luy fort apparentes : car en tempérance et nettété de mains pour ne se laisser point corrompre par argent, il se peut accomparer aux plus vertueux, plus nets et plus entiers des Grecs, non pas à Alcibiades, qui en cela certainement a tousjours esté trop licencieux et trop dissolu, et a eu peu de regard au devoir de l'honesteté.

FÉNELON (Bertrand de Salignac de la Mothe-). — On n'a aucune donnée sur l'époque de sa naissance et celle de sa mort; on sait qu'il fut, sous Charles IX et sous Henri III, ambassadeur auprès d'Élisabeth d'Angleterre. Il a écrit l'histoire du *Siége de Metz*, le *Voyage de Henri II aux Pays-Bas*, et sa *Correspondance*.

AU ROY

SIRE,

Les hommes vertueux qui travaillent en vostre service, oultre les bienfaicts qu'ils peuvent espérer de vostre libéralité, attendent encores ceste recompense que le tesmoignage de leurs faicts soit rendu tel, qu'ils puissent estre estimez entre voz aultres subjects, et jouyr toute leur vie de l'honneur qui leur demeure de vous avoir bien servi, laissans apres la mort leur nom perpétuel à la posterité. Dont il advient que, si de leur vivant on leur fait gouster le fruict et douceur de ceste gloire, ils s'estiment non seulement estre bien remunerez, et pour la pluspart satisfaicts de ce qu'ils ont merité, mais sont encores par là incitez a continuer vostre service en tout ce que peut toucher le bien de vos affaires; mesmes ceulx qui sont de cueur semblables, et aussi les successeurs, esquels l'exemple en appartient comme par héritage, entrent plus franchement aux perils que ceulx-ci ont passé, soubs esperance d'acquerir une semblable gloire que leurs majeurs ont rapportée. A ceste cause, Sire, j'ay proposé d'autant plus volontiers mettre par escript ce qu'est advenu au dernier siege de Mets, et reduire de jour en autre ce que j'y ay peu voir et apprendre soubs M. de Biron, un de vos capitaines, diligent enquereur et soigneux observateur de la verité. En quoi si je ne peux bien dire tout ce qui conviendroit du grand chef vostre lieutenant, et tant d'aultres vaillans princes, seigneurs, gentilshommes et gens de guerre qui estoyent en la place, a tout le moins je feray tout ce qu'est en moy de leur rendre le tesmoignage d'honneur deu à leur vertu; et peut estre exciteray la volonté a plusieurs aultres de suyvre le chemin qu'ils ont tenu, n'espargnans leur vie en ces actes vertueux et louables, qui, pour estre dediez en vostre service, rendent grand honneur en la vie, et laissent une bienheureuse memoire a ceulx qui viennent apres.

Sire, je supplie à Dieu qu'il vous doint en toute prosperité et santé tres longue vie. De Paris, le 15 de may 1553.

Vostre tres humble et tres obeissant subject et serviteur.

B. DE SALIGNAC.

MARCK (Robert de la). — Né à la fin du xv⁰ siècle, mort en 1537.
Il était seigneur de Fleuranges et portait le surnom de L'Adventureux, qu'il se donne lui-même dans ses mémoires. Il fit la guerre
avec éclat et fut nommé maréchal de France. Fait prisonnier à
Pavie, il consacra les loisirs de sa captivité à écrire des mémoires
remplis d'intérêt. Sa description du *Camp-du-Drap-d'Or* est une
peinture précieuse de l'époque.

COMMENT LES ROYS DE FRANCE ET D'ANGLETERRE SE VISRENT ENSEMBLE
ENTRE ARDRES ET GHINES

Les ambassadeurs d'Angleterre, estant retournés devers leur maistre,
tirent tant, avecques le bon rapport qu'ils firent du roy de France, que le
roy d'Angleterre et le roy de France prindrent jour d'eulx voir ensemble,
entre Ghines et Ardres; et délibérèrent d'y faire la plus grande chère qu'il
leur seroit possible. Et fist le roy de France faire à Ardres trois maisons,
l'une dedans la dicte ville, qu'il fist tout bastir de neuf; et estoit assez belle
pour une maison de ville, et avoit assez grand logis : et en ceste maison
feust festoyé le roy d'Angleterre.

Et en fist faire ledict seigneur roy une autre, hors de la ville, couverte
de toille, comme le festin de la Bastille avoit esté faict : et estoit de la façon
comme du temps passé les Romains faisoient leur théâtre, tout en rond, à
ouvrage de bois, chambres, salles, galleries; trois estages l'ung sur l'autre,
et tous les fondemens de pierres : toutesfois elle ne servit de rien. Or,
pensoit le roy de France que le roy d'Angleterre et luy se dussent voir aux
champs, en tentes et pavillons, comme il avoit esté une fois conclud; et
avoit faict ledict sieur les plus belles tentes que feurent jamais veues, et le
plus grand nombre. Et les principales estoient de drap d'or et d'argent. Et
avoit, dessus les dictes tentes, force devises et pommes d'or, afin qu'elle
feust congneue entre les aultres; mais il estoit tout creux. Or, quand je
vous ai devisé de l'esquipage du roy de France, il faut que je vous devise de
celui du roy d'Angleterre, lequel ne fist qu'une maison; mais estoit trop
plus belle que celle des François, et de peu de constance. Et estoit assise
ladicte maison aux portes de Ghines, assez proche du chasteau, et estoit
de merveilleuse grandeur en carrure, et estoit ladicte maison toute de bois,
de toille et de verre, et estoit la plus belle verrine que jamais l'on vist; car
la moitié de la maison estoit toute de verrine; et vous asseure qu'il y faisoit bien clair. Et y avoit quatre corps de maison, dont au moindre vous
eussiez logé un prince. Et estoit la cour de bonne grandeur; et au milieu de
ladicte cour, et devant la porte, y avoit deux belles fontaines, qui jectoient
par trois tuyaux, l'un hypocras, l'autre vin, et l'autre eauë; et faisoit dedans
ladicte maison le plus clair logis qu'on sçauroit veoir. Et la chapelle, de
merveilleuse grandeur, et bien estoffée, tant de reliques que toutes aultres
paremens; et vous asseure que, si tout cela estoit bien fourni, aussi estoient
les caves; car les maisons des deux princes, durant le voyage, ne feurent
fermées à personne. Eulx venus, a sçavoir, le roy de France à Ardres, et le
roy d'Angleterre à Ghines, feurent là huict jours, pour regarder de leurs
affaires. Et, durant ledict temps, alloient et venoient souvent les princes de
France et le conseil du Roy vers le roy d'Angleterre, pour accorder lesdictes
choses; et du costé des Anglois aussi; et, entre aultres, le légat, qui avoit
tout le gouvernement du royaume d'Angleterre. La veue desdicts princes
feust entreprise à grande difficulté. Et estoit le roy de France fort marry
de quoy on n'ajoustoit point plus de foi les ungs aux autres : et furent trois

ou quatre jours sur tous ces debats; et encore y avoit-il à redire, deux heures avant qu'ils se virent.

La chose entreprise et conclue, feust arrestée la veue des deux princes à ung jour nommé, qui feust ung dimanche; et, pource que la comté d'Ardres n'a pas grande étendue du costé de Ghines, qu'il falloit que les deux princes fissent autant de chemin l'ung que l'autre pour se veoir ensemble, et pource que c'estoit sur le pays du roy d'Angleterre, feust ordonné de tendre une belle grande tente au lieu ou ladicte veue se fairoit. Ce faict, regardèrent lesdicts princes quels gens ils mèneroient avecques eulx, et s'accorderent de mener chascun deux hommes : et estoit le légat d'Angleterre attendant à la tente ou se debvoient voir, et Robertet, du costé du roy de France, qui avoient les papiers de leurs maistres. Et mena le roy de France avecques luy monsieur de Bourbon et monsieur l'admiral, et le roy d'Angleterre avoit le duc de Suffolck, qui avoit espousé sa sœur, et le duc de Norfolk. Et estoit ledit camp tout environné de barrières, bien ung jet de boule éloigné de la tente, et avoit chascuns quatre cens hommes de leur garde, et les princes des deux costés, et chascun prince ung gentilhomme avecques lui, et y estoient trois cens archers du roy de France, et les cens Suisses que l'Adventureux menoit; et le roy d'Angleterre avoit quatre cens archers. Et allèrent en cette bonne ordonnance jusques aux barrières; et, quand se vint à l'approche, lesdictes gardes demeurèrent aux barrières, et les deux princes passèrent outre, avecques les deux personnages, ainsi que dist est devant, et se vindrent embrasser tout à cheval, et se fisrent merveilleusement bon visage, et broucha le cheval du roy d'Angleterre en embrassant le roy de France; et chascun avoit son laquais qui prindrent les chevaulx. Et entrèrent dedans le pavillon tout à pied, et se recommencèrent de rechef à embrasser, et faire plus grande chère que jamais; et, quand le roy d'Angleterre feust assis, print luy-mesme les articles, et commença à les lire. Et quand il eust leu ceulx du roy de France, qui doit aller le premier, il commença à parler de lui, et y avoit : *Je, Henry, roy...* il voulloit dire *de France et d'Angleterre*; mais il laissa le titre de France et dict au roy : *Je ne le mettray point, puisque vous êtes ici, car je mentirois.* Et dict : *Je, Henry, roy d'Angleterre.* Et estoient lesdicts articles, fort bien faicts et bien escripts, s'ils eussent esté bien tenus. Ce faict, lesdicts princes se partirent merveilleusement bien contens l'ung de l'aultre; et, en bon ordre, comme ils estoient venus, s'en retournèrent, le roy de France à Ardres, et le roy d'Angleterre à Ghines, là où il couchoit de nuict, et de jour se tenoit en la belle maison qu'il avoit fait faire. Le soir vindrent devers le roy, de par le roy d'Angleterre, le légat et quelqu'un du conseil, pour regarder la façon et comment ils se pourroient veoir souvent, et pour avoir seureté l'ung de l'aultre : et feust dict que les roynes festoyeroient les roys, et les roys, les roynes : et, quand le roy d'Angleterre viendroit à Ardres veoir la royne de France, que le roy de France partiroit quant et quant pour aller à Ghines voir la royne d'Angleterre; et par ainsi ils estoient chascun en ostage l'ung pour l'aultre. Le roy de France, qui n'estoit pas homme soupçonneux, estoit fort marry de quoi on se fioit si peu en la foi l'ung de l'aultre. Il se leva un jour bien matin, qui n'est pas sa coustume, et print deux gentils hommes et un page, les premiers qu'il trouva, et monta à cheval sans estre houzé, avecques une cappe à l'espaignolle; et vint devers le roy d'Angleterre, au chasteau de Ghines. Et, quand le roy feust sur le pont du chasteau, tous les Anglois s'émerveillèrent fort, et ne sçavoient qu'il leur estoit advenu; et y avoit bien deux cens archers sur ledict pont, et estoit le gouverneur de Ghines avecques lesdicts archers, lequel feust bien estonné. Et, en passant parmi eulx, le roy leur demanda la foy, et qu'ils se rendissent à lui, et leur demanda la chambre du roy son frère, laquelle lui feust enseignée par ledict

gouverneur de Ghines, qui lui dict : *Sire, il n'est pas éveillé*. Il passe tout
oultre, et va jusqu'à ladicte chambre, heurte à la porte, l'éveille, et entre
dedans. Et ne feust jamais homme plus esbahi que le roy d'Angleterre, et
lui dict : « Mon frère, vous m'avez faict meilleur tour que jamais homme ne
fist à aultre, et me montrés la grande fiance que je dois avoir en vous; et
de moi je me rends vostre prisonnier dès cette heure, et vous baille ma
foy. » Et deffist de son col ung collier qui valloit quinze mille angelots, et
pria au roy de France qu'il le voullust prendre et porter ce jour-là pour
l'amour de son prisonnier. Et soudain, le roy, qui lui voulloit faire mesme
tour, avoit apporté avec lui un bracelet qui valloit plus de trente mille angelots, et le pria qu'il le portast pour l'amour de lui, laquelle chose il fist,
et le lui mist au bras, et le roy de France print le sien à son col. Et à donc
le roy d'Angleterre voullut se lever, et le roy de France lui dict qu'il n'auroit point d'aultre valet de chambre que lui, et lui chauffa sa chemise, et
lui bailla quand il feust levé. Le roy de France s'en voullust retourner,
nonobstant que le roy d'Angleterre le voullust retenir à disner avecques lui ;
mais, pour ce qu'il falloit jouxter après disner, s'en voullust aller et monta à
cheval, et s'en revint à Ardres. Il rencontra beaucoup de gens de bien qui
venoient au devant de lui, et entr'autres l'Adventureux qui lui dict : « Mon
maistre, vous estes un fol d'avoir faict ce que vous avez faict ; et je suis bien
aise de vous reveoir ici, et donne au diable celui qui vous l'a conseillé. »
Surquoy le roy lui fist response, et lui dict que jamais homme ne lui avoit
conseillé, et qu'il sçavoit bien qu'il n'y avoit personne en son royaume qui
lui eust voullu conseiller ; et lors commença à compter ce qu'il avoit faict
audit Ghines, et s'en retourna ainsi en parlant jusqu'à Ardres, car il n'y
avoit pas loing. Si le roy d'Angleterre estoit bien aise du bon tour que le
roy de France lui fist, encore en estoient plus aises tous les Anglois ; car ils
n'eussent jamais pensé qu'il se feust voullu mettre entre leurs mains, le
plus foible, et pour ce qu'il y avoit eu grosse difficulté pour leur vue. afin
qu'ils ne fussent point plus forts l'ung que l'autre. Le roy d'Angleterre,
voyant le bon tour que le roy de France lui avoit faict, le lendemain au
matin en vint faire autant au roi de France, que le roi lui en avoit faict le
jour de devant, et se refisrent presens et bonne chère, autant ou plus qu'auparavant.

Et cela faict de l'ung à l'aultre, les jouxtes se commencèrent à faire, qui
durèrent huict jours, et furent merveilleusement belles, tant à pied comme
à cheval ; et estoient six François et six Anglois tenans, et les rois estoient
venans. Et menoient les princes et capitaines chascun dix ou douze hommes-
d'armes avecques eulx, habillés de leurs couleurs, et l'Adventureux en avoit
quinze ; et pouvoient estre en tout, tant François qu'Anglois, trois cens
hommes-d'armes ; et vous asseure que c'estoit belle chose à veoir. Le lieu
où se faisoient les jouxtes estoit bien fortifié, et y avoit une barrière du
costé du roy de France, et une aultre du costé du roy d'Angleterre ; et,
quand les rois estoient dedans et toute leur seigneurie, il estoit dict par
nombre combien il en devoit entrer de chascun costé ; et les archers du roy
d'Angleterre, et les capitaines de ses gardes gardoient du costé du roy de
France ; et les capitaines de la garde du roy de France, archers et Suisses,
gardoient le costé du roy d'Angleterre ; et n'y entroit à chascun coup que
ceulx qui debvoient jouxter ; et, quand cette troupe estoit lasse, il y en entroit une autre, et y eust merveilleusement bon ordre de tous costés et sans
débat, qui est une grande chose en telle assemblée. Après les jouxtes, les
luiteurs de France et d'Angleterre venoient avant, et luitoient devant les
rois et devant les dames, qui feust beau passe-temps ; et y avoit des puissans luiteurs ; et, parce que le roy de France n'avoit faict venir des luiteurs
de Bretaigne, en gaignèrent les Anglois le prix. Après, allèrent tirer à l'arc, et

le roy d'Angleterre lui-même, qui est ung merveilleusement bon archer et fort, et le faisoit bon veoir. Après tous ces passe-temps faicts, se retirèrent en ung pavillon le roy de France et le roy d'Angleterre, ou ils leurent ensemble. Cela faict, le roy d'Angleterre prit le roy de France par le collet et lui dit : « Mon frère, je veulx luiter avecques vous ; » et lui donna une attrape ou deux, et le roy de France, qui est un fort bon luiteur, lui donna un tour et le jetta par terre, et lui donna ung merveilleux sault. Et vouloit encore le roy d'Angleterre reluiter, mais tout cela feust rompu et fallust aller souper. Et ainsi tous les deux jours se venoient voir l'ung l'aultre, osté ung jour pour eulx reposer ; et, quand les François estoient à Ghines, les Anglois venoient à Ardres. Et venoient souvent les seigneurs et dames d'Angleterre coucher au logis des François, et les François faisoient le cas pareil ; et tous les jours se faisoient force banquets et festins. Après cela se fist le grand festin, ou tous les estats des deux princes vindrent loger dedans les lisses, ou on avoit faict un beau maisonnage tout de bois ; et par ung matin feust chanté la grand-messe par le cardinal d'Angleterre, dessus un eschaffaud qu'on fist expressément : et feust faicte la chapelle en une nuict, la plus belle que je veis oncques, pour l'avoir faicte en si peu de temps, et la mieux fournie ; car tous les chantres du roy de France et du roy d'Angleterre y estoient et feust fort somptueusement chanté ; et après la messe donna ledict cardinal à recevoir Dieu aux deux rois. Et là feust la paix reconfirmée et criée par les heraults. Et feust là faict le mariage de monsieur le dauphin de France à madame la princesse d'Angleterre, fille dudict roi. Après ce, fisrent encore trois ou quatre jouxtes et banquets, et après prindrent congé l'ung et l'aultre, en la plus grande paix entre les princes et princesses, qu'il estoit possible. Et, cela faict, s'en retourna le roy d'Angleterre à Ghines, et le roy de France en France ; et ne feust pas sans se donner gros presens au partir les ungs aux aultres.

Du Bellay (Martin). — Mort vers 1560. C'est le frère de Jean du Bellay, le poëte ; il fut vaillant capitaine et habile négociateur. Ses mémoires, écrits avec sincérité et avec profondeur, commencent à la fin du règne de Louis XI et finissent au règne de Henri II.

LA BATAILLE DE MARIGNAN

Le jeudy, tréziesme de septembre, jour de Saincte Croix 1515, environ deux heures après midy, vindrent donner sur notre avant-garde, de laquelle avoit la conduite le duc de Bourbon, connestable de France ; mais ils trouvèrent ledit connestable en armes, lequel à ceste première abordée, les recueillit vigoureusement, mais non sans perte ; car il entra un effroy en un des bataillons de noz lansquenetz, tel, qu'ils s'esbraulèrent pour se mettre a vau de roupte, ayans mis en leur opinion que le traitté que le Roy avoit faict avecques les Suisses estoit demouré en son entier, et que ce qui se faisoit estoit une fainte pour les vouloir livrer entre les mains des Suisses, leurs anciens ennemis ; mais, voyans la gendarmerie qui soustint l'effort des ennemis, reprindrent asseurance telle, qu'ils retournèrent au combat, voyans aussi le Roy qui marchoit avec les bandes noires, coste à coste de son artillerie.

A ladite charge fut tué François, monsieur de Bourbon, le seigneur d'Imbercourt, le comte de Sauxerre, et plusieurs autres gens de bien. Et dura le combat jusques à la nuict, qui fut si obscure, mesme à cause de la grande poulcière que faisoient les deux armées, que nul ne cognoissoit l' utre, et mesme que les Suisses portoient pour leur signal la croix blanche, aussi bien que les François, ne portans pour différence sinon une clef de drap blanc chascun en l'épaule ou en l'estomac; et pour mieux surprendre nostre armée, n'avoient porté aucuns tabourins, mais seulement des cornets pour se rallier; et fut la chose en tel désordre, pour l'obscurité de la nuict, qu'en plusieurs lieux se trouvèrent les François et les Suisses couchés auprès les uns des autres, des nostres dedans le camp, et des leurs dedans le nostre; et coucha le Roy toute la nuict, armé de toutes ses pièces (horsmis son habillement de teste), sur l'affust d'un canon.

Le jour venu qu'on se recognut, chacun soubs son enseigne; et commença le combat plus furieux que le soir; de sorte que je vey un des principaux bataillons de noz lansquenets estre reculé plus de cent pas, et un Suisse passant toutes les batailles, vint toucher de la main sur l'artillerie du Roy où il fut tué, et sans la gendarmerie qui soustint le faix, on estoit en hazard. A ladite bataille fut tué messire François de la Trimouille, prince de Talle- mont, le seigneur de Bussy d'Amboise, et le sieur de Roye et plusieurs autres. Aussi fut blessé en deux ou trois endroits, de coups de picque, le cheval de monseigneur de Vendosme; le comte de Guise, qui estoit demeuré général de tous les Allemans, estant au premier rang, fut porté par terre; mais un sien escuyer de service, nommé l'escuyer Adam, natif d'Allemagne, voyant son maistre de tous costez battu à coups de picques et de hallebardes, se jetta sur sondit maistre, portant les coups que son maistre eust portés; pendant lequel temps les Suisses furent reboutez et ledit de Guise secouru, et par un gentilhomme de la maison du Roy, nommé le capitaine Jamais, Escossois, fut porté hors de la presse; de quoy il avoit grand besoing, tant pour les coups qu'il avoit receus, que pour le nombre d'hommes qui avoient passé par dessus luy, tellement que a grande peine avoit-il la puissance de respirer. Environ les neuf heures du matin, les Suisses, pour divertir nostre armée, jettèrent une troupe d'hommes à leur main gauche, pour, par une vallée, venir donner par derrière sur nostre bagage, espérans nous faire tourner la teste, et par ce moyen nous deffaire; mais ils furent rencontrez par monsieur le duc d'Alençon, avecques nostre arrière-garde, lequel les deffit; desquels une partie, s'estant retirée dans les bois, fut toute tuée par les Gascons, desquels avoit la charge le seigneur Pètre de Navarre, et les arbalestriers à cheval, desquels avoit le petit Cossé cent soubs sa charge, et le legat Maugeron cent.

Le seigneur Barthelemy d'Alvienne, le jour précédent, estant adverty de l'entreprise des Suisses, qui avoient rompu leur foy, partit de Laudes avecques son armée, venant toute nuict, en espérance d'arriver d'heure à la bataille; lequel fit telle diligence, qu'environ dix heures du matin arriva au combat avecques la cavalerie, estant suivi de loing de ses gens de pied; mais le fils du comte de Pétillane, jeune homme désirant de longtemps se trouver au combat pour le service du Roy, fit une charge sur les Suisses, qui estoient sur leur retraitte où il fut tué et plusieurs avec luy. Les Suisses qui pouvoient estre au commencement en nombre trente-cinq mille hommes, ne pouvans plus soustenir le faix du combat, ayans perdu la pluspart de leurs capitaines, et le combat ayant duré deux jours, perdirent le cueur et se mirent en roupte; un bon nombre d'iceux se retira dans le logis de monsieur de Bourbon, où, ne se voulans mettre à la mercy du Roy, le feu fut mis, et furent tous bruslez, et de noz gens parmy qui estoient entrez pesle-mesle pour les deffaire; et entre autres, Jean de Mouy, seigneur de la Milleraye, qui portoit la cornette du Roy, y mourut; autres se retirèrent au chasteau de Milan, autres droit en Suisse, parce que le Roy, se voyant avoir eu la victoire, se contenta de les laisser aller. Et y mourut des Suisses de quatorze à quinze mille, et des meilleurs capitaines et hommes qu'ils eussent et plus aguerris.

PALMA CAYET (P.-Victor). — Né en 1525, mort en 1610. Disciple de Ramus, il devint ministre calviniste. Mais, ramené au catholicisme par le cardinal Duperron, il fut ordonné prêtre. Ses œuvres sont une traduction de la *Naværride*, la *Chronique novennaire* (de 1589 à 1598), la *Chronique septennaire* (de 1598 à 1604), etc.

AVANT LA BATAILLE D'IVRY

Le Roy ayant eu un advis certain que le duc de Mayenne et son armée estoient entièrement passez et advancez jusques au village de Dampmartin, qui estoit deux lieuës en avant vers luy, partit de devant Dreux le lundi douziesme, et commença dès lors de faire marcher son armée en bataille, et vint ledit jour loger en la ville de Nonancourt, qui s'estoit peu de temps auparavant fait prendre par assaut, affin de prendre le gué d'une petite rivière qui y passe.

Le soir et la nuict, le Roy s'estant retiré, il dressa et traça luy-mesme le plan et l'ordre de la bataille, lequel dez le grand matin, il monstra à monsieur de Montpensier et aux mareschaux de Biron et d'Aumont, au baron de Biras, mareschal de camp, et autres principaux capitaines de l'armée, qui tous le trouvèrent faict avec tant de jugement et prudence militaire, qu'ils n'y changèrent rien. Puis, ayant mis ce plan entre les mains du baron de Biras, pour advertir chacun de son rang et place, et choisi le sieur de Vicq, l'un des maistres de camp de l'infanterie françoise, pour sergent de bataille, il dit à tous les princes, officiers de la couronne, et autres grands du royaume qui y estoient presens :

« Je ne doute point de vostre foy et de votre valeur, ce qui me fait promettre une victoire certaine de la bataille comme si elle estoit desja advenuë. Je ne doute point aussi que vous ne perseveriez tous en l'ancienne reverence que les François ont toujours porté à leurs roys, et en la promesse que vous avez faicte de venger la mort du roy, nostre très-bon et très-honoré seigneur, et en la bonne affection que vous me portez tous en particulier. Je suis certain aussi que vous combattrez tous jusques au dernier souspir de vos vies pour conserver la monarchie françoise, et délivrer la France de la tyrannie de ceux qui ont appelé les anciens ennemis du nom françois, affin de leur donner en proye les villes de ce royaume, qui ont esté conservées du sang de vos pères et de vos ayeuls. Les faicts d'armes que vous avez exploitez, tant en campagne qu'en la deffense des villes, ou vous vous vous estes trouvez en moindre nombre que vos ennemis, et desquels vous en avez remporté la victoire par vostre valeur, me fait espérer que, combien que nos ennemis ayent davantage de gens que nous, que vous désirerez aussi d'autant plus de demeurer victorieux, affin d'avoir davantage de gloire. Dieu cognoist l'intention de mon cœur, et sçait que je ne désire point combattre pour appétit de sang, désir de vengeance, ou par quelque dessein de gloire ou d'ambition ; il est mon juge et tesmoin irréprochable ; aussi protestay-je devant luy que la seule charité que je porte à mon peuple pour le soulager de la violence de la guerre me pousse à ce combat. »

Puis, eslevant les yeux au ciel, il dit :

« Je supplie ce grand Dieu qui cognoist seul l'intention du cœur des hommes, de faire sa volonté de moy comme il verra estre nécessaire pour le bien de la chrestienneté, et de me vouloir conserver autant qu'il cognoistra que je seray propre et utile au bien et au repos de cet Estat et non plus. »

Ceste prière ravit tant les assistans, que l'on vit aussi tost les églises de Nonancourt pleines de princes et seigneurs, noblesse et soldats de toutes nations, ouyr messes, se communier, et faire tous offices de vrays et bons catholiques. Ceux de la religion prétendue réformée, qui y estoient en petit nombre, veu la quantité de catholiques qu'il y avoit lors dans l'armée, firent aussi leurs prières à leur mode.

BRANTÔME (P. des Bourdeilles, S. de). — Né en 1527, mort en 1614. Capitaine sous François de Guise, gentilhomme de la chambre sous Charles IX, il se retira à la mort du roi dans une solitude littéraire, où il composa les mémoires qui l'ont illustré : les *Vies des hommes illustres et grands capitaines français*, les *Vies des grands capitaines étrangers*, les *Vies des dames illustres*, etc.; ouvrages pleins d'originalité, où l'on s'étonne de rencontrer à la fois et la naïveté de l'honnête homme et la vanterie gasconne.

MORT DE BAYARD

En cette mesme retraite fut tué aussi ce gentil et brave monsieur de Bayard, à qui ce jour monsieur de Bonnivet, qui avoit esté blessé en un bras d'une heureuse harquebuzade, et pour ce se faisoit porter en litière, luy donna toute la charge et le soin de l'armée et de toute la retraite, et luy avoit recommandé l'honneur de la France. Monsieur de Bayard, qui avoit eu quelque pique auparavant avec luy, respondit : « J'eusse fort voulu, et qu'il eust ainsi plu à Dieu, que vous m'eussiez donné cette charge honorable en fortune plus favorable à nous autres qu'à cette heure; toutefois, de quelle manière que la fortune traite avec moy, je ferai en sorte, tant que je vivray, rien ne tombera entre les mains de l'ennemy, que je ne le deffende valeureusement. » Ainsi qu'il le promit, il le tint; mais les Espagnols et le marquis de Pescayre, usans de l'occasion, furent trop importuns à chasser les François, qu'ainsi que monsieur de Bayard les faisoit retirer toujours peu à peu, voicy une grande mousquetade qui donna à monsieur de Bayard, qui lui fracassa tous les reins.

Aussitôt qu'il se sentit frapper, il s'escria : « Ah! mon Dieu! je suis mort. » Si prit son espée par la poignée et en baisa la croisée en signe de la croix de Nostre Seigneur, et dit tout haut : *Miserere mei, Deus*; puis, comme failly des esprits, il cuida tomber de cheval, mais encore eut-il le cœur de prendre l'arçon de la selle, et demeura ainsi jusques à ce qu'un gentilhomme, son maistre d'hostel, survint, qui luy aida à descendre et l'appuyer contre un arbre.

Soudain voilà une rumeur entre les deux armées, que monsieur de Bayard estoit mort. Voyez comme la renommée soudain publie le mal comme le bien. Les nostres s'en effrayèrent grandement; si bien que le désordre fust grand parmi eux, et les Impériaux furent prompts à les chasser. Si n'y eust-il galant homme parmy eux, qui ne le regrettoit; et le venoit voir qui pouvoit, comme une belle relique, en passant et chassant tousjours; car il avoit cette coustume de leur faire la guerre la plus honeste du monde et la plus courtoise; et y en eut aucuns qui furent si courtois et bons, qu'ils le voulurent emporter en quelque logis la-près; mais il les pria qu'ils le laissassent dans le camp mesme qu'il avoit combattu, ainsi qu'il convenoit à un homme de guerre et qui avoit toujours désiré de mourir armé.

Sur ce arriva monsieur le marquis de Pescayre, qui luy dit : « Je voudrois de bon cœur, monsieur de Bayard, avoir donné la moitié de mon vaillant, et que je vous tinsse mon prisonnier, bien sain et bien sauve ; afin que vous puissiez ressentir par les courtoisies que recevriez de moy, combien j'estime vostre valeur et haute prouesse. Je me souviens qu'estant bien jeune, le premier los que vous donnèrent ceux de ma nation, ce fut qu'ils disoient : *Muchos grisonnes, y pocos Bayardos.* Aussi, depuis que j'ai eu connoissance des armes, je n'ay point ouy parler d'un chevalier qui approchast de vous. Et, puisqu'il n'y a remède de la mort, je prie Dieu qu'il retire vostre belle ame auprès de luy, comme je croy qu'il le fera. »

Incontinent monsieur le marquis de Pescayre députa gardes auprès dudit sieur de Bayard, et leur commanda qu'elles ne bougeassent d'auprès de luy, et, sur la vie, ne l'abandonnassent qu'il ne fust mort, et qu'il ne luy fust fait aucun outrage, ainsi qu'est la coustume d'aucune racaille de soldats qui ne sçavent encore les courtoisies de la guerre, ou bien des grands marauts de goujats qui sont encore pires. Cela se voit souvent aux armées.

Il fut donc tendu à monsieur de Bayard un beau pavillon pour se reposer ; et puis, ayant demeuré en cet estat deux ou trois heures, il mourut ; et les Espagnols enlevèrent son corps avec tous les honneurs du monde en l'église, et par l'espace de deux jours lui fut fait service très-solennel ; et puis les Espagnols le rendirent à ses serviteurs qui l'emmenèrent en Dauphiné, à Grenoble ; et là receu par la cour de parlement et une infinité de monde, qui l'allèrent recueillir et luy firent de beaux et grands services en la grande église de Nostre-Dame, et puis fut porté en terre à deux lieues de là, chez les Minimes.

LOUISE DE SAVOIE. — Mère de François Ier, née en 1476 ; elle est auteur d'un journal simplement écrit, rapidement conçu, où percent cependant de temps en temps des remarques piquantes, qui le font lire avec plus de plaisir.

EXTRAIT

Le 8 juillet 1514, je cuiday demeurer à Blois pour jamais, car le plancher de ma chambre tomba, et eusse esté en extrême danger, n'eust esté ma petite Bigote et le seigneur Desbrules, lesquels premièrement s'en aperceurent. Je crois qu'il falloit que toute cette maison fut reclinée sur moy, et que, par permission divine, j'en eusse la charge.

Ce jour, 16 juillet 1514, en Engoumois, en Anjou, je feus griefvement malade, et contrainte de descendre de ma litière, pour me chauffer en une petite maison sur le grand chemin en allant de Nanteuil à Charroux, en la terre de monsieur de Paulegon.

Le 28 d'aoust 1514, je commençay à prédire, par celeste prévision, que mon fils seroit une fois en grande affaire contre les Suisses ; car ainsi que j'étois après souper en mon bois à Romorantin, entre sept et huit heures, une terrible impression céleste, ayant figure de comète, s'apparut en ciel, vers Occident ; et je feus la première de ma compagnie qui m'en aperceus ; mais ce ne fut sans avoir grand peur ; car je m'escriai si hault que ma voix se pouvoit estendre, et ne disois autre chose sinon : « Suisses ! les Suisses ! les Suisses ! » Adonc estoient avec moy mes femmes, et d'hommes n'y avoit que Regnault de Reffuge et le pauvre malheureux Rochefort sur son mulet gris, car aller à pied ne lui estoit possible.

Le 22 septembre 1514, le roy Louis XII, fort antique et débile, sortit de Paris pour aller audevant de sa jeune femme, la royne Marie.

FAUCHET (Claude). — Né vers 1529, mort en 1561. Il fut président des Monnaies de Paris, et dut sa fortune au cardinal de Tournon. Ses œuvres les plus importantes sont les *Antiquités gauloises et françoises*, les *Origines des chevaliers*, etc., les *Origines des dignités*, etc. Tous ces monuments sont fort précieux; mais on reproche à Fauchet la lourdeur de son style.

MORT DE CHARLEMAIGNE

Comme Charlemaigne passoit l'hyver au palais d'Aix, la fiebvre le prit sur la fin de janvier de l'an huict cent quatorze, ainsi qu'il sortoit d'un baing, laquelle se renforceant, ils voulurent apaiser par abstinence, ainsi qu'il souloit, ne mangeant ou beuvant point qu'un peu d'eau pour se rafraischir; la dessus la pleurésie le saisit le septième jour: lors il fit appeler un évesque nommé Hiltibald, fort son familier, pour le consoler en la mort, qu'il sentoit prochaine. Toutesfois, estant encore travaillé ce jour et la nuict suivante, le lendemain au point du jour, sachant qu'il luy convenoit mourir, il estendit sa main et se signa de la croix, ainsi qu'il le put faire; puis, rejoignant ses pieds, et estendant ses mains sur son corps, il dit qu'il rendoit son âme ès mains de Dieu : trespassant le septiesme jour qu'il s'alicta, et la troisiesme heure du vingt et huictiesme janvier de l'an huict cent quatorze, le soixante et douziesme de son aage, indiction septiesme, quarante et troisiesme de son royaume en France, le tresiesme an avec un mois de son empire.

Son corps oingt par les évesques presens, l'on douta où il devoit estre enterré; finalement, il fut jugé qu'il ne pouvoit estre plus honorablement qu'en l'église de la Vierge, qu'il avoit fait bastir à Aix, près de Liège. Ce qui fut accomply le mesme jour de sa mort avec grand magnificence, si vous croyez la chronique de sainct Martial de Limoges, qui dit qu'après sa mort l'on fit embaumer son corps, lequel, vestu de ses accoustremens d'empereur, fut assis dans une chaire, ayant sur la teste une couronne attachée à une chaîne d'or, affin qu'elle ne cheût. On luy mit aussi en la main une pomme ou boule d'or (je croy pour representer la figure du monde, auquel les empereurs sont estimez devoir commander), et la voute remplie d'odeurs et senteurs précieuses avec plusieurs joyaux d'or. Devant le corps estoit pendu le sceptre et l'escu d'or consacré par le pape Léon; sa face couverte d'un linge et sa teste soustenue, ayant devant un livre d'évangilles et une haire, pour ce que, durant sa vie, secrettement il en portoit sous ses habits. On luy bailla encore une pannetière de pélerin, celle mesme qu'il portoit allant à Rome.

Au livre qui fut de sainct Martial de Limoges, contenant sa vie, il y avoit la figure d'un empereur ou roy couronné, assis et tenant une espée, non pas droicte ne la pointe levée vers sa teste, ains de plat, le long de son ventre, le pommeau en la main dextre, qui avoit le poulce vers le pommeau; et la pointe en senestre, le poulce de ladite main vers la pointe : qui n'estoit pas sans signification de quelque secret que je n'entends point, si ce n'est la paix, et qu'il n'avoit plus que faire de la tenir levée, pour fraper les rebelles ou ses ennemis. Toutefois, Sifrid dit qu'estant assis en sa magnificence et throsne royal, de son vivant mesmes, il souloit mettre son espée sur ses genoux : qui pourroit estre l'occasion de la peinture susdite; car quelque lourd que fut celuy qui fit celle dudit livre, il sçavoit bien que ce n'estoit pas la façon de la tenir pour commander en roy.

La sepulture close et scellée, un arc doré fut levé sur le tombeau, portant l'image du deffunct, avec ce titre : « Cy dessous gist le corps de Charles, grand et très fidelle empereur, qui noblement augmenta le royaume des François, et le gouverna quarante-six ans. »

On ne scauroit dire les regrets et plaintes faictes pour sa mort par toute la terre ; car il n'y eut pas jusques aux payens, qui ne l'apelassent père de l'univers ; mais les chrestiens, et principalement ses sujects de tous ses royaumes, le plorèrent amèrement, car il fut estimé très sage, et tel que chacun l'admiroit, aymoit et craignoit.

Aussi fut il très profitable au peuple, qu'il gouverna honnestement : et combien que les François et autres nations à qui il commandoit, fussent gens rudes, et tels que les Romains n'en peurent onc chevir, toutesfois il les retint par une crainte modérée. Tellement que de son temps ils ne firent entreprise aucune, qui peust nuire à la chose publique. A ceste cause, sa mémoire est demeurée saincte, à l'endroict de plusieurs roys venus depuis : comme Frédéric, empereur, qui le fit canoniser et sanctifier ; et mesme Louis unziesme de ce nom, roy de France, ordonna que sa feste seroit célébrée, envoyant gens par les villages commander de ne travailler ce jour, sur peine de la vie. Toutesfois, comme les hommes se sentent tousjours du vieil Adam, ses mœurs et vie domestiques ne sont tant louées ; mais il ne faut pas croire ce que quelques autheurs ont escrit, indignes de luy, et au deshonneur d'un si grand prince, qui mérite d'estre comparé à Auguste et qui a tant mérité de la chrestienneté.

LA NOUE (François de). — Né en 1531, mort en 1591. Ce fameux capitaine calviniste, nommé Bras-de-Fer, donna de grandes preuves de bravoure, et des exemples de modération qui le rendirent suspect à ceux de son parti. Son œuvre principale a pour titre : *Discours politiques et militaires*.

LOUIS DE CONDÉ

Les ennemis qui estoyent toujours passés à la file, estoient si engrossis, si prochains de nous, et l'escarmouche si chaudement attachée, qu'on connut bien qu'il convenoit combattre : c'est ce qui fit retourner monsieur le prince de Condé, qui ja estoit à demy-grosse lieue de là se retirant ; car, ayant entendu qu'on seroit contraint de mener les mains, luy, qui avoit un cœur de lion, voulut estre de la partie. Quand donc nous commençasmes à abandonner un petit ruisseau pour nous retirer (qu'on ne pouvoit passer qu'en deux ou trois lieux), alors les catholiques firent avancer la fleur de leur cavalerie, conduite par messieurs de Guise, de Martigues et le comte de Brissac, et renversèrent quatre cornettes huguenottes qui faisoient la retraite, où je fus pris prisonnier ; puis donnerent à M. d'Andelot dans un village, qui les soustint assez bien. Eux l'ayant outrepassé, aperceurent deux gros bataillons de cavalerie, où monsieur le Prince et monsieur l'Admiral estoient, lesquels, se voyans engagez, se préparerent pour aller à la charge. Monsieur l'Admiral fit la première, et monsieur le Prince la seconde, qui fut encore plus rude que l'autre, et du commencement fit tourner les espaules à ce qui se présenta devant luy ; et là certes il fut bien combattu de part et d'autre. Mais d'autant que toute l'armée catholique s'avançoit toujours, les huguenots furent contrains de prendre la fuite, ayans perdu sur le champ environ cent gentilshommes, et principalement la personne de monsieur le Prince, lequel estant porté par terre, ne peut estre secouru des siens, et s'estant rendu à monsieur d'Argences, survint un gentilhomme gascon nommé Montesquiou, qui lui donna une pistoletade dans la teste, dont il mourut. Sa mort apporta un merveilleux regret à ceux de la religion et plusieurs, et beaucoup de resjouissance à plusieurs de ses contraires, lesquels estimoient devoir bientost dissiper le corps duquel ils avoient tranché un si digne chef. Si est-ce que, parmi le blasme qu'aucuns luy donnoient, autres ne laissoient de louer sa valeur.

Aussi luy peut-on donner ceste louange qu'en hardiesse aucun de son siècle ne l'a surmonté, ny en courtoisie. Il parloit fort disertement, plus de nature que d'art, estoit liberal et très affable à toutes personnes, et avec cela excellent chef de guerre, néantmoins amateur de paix. Il se portoit encores mieux en adversité qu'en prospérité. Mais ce qui le rendoit plus recommandable, c'estoit sa fermeté en la religion. Il vaut mieux que je me taise, de peur d'en dire trop peu, ayant aussi bien voulu dire quelque chose; craignant d'estre estimé ingrat à la mémoire d'un si magnanime prince. Tant de dignes personnages catholiques et huguenots, que nos tempestes civiles ont emportez, doivent estre regrettés; car ils honoroient nostre France, et eussent aidé à l'accroistre si la discorde n'eust excité la valeur des uns pour destruire la valeur des autres. Après ce coup, l'estonnement fut grand au possible en l'armée huguenotte; et bien luy servit le pays enveloppé d'eaux où elle se retira; car cela retint les catholiques, et luy donna temps de se reordonner. Ils imaginerent, ayant acquis une telle victoire, que nos villes s'estonneroient, qui n'estoient pas gueres fortes; mais monsieur l'Admiral avoit jetté dedans la plupart de son infanterie, pour rompre ceste première impétuosité; de façon que, quand ils s'avancerent pour attaquer Coignac, ils connurent bien que *tels chats ne se prenoient pas* (comme l'on dit) *sans mitaines*; car il y avoit dedans quatre régimens d'infanterie; et comme ils eurent envoyé trois ou quatre cens harquebuziers du costé du parc pour reconoistre cet endroit, ceux de dedans en firent sortir mille ou douze cens qui les rechasserent si viste qu'ils n'y retournerent plus; car aussi il n'y avoit en leur armée que quatre canons et quatre couleuvrines. Monseigneur, se contentant de sa victoire, et voyant qu'il ne pouvoit guères exploicter, se retira pour rafraischir ses gens, ayant triomphé dès sa plus tendre jeunesse de très excellent chef : aussi fut-il bien conseillé et assisté d'autres dignes capitaines qui l'accompagnerent. De ce fait icy, on peut recueillir que, quand il est question d'une chose importante et hazardeuse, on ne la doit point entreprendre à demy; car, ou il la faut laisser, ou s'y employer avec tout son sens et avec toute sa force. En après, il faut noter que, quand les armées logent escartées, elles tombent en des inconvéniens que la suffisance des meilleurs chefs ne peut destourner.

RABUTIN (François de). — On ne pourrait déterminer les époques de la naissance et de la mort de ce chroniqueur, qui fit du reste toutes les guerres du règne de Henri II. Son ouvrage est intitulé : *Commentaire sur le faict des dernières guerres en la Gaule Belgique* entre Henri II, roi de France, et Charles V, empereur. Le style de cet auteur est gracieux, rapide et ne manque pas d'ornement.

PRISE DE CALAIS PAR LE DUC DE GUISE

Voyant M. de Guise que la brèche s'ouvroit fort, et pouvoit estre raisonnable dans deux ou trois vollées de canon, se délibéra au plustot d'y faire donner l'assaut. Cependant, pour tenir tousjours les ennemis en allarmes, et les empescher de s'y remparer, fit passer sur les huict heures du soir, après la retraicte de la mer, le sieur de Grandmont avec deux ou trois cens harquebuziers des plus asseurés et justes, pour aller recognoistre la contenance des assiégez, et pour, avec force harquebuzades, desloger ceux qui s'y presenteroient et monstreroient le nez. Et de mesme suite le mareschal Strossy, avec autres deux ou trois cens harquebuziers conduits par le capitaine Sarlaboz, et cent ou deux cens pionniers, alla gaigner l'autre bout du port pour s'y loger en des petites maisonnettes qui y estoient, et la se fortifians avec une trenchée, y demeurer du tout supérieur et commander à tout ce port. Toutefois les boulets y pleuvoient si expressement, qu'après y avoir esté tué vingt ou vingt cinq, que soldats que pionniers, furent contrains s'en retirer, et se rendre vers M. de Guise, lequel n'en estoit loing, s'estant desja avancé et passé près du port avec messieurs d'Aumale et marchis d'Albœuf ses frères, et messieurs de Montmorency et de Bouillon, suivis de plusieurs gentils hommes. Sur ces entrefaites, ayant ce prince fait recognoistre la breche par deux ou trois fois, tant par le seigneur Brancazzo que par autres, et estant adverti qu'il estoit temps et qu'elle se trouvoit preste à estre assaillie sans attendre plus longuement, fait donner le signal, et fait avancer le seigneur de Grandmont des premiers avec ses harquebuziers, soustenuz d'autant de corcelets conduits par le mareschal Strossy, suivis encore d'autres deux ou trois cens soldats. Et luy, d'un autre costé, ayant passé dans l'eaue jusqu'à la ceinture, se mist le premier devant toutes les autres troupes jusques au pied de la breche, laquelle les François assaillirent de premiere furie de si grande hardiesse et impétuosité, qu'après avoir taillé en pieces ceux qu'ils rencontrerent des premiers, contraignirent en peu d'heures le surplus leur quitter la place de ce chasteau, et les chasserent et rembarrerent dans la ville. Ainsi les nostres à vives forces s'advantagerent de ce passage et premiere entrée dans Calais, où M. de Guise leur commanda se fortifier et ne s'en laisser débouter pour le surplus de la nuict, leur laissant pour chefs et conducteurs messieurs d'Aumale et marchis d'Albœuf ses frères; et luy, pource que la mer s'enfloit, repassa de l'autre part en l'armée, afin de leur renvoyer secours incontinent qu'il seroit jour, et afin qu'il n'y advint désordre.

Quand les Anglois se furent un peu recognuz, et eurent repris leurs sens, se repentans de la grande faute qu'ils avoient faite, d'avoir abandonné si soudainement ce chasteau, par où ils voyoient l'ouverture aux François dans leur ville, ils retournerent avec une plus grande hardiesse que celle de l'assault, pour recouvrer ce chasteau, jugeant que ceux qui seroient là dedans ne pourroient soustenir longuement, et ne seroient secouruz, à cause que la mer estoit haulte et enflée. Pourtant la teste baissée vindrent à rassaillir les nostres où il eut fort aspre et obstiné combat; mais ils y trouverent si grande et rebelle résistance, que finalement ils en furent aussi reculez qu'auparavant. Ce nonobstant, demourans opiniastres à regaigner leur chasteau, amenerent deux ou trois pieces d'artillerie sur l'autre bout du pont devers la ville, pour enfoncer la porte, et en chasser ceux qui mettroient en défense; et d'une plate-forme qui estoit sur l'un des coings de la grande place faisans tirer en plomb là dedans infinies canonnades, leur sembloit qu'homme du monde ne s'oseroit y monstrer, rechargerent et redoublerent un autre assault, encore plus furieux que le premier, où s'il y fust bien assailli, encore mieux défendu; car, les ayant repoulsez vivement, et y estans demeurez sur le champ morts ou blessés plus de deux ou trois cens de leurs plus braves hommes, malgré eux et à leur nez, les nostres fermerent les portes, et tout soudain les remparerent par derriere. Dont apres, tout courage et espoir défaillirent aux Anglois, tellement qu'ils adviserent des lors plustost à parlementer et traiter de quelque composition honneste et gracieuse, que de cuider davantage résister, et l'obtenir par force. Parquoy le lendemain au matin le millord Dunfort, qui en estoit gouverneur, envoya devers monsieur de Guise deux des principaux de la ville, qui demanderent fort grosses et avantageuses conditions; toutefois finalement ils se rangerent et receurent les capitulations et articles qui s'ensuivent : Qu'ils auroient la vie sauve, sans qu'aux personnes des hommes, femmes, filles et enfans, il fust fait force ny aucun desplaisir. Se retireroient les habitans de ladite ville la part que bon leur sembleroit, fust en Angleterre ou en Flandres, avec leurs passe-ports et sauf-conduits necessaires pour leurs sureté et passages; demeurant le dit millord Dunfort, avec autres cinquante personnes, prisonniers de guerre, tels que M. de Guise voudroit choisir. Et quant aux autres soldats et gens de guerre, seroient tenus passer en Angleterre. Laisseroient l'artillerie, pouldre, boulets, armes, enseignes, et généralement toutes munitions, tant de guerre que de vivres, en ladite ville, sans en rompre, brusler, cacher ny endommager aucune chose. Quant à l'or et argent monnoyé ou non monnoyé, biens, meubles, marchandises et chevaux, le tout demeureroit en la discretion de mondit sieur de Guise, pour en disposer ainsi que bon luy sembleroit. Toutes lesquelles choses estans transigées et accordées le huictieme de ce mois de janvier, ce prince commença à faire sortir et mettre hors la ville une grande partie de ce peuple; et le lendemain le reste suivit, ainsi qu'il leur avoit esté promis, sans leur estre fait aucun tort ny destourbier, n'y demeurant un seul Anglois, mais bien une incroyable quantité de pouldres, artillerie, munitions, laines et vivres qui ont esté reservez et retenuz, et le surplus fut donné en proye aux soldats. En ceste sorte, en moins de six ou sept jours fut reconquise toute la forteresse de la ville de Calais.

MONTAIGNE (Michel de). — Né en 1533, mort en 1592. Il reçut de son père une éducation soignée, étudia le droit, et fut conseiller au parlement de Bordeaux; ce fut alors qu'il se lia étroitement avec la Boétie. Il fit plusieurs voyages, parut à la cour de Henri III et de Charles IX, et il y jouit d'une grande considération. Il chercha à rapprocher les catholiques et les protestants et à éloigner la guerre civile; mais il ne réussit qu'à se faire détester des deux partis. A l'âge de trente-neuf ans, il commença ses *Essais*, où il aborde avec érudition, mais sans suite, une grande variété de sujets, qu'il traite avec naïveté et dans un style simple et facile qu'on doit admirer encore aujourd'hui. Il laisse apercevoir qu'il est un peu sceptique; mais il demeure respectueux pour les croyances religieuses.

CONTRE LA FAINÉANTISE
(II, 21)

L'empereur Vespasien, estant malade de la maladie dont il mourut, ne laissoit pas de vouloir entendre l'estat de l'empire; et, dans son lict mesme, depeschoit sans cesse plusieurs affaires de consequence : et son medecin l'en tansant, comme de chose nuisible à sa santé : « Il fault, disoit-il, qu'un empereur meure debout. » Voylà un beau mot, à mon gré, et digne d'un grand prince. Adrian, l'empereur, s'en servit depuis à ce mesme propos : et le debvroit on souvent ramentevoir aux roys, pour leur faire sentir que cette grande charge qu'on leur donne du commandement de tant d'hommes, n'est pas une charge oisifve ; et qu'il n'est rien qui puisse si justement desgouster un subject de se mettre en peine et en hazard pour le service de son prince, que de le veoir appoltrony cependant luy mesme à des occupations lasches et vaines, et d'avoir soing de sa conservation, le veoyant si nonchalant de la nostre.

Quant quelqu'un vouldra maintenir qu'il vault mieulx que le prince conduise ses guerres par aultre que par soy, la fortune luy fournira assez d'exemples de ceulx à qui leurs lieutenants ont mis à chef des grandes entreprinses ; et de ceulx encores desquels la presence y eust esté plus nuisible qu'utile : mais nul prince vertueux et courageux ne pourra souffrir qu'on l'entretienne de si honteuses instructions. Soubs couleur de conserver sa teste, comme la statue d'un sainct, à la bonne fortune de son estat, ils le degradent de son office, qui est justement tout en action militaire, et l'en declarent incapable. J'en sçais un (1) qui aimeroit bien mieulx estre battu que de dormir pendant qu'on se battroit pour luy, et qui ne veid jamais sans jalousie ses gents mesmes faire quelque chose de grand en son absence. Et Selym premier disoit, avecques grande raison, ce me semble, « que les victoires qui se gaignent sans le maistre ne sont pas completes ; » de tout plus volontiers eust-il dict que ce maistre debvroit rougir de honte d'y pretendre part pour son nom, n'y ayant embesongné que sa voix et sa pensée ; ny cela mesme, veu qu'en telle besongne, les advis et commandements qui apportent l'honneur sont ceulx là seulement qui se donnent sur le champ, et au propre de l'affaire. Nul pilote n'exerce son office de pied ferme. Les princes de la race ottomane, la premiere race du monde en fortune guerriere, ont chauldement embrassé cette opinion ; et Bajazet second, avecques son fils, qui s'en despartirent, s'amusants aux sciences et aultres occupations casanieres, donnerent aussi de bien grands soufflets à leur empire : et celuy qui regne à present, Amurath troisiesme, à leur exemple, commence assez bien de s'en trouver de mesme. Feut ce pas le roy d'Angleterre, Edouard troisiesme, qui dict de nostre Charles cinquiesme, ce mot : « Il n'y eut oncques roy qui moins s'armast ; et si n'y eut oncques roy qui tant me donnast à faire. » Il avoit raison de le trouver estrange, comme un effect du sort plus que de la raison. Et cherchent aultre adherent que moy, ceulx qui veulent nombrer, entre les belliqueux et magnanimes conquerants, les roys de Castille et de Portugal, de ce qu'à douze cents lieues de leur oisifve demeure, par l'escorte de leurs facteurs, ils se sont rendus maistres des Indes d'une et d'aultre part, desquelles c'est à sçavoir s'ils auroient seulement le courage d'aller jouir en presence.

L'empereur Julian disoit encores plus : « qu'un philosophe et un galant homme ne debvoient pas seulement respirer ; » c'est à dire ne donner aux necessitez corporelles que ce qu'on ne leur peult refuser, tenant tousjours l'âme et le corps embesongnez à choses belles, grandes et vertueuses. Il avoit honte, si en public on le veoyoit cracher ou suer (ce qu'on dict aussi de la jeunesse lacedemonienne, et Xenophon de la persienne), parce qu'il estimoit que l'exercice, le travail continuel et la sobrieté debvoient avoir cuict et asseiché toutes ces superfluitez. Ce que dict Seneque ne joindra pas mal en cet endroict, que les anciens Romains maintenoient leur jeunesse droicte : « Ils n'apprenoient, dict-il, rien à leurs enfants qu'ils deussent apprendre assis. »

C'est une genereuse envie, de vouloir mourir mesme utilement et virilement ; mais l'effect n'en gist pas tant en nostre bonne resolution qu'en nostre bonne fortune : mille ont proposé de vaincre ou de mourir en combattant, qui ont failli à l'un et à l'aultre ; les bleceures, les prisons, leur tra-

(1) Sans doute Henri IV.

versant ce desseing, et leur prestant une vie forcée : il y a des maladies qui atterrent jusques à nos desirs et nostre cognoissance. Fortune ne debvoit pas seconder la vanité des légions romaines qui s'obligerent, par serment, de mourir ou de vaincre : *Victor, Marce Fabi, revertar ex acie : si fallo, Jovem patrem, Gradivumque Martem, aliosque iratos invoco deos* (1). Les Portugais disent qu'en certain endroict de leur conqueste des Indes, ils rencontrerent des soldats qui s'estoient condamnez, avecques horribles exsecrations, de n'entrer en aulcune composition que de se faire tuer ou demeurer victorieux ; et, pour marque de ce vœu, portoient la teste et la barbe rase. Nous avons beau nous hazarder et obstiner : il semble que les coups fuyent ceulx qui s'y presentent trop alaigrement, et n'arrivent volontiers à qui s'y presente trop volontiers, et corrompt leur fin. Tel ne pouvant obtenir de perdre sa vie par les forces adversaires, aprez avoir tout essayé, a esté contrainct, pour fournir à sa resolution d'en rapporter l'honneur, ou de n'en rapporter pas la vie, se donner soy mesme la mort en la chaleur propre du combat. Il en est d'aultres exemples ; mais en voicy un : Philistus, chef de l'armée de mer du jeune Dionysius contre les Syracusains, leur presenta la bataille, qui feut asprement contestee, les forces estant pareilles : en icelle, il eut du meilleur au commencement par sa prouesse ; mais les Syracusains se rangeants autour de sa galere pour l'investir, ayant faict grands faicts d'armes de sa personne pour se desvelopper, n'y esperant plus de ressource, s'osta de sa main la vie, qu'il avoit si liberalement abandonnee, et frustratoirement (*inutilement*), aux mains ennemies.

Moley Moluch, roy de Fez, qui vient de gaigner contre Sebastian, roy de Portugal, cette journée fameuse par la mort de trois roys, et par la transmission de cette grande couronne à celle de Castille, se trouva grievement malade dez lors que les Portugais entrerent à main armée en son Estat ; et alla tousiours depuis en empirant vers la mort, et la prevoyant. Jamais homme ne se servit de soy plus vigoureusement et bravement. Il se trouva foible pour soutenir la pompe ceremonieuse de l'entrée de son camp, qui est, selon leur mode, pleine de magnificence, et chargée de tout plein d'action ; et résigna cet honneur à son frère : mais ce fut aussi le seul office de capitaine qu'il résigna ; touts les aultres necessaires et utiles, il les feit tres laborieusement et exactement, tenant son corps couché, mais son entendement et son courage debout et ferme iusques au dernier souspir, et aulcunement au delà. Il pouvoit miner ses ennemis, indiscretement advancez en ses terres ; et luy poisa merveilleusement qu'à faulte d'un peu de vie, et pour n'avoir qui substituer à la conduicte de cette guerre et aux affaires d'un Estat troublé, il eust à chercher la victoire sanglante et hazardeuse, en ayant une aultre pure et nette entre ses mains : toutesfois il mesnagea miraculeusement la durée de sa maladie à faire consumer son ennemy, et l'attirer loin de l'armée et des places maritimes qu'il avoit en la coste d'Afrique, iusques au dernier iour de sa vie, lequel, par desseing, il reserva à cette grande iournée. Il dressa sa bataille en rond, assiégeant de toutes parts l'ost des Portugais ; lequel rond venant à se courber et serrer, les empescha non seulement au conflict (qui feut tres aspre par la valeur de ce ieune roi assaillant), veu qu'ils avoient à montrer visage à touts sens, mais aussi les empescha à la fuyte aprez leur roupte ; et, trouvant toutes les yssues saisies et closes, ils feurent contraincts de se reiecter à eulx mesmes, *coacervanturque non solum cæde, sed etiam fuga*, et s'amonceller les uns sur les aultres, fournissants aux vainqueurs une tres meurtriere victoire et tres entiere. Mourant, il se feit porter et tracasser où le besoing l'appelloit, et, coulant le long

---

(1) « Je retournerai vainqueur du combat, ô Marcus Fabius ! Si je manque à mon serment, j'invoque sur moi la colère de Jupiter, de Mars et des autres dieux. »

des files, exhortoit ses capitaines et soldats, les uns aprez les aultres : mais
un coing de sa bataille se laissant enfoncer, on ne le peut tenir qu'il ne
montast à cheval, l'espée au poing; il s'efforçoit pour s'aller mesler, ses gents
l'arrestants, qui par la bride, qui par sa robbe et par ses estriers. Cet effort
acheva d'accabler ce peu de vie qui lui restoit : ou le recoucha. Luy se res-
suscitant comme en sursault de cette pasmoison, toute aultre faculté lui défaillant pour advertir qu'on teust sa mort, qui estoit le plus necessaire commandement qu'il eust lors à faire, afin de n'engendrer quelque desespoir
aux siens par cette nouvelle, expira tenant le doigt contre sa bouche close,
signe ordinaire de faire silence. Qui vescut oncques si long temps, et si avant
en la mort? qui mourut oncques si debout ?

L'extreme degré de traicter courageusement la mort, et le plus naturel,
c'est la veoir, non sans estonnement, mais sans soing, continuant libre le
train de la vie iusques dedans elle, comme Caton, qui s'amusoit à estudier
et à dormir, en ayant une violente et sanglante, presente en sa teste et son
cœur, et la tenant en sa main.

MERGEY (Jean, sieur de). — Né en 1536. Ce gentilhomme protestant se trouva mêlé aux événements importants de cette époque; il
assista aux journées de Dreux et de Moncontour, courut de grands
risques à la Saint-Barthélemy, et fut fait prisonnier à la bataille
de Moncontour. Il a publié des mémoires intéressants, et que l'on
trouve trop courts.

ÉPILOGUE

Si j'ay inséré en ce discours quelques particularitez des combats et rencontres qui se sont faicts en mon temps, et ausquels je me suis truvé, ce
n'est pas que je veuille contrefaire l'historien, mais seulement pour reci-
ter ce que j'ay veu à mes enfants, qui verront que je n'ay pas tousjours demeuré à la maison, et que j'ay eu l'honneur d'estre employé envers les
grands pour affaires de consequence, affin qu'ils cherchent les moyens de
pouvoir suivre ma trace, et s'acquitter fidellement du service qu'ils doib-
vent à leurs seigneurs et maistres, comme j'ai faict. Peut-estre seront-ils
plus heureux que moy en la recompense de leurs services; non que je me
veuille plaindre de mes dicts seigneurs et maistres, qui m'aimoient et honoroient plus que je ne meritois; mais je n'avois pas bien retenu le proverbe,
qui dit que « service de seigneurs n'est pas héritage. » Et sur ce subject diray que messieurs le comte de la Rochefoucault, de Rendan et de Marmous-
tier frères, estants un jour à Muret tous trois en une chambre seuls, excepté
un secretaire de monsieur le comte, nommé Cadenet, lequel estoit en un
coing sans estre aperçeu d'eux, entre autres propos qu'ils eurent ensemble,
tombèrent sur les bons et mauvais serviteurs, qu'il falloit garder les bons et
se deffaire des autres; monsieur de Rendan, venant à opiner, dist que quand
on avoit un bon serviteur, qu'il ne luy faut jamais faire de bien, mais l'entretenir en bonne espérance et luy faire beaucoup de caresses; « car, disoit-il,
si vous luy faictes du bien, il vous quittera aussitost; là où le paissant d'esperance, vous le retenez tousjours. » Ledict secretaire ayant entendu tous
ces discours sans estre d'eux aperçeu, le lendemain vint trouver monsieur
le comte, auquel il demanda son congé ; dequoy monsieur le comte s'es-
bahit, et luy demanda l'occasion pourquoy il le vouloit laisser; lequel luy fit
responce que le service qu'il luy faisoit estoit en intention de avoir recompense, de laquelle se voyant frustré par la resolution que luy et messieurs

ses freres avoient prise le jour de devant, de ne point faire de bien à un bon serviteur, estoit l'occasion qui luy faisoit demander son congé. Monsieur le comte voulut r'habiller ses discours, l'asseurant qu'il n'étoit point compris en iceux, et le pria de demeurer, et qu'il ne seroit ingrat à recognoistre ses services; mais il ne fut en la puissance de monsieur le comte de le retenir, et s'en alla, après toutefois avoir esté bien payé et satisfaict. Ledit Cadenet estoit frère du precepteur de monsieur le Prince, nommé Ozias.

Pour moy, j'ay ce contentement d'avoir fidellement servy mes maistres, et avec cela feray la closture de mon discours, suppliant ceux qui le pourroient veoir excuser et le subject et le stile, car je ne suis ny historien ny rethoricien; je suis un pauvre gentilhomme champenois, qui n'ay jamais faict grande despense au college, encore que j'aye tousjours aimé la lecture des livres.

Fait le 3 septembre 1613, et de mon aage soixante dix-sept ans, à Saint-Amand en Angoumois.

ESTOILE (Pierre de l'). — Né en 1540, mort en 1611. Il était grand audiencier de la chancellerie de France, ce qui lui permit de connaître mieux que personne les événements de son temps. Aussi son *Journal* sur les règnes de Henri III et de Henri IV nous fournit-il des détails et des aperçus qu'on chercherait vainement ailleurs.

LA MORT DE HENRI IV

Le vendredi 14, sur les quatre heures du soir, le Roy estant dans son carrosse, sans nulles gardes à l'entour, aiant seulement avec lui messieurs d'Esparnon, Montbazon, et quatre ou cinq autres, passant devant Saint-Innocent pour aller à l'Arsenal : comme son carrosse, par l'embarrassement d'un coche et d'une charette, eust esté contraint de s'arrester au coing de la rue de la Ferronnerie, vis-à-vis d'un notaire nommé Pontrain, fust misérablement tué et assassiné par un meschant et désespéré garnement, nommé François de Ravaillac, natif d'Angoulesme : lequel se servant de ceste occasion pour faire ce malheureux coup, lequel il espioit dès longtemps, n'estant à Paris que pour cela, et dont mesme on avoit averti Sa Magesté s'en donner garde, qui n'en avoit autrement tenu compte. Comme le Roy estoit ententif à ouir une lettre que monsieur d'Esparnon lisoit, cependant s'eslançant sur lui de furie avec un cousteau qu'il tenoit en sa main, en donna deux coups l'un sur l'autre dans le sein de Sa Magesté, dont le dernier porta droit au cœur, duquel il coupa l'artère, et par mesme moien osta à ce bon Roy la respiration et la vie, qui oncques puis n'en parla. Ce que voyant monsieur d'Esparnon, et que le sang lui regorgeoit de tous costés, le couvrit d'un manteau; et, après avoir avec ceux de sa compagnie recogneu qu'il estoit mort, regardèrent à asseurer le peuple du mieux qu'ils purent, fort esmeu et effraié de cest accident; lui criant que le Roy n'estoit que légèrement blessé et qu'ils prissent courage. Firent tourner bride droit au Louvre au carossier, duquel ce pauvre prince tout nageant en son sang ne fust jamais descendu ni tiré que mort, encores qu'un brouillon de ce temps ait fait impudemment imprimer ung discours (que j'ay), par lequel l'archevesque d'Ambrun confesse et exhorte au Louvre le Roy, qui, tout mort qu'il estoit, esleva les mains et les yeux en haut, tesmoignant, dit-il, par là qu'il mouroit vrai chrestien et bon catholique. Ce qui a causé (et avec bonne raison), la defense qu'on a faite à son de trompettes, par la ville, de plus rien publier et imprimer sur la mort du Roy... La nuict de ceste triste journée et funeste à la France, en laquelle Dieu, courroucé contre son peuple, nous osta, en son ire, nostre prince, et estaignit la lumière du plus grand Roy de la terre et le meilleur, Sa Magesté ne peust jamais prendre repos et fut en inquiétude toute la nuict : si que le matin s'estant levé dit qu'il n'avoit point dormi et qu'il estoit tout malfait. Sur quoi monsieur de Vendosme prist occasion de supplier Sa Magesté de se vouloir bien garder, mesme ce jour, auquel on disoit qu'il ne devoit point sortir, pour ce qu'il lui estoit fatal. « Je voi bien, lui respondit le Roy, que vous avés consulté l'almanach, et oui parler de ce fol de la Brosse, de mon cousin le comte de Soissons. C'est un vieil fol, et vous estes encores bien jeune et guères sage. »

De fait, Sa Magesté ala ouir la messe aux Fœillans, où ce misérable le suivit en intention de le tuer; et a confessé depuis que, sans la survenue de monsieur de Vendosme qui l'en empescha, il eust fait son coup là dedans. Fust remarqué que le Roy, avec plus grande dévotion beaucoup que de coustume, et plus longuement, se recommanda, ce jour, à Dieu. Mesme la nuict, qu'on pensoit qu'il dormit, on le vid sur son lict à deux genoux, qui prioit Dieu; et, dès qu'il fust levé, s'estant retiré pour cest effet en son cabinet, pour ce qu'on voioit qu'il y demeuroit plus longtemps qu'il n'avoit accoustumé, fust interrompu. De quoi il se fascha et dist ces mots : « Ces gens ne m'empescheront-ils tousjours mon bien? » Grace singulière et particulière de Dieu, qui sembloit comme advertir son oint de sa fin fort proche : chose qui n'avient guères qu'à ceux que Nostre Seigneur aime.

Après que Sa Magesté eust disné (mais non si bien ni si gaiement que de coustume), il dit qu'il estoit tout estourdi de n'avoir point dormi, et qu'il vouloit essaier de reposer. Et de fait s'estant mis au lit, après qu'en vain il eust tasché de dormir, se remit de rechef à prier Dieu; et incontinent après se leva fort guaiment, et commanda qu'on lui apprestat son carosse; où estant près de monter, arriva monsieur de Victri, qui lui demanda s'il plaisoit pas à Sa Magesté qu'il l'accompagnast. « Non, lui respondit le Roy; allés seulement là où je vous ai commandé, et m'en rapportés response. — Pour le moins, Sire, lui respondit Victri, que je vous laisse mes gardes. — Non, dit le Roy; je ne veux ni de vous ni de vos gardes; je ne veux personne autour de moy. » Entrant dans le carosse, et pensant cependant (comme il est à présupposer) aux mauvaises prophéties de ce jour qu'on lui avoit voulu mettre en la teste; (et pleust à Dieu qu'elles y fussent bien entrées, pour se mieux garder qu'il ne fist!) se retournant vers un des siens, lui demanda le quantiesme il estoit du mois. « C'est le 15 aujourd'hui, Sire. — Non, dit un autre, c'est le 14. — Il est vray, dit le Roy, tu sais mieux ton almanach que ne fait pas l'autre. » Et, se prenant à rire : « Entre le 13 et le 14, » dit-il. Et sur ces mots fait aller son carosse.

CHARRON (Pierre). — Né en 1541, mort en 1613. Il fut avec succès avocat au parlement, et plus tard embrassa l'état ecclésiastique, où sa parole n'eut pas moins d'éclat et d'autorité. Il devint prédicateur ordinaire de la reine Marguerite. « Il avoit, dit son biographe, la langue bien pendue, libre et relevée par-dessus le commun des théologiens. » Il vécut dans l'amitié de Montaigne.

SUR LA VANITÉ

Mais, pour montrer encore mieux combien l'inanité a de crédit sur la nature humaine, souvenons-nous que les plus grands remuemens du monde, les plus générales et effroyables agitations des États et des empires, armées, batailles, meurtres, procès et querelles, ont leurs causes bien légères, ridicules et vaines; témoins les guerres de Troie et de Grèce, de Sylla et Marius, d'où sont ensuivies celles de César, Pompée, Auguste et Antoine. Les poëtes ont bien signifié cela, qui ont mis pour une pomme la Grèce et l'Asie à feu et à sang; les premiers ressorts et motifs sont de néant, puis ils grossissent, témoins de la vanité et folie humaine. Souvent l'accident fait plus que le principal, les circonstances menues piquent et touchent plus vivement que le gros de la chose, et le subit même. La robe de César troubla plus Rome que sa mort et les vingt-deux coups de poignard qui lui furent donnés.

Finalement, la couronne et la perfection de la vanité de l'homme se montre en ce qu'il cherche, se plaît, et met sa félicité en des biens vains et frivoles, sans lesquels il peut bien et commodément vivre, et ne se soucie pas comme il faut des vrays et essentiels. Son cas n'est que vent; tout son bien n'est qu'en opinion et en songe : il n'y a rien de pareil ailleurs. Dieu a tous biens en essence, et les maux en intelligence; l'homme, au contraire, possède ses biens par fantaisie et les maux en essence. Les bêtes ne se contentent ni ne se paissent d'opinions et de fantaisies, mais de tout ce qui est présent, palpable et en vérité. La vanité a été donnée à l'homme en partage : il court, il bruit, il meurt, il fuit, il chasse, il prend une ombre, il adore le vent; un festu est le gain de son jour.

LARIVEY (Pierre de). — Né vers 1550, mort vers 1612. Ce poëte dramatique est devenu surtout célèbre par ce fait, que Molière et Regnard l'ont jugé digne d'être étudié. Son recueil de comédies facétieuses, écrit avec naïveté, mais avec trop de licence, se compose des pièces : le *Laquais*, la *Veuve*, les *Esprits*, dont nous donnons un extrait; le *Morfondu*, le *Jaloux et les écoliers*, la *Constance*, les *Tromperies* et le *Fidèle*. « Après l'auteur de *Patelin*, dit Sainte-Beuve, Larivey mérite d'être regardé comme le plus comique et le plus facétieux auteur de notre vieux théâtre. »

L'AVARE

SÉVERIN (*monologue*).

Las! mon Dieu, qu'il me tardoit que je fusse despesché de cestuy-cy, afin de reprendre ma bourse! J'ay faim, mais je veux encore espargner ce morceau de pain que j'avois apporté; il me servira bien pour mon soupper, ou pour demain mon disner, avec un ou deux navets cuits entre les cendres. Mais à quoy despeus-je le temps, que je ne prends ma bourse, puisque je ne voy personne qui me regarde? O m'amour, t'es-tu bien portée?... Jésus, qu'elle est légère! Vierge Marie, qu'est cecy qu'on a mis dedans? Hélas! je suis détruit, je suis perdu, je suis ruiné! Au volleur, au larron, au larron! prenez-le, arrestez tous ceux qui passent, fermez les portes, les huys, les fenestres. Misérable que je suis, où cours-je? à qui le dis je? Je ne sçay où je suis, que je fais ny où je vas! Hélas! mes amis, je me recommande à vous tous; secourez-moi, je vous prie, je suis mort, je suis perdu. Enseignez-moi qui ma desrobbé mon âme, ma vie, mon cœur, et toute mon espérance. Que n'ay-je un licol pour me pendre! car j'aime mieux mourir que vivre ainsi; hélas! elle est toute vuyde. Vray Dieu! quel est ce cruel qui tout à un coup m'a ravy mes biens, mon honneur et ma vie? Ah! chetif que je suis, que ce jour m'a esté malencontreux! A quoy veus-je plus vivre puisque j'ay perdu mes escus que j'avois si soigneusement amassez, et que j'aymois et tenois

plus chers que mes propres yeux? mes escus que j'avois espargnez, retirant
le pain de ma bouche, n'osant manger mon saoul? et qu'un autre joyt maintenant de mon mal et de mon dommage?

FRONTIN ET SÉVÉRIN.

FRONTIN.

Quelles lamentations enten-je là?

SÉVERIN.

Que ne suis-je auprès de la rivière, afin de me noyer!

FRONTIN.

Je me doute que c'est.

SÉVERIN.

Si j'avois un cousteau, je me le planterois en l'estomac.

FRONTIN.

Je veux veoir s'il dict à bon escient. Que voulez-vous faire d'un cousteau,
seigneur Séverin? Tenez, en voilà un.

SÉVERIN.

Qui es-tu?

FRONTIN

Je suis Frontin; ne voyez-vous pas?

SÉVERIN.

Tu m'as desrobbé mes escus, larron que tu es; ça ren-les-moy, ren-les-moy,
ou je t'estrangleray.

FRONTIN.

Je ne sçay que vous voulez dire.

SÉVERIN.

Tu ne les as pas donc?

FRONTIN.

Je vous dis que je ne sçay que c'est.

SÉVERIN.

Je sçay bien qu'on me les a desrobbez.

FRONTIN.

Et qui les a prins?

SÉVERIN.

Si je ne les trouve, je delibère me tuer moy-mesme.

FRONTIN.

Hé, seigneur Séverin, ne soyez pas si colère.

SÉVERIN.

Comment! colère, j'ay perdu deux mille escus!

FRONTIN.

Peut-estre que vous les retrouverez; mais vous disiez tousjours que vous
n'aviez pas un liard, et maintenant vous dites que vous avez perdu deux
mille escus.

SÉVERIN.

Tu te gables encore de moy, meschant que tu es!

FRONTIN.

Pardonnez-moy.

SÉVERIN.

Pourquoy donc ne pleures-tu?

FRONTIN.

Pour ce que j'espère que les retrouverez.

SÉVERIN.

Dieu le veuille! à la charge de te donner cinq bons sols.

FRONTIN.

Venez disner; dimanche, vous les ferez publier au prosne : quelc'un vous les rapportera.

SÉVERIN.

Je ne veux plus boire ne manger; je veux mourir ou les trouver.

FRONTIN.

Allons, vous ne les trouvez pas pourtant; et si ne disnez pas.

SÉVERIN.

Où veux tu que j'aille? au lieutenant-criminel?...

FRONTIN.

Vous les retrouverez, allons; aussi bien ne fesons nous rien icy.

SÉVERIN.

Il est vray; car encore que quelqu'un de ceux la (*montrant les spectateurs*) les eust, il ne les rendroit jamais. Jésus ! qu'il y a de larrons en Paris!

FRONTIN.

N'ayez peur de ceux qui sont icy, j'en respon, je les cognois tous.

SÉVERIN.

Hélas, je ne puis mettre un pied devant l'autre. O ma bourse !

FRONTIN.

Hoo! vous l'avez; je vois bien que vous vous moquez de moy.

SÉVERIN.

Je l'ay voirement; mais hélas! elle est vuyde, et elle estoit plaine.

FRONTIN.

Si vous ne voulez faire autre chose, nous serons icy jusques à demain.

SÉVERIN.

Fontin, ayde moy, je n'en puis plus; ô ma bourse, ma bourse, hélas! ma pauvre bourse?

SÉVERIN, RUFFIN, GÉRARD.

SÉVERIN.

Qui est là ?

RUFFIN.

Amys.

SÉVERIN.

Qui me vient destourner de mes lamentations?

RUFFIN.

Seigneur Séverin, bonnes nouvelles.

SÉVERIN.

Quoy, est-elle trouvée?

RUFFIN.

Oy.

SÉVERIN.

Dieu soit loué! le cœur me saute de joye.

RUFFIN, à *Gérard.*

Voyez, il fera ce que vous voudrez.

SÉVERIN.

Pense si ces nouvelles me sont agreables. Qui l'avoit?

RUFFIN.

Le savez-vous pas bien? c'estoit moy.

SÉVERIN.

Et que faisois-tu de ce qui m'appartient?

RUFFIN.

Devant que je la livrasse à Urbain, je l'ai eue quelque peu dans ma maison.

SÉVERIN.

Tu l'as donc baillée à Urbain? Or fais te la rendre, et me la rapporte, ou tu la payeras.

RUFFIN.

Comment voulez vous que je me fasse rendre, s'il ne la veut pas quitter?

SÉVERIN.

Ce m'est tout un, je n'en ay que faire; tu as trouvé deux mille escus qui m'appartiennent, il faut que tu me les rendes ou par amour ou par force.

RUFFIN.

Je ne sçay que voulez dire.

SÉVERIN.

Et je le sçay bien moy! (*A Gérard.*) Monsieur, vous me serez tesmoin comme il me doibt bailler deux mille escus.

GÉRARD.

Je ne puis tesmoigner de cecy, si je ne voy autre chose.

RUFFIN.

J'ay peur que cestuy soit devenu fol.

SÉVERIN.

O effronté, tu me disois à ceste heure que tu avois trouvé les deux mille escus que tu sçais que j'ay perdus, puis tu dis que tu les as baillés à Urbain, afin de me les rendre; mais il n'en ira pas ainsi. Urbain est emancippé, je n'ay que faire avecques luy.

RUFFIN.

Seigneur Séverin, je vous entens, nous sommes en équivoque ; car quant aux deux mille escus que vous dictes avoir perdus, je n'en avois encore oy parler jusques ici ; et ne dis que les ay trouvez, mais bien que j'ay trouvé le père de Féliciane, qui est cest homme de bien que voicy.

GÉRARD.

Je le pense ainsi.

SÉVERIN.

Qu'ay-je à faire de Féliciane ? Vostre malepeste, que Dieu vous envoye à tous deux, de me venir rompre la teste avec vos bonnes nouvelles, puisque vous n'avez trouvé mes escus.

RUFFIN.

Nous disions que seriez bien ayse que vostre fils doibt estre gendre de cest homme de bien.

SÉVERIN.

Allez au diable qui vous emporte, et me laissez icy.

RUFFIN.

Escoutez, seigneur Séverin, escoutez ! Il a fermé l'huys !

SÉVÉRIN, HILAIRE, FORTUNÉ.

SÉVERIN.

Qui est là ?

HILAIRE.

Mon frère, ouvrez.

SÉVERIN.

On me vient icy apporter quelques meschantes nouvelles.

HILAIRE.

Mais bonnes, vos escus sont retrouvés.

SÉVERIN.

Dictes vous que mes escus sont retrouvés ?

HILAIRE.

Oy, je le dy.

SÉVERIN.

Je crain d'estre trompé comme auparavant.

HILAIRE.

Ils sont icy près, et devant qu'il soit longtemps, vous les aurez entre les mains.

SÉVERIN.

Je ne le puis croire, si je ne les voy et les touche.

HILAIRE.

D'avant que vous les ayez, il faut que me promettiez deux choses : l'une de donner Laurence à Désiré, l'autre de consentir qu'Urbain preune une femme avec quinze mille livres.

SÉVERIN.

Je ne scay que vous dictes ; je ne pense à rien qu'à mes escus, et ne pensez pas que je vous puisse entendre, si je ne les ay entre les mains ; je dy bien que si me les faictes rendre je feray ce que vous voudrez.

HILAIRE.

Je le vous prometz.

SÉVERIN.

Et je le vous prometz aussi.

HILAIRE.

Si ne tenez vostre promesse, nous les vous osterons. Tenez, les voilà.

SÉVERIN.

O Dieu! ce sont les mesmes! Hélas! mon frère, que je vous ayme! Je ne vous pourray jamais récompenser le bien que vous me faictes, dussé-je vivre mille ans.

HILAIRE.

Vous me récompenserez assez, si vous faictes ce dont je vous prie.

SÉVERIN.

Vous m'avez rendu la vie, l'honneur et les biens que j'avois perdus avec cecy.

HILAIRE.

Voilà pourquoy vous me devez faire ce plaisir.

SÉVERIN.

Et qui me les avoit desrobbez?

HILAIRE.

Vous le sçaurez après; respondez à ce que je vous demande.

SÉVERIN.

Je veux premièrement les compter.

HILAIRE.

Qu'est-il besoin?

SÉVERIN.

Ho! ho! s'il s'en falloit quelc'un?

HILAIRE.

Il n'y a point de faute, je vous en respond.

SÉVERIN.

Baillez-le-moy donc par escrit.

FORTUNÉ

O quel avaricieux!

HILAIRE.

Voyez, il ne me croira pas.

SÉVERIN.

Or sus, c'est assez, vostre parole vous oblige; mais que dictes vous de quinze mille francs?

FORTUNÉ.

Resgardez s'il s'en souvient.

HILAIRE.

Je dis que nous voulons en premier lieu que bailliez vostre fille à Désiré.

SÉVERIN

Je le veux bien.

HILAIRE.

Après, que consentiez qu'Urbain épouse une fille avec quinze mille francs.

SÉVERIN.

Quant à cela, je vous en prie; quinze mille francs! Il sera plus riche que moy!

MARGUERITE DE VALOIS. — Née en 1552, morte en 1615, fille de Henri II et de Catherine de Médicis. Les mémoires qu'elle nous a laissés sont restés longtemps le modèle le plus parfait de notre langue, et la peinture la plus vive de la cour où elle a vécu. « Elle étoit, a dit Richelieu, le refuge des hommes de lettres, aimoit à les entendre parler; sa table en étoit toujours environnée, et elle apprit tant à leur conversation, qu'elle parloit mieux que femme de son temps, et écrivoit plus éloquemment que la condition ordinaire de son sexe ne comportoit. »

MARGUERITE, LE JOUR DE LA SAINT-BARTHÉLEMY

Le roy Charles, qui estoit tres prudent, et qui avoit esté tousjours tres obeïssant à la reyne ma mère, et prince tres catholique, voyant aussi de quoy il y alloit, prist soudain résolution de se joindre à la reyne sa mère, et se conformer à sa volonté, et garantir sa personne des huguenots par les catholiques, non sans toutefois extrême regret de ne pouvoir sauver Teligny, la Nouë et M. de la Rochefoucault. Et lors, allant trouver la reyne sa mère, envoya quérir M. de Guise et tous les autres princes et capitaines catholiques, ou fust pris résolution de faire la nuict mesme le massacre de la Saint-Barthelemy. Et mettant soudain la main à l'œuvre, toutes les chaines tendues et le tocsin sonnant, chacun courut su en son quartier, selon l'ordre donné, tant à l'admiral qu'à tous les huguenots.

M. de Guise donna au logis de l'admiral, à la chambre duquel Besme, gentilhomme allemand, estant monté, après l'avoir dagué le jetta par les fenestres à son maitre M. de Guise. Pour moy, l'on ne me disoit rien de tout cecy. Je voyois tout le monde en action; les huguenots désesperez de cette blessure; messieurs de Guise craignans qu'on n'en voulust faire justice se suchetans tous à l'oreille. Les huguenots me tenoient suspecte parceque j'estois catholique, et les catholiques parceque j'avois épousé le roy de Navarre, qui estoit huguenot. De sorte que personne ne m'en disoit rien, jusques au soir qu'estant au coucher de la reyne ma mère, assise sur un coffre aupres de ma sœur de Lorraine que je voyois fort triste; la reyne ma mère parlant à quelques-uns m'apperceust, et me dit que je m'en allasse me coucher : comme je faisois la revérence, ma sœur me prend par le bras et m'arreste, et se prenant fort à pleurer, me dit : « Mon Dieu, ma sœur, n'y allez pas. » Ce qui m'effraya extrêmement. La reyne ma mere s'en apperceut et appelant ma sœur se courrouça fort à elle, et luy deffendit de me rien dire. Ma sœur luy dit qu'il n'y avoit point d'apparence de m'envoyer sacrifier comme cela, et que sans doute, s'ils decouvroient quelque chose, ils se vengeroient de moy. La reyne mere repond que s'il plaisoit à Dieu, je n'aurois point de mal; mais quoy que ce fust, il falloit que j'allasse, de peur de leur faire soupçonner quelque chose...

Je voyois bien qu'ils se contestoient, et n'entendois pas leurs paroles. Elle me commanda encore rudement que je m'en allasse me coucher. Ma sœur, fondant en larmes, me dit bonsoir, sans m'oser dire autre chose; et moy je m'en allai toute transie et éperdue, sans me pouvoir imaginer ce

10

que j'avois à craindre. Soudain que je fus en mon cabinet, je me mis à prier Dieu qu'il luy plust me prendre en sa protection, et qu'il me gardast sans sçavoir de quoy ny de qui. Sur cela le roy mon mary, qui s'estoit mis au lit, me manda que je m'en allasse coucher. Ce que je fis, et trouvay son lit entouré de trente ou quarante huguenots que je ne connoissois point encore, car il y avoit fort peu de temps que j'estois mariée. Toute la nuict ils ne firent que parler de l'accident qui estoit advenu à monsieur l'admiral, se resolvans dès qu'il seroit jour de demander justice au roy de M. de Guise, et que, si on ne la leur faisoit, ils se la feroient eux-mesmes. Moy j'avois tousjours dans le cœur les larmes de ma sœur et ne pouvois dormir pour l'apprehension en laquelle elle m'avoit mise sans sçavoir de quoy. La nuict se passe de cette façon sans fermer l'œil. Au point du jour le roy mon mary dit qu'il vouloit aller jouër à la paume attendant que le roy Charles fust éveillé, se resolvant soudain de luy demander justice. Il sort de ma chambre et tous ces gentils hommes aussi.

Moy voyant qu'il estoit jour, estimant que le danger que ma sœur m'avoit dit fust passé, vaincuë du sommeil, je dis à ma nourrice qu'elle fermast la porte pour pouvoir dormir à mon aise.

Une heure après, comme j'estois le plus endormie, voicy un homme frappant des pieds et des mains à la porte, et criant : « Navarre, Navarre ! » Ma nourrice, pensant que ce fust le roy mon mary, court vistement à la porte. Ce fust un gentilhomme nommé M. de Tejan, qui avoit un coup d'épée dans le coude et un coup de hallebarde dans le bras, et estoit encore poursuivi de quatre archers qui entrèrent tous après luy en ma chambre. M. de Nançay, capitaine des gardes, y vinst et me donna la vie de ce pauvre homme. M. de Nançay me conta ce qui se passoit, et m'asseura que le roy mon mary estoit dans la chambre du roy, et qu'il n'auroit nul mal. Et me faisant jeter un manteau de nuict sur moy, il m'emmena dans la chambre de ma sœur madame de Lorraine, où j'arrivay plus morte que vive, et entrant dans l'antichambre, de laquelle les portes estoient toutes ouvertes, un gentilhomme nommé Bourse, se sauvant des archers qui le poursuivoient, fust percé d'un coup de hallebarde à trois pas de moy. Je tombay de l'autre costé presque évanouïe entre les bras de M. de Nançay, et pensois que ce coup nous eust percez tous deux. Et estant quelque peu remise, j'entray en la petite chambre où couchoit ma sœur.

TAVANNES (Guill. de Saulx, seigneur de). — Né en 1553, mort en 1633. Son père Gaspard, et son frère Jean, ont comme lui laissé de curieux mémoires. Guillaume fut lieutenant du roi en Bourgogne, servit fidèlement Henri III et Henri IV, et se couvrit de gloire à la bataille de Fontaine-Française.

LETTRE AU ROY HENRI IV

Sire, il m'a semblé, pour le deu de ma charge, estre nécessaire vous donner advis de ce qui se passe par deçà, afin qu'il vous plaise y pourvoir. L'armée du marquis du Pont a sejourné un mois depuis la prise de Coiffy et Montigny en Champagne, sans pouvoir attenter à aucun dessein sur la ville de Langres, où, à l'instance de M. de Tinteville et des habitans d'icelle, j'ay envoyé quatre-vingts chevaux, et à Chasteau-Vilain bon nombre de gens de pied, ces places s'estant trouvées munies de forces pour s'y opposer.

J'ay aussi, par plusieurs despesches, mandé à M. le duc de Nevers que, si les forces de Champagne et de ce païs estoient jointes près de luy, nous pourrions executer quelque effect sur ladicte armée; j'en attends sa résolution. Si mon frère, le vicomte de Tavannes, y vient à la guerre, comme il en est le bruit, je la luy feray si ferme que mes mal-veillans n'auront point subject de me blasmer. Le partialitez forgées en cedict païs au profit particulier d'aucuns, font tellement demeurer en arrière ce qui est du service de Vostre Majesté, que, cessant la guerre aux ennemis, elle se faict à ses fidelles serviteurs, au mespris de son authorité, par moyens obliques qui viendront enfin à jeu descouvert. C'est y amener la ruine de vos affaires, commencée par le mauvais ordre qu'y a laissé M. le mareschal d'Aumont, par le conseil de Lubert. Pour à quoy obvier, il seroit utile d'envoyer par deçà un prince, mareschal de France, ou autre seigneur de qualité, et non pas ledict sieur mareschal d'Aumont; lequel, au lieu de retenir sur tous la puissance absolue qui luy avoit esté donnée, s'est rangé avec quelques-uns qu'il faict despendre de luy seul; et les autres, qui ne despendoient que de vous, Sire, il leur a faict tant d'indignitez, qu'il leur a enfin esté impossible luy rendre obéissance : tellement que, s'en allant du païs, il a laissé le party de Vostre Majesté, qui estoit bien uny avant qu'il y fust venu, sur le poinct d'estre partagé entre deux, pour se faire la guerre et se diminuer, à l'augmentation de celuy des ennemis.

L'on sçait assez que ceux qui se licentient de leur devoir le font à dessein, et semble qu'ils veulent avoir leur appennage, comme des petits roys, desesperant desjà du salut public. Je proteste que ce que j'en dis n'est pour aucun interest particulier; car le service de Votre dicte Majesté se faisant bien en ceste province, soit par moy ou par autre, je suis très-content. Cette mesme province se plaint que ses priviléges, contenans qu'il ne sera donné par la rivière de Saone aucune traicte de grains, si elle n'est premièrement fournie de ce qui luy est necessaire, sont violés contre vos ordonnances et arrests de messieurs du parlement, qui doivent estre d'autant plus conservez qu'estans rompus les ennemis en tirent du profit, et les sieurs de Vaugrenant et Lubert, clercs d'armes seulement, en ont le gain pour leur particulier à Saint-Jean de Laosne, où ils commandent, et rien n'en vient au général.

C'est pour ce subject que j'ai fait fortifier mon chasteau de Bonencontre, situé sur ladicte rivière, afin que la volonté des deux ou trois hommes fust postposée à la vostre, à celle de messieurs du parlement et à l'utilité du païs, et non pour en tirer aucun péage, comme ils ont voulu publier; ayant pis faict, car Guillerme, gouverneur pour le sieur de Mayenne en la ville de Seurre, a esté suscité par ledict Vaugrenant d'employer ses munitions et gens de guerre pour attaquer ledict chasteau, qui blocque ladicte ville d'un costé et celle de Nuys de l'autre, estant entre deux, et qu'il seroit sous main assisté de luy, ainsi qu'il m'a esté rapporté, et, de plus, qu'ils ont tenu deux conseils ensemble à la campagne. J'ay tant de fidélité en ce qui est de vostre service, qu'outre que je suis disposé d'achever d'y employer mon bien et ma vie, qui que ce soit ne me peut fermer la bouche que je ne publie ce qui viendroit à ma cognoissance, important à votre service. Et, en ce faisant, j'attends aussi que Vostre Majesté me fera cet honneur de me maintenir contre toutes les calomnies qui me pourroient estre opposées. En ceste vérité, je supplie le Créateur vous donner, Sire, en parfaicte santé, très heureuse et longue vie.

A Vergy, ce 18 may 1592.

De Vostre Majesté,
Tres humble, tres obeissant, fidelle
subject et serviteur,

TAVANNES.

LA SATIRE MÉNIPPÉE. — Ce pamphlet, écrit moitié en vers, moitié
en prose par plusieurs auteurs, et publié après l'assassinat de
Henri III, a reçu le nom de *Satire Ménippée*, par allusion aux
satires du poëte Ménippe. Il se divise en deux parties : la première,
dirigée contre les prétentions de l'Espagne, fut écrite par Leroy;
la seconde, due à la plume du conseiller Gillot, de P. Pithou, de
Passerat et de Rapin, s'attaque à l'ambition de la maison de Lorraine. « S'il est un livre, dit C. Nodier, où brille de tout son éclat
l'esprit et le caractère français, un livre empreint de cette gaieté
satirique, de cette causticité fine et mordante, et cependant de
cette charmante urbanité qui est le sceau de notre génie national,
c'est la *Satire Ménippée*. »

HARANGUE POUR LE TIERS ÉTAT
(Pierre Pithou.

O Paris qui n'es plus Paris, mais une spelunque de bestes farouches, une
citadelle d'Espagnols, Wallons, et Napolitains : un asyle, et seure retraite de
voleurs, meurtriers et assassinateurs, ne veux-tu jamais te ressentir de ta
dignité, et te souvenir qui tu as esté, au prix de ce que tu es? Ne veux-tu
jamais te guerir de cette frenesie, qui pour un légitime et gracieux roy, t'a
engendré cinquante roytelets, et cinquante tyrans? Tu n'as peu supporter
une légère augmentation de tailles et d'offices, et quelques nouveaux édicts
qui ne t'importoient nullement; mais tu endures qu'on pille tes maisons,
qu'on te rançonne jusques au sang, qu'on emprisonne tes senateurs, qu'on
chasse et bannisse tes bons citoyens et conseillers : qu'on pende, qu'on massacre tes principaux magistrats; tu le vois, et tu l'endures; tu ne l'endures
pas seulement, mais tu l'approuves et le loués, et n'oserois, et ne sçaurois
faire autrement. Tu n'as pu supporter ton roy débonnaire, si facile, si familier, qui s'estoit rendu comme concitoyen et bourgeois de ta ville, qu'il a
enrichie, qu'il a embellie de sompteux bastimens, accreüe de forts et
superbes remparts, ornée de priviléges et exemptions honorables. Que dis-
je, peu supporter; c'est bien pis, tu l'as chassé de sa ville, de sa maison, de
son lict : quoy, chassé ! tu l'as poursuivy; quoy poursuivy! tu l'as assassiné,
canonisé l'assassinateur, et fait des feux de joye de sa mort. Et tu vois maintenant combien cette mort t'a profité, car elle est cause qu'un autre est
monté en sa place, bien plus vigilant, bien plus laborieux, bien plus
guerrier, et qui sçaura bien te serrer de plus près, comme tu as à ton dam
desja expérimenté. Je vous prie, messieurs, s'il est permis de jetter encore
ces derniers abois en liberté, considérons un peu quel bien et quel profit
nous est venu de cette detestable mort, que nos prescheurs nous faisoient
croire estre le seul et unique moyen pour nous rendre heureux. Mais je ne
puis en discourir qu'avec trop de regret de voir les choses en l'estat où elles
sont, au prix qu'elles estoient alors : chacun avoit encore en ce temps là du
bled en son grenier, et du vin en sa cave; chacun avoit sa vaisselle d'argent,
et sa tapisserie, et ses meubles; les femmes avoient encore leur demi-ceinct;
les reliques estoient entières; on n'avoit point touché aux joyaux de la couronne : mais maintenant, qui se peut vanter d'avoir de quoy vivre pour trois
semaines, si ce ne sont les voleurs qui se sont engraissés de la substance
du peuple, et qui ont pillé à toutes mains les meubles des présens et des
absens ? Avons nous pas consommé peu à peu toutes nos provisions, vendu

nos meubles, fondu nostre vaisselle, engagé jusques à nos habits pour vivre bien chichement? Où sont nos salles et nos chambres tant bien garnies, tant diaprées et tapissées? où sont nos festins, et nos tables friandes? Nous voila reduicts au laict et au fromage blanc comme les Suisses : nos banquets sont d'un morceau de vache pour tous metz; bienheureux qui n'a point mangé de chair de cheval et de chien, et bienheureux qui a tousjours eu du pain d'avoine, et s'est passé de bouillie de son, vendue au coin des rues, aux lieux qu'on vendoit jadis des friandises de langues, caillettes et pieds de mouton. Et n'a pas tenu à M. le Legat, et à l'ambassadeur Mengosse, que n'ayons mangé les os de nos pères, comme font les sauvages de la Nouvelle Espagne. Peut-on se souvenir de toutes ces choses, sans larmes et sans horreur! et ceux qui en leur conscience sçavent bien qu'ils en sont cause, peuvent ils en oüyr parler sans rougir, et sans apprehender la punition que Dieu leur reserve, pour tant de maux dont ils sont les autheurs! mesmement, quand ils se representeront les images de tant de pauvres bourgeois, qu'ils ont veus par les rues tomber tout roides morts de faim; les petits enfans mourir à la mamelle de leurs mères allangouries, tirants pour néant, et ne trouvants que succer; les meilleurs habitans et les soldats marcher par la ville, appuyez d'un baston, pasles et faibles, plus blancs et plus ternis qu'images de pierre, ressemblants plus des fantosmes que des hommes... Fut-il jamais barbarie ou cruauté pareille à celle que nous avons veue et endurée! fut-il jamais tyrannie et domination pareille à celle que nous voyons et endurons! Où est l'honneur de nostre Université? où sont les colleges? où sont les escoliers? où sont les leçons publiques, où l'on accouroit de toutes les parties du monde? où sont les religieux estudiants aux convents? ils ont pris les armes, les voilà tous soldats débauchez. Où sont nos châsses? où sont nos précieuses reliques? les unes sont fondües et mangées; les autres sont enfouïes en terre, de peur des voleurs et sacriléges. Où est la révérence qu'on portoit aux gens d'Eglise et aux sacrés mystères?.. Où sont les princes du sang, qui ont tousjours esté personnes sacrées, comme les colonnes et appuis de la couronne et monarchie françoise? où sont les pairs de France qui devroient estre icy les premiers pour ouvrir et honorer les Estats? Tous ces noms ne sont plus que *noms de faquins* dont on fait litière aux chevaux de messieurs d'Espagne et de Lorraine. Où est la majesté et gravité du parlement, jadis tuteur des roys, et médiateur entre le peuple et le prince? Vous l'avez mené en triomphe à la Bastille, et traîné l'authorité et la justice captive, plus insolemment et plus honteusement que n'eussent fait les Turcs : vous avez chassé les meilleurs, et n'avez retenu que la racaille passionnée ou de bas courage : encor parmy ceux qui ont demeuré, vous ne voulez pas souffrir que quatre ou cinq disent ce qu'ils pensent.

Sully (Maxim. de Béthune, duc de). — Né en 1560, mort en 1641. Il s'agit de l'ami et du ministre de Henri IV, de ce financier habile, à qui le roi dut le payement des dettes de l'État, l'ordre dans les comptes et des économies de 40 millions. Sous la Régence et sous Louis XIII, il vécut dans la retraite, et il écrivit des mémoires précieux pour l'histoire. La forme en est singulière : Sully a supposé que ses secrétaires lui faisaient le récit de sa propre vie et des événements contemporains.

LETTRE TOUCHANT CE QUI SE PASSA A FONTAINE-FRANÇOISE

Monseigneur, suivant le commandement qu'il vous pleut me faire lors que vous m'envoyastes suivre la Cour, à la poursuitte de quelques affaires où le sceau estoit nécessaire, d'estre curieux d'apprendre tout ce qui se passeroit d'importance en ce voyage de Lion Bourgongne et la Franche-Comté, que vous aviez tant contesté au dernier conseil qui se tint à Paris sur ce sujet, en quoy vous fustes emporté par les voix d'authorité de messieurs le chancelier de Chiverny, de Sancy, d'Elbœuf et autres, qui avoient quelques intérests vers ces quartiers là; à cela fortifiez par les lettres reïtérées de messieurs le connestable de Montmorency et mareschal de Biron, qui se voyoient une armée estrangère preste à leur tomber sur les bras, laquelle eust reduit leur offensive à la deffensive, et peut estre en pertes, ainsi que je vous ai oüy discourir de tout cela, lorsque, contre vostre gré, le Roy vous laissa en son conseil d'affaires résidant à Paris. Suivant vos commandemens, j'ay mis par Memoires tout ce que j'ai veu faire et entendu dire pendant ce voyage.

Sa Majesté partant de Troyes, depescha le comte de Thorigny devant avec quatre cens chevaux et quatre à cinq cens harquebusiers à cheval, pour aller renforcer M. de Biron, comme ces secours luy arriverent fort à propos, qui furent suivis du Roy quatre jours après, lequel, avant que de descendre de cheval, s'en alla recognoistre toutes les advenües de Dijon, du costé que les ennemis pouvoient venir, sur lesquelles il fit faire de grands retranchemens, comme aussi entre les chasteaux de Dijon et Tallau, dont jusques alors le mareschal de Biron n'avoit peu empescher la communication toute libre : mais tous ces ordres ainsi establis ne contentent pas encor l'esprit de nostre brave Roy, il resolut afin de retarder l'acheminement des ennemis, et donner par ce moyen du temps suffisamment, pour achever en perfection les ouvrages commencez, d'aller au devant de l'armée ennemie, et essayer de la rencontrer encore sur son passage de la rivière; et pour cet effet, ayant donné rendez-vous à Lux et Fontaine-Françoise, et cependant avec cent cinquante chevaux ou environ, et autant d'harquebusiers à cheval, il s'advança devant jusques sur la rivière de Vigennes, proche du bourg de Sainct Seine, d'ou ayant dépesché le marquis de Mire-beau, avec cinquante ou soixante chevaux pour aller prendre langue des ennemis, il passa luymesme ceste riviere avec quelque cent ou six vingts chevaux, et se mit sur ses pas marchant en simple capitaine de chevaux legers, avec dessein de mieux recognoistre l'assiette du pays, pour y prendre ses advantages si les armées avoient à s'affronter. Mais il n'eust pas fait guere plus d'une lieuë de chemin, en telles recognoissances qu'il vit revenir le marquis de Mirebeau plus viste que le pas et un peu en désordre, lequel luy dit n'avoir pas esté en sa puissance de bien recognoistre l'armée des ennemis, d'autant qu'il avoit esté chargé brusquement par un gros de trois ou quatre cens chevaux qui ne luy avoient pas donné loisir d'estendre sa veuë comme il eust bien désiré; mais que neantmoins il croyoit que toute l'armée du connestable de Castille marchoit en corps pour venir prendre le logement de Sainct Seine.

En mesme temps arriva M. le mareschal de Biron, qui s'offrit aussitost d'aller voir les ennemis, et d'en rapporter nouvelles certaines; mais il n'eust pas fait mille pas qu'il descouvrit sur le haut d'une combe quelque soixante chevaux là arrestez comme s'ils eussent esté en garde, lesquels il chargea aussitost et les contraignit de se retirer, et luy laisser leur place, en laquelle estant parvenu, il descouvrit toute l'armée marchant en ordre de bataille, dont il y avoit quatre cens chevaux plus advancez qui en poursui-

voient environ cent cinquante de ceux du Roy qui fuyoient en désordre,
que l'on a sceu depuis estre le baron d'Aussonville. Ces quatre cens chevaux voyans ces fuyards s'esloigner trop, et decouvrant le mareschal de
Biron qui faisoit ferme sur ce haut, s'advancerent droit à luy, separez encore en deux bandes, qui suivoient les quatre cens premiers, pour auxquels
empescher la recognoissance qu'il jugeoit bien qu'ils vouloient faire, avant
que de l'enfoncer, il sépara sa troupe, d'environ trois cens chevaux, en
trois, dont il bailla une tierce partie au marquis de Mire-beau, pour s'estendre à sa main droitte, une autre au baron de Lux, pour se jetter sur la
gauche, et luy, avec le surplus, fit ferme sur le milieu : les ennemis, voyant
cela, desbanderent cent cinquante chevaux de chaque costé, avec charge
d'engager le combat à quelque prix que ce fust, comme ils firent. Sur quoy
M. de Biron s'advança, et trouvant le baron de Lux mal-mené, fit une charge
pour le desengager, d'autant que luy et plusieurs des siens avoient esté
portés par terre : mais, voyant plusieurs escadrons s'advancer, il fut contraint de penser à la retraitte, qui se changea bientost en une espece de
fuitte (tant il fut chargé impetueusement), avec quelques coups d'espées
sur les oreilles et passa la carriere assez vite jusques à la veuë du Roy, qui
debanda cent chevaux pour aller soûtenir M. de Biron et arrester les
fuyards : mais ce secours courut mesme fortune, et aussi-tost renversé et
mené battant jusques au Roy, lequel, pour se voir sept ou huict cens chevaux sur les bras en six escadrons, ne perdit ny jugement ny courage, mais,
prenant l'un et l'autre accroissement dans la grandeur du péril, appelle par
nom les plus qualifiez, les convie à le suivre et faire comme luy, commandant à M. de la Trimoñille de prendre cent cinquante chevaux et de les
charger, et qu'il en allast faire autant de son costé avec pareil nombre, à
quoy il ne manqua pas (et sans cette brave resolution, tout s'en alloit en
desroutte); et furent ces deux attaques tant furieuses et si bien opinias-
trées (le Roy, quoy qu'il n'eust point de salade, se meslant dans le plus
aspre combat, servant d'exemple de valeur aux plus hardis, et animant les
moins courageux), que tous ces six escadrons estonnés, se renversans les
uns sur les autres, se mirent en désordre; en quoy se rejoignant encor
M. de Biron, qui avoit rallié quelque six vingts chevaux, des premiers mis
en fuitte, ils se retirerent comme en demie desroutte jusque dans le gros
de M. du Mayne, dans lequel le Roy faisoit estat de donner, s'il ne luy eust
fallu effleurer deux bois tous farcis de mousquetaires, et n'eust descouvert
deux autres gros de cavallerie, qui, sortans d'un bois, s'avançoient pour
fortifier cette avant garde : ce qui luy fit faire ferme pour rallier toutes ses
troupes dispersées, avec lesquelles ayant fait faire une nouvelle charge, il
se fit faire largue, et sans difficulté il retourna gagner le lieu du combat;
où peu après estans arrivez les sieurs comte de Chiverny, chevalier d'Oyse,
Vitry, Clermont, Rissé, la Curée, Arambure, d'Heure, Sainct Geran, la
Bouillaye et leurs troupes, au nombre de huict cens chevaux, les ennemis
croyans que toute l'armée du Roy estoit arrivée, et craignans d'attaquer des
gens si déterminez qu'ils les avoient esprouvez, estans en six fois plus grand
nombre, firent passer leur cavallerie devant leurs bataillons, auxquels ils
firent faire la retraitte, le Roy les poursuivant tousjours jusques à ce qu'il
leur eust fait repasser la riviere de Saone au pont de dessous Gray, laissant la Bourgongne à la discrétion et volonté du Roy, qui s'en rendist
maistre en peu de jours réservé de Seurre; et mesme prist toutes les villes
foibles de la Franche-Comté, qu'il laissa en repos à la requisition des Suisses. Et partons maintenant pour aller à Lyon, qui est tout ce que j'ay peu
apprendre des choses qui se sont passées, suppliant l'Éternel, monseigneur, etc.

JEANNIN (le Président). — Né en 1540, mort en 1622. Fils d'un tanneur, il s'éleva par son mérite seul. Il sut donner des conseils de modération au moment funeste de la Saint-Barthélemy, et arrêta l'envoi des ordres expédiés au gouvernement de la Bourgogne. Partisan de la Ligue, il se rattacha à la cause du roi Henri IV, qui lui donna sa confiance et le chargea de missions délicates. Sous la Régence, il fut surintendant des finances. Ses mémoires, nommés *Négociations*, sont fort estimés des diplomates.

LETTRE DE M. JEANNIN A M. DE VILLEROY

(1er avril 1608)

Monsieur, je vous ai écrit il n'y a que trois jours par un laquais de M. de Châtillon, je le ferai encore par un capitaine qui doit retourner en France dans trois ou quatre jours. Et maintenant je fais ce mot par le père commissaire, qui s'en va en Espagne avec très-bonne intention de faire tout ce qu'il pourra pour le commerce des Indes, qui est la principale cause de ce voyage. Il est aussi bien informé de notre conduite et sait qu'ils ont occasion de s'en louer. Il m'a assuré, me venant dire adieu, qu'il verroit le Roy. Je suis certain qu'il en sortira aussi bien édifié qu'il en fut la première fois qu'il parla à Sa Majesté; tout dépend de son voyage. Je vis le président Richardot le jour d'hier, conférai avec lui sur le sujet de la paix et de ce que le pape avoit dit au sieur d'Arlincourt, et depuis le Roy à M. le nonce, dont il a été fort réjoui. La creance et confidence entre nous deux est tres bonne et meilleure qu'elle ne fut jamais. Quoiqu'il y ait beaucoup de difficultés pour parvenir à la paix, si est-ce que la voyant fort désirée de deux côtés, j'en espère mieux de jour à autre, s'il n'y a rien de caché en l'esprit de ceux qui traitent ou de leurs maîtres. Il me semble qu'il faut presser pour venir à la conclusion et mettre les affaires en état, qu'au retour du sieur commissaire on puisse demeurer d'accord de tout, du moins un mois après qu'il sera venu; car la longueur qui tient toutes choses en incertitude, et consume les États en frais inutilement, leur est très-dommageable, étant certain si elle continue qu'ils seront contraints de licencier une partie de leurs troupes, dont la dépense leur revient à huit cent mille francs par mois; et ce qu'ils craignent que cela défavorise leurs affaires, ils sont tous les jours à nous prier, afin d'éviter cet inconvénient, de vouloir intercéder envers Sa Majesté pour les faire secourir; mais je n'ose l'entreprendre, encore que je reconnoisse bien qu'ils en ont très-grand besoin, et que leurs affaires seront pour tomber en confusion, si ce secours qu'ils demandent, soit par forme d'avance, ainsi que le sieur Aërsens m'a dit, par prêt ou autrement, est refusé; car j'ai crainte en le faisant d'être tenu pour mauvais dispensateur de la bourse du Roy.

Ainsi il me suffit de représenter les affaires sans y ajouter ma supplication; car le Roy a plus de prudence que personne, et est assisté de si bons et fidèles ministres, qu'ils lui sauront bien conseiller ce qui est requis pour arranger heureusement cette affaire, et obliger du tout ces peuples à connoître qu'ils lui devront leur conservation. Aussi vous peux-je assurer que son autorité y est très-grande, et, quand il faudra prendre une résolution entière, que son avis aura beaucoup de pouvoir pour les faire incliner où elle voudra. M. le prince Maurice m'a dit plusieurs fois qu'il avoit entendu que Sa Majesté permettoit à quelques capitaines françois, qui sont en ce pays, d'aller en Suède, et d'y mener des troupes, retenant néanmoins toujours leurs charges, et en recevant les états et appointemens, et que si cela se fait leurs compagnies se déferont. Ce n'est pas à moi d'en donner conseil; mais il me semble que la cause de l'élu roy de Suède n'est pas si favorable qu'il y faille envoyer des troupes avec l'autorité et permission du Roy : il y a des choses qu'on aime mieux dissimuler que commander. Vous aurez au premier jour autres lettres de moi ; cependant je prierai Dieu, Monsieur, qu'il vous donne en parfaite santé très-heureuse et longue vie.

De la Haye, ce premier jour d'avril 1608.

Votre très-humble et obéissant serviteur,
Jeannin.

FRANÇOIS DE SALES (saint). — Né en 1567, mort en 1622. Ce grand saint, de noble famille, après avoir reçu une éducation brillante, entra dans les ordres, et employa son zèle et sa charité à raffermir la foi des catholiques et à ramener les réformés du diocèse de Genève, dont il fut nommé évêque. Il a laissé bon nombre d'écrits : les plus estimés sont le *Traité sur l'Amour de Dieu* et l'*Introduction à la vie dévote.*

DE LA MANIÈRE DE CONSERVER SA RÉPUTATION AVEC L'ESPRIT D'HUMILITÉ

La louange, l'honneur et la gloire ne sont pas le prix d'une vertu commune, mais d'une vertu rare et excellente. Quand nous louons une personne, nous voulons en donner de l'estime aux autres. Si nous l'honorons nous-mêmes, cet honneur est une marque de l'estime que nous en avons ; et la gloire n'est autre chose qu'un certain éclat de réputation, qui revient de toutes les louanges qu'on lui donne et de tous les honneurs qu'on lui rend ; semblables à la lumière et à l'émail de plusieurs pierres précieuses qui forment toutes ensemble une même couronne. Or l'humilité nous défendant tout amour et toute estime de notre propre excellence, elle nous défend aussi la recherche de la louange, de l'honneur et de la gloire, qui ne sont dues qu'à un mérite d'excellence et de distinction. Cependant elle reçoit le conseil du sage, qui nous avertit d'avoir soin de notre réputation, parceque la réputation n'est pas établie sur l'excellence d'une vertu ou perfection, mais seulement sur une certaine bonté de mœurs et une integrité de vie ; et, comme l'humilité ne nous défend pas de croire que nous avons ce mérite commun et ordinaire, elle ne nous défend pas non plus l'amour et le soin de notre réputation. Il est vrai que l'humilité mépriseroit encore la réputation, si elle n'étoit pas necessaire à la charité ; mais, parce qu'elle est un des principaux fondemens de la société humaine, et que sans elle nous sommes non seulement inutiles au public, mais encore pernicieux, par la raison du scandale qu'il en reçoit ; la charité nous oblige à la désirer et à la conserver, et l'humilité souffre nos désirs et nos soins.

Ne peut on pas dire que la reputation est à un homme ce que la verdure d'un beau feuillage est à un arbre ? En effet, quoique l'on n'estime pas beaucoup les feuilles d'un arbre, elles servent cependant à l'embellir et à conserver ses fruits, tandis qu'ils sont encore tendres ; de même la réputation n'est pas un bien fort souhaitable par elle-même, mais elle est l'ornement de notre vie, et nous aide beaucoup à conserver nos vertus, et principalement celles qui sont encore tendres et foibles ; car l'obligation de soutenir notre réputation, et d'être tels qu'on nous estime, fait à une âme généreuse une douce violence qui la détermine fortement. Conservons nos vertus, Philotée, parce qu'elles sont agreables à Dieu, qui est le grand et souverain objet de nos actions. Mais, comme ceux qui veulent conserver des fruits ne se contentent pas de les confire, et qu'ils les mettent encore dans des vases propres à cet usage; ainsi, bien que l'amour divin soit le principal conservateur de nos vertus, nous pouvons encore faire servir utilement à leur conservation l'amour de notre réputation.

Il ne faut pas pourtant que ce soit avec un esprit d'ardeur et d'exactitude pointilleuse; car ceux qui sont si délicats et si sensibles sur leur honneur ressemblent à ces hommes qui prennent des médecines pour toutes sortes de petites incommodités, et qui ruinent tout à fait leur santé à force de la vouloir conserver. Oui, la trop grande délicatesse sur la conservation de la réputation la fait perdre entièrement, parce que cette sensibilité trop vive rend un homme bizarre, mutin, insupportable, et provoque contre lui la malignité des médisans. La dissimulation et le mépris d'une médisance ou d'une calomnie est ordinairement un remède plus salutaire que le ressentiment, la contestation ou la vengeance. Le mépris dissipe tout, mais la colère donne un air de vraisemblance à ce qu'on dit. Le crocodile ne fait mal, dit-on, qu'à ceux qui le craignent, et j'ajoute que la médisance ne fait de tort qu'à ceux qui s'en mettent en peine.

Une crainte excessive de perdre sa réputation fait sentir aux autres une grande défiance que l'on a de son mérite, ou de la vertu qui en est le fondement. Les villes qui n'ont que des ponts de bois sur de gros fleuves en craignent la ruine à toutes sortes de débordemens ; mais là où les ponts sont de pierre, on ne craint que les inondations extraordinaires : ceux aussi qui ont l'âme solidement chrétienne méprisent ce flux de paroles dont la médisance remplit le monde ; mais ceux qui se sentent foibles s'inquiètent de tout ce qu'on leur dit. Indubitablement, Philotée, quiconque veut avoir une réputation universelle la perd universellement, et celui-là mérite aussi de perdre l'honneur qu'il veut recevoir de ces hommes que le vice a deshonorés.

La réputation n'est que comme une enseigne qui fait connoître où la vertu loge; la vertu lui doit donc être préférée partout et en toutes choses. C'est pourquoi si l'on dit que vous êtes hypocrite, parce que vous vivez chrétiennement, ou que vous êtes un lâche, parce que vous avez pardonné à votre prochain l'injure qu'il vous a faite, méprisez tous ces jugemens; car, outre qu'ils ne viennent que de sottes gens, et toujours fort méprisables en beaucoup d'endroits, il ne faudroit pas abandonner la vertu pour conserver votre réputation. Les fruits des arbres valent mieux que leurs feuilles, et nous devons préférer les biens intérieurs et spirituels aux biens extérieurs. Oui, l'on peut être jaloux de son honneur, mais on n'en doit jamais être idolâtre ; et, comme il ne faut rien faire qui blesse les yeux des gens de bien, il ne faut pas chercher à plaire aux yeux des méchans. Le psalmiste dit que la langue des médisans est semblable à un rasoir bien affilé ; et nous pouvons comparer la bonne renommée à une belle chevelure qui, ayant été coupée ou entièrement rasée, revient plus touffue et plus belle qu'elle n'étoit mais comme les cheveux qu'on a arrachés de la tête jusqu'à la racine ne reviennent presque jamais, je dis aussi que si, par une conduite déréglée et scandaleuse, nous détruisons notre réputation, il sera difficile de la rétablir, parce qu'elle aura été détruite jusqu'au fondement, qui est cette probité de mœurs, laquelle, tandis qu'elle subsiste en nous, peut toujours nous rendre l'honneur que la médisance nous auroit ravi. Il faut quitter cette vaine conversation, cette société inutile, cette amitié frivole, cet amusement de plaisir, si la réputation en reçoit quelque atteinte, puisqu'elle vaut mieux que toutes ces satisfactions humaines. Mais si, par les exercices de piété, pour l'avancement en la vie spirituelle, pour l'application à mériter les biens éternels, le monde murmure et gronde, ou éclate même en médisances ou en calomnies, il faut laisser, comme l'on dit, aboyer les mâtins contre la lune ; le rasoir de la médisance servira à notre honneur, comme la serpe à la vigne que l'on taille, et qui en porte plus de raisins.

Ayons toujours les yeux attachés sur Jésus crucifié ; marchons dans ses voies avec confiance et simplicité, mais aussi avec prudence et discrétion ; il sera le protecteur de notre réputation ; et, s'il permet qu'elle soit flétrie, ou que nous la perdions, ce ne sera que pour nous rendre plus d'honneur même aux yeux des hommes, ou pour nous perfectionner dans la sainte humilité, dont je puis vous dire familièrement qu'une seule once vaut mieux que mille livres d'honneur. Si l'on nous blâme injustement, opposons la vérité à la calomnie, avec un esprit de paix. Si après cela la calomnie subsiste encore, tâchons de subsister dans notre humiliation : en remettant ainsi notre honneur et notre âme entre les mains de Dieu, c'est le conserver avec plus de sûreté. Servons donc notre divin maître dans la bonne et dans la mauvaise renommée, à l'exemple de saint Paul, afin que nous puissions dire avec David, quand le Seigneur voudra que nous soyons humiliés : « O mon Dieu ! c'est pour vous que j'ai supporté cet opprobre, et la confusion qui a couvert mon visage. »

Il y a cependant deux exceptions à faire ici : la première regarde de certains crimes si atroces et si infâmes, que personne n'en doit souffrir le reproche quand on peut s'en justifier ; la seconde touche de certaines personnes dont la réputation est nécessaire à l'édification publique. Car, en ces deux cas, il faut poursuivre tranquillement la réputation du tort que l'on a reçu ; c'est le sentiment des théologiens.

VINCENT DE PAUL (saint). — Né en 1576, mort en 1660. Il garda les troupeaux de son père, et ne parvint à la prêtrise qu'après des études faites à Toulouse avec de grandes difficultés. Il fut deux ans esclave à Tunis, alla à Rome, revint auprès de Henri IV avec une mission, fut nommé aumônier de Marguerite de Valois, et quitta les grandeurs pour la cure de Clichy et des fonctions plus modestes encore. Nous sommes heureux de pouvoir citer quelques paroles de cet illustre saint ; mais ses œuvres sont plus éloquentes encore. Il fonda les *Prêtres de la Mission*, les *Sœurs de la Charité*, les *Enfants trouvés*, l'*Hospice du nom de Jésus*, l'*Hôpital général des pauvres*, etc.

EXHORTATION POUR LES ENFANS TROUVÉS

(Péroraison.)

Or sus, Mesdames, la compassion et la charité vous ont fait adopter ces petites créatures pour vos enfans. Vous avez été leurs mères selon la grâce, depuis que leurs mères selon la nature les ont abandonnés. Voyez maintenant si vous voulez aussi les abandonner pour toujours. Cessez à présent d'être leurs mères, pour devenir leurs juges ; leur vie et leur mort sont entre vos mains. Je m'en vais donc, sans délibérer, prendre les voix et les suffrages. Il est temps de prononcer leur arrêt, et de décider irrévocablement si vous ne voulez plus avoir pour eux des entrailles de miséricorde. Les voilà devant vous ! ils vivront, si vous continuez d'en prendre un soin charitable ; et, je vous le déclare devant Dieu, ils seront tous morts demain, si vous les délaissez.

ROHAN (Henri, duc de). — Né en 1579, mort en 1638. Gendre de Sully, il devint le chef des calvinistes, et soutint trois guerres contre Louis XIII et Richelieu. Après la prise de la Rochelle, il quitta la France et servit Venise contre l'Espagne ; il fit aussi la guerre de la Valteline. On a de lui des *Mémoires*, qu'on a comparés aux *Commentaires de César*, le *Parfait capitaine*, etc.

HARANGUE AUX SOLDATS
(Sur la guerre de Valteline)

Nous avons passé des lieux presque inaccessibles pour venir en cette vallée ; nous y sommes enfermés de tous côtés. Voilà l'armée impériale qui se met en bataille devant nous ; les Grisons sont derrière, qui n'attendent que l'événement de cette journée pour nous charger, si nous tournons le dos. Les Valtelins ne sont pas moins disposés à achever ce qui restera de nous. De penser à la retraite, vous n'avez qu'à lever les yeux pour en voir l'impossibilité ; ce ne sont, de tous côtés, que précipices insurmontables ; de sorte que notre salut dépend de notre seul courage. Pour Dieu ! mes amis, tandis que les armes de notre roi triomphent partout avec tant d'éclat, ne souffrons pas qu'elles périssent entre nos mains ; faisons, par une généreuse résolution, que ce petit vallon, presque inconnu au monde, devienne considérable à la postérité, et soit aujourd'hui le théâtre de notre gloire !

BALZAC (Jean-Louis de). — Né en 1594, mort en 1655. Il contribua par ses écrits à former la pureté de notre langue ; Richelieu le nomma à l'Académie et lui fit donner 2,000 livres de pension. Sur la fin de sa vie, il vécut dans la retraite et au milieu des exercices de piété. Il a laissé des lettres qui firent sa réputation, le *Prince* ou la *Défense de Richelieu*, le *Socrate chrétien*, des entretiens et des poésies françaises et latines. « Je ne sais, a dit la Bruyère, si l'on pourra jamais mettre dans les lettres plus d'esprit, plus de tour, plus d'agrément et plus de style que l'on n'en voit dans celles de Balzac et de Voiture ; mais elles sont vides de sentiments. Balzac et Ronsard ont eu, chacun dans leur genre, assez de bon et de mauvais pour former après eux de très-grands hommes en vers et en prose. »

LETTRE AU CARDINAL DE LA VALETTE

MONSEIGNEUR,

L'espérance qu'on me donne depuis trois mois que vous devez passer tous les jours dans ce pays, m'a empêché jusqu'ici de vous écrire, et de me servir de ce seul moyen qui me reste de m'approcher de votre personne.

A Rome, vous marcherez sur des pierres qui ont été les dieux de César et de Pompée ; vous considérerez les ruines de ces grands ouvrages dont la vieillesse est encore belle, et vous vous promènerez tous les jours parmi les histoires et les fables. Mais ce sont des amusemens d'un esprit qui se contente de peu, et non pas les occupations d'un homme qui prend plaisir de naviguer dans l'orage. Quand vous aurez vu le Tibre, au bord duquel les

Romains ont fait l'apprentissage de leurs victoires, et commencé ce long dessein qu'ils n'achevèrent qu'aux extrémités de la terre; quand vous serez monté au Capitole, où il croyoient que Dieu étoit aussi présent que dans le ciel, et qu'il avoit enfermé le destin de la monarchie universelle; après que vous aurez passé au travers de ce grand espace qui étoit dédié aux plaisirs du peuple; je ne doute point qu'après avoir regardé encore beaucoup d'autres choses, vous ne vous lassiez à la fin du repos et de la tranquillité de Rome.

Il est besoin, pour une infinité de considérations importantes, que vous soyez au premier conclave, et que vous vous trouviez à cette guerre qui ne laisse pas d'être grande, pour être composée de personnes désarmées. Quelque grand objet que se propose votre ambition, elle ne sauroit rien concevoir de si haut que de donner en même temps un successeur aux consuls, aux empereurs et aux apôtres, et d'aller faire de votre bouche celui qui marche sur la tête des rois, et qui a la conduite de toutes les âmes.

DESCARTES (René). — Né en 1596, mort en 1650. Il fut élevé à la Flèche chez les jésuites, et se distingua surtout en philosophie. Il embrassa la carrière des armes, mais il la quitta bientôt, voyagea en Allemagne, en Hollande, en Italie, et vint plusieurs fois à Paris. Pour se livrer sans distraction aux études philosophiques, il se rendit en Hollande et vécut dans la retraite. Ce fut alors qu'il composa le *Traité du monde*, le *Discours de la méthode*, la *Dioptrique*, les *Météores*, la *Géométrie*, les *Méditations sur la philosophie première*, les *Principes de la philosophie*, etc. « Les libres penseurs du xvie siècle, dit Cousin, n'étaient que des révolutionnaires; Descartes fut en outre législateur : il ne donna pas un système, mais mieux encore que cela, une méthode et une direction immortelle, qui, en pénétrant dans les esprits, les tira de leur abattement et ranima la confiance de la raison en elle-même, sans lui inspirer une présomption dangereuse. Elle produisit cette philosophie sobre et robuste du xviie siècle, qui fut libre et réservée, fidèle à la raison et respectueuse envers la foi. »

DISCOURS SUR LA MÉTHODE
(Fragment.)

A cause que nos sens nous trompent quelquefois, je voulus supposer qu'il n'y avoit aucune chose qui fût telle qu'ils nous la font imaginer; et, parce qu'il y a des hommes qui se méprennent en raisonnant même touchant les plus simples matières de géométrie, et y font des paralogismes, jugeant que j'étois sujet à faillir autant qu'aucun autre, je rejetai comme fausses toutes les raisons que j'avois prises auparavant pour démonstrations; et enfin, considérant que toutes les mêmes pensées que nous avons étant éveillés nous peuvent aussi venir quand nous dormons, sans qu'il y en ait aucune pour lors qui soit vraie, je me résolus de feindre que toutes les choses qui m'étoient jamais entrées en l'esprit n'étoient non plus vraies que les illusions de mes songes. Mais, aussitôt après, je pris garde que, pendant que je voulois ainsi penser que tout étoit faux, il falloit nécessairement que moi qui le pensois fusse quelque chose; et, remarquant que cette vérité : Je pense, donc je suis! étoit si ferme et si assurée, que toutes les plus extravagantes suppositions des sceptiques n'étoient pas capables de l'ébranler, je jugeai que je pouvois la recevoir sans scrupule pour le premier principe de la philosophie que je cherchois.

Puis, examinant avec attention ce que j'étois, et voyant que je pouvois feindre que je n'avois aucun corps, et qu'il n'y avoit aucun monde ni aucun lieu où je fusse, mais que je ne pouvois pas feindre pour cela que je n'étois pas, et qu'au contraire, de cela même que je pensois à douter de la vérité des autres choses, il suivoit très évidemment et très certainement que j'étois; au lieu que, si j'eusse seulement cessé de penser, encore que tout le reste de ce que j'avois imaginé eût été vrai, je n'avois aucune raison de croire que j'eusse été, je connus de là que j'étois une substance dont toute l'essence ou la nature n'est que de penser, et qui, pour être, n'a besoin d'aucun lieu ni ne dépend d'aucune chose matérielle; en sorte que ce moi, c'est-à-dire l'âme, par laquelle je suis ce que je suis, est entièrement distincte du corps, et même qu'elle est plus aisée à connoître que lui, et qu'encore qu'elle ne fût point, elle ne lairroit pas d'être tout ce qu'elle est.

Après cela, je considérai en général ce qui est requis à une proposition pour être vraie et certaine; car, puisque je venois d'en trouver une que je savois être telle, je pensai que je devois aussi savoir en quoi consiste cette certitude. Et, ayant remarqué qu'il n'y a rien du tout en ceci: Je pense, donc je suis! qui m'assure que je dis la vérité, sinon que je vois très clairement que, pour penser, il faut être, je jugeai que je pouvois prendre pour règle générale que les choses que nous concevons fort clairement et fort distinctement sont toutes vraies, mais qu'il y a seulement quelque difficulté à bien remarquer quelles sont celles que nous concevons distinctement.

Ensuite de quoi, faisant réflexion sur ce que je doutois, et que, par conséquent, mon être n'étoit pas tout parfait, car je voyois clairement que c'étoit une plus grande perfection de connoître que de douter, je m'avisai de chercher d'où j'avois appris à penser à quelque chose de plus parfait que je n'étois, et je connus évidemment que ce devoit être de quelque nature qui fût en effet plus parfaite. Pour ce qui est des pensées que j'avois de plusieurs autres choses hors de moi, comme du ciel, de la terre, de la lumière, de la chaleur, et de mille autres, je n'étois point tant en peine de savoir d'où elles venoient, à cause que, ne remarquant rien en elles qui me semblât les rendre supérieures à moi, je pouvois croire que, si elles étoient vraies, c'étoient des dépendances de ma nature, en tant qu'elle avoit quelque perfection, et, si elles ne l'étoient pas, que je les tenois du néant, c'est-à-dire qu'elles étoient en moi pour ce que j'avois du défaut. Mais ce ne pouvoit être le même de l'idée d'un être plus parfait que le mien; car, de la tenir du néant, c'étoit chose manifestement impossible. Et pour ce qu'il n'y a pas moins de répugnance que le plus parfait soit une suite et une dépendance du moins parfait, qu'il y en a que de rien procède quelque chose, je ne la pouvois non plus tenir de moi-même: de façon qu'il restoit qu'elle eût été mise en moi par une nature qui fût manifestement plus parfaite que je n'étois, et même qui eût en soi toutes les perfections dont je pouvois avoir quelque idée, c'est-à-dire, pour m'expliquer en un mot, qui fût Dieu. A quoi j'ajoutai que, puisque je connoissois quelques perfections que je n'avois point, je n'étois pas le seul être qui existât (j'userai, s'il vous plaît, ici librement des mots de l'école), mais qu'il falloit de nécessité qu'il y en eût quelque autre plus parfait, duquel je dépendisse, et duquel j'eusse acquis tout ce que j'avois: car, si j'eusse été seul et indépendant de tout autre, en sorte que j'eusse eu de moi-même tout ce que je participois de l'Être parfait, j'eusse pu avoir de moi, par même raison, tout le surplus que je connoissois me manquer, et ainsi être moi-même infini, éternel, immuable, tout connoissant, tout puissant, et enfin avoir toutes les perfections que je pouvois remarquer être en Dieu. Car, suivant les raisonnemens que je viens de faire, pour connoître la nature de Dieu autant que la mienne en étoit capable, je n'avois qu'à considérer, de toutes les choses dont je trouvois en moi quelque idée, si c'étoit perfection ou non de les posséder, et j'étois assuré qu'aucune de celles qui marquoient quelque imperfection n'étoit en lui, mais que toutes les autres y étoient : comme je voyois que le doute, l'inconstance, la tristesse et choses semblables n'y pouvoient être, vu que j'eusse été bien aise moi-même d'en être exempt. Puis, outre cela, j'avois des idées de plusieurs choses sensibles et corporelles ; car, quoique je supposasse que je rêvois et que tout ce que je voyois ou imaginois étoit faux, je ne pouvois nier toutefois que les idées n'en fussent véritablement en ma pensée. Mais, pour ce que j'avois déjà connu en moi très clairement que la nature intelligente est distincte de la corporelle, considérant que toute composition témoigne de la dépendance, et que la dépendance est manifestement un défaut, je jugeois delà que ce ne pouvoit être une perfection en Dieu d'être composé de ces deux natures, et que par conséquent il ne l'étoit pas ; mais que, s'il y avoit quelques corps dans le monde, ou bien quelques intelligences ou autres natures qui ne fussent point toutes parfaites, leur être devoit dépendre de sa puissance, en telle sorte qu'elles ne pouvoient subsister sans lui un seul moment.

VOITURE (Vincent). — Né en 1598, mort en 1648. Fils d'un riche marchand, il parvint à se faire connaître à la cour par son esprit. Il s'attacha à la fortune de Gaston, frère du roi, puis à Richelieu, qui le fit académicien, puis enfin à Mazarin, qui acheva sa fortune. On peut reprocher aux lettres de Voiture la prétention à l'esprit, qui jette un manteau de glace sur les faits mêmes qui prêtent le plus à l'imagination et à l'enthousiasme : cependant il fut fort goûté de son vivant. On connaît sa querelle avec Benserade.

LETTRE AU DUC D'ENGHIEN

(Sur la victoire de Rocroy.)

MONSEIGNEUR,

A cette heure que je suis loin de Votre Altesse, et qu'elle ne me peut pas faire de charge, je suis résolu de lui dire tout ce que je pense qu'il y a longtemps, et que je n'avois osé lui déclarer pour ne pas tomber dans les inconvéniens où j'avois vu ceux qui avoient pris avec vous de pareilles libertés. Mais, Monseigneur, vous en faites trop pour le pouvoir souffrir en silence, et vous seriez injuste si vous pensiez faire les actions que vous faites, sans qu'il en fût autre chose, ni que l'on prît la liberté d'en parler. Si vous saviez de quelle sorte tout le monde est déchaîné dans Paris à discourir de vous, je suis assuré que vous en auriez honte, et que vous seriez étonné de voir avec combien peu de respect et peu de crainte de vous déplaire tout le monde s'entretient de ce que vous avez fait. A dire la vérité, Monseigneur, je ne sais à quoi vous avez pensé, et ç'a été, sans mentir, trop de hardiesse et une extrême violence à vous, d'avoir, à votre âge, choqué deux ou trois vieux capitaines, que vous deviez respecter, quand ce n'eût été que pour leur ancienneté, fait tuer le pauvre comte de Fontaine, qui étoit un des meilleurs hommes de Flandre, et à qui le prince d'Orange n'avoit jamais osé

toucher, pris seize pièces de canon qui appartenoient à un prince qui est
oncle du roi et frère de la reine, avec qui vous n'avez jamais eu de différend,
et mis en désordre les meilleures troupes des Espagnols, qui vous avoient
laissé passer avec tant de bonté. Je ne sais pas ce qu'en dit le père Munier ;
mais tout cela est contre les bonnes mœurs ; il y a, ce me semble, grande
matière de confession. J'avois bien ouï dire que vous étiez opiniâtre comme
un diable, et qu'il ne faisoit pas bon de vous rien disputer ; mais j'avoue que
je n'eusse pas cru que vous vous fussiez emporté à ce point-là ; et, si vous
continuez, vous vous rendrez insupportable à toute l'Europe, et l'empereur
ni le roi d'Espagne ne pourront durer avec vous.

LIVRE III. — 3ᴱ ÉPOQUE

CHAPITRE PREMIER

PEINTURE DE L'ÉPOQUE

Au XVIIᵉ siècle, se déroule le magnifique résultat d'une révolution qui s'est accomplie peu à peu : si désormais l'on est d'accord avec Ronsard et sa pléiade pour étudier et pour admirer l'antiquité, on comprend du moins qu'il ne faut pas lui emprunter uniquement ses idées et la forme de ses expressions ; qu'il ne faut pas écourter ou allonger l'esprit moderne sur la mesure du génie ancien. On approfondit les chefs-d'œuvre, on y recherche la lumière et l'inspiration ; mais on tient à honneur de conserver à toute composition française son caractère essentiel d'originalité. Et dès que cette idée féconde a pris naissance, elle grandit, elle s'élargit, elle marche sans se relâcher ; elle produit, elle donne elle-même le jour à cette littérature vivace, ingénieuse, inspirée, religieuse, qui entoure Louis XIV, représentant du siècle, d'une auréole de gloire et d'un sentiment d'estime respectueuse.

« Un roi plein d'ardeur et d'espérance, dit Villemain, saisit lui-même ce siècle qui, depuis Henri le Grand, n'avait été soutenu que par des favoris et des ministres. Son âme, que l'on croyait subjuguée par la mollesse et les plaisirs, se déploie, s'affermit et s'éclaire, à mesure qu'il a besoin de régner. Il se montre vaillant, laborieux, ami de la justice et de la gloire. Quelque chose de généreux se mêle aux premiers calculs de sa politique. Il envoie des Français défendre la chrétienté contre les Turcs, en Allemagne et dans l'île de Crète; il est protecteur avant d'être conquérant; et, lorsque l'ambition l'entraîne à la guerre, ses armes heureuses

11

et rapides paraissent justes à la France éblouie. La pompe des fêtes
se mêle aux travaux de la guerre; les jeux du Carrousel, aux
assauts de Valenciennes et de Lille. Cette altière noblesse, qui fournissait des chefs aux factions, et que Richelieu ne savait dompter
que par les échafauds, est séduite par les paroles de Louis, et récompensée par les périls qu'il lui accorde à ses côtés. La Flandre
est conquise; l'Océan et la Méditerranée sont réunis; de vastes
ports sont creusés; une enceinte de forteresses environne la
France; les colonnades du Louvre s'élèvent; les jardins de Versailles se dessinent; l'industrie des Pays-Bas et de la Hollande se
voit surpassée par les ateliers nouveaux de la France; une émulation de travail, d'éclat, de grandeur, est partout répandue; un
langage sublime et nouveau célèbre toutes ces merveilles et les
agrandit pour l'avenir. Les épîtres de Boileau sont datées des conquêtes de Louis XIV; Racine porte sur la scène les faiblesses et
l'élégance de la cour; Molière doit à la puissance du trône la
liberté de son génie; la Fontaine lui-même s'aperçoit des grandes
actions du jeune roi, et devient flatteur pour le louer : voilà le
brillant tableau qu'offrent les vingt premières années de ce règne
mémorable. »

L'enthousiasme né de cet éclat pouvait jeter l'esprit dans des
écarts plus funestes que ne le fit l'exagération du siècle précédent;
mais, par un bienfait de la Providence, tous les hommes qui ont
contribué à illustrer cette époque, pénétrés des grandes vérités de
la religion, doués d'une ferme et droite raison, féconds en idées
puissantes et élevées, semblent poursuivre un seul et même but :
ils veulent atteindre au vrai, c'est-à-dire à ce qui est bon en morale, à ce qui est beau selon le goût, à ce qui est grand dans l'art.
Et, si l'on ajoute que l'imagination la plus riche, la plus colorée,
la plus brillante a jeté son manteau de reine sur les œuvres de ces
nobles génies; que la langue, débarrassée de ses langes, leur a
prêté ses ressources et sa force; que le style a revêtu chez eux
tous les ornements de la poésie et toute l'éloquence de la prose,
on sera moins surpris de voir tant de chefs-d'œuvre à la fois faire
l'admiration de ce siècle, et rester comme des modèles invariables
proposés à l'étude et à l'imitation des âges suivants.

Nous n'avons plus à défendre les écrivains du siècle de Louis XIV
contre des attaques violentes dont le temps et le calme ont fait
aujourd'hui presque entièrement justice. Parce que la passion
chez eux demeure dans les limites de la nature honnête, parce
que le goût antique et pur a été pieusement respecté, parce que le
génie même a cru devoir s'astreindre à des règles et à des lois,
quelques hommes, sans envie peut-être, mais indignés de ne pouvoir retrouver la simplicité tranquille et la hauteur de raison de

leurs devanciers, ont cru pouvoir accuser la froideur, l'absence
d'imagination, la naïveté trop élémentaire de ceux qui sont nos
maîtres et les leurs. Ces réclamations mal raisonnées se taisent
maintenant, et la gloire des grands esprits du xviie siècle tire
encore un nouveau lustre de cette injustice reconnue : elle a jeté
de lumineux rayons dont ses détracteurs mêmes ont fait leur profit.

Sans doute on accuserait d'exagération l'éloge que nous faisons
du grand siècle littéraire, si la liste seule de ses productions ou le
nom de ses écrivains ne suffisait à le justifier. Dans le genre dramatique, Mairet régularise la tragédie, lui donne un plan, et respecte le premier les préceptes de son art ; Rotrou a de la couleur,
du caractère et de l'intérêt ; Corneille peint les passions nobles,
énergiques et violentes : il est fier comme un Romain, scrupuleux
sur l'honneur comme un Espagnol, croyant comme un chrétien
des catacombes, ambitieux comme un César. Racine, ami de Molière et de Boileau, reçoit leurs encouragements et leurs conseils ;
la poésie atteint chez lui jusqu'à l'idéal de la perfection : son
langage est doux et harmonieux, ses sentiments fins et délicats, ses
peintures vraies et animées. Après Corneille et Racine, leurs disciples écrivent des tragédies dont on parle encore, mais qu'on ne
lit plus guère. Thomas Corneille est négligé ; Duché est monotone ;
Pradon, que la cabale fit un instant le rival de Racine, est le type
du mauvais goût ; Campistron, Longepierre ont quelques scènes
de mérite ; mais le *Manlius* de la Fosse est encore une véritable
tragédie.

La comédie arrive, avec Molière, au développement rapide de
sa force. « La singulière destinée de ce siècle, a dit Voltaire, rendit
Molière contemporain de Corneille et de Racine. Il n'est pas vrai
que Molière, quand il parut, eût trouvé le théâtre absolument
dénué de bonnes comédies ; Corneille lui-même avait donné le
Menteur. » Mais ce génie sans rival sut peindre le ridicule avec
une perfection inconnue, la nature humaine avec la vérité de
tous les temps et de tous les lieux. L'alliance de ces deux mérites
explique comment Molière restera sublime pour les âges qui suivront : le personnage a le titre et le costume de son époque, mais
l'homme, qui ne change pas avec les siècles, est encore l'homme
dont Molière a si merveilleusement approfondi les passions et le
cœur. Pourquoi faut-il que, nourri à l'école des sensualistes et
sceptique de sentiments, il ne soit pas toujours ni assez réservé
dans ses peintures, ni assez sévère pour les vices. Molière mort, il
semble que la carrière comique soit fermée, malgré les efforts de
Baron, de Boursault, de Brueys. Cependant Régnard y pénètre
avec ardeur, et conquiert la gloire d'avoir suivi Molière, quoique
de loin. De rares succès comiques relèvent après lui la scène ; Du-

fresny, Dancourt, Destouches ont encore de la gaieté et de l'abondance.

Un genre nouveau prit naissance aux fêtes brillantes du règne de Louis XIV; ce fut l'opéra. Quinault, critiqué par Boileau avec injustice, introduisit dans la tragédie lyrique l'harmonie, la richesse, la grâce et le sentiment; il eut pour imitateur Houdard de la Motte, presque aussi brillant que son maître.

Le genre épique ne fut pas délaissé; mais n'est-il pas regrettable que ni Boileau, ni Racine ne se soient crus appelés à entreprendre quelque épopée nationale. Le professeur seul a pu lire aujourd'hui ou l'*Alaric* de Scudéry, ou le *Moïse sauvé* de Saint-Amant, ou le *Saint-Louis* du P. Lemoyne, ou le *Clovis* de Desmaretz, ou la *Mazarinade* de Scarron; cependant, dans le genre héroï-comique, Boileau a écrit le *Lutrin,* œuvre ingénieuse, plaisante, et finement taillée à l'antique.

Dans la satire et l'épître, Boileau fournit le modèle le plus parfait de la beauté des vers, de la correction de la forme et de la vigueur de la pensée. Son *Art poétique,* mieux disposé que celui d'Horace, a le juste sentiment du vrai et du faux, et Corneille, a dit le critique, y eût trouvé beaucoup à apprendre. Pour l'apologue, nous avons la Fontaine, modèle de naïveté et de bonhomie, qui porta dans sa vie la simplicité de ses fables; il n'eut pas de protecteur, il eut des amis.

Après ces grands noms, ceux de Benserade, de Chapelle, de Chaulieu, de la Fare, de Colardeau, de Sarrazin, de maître Adam, de Segrais et de Mme Deshoulières, apportent au grand siècle le complément de sa couronne poétique. J.-B. Rousseau, dans ses psaumes, ses cantates et ses odes religieuses, est digne d'être placé à côté des maîtres; il n'est mauvais poëte que dans ses œuvres profanes, bien souvent immorales.

La prose est moins riche que la poésie au début de ce siècle; mais elle n'a plus rien à envier quand il va finir, quand les grands orateurs ont donné à la langue sa correction, à la poésie sa cadence, au style sa couleur. Après les romans de la Calprenède, de Gomberville et de Madeleine de Scudéry, les travaux sont plus sérieux, mieux disposés, plus purement écrits sous la plume du jésuite Maimbourg, de Mézerai, du cardinal de Retz, de Ducange, de Ménage, de Vaugelas et de Mme de Motteville. Après eux, la Rochefoucault dicte ses *Maximes* avec netteté et avec élégance; Saint-Évremont, l'épicurien littéraire, écrit avec la finesse et le tact des conversations spirituelles de la cour; Pascal fixe le langage et presque la grammaire dans ses *Lettres provinciales,* œuvre de causticité délicate, de plaisanterie courtoise et d'une singulière éloquence, à laquelle on ne peut guère reprocher que d'avoir déversé sur une société le blâme dû aux opinions de quelques-uns.

Mᵐᵉ de Sévigné promulgue, sans les chercher, les lois du style épistolaire; Bayle, indifférent et sceptique, effleure tous les sujets et toutes les connaissances; Mallebranche, philosophe catholique, tourne contre Gassendi et Spinosa les ressources de sa pensée féconde et brillante; et la Bruyère, dans l'ouvrage duquel « un style rapide, concis, nerveux, des expressions pittoresques, un usage tout nouveau de la langue, mais qui n'en blesse pas les règles, frappèrent le public, » la Bruyère donna à la phrase l'allure libre et dégagée qui lui manquait encore pour captiver la curiosité de l'esprit.

Bossuet, Bourdaloue, Fénelon, Massillon, apportent à la prose française son complément de force, de raison, de sentiment et de grâce. « Bossuet a su parler de la vie, de la mort, du temps, de l'éternité, du néant des grandeurs avec la majesté des Écritures exposée dans le plus magnifique langage. Bourdaloue, dans son style plus nerveux que fleuri, sans aucune imagination dans l'expression, parait vouloir plutôt convaincre que toucher. Fénelon, âme pure et tendre, talent flexible, trouve des accents pénétrants, console, persuade, respire l'amour de Dieu et du prochain. Massillon, excellent orateur et admirable écrivain, excelle dans la peinture des passions et des faiblesses humaines. » On compte encore avec orgueil Mascaron, Fléchier, Claude Saurin, parmi les orateurs de la chaire; Omer Talon, Lemaître, Patru et Pellisson, parmi les orateurs du barreau, et Fontenelle, le premier des orateurs académiques.

CHAPITRE II

POËTES ET MORCEAUX

Tristan l'Hermite (Pierre). — Né en 1601, mort en 1655. Il prétendait descendre du compère de Louis XI. Gentilhomme de Gaston d'Orléans et membre de l'Académie française, il écrivit des odes, des romans et des tragédies qui jouirent d'une certaine réputation : *Marianne*, *Panthée*, la *Mort de Sénèque*, etc. Il écrivit aussi la comédie du *Parasite*. Ce poëte manque de goût et est souvent trivial.

LE SONGE DE PANTHÉE

Le soleil, poursuivant la nuit aux voiles sombres,
Avec ses traits dorés avoit chassé les ombres,
Et les petits oiseaux, que réveille l'amour,

Célébroient, en chantant, la naissance du jour,
Lorsque ce songe affreux, dont l'horreur m'épouvante,
M'a fait voir d'Abradate une image vivante.
A mes yeux étonnés il étoit si bien peint,
Que j'ai cru voir sa taille, et ses yeux, et son teint;
Le vrai son de sa voix a frappé mon oreille;
Son visage étoit gai, sa bouche étoit vermeille;
Du bonheur de me voir il rendoit grâce aux dieux;
Sa joie et son ivresse éclatoient dans ses yeux;
Mais, comme je goûtois cette douceur extrême,
Je l'ai vu tout à coup triste, sanglant et blême.
Le harnois éclatant qu'il avoit endossé
De mille et mille coups me sembloit tout percé.
« Cesse de te flatter d'un espoir décevant;
Mes jours sont achevés, je ne suis plus vivant;
Et ton âme, occupée à tant de sacrifices,
Ne peut pour mon salut rendre les dieux propices.
Mars qui, dans les combats, envioit ma valeur,
M'offrit, par jalousie, en victime au malheur.
Mais, puisque je suis mort avec assez de gloire,
Fais que toujours au moins je vive en ta mémoire. »

Lors, le cœur tout brisé, j'ai couru l'embrasser;
Mais d'un baiser si froid il m'est venu glacer,
Que par un grand effort j'ai rompu tous ces charmes,
M'éveillant en sursaut, les yeux baignés de larmes.

SCUDÉRY (Georges de). — Né en 1601, mort en 1677. Ce poëte,
dont Boileau tourna en ridicule la fécondité, après avoir porté les
armes, travailla pour la scène et fut reçu à l'Académie par la protection de Richelieu, qu'il avait servi dans sa haine contre Corneille. Il composa seize tragédies et un poëme épique, *Alaric*, dont
l'invraisemblance et la recherche font oublier les vers rares qui
pourraient être admirés. « Bienheureux, a dit de lui Balzac, ces
écrivains qui se contentent si facilement, et ne travaillent que de
la mémoire et des doigts! »

LES ORATEURS SACRÉS

Des écrivains sacrés voici la troupe sainte,
Qui dans ses vérités n'admet aucune feinte,
Qui captive les sens sous le joug de la foi.
Interprètes divins de la divine loi,
Par eux nous allons voir la lumière à sa source;
Par eux nous connoissons d'un cœur tout enflammé
Que ce Dieu, seul, tout bon, doit être seul aimé;
Par eux nous pénétrons les plus obscurs mystères,
Vrais aveugles, sans eux, aux choses les plus claires.
Ils marquent le chemin, ils conduisent nos pas;
Et quand on les suit bien, l'on ne s'égare pas;
Par eux nous concevons cette main si puissante,
Cette main qui reçut la nature naissante,

Et dont l'art merveilleux, pour notre commun bien,
Travailla sans matière, et forma tout de rien...

Cet abîme profond, qui la raison étonne,
L'unité de l'essence en la triple personne,
Le Fils égal au Père, en temps comme en grandeur,
Leur esprit procédant de leur commune ardeur,
Une mère encor vierge, une vierge féconde;
Quoi plus? Un Dieu naissant, qui vit naître le monde!
L'auteur de toute vie au sépulcre enfermé,
Un Dieu vivant et mort, et ce mort ranimé!
Et, pour dernier prodige, un mystère terrible,
Qui semble diviser un corps indivisible,
Qui dans tous ses fragmens met son humanité,
Et qui se multiplie en gardant l'unité.

LE MOYNE (Pierre). — Né en 1602, mort en 1671. Il entra chez les jésuites, où il se livra à l'enseignement, à la prédication et à la poésie. Il composa le poëme épique de *Saint-Louis*, en dix-huit chants, œuvre qui intéresse peu, mais qui ne laisse pas que d'offrir de loin en loin quelques morceaux dignes d'être appréciés. « Il règne dans ce poëme informe, a dit Chateaubriand, une sombre imagination très-propre à la peinture de cette Égypte pleine de souvenirs et de tombeaux. »

LES TOMBEAUX DES ROIS ÉGYPTIENS

(Fragment de *Saint-Louis.*)

Sous les pieds de ces monts taillés et suspendus,
Il s'étend des pays ténébreux et perdus,
Des déserts spacieux, des solitudes sombres,
Faites pour le séjour des morts et de leurs ombres.
Là sont les corps des rois et les corps des sultans,
Diversement rangés selon l'ordre et le temps.
Les uns sont enchâssés dans de creuses images,
A qui l'art a donné leur taille et leur visage ;
Et, dans ces vains portraits qui sont leurs monumens,
Leur orgueil se conserve avec leurs ossemens;
Les autres, embaumés, sont posés sur des niches,
Où leurs ombres, encore éclatantes et riches,
Semblent perpétuer, malgré les lois du sort,
La pompe de leur vie en celle de leur mort.
De ce muet sénat, de cette cour terrible,
Le silence épouvante, et la face est horrible :
Là sont les devanciers avec leurs descendans;
Tous les règnes y sont : on y voit tous les temps;
Et cette antiquité, ces siècles, dont l'histoire
N'a pu sauver qu'à peine une obscure mémoire,
Réunis par la mort en cette sombre nuit,
Y sont sans mouvement, sans lumière et sans bruit.

SARRASIN (Jean-François). — Né en 1603, mort en 1654. Ce poëte ingénieux et léger a tracé par son badinage agréable le chemin que suivit plus tard Voltaire en ce genre. Il écrivit en quatre chants la *Défaite des Bouts-rimés* et d'autres poésies. Nous donnons ici la glose qu'il composa sur le sonnet de Benserade : chaque strophe se termine par un des vers du sonnet.

A M. ESPRIT

Monsieur Esprit, de l'Oratoire,
Vous agissez en homme saint,
De couronner avecque gloire
Job de mille tourmens atteint.

L'ombre de Voiture en fait bruit,
Et, s'étant enfin résolue
De vous aller voir cette nuit,
Vous rendra sa douleur connue.

C'est une assez fâcheuse vue,
La nuit, qu'une ombre qui se plaint ;
Votre esprit craint cette venue,
Et raisonnablement il craint.

Pour l'apaiser, d'un ton fort doux
Dites : J'ai fait une bévue,
Et je vous conjure à genoux
Que vous n'en soyez point émue.

Mettez, mettez votre bonnet,
Répondra l'ombre, et sans berlue,
Examinez ce beau sonnet,
Vous verrez sa misère nue.

Diriez-vous, voyant Job malade,
Et Benserade en son beau teint :
Ces vers sont faits pour Benserade,
Il s'est lui-même ici dépeint ?

Quoi, vous tremblez, monsieur Esprit !
Avez-vous peur que je vous tue ?
De Voiture, qui vous chérit,
Accoutumez-vous à la vue.

Qu'ai-je dit qui vous peut surprendre,
Et faire pâlir votre teint ?
Et que deviez-vous moins attendre,
D'un homme qui souffre et se plaint ?

Un auteur qui, dans son écrit,
Comme moi, reçoit des offenses,
Souffre plus que Job ne souffrit,
Bien qu'il eût d'extrêmes souffrances.

Avec mes vers, une autre fois,
Ne mettez plus dans vos balances,
Des vers où, sur des palefrois,
On voit aller des patiences.

L'Herty, le roi des gens qu'on lie,
En son temps auroit dit cela ;
Ne poussez pas votre folie,
Plus loin que la sienne n'alla.

Alors l'ombre vous quittera,
Pour aller voir tous vos semblables ;
Et puis chaque Job vous dira
S'il souffrit des maux incroyables.

Mais à propos, hier, au Parnasse,
Des sonnets Phébus se mêla,
Et l'on dit que de bonne grâce
Il s'en plaignit, il en parla.

J'aime les vers des Uranins,
Dit-il, mais je me donne aux diables,
Si, pour les vers des Jacobins,
J'en connois de plus misérables.

MAIRET (Jean). — Né en 1604, mort en 1686. Ce poëte dut sa renommée au mérite qu'il eut de régulariser la tragédie. Son chef-d'œuvre fut *Sophonisbe* ; il composa en outre *Virginie, Sylvanise*, la *mort de Mustapha*, etc. ; en tout douze tragédies. A la paix des Pyrénées, il dédia à la reine mère un sonnet qui lui valut mille louis. « Il eut, dit la Harpe, plus de naturel dans les sentiments et dans le style que Jodelle et Garnier; sa diction, plus correcte, fait apercevoir le progrès de la langue. »

SOPHONISBE A MASSINISSE

C'est bien très justement, ô vainqueur magnanime,
Que le monde est rempli du bruit de votre estime,
Vos rares qualités m'apprennent la raison
Du malheur obstiné qui suit notre maison :
Leur éclat est si grand que la Fortune même,
Tout aveugle qu'elle est, les connoît et les aime ;
Et, vous favorisant, agit si sagement,
Qu'elle montre en cela qu'elle a du jugement.
Mais, pour le juste prix d'une vertu si haute,
Si, par de plus grands biens que ceux qu'elle nous ôte,
L'inconstante n'ajoute à vos prospérités,
Vous avez beaucoup moins que vous ne méritez.
Assez de conquérans, à force de puissance,
Rangent des nations à leur obéissance ;
Mais fort peu savent l'art de vaincre les esprits,
Et de bien mériter les sceptres qu'ils ont pris.
Il n'appartient qu'à vous de faire l'un et l'autre ;
C'est la propre vertu d'un cœur comme le vôtre ;
Même c'est un destin, que les rois ennemis
Sont d'abord odieux à ceux qu'ils ont soumis :
Où votre courtoisie, ô vainqueur débonnaire,
Fait un miracle en moi qui n'est pas ordinaire.
Tant s'en faut que votre heur m'oblige à murmurer
Que je demande aux dieux de le faire durer ;
Et vous n'aurez jamais une grandeur parfaite,
Que lorsque vous aurez ce que je vous souhaite.
Les présens que le sort vous fait à mes dépens
Ne sont pas le sujet des pleurs que je répands.
Je vois votre bonheur sans haine et sans envie,
Et je plains seulement le malheur de ma vie,
Qui m'est d'autant plus dur que, m'ayant tout ôté,
Espérance, repos, fortune, liberté,
Pour faire de tout point mon destin pitoyable,
Il m'ôte le moyen de me rendre croyable ;
Dans la condition du temps où je me vois,
Je vous serai suspecte ou peu digne de foi ;
Mais n'ayant quasi plus qu'espérer et que craindre,
Il me siéroit fort mal de flatter ou de feindre,
Et je me haïrois si j'avois racheté
L'empire de Sciphax par une lâcheté.

CORNEILLE (Pierre). — Né en 1606, mort en 1684. Destiné d'abord au barreau et reçu avocat, il envia bientôt la gloire recueillie par Mairet et par Rotrou, et débuta par quelques comédies. La *Médée* le fit connaître et le *Cid* assura sa renommée, malgré l'opposition qu'il rencontra. Bientôt sa gloire fut consacrée par des œuvres de génie, telles que *Horace*, *Cinna*, *Pompée*, *Polyeucte*, *Rodogune*, et les portes de l'Académie lui furent enfin ouvertes. Pour justifier son élection, il écrivit encore *Othon*, *Nicomède* et *Sertorius*. Mais l'âge venait avec l'affaiblissement du génie; un rival contribua à faire oublier un instant celui à qui l'art dramatique français est surtout redevable, et le vieux Corneille eût consumé dans le chagrin ses derniers jours, si la foi et la piété ne l'eussent consolé. La paraphrase en vers de l'*Imitation de Jésus-Christ* est le dernier mot de l'énigme de Corneille. « Supposez, a dit Raynouard, un concours entre les poëtes de toutes les nations : les Grecs nommeraient Homère; les Latins, Virgile; les Italiens, le Dante; les Anglais, Shakespeare; et nous tous, oui, vous-mêmes qui admirez Racine, ah! dans le péril de notre gloire littéraire, un seul cri s'échapperait de vos bouches, et ce cri, vous le prononcerez avec moi : Corneille! »

LA CONSCIENCE

(Extrait de l'*Imitation de J.-C.*)

Droite et sincère conscience,
Digne gloire des gens de bien,
Oh! que ton témoignage est un doux entretien,
Et qu'il mêle de joie à notre patience,
Quand il ne nous reproche rien!

Tu fais souffrir avec courage,
Tu fais combattre en sûreté :
L'allégresse te suit parmi l'adversité,
Et contre les assauts du plus cruel orage
Tu soutiens la tranquillité.

Douce tranquillité de l'âme,
Avant-goût de celle des cieux,
Tu fermes pour la terre et l'oreille et les yeux ;
Et qui sait dédaigner la louange et le blâme
Sait te posséder en tous lieux.

L'homme ne voit que le visage;
Mais Dieu voit jusqu'au fond du cœur :
L'homme des actions voit la vaine splendeur;
Mais Dieu connoît leur source, et voit dans le courage
Ou leur souillure ou leur candeur.

Fais toujours bien, et fuis le crime,
Sans t'en donner de vanité ;
Du mépris de toi-même arme ta sainteté :
Bien vivre, et ne s'enfler d'aucune propre estime,
C'est la parfaite humilité.

Vous, méchants, la vraie allégresse
Ne peut entrer en votre cœur :
Le calme en est banni par la voix du Seigneur,
Et c'est faire une injure à sa parole expresse
Que vous vanter d'un tel bonheur!

LE COMBAT DU CID

. . . . . Sous moi cette troupe s'avance,
Et porte sur le front une mâle assurance.
Nous partimes cinq cens ; mais, par un prompt renfort,
Nous nous vimes trois mille en arrivant au port.
Tant, à nous voir marcher avec un tel visage,
Les plus épouvantés reprenoient de courage !
J'en cache les deux tiers, aussitôt qu'arrivés,
Dans le fond des vaisseaux qui lors furent trouvés :
Le reste, dont le nombre augmentoit à toute heure,
Brûlant d'impatience, autour de moi demeure,
Se couche contre terre, et, sans faire aucun bruit,
Passe une bonne part d'une si belle nuit.
Par mon commandement, la garde en fait de même,
Et, se tenant cachée, aide à mon stratagème ;
Et je feins hardiment d'avoir reçu de vous
L'ordre qu'on me voit suivre et que je donne à tous.
Cette obscure clarté qui tombe des étoiles,
Enfin avec le flux nous fit voir trente voiles.
L'onde s'enfloit dessous, et, d'un commun effort,
Les Maures et la mer montent jusques au port.
On les laisse passer ; tout leur paroît tranquille ;
Point de soldats au port, point aux murs de la ville.
Notre profond silence abusant leurs esprits,
Ils n'osent plus douter de nous avoir surpris :
Ils abordent sans peur ; ils ancrent, ils descendent,
Et courent se livrer aux mains qui les attendent.
Nous nous levons alors, et tous en même temps
Poussons jusques au ciel mille cris éclatans ;
Les nôtres au signal de nos vaisseaux répondent ;
Ils paroissent armés ; les Maures se confondent ;
L'épouvante les prend à demi descendus ;
Avant que de combattre ils s'estiment perdus.
Ils couroient au pillage et rencontrent la guerre.
Nous les pressons sur l'eau, nous les pressons sur terre ;
Et nous faisons courir des ruisseaux de leur sang,
Avant qu'aucun résiste ou reprenne son rang.
Mais bientôt, malgré nous, leurs princes les rallient :
Leur courage renaît, et leurs terreurs s'oublient ;
La honte de mourir sans avoir combattu
Arrête leur désordre et leur rend leur vertu.
Contre nous de pied ferme ils tirent leurs alfanges,
De notre sang au leur font d'horribles mélanges ;
Et la terre et le fleuve, et leur flotte et le port,
Sont des champs de carnage où triomphe la mort.
O combien d'actions, combien d'exploits célèbres
Sont demeurés sans gloire au milieu des ténèbres,
Où chacun, seul témoin des grands coups qu'il donnoit,
Ne pouvoit discerner où le sort inclinoit !
J'allois de tous côtés encourager les nôtres,
Faire avancer les uns et soutenir les autres ;
Ranger ceux qui venoient, les pousser à leur tour,
Et ne l'ai pu savoir jusques au point du jour.

Mais enfin sa clarté montre notre avantage :
Le Maure voit sa perte et perd soudain courage ;
Et, voyant un renfort qui nous vient secourir,
L'ardeur de vaincre cède à la peur de mourir.
Ils gagnent leurs vaisseaux, ils en coupent les câbles,
Poussent jusques aux cieux des cris épouvantables,
Font retraite en tumulte, et sans considérer
Si leurs rois avec eux peuvent se retirer.
Pour souffrir ce devoir, leur frayeur est trop forte :
Le flux les apporta, le reflux les remporte ;
Cependant que leurs rois, engagés parmi nous,
Et quelque peu des leurs, tous percés de nos coups,
Disputent vaillamment et vendent bien leur vie.
A se rendre, moi-même en vain je les convie :
Le cimeterre au poing ils ne m'écoutent pas ;
Mais, voyant à leurs pieds tomber tous leurs soldats,
Et que seuls désormais en vain ils se défendent,
Ils demandent le chef : je me nomme, ils se rendent.
Je vous les envoyai tous deux en même temps,
Et le combat cessa faute de combattans.

HORACE ET CURIACE

HORACE, CURIACE, FLAVIAN.

CURIACE.

Albe de trois guerriers a-t-elle fait le choix ?

FLAVIAN.

Je viens pour vous l'apprendre.

CURIACE.

Eh bien ! qui sont les trois ?

FLAVIAN.

Vos deux frères et vous.

CURIACE.

Qui ?

FLAVIAN.

Vous et vos deux frères ;
Mais pourquoi ce front triste et ces regards sévères ?
Ce choix vous déplaît-il ?

CURIACE.

Non, mais il me surprend :
Je m'estimois trop peu pour un honneur si grand.

FLAVIAN.

Dirai-je au dictateur dont l'ordre ici m'envoie,
Que vous le recevez avec si peu de joie ?
Ce morne et froid accueil me surprend à mon tour.

CURIACE.

Dis-lui que l'amitié, l'alliance et l'amour

Ne pourront empêcher que les trois Curiaces
Ne servent leur pays contre les trois Horaces.

FLAVIAN.

Contre eux ! Ah ! c'est beaucoup me dire en peu de mots.

CURIACE.

Porte-lui ma réponse et nous laisse en repos. (*Flavian se retire.*)

HORACE.

Le sort, qui de l'honneur nous ouvre la barrière,
Offre à notre constance une illustre matière :
Il épuise sa force à former un malheur,
Pour mieux se mesurer avec notre valeur ;
Et, comme il voit en nous des âmes peu communes,
Hors de l'ordre commun il nous fait des fortunes.
Combattre un ennemi pour le salut de tous,
Et contre un inconnu s'exposer seul aux coups,
D'une simple vertu c'est l'effet ordinaire :
Mille déjà l'ont fait, mille pourroient le faire :
Mourir pour le pays est un si digne sort,
Qu'on brigueroit en foule une si belle mort.
Mais vouloir au public immoler ce qu'on aime,
S'attacher au combat contre un autre soi-même,
Attaquer un parti qui prend pour défenseur
Le frère d'une femme et l'amant d'une sœur ;
Et, rompant tous ces nœuds, s'armer pour la patrie
Contre un sang qu'on voudroit racheter de sa vie :
Une telle vertu n'appartenoit qu'à nous.
L'éclat de son grand nom lui fait peu de jaloux,
Et peu d'hommes au cœur l'ont assez imprimée
Pour oser aspirer à tant de renommée.

CURIACE.

Il est vrai que nos noms ne sauroient plus périr.
L'occasion est belle, il nous la faut chérir.
Nous serons les miroirs d'une vertu bien rare :
Mais votre fermeté tient un peu du barbare ;
Peu, même des grands cœurs, tireroient vanité
D'aller par ce chemin à l'immortalité.
A quelque prix qu'on mette une telle fumée,
L'obscurité vaut mieux que tant de renommée.
Pour moi, je l'ose dire, et vous l'avez pu voir,
Je n'ai point consulté pour suivre mon devoir :
Notre longue amitié, l'amour, ni l'alliance
N'ont pu mettre un moment mon esprit en balance ;
Et puisque, par ce choix, Albe montre, en effet,
Qu'elle m'estime autant que Rome vous a fait,
Je crois faire pour elle autant que vous pour Rome ;
J'ai le cœur aussi bon, mais enfin je suis homme.
Je vois que votre honneur demande tout mon sang,
Que tout le mien consiste à vous percer le flanc ;
Près d'épouser la sœur, qu'il faut tuer le frère,
Et que pour mon pays j'ai le sort si contraire.
Encor qu'à mon devoir je coure sans terreur,
Mon cœur s'en effarouche et j'en frémis d'horreur ;

J'ai pitié de moi-même et jette un œil d'envie
Sur ceux dont notre guerre a consumé la vie,
Sans souhait toutefois de pouvoir reculer.
Ce triste et fier honneur m'émeut sans m'ébranler :
J'aime ce qu'il me donne et je plains ce qu'il m'ôte ;
Et, si Rome demande une vertu plus haute,
Je rends grâces aux dieux de n'être pas Romain,
Pour conserver encor quelque chose d'humain.

HORACE.

Si vous n'êtes Romain, soyez digne de l'être ;
Et, si vous m'égalez, faites-le mieux paroître.
La solide vertu dont je fais vanité,
N'admet point de foiblesse avec sa fermeté ;
Et c'est mal de l'honneur entrer dans la carrière
Que, dès le premier pas, regarder en arrière.
Notre malheur est grand, il est au plus haut point :
Je l'envisage entier ; mais je n'en frémis point.
Contre qui que ce soit que mon pays m'emploie,
J'accepte aveuglément cette gloire avec joie :
Celle de recevoir de tels commandemens
Doit étouffer en nous tous autres sentimens.
Qui, près de le servir, considère autre chose,
A faire ce qu'il doit lâchement se dispose ;
Ce droit saint et sacré rompt tout autre lien :
Rome a choisi mon bras, je n'examine rien.
Avec une allégresse aussi pleine et sincère
Que j'épousai la sœur, je combattrai le frère ;
Et, pour trancher enfin ces discours superflus,
Albe vous a nommé, je ne vous connois plus.

CURIACE.

Je vous connois encore, et c'est ce qui me tue :
Mais cette âpre vertu ne m'étoit pas connue ;
Comme notre malheur, elle est au plus haut point :
Souffrez que je l'admire et ne l'imite point.

HORACE.

Non, non, n'embrassez point de vertu par contrainte ;
Et, puisque vous trouvez plus de charme à la plainte,
En toute liberté goûtez un bien si doux.
Voici venir ma sœur pour se plaindre avec vous :
Je vais revoir la vôtre, et résoudre son âme
A se bien souvenir qu'elle est toujours ma femme,
A vous aimer encor, si je meurs par vos mains,
Et prendre en son malheur des sentimens romains.

LA DÉLIBÉRATION

AUGUSTE, CINNA, MAXIME.

AUGUSTE.

Que chacun se retire, et qu'aucun n'entre ici.
Vous, Cinna, demeurez ; et vous, Maxime, aussi.

(Tous se retirent, à la réserve de Cinna et de Maxime.)

Cet empire absolu sur la terre et sur l'onde,
Ce pouvoir souverain que j'ai sur tout le monde,
N'est que de ces beautés dont l'éclat éblouit,
Et qu'on cesse d'aimer sitôt qu'on en jouit.
L'ambition déplaît quand elle est assouvie :
D'une contraire ardeur son ardeur est suivie ;
Et, comme notre esprit, jusqu'au dernier soupir,
Toujours vers quelque objet pousse quelque désir,
Il se ramène en soi, n'ayant plus où se prendre,
Et monté sur le faîte, il aspire à descendre.
J'ai souhaité l'empire, et j'y suis parvenu ;
Mais, en le souhaitant, je ne l'ai pas connu :
Dans sa possession j'ai trouvé pour tous charmes
D'effroyables soucis, d'éternelles alarmes,
Mille ennemis secrets, la mort à tout propos,
Point de plaisirs sans trouble, et jamais de repos.
Sylla m'a précédé dans ce pouvoir suprême ;
Le grand César mon père en a joui de même :
D'un œil si différent tous deux l'ont regardé,
Que l'un s'en est démis et l'autre l'a gardé,
Mais l'un, cruel, barbare, est mort aimé, tranquille,
Comme un bon citoyen dans le sein de sa ville ;
L'autre, tout débonnaire, au milieu du sénat
A vu trancher ses jours par un assassinat.
Ces exemples récens suffiroient pour m'instruire,
Si par l'exemple seul on devoit se conduire :
L'un m'invite à le suivre, et l'autre me fait peur ;
Mais l'exemple souvent n'est qu'un miroir trompeur,
Et l'ordre du destin qui gêne nos pensées
N'est pas toujours écrit dans les choses passées :
Quelquefois l'un se brise où l'autre s'est sauvé,
Et par où l'un périt un autre est conservé.
Voilà, mes chers amis, ce qui me met en peine.
Vous qui me tenez lieu d'Agrippe et de Mécène,
Pour résoudre ce point avec eux débattu,
Prenez sur mon esprit le pouvoir qu'ils ont eu.
Ne considérez point cette grandeur suprême,
Odieuse aux Romains et pesante à moi-même ;
Traitez-moi comme ami, non comme souverain ;
Rome, Auguste, l'État, tout est en votre main :
Vous mettrez et l'Europe, et l'Asie, et l'Afrique,
Sous les lois d'un monarque ou d'une république ;
Votre avis est ma règle, et par ce seul moyen,
Je veux être empereur ou simple citoyen.

CINNA.

Malgré notre surprise et mon insuffisance,
Je vous obéirai, seigneur, sans complaisance,
Et mets bas le respect qui pourroit m'empêcher
De combattre un avis où vous semblez pencher :
Souffrez-le d'un esprit jaloux de votre gloire,
Que vous allez souiller d'une tache trop noire,
Si vous ouvrez votre âme à ces impressions
Jusques à condamner toutes vos actions.
On ne renonce point aux grandeurs légitimes :

On garde sans remords ce qu'on acquiert sans crime ;
Et plus le bien qu'on quitte est noble, grand, exquis,
Plus qui l'ose quitter le juge mal acquis.
Si le pouvoir suprême est blâmé par Auguste,
César fut un tyran et son trépas fut juste,
Et vous devez aux dieux compte de tout le sang
Que vous avez versé pour monter à son rang.
N'en craignez point, seigneur, les tristes destinées ;
Un dieu bien plus puissant veille sur vos années.
Enfin, s'il faut attendre un semblable revers,
Il est beau de mourir maître de l'univers.
C'est ce qu'en peu de mots j'ose dire, et j'estime
Que ce peu que j'ai dit est l'avis de Maxime.

MAXIME.

Oui, j'accorde qu'Auguste a droit de conserver
L'empire où sa vertu l'a fait seule arriver ;
Et qu'au prix de son sang, au péril de sa tête,
Il a fait de l'Etat une juste conquête ;
Mais que, sans se noircir, il ne puisse quitter
Le fardeau que sa main est lasse de porter,
Qu'il accuse par là César de tyrannie,
Qu'il approuve sa mort, c'est ce que je dénie.
Rome est à vous, seigneur, l'empire est votre bien ;
Chacun en liberté peut disposer du sien ;
Il le peut à son choix garder ou s'en défaire :
Vous seul ne pourriez pas ce que peut le vulgaire,
Et seriez devenu pour avoir tout dompté
Esclave des grandeurs où vous êtes monté !
Possédez-les, seigneur, sans qu'elles vous possèdent.
Loin de vous captiver, souffrez qu'elles vous cèdent ;
Et faites hautement connoître enfin à tous
Que tout ce qu'elles ont est au dessous de vous.
Le bonheur peut conduire à la grandeur suprême,
Mais pour y renoncer il faut la vertu même.

CINNA.

Si l'amour du pays doit ici prévaloir,
C'est son bien seulement que vous devez vouloir ;
Et cette liberté qui lui semble si chère,
N'est pour Rome, seigneur, qu'un bien imaginaire,
Plus nuisible qu'utile, et qui n'approche pas
De celui qu'un bon prince apporte à ses Etats.
. . . .
Ce nom depuis longtemps ne sert qu'à l'éblouir,
Et sa propre grandeur l'empêche d'en jouir.
Depuis qu'elle se voit la maîtresse du monde,
Depuis que la richesse entre ses murs abonde,
Et que son sein, fécond en glorieux exploits,
Produit des citoyens plus puissans que des rois,
Les grands, pour s'affermir achetant des suffrages,
Tiennent pompeusement leurs maîtres à leurs gages,
Qui, par des fers dorés se laissant enchaîner,
Reçoivent d'eux les lois qu'ils pensent leur donner.
Envieux l'un de l'autre, ils mènent tout par brigues

Que leur ambition tourne en sanglantes ligues.
Ainsi de Marius Sylla devint jaloux ;
César, de mon aïeul ; Marc-Antoine, de vous ;
Ainsi la liberté ne peut plus être utile
Qu'à former les fureurs d'une guerre civile,
Lorsque, par un désordre à l'univers fatal,
L'un ne veut point de maître, et l'autre point d'égal.

AUGUSTE.

N'en délibérons plus, cette raison l'emporte :
Mon repos m'est bien cher, mais Rome est la plus forte ;
Et, quelque grand malheur qui m'en puisse arriver,
Je consens à me perdre afin de la sauver.
Pour ma tranquillité mon cœur en vain soupire :
Cinna, par vos conseils je retiendrai l'empire.

POLYEUCTE ET NÉARQUE

NÉARQUE.

Où pensez-vous aller ?

POLYEUCTE

Au temple où l'on m'appelle.

NÉARQUE.

Quoi ! vous mêler aux vœux d'une troupe infidèle !
Oubliez-vous déjà que vous êtes chrétien ?

POLYEUCTE.

Vous par qui je le suis, vous en souvient-il bien ?

NÉARQUE.

J'abhorre les faux dieux.

POLYEUCTE.

Et moi, je les déteste.

NÉARQUE.

Je tiens leur culte impie.

POLYEUCTE.

Et je le tiens funeste.

NÉARQUE.

Fuyez donc leurs autels.

POLYEUCTE.

Je les veux renverser,
Et mourir dans leur temple ou les y terrasser.
Allons, mon cher Néarque, allons aux yeux des hommes
Braver l'idolâtrie et montrer qui nous sommes :
C'est l'attente du ciel, il nous la faut remplir ;
Je viens de le promettre, et je vais l'accomplir.
Je rends grâces au Dieu que tu m'as fait connoître
De cette occasion qu'il a fait sitôt naître,
Où déjà sa bonté, prête à me couronner,
Daigne éprouver la foi qu'il vient de me donner.

12

NÉARQUE.

Ce zèle est trop ardent, souffrez qu'il se modère.

POLYEUCTE.

On n'en peut avoir trop pour le Dieu qu'on révère.

NÉARQUE.

Vous trouverez la mort.

POLYEUCTE.

Je la cherche pour lui.

NÉARQUE.

Et si ce cœur s'ébranle?

POLYEUCTE.

Il sera mon appui.

NÉARQUE.

Il ne commande point que l'on s'y précipite.

POLYEUCTE.

Plus elle est volontaire, et plus elle mérite.

NÉARQUE.

Il suffit, sans chercher, d'attendre et de souffrir.

POLYEUCTE.

On souffre avec regret quand on n'ose s'offrir.

NÉARQUE.

Mais dans ce temple enfin la mort est assurée.

POLYEUCTE.

Mais dans le ciel déjà la palme est préparée.

NÉARQUE.

Par une sainte vie il faut la mériter.

POLYEUCTE.

Mes crimes en vivant me la pourroient ôter.
Pourquoi mettre au hasard ce que la mort assure?
Quand elle ouvre le ciel, peut-elle sembler dure?
Je suis chrétien, Néarque, et le suis tout à fait :
La foi que j'ai reçue aspire à son effet.
Qui fuit croit lâchement, et n'a qu'une foi morte.

NÉARQUE.

Ménagez votre vie, à Dieu même elle importe :
Vivez pour protéger les chrétiens en ces lieux.

POLYEUCTE.

L'exemple de ma mort les fortifira mieux.

NÉARQUE.

Vous voulez donc mourir?

POLYEUCTE.

Vous aimez donc à vivre?

NÉARQUE.

Je ne puis déguiser que j'ai peine à vous suivre.
Sous l'horreur des tourments je crains de succomber.

POLYEUCTE.

Qui marche assurément n'a point peur de tomber :
Dieu fait part, au besoin, de sa force infinie.
Qui craint de le nier, dans son âme le nie;
Il croit le pouvoir faire, et doute de sa foi.

NÉARQUE.

Qui n'appréhende rien présume trop de soi.

POLYEUCTE.

J'attends tout de sa grâce, et rien de ma foiblesse.
Mais, loin de me presser, il faut que je vous presse!
D'où vient cette froideur?

NÉARQUE.

                    Dieu même a craint la mort.

POLYEUCTE.

Il s'est offert pourtant : suivons ce saint effort;
Dressons-lui des autels sur des monceaux d'idoles.
Il faut, je me souviens encor de vos paroles,
Négliger, pour lui plaire, et femme, et biens, et rang;
Exposer pour sa gloire et verser tout son sang.
Hélas! qu'avez-vous fait de cette amour parfaite
Que vous me souhaitiez, et que je vous souhaite?
S'il vous en reste encor, n'êtes-vous point jaloux
Qu'à grand'peine chrétien j'en montre plus que vous?

NÉARQUE.

Vous sortez du baptème, et ce qui vous anime,
C'est sa grâce qu'en vous n'affoiblit aucun crime;
Comme encor tout entière, elle agit pleinement,
Et tout semble possible à son feu véhément.
Mais cette même grâce en moi diminuée,
Et par mille péchés sans cesse exténuée,
Agit aux grands effets avec tant de langueur,
Que tout semble impossible à son peu de vigueur :
Cette indigne mollesse et ces lâches défenses
Sont des punitions qu'attirent mes offenses;
Mais Dieu, dont on ne doit jamais se défier,
Me donne votre exemple à me fortifier.
Allons, cher Polyeucte, allons aux yeux des hommes
Braver l'idolâtrie et montrer qui nous sommes :
Puissé-je vous donner l'exemple de souffrir,
Comme vous me donnez celui de vous offrir!

POLYEUCTE.

A cet heureux transport que le ciel vous envoie
Je reconnois Néarque, et j'en pleure de joie.
Ne perdons pas de temps, le sacrifice est prêt:
Allons-y du vrai Dieu soutenir l'intérêt;
Allons fouler aux pieds ce foudre ridicule

Dont arme un bois pourri ce peuple trop crédule ;
Allons en éclairer l'aveuglement fatal ;
Allons briser ces dieux de pierre et de métal :
Abandonnons nos jours à cette ardeur céleste ;
Faisons triompher Dieu : qu'il dispose du reste.

NÉARQUE.

Allons faire éclater sa gloire aux yeux de tous,
Et répondre avec zèle à ce qu'il veut de nous.

VIRIATE A SERTORIUS

(*Sertorius.*)

Et que m'importe à moi si Rome souffre ou non !
Quand j'aurai de ses maux effacé l'infamie,
J'en obtiendrai pour fruit le nom de son amie !
Je vous verrai consul m'en apporter les lois,
Et m'abaisser vous-même au rang des autres rois.
Si vous m'aimez, seigneur, nos mers et nos montagnes
Doivent borner nos vœux, ainsi que nos Espagnes ;
Nous pouvons nous y faire un assez beau destin,
Sans chercher d'autre gloire au pied de l'Aventin.
Affranchissons le Tage, et laissons faire au Tibre.
La liberté n'est rien quand tout le monde est libre ;
Mais il est beau de l'être, et voir tout l'univers
Soupirer sous le joug et gémir dans les fers ;
Il est beau d'étaler cette prérogative
Aux yeux du Rhône esclave et de Rome captive,
Et de voir envier aux peuples abattus
Ce respect que le sort garde pour les vertus.

LE MENTEUR

DORANTE, CLITON, ALCIPPE, PHILISTE.

DORANTE.

Et vous ne savez point celui qui l'a donnée !

ALCIPPE.

Vous en riez !

DORANTE.

Je ris de vous voir étonné
D'un divertissement que je me suis donné...
                    (*Cliton vient lui parler à l'oreille.*)
Tais-toi ; si jamais plus tu me viens avertir...

CLITON.

J'enrage de me taire et d'entendre mentir.

PHILISTE (*bas à Alcippe*).

Voyez qu'heureusement dedans cette rencontre
Votre rival lui-même à vous-même se montre.

DORANTE.

Comme à mes chers amis je vous veux tout conter.
J'avois pris cinq bateaux pour mieux tout ajuster :

Les quatre contenoient quatre chœurs de musique,
Capables de charmer le plus mélancolique.
Au premier, violons; en l'autre, luths et voix;
Des flûtes au troisième; au dernier, des hautbois,
Qui tour à tour dans l'air poussoient des harmonies
Dont on pouvait nommer les douceurs infinies.
Le cinquième étoit grand, tapissé tout exprès
De rameaux enlacés pour conserver le frais,
Dont chaque extrémité portoit un doux mélange
De bouquets de jasmin, de grenade et d'orange.
Je fis de ce bateau la salle du festin :
Là je menai l'objet qui fait seul mon destin;
De cinq autres beautés la sienne fut suivie,
Et la collation fut aussitôt servie.
Je ne vous dirai point les différens apprêts,
Le nom de chaque plat, le rang de chaque mets :
Vous saurez seulement qu'en ce lieu de délices
On servit douze plats, et qu'on fit six services,
Cependant que les eaux, les rochers et les airs,
Répondoient aux accens de nos quatre concerts.
Après qu'on eut mangé, mille et mille fusées
S'élançant vers les cieux, ou droites, ou croisées,
Firent un nouveau jour, d'où tant de serpenteaux
D'un déluge de flamme attaquèrent les eaux,
Qu'on crut que, pour leur faire une plus rude guerre,
Tout l'élément du feu tomboit du ciel en terre.
Après ce passe-temps on dansa jusqu'au jour,
Dont le soleil jaloux avança le retour.

ALCIPPE.

Certes, vous avez grâce à conter ces merveilles :
Paris, tout grand qu'il est, en voit peu de pareilles.

DORANTE.

J'avois été surpris; et l'objet de mes vœux
Ne m'avoit, tout au plus, donné qu'une heure ou deux.

PHILISTE.

Cependant l'ordre est rare et la dépense belle.

DORANTE.

Il s'est fallu passer à cette bagatelle :
Alors que le temps presse, on n'a pas à choisir.

ALCIPPE.

Adieu : nous nous verrons avec plus de loisir.

DORANTE.

Faites état de moi.

ALCIPPE (à *Philiste*, en *s'en allant*).
Je meurs de jalousie!

PHILISTE (à *Alcippe*).

Sans raison toutefois votre âme en est saisie :
Les signes du festin ne s'accordent pas bien.

ALCIPPE (à *Philiste*).

Le lieu s'accorde et l'heure, et le reste n'est rien.

(*Alcippe et Philiste se retirent.*)

CLITON.

Monsieur, puis-je à présent parler sans vous déplaire ?

DORANTE.

Je remets à ton choix de parler ou te taire :
Mais, quand tu vois quelqu'un, ne fais plus l'insolent.

CLITON.

Votre ordinaire est-il de rêver en parlant ?

DORANTE.

Où me vois-tu rêver ?

CLITON.

J'appelle rêveries
Ce qu'en d'autres qu'un maître on nomme menteries :
Je parle avec respect.

DORANTE.

Pauvre esprit !

CLITON.

Je le perds !
Quand je vous ois parler de guerre et de concerts.
Mais parlons du festin : Urgande et Mélusine
N'ont jamais sur-le-champ mieux fourni leur cuisine :
Vous allez au delà de leurs enchantemens :
Vous seriez un grand maître à faire des romans.
Ayant si bien en main le festin et la guerre,
Vos gens en moins de rien courroient toute la terre ;
Et ce seroit pour vous des travaux fort légers
Que d'y mêler partout la pompe et les dangers.

SCUDÉRI (Madeleine de). — Née en 1607, morte en 1701. « Madeleine de Scudéri, a-t-on dit, est en collaboration ordinaire avec son frère, Georges de Scudéri, l'auteur des romans héroïques le *Grand Cyrus*, *Clélie*, etc., persifflés par Boileau dans ses héros de roman. Mlle de Scudéri, surnommée par ses admirateurs la *Sappho du Marais*, avait chez elle un cercle littéraire plus exclusivement composé d'hommes de lettres que celui de l'hôtel de Rambouillet.»

STANCES SUR LA RÉSURRECTION

Tombeau de mon Sauveur, où mon espoir se fonde,
N'aurez-vous point pitié des peines que je sens ?
Ouvrez-vous, ouvrez-vous à mes tristes accens,
Ou pour me recevoir, ou pour le rendre au monde.

Grand Dieu, plein de bonté, quel malheur est le nôtre !
En venant nous sauver, vous recevez la mort :
Je renonce à mon bien, s'il vous fait tant de tort ;
Versez tout notre sang, et reprenez le vôtre.

Je ne vous comprends point, adorable sagesse :
Quoi ! le père du jour a perdu la clarté !
Comment joindre la mort avec l'éternité,
Et le Dieu tout-puissant avec plus de foiblesse !

Je vous entends, Seigneur. La grotte s'est ouverte
Qui vous cachoit à moi dans ces obscurités :
Vous mourez, mon Sauveur, mais vous ressuscitez ;
Et cette courte mort est le salut du monde.

Que la terre commence, et que le ciel réponde :
Ouvrez-vous, cieux des cieux ; chantez, astres, chantez :
Vous mourez, Tout-Puissant, mais vous ressuscitez ;
Et cette courte mort est le salut du monde.

ROTROU (Jean de). — Né en 1609, mort en 1650. Lieutenant civil et criminel de Dreux, sa ville natale, il vivait partagé entre
Dreux et Paris ; quand il apprit que l'épidémie ravageait sa cité,
il y revint et y mourut. Il écrivit vingt-trois pièces, tragédies ou
comédies, dont les meilleures sont : *Wenceslas*, les *Ménechmes*, les
Captifs, *Antigone*, *Bélisaire*, *Saint Genest*, etc. « Rotrou, dit Tissot, avait le sentiment des belles choses ; il connaissait les hommes
et le jeu de leurs passions ; il avait l'accent du cœur, et quelque
chose de naïf et de paternel ; il écrivait d'instinct et souvent avec
un rare bonheur, mais il maniait un instrument rebelle qu'il n'é-
tait pas capable de rendre docile aux ordres de la pensée. »

LE DISCOURS DU CONFESSEUR
(*Saint Genest.*)

Écoutez, vous Césars, et vous troupes romaines,
La gloire et la terreur des puissances humaines,
Mais foibles ennemis d'un pouvoir souverain
Qui foule aux pieds l'orgueil et le sceptre romain ;
Aveuglé de l'erreur dont l'enfer vous infecte,
Comme vous des chrétiens j'ai détesté la secte ;
Mais, par un changement dont Dieu seul est l'auteur,
Je deviens leur rival de leur persécuteur,
Et soumets à leur loi que j'ai tant réprouvée
Une âme heureusement de tant d'écueils sauvée.
Leur créance est ma foi, leur espoir est le mien :
C'est leur Dieu que j'adore ; enfin je suis chrétien.
Quelque effort qui s'oppose à l'ardeur qui m'enflamme,
Les intérêts du corps cèdent à ceux de l'âme :
Déployez vos rigueurs, brûlez, coupez, tranchez ;
Mes maux seront encor moindres que mes péchés.
Je sais de quel repos cette peine est suivie,
Et ne crains point la mort qui conduit à la vie.

ESSENCE ET MAJESTÉ DE DIEU

C'est Dieu qui du néant a tiré l'univers ;
C'est lui qui sur la terre a répandu les mers ;

Qui de l'air étendit les humides contrées ;
Qui sema de brillans les voûtes azurées ;
Qui fit naître la guerre entre les élémens,
Et qui régla des cieux les divers mouvemens.
La terre à son pouvoir rend un muet hommage ;
Les rois sont ses sujets, le monde est son partage.
Si l'onde est agitée, il la peut affermir ;
S'il querelle les vents, ils n'osent plus frémir ;
S'il commande au soleil, il arrête sa course ;
Il est maître de tout, comme il en est la source.
Tout subsiste par lui, sans lui rien n'eût été,
Et lui seul des mortels est la félicité.

CHAGRINS ATTACHÉS A LA ROYAUTÉ

Régner est un secret dont la haute science
Ne s'acquiert qu'avec l'âge et par l'expérience.
Un roi vous semble heureux, et sa condition
Est douce au sentiment de votre ambition.
Il dispose à son gré des fortunes humaines ;
Mais comme les douceurs en savez-vous les peines?
A quelque heureuse fin que tendent ses projets,
Jamais il ne fait rien au gré de ses sujets :
Il passe pour cruel s'il garde la justice ;
S'il est doux, pour timide et partisan du vice ;
S'il a l'humeur guerrière, il fait des malheureux ;
Et s'il est pacifique, il n'est pas généreux ;
S'il pardonne, il est mou ; s'il se venge, barbare ;
S'il donne, il est prodigue ; et s'il épargne, avare.

SCARRON (Paul). — Né en 1610, mort en 1660. Destiné à l'Église,
ses désordres l'en éloignèrent et ruinèrent sa santé. Des travaux
pour le théâtre et une pension d'Anne d'Autriche l'aidèrent à
vivre ; il épousa Mlle d'Aubigné, depuis Mme de Maintenon. C'est
surtout dans le genre burlesque que réussit Scarron, auteur du
Virgile travesti, du *Roman comique*, de comédies et de poésies de
tout genre.

TOUT DÉPÉRIT AVEC LE TEMPS

Superbes monumens de l'orgueil des humains,
Pyramides, tombeaux, dont la riche structure
A témoigné que l'art, par l'adresse des mains
Et l'assidu travail, peut vaincre la nature,
Par l'injure des ans vous êtes abolis,
Ou du moins la plupart vous êtes démolis ;
Il n'est point de ciment que le temps ne dissoude :
Si vos marbres si durs ont senti son pouvoir,
Dois-je trouver mauvais qu'un méchant pourpoint noir,
Qui m'a duré deux ans, soit percé par le coude?

ÉPITRE A M. SARRASIN

Sarrasin, De tes deux Des tourmens Et verras
Mon voisin, Chevaux gris Véhémens? Si j'ai tort
Cher ami, Mal nourris, Si Dieu veut, D'être fort
Qu'à demi Y venir Qui tout peut, En émoi
Je ne voi, Réjouir Dès demain Contre toi.
Dont, ma foi! Un pauvret Mal sa main Mais pourtant,
J'ai dépit Trés-maigret, Sur ta peau Repentant
Un petit; Au col tors, Bien et beau Si tu viens,
N'es-tu pas Dont le corps S'étendra, Et te tiens
Barrabas? Tout tortu, Et fera Seulement
De savoir Tout bossu, Tout ton cuir Un moment
Mon manoir Suranné, Convertir Avec nous,
Peu distant, Décharné, En farcin : Mon courroux
Et pourtant Est réduit Lors, malsain Finira,
De ne pas Jour et nuit Et pourri, Et cet'ra.
De ton pas A souffrir, Bien marri
Ou de ceux Sans guérir, Tu seras, (P. Scarron.)

Brébeuf (Guillaume de). — Né en 1618, mort en 1661. Admirateur de Lucain qu'il préférait à Virgile, Brébeuf exagéra les défauts du poëte dont il traduisit la *Pharsale*. Il composa encore la parodie du septième livre de l'*Énéide*, le *Lucain travesti*, et la *Défense de l'Église romaine*.

LA FORÊT DE MARSEILLE

(Fragment de la *Pharsale*.)

On voit auprès du champ une forêt sacrée,
Formidable aux humains et des temps révérée,
Dont le feuillage sombre et les rameaux épais
Du Dieu de la clarté font mourir tous les traits.
Sous la noire épaisseur des ormes et des hêtres,
Les faunes, les sylvains ou les nymphes champêtres,
N'y vont point accorder, aux accens de la voix,
Le son des chalumeaux ou celui des hautbois.
Cette ombre, destinée à de plus noirs offices,
Cache aux yeux du soleil ses cruels sacrifices,
Et les vœux criminels qui s'offrent en ces lieux
Offensent la nature en révérant les dieux.
Là, du sang des humains on voit suer les marbres ;
On voit fumer la terre, on voit rougir les arbres ;
Tout y parle d'horreur; et même les oiseaux
Ne se perchent jamais sur ces tristes rameaux.
Les cruels sangliers, les bêtes les plus fières,
N'osent pas y chercher leur bouge ou leurs tanières.
La foudre, accoutumée à punir des forfaits,
Craint ce lieu si coupable, et n'y tombe jamais.
Là, de cent dieux divers les grossières images
Impriment l'épouvante, et forcent les hommages;
La masse et la pâleur de leurs membres hideux

Semblent mieux attirer les respects et les vœux.
Sous un air plus connu la divinité peinte
Trouveroit moins d'encens et feroit moins de crainte.
Tant aux foibles mortels il est bon d'ignorer
Les dieux qu'il leur faut craindre et qu'il faut adorer
Là, d'une obscure source il coule une onde obscure,
Qui semble du Cocyte emprunter la teinture.
Souvent un bruit confus trouble ce noir séjour
Et l'on entend mugir les rochers d'alentour.
Souvent du triste éclat d'une flamme ensoufrée
La forêt est couverte et non pas dévorée ;
Et l'on a vu cent fois les troncs entortillés
De cérastes hideux et de dragons ailés.
Les voisins de ce bois si sauvage et si sombre
Lui laissent à la fois son horreur et son ombre,
Et le druide craint, en abordant ces lieux,
D'y voir ce qu'il adore et d'y trouver ses dieux.

La Fontaine (Jean). — Né en 1621, mort en 1695. Une ode de Malherbe, lue à vingt-deux ans, lui révéla son génie : il avait refusé de suivre la carrière que lui désignait son père dans les Eaux et Forêts pour se livrer à la paresse et à la poésie. Ses essais lui procurèrent bientôt des amis et des protecteurs : la duchesse de Bouillon, le surintendant Fouquet, Condé, Racine, Molière, Mlle de la Fayette, Mme de la Sablière, etc. Ses œuvres se composent de *Contes* qui offensent la morale, de comédies, d'opéras, de poésies légères. Revenu sur la fin de sa vie à de pieux sentiments, il consentit à supprimer plusieurs de ses ouvrages ; mais il reste pour la postérité l'auteur d'un recueil de *Fables* inimitables. « Le plus original de nos écrivains, dit la Harpe, en est aussi le plus naturel. Il ne compose pas, il converse, il raconte ; il est persuadé, il a vu ; c'est toujours un ami qui s'épanche, qui se trahit ; il a toujours l'air de vous dire son secret, et d'avoir besoin de vous le dire. Il se plie à tous les tons, et il n'en est aucun qui ne semble parfaitement le sien : la Fontaine charme toujours et n'étonne jamais ; chez lui le sublime sort de source comme le familier. »

LE LOUP ET LE CHIEN

Un loup n'avoit que les os et la peau,
Tant les chiens faisoient bonne garde.
Ce loup rencontre un dogue aussi puissant que beau,
Gras, poli, qui s'étoit fourvoyé par mégarde.
L'attaquer, le mettre en quartiers,
Sire loup l'eût fait volontiers ;
Mais il falloit livrer bataille ;
Et le mâtin étoit de taille
A se défendre hardiment :
Le loup donc l'aborde humblement,
Entre en propos, et lui fait compliment

Sur son embonpoint qu'il admire.
« Il ne tiendra qu'à vous, beau sire,
D'être aussi gras que moi, lui repartit le chien ;
Quittez les bois, vous ferez bien :
Vos pareils y sont misérables,
Cancres, hères, et pauvres diables,
Dont la condition est de mourir de faim.
Car, quoi ! rien d'assuré ! point de franche lippée !
Tout à la pointe de l'épée !
Suivez-moi, vous aurez un bien meilleur destin. »
Le loup reprit : « Que me faudra-t-il faire ?
— Presque rien, dit le chien : donner la chasse aux gens
Portant bâtons, et mendians ;
Flatter ceux du logis, à son maître complaire :
Moyennant quoi, votre salaire
Sera force reliefs de toutes les façons,
Os de poulets, os de pigeons,
Sans parler de mainte caresse. »
Le loup déjà se forge une félicité
Qui le fait pleurer de tendresse.
Chemin faisant, il vit le cou du chien pelé.
« Qu'est cela ? lui dit-il. — Rien. — Quoi rien ! — Peu de chose.
— Mais encor ? — Le collier dont je suis attaché
De ce que vous voyez est peut-être la cause.
— Attaché ! dit le loup : vous ne courez donc pas
Où vous voulez ? — Pas toujours ; mais qu'importe ?
— Il importe si bien, que de tous vos repas
Je ne veux en aucune sorte,
Et ne voudrois pas même à ce prix un trésor. »
Cela dit, notre loup s'enfuit et court encor.

LE CHÊNE ET LE ROSEAU

Le chêne un jour dit au roseau :
« Vous avez bien sujet d'accuser la nature ;
Un roitelet pour vous est un pesant fardeau ;
Le moindre vent, qui d'aventure
Fait rider la face de l'eau,
Vous oblige à baisser la tête ;
Cependant que mon front, au Caucase pareil,
Non content d'arrêter les rayons du soleil,
Brave l'effort de la tempête.
Tout vous est aquilon, tout me semble zéphir.
Encor, si vous naissiez à l'abri du feuillage
Dont je couvre le voisinage,
Vous n'auriez pas tant à souffrir ;
Je vous défendrois de l'orage.
Mais vous naissez le plus souvent
Sur les humides bords des royaumes du vent.
La nature envers vous me semble bien injuste.
— Votre compassion, lui répondit l'arbuste,
Part d'un bon naturel ; mais quittez ce souci :
Les vents me sont moins qu'à vous redoutables ;
Je plie et ne romps pas. Vous avez jusqu'ici,

Contre leurs coups épouvantables,
Résisté sans courber le dos ;
Mais attendons la fin ! » Comme il disoit ces mots,
Du bout de l'horizon accourt avec furie
Le plus terrible des enfans
Que le Nord eût portés jusque-là dans ses flancs.
L'arbre tient bon ; le roseau plie.
Le vent redouble ses efforts,
Et fait si bien qu'il déracine
Celui de qui la tête au ciel étoit voisine,
Et dont les pieds touchoient à l'empire des morts.

LE VIEILLARD ET LES TROIS JEUNES HOMMES

Un octogénaire plantoit.
« Passe encor de bâtir ; mais planter à cet âge ! »
Disoient trois jouvenceaux, enfans du voisinage :
Assurément il radotoit.
« Car, au nom des dieux ! je vous prie,
Quel fruit de ce labeur pouvez-vous recueillir ?
Autant qu'un patriarche il vous faudroit vieillir.
A quoi bon charger votre vie
Des soins d'un avenir qui n'est pas fait pour vous ?
Ne songez désormais qu'à vos erreurs passées ;
Quittez le long espoir et les vastes pensées :
Tout cela ne convient qu'à nous.
— Il ne convient pas à vous-mêmes,
Repartit le vieillard. Tout établissement
Vient tard et dure peu. La main des Parques blêmes
De vos jours et des miens se joue également.
Nos termes sont pareils par leur courte durée.
Qui de nous des clartés de la voûte azurée
Doit jouir le dernier ? Est-il aucun moment
Qui vous puisse assurer d'un second seulement ?
Mes arrière-neveux me devront cet ombrage :
Eh bien ! défendez-vous au sage
De se donner des soins pour le plaisir d'autrui ?
Cela même est un fruit que je goûte aujourd'hui :
J'en puis jouir demain, et quelques jours encore ;
Je puis enfin compter l'aurore
Plus d'une fois sur vos tombeaux. »
Le vieillard eut raison : l'un des trois jouvenceaux
Se noya dès le port, allant à l'Amérique ;
L'autre, afin de monter aux grandes dignités,
Dans les emplois de Mars servant la république,
Par un coup imprévu vit ses jours emportés ;
Le troisième tomba d'un arbre
Que lui-même il voulut enter ;
Et, pleurés du vieillard, il grava sur leur marbre
Ce que je viens de raconter.

LE SAVETIER ET LE FINANCIER

Un savetier chantoit du matin jusqu'au soir :
C'étoit merveille de le voir,

Merveille de l'ouïr; il faisoit des passages,
    Plus content qu'aucun des sept sages.
Son voisin, au contraire, étoit tout cousu d'or,
    Chantoit peu, dormoit moins encor;
    C'étoit un homme de finance.
Si, sur le point du jour, parfois il sommeilloit,
Le savetier alors en chantant l'éveilloit;
    Et le financier se plaignoit
    Que les soins de la Providence
N'eussent pas au marché fait vendre le dormir,
    Comme le manger et le boire.
    En son hôtel il fait venir
Le chanteur, et lui dit : « Or çà, sire Grégoire,
Que gagnez-vous par an? — Par an? ma foi, monsieur,
    Dit avec un ton de rieur
Le gaillard savetier, ce n'est pas ma manière
De compter de la sorte : et je n'entasse guère
    Un jour sur l'autre; il suffit qu'à la fin
    J'attrape le bout de l'année;
    Chaque jour amène son pain.
— Eh bien! que gagnez-vous, dites-moi, par journée?
— Tantôt plus, tantôt moins; le mal est que toujours
(Et, sans cela, nos gains seroient assez honnêtes),
Le mal est que dans l'an s'entremêlent des jours
    Qu'il faut chômer; on nous ruine en fêtes :
L'une fait tort à l'autre; et monsieur le curé
De quelque nouveau saint charge toujours son prône. »
Le financier, riant de sa naïveté,
Lui dit : « Je vous veux mettre aujourd'hui sur le trône.
Prenez ces cent écus, gardez-les avec soin,
    Pour vous en servir au besoin. »
Le savetier crut voir tout l'argent que la terre
    Avoit, depuis plus de cent ans,
    Produit pour l'usage des gens.
Il retourne chez lui : dans sa cave il enserre
    L'argent, et sa joie à la fois.
    Plus de chant : il perdit la voix,
Du moment qu'il gagna ce qui cause nos peines.
    Le sommeil quitta son logis;
    Il eut pour hôtes les soucis,
    Les soupçons, les alarmes vaines.
Tout le jour il avoit l'œil au guet; et, la nuit,
    Si quelque chat faisoit du bruit,
Le chat prenoit l'argent. A la fin, le pauvre homme
S'en courut chez celui qu'il ne réveilloit plus :
« Rendez-moi, lui dit-il, mes chansons et mon somme,
    Et reprenez vos cent écus. »

LE PAYSAN DU DANUBE

Il ne faut point juger des gens sur l'apparence.
Le conseil en est bon, mais il n'est pas nouveau.
    Jadis l'erreur du souriceau
Me servit à prouver le discours que j'avance;
    J'ai, pour le fonder à présent,

Le bon Socrate, Ésope, et certain paysan
Des rives du Danube, homme dont Marc-Aurèle
     Nous fit un portrait fort fidèle.
On connoît les premiers : quant à l'autre, voici
     Le personnage en raccourci :
Son menton nourrissoit une barbe touffue;
     Toute sa personne velue
Représentoit un ours, mais un ours mal léché :
Sous un sourcil épais il avoit l'œil caché,
Le regard de travers, nez tortu, grosse lèvre,
     Portoit sayon de poils de chèvre,
     Et ceinture de joncs marins.
Cet homme ainsi bâti fut député des villes
Que lave le Danube. Il n'étoit point d'asiles
     Où l'avarice des Romains
Ne pénétrât alors et ne portât les mains.
Le député vint donc et fit cette harangue :
« Romains, et vous, sénat assis pour m'écouter,
Je supplie avant tout les dieux de m'assister;
Veuillent les immortels, conducteurs de ma langue,
Que je ne dise rien qui doive être repris!
Sans leur aide, il ne peut entrer dans les esprits
     Que tout mal et toute injustice :
Faute d'y recourir, on viole leurs lois.
Témoins nous que punit la romaine avarice.
Rome est, par nos forfaits plus que par ses exploits,
     L'instrument de notre supplice.
Craignez, Romains, craignez que le ciel quelque jour
Ne transporte chez vous les pleurs et la misère,
Et, mettant en nos mains par un juste retour
Les armes dont se sert sa vengeance sévère,
     Il ne vous fasse, en sa colère,
     Nos esclaves à votre tour.
Et pourquoi sommes-nous les vôtres? Qu'on me die
En quoi vous valez mieux que cent peuples divers.
Quel droit vous a rendus maîtres de l'univers?
Pourquoi venir troubler une innocente vie?
Nous cultivions en paix d'heureux champs; et nos mains
Etoient propres aux arts, ainsi qu'au labourage.
     Qu'avez-vous appris aux Germains?
     Ils ont l'adresse et le courage :
     S'ils avoient eu l'avidité,
     Comme vous, et la violence,
Peut-être en votre place ils auroient la puissance,
Et sauroient en user sans inhumanité.
Celle que vos préteurs ont sur nous exercée
     N'entre qu'à peine en la pensée.
     La majesté de vos autels
     Elle-même en est offensée;
     Car sachez que les immortels
Ont les regards sur nous. Grâces à vos exemples,
Ils n'ont devant les yeux que des objets d'horreur,
     De mépris d'eux et de leurs temples,
D'avarice qui va jusques à la fureur.
Rien ne suffit aux gens qui nous viennent de Rome.

La terre et le travail de l'homme
Font pour les assouvir des efforts superflus.
Retirez-les : on ne veut plus
Cultiver pour eux les campagnes.
Nous quittons les cités, nous fuyons aux montagnes ;
Nous laissons nos chères compagnes ;
Nous ne conversons plus qu'avec des ours affreux,
Découragés de mettre au jour des malheureux,
Et de peupler pour Rome un pays qu'elle opprime.
Quant à nos enfants déjà nés,
Nous souhaitons de voir leurs jours bientôt bornés :
Vos préteurs au malheur nous font joindre le crime.
Retirez-les : ils ne nous apprendront
Que la mollesse et que le vice ;
Les Germains comme eux deviendront
Gens de rapine et d'avarice.
C'est tout ce que j'ai vu dans Rome à mon abord.
N'a-t-on point de présent à faire,
Point de pourpre à donner ; c'est en vain qu'on espère
Quelque refuge aux lois : encor leur ministère
A-t-il mille longueurs. Ce discours, un peu fort,
Doit commencer à vous déplaire.
Je finis. Punissez de mort
Une plainte un peu trop sincère. »
A ces mots, il se couche ; et chacun étonné
Admire le grand cœur, le bon sens, l'éloquence,
Du sauvage ainsi prosterné.
On le créa patrice ; et ce fut la vengeance
Qu'on crut qu'un tel discours méritoit. On choisit
D'autres préteurs ; et par écrit
Le sénat demanda ce qu'avoit dit cet homme,
Pour servir de modèle aux parleurs à venir.
On ne sut pas longtemps à Rome
Cette éloquence entretenir.

PARAPHRASE DU DIES IRÆ

De quel frémissement nous nous verrons saisis !
Qui se croira pour lors du nombre des choisis ?
Le registre des cœurs, une exacte balance,
Paroîtront aux côtés d'un juge rigoureux.
Les tombeaux s'ouvriront ; et leur triste silence
Aura bientôt fait place aux cris des malheureux.

La nature et la mort, pleines d'étonnement,
Verront avec effroi sortir du monument
Ceux que dès son berceau le monde aura vus vivre.
Les morts de tous les temps demeureront surpris
En lisant leurs secrets aux annales d'un livre
Où même leurs pensers se trouveront écrits.

Tout sera révélé par ce livre fatal ;
Rien d'impuni. Le juge, assis au tribunal,
Marquera sur son front sa volonté suprême.

Qui prirai-je en ce jour d'être mon défenseur?
Sera-ce quelque juste? Il craindra pour lui-même,
Et cherchera l'appui de quelque intercesseur.

Roi, qui fais tout trembler devant ta majesté,
Qui sauves les élus par ta seule bonté,
Source d'actes remplis d'amour et de clémence,
Souviens-toi que pour moi tu descendis des cieux;
Pour moi, te dépouillant de ton pouvoir immense,
Comme un simple mortel tu parus à nos yeux.

Tu pourrois aisément me perdre et te venger :
Ne le fais point, Seigneur; viens plutôt soulager
Le faix sous qui je sens que mon âme succombe.
Assure mon salut dès ce monde incertain;
Empêche malgré moi que mon cœur ne retombe,
Et ne te force enfin de retirer ta main.

Fais qu'on me place à droite, au nombre des brebis :
Sépare-moi des boucs réprouvés et maudits.
Tu vois mon cœur contrit et mon humble prière;
Fais-moi persévérer dans ce juste remords.
Je te laisse le soin de mon heure dernière;
Ne m'abandonne pas quand j'irai chez les morts.

SEGRAIS (J. Regnauld de). — Né en 1624, mort en 1701. Gentilhomme de Mademoiselle, fille de Gaston d'Orléans, il fut renommé par l'esprit et les charmes qu'il apportait dans la conversation. Outre ce qu'il prêta de son travail à Mme de la Fayette pour la composition de ses romans, il laissa une traduction de l'*Énéide*, des idylles et des poésies variées.

LE MONT ETNA
(*Énéide.*)

Des Cyclopes hideux nous abordons la plage.
Le port est vaste et sûr; mais, par tout ce rivage,
Incessamment d'Etna tonne le bruit affreux :
Tantôt jusques au ciel il élance ses feux,
Et roule à gros bouillons sur sa cime enflammée
Un tourbillon épais de cendre et de fumée.
Tantôt du plus profond de ses gouffres ouverts,
Furieux, il mugit, et vomit dans les airs
Du mont étincelant les entrailles brûlantes,
Et les rochers fondus dans ses grottes ardentes.
On croit que de la foudre autrefois terrassé,
Sous ce mont Encelade est encore oppressé;
Qu'au moment qu'il respire, ainsi qu'une fournaise,
Par ce gouffre béant il exhale la braise;
Et que l'île alentour tremble aux moindres efforts
Que tente le géant pour mouvoir son grand corps.

CORNEILLE (Thomas). — Né en 1625, mort en 1709. Il travailla avec son frère, et, comme son frère, pour le théâtre; et, quoiqu'il lui soit très-inférieur, il n'en a pas moins, jusqu'à Racine, tenu le sceptre de la comédie et de la tragédie. Il composa *Timocrate*, *Stilicon*, *Camma*, *Ariane*, le *Comte d'Essex*, le *Festin de Pierre*, etc.

DON JUAN, M. DIMANCHE, SGANARELLE

(*Le Festin de Pierre.*)

DON JUAN.

Bonjour, monsieur Dimanche. Eh! que ce m'est de joie
De pouvoir... Ne souffrez jamais qu'on vous renvoie.
J'ai bien grondé mes gens, qui, sans doute, ont eu tort
De n'avoir pas voulu vous faire entrer d'abord.
Ils ont ordre aujourd'hui de n'ouvrir à personne;
Mais ce n'est pas pour vous que cet ordre se donne,
Et vous êtes en droit, quand vous venez chez moi,
De n'y trouver jamais rien de fermé.

M. DIMANCHE.
                              Je crois,
Monsieur, qu'il...

DON JUAN.
                    Les coquins! Voyez; laisser attendre
Monsieur Dimanche seul! Oh! je leur veux apprendre
A connoître les gens.

M. DIMANCHE.
          Cela n'est rien.

DON JUAN.
                              Comment!
Quand je suis dans ma chambre, oser effrontément
Dire à monsieur Dimanche, au meilleur...

M. DIMANCHE.
                              Sans colère,
Monsieur! une autre fois ils craindront de le faire.
J'étois venu...

DON JUAN.
          Jamais ils ne font autrement.
Çà, pour monsieur Dimanche un siége promptement.

M. DIMANCHE.
Je suis dans mon devoir.

DON JUAN.
                    Debout! que je l'endure!
Non, vous serez assis.

M. DIMANCHE.
          Monsieur, je vous conjure...

DON JUAN.
Apportez. Je vous aime, et je vous vois d'un œil...
Otez-moi ce pliant, et donnez un fauteuil.

13

M. DIMANCHE.

Je n'ai garde, Monsieur, de...

DON JUAN.

Je le dis encore,
Au point que je vous aime et que je vous honore,
Je ne souffrirai point qu'on mette entre nous deux
Aucune différence.

M. DIMANCHE.

Ah! Monsieur!

DON JUAN.

Je le veux.

Allons, asseyez-vous.

M. DIMANCHE.

Comme le temps empire...

DON JUAN.

Mettez-vous là.

M. DIMANCHE.

Monsieur, je n'ai qu'un mot à dire.

J'étois...

DON JUAN.

Mettez-vous là, vous dis-je.

M. DIMANCHE.

Je suis bien.

DON JUAN.

Non, si vous n'êtes là, je n'écouterai rien.

M. DIMANCHE.

C'est pour vous obéir. Sans le besoin extrême...

DON JUAN.

Parbleu! monsieur Dimanche, avouez-le vous-même,
Vous vous portez bien.

M. DIMANCHE.

Oui, mieux depuis quelques mois
Que je n'avois pas fait. Je suis...

DON JUAN.

Plus je vous vois,
Plus j'admire sur vous certain vif qui s'épanche.
Quel teint!

M. DIMANCHE.

Je viens, Monsieur...

DON JUAN.

Et madame Dimanche,
Comment se porte-t-elle ?

M. DIMANCHE.

Assez bien, Dieu merci!

Je viens vous...

DON JUAN.

Du ménage elle a tout le souci.
C'est une brave femme.

M. DIMANCHE.
Elle est votre servante.
J'étois...

DON JUAN.
Elle a bien lieu d'avoir l'âme contente.
Que ses enfants sont beaux! La petite Louison,
Hé !

M. DIMANCHE.
C'est l'enfant gâté, Monsieur, de la maison.
Je...

DON JUAN.
Rien n'est si joli.

M. DIMANCHE.
Monsieur, je...

DON JUAN.
Que je l'aime!
Et le petit Colin, est-il encor de même?
Fait-il toujours grand bruit avecque son tambour ?

M. DIMANCHE.
Oui, Monsieur; on en est étourdi tout le jour.
Je venois.

DON JUAN.
Et Brusquet, est-ce à son ordinaire?
L'aimable petit chien, pour ne pouvoir se taire,
Mord-il toujours les gens aux jambes?

M. DIMANCHE.
A ravir.
C'est pis que ce n'étoit; nous n'en saurions chevir :
Et quand il ne voit pas notre petite fille...

DON JUAN.
Je prends tant d'intérêt en toute la famille,
Qu'on doit peu s'étonner si je m'informe ainsi
De tout l'un après l'autre.

M. DIMANCHE.
Oh! je vous compte aussi
Parmi ceux qui nous font...

DON JUAN.
Allons donc, je vous prie,
Touchez, monsieur Dimanche.

M. DIMANCHE.
Ah!

DON JUAN.
Mais sans raillerie,
M'aimez-vous un peu? là.

M. DIMANCHE.
Très-humble serviteur.

DON JUAN.
Parbleu, je suis à vous aussi de tout mon cœur.

M. DIMANCHE.

Vous me rendez confus. Je...

DON JUAN.

                        Pour votre service,
Il n'est rien qu'avec joie en tout temps je ne fisse.

M. DIMANCHE.

C'est trop d'honneur pour moi ; mais, Monsieur, s'il vous plaît,
Je viens pour...

DON JUAN.

                  Et cela, sans aucun intérêt ;
Croyez-le.

M. DIMANCHE.

            Je n'ai point mérité cette grâce.
Mais...

DON JUAN.

      Servir mes amis n'a rien qui m'embarrasse.

M. DIMANCHE.

Si vous...

DON JUAN.

        Monsieur Dimanche, oh ! çà, de bonne foi,
Vous n'avez point dîné ; dinez avecque moi.
Vous voilà tout porté.

M. DIMANCHE.

                  Non, Monsieur, une affaire
Me rappelle chez nous, et m'y rend nécessaire.

DON JUAN.

Vite, allons, ma calèche

M. DIMANCHE.

                        Ah ! c'est trop de moitié.

DON JUAN.

Dépêchons.

M. DIMANCHE.

Non, Monsieur.

DON JUAN.

                        Vous n'irez point à pié.

M. DIMANCHE.

Monsieur, j'y vais toujours.

DON JUAN.

                  La résistance est vaine
Vous m'êtes venu voir, je veux qu'on vous ramène.

M. DIMANCHE.

J'avois là...

DON JUAN.

        Tenez-moi pour votre serviteur.

M..DIMANCHE.

Je voulois...

DON JUAN.

Je le suis, et votre débiteur.

M. DIMANCHE.

Ah! Monsieur.

DON JUAN.

Je n'en fais un secret à personne;
Et de ce que je dois j'ai la mémoire bonne.

M. DIMANCHE.

Si vous me...

DON JUAN.

Voulez-vous que je descende en bas,
Que je vous reconduise?

M. DIMANCHE.

Ah! je ne le vaux pas.

Mais...

DON JUAN.

Embrassez-moi donc; c'est d'une amitié pure,
Qu'une seconde fois ici je vous conjure
D'être persuadé qu'envers et contre tous
Il n'est rien qu'au besoin je ne fisse pour vous.

Molière (J.-B. Poquelin, dit). — Né en 1622, mort en 1673. Fils du tapissier valet de chambre du roi, et destiné par son père à la même profession, il obtint de faire ses études au collége de Clermont, où Gassendi lui enseigna la doctrine d'Épicure. Au sortir du collége, il résista d'abord, mais finit par céder à son goût pour le théâtre, et il se fit comédien : ce fut alors qu'il prit le nom de Molière. Il courut de province en province avec la troupe qu'il avait formée et le répertoire qu'il avait composé lui-même. De retour à Paris, il donna dans la salle du Petit-Bourbon des représentations de ses comédies qui attirèrent la foule. Nous n'avons pas besoin de nommer ici les chefs-d'œuvre qu'il composa; ils sont assez connus. Molière fut pris d'une convulsion en prononçant le serment burlesque de la cérémonie, dans le *Malade imaginaire*, et mourut peu d'heures après. « Comme écrivain, dit son biographe, Molière doit être mis dans un rang très-élevé; sa prose a une franchise, une netteté, une précision et une vigueur remarquables; la tradition, qui lui fait consulter les impressions naïves de sa vieille servante Laforest, dénote en lui cette préoccupation du vrai, et cette confiance dans l'instinct populaire, qui ne l'a pas trompé. Ses vers sont demeurés le type du vrai style comique, par le naturel, l'aisance du tour, l'énergie, et, au besoin, la grâce : il ne relève d'aucune école, et, malgré quelques négligences, il est resté unique, et nul n'a pu l'imiter. Molière, comme moraliste, a aussi de beaux et sublimes élans. Malheureusement il a plus souvent attaqué les ridicules de la nature humaine que

ses vices. Pour égayer son parterre, il lui arrive plus d'une fois
d'oublier les convenances, et la lecture de beaucoup de ses pièces
laisse dans l'esprit une impression qui n'est pas favorable à la
vertu. »

L'ENNEMI DE LA MODE

SGANARELLE, ARISTE.

SGANARELLE.

. . . . . J'ai pour tout conseil ma fantaisie à suivre,
Et me trouve fort bien de ma façon de vivre.
. . . .
Je voudrois bien savoir, puisqu'il faut tout entendre,
Ce que ces beaux causeurs en moi peuvent reprendre ?

ARISTE.

Cette farouche humeur dont la sévérité
Fuit toutes les douceurs de la société,
A tous vos procédés inspire un air bizarre,
Et jusques à l'habit vous rendent tout barbare.

SGANARELLE.

Il est vrai qu'à la mode il faut m'assujettir,
Et ce n'est pas pour moi que je dois me vêtir.
Ne voudriez-vous point, dis-je, sur ces matières,
De vos jeunes muguets m'inspirer les manières ;
M'obliger à porter de ces petits chapeaux
Qui laissent éventer leurs débiles cerveaux,
Et de ces blonds cheveux de qui la vaste enflure
Des visages humains offusque la figure ?
De ces petits pourpoints sous le bras se perdans,
Et de ces grands collets jusqu'aux jambes pendans?
De ces manches qu'à table on voit tâter les sauces,
Et de ces cotillons appelés hauts-de-chausses ?
De ces souliers mignons, de cordons revêtus,
Qui vous font ressembler à des pigeons pattus?
Je vous plairois sans doute, équipé de la sorte,
Et je vous vois porter les sottises qu'on porte.
Quoi qu'il en soit, je suis attaché fortement
A ne démordre point de mon habillement.
Je veux une coiffure, en dépit de la mode,
Sous qui toute ma tête ait un abri commode ;
Un bon pourpoint bien long et fermé comme il faut,
Qui, pour bien digérer, tienne l'estomac chaud ;
Un haut-de-chausse fait justement pour ma cuisse ;
Des souliers où mes pieds ne soient point au supplice,
Ainsi qu'en ont usé sagement nos aïeux :
Et qui me trouve mal n'a qu'à fermer les yeux.

L'HOMME A PROJETS

ÉRASTE , ORMIN.

ORMIN.

Je ne crains pas, Monsieur, que je vous importune,
Puisque je viens, Monsieur, faire votre fortune.

ÉRASTE, *bas, à part.*

Voici l'un de ces gens qui ne possèdent rien,
Et vous viennent toujours promettre tant de bien.
(*Haut.*)
Vous avez donc trouvé cette bénite pierre
Qui peut seule enrichir tous les rois de la terre?

ORMIN.

La plaisante pensée, hélas! où vous voilà!
Dieu me garde, Monsieur, d'être de ces fous-là!
Je ne me repais point de visions frivoles,
Et je vous porte ici les solides paroles
D'un avis que par vous je veux donner au Roi,
Et que tout cacheté je conserve sur moi:
Non de ces sots projets, de ces chimères vaines,
Dont les surintendans ont les oreilles pleines;
Non de ces gueux d'avis dont les prétentions
Ne parlent que de vingt ou trente millions;
Mais un qui, tous les ans, à si peu qu'on le monte,
En peut donner au Roi quatre cens de bon compte,
Avec facilité, sans risque ni soupçon,
Et sans fouler le peuple en aucune façon:
Enfin, c'est un avis d'un gain inconcevable,
Et que du premier mot on trouvera faisable.
Oui, pourvu que par vous je puisse être poussé...

ÉRASTE.

Soit, nous en parlerons. Je suis un peu pressé.

ORMIN.

Si vous me promettiez de garder le silence,
Je vous découvrirois cet avis d'importance.

ÉRASTE.

Non, non, je ne veux point savoir votre secret.

ORMIN.

Monsieur, pour le trahir, je vous crois trop discret,
Et veux avec franchise en deux mots vous l'apprendre.
Il faut voir si quelqu'un ne peut point nous entendre.
(*Après avoir regardé si personne ne l'écoute, il s'approche de l'oreille d'Éraste.*)
Cet avis merveilleux dont je suis l'inventeur
Est que...

ÉRASTE.

D'un peu plus loin, et pour cause, Monsieur.

ORMIN.

Vous voyez le grand gain, sans qu'il faille le dire,
Que de ses ports de mer le roi tous les ans tire:
Or l'avis, dont encor nul ne s'est avisé,
Est qu'il faut de la France, et c'est un coup aisé,
En fameux ports de mer mettre toutes les côtes.
Ce seroit pour monter à des sommes très hautes;
Et si. .

ÉRASTE.

L'avis est bon et plaira fort au Roi.
Adieu. Nous nous verrons.

ORMIN.

Au moins appuyez-moi
Pour en avoir ouvert les premières paroles.

ÉRASTE.

Oui, oui.

ORMIN.

Si vous vouliez me prêter deux pistoles,
Que vous reprendriez sur le droit de l'avis,
Monsieur...

ÉRASTE.

Oui, volontiers. (*Seul.*) Plût à Dieu qu'à ce prix
De tous les importuns je pusse me voir quitte !

LE SONNET

ORANTE, ALCESTE, PHILINTE.

ORONTE, *à Alceste.*

. . . J'ai su là-bas que, pour quelques emplettes,
Éliante est sortie, et Célimène aussi ;
Mais, comme l'on m'a dit que vous étiez ici,
J'ai monté pour vous dire, et d'un cœur véritable,
Que j'ai conçu pour vous une estime incroyable,
Et que, depuis longtemps, cette estime m'a mis
Dans un ardent désir d'être de vos amis.
Oui, mon cœur au mérite aime à rendre justice,
Et je brûle qu'un nœud d'amitié nous unisse.
Je crois qu'un ami chaud, et de ma qualité,
N'est pas assurément pour être rejeté.
(*Pendant le discours d'Oronte, Alceste est rêveur, sans faire attention que
c'est à lui qu'on parle, et ne sort de sa rêverie que quand Oronte lui dit :*)
C'est à vous, s'il vous plaît, que ce discours s'adresse.

ALCESTE.

A moi, Monsieur ?

ORONTE.

A vous. Trouvez-vous qu'il vous blesse ?

ALCESTE.

Non pas, mais la surprise est fort grande pour moi ;
Et je n'attendois pas l'honneur que je reçoi.

ORONTE.

L'estime où je vous tiens ne vous doit point surprendre,
Et de tout l'univers vous la pouvez prétendre.

ALCESTE.

Monsieur...

ORONTE.

L'Etat n'a rien qui ne soit au-dessous
Du mérite éclatant que l'on découvre en vous.

ALCESTE.

Monsieur. .

ORONTE.

Oui, de ma part, je vous tiens préférable
A tout ce que j'y vois de plus considérable.

ALCESTE.

Monsieur...

ORONTE.

Sois-je du ciel écrasé si je mens !
Et, pour vous confirmer ici mes sentiments,
Souffrez qu'à cœur ouvert, Monsieur, je vous embrasse,
Et qu'en votre amitié je vous demande place.
Touchez là, s'il vous plaît. Vous me la promettez,
Votre amitié?

ALCESTE.

Monsieur...

ORONTE.

Quoi, vous y résistez?

ALCESTE.

Monsieur, c'est trop d'honneur que vous me voulez faire;
Mais l'amitié demande un peu plus de mystère;
Et c'est assurément en profaner le nom
Que de vouloir le mettre à toute occasion.
Avec lumière et choix cette union veut naître.
Avant que de nous lier, il faut nous mieux connoître;
Et nous pourrions avoir telles complexions,
Que tous deux du marché nous nous repentirions.

ORONTE.

Parbleu, c'est là-dessus parler en homme sage;
Et je vous en estime encore davantage :
Souffrons donc que le temps forme des nœuds si doux.
Mais cependant je m'offre entièrement à vous :
S'il faut faire à la cour pour vous quelque ouverture,
On sait qu'auprès du Roi je fais quelque figure;
Il m'écoute, et dans tout il en use, ma foi,
Le plus honnêtement du monde avecque moi.
Enfin je suis à vous de toutes les manières;
Et, comme votre esprit a de grandes lumières,
Je viens, pour commencer entre nous ce beau nœud,
Vous montrer un sonnet que j'ai fait depuis peu,
Et savoir s'il est bon qu'au public je l'expose.

ALCESTE.

Monsieur, je suis mal propre à décider la chose.
Veuillez m'en dispenser.

ORONTE.

Pourquoi?

ALCESTE.

J'ai le défaut
D'être un peu plus sincère en cela qu'il ne faut.

ORONTE.

C'est ce que je demande; et j'aurois lieu de plainte
Si, m'exposant à vous pour me parler sans feinte,
Vous alliez me trahir, et me déguiser rien.

ALCESTE.

Puisqu'il vous plaît ainsi, Monsieur, je le veux bien.

ORONTE.

Sonnet. C'est un sonnet. *L'espoir...* C'est une dame
Qui de quelque espérance avoit flatté ma flamme.
L'espoir... Ce ne sont point de ces grands vers pompeux,
Mais de petits vers doux, tendres et langoureux.

ALCESTE.

Nous verrons bien.

ORONTE.

　　　　　L'espoir... Je ne sais si le style
Pourra vous en paroître assez net et facile,
Et si du choix des mots vous vous contenterez.

ALCESTE.

Nous allons voir, Monsieur.

ORONTE.

　　　　　　　Au reste, vous saurez
Que je n'ai demeuré qu'un quart d'heure à le faire.

ALCESTE.

Voyons, Monsieur; le temps ne fait rien à l'affaire.

ORONTE *lit.*

L'espoir, il est vrai, nous soulage,
Et nous berce un temps notre ennui,
Mais, Philis, le triste avantage,
Lorsque rien ne marche après lui!

PHILINTE.

Je suis déjà charmé de ce petit morceau.

ALCESTE, *bas, à Philinte.*

Quoi! vous avez le front de trouver cela beau!

ORONTE.

Vous eûtes de la complaisance;
Mais vous en deviez moins avoir,
Et ne vous pas mettre en dépense,
Pour ne me donner que l'espoir.

PHILINTE.

Ah! qu'en termes galans ces choses-là sont mises!

ALCESTE, *bas, à Philinte.*

Hé quoi! vil complaisant, vous louez des sottises!

ORONTE.

S'il faut qu'une attente éternelle
Pousse à bout l'ardeur de mon zèle,

Le trépas sera mon recours.

Vos soins ne m'en peuvent distraire :
Belle Philis, on désespère
Alors qu'on espère toujours.

PHILINTE.

La chute en est jolie, amoureuse, admirable.

ALCESTE, *bas, à part.*

La peste de ta chute! empoisonneur, au diable!
En eusses-tu fait une à te casser le nez!

PHILINTE.

Je n'ai jamais ouï de vers si bien tournés.

ALCESTE, *bas, à part.*

Morbleu!

ORONTE, *à Philinte.*

Vous me flattez, et vous croyez peut-être..

PHILINTE.

Non, je ne flatte point.

ALCESTE, *bas, à part.*

Hé! que fais-tu donc, traître?

ORONTE, *à Alceste.*

Mais, pour vous, vous savez quel est notre traité :
Parlez-moi, je vous prie, avec sincérité.

ALCESTE.

Monsieur, cette matière est toujours délicate,
Et sur le bel esprit nous aimons qu'on nous flatte.
Mais un jour à quelqu'un, dont je tairai le nom,
Je disois, en voyant des vers de sa façon,
Qu'il faut qu'un galant homme ait toujours grand empire
Sur les demangeaisons qui nous prennent d'écrire;
Qu'il doit tenir la bride aux grands empressemens
Qu'on a de faire éclat de tels amusemens;
Et que par la chaleur de montrer ses ouvrages,
On s'expose à jouer de mauvais personnages.

ORONTE.

Est-ce que vous voulez me déclarer par là
Que j'ai tort de vouloir...

ALCESTE.

Je ne dis pas cela.
Mais je lui disois, moi, qu'un froid écrit assomme;
Qu'il ne faut que ce foible à décrier un homme;
Et qu'eût-on d'autre part cent belles qualités,
On regarde les gens par leurs méchans côtés.

ORONTE.

Est-ce qu'à mon sonnet vous trouvez à redire?

ALCESTE.

Je ne dis pas cela. Mais, pour ne point écrire,

Je lui mettois aux yeux comme dans notre temps
Cette soif a gâté de fort honnêtes gens.

ORONTE.

Est-ce que j'écris mal ? et leur ressemblerois-je ?

ALCESTE.

Je ne dis pas cela. Mais enfin, lui disois-je,
Quel besoin si pressant avez-vous de rimer ?
Et qui diantre vous pousse à vous faire imprimer ?
Si l'on peut pardonner l'essor d'un mauvais livre,
Ce n'est qu'aux malheureux qui composent pour vivre.
Croyez-moi, résistez à vos tentations.
Dérobez au public ces occupations ;
Et n'allez point quitter, de quoi que l'on vous somme,
Le nom que, dans la cour, vous avez d'honnête homme,
Pour prendre de la main d'un avide imprimeur
Celui de ridicule et misérable auteur.
C'est ce que je tâchai de lui faire comprendre.

ORONTE.

Voilà qui va fort bien, et je crois vous entendre.
Mais ne puis-je savoir ce que dans mon sonnet...

ALCESTE.

Franchement, il est bon à mettre au cabinet.
Vous vous êtes réglé sur de méchans modèles,
Et vos expressions ne sont point naturelles.

  Qu'est-ce que nous berce un temps notre ennui ?
     Et que, rien ne marche après lui ?
     Que, ne vous pas mettre en dépense
     Pour ne me donner que l'espoir ?
     Et que, Philis, on désespère,
     Alors qu'on espère toujours ?

Ce style figuré, dont on fait vanité,
Sort du bon caractère et de la vérité ;
Ce n'est que jeu de mots, qu'affectation pure,
Et ce n'est point ainsi que parle la nature.
Le méchant goût du siècle en cela me fait peur ;
Nos pères, tout grossiers, l'avoient beaucoup meilleur ;
Et je prise bien moins tout ce que l'on admire,
Qu'une vieille chanson que je m'en vais vous dire :

        Si le roi m'avoit donné
             Paris, sa grand'ville,
        Et qu'il me fallût quitter
             L'amour de ma mie,
        Je dirois au roi Henri,
        Reprenez votre Paris,
        J'aime mieux ma mie, ô gué !
             J'aime mieux ma mie.

La rime n'est pas riche, et le style en est vieux :
Mais ne voyez-vous pas que cela vaut bien mieux.

Que ces colifichets dont le bon sens murmure,
Et que la passion parle là toute pure?

    Si le roi m'avoit donné
      Paris, sa grand'ville,
    Et qu'il me fallût quitter
      L'amour de ma mie!
    Je dirois au roi Henri,
    Reprenez votre Paris
    J'aime mieux ma mie, ô gué!
    J'aime mieux ma mie.

Voilà ce que peut dire un cœur vraiment épris.
        (A Philinte qui rit.)
Oui, Monsieur le rieur, malgré vos beaux esprits,
J'estime plus cela que la pompe fleurie
De tous ces faux brillans où chacun se récrie.

        ORONTE.
Et moi, je vous soutiens que mes vers sont fort bons.

        ALCESTE.
Pour les trouver ainsi vous avez vos raisons :
Mais vous trouverez bon que j'en puisse avoir d'autres
Qui se dispenseront de se soumettre aux vôtres.

        ORONTE.
Il me suffit de voir que d'autres en font cas.

        ALCESTE.
C'est qu'ils ont l'art de feindre; et moi, je ne l'ai pas.

        ORONTE.
Croyez-vous donc avoir tant d'esprit en partage?

        ALCESTE.
Si je louois vos vers, j'en aurois davantage.

        ORONTE.
Je me passerai bien que vous les approuviez.

        ALCESTE.
Il faut bien, s'il vous plaît, que vous vous en passiez.

        ORONTE.
Je voudrois bien, pour voir, que de votre manière
Vous en composassiez sur la même matière.

        ALCESTE.
J'en pourrois, par malheur, faire d'aussi méchans;
Mais je me garderois de les montrer aux gens.

        ORONTE.
Vous me parlez bien ferme; et cette suffisance...

        ALCESTE.
Autre part que chez moi cherchez qui vous encense.

        ORONTE.
Mais, mon petit Monsieur, prenez-le un peu moins haut.

ALCESTE.

Ma foi, mon grand Monsieur, je le prends comme il faut.

PHILINTE, *se mettant entre deux.*

Hé! Messieurs, c'en est trop. Laissez cela, de grâce.

ORONTE.

Ah! j'ai tort, je l'avoue, et je quitte la place.
Je suis votre valet, Monsieur, de tout mon cœur.

ALCESTE.

Et moi, je suis, Monsieur, votre humble serviteur.

MERCURE ET SOSIE
(*Amphitryon.*)

MERCURE.

De prendre le nom de Sosie
Qui te donne, dis-moi, cette témérité?

SOSIE.

Moi, je ne le prends point, je l'ai toujours porté.

MERCURE.

O le mensonge horrible et l'impudence extrême!
Tu m'oses soutenir que Sosie est ton nom?

SOSIE.

Fort bien. Je le soutiens par la grande raison
Qu'ainsi l'a fait des dieux la puissance suprême,
Et qu'il n'est pas en moi de pouvoir dire non,
Et d'être un autre que moi-même.

MERCURE.

Mille coups de bâton doivent être le prix
D'une pareille effronterie. (*Il le bat.*)

SOSIE.

Justice, citoyens! Au secours, je vous prie!

MERCURE.

Comment! bourreau, tu fais des cris!

SOSIE.

De mille coups tu me meurtris,
Et tu ne veux pas que je crie?

MERCURE.

C'est ainsi que mon bras...

SOSIE.

L'action ne vaut rien.
Tu triomphes de l'avantage
Que te donne sur moi mon manque de courage;
Et ce n'est pas en user bien.
C'est pure fanfaronnerie
De vouloir profiter de la poltronnerie
De ceux qu'attaque notre bras.

Battre un homme à jeu sûr n'est pas d'une belle âme ;
Et le cœur est digne de blâme.
Contre les gens qui n'en ont pas.

MERCURE.

Hé bien ! es-tu Sosie, à présent ? Qu'en dis-tu ?

SOSIE.

Tes coups n'ont point en moi fait de métamorphose,
Et tout le changement que je trouve à la chose,
C'est d'être Sosie battu.

MERCURE.

Encor ! Cent autres coups pour cette autre impudence.

SOSIE.

De grâce, fais trêve à tes coups.

MERCURE.

Fais donc trêve à ton insolence.

SOSIE.

Tout ce qu'il te plaira ; je garde le silence.
La dispute est par trop inégale entre nous.

MERCURE.

Es-tu Sosie encor ? dis, traître !

SOSIE.

Hélas ! je suis ce que tu veux !
Dispose de mon sort tout au gré de tes vœux :
Car ton bras t'en a fait le maître.

MERCURE.

Ton nom étoit Sosie, à ce que tu disois ?

SOSIE.

Il est vrai, jusqu'ici j'ai cru la chose claire ;
Mais ton bâton sur cette affaire
M'a fait voir que je m'abusois.

MERCURE.

C'est moi qui suis Sosie, et tout Thèbes l'avoue ;
Il n'y en eut jamais aucun autre que moi.

SOSIE.

Toi, Sosie ?

MERCURE.

Oui, Sosie ; et, si quelqu'un s'y joue,
Il peut bien prendre garde à soi.

SOSIE.

Ciel ! me faut-il ainsi renoncer à moi-même,
Et par un imposteur me voir voler mon nom !
Que son bonheur est extrême
De ce que je suis poltron !
Qui te jette, dis-moi, dans cette fantaisie ?

Que t'en reviendra-t-il de m'enlever mon nom?
Et peux-tu faire enfin, quand tu serois démon,
Que je ne sois pas moi, que je ne sois Sosie?

MERCURE.

Quoi! pendard, imposteur, coquin...

SOSIE.

            Pour des injures
Dis-m'en tant que tu voudras,
Ce sont légères blessures,
Et je ne m'en fâche pas.

MERCURE.

Tu te dis Sosie?

SOSIE.

    Oui, quelque conte frivole...

MERCURE.

Sus, je romps notre trêve, et reprends ma parole.

SOSIE.

N'importe. Je ne puis m'anéantir pour toi,
Et souffrir un discours si loin de l'apparence.
Être ce que je suis est-il en ta puissance?
    Et puis-je cesser d'être moi?
S'avisa-t-on jamais d'une chose pareille,
Et peut-on dementir cent indices pressans?
    Rêvé-je? Est-ce que je sommeille?
Ai-je l'esprit troublé par des transports puissans?
    Ne sens-je pas bien que je veille?
    Ne suis-je pas dans mon bon sens?
Ne suis-je pas du port arrivé tout à l'heure?
    Ne tiens-je pas une lanterne en main?
Ne te trouvé-je pas devant notre demeure,
Ne t'y parlé-je pas d'un esprit tout humain?
Ne te tiens-tu pas fort de ma poltronnerie?
    Pour m'empêcher d'entrer chez nous,
N'as-tu pas sur mon dos exercé ta furie?
    Ne m'as-tu pas roué de coups?
Ah! tout cela n'est que trop véritable,
    Et plût au ciel le fût-il moins!
Cesse donc d'insulter au sort d'un misérable,
Et laisse à mon devoir s'acquitter de ses soins.

MERCURE.

Arrête! ou sur ton dos le moindre pas attire
Un assommant éclat de mon juste courroux.
    Tout ce que tu viens de dire
    Est à moi, hormis les coups.
    Quand je ne serai plus Sosie,
    Sois-le, j'en demeure d'accord;
Mais, tant que je le suis, je te garantis mort
    Si tu prends cette fantaisie.

LES PÉDANTS

TRISSOTIN, VADIUS, PHILAMINTE.

TRISSOTIN.

Vos vers ont des beautés que n'ont point tous les autres.

VADIUS.

Les grâces de Vénus règnent dans tous les vôtres.

TRISSOTIN.

Vous avez le tour libre et le beau choix des mots.

VADIUS.

On voit partout chez vous l'*Ithos* et le *Pathos*.

TRISSOTIN.

Nous avons vu de vous des éloges, d'un style
Qui passe en doux attraits Théocrite et Virgile.

VADIUS.

Vos odes ont un air noble, galant et doux,
Qui laisse de bien loin votre Horace après vous.

TRISSOTIN.

Est-il rien d'amoureux comme vos chansonnettes ?

VADIUS.

Peut-on voir rien d'égal aux sonnets que vous faites ?

TRISSOTIN.

Rien qui soit plus charmant que vos petits rondeaux ?

VADIUS.

Rien de si plein d'esprit que tous vos madrigaux?

TRISSOTIN.

Aux ballades surtout vous êtes admirable.

VADIUS.

Et dans vos bouts-rimés je vous trouve adorable.

TRISSOTIN.

Si la France pouvoit connoître votre prix,

VADIUS.

Si le siècle rendoit justice aux beaux esprits,

TRISSOTIN.

En carrosse doré vous iriez par les rues.

VADIUS.

On verroit le public vous dresser des statues.
        (*A Trissotin.*)
Hom! c'est une ballade, et je veux que tout net
Vous m'en...

14

TRISSOTIN, *à Vadius.*

    Avez-vous vu certain petit sonnet
Sur la fièvre qui tient la princesse Uranie?

VADIUS.

Oui, hier il me fut lu dans une compagnie.

TRISSOTIN.

Vous en savez l'auteur?

VADIUS.

            Non; mais je sais fort bien
Qu'à ne le point flatter, son sonnet ne vaut rien.

TRISSOTIN.

Beaucoup de gens pourtant le trouvent admirable.

VADIUS.

Cela n'empêche pas qu'il ne soit misérable;
Et si vous l'avez vu vous serez de mon goût.

TRISSOTIN.

Je sais que là-dessus je n'en suis point du tout,
Et que d'un tel sonnet peu de gens sont capables.

VADIUS.

Me préserve le ciel d'en faire de semblables!

TRISSOTIN.

Je soutiens qu'on ne peut en faire de meilleur;
Et ma grande raison, c'est que j'en suis l'auteur.

VADIUS.

Vous?

TRISSOTIN.

   Moi.

VADIUS.

    Je ne sais donc comment se fit l'affaire.

TRISSOTIN.

C'est qu'on fut malheureux de ne pouvoir vous plaire.

VADIUS.

Il faut qu'en écoutant j'aie eu l'esprit distrait,
Ou bien que le lecteur m'ait gâté le sonnet.
Mais laissons ce discours, et voyons ma ballade.

TRISSOTIN.

La ballade, à mon goût, est une chose fade:
Ce n'en est plus la mode; elle sent son vieux temps.

VADIUS.

La ballade pourtant charme beaucoup de gens.

TRISSOTIN.

Cela n'empêche pas qu'elle ne me déplaise.

VADIUS.

Elle n'en reste pas pour cela plus mauvaise.

TRISSOTIN.

Elle a pour les pédans de merveilleux appas.

VADIUS.

Cependant nous voyons qu'elle ne vous plait pas.

TRISSOTIN.

Vous donnez sottement vos qualités aux autres. (*Ils se lèvent.*)

VADIUS.

Fort impertinemment vous me jetez les vôtres.

TRISSOTIN.

Allez, petit grimaud, barbouilleur de papier.

VADIUS.

Allez, rimeur de balle, opprobre du métier.

TRISSOTIN.

Allez, fripier d'écrits, impudent plagiaire.

VADIUS.

Allez, cuistre...

PHILAMINTE.

Hé! Messieurs, que prétendez-vous faire?

TRISSOTIN, *à Vadius.*

Va, va restituer tous les honteux larcins
Que réclament sur toi les Grecs et les Latins.

VADIUS.

Va, va-t'en faire amende honorable au Parnasse
D'avoir fait à tes vers estropier Horace.

TRISSOTIN.

Souviens-toi de ton livre et de son peu de bruit.

VADIUS.

Et toi, de ton libraire à l'hôpital réduit.

TRISSOTIN.

Ma gloire est établie, en vain tu la déchires.

VADIUS.

Oui, oui, je te renvoie à l'auteur des satires.

TRISSOTIN.

Je t'y renvoie aussi.

VADIUS.

J'ai le contentement
Qu'on voit qu'il m'a traité plus honorablement.
Il me donne en passant une atteinte légère
Parmi plusieurs auteurs qu'au palais on révère;
Mais jamais dans ses vers il ne te laisse en paix,
Et l'on t'y voit partout être en butte à ses traits.

TRISSOTIN.

C'est par là que j'y tiens un rang plus honorable :
Il te met dans la foule, ainsi qu'un misérable :

Il croit que c'est assez d'un coup pour t'accabler,
Et ne t'a jamais fait l'honneur de redoubler :
Mais il m'attaque à part comme un noble adversaire
Sur qui tout son effort lui semble nécessaire ;
Et ses coups, contre moi redoublés en tous lieux ,
Montrent qu'il ne se croit jamais victorieux.

VADIUS.

Ma plume t'apprendra quel homme je puis être.

TRISSOTIN.

Et la mienne saura te faire voir ton maître.

VADIUS.

Je te défie en vers, prose, grec et latin.

TRISSOTIN.

Hé bien, nous nous verrons seul à seul chez Barbin.

CHAPELLE (C.-Emm. Luillier). — Né en 1626, mort en 1686. Élève
de Gassendi, cet épicurien n'est connu que par quelques pièces
fugitives et le *Voyage* composé avec Bachaumont, mélange gracieux de vers et de prose.

ÉPITRE A M. DE MOLIÈRE

En vérité, mon très-cher ami, sans vous je ne songeois guères à Paris de
longtemps, et je ne me pourrai résoudre à la retraite que lorsque le soleil
fera la sienne. Toutes les beautés de la campagne ne vont faire que croître
et embellir, surtout celle du vert, qui nous donnera des feuilles au premier
jour, depuis que le chaud se fait sentir.

Ce ne sera pas néanmoins encore sitôt ; et pour ce voyage, il faudra se
contenter de celui qui tapisse la terre, et qui, pour vous le dire un peu plus
noblement :

Jeune et foible rampe par bas   De pénétrer la tendre écorce
Dans le fond des prés, et n'a pas   Du saule qui lui tend les bras.
Encor la vigueur et la force   .   .   .   .

Je suis très-sensible au déplaisir que vous donnent les partialités de vos
trois grandes actrices pour la distribution de vos rôles. Il faut être à Paris
pour en résoudre ensemble ; et, tâchant de faire réussir l'application de vos
rôles à leur caractère, remédier à ce démêlé qui vous donne tant de peine.
En vérité, grand homme, vous avez besoin de toute votre tête, en conduisant
les leurs, et je vous compare à Jupiter pendant la guerre de Troie. Qu'il vous
souvienne de l'embarras où ce maître des dieux se trouva pendant cette
guerre, sur les différents intérêts de la troupe céleste, pour réduire les trois
déesses à sa volonté.

Si nous en voulons croire Homère,   Car Pallas, bien que la déesse
Ce fut la plus terrible affaire   Du bon sens et de la sagesse,
Qu'eut jamais le grand Jupiter :   Courant partout le guille-dou,
Pour mettre fin à cette guerre,   Avec son casque et son hibou,
Il fut obligé de quitter   Passa pour folle dans la Grèce ;
Le soin du reste de la terre   Et lui, qui l'aime avec tendresse,

Pensa devenir aussi fou.

Sa Junon la grave matrône,
Sa compagne au céleste trône,
Devint une dame Alison,
En faveur de Lacédémone ;
Jurant que le bon roi Grison
En auroit tout du long de l'aune,
Et que tous ceux de sa maison
En seroient un jour à l'aumône.

Mais de l'autre côté Cypris
Donna congé pour lors aux ris,
Aux jeux, aux plaisirs, à la joie ;
Et prenant l'intérêt de Troie,
S'arma pour défendre Pâris.

Le bonhomme aussi Neptunus,

Gagné par sa nièce Vénus,
Et Phébus l'archer infaillible,
Devant qui le fils de Thétis
Ne se trouva pas invincible,
Firent tous deux tout leur possible
Pour les murs qu'ils avoient bâtis.

Voilà l'histoire : que t'en semble ?
Crois-tu pas qu'un homme avisé
Voit par là qu'il n'est pas aisé
D'accorder trois femmes ensemble ?
Fais-en donc ton profit : surtout
Tiens-toi neutre, et, tout plein d'Homère,
Dis-toi bien qu'en vain l'homme espère
Pouvoir jamais venir à bout
De ce qu'un grand dieu n'a su faire.

PERRAULT (Ch.-Fr.). — Né en 1628, mort en 1703. Il cultiva le genre burlesque, écrivit des *Éloges des hommes illustres*, et le *Parallèle des anciens et des modernes*. Son nom demeurera long-temps célèbre pour les *Contes des fées*, surtout dans le cœur des enfants. Il fut membre de l'Académie en 1671.

PORTRAIT DE L'AMITIÉ

J'ai le visage long et la mine naïve,
   Je suis sans finesse et sans art.
Mon teint est fort uni, ma couleur assez vive,
   Et je ne mets jamais de fard.
Mon abord est civil : j'ai la bouche riante,
   Et mes yeux ont mille douceurs ;
Mais, quoique je sois belle, agréable et charmante,
   Je règne sur bien peu de cœurs.
On me professe assez, et presque tous les hommes
   Se vantent de suivre mes lois.
Mais que j'en connois peu, dans le siècle où nous sommes,
   Dont le cœur réponde à ma voix !
Ceux que je fais aimer d'une flamme fidèle
   Me font l'objet de tous leurs soins.
Quoique vieille, à leurs yeux je parois toujours belle :
   Ils ne m'en estiment pas moins.
On m'accuse souvent d'aimer trop à paroître
   Où l'on voit la prospérité ;
Cependant il est vrai qu'on ne peut me connoître
   Qu'au milieu de l'adversité.

FLÉCHIER (Esprit). — Né en 1632, mort en 1710. — Devenu lecteur du Dauphin, il se fit connaître bientôt par ses sermons, et en parti-culier par ses oraisons funèbres, dont nous donnerons plus tard des extraits. Les plus célèbres sont celles de la duchesse de Montausier, de la duchesse d'Aiguillon et celle de Turenne, son chef-d'œuvre. Il fut nommé évêque de Lavaur, puis de Nîmes, où sa douceur le fit chérir de tous. Outre ses discours, il écrivit des mémoires, des biographies, et composa quelques poésies. Son style est fleuri et harmonieux, sa pensée noble et digne : on lui reproche l'abus des antithèses. Il fut de l'Académie française.

APOSTROPHE A ROME

Non, Rome, tu n'es plus au siècle des Césars,
Où, parmi les horreurs de Bellone et de Mars,
Tu portois ton orgueil sur la terre et sur l'onde ;
Et, bravant le destin des puissances du monde,
Tu faisois voir en pompe aux peuples étonnés
Des souverains captifs et des rois enchaînés...
Tout cet éclat passé n'est qu'un éclat frivole,
On ne redoute plus l'orgueil du Capitole,
Et les peuples instruits, charmés de tes vertus,
Adorent ta grandeur, et ne la craignent plus...

Régnier-Desmarais (François-Séraphin).—Né en 1632, mort en 1713. Il suivit Créqui dans son ambassade et entra dans les ordres à son retour en France. Secrétaire de l'Académie française, il apporta une utile collaboration au Dictionnaire, composa une grammaire estimée, et fit des traductions de plusieurs parties de Cicéron.

LE PASSÉ ET L'AVENIR
(Sonnet.)

Le miroir qui parle à mes yeux
Me tient tous les jours ce langage :
Vous voyez que vous êtes vieux ;
Ne vous flattez pas davantage.

La nature est prudente et sage
Obéissez-lui, c'est le mieux :
Tout homme, en tous temps, en tous lieux,
Doit se conformer à son âge.

Il me parle ainsi tous les jours :
Moi, vers la mort, à ce discours,
Je tourne aussitôt mes pensées ;

Et j'envisage tout d'un temps,
Sans regret les choses passées,
Sans chagrin le terme où je tends.

Quinault (Philippe). — Né en 1635, mort en 1688. Il débuta à 18 ans par la comédie des *Rivales*, étudia le droit, fut avocat, puis auditeur à la chambre des comptes, puis valet de chambre du roi. Cependant il composait des tragédies et des comédies. Seize ans avant sa mort, il donna son premier ouvrage lyrique, et n'aban-

donna plus ce genre, où il a excellé. Ses principaux opéras sont :
Alceste, *Thésée*, *Persée*, *Armide*, *Atys*, etc. Cet académicien ne
mérita pas l'indignation que lui a prodiguée Boileau : il a de
l'énergie dans la pensée, et de l'harmonie dans le style. « Il semble
être né, dit Palissot, pour donner à un grand roi des fêtes nobles
et majestueuses. Personne n'a su lier avec plus d'art des divertissements agréables et variés à des sujets intéressants; personne n'a
porté plus loin cette noble délicatesse, cette douce mélodie de style
qui semble appeler le chant. »

L'ENVIE INVOQUE LES VENTS
(Extrait de *Cadmus*.)

C'est trop voir le soleil briller dans sa carrière.
     Les rayons qu'il lance en tous lieux
     Ont trop blessé mes yeux :
Venez, noirs ennemis de sa vive lumière,
     Joignons nos transports furieux ;
     Que chacun me seconde.
Sortez, vents souterrains, des antres les plus creux ;
Volez, tyrans des airs, troublez la terre et l'onde ;
     Répandons la terreur ;
     Qu'avec nous le ciel gronde,
     Que l'enfer nous réponde ;
     Remplissons la terre d'horreur,
     Que la nature se confonde !
Jetons dans tous les cœurs du monde
     La jalouse fureur
     Qui déchire mon cœur.

LES GÉANTS FRAPPÉS DE LA FOUDRE
(Extrait de *Proserpine*.)

Les superbes géants, armés contre les dieux,
     Ne nous donnent plus d'épouvante :
Ils sont ensevelis sous la masse pesante
Des monts qu'ils entassoient pour attaquer les cieux.
Nous avons vu tomber leur chef audacieux
     Sous une montagne brûlante :
Jupiter l'a contraint de vomir à nos yeux
Les restes enflammés de sa rage mourante.
     Jupiter est victorieux,
Et tout cède à l'effort de sa main foudroyante.
Le ciel ne craindra plus que ses fiers ennemis
Se relèvent jamais de leur chute mortelle ;
Et du monde ébranlé par leur fureur rebelle
     Les fondemens sont raffermis.

PAS DE BONHEUR SANS LA VERTU
(Extrait de *Persée*.)

Sans la vertu, sans son secours,   Elle est toujours aimable,
On n'a point de bien véritable :   Il faut l'aimer toujours,

Elle éternise la mémoire
D'un héros qui la suit ;
La gloire où la vertu conduit
Est la parfaite gloire.
Suivons partout ses pas :

On ne peut la connoître
Sans aimer ses appas :
Le bonheur ne peut être
Où la vertu n'est pas.
. . . .

AU SOLEIL

(Extrait de *Persée*.)

O dieu de la clarté ! vous réglez la mesure
Des jours, des saisons et des ans :
C'est vous qui produisez dans les fertiles champs
Les fruits, les fleurs et la verdure ;
Et toute la nature
N'est riche que de vos présents.
C'est par vous, ô soleil ! que le ciel s'illumine,
Et sans votre splendeur divine,
La terre n'auroit point de climats fortunés.
La nuit, l'horreur et l'épouvante
S'emparent du séjour que vous abandonnez :
Tout brille, tout rit, tout enchante
Dans les lieux où vous revenez.

BOILEAU (Nicolas, Despréaux). — Né en 1636, mort en 1711. — Ce grand poëte, le juge du Parnasse, fut d'abord destiné au barreau ; mais il se livra bientôt à sa passion pour la poésie. Il écrivit en premier lieu ses satires, pleines de malice et d'habileté ; puis ses épitres, où le talent est poussé plus loin encore ; enfin l'*Art poétique* et le *Lutrin* le placèrent au premier rang de nos poëtes. Ses odes et ses épigrammes, quoique remarquables, sont cependant au-dessous de ses autres œuvres. Il fut, avec Racine, historiographe de Louis XIV et membre de l'Académie. Il a rendu, dit son biographe, d'immenses services à notre littérature, en dégoûtant son siècle des mauvais ouvrages qui étaient en vogue, en lui apprenant à goûter Corneille, Molière et Racine, et en offrant lui-même les plus beaux modèles d'une poésie pure et parfaite. On lui reproche d'avoir gardé le silence à l'égard de la Fontaine, et d'avoir été injuste envers Quinault. « Il obtint, dit Tissot, une influence immense sur son siècle ; elle s'étend encore sur le nôtre. Ennemi de la médiocrité, il défendit toujours le véritable talent : c'est lui qui soutint *Andromaque* contre l'hôtel de Rambouillet, et qui consola Racine du peu de succès d'*Athalie*, en lui disant ces mots : « C'est « votre chef-d'œuvre ; je m'y connais : le public y reviendra. » Il disait, dans les derniers temps de sa vie, ces paroles qui sont comme un dernier coup de pinceau à son portrait : « C'est une « grande consolation, pour un poëte qui va mourir, que de n'avoir « jamais offensé les mœurs. »

LE REPAS RIDICULE

(Satire III.)

Quel sujet inconnu vous trouble et vous altère ?
D'où vous vient aujourd'hui cet air sombre et sévère ?
Et ce visage, enfin, plus pâle qu'un rentier,
A l'aspect d'un arrêt qui retranche un quartier?
Qu'est devenu ce teint, dont la couleur fleurie
Sembloit d'ortolans seuls et de bisques nourrie,
Où la joie en son lustre attiroit les regards ,
Et le vin en rubis brilloit de toutes parts?
Qui vous a pu plonger dans cette humeur chagrine?
A-t-on, par quelque édit, réformé la cuisine ?
Ou quelque longue pluie, inondant vos vallons,
A-t-elle fait couler vos vins et vos melons?
Répondez donc enfin, ou bien je me retire.

— Ah ! de grâce, un moment, souffrez que je respire.
Je sors de chez un fat qui, pour m'empoisonner,
Je pense, exprès chez lui m'a forcé de dîner.
Je l'avois bien prévu. Depuis près d'une année,
J'éludois tous les jours sa poursuite obstinée.
Mais hier il m'aborde ; et, me serrant la main :
« Ah ! Monsieur, m'a-t-il dit, je vous attends demain.
N'y manquez pas au moins. J'ai quatorze bouteilles
D'un vin vieux... Boucingo n'en a pas de pareilles;
Et je gagerois bien que, chez le Commandeur,
Villandri priseroit sa séve et sa verdeur.
Molière avec Tartufe y doit jouer son rôle ;
Et Lambert, qui plus est, m'a donné sa parole.
C'est tout dire en un mot, et vous le connoissez.
— Quoi! Lambert? — Oui, Lambert. — A demain : c'est assez. »

Ce matin donc, séduit par sa vaine promesse,
J'y cours, midi sonnant, au sortir de la messe.
A peine étois-je entré que, ravi de me voir,
Mon homme, en m'embrassant, m'est venu recevoir;
Et, montrant à mes yeux une allégresse entière :
« Nous n'avons, m'a-t-il dit, ni Lambert ni Molière ;
Mais, puisque je vous vois, je me tiens trop content.
Vous êtes un brave homme, entrez, on vous attend. »

A ces mots, mais trop tard, reconnoissant ma faute,
Je le suis en tremblant dans une chambre haute,
Où, malgré les volets, le soleil irrité
Formoit un poêle ardent au milieu de l'été.
Le couvert étoit mis dans ce lieu de plaisance ,
Où j'ai trouvé d'abord, pour toute connoissance,
Deux nobles campagnards, grands lecteurs de romans,
Qui m'ont dit tout Cyrus dans leurs longs compliments.
J'enrageois. Cependant on apporte un potage :
Un coq y paroissoit en pompeux équipage,
Qui, changeant sur ce plat et d'état et de nom,
Pour tous les conviés s'est appelé chapon.

Deux assiettes suivoient, dont l'une étoit ornée
D'une langue en ragoût, de persil couronnée ;
L'autre, d'un godiveau tout brûlé par dehors,
Dont un beurre gluant inondoit tous les bords.
On s'assied ; mais d'abord notre troupe serrée
Tenoit à peine autour d'une table carrée,
Où chacun, malgré soi, l'un sur l'autre porté,
Faisoit un tour à gauche, et mangeoit de côté.
Jugez en cet état si je pouvois me plaire,
Moi qui ne compte rien ni le vin ni la chère,
Si l'on n'est plus à l'aise, assis en un festin,
Qu'aux sermons de Cassagne ou de l'abbé Cotin.

Notre hôte, cependant, s'adressant à la troupe :
« Que vous semble, a-t-il dit, du goût de cette soupe ?
Sentez-vous le citron dont on a mis le jus
Avec des jaunes d'œufs, mêlés dans du verjus ?
Ma foi, vive Mignot et tout ce qu'il apprête ! »
Les cheveux cependant me dressoient sur la tête ;
Car Mignot, c'est tout dire, et, dans le monde entier,
Jamais empoisonneur ne sut mieux son métier.
J'approuvois tout pourtant de la mine et du geste,
Pensant qu'au moins le vin dût réparer le reste.
Pour m'en éclaircir donc, j'en demande ; et d'abord
Un laquais effronté m'apporte un rouge-bord
D'un auvernat fumeux qui, mêlé de lignage,
Se vendoit, chez Crenet, pour vin de l'Hermitage,
Et qui, rouge et vermeil, mais fade et doucereux,
N'avoit rien qu'un goût plat et qu'un déboire affreux.
A peine ai-je senti cette liqueur traîtresse,
Que de ces vins mêlés j'ai reconnu l'adresse.
Toutefois, avec l'eau que j'y mets à foison,
J'espérois adoucir la force du poison.

Mais, qui l'auroit pensé ? pour comble de disgrâce,
Par le chaud qu'il faisoit nous n'avions point de glace.
Point de glace, bon Dieu ! dans le fort de l'été !
Au mois de juin ! Pour moi, j'étois si transporté,
Que, donnant de fureur tout le festin au diable,
Je me suis vu vingt fois prêt à quitter la table ;
Et, dût-on m'appeler et fantasque et bourru,
J'allois sortir enfin, quand le rôt a paru.

Sur un lièvre, flanqué de six poulets étiques,
S'élevoient trois lapins, animaux domestiques,
Qui, dès leur tendre enfance, élevés dans Paris,
Sentoient encor le chou dont ils furent nourris.
Autour de cet amas de viandes entassées,
Régnoit un long cordon d'alouettes pressées,
Et sur les bords du plat six pigeons étalés
Présentoient pour renfort leurs squelettes brûlés.
A côté de ce plat paroissoient deux salades,
L'une de pourpier jaune, et l'autre d'herbes fades,
Dont l'huile de fort loin saisissoit l'odorat,
Et nageoit dans des flots de vinaigre rosat.

Tous mes sots, à l'instant, changeant de contenance,
Ont loué du festin la superbe ordonnance ;
Tandis que mon faquin, qui se voyoit priser,
Avec un ris moqueur, les prioit d'excuser.
Surtout certain hâbleur, à la gueule affamée,
Qui vint à ce festin, conduit par la fumée,
Et qui s'est dit profès dans l'ordre des coteaux,
A fait, en bien mangeant, l'éloge des morceaux.
Je riois de le voir, avec sa mine étique,
Son rabat jadis blanc et sa perruque antique,
En lapins de garenne ériger nos clapiers,
Et nos pigeons cauchois en superbes ramiers ;
Et, pour flatter notre hôte, observant son visage,
Composer sur ses yeux son geste et son langage ;
Quand notre hôte charmé, m'avisant sur ce point :
« Qu'avez-vous donc, dit-il, que vous ne mangez point ?
Je vous trouve aujourd'hui l'âme tout inquiète,
Et les morceaux entiers restent sur votre assiette.
Aimez-vous la muscade ? on en a mis partout.
Ah ! monsieur, ces poulets sont d'un merveilleux goût !
Ces pigeons sont dodus : mangez, sur ma parole !
J'aime à voir aux lapins cette chair blanche et molle.
Ma foi, tout est passable, il faut le confesser,
Et Mignot aujourd'hui s'est voulu surpasser.
Quand on parle de sauce, il faut qu'on y raffine ;
Pour moi, j'aime surtout que le poivre y domine :
J'en suis fourni, Dieu sait ! et j'ai tout Pelletier,
Roulé, dans mon office, en cornets de papier. »
A tous ces beaux discours j'étois comme une pierre,
Ou comme la statue est au festin de Pierre ;
Et, sans dire un seul mot, j'avalois au hasard
Quelque aile de poulet, dont j'arrachois le lard.

Cependant mon hâbleur, avec une voix haute,
Porte à mes compagnons la santé de notre hôte,
Qui, tous deux pleins de joie, en jetant un grand cri,
Avec un rouge-bord acceptent son défi.
Un si galant exploit réveillant tout le monde,
On a porté partout des verres à la ronde,
Où les doigts des laquais, dans la crasse tracés,
Témoignoient par écrit qu'on les avoit rincés.
Quand un des conviés, d'un ton mélancolique,
Lamentant tristement une chanson bachique,
Tous mes sots à la fois, ravis de l'écouter,
Détonnant de concert, se mettent à chanter.
La musique, sans doute, étoit rare et charmante !
L'un traîne en longs fredons une voix glapissante,
Et l'autre, l'appuyant de son aigre fausset,
Semble un violon faux qui jure sous l'archet.

Sur ce point, un jambon d'assez maigre apparence
Arrive sous le nom de jambon de Mayence.
Un valet le portoit, marchant à pas comptés,
Comme un recteur suivi des quatre facultés.
Deux marmitons crasseux, revêtus de serviettes.

Lui servoient de massiers, et portoient deux assiettes,
L'une de champignons avec des ris de veau,
Et l'autre de pois verts qui se noyoient dans l'eau.
Un spectacle si beau surprenant l'assemblée,
Chez tous les conviés la joie est redoublée ;
Et la troupe à l'instant, cessant de fredonner,
D'un ton gravement fort s'est mise à raisonner.
Le vin au plus muet fournissant des paroles,
Chacun a débité ses maximes frivoles,
Réglé les intérêts de chaque potentat,
Corrigé la police et réformé l'Etat ;
Puis de là, s'embarquant dans la nouvelle guerre,
A vaincu la Hollande ou battu l'Angleterre.

Enfin, laissant en paix tous ces peuples divers,
De propos en propos, on a parlé de vers.
Là tous mes sots, enflés d'une nouvelle audace,
Ont jugé des auteurs en maîtres du Parnasse.
Mais notre hôte surtout, pour la justesse et l'art,
Elevoit jusqu'au ciel Théophile et Ronsard ;
Quand un des campagnards, relevant sa moustache
Et son feutre à grands poils, ombragé d'un panache,
Impose à tous silence, et, d'un ton de docteur :
« Morbleu ! dit-il, la Serre est un charmant auteur !
Ses vers sont d'un beau style, et sa prose est coulante.
La *Pucelle* est encore une œuvre bien galante,
Et je ne sais pourquoi je bâille en la lisant.
Le Pays, sans mentir, est un bouffon plaisant ;
Mais je ne trouve rien de beau dans ce Voiture.
Ma foi, le jugement sert bien dans la lecture.
A mon gré, le Corneille est joli quelquefois :
En vérité, pour moi, j'aime le beau françois.
Je ne sais pas pourquoi l'on vante l'*Alexandre* ;
Ce n'est qu'un glorieux qui ne dit rien de tendre.
Les héros, chez Quinault, parlent bien autrement,
Et, jusqu'à *Je vous hais*, tout s'y dit tendrement.
On dit qu'on l'a drapé dans certaine satire,
Qu'un jeune homme... — Ah ! je sais ce que vous voulez dire,
A répondu notre hôte. « Un auteur sans défaut...
La raison dit Virgile et la rime Quinault. »
— Justement. A mon gré, la pièce est assez plate.
Et puis, blâmer Quinault !... Avez-vous vu l'*Astrate ?*
C'est là ce qu'on appelle un ouvrage achevé.
Surtout l'anneau royal me semble bien trouvé :
Son sujet est conduit d'une belle manière ;
Et chaque acte, en sa pièce, est une pièce entière.
Je ne puis plus souffrir ce que les autres font.

— Il est vrai que Quinault est un esprit profond,
A repris certain fat, qu'à sa mine discrète
Et son maintien jaloux, j'ai reconnu poëte ;
Mais il en est pourtant qui le pourroient valoir.
— Ma foi, ce n'est pas vous qui nous le ferez voir,
A dit mon campagnard avec une voix claire,
Et déjà tout bouillant de vin et de colère.

— Peut-être, a dit l'auteur, pâlissant de courroux ;
Mais vous, pour en parler, vous y connoissez-vous ?
— Mieux que vous mille fois, dit le noble en furie.
— Vous ? mon Dieu ! mêlez-vous de boire, je vous prie,
A l'auteur sur-le-champ aigrement reparti.
— Je suis donc un sot, moi ? vous en avez menti ! »
Reprend le campagnard, et, sans plus de langage,
Lui jette pour défi son assiette au visage.
L'autre esquive le coup ; et l'assiette volant
S'en va frapper le mur et revient en roulant.
A cet affront, l'auteur, se levant de la table,
Lance à mon campagnard un regard effroyable ;
Et chacun vainement se ruant entre eux deux,
Nos braves, s'accrochant, se prennent aux cheveux ;
Aussitôt sous leurs pieds les tables renversées
Font voir un long débris de bouteilles cassées ;
En vain à lever tout les valets sont fort prompts,
Et les ruisseaux de vin coulent aux environs.

Enfin, pour arrêter cette lutte barbare,
De nouveau l'on s'efforce, on crie, on les sépare ;
Et, leur première ardeur passant en un moment,
On a parlé de paix et d'accommodement.
Mais, tandis qu'à l'envi tout le monde y conspire,
J'ai gagné doucement la porte sans rien dire,
Avec un bon serment que, si pour l'avenir
En pareille cohue on me peut retenir,
Je consens de bon cœur, pour punir ma folie,
Que tous les vins pour moi deviennent vins de Brie,
Qu'à Paris le gibier manque tous les hivers,
Et qu'à peine au mois d'août, l'on mange des pois verts.

A M. L'ABBÉ DES ROCHES

(Extrait de l'Épître II.)

Un jour, dit un auteur (n'importe en quel chapitre),
Deux voyageurs à jeun rencontrèrent une huître ;
Tous deux la contestoient, lorsque dans leur chemin
La justice passa, la balance à la main.
Devant elle à grand bruit ils expliquent la chose ;
Tous deux avec dépens veulent gagner leur cause.
La justice, pesant ce droit litigieux,
Demande l'huître, l'ouvre et l'avale à leurs yeux :
Et par ce bel arrêt terminant la bataille :
« Tenez, voilà, dit-elle, à chacun une écaille.
Des sottises d'autrui nous vivons au Palais.
Messieurs, l'huître était bonne. Adieu. Vivez en paix. »

A M. RACINE

(Épître VII.)

Que tu sais bien, Racine, à l'aide d'un acteur
Émouvoir, étonner, ravir un spectateur !
Jamais Iphigénie, en Aulide immolée,
N'a coûté tant de pleurs à la Grèce assemblée,

Que, dans l'heureux spectacle à nos yeux étalé,
N'en a fait, sous son nom, verser la Champmêlé.
Ne crois pas toutefois, par tes savans ouvrages,
Entraînant tous les cœurs, gagner tous les suffrages.
Sitôt que d'Apollon un génie inspiré
Trouve loin du vulgaire un chemin ignoré,
En cent lieux contre lui les cabales s'amassent;
Ses rivaux obscurcis autour de lui croassent;
Et son trop de lumière, importunant les yeux,
De ses propres amis lui fait des envieux.
La mort seule ici-bas, en terminant la vie,
Peut calmer sur son nom l'injustice et l'envie :
Faire au poids du bon sens peser tous ses écrits,
Et donner à ses vers leur légitime prix.

Avant qu'un peu de terre, obtenu par prière,
Pour jamais sous la tombe eût enfermé Molière,
Mille de ses beaux traits, aujourd'hui si vantés,
Furent des sots esprits à nos yeux rebutés.
L'ignorance et l'erreur, à ses naissantes pièces,
En habits de marquis, en robes de comtesses,
Venoient pour diffamer son chef-d'œuvre nouveau;
Et secouoient la tête à l'endroit le plus beau.
Le commandeur vouloit la scène plus exacte;
Le vicomte indigné sortoit au second acte,
L'un, défenseur zélé des bigots mis en jeu,
Pour prix de ses bons mots le condamnoit au feu;
L'autre, fougueux marquis, lui déclarant la guerre,
Vouloit venger la cour immolée au parterre.
Mais, sitôt que d'un trait de ses fatales mains
La Parque l'eut rayé du nombre des humains,
On reconnut le prix de sa muse éclipsée.
L'aimable comédie, avec lui terrassée,
En vain d'un coup si rude espéra revenir,
Et sur ses brodequins ne put plus se tenir.
Tel fut chez nous le sort du théâtre comique.

Toi donc, qui, t'élevant sur la scène tragique,
Suis les pas de Sophocle, et, seul de tant d'esprits,
De Corneille vieilli sais consoler Paris :
Cesse de t'étonner si l'envie animée
Attachant à ton nom sa rouille envenimée,
La calomnie en main, quelquefois te poursuit.
En cela, comme en tout, le ciel, qui nous conduit,
Racine, fait briller sa profonde sagesse.
Le mérite en repos s'endort dans la paresse;
Mais par les envieux un génie excité
Au comble de son art est mille fois monté :
Plus on veut l'affaiblir, plus il croît et s'élance.
Au Cid persécuté Cinna doit sa naissance;
Et peut-être ta plume aux censeurs de Pyrrhus
Doit les plus nobles traits dont tu peignis Burrhus.

Moi-même, dont la gloire ici moins répandue
Des pâles envieux ne blesse point la vue,

Mais qu'une humeur trop libre, un esprit peu soumis,
De bonne heure a pourvu d'utiles ennemis,
Je dois plus à leur haine, il faut que je l'avoue,
Qu'au foible et vain talent dont la France me loue.
Leur venin, qui sur moi brûle de s'épancher,
Tous les jours en marchant m'empêche de broncher.
Je songe, à chaque trait que ma plume hasarde,
Que d'un œil dangereux leur troupe me regarde.
Je sais sur leurs avis corriger mes erreurs,
Et je mets à profit leurs malignes fureurs.
Sitôt que sur un vice ils pensent me confondre,
C'est en me guérissant que je sais leur répondre :
Et plus en criminel ils pensent m'ériger,
Plus, croissant en vertu, je songe à me venger.

Imite mon exemple; et, lorsqu'une cabale,
Un flot de vains auteurs follement te ravale,
Profite de leur haine et de leur mauvais sens,
Ris du bruit passager de leurs cris impuissans.
Que peut contre tes vers une ignorance vaine?
Le Parnasse françois, ennobli par ta veine,
Contre tous ces complots saura te maintenir,
Et soulever pour toi l'équitable avenir.
Et qui, voyant un jour la douleur vertueuse
De Phèdre malgré soi perfide, incestueuse,
D'un si noble travail justement étonné,
Ne bénira d'abord le siècle fortuné
Qui, rendu plus fameux par tes illustres veilles,
Vit naître sous ta main ces pompeuses merveilles?...

ART POÉTIQUE
(Extrait du chant II.)

Telle qu'une bergère, aux plus beaux jours de fête
De superbes rubis ne charge point sa tête,
Et, sans mêler à l'or l'éclat des diamans,
Cueille en un champ voisin ses plus beaux ornemens;
Telle, aimable en son air, mais humble dans son style.
Doit éclater sans pompe une élégante idylle.
Son tour simple et naïf n'a rien de fastueux,
Et n'aime point l'orgueil d'un vers présomptueux :
Il faut que sa douceur flatte, chatouille, éveille,
Et jamais de grands mots n'épouvante l'oreille.
Mais souvent en ce style un rimeur aux abois
Jette là de dépit la flûte et le hautbois;
Et, follement pompeux dans sa verve indiscrète,
Au milieu d'une églogue entonne la trompette.
De peur de l'écouter Pan fuit dans les roseaux,
Et les Nymphes, d'effroi, se cachent sous les eaux.

Au contraire, cet autre, abject en son langage,
Fait parler ses bergers comme on parle au village;
Ses vers plats et grossiers, dépouillés d'agrément,
Toujours baisent la terre, et rampent tristement.
On diroit que Ronsard sur ses *pipeaux rustiques*

Vient encore fredonner ses idylles gothiques,
Et changer, sans respect de l'oreille et du son,
Lycidas en Pierrot et Phyllis en Toinon.

Entre ces deux excès la route est difficile :
Suivez, pour la trouver, Théocrite et Virgile.
Que leurs tendres écrits, par les Grâces dictés,
Ne quittent point vos mains, jour et nuit feuilletés.
Seuls, dans leurs doctes vers, ils pourront vous apprendre
Par quel art sans bassesse un auteur peut descendre ;
Chanter Flore, les champs, Pomone, les vergers ;
Au combat de la flûte animer deux bergers ;
Des plaisirs de l'amour vanter la douce amorce ;
Changer Narcisse en fleur, couvrir Daphné d'écorce,
Et par quel art encor l'églogue quelquefois
Rend dignes d'un consul la campagne et les bois :
Telle est de ce poëme et la force et la grâce.

D'un ton un peu plus haut, mais pourtant sans audace,
La plaintive élégie en longs habits de deuil,
Sait, les cheveux épars, gémir sur un cercueil.
Elle peint des amans la joie et la tristesse,
Flatte, menace, irrite, apaise une maîtresse.
Mais, pour bien exprimer ces caprices heureux,
C'est peu d'être poëte, il faut être amoureux.
Je hais ces vains auteurs dont la muse forcée
M'entretient de ses feux, toujours froide et glacée ;
Qui s'affligent par art, et, fous de sens rassis,
S'érigent pour rimer en amoureux transis.
Leurs transports les plus doux ne sont que choses vaines,
Ils ne savent jamais que se charger de chaînes ;
Que bénir leur martyre, adorer leur prison,
Et faire quereller le sens et la raison.
Ce n'étoit pas jadis sur ce ton ridicule
Qu'amour dictoit les vers que soupiroit Tibulle,
Ou que du tendre Ovide animant les doux sons,
Il donnoit de son art les charmantes leçons.
Il faut que le cœur seul parle dans l'élégie...

EXTRAIT DU LUTRIN

(Chant I.)

Je chante les combats et ce prélat terrible
Qui, par ses longs travaux et sa force invincible,
Dans une illustre église exerçant son grand cœur,
Fit placer à la fin un lutrin dans le chœur.
C'est en vain que le chantre, abusant d'un faux titre,
Deux fois l'en fit ôter par les mains du chapitre :
Ce prélat sur le banc de son rival altier
Deux fois le reportant le couvrit tout entier.

Muse, redis-moi donc quelle ardeur de vengeance
De ces hommes sacrés rompit l'intelligence,
Et troubla si longtemps deux célèbres rivaux.

Tant de fiel entre-t-il dans l'âme des dévots ?

. . . .

Parmi les doux plaisirs d'une paix fraternelle,
Paris voyoit fleurir son antique chapelle ;
Ses chanoines vermeils et brillans de santé
S'engraissoient d'une longue et sainte oisiveté ;
Sans sortir de leurs lits, plus doux que leurs hermines,
Ces pieux fainéans faisoient chanter matines,
Veilloient à bien dîner, et laissoient en leur lieu
A des chantres gagés le soin de louer Dieu ;
Quand la Discorde, encor toute noire de crimes,
Sortant des Cordeliers pour aller aux Minimes,
Avec cet air hideux qui fait frémir la Paix,
S'arrêta près d'un arbre, au pied de son palais.
Là, d'un œil attentif contemplant son empire,
A l'aspect du tumulte, elle-même s'admire.
Elle y voit par le coche et d'Evreux et du Mans,
Accourir à grands flots ses fidèles Normands ;
Elle y voit aborder le marquis, la comtesse,
Le bourgeois, le manant, le clergé, la noblesse,
Et partout des plaideurs les escadrons épars,
Faire autour de Thémis flotter ses étendards.
Mais une église seule, à ses yeux immobile,
Garde, au sein du tumulte, une assiette tranquille :
Elle seule la brave ; elle seule aux procès
De ses paisibles murs veut défendre l'accès.
La Discorde, à l'aspect d'un calme qui l'offense,
Fait siffler ses serpents, l'excite à la vengeance ;
Sa bouche se remplit d'un poison odieux,
Et de longs traits de feu lui sortent par les yeux.

« Quoi ! dit-elle d'un ton qui fit trembler les vitres,
J'aurai pu jusqu'ici troubler tous les chapitres,
Diviser Cordeliers, Carmes et Célestins ;
J'aurai fait soutenir un siége aux Augustins,
Et cette église seule, à mes ordres rebelle,
Nourrira dans son sein une paix éternelle !
Suis-je donc la Discorde ? et, parmi les mortels,
Qui voudra désormais encenser mes autels ? »

A ces mots, d'un bonnet couvrant sa tête énorme,
Elle prend d'un vieux chantre et la taille et la forme :
Elle peint de bourgeons son visage guerrier,
Et s'en va de ce pas trouver le trésorier...

LE BUCHERON ET LA MORT
(Fable.)

Le dos chargé de bois et le corps tout en eau,
Un pauvre bûcheron, dans l'extrême vieillesse,
Marchoit en haletant de peine et de détresse.
Enfin las de souffrir, jetant là son fardeau,
Plutôt que de s'en voir accablé de nouveau,
Il souhaite la mort, et cent fois il l'appelle.

15

La mort vint à la fin : « Que veux-tu? cria-t-elle.
— Qui ? moi! dit-il alors prompt à se corriger.
Que tu m'aides à me charger. »

ÉPIGRAMME

On dit que l'abbé Roquette   Moi, qui sais qu'il les achète,
Prêche les sermons d'autrui :   Je soutiens qu'ils sont à lui.

DESHOULIÈRES (A. du Ligier de la Garde). — Née en 1638, morte
en 1694. Amie de Corneille, de Mascaron, de Fléchier, etc., et surnommée la *Calliope française*, elle s'essaya dans tous les genres,
mais elle ne réussit guère que dans l'idylle.

LES MOUTONS

Hélas! petits moutons, que vous êtes heureux !
Vous paissez dans nos champs sans soucis, sans alarmes :
      Aussitôt aimés qu'amoureux,
On ne vous force point à répandre des larmes;
Vous ne formez jamais d'inutiles désirs!
Dans vos tranquilles cœurs l'amour suit la nature :
Sans ressentir ses maux, vous avez ses plaisirs.
L'ambition, l'honneur, l'intérêt, l'imposture,
      Qui font tant de maux parmi nous,
      Ne se rencontrent point chez vous.
Cependant nous avons la raison pour partage,
      Et vous en ignorez l'usage.
Innocens animaux, n'en soyez point jaloux :
      Ce n'est pas un grand avantage.
Cette fière raison dont on fait tant de bruit,
Contre les passions n'est pas un sûr remède :
Un peu de vin la trouble, un enfant la séduit;
Et déchirer un cœur qui l'appelle à son aide,
      Est tout l'effet qu'elle produit.
      Toujours impuissante et sévère,
Elle s'oppose à tout et ne surmonte rien.
      Sous la garde de votre chien,
Vous devez beaucoup moins redouter la colère
      Des loups cruels et ravissans,
Que sous l'autorité d'une telle chimère,
      Nous ne devons craindre nos sens.
Ne vaudroit-il pas mieux vivre comme vous faites,
      Dans une douce oisiveté?
Ne vaudroit-il pas mieux être comme vous êtes,
      Dans une heureuse obscurité,
      Que d'avoir sans tranquillité,
      Des richesses, de la naissance,
      De l'esprit et de la beauté?
Ces prétendus trésors, dont on fait vanité,
      Valent moins que votre indolence :
Ils nous livrent sans cesse à des soins criminels;
      Par eux plus d'un remords nous ronge;
      Nous voulons les rendre éternels,

Sans songer qu'eux et nous passerons comme un songe.
Il n'est dans ce vaste univers
Rien d'assuré, rien de solide ;
Des choses d'ici-bas la fortune décide
Selon ses caprices divers.
Tout l'effort de notre prudence
Ne peut nous dérober au moindre de ses coups.
Paissez, moutons, paissez sans règle et sans science :
Malgré la trompeuse apparence,
Vous êtes plus sages que nous.

BOURSAULT (Edme). — Né en 1638, mort en 1701. C'est l'homme d'esprit par excellence, l'homme apte à tout, l'écrivain de la *Véritable étude du souverain*, le publiciste de la *Gazette en vers*, l'auteur de tragédies, de fables, de romans, etc. Malgré cette fécondité, ses comédies seules lui ont fait un nom. Les plus remarquables sont : *Ésope à la cour*, *Ésope à la ville* et le *Mercure galant*.

ÉSOPE ET CRÉSUS

(Fragment d'*Ésope à la cour*.)

CRÉSUS.

Enfin, mon cher Ésope, il faut que je t'avoue
Que de ton équité tout le monde se loue.
Il n'est grands ni petits des endroits d'où tu viens,
Qui ne fassent des vœux pour mes jours et les tiens.
Après avoir été, par l'ordre de ton prince,
Réformer les abus de province en province ;
Il ne te restoit plus qu'à hâter ton retour,
Pour venir réformer les abus de ma cour.
Rends les vices affreux à tous tant que nous sommes.
Tous les hommes en ont, et les rois sont des hommes.
Le ciel, qui les choisit, les élève assez haut
Pour faire voir en eux jusqu'au moindre défaut.
Loin de flatter les miens dans ce degré suprême,
A corriger ma cour commence par moi-même ;
Règle ce que je dois suivant ce que je puis ;
Et rends-moi digne enfin d'être ce que je suis.

ÉSOPE.

Seigneur, vous obéir est ma plus forte envie :
C'est à vous que mon zèle a consacré ma vie ;
Mais, dans l'heureux état où vos bontés m'ont mis,
Ne me commandez rien qui ne me soit permis.
Il est beau qu'un monarque aussi grand que vous l'êtes,
Pour s'immortaliser fasse ce que vous faites ;
Qu'au gré de la justice il règle son pouvoir,
Et qu'exempt de défauts il ait peur d'en avoir.
Mais, si vous en aviez, quel homme en votre empire
Seroit assez hardi pour oser vous le dire ?
Pour oser, plein de zèle et de sincérité,
Découvrir à vos yeux l'austère vérité ?
Seroient-ce ces cœurs bas, ces flatteurs mercenaires.

Qui, d'un encens grossier prodigues téméraires,
Exaltent dans les rois, d'un plus tranquille front,
Les vertus qu'ils n'ont pas, que les vertus qu'ils ont ?

CRÉSUS.

Si tu veux que ta foi ne me soit point suspecte,
Ne souffre dans ma cour nul flatteur qui l'infecte.
L'équité, qui partout semble emprunter ta voix,
Est ce qu'on s'étudie à déguiser aux rois.
Pour me la faire aimer, fais-la-moi bien connoître,
Je t'en prie en ami, je te l'ordonne en maître.
Je suis jeune, et peut-être assez loin du tombeau.
Mais que sert un long règne, à moins qu'il ne soit beau ?
De ton zèle pour moi donne-moi tant de marques,
Que je ressemble un jour à ces fameux monarques,
Qui, pour veiller, défendre et régir leurs Etats,
En sont également l'œil, l'esprit et le bras.
Guide mes pas toi-même au chemin de la gloire.

ÉSOPE.

Les rois presque toujours y vont par la victoire ;
Leurs plus nobles travaux sont les travaux guerriers.
Eh ! quel prince a-t-on vu plus couvert de lauriers ?
Après avoir deux fois mis Samos dans vos chaînes,
Vaincu cinq rois voisins, et fait trembler Athènes,
Pour en vaincre encore un qui les surpasse tous,
Vous n'avez plus, seigneur, à surmonter que vous.
Sans être conquérant un roi peut être auguste.
Pour aller à la gloire il suffit d'être juste.
Dans le sein de la paix faire de toutes parts
Dispenser la justice et fleurir les beaux-arts ;
Protéger votre peuple autant qu'il vous révère ;
C'est en être, seigneur, le véritable père ;
Et père de son peuple est un titre plus grand
Que ne le fut jamais celui de conquérant.

RACINE (Jean). — Né en 1639, mort en 1699. Les débuts poétiques de Racine furent la *Nymphe de la Seine*, ode composée à l'occasion du mariage du roi ; elle fut suivie d'œuvres admirables, dans lesquelles cet étonnant génie sembla toujours aller croissant. C'est *Théagène et Chariclée*, essai tragique indigne de Racine ; les *Frères ennemis; Andromaque*, où se révéla toute sa puissance ; *Britannicus, Bérénice, Bajazet, Mithridate, Iphigénie; Phèdre*, chef-d'œuvre auquel la cabale de la duchesse de Bouillon et du duc de Nevers opposa la tragédie ridicule de Pradon. Le mauvais goût triompha pour un temps ; l'injustice de ce succès, et surtout une pensée religieuse, rendit muette la muse tragique de Racine, au profit des travaux qu'exigeait sa charge d'historiographe du roi. Cependant, à la sollicitation de Mme de Maintenon, il composa *Esther*, jouée avec succès par les demoiselles de Saint-Cyr, puis *Athalie*, mal accueillie du public, mais estimée à sa valeur par le seul Boileau. Étant tombé en disgrâce, il en conçut un chagrin profond qui détermina sa mort deux ans après. Il laissait, outre ses tragédies, la comédie si plaisante des *Plaideurs*, des odes, des cantiques, des épigrammes, et des ouvrages en prose pleins de mérite et d'éclat. Racine fut membre de l'Académie, et vécut dans la familiarité de Boileau et de Molière. Moins énergique, moins puissant que Corneille, il est plus parfait, plus élégant et plus sensible ; l'idée chez lui est toujours noble et grande, l'expression irréprochable. « Faites sur Racine un commentaire, dit-on un jour à Voltaire. — Il n'y a, répondit-il, qu'à mettre au bas de toutes les pages : beau, pathétique, harmonieux, admirable, sublime. »

CHŒUR D'ESTHER

(*Esther.*)

ÉLISE.

Je n'admirai jamais la gloire de l'impie.

UNE ISRAÉLITE.

Au bonheur du méchant qu'une autre porte envie !

ÉLISE.

Tous ses jours paraissent charmans ;
L'or éclate en ses vêtemens ;
Son orgueil est sans borne ainsi que sa richesse.
Jamais l'air n'est troublé de ses gémissemens ;
Il s'endort, il s'éveille au son des instrumens ;
Son cœur nage dans la mollesse.

UNE AUTRE ISRAÉLITE.

Pour comble de prospérité,
Il espère revivre en sa postérité,
Et d'enfans à sa table une riante troupe
Semble boire avec lui la joie à pleine coupe.

LE CHŒUR.

Heureux, dit-on, le peuple florissant
Sur qui ces biens coulent en abondance !
Plus heureux le peuple innocent
Qui dans le Dieu du ciel a mis sa confiance.

UNE ISRAÉLITE (*seule*).

Le bonheur de l'impie est toujours agité ;
Il erre à la merci de sa propre inconstance.
Ne cherchons la félicité
Que dans la paix de l'innocence.

UNE AUTRE.

Nulle paix pour l'impie. Il la cherche, elle fuit ;
Et le calme en son cœur ne trouve point de place :
Le glaive au dehors le poursuit
Le remords au dedans le glace.

UNE AUTRE.

La gloire des méchans en un moment s'éteint;
L'affreux tombeau pour jamais les dévore :
Il n'en est pas ainsi pour celui qui te craint;
Il renaîtra, mon Dieu, plus brillant que l'aurore.

LE CHŒUR.

O douce paix!
Heureux qui ne te perd jamais!

UNE AUTRE.

J'ai vu l'impie adoré sur la terre :
Pareil au cèdre, il cachoit dans les cieux
Son front audacieux;
Il sembloit à son gré gouverner le tonnerre,
Fouloit aux pieds ses ennemis vaincus;
Je n'ai fait que passer, il n'étoit déjà plus.

IMPRÉCATION D'ATHALIE
(Athalie.)

. . . . Dieu des Juifs, tu l'emportes!
Oui, c'est Joas; je cherche en vain à me tromper.
Je reconnois l'endroit où je le fis frapper;
Je vois d'Ochosias et le port et le geste;
Tout me retrace enfin un sang que je déteste.
David, David triomphe; Achab seul est détruit.
Impitoyable Dieu, toi seul as tout conduit!
C'est toi qui, me flattant d'une vengeance aisée,
M'as vingt fois en un jour à moi-même opposée;
Tantôt par un enfant excitant mes remords,
Tantôt m'éblouissant de tes riches trésors,
Que j'ai craint de livrer, aux flammes, au pillage.
Qu'il règne donc, ce fils, ton soin et ton ouvrage!
Et que, pour signaler son empire nouveau,
On lui fasse en mon sein enfoncer le couteau!
Voici ce qu'en mourant lui souhaite sa mère :
Que dis-je, souhaiter? je me flatte, j'espère
Qu'indocile à ton joug, fatigué de ta loi,
Fidèle au sang d'Achab qu'il a reçu de moi,
Conforme à son aïeul, à son père semblable,
On verra de David l'héritier détestable
Abolir tes honneurs, profaner ton autel,
Et venger Athalie, Achab et Jézabel!

CONSEILS AU JEUNE ROI JOAS
(Athalie.)

JOAD.

O mon fils! de ce nom j'ose encor vous nommer,
Souffrez cette tendresse, et pardonnez aux larmes
Que m'arrachent pour vous de trop justes alarmes.
Loin du trône nourri, de ce fatal honneur,
Hélas! vous ignorez le charme empoisonneur;
De l'absolu pouvoir vous ignorez l'ivresse.
Bientôt ils vous diront que les plus saintes lois,
Maîtresses du vil peuple, obéissent aux rois;

Qu'un roi n'a d'autre frein que sa volonté même ;
Qu'il doit immoler tout à sa grandeur suprême ;
Qu'aux larmes, au travail, le peuple est condamné,
Et d'un sceptre de fer veut être gouverné ;
Que s'il n'est opprimé, tôt ou tard il opprime.
Ainsi, de piége en piége, et d'abîme en abîme,
Corrompant de vos mœurs l'aimable pureté,
Ils vous feront enfin haïr la vérité,
Vous peindront la vertu sous une affreuse image ;
Hélas ! ils ont des rois égaré le plus sage !
Promettez sur ce livre, et devant ces témoins,
Que Dieu sera toujours le premier de vos soins ;
Que, sévère aux méchans, et des bons le refuge,
Entre le pauvre et vous, vous prendrez Dieu pour juge ;
Vous souvenant, mon fils, que, caché sous ce lin,
Comme eux vous fûtes pauvre, et comme eux orphelin.

HIPPOLYTE A SON PÈRE THÉSÉE

(*Phèdre.*)

Assez dans les forêts mon oisive jeunesse
Sur de vils ennemis a montré son adresse :
Ne pourrai-je, en fuyant un indigne repos,
D'un sang plus glorieux teindre mes javelots ?
Vous n'aviez pas encore atteint l'âge où je touche,
Déjà plus d'un tyran, plus d'un monstre farouche,
Avoit de votre bras senti la pesanteur.
Déjà, de l'insolence heureux persécuteur,
Vous aviez des deux mers assuré les rivages :
Le libre voyageur ne craignoit plus d'outrages.
Hercule, respirant sur le bruit de vos coups,
Déjà de son travail se reposoit sur vous.
Et moi, fils inconnu d'un si glorieux père,
Je suis même encor loin des traces de ma mère.
Souffrez que mon courage ose enfin s'occuper ;
Souffrez, si quelque monstre a pu vous échapper,
Que j'apporte à vos pieds sa dépouille honorable,
Ou que d'un beau trépas la mémoire durable,
Éternisant des jours si noblement finis,
Prouve à tout l'univers que j'étois votre fils.

ULYSSE A AGAMEMNON

(*Iphigénie.*)

. . . De ce soupir que faut-il que j'augure ?
Du sang qui se révolte est-ce quelque murmure ?
Croirai-je qu'une nuit a pu vous ébranler ?
Est-ce donc votre cœur qui vient de nous parler ?
Songez-y, vous devez votre fille à la Grèce :
Vous nous l'avez promise ; et, sur cette promesse,
Calchas, par tous les Grecs consulté chaque jour,
Leur a prédit des vents l'infaillible retour.
A ses prédictions si l'effet est contraire,
Pensez-vous que Calchas continue à se taire ;
Que ses plaintes, qu'en vain vous voudrez apaiser,

Laissent mentir les dieux sans vous en accuser?
Et qui sait ce qu'aux Grecs, frustrés de leur victime,
Peut permettre un courroux qu'ils croiront légitime?
Gardez-vous de réduire un peuple furieux,
Seigneur, à prononcer entre vous et les dieux.
N'est-ce pas vous enfin de qui la voix pressante
Nous a tous appelés aux campagnes du Xanthe,
Et qui de ville en ville attestiez les sermens
Que d'Hélène autrefois firent tous les amans,
Quand presque tous les Grecs, rivaux de votre frère,
La demandoient en foule à Tyndare son père?
De quelque heureux époux que l'on dût faire choix,
Nous jurâmes dès lors de défendre ses droits;
Et si quelque insolent lui voloit sa conquête,
Nos mains du ravisseur lui promirent la tête.
Mais sans vous, ce serment que l'amour a dicté,
Libres de cet amour, l'aurions-nous respecté?
Vous seul, nous arrachant à de nouvelles flammes,
Nous avez fait laisser nos enfans et nos femmes;
Et quand, de toutes parts assemblés en ces lieux,
L'honneur de vous venger brille seul à nos yeux;
Quand la Grèce déjà, vous donnant son suffrage,
Vous reconnoît l'auteur de ce fameux ouvrage;
Que ces rois, qui pouvoient vous disputer ce rang,
Sont prêts, pour vous servir, de verser tout leur sang;
Le seul Agamemnon, refusant la victoire,
N'ose d'un peu de sang acheter tant de gloire,
Et, dès le premier pas, se laissant effrayer,
Ne commande les Grecs que pour les renvoyer.

Je suis père, seigneur, et foible comme un autre.
Mon cœur se met sans peine à la place du vôtre;
Et, frémissant du coup qui vous fait soupirer,
Loin de blâmer vos pleurs, je suis près de pleurer;
Mais votre amour n'a plus d'excuse légitime,
Les dieux ont à Calchas amené leur victime:
Il le sait, il l'attend; et, s'il la voit tarder,
Lui-même à haute voix la viendra demander.
Nous sommes seuls encor. Hâtez-vous de répandre
Des pleurs que vous arrache un intérêt si tendre.
Pleurez ce sang, pleurez; ou plutôt, sans pâlir,
Considérez l'honneur qui doit en rejaillir.
Voyez tout l'Hellespont blanchissant sous nos rames,
Et la perfide Troie abandonnée aux flammes,
Ses peuples dans vos fers, Priam à vos genoux;
Hélène par vos mains rendue à son époux;
Voyez de vos vaisseaux les poupes couronnées,
Dans cette même Aulide avec vous retournées;
Et ce triomphe heureux, qui s'en va devenir
L'éternel entretien des siècles à venir.

IPHIGÉNIE ET AGAMEMNON
(Iphigénie.)

. . . . Mon père.
Cessez de vous troubler, vous n'êtes point trahi

Quand vous commanderez, vous serez obéi.
Ma vie est votre bien, vous voulez le reprendre :
Vos ordres sans détour pouvoient se faire entendre ;
D'un œil aussi content, d'un cœur aussi soumis,
Que j'acceptois l'époux que vous m'aviez promis,
Je saurai, s'il le faut, victime obéissante,
Tendre au fer de Calchas une tête innocente ;
Et, respectant le coup par vous-même ordonné,
Vous rendre tout le sang que vous m'avez donné.

Si pourtant ce respect, si cette obéissance
Paroît digne à vos yeux d'une autre récompense ;
Si d'une mère en pleurs vous plaignez les ennuis,
J'ose vous dire ici qu'en l'état où je suis,
Peut-être assez d'honneurs environnoient ma vie
Pour ne pas souhaiter qu'elle me fût ravie,
Ni qu'en me l'arrachant un sévère destin
Si près de ma naissance en eût marqué la fin.

Fille d'Agamemnon, c'est moi qui la première,
Seigneur, vous appelai de ce doux nom de père ;
C'est moi qui, si longtemps le plaisir de vos yeux,
Vous ai fait de ce nom remercier le dieux,
Et pour qui, tant de fois prodiguant vos caresses,
Vous n'avez point du sang dédaigné les foiblesses.
Hélas ! avec plaisir je me faisois conter
Tous les noms des pays que vous alliez dompter :
Et déjà d'Ilion présageant la conquête,
D'un triomphe si beau je préparois la fête !
Je ne m'attendois pas que, pour le commencer,
Mon sang fût le premier que vous dussiez verser.
Non que la peur du coup dont je suis menacée
Me fasse rappeler votre bonté passée ;
Ne craignez rien ; mon cœur, de votre honneur jaloux,
Ne fera point rougir un père tel que vous ;
Et, si je n'avois eu que ma vie à défendre,
J'aurois su renfermer un souvenir si tendre ;
Mais à mon triste sort, vous le savez, seigneur,
Une mère, un amant attachoient leur bonheur.
Un roi digne de vous a cru voir la journée
Qui devoit éclairer notre illustre hyménée ;
Déjà, sûr de mon cœur à sa flamme promis,
Il s'estimoit heureux; vous me l'aviez permis.
Il sait votre dessin ; jugez de ses alarmes.
Ma mère est devant vous ; et vous voyez ses larmes.
Pardonnez aux efforts que je viens de tenter
Pour prévenir les pleurs que je leur vais coûter.

AGRIPPINE A NÉRON
(*Britannicus.*)

Approchez-vous, Néron, et prenez votre place.
On veut sur vos soupçons que je vous satisfasse :
J'ignore de quel crime on a pu me noircir ;
De tous ceux que j'ai faits je vais vous éclaircir.
Vous régnez : vous savez combien votre naissance

Entre l'empire et vous avoit mis de distance.
Les droits de mes aïeux, que Rome a consacrés,
Étoient même sans moi d'inutiles degrés.
Quand de Britannicus la mère condamnée,
Laissa de Claudius disputer l'hyménée,
Parmi tant de beautés qui briguèrent son choix,
Qui de ses affranchis mendièrent les voix,
Je souhaitai son lit, dans la seule pensée
De vous laisser le trône où je serois placée.
Je fléchis mon orgueil ; j'allai prier Pallas.
Son maître, chaque jour caressé dans mes bras,
Prit insensiblement dans les yeux de sa nièce
L'amour où je voulois amener sa tendresse ;
Mais ce lien du sang qui nous joignoit tous deux
Écartoit Claudius d'un lit incestueux :
Il n'osoit épouser la fille de son frère.
Le Sénat fut séduit : une loi moins sévère
Mit Claude dans mon lit et Rome à mes genoux.
C'étoit beaucoup pour moi, ce n'étoit rien pour vous.
Je vous fis sur mes pas entrer dans sa famille ;
Je vous nommai son gendre et vous donnai sa fille.
Silanus, qui l'aimoit, s'en vit abandonné,
Et marqua de son sang ce jour infortuné.
Ce n'étoit rien encore. Eussiez-vous pu prétendre
Qu'un jour Claude à son fils dût préférer son gendre ?
De ce même Pallas j'implorai le secours,
Claude vous adopta, vaincu par ses discours,
Vous appela Néron, et du pouvoir suprême
Voulut, avant le temps, vous faire part lui-même.

C'est alors que chacun, rappelant le passé,
Découvrit mon dessein déjà trop avancé ;
Que de Britannicus la disgrâce future
Des amis de son frère excita le murmure.
Mes promesses aux uns éblouirent les yeux ;
L'exil me délivra des plus séditieux.
Claude même, lassé de ma plainte éternelle,
Éloigna de son fils tous ceux de qui le zèle,
Engagé dès longtemps à suivre son destin,
Pouvoit du trône encor lui rouvrir le chemin.
Je fis plus : je choisis moi-même dans ma suite
Ceux à qui je voulois qu'on livrât sa conduite.
J'eus soin de vous nommer, par un contraire choix,
Des gouverneurs que Rome honoroit de sa voix ;
Je fus sourde à la brigue, et crus la renommée.
J'appelai de l'exil, je tirai de l'armée,
Et ce même Sénèque, et ce même Burrhus,
Qui depuis... Rome alors estimoit leurs vertus.
De Claude en même temps épuisant les richesses,
Ma main sous votre nom répandoit ses largesses.
Les spectacles, les dons, invincibles appâts,
Vous attiroient les cœurs du peuple et des soldats,
Qui d'ailleurs, réveillant leur tendresse première,
Favorisoient en vous Germanicus mon père.
Cependant Claudius penchoit vers son déclin :

Ses yeux longtemps fermés s'ouvrirent à la fin,
Il connut son erreur; occupé de sa crainte,
Il laissa pour son fils échapper quelque plainte,
Et voulut, mais trop tard, assembler ses amis.
Ses gardes, son palais, son lit, m'étoient soumis.
Je lui laissai sans fruit consumer sa tendresse;
De ses derniers soupirs je me rendis maîtresse.
Mes soins, en apparence, épargnant ses douleurs,
De son fils en mourant lui cachèrent les pleurs;
Il mourut. Mille bruits en courent à ma honte.
J'arrêtai de sa mort la nouvelle trop prompte;
Et, tandis que Burrhus alloit secrètement
De l'armée en vos mains exiger le serment,
Que vous marchiez au camp, conduit sous mes auspices,
Dans Rome les autels fumoient de sacrifices :
Par mes ordres trompeurs, tout le peuple excité
Du prince déjà mort demandoit la santé.
Enfin, des légions l'entière obéissance
Ayant de votre empire affermi la puissance,
On vit Claude; et le peuple, étonné de son sort,
Apprit en même temps votre règne et sa mort.
C'est le sincère aveu que je voulois vous faire :
Voilà tous mes forfaits; en voici le salaire.

Du fruit de tant de soins à peine jouissant,
En avez-vous six mois paru reconnoissant,
Que, lassé d'un respect qui vous pesoit peut-être,
Vous avez affecté de ne me plus connoître.
J'ai vu Burrhus, Sénèque, aigrissant vos soupçons,
De l'infidélité vous tracer les leçons,
Ravis d'être vaincus dans leur propre science.
J'ai vu favoriser de votre confiance
Othon, Sénécion, jeunes voluptueux,
Et de tous vos plaisirs flatteurs respectueux;
Et lorsque, vos mépris excitant mes murmures,
Je vous ai demandé raison de tant d'injures,
Seul recours d'un ingrat qui se voit confondu,
Par de nouveaux affronts vous m'avez répondu.
Aujourd'hui je promets Junie à votre frère;
Ils se flattent tous deux du choix de votre mère;
Que faites-vous? Junie, enlevée à la cour,
Devient en une nuit l'objet de votre amour.
Je vois de votre cœur Octavie effacée,
Prête à sortir du lit où je l'avois placée.
Je vois Pallas banni, votre frère arrêté;
Vous attentez enfin jusqu'à ma liberté;
Burrhus ose sur moi porter ses mains hardies;
Et lorsque, convaincu de tant de perfidies,
Vous deviez ne me voir que pour les expier,
C'est vous qui m'ordonnez de me justifier.

ESTHER A ASSUÉRUS
(*Esther.*)

... O Dieu! confonds l'audace et l'imposture!
Ces Juifs dont vous voulez délivrer la nature,

Que vous croyez, seigneur, le rebut des humains,
D'une riche contrée autrefois souverains,
Pendant qu'ils n'adoroient que le Dieu de leurs pères,
Ont vu bénir le cours de leurs destins prospères.
Ce Dieu, maître absolu de la terre et des cieux,
N'est point tel que l'erreur le dépeint à vos yeux.
L'Éternel est son nom, le monde est son ouvrage;
Il entend les soupirs de l'humble qu'on outrage,
Juge tous les mortels avec d'égales lois,
Et du haut de son trône interroge les rois.
Des plus fermes États la chute épouvantable,
Quand il veut, n'est qu'un jeu de sa main redoutable.
Les Juifs à d'autres dieux osèrent s'adresser :
Roi, peuples, en un jour tout se vit disperser!
Sous les Assyriens leur triste servitude
Devint le juste prix de leur ingratitude.

Mais, pour punir enfin nos maîtres à leur tour,
Dieu fit choix de Cyrus avant qu'il vît le jour,
L'appela par son nom, le promit à la terre,
Le fit naître, et soudain l'arma de son tonnerre,
Brisa les fiers remparts et les portes d'airain,
Mit des superbes rois la dépouille en sa main,
De son temple détruit vengea sur eux l'injure,
Babylone paya nos pleurs avec usure.
Cyrus, par lui vainqueur, publia ses bienfaits,
Regarda notre peuple avec des yeux de paix,
Nous rendit et nos lois et nos fêtes divines;
Et le temple déjà sortoit de ces ruines.
Mais, de ce roi si sage héritier insensé,
Son fils interrompit l'ouvrage commencé,
Fut sourd à nos douleurs. Dieu rejeta sa race,
Le retrancha lui-même, et vous mit à sa place.

Que n'espérions-nous point d'un roi si généreux!
« Dieu regarde en pitié son peuple malheureux,
Disions-nous : un roi règne, ami de l'innocence. »
Partout du nouveau prince on vantoit la clémence.
Les Juifs partout de joie en poussèrent des cris.
Ciel, verra-t-on toujours, par de cruels esprits,
Des princes les plus doux l'oreille environnée,
Et du bonheur public la source empoisonnée!
Dans le fond de la Thrace un barbare enfanté
Est venu dans ces lieux souffler la cruauté.
Notre ennemi cruel devant vous se déclare;
C'est lui, c'est ce ministre infidèle et barbare,
Qui, d'un zèle trompeur à vos yeux revêtu,
Contre notre innocence arme votre vertu.
Et quel autre, grand Dieu, qu'un Scythe impitoyable
Auroit de tant d'horreurs dicté l'ordre effroyable?
Partout l'affreux signal, en même temps donné,
De meurtres remplira l'univers étonné.
On verra, sous le nom du plus juste des princes,
Un perfide étranger désoler vos provinces;
Et, dans ce palais même, en proie à son courroux,

Le sang de vos sujets regorger jusqu'à vous.

Et que reproche aux Juifs sa haine envenimée?
Quelle guerre intestine avons-nous allumée?
Les a-t-on vus marcher parmi vos ennemis?
Fut-il jamais au joug esclaves plus soumis?
Adorant dans leurs fers le Dieu qui les châtie,
Pendant que votre main, sur eux appesantie,
A leurs persécuteurs les livroit sans secours,
Ils conjuroient ce Dieu de veiller sur vos jours,
De rompre des méchans les trames criminelles,
De mettre votre trône à l'ombre de ses ailes.
N'en doutez point, Seigneur, il fut votre soutien ;
Lui seul mit à vos pieds le Parthe et l'Indien,
Dissipa devant vous les innombrables Scythes,
Et renferma les mers dans vos vastes limites.
Lui seul aux yeux d'un Juif découvrit le dessein
De deux traîtres tout prêts à vous percer le sein.

CHAULIEU (Guillaume, abbé de). — Né en 1639, mort en 1720.
Il entra dans les ordres, jouit de bénéfices fort riches, et, lié avec
la Fare, il vécut comme lui en épicurien. Ses vers sont faciles et
harmonieux.

LA VIE CHAMPÊTRE

Désert, aimable solitude,
Séjour du calme et de la paix,
Asile où n'entrèrent jamais
Le tumulte et l'inquiétude.

Quoi! j'aurai tant de fois chanté
Aux tendres accords de ma lyre
Tout ce qu'on souffre sous l'empire
De l'amour et de la beauté,

Et, plein de la reconnaissance
De tous les biens que tu m'as faits,
Je laisserai dans le silence
Tes agrémens et tes bienfaits !

C'est toi qui me rends à moi-même;
Tu calmes mon cœur agité,
Et de ma seule oisiveté
Tu me fais un bonheur extrême.

Parmi ces bois et ces hameaux,
C'est là que je commence à vivre;
Et j'empêcherai de m'y suivre
Le souvenir de tous mes maux.

Fontenay, lieu délicieux,
Où je vis d'abord la lumière,
Bientôt au bout de ma carrière,
Chez toi je joindrai mes aïeux.

LAMONNOIE (Bernard de). — Né en 1641, mort en 1728. Cet
éminent philologue trouve sa place ici pour ses poésies, dont les
plus remarquables sont des noëls, des contes, et l'*Abolition du
duel*. Il fut de l'Académie française.

LE RIRE

Je suis niais et fin, honnête et malhonnête,
Moins sincère à la cour qu'en un simple taudis,
Je fais d'un air plaisant trembler les plus hardis.
Le fou me laisse aller, et le sage m'arrête.

A personne sans moi l'on ne fait jamais fête.
J'embellis quelquefois, quelquefois j'enlaidis :
Je dédaigne tantôt, et tantôt j'applaudis.
Pour m'avoir en partage il faut n'être pas bête.

Plus mon trône est petit, plus il a de beauté.
Je l'agrandis pourtant d'un et d'autre côté,
Faisant voir bien souvent des défauts dont on glose.

Je quitte mon éclat quand je suis sans témoins,
Et je me puis enfin vanter d'être la chose
Qui contente le plus, et qui coûte le moins.

ÉPIGRAMME

L'envie est, dites-vous, de mille maux la cause :
Holà ! cher ami, parlez mieux ;
L'envie est une bonne chose :
Elle fait crever l'envieux.

SENEÇAY (Antoine de). — Né en 1643, mort en 1737. A la suite
d'un duel, il fut forcé de quitter la France et parcourut l'Espagne
et la Savoie. Ses satires, ses épigrammes, ses nouvelles sont remplies d'esprit, et écrites, la plupart, en style marotique.

LA TANTE CHAGRINE

Que Pernelle est contredisante !
Qu'il faut chèrement acheter
Cinq ou six cens écus de rente
Que d'elle j'espère hériter !
A toute heure elle fait la moue
Et contrôle ce que je dis :
Quand je plaisante, je médis ;
Je suis un flatteur, quand je loue ;
Un fanatique, quand je lis ;
Un dissipateur, quand je joue.
Si je suis gai, je suis un fou ;
Si je suis triste, un loup-garou ;
Elle me tourne en ridicule,
Si j'ai parfois bon appétit ;
Si j'en manque, ma vieille dit

Que c'est un reste de crapule.
Vais-je à l'église fréquemment,
Je suis taxé d'hypocrisie ;
Si je n'y vais que rarement,
Je suis entiché d'hérésie.
Pour moi j'y perds l'entendement.
Un jour, je lui disois : « Ma tante,
Tout vous déplait, tout vous tourmente ;
Quand aurez-vous contentement ?
—Quand ? reprit-elle : au monument ;
Et pour moi la mort est trop lente. »
Lors lui prit un éternûment,
Sur quoi je lui dis bonnement,
Mais de grand cœur : « Dieu vous
                        contente ! »

La FARE (Charles, marquis de). — Né en 1644, mort en 1712.
Après avoir servi glorieusement dans l'armée, il cultiva la poésie
avec talent. Son style est élégant et facile.

A LA VÉRITÉ

Loin d'ici, beautés mortelles,
Riches d'attraits empruntés,
Qui devez le nom de belles
A vos regards affectés ;
Mon âme, aujourd'hui plus pure,

Célèbre de la nature
L'aimable simplicité ;
Et je prétends que ma lyre
Au cœur le plus vain inspire
L'amour de la vérité.

Venez donc, vierges sacrées,
Venez, sur l'émail des fleurs
Que le soleil a parées
Des plus naïves couleurs,
Dévoiler à notre vue
Cette beauté toute nue
Qui ne peut souffrir le fard ;
Belle de ses propres charmes,
Qui peut tout vaincre sans armes,
Et qui sait plaire sans art.

Que je plains dans ma fortune
L'homme à qui la vanité
Et la grandeur importune
Fait haïr la vérité !
Sous le poids de l'ignorance,

Il gémit dans l'abondance,
Ce maître absolu de tout ;
Et des plaisirs de sa vie,
Sent la fausseté suivie
D'un invincible dégoût.

Venez dissiper la nue
Qui voile votre clarté,
Et montrez-vous toute nue,
Charmante divinité.
Qu'ici tout vous reconnoisse
Pour souveraine maîtresse,
O céleste vérité !
Que tout autre culte cesse,
Et que tout mortel s'empresse
A suivre votre beauté !

REGNARD (Jean-François). — Né en 1647, mort en 1709. Après une vie affligée par le malheur et agitée par des voyages, il acheta la charge de trésorier de France, et écrivit des comédies qui le placèrent au premier rang après Molière. Les plus estimées sont : le *Joueur*, le *Distrait*, les *Ménechmes*, le *Légataire universel*. « Les situations des pièces de Regnard, dit la Harpe, sont moins fortes que celles qu'on trouve dans Molière ; mais ce qui les caractérise, c'est une gaieté soutenue, un fond inépuisable de saillies et de traits plaisants. Il ne fait pas souvent penser, mais il fait rire. »

LE JOUEUR

VALÈRE ET HECTOR.

HECTOR.

Le voici. Ses malheurs sur son front sont écrits :
Il a tout le visage et l'air d'un premier pris.

VALÈRE.

Non, l'enfer en courroux, et toutes ses furies,
N'ont jamais exercé de telles barbaries ;
Je te loue, ô Destin, de tes coups redoutés ;
Je n'ai plus rien à perdre, et tes vœux sont comblés !
Pour assouvir encor la colère qui t'anime,
Tu ne peux rien sur moi : cherche une autre victime.

HECTOR, *à part.*

Il est sec.

VALÈRE.

De serpens mon cœur est dévoré ;
Tout semble en un moment contre moi conjuré.
            (*Il prend Hector à la cravate.*)
Parle. As-tu jamais vu le sort et son caprice
Accabler un mortel avec plus d'injustice,
Le mieux assassiner ? Perdre tous les paris ;

Vingt fois le coupe-gorge ; et toujours premier pris !
Réponds-moi donc, bourreau !

HECTOR.

Mais ce n'est pas ma faute.

VALÈRE.

As-tu vu de tes jours trahison aussi haute ?
Sort cruel ! ta malice a bien su triompher,
Et tu ne me flattois que pour mieux m'étouffer.
Dans l'état où je suis je puis tout entreprendre ;
Confus, désespéré, je suis prêt à me pendre.

HECTOR.

Heureusement pour vous, vous n'avez pas un sou
Dont vous puissiez, Monsieur, acheter un licou.
Voudriez-vous souper ?

VALÈRE.

Que la foudre t'écrase !

HECTOR, à part.

Notre bourse est à fond. . . . .

VALÈRE.

Calmons le désespoir où la fureur me livre :
Approche ce fauteuil.

(Hector approche un fauteuil.)

VALÈRE, assis.

Va me chercher un livre.

HECTOR.

Quel livre voulez-vous lire en votre chagrin ?

VALÈRE.

Celui qui te viendra le premier sous la main ;
Il m'importe peu, prends dans ma bibliothèque.

HECTOR sort, et rentre tenant un livre.

Voilà Sénèque.

VALÈRE.

Lis.

HECTOR.

Que je lise Sénèque ?

VALÈRE.

Oui. Ne sais-tu pas lire ?

HECTOR.

Hé, vous n'y pensez pas !
Je n'ai lu de mes jours que dans des almanachs.

VALÈRE.

Ouvre, et lis au hasard.

HECTOR.

Je vais le mettre en pièces.

VALÈRE.

Lis donc.

HECTOR *lit.*

« Chapitre **VI.** *Du mépris des richesses.*
« La fortune offre aux yeux des brillans mensongers;
« Tous les biens d'ici-bas sont faux ou passagers;
« Leur possession trouble, et leur perte est légère :
« Le sage gagne assez quand il peut s'en défaire. »
Lorsque Sénèque fit ce chapitre éloquent,
Il avoit, comme vous, perdu tout son argent.

VALÈRE, *se levant.*

Vingt fois le premier pris ! Dans mon cœur il s'élève
(*Il s'assied.*)
Des mouvemens de rage... Allons, poursuis, achève...

HECTOR.

« . . . . . Que faut-il à la nature humaine?
« Moins on a de richesse et moins on a de peine :
« C'est posséder les biens que savoir s'en passer. »
Que ce mot est bien dit! et que c'est bien penser!
Ce Sénèque, Monsieur, est un excellent homme.
Etoit-il de Paris?

VALÈRE.

Non, il étoit de Rome.
Dix fois, à carte triple, être pris le premier!

HECTOR.

Ah! Monsieur, nous mourrons un jour sur le fumier.

VALÈRE.

Il faut que de mes maux enfin je me délivre;
J'ai cent moyens tout prêts pour m'empêcher de vivre :
La rivière, le feu, le poison et le fer.

HECTOR.

Si vous vouliez, Monsieur, chanter un petit air;
Votre maitre à chanter est ici : la musique
Peut-être calmeroit cette humeur frénétique.

VALÈRE.

Que je chante!

HECTOR.

Monsieur...

VALÈRE.

Que je chante, bourreau!
Je veux me poignarder : la vie est un fardeau
Qui pour moi désormais devient insupportable.

HECTOR.

Vous la trouviez pourtant tantôt bien agréable :
« Qu'un joueur est heureux! sa poche est un trésor;
Sous ses heureuses mains le cuivre devient or, »
Disiez-vous.

VALÈRE.

Ah ! je sens redoubler ma colère.

16

CAMPISTRON (J. Galbert de). — Né en 1656, mort en 1723. Ce poëte tragique, dont en général les compositions sont faibles et le style trop nu, reçut pourtant les conseils de Racine qu'il s'efforça d'imiter. Ses tragédies les plus estimées sont : *Arminius, Alcibiade* et *Virginie*. Campistron fut reçu à l'Académie.

VIRGINIUS ET VIRGINIE

A ce fatal récit, son désespoir extrême
Fait qu'il veut la sauver, ou se perdre lui-même !
Il attaque lui seul plus de mille ennemis ;
Le succès répond mal à ce qu'il s'est promis ;
On le saisit d'abord, il se voit sans épée :
« Hé ! que sert, a-t-il dit, à ma valeur trompée
L'inutile bonheur de mes autres exploits,
Puisque je suis vaincu cette dernière fois.
Mais, hélas ! permettez, cruels, dans ma disgrâce,
Si je perds Virginie, au moins que je l'embrasse :
De cet embrassement la puissante douceur,
D'un cœur désespéré flattera la douleur. »
On le laisse, il y court ; la joint, malgré la presse,
Par ses embrassemens il marque sa tendresse.
Je le suis, et j'entends qu'elle lui dit : « Seigneur,
Ah ! donnez-moi la mort et sauvez ma pudeur ! »
Virginius, surpris, admire son courage ;
Il soupire à la fois et d'amour et de rage.
« A tes désirs cruels, dit-il, puis-je obéir ?
Mais ne t'obéir pas ce seroit te trahir.
Satisfaisons ton âme, et, malgré ma foiblesse,
Dérobons ta pudeur au péril qui la presse.
Par un coup vigoureux prouvons notre amitié ;
Montrons-nous inhumain par excès de pitié ;
Et que tout l'univers, sachant que je suis père,
Admire mon courage et plaigne ma misère. »
Après ces tristes mots, égaré, furieux,
Il promène partout ses regards curieux.
Il voit, cherche avec soin, ah ! disgrâce imprévue !
Un funeste couteau se présente à sa vue.
Il le prend, et, poussé d'une indiscrète ardeur,
De sa constante fille il veut percer le cœur.
Mais en vain pour ce coup son courage s'apprête,
Quand il croit l'achever, son courage l'arrête :
Car à peine a-t-il vu le couteau près du sein,
Que la nature semble avoir glacé sa main.
Il demeure immobile. A ce triste spectacle,
On court, à son dessein chacun veut mettre obstacle.
Virginie en tremblant voit venir ce secours,
Qui hasarde sa gloire en conservant ses jours.
Elle se hâte alors de terminer sa vie,
S'élance sur le fer, et, d'une main hardie,
Prend celle de son père, et, poussant le couteau,
S'en frappe, tombe et s'ouvre un chemin au tombeau.

FONTENELLE (Le Bovier de). — Né en 1657, mort en 1757. Neveu de Corneille, il débuta par la poésie, composa des pastorales, une tragédie, des opéras. Mais il dut sa gloire principale à des écrits en prose, tels que : les *Dialogues des morts*, les *Éloges des académiciens*, les *Entretiens sur la pluralité des mondes*, etc. Son style se distingue par la simplicité, et surtout par sa clarté, qualité bien précieuse dans les ouvrages scientifiques. Il fut de l'Académie, et il en écrivit l'histoire.

LA VIEILLESSE

Il falloit n'être vieux qu'à Sparte,
Disent les anciens écrits.
O dieux! combien je m'en écarte,
Moi qui suis si vieux dans Paris!
O Sparte! Sparte, hélas! qu'êtes-vous devenue!
Vous saviez tout le prix d'une tête chenue.
Plus dans la canicule on étoit bien fourré,
Plus l'oreille étoit dure et l'œil mal éclairé,
Plus on déraisonnoit dans sa triste famille,
Plus on épilognoit sur la moindre vétille,
Plus contre tout son siècle on étoit déclaré,
Plus on étoit chagrin et misanthrope outré,
Plus on avoit de goutte, ou d'autre béatille,
Plus on avoit perdu de dents de leur bon gré,
Plus on marchoit courbé sur sa grosse béquille,
Plus on étoit enfin digne d'être enterré,
Et plus dans vos remparts on étoit honoré.
O Sparte! Sparte, hélas! qu'êtes-vous devenue?
Vous saviez tout le prix d'une tête chenue.

LAFOSSE (Antoine de). — Né en 1653, mort en 1708. Il composa quatre tragédies; celle de *Manlius*, dont nous donnons un extrait, est considérée comme la meilleure.

CONSPIRATION DE MANLIUS

. . . . Avec nous tout semble conspirer;
A l'effet de nos vœux il n'est plus de remise.
En arrivant chez moi, quelle heureuse surprise!
J'ai trouvé ceux du peuple à qui de nos projets
Je puis en sûreté confier les secrets :
Eux-mêmes ils venoient, au bruit du sacrifice,
M'avertir qu'il falloit saisir ce temps propice.

Tout transporté de joie, à voir qu'en ces besoins
Leur zèle impatient eût prévenu mes soins :
« Oui, chers amis, leur dis-je, oui, troupe magnanime,
Le destin va remplir l'espoir qui vous anime ;
Tout est prêt pour demain, et, selon nos souhaits,
Demain le consulat est éteint pour jamais.
De nos prédécesseurs quelle fut l'imprudence,

Qui, détruisant d'un roi la suprême puissance,
Sous un nom moins pompeux se sont fait deux tyrans
Qui, pour nous accabler, sont changés tous les ans.
Et qui, tous, l'un de l'autre héritant de leurs haines,
S'appliquent tour à tour à resserrer nos chaînes! »

Tels et d'autres discours redoublant leur fureur,
Je crois devoir alors leur ouvrir tout mon cœur;
Leur marquer nos apprêts, nos divers stratagèmes,
Appuyés en secret par des sénateurs mêmes;
Ce que devoient dans Rome exécuter leurs bras,
Tandis qu'au Capitole agiroient vos soldats.
Les postes à surprendre, et d'autres qu'on nous livre;
Les forces qu'on aura, les chefs qu'il faudra suivre;
En quels endroits se joindre, en quels se séparer,
Tous ceux dont par le fer on doit se délivrer;
Les maisons des proscrits que, sur notre passage,
Nous livrerons d'abord à la flamme, au pillage.

Qu'une pitié surtout indigne de leur cœur
A nos tyrans détruits ne laisse aucun vengeur :
Femmes, pères, enfans, tous ont part à leurs crimes,
Tous sont de nos fureurs les objets légitimes.
Il faut qu'en ce repos où s'endort leur orgueil,
La foudre les réveille au bord de leur cercueil.
Et, lorsqu'à nos regards les feux et le carnage
De nos fureurs partout étaleront l'ouvrage,
Du fruit de nos travaux tous ces palais formés,
Par les feux dévorans pour jamais consumés;
Ces fameux tribunaux où régnoit l'insolence,
Et baignés tant de fois des pleurs de l'innocence,
Abattus et brisés, sur la poussière épars,
La terreur et la mort errant de toutes parts;
Les cris, les pleurs, enfin toute la violence
Où du soldat vainqueur s'emporte la licence;
Souvenons-nous, amis, dans ces momens cruels,
Qu'on ne voit rien de pur dans les foibles mortels;
Que leurs plus beaux desseins ont des faces diverses,
Et que l'on ne peut plus, après tant de traverses,
Rendre, par d'autres voies, à l'Etat agité,
L'innocence, la paix, enfin la liberté.

Rousseau (Jean-Baptiste). — Né en 1670, mort en 1741. Fils d'un cordonnier, il reçut néanmoins une éducation complète; et, grâce aux conseils de Boileau, il réussit bientôt en tout genre de poésies. Cependant il échoua sur la scène, et il osa composer des couplets satiriques et diffamatoires qui le firent exiler. On reproche à ce poëte le double rôle qu'il joua alternativement d'écrivain religieux et d'écrivain licencieux. C'est Rousseau qui créa le chant lyrique, qu'on appelle *Cantate;* on lui doit de plus des allégories et des épitres; ses épigrammes manquent de conve-

nance. « On ne saurait, dit Tissot, refuser à Rousseau de la pompe
et de la magnificence, une harmonie soutenue, une élégance digne
de celle des maitres dont il se reconnaissait le disciple. »

LA CALOMNIE

. . . . . . Quel ravage affreux
N'excite point ce monstre ténébreux,
A qui l'envie, au regard homicide,
Met dans la main son flambeau parricide,
Mais dont le front est peint avec tout l'art
Que peut fournir le mensonge et le fard?
Le Faux Soupçon, lui consacrant ses veilles,
Pour l'écouter ouvre ses cent oreilles;
Et l'Ignorance, avec des yeux distraits,
Sur son rapport prononce nos arrêts.
Voilà quels sont les infidèles juges
A qui la Fraude, heureuse en subterfuges,
Fait avaler son poison infernal;
Et tous les jours, devant leur tribunal,
Par les cheveux l'Innocence traînée,
Sans se défendre est d'abord condamnée.

EXISTENCE DE DIEU

Les cieux instruisent la terre
A révérer leur auteur :
Tout ce que leur globe enserre
Célèbre un Dieu créateur.
Quel plus sublime cantique
Que ce concert magnifique
De tous les célestes corps!
Quelle grandeur infinie!
Quelle divine harmonie
Résulte de leurs accords!

De sa puissance immortelle
Tout parle, tout nous instruit.
Le jour au jour la révèle,
La nuit l'annonce à la nuit.
Ce grand et superbe ouvrage
N'est point pour l'homme un langage
Obscur et mystérieux.
Son admirable structure
Est la voix de la nature
Qui se fait entendre aux yeux.

Dans une éclatante voûte
Il a placé de ses mains
Ce soleil qui, dans sa route,
Éclaire tous les humains.
Environné de lumière,

Cet astre ouvre sa carrière
Comme un époux glorieux,
Qui, dès l'aube matinale,
De sa couche nuptiale
Sort brillant et radieux.

L'univers, à sa présence,
Semble sortir du néant.
Il prend sa course, il s'avance
Comme un superbe géant.
Bientôt sa marche féconde
Embrasse le tour du monde
Dans le cercle qu'il décrit;
Et, par sa chaleur puissante,
La nature languissante
Se ranime et se nourrit.

O que tes œuvres sont belles,
Grand Dieu! quels sont tes bienfaits!
Que ceux qui te sont fidèles
Sous ton joug trouvent d'attraits!
Ta crainte inspire la joie;
Elle assure notre voie,
Elle nous rend triomphans;
Elle éclaire la jeunesse,
Et fait briller la sagesse
Dans les plus foibles enfans.

LA RENOMMÉE

Est-ce une illusion soudaine
Qui trompe mes regards surpris?
Est-ce un songe dont l'ombre vaine
Trouble mes timides esprits ?
Quelle est cette déesse énorme,
Ou plutôt ce monstre difforme,
Tout couvert d'oreilles et d'yeux,
Dont la voix ressemble au tonnerre,
Et qui, des pieds touchant la terre,
Cache sa tête dans les cieux?

C'est l'inconstante Renommée,
Qui sans cesse les yeux ouverts,
Fait sa revue accoutumée
Dans tous les coins de l'univers.
Toujours vaine, toujours errante,
Et messagère indifférente
Des vérités et de l'erreur,
Sa voix, en merveilles féconde
Va chez tous les peuples du monde
Semer le bruit et la terreur.

VERS AU BAS D'UN PORTRAIT DE BOILEAU

La vérité par lui démasqua l'artifice ;
Le faux dans ses écrits partout fut combattu ;
Mais toujours au mérite il sut rendre justice ;
Et ses vers furent moins la satire du vice
Que l'éloge de la vertu.

ÉPIGRAMME

Ci-gît l'auteur d'un gros livre,
Plus embrouillé que savant.

Après sa mort il crut vivre ;
Et mourut dès son vivant.

LA MOTTE (A. Houdard de). — Né en 1672, mort en 1731. Il
commença à écrire pour le théâtre et donna des opéras, des comédies, des tragédies. *Inès de Castro* est seule restée à la scène.
Il s'exerça ensuite à d'autres genres de poésies, et en particulier
à l'apologue, dans laquelle il réussit assez bien. On sait qu'admis
à l'Académie il conçut la bizarre idée de corriger l'*Iliade* et de la
réduire en douze chants.

LA LOUANGE ET LA CRITIQUE

Dans le temps qu'au Dieu du Permesse
J'adressai mon premier tribut,
Heureux fruit de ma douce ivresse,
Ce dieu lui-même m'apparut.

Deux déesses suivoient ses traces :
L'une à l'œil fier, au front hautain ;
L'autre avec un ris plein de grâces,
S'avançoit l'encens à la main.

« C'est la Louange et la Critique,
Me dit Phébus ; choisis des deux
Qui, dans la lice poétique,
Guidera tes pas hasardeux. »

Mon cœur, charmé de la première,
Est prêt à lui donner sa voix ;

Mais l'autre d'un trait de lumière
Me pénètre et change mon choix.

Phébus me quitte, et la Louange,
Confuse de mon peu d'égard,
Disparoit, et déjà se venge
Avec un dédaigneux regard.

L'autre près de moi prend sa place,
Et, l'arbitre de mes écrits,
Elle ôte, elle ajoute, elle efface ;
A chaque chose met son prix.

Elle veut la raison pour base
De mes plus badines chansons,
Chicane le mot et la phrase,
Va même à critiquer les sons.

Elle orne si bien ma pensée,
Et met tant d'art dans mes accords,
Qu'enfin la Louange est forcée
De me rapporter ses trésors.

J'éprouve aujourd'hui le mélange
De leurs différentes faveurs,
Et la Critique et la Louange
Vivent avec moi comme sœurs.

FRAGMENT DE ROMULUS

Invincibles Romains, dont les armes fidèles
Ont vengé jusqu'ici nos communes querelles,
Compagnons de ma gloire et son plus ferme appui,
Soyez-en seulement les témoins aujourd'hui.
Depuis que, pour la paix, des épouses trop chères
Ont réclamé les noms de maris et de pères,
Vous ne pouvez combattre; et les nœuds les plus doux,
Hors Tatius et moi, nous ont réunis tous.
Ce prince de sa fille a pleuré l'esclavage ;
C'est de moi qu'il attend raison de cet outrage ;
Je vais le satisfaire ; et, sur le saint autel,
Je prononce à vos yeux le serment solennel.
Je connois mes destins ; mon père et la victoire
De ce nouveau combat me réservent la gloire :
Mais, si le sang des dieux, les oracles, mon cœur,
Abusoient mon espoir d'un augure trompeur,
Lasse de m'obéir, si la victoire change,
Si je succombe enfin, je défends qu'on me venge.
Puisse des immortels l'éternelle rigueur
Perdre les ennemis de mon heureux vainqueur !
Tous les Romains pour chef doivent le reconnoître ;
Mon sang, s'il le répand, le déclare leur maître.
Je ne méritois pas de vivre votre roi,
Si ma mort vous en montre un plus digne que moi.
        (*Au grand-prêtre.*)
Ministre de nos dieux, de ce traité sincère
Sois le sacré témoin, le saint dépositaire;
Accomplis, si je meurs, mes ordres absolus :
Et, l'encens à la main, proclame Tatius.

LA BREBIS ET LE BUISSON

Une brebis choisit, pour éviter l'orage,
Un buisson épineux qui lui tendoit les bras.
        La brebis ne se mouilla pas;
Mais sa laine y resta. La trouvez-vous bien sage ?
        Plaideur, comment ici mon sens.
Tu cours aux tribunaux pour rien, pour peu de chose.
Du temps, des frais, des soins; puis tu gagnes ta cause.
        Le gain valoit-il les dépens ?

L'ENFANT ET LES NOISETTES

Un jeune enfant, je le tiens d'Épictète,
        Moitié gourmand et moitié sot,
        Mit un jour sa main dans un pot
Où logeoit mainte figue avec mainte noisette.
Il en emplit sa main tant qu'elle en peut tenir.

Puis veut la retirer; mais l'ouverture étroite
　　　Ne la laisse point revenir.
Il n'y sait que pleurer; en plainte il se consomme :
Il vouloit tout avoir et ne le pouvoit pas.
　　　Quelqu'un lui dit (et je le dis à l'homme) :
N'en prends que la moitié, mon enfant, tu l'auras.

CRÉBILLON (J. Jolyot de). — Né en 1674, mort en 1762. Il abandonna l'étude du droit, et se livra entièrement à son goût pour la poésie tragique; cependant, malgré son talent incontestable, il resta toute sa vie dans un état voisin de la misère. Il donna au théâtre *Idoménée*, *Atrée*, *Électre*, *Rhadamiste*, *Xerxès*, *Sémiramis*, *Pyrrhus*, *Catilina* et le *Triumvirat*. Chez ce poëte, la couleur est sombre et nerveuse, la pensée forte et inspirée; mais le style est incorrect et quelquefois barbare. Voltaire lui a fait l'honneur mérité de se montrer jaloux de ses succès.

SONGE DE THYESTE
(Extrait de *Thyeste*)

Sauvez-moi, par pitié, de ces bords dangereux;
Du soleil à regret j'y revois la lumière;
Malgré moi le sommeil y ferme ma paupière.
De mes ennuis secrets rien n'arrête le cours :
Tout à de tristes nuits joint de plus tristes jours.
Une voix, dont en vain je cherche à me défendre,
Jusqu'au fond de mon cœur semble se faire entendre.
J'en suis épouvanté. Les songes de la nuit
Ne se dissipent point par le jour qui les suit :
Malgré ma fermeté, d'infortunés présages
Asservissent mon âme à ces vaines images.
Cette nuit même encor, j'ai senti dans mon cœur
Tout ce que peut un songe inspirer de terreur.

Près de ces noirs détours que la rive infernale
Forme à replis divers dans cette île fatale,
J'ai cru longtemps errer parmi des cris affreux
Que des mânes plaintifs portoient jusques aux cieux.
Parmi ces tristes voix, sur ce rivage sombre,
J'ai cru d'Ærope en pleurs entendre gémir l'ombre;
Bien plus, j'ai cru la voir s'avancer jusqu'à moi,
Mais dans un appareil qui me glaçoit d'effroi :
« Quoi! tu peux t'arrêter dans ce séjour funeste!
Suis-moi, m'a-t-elle dit, infortuné Thyeste. »
Le spectre, à la lueur d'un triste et noir flambeau,
A ces mots m'a traîné jusque sur son tombeau.
J'ai frémi d'y trouver le redoutable Atrée.
Le geste menaçant et la vue égarée,
Plus terrible pour moi, dans ces cruels momens,
Que le tombeau, le spectre et ses gémissemens.
J'ai cru voir le barbare entouré de Furies;
Un glaive encor fumant armoit ses mains impies;
Et, sans être attendri de ses cris douloureux,

Il sembloit dans son sang plonger un malheureux :
Ærope, à cet aspect, plaintive, désolée,
De ses lambeaux sanglants à mes yeux s'est voilée.

Alors j'ai fait, pour fuir, des efforts impuissans;
L'horreur a suspendu l'usage de mes sens.
A mille affreux objets l'âme entière livrée,
La frayeur m'a jeté sans force aux pieds d'Atrée.
Le cruel, d'une main sembloit m'ouvrir le flanc,
Et de l'autre, à longs traits, m'abreuver de mon sang;
Le flambeau s'est éteint, l'ombre a percé la terre,
Et le songe a fini par un coup de tonnerre.

FUREURS D'ORESTE

(Extrait d'*Électre.*)

Je ne veux rien, cruel, d'Électre ni de toi :
Votre cœur, affamé de sang et de victimes,
M'a fait souiller ma main du plus affreux des crimes.
Mais quoi! quelle vapeur vient obscurcir les airs?
Grâce au ciel, on m'entr'ouvre un chemin aux enfers.
Descendons; les enfers n'ont rien qui m'épouvante.
Suivons le noir sentier que le sort me présente;
Cachons-nous dans l'horreur de l'éternelle nuit.
Quelle triste clarté dans ce moment me luit?
Qui ramène le jour dans ces retraites sombres ?
Que vois-je? mon aspect épouvante les ombres!
Que de gémissemens ! que de cris douloureux!
Oreste ! qui m'appelle en ce séjour affreux ?
Égisthe ! Ah! c'en est trop, il faut qu'à ma colère...

Que vois-je? dans ses mains la tête de ma mère !
Quels regards! Où fuirai-je? Ah! monstre furieux,
Quel spectacle oses-tu présenter à mes yeux?
Je ne souffre que trop, monstre cruel! arrête ;
A mes yeux effrayés dérobe cette tête.
Ah ! ma mère, épargnez votre malheureux fils!
Ombre d'Agamemnon, sois sensible à mes cris ;
J'implore ton secours, chère ombre de mon père!
Viens défendre ton fils des fureurs de sa mère;
Prends pitié de l'état où tu me vois réduit!
Quoi! jusque dans tes bras le barbare me suit!
C'en est fait, je succombe à cet affreux supplice.
Du crime de ma main mon cœur n'est point complice ;
J'éprouve cependant des tourmens infinis.
Dieux! les plus criminels seroient-ils plus punis?

Destouches (Ph. Néricault). — Né en 1680, mort en 1754. Il partagea son temps entre les travaux diplomatiques et la culture des lettres. Il composa un grand nombre de comédies qui furent goûtées de son temps, et dont les meilleures sont le *Glorieux* et le *Philosophe marié*. Le plan de ses pièces est généralement bien fait ; mais le style en est prétentieux et manque de gaieté.

LE PHILOSOPHE

. . . . . Le philosophe est sobre en ses discours,
Et croit que les meilleurs sont toujours les plus courts ;
Que de la vérité l'on atteint l'excellence
Par la réflexion et le profond silence.
Le but d'un philosophe est de si bien agir,
Que de ses actions il n'ait point à rougir.
Il ne tend qu'à pouvoir se maîtriser soi-même ;
C'est là qu'il met sa gloire et son bonheur suprême :
Sans vouloir imposer par ses opinions,
Il ne parle jamais que par ses actions.
Loin qu'en systèmes vains son esprit s'alambique,
Être vrai, juste, bon, c'est son système unique.
Humble dans le bonheur, grand dans l'adversité,
Dans la seule vertu trouvant la volupté,
Faisant d'un doux loisir ses plus chères délices,
Plaignant les vicieux, et détestant les vices :
Voilà le philosophe ; et, s'il n'est ainsi fait,
Il usurpe un beau titre et n'en a pas l'effet.

LA VIE OBSCURE

Heureuse obscurité, que je vous trouve aimable !
Qu'au plus brillant éclat vous êtes préférable !
Vous n'êtes point en butte aux efforts des jaloux ;
Mais, s'ils vous connoissoient, ils n'aimeroient que vous,
En vous ils trouveroient tous les biens qu'ils désirent,
Et ce parfait bonheur pour lequel ils soupirent,
Et qu'ils ne trouvent point dans ce brillant chaos
Où l'ambition règne et n'a point de repos.

RACINE (Louis). — Né en 1692, mort en 1763. Fils du grand
Racine, il se fit recevoir avocat pour obéir à sa famille ; mais il
céda bientôt à son goût pour la poésie. Sa piété lui dicta les
poëmes de la *Grâce* et de la *Religion*, remplis de beautés, mais froidement écrits. Outre ses *Odes*, il a laissé plusieurs ouvrages en
prose, et en particulier une traduction du *Paradis perdu.*

L'INVENTION DES ARTS

Pour prolonger des jours destinés aux douleurs,
Naissent les premiers arts, enfans de nos malheurs.
La branche en longs éclats cède au bras qui l'arrache :
Par le fer façonné, elle allonge la hache.
L'homme avec son secours, non sans un long effort,
Ébranle et fait tomber l'arbre dont elle sort ;
Et, tandis qu'au fuseau la laine obéissante
Suit une main légère, une main plus pesante
Frappe à coups redoublés l'enclume qui gémit.
La lime mord l'acier, et l'oreille en frémit.
Le voyageur qu'arrête un obstacle liquide,

A l'écorce d'un bois confie un pied timide.
Retenu par la peur, par l'intérêt pressé,
Il avance en tremblant, le fleuve est traversé ;
Bientôt ils oseront, les yeux vers les étoiles,
S'abandonner aux mers sur la foi de leurs voiles.
Avant que dans les pleurs ils pétrissent leur pain,
Avec de longs soupirs ils ont brisé le grain.
Un ruisseau par son cours, le vent par son haleine,
Peut à leurs foibles bras épargner tant de peine ;
Mais ces heureux secours, si présens à leurs yeux,
Quand ils les connoîtront, le monde sera vieux.
Homme né pour souffrir, prodige d'ignorance,
Où vas-tu donc chercher ta stupide arrogance ?

ODE SUR LA SOLITUDE

Charmé de mon loisir et de ma solitude,
Que les grands à l'envi m'appellent auprès d'eux,
On ne me verra point chercher la servitude
        Lorsque je suis heureux.

Faut-il courir si loin, insensés que nous sommes,
Pour trouver ce bonheur que nous désirons tous ?
Maîtrisons nos désirs, n'attendons rien des hommes,
        Et vivons avec nous.

Dans le palais des rois un coup d'œil nous captive,
L'homme y va follement chercher un meilleur sort ;
En entrant il le perd, libre quand il arrive,
        Esclave quand il sort.

Le sage toutefois ne pourra jamais l'être ;
Pour l'homme vraiment libre il n'est point de lieu :
Au milieu de la cour il peut vivre sans maître,
        Lui seul il est le sien.

Lorsque l'air est serein, il prévoit la tempête ;
L'air se trouble, la nuit ne peut l'intimider ;
Sans changer de visage, il entend sur sa tête
        Le tonnerre gronder...

Oui, mon obscurité sera mon assurance :
J'y braverai du sort le caprice inconstant ;
Tranquille, délivré de crainte et d'espérance,
        Pauvre et toujours content.

Apollon quelquefois viendra dans ma demeure ;
Les Muses m'offriront leurs charmes innocens :
Douces divinités, c'est pour vous qu'à toute heure
        Fumera mon encens.

Que de momens heureux se passeront à lire
Des Romains ou des Grecs les aimables écrits !
Moi-même j'oserai répéter sur ma lyre
        Ce qu'ils m'auront appris.

Et, dans l'instant fatal où la Parque ennemie
Coupera de mes jours le fil délicieux,
Sans accuser la mort, sans regretter la vie.
Je fermerai les yeux.

PANARD (Ch.-Fr.). — Né en 1694, mort en 1763. Ce fut un gai chansonnier et un fécond vaudevilliste, auteur de quatre-vingts pièces environ. Il se peint dans les vers suivants.

PORTRAIT DE PANARD

Paresseux, s'il en fut, et souvent endormi,
Du revenu qu'il faut je n'ai pas le demi.
Plus heureux, toutefois, que ceux où l'or abonde,
De la peur du besoin je n'ai jamais frémi ;
Et je suis assuré qu'aimé de tout le monde,
J'ai, dans l'occasion, trouvé plus d'un ami.

PIRON (Alexis). — Né en 1689, mort en 1773. Avocat malheureux, il s'occupa de poésie ; ses débuts licencieux le firent réprimander par le parlement de Dijon, et il vint à Paris, où, du théâtre de la foire, il s'éleva bientôt jusqu'à la Comédie française. Il y donna les *Fils ingrats, Callisthène, Gustave Wasa, Fernand Cortez,* et enfin la *Métromanie,* chef-d'œuvre comique digne de Molière. Son esprit vif et plein de saillies plaisantes se déversait encore en une foule de satires, de contes, d'épigrammes et de bons mots.

LA PREMIÈRE REPRÉSENTATION

DAMIS.

Je ne me connois plus aux transports qui m'agitent ;
En tous lieux, sans dessein, mes pas se précipitent.
Le noir pressentiment, le repentir, l'effroi,
Les présages fâcheux, volent autour de moi.
Je ne suis plus le même enfin depuis deux heures.
Ma pièce auparavant me sembloit des meilleures :
Maintenant je n'y vois que d'horribles défauts,
Du foible, du clinquant, de l'obscur et du faux.
De là, plus d'une image annonçant l'infamie !
La critique éveillée, une loge endormie,
Le reste, de fatigue et d'ennui harassé ;
Le souffleur étourdi, l'acteur embarrassé,
Le théâtre distrait, le parterre en balance,
Tantôt bruyant, tantôt dans un profond silence ;
Mille autres visions, qui toutes dans mon cœur
Font naître également le trouble et la terreur.
                    (*Regardant sa montre.*)
Voici l'heure fatale où l'arrêt se prononce !
Je sèche : je me meurs. Quel métier ! j'y renonce.
Quelque flatteur que soit l'honneur que je poursuis,
Est-ce un équivalent à l'angoisse où je suis ?

Il n'est force, courage, ardeur qui n'y succombe.
Car enfin, c'en est fait, je péris, si je tombe.

Où me cacher? où fuir? et par où désarmer
L'honnête oncle qui vient pour me faire enfermer ?
Quelle égide opposer aux traits de la satire ?
Comment paroître aux yeux de celle à qui j'aspire ?
De quel front, à quel titre, oserois-je m'offrir,
Moi, misérable auteur, qu'on viendroit de flétrir ?
    (Après quelques minutes de silence et d'agitation.)
Mais mon incertitude est mon plus grand supplice :
Je supporterai tout, pourvu qu'elle finisse.
Chaque instant qui s'écoule empoisonnant son cours,
Abrége au moins d'un an le nombre de mes jours.

ÉPIGRAMMES

I

La Condamine est aujourd'hui
Reçu dans la troupe immortelle.
Il est bien sourd : tant mieux pour lui ;
Mais non muet : tant pis pour elle.

II

Savez-vous pourquoi Jérémie
Se lamentoit toute sa vie ?
C'est qu'en prophète il prévoyoit
    Qu'Arnaud le traduiroit.

III

« Eh ! supprime les sots écrits
Et les libelles par centaines
Dont ta plume infecte Paris, »
Disoit un sage à Desfontaines.
«Oui, bien qui pourroit ! C'est mon pain !
Si faut-il que je vive enfin, »
Répond l'effronté personnage.
« Que tu vives? En vérité
Ni moi, ni d'autres, dit le sage,
N'en voyons la nécessité. »

CHAPITRE III

PROSATEURS ET MORCEAUX

Préfixe (Hardouin de Beaumont de). — Né en 1605, mort en 1670. Il fut précepteur de Louis XIV, évêque de Rhodez, puis archevêque de Paris, et membre de l'Académe française. Il composa différents ouvrages, et entre autres une *Vie de Henri IV,* qui est fort connue.

HENRI IV A L'ASSEMBLÉE DES NOTABLES DE ROUEN

Si je faisois gloire de passer pour excellent orateur, j'aurois apporté ici plus de belles paroles que de bonne volonté ; mais mon ambition tend à quelque chose de plus haut que de bien parler : j'aspire au glorieux titre de libérateur et de restaurateur de la France. Déjà, par la faveur du ciel, par les conseils de mes fidèles serviteurs, et par l'épée de ma brave et généreuse noblesse (de laquelle je ne distingue point mes princes, la qualité de gentilhomme étant le plus beau titre que nous possédions), je l'ai tirée de la ser-

vitude et de la ruine. Je désire maintenant la remettre en sa première force
et en son ancienne splendeur. Participez, mes sujets, à cette seconde gloire,
comme vous avez participé à la première. Je ne vous ai point ici appelés,
comme faisoient mes prédécesseurs, pour vous obliger d'approuver aveuglément mes volontés; je vous ai fait assembler pour recevoir vos conseils, pour
les croire, pour les suivre; en un mot, pour me mettre en tutelle entre vos
mains : c'est une envie qui ne prend guère aux rois, aux barbes grises, et
aux victorieux comme moi; mais l'amour que je porte à mes sujets, et
l'extrême désir que j'ai de conserver mon État, me font trouver tout facile et
tout honorable.

PATRU (Olivier).— Né en 1604, mort en 1681. Habile et célèbre
avocat, il fut de l'Académie et y introduisit les discours de cérémonie. Il fut ami de Racine et de Boileau, et il nous a laissé des
mémoires et des plaidoyers.

LES FEMMES D'AUTREFOIS ET CELLES D'AUJOURD'HUI

On sait qu'autrefois les femmes ne renonçoient à la communauté qu'avec
la même infamie, ou à peu près, qui suit encore aujourd'hui la banqueroute
ou la cession. Elles mettoient sur le cercueil du défunt leur ceinture, leur
bourse et leurs clefs, et cela, messieurs, au milieu de la pompe des funérailles,
à la vue des parens, à la vue de tout le peuple. Nos ancêtres, qui, dans la vie
domestique, n'estimoient rien tant que le bon ménage, y attachèrent cette
ignominie, pour leur apprendre à souffrir même la perte de tout leur bien,
pour conserver la mémoire de leur mari pure et sans tache. On triomphe
maintenant de ce qui fut un opprobre du temps de nos pères. Renoncer à la
communauté, c'est, dit-on, une œuvre de bonne mère; c'est ce que font les
princesses, les grandes dames, et tout ce qu'il y a de plus illustre dans le
royaume. Il n'y a rien que l'avidité, que l'ingratitude de ce sexe ne perver-
tisse. Laissez-les faire, elles se riront bientôt des veuves qui se fâchent d'être
veuves; et, pour un je ne sais quel intérêt, pour un rien, elles fouleront aux
pieds tout ce qu'il y a de plus saint et de plus inviolable parmi les hommes.

SCARRON. (Voir aux poëtes du XVIIᵉ siècle.)

LETTRE AU DUC DE RETZ

Monseigneur, vous vous savez peut-être bon gré d'être généreux : détrom-
pez-vous-en; c'est la plus incommode qualité que puisse avoir un grand seigneur... Nous autres écrivains, nous n'avons qu'à être obligés une fois, nous
importunons tous les jours de notre vie. Vous me donnâtes l'autre jour les
œuvres de Voiture, j'ai à vous demander une chose de bien plus grande importance. Je connois tels seigneurs qui auroient changé de couleur à ces dernières paroles de ma lettre; mais un duc de Retz les aura lues sans s'effrayer;
et je jurerois bien qu'il est aussi impatient de savoir ce que je lui demande,
que je suis assuré de l'obtenir. Un gentilhomme de mes amis, qui, à l'âge de
vingt ans, a fait vingt combats aussi beaux que celui des Horaces et des Curiaces, et qui est aussi sage que vaillant, a tué un fanfaron qui l'a forcé de se
battre. Il ne peut obtenir grâce hors de Paris, et voudroit bien y être en sûreté, à cause qu'il a une répugnance naturelle à avoir le cou coupé. Je le lo-
gerois bien chez un grand prince, mais il feroit mauvaise chère, et je tiens
que mourir de faim est un malheur plus à craindre que d'avoir le cou coupé.

Si votre hôtel lui sert d'asile, il est à couvert de l'un et de l'autre, et vous serez bien aise d'avoir protégé un jeune homme de ce mérite-là. Au reste, vous aurez le plus grand plaisir du monde à le voir moucher les chandelles à coups de pistolet toutes les fois que vous voudrez en avoir le passe-temps, et vous me remercierez sans doute, comme vous êtes très-généreux, de vous avoir donné un si beau moyen d'exercer votre générosité; et moi je vous promets de ne vous en point laisser manquer.

MÉZERAY (François de). — Né en 1610, mort en 1683. Après avoir été commissaire de guerre, il composa des pamphlets politiques, travail qui l'amena à concevoir l'idée d'écrire l'histoire. Il publia d'abord l'*Histoire de France*, et cette œuvre lui valut les titres d'académicien et d'historiographe du roi; puis l'*Abrégé chronologique* qui accrut sa réputation. «Mézeray, a dit M. de Barante, ne fut pas écrivain tendre ni beau diseur; son livre fut simple et naturel... son *histoire* a la franchise des remontrances du parlement. »

JACQUES MOLAY A SES JUGES

N'attendez pas, Messieurs, que, gentilhomme et chevalier, j'aille noircir, par une atroce calomnie, la réputation de tant de gens de bien, à qui si souvent j'ai vu faire des actions d'honneur. Ils ne sont coupables ni de lâcheté, ni de trahison; et, si vous en voyez ici deux qui perdent leur honneur et leur âme pour sauver une misérable vie, vous en avez vu mille périr constamment dans les gênes, et confirmer par leur mort l'innocence de leur vie. Je vous demande donc pardon, victimes illustres et généreuses, si, par une lâche complaisance, je vous ai faussement accusées de quelques crimes devant le roi à Poitiers; j'ai été un calomniateur; tout ce que j'ai dit est faux et controuvé : j'ai été un sacrilége moi-même et un impie, de proférer de si exécrables mensonges contre un ordre si saint, si pieux et si catholique. Je le reconnois pour tel, et innocent de tous les crimes dont la malice des hommes a osé le charger; et, parce que je ne saurois assez réparer de paroles le crime que j'ai commis en le calomniant, il est juste que je meure, et je m'offre de bon cœur à tous les tourmens qu'on me voudra faire souffrir. Sus donc, inventez-en de nouveaux pour moi, qui suis le seul coupable : achevez sur ce misérable corps, achevez les cruautés que vous avez exercées sur tant d'innocens. Allumez vos bûchers; faites-y conduire le dernier de Templiers, et rassasiez enfin votre cupidité des richesses qui font tout leur crime, et qui ne sont que le prix glorieux de leurs travaux pour la protection de la foi et la défense des saints lieux.

ESPRIT (Jacques). — Né en 1611, mort en 1678. Cet écrivain, auquel il est juste d'attribuer un mérite d'estime, dut à la Rochefoucauld et au prince de Conti une place de conseiller, des pensions et le titre d'académicien. On a de lui *Fausseté des vertus humaines*. Il n'était pas dans les ordres, quoiqu'on l'ait appelé l'*abbé Esprit*.

DU DUEL

Quand on considère la variété, l'inconstance et la bizarrerie des goûts, des opinions et des sentimens des hommes; quand on rassemble toutes les parties de leur vie, et qu'on ne trouve jamais qu'elles se ressemblent, qu'on voit qu'elles passent successivement d'une vanité à une autre, et qu'il n'en est point de grossière, de sotte et d'extravagante, à laquelle ils ne soient sujets, l'on est tenté de croire que c'est avec légèreté qu'on les distingue, et qu'on dit qu'il y en a de fous et de sages; et l'on est porté à ne reconnoître d'autre différence entre eux, si ce n'est que les folies des sages sont graves et sérieuses, au lieu que les fous sont étourdis, et que leurs folies sont emportées.

Ce qui oblige principalement les personnes sensées et capables à faire ce jugement des hommes, c'est qu'elles voient que, la raison leur ayant été donnée pour les conduire, ils prennent de la coutume toutes les règles de leur conduite, et font dans tous les lieux du monde ce qu'on y fait, sans se soucier de ce qu'il faut faire; de sorte qu'ils suivent les modes qu'ils trouvent établies, dans leurs mœurs et dans leurs opinions, comme ils la suivent dans leurs habits.

Mais ce n'est pas assez pour eux de vivre à la mode; leur folie va bien plus loin; ils ne seroient pas contens s'ils ne mouroient à la mode, et s'ils n'avoient pour elle une obéissance aveugle, lorsqu'elle leur ordonne de faire mourir les autres.

Nous allons voir que c'est justement ce que font ceux qui se battent en duel. Ils tuent ceux qui leur sont étroitement unis par les liens de la nature; ce qui est une inhumanité. Ils se font justice à eux-mêmes; ce qui est une visible injustice. Ils font profession de renoncer à la pratique de la patience; ce qui est renoncer au christianisme. Ils commettent ces divers crimes pour des sujets frivoles, ce qui est une véritable folie; et ils témoignent qu'ils ont du cœur dans des occasions qui regardent leurs intérêts particuliers, et non pas la cause publique; ce qui est contre la véritable bravoure; et tout cela, parce qu'ils n'ont pas la force de résister à la mode.

L'homicide est un si grand crime, qu'il suffit lui seul, non-seulement pour faire condamner le duel, mais pour le faire abhorrer. Il est défendu par toutes les lois divines et humaines, ecclésiastiques et civiles, chrétiennes et païennes. Le commandement qui le défend est le premier et le plus ancien de tous ceux que Dieu a faits à l'homme, et la raison de la défense qu'il en a faite devoit la rendre à jamais inviolable, puisque c'est parce que les hommes sont faits à son image, qu'il ne veut pas qu'on les outrage et qu'on les détruise.

ARNAULD (Antoine). — Né en 1611, mort en 1696. Il ne faut pas confondre Antoine avec les autres Arnauld : c'est du philosophe et du logicien qu'il s'agit ici, de celui que les jansénistes ont appelé le Grand Arnauld. Outre l'*Art de penser*, écrit avec Nicole, il composa contre Malebranche le *Traité des vraies et fausses idées*, la *Grammaire générale* avec Lancelot, et beaucoup d'autres ouvrages dogmatiques.

DE L'ÉDUCATION DE L'ESPRIT

Il y a des estomacs qui ne peuvent digérer que les viandes légères et délicates; et il y a de même des esprits qui ne peuvent s'appliquer à comprendre que les vérités faciles, et revêtues des ornemens de l'éloquence. L'un et l'autre est une délicatesse blâmable, ou plutôt une véritable faiblesse. Il faut rendre son esprit capable de découvrir la vérité, lors même qu'elle est cachée et enveloppée, et de la respecter sous quelque forme qu'elle paraisse.

Si l'on ne surmonte cet éloignement et ce dégoût, qu'il est facile à tout le monde de concevoir de toutes les choses qui paroissent un peu subtiles et scholastiques, on étrécit insensiblement son esprit et on le rend incapable de comprendre ce qui ne se connoit que par l'enchaînement de plusieurs propositions; et aussi, quand une vérité dépend de trois ou quatre principes qu'il est nécessaire d'envisager tout à la fois, on s'éblouit, on se rebute, et l'on se prive par ce moyen de la connoissance de plusieurs choses utiles : ce qui est un défaut considérable.

La capacité de l'esprit s'étend et se resserre par l'accoutumance, et c'est à quoi servent principalement les mathématiques, et généralement toutes les choses difficiles, comme celles dont nous parlons; car elles donnent une certaine étendue à l'esprit, et elles l'exercent à s'appliquer davantage, et à se tenir plus ferme dans ce qu'il connoît.

La Rochefoucauld (François, duc de). — Né en 1613, mort en 1680. Il se distingua par sa bravoure sous le nom de prince de Marsillac, et par son esprit d'intrigue durant la Fronde. Sa vieillesse s'écoula dans un repos consacré aux lettres, entre Mme de Lafayette et Mme de Sévigné. Outre des *Mémoires*, il a écrit des *Maximes morales* qui ont fait sa renommée, par la perfection du style et la liberté des pensées. On a dit de ces pensées qu'elles donnaient toutes l'orgueil ou l'égoïsme pour mobile aux actions humaines.

MAXIMES

L'amour-propre nous augmente ou nous diminue les bonnes qualités de nos amis, à proportion de la satisfaction que nous avons d'eux, et nous jugeons de leur mérite par la manière dont ils vivent avec nous.

Détromper un homme préoccupé de son mérite, c'est lui rendre un aussi mauvais service que celui que l'on rendit à ce fou d'Athènes qui croyoit que tous les vaisseaux qui arrivoient dans le port étoient à lui.

On s'est trompé lorsqu'on a cru que l'esprit et le jugement étoient deux choses différentes ; le jugement n'est que la grandeur de la lumière de l'esprit. Cette lumière pénètre le fond des choses; elle y remarque tout ce qu'il faut remarquer, et aperçoit celles qui semblent imperceptibles. Ainsi il faut demeurer d'accord que c'est l'étendue de la lumière de l'esprit qui produit tous les effets qu'on attribue au jugement.

Les hommes et les affaires ont leur point de perspective. Il y en a qu'il faut voir de près pour en bien juger, et d'autres dont on ne juge jamais si bien que quand on en est éloigné.

On ne peut se consoler d'être trompé par ses ennemis et trahi par ses amis, et l'on est souvent satisfait de l'être par soi-même.

Il est aussi facile de se tromper soi-même sans s'en apercevoir, qu'il est difficile de tromper les autres sans qu'ils s'en aperçoivent.

Saint-Évremond (C.-M. de Saint-Denis de). — Né en 1613, mort en 1703. Après avoir servi sous le duc d'Enghien, il prit d'abord le parti de la cour dans la guerre de la Fronde ; mais, ayant déplu à Mazarin, il fut obligé de fuir en Angleterre et ne revint plus en France. Lié avec les hommes les plus remarquables de son époque, il vit croître en exil sa réputation d'homme spirituel et d'écrivain distingué et élégant. Il a laissé des *Observations sur Salluste et Tacite*, le *Parallèle de Turenne et de Condé*, des *Discours sur les belles-lettres*, etc.

SUR ANNIBAL

Avec toute sa fermeté et tout son bon sens, il n'y avoit plus de république romaine, si Carthage eût fait pour la ruiner la moindre des choses que fit Rome pour son salut; mais, tandis qu'on remercioit un consul qui avoit fui, de n'avoir pas désespéré de la république, on accusait à Carthage Annibal victorieux.

Ce général étoit presque toujours sans vivres et sans argent, réduit à la nécessité d'être éternellement heureux dans la guerre : nulle ressource au premier mauvais succès, et beaucoup d'embarras dans les bons, où il ne trouvoit pas de quoi entretenir diverses nations qui suivoient plutôt sa personne qu'elles ne dépendoient de la république.

Pour contenir tant de peuples différens, il ajoutoit à sa naturelle sévérité une dureté concertée, qui le faisoit redouter des uns, tandis que sa vertu le faisoit révérer des autres. Il faisoit la guerre aux Romains avec toute sorte de rigueur, et traitoit leurs alliés avec beaucoup de douceur et de courtoisie, cherchant à ruiner ceux-là tout à fait, et à détacher ceux-ci de leur alliance. Procédé bien différent de celui de Pyrrhus, qui gardoit toutes ses civilités pour les Romains et les mauvais traitemens pour ses alliés.

Quand je songe qu'Annibal est parti d'Espagne, où il n'avoit rien de bien assuré, qu'il a traversé les Gaules qu'on devoit compter comme ennemies, qu'il a passé les Alpes pour faire la guerre aux Romains, qui venoient de chasser les Carthaginois de la Sicile; quand je songe qu'il n'avoit en Italie ni places, ni magasins, ni secours assuré, ni la moindre retraite, je me trouve étonné de la hardiesse de son dessein. Mais, lorsque je considère sa valeur et sa conduite, je n'admire plus qu'Annibal, et le tiens encore au-dessus de l'entreprise.

RETZ (P. de Gondi, cardinal de). — Né en 1614, mort en 1679. On sait qu'après avoir mené une vie fort dissipée, le jeune Gondi, entré dans les ordres, se fit la réputation d'habile prédicateur et fut nommé coadjuteur de Paris. Aimé du public et ennemi de Mazarin, il exerça, durant la Fronde, une grande influence sur la capitale. Lorsqu'il fit sa paix avec la cour, il obtint le chapeau de cardinal; ce qui ne l'empêcha pas d'être emprisonné. Il s'enfuit, voyagea, et acheta son retour en se démettant de l'archevêché de Paris. Dès lors, il donna l'exemple de toutes les vertus chrétiennes. Ses *Mémoires* sont remplis d'intérêt et remarquablement écrits.

CONDÉ

M. le prince est né capitaine, ce qui n'est jamais arrivé qu'à lui, à César et à Spinola. Il a égalé le premier, il a passé le second. L'intrépidité est l'un des moindres traits de son caractère. La nature lui avoit fait l'esprit aussi grand que le cœur. La fortune, en le donnant à un siècle de guerre, a laissé au second toute son étendue; la naissance ou plutôt l'éducation dans une maison attachée et soumise au cabinet, a donné des bornes trop étroites au premier. L'on ne lui a pas inspiré d'assez bonne heure les grandes et générales maximes qui sont celles qui font et qui forment ce que l'on appelle l'esprit de suite. Il n'a pas eu le temps de les prendre par lui-même, parce qu'il a été prévenu dès sa jeunesse par la chute imprévue des grandes affaires et par l'habitude du bonheur. Ce défaut a fait qu'avec l'âme du monde la moins méchante il a fait des injustices; qu'avec le cœur d'Alexandre, il n'a pas été exempt, non plus que lui, de foiblesse; qu'avec un esprit merveilleux il est tombé dans des imprudences; qu'avec toutes les qualités de François de Guise, il n'a pas servi l'État en de certaines occasions aussi bien qu'il le devoit; et qu'ayant toutes celles de Henri du même nom, il n'a pas poussé la faction où il le pouvoit. Il n'a pu remplir son mérite; c'est un défaut : mais il est rare, mais il est beau.

RICHELIEU

Le cardinal de Richelieu avoit de la naissance : sa jeunesse jeta des étincelles de son mérite; il se distingua en Sorbonne. On remarqua de fort bonne heure qu'il avoit de la force et de la vivacité dans l'esprit; il prenoit d'ordinaire très-bien son parti. Il étoit homme de parole où un grand intérêt ne l'obligeoit pas au contraire; et, en ce cas, il n'oublioit rien pour sauver les apparences de la bonne foi. Il n'étoit pas libéral; mais il donnoit plus qu'il ne promettoit, et il assaisonnoit admirablement les bienfaits. Il aimoit la gloire beaucoup plus que la morale ne le permet; mais il faut avouer qu'il n'abusoit qu'à proportion de son mérite de la dispense qu'il avoit prise sur ce point de l'excès de son ambition. Il n'avoit ni l'esprit ni le cœur au-dessus des périls; il n'avoit ni l'autre au-dessous : et l'on peut dire qu'il en prévint davantage par sa sagacité qu'il n'en surmonta par sa fermeté. Il étoit bon ami, il eût même souhaité d'être aimé du public; mais, quoiqu'il eût la civilité, l'extérieur et beaucoup d'autres parties propres à cet effet, il n'eut jamais le je ne sais quoi, qui est encore en cette matière plus requis qu'en toute autre. Il anéantissoit par son pouvoir et par son faste royal la majesté personnelle du Roi; mais il remplissoit avec tant de dignité les fonctions de la royauté, qu'il falloit n'être pas du vulgaire pour ne pas confondre le bien et le mal en ce fait. Il distinguoit plus judicieusement qu'homme du monde entre le mal et le pis, entre le bien et le mieux : ce qui est une grande qualité pour un ministre. Il s'impatientoit trop facilement dans les petites choses qui étoient préalables des grandes; mais ce défaut, qui vient de la sublimité de l'esprit, est toujours joint à des lumières qui le suppléent. Il avoit assez de religion pour ce monde. Il alloit au bien, ou par inclination ou par bon sens, toutes les fois que son intérêt ne le portoit pas au mal, qu'il connoissoit parfaitement quand il le faisoit. Il ne considéroit l'État que pour sa vie; mais jamais ministre n'a eu plus d'application à faire croire qu'il en ménageoit l'avenir. Enfin, il faut confesser que tous ses vices ont été de ceux que la grande fortune rend aisément illustres, parce qu'ils ont été de ceux qui ne peuvent avoir pour instrumens que de grandes vertus.

Vous jugez facilement qu'un homme qui a autant de grandes qualités et autant d'apparences de celles mêmes qu'il n'avoit pas, se conserve assez aisément dans le monde cette sorte de respect qui démêle le mépris d'avec la haine, et qui, dans un État où il n'y a plus de lois, supplée, au moins pour quelque temps, à leur défaut.

BUSSY-RABUTIN (Roger, comte de). —Né en 1618, mort en 1693. Après avoir servi avec éclat, et être devenu mestre-de-camp de la cavalerie, il fut exilé pendant seize ans pour quelques chansons dirigées contre Louis XIV et sa cour. Outre l'*Histoire amoureuse des Gaules,* il composa des *Mémoires* et des *Lettres,* qu'il tenait lui-même en fort haute estime.

A M. MASCARON
(1670)

Je viens d'apprendre avec beaucoup de joie, Monsieur, la grâce que le Roi vous a faite, non-seulement pour l'intérêt de mon ami, mais encore pour celui de mon maître : je trouve qu'il est aussi beau au Roi de vous faire du bien, qu'à vous de le mériter.

A MADAME DE SÉVIGNÉ

Les choses sont presque dans le même état; nous n'avons guère avancé depuis. Vous avez déjà pu savoir la mort de trois capitaines aux gardes. La blessure du chevalier de Créquy à la tête, du marquis de Sillery à la mâchoire, du marquis de Lauresse au bras, et de Molondin à la jambe.

La nuit du 7 au 8, les ennemis vinrent sur les onze heures à nos lignes, d'abord du côté des Lorrains, et peu de temps après au quartier de Picardie, et cela pour reconnoître notre contenance, et pour nous fatiguer par de petites alarmes, car il ne parut point d'infanterie. Le matin du 8, il sortit trois escadrons de la ville sur les Lorrains, et comme tout le monde y couroit, un cavalier des nôtres se détacha et tira de quatre pas un coup de mousqueton à la Feuillade, et puis lui demanda : « Qui vive? » La Feuillade répondit : « Vive la Feuillade! » Si vous me demandez pourquoi ce cavalier lui en vouloit, je n'en sais point d'autre raison, si ce n'est qu'il falloit que ce jour-là la Feuillade ressemblât à un Espagnol.

La même nuit du 7 au 8, la contrescarpe fut prise, ce qui coûta beaucoup de braves gens au régiment de Turenne.

Voici une des plus grandes entreprises que nous ayons faites depuis la guerre; nous attaquons la plus grande ville des Pays-Bas, où sont les magasins de l'Espagne; il y a plus de quinze ou seize cens hommes de guerre dedans, et plus de dix mille habitans portant les armes, qui servent comme des troupes réglées. Nous avons à la portée du fauconneau de nos lignes une armée ennemie de vingt mille hommes, dans laquelle est le prince de Condé, qui observe tous nos mouvemens, et qui nous tient dans une contrainte épouvantable. Cependant l'ordre est si bon parmi nous, et nos troupes sont si bien intentionnées que j'attends un bon succès de notre entreprise. Je ne doute pas que les ennemis ne fassent une attaque aux lignes; si c'est de notre côté, ils seront repoussés; je ne vous dis pas cela comme un fanfaron, et sans connoissance de cause.

LONGUEVILLE (A.-G. de Bourbon-Condé, duchesse de). — Née en 1619, morte en 1679. Il s'agit de cette princesse belle et spirituelle, qui arma successivement contre la cour son frère, son mari, Turenne, etc. Vers la fin de sa vie, elle se retira dans la solitude, et se livra aux exercices de la pénitence.

A SON PÈRE
MONSIEUR,

Pour obéir au commandement que vous me fîtes en partant de **Paris** de vous mander des nouvelles de M de Longueville, je vous dirai qu'il est arrivé un courrier qui partit le premier de ce mois, qui nous a donné beaucoup de joie, nous apprenant que les ennemis qui avoient été trois ou quatre fois à une portée de mousquets des retranchemens, et tout près, à ce que l'on croyoit, de les vouloir attaquer, se sont retirés dans le Milanais, et ont laissé tous les passages, par lesquels les vivres et les munitions devoient venir, entièrement libres, de sorte qu'on ne doute plus de la prise de Tortose. Sa mine n'avoit pas encore joué comme l'on nous l'avoit dit, mais ce devait être bientôt. J'attends avec une extrême impatience le succès de cette affaire, espérant avec toute sorte d'apparence qu'il sera tel que nous le demandons à Dieu. Je ne manquerai pas, Monsieur, de vous rendre compte de tout ce que j'apprendrai, ainsi que vous me l'avez ordonné, n'ayant point de plus forte passion que celle de vous témoigner par ma très-humble obéissance combien je suis,

Monsieur, votre très-humble, etc.

BERGERAC (S.-Cyrano de). — Né en 1620, mort en 1655. Il s'était distingué comme officier dans les gardes, mais ses blessures le condamnèrent de bonne heure à un repos qu'il consacra aux lettres. Il composa la comédie du *Pédant* et la tragédie d'*Agrippine*, et écrivit le *Voyage dans la lune*, les *États et empires du soleil*, histoires comiques auxquelles Swift et Voltaire ont fait des emprunts.

INTRODUCTION DU VOYAGE DANS LA LUNE

La lune étoit en son plein, le ciel étoit découvert, et neuf heures du soir étoient sonnées, lorsque, revenant de Clamard, près Paris (où Monsieur de Ciguy le fils, qui en est seigneur, nous avoit régalés, plusieurs de mes amis et moi), les diverses pensées que nous donna cette boule de safran nous défrayèrent sur le chemin : de sorte que, les yeux noyés dans ce grand astre, tantôt l'un le prenoit pour une lucarne du ciel, tantôt un autre assuroit que c'étoit la platine où Diane dresse les rabats d'Apollon; un autre que ce pouvoit bien être le soleil lui-même, qui, s'étant au soir dépouillé de ses rayons, regardoit par un trou ce qu'on faisoit au monde, quand il n'y étoit pas. « Et moi, leur dis-je, qui souhaite mêler mes enthousiasmes aux vôtres, je crois, sans m'amuser aux imaginations pointues dont vous chatouillez le temps pour le faire marcher plus vite, que la lune est un monde comme celui-ci, à qui le nôtre sert de lune. » Quelques-uns de la compagnie me régalèrent d'un grand éclat de rire. « Ainsi peut-être, leur dis-je, se moque-t-on maintenant, dans la lune, de quelque autre qui soutient que ce globe-ci est un monde. » Mais j'eus beau leur alléguer que plusieurs grands hommes avoient été de cette opinion, je ne les obligeai qu'à rire de plus belle.

Cette pensée cependant, dont la hardiesse plaisoit à mon humeur, affermie par la contradiction, se plongea si profondément chez moi, que, pendant tout le reste du chemin, j'avois la tête pleine de définitions de lune, qui ne vouloient sortir; de sorte qu'à force d'appuyer cette croyance burlesque par des raisonnemens presque sérieux, il s'en falloit peu que je n'y déférasse déjà, quand le miracle ou l'accident, la Providence, la fortune, ou peut-être ce qu'on nommera vision, fiction, chimère, ou folie, si l'on veut, me fournit l'occasion qui m'engagea à ce discours. Étant arrivé chez moi, je montai dans mon cabinet, où je trouvai sur ma table un livre ouvert que je n'y avois point mis. C'était celui de Cardan; et, quoique je n'eusse pas dessein d'y lire, je tombai de la vue, comme par force, justement sur une histoire de ce philosophe qui dit, qu'étudiant un soir à la chandelle, il aperçut entrer, au travers des portes fermées, deux grands vieillards, lesquels, après beaucoup d'interrogations qu'il leur fit, répondirent qu'ils étoient habitans de la lune, et en même temps disparurent. Je demeurai si surpris, tant de voir un livre qui s'étoit apporté là tout seul, que du temps et de la feuille où il s'étoit rencontré là ouvert, que je pris toute cette enchaînure d'incidens comme une inspiration de faire connoître aux hommes que la lune est un monde. « Quoi! disois-je en moi-même, après avoir tout aujourd'hui parlé d'une chose, un livre qui est peut-être le seul au monde où cette matière se traite si particulièrement, voler de ma bibliothèque sur ma table, devenir capable de raison, pour s'ouvrir justement à l'endroit d'une aventure si merveilleuse ; entraîner mes yeux dessus, comme par force, et fournir ensuite à ma fantaisie les réflexions, et à ma volonté les desseins que je fais ! — Sans doute, continuois-je, les deux vieillards qui apparurent à ce grand homme sont ceux-là mêmes qui ont dérangé mon livre, et qui l'ont ouvert sur cette page pour s'épargner la peine de me faire la même harangue qu'ils ont faite à Cardan. — Mais, ajoutai-je, je ne saurois m'éclaircir de ce doute, si je ne monte jusque-là ? — Et pourquoi non ? me répondis-je aussitôt. Prométhée fut bien autrefois au ciel y dérober du feu. Suis-je moins hardi que lui ? et ai-je lieu de n'en pas espérer un succès aussi favorable ?

LA FONTAINE. (Voir aux poëtes, chapitre précédent.)

ÉSOPE ET XANTHUS

Un certain jour de marché, Xanthus, qui avait dessein de régaler quelques-uns de ses amis, commanda à Ésope d'acheter ce qu'il y auroit de meilleur et rien autre chose. « Je t'apprendrai, dit en soi-même le Phrygien, à spécifier ce que tu souhaites, sans t'en remettre à la discrétion d'un esclave. » Il n'acheta donc que des langues, lesquelles il fit accommoder à toutes les sauces : l'entrée, le second, l'entremets, tout ne fut que langues. Les conviés louèrent d'abord le choix de ce mets ; à la fin ils s'en dégoûtèrent. « Ne t'ai-je pas commandé, dit Xanthus, d'acheter ce qu'il y auroit de meilleur ? — Eh ! qu'y a-t-il de meilleur que la langue ? reprit Ésope. C'est le lien de la vie civile, clef des sciences, l'organe de la vérité et de la raison : par elle on bâtit les villes et on les police ; on instruit, on persuade, on règne dans les assemblées, on s'acquitte du premier de tous les devoirs, qui est de louer les dieux. — Eh bien ! dit Xanthus (qui prétendoit l'attraper), achète-moi demain ce qui est pire : ces mêmes personnes viendront chez moi, et je veux diversifier. »

Le lendemain Ésope ne fit encore servir que le même mets, disant que la langue est la pire chose qui soit au monde : c'est la mère de tous les débats, la nourrice des procès, la source des divisions et des guerres. Si l'on dit qu'elle est l'organe de la vérité, c'est aussi celui de l'erreur, et, qui pis est, de la calomnie. Par elle on détruit les villes, on persuade de méchantes choses. Si d'un côté elle loue les dieux, de l'autre elle profère des blasphèmes contre leur puissance. Quelqu'un de la compagnie dit à Xanthus que ce valet lui étoit fort nécessaire ; car il savoit le mieux du monde exercer la patience d'un philosophe.

A M. DE MAUCROIX

Le 10 février 1693.

Tu te trompes assurément, mon cher ami, s'il est bien vrai, comme M. de Soissons me l'a dit, que tu me croies plus malade d'esprit que de corps. Il me l'a dit pour tâcher de m'inspirer du courage ; mais ce n'est pas de quoi je manque. Je t'assure que le meilleur de tes amis n'a plus à compter sur quinze jours de vie. Voilà deux mois que je ne sors point, si ce n'est pour aller un peu à l'Académie, afin que cela m'amuse. Hier, comme j'en revenois, il me prit au milieu de la rue du Chantre une si grande foiblesse, que je crus véritablement mourir. O mon cher! mourir n'est rien : mais songes-tu que je vais paroître devant Dieu? Tu sais comme j'ai vécu. Avant que tu reçoives ce billet, les portes de l'éternité seront peut-être ouvertes pour moi.

MOTTEVILLE (Fr. Bertaud, dame de). — Née en 1621, morte en 1689. Elle fut l'amie dévouée d'Anne d'Autriche, dont elle écrivit l'histoire.

LE COMBAT DU FAUBOURG SAINT-ANTOINE

M. le prince voyant l'armée du Roi grossie des troupes du maréchal de la Ferté, et qu'il ne pouvoit faire passer la sienne par Paris comme il l'avoit espéré, pour s'aller poster dans cette langue de terre qui fait la jonction de la Marne avec la Seine, fut obligé de la faire marcher à l'entrée de la nuit le premier de juillet; et, pour arriver sûrement où il vouloit aller avant que l'armée du Roi le pût joindre, il les fit passer par le cours et par le dehors de la ville, qui étoit ce même chemin que nous avions pris peu d'heures auparavant, et où nous pensâmes rencontrer et passer avec les premières troupes de son avant-garde. C'est une terrible aventure pour une femme poltronne que de se voir en telle compagnie; mais, comme ces gens marchoient en ordre, et que leurs officiers étoient à leur tête, ils ne nous auroient pas fait de mal. Il faut dire aussi, à la louange de tous, que jamais il n'y a eu de guerre qui se soit faite avec moins d'animosité. Nous avons ouï et vu des menaces, des insolences et des crieries, même de mauvaises actions, mais non pas ces massacres et barbaries que nous lisons dans les histoires, et que les autres révoltes ont produites. Ces moutons de M. le prince (car ils paroissoient tels), croyant toujours qu'on leur ouvriroit quelqu'une des portes, passèrent en côtoyant Paris depuis la porte Saint-Honoré jusqu'à celle de Saint-Antoine, pour prendre le chemin que j'ai marqué. Je ne connus le péril où j'avois été qu'après qu'il fut passé, et que le lendemain de grand matin je me vis réveillée du bruit des tambours de l'armée du Roi, qui, selon que je l'ai déjà dit, alloit à celle de M. le prince pour la combattre. Dans ce dessein, on fit aller le Roi à Charonne. Il se plaça sur un petit côteau, afin qu'il pût voir de ce lieu une action qui devoit être, selon toutes les apparences, la perte de M. le prince et la ruine du parti rebelle, avec la fin de la guerre civile.

La Reine se leva ce jour-là de grand matin, et alla aux Carmélites passer au pied des autels une si importante journée. Je fus l'y trouver aussitôt, avec l'émotion et le battement de cœur qu'on devoit avoir dans une pareille occasion, où l'on voyoit de si près la perte inévitable de tant de braves gens qui composoient ces deux partis. Là elle sut aussitôt que Saint-Mesgrin, pour avoir eu tant de chaleur et s'être trop précipité, avoit été tué dans une rue étroite où il avoit imprudemment fait avancer la compagnie des chevaulégers du Roi, qu'il commandoit. Le Fouilloux, enseigne des gardes de la Reine, y fut tué aussi. Mancini, neveu du cardinal Mazarin, brave et jeune, et déjà honnête homme, y fut blessé à mort : il paya de sa vie et de son sang le malheur de son oncle, qui paroissoit être le prétexte de cette injuste guerre. La Reine les regretta tous infiniment; et, comme il lui sembloit qu'ils étoient tués à ses yeux, elle en parut beaucoup plus touchée que dans les autres occasions où le Roi et elle avoient perdu de bons serviteurs. Cette princesse fut toujours, pendant ce combat, à genoux devant le Saint-Sacrement, excepté les momens qu'elle recevoit des courriers qui la faisoient

aller à la grille apprendre la mort de quelqu'un du parti du Roi. Sa souffrance fut grande, puisque je puis dire que le crime de ses ennemis n'effa-
çoit point en elle le regret qu'elle avoit de leur perte : elle sentoit de la douleur pour ceux qui mouroient pour le service du Roi, et ceux qui périssoient
dans le parti contraire avoient encore quelque part à sa pitié. Je vis ses peines; car j'eus l'honneur d'être seule auprès d'elle presque tout le jour. Mme de
Seneçay, qui l'avoit suivie, se trouva mal; elle demeura toujours dans une
cellule du couvent, sans approcher de la Reine; mais la princesse palatine la
vint trouver sur le soir de ce terrible jour. M. le prince y acquit une éclatante gloire par les belles actions que sa valeur lui fit faire, par sa conduite
qui fut estimée et louée dans tous les deux partis, et par l'avantage qu'il eut
de ne pas périr, lui et toutes ses troupes, comme, selon toutes les maximes
de la guerre, à ce que diront les plus vaillans, cela devoit arriver. Il ne fut
attaqué que dans le moment qu'il se put servir des retranchemens que les
bourgeois du faubourg Saint-Antoine avoient faits pour les garantir d'être
pillés des troupes du duc de Lorraine; et ce bonheur fut ce qui le sauva, en
lui donnant le moyen d'employer à sa défense le grand cœur et cette extrême
capacité qui le rendoient un des plus grands capitaines qui aient été dans l'Europe. Heureux en toute manière, s'il n'avoit point terni par sa révolte les
grands services qu'il a rendus à la France, à laquelle on peut dire qu'il a fait
beaucoup de bien et beaucoup de mal.

Le duc de Nemours, qui combattit toujours auprès du prince de Condé,
eut treize coups sur lui ou dans ses armes. On vint dire à la Reine qu'il étoit
mort. Je remarquai qu'elle eut la bonté de le regretter, comme un ennemi
qui avoit du mérite, et en qui même elle croyoit d'assez bonnes intentions
pour la paix. Le duc de la Rochefoucault y reçut une mousquetade qui lui
perça le visage au-dessous des yeux, dont à l'instant il perdit quasi la vue.
On vit le jeune prince de Marsillac, son fils, le ramener au travers de Paris
dans cet état pitoyable, qui lui faisoit voir en sa propre personne l'erreur
universelle de tous les hommes, qui pour l'ordinaire trouvent leur perte où
ils ont cru trouver leur bonheur. Il a depuis recouvré la vue; et à peu près
dans le même temps sa raison lui a fait connoître qu'encore que l'aveuglement de l'âme paroisse accompagné de quelques charmes, il est pire que celui des yeux, et nous cause des maux bien plus véritables. Je lui ai ouï dire
depuis à lui-même, admirant l'application qu'il avoit eue à ce qui se passoit
alors, qu'en l'état où il étoit, sa seule pensée fut de faire pitié au peuple par
l'horreur de sa blessure, et que depuis la porte Saint-Antoine jusqu'à l'hôtel
de Liancourt, où il fut porté, il parla continuellement à tous ceux que la
compassion obligeoit de s'arrêter à le regarder, les exhortant d'aller secourir M. le prince, ce qui peut-être ne lui fut pas nuisible. Le duc de Navailles,
qui commandoit les troupes du Roi du côté de Picpus, après les avoir postées
avantageusement, poussa celles de M. le prince, et ce fut là où furent tués et
blessés tant de personnes de marque, tous braves gens et de mérite, et entre
autres Flamarin, qui fut un des plus regrettés.

Les Parisiens jusque alors avoient été spectateurs paisibles de ce grand
combat : une petite partie étoit gagnée par les serviteurs du Roi, et même on
a dit que les officiers de la colonnelle, qui étoit alors en garde à la porte
Saint-Antoine, étoient du nombre; car ils empêchoient de sortir et d'entrer
dans la ville. Le duc d'Orléans étoit au Luxembourg obsédé par le cardinal
de Retz, qui vouloit se défaire du prince de Condé et le laisser périr. Il disoit
qu'il avoit son accommodement avec la cour, et que ce combat étoit une
comédie. Ce prince demeuroit occupé de ses doutes, et ne faisoit nul effort
pour secourir M. le prince. Mademoiselle, voyant cette perplexité, le vint
réveiller, en lui représentant fortement son devoir, et l'obligation où l'honneur et le sang l'engageoient envers celui qui hasardoit sa vie et celle de ses

amis pour la cause commune. Elle lui dit que les blessés et les mourans qu'on rapportoit du combat faisoient assez et trop funestement voir que M. le prince n'avoit point fait son accommodement sans lui ; enfin le duc d'Orléans se laissa toucher à ces persuasions. Elle alla porter ses ordres à l'hôtel de ville pour faire prendre les armes aux bourgeois. De là, elle alla voir le combat de dessus les tours de la Bastille : on a même cru qu'elle commanda au gouverneur de faire tirer le canon sur les troupes du Roi ; mais elle m'a depuis dit que cela n'avoit point été fait par son ordre. Je sais pourtant que le Roi et la Reine en furent persuadés, et peut-être que ce fut avec raison. Quoi qu'il en soit, elle alla elle-même à la porte Saint-Antoine disposer non-seulement tous les bourgeois à recevoir M. le prince et son armée, mais encore à sortir et combattre pour lui. Elle fit ouvrir les portes ; et, animant les bourgeois à le favoriser, elle le sauva et l'empêcha de périr : ce qui étoit indubitable, s'il fût demeuré plus longtemps exposé aux forces du Roi et à la vaillance des nôtres. Tant de gens de qualité que l'on rapportoit du combat ou morts ou blessés achevèrent par cet objet d'émouvoir le peuple en faveur de M. le prince. Il fut donc reçu en triomphe et entra dans la ville l'épée à la main, et véritablement couvert de sang et de poussière. Il fut loué et reçut mille bénédictions de tout le peuple.

Le ministre, voyant que le canon de la Bastille avoit criminellement tiré sur les troupes du Roi, les fit sagement retirer ; et, quoique cette journée ne lui fût pas favorable comme il avoit eu lieu de l'espérer, il parut ne se point laisser abattre à la mauvaise fortune, et souffrit la perte de son neveu avec une constance très-grande, quoiqu'il fût en effet sensiblement affligé.

MOLIÈRE. (Voir aux poëtes, chapitre précédent.)

EXTRAIT DE L'AVARE

ACTE III, SCÈNE V

HARPAGON.

Valère, aide-moi à ceci. Or çà, maître Jacques, approchez-vous, je vous ai gardé pour le dernier.

MAÎTRE JACQUES.

Est-ce à votre cocher, Monsieur, ou bien à votre cuisinier, que vous voulez parler ? car je suis l'un et l'autre.

HARPAGON.

C'est à tous les deux.

MAÎTRE JACQUES.

Mais à qui des deux le premier ?

HARPAGON.

Au cuisinier.

MAÎTRE JACQUES.

Attendez donc, s'il vous plaît. (*Maître Jacques ôte sa casaque de cocher, il paroît vêtu en cuisinier.*)

HARPAGON.

Quelle diantre de cérémonie est-ce là ?

MAÎTRE JACQUES.

Vous n'avez qu'à parler.

HARPAGON.

Je me suis engagé, maître Jacques, à donner ce soir à souper.

MAÎTRE JACQUES, *à part*.

Grande merveille !

HARPAGON.

Dis-moi un peu, nous feras-tu bonne chère ?

MAÎTRE JACQUES.

Oui, si vous me donnez bien de l'argent.

HARPAGON.

Que diable, toujours de l'argent ! Il semble qu'ils n'aient autre chose à
dire : de l'argent, de l'argent, de l'argent. Ah ! ils n'ont que ce mot à la bouche,
de l'argent ! Toujours parler d'argent ! Voilà leur épée de chevet, de l'argent.

VALÈRE.

Je n'ai jamais vu de réponse plus impertinente que celle-là. Voilà une
belle merveille de faire bonne chère avec bien de l'argent ! C'est une chose la
plus aisée du monde, et il n'y a si pauvre esprit qui n'en fît bien autant ;
mais, pour agir en habile homme, il faut parler de faire bonne chère avec
peu d'argent.

MAÎTRE JACQUES.

Bonne chère avec peu d'argent !

VALÈRE.

Oui.

MAÎTRE JACQUES, *à Valère*.

Par ma foi, monsieur l'intendant, vous nous obligerez de nous faire voir
ce secret, et de prendre mon office de cuisinier ; aussi bien vous mêlez-vous
céans d'être le factotum.

HARPAGON.

Taisez-vous ! Qu'est-ce qu'il nous faudra ?

MAÎTRE JACQUES.

Voilà, Monsieur, votre intendant, qui vous fera bonne chère pour peu
d'argent.

HARPAGON.

Haye ! je veux que tu me répondes.

MAÎTRE JACQUES.

Combien serez-vous de gens à table ?

HARPAGON.

Nous serons huit ou dix ; mais il ne faut prendre que huit. Quand il y a à
manger pour huit, il y en a bien pour dix.

VALÈRE.

Cela s'entend.

MAÎTRE JACQUES.

Eh bien ! il faudra quatre grands potages et cinq assiettes .. Potages...
Entrées...

HARPAGON.

Que diable ! voilà pour traiter toute une ville entière.

MAÎTRE JACQUES.

Rôt...

HARPAGON, *mettant la main sur la bouche de maître Jacques*.

Ah ! traître, tu manges tout mon bien !

MAÎTRE JACQUES.

Entremets...

HARPAGON, *mettant encore la main sur la bouche de maître Jacques.*

Encore ?

VALÈRE, *à maître Jacques.*

Est-ce que vous avez envie de faire crever tout le monde? et Monsieur a-t-il invité des gens pour les assassiner à force de mangeaille? Allez-vous-en lire un peu les préceptes de la santé, et demander aux médecins s'il y a rien de plus préjudiciable à l'homme que de manger avec excès.

HARPAGON.

Il a raison.

VALÈRE.

Apprenez, maître Jacques, vous et vos pareils, que c'est un coupe-gorge, qu'une table remplie de trop de viandes; que, pour se bien montrer ami de ceux que l'on invite, il faut que la frugalité règne dans les repas qu'on donne; et que, suivant le dire d'un ancien, il faut manger pour vivre, et non pas vivre pour manger.

HARPAGON.

Ah! que cela est bien dit! Approche, que je t'embrasse pour ce mot. Voilà la plus belle sentence que j'aie entendue de ma vie : il faut vivre pour manger, et non manger pour vi... Non, ce n'est pas cela. Comment est-ce que tu dis?

VALÈRE.

Qu'il faut manger pour vivre, et non pas vivre pour manger.

HARPAGON, *à maître Jacques.*

Oui. Entends-tu? (*A Valère.*) Qui est le grand homme qui a dit cela?

VALÈRE.

Je ne me souviens pas maintenant de son nom.

HARPAGON.

Souviens-toi de m'écrire ces mots : je les veux faire graver en lettres d'or sur la cheminée de ma salle.

VALÈRE.

Je n'y manquerai pas. Et pour votre souper, vous n'avez qu'à me laisser faire; je réglerai tout cela comme il faut.

HARPAGON.

Fais donc.

MAÎTRE JACQUES.

Tant mieux! j'en aurai moins de peine.

HARPAGON, *à Valère.*

Il faudra de ces choses dont on ne mange guère, et qui rassasient d'abord : quelque bon haricot bien gras, avec quelque pâté en pot bien garni de marrons.

VALÈRE.

Reposez-vous sur moi.

HARPAGON.

Maintenant, maître Jacques, il faut nettoyer mon carrosse.

MAÎTRE JACQUES.

Attendez, ceci s'adresse au cocher. (*Maître Jacques remet sa casaque.*) Vous dites...

HARPAGON.

Qu'il faut nettoyer mon carrosse, et tenir mes chevaux prêts pour conduire à la foire...

MAÎTRE JACQUES.

Vos chevaux, Monsieur? Ma foi, ils ne sont point du tout en état de marcher. Je ne vous dirai point qu'ils sont sur la litière : les pauvres bêtes n'en ont point, et ce seroit mal parler; mais vous leur faites observer des jeûnes si austères, que ce ne sont plus rien que des idées, ou des fantômes, des façons de chevaux.

HARPAGON.

Les voilà bien malades! ils ne font rien.

MAÎTRE JACQUES.

Et pour ne rien faire, Monsieur, est-ce qu'il ne faut rien manger? Il vaudroit bien mieux, les pauvres animaux, de travailler beaucoup, de manger de même. Cela me fend le cœur, de les voir ainsi exténués; car enfin j'ai une tendresse pour mes chevaux, qu'il me semble que c'est moi-même, quand je les vois pâtir. Je m'ôte tous les jours pour eux les choses de la bouche; et c'est être, Monsieur, d'un naturel trop dur, que de n'avoir nulle pitié de son prochain.

HARPAGON.

Le travail ne sera pas grand, d'aller jusqu'à la foire.

MAÎTRE JACQUES.

Non, je n'ai pas le courage de les mener; et je ferois conscience de leur donner des coups de fouet, en l'état où ils sont. Comment voudriez-vous qu'ils traînassent un carrosse? Ils ne peuvent pas se traîner eux-mêmes?

VALÈRE.

Monsieur, j'obligerai le voisin Picard à se charger de les conduire : aussi bien nous fera-t-il ici besoin pour apprêter le souper.

MAÎTRE JACQUES.

Soit. J'aime mieux encore qu'ils meurent sous la main d'un autre que sous la mienne.

ACTE IV, SCÈNE VIII.

HARPAGON, *criant au voleur dès le jardin.*

Au voleur! au voleur! A l'assassin! au meurtrier! Justice, juste ciel! je suis perdu, je suis assassiné; on m'a coupé la gorge; on m'a dérobé mon argent. Qui peut-ce être? Qu'est-il devenu? Où est-il? Où se cache-t-il? Que ferai-je pour le trouver? Où courir? Où ne pas courir? N'est-il point là? N'est-il point ici? Qui est-ce? Arrête! (*A lui-même, se prenant par le bras.*) Rends-moi mon argent, coquin... Ah! c'est moi... Mon esprit est troublé, et j'ignore où je suis, qui je suis et ce que je fais. Hélas! mon pauvre argent! mon pauvre argent! mon cher ami! on m'a privé de toi! et puisque tu m'es enlevé, j'ai perdu mon support, ma consolation, ma joie : tout est fini pour moi, et je n'ai plus que faire au monde. Sans toi, il m'est impossible de vivre. C'en est fait, je n'en puis plus; je me meurs; je suis mort; je suis enterré. N'y a-t-il personne qui veuille me ressusciter, en me rendant mon cher argent, ou en m'apprenant qui l'a pris? Eh! que dites-vous? Ce n'est personne. Il faut, qui que ce soit qui ait fait le coup, qu'avec beaucoup de soin on ait épié l'heure; et l'on a choisi justement le temps que je parlois

à mon traître de fils. Sortons. Je veux aller querir la justice et faire donner
la question à toute ma maison, à servantes, à valets, à fils, à fille et à moi
aussi. Que de gens assemblés! Je ne jette mes regards sur personne qui ne
me donne des soupçons, et tout me semble mon voleur. Hé! de quoi est-ce
qu'on parle là? de celui qui m'a volé? Quel bruit fait-on là-haut? Est-ce mon
voleur qui y est? De grâce, si l'on sait des nouvelles de mon voleur, je supplie que l'on m'en dise. N'est-il point caché là parmi vous? Ils me regardent
tous et se mettent à rire. Vous verrez qu'ils ont sans doute au vol que
l'on m'a fait. Allons, vite, des commissaires, des archers, des prévôts, des juges, des gênes, des potences et des bourreaux. Je veux faire pendre tout le
monde; et, si je ne retrouve mon argent, je me pendrai moi-même après.

LES PREMIÈRES SCÈNES DU MÉDECIN MALGRÉ LUI

SGANARELLE, MARTINE.

SGANARELLE.

Non, je te dis que je n'en veux rien faire, et que c'est à moi de parler et
d'être le maître.

MARTINE.

Et je te dis, moi, que je veux que tu vives à ma fantaisie, et que je ne me
suis point mariée avec toi pour souffrir tes fredaines.

SGANARELLE.

Oh! la grande fatigue que d'avoir une femme! et qu'Aristote a bien raison,
quand il dit qu'une femme est pire qu'un démon!

MARTINE.

Voyez un peu l'habile homme, avec son benêt d'Aristote!

SGANARELLE.

Oui, habile homme. Trouve-moi un faiseur de fagots qui sache comme
moi raisonner des choses, qui ait servi six ans un fameux médecin, et qui
ait su dans son jeune âge son rudiment par cœur.

MARTINE.

Peste du fou fieffé!

SGANARELLE.

Peste de la carogne!

MARTINE.

Que maudits soient l'heure et le jour où je m'avisai d'aller dire oui!

SGANARELLE.

Que maudit soit le bec cornu de notaire qui me fit signer ma ruine!

MARTINE.

C'est bien à toi, vraiment, à te plaindre de cette affaire! Devrois-tu être
un seul moment sans rendre grâce au ciel de m'avoir pour ta femme? et mé-
ritois-tu d'épouser une femme comme moi?

SGANARELLE.

Il est vrai que tu me fis trop d'honneur... Hé! morbleu! ne me fais point
parler là-dessus: je dirois de certaines choses...

MARTINE.

Quoi? que dirois-tu?

SGANARELLE.

Baste, laissons là ce chapitre. Il suffit que nous savons ce que nous savons, et que tu fus bien heureuse de me trouver.

MARTINE.

Qu'appelles-tu bien heureuse de te trouver? Un homme qui me réduit à l'hôpital, un débauché, un traître, qui me mange tout ce que j'ai!...

SGANARELLE.

Tu as menti, j'en bois une partie.

MARTINE.

Qui me vend pièce à pièce tout ce qui est dans le logis!...

SGANARELLE.

C'est vivre de ménage.

MARTINE.

Qui m'a ôté jusqu'au lit que j'avois!...

SGANARELLE.

Tu t'en lèveras plus matin.

MARTINE.

Enfin qui ne laisse aucun meuble dans toute la maison!...

SGANARELLE.

On en déménage plus aisément.

MARTINE.

Et qui du matin jusqu'au soir, ne fait que jouer et que boire!

SGANARELLE.

C'est pour ne me point ennuyer.

MARTINE.

Et que veux-tu, pendant ce temps, que je fasse avec ma famille?

SGANARELLE.

Tout ce qu'il te plaira.

MARTINE.

J'ai quatre petits enfans sur les bras...

SGANARELLE.

Mets-les à terre.

MARTINE.

Qui me demandent à toute heure du pain.

SGANARELLE.

Donne-leur le fouet : quand j'ai bien bu et bien mangé, je veux que tout le monde soit soûl dans ma maison.

MARTINE.

Et tu prétends, ivrogne, que les choses aillent toujours de même?...

SGANARELLE.

Ma femme, allons tout doucement, s'il vous plaît.

MARTINE.

Que j'endure éternellement tes insolences et tes débauches?..

SGANARELLE.

Ne nous emportons point, ma femme.

MARTINE.

Et que je ne sache pas le moyen de te ranger à ton devoir ?

SGANARELLE.

Ma femme, vous savez que je n'ai pas l'âme endurante, et que j'ai le bras assez bon.

MARTINE.

Je me moque de tes menaces.

SGANARELLE.

Ma petite femme, ma mie, votre peau vous démange, à votre ordinaire.

MARTINE.

Je te montrerai bien que je ne te crains nullement.

SGANARELLE.

Ma chère moitié, vous avez envie de me dérober quelque chose.

MARTINE.

Crois-tu que je m'épouvante de tes paroles ?

SGANARELLE.

Doux objet de mes vœux, je vous frotterai les oreilles.

MARTINE.

Ivrogne que tu es !

SGANARELLE.

Je vous battrai.

MARTINE.

Sac à vin !

SGANARELLE.

Je vous rosserai.

MARTINE.

Infâme !

SGANARELLE.

Je vous étrillerai.

MARTINE.

Traître ! insolent ! trompeur ! lâche ! coquin ! pendard ! gueux ! bélitre ! fripon ! maraud ! voleur ! ..

SGANARELLE.

Ah ! vous en voulez donc ? (*Sganarelle prend un bâton et bat sa femme.*)

MARTINE, *criant.*

Ah ! ah ! ah ! ah ! ah !

SGANARELLE.

Voilà le vrai moyen de vous apaiser.

SCÈNE II

M. ROBERT, SGANARELLE, MARTINE.

M. ROBERT.

Holà ! holà ! holà ! Fi ! Qu'est-ce ? Quelle infamie ! Peste soit le coquin, de battre sa femme !

MARTINE, *à M. Robert.*

Et si je veux qu'il me batte, moi.

M. ROBERT.

Ah ! j'y consens de tout mon cœur.

MARTINE.

De quoi vous mêlez-vous ?

M. ROBERT.

J'ai tort.

MARTINE.

Est-ce là votre affaire ?

M. ROBERT.

Vous avez raison.

MARTINE.

Voyez un peu cet impertinent, qui empêche les maris de battre leurs femmes !

M. ROBERT.

Je me rétracte.

MARTINE.

Qu'avez-vous à voir là-dessus ?

M. ROBERT.

Rien.

MARTINE.

Est-ce à vous d'y mettre le nez ?

M. ROBERT.

Non.

MARTINE.

Mêlez-vous de vos affaires.

M. ROBERT.

Je ne dis plus mot.

MARTINE.

Il me plaît d'être battue.

M. ROBERT.

D'accord.

MARTINE.

Ce n'est pas à vos dépens.

M. ROBERT.

Il est vrai.

MARTINE.

Et vous êtes un sot de venir vous fourrer où vous n'avez que faire.

(*Elle lui donne un soufflet.*)

M. ROBERT, *à Sganarelle.*

Compère, je vous demande pardon de tout mon cœur. Faites ; rossez, battez comme il faut votre femme ; je vous aiderai, si vous le voulez.

SGANARELLE.

Il ne me plaît pas, moi.

M. ROBERT.

Ah ! c'est une autre chose.

SGANARELLE.

Je la veux battre, si je le veux ; et ne la veux pas battre, si je ne le veux pas.

M. ROBERT.

Fort bien.

SGANARELLE.

C'est ma femme et non pas la vôtre.

M. ROBERT.

Sans doute.

SGANARELLE.

Vous n'avez rien à me commander.

M. ROBERT.

D'accord.

SGANARELLE.

Je n'ai que faire de votre aide.

M. ROBERT.

Très-volontiers.

SGANARELLE.

Et vous êtes un impertinent de vous ingérer des affaires d'autrui. Apprenez que Cicéron dit qu'entre l'arbre et le doigt il ne faut point mettre l'écorce.

(*Il bat M. Robert, et le chasse.*)

SCÈNE III.

SGANARELLE, MARTINE.

SGANARELLE.

Oh çà! faisons la paix nous deux. Touche là.

MARTINE.

Oui, après m'avoir ainsi battue!

SGANARELLE.

Cela n'est rien. Touche.

MARTINE.

Je ne veux pas.

SGANARELLE.

Hé!

MARTINE.

Non.

SGANARELLE.

Ma petite femme.

MARTINE.

Point.

SGANARELLE.

Allons, te dis-je.

MARTINE.

Je n'en ferai rien.

SGANARELLE.

Viens, viens, viens.

MARTINE.

Non, je veux être en colère.

SGANARELLE.

Fi! c'est une bagatelle. Allons, allons.

18

MARTINE.

Laisse-moi là.

SGANARELLE.

Touche, te dis-je.

MARTINE.

Tu m'as trop maltraitée.

SGANARELLE.

Hé bien! va, je te demande pardon; mets là ta main.

MARTINE.

Je te le pardonne; (*bas à part*) mais tu le payeras.

EXTRAIT DU BOURGEOIS GENTILHOMME

ACTE II, SCÈNE III.

M. JOURDAIN, UN MAITRE D'ARMES, LE MAITRE DE MUSIQUE, LE MAITRE
A DANSER, UN LAQUAIS TENANT DEUX FLEURETS.

LE MAÎTRE D'ARMES, *après avoir pris les deux fleurets de la main du laquais,
et en avoir présenté un à M. Jourdain.*

Allons, Monsieur, la révérence. Votre corps droit; un peu penché sur la
cuisse gauche. Les jambes point tant écartées. Vos pieds sur une même ligne.
Votre poignet à l'opposite de votre hanche. La pointe de votre épée vis-à-vis
de votre épaule. Le bras pas tout à fait si étendu. La main gauche à la hauteur de l'œil. L'épaule gauche plus carrée. La tête droite. Le regard assuré.
Avancez. Le corps ferme. Touchez-moi l'épée de quarte, et achevez de même.
Une, deux. Remettez-vous. Redoublez de pied ferme. Une, deux. Un saut en
arrière. Quand vous portez la botte, Monsieur, il faut que l'épée parte la première, et que le corps soit bien effacé. Une, deux. Allons, touchez-moi l'épée
de tierce, et achevez de même. Avancez. Le corps ferme. Avancez. Partez de
là. Une, deux. Remettez-vous. Redoublez. Une, deux. Un saut en arrière. En
garde, Monsieur, en garde.

(*Le maître d'armes lui pousse deux ou trois bottes, en lui disant : En garde!*)

M. JOURDAIN.

Hé!

LE MAÎTRE DE MUSIQUE.

Vous faites des merveilles.

LE MAÎTRE D'ARMES.

Je vous l'ai déjà dit, tout le secret des armes ne consiste qu'en deux choses,
à donner et à ne point recevoir; et, comme je vous fis voir l'autre jour par
raison démonstrative, il est impossible que vous receviez, si vous savez détourner l'épée de votre ennemi de la ligne de votre corps; ce qui ne dépend
seulement que d'un petit mouvement du poignet, ou en dedans, ou en
dehors.

M. JOURDAIN.

De cette façon donc un homme, sans avoir du cœur, est sûr de tuer son
homme, et de n'être point tué?

LE MAÎTRE D'ARMES.

Sans doute. N'en vîtes-vous pas hier la démonstration

M. JOURDAIN.

Oui.

LE MAÎTRE D'ARMES.

Et c'est en quoi l'on voit de quelle considération nous autres nous devons être dans un État, et combien la science des armes l'emporte hautement sur toutes les autres sciences inutiles, comme la danse, la musique, la...

LE MAÎTRE A DANSER.

Tout beau! monsieur le tireur d'armes, ne parlez de la danse qu'avec respect.

LE MAÎTRE DE MUSIQUE.

Apprenez, je vous prie, à mieux traiter l'excellence de la musique.

LE MAÎTRE D'ARMES.

Vous êtes de plaisantes gens de vouloir comparer vos sciences à la mienne.

LE MAÎTRE DE MUSIQUE.

Voyez un peu l'homme d'importance!

LE MAÎTRE A DANSER.

Voilà un plaisant animal avec son plastron!

LE MAÎTRE D'ARMES.

Mon petit maître à danser, je vous ferai danser comme il faut. Et vous, mon petit musicien, je vous ferai chanter de la belle manière.

LE MAÎTRE A DANSER.

Monsieur le batteur de fer, je vous apprendrai votre métier.

M. JOURDAIN, *au maître à danser.*

Êtes-vous fou de l'aller quereller, lui qui entend la tierce et la quarte, et qui sait tuer un homme par raison démonstrative?

LE MAÎTRE A DANSER.

Je me moque de sa raison démonstrative, et de sa tierce et de sa quarte.

M. JOURDAIN, *au maître à danser.*

Tout doux, vous dis-je.

LE MAÎTRE D'ARMES, *au maître à danser.*

Comment, petit impertinent!

M. JOURDAIN.

Hé! mon maître d'armes!

LE MAÎTRE A DANSER, *au maître d'armes.*

Comment, grand cheval de carrosse!

M. JOURDAIN.

Hé! mon maître à danser!

LE MAÎTRE D'ARMES.

Si je me jette sur vous...

M. JOURDAIN, *au maître d'armes.*

Doucement!

LE MAÎTRE A DANSER.

Si je mets sur vous la main...

M. JOURDAIN, *au maître à danser.*

Tout beau !

LE MAÎTRE D'ARMES.

Je vous étrillerai d'un air...

M. JOURDAIN, *au maître d'armes.*

De grâce !

LE MAÎTRE A DANSER.

Je vous rosserai d'une manière...

M. JOURDAIN, *au maître à danser.*

Je vous prie.

LE MAÎTRE DE MUSIQUE.

Laissez-nous un peu lui apprendre à parler.

M. JOURDAIN, *au maître de musique.*

Mon Dieu ! arrêtez-vous.

SCÈNE IV.

UN MAÎTRE DE PHILOSOPHIE, M. JOURDAIN, LE MAÎTRE DE MUSIQUE,
LE MAÎTRE A DANSER, LE MAÎTRE D'ARMES, UN LAQUAIS.

M. JOURDAIN.

Holà, monsieur le philosophe, vous arrivez tout à propos avec votre philosophie. Venez un peu mettre la paix entre ces personnes-ci.

LE MAÎTRE DE PHILOSOPHIE.

Qu'est-ce donc ? Qu'y a-t-il, Messieurs ?

M. JOURDAIN.

Ils se sont mis en colère pour la préférence de leurs professions, jusqu'à se dire des injures et en vouloir venir aux mains.

LE MAÎTRE DE PHILOSOPHIE.

Hé quoi ! Messieurs, faut-il s'emporter de la sorte ? Et n'avez-vous point lu le docte traité que Sénèque a composé de la colère ? Y a-t-il rien de plus bas et de plus honteux que cette passion, qui fait d'un homme une bête féroce ? et la raison ne doit-elle pas être maîtresse de tous nos mouvemens ?

LE MAÎTRE A DANSER.

Comment, Monsieur, il vient nous dire des injures à tous deux, en méprisant la danse, que j'exerce, et la musique, dont il fait profession !

LE MAÎTRE DE PHILOSOPHIE.

Un homme sage est au-dessus de toutes les injures qu'on peut lui dire ; et la grande réponse qu'on doit faire aux outrages, c'est la modération et la patience.

LE MAÎTRE D'ARMES.

Ils ont l'audace de vouloir comparer leurs professions à la mienne !

LE MAÎTRE DE PHILOSOPHIE.

Faut-il que cela vous émeuve ? Ce n'est pas de vaine gloire et de condition que les hommes doivent disputer entre eux ; et ce qui nous distingue parfaitement les uns des autres, c'est la sagesse et la vertu.

LE MAÎTRE A DANSER.

Je lui soutiens que la danse est une science à laquelle on ne peut faire assez d'honneur.

LE MAÎTRE DE MUSIQUE.

Et moi, que la musique en est une que tous les siècles ont révérée.

LE MAÎTRE D'ARMES.

Et moi, je leur soutiens à tous deux que la science de tirer des armes est la plus belle et la plus nécessaire de toutes les sciences.

LE MAÎTRE DE PHILOSOPHIE.

Et que sera donc la philosophie? Je vous trouve tous trois bien impertinens de parler devant moi avec cette arrogance, et de donner imprudemment le nom de science à des choses que l'on ne doit pas même honorer du nom d'art, et qui ne peuvent être comprises que sous le nom de métier misérable de gladiateur, de chanteur et de baladin.

LE MAÎTRE D'ARMES.

Allez, philosophe de chien!

LE MAÎTRE DE MUSIQUE.

Allez, belître de pédant!

LE MAÎTRE A DANSER.

Allez, cuistre fieffé!

LE MAÎTRE DE PHILOSOPHIE.

Comment, marauds que vous êtes!...
(*Le philosophe se jette sur eux, et tous trois le chargent de coups.*

M. JOURDAIN.

Monsieur le philosophe!

LE MAÎTRE DE PHILOSOPHIE.

Infâmes! coquins! insolents!

M. JOURDAIN.

Monsieur le philosophe!

LE MAÎTRE D'ARMES.

La peste de l'animal!

M. JOURDAIN.

Messieurs!

LE MAÎTRE DE PHILOSOPHIE.

Impudens!

M. JOURDAIN.

Monsieur le philosophe!

LE MAÎTRE A DANSER.

Diantre soit de l'âne bâté!

M. JOURDAIN.

Messieurs!

LE MAÎTRE DE PHILOSOPHIE.

Scélérats!

M. JOURDAIN.

Monsieur le philosophe!

LE MAÎTRE DE MUSIQUE.

Au diable l'impertinent!

M. JOURDAIN.

Messieurs !

LE MAÎTRE DE PHILOSOPHIE.

Fripons ! gueux ! traitres ! imposteurs !

M. JOURDAIN.

Monsieur le philosophe ! Messieurs ! Monsieur le philosophe ! Messieurs ! Monsieur le philosophe !

(*Ils sortent en se battant.*)

PASCAL (Blaise). — Né en 1623, mort en 1662. Ce grand homme, aussi illustre dans les lettres que dans les sciences, outre ses découvertes admirables et ses œuvres scientifiques, nous a laissé deux ouvrages immortels : les *Lettres provinciales* et les *Pensées*. « Il y avait un homme, a dit Chateaubriand, qui à douze ans, avec des barres et des ronds, avait créé les mathématiques ; qui, à seize, avait fait le plus savant traité des coniques qu'on eût vu depuis l'antiquité ; qui, à dix-neuf, réduisit en machine une science qui existe tout entière dans l'entendement ; qui, à vingt-trois, démontra les phénomènes de la pesanteur de l'air, et détruisit une grande erreur de l'ancienne physique ; qui, à cet âge où les autres hommes commencent à peine de naître, ayant achevé de parcourir le cercle des connaissances humaines, s'aperçut de leur néant, et tourna toutes ses pensées vers la religion ; qui, depuis ce moment jusqu'à sa mort, arrivée dans sa trente-neuvième année, toujours infirme et souffrant, fixa la langue qu'ont parlée Bossuet et Racine, donna le modèle de la plus parfaite plaisanterie, comme du raisonnement le plus fort ; enfin qui, dans le court intervalle de ses maux, résolut, en se privant de tous les secours, un des plus hauts problèmes de géométrie, et jeta sur le papier des pensées qui tiennent autant de Dieu que de l'homme. Cet effrayant génie se nommait Blaise Pascal. »

LA FOIBLESSE HUMAINE

(Extrait des *Pensées*.)

L'intelligence tient dans l'ordre des choses intelligibles le même rang que notre corps dans l'étendue de la nature.

Bornés en tout genre, cet état qui tient le milieu entre deux extrêmes, se trouve en toutes nos puissances.

Nos sens n'aperçoivent rien d'extrême. Trop de bruit nous assourdit ; trop de lumière éblouit ; trop de distance et trop de proximité empêchent la vue... Nous ne sentons ni l'extrême chaud, ni l'extrême froid. Les qualités excessives nous sont ennemies, et non pas sensibles : nous ne les sentons plus, nous souffrons. Trop de jeunesse et trop de vieillesse empêchent l'esprit ; trop et trop peu d'instruction... Enfin les choses extrêmes sont pour nous comme si elles n'étoient point, et nous ne sommes point à leur égard : elles nous échappent, ou nous à elles.

Voilà notre état véritable. C'est ce qui nous rend incapables de savoir certainement et d'ignorer absolument. Nous voguons sur un milieu vaste, toujours incertains et flottans, poussés d'un bout vers l'autre. Quelque terme où nous pensions nous attacher et nous affermir, il branle et nous quitte; et, si nous le suivons, il échappe à nos prises, nous glisse et fuit d'une fuite éternelle. Rien ne s'arrête pour nous. C'est l'état qui nous est naturel, et toutefois le plus contraire à notre inclination : nous brûlons du désir de trouver une assiette plus ferme et une dernière base constante, pour y édifier une tour qui s'élève à l'infini; mais tout notre fondement craque, et la terre s'ouvre jusqu'aux abîmes.

L'homme n'est qu'un roseau le plus foible de la nature, mais c'est un roseau pensant. Il ne faut pas que l'univers entier s'arme pour l'écraser. Une vapeur, une goutte d'eau suffit pour le tuer. Mais, quand l'univers l'écraseroit, l'homme seroit encore plus noble que ce qui le tue, parce qu'il sait qu'il meurt; et l'avantage que l'univers a sur lui, il n'en sait rien.

La foiblesse de la raison de l'homme paroit bien davantage en ceux qui ne la connoissent pas qu'en ceux qui la connoissent. Si l'on est trop jeune, on ne juge pas bien; si l'on est trop vieux, de même; si l'on n'y songe pas assez, si l'on y songe trop, on s'entête, et l'on ne peut trouver la vérité. Si l'on considère son ouvrage incontinent après l'avoir fait, on en est encore tout prévenu; si trop longtemps après, on n'y entre plus. Il n'y a qu'un point indivisible qui soit le véritable lieu de voir les tableaux : les autres sont trop près, trop loin, trop haut, trop bas. La perspective l'assigne dans l'art de la peinture. Mais dans la vérité et la morale, qui l'assignera?

PENSÉES DÉTACHÉES

La raison nous commande bien plus impérieusement qu'un maître : car en désobéissant à l'un on est malheureux, et en désobéissant à l'autre on est un sot.

Les belles actions cachées sont les plus estimables. Quand j'en vois quelques-unes dans l'histoire, elle me plaisent fort. Mais enfin, elles n'ont pas été tout à fait cachées, puisqu'elles ont été sues : et ce peu par où elles ont paru en diminue le mérite : car c'est là le plus beau, d'avoir voulu les cacher.

Diseur de bons mots, mauvais caractère.

Si notre condition étoit véritablement heureuse, il ne faudroit pas nous divertir d'y penser.

Peu de chose nous console, parce que peu de chose nous afflige. La vertu d'un homme ne doit pas se mesurer par ses efforts, mais par ce qu'il fait d'ordinaire.

César étoit trop vieux, ce me semble, pour aller s'amuser à conquérir le monde. Cet amusement étoit bon à Alexandre; c'étoit un jeune homme, qu'il étoit difficile d'arrêter; mais César devoit être plus mûr.

Voulez-vous qu'on dise du bien de vous? n'en dites point.

L'homme n'est ni ange, ni bête; et le malheur veut que qui veut faire l'ange fait la bête.

Il faut qu'il y ait dans l'éloquence de l'agréable et du réel; mais il faut que cet agréable soit réel.

DROIT DE VIE ET DE MORT
(Extrait des *Lettres provinciales.*)

Il est certain que Dieu seul a le droit d'ôter la vie, et que, néanmoins, ayant établi des lois pour faire mourir les criminels, il a rendu les rois ou les républiques dépositaires de ce pouvoir; et c'est ce que saint Paul nous apprend, lorsque, parlant du droit que les souverains ont de faire mourir les hommes,

il le fait descendre du ciel, en disant que ce n'est pas en vain qu'ils portent
l'épée, parce qu'ils sont ministres de Dieu, pour exécuter ses vengeances
contre les coupables.

Mais, comme c'est Dieu qui leur a donné ce droit, il les oblige à l'exercer
ainsi qu'il le feroit lui-même, c'est-à-dire avec justice, selon cette parole de
saint Paul au même lieu : « Les princes ne sont pas établis pour se rendre
terribles aux bons, mais aux méchans. » Qui veut n'avoir point sujet de redouter leur puissance n'a qu'à bien faire : car ils sont ministres de Dieu pour
le bien. Et cette restriction rabaisse si peu leur puissance, qu'elle la relève,
au contraire, beaucoup davantage, parce que c'est la rendre semblable à
celle de Dieu, qui est impuissant pour faire le mal, et tout-puissant pour
faire le bien ; et que c'est la distinguer de celle des démons, qui sont impuissans pour le bien, et n'ont de puissance que pour le mal. Il y a seulement
cette différence entre Dieu et les souverains, que, Dieu étant la justice et la
sagesse même, il peut faire mourir sur-le-champ qui il lui plaît, quand il lui
plaît et en la manière qu'il lui plaît. Car, outre qu'il est le maître souverain
de la vie des hommes, il est sans doute qu'il ne la leur ôte jamais, ni sans
cause, ni sans connoissance, puisqu'il est aussi incapable d'injustice que
d'erreur. Mais les princes ne peuvent pas agir de la sorte, parce qu'ils sont
tellement ministres de Dieu, qu'ils sont hommes néanmoins, et non pas
dieux. Les mauvaises impressions pourroient les surprendre : les faux soupçons pourroient les aigrir ; la passion pourroit les emporter ; et c'est ce qui
les a engagés eux-mêmes à descendre dans les moyens humains, et à établir,
dans leurs états, des juges auxquels ils ont communiqué ce pouvoir, afin
que cette autorité que Dieu leur a donnée ne soit employée que pour la fin
pour laquelle ils l'ont reçue.

Concevez donc que, pour être exempt d'homicide, il faut agir tout ensemble, et par l'autorité de Dieu, et selon la justice de Dieu, et que si ces
deux conditions ne sont jointes, on pèche, soit en tuant avec son autorité,
mais sans justice ; soit en tuant avec justice, mais sans son autorité. De la
nécessité de cette union il arrive, selon saint Augustin, que celui qui, sans
autorité, tue un criminel, se rend criminel lui-même, par cette raison principale qu'il usurpe une autorité que Dieu ne lui a pas donnée ; et que les
juges, au contraire, qui ont cette autorité, sont néanmoins homicides, s'ils
font mourir un innocent contre les lois qu'ils doivent suivre.

Voilà les principes du repos et de la sûreté publique, qui ont été reçus
dans tous les temps et dans tous les lieux, et sur lesquels tous les législateurs du monde, saints et profanes, ont établi leurs lois, sans que jamais les
païens mêmes aient apporté d'exception à cette règle, sinon lorsqu'on ne
peut autrement éviter la perte de la vie, parce qu'ils ont pensé qu'alors, comme
dit Cicéron, les lois mêmes semblent offrir leurs armes à ceux qui sont dans
une telle nécessité.

Mais que, hors de cette occasion dont je ne parle point ici, il y ait jamais
eu de loi qui ait permis aux particuliers de tuer pour se garantir d'un affront,
et pour éviter la perte de l'honneur et du bien, quand on n'est point, en
même temps, en péril de la vie, c'est ce que jamais les infidèles mêmes
n'ont fait. Ils l'ont, au contraire, défendu expressément ; car la loi des Douze-
Tables de Rome portoit qu'il n'est pas permis de tuer un voleur de jour, qui
ne se défend point avec les armes.

PELLISSON (Paul). — Né en 1624, mort en 1693. Il était le premier commis du surintendant Fouquet ; à la chute de cet habile
financier qu'on a si diversement jugé, il composa, sous les verroux

de la Bastille, trois mémoires ou discours pour la défense de son maitre. « Ce que l'éloquence judiciaire, dit la Harpe, a produit le plus beau dans le dernier siècle n'appartient pas proprement au barreau, ne fut pas l'ouvrage d'un légiste, ni la plaidoirie d'un avocat, ni même un mémoire juridique, ce fut le travail de l'amitié courageuse défendant un infortuné qui avait été puissant ; ce fut le fruit d'un vrai talent oratoire, animé par le zèle et le danger. » On doit encore à Pellisson, devenu académicien, une *Histoire de l'Académie* et une *Histoire de Louis XIV*.

PÉRORAISON DU SECOND DISCOURS EN FAVEUR DE FOUQUET

Le plus sage, le plus juste même des rois crie encore à Votre Majesté, comme à tous les rois de la terre : « Ne soyez point si juste. » C'est un beau nom que la chambre de justice ; mais le temple de la Clémence, que les Romains élevèrent à la vertu triomphante en la personne de Jules César, est un plus grand et un plus beau nom encore. Si cette vertu n'offre pas un temple à Votre Majesté, elle lui promet du moins l'empire des cœurs, où Dieu même désire de régner et en fait toute sa gloire. Elle se vante d'être la seule entre ses compagnes qui ne vit et ne respire que sur le trône. Courez hardiment, Sire, dans une si belle carrière : Votre Majesté n'y trouvera que des rois, comme Alexandre le souhaitoit quand on lui parla de courir aux jeux Olympiques. Que Votre Majesté nous permette un peu d'orgueil et d'audace : comme elle, Sire, quoique non autant qu'elle, nous serons justes, vaillans, prudens, tempérans, libéraux même ; mais comme elle nous ne saurions être clémens. Cette vertu, toute douce et tout humaine qu'elle est, plus fière (qui le croiroit ?) que toutes les autres, dédaigne nos fortunes privées ; d'autant plus chère aux grands et magnanimes princes, tels que Votre Majesté, qu'elle ne se donne qu'à eux ; qu'en toutes les autres, quoique au-dessus des lois, ils suivent les lois, et qu'en celle-ci ils n'ont point d'autre loi qu'eux-mêmes. Je me trompe, Sire, je me trompe : s'il y a tant de lois de justice, il y a du moins, pour Votre Majesté, une générale, une auguste, une sainte loi de clémence, qu'elle ne peut violer ; parce qu'elle l'a faite elle-même, pour elle-même, comme le Jupiter des fables faisoit la destinée, comme le véritable Jupiter fit les lois invariables du monde, je veux dire en la prononçant. Votre Majesté s'en étonne sans doute, et n'entend point encore ce que je lui dis : qu'elle rappelle, s'il lui plait, pour un moment en sa mémoire ce grand et beau jour que la France vit avec tant de joie ; que ses ennemis, quoique enflés de mille vaines prétentions, quoique armés et sur nos frontières, virent avec tant de douleur et d'étonnement ; cet heureux jour, dis-je, qui acheva de nous donner un grand roi, en répandant sur la tête de Votre Majesté, si chère et si précieuse à ses peuples, l'huile sainte et descendue du ciel. En ce jour, Sire, avant que Votre Majesté reçût cette onction divine ; avant qu'elle eût revêtu ce manteau royal qui ornoit bien moins Votre Majesté qu'il n'étoit orné de Votre Majesté même ; avant qu'elle eût pris de l'autel, c'est-à-dire de la propre main de Dieu, cette couronne, ce sceptre, cette main de justice, cet anneau qui faisoit l'indissoluble mariage de Votre Majesté et de votre royaume, cette épée nue et flamboyante, toute victorieuse sur les ennemis, toute-puissante sur les sujets ; nous vîmes, nous entendîmes Votre Majesté, environnée des pairs et des premières dignités de l'Etat, au milieu des prières, entre les bénédictions et les cantiques, à la face des autels, devant le ciel et la terre, les hommes et les anges, proférer de sa bouche sacrée ces belles et magnifiques paroles dignes d'être gravées sur le bronze, mais plus encore dans le cœur d'un si grand roi : « Je jure et promets de garder et faire garder l'équité et miséricorde en tous jugemens, afin que Dieu, clément et miséricordieux, répande sur moi et sur vous sa miséricorde. »

MARIE D'ORLÉANS (duchesse de Nemours). — Née en 1625, morte en 1707. Elle était fille unique du duc de Longueville, et elle laissa des mémoires précieux sur la Fronde.

PORTRAIT D'ANNE D'AUTRICHE

Tout le monde croit encore que cette autorité absolue que la Reine laissoit prendre au cardinal sur elle venoit d'une amitié bien particulière. Cependant la vérité est que ce n'étoit qu'un effet du peu de goût qu'elle avoit pour les affaires, et une suite de la mauvaise opinion qu'elle avoit sur sa capacité à cet égard. En quoi l'on peut dire qu'elle se trompoit fort, car il est certain que cette princesse avoit un très-bon sens en toutes choses, et que, dans les conseils, elle prenoit toujours le bon parti. Si elle eût voulu toujours s'appliquer, elle se seroit rendue habile dans les affaires ; mais, avec un bon esprit, elle ne laissoit pas d'avoir un certain caractère qui lui donnoit une haine mortelle pour tout ce qui se peut appeler travail et occupation. Ainsi, par l'envie d'être déchargée de toutes sortes de soins, de n'entrer jamais dans aucun détail ennuyeux, elle donnoit une autorité sans bornes à ceux en qui elle plaçoit sa confiance ; et comme, avec l'aversion qu'elle avoit pour le travail d'esprit, elle avoit aussi une défiance outrée d'elle-même qui la faisoit se juger incapable de décider sur rien d'important, elle avoit une déférence aveugle aux conseils, et, si on l'ose dire, aux volontés de ces mêmes personnes en qui elle se confioit fortement. Docilité fatale qui a plusieurs fois attiré des chagrins à cette princesse, qui d'ailleurs avoit mille aimables vertus et mille grandes qualités d'âme, dont beaucoup d'esprits du vulgaire n'ont jamais connu le prix en aucune façon, ignorant à tous égards le caractère de cette reine...

Par cette même prévention de ne se croire jamais sur rien, elle eut donc la même créance aux autres ministres, sitôt que le cardinal fut parti ; et, comme ils lui conseillèrent tous de faire sortir les princes, elle y consentit volontiers, sans même se souvenir qu'elle s'étoit engagée avec Mazarin de n'y consentir jamais sans sa participation.

NICOLE (Pierre). — Né en 1625, mort en 1695. Ami et le collaborateur d'Arnaud, il fut lié avec les jansénistes, dont cependant il combattit quelquefois certaines opinions. Il fut pourtant exilé, s'établit en Hollande et n'en revint que grâce aux efforts de M. de Harlay. Ses œuvres principales sont : *Essais de morale et instructions théologiques*, les *Moyens de conserver la paix entre les hommes*, etc. De plus il apporta son concours à la *Logique de Port-Royal*.

PENSÉES DE NICOLE
(Extraits.)

La vertu chrétienne consiste à pratiquer ses devoirs, à surmonter les tentations qui nous en détournent, et à faire l'un et l'autre par la vue de Dieu et par l'amour de la justice.

Il y a dans la vertu, dès cette vie même, une récompense de la vertu ; et
il y a dans le vice même, dès cette vie, une punition du vice. L'homme vertueux est cent fois plus heureux en vivant dans l'ordre et dans la justice,
qu'il n'auroit pu l'être en vivant dans le désordre et dans l'injustice.

Il faut éviter de faire trop connoître son esprit. Avoir tant d'esprit n'est
pas une qualité aimable : elle attire souvent l'envie ou la haine, au lieu de
l'affection. Il faut tâcher que la principale qualité qui éclate en nous soit la
bonté, et que notre esprit ne serve qu'à la faire paroître.

La solitude est sans attraits pour la plupart des hommes, parce qu'elle ne
leur fournit pas assez de pensées qui leur plaisent.

L'avenir s'écoule dans le passé.

Tout ressentiment humain d'une offense est injuste, parce qu'il naît de
l'amour-propre.

La morale est la science des hommes, et particulièrement des princes,
puisqu'ils ne sont pas seulement hommes, mais qu'ils doivent aussi commander aux hommes ; ce qu'ils ne sauroient faire s'ils ne se connoissoient
eux-mêmes et les autres dans leurs passions et leurs défauts, et s'ils ne sont
instruits de tous leurs droits.

Le bonheur ne nous est guère sensible en cette vie que par la délivrance
du mal. Nous n'avons pas de biens réels et positifs.

Heureux celui qui voit le jour ! dit un aveugle ; mais un homme qui voit
clair ne le dit plus.

Heureux celui qui est sain ! dit un malade ; quand il est sain, il ne sent
plus le bonheur de la santé.

SÉVIGNÉ (Mme de Rabutin-Chantal). — Née en 1627, morte en
1696. Cette femme illustre, élevée par son oncle l'abbé de Cou-
langes, profita de plus des leçons de Chapelain et de Ménage.
A 25 ans, elle resta veuve avec un fils et une fille dont elle acheva
elle-même l'éducation. Le mariage de sa fille avec M. de Grignan,
qui partit, après deux ans de mariage, dans son gouvernement de
Provence, fut pour Mme de Sévigné la cause d'une vive douleur, et l'occasion heureuse d'une active et spirituelle correspondance, modèle du style épistolaire. « Avec des lettres écrites au
hasard, a dit Thomas, elle fait, sans y penser, un ouvrage enchanteur. Dans son style plein d'imagination, elle crée presque
une langue nouvelle ; elle jette à tout moment de ces expressions
que l'esprit ne sent pas, et qu'une âme sensible seule peut trouver ;
elle donne aux mots les plus communs une physionomie et une
âme. Tous ses tours de phrase sont des mouvements, mais des
mouvements abandonnés, qui n'en ont que plus de grâce. »

A M. DE POMPONNE

Le 1er décembre 1664.

Il faut que je vous conte une petite historiette, qui est très-vraie et qui
vous divertira. Le Roi se mêle depuis peu de faire des vers ; MM. de Saint-
Aignan et Dangeau lui apprennent comment il faut s'y prendre. Il fit l'autre
jour un petit madrigal que lui-même ne trouva pas fort joli. Un matin il dit
au maréchal de Grammont : « Monsieur le maréchal, lisez, je vous prie, ce

petit madrigal, et voyez si vous en avez jamais vu un si impertinent : parce qu'on sait que depuis peu j'aime les vers, on m'en apporte de toutes les façons. » Le maréchal, après avoir lu, dit au Roi : « Sire , Votre Majesté juge divinement bien de toutes choses; il est vrai que voilà le plus sot et le plus ridicule madrigal que j'aie jamais lu. » Le Roi se mit à rire, et lui dit : « N'est-il pas vrai que celui qui l'a fait est bien fat? — Sire, il n'y a pas moyen de lui donner un autre nom. — Oh bien! dit le Roi, je suis ravi que vous m'en ayez parlé si bonnement; c'est moi qui l'ai fait. — Ah! Sire, quelle trahison ! que Votre Majesté me le rende; je l'ai lu brusquement. — Non, Monsieur le maréchal; les premiers sentimens sont toujours les plus naturels. » Le Roi a fort ri de cette folie, et tout le monde trouve que voilà la plus cruelle petite chose que l'on puisse faire à un vieux courtisan. Pour moi, qui aime toujours à faire des réflexions, je voudrois que le Roi en fît là-dessus, et qu'il jugeât par là combien il est loin de connoitre jamais la vérité.

A MADAME DE GRIGNAN

Le 26 avril 1871.

Le Roi arriva le jeudi au soir; la promenade, la collation dans un lieu tapissé de jonquilles, tout cela fut à souhait. On soupa, il y eut quelques tables où le rôti manqua, à cause de plusieurs dîners à quoi l'on ne s'étoit point attendu; cela saisit Vatel, il dit plusieurs fois : « Je suis perdu d'honneur; voici un affront que je ne supporterai pas. » Il dit à Gourville : « La tête me tourne, il y a douze nuits que je n'ai dormi; aidez-moi à donner des ordres » Gourville le soulagea en ce qu'il put. Le rôti qui avoit manqué, non pas à la table du Roi, mais aux vingt-cinquièmes, lui revenoit toujours à l'esprit. Gourville le dit à M. le prince. M. le prince alla jusque dans la chambre de Vatel, et lui dit : « Vatel, tout va bien; rien n'étoit si beau que le souper du Roi. » Il répondit : « Monseigneur, votre bonté m'achève; je sais que le rôti a manqué à deux tables. — Point du tout, dit M. le prince; ne vous fâchez point; tout va bien. » Minuit vint, le feu d'artifice ne réussit pas, il fut couvert d'un nuage; il coûtoit seize mille francs. A quatre heures du matin, Vatel s'en va partout, il trouve tout endormi; il rencontre un petit pourvoyeur qui lui apportoit seulement deux charges de marée; il lui demande : « Est-ce là tout? — Oui, Monsieur. » Il ne savoit pas que Vatel avoit envoyé à tous les ports de mer. Vatel attend quelque temps; les autres pourvoyeurs ne vinrent point; sa tête s'échauffoit; il crut qu'il n'auroit point d'autre marée; il trouva Gourville, il lui dit : « Monsieur, je ne survivrai point à cet affront-ci. » Gourville se moqua de lui. Vatel monte à sa chambre, met son épée contre la porte, et se la passe au travers du cœur; mais ce ne fut qu'au troisième coup, car il s'en donna deux qui n'étoient point mortels; il tombe mort. La marée cependant arrive de tous côtés : on cherche Vatel pour la distribuer, on va à sa chambre, on heurte, on enfonce la porte, on le trouve noyé dans son sang; on court à M. le prince qui fut au désespoir. M. le duc pleura; c'étoit sur Vatel que tournoit tout son voyage de Bourgogne. M. le prince le dit au Roi fort tristement : on dit que c'étoit à force d'avoir de l'honneur à sa manière; on le loua fort, on loua et l'on blâma son courage.

A MADAME DE GRIGNAN

Le 28 août 1675.

Il (M. de Turenne) monta à cheval le samedi à deux heures, après avoir mangé; et, comme il avoit bien des gens avec lui, il les laissa tous à trente pas de la hauteur où il vouloit aller, et dit au petit d'Elbœuf : « Mon neveu, demeurez là; vous ne faites que tourner autour de moi, vous me feriez re-

connoître. » M. d'Hamilton, qui se trouva près de l'endroit où il alloit, lui dit :
« Monsieur, venez par ici; on tire du côté où vous allez. — Monsieur, lui
dit-il, vous avez raison; je ne veux point du tout être tué aujourd'hui; ce
sera le mieux du monde. » Il eut à peine tourné son cheval, qu'il aperçut
Saint-Hilaire, le chapeau à la main, qui lui dit : « Monsieur, jetez les yeux
sur cette batterie que je viens de faire placer là. » M. de Turenne revint; et
dans l'instant, sans être arrêté, il eut le bras et le corps fracassés du même
coup qui emporta le bras et la main qui tenoit le chapeau de Saint-Hilaire.

Ce gentilhomme, qui le regardoit toujours, ne le voit point tomber; le cheval l'emporte où il avoit laissé le petit d'Elbœuf; il n'étoit point encore
tombé; mais il étoit penché le nez sur l'arçon : dans ce moment le cheval
s'arrête; le héros tombe entre les bras de ses gens; il ouvre deux fois deux
grands yeux et la bouche, et demeure tranquille pour jamais : songez qu'il
étoit mort et qu'il avoit une partie du cœur emportée.

On crie, on pleure : M. d'Hamilton fait cesser le bruit et ôter le petit d'Elbœuf qui s'étoit jeté sur son corps, qui ne vouloit pas le quitter, et se pâmoit
de crier. On couvre le corps d'un manteau, on le porte dans une haie; on le
garde à petit bruit; un carrosse vient, on l'emporte dans sa tente : ce fut là
où M. de Lorges, M. de Roye et beaucoup d'autres, pensèrent mourir de douleur; mais il fallut se faire violence, et songer aux grandes affaires qu'on
avoit sur les bras. On lui a fait un service militaire dans le camp, où les
larmes et les cris faisoient le véritable deuil : tous les officiers avoient pourtant des écharpes de crêpe; tous les tambours en étoient couverts; ils ne bat-
toient qu'un coup; les piques trainantes et les mousquets renversés; mais
ces cris de toute une armée ne se peuvent pas représenter, sans que l'on en
soit tout ému. Ses deux neveux étoient à cette pompe, dans l'état que vous
pouvez penser. M. de Roye tout blessé s'y fit porter; car cette messe ne fut
dite que quand ils eurent passé le Rhin. Je pense que le pauvre chevalier
étoit bien abîmé de douleur. Quand ce corps a quitté son armée, ç'a encore
été une autre désolation; et partout où il a passé on n'entendoit que des
clameurs; mais à Langres ils se sont surpassés; ils allèrent au-devant de lui
en habits de deuil, au nombre de plus de deux cens, suivis du peuple; tout
le clergé en cérémonie; il y eut un service solennel dans la ville, et en un
moment ils se cotisèrent tous pour cette dépense, qui monta à cinq mille
francs, parce qu'ils reconduisirent le corps jusqu'à la première ville, et voulurent défrayer tout le train. Que dites-vous de ces marques naturelles d'une
affection fondée sur un mérite extraordinaire? Il arrive à Saint-Denis ce soir
ou demain; tous ses gens l'alloient reprendre à deux lieues d'ici; il sera
dans une chapelle en dépôt, on lui fera un service à Saint-Denis, en attendant celui de Notre-Dame, qui sera solennel.

A M. DE COULANGES

Le 26 juillet 1691.

Je suis tellement éperdue de la nouvelle de la mort très-subite de M. Lou-
vois, que je ne sais par où commencer pour vous en parler. Le voilà donc
mort ce grand ministre, cet homme si considérable, qui tenoit une si grande
place; dont le *moi*, comme dit M. Nicole, étoit si étendu; qui étoit le centre
de tant de choses! Que d'affaires, que de desseins, que de projets, que de
secrets, que d'intérêts à démêler, que de guerres commencées, que d'intrigues, que de beaux coups d'échecs à faire et à conduire! Ah! mon Dieu,
donnez-moi un peu de temps, je voudrois bien donner un échec au duc de
Savoie, un mat au prince d'Orange. Non, non, vous n'aurez pas un seul, un
seul moment. Faut-il raisonner sur cette étrange aventure? Non, en vérité,
il faut y réfléchir dans son cabinet Voilà le second ministre que vous voyez

mourir, depuis que vous êtes à Rome; rien n'est plus différent que leur
mort, mais rien n'est plus égal que leur fortune, et les cent millions de
chaînes qui les attachoient tous deux à la terre.

BOSSUET (Jacques-Bénigne). — Né en 1627, mort en 1704. Après
avoir reçu les ordres, Bossuet obtint d'abord un canonicat à Metz;
plus tard, dans ses fréquents voyages à Paris, il se fit une brillante
réputation d'orateur, et convertit beaucoup de protestants, et en
particulier Turenne et Dangeau. Dès lors commence la nombreuse série de ses œuvres oratoires, historiques, dogmatiques,
philosophiques et polémiques, publiées soit pendant qu'il était
évêque de Condom et précepteur du Dauphin, soit depuis qu'il fut
reçu à l'Académie et nommé évêque de Meaux. Ses principales
œuvres sont, outre ses *Oraisons funèbres* et ses *Sermons*, l'*Exposition de la doctrine de l'Église*, le *Discours sur l'histoire universelle*,
la *Méditation sur l'Évangile*, les *Élévations sur les mystères*, l'*Histoire des variations*, le *Traité de la connaissance de Dieu et de soi-
même*.

« Son génie, a écrit le cardinal Bausset son historien, le place au
premier rang des hommes qui ont le plus honoré l'esprit humain
dans le siècle le plus éclairé. Ses ouvrages révèlent l'étendue et la
profondeur de ses connaissances dans les genres les plus divers.
C'est un Père de l'Église par la parole et l'instruction; c'est le
modèle et le vengeur de la morale chrétienne par la sainte austérité de ses mœurs. » Thomas, jugeant Bossuet comme écrivain, dit de lui : « Son style est une suite de tableaux; on pourrait peindre ses idées, si la peinture était aussi féconde que son
langage ; toutes ses images sont des sensations vives ou terribles,
il les emprunte des objets les plus grands de la nature, et presque toujours d'objets en mouvement. »

LA CRÉATION
(Extrait des *Élévations*.)

Qui a formé tant de genres d'animaux, et tant d'espèces subordonnées à
ces genres, toutes ces propriétés, tous ces mouvemens, toutes ces adresses,
tous ces alimens, toutes ces forces diverses, toutes ces images de vertus, de
pénétration, de sagacité et de violence? Qui a fait marcher, ramper, glisser
les animaux ? Qui a donné aux oiseaux et aux poissons ces rames naturelles
qui leur font fendre les eaux et l'air? Ce qui peut-être a donné lieu à leur
Créateur de les produire ensemble, comme animaux d'un dessein à peu près
semblable; le vol des oiseaux paroissant être une espèce de faculté de nager
dans une matière plus subtile, comme la faculté de nager dans les poissons
est une espèce de vol dans une liqueur plus épaisse. Le même auteur a fait
ces convenances et ces différences; celui qui a donné aux poissons leur tristesse et, pour ainsi dire, leur morne silence, a donné aux oiseaux leurs
chants si divers, et leur a mis dans l'estomac et dans le gosier une espèce de
lyre et de guitare, pour annoncer, chacun à leur mode, les beautés de leur

Créateur. Qui n'admireroit les richesses de sa Providence, qui fait trouver à chaque animal, jusqu'à une mouche, jusqu'à un ver, sa nourriture convenable? En sorte que la disette ne se trouve dans aucune partie de sa famille; mais, au contraire, que l'abondance y règne partout, excepté maintenant parmi les hommes, depuis que le péché a introduit la cupidité et l'avarice.

TURENNE ET CONDÉ

Ç'a été, dans notre siècle, un grand spectacle de voir, dans le même temps et dans les mêmes campagnes, ces deux hommes que la voix commune de toute l'Europe égaloit aux plus grands capitaines des siècles passés, tantôt à la tête de corps séparés, tantôt unis, plus encore par le concours des mêmes pensées que par les ordres que l'inférieur recevoit de l'autre; tantôt opposés front à front, et redoublant l'un dans l'autre l'activité et la vigilance, comme si Dieu, dont souvent, selon l'Écriture, la sagesse se joue dans l'univers, eût voulu nous les montrer en toutes les formes, et nous montrer ensemble tout ce qu'il peut faire des hommes. Que de campemens, que de belles marches, que de hardiesse, que de précautions, que de périls, que de ressources! Vit-on jamais en deux hommes les mêmes vertus avec des caractères si divers, pour ne pas dire si contraires?

L'un paroît agir par des réflexions profondes, et l'autre par de soudaines illuminations: celui-ci, par conséquent plus vif, mais sans que son feu eût rien de précipité; celui-là d'un air froid, sans jamais avoir rien de lent, plus hardi à faire qu'à parler, résolu et déterminé au dedans, lors même qu'il paroissoit embarrassé au dehors. L'un, dès qu'il paroît dans les armées, donne une haute idée de sa valeur, et fait attendre quelque chose d'extraordinaire, mais toutefois s'avance par ordre, et vient comme par degrés aux prodiges qui ont terminé sa vie; l'autre, comme un homme inspiré, dès sa première bataille s'égale aux maîtres les plus consommés. L'un, par de vifs et continuels efforts, emporte l'admiration du genre humain et fait taire l'envie; l'autre jette d'abord une si vive lumière qu'elle n'osoit l'attaquer. L'un enfin, par la profondeur de son génie et les incroyables ressources de son courage, s'élève au-dessus des plus grands périls, et sait même profiter de toutes les infidélités de la fortune; l'autre, et par l'avantage d'une si haute naissance, et par ces grandes pensées que le ciel envoie, et par une espèce d'instinct admirable dont les hommes ne connoissent pas le secret, semble né pour entraîner la fortune dans ses desseins, et forcer les destinées.

Et, afin que l'on vit toujours dans ces deux hommes de grands caractères, mais divers, l'un, emporté d'un coup soudain, meurt pour son pays, comme un Judas Machabée; l'armée le pleure comme un père, et la cour et tout le peuple gémissent; sa piété est louée comme son courage, et sa mémoire ne se flétrit point par le temps: l'autre, élevé par les armes au comble de la gloire comme un David, comme lui, meurt dans son lit, en publiant les louanges de Dieu et instruisant sa famille, et laisse tous les cœurs remplis, tant de l'éclat de sa vie que de la douceur de sa mort. Quel spectacle de voir et d'étudier ces deux hommes, et d'apprendre de chacun d'eux l'estime que méritoit l'autre!

BATAILLE DE ROCROI

A la nuit qu'il fallut passer en présence des ennemis, comme un vigilant capitaine, le duc d'Enghien reposa le dernier; mais jamais il ne reposa plus paisiblement. A la veille d'un si grand jour, et dès la première bataille, il est tranquille, tant il se trouve dans son naturel; et l'on sait que le lendemain, à l'heure marquée, il fallut réveiller d'un profond sommeil cet autre

Alexandre. Le voyez-vous, comme il vole à la victoire ou à la mort? Aussitôt qu'il eut porté de rang en rang l'ardeur dont il étoit animé, on le vit presque en même temps pousser l'aile droite des ennemis, soutenir la nôtre ébranlée; rallier les François à demi vaincus, mettre en fuite l'Espagnol victorieux, porter partout la terreur, et étonner de ses regards étincelants ceux qui échappoient à ses coups.

Restoit cette redoutable infanterie de l'armée d'Espagne, dont les gros bataillons serrés, semblables à autant de tours, mais à des tours qui sauroient réparer leurs brèches, demeuroient inébranlables au milieu de tout le reste en déroute, et lançoient des feux de toutes parts. Trois fois le jeune vainqueur s'efforça de rompre ces intrépides combattans, trois fois il fut repoussé par le valeureux comte de Fontaines, qu'on voyoit porté dans sa chaise, et, malgré ses infirmités, montrer qu'une âme guerrière est maîtresse du corps qu'elle anime; mais enfin il faut céder. C'est en vain qu'à travers les bois, avec sa cavalerie toute fraîche, Beck précipite sa marche pour tomber sur nos soldats épuisés; le prince l'a prévenu, les bataillons enfoncés demandent quartier; mais la victoire va devenir plus terrible pour le duc d'Enghien que le combat.

Pendant que d'un air assuré il s'avance pour recevoir la parole de ces braves gens, ceux-ci, toujours en garde, craignent la surprise de quelque nouvelle attaque; leur effroyable décharge met les nôtres en furie. On ne voit plus que carnage; le sang enivre le soldat, jusqu'à ce que ce grand prince, qui ne peut voir égorger ces lions comme de timides brebis, calma les courages émus, et joignit au plaisir de vaincre celui de pardonner. Quel fut alors l'étonnement de ces vieilles troupes et de leurs braves officiers, lorsqu'ils virent qu'il n'y avoit plus de salut pour eux que dans les bras de leur vainqueur! De quels yeux regardèrent-ils le jeune prince, dont la victoire avoit relevé la haute contenance, à qui la clémence ajoutoit de nouvelles grâces! Qu'il eût encore volontiers sauvé la vie au brave comte de Fontaines! Mais il se trouva par terre, parmi ces milliers de morts dont l'Espagne sent encore la perte. Elle ne savoit pas que le prince qui lui fit perdre tant de ses vieux régimens à la journée de Rocroi, en devoit achever les restes dans la plaine de Lens. Ainsi la première victoire fut-elle le gage de beaucoup d'autres. Le prince fléchit le genou; et, dans le champ de bataille, il rend au Dieu des armées la gloire qu'il lui envoyoit. Là, on célébra Rocroi délivré, les menaces d'un redoutable ennemi tournées à sa honte, la régence affermie, la France en repos, et un règne qui devoit être si beau, commencé par un si heureux présage.

LA MORT D'ALEXANDRE

Alexandre fit son entrée dans Babylone avec un éclat qui surpassoit tout ce que l'univers avoit jamais vu... Pour rendre son nom plus célèbre que celui de Bacchus, il entra dans les Indes, où il poussa ses conquêtes plus loin que ce célèbre vainqueur; mais celui que les déserts, les fleuves et les montagnes n'étoient pas capables d'arrêter, fut contraint de céder à ses soldats rebutés qui lui demandoient du repos : réduit à se contenter des superbes monumens qu'il laissa sur les bords de l'Araspe, il ramena son armée par une autre route que celle qu'il avoit tenue, et dompta tous les pays qu'il trouva sur son passage.

Il revint à Babylone craint et respecté, non pas comme un conquérant, mais comme un dieu; mais cet empire formidable qu'il avoit conquis ne dura pas plus longtemps que sa vie, qui fut courte; à l'âge de trente-trois ans, au milieu des plus vastes desseins qu'un homme eût jamais conçus, et avec les plus justes espérances d'un heureux succès, il mourut sans avoir eu le loisir d'établir ses affaires, laissant un frère imbécile et des enfants en bas âge, incapables de soutenir un si grand poids.

Mais ce qu'il y avoit de plus funeste pour sa maison et pour son empire, est qu'il laissoit des capitaines à qui il avoit appris à ne respirer que l'ambition et la guerre. Il prévit à quels excès ils se porteroient quand il ne seroit plus au monde; pour les retenir, ou de peur d'en être dédit, il n'osa nommer ni son successeur, ni le tuteur de ses enfans. Il prédit seulement que ses amis célébreroient ses funérailles par des batailles sanglantes, et il expira à la fleur de son âge, plein des tristes images de la confusion qui devoit suivre sa mort. Son empire fut partagé, toute sa maison fut exterminée, et la Macédoine, l'ancien royaume de ses ancêtres, passa à une autre famille. Ainsi ce conquérant, le plus renommé et le plus illustre qui fut jamais, a été le dernier roi de sa race. S'il fût demeuré paisible dans la Macédoine, la grandeur de son empire n'auroit pas tenté ses capitaines, et il auroit pu laisser à ses enfans le royaume de ses pères; mais, parce qu'il avoit été trop puissant, il fut la cause de la perte des siens. Et voilà le fruit glorieux de tant de conquêtes !

CROMWELL

Un homme s'est rencontré d'une profondeur d'esprit incroyable ; hypocrite raffiné autant qu'habile politique; capable de tout entreprendre et de tout cacher; également actif et infatigable dans la paix et dans la guerre; qui ne laissoit rien à la fortune de ce qu'il pouvoit lui ôter par conseil et par prévoyance, mais au reste si vigilant et si prêt à tout, qu'il n'a jamais manqué les occasions qu'elle lui a présentées; enfin, un de ces esprits remuans et audacieux qui semblent être nés pour changer le monde.

Que le sort de tels esprits est hasardeux, et qu'il en paroît dans l'histoire à qui leur audace a été funeste ! Mais aussi que ne sont-ils pas, quand il plaît à Dieu de s'en servir ! Il fut donné à celui - ci de tromper les peuples, et de prévaloir contre les rois. Car, comme il eut aperçu que, dans ce mélange infini de sectes qui n'avoient plus de règles certaines, le plaisir de dogmatiser, sans être repris ni contraint par aucune autorité ecclésiastique ni séculière, étoit le charme qui possédoit les esprits, il sut si bien les concilier par là, qu'il fit un corps redoutable de cet assemblage monstrueux.

Quand une fois on a trouvé le moyen de prendre la multitude par l'appât de la liberté, elle suit en aveugle, pourvu qu'elle en entende seulement le nom. Ceux-ci, occupés du premier objet qui les avoit transportés, alloient toujours, sans regarder qu'ils alloient à la servitude; et leur subtil conducteur, qui, en combattant, en dogmatisant, en mêlant mille personnages divers, en faisant le docteur et le prophète, aussi bien que le soldat et le capitaine, vit qu'il avoit tellement enchanté le monde, qu'il étoit regardé de toute l'armée comme un chef envoyé de Dieu pour la protection de l'indépendance, commença à s'apercevoir qu'il pouvoit encore les pousser plus loin. C'étoit le conseil de Dieu d'instruire les rois. Quand ce grand Dieu a choisi quelqu'un pour être l'instrument de ses desseins, rien n'en arrête le cours : ou il enchaîne, ou il aveugle, ou il dompte tout ce qui est capable de résistance.

EXORDE DE L'ORAISON FUNÈBRE DE LA REINE D'ANGLETERRE

Celui qui règne dans les cieux, et de qui relèvent tous les empires, à qui seul appartient la gloire, la majesté et l'indépendance, est aussi le seul qui se glorifie de faire la loi aux rois, et de leur donner, quand il lui plaît, de grandes et terribles leçons. Soit qu'il élève les trônes, soit qu'il les abaisse; soit qu'il communique sa puissance aux princes, soit qu'il la retire à lui-même, et ne leur laisse que leur propre foiblesse, il leur apprend leurs devoirs d'une manière souveraine et digne de lui; car, en leur donnant la puissance, il leur commande d'en user, comme il le fait lui-même, pour le bien du monde; et il leur fait voir, en le retirant, que toute leur majesté est empruntée, et que, pour être assis sur le trône, ils n'en sont pas moins sous sa main et sous son autorité suprême. C'est ainsi qu'il instruit les princes, non-seulement par des discours et par des paroles, mais encore par des effets et par des exemples : *Et nunc, reges, intelligite : erudimini , qui judicatis terram.*

Chrétiens, que la mémoire d'une grande reine, fille, femme, mère de rois si puissans, et souveraine de trois royaumes, appelle de tous côtés à cette triste cérémonie, ce discours vous fera paroître un de ces exemples redoutables qui étalent aux yeux du monde sa vanité tout entière. Vous verrez dans une seule vie toutes les extrémités des choses humaines, la félicité sans bornes aussi bien que les misères; une longue et paisible jouissance d'une des plus nobles couronnes de l'univers; tout ce que peuvent donner de plus glorieux la naissance et la grandeur accumulées sur une seule tête qui ensuite est exposée à tous les outrages de la fortune ; la bonne cause d'abord suivie de bons succès, et depuis de retours soudains, de changemens inouïs; la rébellion longtemps retenue, à la fin tout à fait maîtresse; nul frein à la licence; les lois abolies; la majesté violée par des attentats jusqu'alors inconnus; l'usurpation et la tyrannie sous le nom de liberté; une reine fugitive, qui ne trouve aucune retraite dans trois royaumes, et à qui sa propre patrie n'est plus qu'un triste lieu d'exil; neuf voyages sur mer, entrepris par une princesse, malgré les tempêtes; l'Océan étonné de se voir traversé tant de fois en des appareils si divers, et pour des causes si différentes; un trône indignement renversé et miraculeusement rétabli : voilà les enseignemens que Dieu donne aux rois. Ainsi fait-il voir au monde le néant de ses pompes et de ses grandeurs.

Si les paroles nous manquent, si les expressions ne répondent pas à un sujet si vaste et si relevé, les choses parleront assez d'elles-mêmes. Le cœur d'une grande reine, autrefois élevé par une si longue suite de prospérités, et puis plongé tout à coup dans un abîme d'amertumes, parlera assez haut; et, s'il n'est pas permis aux particuliers de faire des leçons aux princes sur des événemens si étranges, un roi me prête ses paroles pour leur dire : Entendez, ô grands de la terre; instruisez-vous, arbitres du monde!

LA FAYETTE (de la Vergnes de). — Née en 1632, morte en 1693. L'aimable caractère de cette femme, liée avec la Fontaine, Segrais, Mme de Sévigné, la Rochefoucault, etc., l'a rendue aussi célèbre que ses écrits. Outre ses romans *Zaïde*, la *Princesse de Clèves*, etc., elle écrivit l'*Histoire d'Henriette d'Angleterre.*

LETTRE A MADAME DE SÉVIGNÉ

(1689)

Il est question, ma belle, qu'il ne faut point que vous passiez l'hiver en Bretagne, à quelque prix que ce soit. Vous êtes vieille; les rochers sont pleins de bois; les catharres et les fluxions vous accableront, vous vous ennuierez, votre esprit deviendra triste et baissera : tout cela est sûr; et les choses du monde ne sont rien en comparaison de ce que je vous dis. Ne me parlez point d'argent ni de dettes; je vous ferme la bouche sur tout. M. de Sévigné vous donne son équipage; vous venez à Malicorne; vous y trouverez les chevaux

et la calèche de M. de Chaulnes. Vous voilà à Paris ; vous allez descendre à
l'hôtel de Chaulnes : votre maison n'est pas prête, vous n'avez point de chevaux ; c'est en attendant : à votre loisir vous vous remettez chez vous. Venons
au fait : vous payez une pension à M. de Sévigné, vous avez ici un ménage,
mettez le tout ensemble ; cela fait de l'argent, car votre louage de maison va
toujours. Vous direz : « Mais je dois, et je payerai avec le temps. » Comptez
que vous trouverez ici mille écus, dont vous payerez ce qui vous presse ; qu'on
vous les prête sans intérêt, et que vous rembourserez petit à petit, comme
vous voudrez. Ne demandez point d'où ils viennent, ni de qui c'est, on ne
vous le dira pas ; mais ce sont des gens qui sont bien assurés qu'ils ne les
perdront pas. Point de raisonnement là-dessus, point de paroles ni de lettres
perdues, il faut venir : tout ce que vous m'écrirez, je ne le lirai seulement
pas. En un mot, ma belle, il faut ou venir, ou renoncer à mon amitié, à celle
de Mᵐᵉ de Chaulnes et à celle de Mᵐᵉ de Lavardin ; nous ne voulons point
d'une amie qui veut vieillir et mourir par sa faute ; il y a de la misère et de
la pauvreté à votre conduite. Il faut venir dès qu'il fera beau.

BOURDALOUE (L.). — Né en 1632, mort en 1704. Il entra dans
la société de Jésus, se fit en province une grande renommée comme
prédicateur, et fut chargé par ses supérieurs de prêcher à la cour
de Louis XIV ; puis, ayant reçu mission d'éclairer les protestants
du Languedoc, il obtint des résultats précieux pour la religion.
« Il possède, dit Tissot, deux mérites : l'instruction et la pensée ;
mais quelquefois il s'écarte trop de son sujet pour se livrer à des
digressions morales. Il manque aussi de mouvements passionnés,
de nombre, de grâce et de cette poésie d'expression qui est si vive
dans Bossuet. »

L'AMBITIEUX

Quelle idée vous formez-vous d'un ambitieux préoccupé du désir de se
faire grand ? Si je vous disois que c'est un homme ennemi par profession de
tous les autres hommes (j'entends de tous ceux avec qui il peut avoir quelque rapport d'intérêt), un homme à qui la prospérité d'autrui est un supplice ; qui ne peut voir le mérite, en quelque sujet qu'il se rencontre, sans le
haïr et sans le combattre ; qui n'a ni foi, ni sincérité ; toujours prêt, dans la
concurrence, à trahir l'un, à supplanter l'autre, à décrier celui-ci, à perdre
celui-là, pour peu qu'il espère d'en profiter ; qui, de sa grandeur prétendue
et de sa fortune, se fait une divinité à laquelle il n'y a ni amitié, ni recon-
noissance, ni considération, ni devoir qu'il ne sacrifie, ne manquant pas de
tours et de déguisemens spécieux pour le faire même honnêtement selon le
monde ; en un mot, qui n'aime personne, et que personne ne peut aimer. Si
je vous le figurois de la sorte, ne diriez-vous pas que c'est un monstre dans
la société, dont je vous aurois fait la peinture ? Et cependant, pour peu que
vous fassiez de réflexion sur ce qui se passe tous les jours au milieu de vous,
n'avouerez-vous pas que ce sont là les véritables traits de l'ambition, tandis
qu'elle est encore aspirante, et dans la poursuite d'une fin qu'elle se propose.

L'HYPOCRISIE

Quand je parle de l'hypocrisie, ne pensez pas que je la borne à cette espèce particulière qui consiste dans l'abus de la piété, et qui fait les faux

dévots ; je la prends dans un sens plus étendu, et d'autant plus utile à votre instruction, que peut-être, malgré vous-mêmes, serez-vous obligés de convenir que c'est un vice qui ne vous est que trop commun ; car j'appelle hypocrite quiconque, sous de spécieuses apparences, a le secret de cacher les désordres d'une vie criminelle. Or, en ce sens, on ne peut douter que l'hypocrisie ne soit répandue dans toutes les conditions, et que parmi les mondains il ne se trouve encore bien plus d'imposteurs et d'hypocrites que parmi ceux que nous nommons dévots.

En effet, combien dans le monde de scélérats travestis en gens d'honneur ! combien d'hommes corrompus et pleins d'iniquité, qui se produisent avec tout le faste et toute l'ostentation de la probité ! combien de fourbes insolens à vanter leur sincérité ! combien de traîtres habiles à sauver les dehors de la fidélité et de l'amitié ! combien de sensuels esclaves des passions les plus infâmes, en possession d'affecter la pureté des mœurs, et de la pousser jusqu'à la sévérité ! combien de femmes libertines fières sur le chapitre de leur réputation, et, quoique engagées dans un commerce honteux, ayant le talent de s'attirer toute l'estime d'une exacte et parfaite régularité ! Au contraire, combien de justes faussement accusés et condamnés ! combien de serviteurs de Dieu, par la malignité du siècle, décriés et calomniés ! combien de dévots de bonne foi traités d'hypocrites, d'intrigans et d'intéressés ! combien de vraies vertus contestées ! combien de bonnes œuvres censurées ! combien d'intentions droites mal expliquées, et combien de saintes actions empoisonnées !

FLÉCHIER (Esprit). — Né en 1632, mort en 1710. Fléchier se fit connaître par ses sermons et surtout par ses oraisons funèbres. Il occupa successivement les siéges de Lavaur et de Nîmes, où sa charité et sa sagesse furent bénies même des calvinistes. Outre ses œuvres oratoires, on lui doit plusieurs biographies, entre autres celles de Ximenès et de Théodose. « L'éloquence de Fléchier, a dit Thomas, paraît être formée de l'harmonie et de l'art d'Isocrate, de la tournure ingénieuse de Pline, de la brillante imagination d'un poëte, et d'une certaine lenteur imposante qui ne messied peut-être pas à la gravité de la chaire, et qui était assortie à l'organe de l'orateur. »

MORT DE TURENNE

Turenne meurt, tout se confond, la fortune chancelle, la victoire se lasse, la paix s'éloigne, les bonnes intentions des alliés se ralentissent, le courage des troupes est abattu par la douleur et ranimé par la vengeance, tout le camp demeure immobile ; les blessés pensent à la perte qu'ils ont faite, et non aux blessures qu'ils ont reçues. Les pères mourans envoient leurs fils pleurer sur leur général mort. L'armée en deuil est occupée à lui rendre les devoirs funèbres ; et la Renommée, qui se plaît à répandre dans l'univers les accidens extraordinaires, va remplir toute l'Europe du récit glorieux de la vie de ce prince, et du triste regret de sa mort.

Que de soupirs alors, que de plaintes, que de louanges retentissent dans les villes, dans la campagne ! L'un, voyant croître ses moissons, bénit la mémoire de celui à qui il doit l'espérance de sa récolte ; l'autre, qui jouit encore en repos de l'héritage qu'il a reçu de ses pères, souhaite une éternelle paix à celui qui l'a délivré des désordres et des cruautés de la guerre : ici l'on offre le sacrifice adorable de Jésus-Christ pour l'âme de celui qui a sacrifié sa vie et son sang pour le bien public ; là on lui dresse une pompe funèbre, où l'on s'attendoit de lui dresser un triomphe : chacun choisit l'endroit qui lui paroit le plus éclatant dans une si belle vie ; tous entreprennent son éloge ; et chacun, s'interrompant lui-même par ses soupirs et par ses larmes, admire le passé, regrette le présent, et tremble pour l'avenir. Ainsi, tout le royaume pleure la mort de son défenseur, et la perte d'un homme seul est une calamité publique.

QU'EST·CE QUE L'ESPRIT

Qu'est-ce que l'esprit, dont les hommes paroissent si vains? Si nous le considérons selon la nature, c'est un feu qu'une maladie et qu'un accident amortissent sensiblement; c'est un tempérament délicat qui se dérègle, une heureuse conformation d'organes qui s'usent, un assemblage et un certain mouvement d'esprits qui s'épuisent et qui se dissipent; c'est la partie la plus vive et la plus subtile de l'âme qui s'appesantit, et qui semble vieillir avec le corps; c'est une finesse de raison qui s'évapore, et qui est d'autant plus foible et plus sujette à s'évanouir, qu'elle est plus délicate et plus épurée. Si nous le considérons selon Dieu, c'est une partie de nous-mêmes, plus curieuse que savante, qui s'égare dans ses pensées; c'est une puissance orgueilleuse qui est souvent contraire à l'humilité et à la simplicité chrétiennes, et qui, laissant souvent la vérité pour le mensonge, n'ignore que ce qu'il faudroit savoir, et ne sait que ce qu'il faudroit ignorer.

MAZARIN

Déjà, pour le soutien d'une minorité et d'une régence tumultueuses, s'étoit élevé à la cour un de ces hommes en qui Dieu met ses dons d'intelligence et de conseil, et qu'il tire de temps en temps des trésors de sa providence pour assister les rois, et pour gouverner les royaumes. Son adresse à concilier les esprits par des persuasions efficaces, à préparer les événemens par des négociations pressées ou lentes, à exciter ou calmer les passions par des intérêts et des vues politiques, à faire mouvoir avec habileté les ressorts de la guerre et de la paix, l'avoit fait regarder comme un ministre non-seulement utile, mais encore nécessaire. La pourpre dont il étoit revêtu, la capacité qu'il fit voir, et la douceur dont il usa, après plusieurs agitations, le mirent enfin au-dessus de l'envie; et, tout concourant à sa gloire, le ciel même faisant servir à son élévation et sa faveur et ses disgrâces, il prit les rênes de l'État : heureux d'avoir aimé la France comme sa patrie, d'avoir laissé la paix aux peuples fatigués d'une longue guerre, et plus encore d'avoir appris l'art de régner et les secrets de la royauté au premier monarque du monde!

MASCARON (Jules). — Né en 1634, mort en 1703. C'est une des gloires de la congrégation de l'Oratoire; son talent pour la prédication le fit appeler à la cour pour y prêcher le carême de 1669. Le succès qu'il y obtint lui fit confier l'oraison funèbre de Henriette d'Angleterre, celle de Turenne, etc., et enfin l'évêché d'Agen, où il eut lieu d'exercer, à l'égard des calvinistes, et sa douceur et son éloquence. On reproche à Mascaron l'emphase et l'hyperbole; mais il a du feu, de la véhémence et une grande finesse d'expression.

LE MOMENT DE LA BATAILLE

S'il y a une occasion au monde où l'âme pleine d'elle-même soit en danger d'oublier Dieu, c'est dans ces postes éclatans où un homme, par la sagesse de sa conduite, par la grandeur de son courage, par la force de son bras, et par le nombre de ses soldats, devient comme le Dieu des autres hommes, et, rempli de gloire en lui-même, remplit tout le reste du monde d'amour, d'admiration ou de frayeur. Les dehors même de la guerre, le son des instrumens, l'éclat des armes, l'ordre des troupes, le silence des soldats, l'ardeur de la mêlée, le commencement, le progrès et la consommation de la victoire, les cris différens des vaincus et des vainqueurs, attaquent l'âme par tant d'endroits, qu'enlevée à tout ce qu'elle a de sagesse et de modération, elle ne connoît ni Dieu ni elle-même. C'est alors que les impies Salmonées osent imiter le tonnerre de Dieu, et répondre par les foudres de la terre aux foudres du ciel : c'est alors que les sacriléges Antiochus n'adorent que leurs bras et leur cœur, et que les insolens Pharaons, enflés de leur puissance, s'écrient : « C'est moi qui me suis fait moi-même! » Mais aussi la religion et l'humanité ne paroissent-elles jamais plus majestueuses que lorsque, dans ce point de gloire et de grandeur, elles retiennent le cœur de l'homme dans la soumission et la dépendance où la créature doit être à l'égard de son Dieu.

ORGUEIL DES INFIDÈLES

(Extrait de l'Oraison funèbre du duc de Beaufort.)

Quand je me souviens qu'il n'arrivoit point de vaisseau dans nos ports qui ne nous apprît la perte de vingt autres; quand je songe qu'il n'y avoit personne qui ne pleurât ou un parent massacré, ou un ami esclave, ou une famille ruinée; quand je rappelle dans ma mémoire l'insolente hardiesse avec laquelle ces barbares faisoient des descentes presque à la portée de notre canon, où ils enlevoient tout ce que le hasard leur faisoit rencontrer de personnes ou de butin; que les promenades mêmes sur mer n'étoient plus sûres; qu'on craignoit toujours que de derrière les rochers il ne sortît quelque pirate; quand je me représente les cachots horribles d'Alger et de Tunis remplis d'esclaves chrétiens, et de François plus que d'autres nations, exposés à tout ce que la cruauté de ces maîtres impitoyables leur faisoit souffrir, ou pour ébranler leur foi, ou pour les obliger à grossir le prix de leur rançon; quand je rappelle dans ma mémoire toutes les railleries sacriléges que faisoient ces insolens, d'un Dieu et d'un roi qui défendoient si mal, l'un ses adorateurs, et l'autre ses sujets; mon imagination me rend ces temps si présens, que je ne puis m'empêcher de m'écrier : Jusqu'à quand, grand Dieu, les ennemis de votre nom insulteront-ils à votre gloire? Quel terme mettrez-vous à leur puissance fatale et à nos malheurs?

MAINTENON (Françoise d'Aubigné, marquise de).—Née en 1635, morte en 1719. La fondatrice de Saint-Cyr, celle à qui nous devons sans doute l'inspiration de l'*Esther* et de l'*Athalie* de Racine, a laissé des *Lettres* dont le recueil, dû à la Baumelle, est rempli d'intérêt et ne manque pas d'un certain mérite littéraire.

A. C. D'AUBIGNÉ, SON FRÈRE

(1676)

On n'est malheureux que par sa faute : ce sera toujours mon texte et ma réponse à vos lamentations. Songez, mon cher frère, au voyage d'Amérique, aux malheurs de notre père, aux malheurs de notre enfance, à ceux de notre jeunesse, et vous bénirez la Providence au lieu de murmurer contre la fortune. Il y a dix ans que nous étions bien éloignés l'un et l'autre du point où nous sommes aujourd'hui. Nos espérances étoient si peu de chose que nous bornions nos vœux à trois mille livres de rente. Nous en avons à présent quatre fois plus, et nos souhaits ne seroient pas encore remplis! Nous jouissons de cette heureuse médiocrité que vous vantiez si fort. Soyons contens. Si des biens nous viennent, recevons-les de la main de Dieu; mais n'ayons pas de vues trop vastes. Nous avons le nécessaire et le commode; tout le reste n'est que cupidité. Tous ces désirs de grandeur partent du vide d'un cœur inquiet. Toutes vos dettes sont payées; vous pouvez vivre délicieusement sans en faire de nouvelles. Que désirez-vous de plus? Faut-il que des projets de richesse et d'ambition vous coûtent la perte de votre repos et de votre santé ? Lisez la vie de saint Louis ; vous verrez combien les grandeurs de ce monde sont au-dessous des désirs du cœur de l'homme. Il n'y a que Dieu qui puisse le rassasier.

MALEBRANCHE (Nicolas). — Né en 1638, mort en 1715. Entré à vingt-deux ans chez les oratoriens, il se livra, d'après les inspirations de Descartes, à l'étude de la philosophie. Ses doctrines optimistes en morale, et ses opinions libres en théologie furent vivement combattues par Arnauld. Il composa un grand nombre d'ouvrages, dont les principaux sont : les *Entretiens sur la métaphysique et la religion*, la *Recherche de la vérité*, etc. D'Aguesseau a dit de Malebranche : « Il a su joindre l'imagination au raisonnement, ou, si l'on veut, le raisonnement à l'imagination qui dominoit chez lui ; la lecture de ses ouvrages peut être avantageuse à ceux qui se destinent à un genre d'éloquence où l'on a souvent besoin de parler à l'imagination, pour faire mieux entendre la raison. »

DIEU GRAND DANS LES PETITES CHOSES

(*Entretiens.*)

L'autre jour que j'étois couché à l'ombre, je m'avisai de remarquer la variété des herbes et des petits animaux que je trouvois sous mes yeux. Je comptai, sans changer de place, plus de vingt sortes d'insectes dans un fort petit espace, et pour le moins autant de petites plantes. Je pris un de ces insectes dont je ne sais pas le nom, et peut-être n'en a-t il point. Car les hommes, qui donnent divers noms, et souvent de trop magnifiques à tout ce qui sort de leurs mains, ne croient pas seulement devoir nommer les ouvrages du Créateur, qu'ils ne savent point admirer. Je pris, dis-je, un de ces insectes. Je le considérai attentivement, et je ne crains point de vous dire de lui ce que Jésus-Christ assure des lis champêtres, que Salomon dans sa gloire n'avoit point de si magnifiques ornemens. Après que j'eus admiré quelque temps cette petite créature si injustement méprisée, et même si indignement et si cruellement traitée par les autres animaux à qui apparemment elle sert de pâture, je me mis à lire un livre que j'avois sur moi, et j'y trouvai une chose fort étonnante, c'est qu'il y a dans le monde un nombre infini d'insectes pour le moins un million de fois plus petits que celui que je venois de considérer, cinquante mille fois plus petits qu'un grain de sable..... Nous nous perdons dans le petit aussi bien que dans le grand. Il n'y a personne qui puisse dire qu'il a découvert le plus petit des animaux. Autrefois c'étoit le ciron; mais aujourd'hui ce petit ciron est devenu monstrueux par sa grandeur. Plus on perfectionne les microscopes, plus on se persuade que la petitesse des matières ne borne point la sagesse du Créateur, et qu'il forme du néant même, pour ainsi dire, d'un atome qui ne tombe point sous nos sens, des ouvrages qui passent l'imagination, et même qui vont bien au delà des plus vastes intelligences.

La Bruyère (Jean de). — Né en 1642, mort en 1696. D'abord trésorier de France, puis professeur d'histoire du duc de Bourgogne, il traduisit avec complaisance les *Caractères* de Théophraste, et voulut introduire le même genre et la même philosophie dans notre langue. Son modèle fut dépassé dans les *Caractères de Notre Siècle*, où l'on voulut voir des allusions auxquelles l'auteur n'avait certainement pas pensé. « Les portraits de la Bruyère, a dit la Harpe, sont faits de manière que vous les voyez agir, parler, se mouvoir, tant son style a de vivacité et de mouvement... Nul prosateur n'a imaginé plus d'expressions nouvelles, n'a créé plus de tournures fortes et puissantes. Sa concision est pittoresque, et sa rapidité lumineuse... Il vous laisse encore plus content de votre esprit que du sien. » Il fut reçu de l'Académie en 1693.

LE BERGER ET LE TROUPEAU

Quand vous voyez quelquefois un nombreux troupeau qui, répandu sur une colline vers le déclin d'un beau jour, paît tranquillement le thym et le serpolet, ou qui broute dans une prairie une herbe menue et tendre qui a échappé à la faux du moissonneur, le berger, soigneux et attentif, est debout auprès de ses brebis; il ne les perd pas de vue, il les suit, il les conduit, il les change de pâturage; si elles se dispersent, il les rassemble; si un loup avide paroît, il lâche son chien qui le met en fuite; il les nourrit, il les défend; l'aurore le trouve déjà en pleine campagne, d'où il ne se retire qu'avec le soleil. Quels soins! quelle vigilance! quelle servitude! Quelle condition vous paroît la plus délicieuse et la plus libre, ou du berger ou des brebis? Le troupeau est-il fait pour le berger, ou le berger pour le troupeau? Image naïve des peuples, et du prince qui les gouverne, s'il est bon prince!

LA FAUSSE ET LA VRAIE GRANDEUR

La fausse grandeur est farouche et inaccessible : comme elle sent son foible, elle se cache, ou du moins ne se montre pas de front, et ne se fait voir qu'autant qu'il faut pour imposer et ne paroître point ce qu'elle est, je veux dire une vraie petitesse. La véritable grandeur est libre, douce, familière, populaire; elle se laisse toucher et manier, elle ne perd rien à être vue de près; plus on la connoît, plus on l'admire : elle se courbe par bonté vers ses inférieurs, et revient sans effort dans son naturel ; elle s'abandonne quelquefois, se néglige, se relâche de ses avantages, toujours en pouvoir de les reprendre et de les faire valoir ; elle rit, joue et badine, mais avec dignité ; on l'aborde tout ensemble avec liberté et avec retenue ; son caractère est noble et facile, inspire le respect et la confiance, et fait que les princes nous paraissent grands, et très-grands, sans nous faire sentir que nous sommes petits.

LE RICHE

Giton a le teint frais, le visage plein et les joues pendantes, l'œil fixe et assuré, les épaules larges, l'estomac haut, la démarche ferme et délibérée ; il parle avec confiance, il fait répéter celui qui l'entretient, et il ne goûte que médiocrement tout ce qu'il lui dit : il déploie un ample mouchoir, et se mouche avec grand bruit ; il crache fort loin, et il éternue fort haut ; il dort le jour, il dort la nuit, et profondément ; il ronfle en compagnie. Il occupe à table et à la promenade plus de place qu'un autre : il tient le milieu en se promenant avec ses égaux ; il s'arrête et l'on s'arrête ; il continue de marcher, et l'on marche : tous se règlent sur lui ; il interrompt, il redresse ceux qui ont la parole ; on ne l'interrompt pas, on l'écoute aussi longtemps qu'il veut parler ; on est de son avis, on croit les nouvelles qu'il débite. S'il s'assied, vous le voyez s'enfoncer dans un fauteuil, croiser les jambes l'une sur l'autre, froncer le sourcil, abaisser son chapeau sur ses yeux pour ne voir personne, ou le relever ensuite, et découvrir son front par fierté et par audace. Il est enjoué, grand rieur, impatient, présomptueux, colère, libertin, politique, mystérieux sur les affaires du temps ; il se croit des talents et de l'esprit. Il est riche.

LE PAUVRE

Phédon a les yeux creux, le teint échauffé, le corps sec, et le visage maigre : il dort peu, et d'un sommeil fort léger ; il est distrait, rêveur, et il a, avec de l'esprit, l'air d'un stupide : il oublie de dire ce qu'il sait, ou de parler d'événemens qui lui sont connus ; et, s'il le fait quelquefois, il s'en tire mal ; il croit peser à ceux à qui il parle ; il conte brièvement, mais froidement ; il ne se fait pas écouter, il ne fait point rire ; il applaudit, il sourit à ce que les autres lui disent ; il est de leur avis ; il court, il vole pour leur rendre de petits services : il est complaisant, flatteur, empressé ; il est mystérieux sur ses affaires, quelquefois menteur ; il est superstitieux, scrupuleux, timide ; il marche doucement et légèrement ; il semble craindre de fouler la terre ; il marche les yeux baissés, et il n'ose les lever sur ceux qui passent : il n'est jamais de ceux qui forment un cercle pour discourir ; il se met derrière celui qui parle, recueille furtivement ce qui se dit, et il se retire si on le regarde. Il n'occupe point de lieu, il ne tient point de place ; il va les épaules serrées, le chapeau baissé sur les yeux pour n'être point vu ; il se replie et se renferme dans son manteau : il n'y a point de rues ni de galeries si embarrassées et si remplies de monde, où il ne trouve moyen de passer sans effort, et de se couler sans être aperçu. Si on le prie de s'asseoir, il se met à peine sur le bord d'un siége ; il parle bas dans la conversation, et il articule mal ; libre néanmoins sur les affaires publiques, chagrin contre le siècle, médiocrement prévenu des ministres et du ministère. Il n'ouvre la bouche que pour répondre ; il tousse, il se mouche sous son chapeau ; il crache presque sur soi, et il attend qu'il soit seul pour éternuer, ou si cela lui arrive, c'est à l'insu de la compagnie ; il n'en coûte à personne ni salut ni compliment. Il est pauvre.

L'HOMME NÉ POUR LA DIGESTION

Cliton n'a jamais eu en toute sa vie que deux affaires, qui sont de dîner le matin et de souper le soir; il ne semble né que pour la digestion; il n'a de même qu'un entretien : il dit les entrées qui ont été servies au dernier repas où il s'est trouvé; il dit combien il y a eu de potages; il place ensuite le rôt et les entremêts; il se souvient exactement de quels plats on a relevé le premier service; il n'oublie pas les hors-d'œuvre, le fruit et les assiettes; il nomme tous les vins et toutes les liqueurs dont il a bu; il possède le langage des cuisines autant qu'il peut s'étendre, et il me fait envie de manger à une bonne table, où il ne soit point. Il a surtout un palais sûr, qui ne prend point le change, et il ne s'est jamais vu exposé à l'horrible inconvénient de manger un mauvais ragoût ou de boire du vin médiocre. C'est un personnage illustre dans son genre, et qui a porté le talent de se bien nourrir jusques où il pouvoit aller. On ne reverra plus un homme qui mange tant et qui mange si bien; aussi est-il l'arbitre des bons morceaux, et il n'est guère permis d'avoir du goût pour ce qu'il désapprouve. Mais il n'est plus; il s'est fait du moins porter à table jusqu'au dernier soupir. Il donnoit à manger le jour qu'il est mort. Quelque part où il soit, il mange; et, s'il revient au monde, c'est pour manger.

Si on ne goûte point ces caractères, je m'en étonne; et, si on les goûte, je m'en étonne de même.

RACINE. (Voir les poëtes, chapitre précédent.)

LETTRE A SON FILS

Fontainebleau, le 8 octobre 1697.

Je voulois presque me donner la peine de corriger votre version, et vous la renvoyer en l'état où il faudroit qu'elle fût; mais j'ai trouvé que cela me prendroit trop de temps à cause de la quantité d'endroits où vous n'avez pas attrapé le sens. Je vois bien que les épitres de Cicéron sont encore trop difficiles pour vous, parce que, pour bien les entendre, il faut posséder parfaitement l'histoire de ce temps-là, et que vous ne la savez point. Ainsi je trouverois plus à propos que vous me fissiez à votre loisir une version de la bataille de Trasimène, dont vous avez été si charmé, à commencer par la description de l'endroit où elle se donna : ne vous pressez point, et tournez la chose aussi naturellement que vous pourrez. J'approuve fort vos promenade à Auteuil; mais faites bien concevoir à M. Despréaux combien vous êtes reconnoissant de la bonté qu'il a de s'abaisser à s'entretenir avec vous. Vous pouvez prendre Voiture parmi mes livres, si cela vous fait plaisir. J'aimerois autant, si vous pouvez lire quelque livre françois, que vous prissiez la traduction d'Hérodote, qui est fort divertissant, et qui vous apprendroit la plus ancienne histoire qui soit parmi les hommes après l'Ecriture sainte. Il me semble qu'à votre âge il ne faut pas voltiger de lecture en lecture, ce qui ne serviroit qu'à vous dissiper l'esprit et à vous embarrasser la mémoire. Nous verrons cela plus à fond quand je serai de retour à Paris. Adieu; mes baise-mains à vos sœurs.

SAINT-RÉAL (César Richard, abbé de). — Né en 1639, mort en 1692. Cet historien entra dans les ordres après avoir brillé dans le monde, et s'attacha au duc de Savoie dont il fut nommé historiographe. Il écrivit alors la *Conjuration de Venise* et la *Conjuration des Gracques*, qui l'ont surtout rendu célèbre, et composa d'autres ouvrages. Voltaire, qui le place comme historien après Bossuet, a dit de sa *Conjuration de Venise* : « Le style en est comparable à celui de Salluste. On voit que l'abbé de Saint-Réal l'avait pris pour modèle, et peut-être l'a-t-il surpassé. » Le premier, il introduisit dans l'histoire la forme dramatique.

TIBÉRIUS GRACCHUS

Avec tous les avantages d'une belle taille, de la bonne mine, de beaucoup d'agrémens dans le visage, ceux d'un esprit fin et pénétrant, il avoit une éloquence douce et naturelle, une manière insinuante, un air persuasif, le génie du monde le plus fleuri et le plus cultivé. Il joignoit à toutes ces qualités un cœur ferme et grand, une droiture et une intégrité inaltérables, un amour pour la justice qui soutenoit l'innocent et punissoit le crime, sans perdre tout à fait et sans détruire le coupable; il ajoutoit à cela une sobriété, une vertu pure, des mœurs sévères pour lui seul, sans vouloir faire participer les autres à cette austérité. Il soutenoit toutes ces qualités par un mérite acquis à la guerre, où il avoit marqué, en diverses occasions d'éclat, qu'il n'étoit pas moins propre à commander qu'à obéir; et que, selon l'état où il se trouvoit et les besoins de la république, il obéissoit avec le même plaisir que les autres commandoient. Libéral jusqu'à la profusion, et donnant tout sans réserve; pitoyable pour les malheureux, qui étoient tous assurés de trouver chez lui une protection infaillible; enfin on a dit de lui qu'il étoit doué de toutes les vertus que le naturel, l'éducation, le soin et l'expérience peuvent donner à un homme sur la terre. Mais, comme rien n'est parfait ici-bas, on ne doit pas dissimuler qu'il étoit d'ailleurs obstiné dans ses résolutions jusqu'à la dernière opiniâtreté, fier et hautain quand il trouvoit de la résistance; conservant naturellement sa vengeance contre ceux qui lui avoient voulu nuire, et si fort porté pour le peuple contre le sénat, qu'il hasardoit tout pour le servir, moins peut-être par rapport à cette justice qu'il aimoit tant en effet, que séduit par une ambition démesurée, dont tous ses ennemis l'ont accusé et qui étoit sans contestation son véritable vice.

BRUEYS (D. Aug. de). — Né en 1640, mort en 1723. Il dut sa conversion à Bossuet, et défendit sa nouvelle foi dans ses premiers écrits. Établi à Paris, il se lia d'amitié avec son compatriote Palaprat et composa avec lui plusieurs comédies assez estimées : le *Grondeur*, le *Muet*, les *Empiriques*, l'*Avocat Patelin* imité de Blanchet, etc.

LE GRONDEUR

M. GRICHARD, L'OLIVE, ARISTE.

M. GRICHARD.

Bourreau, me feras-tu toujours frapper deux heures à la porte?

L'OLIVE.

Monsieur, je travaillois au jardin. Au premier coup de marteau, j'ai couru si vite que je suis tombé en chemin.

M. GRICHARD.

Je voudrois que tu te fusses rompu le cou, double chien! Que ne laisses-tu la porte ouverte?

L'OLIVE.

Eh! Monsieur, vous me grondâtes hier parce qu'elle l'étoit. Quand elle est ouverte, vous vous fâchez; quand elle est fermée, vous vous fâchez aussi. Je ne sais plus comment faire.

M. GRICHARD.

Comment faire!

ARISTE.

Mon frère, voulez-vous bien...

M. GRICHARD, *à Ariste.*

Oh! donnez-vous patience. (*A l'Olive.*) Comment faire, coquin!

ARISTE.

Eh! mon frère, laissez là ce valet, et souffrez que je vous parle de...

M. GRICHARD.

Monsieur mon frère, quand vous grondez vos valets, on vous les laisse gronder en repos.

ARISTE, *à part.*

Il faut lui laisser passer sa fougue.

M. GRICHARD.

Comment faire, infâme!

L'OLIVE.

Oh çà! Monsieur, quand vous serez sorti, voulez-vous que je laisse la porte ouverte?

M. GRICHARD.

Non.

L'OLIVE.

Voulez-vous que je la tienne fermée?

M. GRICHARD.

Non.

L'OLIVE.

Au moins faut-il, Monsieur...

M. GRICHARD.

Encore! tu raisonneras, ivrogne?

ARISTE.

Il me semble, après tout, mon frère, qu'il ne raisonne pas mal; et l'on doit être bien aise d'avoir un valet raisonnable.

M. GRICHARD.

Et il me semble à moi, monsieur mon frère, que vous raisonnez fort mal. Oui, l'on doit être bien aise d'avoir un valet raisonnable, mais non pas un valet raisonneur.

L'OLIVE, *à part.*

Morbleu, j'enrage d'avoir raison.

M. GRICHARD.

Te tairas-tu?

L'OLIVE.

Monsieur, je me ferois hacher; il faut qu'une porte soit ouverte ou fermée;
choisissez. Comment la voulez-vous?

M. GRICHARD.

Je te l'ai dit mille fois, coquin! Je la veux..., je la... Mais voyez ce maraud-
là! Est-ce à un valet à me venir faire des questions? Si je te prends, traître!
je te montrerai comment je la veux. (*A Ariste.*) Vous riez, je pense, mon-
'sieur le jurisconsulte?

ARISTE.

Moi! point. Je sais que les valets ne font jamais les choses comme on leur
dit.

M. GRICHARD.

Vous m'avez pourtant donné ce coquin-là!

ARISTE.

Je croyois bien faire...

M. GRICHARD.

Oh! je croyois... Sachez, monsieur le rieur, que *je croyois* n'est pas le langage d'un homme sensé.

ARISTE.

Eh! laissons cela, mon frère, et permettez que je vous parle d'une affaire
plus importante, dont je serai bien aise...

M. GRICHARD.

Non, je veux auparavant vous faire voir à vous-même comment je suis
servi par ce pendard-là, afin que vous ne veniez pas me dire après que je me
fâche sans sujet. Vous allez voir, vous allez voir... (*A l'Olive.*) As-tu balayé
l'escalier?

L'OLIVE.

Oui, Monsieur, depuis le haut jusqu'en bas.

M. GRICHARD.

Et la cour?

L'OLIVE.

Si vous y trouvez une ordure comme cela, je veux perdre mes gages.

M. GRICHARD.

Tu n'as pas fait boire ma mule?

L'OLIVE.

Ah! Monsieur, demandez-le aux voisins qui m'ont vu passer.

M. GRICHARD.

Lui as-tu donné l'avoine?

L'OLIVE.

Oui, Monsieur; Guillaume y étoit présent.

M. GRICHARD.

Mais tu n'as pas porté les bouteilles de quinquina où je t'ai dit?

L'OLIVE.

Pardonnez-moi, Monsieur; et j'ai rapporté les vides.

M. GRICHARD.

Et mes lettres, les as-tu portées à la poste? Hein?

L'OLIVE.

Peste! Monsieur, je n'ai eu garde d'y manquer.

M. GRICHARD.

Je t'ai défendu cent fois de râcler ton maudit violon, cependant j'ai entendu ce matin...

L'OLIVE.

Ce matin! Ne vous souvient-il pas que vous le mîtes hier en pièces?

M. GRICHARD.

Je gagerois que ces deux voies de bois sont encore...

L'OLIVE.

Elles sont logées, Monsieur. Vraiment, depuis cela, j'ai aidé à Guillaume à mettre dans le grenier une charretée de foin; j'ai arrosé tous les arbres du jardin, j'ai nettoyé les allées, j'ai bêché les trois planches, et j'achevois l'autre quand vous avez frappé.

M. GRICHARD, *à part.*

Oh! il faut que je chasse ce coquin-là. Jamais valet ne m'a fait enrager comme celui-ci; il me feroit mourir de chagrin. Hors d'ici!

L'OLIVE.

Que diable a-t-il mangé?

FLEURY (Claude). — Né en 1640, mort en 1723. D'abord avocat, il entra dans les ordres, fut précepteur des princes de Conti, et enfin sous-précepteur des enfants de France, sous Fénelon. Les œuvres de Fleury sont : le *Catéchisme historique*, admirable résumé; les *Mœurs des Israélites et des chrétiens*, l'*Histoire ecclésiastique*, etc. Le style de Fleury est clair et élégant; son histoire est impartiale. Il fut académicien.

LES PATRIARCHES

Ils étoient fort laborieux, toujours à la campagne, logés sous des tentes, changeant de demeure suivant la commodité des pâturages, par conséquent souvent occupés à camper et décamper, et souvent en marche; car ils ne pouvoient faire que de petites journées avec un grand attirail. Ce n'est pas qu'ils n'eussent pu bâtir aussi bien que les habitans du même pays; mais ils préféroient cette manière de vivre. Elle est sans doute la plus ancienne, puisqu'il est plus aisé de dresser des tentes que de bâtir des maisons; et elle a toujours passé pour la plus parfaite, comme attachant moins les hommes à la terre : aussi elle marquoit mieux l'état des patriarches, qui n'habitoient cette terre que comme voyageurs, attendant les promesses de Dieu, qui ne devoient s'accomplir qu'après leur mort. Les premières villes dont il soit parlé furent bâties par des méchans, par Caïn et par Nemrod; ces honteux coupables qui, les premiers, se sont enfermés et fortifiés, pour éviter la peine de leurs crimes et en faire impunément de nouveaux; les gens de bien vivoient à découvert et sans rien craindre. La principale occupation des patriarches étoit le soin de leurs troupeaux : on le voit par toute leur histoire. Quelque innocente que soit l'agriculture, la vie pastorale est plus parfaite : elle a quelque chose de plus simple et de plus noble; elle est moins pénible, et toutefois elle est d'un plus grand profit. Le vieux Caton mettoit les nourritures, mêmes médiocres, avant le labourage, qu'il préféroit à tous les moyens de s'enrichir.

Cette première simplicité s'est conservée longtemps chez les Grecs, dont nous estimons la politesse avec tant de raison. Homère en fournit partout des exemples, et les poésies pastorales n'ont point d'autre fondement.

LA RUE (Charles de). — Né en 1643, mort en 1725. Ce père jésuite, qui se croyait appelé aux missions du Canada, fut chargé de prêcher à Paris, devant la cour et pour la conversion des calvinistes. Outre ses nombreux discours religieux, il composa des vers latins, une tragédie française, et deux tragédies latines (1).

DE LA VENGEANCE

Grands du siècle, grands du siècle encore un coup ; et sous ce titre prenez garde, mes frères, que je n'entends pas seulement les gens du monde, les rois, les princes, les souverains, mais un père et une mère dans sa famille, un magistrat dans son barreau, un juge dans sa ville, un seigneur dans sa terre, quelque petite qu'en soit l'étendue, quelques personnes que ce soient, d'un rang supérieur aux autres, jusque dans les conditions les moins relevées ; maîtres du siècle, si jaloux de votre autorité, et si ardens à la défendre ; si sensibles aux moindres outrages, et si durs aux plaintes qu'on vous fait ; si prompts à la vengeance, et si lents à pardonner, ce sont vos propres sentimens que je consulte ; c'est à vous-mêmes que j'en appelle. A quoi vous porte tous les jours dans le monde une légère insulte reçue, un défaut de respect, un outrage de rien? De là quelles inimitiés, quels emportemens, quels éclats de colère? On se ruine en procès, on se déchire par des calomnies ; l'enfant lève la main sur son père ; le mari abandonne sa femme, et le frère même va plonger le poignard dans le sein de son frère. Vous êtes maître, dites-vous, vous voulez être obéi et respecté : je souscris à votre raison ; mais au fond, dans les choses dont vous êtes le plus touché, dans ce qui vous pique le plus vivement, quel sujet avez-vous de vouloir ainsi vous venger? De quoi s'agit-il? D'un droit souvent douteux et purement arbitraire, fondé tout au plus sur la naissance et la fortune, et rarement sur le mérite ; d'un frivole point d'honneur ; d'une légère contestation ; enfin, quand on vient à l'examiner, on trouve qu'il y a peu de différence entre l'agresseur et l'offensé.

Vers de terre que nous sommes! cendre et poussière! viles créatures! il nous sied bien d'être si sensibles aux moindres injures, et de nous soulever pour un regard, pour une parole ; tandis qu'on ne compte pour rien d'insulter au maître commun de l'univers, qui a tout pouvoir et qui ne se venge pas; d'attenter à ses droits si sacrés et si légitimes, si justes et si incontestables, si nécessaires et si essentiels.

D'ORLÉANS (Joseph). — Né en 1644, mort en 1698. Le père d'Orléans, professeur de belles-lettres, se livra à la prédication, puis à l'étude de l'histoire. Ses œuvres, pleines de mérite, se composent de l'*Histoire des révolutions d'Angleterre* et de celle des *Révolutions d'Espagne*.

(1) Tissot.

INTRODUCTION

(*Révolutions d'Espagne.*)

J'écris les révolutions d'une monarchie élevée sur ses propres ruines à
un point de gloire et de grandeur redoutable au reste du monde, et dont le
monde auroit peut être redouté plus longtemps la grandeur, si elle se fût
donné des bornes, et si elle eût moins dissipé ses forces, en voulant trop
étendre ses limites. C'est l'histoire des révolutions arrivées dans la monarchie
d'Espagne, depuis qu'étant née, pour parler ainsi, des cendres de celle des
Goths, elle a quitté le nom de ses conquérans pour prendre celui de son
païs. S'il étoit permis d'adopter les chimères de quelques historiens, on diroit
que Tubal, fils de Japhet, passa dans cette partie de l'Europe; que sa postérité cultiva les terres de ce grand continent; que par la fertilité il devint
l'objet de l'ambition de divers peuples, qui successivement y étendirent
leurs conquêtes. Enfin on ajouteroit qu'Hercule passa dans cette contrée;
que, vainqueur des Géryons, il leur substitua le roi Hispas, qui donna son
nom à l'Espagne. Mais, sans recourir à ces traditions fabuleuses, il est certain
que les Carthaginois la conquirent, et que les Romains l'enlevèrent aux Carthaginois; dans la suite les Vandales d'un côté, les Goths de l'autre, l'usur-
pèrent sur l'empire romain : les Goths y demeurèrent les maîtres, et après
une domination de trois cens ans, ils furent subjugués par les Sarrasins.
Alors ses propres habitans rassemblèrent les débris de l'empire goth, et y
régnèrent sous le nom d'Espagnols. Ceux-ci, divisés en divers petits États
indépendans les uns des autres, s'accrurent de ce qu'ils regagnèrent sur
leurs communs conquérans, et se réunissant dans la suite, ils donnèrent
commencement à cette vaste monarchie, qui par de grandes successions et
de grandes conquêtes a depuis étendu son empire sur tant de nations différentes, qu'on ne craignoit point de dire à un de ses derniers rois que le
soleil ne se couchoit point pour lui.

L'Espagne, qui est le centre de ce grand corps, contient une étendue de
païs qui fait par lui-même un grand royaume, et sa situation seule l'auroit
mis à couvert de l'invasion des étrangers si la discorde de ses habitants ne
leur en avoit souvent ouvert l'entrée. La mer l'environne de trois côtés; et
de l'autre une chaîne de montagnes inaccessibles lui forme un rempart qu'on
ne force point, pour peu qu'on prenne soin de la garder. Les hommes y
naissent courageux, prudens, graves, aimant la gloire, attachés à la religion.
On leur reproche des défauts, mais à comparer leurs défauts avec leurs
bonnes qualités, on leur doit faire la justice de dire que c'est une nation qui
mérite de tenir un grand rang dans le monde. Ils ont eu leurs temps de
prospérité et d'adversité comme les autres : c'est la destinée des choses humaines de n'être pas toujours dans le même état. Dieu, par qui les rois
règnent, et qui tient en main le sort des empires, les élève et les abaisse selon
les vues d'une providence dont les secrets nous sont inconnus. Souvent,
pour punir les péchés des peuples, il permet que les souverains ou leurs
ministres fassent des fautes qui retombent sur les sujets. Il s'en est commis
de cette nature en Espagne comme ailleurs. Les politiques, qui regardent
les choses sans rapport à la religion, n'approuvent pas que les Espagnols
aient chassé de chez eux les Maures, qui peuploient le païs, et cultivoient
les terres. D'autres les blâment d'une avidité excessive d'acquérir au dehors,
qui, les ayant engagés à trop disperser les guerriers de la nation, pour conserver ces acquisitions éloignées, les a mis dans la nécessité d'avoir recours
aux ligues étrangères pour conserver leur ancien domaine. Leur histoire
nous découvrira le vrai ou le faux de ces réflexions, et nous en fera faire
d'autres, utiles non-seulement aux personnes publiques, mais à la conduite

des particuliers : car la fin de l'histoire est de former à la vertu comme à la politique, et de montrer que la politique est rarement heureuse sans la vertu.

GRIGNAN (F.-M. de Sévigné, comtesse de). — Née en 1648, morte en 1705. Nous savons déjà qu'elle était fille de Mme de Sévigné, et qu'elle vécut loin de sa mère. Outre ses *Lettres*, dont un grand nombre fut perdu, elle écrivit le *Système de Fénelon sur l'amour de Dieu*.

AU PRÉSIDENT DE MOULCEAU

Le 28 avril 1696.

Votre politesse ne doit point craindre, Monsieur, de renouveler ma douleur en me parlant de la douloureuse perte que j'ai faite. C'est un objet que mon esprit ne perd pas de vue, et qu'il trouve si vivement gravé dans mon cœur, que rien ne peut l'augmenter, ni le diminuer. Je suis très-persuadée, Monsieur, que vous ne sauriez avoir appris le malheur épouvantable qui m'est arrivé, sans répandre des larmes; la bonté de votre cœur m'en répond. Vous perdez une amie d'un mérite et d'une fidélité incomparables; rien n'est plus digne de vos regrets : et moi, Monsieur, que ne perdé-je point! quelles perfections ne réunissoit-elle point, pour être à mon égard, par différens caractères, plus chère et plus précieuse! Une perte si complète et si irréparable ne porte pas à chercher de consolation ailleurs que dans l'amertume des larmes et des gémissemens. Je n'ai point la force de lever les yeux assez haut pour trouver le lieu d'où doit venir le secours; je ne puis encore tourner mes regards qu'autour de moi, et je n'y vois plus cette personne qui m'a comblée de biens, qui n'a eu d'attention qu'à me donner tous les jours de nouvelles marques de son tendre attachement, avec l'agrément de la société. Il est bien vrai, Monsieur, il faut une force plus qu'humaine pour soutenir une si cruelle séparation et tant de privation. J'étois bien loin d'y être préparée : la parfaite santé dont je la voyois jouir, un an de maladie qui m'a mise cent fois au péril, m'avoient ôté l'idée que l'ordre de la nature pût avoir lieu à mon égard. Je me flattois, je me flattois de ne jamais souffrir un si grand mal; je le souffre et le sens dans toute sa rigueur. Je mérite votre pitié, Monsieur, et quelque part dans l'honneur de votre amitié, si on la mérite par une sincère estime et beaucoup de vénération pour votre vertu. Je n'ai point changé de sentiment pour vous depuis que je vous connois, et je crois vous avoir dit plus d'une fois qu'on ne peut vous honorer plus que je fais.

HAMILTON (A. comte d'). — Né en 1646, mort en 1720. Écossais d'origine, et attaché à la cause des Stuarts, il se réfugia en France, rentra en Angleterre à la restauration de Charles II, et revint en exil à la suite de Jacques II. Les ouvrages d'Hamilton sont remarquables surtout par la finesse et la plaisanterie spirituelle. Il a écrit les *Mémoires du comte de Gramont*, peinture malheureusement trop fidèle de la cour de cette époque, et des *Contes*, en prose entremêlée de vers.

SIÉGE DE LÉRIDA

Le prince de Condé assiégeoit Lérida; la place n'étoit rien, mais don Grégorio Brice étoit quelque chose. C'étoit un de ces Espagnols de vieille roche,

vaillant comme le Cid, et fier comme tous les Guzmans ensemble. Il nous
laissa faire les premières approches de sa place sans donner le moindre signe
de vie. Le maréchal de Gramont, dont la maxime étoit qu'un gouverneur
qui fait grand tintamarre d'abord et qui brûle ses faubourgs pour faire une
défense, la fait d'ordinaire assez mauvaise, n'augura pas bien pour nous de
la politesse de Grégorio Brice; mais M. le prince, couvert de gloire, et fier
des campagnes de Rocroy, de Nordlingue et de Fribourg, pour insulter la
place et le gouverneur, fit monter la première tranchée en plein jour par son
régiment, à la tête duquel marchoient vingt-quatre violons, comme si c'eût
été pour une noce.

La nuit venue, nous voilà tous à goguenarder, nos violons à jouer des airs
tendres, et grande chère partout. Dieu sait les brocards qu'on jetoit au pauvre gouverneur et à sa fraise, que nous nous promettions de prendre l'un et
l'autre dans vingt-quatre heures. Cela se passoit à la tranchée, d'où nous entendîmes un cri de mauvais augure qui partoit du rempart, et qui répéta
deux ou trois fois : « Alerte à la muraille ! » Ce cri fut suivi d'une salve de
canon et de mousqueterie; et cette salve, d'une vigoureuse sortie, qui, après
avoir culbuté la tranchée, nous mena battant jusqu'à notre grand'garde.

Le lendemain, Grégorio Brice envoya par un trompette des présens de
glaces et de fruits à M. le prince, priant bien humblement Son Altesse de
l'excuser s'il n'avoit point de violons pour répondre à la sérénade qu'il avoit
eu la bonté de lui donner; mais que, s'il avoit pour agréable la musique de la
nuit précédente, il tâcheroit de la faire durer tant qu'il lui feroit l'honneur de
rester devant sa place. Le bourreau nous tint parole; et, dès que nous entendions *alerte à la muraille!* nous n'avions qu'à compter sur une sortie qui
nettoyoit la tranchée, combloit nos travaux, et tuoit ce que nous avions de
meilleur en soldats et en officiers. M. le prince en fut si piqué qu'il s'opiniâ-
tra, malgré les sentimens des officiers généraux, à continuer un siége qui
pensa ruiner toute son armée, et qu'il fut encore obligé de lever assez brusquement.

Comme nos troupes se retiroient, don Grégorio, bien loin de se donner de
ces airs que prennent les gouverneurs en pareille occasion, ne fit de sortie
que pour envoyer faire un compliment plein de respect à M. le prince.

FEUQUIÈRES (A. de Pas, marquis de). — Né en 1648, mort en
1711. Après avoir servi vaillamment dans les grandes guerres du
règne de Louis XIV, il fut disgracié, et occupa ses loisirs à écrire
des *Mémoires sur la guerre*. On a de plus quelques lettres de lui.

LETTRE A LOUIS XIV
(1711)

Sire, après avoir mis devant les yeux de Dieu toute ma vie, que je vais lui
rendre, il ne me reste plus rien à faire, avant de la quitter, que de me jeter
aux pieds de Votre Majesté. Si je croyois avoir plus de vingt-quatre heures à
passer encore en ce monde, je n'oserois prendre la liberté que je prends. Je
sais que j'ai déplu à Votre Majesté; et, quoique je ne sache pas précisément
en quoi, je ne m'en crois pas moins coupable. J'espère, Sire, que Dieu me
pardonnera mes péchés, parce que j'en ressens en moi un repentir bien sincère. Vous êtes l'image de Dieu, et j'ose vous supplier de pardonner au moins
à mon fils des fautes que je voudrois avoir expiées de mon sang. Ce sont
elles, Sire, qui ont donné à Votre Majesté de l'éloignement pour moi, et qui
sont cause que je meurs dans mon lit, au lieu d'employer à votre service les

derniers momens de ma vie et la dernière goutte de mon sang, comme je l'ai toujours souhaité.

Sire, au nom de ce Roi des rois devant qui je vais paroître, daignez jeter des yeux de compassion sur un fils unique que je laisse en ce monde, sans appui et sans bien : il est innocent de mes malheurs, il est d'un sang qui a toujours bien servi Votre Majesté. Je prends confiance en la bonté de votre cœur; et, après vous avoir encore une fois demandé pardon, je vais me remettre entre les mains de Dieu, à qui je demande pour Votre Majesté toutes les prospérités que méritent vos vertus.

LAMBERT (A.-T., marquise de). — Née en 1647, morte en 1733. Femme de magistrat, elle écrivit pour ses enfants deux ouvrages excellents et d'un style clair et sans ornement : *Avis d'une mère à sa fille, Avis d'une mère à son fils*. Elle composa de plus un *Traité de l'amitié*, et un *Traité de la vieillesse*.

AVIS D'UNE MÈRE A SA FILLE

(Extraits.)

Faites usage de la solitude. Rien n'est plus utile ni plus nécessaire pour affoiblir l'impression que font sur nous les objets sensibles. Il faut donc de temps en temps se retirer du monde, se mettre à part. Ayez quelques heures dans la journée pour lire et pour faire usage de vos réflexions. « La réflexion, dit un Père de l'Eglise, est l'œil de l'âme; c'est par elle que s'introduisent la lumière et la vérité. — Je le mènerai dans la solitude, dit la Sagesse, et là je parlerai à son cœur » C'est là où la vérité donne ses leçons, où les préjugés s'évanouissent, où la prévention s'affoiblit, où l'opinion, qui gouverne tout, commence à perdre ses droits. Quand on jette sa vue sur l'inutilité, sur le vide de la vie, on est forcé de dire avec Pline : « Il vaut mieux passer sa vie à ne rien faire qu'à faire des riens. »

L'exacte politesse défend qu'on étale avec hauteur son esprit et ses talens. Il y a aussi de la dureté à se montrer heureux à la vue de certains malheurs. Il ne faut que du monde pour polir les manières; mais il faut beaucoup de délicatesse pour faire passer la politesse jusqu'à l'esprit. Avec une politesse fine et délicate, on vous passe bien des défauts, et l'on étend vos bonnes qualités. Ceux qui manquent de manières ont plus besoin de qualités solides, et leur réputation se forme lentement. Enfin la politesse coûte peu, et rend beaucoup.

Accoutumez-vous à avoir de la bonté et de l'humanité pour vos domestiques. Un ancien dit qu'il faut les regarder comme des amis malheureux.

Si, par malheur, vous ne suivez pas mes conseils, s'ils sont perdus pour vous, ils seront utiles pour moi. Par ces préceptes, je me forme de nouvelles obligations. Ces réflexions me sont de nouveaux engagemens pour travailler à la vertu. Je fortifie ma raison, même contre moi, et me mets dans la nécessité de lui obéir; or je me charge de la honte d'avoir su la connoître et de lui avoir été infidèle.

DANIEL (Gabriel). — Né en 1649, mort en 1768. Le P. Daniel s'occupa surtout d'histoire et de philosophie. L'*Histoire de France*, son principal ouvrage, manque en général d'intérêt et même d'exactitude.

MORT DE GUSTAVE-ADOLPHE

Le roi de Suède, qui étoit à l'aile droite, s'étant aperçu du désordre, s'avança aussitôt à la tête du régiment de Smalande, d'autres disent de Steinbock. Il franchit le fossé, suivi de quelques cavaliers des mieux montés; et, sans attendre le reste de sa troupe, il chargea lui-même un corps de vingt-quatre compagnies de cuirassiers, qui étoient regardées comme l'élite de l'armée impériale. Dans l'instant, il reçut un coup de pistolet qui lui cassa l'os du bras. Un de ceux qui l'accompagnoient, voyant couler son sang, s'écria aussitôt : « Le Roi est blessé ! » Gustave lui ordonna de se taire, d'un air chagrin, dans la crainte que la nouvelle de sa blessure ne ralentît l'ardeur de ses troupes. Ensuite, prenant un visage gai : « Courage, dit-il, camarades, ce n'est rien : gardez vos rangs, et retournons à la charge. » Les Suédois le suivent et font de nouveaux efforts pour repousser l'ennemi; mais, Gustave ayant perdu beaucoup de sang, ses forces et sa voix commençant à s'affoiblir, il ne put plus supporter sa douleur, et dit tout bas au duc de Saxe-Lauwenbourg : « Mon cousin, tirez-moi hors d'ici, car je suis fort blessé. » A peine avoit-il fait quelques pas pour quitter le champ de bataille, qu'un des cuirassiers de l'Empereur, qui le reconnut, s'avança au galop et lui déchargea sa carabine dans le dos, en disant : « Es-tu donc ici ? Il y a longtemps que je te cherchois. » Gustave tomba de cheval; mais, lorsqu'on s'empressoit de le relever, les ennemis revinrent à la charge avec plus de fureur que jamais : le combat recommence; chacun songe à défendre sa vie; le roi de Suède est abandonné. Les ennemis s'approchent; l'un lui donne encore un coup de pistolet dans la tête; l'autre, deux coups d'épée au travers du corps. On le dépouille; et, dans le tumulte, plusieurs chevaux lui passent sur le corps. Son valet de chambre, qui ne l'avoit pas quitté, fut tué à ses côtés...

Les Suédois furent bientôt avertis de la mort de leur roi : ils reconnurent son cheval qui couroit au hasard, et dont la selle étoit teinte de son sang. Le bruit se répandit dans l'armée que Gustave étoit tué. Le duc de Veymar, ne pouvant plus cacher aux soldats cette triste nouvelle, leur crioit de rang en rang : « Mes amis, souvenez-vous de votre pauvre maître qui vient d'être tué; il faut venger sa mort. »

FÉNELON (F. de Salignac de Lamothe). — Né en 1651, mort en 1715. Destiné au sortir de l'enfance à l'état ecclésiastique, il se distingua de bonne heure par la prédication; et, dans l'enseignement des jeunes catholiques, il obtint des succès qu'explique surabondamment son premier ouvrage : *Traité de l'éducation des filles*. Après une mission de charité dans le Poitou, il devint précepteur du duc de Bourgogne, auquel, avec une tendre affection pour sa personne, il sut inspirer le goût de toutes les vertus du prince et du chrétien. Fénelon reçut de Louis XIV l'archevêché de Cambray. Alors son âme tendre, sa piété ardente l'entraînèrent vers la mysticité; il composa l'*Explication des maximes des saints*. On sait avec quelle grandeur d'humilité il reconnut lui-même sa condamnation. Le *Télémaque*, interprété à la cour comme une satire, fit disgracier Fénelon et le rendit à l'exercice de toutes les saintes fonctions du vrai pasteur, au milieu desquelles il mourut. Outre les ouvrages déjà cités, on doit à Fénelon les *Dialogues sur l'éloquence*, la *Lettre à l'Académie française*, le traité de l'*Existence de Dieu*, des *Sermons*, des *Fables* et des *Dialogues des morts*, etc.

« Fénelon, a dit la Harpe, fait pour aimer la paix et pour l'inspirer, conserva sa douceur, même dans la dispute, mit de l'onction jusque dans la controverse, et parut avoir rassemblé dans son style tous les secrets de la persuasion. » Ce jugement est juste et précis : ce n'est pas par la force que brille cet écrivain, c'est par l'onction, le charme, l'abondance, la simplicité et la pureté qu'il semble avoir empruntés à la belle antiquité.

LA BIBLE

(Dialogue sur l'éloquence.)

L'Écriture surpasse en naïveté, en vivacité, en grandeur, tous les écrivains de Rome et de la Grèce. Jamais Homère même n'a approché de la sublimité de Moïse dans ses cantiques, particulièrement le dernier, que tous les enfans des Israélites devoient apprendre par cœur. Jamais nulle ode grecque ou latine n'a pu atteindre à la hauteur des psaumes ; par exemple, celui qui commence ainsi : « Le Dieu des dieux, le Seigneur a parlé, et il a appelé la terre, » surpasse toute imagination humaine. Jamais Homère ni aucun autre poëte n'a égalé Isaïe peignant la majesté de Dieu, aux yeux duquel « les royaumes ne sont qu'un grain de poussière, l'univers qu'une tente qu'on dresse aujourd'hui et qu'on retire demain. » Tantôt ce prophète a toute la douceur et toute la tendresse d'une églogue, dans les riantes peintures qu'il fait de la paix ; tantôt il s'élève jusqu'à laisser tout au-dessous de lui. Mais qu'y a-t-il, dans l'antiquité profane, de comparable au tendre Jérémie, déplorant les maux de son peuple ; ou à Nahum, voyant de loin, en esprit, tomber la superbe Ninive sous les efforts d'une armée innombrable ? On croit voir cette armée, on croit entendre le bruit des armes et des chariots ; tout est dépeint d'une manière vive qui saisit l'imagination ; il laisse Homère loin derrière lui. Lisez encore Daniel, dénonçant à Balthazar la vengeance de Dieu toute prête à foudre sur lui ; et cherchez, dans les plus sublimes originaux de l'antiquité, quelque chose qu'on puisse lui comparer. Au reste, tout se soutient dans l'Écriture ; tout y garde le caractère qu'il doit avoir, l'histoire, le détail des lois, les descriptions, les endroits véhémens, les mystères, les discours de morale ; enfin, il y a autant de différence entre les poëtes profanes et les prophètes, qu'il y en a entre le véritable enthousiasme et le faux. Les uns, véritablement inspirés, expriment sensiblement quelque chose de divin ; les autres, s'efforçant de s'élever au-dessus d'eux-mêmes, laissent toujours voir en eux la foiblesse humaine.

LA TERRE

(Traité de l'Existence de Dieu.)

Qui est-ce qui a suspendu ce globe de la terre, qui est immobile ? Qui est-ce qui en a posé les fondemens ? Rien n'est, ce semble, plus vil qu'elle ; les plus malheureux la foulent aux pieds ; mais c'est pourtant pour la posséder qu'on donne les plus grands trésors. Si elle étoit plus dure, l'homme ne pourroit en ouvrir le sein pour la cultiver ; si elle étoit moins dure, elle ne pourroit le porter ; il enfonceroit partout, comme il enfonce dans le sable ou dans un bourbier. C'est du sein inépuisable de la terre que sort tout ce qu'il y a de plus précieux.

Cette masse informe, vile et grossière, prend toutes les formes les plus diverses, et elle seule donne tour à tour les biens que nous lui demandons. Cette boue si sale se transforme en mille beaux objets qui charment les yeux. En une seule année, elle devient branches, boutons, feuilles, fleurs, fruits et semences, pour renouveler ses libéralités en faveur des hommes : rien ne l'épuise. Plus on déchire ses entrailles, plus elle est libérale. Après tant de siècles, pendant lesquels tout est sorti d'elle, elle n'est point encore usée. Elle ne ressent aucune vieillesse ; ses entrailles sont encore pleines des mêmes trésors. Mille générations ont passé dans son sein. Tout vieillit, excepté elle seule ; elle rajeunit chaque année au printemps.

Elle ne manque point aux hommes ; mais les hommes insensés se manquent à eux-mêmes, en négligeant de la cultiver. C'est par leur paresse et par leurs désordres qu'ils laissent croître les ronces et les épines, en la place des vendanges et des moissons. Ils se disputent un bien qu'ils laissent perdre. Les conquérans laissent en friche la terre, pour la possession de laquelle ils ont fait périr tant de milliers d'hommes, et ont passé leur vie dans une terrible agitation. Les hommes ont devant eux des terres immenses qui sont vides et incultes, et ils renversent le genre humain pour un coin de cette terre si négligée. La terre, si elle étoit bien cultivée, nourriroit cent fois plus d'hommes qu'elle n'en nourrit. L'inégalité même des terrains, qui paroît d'abord un défaut, se tourne en ornement et en utilité. Les montagnes se sont élevées, et les vallons sont descendus en la place que le Seigneur leur a marquée.

Ces diverses terres, suivant les divers aspects du soleil, ont leurs avantages. Dans ces profondes vallées on voit croître l'herbe fraîche pour nourrir les troupeaux. Auprès d'elles s'ouvrent de vastes campagnes revêtues de riches moissons. Ici, des coteaux s'élèvent comme un amphithéâtre, et sont couronnés de vignobles et d'arbres fruitiers. Là, de hautes montagnes vont porter leur front glacé jusque dans les nues, et les torrens qui en tombent sont les sources des rivières. Les rochers qui montrent leur cime escarpée soutiennent la terre des montagnes, comme les os du corps humain en soutiennent les chairs. Cette variété fait le charme des paysages ; en même temps elle satisfait aux divers besoins des peuples : il n'y a point de terroir si ingrat qui n'ait quelque propriété.

LA MORT
(Extrait du *Télémaque*.)

Au pied du trône (de Pluton) étoit la Mort, pâle et dévorante, avec sa faux tranchante qu'elle aiguisoit sans cesse. Autour d'elle voloient les noirs Soucis, les cruelles Défiances, les Vengeances, toutes dégouttantes de sang et couvertes de plaies ; les Haines injustes, l'Avarice, qui se ronge elle-même ; le Désespoir, qui se déchire de ses propres mains ; l'Ambition forcenée, qui renverse tout ; la Trahison, qui veut se repaître de sang, et qui ne peut jouir des maux qu'elle a faits ; l'Envie, qui verse son venin mortel autour d'elle, et qui se tourne en rage dans l'impuissance où elle est de nuire ; l'Impiété, qui se creuse elle-même un abîme sans fond, où elle se précipite sans espérance ; les Spectres hideux, les Fantômes, qui représentent les morts pour épouvanter les vivans ; les Songes affreux, les Insomnies, aussi cruelles que les tristes Songes. Toutes ces images funestes environnoient le fier Pluton, et remplissoient le palais où il habite.

LE CONNÉTABLE DE BOURBON ET BAYARD
(Il n'est jamais permis de prendre les armes contre sa patrie.)

LE CONNÉTABLE.

N'est-ce point le pauvre Bayard que je vois au pied de cet arbre, étendu sur l'herbe, et percé d'un grand coup ? Oui, c'est lui-même. Hélas ! je le plains. En voilà deux qui périssent aujourd'hui par nos armes, Vendenesse et lui. Ces deux François étoient deux ornemens de leur nation par leur courage. Je sens que mon cœur est encore touché pour sa patrie. Mais avançons pour lui parler. Ah ! mon pauvre Bayard ! c'est avec douleur que je te vois en cet état.

BAYARD.

C'est avec douleur que je vous vois aussi.

LE CONNÉTABLE.

Je comprends bien que tu es fâché de te voir dans mes mains par le sort de la guerre ; mais je ne veux point te traiter en prisonnier ; je te veux garder comme un bon ami, et prendre soin de ta guérison, comme si tu étois mon propre frère. Ainsi tu ne dois point être fâché de me voir.

BAYARD.

Eh ! croyez-vous que je ne sois point fâché d'avoir obligation au plus grand ennemi de la France ! Ce n'est point de ma captivité ni de ma blessure que je suis en peine. Je meurs dans un moment : la mort va me délivrer de vos mains.

LE CONNÉTABLE.

Non, mon cher Bayard ; j'espère que nos soins réussiront pour te guérir.

BAYARD.

Ce n'est point là ce que je cherche, et je suis content de mourir.

LE CONNÉTABLE.

Qu'as-tu donc ? Est-ce que tu ne saurois te consoler d'avoir été vaincu et fait prisonnier dans la retraite de Bonnivet ? Ce n'est pas ta faute, c'est la sienne ; les armes sont journalières. Ta gloire est assez bien établie par tant de belles actions. Les Impériaux ne pourront jamais oublier cette vigoureuse défense de Mézières contre eux.

BAYARD.

Pour moi, je ne puis jamais oublier que vous êtes ce grand connétable, ce prince du plus noble sang qu'il y ait dans le monde, et qui travaille à déchirer de ses propres mains sa patrie et le royaume de ses ancêtres !

LE CONNÉTABLE.

Quoi ! Bayard, je te loue, et tu me condamnes ! je te plains, et tu m'insultes !

BAYARD.

Si vous me plaignez, je vous plains aussi ; et je vous trouve bien plus à plaindre que moi. Je sors de la vie sans tache ; je meurs pour mon pays, pour mon Roi, estimé des ennemis de la France, et regretté de tous les bons François. Mon état est digne d'envie.

LE CONNÉTABLE.

Et moi, je suis victorieux d'un ennemi qui m'a outragé ; je me venge de lui, je le chasse du Milanais ; je fais sentir à toute la France combien elle est malheureuse de m'avoir perdu, en me poussant à bout : appelles-tu cela être à plaindre ?

BAYARD.

Oui ; l'on est toujours à plaindre quand on agit contre son devoir. Il vaut mieux périr en combattant pour la patrie, que la vaincre et triompher d'elle. Ah ! quelle horrible gloire que celle de détruire son propre pays !

LE CONNÉTABLE.

Mais ma patrie a été ingrate, après tant de services que je lui avois rendus. Madame m'a fait traiter indignement. Le Roi, par foiblesse pour elle, m'a fait une injustice énorme; on a détaché de moi jusqu'à mes domestiques Martignon et d'Argonges. J'ai été contraint, pour sauver ma vie, de m'enfuir presque seul. Que voulois-tu que je fisse?

BAYARD.

Que vous souffrissiez toutes sortes de maux, plutôt que de manquer à la France et à la grandeur de votre maison. Si la persécution étoit trop violente, vous pouviez vous retirer; mais il valoit mieux être pauvre, obscur, inutile à tout, que de prendre les armes contre nous. Votre gloire eût été au comble dans la pauvreté et dans le plus misérable exil.

LE CONNÉTABLE.

Mais ne vois-tu pas que la vengeance s'est jointe à l'ambition pour me jeter dans cette extrémité? J'ai voulu que le Roi se repentît de m'avoir traité si mal.

BAYARD.

Il falloit l'en faire repentir par une patience à toute épreuve, qui n'est pas moins la vertu d'un héros que le courage.

LE CONNÉTABLE.

Mais le Roi, étant si injuste et si aveuglé par sa mère, méritoit-il que j'eusse de si grands égards pour lui?

BAYARD.

Si le Roi ne le méritoit pas, la France entière le méritoit; la dignité même de la couronne, dont vous êtes un des héritiers, le méritoit. Vous vous deviez à vous-même d'épargner la France, dont vous pouviez être un jour roi.

LE CONNÉTABLE.

Hé bien, j'ai tort, je l'avoue; mais ne sais-tu pas combien les meilleurs cœurs ont de peine à résister à leur ressentiment?

BAYARD.

Je le sais bien; mais le vrai courage consiste à résister. Si vous connoissez votre faute, hâtez-vous de la réparer. Pour moi, je meurs; et je vous trouve plus à plaindre dans vos prospérités que moi dans mes souffrances. Quand l'Empereur ne vous tromperoit pas, quand même il vous donneroit sa sœur en mariage, et qu'il partageroit la France avec vous, il n'effaceroit point la tache qui déshonore votre vie. Le connétable de Bourbon rebelle! Ah! quelle honte! Écoutez Bayard mourant comme il a vécu, et ne cessant de dire la vérité.

LE FANTASQUE

Qu'est-il donc arrivé de funeste à Mélanthe? Rien au dehors, tout au dedans. Ses affaires vont à souhait. Tout le monde cherche à lui plaire. Quoi donc? C'est que sa rate fume. Il se coucha hier les délices du genre humain : ce matin, on est honteux pour lui; il faut le cacher. En se levant, le pli d'un chausson lui a déplu : toute la journée sera orageuse, et tout le monde en souffrira. Il fait peur, il fait pitié; il pleure comme un enfant, il rugit comme un lion. Une vapeur maligne et farouche trouble et noircit son imagination, comme l'encre de son écritoire barbouille ses doigts. N'allez pas lui parler des choses qu'il aimoit le mieux il n'y a qu'un moment : par la raison qu'il

les a aimées, il ne les sauroit plus souffrir. Les parties de divertissement,
qu'il a tant désirées, lui deviennent ennuyeuses; il faut les rompre. Il cherche à contredire, à se plaindre, à piquer les autres; il s'irrite de voir qu'ils
ne veulent point se fâcher. Souvent il porte ses coups en l'air comme un
taureau furieux qui de ses cornes aiguisées va se battre contre les vents.

Quand il manque de prétexte pour attaquer les autres, il se tourne contre
lui-même. Il se blâme, il ne se trouve bon à rien, il se décourage, il trouve
fort mauvais qu'on veuille le consoler. Il veut être seul, et il ne peut supporter la solitude. Il revient à la compagnie, et s'aigrit contre elle. On se tait :
ce silence affecté le choque. On parle tout bas : il s'imagine que c'est contre
lui. On parle tout haut : il trouve qu'on parle trop, et qu'on est trop gai pendant qu'il est triste. On est triste : cette tristesse lui paroît un reproche de
ses fautes. On rit : il soupçonne qu'on se moque de lui. Que faire? Être aussi
ferme et aussi patient qu'il est insupportable, attendre en paix qu'il revienne
demain aussi sage qu'il étoit hier. Cette humeur étrange s'en va comme elle
vient : quand elle le prend, on diroit que c'est un ressort de machine qui se
démonte tout à coup. Il est comme on dépeint les possédés : sa raison est
comme à l'envers; c'est la déraison elle-même en personne. Poussez-le, vous
lui ferez dire en plein jour qu'il est nuit, car il n'y a plus ni jour ni nuit
pour une tête démontée par son caprice. Quelquefois il ne peut s'empêcher
d'être étonné de ses excès et de ses fougues. Malgré son chagrin, il sourit
des paroles extravagantes qui lui ont échappé.

Mais quel moyen de prévoir ces orages, et de conjurer la tempête? Il n'y
en a aucun : point de bons almanachs pour prédire le mauvais temps. Gardez-vous bien de dire : demain nous irons nous divertir dans un tel jardin.
L'homme d'aujourd'hui ne sera point celui de demain; celui qui vous promet maintenant disparoîtra tantôt : vous ne saurez plus le prendre pour le
faire souvenir de sa parole. En sa place, vous trouverez un je ne sais quoi
qui n'a de forme ni de nom, qui n'en peut avoir, et que vous ne sauriez définir deux instans de suite de la même manière. Étudiez-le bien ; puis dites-
en tout ce qu'il vous plaira : il ne sera plus vrai le moment d'après que vous
l'aurez dit : ce je ne sais quoi veut et ne veut pas; il menace, il tremble; il
il mêle des hauteurs ridicules avec des bassesses indignes; il pleure, il
rit, il badine, il est furieux : dans sa fureur la plus bizarre et la plus insensée, il est plaisant et éloquent, subtil, plein de tours nouveaux, quoiqu'il ne
lui reste pas seulement une ombre de raison.

Prenez bien garde de ne lui rien dire qui ne soit juste, précis, et exactement raisonnable : il sauroit bien en prendre avantage, et vous donner adroi-
tement le change. Il passeroit d'abord de son tort au vôtre, et deviendroit
raisonnable pour le seul plaisir de vous convaincre que vous ne l'êtes pas.
C'est en rien qui l'a fait monter jusqu'aux nues; mais ce rien qu'est-il devenu? Il est perdu dans la mêlée; il n'en est plus question : il ne sait plus
ce qui l'a fâché; il sait seulement qu'il se fâche, et qu'il veut se fâcher; encore même ne le sait-il pas toujours. Il s'imagine souvent que tous ceux qui
lui parlent sont emportés, et que c'est lui qui se modère : comme un homme
qui a la jaunisse croit que tous ceux qu'il voit sont jaunes, quoique le jaune
ne soit que dans ses yeux.

Mais peut-être qu'il épargnera certaines personnes auxquelles il doit plus
qu'aux autres, ou qu'il paroît aimer davantage. Non, sa bizarrerie ne connoît personne; elle s'en prend sans choix à tout le monde : il n'aime plus
les gens, il n'en est point aimé. On le persécute, on le trahit. Il ne doit rien
à qui que ce soit. Mais attendez un moment : voici une autre scène. Il a besoin de tout le monde; il aime, ou l'aime aussi; il flatte, il s'insinue, il en-
sorcelle tous ceux qui ne pouvoient plus le souffrir. Il avoue son tort, il rit
de ses bizarreries; il se contrefait, et vous croiriez que c'est lui-même dans

ses accès d'emportement, tant il se contrefait bien. Après cette comédie, jouée à ses propres dépens, vous croyez bien qu'au moins il ne fera plus le démoniaque. Hélas! vous vous trompez : il le fera encore ce soir pour s'en moquer demain sans se corriger.

LE JEUNE BACCHUS ET LE FAUNE

Un jour le jeune Bacchus, que Silène instruisoit, cherchoit les Muses dans un bocage dont le silence n'étoit troublé que par le bruit des fontaines et par le chant des oiseaux. Le soleil n'en pouvoit, avec ses rayons, percer la sombre verdure. L'enfant de Sémélé, pour étudier la langue des dieux, s'assit dans un coin, au pied d'un vieux chêne, du tronc duquel plusieurs hommes de l'âge d'or étoient nés. Il avoit même autrefois rendu des oracles, et le temps n'avoit osé l'abattre de sa tranchante faux.

Auprès de ce chêne sacré et antique se cachoit un jeune Faune, qui prêtoit l'oreille aux vers que chantoit l'enfant, et qui marquoit à Silène par un ris moqueur toutes les fautes que faisoit son disciple. Aussitôt les Naïades et les autres nymphes des bois souricient aussi. Le critique étoit jeune, gracieux et folâtre; sa tête étoit couronnée de lierre et de pampre; ses tempes étoient ornées de grappes de raisin. De son épaule gauche pendoit sur son côté droit en écharpe, un feston de lierre, et le jeune Bacchus se plaisoit à voir ces feuilles consacrées à sa divinité.

Le Faune étoit enveloppé, au-dessous de la ceinture, par la dépouille affreuse et hérissée d'une jeune lionne qu'il avoit tuée dans les forêts. Il tenoit dans sa main une houlette courbée et noueuse. Sa queue paroissoit derrière comme se jouant sur son dos; mais, comme Bacchus ne pouvoit souffrir un rieur malin, toujours prêt à se moquer de ses expressions, si elles n'étoient pures et élégantes, il lui dit d'un ton fin et impatient : « Comment oses-tu te moquer du fils de Jupiter? » Le Faune répondit sans s'émouvoir : « Eh! comment le fils de Jupiter ose-t-il faire quelque faute? »

AU MARQUIS DE FÉNELON

27 mars 1710.

Je ne puis m'empêcher de vous gronder un peu sur ce que vous ne voyez pas assez les gens que vous devriez cultiver. Il est vrai que le principal est de s'appliquer à son devoir; mais il faut aussi se procurer quelque considération, et se préparer quelque avancement. Or, vous ne réussirez jamais, et vous demeurerez dans l'obscurité, sans établissement sortable, à moins que vous n'acquériez quelque talent pour ménager toutes les personnes en place ou en chemin d'y parvenir. C'est un soin tranquille et modéré, mais fréquent et presque continuel, que vous devez prendre, non par vanité et par ambition, mais par fidélité pour remplir les devoirs de votre état, et pour soutenir votre famille. Il ne faut y mêler ni empressement, ni indiscrétion; mais, sans rechercher trop les personnes considérables, on peut les cultiver, et profiter de toutes les occasions naturelles de leur plaire. Souvent il n'y a que paresse, que timidité, que mollesse à suivre son goût, dans une apparente modestie qui fait négliger les personnes élevées : on aime, par amour-propre, à passer sa vie avec les gens auxquels on est accoutumé, avec lesquels on est libre, et parmi lesquels on est en possession de réussir; l'amour-propre est contristé, quand il faut aller hasarder de ne réussir pas, et de ramper devant d'autres qui ont toute la vogue. Au nom de Dieu, mon cher enfant, ne négligez point les choses sans lesquelles vous ne remplirez pas tous les devoirs de votre état. Il faut mépriser le monde, et connoître néanmoins le besoin de le ménager; il faut s'en détacher par religion, mais il ne faut pas l'abandonner par nonchalance et par humeur particulière.

VERTOT (R. Aubert, abbé de). — Né en 1655, mort en 1735. Après avoir exercé un ministère actif, devenu secrétaire de la duchesse d'Orléans, et membre de l'Académie des inscriptions, il se livra uniquement à des travaux historiques. L'histoire des révolutions de Rome, de Suède, de Portugal, et celle de l'ordre de Malte sont écrites avec élégance, offrent un grand intérêt, mais elles manquent de critique et d'exactitude.

CÉSAR ET POMPÉE

Caïus Julius César étoit né de l'illustre famille des Jules, qui, comme toutes les grandes maisons, avoit sa chimère, en se vantant de tirer son origine d'Anchise et de Vénus. C'étoit l'homme de son temps le mieux fait, adroit à toutes sortes d'exercices, infatigable au travail, plein de valeur, le courage élevé, vaste dans ses desseins, magnifique dans sa dépense, et libéral jusqu'à la profusion. La nature, qui sembloit l'avoir fait naître pour commander au reste des hommes, lui avoit donné un air d'empire et de dignité dans ses manières; mais cet air de grandeur étoit tempéré par la douceur et la facilité des mœurs. Son éloquence insinuante et invincible étoit encore plus attachée aux charmes de sa personne qu'à la force de ses raisons. Ceux qui étoient assez durs pour résister à l'impression que faisoient tant d'aimables qualités n'échappoient point à ses bienfaits, et il commença par assujettir les cœurs, comme le fondement le plus solide de la domination à laquelle il aspiroit.

Né simple citoyen d'une république, il forma, dans une condition privée, le projet d'assujettir sa patrie. La grandeur et les périls d'une pareille entreprise ne l'épouvantèrent point. Il ne trouva rien au-dessus de son ambition, que l'étendue immense de ses vues. Les exemples récens de Marius et de Sylla lui firent comprendre qu'il n'étoit pas impossible de s'élever à la souveraine puissance; mais, sage jusque dans ses désirs immodérés, il distribua en différens temps l'exécution de ses desseins. Son esprit, toujours juste, malgré son étendue, n'alla que par degrés au projet de la domination; et, quelque éclatantes qu'aient été depuis ses victoires, elles ne doivent passer pour de grandes actions que parce qu'elles furent toujours la suite et l'effet de grands desseins.

Pompée attiroit sur lui, pour ainsi dire, les yeux de toute la terre. Il avoit été général avant que d'être soldat, et sa vie n'avoit été qu'une suite continuelle de victoires; il avoit fait la guerre dans les trois parties du monde, et il en étoit toujours revenu victorieux. Il vainquit dans l'Italie Carinas et Carbon, du parti de Marius; Domitius, dans l'Afrique; Sertorius, ou, pour mieux dire, Perpenna, dans l'Espagne; les pirates de Cilicie sur la Méditerranée; et, depuis la défaite de Catilina, il étoit revenu à Rome, vainqueur de Mithridate et de Tigrane.

Par tant de victoires et de conquêtes, il étoit devenu plus grand que les Romains ne le souhaitoient, et qu'il n'avoit osé l'espérer lui-même. Dans ce haut degré de gloire où la Fortune l'avoit conduit comme par la main, il crut qu'il étoit de sa dignité de se familiariser moins avec ses concitoyens. Il paroissoit rarement en public; et, s'il sortoit de sa maison, on le voyoit toujours accompagné d'une foule de ses créatures, dont le cortège nombreux représentoit mieux la cour d'un grand prince que la suite d'un citoyen de la république.

Ce n'est pas qu'il abusât de son pouvoir ; mais, dans une ville libre, on ne pouvoit souffrir qu'il affectât des manières de souverain. Accoutumé dès sa jeunesse au commandement des armées, il ne pouvoit se réduire à la simplicité d'une vie privée. Ses mœurs à la vérité étoient pures et sans tache ; on le louoit même avec justice de sa tempérance ; mais personne ne le soupçonna jamais d'avarice, et il recherchoit moins, dans les dignités qu'il briguoit, la puissance qui en est inséparable, que les honneurs et l'éclat dont elles étoient environnées. Mais, plus sensible à la vanité qu'à l'ambition, il aspiroit à des honneurs qui le distinguoient de tous les capitaines de son temps. Modéré en tout le reste, il ne pouvoit souffrir sur la gloire aucune comparaison. Toute égalité le blessoit ; et il eût voulu, ce semble, être le seul général de la république, quand il devoit se contenter d'en être le premier. Cette jalousie du commandement lui attira un grand nombre d'ennemis, dont César, dans la suite, fut le plus dangereux et le plus redoutable. L'un ne vouloit plus d'égal, et l'autre ne pouvoit souffrir de supérieur.

DACIER (André et Anne). — Ce couple célèbre se livra à la traduction des auteurs grecs et latins, la femme partageant les travaux érudits de son mari. Ils abjurèrent tous deux le protestantisme ; le mari seul put entrer à l'Académie. Leurs travaux immenses méritèrent l'estime de Boileau, qui partageait leur admiration pour l'antiquité.

DE LA TRADUCTION

Quand je parle d'une traduction en prose, je ne veux point parler d'une traduction servile : je parle d'une traduction généreuse et noble, qui, en s'attachant fortement aux idées de son original, cherche les beautés de sa langue, et rend ses images sans compter les mots. La première, par une fidélité trop scrupuleuse, devient très-infidèle ; car, pour conserver la lettre, elle ruine l'esprit, ce qui est l'ouvrage d'un froid et stérile génie : au lieu que l'autre, en ne s'attachant principalement qu'à conserver l'esprit, ne laisse pas, dans ses plus grandes libertés, de conserver aussi la lettre ; et, par ses traits hardis, mais toujours vrais, elle devient non-seulement la fidèle copie de son original, mais un second original même : ce qui ne peut être exécuté que par un génie solide, noble et fécond... Il n'en est pas de la traduction comme de la copie d'un tableau, où le copiste s'assujettit à suivre les traits, les couleurs, les proportions, les contours, les attitudes de l'original qu'il imite. Cela est tout différent. Un bon traducteur n'est point si contraint... Dans cette imitation, comme dans toutes les autres ; il faut que l'âme, pleine des beautés qu'elle veut imiter, et enivrée des heureuses vapeurs qui s'élèvent de ces sources fécondes, se laisse ravir et transporter par cet enthousiasme étranger, et qu'elle produise ainsi des expressions et des images très-différentes, quoique semblables.

FONTENELLE. (Voir les poëtes, chapitre précédent.)

CORNEILLE ET RACINE

Corneille n'a eu devant les yeux aucun auteur qui ait pu le guider ; Racine a eu Corneille. Corneille a trouvé le théâtre françois très-grossier, l'a porté à un haut point de perfection ; Racine ne l'a pas soutenu dans la perfection où il l'a trouvé. Les caractères de Corneille sont vrais, quoiqu'ils ne soient pas communs; les caractères de Racine ne sont vrais que parce qu'ils sont communs. Quelquefois les caractères de Corneille ont quelque chose de faux, à force d'être nobles et singuliers; souvent ceux de Racine ont quelque chose de bas, à force d'être naturels.

Quand on a le cœur noble, on voudroit ressembler aux héros de Corneille; et, quand on a le cœur petit, on est bien aise que les héros de Racine nous ressemblent. On rapporte des pièces de l'un le désir d'être vertueux; et, des pièces de l'autre, le plaisir d'avoir des semblables dans ses foiblesses.

Le tendre et le gracieux de Racine se trouve quelquefois dans Corneille; le grand de Corneille ne se trouve jamais dans Racine.

Racine n'a presque jamais peint que des François, et que le siècle présent, même quand il a voulu peindre un autre siècle et d'autres nations; on voit dans Corneille toutes les nations et tous les siècles qu'il a voulu peindre. Le nombre des pièces de Corneille est beaucoup plus grand que celui des pièces de Racine, et cependant Corneille s'est beaucoup moins répété lui-même que Racine n'a fait.

Dans les endroits où la versification de Corneille est belle, elle est plus hardie, plus noble, plus forte, et en même temps aussi nette que celle de Racine; mais elle ne se soutient pas dans ce degré de beauté, et celle de Racine se soutient toujours dans le sien. Des auteurs inférieurs à Racine ont réussi après lui dans son genre: aucun auteur, même Racine, n'a osé toucher, après Corneille, un genre qui lui étoit particulier.

LE SYSTÈME DE COPERNIC

Figurez-vous un Allemand, nommé Copernic, qui fait main basse sur tous ces cercles différens, et sur tous ces cieux solides qui avoient été imaginés par l'antiquité. Il détruit les uns, il met les autres en pièces. Saisi d'une noble fureur d'astronome, il prend la Terre et l'envoie bien loin du centre de l'univers, où elle s'étoit placée, et dans ce centre il met le Soleil, à qui cet honneur étoit bien mieux dû. Les planètes ne tournent plus autour de la Terre, et ne l'enferment plus au milieu du cercle qu'elles décrivent. Si elles nous éclairent, c'est en quelque sorte par hasard, et parce qu'elles nous rencontrent en leur chemin. Tout tourne présentement autour du Soleil; la Terre y tourne elle-même; et, pour la punir du long repos qu'elle s'était attribué, Copernic la charge le plus qu'il peut de tous les mouvemens qu'elle donnoit aux planètes et aux cieux. Enfin, de tout cet équipage céleste dont cette petite Terre se faisoit accompagner et environner, il ne lui doit demeurer que la Lune qui tourne encore autour d'elle. — Attendez un peu, dit la marquise, il vient de vous prendre un enthousiasme qui vous a fait expliquer les choses si promptement, que je ne crois pas les avoir entendues. Le Soleil est au centre de l'univers, et là il est immobile; après lui, qui est-ce qui suit? — C'est Mercure, repondis-je, il tourne autour du Soleil, en sorte que le Soleil est à peu près le centre du cercle que Mercure décrit. Au-dessus de Mercure est Vénus, qui tourne de même autour du Soleil. Ensuite vient la Terre, qui, étant plus élevée que Mercure et Vénus, décrit autour du Soleil un plus grand cercle que ces planètes. Enfin suivent Mars, Jupiter, Saturne, selon l'ordre où je vous les nomme; et vous voyez bien que Saturne doit décrire autour du Soleil le plus grand cercle de tous, aussi emploie-t-il plus de temps qu'aucune autre planète à faire sa révolution. — Et la Lune? vous l'oubliez, interrompit-elle. — Je la retrouverai bien, repris-je. La Lune tourne autour de la Terre, et ne l'abandonne point; mais comme la Terre avance toujours dans le cercle qu'elle décrit autour du Soleil, la Lune la suit, en tournant autour d'elle; et, si elle tourne autour du Soleil, ce n'est que pour ne point quitter la Terre. — Je vous entends, répondit-elle; et j'aime

la Lune, de nous être restée lorsque toutes les autres planètes nous abandon-
noient. Avouez que si votre Allemand eût pu nous la faire perdre, il l'auroit
fait volontiers; car je vois dans tout son procédé qu'il étoit bien mal inten-
tionné pour la Terre. — Je lui sais bon gré, répliquai-je, d'avoir rabattu la
vanité des hommes, qui s'étoient mis à la plus belle place de l'univers; et
j'ai du plaisir à voir présentement la Terre dans la foule de planètes. — Bon,
répondit-elle; croyez-vous que la vanité des hommes s'étend jusqu'à l'astronomie? Croyez-vous m'avoir humiliée, pour m'avoir appris que la Terre
tourne autour du Soleil? Je vous jure que je ne m'en estime pas moins. —
Mon Dieu, Madame, repris-je, je sais bien qu'on sera moins jaloux du rang
qu'on tient dans l'univers, que de celui qu'on croit devoir tenir dans une
chambre, et que la présence de deux planètes ne sera jamais une si grande
affaire que celle de deux ambassadeurs. Cependant la même inclination qui
fait qu'on veut avoir la place la plus honorable dans une cérémonie, fait
qu'un philosophe, dans un système, se met au centre du monde, s'il peut. Il
est bien aise que tout soit fait pour lui; il suppose, peut-être sans s'en apercevoir, ce principe qui le flatte; et son cœur ne laisse pas de s'intéresser à
une affaire de pure spéculation. — Franchement, répliqua-t-elle, c'est là une
calomnie que vous avez inventée contre le genre humain. On n'auroit donc
jamais dû recevoir le système de Copernic, puisqu'il est si humiliant. —
Aussi, repris-je, Copernic lui-même se défiait-il du succès de son opinion.
Il fut très-longtemps à ne la vouloir pas publier. Enfin il s'y résolut, à la
prière de gens très-considérables; mais aussi, le jour qu'on lui apporta le
premier exemplaire imprimé de son livre, savez-vous ce qu'il fit? il mourut.
Il ne voulut point essuyer toutes les contradictions qu'il prévoyoit, et se tira
habilement d'affaire. — Écoutez, dit la marquise, il faut rendre justice à
tout le monde. Il est sûr qu'on a de la peine à s'imaginer qu'on tourne autour du Soleil; car enfin on ne change point de place, et on se trouve toujours
le matin où l'on s'étoit couché le soir. Je vois, ce me semble, à votre air, que
vous m'allez dire que comme la Terre tout entière marche... — Assurément,
interrompis-je; c'est la même chose que si vous vous endormiez dans un
bateau qui allât sur la rivière, vous vous retrouveriez, à votre réveil, dans
la même place et dans la même situation à l'égard de toutes les parties du
bateau...

SAINT-PIERRE (C.-J. Castel, abbé de). — Né en 1658, mort en
1743. Il fut aumônier de la duchesse d'Orléans et assista au con-
grès d'Utrecht. Nature généreuse, l'abbé de Saint-Pierre s'occupa
uniquement de projets de réforme. Il écrivit sur le duel, sur les
mendiants, etc., et composa le *Projet de paix perpétuelle;* c'était
la formation d'un tribunal suprême chargé de prononcer entre
les intérêts des diverses nations.

LA PAIX PERPÉTUELLE

Les souverains d'Europe, faute d'une société permanente entre eux, ont
bien senti qu'ils étoient exposés nécessairement aux malheurs d'une guerre
presque perpétuelle : dans cette situation, ils n'ont eu en vue que de se garantir des derniers malheurs, c'est-à-dire d'être chassés du trône par les
vainqueurs. Dans les temps de trêve, ils se sont tenus sur leurs gardes à
l'égard les uns des autres, de peur des surprises : places fortifiées, munitions,
magasins, gens de guerre sur pied; toutes choses qui coûtent une très-grande

dépense; mais dépense absolument nécessaire, jusqu'à l'établissement d'une société permanente.

Les plus foibles ont cherché à faire des confédérations contre les plus forts, des traités de ligues offensives et défensives; mais traités peu durables, presque inutiles, parce que chacun des confédérés peut se détacher impunément de la confédération; ainsi, de ce côté-là, nulle sûreté suffisante.

On voit combien une société permanente qui s'établiroit entre les princes d'Europe, auroit d'avantages sur l'équilibre; que cette société feroit exécuter ponctuellement les promesses, c'est-à-dire les lois que s'imposeroient eux-mêmes les souverains par leurs traités; qu'aucun ne pourroit s'en dispenser impunément; qu'à l'égard des différens qui pourroient naître, ou pour des cas mal exprimés dans les traités, ou qui n'y auroient point été prévus, ils seroient réglés par les souverains eux-mêmes, par l'organe de leurs députés, et que personne ne pourroit se dispenser d'exécuter ces jugemens; qu'aucun ne pourroit prendre les armes, pour résister à la société; qu'ainsi, il n'y auroit plus de guerre à craindre, soit au dedans, soit au dehors; qu'il n'y auroit plus d'interruption de commerce, et que chacun d'eux seroit délivré des grandes dépenses nécessaires, soit pour se tenir sur ses gardes en temps de trêve, soit pour se défendre en temps de guerre.

Rollin (Charles). — Né en 1661, mort en 1741. Une bourse à l'Université lui permit de faire des études brillantes, et d'enseigner à son tour. On sait quel excellent professeur trouvèrent en lui ses élèves, le collége de France et l'Université dont il fut recteur. Rentré dans le repos, il composa le *Traité des études*, ouvrage substantiel et sobrement écrit, l'*Histoire ancienne*, œuvre instructive qu'on relit toujours avec plaisir, des discours, des lettres, etc. Rollin a été loué par tous nos auteurs sérieux, et l'on a écrit au-dessous de son buste :

> A cet air vif et doux, à ce sage maintien,
> Sans peine de Rollin on reconnoît l'image;
> Mais, crois-moi, cher lecteur, médite son ouvrage,
> Pour connoître son cœur et pour former le tien.

MORT D'ALEXANDRE

(*Histoire ancienne.*)

Alexandre célébroit toujours de nouvelles fêtes, et étoit toujours dans des festins où il s'abandonnoit sans réserve à son intempérance pour le vin. Après une nuit passée entièrement dans la débauche, on lui avoit proposé une nouvelle partie. Il s'y trouva vingt convives : il but à la santé de chacune des personnes de la compagnie, et fit ensuite raison à tous les vingt l'un après l'autre. Après tout cela, se faisant encore apporter la coupe d'Hercule qui tenoit six bouteilles, il la but toute pleine, en la portant à un Macédonien de la compagnie, nommé Protéas; et, un peu après, il lui fit encore raison de cette énorme rasade. Dès qu'il l'eut bue, il tomba sur le carreau. « Voilà donc, s'écrie Sénèque en marquant les effets de l'ivrognerie, ce héros invincible à toutes les fatigues du voyage, à tous les dangers des siéges et des combats, aux plus violens excès de la chaleur et du froid, le voilà vaincu par son intempérance, et terrassé par cette fatale coupe d'Hercule. »

Dans cet état, une violente fièvre le saisit, et on le transporta chez lui à demi-mort. La fièvre ne le quitta point, mais lui laissoit de bons intervalles, pendant lesquels il donna les ordres nécessaires pour le départ de la flotte et de l'armée, comptant sur une prompte guérison. Enfin, quand il se vit sans espérance, et que la voix commençoit à lui manquer, il tira son anneau du doigt et le donna à Perdiccas, lui commandant de faire porter son corps au temple d'Ammon.

Quelque foible qu'il fût, il fit un effort; et, se soutenant sur le coude, il donna sa main mourante à baiser à ses soldats, à qui il ne put refuser cette dernière marque d'amitié. Puis, comme les grands de la cour lui demandèrent à qui il laissoit l'empire, il répondit : « Au plus digne, » ajoutant qu'il prévoyoit que, par ce différend, on lui prépareroit d'étranges jeux funèbres. Et Perdiccas lui ayant demandé quand il vouloit qu'on lui rendît les honneurs divins : « Lors, dit-il, que vous serez heureux. » Ce furent ses dernières paroles, et bientôt après il rendit l'esprit. Il avoit vécu trente-deux ans et huit mois, et en avoit régné douze. Sa mort arriva au printemps, la première année de la 114ᵉ olympiade.

MASSILLON (J.-B.). — Né en 1663, mort en 1742. Entré chez les oratoriens, il débuta comme professeur de théologie ; puis, chargé d'une mission à Montpellier, il acquit bientôt une grande renommée comme orateur chrétien. Il faisait les délices de Louis XIV ; le régent le nomma évêque de Clermont, et, en 1719, il fut reçu à l'Académie. Ses œuvres se composent de *Sermons*, d'*Oraisons funèbres*, de *Panégyriques*, de *Conférences*, de *Mandements*, etc. Son chef-d'œuvre est la collection de discours qu'on a appelée le *Petit-Carême*. « Massillon, a dit d'Alembert, va chercher au fond du cœur ces replis cachés où les passions se développent, ces sophismes secrets dont elles savent si bien s'aider pour nous aveugler et nous séduire ; en nous offrant la peinture de nos vices, il sait encore nous attacher et nous séduire... Sa diction, toujours facile, élégante et pure, est partout de cette simplicité noble, sans laquelle il n'y a ni bon goût, ni véritable éloquence... Ce qui met le comble au charme que fait éprouver ce style enchanteur, c'est qu'on sent que tant de beautés ont coulé de source, et n'ont rien coûté à celui qui les a produites. »

LA MORT

Nous la portons tous en naissant dans le sein. Il semble que nous avons sucé, dans les entrailles de nos mères, un poison lent avec lequel nous venons au monde, qui nous fait languir ici-bas, les uns plus, les autres moins, mais qui finit toujours par le trépas. Nous mourons tous les jours; chaque instant nous dérobe une portion de notre vie, et nous avance d'un pas vers le tombeau. Le corps dépérit, la santé s'use, tout ce qui nous environne nous détruit; les alimens nous corrompent, les remèdes nous affoiblissent, ce feu spirituel qui nous anime au dedans, nous consume, et toute notre vie n'est qu'une longue et pénible agonie. Or, dans cette situation, quelle image devroit être plus familière à l'homme que celle de la mort? Un criminel condamné à mourir, quelque part qu'il jette les yeux, que peut-il voir que ce

triste objet? Et le plus ou le moins que nous avons à vivre fait-il une différence assez grande pour nous regarder comme immortels sur la terre?

Il est vrai que la mesure de nos destinées n'est pas égale : les uns voient
croître en paix. jusqu'à l'âge le plus reculé, le nombre de leurs années; et,
héritiers des bénédictions de l'ancien temps, ils meurent pleins de joie, au
milieu d'une nombreuse postérité; les autres, arrêtés dès le milieu de leur
course, voient les portes du tombeau s'ouvrir en un âge encore florissant, et
cherchent en vain le reste de leurs années. Enfin, il en est qui ne font que
se montrer à la terre, qui finissent du matin au soir, et qui, semblables à la
fleur des champs, ne mettent presque point d'intervalle entre l'instant qui
les voit éclore et celui qui les voit sécher et disparoître. Le moment fatal,
marqué à chacun, est un secret écrit dans le livre éternel.

Nous vivons donc tous, incertains de la durée de nos jours; et cette incertitude, si capable toute seule de nous rendre attentifs à cette dernière heure,
endort elle-même notre vigilance. Nous ne songeons point à la mort, parce
que nous ne savons pas où la placer dans les différens âges de notre vie.
Nous ne regardons pas même la vieillesse comme le terme, du moins, sûr et
inévitable. Le doute si l'on y parviendra, qui devroit, ce semble, borner en
deçà nos espérances, fait que nous les étendons même au delà de cet âge.
Notre crainte, ne pouvant poser sur rien de certain, n'est plus qu'un sentiment vague et confus qui ne porte sur rien du tout; de sorte que l'incertitude, qui ne devroit tomber que sur le plus ou le moins, nous rend tranquilles sur le fond même.

LA CONSCIENCE

Partout nous rendons hommage, par nos troubles et par nos remords secrets, à la sainteté de la vertu que nous violons; partout un fond d'ennui et
de tristesse inséparable du crime nous fait sentir que l'ordre et l'innocence
sont le seul bonheur qui nous étoit destiné sur la terre. Nous avons beau
faire montre d'une vaine intrépidité, la conscience criminelle se trahit toujours d'elle-même : les terreurs cruelles marchent partout devant nous; la
solitude nous trouble; les ténèbres nous alarment; nous croyons voir sortir
de tous côtés des fantômes qui viennent toujours nous reprocher les horreurs
secrètes de notre âme : des songes funestes nous remplissent d'images noires
et sombres; et le crime, après lequel nous courons avec tant de goût, court
ensuite après nous comme un vautour cruel, et s'attache à nous pour nous
déchirer le cœur et nous punir du plaisir qu'il nous a lui-même donné.

LA FLATTERIE

L'esprit du monde est un esprit de souplesse et de ménagement : comme
l'amour-propre en est le principe, il ne cherche la vérité qu'autant que la
vérité lui peut plaire. Nous n'avons qu'à nous juger de bonne foi pour convenir que c'est là notre caractère. Toute notre vie n'est qu'une suite de
ménagemens et de complaisances; partout nous sacrifions les lumières de
notre conscience aux erreurs et aux préjugés de ceux avec qui nous vivons.
Nous connoissons la vérité, et cependant nous la retenons dans l'injustice,
nous applaudissons aux maximes qui la combattent; nous n'osons résister à
ceux qui la condamnent; nous donnons tous les jours à la flatterie et au désir de ne pas déplaire mille choses que notre conscience nous reproche, et
dont notre goût même nous éloigne; en un mot, nous ne vivons pas pour
nous-mêmes et pour la vérité, nous vivons pour les autres et pour la vanité.
De là vient que, dès que la vérité est en concurrence avec quelques-unes de
nos passions, et qu'il faut leur donner atteinte en se déclarant pour elle, nous

l'abandonnons. Ainsi toute notre vie se passe à déférer aux autres, à nous accommoder à leurs passions, à suivre leurs exemples. La complaisance est le grand ressort de toute notre conduite; et, n'ayant peut-être point de vice à nous, nous devenons coupables de ceux de tous les autres.

L'INSOLENCE HUMAINE

Regardez le monde tel que vous l'avez vu dans vos premières années, et tel que vous le voyez aujourd'hui : une nouvelle cour a succédé à celle que vos premiers ans ont vue; de nouveaux personnages sont montés sur la scène; les grands rôles sont remplis par de nouveaux acteurs; ce sont de nouveaux événemens, de nouvelles intrigues, de nouvelles passions, de nouveaux héros dans la vertu comme dans le vice, qui sont le sujet des louanges, des dérisions, des censures publiques; un nouveau monde s'est élevé insensiblement, et sans que vous vous en soyez aperçus, sur les débris du premier : tout passe avec vous et comme vous : une rapidité que rien n'arrête entraîne tout dans les abîmes de l'éternité; nos ancêtres nous en frayèrent bien le chemin; et nous allons le frayer demain à ceux qui viendront après nous. Les âges se renouvellent; la figure du monde passe sans cesse; les morts et les vivans se remplacent et se succèdent continuellement; rien ne demeure; tout change, tout s'use, tout s'éteint : Dieu seul demeure toujours le même; le torrent des siècles, qui entraîne tous les hommes, coule devant ses yeux; et il voit avec indignation de foibles mortels, emportés par ce cours rapide, l'insulter en passant, vouloir faire de ce seul instant tout leur bonheur, et tomber, au sortir de là, entre les mains de sa colère et de sa vengeance.

LE CONQUÉRANT

Sa gloire sera toujours souillée de sang : quelque insensé chantera peut-être ses victoires; mais les provinces, les villes, les campagnes en pleureront : on lui dressera des monumens superbes pour immortaliser ses conquêtes; mais les cendres encore fumantes de tant de villes autrefois florissantes, mais la désolation de tant de campagnes dépouillées de leur ancienne beauté, mais les ruines de tant de murs sous lesquels des citoyens paisibles ont été ensevelis, mais tant de calamités qui subsisteront après lui, seront des monumens lugubres qui immortaliseront sa vanité et sa folie. Il aura passé comme un torrent pour ravager la terre, et non comme un fleuve majestueux pour y porter la joie et l'abondance : son nom sera écrit dans les annales de la postérité parmi les conquérans, mais il ne le sera pas parmi les bons rois; et l'on ne rappellera l'histoire de son règne que pour rappeler le souvenir des maux qu'il a faits aux hommes. Ainsi son orgueil, dit l'Esprit de Dieu, sera monté jusqu'au ciel, sa tête aura touché dans les nues; ses succès auront égalé ses désirs; et tout cet amas de gloire ne sera plus à la fin qu'un monceau de boue, qui ne laissera après elle que l'infection et l'opprobre.

LE PETIT NOMBRE DES ÉLUS

Je m'arrête à vous, mes frères, qui êtes ici assemblés : je ne parle plus du reste des hommes; je vous regarde comme si vous étiez seuls sur la terre : et voici la pensée qui m'occupe et qui m'épouvante. Je suppose que c'est ici votre dernière heure et la fin de l'univers; que les cieux vont s'ouvrir sur vos têtes, que Jésus-Christ va paroître dans sa gloire au milieu de ce temple, et que vous n'y êtes assemblés que pour l'attendre, et comme des criminels tremblans à qui l'on va prononcer ou une sentence de grâce, ou un arrêt de mort éternelle; car vous avez beau vous flatter, vous mourrez tels que vous êtes aujourd'hui ; tous ces désirs de changement qui vous amusent, vous amuseront jusqu'au lit de la mort ; c'est l'expérience de tous les siècles ; tout ce que vous trouverez alors en vous de nouveau sera peut-être un compte un peu plus grand que celui que vous auriez aujourd'hui à rendre, et, sur ce que vous seriez si l'on venoit vous juger dans ce moment, vous pouvez presque décider ce qui vous arrivera au sortir de la vie.

Or je vous le demande, et je vous le demande frappé de terreur, ne séparant pas en ce point mon sort du vôtre, et me mettant dans la même disposition où je souhaite que vous entriez ; je vous demande donc : Si Jésus-Christ paroissoit dans ce temple, au milieu de cette assemblée, la plus auguste de l'univers, pour nous juger, pour faire le terrible discernement des boucs et des brebis, croyez-vous que le plus grand nombre de tout ce que nous sommes ici fût placé à la droite? Croyez-vous que les choses du moins fussent égales? Croyez-vous qu'il s'y trouvât seulement dix justes, que le Seigneur ne put trouver autrefois en cinq villes tout entières? Je vous le demande. Vous l'ignorez, je l'ignore moi-même; vous seul, ô mon Dieu! connoissez ceux qui vous appartiennent; mais, si nous ne connoissons pas ceux qui lui appartiennent, nous savons du moins que les pécheurs ne lui appartiennent pas. Or qui sont les fidèles ici assemblés? Les titres et les dignités ne doivent être comptés pour rien; vous en serez dépouillés devant Jésus-Christ : qui sont-ils? Beaucoup de pécheurs qui ne veulent pas se convertir ; encore plus qui le voudroient, mais qui diffèrent leur conversion; plusieurs autres qui ne se convertissent jamais que pour retomber ; enfin un grand nombre qui croient n'avoir pas besoin de conversion : voilà le parti des réprouvés. Retranchez ces quatre sortes de pécheurs de cette assemblée sainte, car ils en seront retranchés au grand jour : paroissez maintenant, justes; où êtes-vous? Restes d'Israël, passez à la droite; froment de Jésus-Christ, démêlez-vous de cette paille destinée au feu. O Dieu! où sont vos élus? et que reste-t-il pour votre partage?

Lesage (Alain-René). — Né en 1668, mort en 1747. Il sortit de l'administration des Fermes pour s'occuper de littérature, et ses premiers essais furent des traductions de pièces espagnoles; cependant c'est à lui seul que sont dus : *Crispin rival de son maître*, et la comédie de *Turcaret*. Dégoûté de l'opposition que lui firent les comédiens français, il écrivit plusieurs pièces et opéras-comiques pour les théâtres de la foire. Parmi ses nombreux romans, on peut citer un chef-d'œuvre, *Gil Blas*, plein de finesse, d'intérêt, d'esprit et de vérité. Le style de cette œuvre est longtemps resté le modèle de nos écrivains.

GIL BLAS OBLIGÉ DE S'APPRÉCIER A SA VALEUR

Dès que je fus dans l'hôtellerie, je demandai à souper. C'étoit un jour maigre; on m'accommoda des œufs. Pendant qu'on me les apprêtoit, je liai conversation avec l'hôtesse, que je n'avois pas encore vue. Lorsque l'omelette qu'on me faisoit fut en état de m'être servie, je m'assis tout seul à une table. Je n'avois pas encore mangé le premier morceau que l'hôte entra suivi de l'homme qui l'avoit arrêté dans la rue. Ce cavalier portoit une longue rapière, et pouvoit bien avoir trente ans. Il s'approcha de moi d'un air empressé : « Seigneur écolier, me dit-il, je viens d'apprendre que vous êtes le seigneur Gil Blas de Santillane, l'ornement d'Oviédo et le flambeau de la

philosophie. Est-il bien possible que vous soyez ce savantissime, ce bel esprit
dont la réputation est si grande en ce païs-ci? Vous ne savez pas, continua-
t-il en s'adressant à l'hôte et à l'hôtesse, vous ne savez pas ce que vous pos-
sédez : vous avez un trésor dans votre maison : vous voyez dans ce jeune
gentilhomme la huitième merveille du monde. » Puis, se tournant de mon
côté et me jetant les bras au cou : « Excusez mes transports, ajouta-t-il;
je ne suis point maître de la joie que votre présence me cause. »

Je ne pus lui répondre sur-le-champ, parce qu'il me tenoit si serré que je
n'avois pas la respiration libre; et ce ne fut qu'après que j'eus la tête dégagée
de l'embrassade, que je lui dis : « Seigneur cavalier, je ne croyois pas mon
nom connu à Peñaflor. — Comment connu? reprit-il sur le même ton; nous
tenons registre de tous les grands personnages qui sont à vingt lieues à la
ronde. Vous passez ici pour un prodige; et je ne doute pas que l'Espagne ne
se trouve un jour aussi vaine de vous avoir produit que la Grèce d'avoir vu
naître ses sept sages. » Ces paroles furent suivies d'une nouvelle accolade
qu'il me fallut encore essuyer, au hasard d'avoir le sort d'Antée. Pour peu
que j'eusse eu d'expérience, je n'aurois pas été la dupe de ses démonstrations
ni de ses hyperboles : j'aurois bien connu, à ses flatteries outrées, que c'étoit
un de ces parasites que l'on trouve dans toutes les villes, et qui, dès qu'un
étranger arrive, s'introduisent auprès de lui pour remplir leur ventre à ses
dépens; mais ma jeunesse et ma vanité m'en firent juger tout autrement.
Mon admirateur me parut un fort honnête homme, et je l'invitai à souper
avec moi. « Ah! très-volontiers, s'écria-t-il; je sais trop bon gré à mon étoile
de m'avoir fait rencontrer l'illustre Gil Blas de Santillane, pour ne pas jouir
de ma bonne fortune le plus longtemps que je pourrai. Je n'ai pas grand
appétit, poursuivit-il; je vais me mettre à table pour vous tenir compagnie
seulement, et je mangerai quelques morceaux par complaisance. »

En parlant ainsi, mon panégyriste s'assit vis-à-vis de moi. On lui apporta
un couvert. Il se jeta d'abord sur l'omelette avec tant d'avidité, qu'il sembloit n'avoir mangé de trois jours. A l'air complaisant dont il s'y prenoit,
je vis bien qu'elle seroit bientôt expédiée. J'en ordonnai une seconde, qui
fut faite si promptement, qu'on nous la servit comme nous achevions, ou
plutôt comme il achevoit de manger la première. Il y procédoit pourtant
d'une vitesse toujours égale, et trouvoit moyen, sans perdre un coup de dent,
de me donner louanges sur louanges; ce qui me rendoit fort content de ma
petite personne. Il buvoit aussi fort souvent : tantôt c'étoit à ma santé, et
tantôt à celle de mon père et de ma mère, dont il ne pouvoit assez vanter le
bonheur d'avoir un fils tel que moi. En même temps il versoit du vin dans
mon verre, et m'excitoit à lui faire raison. Je ne répondois point mal aux
santés qu'il me portoit; ce qui, avec ses flatteries, me mit insensiblement
de si belle humeur, que, voyant notre seconde omelette à moitié mangée, je
demandai à l'hôte s'il n'avoit pas de poisson à nous donner.

Le seigneur Corcuelo, qui, selon toutes les apparences, s'entendoit avec
le parasite, me répondit : « J'ai une truite excellente; mais elle coûtera
cher à ceux qui la mangeront : c'est un morceau trop friand pour vous. —
Qu'appelez-vous trop friand? dit alors mon flatteur d'un ton de voix élevé;
vous n'y pensez pas, mon ami : apprenez que vous n'avez rien de trop bon
pour le seigneur Gil Blas de Santillane, qui mérite d'être traité comme un
prince. »

Je fus bien aise qu'il eût relevé les dernières paroles de l'hôte, et il ne fit
en cela que me prévenir. Je m'en sentois offensé, et je dis fièrement à Corcuelo : « Apportez-nous votre truite, et ne vous embarrassez pas du reste. »
L'hôte, qui ne demandoit pas mieux, se mit à l'apprêter, et ne tarda guère
à nous la servir. A la vue de ce nouveau plat, je vis briller une grande joie
dans les yeux du parasite, qui fit paroître une nouvelle complaisance, c'est-

à-dire qu'il donna sur le poisson comme il avoit donné sur les œufs. Il fut pourtant obligé de se rendre, de peur d'accident; car il en avoit jusqu'à la gorge. Enfin, après avoir bu et mangé tout son soûl, il voulut finir la comédie. « Seigneur Gil Blas, me dit-il en se levant de table, je suis trop content de la bonne chère que vous m'avez faite pour vous quitter sans vous donner un avis important dont vous paroissez avoir besoin. Soyez désormais en garde contre les louanges. Défiez-vous des gens que vous ne connoitrez point. Vous en pourrez rencontrer d'autres qui voudront, comme moi, se divertir de votre crédulité, et peut-être pousser les choses encore plus loin; n'en soyez point la dupe, et ne vous croyez point, sur leur parole, la huitième merveille du monde. » En achevant ces mots, il me rit au nez, et s'en alla.

Je fus aussi sensible à cette baie que je l'ai été dans la suite aux plus grandes disgrâces qui me sont arrivées. Je ne pouvois me consoler de m'être laissé tromper si grossièrement, ou, pour mieux dire, de sentir mon orgueil humilié. « Eh quoi! dis-je, le traître s'est donc joué de moi? Il n'a tantôt abordé mon hôte que pour lui tirer les vers du nez, ou plutôt ils étoient d'intelligence tous deux. Ah! pauvre Gil Blas, meurs de honte d'avoir donné à ces fripons un juste sujet de te tourner en ridicule. Ils vont composer de tout ceci une belle histoire qui pourra bien aller jusqu'à Oviédo, et qui t'y fera beaucoup d'honneur. Tes parens se repentiront sans doute d'avoir tant harangué un sot: loin de m'exhorter à ne tromper personne, ils devoient me recommander de ne pas me laisser duper. Agité de ces pensées mortifiantes, enflammé de dépit, je m'enfermai dans ma chambre et me mis au lit; mais je ne pus dormir; et je n'avois pas encore fermé l'œil, lorsque le muletier me vint avertir qu'il n'attendoit plus que moi pour partir. Je me levai aussitôt : et, pendant que je m'habillois, Corcuelo arriva avec un mémoire de la dépense, dans lequel la truite n'étoit pas oubliée; et non-seulement il m'en fallut passer par où il voulut, mais j'eus encore le chagrin, en lui livrant mon argent, de m'apercevoir que le bourreau se ressouvenoit de mon aventure. Après avoir bien payé un souper dont j'avois fait si désagréablement la digestion, je me rendis chez le muletier avec ma valise, en donnant à tous les diables le parasite, l'hôte et l'hôtellerie.

AGUESSEAU (H.-H. d'). — Né en 1668, mort en 1751. Ce magistrat éloquent, ce chancelier intègre appartient à l'histoire : nous n'avons à étudier en lui que l'écrivain et le penseur. Il a composé les *Méditations métaphysiques*, et a laissé un recueil de *Lettres*.

LA SCIENCE

Par la science, l'homme ose franchir les bornes étroites dans lesquelles il semble que la nature l'ait renfermé : citoyen de toutes les républiques, habitant de tous les empires, le monde entier est sa patrie. La science, comme un guide aussi fidèle que rapide, le conduit de pays en pays, de royaume en royaume; elle lui en découvre les lois, les mœurs, la religion, le gouvernement; il revient chargé des dépouilles de l'Orient et de l'Occident; et, joignant les études étrangères à ses propres trésors, il semble que la science lui ait appris à rendre toutes les nations de la terre tributaires de sa doctrine. Dédaignant les bornes des temps comme celles des lieux, on diroit qu'elle l'ait fait vivre longtemps avant sa naissance. C'est l'homme de tous les siècles, comme de tous les pays. Tous les sages de l'antiquité ont pensé, ont parlé, ont agi pour lui; ou plutôt il a vécu avec eux, il a entendu leurs leçons, il a été le témoin de leurs grands exemples. Plus attentif encore à exprimer leurs mœurs qu'à admirer leurs lumières, quels aiguillons leurs paroles ne laissent-elles pas dans son esprit! quelle sainte jalousie leurs actions n'allument-elles pas dans son cœur!

Ainsi nos pères s'animoient à la vertu : une noble émulation les portoit à rendre à leur tour Athènes et Rome même jalouses de leur gloire; ils vouloient surpasser les Aristide en justice, les Phocion en constance, les Fabrice en modération, et les Caton même en vertu. Que si les exemples de sagesse, de grandeur d'âme, de générosité, d'amour de la patrie, deviennent plus rares que jamais; c'est parce que la mollesse et la vanité de notre âge ont rompu les nœuds de cette douce et utile société que la science forme entre les vivans et ces illustres morts, dont elle ranime les cendres pour en former le modèle de notre conduite.

CRÉBILLON. (Voir les poëtes, au chapitre précédent.)

A MADEMOISELLE ALEXANDRINE

(Au nom de Mme de Pompadour, sa mère.)

J'ai reçu à votre sujet une lettre qui m'afflige. On dit que vous êtes hautaine et impérieuse avec vos compagnes, et que vous commencez à devenir très-indocile. Pourquoi affligez-vous le cœur de votre mère? Pourquoi la mettez-vous dans la triste nécessité de se plaindre de vous? Je vous avois tant recommandé d'être douce, modeste et affable, comme le seul moyen de plaire à Dieu et aux hommes. Avez-vous sitôt oublié mes leçons? Voulez-vous me mettre dans le cas de rougir de vous? J'espère que vous changerez de conduite par égard pour moi et pour vous-même. Point de grands airs; ils ne conviennent à personne, et encore moins à vous qu'aux autres. Si je vous fais élever comme une princesse, songez que vous êtes bien éloignée d'en être une. La même fortune, qui m'a élevée, peut changer et me rendre la plus malheureuse des femmes; en ce cas, vous seriez, comme moi, rien du tout. Adieu, ma chère fille; vous savez que je ne respire que pour vous, que c'est pour vous que j'aime la vie. Si vous me promettez de vous corriger, je vous pardonne et vous embrasse...

SAINT-SIMON (L. de Rouvroy, duc de). — Né en 1675, mort en 1755. Après avoir servi avec distinction, il se consacra à la diplomatie, et s'attacha au duc de Bourgogne, puis au duc d'Orléans. A la mort du Régent, il se retira de la cour et écrivit ses *Mémoires*, travail qui se recommande par une grande facilité de style et par l'intérêt du sujet.

LE DUC DE BOURGOGNE

Il étoit plutôt petit que grand, le visage long et brun, le front parfait avec les plus beaux yeux du monde, un regard vif, touchant, frappant, admirable, assez ordinairement doux, toujours perçant, et une physionomie agréable, haute, fine, spirituelle jusqu'à inspirer de l'esprit. Le bas du visage assez pointu, et le nez long, élevé, mais point beau, n'alloit pas si bien; des cheveux châtains si crépus et en telle quantité qu'ils bouffoient à l'excès; les lèvres et la bouche agréables quand il ne parloit point; mais, quoique ses dents ne fussent pas vilaines, le râtelier supérieur s'avançoit trop et emboîtoit presque celui de dessous, ce qui, en parlant et en riant, faisoit un effet désagréable. Il avoit les plus belles jambes et les plus beaux pieds qu'après le Roi j'aie jamais vus à personne, mais trop longues, aussi bien que ses cuisses, pour la proportion de son corps. Il sortit droit d'entre les mains des femmes. On s'aperçut de bonne heure que sa taille commençoit à tourner. On employa aussitôt et longtemps le collier et la croix de fer, qu'il portoit tant qu'il étoit dans son appartement, même devant le monde, et l'on n'oublia aucun des jeux et des exercices propres à le redresser. La nature demeura la plus forte. Il devint bossu, mais si particulièrement d'une épaule, qu'il en fut enfin boiteux, non qu'il n'eût les cuisses et les jambes parfaitement égales, mais parce que, à mesure que cette épaule grossit, il n'y eut plus, des deux hanches jusqu'aux deux pieds, la même distance, et au lieu d'être aplomb il pencha d'un côté. Il n'en marchoit ni moins aisément, ni moins longtemps, ni moins vite, ni moins volontiers, et il n'aima pas moins la promenade à pied, et à monter à cheval, quoiqu'il y fût très-mal. Ce qui doit surprendre, c'est qu'avec des yeux, tant d'esprit si élevé, et parvenu à la vertu la plus extraordinaire et à la plus éminente et la plus solide piété, ce prince ne se vit jamais tel qu'il étoit pour sa taille, et ne s'y accoutuma jamais. C'étoit une foiblesse qui mettoit en garde contre les distractions et les indiscrétions, et qui donnoit de la peine à ceux de ses gens qui, dans son habillement et dans l'arrangement de ses cheveux, masquoient ce défaut naturel autant qu'il leur étoit possible, mais bien en garde de lui laisser sentir qu'ils aperçussent ce qui étoit si visible. Il en faut conclure qu'il n'est pas donné à l'homme ici-bas d'être entièrement parfait.

Tant d'esprit, et une telle sorte d'esprit, joint à une telle vivacité, à une telle sensibilité, à de telles passions, et toutes si ardentes, n'étoient pas d'une éducation facile. Le duc de Beauvilliers, qui en sentoit également les difficultés et les conséquences, s'y surpassa lui-même par son application, sa patience et la variété des remèdes. Peu aidé par les sous-gouverneurs, il se secourut de tout ce qu'il trouva sous sa main. Fénelon, Fleury, sous-précepteur, qui a donné une si belle histoire de l'Église, Moreau, premier valet de chambre, fort au-dessus de son état sans se méconnoître, tous mis en œuvre et tous en même esprit, travaillèrent chacun sous la direction du gouverneur, dont l'art, déployé dans un récit, feroit un juste ouvrage également curieux et instructif. Mais Dieu, qui est le maître des cœurs et dont le divin esprit souffle où il veut, fit de ce prince un ouvrage de sa droite, et entre dix-huit et vingt ans il accomplit son œuvre.

SAURIN (Jacques). — Né en 1677, mort en 1730. Ce ministre protestant fut pasteur de l'église wallonne de Londres. On a de lui un recueil de *Sermons* et de *Discours historiques et moraux*, riche en passages éloquents.

SIMÉON ET MARIE

Siméon connoît le but de la naissance de cet enfant qu'il tient entre ses bras; il n'arrête pas ses yeux sur son berceau seulement; il les porte jusqu'à la croix : par la lumière prophétique qui l'éclaire, il le voit mettant son âme en oblation pour les péchés. Il n'attend pas, comme les Juifs grossiers, un règne temporel; il se forme de justes idées de la gloire du Messie; il le contemple menant publiquement en montre les principautés, les puissances, et les attachant à la croix. Ne nous accusez pas d'avoir puisé ces idées dans nos écoles et dans nos cours de théologie; c'est du fond de l'Évangile que nous puisons ces vérités. Pesez, je vous prie, ce que Siméon lui-même dit à Marie en lui montrant l'enfant Jésus : « Celui-ci est mis en trébuchement en Israël. C'est un signe auquel on contredira, une épée qui percera ta propre âme. » Quelle est cette épée dont la sainte Vierge doit avoir *l'âme percée?* C'étoit sans doute la douleur qu'elle ressentit lorsqu'elle vit son fils attaché à la croix. Quel objet pour une mère! Qui de vous, mes frères, a réuni ses soins les plus vigilans et sa tendresse la plus vive sur un seul objet, sur un enfant qu'il regarde comme devant être la consolation de ses maux, la gloire de sa maison, l'appui de ses derniers ans? Qu'il sente ce que les expressions les plus recherchées sont incapables d'exprimer; qu'il se suppose à la place de Marie; qu'il suppose cet enfant à la place de Jésus-Christ : foible image encore du combat que la nature livre à Marie, foible commentaire des paroles de Siméon à Marie : « Une épée transpercera ta propre âme. » Marie va perdre ce fils dont un ange du ciel lui avoit annoncé la naissance; ce fils dont les armées célestes étoient venues féliciter la terre; ce fils que tant de vertus, tant de charité, tant de bienfaits sembloient devoir laisser éternellement sur la terre : elle se représente déjà cette affreuse solitude, cet abandon général que l'on éprouve, lorsque, après avoir perdu ce que l'on avoit de plus cher, on se trouve comme si tout le monde étoit mort, et si tout ce qui nous faisoit mouvoir et tout ce qui nous faisoit vivre étoit anéanti. Et par quelle porte le voit-elle, ce fils, sortir du monde? par un genre de martyre dont la seule idée effraye l'imagination. Elle voit ces mains charitables, qui avoient nourri tant d'affamés, qui avoient fait tant de miracles, percées de clous; elle voit cette tête royale, sur laquelle le diadème de l'univers devoit être mis, couronnée d'épines, et ce bras destiné à porter le sceptre du monde, tenant un roseau ridicule; elle voit ce temple dans lequel la divinité a habité avec toute sa plénitude, avec toute sa sagesse, avec toute sa lumière, avec toute sa justice, avec toute sa miséricorde, avec toutes les perfections qui entrent dans la notion de l'Être suprême, elle le voit atteint avec une hache profane et une impie cognée. Elle entend la voix des enfans d'Édom, qui crient sur cette auguste demeure du Très-Haut : *A sac! à sac!* et qui la réduisent en monceaux de pierres. Encore si, en voyant expirer Jésus-Christ, elle pouvoit s'en approcher pour le soulager et pour recueillir cette âme qu'elle ne peut retenir! Si elle pouvoit embrasser ce cher fils, le couvrir de ses larmes et lui dire les derniers adieux! Si elle pouvoit arrêter ce sang qui coule à grands flots, et qui consume le reste de ses forces épuisées! soutenir ce chef auguste qui chancelle, et mettre du baume sur ces plaies! Mais elle est contrainte de céder à la violence, elle est entraînée elle-même par la puissance des ténèbres; elle ne peut offrir à Jésus-Christ que des soins impuissans, et que des larmes inutiles : *une épée percera ta propre âme.* Siméon connoissoit donc le mystère de la croix; il recueilloit le sang que devoit répandre ce rédempteur qu'il tenoit entre ses bras, et il disoit dans ces sentimens : « Seigneur, tu laisses maintenant aller ton serviteur en paix selon ta parole, car mes yeux ont vu ton salut. »

TENCIN (C.-A. Guérin de). — Née en 1681, morte en 1749. Malgré ses fréquentes aspirations religieuses, Mme de Tencin mena une vie fort irrégulière. Sa maison servit de rendez-vous aux savants et aux littérateurs de son temps. Ses romans sont entachés d'emphase et de prétention; mais ils sont remarquables par la délicatesse et l'esprit.

LETTRE A FONTENELLE
(Extrait.)

Je ne sais si vous m'avez fait du bien ou du mal de me donner quelque connoissance de la philosophie de Descartes : il ne s'en faut guère que je ne m'égare avec lui dans les idées qu'elle me fournit : tous les tourbillons qui composent l'univers me font imaginer que chaque homme en particulier pourroit bien être un tourbillon. Je regarde l'amour-propre, qui est le principe de nos mouvemens, comme la matière céleste dans laquelle nous nageons ; les passions sont les planètes qui l'environnent, chaque planète entraîne après elle d'autres petites planètes : l'amour, par exemple, emporte la jalousie ; elles s'éclairent réciproquement et par réflexion : toute leur lumière ne vient que de celle que le cœur leur envoie. Je place l'ambition après l'amour : elle n'est pas si près du cœur que la première ; aussi la chaleur qu'elle en reçoit lui donne un peu moins de vivacité. L'ambition n'aura pas moins de satellites que Jupiter ; mais ils deviendront différens, selon les différentes personnes qui composent les tourbillons. Dans l'une la vanité, les bassesses, l'intérêt, seront les satellites de l'ambition ; dans l'autre, ce sera la véritable valeur, la grandeur d'âme et l'amour de la gloire ; la raison aura aussi sa place dans le tourbillon ; mais elle est la dernière ; c'est le bon Saturne dont nous ne sentons la révolution qu'après trente ans. Les comètes ne sont autre chose, dans mon système, que les réflexions ; ce sont ces corps étrangers qui, après des détours, viennent passer dans les tourbillons des passions. L'expérience nous apprend qu'elles n'ont ni bonnes ni mauvaises influences ; leur pouvoir se borne à donner quelques craintes et quelque trouble ; mais ces craintes ne mènent à rien ; les choses vont toujours leur train ordinaire.

HÉNAULT (C.-F., le président). — Né en 1685, mort en 1770. Il remplit avec honneur les fonctions successives de conseiller et de président de la première chambre des enquêtes. Surintendant de la maison de la reine, estimé à la cour, il s'occupa de littérature et surtout de travaux historiques. Son œuvre capitale est l'*Abrégé chronologique de l'Histoire de France*.

LE CARDINAL DE RETZ

On a de la peine à comprendre comment un homme qui passa sa vie à cabaler n'eut jamais de véritable objet. Il aimoit l'intrigue pour intriguer : esprit hardi, délié, vaste et un peu romanesque, sachant tirer parti de l'autorité que son état lui donnoit sur le peuple, et faisant servir la religion à sa politique ; cherchant quelquefois à se faire un mérite de ce qu'il ne devoit qu'au hasard, et ajustant souvent après coup les moyens aux événemens.

Il fit la guerre au Roi ; mais le personnage de rebelle étoit ce qui le flattoit le plus dans la rébellion : magnifique, bel esprit, turbulent, ayant plus de saillies que de suite, plus de chimères que de vues, déplacé dans une monarchie, et n'ayant pas ce qu'il falloit pour être républicain, parce qu'il n'étoit ni sujet fidèle ni bon citoyen ; aussi vain, plus hardi et moins honnête homme que Cicéron, enfin plus d'esprit, moins grand et moins méchant que Catilina.

Ses mémoires sont très-agréables à lire ; mais conçoit-on qu'un homme ait le courage, ou plutôt la folie de dire de lui-même plus de mal que n'en eût pu dire son plus grand ennemi ? Ce qui est étonnant, c'est que ce même homme, sur la fin de sa vie, n'étoit plus rien de tout cela, et qu'il devint doux, paisible, sans intrigue et l'amour de tous les honnêtes gens de son temps; comme si toute son ambition d'autrefois n'avoit été qu'une débauche d'esprit et des tours de jeunesse dont on se corrige avec l'âge; ce qui prouve bien qu'en effet il n'y avoit en lui aucune passion réelle. Après avoir vécu avec une magnificence extrême, et avoir fait pour plus de quatre millions de dettes, tout fut payé, soit de son vivant, soit après sa mort.

MONTESQUIEU (C. de Secondat, baron de). — Né en 1689, mort en 1755. Il entra dans la magistrature, et devint conseiller au parlement de Bordeaux, puis président à mortier. Après avoir publié les *Lettres persanes*, il quitta sa charge, se livra à la littérature, et voyagea dans toute l'Europe pour étudier les mœurs et la législation des différents peuples. A son retour, il fit paraître les considérations sur les *Causes de la grandeur et de la décadence des Romains*, son œuvre de vigueur; puis l'*Esprit des lois*, qui fit de Montesquieu, comme l'a dit Cousin, le chef de l'école politique de ce siècle. Cet écrivain, illustre par la profondeur de la pensée, brille encore par l'énergie et l'éclat de son style, aussi concis que celui de Tacite. On sait qu'il se tint à l'écart de Voltaire, et qu'il respecta toujours la religion dans ses écrits.

LA DEUXIÈME GUERRE PUNIQUE

(*Grandeur et décadence.*)

La seconde guerre punique est si fameuse que tout le monde la sait. Quand on examine bien cette foule d'obstacles qui se présentèrent devant Annibal, et que cet homme extraordinaire surmonta tous, on a le plus beau spectacle que nous ait fourni l'antiquité.

Rome fut un prodige de constance. Après les journées de Tésin, de Trébie et de Trasimène, après celle de Cannes plus funeste encore, abandonnée de presque tous les hommes de l'Italie, elle ne demanda point la paix. C'est que le sénat ne se départoit jamais des maximes anciennes; il agissoit avec Annibal comme il avoit agi autrefois avec Pyrrhus, à qui il avoit refusé de faire aucun accommodement tandis qu'il seroit en Italie; et je trouve dans Denys d'Halicarnasse que, lors de la négociation de Coriolan, le sénat déclara qu'il ne violeroit point ses coutumes anciennes; que le peuple romain ne pouvoit faire de paix tandis que les ennemis étoient sur ses terres; mais que, si les Volsques se retiroient, on accorderoit tout ce qui seroit juste.

Rome fut sauvée par la force de son institution. Après la bataille de Cannes, il ne fut pas permis aux femmes mêmes de verser des larmes : le sénat refusa de racheter les prisonniers, et envoya les misérables restes de l'armée faire la guerre en Sicile, sans récompense ni aucun honneur militaire, jusqu'à ce qu'Annibal fût chassé d'Italie.

D'un autre côté, le consul Térentius Varron avoit fui honteusement jusqu'à Venouse : cet homme, de la plus basse naissance, n'avoit été élevé au consulat que pour mortifier la noblesse. Mais le sénat ne voulut pas jouir de ce malheureux triomphe; il vit combien il étoit nécessaire qu'il s'attirât dans cette occasion la confiance du peuple; il alla au-devant de Varron, et le remercia de ce qu'il n'avoit pas désespéré de la république. Ce n'est pas ordinairement la perte réelle que l'on fait dans une bataille (c'est-à-dire celle de quelques milliers d'hommes) qui est funeste à un État, mais la perte imaginaire et le découragement, qui le privent des forces mêmes que la fortune lui avoit laissées.

Il y a des choses que tout le monde dit parce qu'elles ont été dites une fois. On croit qu'Annibal fit une faute insigne de n'avoir point été assiéger Rome après la bataille de Cannes. Il est vrai que d'abord la frayeur y fut extrême ; mais il n'en est pas de la consternation d'un peuple belliqueux, qui se tourne presque toujours en courage, comme de celle d'une vile populace qui ne sent que sa foiblesse. Une preuve qu'Annibal n'auroit pas réussi, c'est que les Romains se trouvèrent encore en état d'envoyer partout des secours.

On dit encore qu'Annibal fit une grande faute de mener son armée à Capoue, où elle s'amollit ; mais l'on ne considère point que l'on ne remonte pas à la vraie cause. Les soldats de cette armée, devenus riches après tant de victoires, n'auroient-ils pas trouvé partout Capoue ? Alexandre, qui commandoit à ses propres sujets, prit, dans une occasion pareille, un expédient qu'Annibal, qui n'avoit que des troupes mercenaires, ne pouvoit pas prendre ; il fit mettre le feu au bagage de ses soldats, et brûla toutes leurs richesses et les siennes. On nous dit que Kouli-Kan, après la conquête des Indes, ne laissa à chaque soldat que cent roupies d'argent.

Ce furent les conquêtes mêmes d'Annibal qui commencèrent à changer la fortune de cette guerre. Il n'avoit pas été envoyé en Italie par les magistrats de Carthage ; il recevoit très-peu de secours, soit par la jalousie d'un parti, soit par la trop grande confiance de l'autre. Pendant qu'il resta avec son armée ensemble, il battit les Romains ; mais, lorsqu'il fallut qu'il mit des garnisons dans les villes, qu'il défendît ses alliés, assiégeât des places, ses forces se trouvèrent trop petites ; et il perdit en détail une grande partie de son armée. Les conquêtes sont aisées à faire, parce qu'on les fait avec toutes ses forces ; elles sont difficiles à conserver, parce qu'on ne les défend qu'avec une partie de ses forces.

CHARLES XII

Ce prince, qui ne fit usage que de ses seules forces, détermina sa chute en formant des desseins qui ne pouvoient être exécutés que par une longue guerre : ce que son royaume ne pouvoit soutenir.

Ce n'étoit pas un État qui fût dans la décadence qu'il entreprit de renverser, mais un empire naissant. Les Moscovites se servirent de la guerre qu'il leur faisoit comme d'une école. A chaque défaite, ils s'approchoient de la victoire ; et, perdant au dehors, ils apprenoient à se défendre au dedans. Charles se croyoit le maître du monde dans les déserts de la Pologne, où il erroit, et dans lesquels la Suède étoit comme répandue, pendant que son principal ennemi se fortifioit contre lui, le serroit, s'établissoit sur la mer Baltique, détruisoit ou prenoit la Livonie. La Suède ressembloit à un fleuve dont on coupoit les eaux dans sa source, pendant qu'on le détournoit dans son cours.

Ce ne fut point Pultawa qui perdit Charles : s'il n'avoit pas été détruit dans ce lieu, il l'auroit été dans un autre. Les accidens de la fortune se réparent aisément ; on ne peut pas parer à des événemens qui naissent continuellement de la nature des choses. Mais la nature ni la fortune ne furent jamais si forts contre lui que lui-même.

Il ne se régloit point sur la disposition actuelle des choses, mais sur un certain modèle qu'il avoit pris ; encore le suivoit-il très-mal. Il n'étoit point Alexandre ; mais il auroit été le meilleur soldat d'Alexandre.

LA CURIOSITÉ DES PARISIENS

(*Lettres persanes.*)

De Paris, le 6 de la lune de Chalvais 1712.

Les habitans de Paris sont d'une curiosité qui va jusqu'à l'extravagance. Lorsque j'arrivai, je fus regardé comme si j'avois été envoyé du ciel : vieillards, hommes, femmes, enfans, tous vouloient me voir. Si je sortois, tout le monde se mettoit aux fenêtres; si j'étois aux Tuileries, je voyois aussitôt un cercle se former autour de moi; les femmes mêmes faisoient un arc-en-ciel nuancé de mille couleurs qui m'entouroit. Si j'étois aux spectacles, je trouvois d'abord cent lorgnettes dressées contre ma figure; enfin jamais homme n'a tant été vu que moi. Je souriois quelquefois d'entendre des gens, qui n'étoient presque jamais sortis de leur chambre, qui disoient entre eux : « Il faut avouer qu'il a l'air bien persan. » Chose admirable! je trouvois de mes portraits partout, je me voyois multiplié dans toutes les boutiques, sur toutes les cheminées, tant on craignoit de ne m'avoir pas assez vu.

Tant d'honneurs ne laissent pas d'être à charge : je ne me croyois pas un homme si curieux et si rare; et, quoique j'aie très-bonne opinion de moi, je ne me serois jamais imaginé que je dusse troubler le repos d'une grande ville où je n'étois point connu. Cela me fit résoudre à quitter l'habit persan et à en endosser un à l'européenne, pour voir s'il resteroit encore dans ma physionomie quelque chose d'admirable. Cet essai me fit connoître ce que je valois réellement; libre de tous ornemens étrangers, je me vis apprécié au plus juste. J'eus sujet de me plaindre de mon tailleur, qui m'avoit fait perdre en un instant l'attention et l'estime publiques; car j'entrai tout à coup dans un néant affreux. Je demeurois quelquefois une heure dans une compagnie sans qu'on m'eût regardé, et qu'on m'eût mis en occasion d'ouvrir la bouche; mais, si quelqu'un par hasard apprenoit à la compagnie que j'étois Persan, j'entendois aussitôt autour de moi un bourdonnement : « Ah! ah! monsieur est Persan! c'est une chose bien extraordinaire! Comment peut-on être Persan? »

STAAL (Mlle de Launay, baronne de). — Née en 1693, morte en 1750. Femme de chambre de la duchesse du Maine, et dévouée à sa cause, elle fut, à cause de son attachement connu pour elle, enfermée à la Bastille. Elle s'en vit récompensée plus tard par l'ingratitude de sa maitresse. Elle a laissé des *Lettres* et des *Mémoires* curieux et spirituels.

A LA BASTILLE

Il étoit sept heures du soir. Je me doutai alors que la route ne seroit pas longue, et qu'on me menoit à la Bastille. J'y arrivai en effet. On me fit descendre au bout d'un petit pont où le gouverneur me vint prendre. Après que je fus entrée, l'on me tint quelque temps derrière une porte, parce qu'il arrivoit quelqu'un des nôtres qu'on ne vouloit pas me laisser voir. Je ne comprenois rien à toutes ces rubriques. Ceux-ci placés dans leurs niches, le gouverneur vint me chercher, et me mena dans la mienne. Je passai encore des ponts où l'on entendoit des bruits de chaînes, dont l'harmonie est désagréable. Enfin j'arrivai dans une grande chambre où il n'y avoit que les quatre murailles fort sales, et toutes charbonnées par le désœuvrement de mes prédécesseurs. Elle étoit si dégarnie de meubles, qu'on alla chercher une petite chaise de paille pour m'asseoir ; deux pierres pour soutenir un fagot qu'on alluma ; et l'on attacha proprement un petit bout de chandelle au mur pour m'éclairer. Toutes ces commodités m'ayant été procurées, le gouverneur se retira, et j'entendis refermer sur moi cinq ou six serrures, et le double de verroux.

Me voilà donc seule vis-à-vis de mon fagot, incertaine si j'aurois cette fille qui devoit m'être une société et un grand secours ; plus en peine encore du parti qu'elle auroit pris sur l'ordre non réfléchi que je lui avois donné, dont je vis alors toutes les conséquences. Je passai environ une heure dans cette inquiétude, et ce fut la plus pénible de toutes celles qui s'écoulèrent pendant ma prison.

Enfin je vis reparoître le gouverneur qui m'amenoit Mlle Rondel. Elle lui demanda d'un air fort délibéré si nous coucherions sur le plancher. Il lui répondit sur un ton goguenard assez déplacé, et nous laissa. Nous fûmes barricadées dans cette chambre aussi soigneusement que nous l'avions été dans l'autre. A peine y étions-nous renfermées, que je fus frappée d'un bruit qui me sembla tout à fait inouï. J'écoutai assez longtemps pour démêler ce que ce pouvoit être. N'y comprenant rien, et voyant qu'il continuoit sans interruption, je demandai à Rondel ce qu'elle en pensoit. Elle ne savoit que répondre ; mais, s'apercevant que j'en étois inquiète, elle me dit que cela venoit de l'arsenal, dont nous n'étions pas loin ; que c'étoit peut-être quelque machine pour préparer le salpêtre. Je l'assurai qu'elle se trompoit, que ce bruit étoit plus près qu'elle ne croyoit, et très-extraordinaire. Rien pourtant de plus commun. Je découvris par la suite que cette machine, que j'avois apparemment crue destinée à nous mettre en poussière, n'étoit autre que le tourne-broche, que nous entendions d'autant mieux que la chambre où l'on venoit de nous transférer étoit au-dessus de la cuisine.

La nuit s'avançoit, et nous ne veyions ni lit ni souper. On vint nous retirer de cette chambre où je me déplaisois fort, n'étant pas sortie de mon erreur sur le bruit qui continuoit toujours. Nous retournâmes dans la première. J'y trouvai un petit lit assez propre, un fauteuil, deux chaises, une table, une jatte, un pot à l'eau et une espèce de grabat pour coucher Rondel. Elle le trouva maussade, et s'en plaignit. On lui dit que c'étoient les lits du Roi, et qu'il falloit s'en contenter. Point de réplique ; on s'en va ; l'on nous renferme.

Le simple nécessaire, quand on craint de ne l'avoir pas, cause plus de joie que n'en peut donner la plus somptueuse magnificence à ceux qui ne manquent de rien. J'étois donc fort aise de me voir un lit. Je n'aurois pas été fâchée d'avoir aussi un souper. Il étoit onze heures du soir et rien ne paroissoit. La faim, qui chasse le loup hors du bois, me pressoit, mais je ne voyois pas d'issue. Enfin le souper arriva, mais fort tard. Les embarras du jour avoient causé ce dérangement, et je ne fus pas moins surprise le lendemain de le voir arriver à six heures du soir, que je ne l'avois été ce jour-là de l'attendre si longtemps.

GRAFFIGNY (Mme de). — Née en 1694, morte en 1758. Cette femme de lettres publia deux drames et les *Lettres d'une péruvienne*. Ce dernier ouvrage jouit longtemps d'un succès mérité.

LES PÉRUVIENS

Les circonstances où se trouvoient les Péruviens, lors de la descente des Espagnols, ne pouvoient être plus favorables à ces derniers. On parloit depuis quelque temps d'un ancien oracle, qui annonçoit qu'après un certain nombre de rois, il arriveroit dans leur pays des hommes extraordinaires, tels qu'on n'en avoit jamais vus, qui envahiroient leur royaume, et détruiroient leur religion. Quoique l'astronomie fût une des principales connoissances des Péruviens, ils s'effrayoient des prodiges, ainsi que bien d'autres peuples. Trois cercles qu'on avoit aperçus autour de la lune, et surtout quelques comètes, avoient répandu la terreur parmi eux; une aigle poursuivie par d'autres oiseaux, la mer sortie de ses bornes, tout enfin rendoit l'oracle aussi infaillible que funeste. Le fils aîné du septième des Incas, dont le nom annonçoit dans la langue péruvienne la fatalité de son époque, avoit vu autrefois une figure fort différente de celle des Péruviens. Une barbe longue, une robe qui couvroit le spectre jusqu'aux pieds, un animal inconnu qu'il menoit en laisse: tout cela avoit effrayé le jeune prince, à qui le fantôme avoit dit qu'il étoit fils du Soleil, et qu'il s'appeloit Viracocha. Cette fable ridicule s'étoit malheureusement conservée parmi les Péruviens; et, dès qu'ils virent les Espagnols avec de grandes barbes, les jambes couvertes, et montés sur des animaux dont ils n'avoient jamais connu l'espèce, ils crurent voir en eux les fils de ce Viracocha, qui s'étoit dit fils du Soleil, et c'est de là que l'usurpateur se fit donner, par les ambassadeurs qu'il leur envoya, le titre de descendant du dieu qu'ils adoroient. Tout fléchit devant eux: le peuple est partout le même. Les Espagnols furent connus presque également pour des dieux, dont on ne parvint point à calmer les fureurs par les dons les plus considérables et par les hommages les plus humilians.

Les Péruviens, s'étant aperçus que les chevaux des Espagnols mâchoient leurs freins, s'imaginèrent que ces monstres domptés, qui partageoient leur respect, et peut-être leur culte, se nourrissoient de métaux; ils alloient leur chercher tout l'or et l'argent qu'ils possédoient, et les entouroient chaque jour de ces offrandes. On se borne à ce trait pour peindre la crédulité des habitans du Pérou, et la facilité que trouvèrent les Espagnols à les séduire.

Quelque hommage que les Péruviens eussent rendu à leurs tyrans, ils avoient trop laissé voir leurs immenses richesses pour obtenir des ménagemens de leur part. Un peuple entier, soumis et demandant grâce, fut passé au fil de l'épée. Tous les droits de l'humanité violés laissèrent les Espagnols les maîtres absolus des trésors d'une des plus belles parties du monde. « Méchaniques victoires, s'écrie Montaigne, en se rappelant le vil objet de ces conquêtes! Jamais l'ambition, ajoute-t-il, jamais les inimitiés publiques ne poussèrent les hommes les uns contre les autres à de si horribles hostilités, à des calamités si considérables. »

C'est ainsi que les Péruviens furent les tristes victimes d'un peuple avare, qui ne leur témoigna d'abord que de la bonne foi et de l'amitié. L'ignorance de nos vices et la naïveté de leurs mœurs les jetèrent dans les bras de leurs lâches ennemis. En vain des espaces infinis avoient séparé les villes du Soleil de notre monde, elles en devinrent la proie et le domaine le plus précieux.

PRÉVOST (A.-F. d'Exiles, dit l'Abbé). — Né en 1697, mort en 1763. Cet écrivain fécond, qui publia la matière de 170 volumes, mena une vie fort bizarre: il fut moine, puis soldat. Rentré dans l'état religieux, il le quitta encore, et reprit l'habit ecclésiastique sans en retrouver jamais l'esprit. Ses œuvres se composent de voyages et de romans, de traductions et d'études historiques. Ses romans ont eu une grande renommée littéraire; mais ils portent, hélas! trop souvent une grave atteinte à la morale même la moins exigeante.

L'EXEMPLE

(Extrait de la préface.)

On ne peut réfléchir sur les principes de la morale, sans être étonné de les voir à la fois estimés et négligés ; et l'on se demande la raison de cette bizarrerie du cœur humain, qui lui fait goûter des idées de bien et de perfection, dont il s'éloigne dans la pratique. Si les personnes d'un certain ordre d'esprit et de politesse veulent examiner quelle est la matière la plus commune de leurs conversations, ou même de leurs rêveries solitaires, il leur sera aisé de remarquer qu'elles tournent presque toujours sur quelques considérations morales.

Les plus doux momens de leur vie sont ceux qu'ils passent, ou seuls, ou avec un ami, à s'entretenir à cœur ouvert des charmes de la vertu, des douceurs de l'amitié, des moyens d'arriver au bonheur, des foiblesses de la nature qui nous en éloignent, et des remèdes qui peuvent les guérir. Horace et Boileau marquent cet entretien comme un des plus beaux traits, dont ils composent l'image d'une vie heureuse. Comment arrive-t-il donc qu'on tombe si facilement de ces hautes spéculations, et qu'on se retrouve sitôt au niveau du commun des hommes ? Je suis trompé, si la raison que je vais en apporter n'explique bien cette contradiction de nos idées et de notre conduite : c'est que tous les préceptes de la morale n'étant que des principes vagues et généraux, il est très-difficile d'en faire une application particulière au détail des mœurs et des actions. Mettons la chose dans un exemple. Les âmes bien nées sentent que la douceur et l'humanité sont des vertus aimables, et sont portées d'inclination à les pratiquer ; mais sont-elles au moment de l'exercice ? elles demeurent souvent suspendues. En est-ce réellement l'occasion ? Sait-on bien quelle en doit être la mesure ? Ne se trompe-t-on point sur l'objet ? Cent difficultés arrêtent. On craint de devenir dupe en voulant être bienfaisant et libéral ; de passer pour foible en paraissant trop tendre et trop sensible ; en un mot, d'excéder ou de ne pas remplir assez des devoirs qui sont renfermés d'une manière trop obscure dans les notions générales d'humanité et de douceur. Dans cette incertitude, il n'y a que l'expérience ou l'exemple qui puisse déterminer raisonnablement les penchans du cœur. Or l'expérience n'est point un avantage qu'il soit libre à tout le monde de se donner ; elle dépend des situations différentes où l'on se trouve placé par la fortune. Il ne reste donc que l'exemple qui puisse servir de règle à quantité de personnes, dans l'exercice de la vertu.

LIVRE IV. — 4ᴱ ÉPOQUE

(LE XVIIIᵉ SIÈCLE.)

CHAPITRE PREMIER

PEINTURE DE L'ÉPOQUE

Le XVIIIᵉ siècle, ardent surtout à innover et saisi d'enthousiasme au souvenir des miracles littéraires du siècle précédent, eut l'ambition de faire mieux ou aussi bien que ses maitres ; mais il ne tarda pas à se perdre dans l'exagération philosophique et dans une fécondité sans vigueur. « On trouve dans tous les genres, dit Drioux, un plus grand nombre d'écrivains ; et, comme la langue était formée, les auteurs du second ou du troisième ordre écrivaient généralement mieux que les auteurs inférieurs du siècle précédent. Mais il n'en est pas de même de ceux qui ont occupé le premier rang dans la littérature. On ne trouve aucun poëte qu'on puisse comparer à Racine, ni aucun prosateur qui égale Bossuet. En général, on compose d'une façon trop rapide et trop hâtée, et cet empressement nuit à la perfection du travail. Ainsi, dans la plupart des genres, la décadence est sensible. Voltaire excella dans la tragédie, sans égaler Racine et Corneille ; la comédie, au lieu de Molière et de Régnard, n'eut pour représentants que Destouches, Gresset et Piron ; à la Bruyère succéda, parmi les moralistes, Vauvenargues ; la philosophie, après avoir été honorée des grands noms de Descartes, Mallebranche, Bossuet et Fénelon, se vit réduite à Diderot, à Condillac et aux encyclopédistes ; l'oraison funèbre resta muette ; le P. Neuville, le P. Ségaud et l'abbé Poulle remplacèrent dans la chaire Bossuet, Fléchier, Bourdaloue et Massillon.

« Les sciences gagnèrent, à la vérité, ce que les œuvres d'art perdirent. Buffon ouvrit une route nouvelle en exposant avec tous les charmes de la littérature les faits d'histoire naturelle. D'Alembert tempéra également l'aridité des sciences exactes en exprimant leur méthode et leurs résultats sous une forme moins rude et moins bizarre. L'éloquence de la chaire faiblit, l'éloquence judiciaire se perfectionna. La révolution donna ensuite naissance à l'éloquence politique, qui s'éleva tout à coup à une hauteur que les anciens eux-mêmes n'ont sans doute jamais atteinte. L'esprit philosophique, qui était l'esprit général de ce siècle, ayant tout remis en question, la discussion fit jaillir sur beaucoup de points de grandes lumières. La foi en souffrit pour un temps, mais cette épreuve prépara son triomphe dans l'avenir. »

Ce jugement du XVIIIᵉ siècle nous paraît empreint d'une grande vérité. En effet, nous ne sommes plus arrêtés à chaque pas, comme au XVIIᵉ siècle, par l'admiration d'un nouveau génie, par l'étude de chefs-d'œuvre sublimes et variés; nous nous perdons dans la multiplicité des écrits : ce n'est plus la grandeur de l'ouvrage entier qui nous attache, nous ne trouvons à louer que des fragments et des passages. Deux hommes paraissent à eux seuls résumer toute l'éloquence; ils en ont l'esprit, et ils semblent avoir accaparé tout le génie, c'est Voltaire et Rousseau.

Voltaire a touché à tous les genres, sans en embrasser aucun. Son emportement d'universalité donne à son œuvre de l'étendue, mais il lui interdit la profondeur. Un poëte moderne a rendu, avec sévérité mais en critique honnête, pleine justice au représentant de ce siècle. « L'édifice que Voltaire a construit n'a rien d'auguste. Ce n'est pas le palais des rois, ce n'est pas l'hospice du pauvre. C'est un bazar élégant et vaste, irrégulier et commode, étalant dans la boue d'innombrables richesses; donnant à tous les intérêts, à toutes les vanités, à toutes les passions, ce qui leur convient; éblouissant et fétide; peuplé de vagabonds, de marchands et d'oisifs; peu fréquenté du prêtre et de l'indigent. Là, d'éclatantes galeries inondées incessamment d'une foule émerveillée; là, des antres secrets où nul ne se vante d'avoir pénétré. Vous trouverez sous ces arcades somptueuses mille chefs-d'œuvre de goût et d'art, tout reluisant d'or et de diamants; mais n'y cherchez pas la statue de bronze aux formes antiques et sévères... Malheur au faible qui n'a qu'une âme pour fortune, et qui l'expose aux séductions de ce magnifique repaire! Temple monstrueux où il y a des témoignages pour tout ce qui n'est pas la vérité, un culte pour tout ce qui n'est pas Dieu!... Nous regrettons, pour Voltaire comme pour les lettres, qu'il ait tourné contre le ciel cette puissance intellectuelle qu'il avait reçue du ciel. Nous gémissons sur ce beau génie qui n'a pas compris sa sublime mission, sur cet ingrat qui a profané la chasteté de la muse et la sainteté de la patrie, sur ce transfuge qui ne s'est pas souvenu que le trépied du poëte a sa place près de l'autel. Et sa faute même renfermait son châtiment.

Sa gloire est beaucoup moins grande qu'elle ne devrait l'être, parce qu'il a tenté toutes les gloires, même celle d'Érostrate. Il a défriché tous les champs ; on ne peut dire qu'il en ait cultivé un seul. Et, parce qu'il eut la coupable ambition d'y semer également les germes nourriciers et les germes vénéneux, ce sont, pour sa honte éternelle, les poisons qui ont le plus fructifié... S'il était possible de résumer l'idée multiple que présente l'existence littéraire de Voltaire, nous ne pourrions que la classer parmi ces prodiges que les Latins appelaient *monstra*. Voltaire, en effet, est un phénomène peut-être unique, qui ne pouvait naître qu'en France et au xviiie siècle. Il y a cette différence entre sa littérature et celle du grand siècle, que Corneille, Molière et Pascal appartiennent davantage à la société, Voltaire à la civilisation. On sent, en le lisant, qu'il est l'écrivain d'un âge énervé et affadi. Il a de l'agrément et point de grâce, du prestige et point de charme, de l'éclat et point de majesté. Il sait flatter et ne sait pas consoler. Il fascine et ne persuade pas. Excepté dans la tragédie, qui lui est propre, son talent manque de tendresse et de franchise. On sent que tout cela est le résultat d'une organisation, et non l'effet d'une inspiration ; et, quand un médecin athée vient vous dire que tout Voltaire était dans ses tendons et dans ses nerfs, vous frémissez qu'il n'ait raison. Au reste, comme un autre ambitieux qui rêvait la suprématie politique, c'est en vain que Voltaire a essayé la suprématie littéraire. Si Voltaire eût compris la véritable grandeur, il eût placé sa gloire dans l'unité plutôt que dans l'universalité. La force ne se révèle point par un déplacement perpétuel, par des métamorphoses infinies, mais bien par une majestueuse immobilité. La force, ce n'est pas Protée, c'est Jupiter. »

Rousseau, la seconde personnification de cette époque, est le représentant de l'orgueil comme Voltaire fut celui de la vanité. Il ne suit pas le mouvement, il prétend lui imprimer un essor tout nouveau. Il a vécu dans l'adversité, s'est approfondi lui-même dans l'isolement, a étudié l'homme, s'est complu dans sa colère, dans sa pauvreté, dans sa vengeance ; et il apporte par écrit l'expression de ses égoïstes méditations. Mais, parce qu'il a travaillé seul, il porte avec lui un caractère particulier de naïveté originale qui ressemble à une libre franchise. Cependant il ne faut pas s'y tromper : Rousseau, qui semble braver l'opinion et les idées reçues, qui veut paraître au-dessus des prétentions humaines et de la gloriole littéraire, sait bien comment il faut s'y prendre pour séduire le public et se l'attacher. Sa simplicité est une grande séduction ; sa bonhomie, une profondeur ; aussi, moins brillant que Voltaire, il est plus puissant sur l'opinion. On ne peut s'empêcher d'être ébloui par

Voltaire ; pour Rousseau, on éprouve nécessairement ou de la haine ou de l'enthousiasme. Bien plus, malgré les agitations de sa vie, et si occupé de lui-même qu'il ait été dans tous ses actes, les plus prévenus contre lui sont forcés presque de lui trouver l'éloquence du sentiment. Aussi Rousseau est-il l'écrivain qu'avec une apparence générale de raison, chacun a généreusement ou sévèrement jugé. La religion et la morale ne l'absoudront jamais, ni de ses entreprises contre les croyances respectables, ni de ses actes cyniques contrariant d'évangéliques doctrines.

Cependant le xviiiᵉ siècle ne se termine pas tout entier à ces deux hommes éminents. Une catastrophe foudroyante que la littérature n'a pas mission d'apprécier, et que tous deux ont amenée, enfante de nouvelles idées et une nouvelle littérature. La fin de ce siècle crée des chefs-d'œuvre dont la tournure antique ne se retrouve plus aujourd'hui, et dont le génie n'a rien à envier aux Démosthène, aux Tyrtée, aux Cicéron. « La révolution, dit Vinet, trouva à l'aurore de leur célébrité de grands talents dont elle s'empara pour les employer, les corrompre ou les briser ; d'autres passèrent inaperçus au milieu d'elle, attendant l'ordre et la paix. Déjà Fontanes avait révélé son talent si sage et si pur ; M.-J. Chénier, sa verve altière et républicaine ; déjà Mirabeau, le puissant orateur, s'était essayé contre la tyrannie. A côté de lui s'élevèrent des hommes diversement éloquents, presque tous fournis par le midi de la France à la tribune, puis à l'exil et à l'échafaud. D'autres destinées littéraires se préparaient en silence, et l'ouragan de la révolution, en déblayant le sol, préparait la place à une nouvelle littérature... La tribune jeta de beaux éclairs ; mais la poésie, qui s'alimente d'émotions plus pures, se montra plus indigente que jamais. Les agitations publiques sont moins fécondes en inspirations que leur souvenir ou leur écho ; quand l'ordre eut reparu, on s'aperçut bien qu'en dépit d'une apparente immobilité, le navire de l'esprit humain avait continué sa course ; que, pendant la nuit, il avait passé la ligne et qu'il voguait sous d'autres cieux. »

CHAPITRE II

POËTES ET MORCEAUX

Voltaire (F.-M. Arouet de). — Né en 1694, mort en 1778. Le jugement étendu que nous venons de donner sur Voltaire au chapitre précédent nous autorise à raconter seulement la vie et à

émumérer les œuvres de cet écrivain. Il fit des études brillantes
chez les jésuites; puis, placé chez un procureur par son père, son
amour pour les lettres le jeta au milieu des libres-penseurs de
cette époque, qui en firent sans doute avec leurs flatteries le trop
spirituel sceptique que nous connaissons. Prisonnier, libre, exilé,
fugitif, il sut grossir, au milieu de ces péripéties, sa renommée et
sa fortune : la seconde dans des combinaisons financières, alors
toutes nouvelles; la première avec des œuvres telles que *Brutus*,
Eriphyle, Zaïre, Adélaïde, le *Temple du goût, Charles XII*, etc.
Obligé de fuir encore à cause de la hardiesse de ses *Lettres an-
glaises*, il se vengea de son bannissement par la *Philosophie de
Newton, Alzire, Mahomet, Mérope*, le *Discours sur l'Homme*, etc.;
mais il salit la gloire qu'il avait acquise par un poëme odieux qui
jette la boue à notre héroïne de Vaucouleurs. Au retour d'un
voyage auprès de Frédéric II, rentré en grâce à la cour, Voltaire fut
reçu à l'Académie, lutta avec succès contre la gloire de Crébillon par les beautés de son *Oreste*, de sa *Sémiramis*, de sa *Rome
sauvée;* mais il perdit les faveurs du trône et retourna à Berlin
porter son orgueil et endurer celui du roi-poëte de la Prusse.

A cette vie agitée, si l'on ajoute vingt années de retraite à
Ferney, d'où il semblait gouverner la philosophie de son siècle
en y tenant le sceptre de l'impiété, l'on a toute la biographie de
Voltaire. Aux œuvres déjà mentionnées, il faut ajouter des *Comédies* qui ne se sont jamais élevées au-dessus du médiocre, les
Annales de l'Empire, les *Commentaires sur Corneille*, l'*Essai sur
les mœurs et l'esprit des nations*, l'*Histoire de la Russie*, l'*Histoire
du parlement*, des *Contes*, des *Épigrammes*, des poésies légères de
tout genre, *Tancrède*, l'*Orphelin de la Chine, Irène* et d'autres productions dramatiques. Enfin le bagage littéraire et philosophique
de Voltaire se grossit d'une correspondance spirituelle, volumi-
neuse, mais déplorable et impie, et enfin de ses œuvres antireligieuses, que nous avons déjà suffisamment appréciées.

LE MEURTRE DE COLIGNY
(*La Henriade.*)

Le signal est donné sans tumulte et sans bruit :
C'était à la faveur des ombres de la nuit.
De ce mois malheureux l'inégale courrière
Semblait cacher d'effroi la tremblante lumière.
Coligny languissait dans les bras du repos,
Et le sommeil trompeur lui versait ses pavots.
Soudain de mille cris le bruit épouvantable
Vient arracher ses sens à ce calme agréable :
Il se lève, il regarde, il voit de tous côtés
Courir des assassins à pas précipités;

Il voit briller partout des flambeaux et des armes,
Son palais embrasé, tout un peuple en alarmes,
Ses serviteurs sanglants dans la flamme étouffés,
Les meurtriers en foule au carnage échauffés,
Criant à haute voix : « Qu'on n'épargne personne !
C'est Dieu, c'est Médicis, c'est le roi qui l'ordonne ! »
Il entend retentir le nom de Coligny ;
Il aperçoit de loin le jeune Téligny,
Téligny dont l'amour a mérité sa fille,
L'espoir de son parti, l'espoir de sa famille,
Qui, sanglant, déchiré, traîné par des soldats,
Lui demandait vengeance, et lui tendait les bras.
Le héros malheureux, sans armes, sans défense,
Voyant qu'il faut périr, et périr sans vengeance,
Voulait mourir du moins comme il avait vécu,
Avec toute sa gloire et toute sa vertu.
Déjà des assassins la nombreuse cohorte
Du salon qui l'enferme allait briser la porte ;
Il leur ouvre lui-même, et se montre à leurs yeux
Avec cet œil serein, ce front majestueux,
Tel que dans les combats, maître de son courage,
Tranquille, il arrêtait ou pressait le carnage.
A cet air vénérable, à cet auguste aspect,
Les meurtriers surpris sont saisis de respect ;
Une force inconnue a suspendu leur rage.
« Compagnons, leur dit-il, achevez votre ouvrage,
Et de mon sang glacé souillez ces cheveux blancs
Que le sort des combats respecta quarante ans ;
Frappez, ne craignez rien : Coligny vous pardonne,
Ma vie est peu de chose, et je vous l'abandonne ;
J'eusse aimé mieux la perdre en combattant pour vous. »
Ces tigres, à ces mots, tombent à ses genoux :
L'un, saisi d'épouvante, abandonne ses armes ;
L'autre embrasse ses pieds, qu'il arrose de larmes ;
Et de ses assassins ce grand homme entouré,
Semblait un roi puissant par son peuple adoré.
Besme, qui dans la cour attendait sa victime,
Monte, accourt, indigné qu'on diffère son crime ;
Des assassins trop lents il veut hâter les coups :
Aux pieds de ce héros il les voit trembler tous.
A cet objet touchant lui seul est inflexible ;
Lui seul, à la pitié toujours inaccessible,
Aurait cru faire un crime et trahir Médicis,
Si du moindre remords il se sentait surpris.
A travers les soldats, il court d'un pas rapide :
Coligny l'attendait d'un visage intrépide,
Et bientôt dans le flanc ce monstre furieux
Lui plonge son épée en détournant les yeux,
De peur que d'un coup d'œil cet auguste visage
Ne fît trembler son bras et glaçât son courage.
Du plus grand des Français tel fut le triste sort ;
On l'insulte, on l'outrage encore après sa mort.
Son corps, percé de coups, privé de sépulture,
Des oiseaux dévorants fut l'indigne pâture ;
Et l'on porta sa tête aux pieds de Médicis,

Conquête digne d'elle et digne de son fils.
Médicis la reçut avec indifférence,
Sans paraître jouir du fruit de sa vengeance,
Sans remords, sans plaisir, maîtresse de ses sens,
Et comme accoutumée à de pareils présents.

COMBAT DE TURENNE ET D'AUMALE

(*La Henriade.*)

Mais la trompette sonne. Ils s'élancent tous deux ;
Ils commencent enfin ce combat dangereux.
Tout ce qu'ont pu jamais la valeur et l'adresse,
L'ardeur, la fermeté, la force, la souplesse,
Parut des deux côtés en ce choc éclatant.
Cent coups étaient portés et parés à l'instant.
Tantôt avec fureur l'un deux se précipite ;
L'autre d'un pas léger se détourne et l'évite :
Tantôt plus rapprochés ils semblent se saisir.
Leur péril renaissant donne un affreux plaisir ;
On se plaît à les voir s'observer et se craindre,
Avancer, s'arrêter, se mesurer, s'atteindre ;
Le fer étincelant, avec art détourné,
Par de feints mouvements trompe l'œil étonné :
Telle on voit du soleil la lumière éclatante
Briser ses traits de feu dans l'onde transparente,
Et, se rompant encor par des chemins divers,
De ce cristal mouvant repasser dans les airs.
Le spectateur surpris, et ne pouvant le croire,
Voyait à tout moment leur chute et leur victoire.
D'Aumale est plus ardent, plus fort, plus furieux :
Turenne est plus adroit et moins impétueux ;
Maître de tous ses sens, animé sans colère,
Il fatigue à loisir son terrible adversaire.
D'Aumale en vains efforts consume sa vigueur :
Bientôt son bras lassé ne sert plus sa valeur.
Turenne, qui l'observe, aperçoit sa faiblesse ;
Il se ranime alors, il le pousse, il le presse,
Enfin d'un coup mortel il lui perce le flanc.
D'Aumale est renversé dans les flots de son sang :
Il tombe, et de l'enfer tous les monstres frémirent ;
Ces lugubres accents dans les airs s'entendirent :
« De la Ligue à jamais le trône est renversé ;
Tu l'emportes, Bourbon ! notre règne est passé. »
Tout le peuple y répond par un cri lamentable.
D'Aumale, sans vigueur, étendu sur le sable,
Menace encor Turenne, et le menace en vain :
Sa redoutable épée échappe de sa main.
Il veut parler ; sa voix expire dans sa bouche.
L'horreur d'être vaincu rend son air plus farouche.
Il se lève, il retombe, il ouvre un œil mourant,
Il regarde Paris, et meurt en soupirant.
Tu le vis expirer, infortuné Mayenne ;
Tu le vis, tu frémis, et ta chute prochaine
Dans ce moment affreux s'offrit à tes esprits.

LA FAMINE

(*La Henriade.*)

Mais, lorsqu'enfin les eaux de la Seine captive
Cessèrent d'apporter dans ce vaste séjour
L'ordinaire tribut des moissons d'alentour ;
Quand on vit dans Paris la Faim pâle et cruelle,
Montrant déjà la Mort qui marchait après elle,
Alors on entendit des hurlements affreux :
Ce superbe Paris fut plein de malheureux,
De qui la main tremblante et la voix affaiblie
Demandaient vainement le soutien de leur vie.
Bientôt le riche même, après de vains efforts,
Éprouva la famine au milieu des trésors.

Ce n'étaient plus ces jeux, ces festins et ces fêtes,
Où de myrte et de rose ils couronnaient leurs têtes,
Où parmi les plaisirs toujours trop peu goûtés,
Les vins les plus parfaits, les mets les plus vantés,
Sous des lambris dorés qu'habite la mollesse,
De leur goût dédaigneux irritaient la paresse.
On vit avec effroi tous ces voluptueux,
Pâles, défigurés, et la mort dans les yeux,
Périssant de misère au sein de l'opulence,
Détester de leurs biens l'inutile abondance.
Le vieillard, dont la faim va terminer les jours,
Voit son fils au berceau qui périt sans secours.
Ici meurt dans la rage une famille entière.
Plus loin, des malheureux, couchés sur la poussière,
Se disputaient encore, à leurs derniers moments,
Les restes odieux des plus vils aliments.
Ces spectres affamés, outrageant la nature,
Vont au sein des tombeaux chercher leur nourriture.
Des morts épouvantés les ossements poudreux,
Ainsi qu'un pur froment, sont préparés par eux.
Que n'osent point tenter les extrêmes misères !
On les voit se nourrir des cendres de leurs pères ;
Ce détestable mets avança leur trépas,
Et ce repas pour eux fut le dernier repas.
Trop heureux, en effet, d'abandonner la vie !

D'un ramas d'étrangers la ville était remplie ;
Tigres que nos aïeux nourrissaient dans leur sein,
Plus cruels que la mort, et la guerre et la faim.
Les uns étaient venus des campagnes belgiques ;
Les autres, des rochers et des monts helvétiques ;
Barbares dont la guerre est l'unique métier,
Et qui vendent leur sang à qui veut le payer.
De ces nouveaux tyrans les avides cohortes
Assiégent les maisons, en enfoncent les portes,
Aux hôtes effrayés présentent mille morts,
Non pour leur arracher d'inutiles trésors ;
Non pour aller ravir d'une main adultère
Une fille éplorée à sa tremblante mère :

De la cruelle faim le besoin consumant
Fait expirer en eux tout autre sentiment ;
Et d'un peu d'aliment la découverte heureuse
Était l'unique but de leur recherche affreuse.
Il n'est point de tourment, de supplice et d'horreur,
Que, pour en découvrir, n'inventât leur fureur.

Une femme (grand Dieu! faut-il à la mémoire
Conserver le récit de cette horrible histoire?);
Une femme avait vu par ces cœurs inhumains
Un reste d'aliment arraché de ses mains.
Des biens que lui ravit la fortune cruelle,
Un enfant lui restait, près de périr comme elle :
Furieuse, elle approche, avec un coutelas,
De ce fils innocent qui lui tendait les bras ;
Son enfance, sa voix, sa misère et ses charmes,
A sa mère en fureur arrachent mille larmes :
Elle tourne sur lui son visage effrayé,
Plein d'amour, de regret, de rage, de pitié ;
Trois fois le fer échappe à sa main défaillante :
La rage enfin l'emporte ; et, d'une voix tremblante,
Détestant son hymen et sa fécondité :
« Cher et malheureux fils que mes flancs ont porté,
Dit-elle, c'est en vain que tu reçus la vie;
Les tyrans ou la faim l'auraient bientôt ravie.
Et pourquoi vivrais-tu? pour aller dans Paris,
Errant et malheureux, pleurer sur ses débris?
Meurs avant de sentir mes maux et ta misère;
Rends-moi le jour, le sang que t'a donné ta mère :
Que mon sein malheureux te serve de tombeau,
Et que Paris du moins voie un crime nouveau! »
En achevant ces mots, furieuse, égarée,
Dans les flancs de son fils sa main désespérée
Enfonce, en frémissant, le parricide acier;
Porte le corps sanglant auprès de son foyer,
Et d'un bras que poussait sa main impitoyable,
Prépare avidement ce repas effroyable.

Attirés par la faim, les farouches soldats (1)
Dans ces coupables lieux reviennent sur leurs pas :
Leur transport est semblable à la cruelle joie
Des ours et des lions qui fondent sur leur proie :
A l'envi l'un de l'autre ils courent en fureur;
Ils enfoncent la porte. O surprise! ô terreur!
Près d'un corps tout sanglant à leurs yeux se présente
Une femme égarée, et de sang dégouttante.
« Oui, c'est mon propre fils; oui, monstres inhumains!
C'est vous qui dans son sang avez trempé mes mains;
Que la mère et le fils vous servent de pâture :
Craignez-vous plus que moi d'outrager la nature?
Quelle horreur, à mes yeux, semble vous glacer tous?
Tigres, de tels festins sont préparés pour vous. »

(1) Il y a ici une imitation évidente du pathétique récit de Josèphe, que nous avons traduit dans le premier volume.

Ce discours insensé, que sa rage prononce,
Est suivi d'un poignard qu'en son sein elle enfonce.
De crainte, à ce spectacle, et d'horreur agités,
Ces monstres confondus courent épouvantés.
Ils n'osent regarder cette maison funeste :
Ils pensent voir tomber sur eux le feu céleste ;
Et le peuple, effrayé de l'horreur de son sort,
Levait les mains au ciel et demandait la mort.

LA VENGEANCE D'ÉGISTHE

(*Mérope.*)

La victime était prête, et de fleurs couronnée ;
L'autel étincelait des flambeaux d'hyménée ;
Polyphonte, l'œil fixe, et d'un front inhumain,
Présentait à Mérope une odieuse main ;
Le prêtre prononçait les paroles sacrées ;
Et la reine, au milieu des femmes éplorées,
S'avançant tristement, tremblante entre mes bras,
Au lieu de l'hyménée, invoquait le trépas.
Le peuple observait tout dans un profond silence.
Dans l'enceinte sacrée en ce moment s'avance
Un jeune homme, un héros, semblable aux immortels ;
Il court. C'était Égisthe : il s'élance aux autels ;
Il monte, il y saisit, d'une main assurée,
Pour les fêtes des dieux la hache préparée.
Les éclairs sont moins prompts ; je l'ai vu de mes yeux,
Je l'ai vu qui frappait ce monstre audacieux.
« Meurs, tyran, disait-il. Dieux, prenez vos victimes ! »
Erox, qui de son maître a servi tous les crimes,
Erox, qui dans son sang voit ce monstre nager,
Lève une main hardie, et pense le venger.
Égisthe se retourne, enflammé de furie,
A côté de son maître il le jette sans vie.
Le tyran se relève et blesse le héros ;
De leur sang confondu j'ai vu couler les flots.

Déjà sa garde accourt avec des cris de rage.
Sa mère... Ah ! que l'amour inspire de courage !
Quel transport animait ses efforts et ses pas !
Sa mère... Elle s'élance au milieu des soldats.
« C'est mon fils ! arrêtez ; cessez, troupe inhumaine !
C'est mon fils ! déchirez sa mère et votre reine,
Ce sein qui l'a nourri, ces flancs qui l'ont porté ! »
A ces cris douloureux, le peuple est agité.
Un gros de nos amis, que son danger excite,
Entre elle et ses soldats vole et se précipite.
Vous eussiez vu soudain les autels renversés,
Dans des ruisseaux de sang leurs débris dispersés ;
Les enfants écrasés dans les bras de leurs mères,
Les frères, méconnus, immolés par leurs frères ;
Soldats, prêtres, amis, l'un sur l'autre expirants :
On marche, on est porté sur les corps des mourants ;
On veut fuir, on revient ; et la foule pressée
D'un bout du temple à l'autre est vingt fois repoussée.

De ces flots confondus le flux impétueux
Roule, et dérobe Égisthe et la reine à mes yeux.

Parmi les combattants je vole ensanglantée :
J'interroge à grands cris la foule épouvantée.
Tout ce qu'on me répond redouble mon horreur.
On s'écrie : « Il est mort, il tombe, il est vainqueur! »
Je cours, je me consume, et le peuple m'entraîne,
Me jette en ce palais, éplorée, incertaine,
Au milieu des mourants, des morts et des débris.
Venez, suivez mes pas, joignez-vous à mes cris.
Venez : j'ignore encor si la reine est sauvée,
Si de son digne fils la vie est conservée,
Si le tyran n'est plus. Le trouble, la terreur,
Tout ce désordre horrible est encor dans mon cœur.

L'ENVIE

(*La Henriade.*)

Là gît la sombre Envie, à l'œil timide et louche,
Versant sur des lauriers les poisons de sa bouche.
Le jour blesse ses yeux dans l'ombre étincelants :
Triste amante des morts, elle hait les vivants.
Elle aperçoit Henri, se détourne et soupire.
Auprès d'elle est l'Orgueil, qui se plaît et s'admire ;
La Faiblesse au teint pâle, aux regards abattus,
Tyran qui cède au crime, et détruit les vertus ;
L'Ambition sanglante, inquiète, égarée,
De trônes, de tombeaux, d'esclaves entourée ;
La tendre Hypocrisie, aux yeux pleins de douceur,
Le ciel est dans ses yeux, l'enfer est dans son cœur ;
Le Faux Zèle, étalant ses barbares maximes,
Et l'Intérêt enfin, père de tous les crimes.

DIEU

Consulte Zoroastre, et Minos, et Solon,
Et le sage Socrate, et le grand Cicéron ;
Ils ont adoré tous un maître, un juge, un père :
Ce système sublime à l'homme est nécessaire ;
C'est le sacré lien de la société,
Le premier fondement de la sainte équité,
Le frein du scélérat, l'espérance du juste.
Si les cieux, dépouillés de leur empreinte auguste,
Pouvaient cesser jamais de la manifester ;
Si Dieu n'existait pas, il faudrait l'inventer.
Que le sage l'annonce, et que les grands le craignent.
Rois, si vous m'opprimez, si vos grandeurs dédaignent
Les pleurs de l'innocent que vous faites couler,
Mon vengeur est au ciel : apprenez à trembler...
Au milieu des clartés d'un feu pur et durable
Dieu mit avant les temps son trône inébranlable.
Le ciel est sous ses pieds ; de mille astres divers
Le cours toujours réglé l'annonce à l'univers.
La puissance, l'amour avec l'intelligence,

Unis et divisés, composent son essence.
Ses saints, dans les douceurs d'une éternelle paix,
D'un torrent de plaisirs enivrés à jamais,
Pénétrés de sa gloire, et remplis de lui-même,
Adorent à l'envi sa majesté suprême.
Devant lui sont ces dieux, ces brûlants séraphins,
A qui de l'univers il commet les destins.
Il parle, et de la terre ils vont changer la face,
Des puissances du siècle ils retranchent la race,
Tandis que les humains, vils jouets de l'erreur,
Des conseils éternels accusent la lenteur.

AIDONS·NOUS

Dans nos jours passagers de peines, de misères,
Enfants d'un même Dieu, vivons du moins en frères;
Aidons-nous l'un et l'autre à porter nos fardeaux;
Nous marchons tous courbés sous le poids de nos maux;
Mille ennemis cruels assiègent notre vie,
Toujours par nous maudite, et toujours si chérie.
Quelquefois, dans nos jours consacrés aux douleurs,
Par la main du plaisir nous essuyons nos pleurs;
Mais le plaisir s'envole, et passe comme une ombre:
Nos chagrins, nos regrets, nos pertes sont sans nombre.
Notre cœur égaré, sans guide et sans appui,
Est brûlé de désirs, ou glacé par l'ennui.
Nul de nous n'a vécu sans connaître les larmes.
De la société les secourables charmes
Consolent nos douleurs au moins quelques instants;
Remède encor trop faible à des maux si constants.
Ah! n'emprisonnons pas la douceur qui nous reste.
Je crois voir des forçats, dans leur cachot funeste,
Se pouvant secourir, l'un sur l'autre acharnés,
Combattre avec les fers dont ils sont enchaînés.

FUREURS D'ORESTE

. . . . O terre! entr'ouvre-toi;
Clytemnestre, Tantale, Atrée, attendez-moi.
Je vous suis aux enfers, éternelles victimes;
Je dispute avec vous de tourments et de crimes.

. . . .
Mais non, ce n'est pas moi; non, ce n'est pas Oreste;
Un pouvoir effroyable a seul conduit mes coups.
Exécrable instrument d'un éternel courroux,
Banni de mon pays par le meurtre d'un père,
Banni du monde entier par celui de ma mère;
Patrie, États, parents, que je remplis d'effroi,
Innocence, amitié, tout est perdu pour moi!

Soleil qu'épouvanta cette affreuse contrée,
Soleil, qui reculas pour le festin d'Atrée,
Tu luis encor pour moi, tu luis pour ces climats!
Dans l'éternelle nuit tu ne nous plonges pas!

Dieux, tyrans éternels, puissance impitoyable !
Dieux, qui me punissez, qui m'avez fait coupable,
Hé bien! quel est l'exil que vous me destinez?
Quel est le nouveau crime où vous me condamnez?
Parlez... Vous prononcez le nom de la Tauride !
J'y cours ; j'y vais trouver la prêtresse homicide,
Qui n'offre que du sang à des dieux en courroux,
A des dieux moins cruels, moins barbares que vous !

LUSIGNAN A SA FILLE

(*Zaïre.*)

Mon Dieu, j'ai combattu soixante ans pour ta gloire ;
J'ai vu tomber ton temple et périr ta mémoire ;
Dans un cachot affreux abandonné vingt ans,
Mes larmes t'imploraient pour mes tristes enfants ;
Et, lorsque ma famille est par toi réunie,
Quand je trouve ma fille, elle est ton ennemie !
Je suis bien malheureux !... C'est ton père, c'est moi,
C'est ma seule prison qui t'a ravi ta foi !

Ma fille, tendre objet de mes dernières peines,
Songe au moins, songe au sang qui coule dans tes veines ;
C'est le sang de vingt rois, tous chrétiens comme moi,
C'est le sang des martyrs, ô fille encor trop chère !
Connais-tu ton destin? sais-tu quelle est ta mère?
Sais-tu bien qu'à l'instant que son flanc mit au jour
Ce triste et dernier fruit d'un malheureux amour,
Je la vis massacrer par la main forcenée,
Par la main des brigands à qui tu t'es donnée ?
Tes frères, ces martyrs égorgés sous mes yeux,
T'ouvrent leurs bras sanglants tendus du haut des cieux.

Ton Dieu que tu trahis, ton Dieu que tu blasphèmes,
Pour toi, pour l'univers est mort en ces lieux mêmes ;
En ces lieux où mon bras le servit tant de fois,
En ces lieux où son sang te parle par ma voix.
Vois ces murs, vois ce temple envahi par tes maîtres,
Tout annonce le Dieu qu'ont vengé tes ancêtres.
Tourne les yeux... sa tombe est près de ce palais :
C'est ici la montagne, où, lavant nos forfaits,
Il voulut expirer sous les coups de l'impie ;
C'est là que de la tombe il rappela sa vie.
Tu ne saurais marcher dans cet auguste lieu,
Tu n'y peux faire un pas sans y trouver ton Dieu ;
Et tu n'y peux rester sans renier ton père,
Ton honneur qui te parle et ton Dieu qui l'éclaire.
Je te vois dans mes bras et pleurer et frémir ;
Sur ton front pâlissant Dieu met le repentir ;
Je vois la vérité dans ton cœur descendue ;
Je retrouve ma fille après l'avoir perdue ;
Et je reprends ma gloire et ma félicité,
En dérobant mon sang à l'infidélité.

LES PROJETS DE MAHOMET

(Mahomet.)

Si j'avais à répondre à d'autres qu'à Zopire,
Je ne ferais parler que le Dieu qui m'inspire ;
Le glaive et l'Alcoran, dans mes sanglantes mains,
Imposeraient silence au reste des humains :
Ma voix ferait sur eux les effets du tonnerre,
Et je verrais leurs fronts attachés à la terre.
Mais je te parle en homme ; et, sans rien déguiser,
Je me sens assez grand pour ne pas t'abuser.

Vois quel est Mahomet ; nous sommes seuls, écoute :
Je suis ambitieux ; tout homme l'est, sans doute ;
Mais jamais roi, pontife, ou chef, ou citoyen,
Ne conçut un projet aussi grand que le mien.
Chaque peuple, à son tour, a brillé sur la terre,
Par les lois, par les arts, et surtout par la guerre.
Le temps de l'Arabie est à la fin venu.
Ce peuple généreux, trop longtemps inconnu,
Laissait dans ses déserts ensevelir sa gloire ;
Voici les jours nouveaux marqués pour la victoire.
Vois, du nord au midi, l'univers désolé ;
La Perse encor sanglante, et son trône ébranlé,
L'Inde esclave et timide, et l'Égypte abaissée,
Des murs de Constantin la splendeur éclipsée ;
Vois l'empire romain tombant de toutes parts,
Ce grand corps déchiré, dont les membres épars
Languissent dispersés sans honneur et sans vie :
Sur ces débris du monde élevons l'Arabie.

Il faut un nouveau culte, il faut de nouveaux fers,
Il faut un nouveau dieu pour l'aveugle univers.
En Égypte Osiris, Zoroastre en Asie,
Chez les Crétois Minos, Numa dans l'Italie,
A des peuples sans mœurs, et sans culte et sans roi,
Donnèrent aisément d'insuffisantes lois.
Je viens, après mille ans, changer ces lois grossières ;
J'apporte un joug plus noble aux nations entières,
J'abolis les faux dieux, et mon culte épuré
De ma grandeur naissante est le premier degré.
Ne me reproche point de tromper ma patrie ;
Je détruis sa faiblesse et son idolâtrie.
Sous un roi, sous un dieu, je viens la réunir ;
Et, pour la rendre illustre, il la faut asservir.

ÉPIGRAMMES

L'ABBÉ TRUBLET.

L'abbé Trublet avait alors la rage
D'être à Paris un petit personnage.
Au peu d'esprit que le bonhomme avait,
L'esprit d'autrui, par supplément, servait !
Il entassait adage sur adage ;

Il compilait, compilait, compilait,
On le voyait sans cesse écrire, écrire,
Ce qu'il avait jadis entendu dire ;
Il nous lassait sans jamais se lasser.

CONTRE LES SONNEURS.

Persécuteurs du genre humain,   Que n'avez-vous au cou la corde
Qui sonnez sans miséricorde,   Que vous tenez dans votre main ?

POMPIGNAN (J.-J. Lefranc, marquis de). — Né en 1709, mort
en 1784. Après avoir rendu des services à son pays comme magistrat, il offrit son hommage aux Muses ; en restant fidèle à ses principes religieux, il encourut les railleries des philosophes et surtout
celles de Voltaire. Outre la tragédie de *Didon*, il composa des
poésies sacrées. On cite de lui une strophe sublime dans l'*Éloge
de Rousseau*. « Je ne connais pas, a dit la Harpe, une plus grande
idée rendue par une plus grande image, ni de vers d'une harmonie plus imposante. »

ODE SUR LA MORT DE ROUSSEAU

Quand le premier chantre du monde
Expira sur les bords glacés,
Où l'Ebre effrayé dans son onde
Reçut ses membres dispersés :
Le Thrace, errant sur les montagnes,
Remplit les bois et les campagnes
Du cri perçant de ses douleurs ;
Les champs de l'air en retentirent,
Et dans les antres qui gémirent,
Le lion répandit des pleurs.

La France a perdu son Orphée...
Muses, dans ce moment de deuil,
Elevez le pompeux trophée
Que vous demande son cercueil.
Laissez, par de nouveaux prodiges,
D'éclatants et dignes vestiges,
D'un jour marqué par vos regrets :
Ainsi le tombeau de Virgile
Est couvert du laurier fertile
Qui par vos soins ne meurt jamais.

D'une brillante et triste vie
Rousseau quitte aujourd'hui les fers ;
Et, loin du ciel de sa patrie,
La mort termine ses revers.
D'où ses maux prirent-ils leur source ?
Quelles épines, dans sa course,
Etouffaient les fleurs sous ses pas !
Quels ennuis ! quelle vie errante !
Et quelle foule renaissante
D'adversaires et de combats !

Du sein des ombres éternelles
S'élevant au trône des dieux,
L'Envie offusque de ses ailes
Tout éclat qui frappe ses yeux.
Quel ministre, quel capitaine,
Quel monarque vaincra sa haine,
Et les injustices du sort ?
Le temps à peine les consomme ;
Et, quoi que fasse le grand homme,
Il n'est grand homme qu'à sa mort.

Oui, la mort seule nous délivre
Des ennemis de nos vertus ;
Et notre gloire ne peut vivre
Que lorsque nous ne vivrons plus.
Le chantre d'Ulysse et d'Achille,
Sans protecteur et sans asile,
Fut oublié jusqu'au tombeau.
Il expire : le charme cesse,
Et tous les peuples de la Grèce,
Entre eux disputent son berceau.

Le Nil a vu sur ses rivages
Les noirs habitants des déserts
Insulter, par leurs cris sauvages,
L'astre éclatant de l'univers.
Cris impuissants, fureurs bizarres !
Tandis que ces monstres barbares
Poussaient d'insolentes clameurs,
Le dieu, poursuivant sa carrière,
Versait des torrents de lumière
Sur ses obscurs blasphémateurs.

EXTRAIT DU PSAUME CIII

Inspire-moi de saints cantiques ;
Mon âme, bénis le Seigneur ;
Quels concerts assez magnifiques,
Quels hymnes lui rendront honneur?
L'éclat pompeux de ses ouvrages,

Depuis la naissance des âges,
Fait l'étonnement des mortels.
Les feux célestes le couronnent,
Et les flammes qui l'environnent
Sont ses vêtements éternels.

Ainsi qu'un pavillon tissu d'or et de soie,
Le vaste azur des cieux sous sa main se déploie.
Il peuple leurs déserts d'astres étincelants.
Les eaux autour de lui demeurent suspendues ;
Il foule aux pieds les nues
Et marche sur les vents...

Le souverain de la nature
A prévenu tous nos besoins ;
Et la plus faible créature
Est l'objet de ses tendres soins.
Il verse également la sève,

Et dans le chêne qui s'élève,
Et dans les humbles arbrisseaux :
Du cèdre voisin de la nue,
La cime orgueilleuse et touffue
Sert de base aux nids des oiseaux.

Le daim léger, le cerf et le chevreuil agile
S'ouvrent sur les rochers une route facile.
Pour eux seuls de ces bois Dieu forma l'épaisseur,
Et les trous tortueux de ce gravier aride,
Pour l'animal timide
Qui nourrit le chasseur.

Le globe éclatant qui dans l'ombre
Roule au sein des cieux étoilés,
Brilla pour nous marquer le nombre
Des ans, des mois renouvelés.
L'astre du jour, dès sa naissance,

Se place dans le cercle immense
Que Dieu lui-même avait décrit ;
Fidèle aux lois de sa carrière,
Il retire et rend la lumière
Dans l'ordre qui lui fut prescrit.

EXTRAIT DE L'HYMNE DES MORTS

O jour de colère !
Terribles moments !
O jour de misère,
De pleurs, de tourments !

La foudre dévore
La terre et le ciel.
Nous voyons éclore
L'effroyable aurore
Du jour éternel.

Vengeur de nos crimes,
Où fuir? où cacher
Les tristes victimes
Qu'au fond des abîmes
Ta main va chercher?

O jour de colère !
Terribles moments !
O jour de misère,
De pleurs, de tourments !

GRESSET (J.-B. Louis). — Né en 1709, mort en 1779. Il fut élevé par les jésuites et destiné par eux au professorat, que ses goûts mondains lui firent bientôt dédaigner et enfin abandonner. Il composa des tragédies peu estimées, quelques bonnes comédies dont la meilleure est le *Méchant*, et des poésies légères, pleines de verve et d'esprit, telles que la *Chartreuse* et *Vert-Vert*. Il fut académicien.

LE MÉCHANT

ARISTE.

L'orateur des foyers et des mauvais propos!
Quels titres sont les siens? L'insolence, et des mots;
Les applaudissements, le respect idolâtre
D'un essaim d'étourdis, chenilles de théâtre,
Et qui, venant toujours grossir le tribunal
Du bavard imposant qui dit le plus de mal,
Vont semer, d'après lui, l'ignoble parodie
Sur les fruits du talent et les dons du génie.
Cette audace d'ailleurs, cette présomption,
Qui prétend tout ranger à sa décision,
Est d'un fat ignorant la marque la plus sûre.
L'homme éclairé suspend l'éloge et la censure,
Il sait que sur les arts, les esprits et les goûts,
Le jugement d'un seul n'est pas la loi de tous;
Qu'attendre est pour juger la règle la meilleure,
Et que l'arrêt public est le seul qui demeure.
J'ai rencontré souvent de ces gens à bons mots,
De ces hommes charmants qui n'étaient que des sots.
Malgré tous les efforts de leur petite envie,
Une froide épigramme, une bouffonnerie,
A ce qui vaut mieux qu'eux n'ôtera jamais rien;
Et, malgré les plaisants, le bien est toujours bien.
J'ai vu d'autres méchants, d'un grave caractère,
Gens laconiques, froids, à qui rien ne peut plaire;
Examinez-les bien : un ton sentencieux
Cache leur nullité sous un air dédaigneux.

VALÈRE.

Lui refuseriez-vous l'esprit? J'ai peine à croire...

ARISTE.

Mais à l'esprit méchant je ne vois point de gloire.
Si vous saviez combien cet esprit est aisé!
Combien il en faut peu! comme il est méprisé!
Le plus stupide obtient la même réussite.
Et pourquoi tant de gens ont-ils ce plat mérite,
Stérilité de l'âme, et de ce naturel
Agréable, amusant, sans bassesse et sans fiel?
On dit l'esprit commun; par son succès bizarre,
La méchanceté prouve à quel point il est rare :
Ami du bien, de l'ordre et de l'humanité,
Le véritable esprit marche avec la bonté.
Cléon n'offre à nos yeux qu'une fausse lumière :
La réputation des mœurs est la première;
Sans elle, croyez-moi, tout succès est trompeur :
Mon estime toujours commence par le cœur;
Sans lui, l'esprit n'est rien; et, malgré vos maximes,
Il produit seulement des erreurs et des crimes...

Que dans ses procédés l'homme est inconséquent !
On recherche un esprit dont on hait le talent ;
On applaudit aux traits du méchant qu'on abhorre,
Et, loin de le proscrire, on l'encourage encore.
Mais convenez aussi qu'avec ce mauvais ton,
Tous ces gens, dont il est l'oracle ou le bouffon,
Craignent pour eux le sort des absents qu'il leur livre,
Et que tous avec lui seraient fâchés de vivre ;
On le voit une fois : il peut être applaudi,
Mais quelqu'un voudrait-il en faire son ami

VALÈRE.

On le craint, c'est beaucoup.

ARISTE.

Mérite pitoyable !
Pour les esprits sensés est-il donc redoutable ?
C'est ordinairement à de faibles rivaux
Qu'il adresse les traits de ses mauvais propos.
Quel honneur trouvez-vous à poursuivre, à confondre,
A désoler quelqu'un qui ne peut vous répondre ?
Ce triomphe honteux de la méchanceté
Réunit la bassesse et l'inhumanité.
Quand sur l'esprit d'un autre on a quelque avantage,
N'est-il pas plus flatteur d'en mériter l'hommage,
De voiler, d'enhardir la faiblesse d'autrui,
Et d'en être à la fois et l'amour et l'appui ?
Vous le croyez heureux ? quelle âme méprisable ?
Si c'est là son bonheur, c'est être misérable.
Étranger au milieu de la société,
Et partout fugitif, et partout rejeté,
Vous connaîtrez bientôt par votre expérience,
Que le bonheur du cœur est dans la confiance.
Un commerce de suite avec les mêmes gens,
L'union des plaisirs, des goûts, des sentiments ;
Une société peu nombreuse et qui s'aime,
Où vous pensez tout haut, où vous êtes vous-même,
Sans lendemain, sans crainte et sans malignité,
Dans le sein de la paix et de la sûreté ;
Voilà le seul bonheur honorable et paisible
D'un esprit raisonnable et d'un cœur né sensible.
Sans amis, sans repos, suspect et dangereux,
L'homme frivole et vague est déjà malheureux.
Mais jugez avec moi combien l'est davantage
Un méchant affiché dont on craint le passage,
Qui, traînant avec lui les rapports, les horreurs,
L'esprit de fausseté, l'art affreux des noirceurs,
Abhorré, méprisé, couvert d'ignominie,
Chez les honnêtes gens demeure sans patrie ;
Voilà le vrai proscrit, et vous le connaissez.

. . . .
S'amuser, dites-vous ! quelle erreur est la vôtre !
Quoi ! vendre tour à tour, immoler l'une à l'autre
Chaque société, diviser les esprits,
Aigrir les gens brouillés, ou brouiller des amis,

23

Calomnier, flétrir les femmes estimables,
Faire du mal d'autrui ses plaisirs détestables,
Ce germe d'infamie et de perversité,
Est-il dans la même âme avec la probité ?
Tout le monde est méchant ! Oui, ces cœurs haïssables,
Ce peuple d'hommes faux, de femmes, d'agréables,
Sans principes, sans mœurs, esprits bas et jaloux,
Qui se rendent justice en se méprisant tous.
En vain ce peuple affreux, sans frein et sans scrupule,
De la bonté du cœur veut faire un ridicule ;
Pour chasser ce nuage et voir avec clarté
Que l'homme n'est point fait pour la méchanceté.
Consultez, écoutez pour juges, pour oracles,
Les hommes assemblés ; voyez à nos spectacles,
Quand on peint quelques traits de candeur, de bonté,
Où brille en tout son jour la tendre humanité :
Tous les cœurs sont remplis d'une volupté pure,
Et c'est là qu'on entend le cri de la nature.

LA CHAMBRE DU POÈTE

(Extrait de la *Chartreuse*.)

Vous voulez qu'en rimes légères
Je vous offre des traits sincères
Du gîte où je suis transplanté ;
Mais comment faire, en vérité?
Entouré d'objets déplorables,
Pourrai-je, de couleurs aimables,
Egayer le sombre tableau
De mon domicile nouveau?
Y répandrai-je cette aisance,
Ces sentiments, ces traits diserts,
Et cette molle négligence,
Qui, mieux que l'exacte cadence,
Embellit les aimables vers?
Je ne suis plus dans ces bocages,
Où, plein de riantes images,
J'aime souvent à m'égarer ;
Je n'ai plus ces fleurs, ces ombrages,
Ni vous-même pour m'inspirer.
Il est un édifice immense,
Où, dans un loisir studieux,
Les doctes arts forment l'enfance
Des fils des héros et des dieux.
Là, du toit du cinquième étage
Qui domine avec avantage
Tout le climat grammairien,
S'élève un autre aérien,
Un astrologique ermitage,
Qui paraît mieux, dans le lointain,
Le nid de quelque oiseau sauvage
Que la retraite d'un humain.
C'est pourtant de cette guérite,
C'est de ce céleste tombeau,
Que votre ami, nouveau Stylite.

A la lueur d'un noir flambeau,
Penché sur un lit sans rideau,
Dans un déshabillé d'ermite,
Vous griffonne aujourd'hui sans fard,
Et peut-être sans trop de suite,
Ces vers enfilés au hasard.
Et, tandis que pour vous je veille,
Longtemps avant l'aube vermeille,
Empaqueté comme un lapon,
Cinquante rats à mon oreille
Ronflent encore en faux-bourdon.
Si ma chambre est ronde ou carrée,
C'est ce que je ne dirai pas :
Tout ce que j'en sais sans compas,
C'est que depuis l'oblique entrée
De cette cage resserrée
On peut former jusqu'à six pas.
Une lucarne mal vitrée
Près d'une gouttière livrée
A d'interminables sabbats,
Où l'université des chats,
A minuit, en robe fourrée,
Vient tenir ses bruyants États;
Une table mi-démembrée,
Près du plus humble des grabats;
Six brins de paille délabrée,
Tressés sur de vieux échalas;
Voilà les meubles délicats
Dont ma chartreuse est décorée,
Et que les frères de Borée
Bouleversent avec fracas,
Lorsque sur ma niche éthérée
Ils préludent aux fiers combats

Qu'ils vont livrer sur vos climats,
Ou quand leur troupe conjurée
Y vient préparer ces frimas
Qui versent sur chaque contrée
Les catarrhes et le trépas.
Je n'outre rien ; telle est en somme
La demeure où je vis en paix,
Concitoyen du peuple gnome,
Des sylphides et des follets ;
Telles on nous peint les tanières
Où gisent, ainsi qu'au tombeau,
Les pythonisses, les sorcières,
Dans le donjon d'un vieux château ;
Sur ce portrait abominable,
On penserait qu'en lieu pareil
Il n'est point d'instant délectable
Que dans les heures du sommeil.
Pour moi, qui, d'un poids équitable,
Ai pesé des faibles mortels
Et les biens et les maux réels,
Qui sais qu'un bonheur véritable

Ne dépendit jamais des lieux,
Que le palais le plus pompeux
Souvent renferme un misérable,
Et qu'un désert peut être aimable
Pour quiconque sait être heureux,
De ce Caucase inhabitable
Je me fais l'Olympe des dieux.
Là, dans la liberté suprême,
Semant de fleurs tous mes instants,
Dans l'empire de l'hiver même,
Je trouve les jours du printemps.
Calme heureux ! plaisir solitaire !
Quand on jouit de ta douceur,
Quel autre n'a pas de quoi plaire ?
Quelle caverne est étrangère,
Lorsqu'on y trouve le bonheur,
Lorsqu'on y vit sans spectateur,
Dans le silence littéraire,
Loin de tout importun jaseur,
Loin des froids discours du vulgaire
Et des hauts tons de la grandeur ?

VERT-VERT

A Nevers donc, chez les Visitandines,
Vivait naguère un perroquet fameux,
A qui son art et son cœur généreux,
Ses vertus même et ses grâces badines
Auraient dû faire un sort moins rigoureux,
Si les bons cœurs étaient toujours heureux.
Vert-Vert (c'était le nom du personnage),
Transplanté là de l'indien rivage,
Fut jeune encor, ne sachant rien de rien,
Au susdit cloître enfermé pour son bien.
Il était beau, brillant, leste et volage,
Aimable et franc comme on l'est au bel âge,
Né tendre et vif, mais encore innocent ;
Bref, digne oiseau d'une si sainte cage,
Par son caquet digne d'être au couvent.
Pas n'est besoin, je pense, de décrire
Les soins des sœurs, des nonnes, c'est tout dire.

. . . .
Objet permis à leur oisif amour,
Vert-Vert était l'âme de ce séjour ;
Exceptez-en quelques vieilles dolentes,
Des jeunes sœurs jalouses surveillantes,
Il était cher à toute la maison.
N'étant encor dans l'âge de raison,
Libre, il pouvait et tout dire et tout faire ;
Il était sûr de charmer et de plaire.
Des bonnes sœurs égayant les travaux,
Il becquetait et guimpes et bandeaux ;
Il n'était point d'agréable partie,
S'il n'y venait briller, caracoler,
Papillonner, siffler, rossignoler ;

Il badinait, mais avec modestie,
Avec cet air timide et tout prudent
Qu'une novice a, même en badinant.
Par plusieurs voix interrogé sans cesse,
Il répondait à tout avec justesse :
Tel autrefois César, en même temps,
Dictait à quatre, en styles différents.

BERNARD (P.-J., surnommé Gentil). — Né en 1710, mort en 1775. Il fut successivement clerc de procureur, soldat, secrétaire du maréchal de Coigny, toujours poëte. Outre son opéra *Castor et Pollux*, l'*Art d'aimer*, *Phrosine et Mélidore*, il composa des odes, des épîtres, des chansons, etc.

LE PRINTEMPS

Sur l'herbage tendre
Le ciel vient d'étendre
Un tapis de fleurs;
Et l'aurore arrose
De ses tendres pleurs
De la jeune rose
Les vives couleurs.
Déjà Philomèle
Ranime ses chants,
Et l'onde se mêle

A ses sons touchants.
Sur un lit de mousse
Les amours, au frais,
Aiguisent des traits
Qu'avec peine émousse
La froide raison,
Qui croit qu'elle règne
Quand elle dédaigne
La belle saison.

L'AUTOMNE

Au sein de nos plaines,
Des vives chaleurs
Ont séché nos fleurs,
Tari nos fontaines.
L'aurore est sans pleurs,
Zéphyr sans haleines,
Flore sans couleurs.
La seule Pomone,
Sous ce frais berceau,
Rit et se couronne
D'un pampre nouveau.
Du vin qui s'écoule
Versé par ses mains,

S'abreuve une foule.
De jeunes silvains,
Qui, dans ces jardins,
Du pesant Silène
Soutiennent à peine
Les pas incertains.
D'une ardeur extrême
Le temps nous poursuit,
Détruit par lui-même,
Par lui reproduit ;
Plus léger qu'Éole,
Le moment s'envole,
Renaît et s'enfuit.

FRÉDÉRIC II, roi de Prusse. — Né en 1712, mort en 1786. On ne sait que ce prince illustre et guerrier a laissé un grand nombre de poésies et d'ouvrages en prose, d'autant plus curieux pour nous qu'ils sont écrits dans notre langue par un étranger.

A VOLTAIRE

Croyez que, si j'étais Voltaire,
Et particulier comme lui,
Me contentant du nécessaire.

Je verrais voltiger la fortune légère ;
Et la laisserais aujourd'hui
Partager loin de moi sa faveur passagère.
Je connais l'ennui des honneurs,
Le fardeau des devoirs, le jargon des flatteurs,
Ces misères de toute espèce,
Et ces dehors de politesse
Dont il faut s'occuper dans le sein des grandeurs.
Je méprise la vaine gloire,
Quoique poëte et souverain.
Quand le fatal ciseau, terminant mon destin,
M'aura plongé dans la nuit noire,
Qu'importe l'honneur incertain
De vivre après ma mort au temple de mémoire ?
Un instant de bonheur vaut mille ans dans l'histoire ;
Nos destins sont-ils donc si beaux ?
Le doux plaisir et la mollesse,
La vive et naïve allégresse,
Ont toujours fui des grands la pourpre et les faisceaux.
Prisant la liberté, leur troupe enchanteresse
Préfère l'aimable paresse
Aux plus brillants succès, et les jeux aux travaux.
Ainsi la fortune volage
N'a jamais causé mes ennuis ;
Soit qu'elle me flatte ou m'outrage,
Je dormirai toutes les nuits
En lui refusant mon hommage :
Mais notre état fait notre loi,
Il nous oblige et nous engage
A mesurer notre courage
Sur ce qu'exige notre emploi.
Voltaire dans son ermitage,
Dans un pays dont l'héritage
Est son antique bonne foi,
Peut, sous les lois d'une vertu sauvage,
Vivre au gré de Platon, et disposer de soi :
Pour moi, menacé du naufrage,
Je dois en affronter l'orage,
Penser, vivre et mourir en roi.

DIDEROT (Denis). — Né en 1713, mort en 1784. Après avoir renoncé à l'étude de la théologie et à celle du droit, il s'occupa uniquement de sciences et de lettres, sans jamais réussir à faire sa fortune. Il écrivit dans tous les genres, et composa même quelques poésies, dont nous donnons un échantillon pour satisfaire la curiosité. Il a écrit de belles pages, a-t-on dit de lui, il n'a jamais su faire un livre. Ajoutons que, quel que soit le mérite littéraire de Diderot, la dignité de l'écrivain laisse chez lui toujours à désirer. Ce fut l'ennemi le plus violent du christianisme ; il se posa même en matérialiste et en athée. Ses œuvres les plus connues sont : *Essai sur le mérite et la vertu ; Lettre sur les aveugles,* livre

impie ; ses travaux encyclopédistes, des romans licencieux, des
drames et des écrits historiques.

A UN POÈTE PAUVRE

(Le jour de l'an.)

Vous savez, d'une verve aisée,
Joindre aux charmes du sentiment,
L'éclat piquant de la pensée ;
Jamais ne fut un rimeur si charmant.
Obligeant, sans autre espérance
Que le plaisir d'avoir bien fait,
Qui vous tient lieu de récompense ;
Jamais ne fut un ami si parfait.
Puisse la déesse volage
Qui sourit sans discernement,
Souvent au fol, et rarement au sage,
Se corriger, ce nouvel an,
Et tourner à votre avantage
Le temps de votre aveuglement,
Dont je dis cent fois peste et rage,
Quand je vois au dernier étage
Apollon logé tristement.
Apollon, dieu de l'enjoûment,
Chantre ennemi de l'indigence,
Et qui, dans un peu plus d'aisance,
Fredonnerait bien autrement !

HELVÉTIUS (C.-A.)— Né en 1715, mort en 1771. La même pensée qui nous a fait citer des vers de Diderot nous amène à en signaler quelques-uns d'Helvétius, plus philosophe que poëte, bien qu'il
ait écrit des poëmes et des tragédies. Son ouvrage principal est
l'*Esprit*, qui, rapportant tout à la sensibilité physique, bouleverse
les idées morales les plus pures. On cite encore de lui son livre de
l'*Homme* et son poëme le *Bonheur*.

LE LUXE

Fragment du *Bonheur*.

Le mal qu'aux nations fait un luxe effronté,
Au luxe proprement doit-il être imputé ?
Non : ce mal n'est souvent qu'un fruit de la misère,
Le produit d'un pouvoir avide et sanguinaire,
Et qu'une cause enfin dont le luxe est l'effet.
De sa destruction quel peut être l'objet ?
Dans nos heureux climats, le luxe, la dépense,
Amuse la richesse, et nourrit l'indigence.
Qui peut contre le luxe armer les souverains ?
Seraient-ce les plaisirs qu'il procure aux humains ?
Utile à nos cités, le plaisir les anime ;
Il dilate les cœurs, le chagrin les comprime.
Sans le plaisir enfin, père du mouvement,
L'esprit est sans ressort et l'univers stagnant.

BERNIS (F.-J. de Pierres de). — Né en 1715, mort en 1792. Il réussit à la cour par son esprit et par ses vers, devint académicien, ambassadeur à Rome, cardinal et archevêque d'Alby. Cependant il perdit en 1763 son crédit, et plus tard sa fortune. Excepté le poëme de la *Religion vengée*, Bernis n'a laissé que des poésies légères, trop fleuries et très-emphatiques.

LE MATIN

Des nuits l'inégale courrière
S'éloigne et pâlit à nos yeux :
Chaque astre, au bout de sa carrière,
Semble se perdre dans les cieux.
Des bords habités par le Maure,
Déjà les heures, de retour,
Ouvrent lentement à l'Aurore
Les portes du palais du Jour.

Le flambeau du jour se rallume,
Le bruit renaît dans les hameaux,
Et l'on entend gémir l'enclume
Sous les coups fréquents des marteaux,
Le règne du travail commence.
Monté sur le trône des airs,
Éclaire ton empire immense,
Soleil, annonce l'abondance
Et les plaisirs à l'univers.

LE MIDI

Ce grand astre, dont la lumière
Enflamme la voûte des cieux,
Semble, au milieu de sa carrière,
Suspendre son cours glorieux :
Fier d'être le flambeau du monde,
Il contemple, du haut des airs,
L'Olympe, la terre et les mers,
Remplis de sa clarté féconde :
Et, jusques au fond des enfers,
Il fait rentrer la nuit profonde,
Qui lui disputait l'univers.

Toute la nature en silence
Attend que le dieu de Délos
De son char lumineux s'élance
Dans l'humide séjour des flots.
Tandis que des géants horribles,
Qu'un bras immortel enchaîna,
Embrasent de leurs feux terribles
Les monts de Vésuve et d'Etna :
Lassés de leurs fardeaux énormes,
Les Cyclopes, à demi-nus,
Reposent leurs têtes difformes
Sur leurs travaux interrompus.

NIVERNAIS (L.-J. Mancini Mazarini, duc de). — Né en 1716, mort en 1798. Il servit durant dix ans, et fut chargé successivement des ambassades de Rome, de Berlin et de Londres. La révolution lui enleva la fortune et la liberté. Il avait consacré tous ses loisirs aux lettres, et il a laissé des fables, des poésies légères, etc. Il fit partie de l'Académie française.

LE COMBAT DU CIRQUE

(Fable.)

Au temps passé, dans le cirque de Rome,
Deux combattants, tous deux pleins de valeur,
Se disputaient un triste honneur,
L'honneur de bien tuer un homme.
Le peuple-roi se régalait
Du spectacle et de l'homicide,
Battait des mains quand le sang ruisselait,
Et fixait un regard avide

Sur le blessé qui chancelait ;
Tout ce qu'un faux honneur inspire
De fureur et d'atrocité,
Animait jusques au délire
Des champions le courage exalté.
Tout à coup survint un orage,
Et le sanglant aréopage
N'est bientôt qu'un vaste désert ;
Chacun s'enfuit pour se mettre à couvert,
Les combattants restent seuls dans l'arène ;
Le combat cesse ; et les gladiateurs
N'ont plus ni colère ni haine,
Quand ils n'ont plus de spectateurs :
Il faut un parterre aux acteurs.

Voulez-vous rendre cruelles
Les disputes, les querelles?
Paraissez en faire cas ;
C'est ainsi qu'elles s'aigrissent.
Voulez-vous qu'elles finissent ?
Ne vous en occupez pas.

D'ALEMBERT (J. Lerond). — Né en 1717, mort en 1783. Nous citons ici un quatrain de cet homme célèbre, qui ne fut certes rien moins que poëte. Enfant trouvé, il conserva pour la pauvre femme qui l'avait recueilli la plus tendre affection. A vingt-deux ans, de savants mémoires lui ouvrirent les portes de l'Académie des sciences. Outre ses œuvres scientifiques, il écrivit de nombreux articles littéraires pour l'*Encyclopédie*, l'*Essai sur les gens de lettres* et des *Éloges*. Ce fut le plus réservé des incrédules de cette époque de scepticisme.

EPIGRAPHE POUR LE BUSTE DU MARÉCHAL DE SAXE

Rome eut dans Fabius un guerrier politique ;
Dans Annibal, Carthage eut un chef héroïque.
La France, plus heureuse, a, dans ce fier saxon,
La tête du premier, et le bras du second.

GUIMOND DE LA TOUCHE (Claude). — Né en 1719, mort en 1760. Ce poëte jouit un moment d'une réputation dramatique immense due au succès de son *Iphigénie en Tauride*. Il composa en outre un grand nombre de poésies, et, entre autres, une satire contre les jésuites : il avait cependant reçu d'eux son éducation.

L'AMITIÉ

O toi dont les douceurs chéries
Font l'objet de mes rêveries,
Entre ces fleurs, sous ce berceau,
Amitié, doux nom qui m'enflamme,
Besoin délicieux de l'âme,
Je reprends pour toi le pinceau.

Je fuis le faste et l'imposture ;
Tu vas, loin des folles rumeurs,
Chercher, au sein de la nature,
La paix, l'égalité, les mœurs.

Sous le foyer qui t'a vu naître,

Tu prends plaisir à visiter
Le sage occupé de son être,
Le seul qui sache te connaître,
Le seul qui sache te goûter.
Tu viens sans bruit, mais gaie et tendre,
Tu viens avec la liberté
Agréablement le surprendre
Sous le tilleul qu'il a planté :
Et, sans attendre qu'il t'invite,
Tu cours, aimable parasite,
T'asseoir à table à son côté,
Te rapprochant des mœurs antiques,
Et préférant les mets rustiques,
Sur sa table servie sans choix,
A ces festins asiatiques
Où l'on s'ennuie avec les rois.

Sans toi, l'homme s'affaisse et tombe
Dans le néant de la langueur;
Arbrisseau faible et sans vigueur,
Il cède aux vents, il y succombe,
Et rampe en proie à leur rigueur.
A l'abri même des tempêtes,
Au milieu des jeux et des fêtes,

Son cœur s'abat et se flétrit :
Tel qu'une vigne fortunée,
Qui loin de l'aquilon fleurit
Sous un ciel pur qui lui sourit,
A sa faiblesse abandonnée,
Vers le sable penche entraînée,
Et sous ses propres dons périt.

O toi, l'honneur de la nature,
Belle des outrages du temps,
Dont notre hiver fait le printemps;
Passion d'un cœur qui s'épure,
Asile de tous les instants,
Nymphe dont j'adore l'image,
Qui viens à moi les bras ouverts,
Reçois mon éternel hommage.
C'est toi qui m'inspiras ces vers :
Embellis-les de tous tes charmes,
Qu'avec de si puissantes armes,
Ils parcourent tout l'univers,
Moins pour conquérir les suffrages,
Pour ravir l'encens des mortels,
Que pour forcer leurs cœurs volages
A le brûler sur tes autels.

SEDAINE (Michel-Jean). — Né en 1719, mort en 1797. Il était fils d'un architecte et fut lui-même tailleur de pierres, avant de se livrer aux lettres. Il réussit surtout au théâtre, où il créa l'opéra-comique, et où il donna la *Gageure imprévue*, et le *Philosophe sans le savoir*. Son style est ordinairement négligé ; mais ses sujets sont traités avec esprit et intérêt. Nous citons de lui la seule pièce qui soit sans défaut. Il fut académicien.

A MON HABIT

Ah! mon habit, que je vous remercie !
Que je valus hier, grâce à votre valeur !
Je me connais ; et, plus je m'apprécie,
Plus j'entrevois qu'il faut que mon tailleur,
Par une secrète magie,
Ait caché dans vos plis un talisman vainqueur,
Capable de gagner et l'esprit et le cœur.
Dans ce cercle nombreux de bonne compagnie,
Quels honneurs je reçus! quels égards! quel accueil !
Auprès de la maîtresse, et dans un grand fauteuil,
Je ne vis que des yeux toujours prêts à sourire ;
J'eus le droit d'y parler, et parler sans rien dire.
Ce que je décidai fut le *nec plus ultra*.
On applaudit à tout : j'avais tant de génie !
Ah! mon habit, que je vous remercie !
C'est vous qui me valez cela.

Ce marquis, autrefois mon ami de collége,

Me reconnut enfin, et, du premier coup d'œil,
    Il m'accorda par privilége,
Un tendre embrassement qu'approuvait son orgueil :
Ce qu'une liaison dès l'enfance établie,
Ma probité, des mœurs que rien ne dérégla,
    N'eussent obtenu de ma vie,
    Votre aspect seul me l'attira.
    Ah! mon habit, que je vous remercie!
    C'est vous qui me valez cela.

    Mais ma surprise fut extrême,
    Je m'aperçus que sur moi-même
    Le charme sans doute opérait.
    J'entrais jadis d'un air discret;
Ensuite, suspendu sur le bord de ma chaise,
J'écoutais en silence, et ne me permettais
    Le moindre *si*, le moindre *mais*.
Avec moi tout le monde était fort à son aise,
    Et moi, je ne l'étais jamais.
    Un rien aurait pu me confondre,
    Un regard, tout m'était fatal;
    Je ne parlais que pour répondre;
    Je parlais bas, je parlais mal.
Un sot provincial, arrivé par le coche,
Eût été moins que moi tourmenté dans sa peau.
    J'éternuais dans mon chapeau,
On pouvait me priver, sans aucune indécence,
    De ce salut que l'usage introduit;
    Il n'en coûtait de révérence
    Qu'à quelqu'un trompé par le bruit.
    Mais à présent, mon cher habit,
Tout est de mon ressort; les airs, la suffisance,
Et ces tons décidés qu'on prend pour de l'aisance,
    Deviennent mes tons favoris.
Est-ce ma faute à moi, puisqu'ils sont applaudis?
    Dieu! quel bonheur pour moi, pour cette étoffe
De ne point habiter le pays limitrophe
    Des conquêtes de notre roi!
    Dans la Hollande, il est une autre loi;
En vain j'étalerais ce galon qu'on renomme,
En vain j'exalterais sa valeur, son débit;
    Ici l'habit fait valoir l'homme,
    Là l'homme fait valoir l'habit :
Mais, chez nous, peuple aimable, où les grâces, l'esprit,
    Brillent à présent dans leur force,
L'arbre n'est point jugé sur ses fleurs ou son fruit :
    On le juge sur son écorce.

LEMIERRE (A.-MARIN). — Né en 1723, mort en 1793. Secrétaire d'un fermier général, il donna aux lettres tous ses loisirs;
et, après quelques pièces fort goûtées alors, il écrivit des tragédies, dont quelques-unes furent très-applaudies. Il composa encore
les poëmes didactiques la *Peinture* et les *Fastes de l'armée*; ses

ouvrages, qui renferment des beautés, sont aussi entachés de nombreuses négligences.

LE JOUR DES MORTS

Entendez-vous ces sons mornes et répétés,
Retentissant autour de nos toits attristés?
De cent cloches dans l'air le timbre monotone,
Qui si lugubrement sur nos têtes résonne,
Avertit les mortels, rappelés à leur fin,
D'implorer pour les morts un tranquille destin,
D'apprécier la vie ouverte à tant de peines,
De ne point consumer en mutuelles haines
Ce fragile tissu de moments limités,
Qu'aux humains fugitifs la nature a comptés.

Quels enclos sont ouverts! quelles étroites places
Occupe entre ces murs la poussière des races!
C'est dans ces lieux d'oubli, c'est parmi ces tombeaux,
Que le temps et la mort viennent croiser leurs faux.
Que de morts entassés et pressés sous la terre!
Le nombre ici n'est rien, la foule est solitaire.
Qui peut voir sans effroi ces couches d'ossements,
Tous ces débris de l'homme abandonnés aux vents?
Ah! si du sort commun que ce lieu nous retrace,
Le spectacle fatal nous saisit et nous glace,
Qu'un retour plus cruel sur les pertes du cœur
Éveille en nous de peine et répand de douleur!
L'époux pleure à genoux un objet plein de charmes;
Sur un frère chéri la sœur verse des larmes;
La mère pleure un fils frappé dans son printemps,
Et sur qui reposait l'espoir de ses vieux ans.
Pour vous qui les versez, ces pleurs sont chers encore,
De vos gémissements l'humanité s'honore;
Mais ceux que vous pleurez ont subi leur arrêt,
Leur sort fut de mourir, et le jour n'est qu'un prêt.

Qu'est-ce que chaque race? Une ombre après une ombre.
Nous vivons un moment sur des siècles sans nombre;
Nos tristes souvenirs vont s'éteindre avec nous:
Une autre vie, ô temps, se dérobe à tes coups!
Mortel, jusques aux cieux élève ta prière;
Demande au Tout-Puissant, non pas que la poussière
Qu'on jette sur ces morts soit légère à leurs os:
Ce n'est point là que l'homme a besoin de repos;
Et l'âme, qui du corps a dépouillé l'argile,
Cherche au sein de Dieu même un éternel asile.

DESMAHIS (J.-F.-E. de Corsembleu). — Né en **1722**, mort en 1761. Il débuta par de petites pièces auxquelles Voltaire accorda des éloges, et parmi lesquelles on cite le *Voyage à Saint-Germain*. Il composa la comédie de l'*Impertinent*, qui eut un grand succès.

LE DUEL

Ne verrons-nous jamais délivrer la patrie
D'un monstre que jadis vomit la barbarie?
Ne le verrons-nous point à ses pieds abattu?
L'audace est donc sans frein, et la loi sans vertu,
Si chaque citoyen, pour venger son injure,
Rentre, quand il lui plaît, dans l'état de nature ;
Et je dois donc livrer ma vie à l'insensé
Qui veut risquer la sienne à titre d'offensé?

Si dans le sang l'offense était toujours lavée,
Bientôt la terre entière en serait abreuvée.
Que sert d'avoir quitté les antres et les bois,
De s'être réunis sous de communes lois,
De vivre rassemblés dans l'enceinte des villes,
Dès que ces mêmes lois deviennent inutiles?
On dit que la fureur des combats singuliers
De tous les citoyens fait autant de guerriers ;
Qu'elle entretient, au moins dans l'ordre militaire,
Ce mépris de la mort aux guerriers nécessaire.
Quel délire ! en valeur les Francs et les Germains
Ont-ils donc surpassé les Grecs et les Romains?
Chaque jour le Pirée et les rives du Tibre
Étaient couverts des flots d'un peuple fier et libre,
Sans qu'Athènes ou Rome ait vu ses habitants,
Seul à seul, sous ses murs, chaque nuit combattants.
Rome n'égala point au brave capitaine
Le vil gladiateur triomphant sur l'arène.
Et le Français, barbare, au mépris de sa foi,
Du ciel, de la raison, de l'ordre, de la loi,
Du véritable honneur, restera tributaire
D'un honneur fantastique, idole sanguinaire ;
Tyran, fléau sacré, plus terrible cent fois
Que l'affreux Teutatès, adoré des Gaulois!

Ah ! c'est pour le braver qu'il faut un vrai courage,
Non pour suivre à l'aveugle une imbécile rage.
Le courage à mes yeux n'est que férocité,
S'il ne tend pas au bien de la société.
Où règne la justice, il devient inutile.
S'il vient, audacieux, en cruautés fertile,
Ensanglanter la paix et violer les lois,
Brisons leur joug, ou bien qu'il en sente le poids.
Aux barbares laissons ces coutumes fatales,
Héritage odieux des Goths et des Vandales.
De lâcheté Turenne était-il accusé?
Cependant un cartel fut par lui refusé.
Détestons, proscrivons ces hommes, dont l'épée,
Coupant tous les liens, à nos yeux est trempée
Du sang de leurs pareils, du sang de leurs amis,
Peut-être pour un mot, ou pour une Laïs.

Si quelqu'un ne craint pas de vous faire une injure,

Pour vous-même écoutez le cri de la nature ;
Épargnez votre sang en épargnant le sien ;
Et songez que, comme homme et comme citoyen,
Vous n'êtes point à vous. . . . .

MARMONTEL (J.-François). — Né en 1728, mort en 1799. Cet
écrivain fécond avait d'abord été destiné à l'Église : quelques succès l'attirèrent à Paris au milieu du monde littéraire de cette
époque, où il tint une place honorable par la pureté et l'élégance de ses compositions, mais où il eut à lutter contre des ennemis acharnés. Ses œuvres se composent de nombreuses tragédies assez médiocres, de plusieurs opéras-comiques qui durent
au talent de Grétry un succès durable, d'une *Poétique française*,
d'une traduction de Lucain, de *Contes moraux*, qui ne respectent pas toujours la morale, d'une *Histoire de la Régence*, de
Mémoires, etc.

MOLIÈRE

Mais à mes yeux encor plus familière,
Plus près de moi, plus facile à saisir,
La vérité, dans les jeux de Molière,
De ses leçons sait me faire un plaisir.
« Enseigne-nous où tu trouves la rime, »
Lui dit Boileau, sans doute en badinant :
Est-ce donc là ce que ton art sublime,
Divin Molière, a de plus étonnant?
Enseigne-nous plutôt quel microscope,
Depuis Agnès jusqu'au fier Misanthrope,
Te dévoila les plis du cœur humain ;
Quel Dieu remit ses crayons en ta main?
Dans tes écrits, quelle sève féconde,
Quelle chaleur, quelle âme tu répands !
La cour, la ville, et le peuple et le monde,
Tu fais de tout une étude profonde,
Et nous rions toujours à nos dépens.
Le jaloux rit d'un fou qui lui ressemble ;
Le médecin se moque de Purgon ;
L'avare pleure et sourit tout ensemble
D'avoir payé pour entendre Harpagon ;
Le seul Tartufe a peu ri, ce me semble.
Moi, qui n'ai point le masque d'un dévot,
Quand la vapeur d'une bile épaissie
S'élève autour de mon âme obscurcie,
Quand de l'ennui j'ai bu le froid pavot,
Ou que la sombre et vague inquiétude
Trouble mes sens fatigués de l'étude,
J'appelle à moi Sotenville et Dandin,
Le bon Sosie, et Nicole, et Jourdain.
Le rire alors dans mes yeux étincelle,
A pleins canaux mon sang coule soudain :
De mes esprits le feu se renouvelle,
Je crois renaître, et ma sérénité

En un jour clair me peint l'humanité.
Tous ces travers qui m'excitaient la bile,
Ne sont pour moi qu'un spectacle amusant ;
Moi-même enfin je me trouve plaisant
D'avoir tranché du censeur difficile.

BELLOY (P.-L. Buirette de). — Né en 1727, mort en 1775. Son
amour pour le théâtre lui fit quitter le barreau et embrasser la
profession de comédien, qu'il exerça dans les différentes cours du
Nord. De retour en France, il composa des tragédies, dont le plus
grand mérite, bien qu'elles ne manquent pas d'une certaine vigueur, c'est de traiter des sujets nationaux. La plus célèbre est le
Siége de Calais, qui jouit d'une faveur justifiée.

EUSTACHE AUX BOURGEOIS DE CALAIS

Défenseurs de Calais, chefs d'un peuple fidèle,
Vous, de nos chevaliers l'envie et le modèle,
Faudra-t-il pour un temps voir les fiers léopards
A nos lis usurpés s'unir sur nos remparts ?
La seconde moisson vient de dorer nos plaines,
Et de tomber encor sous des mains inhumaines,
Depuis que d'Édouard l'ambitieux orgueil
Dans nos forts ébranlés voit toujours son écueil ;
La valeur des Français dispute à leur prudence
L'honneur de tant d'exploits et de tant de constance.
Vingt fois de ses travaux comptant le dernier jour,
L'Anglais de l'autre aurore appelait le retour ;
Et, par nos murs ouverts, respirant le carnage,
Sur leurs restes tombants méditait son passage.
Le jour reparaissait, et ses regards surpris
Trouvaient un nouveau mur fermé de vieux débris.
Ces piéges destructeurs renversés sur lui-même,
Ce courage plus grand que son courage extrême,
L'ont enfin, malgré lui, contraint de renoncer
Aux périls, aux assauts qui n'ont pu vous lasser.
Il remit sa victoire à ces fléaux terribles,
De l'humaine faiblesse ennemis invincibles.
Nous vîmes ces fléaux, l'un par l'autre enfantés,
Multiplier la mort dans ces lieux dévastés.
Du ciel et des saisons les rigueurs meurtrières,
La disette, la faim, nous ont ravi nos frères ;
Et la contagion, sortant de leurs tombeaux,
De ces morts si chéris fait encor nos bourreaux.
Le plus vil aliment, rebut de la misère,
Mais, aux derniers abois, ressource horrible et chère,
De la fidélité respectable soutien,
Manque à l'or prodigué du riche citoyen ;
Et ce fatal combat, notre unique espérance,
Nous sépare à jamais du secours de la France,
Tandis que cent vaisseaux, environnant ce port,
Renferment avec nous la famine et la mort.
Si d'un peuple assiégé la dernière infortune

Ne nous avait réduits qu'à la douleur commune
De céder au vainqueur vaillamment combattu,
J'y pourrais avec vous résoudre ma vertu;
Mais l'injuste Édouard nous ordonne le crime :
Il veut qu'en abjurant notre roi légitime,
Sur le trône des lis, au mépris de nos lois,
Un serment sacrilége autorise ses droits.
Il prétend recevoir ses conquêtes nouvelles
En prince qui pardonne à des sujets rebelles.
Vous ne donnerez point à nos tristes États
Cet exemple honteux... qu'ils n'imiteraient pas.
Vous n'irez point souiller une gloire immortelle,
Le prix de tant de sang, le fruit de tant de zèle.
Nous mourrons pour le Roi, pour qui nous vivions tous ;
Choisissez le trépas le plus digne de vous :
Je vous laisse l'honneur de tracer la carrière,
Content que ma vertu s'y montre la première.

LEBRUN (P.-D. Écouchard). — Né en 1729, mort en 1807, avec
le surnom de *Pindare français*. Grâce au prince de Conti, auquel il
dut ses loisirs, il put se livrer à son goût et à son talent pour
la poésie. Il est certain qu'il excella dans le genre lyrique; mais
on lui reproche d'avoir chanté tous les gouvernements et toutes
les opinions. L'ode sur le *Désastre de Lisbonne*, l'*Ode à Voltaire* et
l'*Ode à Napoléon* sur le projet de descente en Angleterre, sont
les plus admirées. Il composa encore un grand nombre de poésies
légères, et un poëme sur la *Nature*.

PINDARE

Tel qu'un fleuve à grand bruit tombant d'un roc sauvage,
Fier, et nourri des eaux, tribut d'un long orage,
Croît, s'élève, franchit ses bords accoutumés :
Tel Pindare, échappant d'une source profonde,
     Bouillonne, écume, gronde,
Roule, immense, à nos yeux éperdus et charmés.

Tous les lauriers du Pinde ornent son front lyrique,
Soit que, dans la fureur d'un chant dithyrambique,
Il se laisse emporter à des nombres sans lois,
Ou qu'il mêle aux torrents d'une libre harmonie
     Ces trésors de génie,
Ces mots audacieux qu'il prodigue avec choix :

Soit qu'il chante les dieux et leur vaillante race,
Ces rois qui du Centaure étouffèrent l'audace,
Et la chimère en feu vomissant le trépas;
Ou que son vers consacre un immortel trophée
     Au mortel dont l'Alphée
Vit le ceste ou le char vainqueur dans les combats :

Soit qu'il pleure un héros que la Parque jalouse
Hélas! vient de ravir à la plus tendre épouse :

Qu'il le venge en ses vers d'un trépas odieux ;
Que sa Muse l'enlève aux bords de l'onde noire,
　　　　Et tout brillant de gloire,
Le place dans l'Olympe, au sein même des dieux.

LE POÈTE CHANTE PENDANT LES HORREURS DE L'ANARCHIE

　　　Prends les ailes de la colombe,
Prends, disais-je à mon âme, et fuis dans les déserts ;
　　　Ou que l'asile de la tombe
　　　Nous sépare enfin des pervers !

　　　Une rose, vierge de Flore,
Un lis, beau d'innocence et brillant de candeur,
　　　Du vent du sud qui les dévore
　　　Aiment-ils l'insolente ardeur ?

　　　Eh ! que ferait l'agneau paisible
Parmi des loups cruels, des tigres dévorants ?
　　　Quel bras, quelle égide invisible
　　　Peut nous défendre des tyrans ?

　　　De ces cœurs soupçonneux, avares,
Redoutons les fureurs, et même les bienfaits.
　　　S'ils voulaient nous rendre barbares,
　　　Nous associer aux forfaits ;

　　　Si de la noble indépendance,
Au lieu de la venger, ils outrageaient les droits ;
　　　Si la bassesse et l'impudence
　　　Succédaient à l'orgueil des rois ;

　　　S'ils ensanglantaient notre histoire
De meurtres clandestins, sans périls, sans combats,
　　　Et qui font rougir la victoire,
　　　Amante de nos fiers soldats ;

　　　Si de la liste de leurs crimes
Ils effrayaient nos murs et souillaient nos regards ;
　　　S'ils traînaient parmi leurs victimes
　　　La vertu, l'honneur et les arts ;

　　　S'ils mettaient un lâche courage
Pour détruire en nos cœurs la sainte humanité ;
　　　S'ils joignaient dans leur folle rage
　　　La mort et la fraternité ;

　　　Si leur cupidité féroce
S'enrichissait de pleurs, changeait le sang en or,
　　　Et souriait d'un œil atroce
　　　A cet exécrable trésor ;

　　　Si d'un Dieu niant l'existence,
Leur délire élevait un temple à la Raison ;

S'ils forçaient même l'innocence
A boire leur affreux poison;

Douce pitié, si tes alarmes
Te rendaient criminelle à leurs coupables yeux;
S'ils venaient épier tes larmes,
Tes regards tournés vers les cieux;

Prends les ailes de la colombe,
O mon âme! fuyons, fuyons dans les déserts;
Ou que l'asile de la tombe...
Quoi! nous cèderions aux pervers.

Non, non; c'est trahir la patrie!
Fuyez-la pour jamais, jours de sang et de pleurs!
Que sa gloire longtemps flétrie
Appelle et trouve des vengeurs!

ÉPIGRAMMES

SUR UNE DAME POÈTE.

Chloé, belle et poëte, a deux petits travers :
Elle fait son visage, et ne fait pas ses vers.

POUR DÉFENDRE LA HARPE.

Non, la Harpe au serpent n'a jamais ressemblé ;
Le serpent siffle, et la Harpe est sifflé.

SUR FLORIAN.

Dans ton beau roman pastoral,
Avec tes moutons pêle-mêle,
Sur un ton bien doux, bien moral,
Berger, bergère, auteur, tout bêle.
Puis berger, auteur, lecteur, chien,
S'endorment de moutonnerie.
Pour réveiller ta bergerie,
Oh! qu'un petit loup viendrait bien!

FRATERNITÉ OU LA MORT.

Bon Dieu! l'aimable siècle où l'homme dit à l'homme :
« Soyons frères..., ou je t'assomme! »

L'ESCARGOT

(Fable.)

Un chêne était sur la cime hautaine
Du mont Ida, roi des monts d'alentour :
Un aigle était sur la cime du chêne :
Près de l'Olympe il y tenait sa cour.
A l'improviste apparaît, un beau jour,
Maître escargot, fier d'être au milieu d'elle.
Des courtisans l'œil ne se croit fidèle.
L'un d'eux lui dit : « Me serais-je trompé?
Insecte vil, toi qui jamais n'eus d'aile,
Comment vins-tu jusqu'ici ? — J'ai rampé. »

AUBERT (J.-Louis). — Né en 1731, mort en 1814. C'est, si l'on excepte Florian, le plus remarquable des imitateurs de la Fontaine.

Outre ses fables nombreuses et des *Contes moraux*, il fit, par ses articles de saine critique, la fortune du *Journal des Beaux-Arts* et de la *Gazette de France*. Il occupa au collége de France une chaire de littérature française.

LE LIVRE DE LA RAISON

Lorsque le ciel, prodigue en ses présents,
Combla de biens tant d'êtres différents,
Ouvrages merveilleux de son pouvoir suprême,
De Jupiter l'homme reçut, dit-on,
Un livre écrit par Minerve elle-même,
Ayant pour titre *la Raison*.
Ce livre, ouvert aux yeux de tous les âges,
Les devait tous conduire à la vertu;
Mais d'aucun d'eux il ne fut entendu,
Quoiqu'il contint les leçons les plus sages.
L'enfance y vit des mots, et rien de plus;
La jeunesse, beaucoup d'abus;
L'âge suivant, des regrets superflus;
Et la vieillesse en déchira les pages.

COLARDEAU (C.-P.). — Né en 1732, mort en 1776. Ce poëte brille dans ses épîtres par la pureté et par l'harmonie du style; mais il échoua au théâtre. Il fut reçu à l'Académie peu de temps avant sa mort.

LES MŒURS DE SYBARIS

Loin que le Sybarite, en voltigeant sans cesse,
Et d'objets en objets, et d'ivresse en ivresse,
Épure enfin son âme au feu des voluptés,
Las de tant de plaisirs rapidement goûtés,
Il ne s'y livre plus qu'avec indifférence;
Ils n'ont tous à ses yeux qu'une même nuance :
Son âme sans ressort languit sans mouvement,
Et ne peut distinguer un goût d'un sentiment.
Dans le rire affecté d'une joie apparente,
Il consume le cours de sa vie indolente :
Mais ce dehors trompeur cache un profond ennui.
Cet ennui le dévore, il le traîne après lui,
Et c'est en vain qu'il quitte, en croyant se distraire,
Un plaisir qui déplaît pour un qui va déplaire.

De mes concitoyens les sens trop délicats,
Toujours près du bonheur, ne le possèdent pas.
Il échappe à leurs soins, à leurs recherches vaines :
Mais, froids pour les plaisirs, ils ressentent les peines.
Leurs maux les plus légers sont des tourments affreux.
L'un d'eux (et ce trait seul me fait rougir pour eux),
L'un deux, sur le duvet où leur ennui repose,
Sut trouver la douleur dans le pli d'une rose.

Automates flétris, fantômes épuisés,

Du poids de leur parure ils semblent écrasés.
Leur corps faible et tremblant s'affaisse sous lui-même.
Tous ces voluptueux, dans leur mollesse extrême,
Sont éblouis du jour dont ils sont éclairés :
On les voit, sur leurs chars, pâles, défigurés,
S'évanouir au bruit de leurs coursiers rapides,
Au milieu des festins, sur leurs lèvres livides,
Leurs mains, en frémissant, portent les coupes d'or :
Ils y burent l'ennui qu'ils vont y boire encor.

Pour hâter le soleil et la course des heures,
Étendus sur des lits au fond de leurs demeures,
Heureux de s'oublier, ils dorment sous le dais.
Le silence et la nuit règnent dans leur palais.
Là, bercés tristement des mains de la mollesse,
Leur propre oisiveté les lasse et les oppresse.
Brisés par le repos, tourmentés sur des fleurs,
Ils s'agitent enfin, et vont languir ailleurs.

Trop faibles (dieux puissants, rendez vain cet augure!)
Trop faibles pour porter le fardeau d'une armure,
Épouvantés chez eux de l'ombre des dangers,
Plus timides encore aux yeux des étrangers,
Esclaves destinés aux fers d'un nouveau maître,
Ils auront pour vainqueur quiconque voudra l'être.

THOMAS (A.-L.). — Né en 1732, mort en 1785. Professeur au collége de Beauvais à Paris, il se fit connaître par un poëme, et des *Éloges* qui lui valurent à l'Académie cinq prix d'éloquence. Son *Ode sur le temps,* que nous citons plus bas, lui valut un prix de poésie. Il a laissé en outre des *Lettres*, et un commencement d'épopée, la *Pétréide*. Son style brillant et pur n'a d'autre défaut que la monotonie ; sa vie fut celle d'un homme honnète et d'un vrai chrétien.

LE TEMPS

Trop aveugles humains, quelle erreur vous enivre?
Vous n'avez qu'un instant pour penser et pour vivre,
Et cet instant qui fuit est pour vous un fardeau.
Avare de ses biens, prodigue de son être,
    Dès qu'il peut se connaître,
L'homme appelle la mort et creuse son tombeau.

L'un, courbé sous cent ans, est mort dès sa naissance ;
L'autre engage à prix d'or sa vénale existence ;
Celui-ci la tourmente à de pénibles jeux ;
Le riche se délivre, au prix de sa fortune,
    Du temps qui l'importune ;
C'est en ne vivant pas que l'on croit vivre heureux.

Abjurez, ô mortels! cette erreur insensée.
L'homme vit par son âme, et l'âme est la pensée.
C'est elle qui, pour vous, doit mesurer le temps.

Cultivez la sagesse; apprenez l'art suprême
De vivre avec soi-même :
Vous pourrez, sans effroi, compter tous vos instants.

Si je devais, un jour, pour de viles richesses,
Vendre ma liberté, descendre à des bassesses ;
Si mon cœur, par mes sens, devait être amolli :
O temps ! je te dirais, préviens ma dernière heure !
Hâte-toi ! que je meure !
J'aime mieux n'être pas que de vivre avili.

Mais, si de la vertu les généreuses flammes
Peuvent, de mes écrits, passer dans quelques âmes ;
Si je puis d'un ami soulager les douleurs ;
S'il est des malheureux dont l'obscure innocence
Languisse sans défense,
Et dont ma faible main doive essuyer les pleurs ;

O temps ! suspends ton vol, respecte ma jeunesse !
Que ma mère, longtemps témoin de ma tendresse,
Reçoive mes tributs de respect et d'amour !
Et vous, Gloire, Vertu, déesses immortelles,
Que vos brillantes ailes,
Sur mes cheveux blanchis se reposent un jour !

LUXEMBOURG

(Extrait de la *Petréide.*)

Luxembourg, fier, actif, et comme eux invincible,
Eut l'âme de Condé, l'éclair de son regard,
Et le génie ardent qui sait maîtriser l'art.
Sa main à mon empire ajouta des provinces.
Admirez cependant quel est le sort des princes !
A mes ressentiments si mon cœur eût cédé,
Peut-être Luxembourg n'eût jamais commandé.
Peu chéri de ma cour, mais grand dans une armée,
L'éclat de ses hauts faits et de sa renommée
Fut un ordre pour moi d'employer sa valeur :
La justice une fois tint lieu de la faveur.
J'appris qu'un courtisan qui déplaît à son maître,
N'est pas moins un héros, lorsqu'il est né pour l'être ;
Que souvent le monarque a besoin du sujet ;
Et ce fier Luxembourg que son roi négligeait,
Rendu par ses talents nécessaire à la France,
Força son souverain à la reconnaissance.
Mon cœur, né généreux, sut en porter le poids ;
J'honorai son génie et payai ses exploits.

MALFILATRE (J.-C.-L. de Clinchamp de). — Né en 1733, mort
en 1767. Après de brillantes études faites chez les jésuites, il débuta dans la carrière poétique avec un grand éclat. Quatre odes
de lui furent couronnées par l'Académie de Rouen ; il composa un
poëme intitulé *Narcisse*, des fragments d'une traduction de Vir-

gile, etc. Malheureusement sa vie désordonnée consuma bientôt
sa fortune et sa santé. Il mourut de faim à 34 ans.

ODE AU SOLEIL

L'homme dit : les cieux m'environnent,
Les cieux ne roulent que pour moi ;
De ces astres qui me couronnent
La nature me fit le roi.
Pour moi seul le soleil se lève,
Pour moi seul le soleil achève
Son cercle éclatant dans les airs.
Et je vois, souverain tranquille,
Sur son poids la terre immobile
Au centre de cet univers.

Fier mortel, bannis ces fantômes,
Sur toi-même jette un coup d'œil,
Que sommes-nous, faibles atomes,
Pour porter si loin notre orgueil ?
Insensés ! nous parlons en maîtres,
Nous qui, dans l'océan des êtres,
Nageons tristement confondus ;
Nous, dont l'existence légère,
Pareille à l'ombre passagère,
Commence, paraît et n'est plus !

Mais quelles routes immortelles
Uranie entr'ouvre à mes yeux !
Déesse, est-ce toi qui m'appelles
Aux voûtes brillantes des cieux ?
Je te suis ; mon âme agrandie,
S'élançant d'une aile hardie,
De la terre a quitté les bords :
De ton flambeau la clarté pure
Me guide au temple où la nature
Cache ses augustes trésors.

Grand Dieu ! quel sublime spectacle
Confond mes sens, glace ma voix !
Où suis-je ? quel nouveau miracle
De l'Olympe a changé les lois ?
Au loin, dans l'étendue immense,
Je contemple seul, en silence,
La marche du grand univers ;
Et, dans l'enceinte qu'elle embrasse,
Mon œil surpris voit, sur sa trace,
Retourner les orbes divers.

Portés du couchant à l'aurore
Par un mouvement éternel,
Sur leur axe ils tournent encore
Dans les vastes plaines du ciel.
Quelle intelligence secrète

Règle en son cours chaque planète
Par d'imperceptibles ressorts ?
Le soleil est-il le génie
Qui fait avec tant d'harmonie
Circuler les célestes corps ?

Au milieu d'un vaste fluide,
Que la main du Dieu créateur
Versa dans l'abîme du vide,
Cet astre unique est leur moteur.
Sur lui-même agité sans cesse,
Il emporte, il balance, il presse
L'éther et les orbes errants ;
Sans cesse une force contraire,
De cette ondoyante matière
Vers lui repousse les torrents.

Ainsi se forment les orbites
Que tracent ces globes connus :
Ainsi, dans des bornes prescrites,
Volent et Mercure et Vénus.
La Terre suit ; Mars, moins rapide,
D'un air sombre, s'avance et guide
Les pas tardifs de Jupiter ;
Et son père, le vieux Saturne,
Roule à peine son char nocturne
Sur les bords glacés de l'éther.

Oui, notre sphère, épaisse masse,
Demande au soleil ses présents ;
A travers sa dure surface,
Il darde ses feux bienfaisants.
Le jour voit les heures légères
Présenter les deux hémisphères
Tour à tour à ses deux rayons ;
Et, sur les signes inclinée,
La terre, promenant l'année,
Produit des fleurs et des moissons.

Je te salue, âme du monde,
Sacré soleil, astre du feu,
De tous les biens source féconde,
Soleil, image de mon Dieu !
Aux globes qui, dans leur carrière,
Rendent hommage à ta lumière,
Annonce Dieu par ta splendeur ;
Règne à jamais sur ses ouvrages ;
Triomphe, entretiens tous les âges
De son éternelle grandeur.

Du ciel auguste souveraine,
C'est toi que je peins sous ces traits :
Le tourbillon qui nous entraîne,
Vierge, ne t'ébranla jamais ;
Enveloppés des vapeurs sombres,

Toujours errant parmi les ombres,
Du jour nous cherchons la clarté.
Ton front seul, aurore nouvelle,
Ton front sans nuage étincelle
Des feux de la Divinité.

DUCIS (J.-F.). — Né en 1733, il mourut en 1816. Il eut dès sa jeunesse un goût prononcé pour le théâtre, et une admiration particulière pour le génie de Shakespeare. Aussi transporta-t-il sur notre scène les chefs-d'œuvre du grand poëte anglais : *Hamlet*, *Roméo et Juliette*, le *Roi Lear*, *Macbeth*, *Othello*. Il composa encore la *Famille arabe*, tragédie fort applaudie. *Ducis* manque de plan et d'entente de la scène ; mais il est véhément, sensible et il rencontre quelquefois l'expression sublime. Ses poésies variées sont d'un mérite reconnu.

SONGE D'HAMLET

Deux fois dans mon sommeil, ami, j'ai vu mon père,
Non point le bras levé, respirant la colère,
Mais désolé, mais pâle, et dévorant des pleurs
Qu'arrachait de ses yeux l'excès de ses douleurs.
J'ai voulu lui parler : plein de l'horreur profonde
Qu'inspirait à mon cœur l'effroi d'un autre monde.
« Quel est ton sort ? lui dis-je ; apprends-moi quel tableau
S'offre à l'homme étonné dans ce monde nouveau.
Croirai-je de ces dieux que la main protectrice
Par d'éternels tourments sur nous s'appesantisse ?

— O mon fils ! m'a-t-il dit, ne m'interroge pas :
Ces leçons du cercueil, ces secrets du trépas,
Aux profanes mortels doivent être invisibles.
Que du ciel sur les rois les arrêts sont terribles !
Ah ! s'il me permettait cet horrible entretien,
La pâleur de mon front passerait sur le tien.
Nos mains se sécheraient en touchant la couronne,
Si nous savions, mon fils, à quel titre il la donne.
Vivant, du rang suprême on sent mal le fardeau ;
Mais qu'un sceptre est pesant quand on entre au tombeau !

. . . . . — Oh ! m'écriai-je, ombre chère et terrible,
Pourquoi des bords muets de ce monde invisible,
Confident des tombeaux, viens-tu m'entretenir,
Moi qu'avec toi bientôt mes douleurs vont unir ?
Ne laisse point sortir de tes lèvres glacées
Ces hauts secrets des dieux qui troublent nos pensées,
Hélas ! pour t'obéir ai-je assez de vertu !
Je t'écoute en tremblant : réponds, que me veux-tu ?

— O mon fils, m'a-t-il dit, je viens enfin t'apprendre
Quel sang tu dois verser pour apaiser ma cendre.
On croit qu'un mal cruel trancha soudain mes jours.
Ainsi les noirs complots sont voilés dans les cours.

Ta mère! qui l'eût dit? oui, ta mère perfide,
Osa me présenter un poison parricide ;
L'infâme Claudius, du crime instigateur,
Fut de ma mort surtout le complice et l'auteur. »

Je m'éveille à ces mots : hélas! mon cher Norceste,
Je me suis élancé hors de mon lit funeste ;
Plein de l'objet affreux qui troublait mes esprits,
J'ai rempli ce palais d'épouvantables cris.
J'ai couru tout tremblant, faible, éperdu, sans suite...
Le spectre, à mes côtés, semblait presser ma fuite.
Cette ombre, ces forfaits, ce récit plein d'horreur
Dans mon cœur expirant jette encor la terreur.

A MADEMOISELLE THOMAS [1]

Pour votre fête acceptez cette rose ;
Tout est charmant dans cette aimable fleur ;
Tout, son parfum, sa forme, sa couleur,
Même son nom. Modeste et demi-close,
C'est dans nos champs, pour vous, qu'elle est éclose.
Simple en vos goûts, comme elle, loin du bruit
Vous vous plairiez à l'ombre d'un bocage.
Le moindre vent, comme elle, vous outrage,
Le moindre choc, comme elle, vous détruit.
Et cependant, presque toujours errante,
D'un frère illustre accompagnant les pas,
Fatigues, soins, rien ne vous épouvante ;
La peine même a pour vous des appas.
Faible roseau, vous résistez sans cesse.
Comme pour lui votre active tendresse
Prévient ses vœux, devine ses désirs !
Depuis trente ans, ce sont là vos plaisirs.
Ce plaisir pur (vous n'en avez point d'autre)
Soutient lui seul votre corps délicat ;
C'est son bonheur qui fait partout le vôtre ;
C'est sa santé qui fait votre climat.
Le ciel est juste. Une amitié si chère,
Tant de vertu méritaient sa faveur ;
Et ce ciel juste attache au nom du frère
Le souvenir et le nom de la sœur.

DORAT (C.-J.). — Né en 1734, mort en 1780. Ce poëte, qui consacra sa vie aux plaisirs, dépensa son patrimoine à s'y livrer et à obtenir l'impression de ses ouvrages. Il ne manquait certes pas de talent : ses poésies légères sont dignes d'éloges, et ne méritent d'autre reproche que celui de la recherche. Ses poëmes de la *Déclamation* et du *Mois de mai* offrent des passages remarquables ; sa tragédie de *Régulus* et une comédie furent représentées et assez goûtées. Il fut en guerre continuelle avec les philosophes.

(1) Sœur de l'auteur des *Éloges*.

LE TEMPLE DE LA TRAGÉDIE

(Extrait de la *Déclamation*.)

Sur le sommet du Pinde, au séjour des orages,
S'élève un temple auguste, affermi par les âges.
Cent colonnes d'ébène en soutiennent le faix ;
On grava sur les murs les illustres forfaits.
On avance en tremblant sous d'immenses portiques ;
L'œil s'enfonce et se perd dans leurs lointains magiques,
On n'y rencontre point d'ornements fastueux ;
Tout est, dans ce séjour, simple et majestueux.
On y voit des tombeaux entourés de ténèbres,
Des fantômes penchés sur des urnes funèbres,
Et l'on n'entend partout que des frémissements,
Que sons entrecoupés, et longs gémissements.
Deux femmes (1), sur le seuil, en défendent l'entrée ;
L'une, toujours plaintive, est toujours éplorée :
Ses cheveux sont épars, son front couvert de deuil,
Et sa bouche collée au marbre d'un cercueil.
L'autre inspire l'effroi dont elle est oppressée ;
Son front est fixe et morne, et sa langue est glacée.
La vengeance, la rage, et la soif des combats,
Cent spectres en tumulte accourent sur ses pas.
Ses sens sont éperdus ; ses cheveux se hérissent ;
Sa poitrine se gonfle, et ses bras se roidissent ;
Un feu sombre étincelle en ses yeux inhumains,
Et la coupe d'Atrée ensanglante ses mains.

Plus loin règne l'Amour, cet Amour implacable,
De meurtre dégouttant, malheureux et coupable,
Qui ne respecte rien quand il est outragé,
Court, se venge, et gémit sitôt qu'il est vengé :
L'assassin de Pyrrhus, l'Euménide d'Oreste ;
Ce dieu qui d'Ilion hâta le jour funeste,
Osa porter la flamme au bûcher de Didon,
Et plonger le poignard au sein d'Agamemnon.
De ces sombres objets Melpomène entourée,
Choisit au milieu d'eux sa retraite sacrée.

LA LINOTTE

Une étourdie, une tête à l'évent,
Une linotte, c'est tout dire,
Sifflant à tout propos, et tournant à tout vent,
Quitta sa mère, et voulut se produire,
Se faire un sort indépendant.
Un nid chez soi vaut mieux souvent
Que ne vaut ailleurs un empire.
Il s'agit de trouver un bel emplacement.
Ma folle un jour s'arrête près d'un chêne.
« C'est, dit-elle, ce qu'il me faut ;
Je serai là comme une reine ;

_____
(1) La Terreur et la Pitié.

On ne peut se nicher plus haut. »
En un moment le nid s'achève :
Mais, deux jours après, ô douleur!
Par tourbillons le vent s'élève,
L'air s'embrase, un nuage crève :
Adieu les projets de bonheur!
Notre linotte était absente.
A son retour, Dieu! quels dégâts!
Plus de nid! le chêne en éclats!
« Ho! ho! je serai plus prudente,
Dit-elle; logeons-nous six étages plus bas! »
Des broussailles frappent sa vue.
« La foudre n'y tombera pas,
J'y vivrai tranquille, inconnue ;
Et ceci, pour le coup, est mon fait de tout point. »
Elle y bâtit son domicile.
Moins d'éclat, sans plus de repos :
La poussière et les vermisseaux
L'inquiètent dans cet asile :
Il faut prendre congé ; mais, sage à ses dépens,
D'un buisson qui domine elle gagne l'ombrage,
Y trouve des plaisirs constants,
Et s'y préserve en même temps
De la poussière et de l'orage.

Si le bonheur nous est permis,
Il n'est pas sous le chaume, il n'est pas sur le trône.
Voulons-nous l'obtenir, amis?
La médiocrité le donne.

L'ESPRIT DU PEUPLE

Deux citoyens haranguaient sur la place,
Montés chacun sur un tréteau.
L'un vend force poisons, distillés dans une eau
Limpide à l'œil ; mais il parle avec grâce ;
Son habit est doré, son équipage est beau ;
Il attroupe la populace.
L'autre, ami des humains, jaloux de leur bonheur,
Pour rien débite un antidote :
Mais il est simple, brusque et mauvais orateur ;
On s'en moque, on le fuit comme un fou qui radote,
Et l'on court à l'empoisonneur.

Amis, n'est-ce point là l'image
De ce qu'on voit chez les pauvres mortels?
On siffle, on délaisse le sage ;
Le charlatan a des autels.

RULHIÈRE (C.-Carloman de). — Né en 1735, mort en 1791. Il servit sous le maréchal de Richelieu, fut secrétaire d'ambassade en Russie et voyagea dans presque toute l'Europe. Il rapporta de tant de voyages les matériaux de ses ouvrages les plus sérieux, l'*Histoire de l'anarchie de Pologne*, l'*Histoire de la révolution de la Russie*, etc. Ses poésies, et surtout le poëme des *Disputes*, ne sont pas sans agréments.

FRAGMENT DES DISPUTES

Vingt têtes, vingt avis; nouvel an, nouveau goût;
Autre ville, autres mœurs; tout change, on détruit tout.
Examine pour toi ce que ton voisin pense :
Le plus beau droit de l'homme est cette indépendance.
Mais ne dispute point : les desseins éternels,
Cachés au sein de Dieu, sont trop loin des mortels.
Le peu que nous savons d'une façon certaine,
Frivole comme nous, ne vaut pas tant de peine.
Le monde est plein d'erreurs; mais déjà je conclus
Que prêcher la raison n'est qu'une erreur de plus...

Auriez-vous, par hasard, connu feu monsieur d'Aube,
Qu'une ardeur de dispute éveillait avant l'aube?
Contiez-vous un combat de votre régiment,
Il savait mieux que vous où, contre qui, comment.
Vous seul en auriez eu toute la renommée :
N'importe, il vous citait ses lettres de l'armée;
Et, Richelieu présent, il aurait raconté
Ou Gênes défendue, ou Mahon emporté.
D'ailleurs homme de sens, d'esprit et de mérite;
Mais son meilleur ami redoutait sa visite.
L'un, bientôt rebuté d'une vaine clameur,
Gardait, en l'écoutant, un silence d'humeur.
J'en ai vu, dans le feu d'une dispute aigrie,
Près de l'injurier, le quitter de furie,
Et, rejetant la porte à son double battant,
Ouvrir à leur colère un champ libre en sortant.
Ses neveux, qu'à sa suite attachait l'espérance,
Avaient vu dérouter toute leur complaisance...

Un voisin asthmatique, en l'embrassant un soir,
Lui dit : « Mon médecin me défend de vous voir. »
Et, parmi cent vertus, cette unique faiblesse
Dans un triste abandon réduisit sa vieillesse.
Au sortir d'un sermon la fièvre le saisit,
Las d'avoir écouté sans avoir contredit.
Et, tout près d'expirer, gardant son caractère,
Il faisait disputer le prêtre et le notaire.
Que la bonté divine, arbitre de son sort,
Lui donne le repos que nous rendit sa mort,
Si du moins il s'est tu devant ce grand arbitre!

FERRANDIÈRE (M.-A. Petitan, marquise de la). — Née en 1736, morte en 1819. Nous regrettons de ne pouvoir citer qu'une fable de cette femme poëte, dont les vers brillent par l'esprit et le sentiment.

L'AIGLE ET LE PAON

Un aigle, auprès du paon, non sans quelque murmure,
De sa robe enviait l'éclatante parure :
« Si vous devez briller aux yeux de l'univers,
    Dit le paon, c'est par le courage :
L'oiseau que la nature a fait le roi des airs
    N'a pas besoin d'un beau plumage. »

LE BAILLY (A.-F.). — Né en 1738, mort en 1832. Il abandonna le barreau pour la culture des lettres. Il fit des opéras, des poésies fugitives, de petits poëmes; mais il s'est rendu surtout recommandable par ses fables pleines de sages moralités, d'élégance et de bonhomie.

LE ROI DE PERSE ET LE COURTISAN

    Possesseur d'un trésor immense,
    Mais plus riche encore en vertus,
Un monarque persan, émule de Titus,
Signalait chaque jour son auguste puissance
    Par mille traits de bienfaisance.
Instruit dans son conseil qu'un mal contagieux
De ses États alors ravageait la frontière,
Il y vole soudain, veut tout voir par ses yeux :
Sa première visite est pour l'humble chaumière.
Combien d'infortunés il arrache au trépas!
Soulager le malheur est son unique affaire.
Il croit n'avoir rien fait, tant qu'il lui reste à faire.
Aussi comme on bénit la trace de ses pas !
Au milieu de la nuit, le roi veillait encore :
« Reposez-vous enfin, seigneur, il en est temps,
    Lui dit un de ses courtisans;
    Demain, au lever de l'aurore,
Vous reviendrez. — Non pas, répond le souverain,
Ne différons jamais d'obliger le prochain ;
Car on n'a pas toujours occasion pareille...
    Le bien que l'on a fait la veille
    Fait le bonheur du lendemain. »

LES MÉTAMORPHOSES DU SINGE

Gille, histrion de foire, un jour par aventure,
    Trouva sous sa patte un miroir :
Mon singe, au même instant, de chercher à s'y voir.
« O le museau grotesque ! ô la plate figure !
    S'écria-t-il; que je suis laid !
Puissant maître des dieux, j'ose implorer tes grâces :
    Laisse-moi le lot des grimaces;
Je te demande au reste un changement complet. »
Jupin l'entend et dit : « Je consens à la chose.
Regarde : es-tu content de ta métamorphose? »
Le singe était déjà devenu perroquet.

Sous ce nouvel habit mon drôle s'examine,
Aime assez son plumage et beaucoup son caquet ;
Mais il n'a pas tout vu : « Peste ! la sotte mine
Que me donne Jupin ; le long bec que voilà !
J'ai trop mauvaise grâce avec ce bec énorme :
       Donnez-moi vite une autre forme. »
       Par bonheur ! en ce moment-là,
Le seigneur Jupiter était d'humeur à rire :
Il en fait donc un paon ; et, cette fois, le sire,
Promenant sur son corps des yeux émerveillés,
       S'enfle, se pavane, et s'admire ;
       Mais, las ! il voit ses vilains pieds ;
       Et mon impertinente bête
A Jupin derechef adresse une requête.
« Ma bonté, dit le dieu, commence à se lasser :
Cependant j'ai trop fait pour rester en arrière,
Et vais de chaque état où tu viens de passer
       Te conserver le caractère :
       Mais aussi, plus d'autre prière ;
Que je n'entende plus ton babil importun ! »
A ces mots, Jupiter lui donne un nouvel être ;
       Et qu'en fait-il ? un petit-maître.
Depuis ce temps, dit-on, les quatre ne font qu'un.

BOUFFLERS (Stanislas, chevalier de). — Né en 1737, mort en 1815.
Il renonça, pour servir, à l'état ecclésiastique et épuisa ses ressources dans les plaisirs ; il fut fait gouverneur du Sénégal, reçu
à l'Académie française à son retour, et envoyé comme député aux
états généraux. Boufflers a écrit en prose plusieurs ouvrages ; ses
poésies fugitives et ses contes offrent des beautés, mais aussi trop
de licence.

LE VRAI PHILOSOPHE

Le bonheur est partout ; avec son héritage
       Le riche ne l'a point reçu,
       Dans l'âme tranquille du sage,
       Il habite avec la vertu.
L'homme, vraiment heureux, pourra l'être sans cesse ;
Aux caprices du sort il condamne son goût :
Il souffre la misère, il rit de la richesse,
Et sait autant jouir que se passer de tout.
       Il craint moins la mort que le crime,
Il aime sa patrie, il aime ses amis,
       Et, s'il leur faut une victime,
Le sacrifice est prêt : la gloire en est le prix.

DELILLE (Jacques). — Né en 1738, mort en 1813. Après avoir
brillé comme professeur, il débuta dans la carrière des lettres par
la traduction des *Géorgiques*, et fut reçu à l'Académie. Six ans
plus tard, il donna son poëme des *Jardins*, et, après un voyage
en Orient, celui de l'*Imagination*. Obligé de quitter la France, il

alla s'inspirer dans différents pays de l'Europe, et ne revint dans son pays qu'en 1802. Outre les ouvrages déjà cités, il composa l'*Homme des champs*, la *Piété*, les *Trois règnes*, la *Conversation*, et traduisit l'*Énéide*, le *Paradis perdu*, etc. Si le génie a manqué à Delille, il est juste de reconnaître qu'il n'a pas d'égal comme versificateur, et qu'il est le premier de nos poëtes descriptifs.

LE PARLEUR PRÉTENTIEUX

(Poëme de la *Conversation.*)

Que mon bon ange aussi me débarrasse
De cet homme à prétention,
Qui, commandant l'attention,
A ses moindres propos attache une préface ;
Qui, tel que l'on voit un archer,
De son arc détendu, quand la flèche s'envole,
Suivre de l'œil le trait qu'il vient de décocher,
Sitôt qu'il lâche une parole,
Vient lire dans mes yeux l'effet de son discours,
Ne permet pas qu'on en trouble le cours ;
D'un regard exigeant me presse, m'interroge ;
Quête un souris, sollicite un éloge ;
Tremble qu'une pensée, une maxime, un mot,
N'aille mourir dans l'oreille d'un sot.
Au milieu de sa période,
J'échappe, en m'esquivant, au parleur incommode,
Et le laisse chercher dans les regards d'autrui
La satisfaction que lui seul a de lui.

LE CAFÉ

(Fragment des *Trois Règnes.*)

Il est une liqueur au poëte plus chère,
Qui manquait à Virgile, et qu'adorait Voltaire :
C'est toi, divin café, dont l'aimable liqueur,
Sans altérer la tête, épanouit le cœur.
Aussi, quand mon palais est émoussé par l'âge,
Avec plaisir encor je goûte ton breuvage.
Que j'aime à préparer ton nectar précieux !
Nul n'usurpe chez moi ce soin délicieux.
Sur le réchaud brûlant moi seul tournant ta graine,
A l'or de ta couleur fais succéder l'ébène,
Moi seul contre la noix, qu'arment ses dents de fer,
Je fais, en le broyant, crier ton fruit amer ;
Charmé de ton parfum, c'est moi seul qui dans l'onde
Infuse à mon foyer ta poussière féconde ;
Qui, tour à tour calmant, excitant tes bouillons,
Suis, d'un œil attentif, tes légers tourbillons.
Enfin de ta liqueur lentement reposée
Dans le vase fumant la lie est déposée ;
Ma coupe, ton nectar, le miel américain,
Que du suc des roseaux exprima l'Africain,
Tout est prêt : du Japon l'émail reçoit tes ondes,

Et seul tu réunis les tributs des deux mondes.
Viens donc, divin nectar, viens donc, inspire-moi :
Je ne veux qu'un désert, mon Antigone, et toi.
A peine j'ai senti ta vapeur odorante,
Soudain de ton climat la chaleur pénétrante
Réveille tous mes sens; sans trouble, sans chaos,
Mes pensers plus nombreux accourent à grands flots.
Mon idée était triste, aride, dépouillée ;
Elle rit, elle sort richement habillée ;
Et je crois, du génie éprouvant le réveil,
Boire dans chaque goutte un rayon de soleil.

LE MAGISTER
(*L'Homme des champs*)

Mais le voici : son port, son air de suffisance,
Marquent dans son savoir sa noble confiance.
Il sait, le fait est sûr, lire, écrire et compter;
Sait instruire à l'école, au lutrin sait chanter,
Connaît les lunaisons, prophétise l'orage,
Et même du latin eut jadis quelque usage.
Dans les doctes débats, ferme et rempli de cœur,
Même après sa défaite, il tient tête au vainqueur.
Voyez, pour gagner temps, quelles lenteurs savantes
Prolongent de ses mots les syllabes traînantes!
Tout le monde l'admire, et ne peut concevoir
Que dans un cerveau seul loge tant de savoir.
Du reste, inexorable aux moindres négligences,
Tant il a pris à cœur le progrès des sciences.
Paraît-il? sur son front ténébreux ou serein,
Le peuple des enfants croit lire son destin.
Il veut, on se sépare; il fait signe, on s'assemble;
Il s'égaye, et l'on rit ; il se ride, et tout tremble.
Il caresse, il menace, il punit, il absout.
Même absent, on le craint : il voit, il entend tout ;
Un invisible oiseau lui dit tout à l'oreille :
Il sait celui qui rit, qui cause, qui sommeille;
Qui néglige sa tâche, et quel doigt polisson
D'une adroite boulette a visé son menton.
Non loin croît le bouleau, dont la verge pliante
Est sourde aux cris plaintifs de leur voix suppliante,
Qui, dès qu'un vent léger agite ses rameaux,
Fait frissonner d'effroi cet essaim de marmots,
Plus pâles, plus tremblants encor que son feuillage.

PÉLISSON PRISONNIER
(Fragment de l'*Imagination*.)

Au défaut des humains, souvent les animaux
De l'homme abandonné soulagèrent les maux;
Et l'oiseau qui fredonne, et le chien qui caresse,
Quelquefois ont suffi pour charmer sa tristesse.
L'infortuné n'est pas difficile en amis :
Pélisson l'éprouva. Dans ces lieux ennemis,

Un insecte aux longs bras, de qui les doigts agiles
Tapissaient ces vieux murs de leurs toiles fragiles,
Frappe ses yeux : soudain, que ne peut le malheur!
Voilà son compagnon et son consolateur!
Il l'aime, il suit de l'œil ses réseaux qu'il déploie,
Lui-même il va chercher, va lui porter sa proie.
Il l'appelle, il accourt; et, jusque dans sa main,
L'animal familier vient chercher son festin.
Pour prix de son secours, il charme sa souffrance;
Il ne s'informe pas, dans sa reconnaissance,
Si de ce malheureux, caché dans sa prison,
Le soin intéressé naît de son abandon :
Trop de raisonnement mène à l'ingratitude.
Son instinct fut plus juste; et, dans leur solitude,
Défiant et barreaux, et grilles, et verroux,
Nos deux reclus en tout rendaient leur sort plus doux;
Lorsque, de la vengeance implacable ministre,
Un geôlier au cœur dur, au visage sinistre,
Indigné du plaisir que goûte un malheureux,
Foule aux pieds son amie, et l'écrase à ses yeux;
L'insecte était sensible, et l'homme fut barbare!
Ah! tigre impitoyable et digne du Tartare,
Digne de présider aux tourments des pervers,
Va, Mégère t'attend au cachot des enfers...

LA FERME

(Fragment des *Jardins.*)

La ferme! à ce nom seul, les moissons, les vergers,
Le règne pastoral, les doux soins des bergers,
Ces biens de l'âge d'or, dont l'image chérie
Plut tant à mon enfance, âge d'or de la vie,
Réveillent dans mon cœur mille regrets touchants.
Venez : de vos oiseaux j'entends déjà les chants;
J'entends rouler les chars qui traînent l'abondance,
Et le fruit des fléaux qui tombent en cadence.

Ornez donc ce séjour; mais, absurde à grands frais,
N'allez pas ériger une ferme en palais :
Élégante à la fois et simple dans son style,
La ferme est aux jardins ce qu'aux vers est l'idylle.

Ah! par les dieux des champs, que le luxe effronté
De ce modeste lieu soit toujours rejeté.
N'allez pas déguiser vos pressoirs et vos granges :
Je veux voir l'appareil des moissons, des vendanges;
Que le crible, le van où le froment doré,
Bondit avec la paille et retombe épuré,
La herse, les traîneaux, tout l'attirail champêtre,
Sans honte à mes regards osent ici paraître;
Surtout, des animaux, que le tableau mouvant,
Au dedans, au dehors, lui donne un air vivant.
Ce n'est plus du château la parure stérile,
La grâce inanimée et la pompe immobile :
Tout vit, tout est peuplé dans ces murs, sous ces toits.

Que d'oiseaux différents et d'instinct et de voix,
Habitant sous l'ardoise, ou la tuile, ou le chaume,
Famille, nation, république, royaume,
M'occupent de leurs mœurs, m'amusent de leurs jeux!...
La corbeille à la main, la sage ménagère
A peine a reparu, la nation légère,
Du sommet de ses tours, du penchant de ses toits,
En tourbillons bruyants descend toute à la fois :
La foule avide en cercle autour d'elle se presse ;
D'autres, toujours chassés et revenant sans cesse,
Assiégent la corbeille, et, jusque dans la main,
Parasites hardis, viennent ravir le grain.

Soignez donc, protégez ce peuple domestique;
Que leur logis soit sain, et non pas magnifique.
Que leur font des réduits richement décorés,
Le marbre des bassins, les grillages dorés?
Un seul grain de millet leur plairait davantage;
La Fontaine l'a dit : ô véritable sage !
La Fontaine, c'est toi qu'il faudrait en ces lieux :
Chantre heureux de l'instinct, il t'inspirerait mieux.

TENDRESSE MATERNELLE CHEZ LES OISEAUX

(Les Trois Règnes.)

Que de charmes n'ont point leurs amours maternelles!
Voyez le tendre oiseau réchauffer sous ses ailes
Ses petits enfermés dans leur frêle séjour.
Tantôt j'ai peint son nid : qui peindra son amour?
Eh ! qui peut surpasser le courage du père?
Quel soin peut s'égaler aux doux soins de la mère?
Cet être si léger, que le frêne ou l'ormeau
Ne voit pas deux instants sur le même rameau,
Mère aujourd'hui constante et nourrice assidue,
Demeure jour et nuit sur ses œufs étendue.
Le père, heureux époux autant qu'heureux amant,
De sa tendre moitié va chercher l'aliment,
Ou, sur les bords du nid se plaçant auprès d'elle,
Soulage par ses chants sa compagne fidèle.
Des ennemis souvent l'un et l'autre est vainqueur,
Et dans de faibles corps se déploie un grand cœur.
Souvent avec ses fils une mère enlevée
Vit pour eux, les nourrit, et meurt sur sa couvée.
Enfin avec quel soin et quel zèle nouveau
Les parents à voler forment le jeune oiseau!
C'est aux heures du soir, lorsque, dans la nature,
Tout est repos, fraîcheur, et parfum, et verdure ;
L'adolescent, ravi de ce bel horizon,
S'agite dans son nid devenu sa prison ;
Il sort ; et, balancé sur la branche pliante,
Il hésite, il essaye une aile encor tremblante :
Le couple, en voltigeant, provoque son essor,
Gourmande sa frayeur, l'appelle, et vole encor :
Enfin il se hasarde ; et, déployant ses ailes,

Non sans crainte, il se fie à ses plumes nouvelles.
L'air reçoit ce doux poids; il touche le gazon;
Les parents enchantés répètent la leçon.
D'une aile moins novice alors le jeune élève
S'enhardit, prend l'essor, s'abat et se relève;
Enfin, sûr de sa force, et plus audacieux,
Il part, tout est fini, tous se font leurs adieux;
Et l'instinct dénouant la chaine mutuelle,
Un nouveau nœud commence une race nouvelle.

LA RETRAITE DES GENS DE LETTRES

(Épîtres.)

Dans la retraite, ami, la sagesse t'attend;
C'est là que le génie et s'élève et s'étend;
Là, règne avec la paix l'indépendance altière;
Là, notre âme à nous seuls appartient tout entière;
Cette âme, ce rayon de la Divinité,
Dans le calme des sens médite en liberté,
Sonde ses profondeurs, cherche au fond d'elle-même
Les trésors qu'en son sein cacha l'Être suprême,
S'échauffe par degrés, prépare ce moment
Où, saisi tout à coup d'un saint frémissement,
Sur des ailes de feu, l'esprit vole et s'élance,
Et des lieux, et des temps, franchit l'espace immense;
Ramène tour à tour son vol audacieux,
Et des cieux à la terre et de la terre aux cieux;
Parcourt les champs de l'air et les plaines de l'onde,
Et remporte avec lui les richesses du monde.

Vous ne connaissez point ces transports ravissants,
Vous, héros du beau monde, esclaves du bon sens :
Votre esprit égaré, sans lumière et sans force,
N'aperçoit qu'un objet, et n'en voit que l'écorce.
L'astre majestueux dont le flambeau nous luit,
N'est pour vous que le jour qui succède à la nuit :
Mais du sage attentif frappe-t-il la paupière?
A de hardis calculs il soumet sa lumière :
Déjà, le prisme en main, il divise ses traits,
De sa chaleur féconde il cherche les effets :
Il voit jaillir les feux de leur brûlante source,
Il mesure cet astre, il lui marque sa course;
Et, cherchant dans les cieux son auteur immortel,
S'élève jusqu'au trône où siége l'Éternel.

O retraite sacrée! ô délices du sage!
Ainsi, fier de penser loin du monde volage,
Il voit des préjugés le rapide torrent
Entraîner loin de lui le vulgaire ignorant;
Et, suivant des humains la course vagabonde,
Jouit, en le fuyant, du spectacle du monde.

Hélas! si des humains les instants sont si courts,
Faut-il dans de vains jeux perdre nos plus beaux jours?
Faut-il que la langueur de notre âme assoupie,

25

Même avant notre mort, nous prive de la vie?
Dans l'avenir plutôt dressons-nous des autels ;
Ami, ce temps qui fuit peut nous rendre immortels.

LA HARPE (J.-Franç. de). — Né en 1739, mort en 1803. Il fit au collége d'Harcourt de brillantes études, et donna de bonne heure des tragédies : *Warwick, Mélanie*, les *Barmécides, Coriolan, Philoctète, Virginie*, qui eurent des succès variés, excepté la première, qui fut fort goûtée du public. Il composa en outre de nombreux éloges pour les concours d'éloquence et de poésie. On lui doit encore un ouvrage important qui lui fit donner le surnom du *Quintilien français :* c'est le *Cours de littérature*, dont on peut discuter les jugements, mais dont on doit admirer le travail et la critique générale. Il publia de plus l'*Abrégé des voyages*, plusieurs traductions et des recueils de poésie. Après avoir partagé les opinions des philosophes et des nouveaux politiques, son emprisonnement, pendant la révolution, le fit revenir à des idées religieuses et modérées.

PHILOCTÈTE A PYRRHUS

(Fragment de *Philoctète*.)

Ah! par les immortels de qui tu tiens le jour,
Par tout ce qui jamais fut cher à ton amour,
Par les mânes d'Achille et l'ombre de ta mère,
Mon fils, je t'en conjure, écoute ma prière ;
Ne me laisse pas seul en proie au désespoir,
En proie à tous les maux que tes yeux peuvent voir ;
Cher Pyrrhus, tire-moi des lieux où ma misère
M'a longtemps séparé de la nature entière.
C'est te charger, hélas! d'un bien triste fardeau,
Je ne l'ignore pas; l'effort sera plus beau
De m'avoir supporté : toi seul en étais digne;
Et de m'abandonner la honte est trop insigne;
Tu n'en es pas capable : il n'est que les grands cœurs
Qui sentent la pitié que l'on doit aux malheurs,
Qui sentent d'un bienfait le plaisir et la gloire.
Il sera glorieux, si tu daignes m'en croire,
D'avoir pu me sauver de ce fatal séjour.

Jusqu'aux vallons d'Œta le trajet est d'un jour;
Jette-moi dans un coin du vaisseau qui te porte,
A la poupe, à la proue, où tu voudras, n'importe,
Je t'en conjure encore, et j'atteste les dieux :
Le mortel suppliant est sacré devant eux.
Je tombe à tes genoux, ô mon fils! je les presse
D'un effort douloureux qui coûte à ma faiblesse,
Que j'obtienne de toi la fin de mes tourments;
Accorde cette grâce à mes gémissements;
Mène-moi dans l'Eubée, ou bien dans ta patrie;
Le chemin n'est pas long à la rive chérie

Où j'ai reçu le jour, aux bords du Sperchius,
Bords charmants, et pour moi depuis longtemps perdus!
Mène-moi vers Pæan : rends un fils à son père.
Eh! que je crains, ô ciel! que la Parque sévère
De ses ans, loin de moi, n'ait terminé le cours!
J'ai fait plus d'une fois demander ses secours :
Mais il est mort sans doute; ou ceux de qui le zèle
Lui devait de mon sort porter l'avis fidèle,
A peine en leur pays, ont bien vite oublié
Les serments qu'avait faits leur trompeuse pitié.

Ce n'est plus qu'en toi seul que mon espoir réside :
Sois mon libérateur, ô Pyrrhus! sois mon guide;
Considère le sort des fragiles humains :
Et qui peut un moment compter sur les destins?
Tel repousse aujourd'hui la misère importune,
Qui tombera demain dans la même infortune.
Il est beau de prévoir ces retours dangereux,
Et d'être bienfaisant alors qu'on est heureux.

VASCO DE GAMA

(Ode.)

Hélas! il présageait les maux qui nous punissent,
Ce chantre renommé que les Muses chérissent,
Qui de Gama jadis célébra les travaux!
Muse, interromps tes chants, écoute et rends hommage
      Au Virgile du Tage!
C'est à lui de chanter les dieux et les héros.

Ce hardi Portugais, Gama, dont le courage
D'un nouvel Océan nous ouvrit le passage,
De l'Afrique déjà voyait fuir les rochers;
Un fantôme, du sein de ces mers inconnues
      S'élevant jusqu'aux nues,
D'un prodige sinistre effraya les nochers.

Il étendait son bras sur l'élément terrible;
Des nuages épais chargeaient son front horrible;
Autour de lui grondaient le tonnerre et les vents;
Il ébranla d'un cri les demeures profondes.
      Et sa voix sur les ondes
Fit retentir au loin ces funestes accents :

« Arrête, disait-il, arrête, peuple impie;
Reconnais de ces bords le souverain génie,
Le dieu de l'Océan dont tu foules les flots!
Crois-tu qu'impunément, ô race sacrilége,
      Ta fureur qui m'assiége
Ait sillonné ces mers qu'ignoraient tes vaisseaux?

Tremble, tu vas porter ton audace profane
Aux rives du Mélinde, aux bords de Taprobane,
Qu'en vain si loin de toi placèrent les destins.

Vingt peuples t'y suivront; mais ce nouvel empire
Où tu vas les conduire,
N'est qu'un tombeau de plus creusé par les humains.

J'entends des cris de guerre au milieu des naufrages,
Et les sons de l'airain se mêlant aux orages,
Et les foudres de l'homme au tonnerre des cieux.
Les vainqueurs, les vaincus, deviendront mes victimes :
Au fond de mes abîmes
Leurs coupables trésors descendront avec eux. »

Il dit, et se courbant sur les eaux écumantes,
Il se plongea soudain dans ces roches bruyantes
Où le flot va se perdre et mugit renfermé.
L'air parut s'embraser, et le roc se dissoudre,
Et les traits de la foudre
Éclatèrent trois fois par l'écueil enflammé.

CHAMFORT (S.-R. Nicolas, dit). — Né en 1741, mort en 1794.
Après avoir fait de bonnes études à Paris, il remporta, sous le nom
de Chamfort qu'il se donna, plusieurs prix de poésie, et fit représenter des comédies assez estimées. Il fut successivement secrétaire du prince de Condé, lecteur de Mme Élisabeth, et, à l'avénement de la révolution dont il adopta les principes, conservateur
de la bibliothèque nationale. Il n'en subit pas moins les rigueurs
de son parti, qu'il trouva trop violent et qui le jugea trop modéré. Il a écrit plusieurs éloges, des comédies, une tragédie, et un
Commentaire sur les fables de la Fontaine, perdu avec plusieurs de
ses autres ouvrages.

L'HOMME
(Ode.)

Quand Dieu, du haut du ciel, a promené sa vue
Sur ces mondes divers semés dans l'étendue,
Sur ces nombreux soleils brillant de sa splendeur,
Il arrête les yeux sur le globe où nous sommes;
Il contemple les hommes,
Et dans notre âme enfin va chercher sa grandeur.

Apprends de lui, mortel, à respecter ton être.
Cet orgueil généreux n'offense point ton maître :
Sentir ta dignité, c'est bénir ses faveurs;
Tu dois ce juste hommage à sa bonté suprême :
C'est l'oubli de toi-même
Qui, du sein des forfaits, fit naître tes malheurs.

Mon âme se transporte aux premiers jours du monde;
Est-ce là cette terre aujourd'hui si féconde?
Qu'ai-je vu? des déserts, des rochers, des forêts :
Ta faim demande au chêne une vile pâture;
Une caverne obscure
Du roi de l'univers est le premier palais.

Tout naît, tout s'embellit sous ta main fortunée :
Ces déserts ne sont plus, et la terre étonnée
Voit son fertile sein ombragé de moissons.
Dans ces vastes cités quel pouvoir invincible,
    Dans un calme paisible,
Des humains réunis endort les passions?

Tes yeux ont mesuré ce ciel qui te couronne :
Ta main pèse les airs qu'un long tube emprisonne.
La foudre menaçante obéit à tes lois ;
Un charme impérieux, une force inconnue
    Arrache de la nue
Le tonnerre indigné de descendre à ta voix.

O prodige plus grand : ô vertu que j'adore !
C'est par toi que nos cœurs s'ennoblissent encore.
Quoi ! ma voix chante l'homme, et j'ai pu l'oublier !...
Je célèbre avant toi... Pardonne, beauté pure ;
    Pardonne cette injure ;
Inspire-moi des sons dignes de l'exprier.

Mes vœux sont entendus : ta main m'ouvre ton temple ;
Je tombe à vos genoux, héros que je contemple,
Pères, époux, amis, citoyens vertueux :
Votre exemple, vos noms, ornements de l'histoire,
    Consacrés par la gloire
Élèvent jusqu'à vous les mortels généreux.

Et, si je célébrais d'une voix éloquente,
La vertu couronnée et la vertu mourante,
Et du monde attendri les bienfaiteurs fameux,
Et Titus, qu'à genoux l'univers environne,
    Pleurant aux pieds du trône
Le jour qu'il a perdu sans faire des heureux?

Oui, j'ose le penser, ces mortels magnanimes
Sont honorés, grand Dieu! de tes regards sublimes ;
Tu ne négliges pas leurs sublimes destins ;
Tu daignes t'applaudir d'avoir formé leur être,
    Et ta bonté, peut-être,
Pardonne, en leur faveur, au reste des humains.

BOISARD (J.-J.-F.-M.). — Né en 1744, mort en 1833. Il avait été
secrétaire du comte de Provence (Louis XVIII) ; mais, depuis la révolution, il vécut obscur et malheureux. Il a laissé plus de mille
fables, dont un petit nombre seulement mérite d'être cité.

L'HISTOIRE

    La capitale d'un empire
Que le glaive du Scythe achevait de détruire.
    Par mille édifices pompeux
Du sauvage vainqueur éblouissait la vue.

D'un prince, qui régna dans ces murs malheureux,
Il admirait surtout la célèbre statue.
　　　On lisait sur le monument :
A très-puissant, très-bon, très-juste, très-clément !
Et le reste ; en un mot, l'étalage vulgaire
Des termes consacrés au style lapidaire.
Les mots en lettres d'or frappent le conquérant ;
　　　Ce témoignage si touchant
Qu'aux vertus de son roi rendait un peuple immense,
Émeut le roi barbare ; il médite en silence
Sur ce genre d'honneurs qu'il ne connut jamais.
Longtemps de ce bon prince il contemple les traits.
Il se fait expliquer l'histoire de sa vie.
« Ce prince, dit l'histoire, horreur de ses sujets,
Naquit pour le malheur de sa triste patrie.
Devant son joug de fer il fit taire les lois ;
Il étouffa l'honneur, ce brillant fanatisme
　　　Qui sert si bien les rois,
Et fit le premier pas vers l'affreux despotisme. »
Tel était le portrait qu'à la postérité
　　　Transmettait l'équitable histoire.
Le Scythe confondu ne sait ce qu'il doit croire.
Pourquoi donc, si l'histoire a dit la vérité,
　　　Par un monument si notoire,
　　　Le mensonge est-il attesté ?
Sa Majesté sauvage était bien étonnée.
　　　« Seigneur, dit un des courtisans,
Qui, durant près d'un siècle, à la cour du tyran
　　　Traîna sa vie infortunée,
Seigneur, ce monument qui vous surprend si fort,
　　　Au destructeur de sa patrie
　　　Fut érigé pendant sa vie...
　　　On fit l'histoire après sa mort. »

LE SINGE, L'ANE ET LA TAUPE

De leurs plaintes sans fin, de leurs souhaits sans bornes,
Le singe et l'âne un jour importunaient les cieux.
« Ah ! je n'ai point de queue ! — Ah ! je n'ai point de cornes !
— Ingrats, reprit la taupe, et vous avez des yeux. »

LÉONARD (N.-G.). — Né en 1744, mort en 1793. Quoiqu'il ait occupé de nombreuses fonctions publiques dans lesquelles il a rendu d'actifs services comme chargé d'affaires, et comme sénéchal de l'amirauté, etc., Léonard trouva le loisir de composer un recueil d'*Idylles morales*, un *Poëme des saisons*, etc., pleins de grâces et d'une exquise sensibilité.

LES TOMBEAUX
(Idylle.)

MILON.
J'aperçois dans ce lac, auprès de ces roseaux,
　　　Une colonne renversée.

DAMÈTE.

C'était un monument; l'urne est au bord des eaux.

MILON.

O dieux! quelle scène est tracée
Sur ce marbre où la ronce a jeté ses rameaux!
J'y vois les horreurs de la guerre,
Sur des coursiers fougueux des mourants entraînés;
Les chars des vainqueurs forcenés
Roulant parmi des corps entassés sur la terre...
La tombe que d'un crime on ose ainsi charger
N'est point, assurément, la tombe d'un berger.

DAMÈTE.

Un berger? dis un monstre! il dévasta nos plaines
Comme un brigand farouche, il vint donner des chaînes
A de faibles enfants, à d'innocents pasteurs,
A des vieillards cachés dans leurs humbles chaumières,
Foula d'un pied sanglant l'espoir des moissonneurs,
Et sema dans les champs les membres de nos pères.
Le barbare! il craignait qu'oublié des humains,
Avec lui chez les morts il n'emportât sa gloire;
Et, pour éterniser sa coupable mémoire,
Ce tombeau que tu vois fut construit de ses mains.

MILON.

Exécrable tyran!... mais certes je l'admire :
Il veut que le passant ait soin de le maudire;
Et voilà maintenant son monument brisé!
La fange est confondue avec ses cendres viles;
        Et dans ce vase délaissé   »
        On entend siffler les reptiles!
Qui ne rirait de voir au casque du vainqueur
        S'asseoir la grenouille paisible,
Et d'impurs limaçons se traîner sans frayeur
        Le long de son glaive terrible?
Non, je ne voudrais pas de l'or du monde entier,
        Si par un crime il fallait le payer :
        J'aimerais mieux, en paix avec moi-même,
N'avoir que mes brebis, n'en eussé-je que deux;
        J'en immolerais une aux dieux,
        Pour bénir leur bonté suprême.

DAMÈTE.

Viens, je veux te montrer un monument plus beau.
Suis-moi jusqu'à la tombe où repose mon père.

MILON.

        Il a laissé dans son hameau
        Un souvenir que je révère.
Je te suis : Alexis gardera mon troupeau.

DAMÈTE.

        Tout ce que tu vois est l'ouvrage
        De ses industrieux efforts.

Cette contrée était sauvage ;
Il y fit germer des trésors :
C'est lui qui planta ce bocage ;
C'est lui qui, pour baigner nos bords,
Attira ce ruisseau de son lointain rivage ;
Et voici son tombeau sous ce riant ombrage !
On dirait que, du sein des morts,
Il embellit pour nous son modeste héritage.

MILON.

Ami, des dieux vengeurs adorons l'équité ;
Ils brisent le tombeau d'un tyran détesté,
Qui par les pleurs du monde a signalé sa gloire ;
Tandis que ce mortel, cher à l'humanité,
Fait respecter sa cendre, et bénir sa mémoire.

ROUCHER (J.-Ant.). — Né en 1745, mort sur l'échafaud en 1794. Le ministre Turgot lui avait confié une charge de finances qui lui laissa le loisir de se livrer à son goût pour les lettres. Sa résistance aux actes odieux de la Terreur le fit condamner à mort; il périt deux jours avant le 9 thermidor. Il a laissé des *Mémoires*, des *Lettres*, une traduction et le poëme des *Mois*.

LA CHASSE AU CERF

(*Les Mois.*)

Le cor, pour éveiller les châteaux d'alentour,
Frappe et remplit les airs de bruyantes fanfares :
L'ardent coursier hennit : et vingt meutes barbares,
Près de porter la guerre au monarque des bois,
En rapides abois font éclater leur voix.
Ennemis affamés que les veneurs devancent,
Les chiens vers la forêt en tumulte s'avancent,
Et bientôt sur leurs pas l'impétueux coursier,
Tout fier d'un conducteur brillant d'or et d'acier,
Non loin de la retraite où l'ennemi repose,
Arrive. L'assaillant en ordre se dispose :
Tous ces flots de chasseurs, prudemment partagés,
Se forment en deux corps sur les ailes rangés,
Les chiens au milieu d'eux se placent en silence.
Tout se tait : le cor sonne; on s'écrie, on s'élance ;
Et soudain, comme un trait, meute, coursiers, chasseur,
Du rempart des taillis ont franchi l'épaisseur.
Eveillé dans son fort au bruit de la tempête,
La terreur dans les yeux, le cerf dresse la tête,
Voit la troupe sur lui fondant comme un éclair ;
Il déserte son gîte; il court, vole et fend l'air,
Et sa course déjà, de l'aquilon rivale,
Entre l'armée et lui laisse un vaste intervalle.
Mais les chiens plus ardents, vers la terre inclinés,
Dévorent les esprits de son corps émanés,
Demeurent sans repos attachés à sa trace ;
Ils courent. L'animal, ô nouvelle disgrâce !

L'animal est surpris en un fort écarté.
Moins confiant alors en son agilité,
Par la feinte et la ruse il défend sa faiblesse;
Sur lui-même trois fois il tourne avec souplesse,
Ou cherche un jeune cerf, de sa vieillesse ami,
Et l'expose en sa place à l'œil de l'ennemi.

Mais la brûlante odeur des esprits qu'il envoie,
Conductrice des chiens, les ramène à sa voie.
C'est alors qu'il bondit et veut franchir les airs;
Sa trace est reconnue. Enfin, dans ces déserts,
Contre tant d'ennemis ne trouvant plus d'asile,
Le roi de la forêt à jamais s'en exile :
Il ne reverra plus ce spacieux séjour
Où vingt jeunes rivaux, vaincus en un seul jour,
Laissaient à ses plaisirs une vaste carrière;
Il franchit, n'osant plus regarder en arrière,
Il franchit les fossés, les palis et les ponts,
Et les murs et les champs, et les bois et les monts.
Tout fumant de sueur, vers un fleuve il arrive,
Et la meute avec lui déjà touche la rive.
Le premier, dans les flots il s'élance à leurs yeux :
Avec des hurlements les chiens plus furieux,
Trempés de leur écume, affamés de carnage,
Se plongent dans le fleuve et l'ouvrent à la nage.

Cependant un nocher devance leur abord,
Et, tandis que sa nef les porte à l'autre bord,
L'infortuné, poussant une pénible haleine,
Et glacé par le froid de la liquide plaine,
Vogue, franchit le fleuve, et, de l'onde sorti,
Fuit encor, de chasseurs et de chiens investi.
Sa force enfin trompant son courage, il s'arrête,
Il tombe; le cor sonne, et sa mort qui s'apprête
L'enflamme de fureur; l'animal aux abois
Se montre digne encor de l'empire des bois.
Il combat de la tête, il couvre de blessures
L'aboyant ennemi dont il sent les morsures.
Mais il résiste en vain; hélas! trop convaincu
Que, faible, languissant, de fatigue vaincu,
Il ne peut inspirer que de vaines alarmes,
Pour fléchir son vainqueur, il a recours aux larmes;
Ses larmes ne sauraient adoucir son vainqueur.
Il détourne les yeux, se cache; et le piqueur,
Impitoyable et sourd aux longs soupirs qu'il traîne,
Le perçant d'un poignard, ensanglante l'arène.
Il expire; et les cors célèbrent son trépas.

JANVIER

(*Les Mois.*)

Janus règne; et, tandis qu'un solennel usage,
D'un masque de douceur couvrant chaque visage,
Sans ordre fait mouvoir la foule des humains,
Rassemble mille dons, les verse à pleines mains

Exhale en faux serments une voix mensongère,
Et rend la vérité parmi nous étrangère ;
Moi, dans l'obscure paix d'un loisir studieux,
Sur l'an qui nous a fui je reporte les yeux :
De sa vélocité je me plains à moi-même.
Ces jours, que j'avais crus d'une lenteur extrême,
Longtemps avant le terme où commença leur cours,
Que je les ai trouvés et rapides et courts !
Oui ; lorsque, agent secret de la mort qu'il devance,
Du fond de l'avenir le temps vers nous s'avance,
Nous ne voyons en lui qu'un vieillard impuissant,
Qui, décrépit, courbé, traîne un pas languissant ;
Ses ailes, sur son dos, tantôt sont repliées,
Tantôt, autour de lui, pendent humiliées :
Arrive-t-il à nous ? qu'il est prompt et léger !
Comme il fuit ! d'un oiseau c'est le vol passager !...

BONNARD (B., chevalier de). — Né en 1744, mort en 1784. Ce
fut un militaire distingué ; devenu gouverneur des enfants du duc
d'Orléans, il écrivit un recueil de poésies pleines de grâce et de
délicatesse.

A GUÉNEAU DE MONTBEILLARD

Guéneau, quel est ton art pour trouver sans efforts,
        Aux propos les plus ordinaires,
        Les plus ingénieux rapports ?
    A tes côtés sont les Grâces légères ;
        Sur tes écrits, dans tes discours,
        Elles sèment ce sel attique
Qui nous réveille, et nous flatte, et nous pique ;
    Tu nous instruis, tu nous charmes toujours.
Digne ami de Buffon, de la métaphysique
    J'aime à te voir atteindre les hauteurs,
    Porter partout un œil philosophique,
    Du cœur humain sonder les profondeurs,
    Aux jeunes gens parler vers et musique ;
    A la beauté dire des riens flatteurs,
    Avec les grands raisonner politique,
    Près des chardons faire naître les fleurs.
    J'aime à te voir, dans nos cercles, à table,
    Nous animer du feu de tes bons mots,
Oublier ton savoir pour n'être rien qu'aimable
        Et donner de l'esprit aux sots.

MONVEL (J.-M. Boutet de). — Né en 1745, mort en 1811. Acteur et auteur, il s'est fait connaître par plusieurs comédies et
opéras-comiques qui furent représentés avec succès. Obligé de s'ex-
patrier, il dirigea quelque temps le théâtre français de Stockholm ;
il devint, à son retour, membre de l'Institut. C'est le père de la
célèbre actrice Mlle Mars.

LES DEUX CHIENS

(Fable.)

Un bon mari qui chérissait sa femme,
Toujours pour elle complaisant,
Ne venait jamais vers sa dame
Qu'il n'eût en main nouveau présent.
Un jour, aux pieds de son amie,
Ce tendre époux dépose un jeune chien :
De la fidélité c'est l'image chérie ;
Nous n'aimons pas à beaucoup près si bien.
Il est charmant, on le caresse,
On lui prodigue avec vivacité
Tous ces aimables noms qu'inventa la tendresse.
Jamais chien ne fut plus fêté :
Le lit de Madame, sa table,
Tout se partage avec Bijou.
Il prend sur ses genoux un repos délectable ;
Bijou plaît même aux gens : tout le monde en est fou.
Aussi je conviendrai, narrateur équitable,
Que cet heureux destin, Bijou le méritait ;
Il était gai, leste ; il sautait
Pour son maître, pour sa maîtresse,
Par-dessus un bâton s'élançait, rapportait ;
Enfin c'était
Un modèle de gentillesse.
Mais, ô douleur ! plus Bijou grandissait,
Plus, hélas ! il enlaidissait.
Bientôt il a perdu sa forme délicate :
Son oreille écourtée, et son grossier museau,
Son corps robuste, et son énorme patte,
Tout annonce un mâtin, un vrai chien de troupeau.
Je l'avoue à regret ; mais Bijou n'est plus beau :
Madame s'en dégoûte ; et dit avec rudesse :
« Qu'on ôte de mes yeux cet objet qui les blesse ;
Comme il est massif ! qu'il est lourd ! »
Par malheur, Bijou n'est pas sourd ;
Mais, à l'injure opposant la tendresse,
Il vient jusqu'aux genoux caresser sa maîtresse.
Un coup de pied. « Oh ! Pataud, à la cour ! »
Et voilà mon Bijou dégradé de noblesse ;
Plus de biscuits, plus de poulets,
Doux aliments de sa jeunesse ;
Du pain noir, une eau sale, hélas ! ce sont les mets
Qu'avec économie et jusqu'à la vieillesse,
Il recevra de la main des valets.
« Allons, dit-il, allons, plus de délicatesse ;
C'est payer un peu cher les frais de ma laideur ;
Mais, pour l'homme ici-bas, tout change, et mon espèce
Du destin comme lui doit subir la rigueur ;
Du moins consolons-nous au sein de la sagesse,
Et montrons un courage égal à mon malheur. »
Mais cependant Monsieur à sa moitié chérie
Vient de faire un présent nouveau ;

C'est une levrette jolie,
Corps élancé, jambe en fuseau,
Et le plus fin petit museau...
Ah! c'est vraiment une bête accomplie!
Zéphirette, c'était son nom;
Parcourez cent lieux à la ronde,
Vous n'en trouverez pas comme elle, oh! mon Dieu, non.
Elle est toujours et par saut et par bond;
C'est une espiègle en malices féconde,
Et, malgré sa folie, un petit cœur si bon!
Elle caresse tout le monde...
A la maison des champs on passait tout l'été.
Certaine nuit, où, d'un sommeil léger,
Chacun, sur un coucher mollement apprêté,
Savourait le charme tranquille,
Par-dessus les murs du jardin,
Deux voleurs, glaives nus en main,
S'introduisent sans bruit dans le champêtre asile;
Tous deux marchaient d'un pas tremblant,
Tout doucement, si doucement...
Ils éprouvent, en frissonnant,
Que le chemin du crime est toujours difficile.
Du pâle flambeau de la nuit
L'incertaine lueur qui devant eux vacille,
Et le vent léger qui bruit
Parmi le feuillage mobile,
Tout les glace, tout retentit
Dans leur cœur effrayé que le remords poursuit.
Pataud frémit : son oreille est dressée,
Et, la crinière hérissée,
Le nez en l'air, il écoute, il attend,
Puis contre terre va flairant.
Et tout d'un coup, furieux, il s'élance,
Avec un affreux hurlement,
Sur le premier qui devant lui s'avance.
Armé d'un fer étincelant,
Le brigand en vain se défend;
Pataud, blessé, mais plus terrible encore,
Le saisit de l'ongle et des dents,
Met en lambeaux ses vêtements;
Il le déchire, il le dévore;
Il court à l'autre scélérat,
Lutte contre lui, le renverse,
Dans son sang, dans le sien, se baigne, se débat;
Mord avec désespoir le glaive qui le perce,
Et sort triomphant du combat.
Cependant, à ses cris, on s'éveille, on s'alarme;
On reconnaît sa voix, on s'arme,
Chacun descend, et Madame, et Monsieur,
Et Zéphirette aussi, d'une course légère.
Dieu! quel tableau! quel spectacle d'horreur!
Le sang ruisselle sur la terre :
Deux hommes mourants, déchirés,
Et Pataud, punisseur de crimes,
Luttant contre la mort entre ses deux victimes!

D'horreur et de pitié les cœurs sont pénétrés ;
        Mais que faisait là Zéphirette ?
    Les scélérats, sanglants et terrassés,
    Par la gentille et fringante levrette
        Étaient tendrement caressés.
« Pauvre Pataud ! c'est toi que j'ai pu méconnaître,
A qui j'ai préféré cet ingrat petit être,
Qui paraît tout aimer, et ne sait rien chérir !
Ah ! dit l'homme, du moins, quand tu vas cesser d'être,
        Jouis de tout mon repentir. »
    Ouvrant l'œil au jour qui va fuir,
    Pataud mourant se traîne vers son maître,
Et le caresse encore à son dernier soupir.

BEAUHARNAIS (F., comtesse de). — Née en 1748, morte en 1813.
« Femme spirituelle, elle réunit chez elle les littérateurs les plus
distingués du siècle : Buffon, qui ne l'appelait que sa chère fille,
Dorat, Lebrun, etc., et même le sauvage Jean-Jacques. Bonne
autant qu'aimable, sa fortune ne suffisait pas toujours à ses
bonnes intentions. »

AUX SAUVAGES

Sauvages, soyez nos modèles !
Le sentiment guide vos pas ;
A sa loi vous êtes fidèles.
Que n'habité-je vos climats !

Si vous ne donnez qu'une rose,
Elle vaut tous nos diamants :
Que fait la valeur de la chose ?
Le cœur met un prix aux présents.

Vous vous aidez avec tendresse ;
Nul secours n'est humiliant,
Et jamais la délicatesse
Ne rougit même en acceptant.

C'est sous vos huttes qu'on sait vivre :
On végète sous nos lambris ;
La nature vous sert de livre,
Son instinct vaut tous nos écrits.

IMBERT (Barthélemi). — Né en 1747, mort en 1790. Rédacteur du
Mercure, après avoir jugé les pièces des autres, il écrivit lui-même
des tragédies et des comédies peu applaudies. Son mérite principal est dans des poésies légères, pleines d'esprit, et dans ses fables,
contes et fabliaux.

LE PAPILLON ET LA MOUCHE

    Une mouche, un peu trop friande,
Voletait sur les bords d'un verre de liqueur.
Elle s'y laissa choir : la sottise était grande ;
Fuyons la friandise, elle porte malheur.
        La voilà prise : « Oh ! l'étourdie,
    S'écrie alors un papillon léger ?
On ne m'y prendrait pas ; autour de ma bougie,
    J'aime bien mieux courir et voltiger ! »
Il voltige à ces mots ; bientôt la flamme avide
    Touche son aile, et le fait trébucher ;
        Il tombe, et ce foyer perfide
    A l'instant lui sert de bûcher.

Plus qu'il ne vaut, toujours l'homme se prise,
De sa sagesse il fait toujours grand cas.
Il parle bien ; mais observez ses pas :
Tout en moralisant, il fait une sottise.

ÉPILOGUE

J'ai pris en main le luth de la Fontaine,
Plus d'une corde a rompu sous mes doigts :
Pour donner des leçons à la sagesse humaine,
De l'âpre vérité j'ai radouci la voix,
Et déjà le plaisir d'interpréter ses lois
A payé mes soins et ma peine.
Je ne corrigerai peut-être aucuns défauts;
Redresser l'homme est chose difficile;
Mais il peut amuser son naturel futile
Des travers de mes animaux.
Et sa faiblesse, hélas! l'expose à tant de maux,
Que l'amuser, c'est encore être utile.
De la morale il rejette la voix,
Me dira-t-on, ce langage l'attriste,
Il le hait. Oui, l'homme, je crois,
Fuit la morale quelquefois,
Mais plus souvent le moraliste.
La morale d'abord l'effraye ; or l'égayer,
C'est le plus sûr : il fuit l'aspect sauvage
De l'austère censeur qui veut le rendre sage,
Et commence par l'ennuyer.
Sachons donc, avant tout, captiver son oreille ;
Offrons-lui, pour le corriger
Non pas un froid pédant, qui vient pour l'affliger,
Mais un ami qui le conseille.

GINGUENÉ (P.-L.). — Né en 1748, mort en 1815. Ce fut un des hommes modérés qui cherchèrent à faire vivre la république : il fut directeur de l'instruction publique, ambassadeur, puis membre du Tribunat. A la venue de l'empire, il se livra au culte des lettres. Son œuvre magistrale est l'*Histoire littéraire de l'Italie*; il composa encore quelques poëmes et des fables imitées des auteurs italiens.

LA CITROUILLE ET LE JONC

(Fable.)

Une citrouille était, qui se plaignait tout bas
Que la nature l'eût formée
Pour se traîner sans cesse, et glisser pas à pas
Dans un jardin humide, et sur un terrain gras
Où le sort l'avait renfermée.
En fait d'esprit, les citrouilles n'ont pas,
Jusqu'à présent, beaucoup de renommée.
Voyons ce que fit celle-ci.

D'abord, dans son langage, elle parlait ainsi :
     « Faut-il, dès en naissant flétrie,
        Dans l'opprobre passer ma vie?
J'ai laissé loin de moi le fumier dont je sors,
Mais je ne monte point; dans la fange on m'oublie;
Le plus vil animal me passe sur le corps;
Sous l'eau, quand il a plu, je reste ensevelie;
Je vis dans les brouillards, et me consume en vain
A vouloir m'élever dans un air plus serein. »

          Tout en faisant sa doléance,
     Elle avançait, s'étendait, occupait
          Du jardin un espace immense;
     Et sans jamais se redresser rampait.
     Elle rampa si bien que la voilà venue
Au pied d'un arbre antique, et dont les rameaux verts,
          Vainqueurs de plus de cent hivers,
          Allaient se perdre dans la nue.
De ses bras tortueux, par cent replis divers,
     Elle presse la tige et monte; parvenue
Aux branches, monte encore; et les nuits et les jours
     Toujours monte, en rampant toujours.
          Enfin, au sommet arrivée,
          Vers les cieux la tête levée,
Elle plane au-dessus des plus nobles rameaux.
          Sur ce peuple de végétaux,
Sa famille autrefois, gisant encor sur l'herbe,
          Elle abaisse un regard superbe
          Et n'y reconnait plus d'égaux.
Les plantes à leur tour, dans l'orgueilleuse plante
Ont peine à retrouver citrouille leur parente :
« Est-il possible? O ciel! quel chemin et quel saut!
Comment a-t-elle fait pour se guinder si haut ? »
Un jonc leur dit alors : « Ne l'avez-vous pas vue
Ramper entre le chou, l'oseille et la laitue ?
          J'ai prévu, sans être devin,
Cette élévation qui vous blesse la vue.
          En faire autant n'est pas bien fin :
          Je le ferais si la nature
          M'avait créé pour cette fin;
Mais elle m'a fait droit : je souffre sans murmure
L'humble état où l'on reste en gardant cette allure.
          Quand l'ouragan me vient frapper,
Je plie, il le faut bien; mais je ne puis ramper. »

BERQUIN (Armand). — Né en 1749, mort en 1791. Ses essais littéraires furent des idylles et des romances, dont la simplicité et le style pur annoncent déjà l'*Ami des enfants*. Ses derniers travaux sont tous, en effet, consacrés à instruire et à charmer l'enfance et l'adolescence. Ses meilleurs ouvrages sont *Sandford et Merton* et le *Petit Grandisson*.

UNE MÈRE PRÈS DU BERCEAU DE SON ENFANT

Heureux enfant, que je t'envie
Ton innocence et ton bonheur!
Ah! garde bien, toute ta vie,
La paix qui règne dans ton cœur.

Tout plait à ton âme ingénue,
Sans regrets comme sans désirs;
Chaque objet qui s'offre à ta vue
T'apporte de nouveaux plaisirs.

Tu dors : mille songes volages,
Amis paisibles du sommeil,
Te peignent de douces images
Jusqu'au moment de ton réveil.

Si quelquefois ton cœur soupire,
Tu n'as point de longues douleurs;
Et l'on voit ta bouche sourire
A l'instant où coulent tes pleurs.

Espoir naissant de la famille,
Tu fais son destin d'un souris.
Que sur ton front la gaieté brille,
Tous les fronts sont épanouis.

Heureux enfant, que je t'envie
Ton innocence et ton bonheur!
Ah! garde bien, toute ta vie,
La paix qui règne dans ton cœur.

NEUFCHATEAU (N.-L.-François de). — Né en 1750, mort en 1828. Il fit des vers à douze ans et composa des recueils de poésies légères, la comédie de *Paméla*, l'*Art de lire les vers*, le poëme des *Tropes*, des fables, etc. On sait qu'il remplit dans le gouvernement des fonctions importantes, qu'il fut ministre, membre du directoire, etc.

UN PÈRE A SON FILS

Mon fils, pour être heureux, comment faut-il s'y prendre?
Si tu veux l'écouter, ton père t'en instruit.
Retiens bien sa leçon; mais c'est peu de l'apprendre,
Il faut que ta conduite en exprime le fruit.

Avant tout, rends hommage au Créateur suprême.
Après Dieu, de tes jours révère les auteurs.
Honore tes parents. Dans tes maîtres, de même,
Vois tes premiers amis, et tes vrais bienfaiteurs.

Garde-toi de mentir : cette habitude est vile;
Elle aggrave les torts qu'elle veut déguiser.
La fraude est toujours basse et n'est jamais utile,
Au lieu qu'un franc aveu peut tout faire excuser...

Si quelqu'un d'une faute a daigné te reprendre,
Rends-lui grâce, et surtout tâche de profiter
Du service amical qu'il a voulu te rendre,
En ne l'exposant pas à te le répéter...

Si tu commets le mal, seulement en idée,
Songe de quels regards tu dois être aperçu.
La vigilance humaine est en vain éludée :
Dieu voit tout : l'œil de Dieu ne peut être déçu...

C'est l'étude, ô mon fils! qu'il faut que tu préfères,
Combien de ses trésors tu dois être jaloux!

racines, d'abord, te sembleront amères;
Mais, dans peu, tu verras que les fruits en sont doux...

Le matin, quand du lit tu sors avec l'aurore,
Le soir, quand le besoin t'invite au doux sommeil,
Dis-lui du fond du cœur : « Dieu bon, Dieu que j'adore,
Dirige mon travail, mon repos, mon réveil. »

Ah! si ton cœur est pur, si ton zèle est sincère,
Le ciel, n'en doute pas, exaucera tes vœux.
Oui, mon fils, l'Éternel, touché de ta prière,
T'enverra le bonheur des enfants vertueux.

Dieu sait ce qu'il te faut, beaucoup mieux que toi-même ;
Il te préservera de tout mauvais penchant.
Si tu te souviens bien que ce Juge suprême
Doit couronner le juste et punir le méchant.

GILBERT (N.-J.-L.). — Né en 1751, mort en 1780. Ame de feu, génie avide de gloire, Gilbert vit accueillir froidement ses *Débuts poétiques* et son ode sur le *Jugement dernier* ; la *Satire du xviiiᵉ siècle* fut sa réponse à l'école philosophique qui l'avait dédaigné. C'est une des œuvres les plus vigoureuses de notre littérature, bien qu'elle renferme des duretés et des bizarreries. Ce poëte mourut à l'Hôtel-Dieu en s'étranglant dans un accès de folie. Les *Adieux à la vie* sont restés comme un monument de douleur et de sentiment.

SATIRE DU XVIIIᵉ SIÈCLE
(Fragment.)

Jadis la poésie, en ses pompeux accords,
Osant même au néant prêter une âme, un corps,
Égayait la raison de riantes images,
Cachait de la vertu les préceptes sauvages
Sous le voile enchanteur d'aimables fictions ;
Audacieuse et sage en ses expressions,
Pour cadencer un vers qui dans l'âme s'imprime,
Sans appauvrir l'idée, enrichissait la rime,
S'ouvrait par notre oreille un chemin vers nos cœurs,
Et nous divertissait pour nous rendre meilleurs.
Maudit soit à jamais le pointilleux sophiste,
Qui le premier nous dit, en prose d'algébriste :
« Vains rimeurs, écoutez mes ordres absolus;
Pour plaire à ma raison, pensez : ne peignez plus. »
Dès lors la poésie a vu sa décadence.
Infidèle à la rime, au sens, à la cadence,
Le compas à la main, elle va dissertant :
Apollon sans pinceaux n'est plus qu'un lourd pédant.
. . . .
Mais, de la poésie usurpant les pinceaux,
Et du nom des vertus sanctifiant sa prose,
Par la pompe des mots, l'éloquence en impose.

26

Que d'orateurs guindés, qui se disent profonds,
Se tourmentent sans fin pour enfanter des sons !
Dans un livre où Thomas rêve, comme en extase,
Je cherche un peu de sens, et vois beaucoup d'emphase.
. . . .
Voltaire en soit loué ! chacun sait au Parnasse
Que Malherbe est un sot, et Quinault un Horace.
Dans un long commentaire il prouve longuement
Que Corneille parfois pourrait plaire un moment.
J'ai vu l'enfant gâté de nos rimeurs sublimes,
La Harpe, dans Rousseau, trouver de belles rimes :
Si l'on en croit Mercier. Racine a de l'esprit ;
Mais Perrault, plus profond, Diderot nous l'apprit.
Perrault, tout plat qu'il est, pétille de génie :
Il eût pu travailler à l'Encyclopédie.
« Boileau, correct auteur de libelles amers,
Boileau, dit Marmontel, tourne assez bien un vers : »
Et tous ces demi-dieux que l'Europe en délire
A, depuis cent hivers, l'indulgence de lire,
Vont dans un vaste oubli retomber désormais,
Comme de vains auteurs qui ne pensent jamais.
Quelques vengeurs pourtant, armés d'un noble zèle,
Ont de ces morts fameux épousé la querelle :
De là sur l'horizon deux partis opposés
Règnent, et l'un par l'autre à l'envi méprisés,
Tour à tour s'adressant des volumes d'injures,
Pour le trône des arts combattent par brochures :
Les corrupteurs du goût en paraissent les dieux :
Si Clément les proscrit, la Harpe les protège.
Eux seuls peuvent prétendre au rare privilège
D'aller au Louvre, en corps, commenter l'alphabet ;
Grammairiens jurés, immortels par brevet,
Honneurs, richesse, emplois, ils ont tout en partage
Hors la saine raison que leur bonheur outrage ;
Et le public esclave obéit à leurs lois.
Mille cercles savants s'assemblent à leur voix.

Oh ! malheureux l'auteur dont la plume élégante
Se montre encor du goût sage et fidèle amante ;
Qui, rempli d'une noble et constante fierté,
Dédaigne un nom fameux par l'intrigue acheté,
Et n'ayant pour prôneurs que ses muets ouvrages,
Veut par ses talents seuls enlever les suffrages !
La faim mit au tombeau Malfilâtre ignoré ;
S'il n'eût été qu'un sot, il aurait prospéré.
O combien d'écrivains languiraient inconnus,
Qui du Pinde français illustres parvenus,
En servant ce parti conquirent nos hommages !
L'encens de tout un peuple enfume leurs images :
Eux-même, avec candeur se disant immortels,
De leurs mains tour à tour se dressent des autels :
Sous peine d'être un sot, nul plaisant téméraire
Ne rit de nos amis, et surtout de Voltaire.

Sa prose, sans mentir, et ses vers sont parfaits :

Le Mercure trente ans l'a juré par extraits :
Qui pourrait en douter? Moi, cependant, j'avoue
Que d'un rare savoir à bon droit on le loue;
Que ses chefs-d'œuvre faux, trompeuses nouveautés,
Étonnent quelquefois par d'antiques beautés ;
Que, par ses défauts même, il sait encor séduire;
Talent qui peut absoudre un siècle qui l'admire;
Mais qu'on m'ose prôner des sophistes pesants,
Apostats effrontés du goût et du bon sens :
Saint-Lambert, noble auteur, dont la muse pédante
Fait des vers, fort vantés par Voltaire qu'il vante;
Qui du nom de poëme ornant de plats sermons,
En quatre points mortels a rimé les saisons ;
Et ce vain Beaumarchais, qui trois fois avec gloire
Mit le mémoire en drame et le drame en mémoire ;
Et ce lourd Diderot, docteur en style dur,
Qui passe pour sublime à force d'être obscur ;
Et ce froid d'Alembert, chancelier du Parnasse,
Qui se croit un grand homme et fit une préface;
Et tant d'autres encor dont le public épris
Connaît beaucoup les noms et fort peu les écrits :
Alors, certes, alors ma colère s'allume,
Et la vérité court se placer sous ma plume.

ADIEUX A LA VIE

J'ai révélé mon cœur au Dieu de l'innocence;
      Il a vu mes pleurs pénitents;
Il guérit mes remords, il m'arme de constance ;
      Les malheureux sont ses enfants.

Mes ennemis riant ont dit, dans leur colère :
      Qu'il meure et sa gloire avec lui!
Mais à mon cœur calmé le Seigneur dit en père :
      Leur haine sera ton appui.

A tes plus chers amis ils ont prêté leur rage;
      Tout trompe ta simplicité ;
Celui que tu nourris court vendre ton image
      Noire de sa méchanceté.

Mais Dieu t'entend gémir, Dieu vers qui te ramène
      Un vrai remords né des douleurs;
Dieu qui pardonne enfin à la nature humaine
      D'être faible dans les malheurs.

J'éveillerai pour toi la pitié, la justice
      De l'incorruptible avenir;
Eux-même épureront, par leur long artifice,
      Ton honneur qu'ils pensent ternir.

Soyez béni, mon Dieu! vous qui daignez me rendre
      L'innocence et son noble orgueil;
Vous qui, pour protéger le repos de ma cendre,
      Veillerez près de mon cercueil!

Au banquet de la vie, infortuné convive,
　　J'apparus un jour, et je meurs :
Je meurs ; et, sur ma tombe où lentement j'arrive,
　　Nul ne viendra verser des pleurs.

Salut, champs que j'aimais ! et vous, douce verdure !
　　Et vous, riant exil des bois !
Ciel, pavillon de l'homme, admirable nature,
　　Salut pour la dernière fois !

Ah ! puissent voir longtemps votre bonté sacrée
　　Tant d'amis sourds à mes adieux !
Qu'ils meurent pleins de jours, que leur mort soit pleurée !
　　Qu'un ami leur ferme les yeux !

BERTIN (Antoine). — Né en 1752, mort en 1790. Ce poëte, né à
l'île Bourbon, se fit connaître jeune par ses poésies légères et surtout par ses élégies, remplies de sentiment et de délicatesse. Il
était capitaine de cavalerie.

LES SOUVENIRS DE L'ANCIENNE ROME

　　Le zéphyr règne dans les airs ;
Et, mollement porté sur la mer de Tyrrhène,
Je découvre déjà la ville des Césars,
Rome, en guerriers fameux autrefois si féconde,
Rome, encore aujourd'hui l'empire des beaux-arts,
L'oracle de vingt rois, et le temple du monde.
Voilà donc les foyers des fils de Scipion
Et des fiers descendants du demi-dieu du Tibre !
Voilà ce Capitole, et ce beau Panthéon,
Où semble encore errer l'ombre d'un peuple libre !
Oh ! qui me nommera tous ces marbres épars,
Et ces grands monuments dont mon âme est frappée ?
Montons au Vatican, courons au Champ-de-Mars,
Au portique d'Auguste, à celui de Pompée.
Sont-ce là les jardins où Catulle autrefois
Se promenait le soir à côté d'Hypsithille ?
Citoyens, s'il en est que réveille ma voix,
Montrez-moi la maison d'Horace et de Virgile.
　　　Avec quel doux saisissement,
　　Ton livre en main, voluptueux Horace,
Je parcourrai ces bois et ce coteau charmant,
Que ta muse a décrits dans des vers pleins de grâce,
De ton goût délicat éternel monument !
　　　J'irai dans les champs de Sabine,
　　Sous l'abri frais de ces longs peupliers,
　　Qui couvrent encor la ruine
De tes modestes bains, de tes humbles celliers ;
　　J'irai chercher d'un œil avide
De leurs débris sacrés un reste enseveli ;
　　Et, dans ce désert embelli
Par l'Anio grondant dans sa chute rapide,

> Respirer la poussière humide
> Des cascades de Tivoli.
> Puissé-je, hélas! au doux bruit de leur onde,
> Finir mes jours, ainsi que mes revers!
> Ce petit coin de l'univers
> Rit plus à mes regards que le reste du monde.
> L'olive, le citron, la noix chère à Palès,
> Y rompent de leur poids les branches gémissantes;
> Et sur le mont voisin les grappes mûrissantes
> Ne portent point envie aux raisins de Calès...

PIEYRE (P.-A.). — Né en 1752, mort en 1830. Destiné au commerce, il lui préféra la littérature, et voulut ramener la scène à la pureté classique. Il fit représenter l'*École des pères*, qui obtint un grand succès; mais, obligé de quitter la France, il n'y revint qu'en 1799, et publia la *Maison de l'oncle*, que sa ressemblance avec le *Vieux célibataire* de Collin empêcha de représenter. Il composa encore plusieurs autres comédies et des pièces de vers.

FRAGMENT DE L'ÉCOLE DES PÈRES

SAINT-FONS, COURVAL.

SAINT-FONS.

Mon père! Ah! juste ciel!

COURVAL, *tendrement*.
>   Eh! bonjour, mon cher fils.

SAINT-FONS.

Mon père... vous avez fait un heureux voyage?

COURVAL.

Très-court; j'avais compté demeurer davantage.

SAINT-FONS.

Vous vous portez fort bien?

COURVAL.
>   Des mieux; mais toi, qu'as-tu?

SAINT-FONS.

Rien du tout.

COURVAL.
>   Je ne sais; je te trouve abattu.

SAINT-FONS.

Cependant ma santé...

COURVAL.
>   Tu t'en montres prodigue;
> Toujours l'esprit bouillant et le corps en fatigue.
> Eh quoi! mon fils, toujours courir et s'agiter!
> Il faut être de fer pour toujours résister.

SAINT-FONS.

Mais tous les jeunes gens font ce qu'on me voit faire.

COURVAL.

Tu veux donc, mon ami, chagriner ton vieux père?
Il n'a pour héritier, pour tout soutien, que toi;
Et tu veux l'en priver, et finir avant moi!

SAINT-FONS.

Mon père, je ne sais...

COURVAL, *tendrement*.

On dit que la vieillesse
Censure à tout propos, réprimande sans cesse;
Mais il faut convenir, d'après ce que l'on voit,
Que vous êtes, messieurs, censurés à bon droit.
Ne peut-on s'amuser sans toutes ces folies,
Ces courses, ces excès, ces bruyantes parties?
Passer la nuit à table, et le jour à cheval,
Aller, pour tout repos, dormir une heure au bal;
Se réveiller, jouer, et perdre sur parole;
Courir, pour s'acquitter, chez un juif qui vous vole;
Egarer sa raison dans des flots de liqueur,
A des liens honteux abandonner son cœur,
Périr d'ennui, bâiller, en disant qu'on s'amuse;
C'est ainsi qu'ils font tous, et que la santé s'use.

SAINT-FONS.

Pour me régler, mon père, en tout sur vos désirs...

COURVAL, *plus tendrement*.

Je ne suis pas, mon fils, ennemi des plaisirs :
Ils sont faits pour ton âge, ils sont dans la nature.
Mais je veux, mon ami, qu'on fasse feu qui dure,
Qu'on soit, pour mieux jouir, ménager de ses goûts,
De crainte, avant trente ans, d'être blasé sur tous.
Crois-en, mon fils, crois-en l'expérience et l'âge.
Encore un mot : dis-moi, pourquoi cet équipage,
Qui montre en sa conduite un homme peu rangé?
A sept heures du soir, pourquoi ce négligé,
Cet indécent gilet, et cette bigarrure
Qui du haut jusqu'en bas compose ta parure?
Peut-on rester ainsi ! Mon cher ami, je voi
Que ton laquais souvent est mieux vêtu que toi.
Doit-on se présenter habillé de la sorte?

SAINT-FONS.

C'est la commodité, la saison qui m'y porte.

COURVAL.

Si quelque autre motif, ta bourse, par hasard,
Ne te permettait pas... en ce cas, fais-m'en part.
Ta pension est forte, et plus que suffisante
Pour te faire exister d'une façon décente.
As-tu, malgré cela, quelque nouveau besoin?

Garde-toi, mon cher fils, d'aller chercher plus loin,
De recourir jamais à quelque autre ressource :
Je puis fournir à tout : viens puiser dans ma bourse ;
Je te l'ai, tu le sais, plus d'une fois offert,
Viens donc à moi, Saint-Fons, demande à cœur ouvert ;
Vois le meilleur ami dans le plus tendre père,
Et donne-lui toujours ta confiance entière.

SAINT-FONS, *à part.*
Son amitié m'accable : ô coup inattendu !

COURVAL, *à part.*
Il se trouble, il s'émeut... Ah ! mon fils m'est rendu !
    (*Haut.*)
Tu ne me réponds point ? J'ai deviné, je pense.

SAINT-FONS.
Mon père !

COURVAL.
Allons, voyons ; fais-moi ta confidence.

SAINT-FONS.
Demander tant d'argent sans en dire l'emploi.

COURVAL.
Comment ! tu ne veux pas, mon fils, t'ouvrir à moi ?
Qui peut te retenir ?

SAINT-FONS, *à part.*
Que sa bonté me touche !

COURVAL.
Je ne puis donc tirer un seul mot de ta bouche ?

SAINT-FONS, *à part.*
Osons lui dire tout... Allons... (*Haut.*) Mon père !...

COURVAL.
                                Eh bien ?
Achève.

SAINT-FONS, *à part.*
Je ne puis. (*Haut.*) Je n'ai besoin de rien.
Vos offres m'ont touché ; mais je vous en rends grâce.

COURVAL.
Dans un autre moment cela peut trouver place.
    (*A part.*)
Tous mes efforts sont vains, rien ne peut l'ébranler ;
Sortons, cachons mes pleurs qui sont près de couler. (*Il sort.*)
. . . .
. . . .

SAINT-FONS, *s'appuyant sur un fauteuil.*
Mes genoux sont tremblants ; la force m'abandonne...

MADAME COURVAL.
Quoi ! Saint-Fons ! vous auriez ?

SAINT-FONS.

Sur moi que le ciel tonne

Si jamais...

MADAME COURVAL.

Qu'avez-vous? vous me faites frémir.

SAINT-FONS.

Ce que j'ai! ce que j'ai! je n'ai plus qu'à mourir!
Mon père...

MADAME COURVAL.

Eh bien?

SAINT-FONS.

Sait tout.

MADAME COURVAL.

Ah! j'ai la mort dans l'âme!

SAINT-FONS.

Oui, mon père sait tout; il est instruit, madame;
C'en est fait pour jamais : ce jour fatal me perd.
J'entre chez lui... je vois son secrétaire ouvert;
J'approche, et ce billet frappe soudain ma vue :
« A mon coupable fils. »

MADAME COURVAL.

Que je me sens émue!

SAINT-FONS, *lisant*.

« Puisqu'un lien fatal a pour vous tant d'appas,
Qu'il vous fait renoncer à votre propre estime,
    Je veux du moins vous épargner un crime :
    Acceptez... ne dérobez pas. »

MADAME COURVAL.

Quel homme! quel billet! Ce procédé m'accable.

SAINT-FONS.

Foudroyé, frémissant, de me voir si coupable,
Égaré, hors de moi, j'ai voulu fuir ces lieux;
Mais, en me détournant, j'ai trouvé sous mes yeux,
J'ai vu... je vois encor le portrait de mon père;
Il est là! Son regard me poursuit et m'atterre.
Où me cacher? où fuir loin de cet œil vengeur?
Quand je l'éviterais, puis-je éviter mon cœur?

FABRE D'ÉGLANTINE (Ph.-F.-N.). — Né en 1755, mort en 1794.
Il s'était fait connaître au théâtre, quand arriva la révolution,
dont il adopta avec empressement les principes. Il fut secrétaire
de Danton et député à la Convention. Son retour à la modération
le fit condamner par ceux dont il avait partagé les excès : il périt
sur l'échafaud. Nous citons de lui une *Bergerie* dont la naïveté
contraste si fort avec ses actes sanglants.

L'HOSPITALITÉ

(Romance.)

Il pleut, il pleut, bergère :
Presse tes blancs moutons ;
Allons sous ma chaumière ;
Bergère, vite allons !
J'entends sous le feuillage
L'eau qui tombe à grand bruit ;
Voici, voici l'orage,
Voilà l'éclair qui luit !

Entends-tu le tonnerre ?
Il roule en approchant ;
Prends un abri, bergère,
A ma droite, en marchant ;
Je vois notre cabane...
Et, tiens, voici venir
Ma mère et ma sœur Anne,
Qui vont l'étable ouvrir.

Bonsoir, bonsoir, ma mère ;
Ma sœur Anne, bonsoir ;
J'amène ma bergère
Près de vous pour ce soir.

Va te sécher, ma mie,
Auprès de mes tisons ;
Sœur, fais-lui compagnie.
Entrez, petits moutons.

Soupons ; prends cette chaise :
Tu seras près de moi ;
Ce flambeau de mélèze
Brûlera devant toi :
Goûte de ce laitage ;
Mais tu ne manges pas !
Tu te sens de l'orage ;
Il a lassé tes pas.

Soignons bien, ô ma mère !
Son tant joli troupeau ;
Donnez plus de litière
A son petit agneau.
Ne rougis pas, bergère ;
Ma mère et moi, demain,
Nous irons chez ton père
Lui demander ta main.

FLORIAN (J.-P. Claris de). — Né en 1755, mort en 1794. Page, puis officier de dragons, Florian devint le favori du duc de Penthièvre. La révolution troubla le calme de son âme généreuse, et il mourut à trente-huit ans. On reproche à son génie d'avoir manqué d'énergie et d'originalité ; il faut du moins lui reconnaître la pureté, la grâce et la sensibilité. Il a écrit des pastorales, des comédies pleines de gentillesse dont Arlequin est le héros, et des fables qui le mettent au premier rang dans ce genre difficile après l'inimitable la Fontaine.

LA FABLE ET LA VÉRITÉ

La Vérité toute nue,
Sortit un jour de son puits.
Ses attraits par le temps étaient un peu détruits :
Jeunes et vieux fuyaient sa vue.
La pauvre Vérité restait là morfondue,
Sans trouver un asile où pouvoir habiter.
A ses yeux vient se présenter
La Fable richement vêtue,
Portant plumes et diamants,
La pluplart faux, mais très-brillants.
« Eh ! vous voilà ! bonjour, dit-elle :
Que faites-vous ici seule sur un chemin ? »
La Vérité répond : « Vous le voyez, je gèle.

Aux passants je demande en vain
De me donner une retraite,
Je leur fais peur à tous. Hélas! je le vois bien,
Vieille femme n'obtient plus rien.
— Vous êtes pourtant ma cadette,
Dit la Fable; et, sans vanité,
Partout je suis fort bien reçue.
Mais aussi, dame Vérité,
Pourquoi vous montrer toute nue?
Cela n'est pas adroit. Tenez, arrangeons-nous;
Qu'un même intérêt nous rassemble :
Venez sous mon manteau, nous marcherons ensemble;
Chez le sage, à cause de vous,
Je ne serai point rebutée;
A cause de moi, chez les fous
Vous ne serez point maltraitée.
Servant par ce moyen chacun selon son goût,
Grâce à votre raison, et grâce à ma folie,
Vous verrez, ma sœur, que partout
Nous passerons de compagnie. »

L'AVEUGLE ET LE PARALYTIQUE

Aidons-nous mutuellement,
La charge des malheurs en sera plus légère :
Le bien que l'on fait à son frère
Pour le mal que l'on souffre est un soulagement.
Confucius l'a dit; suivons tous sa doctrine.
Pour la persuader au peuple de la Chine,
Il leur contait le trait suivant :
Dans une ville de l'Asie
Il existait deux malheureux,
L'un perclus, l'autre aveugle, et pauvres tous les deux :
Ils demandaient au ciel de terminer leur vie;
Mais leurs cris étaient superflus,
Ils ne pouvaient mourir. Notre paralytique,
Couché sur un grabat dans la place publique,
Souffrait sans être plaint : il en souffrait bien plus.
L'aveugle, à qui tout pouvait nuire,
Était sans guide, sans soutien,
Sans avoir même un pauvre chien
Pour l'aimer et pour le conduire.
Un certain jour il arriva
Que l'aveugle à tâtons, au détour d'une rue,
Près du malade se trouva :
Il entendit ses cris, son âme en fut émue.
Il n'est tels que les malheureux
Pour se plaindre les uns les autres.
« J'ai mes maux, lui dit-il, et vous avez les vôtres.
Unissons-les, mon frère, ils seront moins affreux.
—Hélas! dit le perclus, vous ignorez, mon frère,
Que je ne puis faire un seul pas :
A quoi nous servirait d'unir notre misère?
— A quoi? répond l'aveugle; écoutez : à nous deux
Nous possédons le bien à chacun nécessaire;

J'ai des jambes et vous des yeux.
Moi, je vais vous porter ; vous, vous serez mon guide :
Vos yeux dirigeront mes pas mal assurés ;
Mes jambes à leur tour iront où vous voudrez.
Ainsi, sans que jamais notre amitié décide
Qui de nous deux remplit le plus utile emploi,
Je marcherai pour vous, vous y verrez pour moi. »

LA BREBIS ET LE CHIEN

La brebis et le chien, de tous les temps amis,
Se racontaient un jour leur vie infortunée.
« Ah! disait la brebis, je pleure et je frémis,
Quand je songe aux malheurs de notre destinée.
Toi, l'esclave de l'homme, adorant des ingrats,
        Toujours soumis, tendre et fidèle,
        Tu reçois, pour prix de ton zèle,
        Des coups, et souvent le trépas.
        Moi, qui tous les ans les habille,
Qui leur donne du lait et qui fume leurs champs,
Je vois chaque matin quelqu'un de ma famille
        Assassiné par ces méchants.
Leurs confrères, les loups, dévorent ce qui reste.
        Victimes de ces inhumains,
Travailler pour eux seuls, et mourir par leurs mains,
        Voilà notre destin funeste !
— Il est vrai, dit le chien : mais crois-tu plus heureux
        Les auteurs de notre misère ?
        Va, ma sœur, il vaut encor mieux
        Souffrir le mal que de le faire. »

LE VOYAGE

Partir au point du jour à tâtons, sans voir goutte,
Sans songer seulement à demander sa route,
Aller de chute en chute, et, se traînant ainsi,
Faire un tiers du chemin jusqu'à près de midi ;
Voir sur sa tête alors s'amasser les nuages,
Dans un sable mouvant précipiter ses pas,
Courir, en essuyant orages sur orages,
Vers un but incertain où l'on n'arrive pas ;
Détrompé vers le soir, chercher une retraite ;
Arriver haletant, se coucher, s'endormir :
On appelle cela, naître, vivre, mourir ;
        La volonté de Dieu soit faite !

LE CHATEAU DE CARTES

Un bon mari, sa femme et deux jolis enfants,
Coulaient en paix leurs jours dans le simple héritage
Où, paisibles comme eux, vécurent leurs parents.
Ces époux, partageant les doux soins du ménage,
Cultivaient leur jardin, recueillaient leurs moissons;
Et le soir, dans l'été, soupant sous le feuillage,
        Dans l'hiver, devant leurs tisons,

Ils prêchaient à leurs fils la vertu, la sagesse,
Leur parlaient du bonheur qu'elles donnent toujours :
Le père par un conte égayait ses discours,
        La mère par une caresse.
L'aîné de ces enfants, né grave, studieux,
        Lisait et méditait sans cesse;
Le cadet, vif, léger, mais plein de gentillesse,
Sautait, riait toujours, ne se plaisait qu'aux jeux.
Un soir, selon l'usage, à côté de leur père,
Assis près d'une table où s'appuyait la mère,
L'aîné lisait Rollin : le cadet, peu soigneux
D'apprendre les hauts faits des Romains et des Parthes,
Employait tout son art, toutes ses facultés,
A joindre, à soutenir par les quatre côtés,
        Un fragile château de cartes.
Il n'en respirait pas d'attention, de peur.
        Tout à coup, voici le lecteur
Qui s'interrompt : « Papa, dit-il, daigne m'instruire
Pourquoi certains guerriers sont nommés conquérants,
        Et d'autres fondateurs d'empire?
        Ces deux noms sont-ils différents? »
        Le père méditait une réponse sage,
Lorsque son fils cadet, transporté de plaisir,
Après tant de travail, d'avoir pu parvenir
        A placer son second étage,
S'écrie : « Il est fini! » Son frère, murmurant,
Se fâche, et d'un seul coup détruit ce long ouvrage ;
        Et voilà le cadet pleurant.
        « Mon fils, répond alors le père,
        Le fondateur, c'est votre frère;
        Et vous êtes le conquérant. »

A L'IMAGINATION

O toi qui, souvent insensée,
Fais chérir jusqu'à tes erreurs,
Toi, dont la robe nuancée
Brille de toutes les couleurs;

Fille charmante du génie,
Divine mère des désirs,
De l'espoir qui soutient la vie,
Des chagrins mêlés de plaisirs;

Soit que, de la mélancolie
Empruntant les pensifs attraits,

Tu livres mon âme attendrie
Aux souvenirs, aux doux regrets;

Soit que, rallumant sous la cendre,
Un feu qui s'éteint chaque jour,
Tu ranimes mon cœur trop tendre
En lui parlant encor d'amour;

Ne me quitte pas dans mes songes,
Sois ma seule divinité;
Préserve-moi, par tes mensonges,
De la cruelle vérité.

COLLIN D'HARLEVILLE (J.-F.). — Né en 1755, mort en 1806. Il avait
été d'abord avocat; mais bientôt il cultiva le théâtre avec enthousiasme, bien qu'il manque en général de la force comique. Il a
composé l'*Inconstant*, l'*Optimiste*, les *Châteaux en Espagne*, le
Vieux célibataire et des poésies fugitives. « Il y a, dit Boucharlot, de
la vérité dans ses tableaux ; il les trace en excellent observa-

teur; mais il nous montre rarement le poëte dramatique qui,
mettant le ridicule en action, va chercher à travers une foule de
faits le trait comique qui doit nous frapper. »

LE PESSIMISTE ET L'OPTIMISTE

(L'Optimiste.)

DE MORINVAL.

Je vous soutiens, morbleu! qu'ici-bas tout est mal.
Tous sans exception, au physique, au moral,
Nous souffrons en naissant, pendant la vie entière;
Et nous souffrons surtout à notre heure dernière :
Nous sentons, tourmentés au dedans, au dehors,
Et les chagrins de l'âme, et les chagrins du corps.
Les fléaux avec nous ne font ni paix, ni trêve;
Ou la terre s'entr'ouvre, ou la mer se soulève.
Nous-mêmes à l'envi déchaînés contre nous,
Comme si nous voulions nous exterminer tous,
Nous avons inventé les combats, les supplices.
C'était peu de nos maux : nous y joignons nos vices;
Aux riches, aux puissants l'innocent est vendu;
On outrage l'honneur, on flétrit la vertu.
Tous nos plaisirs sont faux, notre joie indécente :
On est vieux à vingt ans, libertin à soixante.
L'hymen est sans amour, l'amour n'est nulle part;
Pour le sexe on n'a plus de respect ni d'égard.
On ne sait ce que c'est que de payer ses dettes,
Et de sa bienfaisance on remplit les gazettes.
On fait de plate prose, et de plus méchants vers;
On raisonne de tout, et toujours de travers :
Et dans le monde enfin, s'il faut que je le dise,
On ne voit que noirceur, et misère, et sottise.

DE PLINVILLE.

Voilà ce que j'appelle un tableau consolant !
Vous ne le croyez pas vous-même ressemblant.
De cet excès d'humeur je ne vois point la cause :
Pourquoi donc s'emporter, mon ami, quand on cause ?
Vous parlez de volcans, de naufrage... Eh! mon cher!
Demeurez en Touraine, et n'allez point sur mer.
Sans doute, autant que vous, je déteste la guerre;
Mais on s'éclaire enfin; on ne l'aura plus guère.
Bien des gens, dites-vous, doivent : sans contredit,
Ils ont tort; mais pourquoi leur a-t-on fait crédit?...
Tous nos plaisirs sont faux? mais quelquefois, à table,
Je vous ai vu goûter un plaisir véritable.
On fait de méchants vers? Eh! ne les lisez pas;
Il en paraît aussi dont je fais très-grand cas.
On déraisonne ? Eh! oui, parfois un faux système
Nous égare... Entre nous vous le prouvez vous-même.
Calmez donc votre bile, et croyez qu'en un mot
L'homme n'est ni méchant, ni malheureux, ni sot.

. . . .

Je ne suis point aveugle, et je vois, j'en conviens,
Quelques maux ; mais je vois encore plus de biens :
Je savoure les biens ; les maux, je les supporte.
Que gagnez-vous, de grâce, à gémir de la sorte ?
Vos plaintes, après tout, ne sont qu'un mal de plus.
Laissez donc là, mon cher, les regrets superflus :
Reconnaissez du ciel la sagesse profonde,
Et croyez que tout est pour le mieux dans le monde.

LA PROVINCE ET PARIS

(Les *Mœurs du jour.*)

Oui, j'habite, en effet, un singulier séjour;
Car on y dort la nuit, on y veille le jour.
S'amuser n'est pas tout; on s'y fait un délice
Du travail : promener est même un exercice.
Les fils, dans mon pays, respectent leurs parents;
On n'imagine pas tout savoir à vingt ans :
On ne prodigue point non plus le nom d'aimable,
Et, pour le mériter, il faut être estimable.
On ne dit pas toujours : « Ma parole d'honneur ! »
Il est moins dans la bouche, et plus au fond du cœur.
Aimer de bonne foi n'est point un ridicule;
De s'enrichir trop vite on se fait un scrupule;
Sans briller, il suffit que l'on ne doive rien :
On s'aime, on vit content, et l'on se porte bien...
Mais il est un Paris que j'estime, que j'aime,
Que souvent je visite, où je me plais à voir
Tout le monde attentif à remplir son devoir.
Peu connue au dehors, même du voisinage,
La femme vit, se plaît au sein de son ménage;
Soigne, instruit, et gaîment, l'enfant qu'elle a nourri;
Trouve tout naturel d'honorer son mari.
Celui-ci, plein de zèle, et s'agite, et s'exerce :
Heureux dans son état, son emploi, son commerce,
D'élever sa famille et de la soutenir!
Le soir, leur récompense est de se réunir.
Tour à tour promenade, ou spectacle, ou lecture;
On n'est blasé sur rien, c'est partout la nature.
Peut-être que, pour vous, c'est un monde inconnu :
Vous ne m'en croirez pas; mais, d'honneur, je l'ai vu.

LES CHATEAUX EN ESPAGNE

D'ORLANGE.

Eh mais! c'est toi, Victor! Malheureux, tu m'éveilles?

VICTOR.

C'est dommage; en rêvant vous faites des merveilles.
Je suis un criminel... je vous ai détrôné...
Pardon... aussi jamais s'est-on imaginé?...

D'ORLANGE.

Eh! Victor, chacun fait des châteaux en Espagne :
On en fait à la ville, ainsi qu'à la campagne;

Ou en fait en dormant, on en fait éveillé.
Le pauvre paysan, sur sa bêche appuyé,
Peut se croire, un moment, seigneur de son village.
. . . .
Un commis est ministre; un jeune abbé, prélat;
Le prélat... il n'est pas jusqu'au simple soldat,
Qui ne se soit un jour cru maréchal de France;
Et le pauvre, lui-même, est riche en espérance.

VICTOR.

Et chacun redevient Gros-Jean comme devant.

D'ORLANGE.

Eh bien! chacun du moins fut heureux en rêvant.
C'est quelque chose encor que de faire un beau rêve.
A nos chagrins réels c'est une utile trêve.
Nous en avons besoin : nous sommes assiégés
De maux, dont à la fin nous serions surchargés,
Sans ce délire heureux qui se glisse en nos veines.
Flatteuse illusion! doux oubli de nos peines!
Oh! qui pourrait compter les heureux que tu fais?
L'espoir et le sommeil sont de moindres bienfaits.
Délicieuse erreur! tu nous donnes d'avance
Le bonheur, que promet seulement l'espérance.
Le doux sommeil ne fait que suspendre nos maux,
Et tu mets à sa place un plaisir : en deux mots,
Quand je songe, je suis le plus heureux des hommes;
Et, dès que nous croyons être heureux, nous le sommes.

VICTOR.

A vous entendre, on croit que vous avez raison.
Un déjeuner pourtant serait bien de saison;
Car, en fait d'appétit, on ne prend point le change,
Et ce n'est pas manger, que de rêver qu'on mange.

D'ORLANGE.

A propos... il raisonne assez passablement. (Il sort.)

VICTOR, seul.

Il est fou... là... se croire un sultan, seulement!
On peut bien se flatter quelquefois dans la vie...
J'ai, par exemple, hier, mis à la loterie;
Et mon billet, enfin, pourrait bien être bon.
Je conviens que cela n'est pas certain : oh! non.
Mais la chose est possible, et cela doit suffire.
Puis, en me le donnant, on s'est mis à sourire,
Et l'on m'a dit : « Prenez, car c'est là le meilleur. »
Si je gagnais pourtant le gros lot!... quel bonheur!
J'achèterais d'abord une ample seigneurie...
Non, plutôt une bonne et grasse métairie;
Oh! oui, dans ce canton : j'aime ce pays-ci;
Et Justine, d'ailleurs, me plaît beaucoup aussi.
J'aurai donc, à mon tour, des gens à mon service!
Dans le commandement je serai peu novice;
Mais je ne serai point dur, insolent, ni fier,
Je me rappellerai ce que j'étais hier.

Ma foi ! j'aime déjà ma ferme à la folie.
Moi, gros fermier !... j'aurai ma basse-cour remplie
De poules, de poussins que je verrai courir !
De mes mains, chaque jour, je prétends les nourrir.
C'est un coup d'œil charmant ! Et puis, cela rapporte.
Quel plaisir, quand, le soir, assis devant ma porte,
J'attendrai le retour de mes moutons bêlants,
Que je verrai de loin revenir, à pas lents,
Mes chevaux vigoureux et mes belles génisses !
Ils sont mes serviteurs, elles sont nos nourrices.
Et mon petit Victor, sur son âne monté,
Fermant la marche, avec un air de dignité !
Plus heureux que Monsieur... le Grand Turc sur son trône.
Je serai riche, riche; et je ferai l'aumône.
Tout bas, sur mon passage, on se dira : « Voilà
Ce bon monsieur Victor ! » Cela me touchera.
Je puis bien m'abuser ; mais ce n'est pas sans cause :
Mon projet est, au moins, fondé sur quelque chose. (*Il cherche.*)
Sur un billet. Je veux revoir ce cher... Eh! mais...
Où donc est-il ? tantôt encore je l'avais.
Depuis quand ce billet est-il donc invisible ?
Ah! l'aurais-je perdu? serait-il bien possible?
Mon malheur est certain : me voilà confondu.
        (*Il crie.*)
Que vais-je devenir? Hélas! j'ai tout perdu!

LE VIEUX CÉLIBATAIRE

M. DUBRIAGE ET SON FILLEUL.

GEORGES.

Vous êtes tout pensif.

M. DUBRIAGE.
                    C'est cette solitude.

GEORGES.

Vous devez en avoir contracté l'habitude.

M. DUBRIAGE.

On a peine à s'y faire... Et le temps aujourd'hui
Est sombre : tout cela me donne un peu d'ennui.

GEORGES.

Vous êtes malheureux! jamais je ne m'ennuie :
Qu'il fasse froid ou chaud, du soleil, de la pluie,
Tout cela m'est égal : je suis toujours content.

M. DUBRIAGE.

Je le vois.

GEORGES.

            Je bénis mon sort à chaque instant.
Car, si je suis joyeux, j'ai bien sujet de l'être.
D'abord, j'ai le bonheur de servir un bon maître,
Un cher parrain ; ensuite, à l'emploi de portier,
J'ai, comme de raison, join un petit métier.

Une loge ne peut occuper seule un homme ;
Et puis, écoutez donc, cela double la somme.
Je fais tout doucement ma petite maison,
Et j'amasse, en été, pour l'arrière-saison.

M. DUBRIAGE.

C'est bien fait. D'être heureux ce Georges fait envie.

GEORGES.

Ajoutez à cela le charme de la vie,
Une femme : la mienne est un petit trésor ;
Elle a trente ans ; je crois qu'elle embellit encor.
Point d'humeur ; elle est gaie, elle est bonne, elle est franche,
Elle aime son cher Georges !... Oh ! j'ai bien ma revanche !
Dame ! c'est qu'elle a soin du père, des enfants !...
Aussi, sans nous vanter, les marmots sont charmants.
Sans cesse, autour de moi, l'on passe, l'on repasse :
C'est un mot, un coup d'œil ; et cela me délasse.

M. DUBRIAGE.

Mais cela te dérange.

GEORGES.

                    Un peu ; mais le plaisir !...
Il faut bien se donner un moment de loisir.
Cela n'empêche pas que la besogne n'aille. (*Geste de tailleur.*)
Car moi, tout en riant et causant, je travaille.
Mais quand, le soir, bien tard, les travaux sont finis,
Et qu'autour de la table on est tous réunis,
(Car la petite bande, à présent, soupe à table),
Si vous saviez, Monsieur, quel plaisir délectable !
Je me dis quelquefois : « Je ne suis qu'un portier ;
Mais souvent dans la loge on rit plus qu'au premier. »

M. DUBRIAGE.

Chacun est dans ce monde heureux à sa manière.

GEORGES.

Ah ! la nôtre est la vraie ; et vous ne l'êtes guère,
Heureux ! C'est votre faute, aussi ; car, entre nous,
Pourquoi rester garçon ? Il ne tenait qu'à vous,
Dans votre état, avec une grosse fortune,
De trouver une femme, et dix mille pour une.

M. DUBRIAGE.

Que veux-tu ?... j'ai toujours aimé le célibat.

GEORGES.

Célibat, dites-vous ! C'est donc là votre état !
Triste état ! si, par là, comme je le soupçonne,
On entend n'aimer rien, ne tenir à personne !
Vive le mariage ! il faut se marier,
Riche ou non ; et tenez, je m'en vais parier
Que, si quelqu'un offrait au plus pauvre des hommes
Un hôtel, un carrosse, avec de grosses sommes,
Pour qu'il vécût garçon, il dirait : « Grand merci ?
Plutôt que d'être riche, et que de l'être ainsi,

J'aime cent fois mieux vivre, au fond de la campagne,
Pauvre, grattant la terre, auprès d'une compagne. »

M. DUBRIAGE.

Assez.

GEORGES.

Ce que j'en dis, c'est par pure amitié ;
C'est que, vraiment, Monsieur, vous me faites pitié.

PARNY (E.-D. Desforges, chevalier de). — Né en 1753, mort
en 1814. Il avait voulu entrer à la Trappe, mais ses premiers succès littéraires l'entraînèrent loin de ses premiers goûts ; et, après
avoir servi et avoir fait un voyage aux Indes, il se vit, par la révolution qu'il avait aimée, privé de toutes ressources. Bonaparte
lui fit une pension. Ses œuvres sont des élégies, des lettres, des
chansons, des poëmes, la *Guerre des dieux* et d'autres compositions antireligieuses. On l'a appelé le *Tibulle français*.

LA CHASSE DU TAUREAU SAUVAGE

Le cor lointain a retenti trois fois,
Et le taureau mugit au fond des bois.
De la forêt usurpateur sauvage,
Il vous attend ; volez, adroits guerriers ;
Là, des combats vous trouverez l'image,
Les dangers même, et de nouveaux lauriers.
Sur le taureau, mugissant et terrible,
Pleuvent les dards, les lances, les épieux.
Il cède, il fuit, revient plus furieux,
Plus menacé, mais toujours invincible ;
Il fuit toujours sous les traits renaissants.
Devant ses pas, au loin retentissants,
Des bois émus le peuple se disperse.
Son front écarte ou brise les rameaux.
Dans le torrent il tombe, le traverse ;
Et son passage, avec fracas, renverse
Les troncs vieillis et les jeunes ormeaux.
Alkent prévoit ses détours, le devance,
Et près d'un chêne il se place en silence.
Le dard lancé par sa robuste main
Atteint le flanc du monstre, qui soudain,
Se retournant, sur lui se précipite.
D'un saut léger l'adroit chasseur l'évite,
Et frappe encor le flanc déjà sanglant.
Le taureau tombe, et prompt il se relève.
Tremblez, Alkent, fuyez en reculant ;
A ce front large il oppose son glaive.
Succès trompeur ! dans la tête enfoncé,
Le fer se rompt : de ses mains frémissantes
Alkent saisit les cornes menaçantes,
Lutte, combat, repousse, est repoussé,
Du monstre évite et lasse la furie ;

Ranime alors sa vigueur affaiblie,
Et le taureau sur l'herbe est renversé :
Pour les chasseurs sa chute est une fête.
L'heureux Alkent, immobile un instant,
Reprend haleine, et, fier de sa conquête,
Pour l'achever, du monstre palpitant
Sa hache enfin coupe l'énorme tête.
Joyeux il part; et, suivi des chasseurs,
Environné de flottantes bannières,
Des chiens hurlant, et des troupes grossières,
De la victoire il goûte les douceurs.
A ces douceurs l'espoir ajoute encore,
Vers le cortége il marche radieux :
Sur lui soudain se fixent tous les yeux;
Et, toujours fier, il jette aux pieds d'Isaure,
Le don sanglant, le don le plus flatteur
Qu'à la beauté puisse offrir la valeur.

LA PROVIDENCE

« Combien l'homme est infortuné!
Le sort maîtrise sa faiblesse,
Et, de l'enfance à la vieillesse,
D'écueils il marche environné;
Le temps l'entraîne avec vitesse;
Il est mécontent du passé;
Le présent l'afflige et le presse;
Dans l'avenir toujours placé,
Son bonheur recule sans cesse :
Il meurt en rêvant le repos.
Si quelque douceur passagère
Un moment console ses maux,
C'est une rose solitaire
Qui fleurit parmi des tombeaux.
Toi, dont la puissance ennemie
Sans choix nous condamne à la vie,
Et proscrit l'homme en le créant,
Jupiter! rends-moi le néant! »

Aux bords lointains de la Tauride,
Et seul, sur des rochers déserts
Qui repoussent les flots amers,
Ainsi parlait Éphimécide.
Absorbé dans ce noir penser,
Il contemple l'onde orageuse :
Puis, d'une course impétueuse,
Dans l'abîme il veut s'élancer.
Tout à coup une voix divine
Lui dit : « Quel transport te domine?
L'homme est le favori des cieux;
Mais du bonheur la source est pure;
Va, par un injuste murmure,
Ingrat, n'offense plus les dieux. »
Surpris, et longtemps immobile,
Il baisse un œil respectueux.

Soumis enfin et plus tranquille,
A pas lents il quitte ces lieux.
Deux mois sont écoulés à peine,
Il retourne sur le rocher.
« Grands dieux! votre voix souveraine
Au trépas daigna m'arracher;
Bientôt votre main secourable
A mon cœur offrit un ami.
J'abjure un murmure coupable;
Sur mon destin j'ai trop gémi.
Vous ouvrez un port dans l'orage;
Souvent votre bras protecteur
S'étend sur l'homme, et le malheur
N'est pas son unique héritage. »
Il se tait. Par les vents ployé,
Faible, sur son frère appuyé,
Un jeune pin frappe sa vue :
Auprès il place une statue,
Et la consacre à l'Amitié.

Il revient après une année;
Le plaisir brille dans ses yeux;
La guirlande de l'hyménée
Couronne son front radieux :
« J'osai, dans ma sombre folie,
Blâmer les décrets éternels,
Dit-il; mais j'ai vu Glycérie;
J'aime, et du bienfait de la vie
Je rends grâce aux dieux immortels. »
Son âme, doucement émue,
Soupire; et, dès le même jour,
Sa main, non loin de la statue,
Élève un autel à l'Amour.

Deux ans après, la fraîche aurore

Sur le rocher le voit encore :
Ses regards sont doux et sereins ;
Vers le ciel il lève ses mains :
« Je t'adore, ô bonté suprême !
L'amitié, l'amour enchanteur,
Avaient commencé mon bonheur ;
Mais j'ai trouvé le bonheur même.
Périssent les mots odieux
Que prononça ma bouche impie !
Oui, l'homme, dans sa courte vie,

Peut encore égaler les dieux. »
Il dit ; sa piété s'empresse
De construire un temple en ces lieux ;
Il en bannit avec sagesse
L'or et le marbre ambitieux,
Et les arts, enfants de la Grèce ;
Le bois, le chaume et le gazon
Remplacent leur vaine opulence ;
Et sur le modeste fronton,
Il écrit : « A la Bienfaisance ! »

RIVAROL (Ant., comte de). — Né en 1757, mort en 1801. Il commença sa réputation d'esprit dans les salons de Paris : une fois sa verve excitée, a-t-on dit de lui, le feu d'artifice sur ses lèvres ne cessait pas. Il émigra et alla mourir à Berlin, après avoir mené une vie déréglée et vagabonde, et avoir composé des œuvres littéraires qui ne sont à proprement dire que des ébauches : *Discours sur l'universalité de la langue française, Petit almanach de nos grands hommes, Vie de la Fayette*, des *Mémoires* et quelques poésies.

TRIOLET POLITIQUE

Un grand royaume est un vaisseau
Dont le monarque est le pilote.
Gravons-le bien dans le cerveau ;
Un grand royaume est un vaisseau.

Si le nocher tombe à vau-l'eau,
Au hasard le navire flotte :
Un grand royaume est un vaisseau
Dont le monarque est le pilote.

ÉPIGRAMME

Si tu prétends avoir un jour ta niche
Dans ce beau temple où sont quarante élus,
Et, d'un portrait guindé vers la corniche,
Charmer les sots, quand tu ne seras plus,
Pas n'est besoin d'un chef-d'œuvre bien ample :
Il faut fêter le sacristain du temple ;
Puis ce monsieur t'ouvrira le guichet,
Puis de lauriers tu feras grande chère,
Puis immortel seras comme Porchère,
Maury, Cotin, et la Harpe, et Danchet.

FONTANES (L.-Marcellin de). — Né en 1751, mort en 1821. Il fut connu de bonne heure par ses poésies ; la révolution en fit un journaliste ; après le 18 brumaire, il fut nommé professeur aux Quatre-Nations, et plus tard membre de l'Institut et président du Corps législatif. Grand maître de l'Université, il tenta de louables efforts pour faire renaître les études sérieuses. Les poésies de Fontanes sont remarquables par la pureté et l'élégance ; il a laissé aussi quelques discours.

LES MONDES

Tout passe donc, hélas! ces globes inconstants
Cèdent, comme le nôtre, à l'empire du temps;
Comme le nôtre aussi, sans doute ils ont vu naître
Une race pensante, avide de connaître :
Ils ont eu des Pascals, des Leibnitz, des Buffons.
Tandis que je me perds en ces rêves profonds,
Peut-être un habitant de Vénus, de Mercure,
De ce globe voisin qui blanchit l'ombre obscure,
Se livre à des transports aussi doux que les miens.
Ah! si nous rapprochions nos hardis entretiens !
Cherche-t-il quelquefois ce globe de la terre,
Qui, dans l'espace immense, en un point se resserre?
A-t-il pu soupçonner qu'en ce séjour de pleurs
Rampe un être immortel qu'ont flétri les douleurs?
Habitants inconnus de ces sphères lointaines,
Sentez-vous nos besoins, nos plaisirs et nos peines?
Connaissez-vous nos arts? Dieu vous a-t-il donné
Des sens moins imparfaits, un destin moins borné?
Royaumes étoilés, célestes colonies,
Peut-être enfermez-vous ces esprits, ces génies
Qui, par tous les degrés de l'échelle du ciel,
Montaient, suivant Platon, jusqu'au trône éternel.
Si pourtant, loin de vous, de ce vaste empyrée,
Un autre genre humain peuple une autre contrée,
Hommes ! n'imitez pas vos frères malheureux !
En apprenant leur sort, vous gémirez sur eux;
Vos larmes mouilleraient nos fastes lamentables.
Tous les siècles en deuil, l'un à l'autre semblables,
Courent sans s'arrêter, foulant de toutes parts
Les trônes, les autels, les empires épars ;
Et, sans cesse frappés de plaintes importunes,
Passent, en me contant leurs longues infortunes.
Vous, hommes, nos égaux, puissiez-vous être, hélas!
Plus sages, plus unis, plus heureux qu'ici-bas !

THÉMISTOCLE ET ARISTIDE

(La Grèce sauvée.)

Des plus grands sénateurs la sagesse y préside (aux jeux Olympiques).
Deux illustres rivaux, Thémistocle, Aristide,
Les premiers au combat, les premiers au conseil,
Ont de ce jour de fête ordonné l'appareil ;
A d'obscurs citoyens ils doivent leur naissance :
Seuls ils ont fait leur sort. On les vit, dès l'enfance,
Suivre un parti contraire, et différer toujours ;
Mais, sitôt que l'État réclame leur secours,
Ennemis généreux, oubliant leur querelle,
Ils marchent réunis quand sa voix les appelle.

Thémistocle est superbe, actif, ambitieux ;
Il eût dans tous les temps attiré tous les yeux,

Et gouverné l'État où le sort l'eût fait naître.

. . . .

Il pense en politique, il agit en guerrier,
Fait pour le premier rang, brille encor au dernier;
Joint l'art à la grandeur, la prudence à l'audace,
Et change de talent quand il change de place.
Dans Athène, à la cour, il sut être à la fois
Et souple avec le peuple, et fier avec les rois.
La gloire est le besoin de son âme enflammée,
Du nom des vieux héros son oreille est charmée.
Jeune enfant, il courait, ivre d'un noble orgueil,
Méditer leur histoire, au pied de leur cercueil.
Il fut jaloux d'Achille en lisant l'*Iliade*.

Vainqueur de Marathon, ô fameux Miltiade!
C'est toi, surtout, c'est toi qu'il voudrait imiter!
Ta gloire, à chaque instant, revient le tourmenter.
A peine au sein des nuits ses yeux s'appesantissent,
Qu'autour de lui soudain mille voix retentissent,
Qui, proclamant ton nom jusque dans son sommeil,
Au bruit de ta victoire ont hâté son réveil.
Il se lève, il t'appelle, embrasse ton image,
Croit te voir apparaître au milieu d'un nuage,
T'invoque, et, plein de toi, jure de t'égaler,
Dût un injuste arrêt comme toi l'exiler.

Aristide est plus simple, et non moins magnanime;
De la seule équité le pur amour l'anime :
Ceux mêmes dont la haine éclata contre lui,
Sitôt qu'on les opprime, invoquent son appui.
Ferme dans les revers, modeste dans la gloire,
Aussi grand dans l'exil qu'en un jour de victoire,
Le vent de la faveur ou de l'adversité
N'élève en aucun temps ou n'abat sa fierté.
Opprimé, mais fidèle à sa patrie ingrate,
Il sert toujours le peuple et jamais ne le flatte.
Sa noble pureté, sûr garant de sa foi,
L'orne mieux que la pompe et tout l'or du grand roi.

. . . .

De respect et d'amour ce grand homme entouré,
Du saint titre de juste est partout honoré.
Moins il prétend d'honneurs, plus il obtient d'empire;
Lui-même il est surpris des transports qu'il inspire :
Sans cesse il s'y dérobe, et souvent le respect
Fait taire la louange à son auguste aspect.
D'un œil religieux sans bruit on le contemple,
Sa voix est un oracle et sa demeure un temple;
Sa vertu le consacre, et, digne des autels,
Semble plus s'approcher des dieux que des mortels.
Lui-même à Thémistocle il donne son suffrage,
Vante ses grands travaux, ses talents, son courage,
Et, quand il reconnaît qu'il n'est point son égal,
Marche après lui sans peine et cède à son rival.

LA RETRAITE

Au bout de mon humble domaine,
Six tilleuls au front arrondi,
Dominant le cours de la Seine,
Balancent une onde incertaine
Qui me cache aux feux du midi.

Sans affaire et sans esclavage,
Souvent j'y goûte un doux repos;
Désoccupé comme un sauvage

Qu'amuse auprès d'un beau rivage
Le flot qui suit toujours les flots.

Ici, la rêveuse Paresse
S'assied les yeux demi-fermés,
Et, sous la main qui me caresse,
Une langueur enchanteresse
Tient mes sens vaincus et charmés.

ANDRIEUX (F.-G.-J. Stanislas). — Né en 1759, mort en 1833. Il fut mêlé aux affaires, comme juge, comme membre des cinq-cents, membre du tribunat. d'où l'exclut le premier consul, et plus tard il devint professeur à l'École polytechnique et à l'École de France; il fut secrétaire perpétuel de l'Académie française. Andrieux a composé plusieurs comédies fort spirituelles, une tragédie et un recueil de contes pleins de finesse. C'était le lecteur le plus fin et le plus délicat; cependant sa voix était faible. Mais il se faisait entendre, a-t-on dit, à force de se faire écouter.

PROCÈS DU SÉNAT DE CAPOUE

Dans Capoue autrefois, chez ce peuple si doux,
S'élevaient des partis, l'un de l'autre jaloux:
L'ambition, l'orgueil, l'envie à l'œil oblique,
Tourmentaient, déchiraient, perdaient la république.
D'impertinents bavards, soi-disant orateurs,
Des meilleurs citoyens ardents persécuteurs,
Excitent à dessein les haines les plus fortes;
Et, pour comble de maux, Annibal est aux portes.
Que faire et que résoudre en ce puissant danger?
Tu vas tomber, Capoue, aux mains de l'étranger!
Le sénat effrayé délibère en tumulte;
Le peuple soulevé lui prodigue l'insulte;
On s'arme, on est déjà près d'en venir aux mains.
Les meneurs triomphaient; pour rompre leurs desseins,
Certain Pacuvius, vieux routier, forte tête,
Trouva dans son esprit cette ressource honnête:
« Avec vous, sénateurs, je fus longtemps brouillé;
De mon bien, sans raison, vous m'avez dépouillé,
Leur dit-il; mais je vois, dans la crise où nous sommes,
Les périls de l'État, non les fautes des hommes.
On égare le peuple, il le faut ramener;
Il est une leçon que je veux lui donner:
J'ai du cœur des humains un peu d'expérience;
Laissez-moi faire enfin; soyez sans défiance:
La patrie aujourd'hui me devra son salut. »

La peur en fit passer par tout ce qu'il voulut;
Il prend cet ascendant et ce pouvoir suprême...

Quand chacun consterné tremble et craint pour soi-même,
S'il se présente un homme au langage assuré,
On l'écoute, on lui cède, il ordonne à son gré ;
Ainsi Pacuvius, du droit d'une âme forte,
Sort du sénat, le ferme, en fait garder la porte,
S'avance sur la place, et son autorité
Calme un instant les flots de ce peuple irrité :
« Citoyens, leur dit-il, la divine justice
A vos vœux redoublés se montre enfin propice ;
Elle livre en vos mains tous ces hommes pervers,
Ces sénateurs noircis de cent forfaits divers,
Dont chacun d'entre vous a reçu quelque offense :
Je les tiens renfermés, seuls, tremblants, sans défense ;
Vous pouvez les punir, vous pouvez vous venger,
Sans livrer de combats, sans courir de danger,
Contre eux tout est permis, tout devient légitime :
Pardonner est honteux, et proscrire est sublime.
Je suis l'ami du peuple, ainsi vous m'en croirez ;
Et surtout gardez-vous des avis modérés. »

L'assemblée applaudit à ce début si sage,
Et par un bruit flatteur lui donne son suffrage.
Le harangueur reprend : « Punissez leurs forfaits ;
Mais ne trahissez pas vos propres intérêts :
A qui veut se venger, trop souvent il en coûte.
Votre juste courroux, je n'en fais aucun doute,
Proscrit les sénateurs, et non pas le sénat,
Ce conseil nécessaire est l'âme de l'État,
Le gardien de vos lois, l'appui d'un peuple libre.
Aux rives du Vulturne, ainsi qu'aux bords du Tibre,
On hait la servitude, on abhorre les rois. »
Tout le peuple applaudit une seconde fois.
« Voici donc, citoyens, le parti qu'il faut suivre :
Parmi ces sénateurs que le destin vous livre,
Que chacun à son tour, sur la place cité,
Vienne entendre l'arrêt qu'il aura mérité.
Mais, avant qu'à nos lois sa peine satisfasse,
Il faudra qu'au sénat un autre le remplace,
Que vous preniez le soin d'élire, parmi vous,
Un nouveau sénateur, de ses devoirs jaloux,
Exempt d'ambition, de faste, d'avarice,
Ayant mille vertus sans avoir aucun vice,
Et que tout le sénat soit ainsi composé ;
Vous voyez, citoyens, que rien n'est plus aisé. »

La motion aux voix est d'abord adoptée,
Et, sans autre examen, d'abord exécutée ;
Les noms des sénateurs qu'on doit tirer au sort
Sont jetés dans une urne, et le premier qui sort
Est au regard du peuple amené sur la place.
A son nom, à sa vue, on crie, on le menace.
Aucun tourment pour lui ne semble trop cruel,
Et peut-être de tous c'est le plus criminel.
« Bien, dit Pacuvius, le cri public m'atteste
Que tout le monde ici l'accuse et le déteste.

Il faut donc de son rang l'exclure, et décider
Quel homme vertueux devra lui succéder.
Pesez les candidats, tenez bien la balance :
Allons, qui nommez-vous ? » Il se fit un silence.
On avait beau chercher ; chacun, excepté soi,
Ne connaissait personne à mettre en cet emploi.
Cependant, à la fin, quelqu'un de l'assistance,
Voyant qu'on ne dit mot, prend un peu d'assurance,
Hasarde un nom ; encor le risqua-t-il si bas,
Qu'à moins d'être tout près on ne l'entendit pas.
Ses voisins, plus hardis, tout haut le répétèrent.
Mille cris à la fois contre lui s'élevèrent.
Pouvait-on présenter un pareil sénateur !
Celui qu'on rejetait était cent fois meilleur.
Le second proposé fut accueilli de même,
Et ce fut encor pis quand on vint au troisième.
Quelques autres encor ne semblèrent nommés
Que pour être hués, conspués, diffamés...

Le peuple ouvre les yeux, se ravise ; et la foule,
Sans avoir fait de choix, tout doucement s'écoule.
De beaucoup d'intrigants ce jour devint l'écueil.

Le bon Pacuvius, qui suivait tout de l'œil :
« Pardonnez-moi, dit-il, l'innocent artifice
Qui vous fait craindre à tous une exacte justice.
Et vous, jaloux esprits, dont les cris détracteurs
D'un blâme intéressé chargeaient nos sénateurs,
Pourquoi vomir contre eux les plaintes, les menaces ?
Eh ! que ne disiez-vous que vous vouliez leurs places ?
Ajournons, citoyens, ce dangereux procès ;
D'Annibal qui s'avance arrêtons les progrès ;
Éteignons nos débats ; que le passé s'oublie,
Et réunissons-nous pour sauver l'Italie. »

On crut Pacuvius, mais non pas pour longtemps :
Les esprits à Capoue étaient fort inconstants.
Bientôt se ranima la discorde civile ;
Et bientôt l'étranger, s'emparant de la ville,
Mit sous un même joug et peuple et sénateurs.
Français ! ce trait s'appelle un avis aux lecteurs.

LES DEUX RATS

(Imitation d'Horace.)

Certain rat de campagne, en son modeste gîte,
De certain rat de ville eut un jour la visite ;
Ils étaient vieux amis : quel plaisir de se voir !
Le maître du logis veut, selon son pouvoir,
Régaler l'étranger ; il vivait de ménage,
Mais donnait de bon cœur, comme on donne au village.
Il va chercher au fond de son garde-manger
Du lard qu'il n'avait pas achevé de ronger,
Des noix, des raisins secs ; le citadin à table,
Mange du bout des dents, trouve tout détestable.

« Pouvez-vous bien, dit-il, végéter tristement
Dans un trou de campagne, enterré tout vivant?
Croyez-moi, laissez là cet ennuyeux asile,
Venez voir de quel air nous vivons à la ville,
Hélas! nous ne faisons que passer ici-bas :
Les rats, petits et grands, marchent tous au trépas;
Ils meurent tout entiers, et leur philosophie
Doit être de jouir d'une si courte vie,
D'y chercher le plaisir. Qui s'en passe est bien fou!»
L'autre, persuadé, saute hors de son trou.
Vers la ville à l'instant ils trottent côte à côte;
Ils arrivent de nuit : la muraille était haute,
La porte était fermée; heureusement nos gens
Passent sans être vus, sous le seuil se glissants.
Dans un riche logis nos voyageurs descendent;
A la salle à manger promptement ils se rendent.
Sur un buffet ouvert trente plats desservis
Du souper de la veille étalaient les débris.
L'habitant de la ville, aimable et plein de grâce,
Introduit son ami, fait les honneurs, le place;
Et puis, pour le servir, sur le buffet trottant,
Apporte chaque mets qu'il goûte en l'apportant.
Le campagnard, charmé de sa nouvelle aisance,
Ne songeait qu'au plaisir et qu'à faire bombance;
Lorsqu'un grand bruit de porte épouvante nos rats :
Ils étaient au buffet, ils se jettent en bas,
Courent, mourants de peur, tout autour de la salle...
Pas un trou! de vingt chats une bande infernale
Par de longs miaulements redouble leur effroi.
« Oh! oh! ce n'est pas là ce qu'il me faut, à moi,
Dit le bon campagnard; mon humble solitude
Me garantit du bruit et de l'inquiétude;
Là, je n'ai rien à craindre, et si j'y mange peu,
J'y mange en paix du moins; et j'y retourne... Adieu. »

LES GRANDS ET LES PETITS VOLEURS
(Épigramme.)

De grand matin, chez un banquier fameux,
Certains voleurs avaient su s'introduire;
Quel coup pour eux! besoin n'est de déduire
Combien d'avance ils s'estimaient heureux.
Au coffre-fort vole toute la bande;
Mais le banquier les avait prévenus,
Et la nuit même, avec tous ses écus,
Le drôle était parti pour la Hollande.

PARSEVAL-GRANDMAISON (F.- A.). — Né en 1759, mort en 1834.
Au retour de l'expédition d'Égypte, où il avait suivi Bonaparte, il écrivit les *Amours poétiques;* puis il travailla vingt ans
au poëme épique de *Philippe-Auguste*, auquel on doit reprocher
la froideur et l'incorrection, mais qui présente quelquefois de
grandes beautés.

LE JUGEMENT DE DIEU

(*Philippe-Auguste.*)

Bientôt les deux guerriers s'élancent vers la place
Où doit se mesurer leur intrépide audace;
Le champ s'ouvre : jamais dans un combat pareil
Ne s'offrit aux regards un plus sombre appareil.
On aperçoit, non loin de cette affreuse lice,
Le terrible instrument du plus honteux supplice.
Là, s'offrent du combat, les juges, les héros,
Ici l'horrible claie, et plus loin les bourreaux.
Le pontife pieux, qui sur l'impénitence
Fait descendre du ciel la terrible sentence,
Tout prêt à recevoir les serments vrais ou faux,
Au milieu des bûchers, des croix, des échafauds,
Tient deux livres sacrés que le crime redoute;
Du ciel au vrai chrétien l'un découvre la route,
Est l'effroi du mensonge, et devant l'Éternel
Va recevoir bientôt le serment solennel :
C'est le saint Évangile, appui de l'innocence :
L'autre, en lettres de sang que traça la vengeance;
Expose à tous les yeux les imprécations,
Les arrêts fulminants, les malédictions,
Qu'il va faire tonner, par la voix du saint prêtre,
Sur le cœur assez faux, assez vil, assez traître,
Pour mentir au ciel même et braver les enfers.
On n'entend point alors éclater les concerts
Du belliqueux airain, qui, promettant la gloire,
Prélude par ses sons aux chants de la victoire;
On entend le beffroi présageant le trépas
Dont ses coups mesurés semblent compter les pas.
Soudain Montmorency découvre son visage,
Et, du Christ immolé sa main touchant l'image :
« Je jure sur le Dieu que j'adore et je crois,
Sur le saint Évangile et sur l'auguste croix,
Sur ma foi de chrétien, sur mon divin baptême,
Sans craindre d'encourir la mort et l'anathème,
Je jure que ma cause est juste, et que mon fer,
Prêt à venger l'honneur qui me fut toujours cher,
Va d'un lâche imposteur prouver la foi mentie;
Dieu, qui connaît mon droit, confondra ma partie;
Et mon triomphe est sûr, si le saint chevalier,
Georges, de ses secours consent à m'appuyer. »
Il dit; Boulogne alors, par le même langage,
A lutter contre lui d'un air affreux s'engage.
Et le prêtre bientôt, d'un saint zèle emporté,
Lui dépeint de l'enfer l'affreuse éternité :
« Craignez que dans ses flancs il ne vous engloutisse;
Du ciel par un aveu désarmez la justice ;
A ce combat encor vous pouvez renoncer,
Sinon c'est Dieu, sur vous, Dieu qui va prononcer. »
Mais Boulogne, du ciel craignant peu la menace,
A tous les yeux surpris redouble encor d'audace;
Il déclare à l'instant qu'il renonce au vrai Dieu,

Qu'il se livre à l'enfer, à ses gouffres de feu,
S'il est vrai que sa voix ait, par une imposture,
Injustement flétri la vertu d'Isembure.
Il la dit adultère, et, prêtant son serment,
Tend sa coupable main qui tremble et le dément.
Il fait plus; et, s'armant d'une impudence insigne,
Il ose de la croix souiller l'auguste signe;
Il baise avec respect l'Évangile sacré,
Et terrible, au combat porte un front assuré.
L'un et l'autre soudain, prenant sa forte lance,
D'un saut impétueux sur un coursier s'élance;
Le roi d'armes s'écrie : « Il en est temps; partez,
Faites votre devoir. » Alors, des deux côtés,
Volent en même temps ces rivaux intrépides;
Aiguillonnant les flancs de leurs coursiers rapides,
Ils se heurtent, du choc tombent leurs destriers.
Tous deux, abandonnant leurs larges étriers,
Ils marchent l'un vers l'autre, armés du cimeterre,
Et se livrent entre eux une implacable guerre.
Boulogne le premier, pour venger son affront,
Donne au glaive qu'il tient un mouvement si prompt
Que l'air en étincelle et que la terre en tremble;
Son rival, sous l'abri des armes qu'il rassemble,
Se protége, attendant que la fureur du fer
En efforts impuissants se dissipe dans l'air;
Quand, à travers les coups dont l'horrible tempête
En tombant sur l'airain siffle autour de sa tête,
L'acier brise l'armet du preux qui, tout à coup,
Échappe en se baissant à ce terrible coup,
Se relève, et du traître enfonçant la cuirasse,
Dans son flanc déchiré laisse une horrible trace;
Alors d'un bras puissant il le jette à ses pieds;
Et, tandis que sur lui de ses genoux pliés
Le poids victorieux s'affermit et le presse,
Il saisit d'une main sa dague vengeresse,
Et du fer à la gorge est prêt à le frapper.
« A mes coups maintenant tu ne peux échapper,
Traître; confesse donc que de ta bouche impure
Quand l'audace a flétri la vertu d'Isembure,
Toi-même impudemment par la gorge as menti;
Parle, ou c'est fait de toi. » Boulogne a ressenti
Les terreurs de la mort, et cède à leur puissance;
Sa voix a d'Isembure attesté l'innocence,
L'humiliant aveu le dérobe au trépas;
Et vers la tour du Louvre on entraînait ses pas,
Lorsque de ses amis la troupe rassemblée
Le rejoint au milieu de la foule troublée,
Le délivre, en ses rangs le place, et, sans délais,
Va rejoindre avec lui la flotte des Anglais.

DEMOUSTIER (Ch.-Alb.). — Né en 1760, mort en 1801. Avant de
se livrer à la littérature, il avait exercé la profession d'avocat. Il
écrivit des comédies, des opéras, quelques petits poëmes, et les

Lettres à Émilie sur la mythologie, ouvrage maniéré et prétentieux qui eut cependant une vogue prodigieuse.

LES NEUF MUSES

Par un discours semé de fleurs
Calliope ouvrit l'assemblée.
Melpomène, triste et voilée,
Des héros plaignit les malheurs,
De l'amour déplora les charmes,
Et, par ses aimables douleurs,
Fit éclore dans tous les cœurs
Le plaisir, du sein des alarmes.
Thalie, avec un air malin,
Des traits aigus de la satire
Cribla le pauvre genre humain,
Mais, en le piquant, le fit rire.
Polymnie ensuite étala
Les faits, les vertus, la mémoire

Des Turennes de ces temps-là.
Clio, sur l'aile de la gloire,
Portant ces héros vers les cieux,
Les fit voler au rang des dieux.
Uranie ouvrit ses tablettes,
Et lut intelligiblement
Le système du mouvement
Des tourbillons et des planètes.
Enfin, la champêtre Érato
Chanta les amours du hameau
Sur l'air plaintif de la romance.
Euterpe de son flageolet
L'accompagna ; puis en cadence
Terpsichore, par un ballet

Termina gaîment la séance.

BABOIS (M.-Victoire). — Née en 1760, morte en 1839. C'était la nièce de Ducis. « Ses poésies se distinguent par une élégante versification, une douce sensibilité et par une teinte de mélancolie qui y répand beaucoup de charme. »

ÉLÉGIES MATERNELLES

I.

Hélas ! il est donc vrai, je suis seule ici-bas,
Dans tous ceux que j'aimais j'ai subi le trépas.
Amie, épouse, fille et mère infortunée,
Par tous les sentiments à souffrir condamnée,
A peine je quittais les jeux de mon berceau,
Que déjà de mes pleurs j'arrosais un tombeau.
Ma faible adolescence, à l'abandon livrée,
Redemandait au ciel une mère adorée.
Je lui devais un cœur qu'elle aimait à former,
Tous mes vœux, mes plaisirs, le bonheur de l'aimer.

Je n'ai depuis ce jour rencontré dans la vie
Que la douleur toujours de la douleur suivie.
Ah ! qu'il fut vain pour moi, le rêve du bonheur !
Que le réveil fut prompt !... Dans l'ennui, la langueur,
Lasse de déplorer une longue misère,
J'aurais trouvé la mort ; mais, hélas ! j'étais mère :
Par le courroux du sort, quand j'avais tout perdu,
En me donnant ma fille il m'avait tout rendu.

La vie à chaque instant me devenait plus chère,
En songeant qu'à ma fille elle était nécessaire...
Et ce dernier objet de mes plus tendres vœux,

La mort vint le frapper sur mon sein malheureux !
Dans mes bras, sans pitié, saisissant sa victime,
L'inhumaine me laisse et referme l'abîme.

Je n'aperçois plus rien, rien qu'un désert affreux.
Il n'est plus pour mon cœur, il n'est plus pour mes yeux
D'aurore, de printemps, de fleurs ni de verdure ;
Je ne vois qu'un tombeau dans toute la nature.
Avec ma fille, hélas ! tendresse, espoir, bonheur,
Tout a fini pour moi, tout est mort dans mon cœur.

II.

En vain toujours errante et toujours inquiète,
Je crois fuir ma douleur en fuyant ma retraite ;
Ici pour mes yeux seuls la nature est en deuil,
Et tout semble avec moi gémir sur un cercueil.
Malgré moi-même, hélas ! de ma fille expirante
Je retrouve en tous lieux l'image déchirante.
Je sens encor ses maux, je la revois en pleurs,
Tour à tour résistant, succombant aux douleurs,
S'attacher à mon sein, et, d'une main débile,
Sur ce sein malheureux rechercher un asile.

Le nom de mère, hélas ! qui fit tout mon bonheur,
Ses accents douloureux l'ont gravé dans mon cœur.
Par un dernier effort où survit sa tendresse,
Je la vois surmonter ses tourments, sa faiblesse ;
Ses yeux cherchent mes yeux, sa main cherche ma main,
Elle m'appelle encore et tombe sur mon sein...
Dieu puissant, Dieu cruel, tu combles ma misère !
C'en est fait, elle expire et je ne suis plus mère !

III.

Un feu sombre en mourant m'anime et me dévore :
Telle en un lieu funèbre on voit errer encore
L'incertaine lueur d'un lugubre flambeau
Qui lentement pâlit et meurt sur un tombeau.

Il est temps que sur moi la tombe se referme,
Et le comble des maux amène enfin leur terme.
Hélas ! il est donc vrai, je perdrai ma douleur :
Je sens que tout finit, oui, tout, jusqu'au malheur.
Empire de la mort, vaste et profond abîme,
Où tombe également l'innocence et le crime,
De ton immensité la ténébreuse horreur
N'a rien qui désormais puisse étonner mon cœur.
Ma fille est dans ton sein ; ah ! c'est trop lui survivre !
J'ai vécu pour l'aimer, et je meurs pour la suivre.

RENOUARD (F.-J.-M.). — Né en 1761, mort en 1836. Avocat,
il exerça pendant quinze ans, il siégea successivement à l'assemblée législative et à la chambre des députés, et fut reçu, en 1807, à
l'Académie française. Il écrivit les *Templiers*, tragédie qui eut un

grand succès, des poésies diverses, des *Recherches historiques*, et un *Choix de poésies originales des troubadours*. Ce dernier travail est précieux.

LE SUPPLICE DES TEMPLIERS

Un immense bûcher, dressé pour leur supplice,
S'élève en échafaud, et chaque chevalier
Croit mériter l'honneur d'y monter le premier;
Mais le grand maître arrive; il monte, il les devance;
Son front est rayonnant de gloire et d'espérance;
Il lève vers les cieux un regard assuré :
Il prie, et l'on croit voir un mortel inspiré.
D'une voix formidable aussitôt il s'écrie.
« Nul de nous n'a trahi son Dieu ni sa patrie;
Français, souvenez-vous de nos derniers accents;
Nous sommes innocents, nous mourons innocents;
L'arrêt qui nous condamne est un arrêt injuste :
Mais il est dans le ciel un tribunal auguste
Que le faible opprimé jamais n'implore en vain,
Et j'ose t'y citer, ô pontife romain !
Encor quarante jours !... je t'y vois comparaître. »
Chacun en frémissant écoutait le grand maître;
Mais quel étonnement, quel trouble, quel effroi,
Quand il dit : « O Philippe, ô mon maître, ô mon roi!
Je te pardonne en vain, ta vie est condamnée;
Au tribunal de Dieu je t'attends dans l'année! »
            (*Au roi.*)
Les nombreux spectateurs, émus et consternés,
Versent des pleurs sur vous, sur ces infortunés.
De tous côtés s'étend la terreur, le silence.
Il semble que du ciel descende la vengeance.
Les bourreaux interdits n'osent plus approcher;
Ils jettent, en tremblant, le feu sur le bûcher,
Et détournent la tête. Une fumée épaisse
Entoure l'échafaud, roule et grossit sans cesse;
Tout à coup le feu brille : à l'aspect du trépas,
Ces braves chevaliers ne se démentent pas.
On ne les voyait plus; mais leurs voix héroïques
Chantaient de l'Eternel les sublimes cantiques :
Plus la flamme montait, plus ce concert pieux
S'élevait avec elle, et montait vers les cieux.
Votre envoyé paraît, s'écrie... Un peuple immense,
Proclamant avec lui votre auguste clémence,
Auprès de l'échafaud soudain s'est élancé...
Mais il n'était plus temps... Les chants avaient cessé !

BERCHOUX (Joseph). — Né en 1761, mort en 1838. D'abord juge de paix, il prit plus tard du service, et enfin se livra entièrement à la culture des lettres. On lui doit l'épître spirituelle sur les Grecs et les Romains, le poëme sur la gastronomie, la *Danse* et *Voltaire*, attaque dirigée contre le XVIIIe siècle.

LES GRECS ET LES ROMAINS

Qui me délivrera des Grecs et des Romains?
Du sein de leurs tombeaux ces peuples inhumains
Feront assurément le malheur de ma vie!
Mes amis, écoutez mon discours, je vous prie.

A peine je fus né qu'un maudit rudiment
Poursuivit mon enfance avec acharnement :
La langue des Césars faisait tout mon supplice :
Hélas! je préférais celle de ma nourrice;
Et je m'y vis forcé pendant six ans et plus,
Grâces à Cicéron, Tite et Cornélius,
Tous Romains enterrés depuis maintes années,
Dont je maudissais fort les œuvres surannées.
Je fis ma rhétorique, et n'appris que des mots,
Qui chargeaient ma mémoire et troublaient mon repos :
Tous ces mots étaient grecs; c'était la *catachrèse*,
La *paronomasie*, avec la *syndérèse*,
L'*épentèse*, la *crase*, et tout ce qui s'ensuit.
Dans le monde savant je me vis introduit :
J'entendis des discours sur toutes les matières,
Jamais sans qu'on citât les Grecs et leurs confrères;
Et le moindre grimaud trouvait toujours moyen
De parler du Scamandre et du pays troyen.

Ce fut bien pis encor quand je fus au théâtre;
Je n'entendis jamais que Phèdre, Cléopâtre,
Ariane, Didon, leurs amants, leurs époux,
Tous princes enragés, hurlant comme des loups;
Rodogune, Jocaste, et puis les Pélopides,
Et tant d'autres héros noblement parricides...
Et toi, triste famille, à qui Dieu fasse paix !
Race d'Agamemnon qui ne finis jamais,
Dont je voyais partout les querelles antiques,
Et les assassinats mis en vers héroïques...

J'avais pris en horreur cette société,
Je demandais enfin grâce à l'antiquité;
Je voulais observer des mœurs contemporaines,
Vivre avec des Français loin de Rome et d'Athènes;
Mais les anciens n'ont pu me laisser respirer...
. . . .

O vous qui gouvernez notre triste patrie,
Qu'il ne soit plus parlé des Grecs, je vous supplie :
Ils ne peuvent prétendre à de plus longs succès :
Vous serait-il égal de nous parler français?
Votre néologisme effarouche les dames;
Elles n'entendent rien à vos myriagrammes!
La langue que parlaient Racine et Fénelon
Nous suffirait encor, si vous le trouviez bon.

LA MORT DE VATEL

(*Gastronomie.*)

Condé... que ce grand nom ne vous alarme pas,
J'écris pour tous les temps et pour tous les climats;
Condé, le grand Condé que la France révère,
Recevait de son roi la visite bien chère,
Dans ce lieu fortuné, ce brillant Chantilli,
Longtemps de race en race à grands frais embelli.
Jamais plus de plaisirs et de magnificence,
N'avaient d'un souverain signalé la présence.
Tout le soin des festins fut remis à Vatel,
Du vainqueur de Rocroi fameux maître-d'hôtel,
Il mit à ses travaux une ardeur infinie;
Mais, avec des talents, il manqua de génie.
Accablé d'embarras, Vatel est averti
Que deux tables en vain réclament leur rôti;
Il prend, pour en trouver, une peine inutile.
« Ah! dit-il, s'adressant à son ami Gourville,
De larmes, de sanglots, de douleur suffoqué.
Je suis perdu d'honneur, deux rôtis ont manqué;
Un seul jour détruira toute ma renommée;
Mes lauriers sont flétris, et la cour alarmée
Ne peut plus désormais se reposer sur moi:
J'ai trahi mon devoir, avili mon emploi... »
Le prince, prévenu de sa douleur extrême,
Accourt le consoler, le rassurer lui-même.
« Je suis content, Vatel; mon ami, calme-toi:
Rien n'était plus brillant que le souper du Roi.
Va, tu n'as pas perdu ta gloire et mon estime:
Deux rôtis oubliés ne sont pas un grand crime.
— Prince, votre bonté me trouble et me confond:
Puisse mon repentir effacer mon affront! »
Mais un autre chagrin l'accable et le dévore;
Le matin, à midi, point de marée encore.
Ses nombreux pourvoyeurs, dans leur marche entravés,
A l'heure du dîner n'étaient point arrivés.
La force l'abandonne, et son esprit s'effraie
D'un festin sans turbot, sans barbue et sans raie.
Il attend, s'inquiète, et, maudissant son sort,
Appelle en furieux la marée ou la mort!
La mort seule répond; l'infortuné s'y livre:
Déjà percé trois fois, il a cessé de vivre.
Ses jours étaient sauvés, ô regrets! ô douleur!
S'il eût pu supporter un instant son malheur.
A peine est-il parti pour l'infernale rive,
Qu'on sait de toutes parts que la marée arrive:
On le nomme, on le cherche... on le trouve!... Grands dieux!
La Parque pour toujours avait fermé ses yeux.

Ainsi finit Vatel, victime déplorable,
Dont parleront longtemps les fastes de la table.
O vous! qui, par état, présidez aux repas,
Donnez-lui des regrets, mais ne l'imitez pas!

LAYA (J.-L.). — Né en 1761, mort en 1833. Il fit représenter les *Dangers de l'opinion*, puis l'*Ami des lois*, réclamation courageuse contre le supplice de Louis XVI. Sorti de prison au 9 thermidor, il devint professeur de poésie à la Faculté des lettres ; il a composé d'autres pièces plus ou moins estimées. Il est auteur de la tragédie de *Calas*.

LE LÉGISLATEUR

Je suppose en tes mains l'autorité suprême :
Comment résoudras-tu ce vaste et beau problème
De l'homme à l'homme égal, libre, et de fers chargé ?
De l'homme protégeant pour qu'il soit protégé ;
Pour qu'il règne, soumis ; donnant, pour qu'il possède,
Et n'usant de ses droits que parce qu'il les cède?
Sauras-tu rendre ainsi, par un traité commun,
Chacun l'appui de tous, sous l'appui de chacun ;
Au sein du trouble même appelant l'harmonie,
Faire d'enfants rivaux une famille unie ;
Et, lorsque l'intérêt vient de les détacher,
Au nom de l'intérêt encor les rapprocher ;
Régler jusqu'au pouvoir où je te vois prétendre,
Ne pas trop te restreindre et ne pas trop l'étendre?...
Vois-tu ces fils légers que l'art n'a point tissus,
Humbles débris du chanvre et de sa tige issus,
Pareils dans leur faiblesse à ces pièges fragiles,
Que la vive Arachné tend sous ses doigts agiles?
Frêles comme la feuille errante dans nos champs,
Ils voltigent, comme elle, au caprice des vents ;
Mais attendons, ami, que l'art qui les rassemble,
En câbles, dans nos ports, les arrondisse ensemble,
Bientôt tu les verras, jusqu'aux cieux élancés,
Lever les rocs pesants dans les airs balancés,
Soutenir, promener sur les mers blanchissantes
Le poids des mâts tremblants, des voiles frémissantes,
Et, robustes jouets de l'orage et des eaux,
D'un hémisphère à l'autre emporter nos vaisseaux.
L'art qui sut de ces fils diriger l'alliance,
Des grands législateurs t'explique la science.

CHÉNIER (M.-André de). — Né en 1762, mort en 1794. « Son père, homme savant et ingénieux, était consul à Constantinople, et sa mère était une Grecque. André vint jeune en France avec son frère Joseph ; il embrassa la carrière militaire, puis la diplomatie, et y renonça pour se livrer à la poésie. D'abord partisan de la révolution, il la combattit lorsqu'elle s'égara dans le sang. Il fut exécuté en 1794 avec trente-huit autres prisonniers parmi lesquels était Roucher, son ami. Chénier a laissé des idylles, des élégies, des odes, un poëme sur l'invention, des fragments de poésies diverses et de prose. » C'est peut-être notre premier poëte lyrique.

LA JEUNE TARENTINE
(Idylle.)

Pleurez, doux Alcyons ! ô vous, oiseaux sacrés !
Oiseaux chers à Téthys, doux Alcyons, pleurez !

Elle a vécu, Myrto, la jeune Tarentine !
Un vaisseau la portait aux bords de Camarine :
Là, l'hymen, les chansons, les flûtes, lentement
Devaient la reconduire au seuil de son amant.
Une clef vigilante a, pour cette journée,
Sous le cèdre enfermé sa robe d'hyménée,
Et l'or dont au festin ses bras seront parés,
Et pour ses blonds cheveux les parfums préparés.
Mais, seule sur la proue, invoquant les étoiles,
Le vent impétueux qui soufflait dans ses voiles
L'enveloppe : étonnée et loin des matelots,
Elle tombe, elle crie, elle est au sein des flots.

Elle est au sein des flots, la jeune Tarentine !
Son beau corps a roulé sous la vague marine.
Téthys, les yeux en pleurs, dans le creux d'un rocher,
Aux monstres dévorants eut soin de le cacher.
Par son ordre bientôt les belles Néréides
S'élèvent au-dessus des demeures humides,
Le poussent au rivage, et dans ce monument
L'ont au cap du Zéphyr déposé mollement ;
Et de loin, à grands cris appelant leurs compagnes,
Et les nymphes des bois, des sources, des montagnes,
Toutes frappant leur sein et traînant un long deuil,
Répétèrent, hélas ! autour de son cercueil :
« Hélas ! chez ton amant tu n'es point ramenée,
Tu n'as point revêtu ta robe d'hyménée,
L'or autour de ton bras n'a point serré de nœuds,
Et le bandeau d'hymen n'orna point tes cheveux. »

A SON FRÈRE
(Ode.)

Mon frère, que jamais la tristesse importune
          Ne trouble tes prospérités !
Va remplir à la fois la scène et la tribune :
          Que les grandeurs et la fortune
Te comblent de leurs biens, aux talents mérités !

Que les Muses, les arts, toujours d'un nouveau lustre
          Embellissent tous tes travaux ;
Et que, cédant à peine à ton vingtième lustre,
          De ton tombeau la pierre illustre
S'élève radieuse entre tous les tombeaux !

LA JEUNE CAPTIVE
(Ode.)
                                        Saint-Lazare.

L'épi naissant mûrit de la faux respecté ;
Sans crainte du pressoir, le pampre, tout l'été,

Boit les doux présents de l'aurore;
Et moi, comme lui belle, et jeune comme lui,
Quoi que l'heure présente ait de trouble et d'ennui,
    Je ne veux point mourir encore.

Qu'un stoïque aux yeux secs vole embrasser la mort,
Moi je pleure et j'espère; au noir souffle du nord
    Je plie et relève la tête.
S'il est des jours amers, il en est de si doux!
Hélas! quel miel jamais n'a laissé de dégoûts?
    Quelle mer n'a point de tempête?

L'illusion féconde habite dans mon sein.
D'une prison sur moi les murs pèsent en vain,
    J'ai les ailes de l'Espérance :
Échappée au réseau de l'oiseleur cruel,
Plus vive, plus heureuse, aux campagnes du ciel
    Philomèle chante et s'élance.

Est-ce à moi de mourir? Tranquille, je m'endors,
Et tranquille je veille, et ma veille aux remords
    Ni mon sommeil ne sont en proie.
Ma bienvenue au jour me rit dans tous les yeux;
Sur des fronts abattus, mon aspect dans ces lieux
    Ranime presque de la joie.

Mon beau voyage encore est si loin de sa fin!
Je pars, et des ormeaux qui bordent le chemin
    J'ai passé les premiers à peine.
Au banquet de la vie à peine commencé,
Un instant seulement mes lèvres ont pressé
    La coupe en mes mains encor pleine.

Je ne suis qu'au printemps, je veux voir la moisson;
    Et comme le soleil, de saison en saison,
    Je veux achever mon année.
Brillante sur ma tige, et l'honneur du jardin,
Je n'ai vu luire encor que les feux du matin,
    Je veux achever ma journée.

O mort! tu peux attendre; éloigne, éloigne-toi!
Va consoler les cœurs que la honte, l'effroi,
    Le pâle désespoir dévore.
Pour moi Palès encore a des asiles verts,
L'amitié des beaux jours, les Muses des concerts;
    Je ne veux pas mourir encore.

Ainsi, triste et captif, ma lyre toutefois
S'éveillait, écoutant ces plaintes, cette voix,
    Ces vœux d'une jeune captive;
Et, secouant le joug de mes jours languissants,
Aux douces lois des vers je pliais les accents
    De sa bouche aimable et naïve.

Ces chants, de ma prison témoins harmonieux,

Feront, à quelque amant des loisirs studieux,
    Chercher quelle fut cette belle :
La grâce décorait son front et ses discours;
Et, comme elle, craindront de voir finir leurs jours,
    Ceux qui les passeront près d'elle.

IAMBES

Saint-Lazare.

Quand au mouton bêlant la sombre boucherie
    Ouvre ses cavernes de mort,
Pauvres chiens et moutons, toute la bergerie
    Ne s'informe plus de son sort.
Les enfants qui suivaient ses ébats dans la plaine,
    Les vierges aux belles couleurs
Qui le baisaient en foule, et sur sa blanche laine
    Entrelaçaient rubans et fleurs,
Sans trop penser à lui, le mangent s'il est tendre.
    Dans cet abîme enseveli,
J'ai le même destin : je m'y devais attendre.
    Accoutumons-nous à l'oubli.
Oubliés comme moi dans cet affreux repaire,
    Mille autres moutons, comme moi
Pendus aux crocs sanglants du charnier populaire,
    Seront servis au peuple-roi.
Que pouvaient mes amis? Oui, de leur main chérie,
    Un mot, à travers ces barreaux,
A versé quelque baume en mon âme flétrie;
    De l'or peut-être à mes bourreaux...
Mais tout est précipice. Ils ont eu droit de vivre.
    Vivez, amis; vivez contents.
En dépit de Bavus, soyez lents à me suivre;
    Peut-être en de plus heureux temps
J'ai moi-même, à l'aspect des pleurs de l'infortune,
    Détourné mes regards distraits;
A mon tour, aujourd'hui, mon malheur importune.
    Vivez, amis; vivez en paix.

Comme un dernier rayon, comme un dernier zéphire
    Amène la fin d'un beau jour,
Au pied de l'échafaud j'essaye encor ma lyre.
    Peut-être est-ce bientôt mon tour;
Peut-être avant que l'heure en cercle promenée
    Ait posé sur l'émail brillant,
Dans les soixante pas où sa route est bornée,
    Son pied sonore et vigilant,
Le sommeil du tombeau pressera ma paupière !
    Avant que de ses deux moitiés
Ce vers que je commence ait atteint la dernière,
    Peut-être en ces murs effrayés
Le messager des morts, noir recruteur des ombres,
    Escorté d'infâmes soldats,
Remplira de mon nom ces longs corridors sombres !...

BOISJOLIN (J.-F.-M. Vielh de). — Né en 1763. « Il s'était fait connaître de bonne heure, dit Tissot, par des poésies fugitives qui
donnèrent, sur les talents de l'auteur, des espérances qui ne se
sont pas réalisées. » On a de lui le poëme des *Fleurs*, un fragment
sur la pêche, imité de Thompson, et une traduction de la *Forêt de
Windsor*, de Pope.

LE LEVER DU SOLEIL

Le crépuscule, ami de la saison nouvelle,
Semble créer aux yeux la beauté qu'il révèle ;
L'aube, au front argenté, fait naître lentement
D'un réveil matinal l'incertain mouvement ;
Dans l'air qui s'éclaircit, l'alouette légère,
De l'aurore, au printemps, active messagère,
Du milieu des sillons, monte, chante, et sa voix
A donné le signal au peuple ailé des bois.
Sous des rameaux en fleur, le rossignol tranquille
Leur permet le plaisir d'une gloire facile :
Il sait que ses accents doivent rendre à leur tour
Les échos de la nuit plus doux que ceux du jour.
Souverain bienfaisant de la céleste voûte,
Et des heures en cercle entouré sur sa route,
Le soleil a conduit son char étincelant,
Du signe du bélier vers le taureau brillant.
L'Orient va s'ouvrir ; de la séve animée
S'élève vers le dieu l'offrande parfumée.
Le feu de ses rayons n'entr'ouvre pas encor
Les nuages voisins, qu'il change en vagues d'or ;
Mais son front se dévoile, et soudain la lumière
Perce, vole, et s'étend sur la nature entière.
Elle frappe, elle éclaire et rougit les coteaux,
Dont la pente blanchit sous de nombreux troupeaux.
Dans ces châteaux lointains, fermés à sa puissance,
Des palais du sommeil respectant le silence,
Elle va sous le chaume, où le vieux laboureur
De ce nouveau printemps implore la faveur ;
Plus loin, elle produit, dans la forêt moins sombre,
Le mobile combat et du jour et de l'ombre.
De l'œil, avec éclat, semblent se rapprocher
La cascade bleuâtre et l'humide rocher,
Et, d'un brouillard qui fuit la montagne entourée,
Reparaît sous l'azur dont elle est colorée.
La rivière, à l'aspect du globe lumineux,
Sans abri solitaire, en reçoit tous les feux ;
Elle étincelle au loin : et son onde, plus belle,
Semble s'enorgueillir de sa beauté nouvelle.
Les rayons, divisés en mobiles réseaux,
Roulent en nappes d'or sur l'argent de ses eaux ;
Son éclat vacillant se prolonge, et ma vue
Suit des flots radieux l'incertaine étendue,
Jusqu'aux lieux où le bois, par d'obliques retours,
Ombrage, rembrunit, me dérobe leur cours,

Et ferme à mes regards cette scène champêtre,
Où, comme aux champs d'Éden, l'homme semble renaître,
Et seul sait contempler, dans le recueillement,
Ce passage si doux du calme au mouvement,
Cette aimable union, ce céleste hyménée
De l'aurore du jour, du matin de l'année.

CHÉNIER (M.-Joseph de). — Né en 1764, mort en 1811. Il quitta
le service pour se livrer aux lettres, et surtout au théâtre, où un
style correct et nerveux, des sentiments patriotiques noblement
exprimés lui firent bientôt un glorieux renom. Il s'opposa, quoique
moins énergiquement que son frère, aux excès de la révolution,
et devint inspecteur général des études. Outre ses tragédies, il
composa des odes, des épitres, des satires et le *Tableau de la littérature française depuis* 1789. Joseph Chénier fut de l'Académie
française.

FRAGMENT DE HENRI VIII

ANNE DE BOULEN ET SA FILLE ÉLISABETH.

ANNE.

Je vais goûter encor quelques moments bien doux :
Embrasse-moi, ma fille, et viens sur mes genoux.

ÉLISABETH.

Ma mère, ce matin comme tu m'as laissée !

ANNE.

Quel souvenir amer revient à ma pensée !

ÉLISABETH.

Autrefois tu m'aimais, tu ne me quittais pas ;
Souvent, durant les nuits, je dormais dans tes bras.

ANNE, *à part.*

Elle n'aura donc plus une mère auprès d'elle !

ÉLISABETH.

Pendant toute la nuit vainement je t'appelle.

ANNE.

Ma fille, à chaque mot, veux-tu me déchirer ?

ÉLISABETH.

Comme toi, maintenant, je ne fais que pleurer.

ANNE, *à part.*

Combien tous ces discours ont de grâce et de charme !

ÉLISABETH.

Ma mère !

ANNE.

Quoi ! sa main veut essuyer mes larmes !

ÉLISABETH.

Mais d'où vient ta douleur?

ANNE.

Tu le sauras un jour.

ÉLISABETH.

Ne quitteras-tu point ce triste et noir séjour?

ANNE.

J'en sortirai ce soir.

ÉLISABETH.

Ah! j'en suis bien contente!

ANNE, *à part.*

La mort qu'on me prépare est loin de son attente!

ÉLISABETH.

Ce fer est trop pesant, et doit blesser tes mains.

ANNE.

Je subirai bientôt de plus cruels destins.

ÉLISABETH.

Quel est donc le méchant qui peut causer ta peine?

ANNE.

Un puissant ennemi m'accable de sa haine;
Pour prix de ma tendresse, il a proscrit mes jours.

ÉLISABETH.

Eh! que n'appelles-tu mon père à ton secours?

ANNE.

Ton père?

ÉLISABETH.

Il te chérit, il viendra te défendre.

ANNE.

Lui! tu le crois?

ÉLISABETH.

Mon père! ah! s'il pouvait m'entendre!
On fait tout ce qu'il veut.

ANNE, *à part.*

Oui, je le sais trop bien.

ÉLISABETH.

Allons auprès de lui... Tu ne me réponds rien...

ANNE.

Enfant! n'hérite pas du malheur de ta mère;
Surtout dans ses rigueurs crains d'imiter ton père!

SUR LA MORT DE SON FRÈRE

Ceux que la France a vus ivres de tyrannie,
Ceux-là même, dans l'ombre armant la calomnie,
Me reprochent le sort d'un frère infortuné
Qu'avec la calomnie ils ont assassiné !
L'injustice agrandit une âme juste et fière.
Ces reptiles hideux, sifflant dans la poussière,
En vain sèment le trouble entre son âme et moi :
Scélérats ! contre vous elle invoque la loi.
Hélas ! pour arracher la victime aux supplices,
De mes pleurs chaque jour fatiguant vos complices,
J'ai courbé devant eux mon front humilié ;
Mais ils vous ressemblaient : ils étaient sans pitié.
Si, le jour où tomba leur puissance arbitraire,
Des fers et de la mort je n'ai sauvé qu'un frère
Qu'au fond d'un noir cachot un monstre avait plongé,
Et qui deux jours plus tard périssait égorgé :
Auprès d'André Chénier, avant que de descendre,
J'élèverai la tombe où manquera sa cendre,
Mais où vivront du moins, et son doux souvenir,
Et sa gloire, et ses vers dictés pour l'avenir.
Là, quand de thermidor la septième journée
Sous les feux du Lion ramènera l'année,
O mon frère ! je veux, relisant tes écrits,
Chanter l'hymne funèbre à tes mânes proscrits.
Là, souvent tu verras près de ton mausolée
Tes frères gémissants, ta mère désolée,
Quelques amis des arts, un peu d'ombre et des fleurs,
Et ton jeune laurier grandira sous mes pleurs.

LEGOUVÉ (J.-B.). — Né en 1764, mort en 1813. Il débuta par des
tragédies auxquelles on a justement reproché de manquer de vigueur : la *Mort d'Abel*, *Épicharis*, *Étéocle*, etc. Ses petits poëmes,
les *Souvenirs*, la *Mélancolie*, etc., et surtout le *Mérite des femmes*,
sont remarquables par la pureté et le sentiment.

DÉSESPOIR DE NÉRON
(*Épicharis.*)

Mon trône est renversé !
De l'univers entier je me vois repoussé !
Me voilà seul portant la haine universelle !
Puisse-t-on ignorer le lieu qui me recèle !
Qu'au moins mes jours sauvés... Dois je former ces vœux,
N'avoir d'autres palais que ces caveaux affreux,
D'autre cœur que le deuil, leur silence et leur ombre,
Et ne voir d'autre jour que cette clarté sombre ?
Ah ! cette vie horrible est semblable au trépas...
Où suis-je ? un songe affreux... non, non, je ne dors pas ;
De mon cœur soulevé c'est un secret murmure :
Je m'entends appeler meurtrier et parjure.
Je le suis... mais quels cris ! quels lugubres accents !

Une sueur mortelle a glacé tous mes sens...
Ne me trompé-je pas? Je crois voir mes victimes...
Je les vois; les voilà!... Du fond des noirs abîmes,
S'élancent jusqu'à moi des fantômes sanglants;
Ils jettent dans mon sein des flambeaux, des serpents;
Je ne puis me soustraire à leur troupe en furie...
Arrêtez!... Est-ce toi, vertueuse Octavie?
Tu suis contre Néron un trop juste transport;
Qu'oses-tu m'annoncer? Ah! je t'entends!... la mort!
La mort! tu viens aussi me l'apporter, mon frère!
Mais que vois-je! grands dieux! Agrippine! ma mère!
Tous les morts aujourd'hui sortent-ils du tombeau?
Meurs! meurs! criez-vous tous. Quel supplice nouveau!
Contre moi l'univers appelle la vengeance,
Et la tombe elle-même a rompu son silence!
Je n'en puis plus douter, la mort, la mort m'attend!
Et comment soutenir ce redoutable instant?

LA MÈRE

(Mérite des femmes.)

    Avec notre existence
De la flamme pour nous le dévoûment commence.
C'est elle qui, neuf mois, dans ses flancs douloureux,
Porte un fruit de l'hymen trop souvent malheureux,
Et, sur un lit cruel, longtemps évanouie,
Mourante le dépose aux portes de la vie.
C'est elle qui, vouée à cet être nouveau,
Lui prodigue les soins qu'attend l'homme au berceau.
Quels tendres soins! Dort-il? attentive, elle chasse
L'insecte dont le vol ou le bruit le menace;
Elle semble défendre au réveil d'approcher.
La nuit même d'un fils ne la peut détacher :
Son oreille de l'ombre écoute le silence;
Ou si Morphée endort sa tendre vigilance,
Au moindre bruit rouvrant ses yeux appesantis,
Elle vole, inquiète, au berceau de son fils,
Dans le sommeil longtemps le contemple immobile,
Et rentre dans sa couche, à peine encor tranquille.
S'éveille-t-il? son sein, à l'instant présenté,
Dans les flots d'un lait pur lui verse la santé.
Qu'importe la fatigue à sa tendresse extrême?
Elle vit dans son fils, et non plus dans soi-même,
Et se montre aux regards d'un époux éperdu
Belle de son enfant à son sein suspendu.
Oui, ce fruit de l'hymen, ce trésor d'une mère,
Même à ses propres yeux est sa beauté première.
Voyez la jeune Isaure, éclatante d'attraits;
Sur un enfant chéri, l'image de ses traits,
Fond soudain ce fléau qui, prolongeant sa rage,
Grave au front des humains un éternel outrage,
D'un mal contagieux tout fuit épouvanté;
Isaure sans effroi brave un air infecté :
Près de son fils mourant elle veille assidue.
Mais le poison s'étend et menace sa vue :

Il faut, pour écarter un péril trop certain,
Qu'une bouche fidèle aspire le venin.
Une mère ose tout; Isaure est déjà prête;
Ses charmes, son époux, ses jours, rien ne l'arrête;
D'une lèvre obstinée elle presse ces yeux
Que ferme un voile impur à la clarté des cieux;
Et d'un fils, par degrés, dégageant la paupière,
Une seconde fois lui donne la lumière.
Un père a-t-il pour nous de si généreux soins?

Bientôt d'autres bontés suivent d'autres besoins :
L'enfant, de jour en jour, avance dans la vie;
Et comme les aiglons, qui, cédant à l'envie
De mesurer les cieux dans leur premier essor,
Exercent près du nid leur aile faible encor,
Doucement soutenu sur ses mains chancelantes,
Il commence l'essai de ses forces naissantes.
Sa mère est près de lui : c'est elle dont le bras,
Dans leur débile effort, aide ses premiers pas;
Elle suit la lenteur de sa marche timide;
Elle fut sa nourrice, elle devient son guide;
Elle devient son maître au moment où sa voix
Bégaye à peine un nom qu'il entendit cent fois :
Ma mère! est le premier qu'elle l'enseigne à dire;
Elle est son maître encor dès qu'il essaye à lire;
Elle épelle avec lui dans un court entretien,
Et redevient enfant pour instruire le sien.
D'autres guident bientôt sa faible intelligence;
Leur dureté punit sa moindre négligence :
Quelle est l'âme où son cœur épanche ses tourments?
Quel appui cherche-t-il contre les châtiments?
Sa mère! elle lui prête une sûre défense,
Calme ses maux légers, grands chagrins de l'enfance,
Et, sensible à ses pleurs, prompte à les essuyer,
Lui donne les hochets qui les font oublier.

LUCE DE LANCIVAL. — Né en 1766, mort en 1810. Après avoir été à vingt-deux ans professeur de rhétorique, la révolution le rendit au doux loisir des lettres jusqu'au rétablissement des études. Il a écrit des tragédies, une satire le *Folliculus*, des poésies diverses et le poëme d'*Achille à Scyros*.

ÉDUCATION D'ACHILLE

Ainsi coulaient pour moi les beaux jours de l'enfance;
Ainsi je préludais à mon adolescence.
J'appris alors à vaincre un coursier indompté :
Sur sa croupe rebelle avec orgueil monté,
Tantôt je devançais les cerfs, ou le Lapithe
Qui d'un pas effrayé précipitait sa fuite :
Et tantôt je suivais, d'un élan aussi prompt,
Le vol d'un trait ailé qu'avait lancé Chiron.
Souvent, dans la saison au repos consacrée,

Quand du fleuve engourdi le souffle de Borée
A peine avait fixé le cristal frémissant,
Un regard de Chiron sur ce miroir glissant
M'ordonnait de courir, sans que mon pas agile
Blessât en l'effleurant son écorce fragile :
C'étaient là mes plaisirs. Dirai-je mes combats,
Mes dangers, Pélion dépeuplé par mon bras,
Et ces bois étonnés de leur vaste silence ?
Je n'aurais point osé déshonorer ma lance
En frappant sur le lynx qui me voit, tremble et fuit,
Ou le cerf innocent qu'effarouche un vain bruit :
Il fallait braver l'ours à la forme effrayante,
Le sanglier armé de sa dent effrayante,
D'un carnage éclatant le tigre ensanglanté.
Ce n'était rien : d'Alcide émule redouté,
Il fallait terrasser une lionne mère,
De son corps hérissé défendant son repaire,
Roulant d'un air affreux ses regards menaçants,
Épouvantant l'écho de ses gémissements.

Enfin, l'âge m'ouvrit une digne carrière ;
J'appris, je dévorai la science guerrière.
Tous les secrets de Mars furent bientôt les miens ;
Bientôt je maniai l'arme des Péoniens,
Le dard que d'un bras sûr lancent les Massagètes,
Et le fer recourbé qu'ont inventé les Gètes,
Et l'arc dont le Gélon marche toujours armé.
Aux jeux sanglants du ceste enfin accoutumé,
J'aurais pu défier le Sarmate intrépide.
J'appris jusqu'à cet art vulgaire, mais perfide,
De lancer un caillou, qui, trois fois balancé,
S'échappe, siffle et vole au but qu'on a fixé.

Mais, tout récents qu'ils sont, à peine ma mémoire
Peut rappeler, vous-même à peine pourriez croire,
A quels travaux divers je me suis exercé.
Chiron parle, et soudain, d'un immense fossé
Mon vaste élan franchit et joint les deux rivages.
Chiron parle, et, courant sur ces rochers sauvages
Où croît la ronce, où vit le reptile odieux,
Je m'élance au sommet d'un mont voisin des cieux,
Aussi rapidement que je rase une plaine.
D'un éclat de rocher qu'il soulève avec peine,
Chiron arme sa main, me défie au combat ;
Il le lance : j'attends, intrépide soldat.
Et sur mon bouclier, solide, impénétrable,
Je reçois, en riant, le choc épouvantable ;
J'arrête seul, à pied, quatre coursiers fougueux,
Faisant d'un vol égal rouler un char poudreux.

Quand j'ai par ces travaux aguerri mon audace,
A des travaux plus doux ma vigueur se délasse ;
D'une robuste main, quelquefois vers les cieux,
Je m'amuse à lancer le disque ambitieux,
A l'aimable Hyacinthe amusement funeste !

Mes jeux sont les combats de la lutte et du ceste.
Sur ma lyre je chante en vers mélodieux
Les exploits des héros et les bienfaits des dieux.
Chiron, qui daigne aussi cultiver ma mémoire,
Aux talents d'un soldat ne borna point ma gloire ;
Il m'explique le monde, et les ressorts divers
Par qui tout est, se meut, agit dans l'univers.
Des peuples avec lui déroulant les annales,
J'y vois leurs mœurs, leurs lois, leurs discordes fatales,
Leurs succès, leurs revers et leur chute : j'apprends,
Mais pour les détester, les noms de leurs tyrans.
Sa prudence a voulu m'initier encore
Aux utiles secrets que le dieu d'Épidaure,
Pour le soulagement des malheureux humains,
A confiés, dit-on, à ses savantes mains.
Il m'apprend, et lui-même est mon premier modèle,
A consulter toujours la justice éternelle ;
A dompter mon orgueil et mon ressentiment ;
A ne trahir jamais les lois ni mon serment ;
A choisir mes amis, à leur être fidèle ;
A chérir ma patrie, à m'immoler pour elle ;
Surtout à révérer, par de pieux tributs,
Le ciel qui fait, soutient, couronne les vertus.

MAISTRE (Xavier de). — Né en 1764, mort en 1852. C'est le frère
de l'illustre Joseph de Maistre. Il se fit connaître par plusieurs
ouvrages de prose charmants : le *Voyage autour de ma chambre*,
les *Prisonniers du Caucase*, le *Lépreux*, etc., et par quelques
poésies.

LE PRISONNIER ET LE PAPILLON

Hôte de la plaine éthérée,
Aimable et brillant papillon,
Comment de cet affreux donjon
As-tu su découvrir l'entrée ?
A peine entre ces noirs créneaux
Un faible rayon de lumière
Jusqu'en mon cachot solitaire
Pénètre à travers les barreaux.

As-tu reçu de la nature
Un cœur sensible à l'amitié ?
Viens-tu, conduit par la pitié,
Soulager les maux que j'endure ?
Ah ! ton aspect de ma douleur
Suspend et calme la puissance ;
Tu me ramènes l'espérance
Prête à s'éteindre dans mon cœur.

Doux ornement de la nature,
Viens me retracer sa beauté !
Parle-moi de la liberté,
Des eaux, des fleurs, de la verdure :

Parle-moi du bruit des torrents,
Des lacs profonds, des verts ombrages,
Et du murmure des feuillages
Qu'agite l'haleine des vents.

Le long de la muraille obscure
Tu cherches vainement des fleurs ;
Chaque captif de ses malheurs
Y traça la vive peinture.
Loin du soleil et des zéphyrs,
Entre ces voûtes souterraines,
Tu voltigeras sur des chaînes,
Et n'entendras que des soupirs.

Léger enfant de la prairie,
Sors de ma lugubre prison :
Tu n'existes qu'une saison,
Hâte-toi d'employer ta vie.
Fuis ! tu n'auras hors de ces lieux,
Où l'existence est un supplice,
D'autres liens que ton caprice,
Et d'autre prison que les cieux.

Peut-être un jour, dans la campagne,
Conduit par tes goûts inconstants,
Tu rencontreras deux enfants
Qu'une mère triste accompagne.
Vole aussitôt la consoler;
Dis-lui que son époux respire,
Que pour elle seule il soupire...
Mais, hélas! tu ne peux parler !

Leur mère les suivra sans doute,
Triste compagne de leurs jeux :
Vole alors gaîment devant eux
Pour la distraire de la route.
D'un infortuné prisonnier
Ils sont la dernière espérance ;
Les douces larmes de l'enfance
Pourront attendrir mon geôlier.

Étale ta riche parure
Aux yeux de nos jeunes enfants;
Témoin de leurs jeux innocents,
Plane autour d'eux sur la verdure.
Bientôt, vivement poursuivi,
Feins de vouloir te laisser prendre ;
De fleurs en fleurs va les attendre,
Pour les conduire jusqu'ici.

A l'épouse la plus fidèle
On rendra le plus tendre époux;
Les portes d'airain, les verrous,
Tomberont bientôt devant elle...
Mais, ô ciel! le bruit de mes fers
Détruit l'erreur qui me console...
Hélas! le papillon s'envole,
Le voilà perdu dans les airs.

STAEL-HOLSTEIN (A.-L.-G. Necker, baronne de). — Née en 1766, morte en 1817. Fille du célèbre Necker, le ministre des finances de la révolution, femme de l'ambassadeur de Suède en France, elle exerça, jusqu'à l'avénement de Bonaparte au pouvoir, une grande influence sur les affaires de l'État. Obligée de quitter la France, elle habita la Suisse, revint dans sa patrie, voyagea par toute l'Europe, et ne revint à Paris qu'à la chute de l'empire. Cette femme supérieure, dont la conversation fut aussi renommée que les écrits, contribua puissamment aux innovations littéraires de ce siècle : son style si savant et si profond a encouru le reproche d'une prétention trop prononcée au lyrisme. Ses œuvres sont : *Delphine, Corinne* ou l'*Italie*, l'*Allemagne*, des *Considérations sur la révolution*, et quelques poésies d'un certain mérite : nous tenons à en donner un échantillon.

A L'ABBÉ BARTHÉLEMI

Dans les champs heureux de la Grèce
Vous qui savez me transporter,
Aux vains essais de ma jeunesse
Votre esprit doit-il s'arrêter?
Est-elle à vos yeux une excuse?
Est-ce à vous de dompter les ans?
Tributaires de votre muse,
Tous les siècles vous sont présents.

Si vous avez de l'indulgence
Pour un sexe souvent flatté,
Craignez que Sappho ne s'offense
De ce mouvement de bonté.

Je ne sais si nous devons croire
Que son talent était parfait;
Mais j'aime à souscrire à sa gloire
Quand vous couronnez son portrait.

A vous chanter chacun s'empresse,
Dans des vers qu'on fait de son mieux ;
Louer le peintre de la Grèce
Me semble trop audacieux.
De cette Athènes qu'on révère
Vous seul avez su rapporter
La lyre d'or du vieil Homère;
Donnez-la-moi pour vous chanter.

ARNAULT (A.-V.). — Né en 1766, mort en 1834. Ce poëte fut une des gloires littéraires de l'empire et un favori de Napoléon, qui lui confia plusieurs affaires importantes ; il fut exilé à la restauration. Il a écrit plusieurs tragédies dont les plus remarquables sont *Germanicus* et *Marius*, des poésies diverses, une *Vie de Napoléon*, etc., mais surtout des fables très-originales et très-philosophiques.

LE COLIMAÇON

Sans ami, comme sans famille,
Ici-bas vivre en étranger ;
Se retirer dans sa coquille
Au signal du moindre danger ;
S'aimer d'une amitié sans bornes,
De soi seul emplir sa maison ;
En sortir, suivant la saison,
Pour faire à son prochain les cornes ;
Signaler ses pas destructeurs
Par les traces les plus impures ;
Outrager les plus belles fleurs
Par ses baisers ou ses morsures ;
Enfin, chez soi comme en prison,
Vieillir, de jour en jour plus triste ;
C'est l'histoire de l'égoïste,
Et celle du colimaçon.

LA FEUILLE

« De ta tige détachée,
Pauvre feuille desséchée,
Où vas-tu ? — Je n'en sais rien.
L'orage a brisé le chêne
Qui seul était mon soutien ;
De son inconstante haleine
Le zéphyr ou l'aquilon
Depuis ce jour me promène
De la forêt à la plaine,
De la montagne au vallon.
Je vais où le vent me mène,
Sans me plaindre ou m'effrayer ;
Je vais où va toute chose,
Où va la feuille de rose
Et la feuille de laurier. »

LE CHIEN ET LE CHAT

Pataud jouait avec Raton,
Mais sans gronder, sans mordre, en camarade, en frère :
Les chiens sont bonnes gens ; mais les chats, nous dit-on,
Sont justement tout le contraire.
Raton, bien qu'il jurât toujours
Avoir fait patte de velours,
Raton, et ce n'est point une histoire apocryphe,
Dans la peau d'un ami, comme fait maint plaisant,
Enfonçait, tout en s'amusant,
Tantôt la dent, tantôt la griffe.
Pareil jeu dut cesser bientôt.
« Eh quoi ! Pataud, tu fais la mine :
Ne sais-tu pas qu'il est d'un sot
De se fâcher quand on badine ?
Ne suis-je pas ton bon ami ?
— Prends le nom qui convient à ton humeur maligne,
Raton ; ne sois rien à demi :
J'aime mieux un franc ennemi
Qu'un bon ami qui m'égratigne. »

DUVAL (Alex.-V. Pineux). — Né en 1767, mort en 1842. Au
retour de la guerre d'Amérique, revenu pauvre en France, il se
fit acteur, prit part aux premières guerres de la république,
entra au Théâtre Français, et enfin devint un des plus féconds auteurs dramatiques de son temps. Il réussit dans l'opéra-comique,
le drame et la comédie. « Mon but, dit-il de lui-même, a été d'a-
muser, d'instruire et de rendre les hommes meilleurs. » Il l'a
atteint.

CHANSON DE ROLAND

(Extrait de *Guillaume le Conquérant.*)

Où vont tous ces preux chevaliers,
L'orgueil et l'espoir de la France?...
C'est pour défendre nos foyers
Que leurs mains ont repris la lance;
Mais le plus brave, le plus fort,
C'est Roland, ce foudre de guerre;
S'il combat, la faux de la mort
Suit les coups de son cimeterre.

Soldats français, chantons Roland,
L'honneur de la chevalerie,
Et répétons, en combattant,
Ces mots sacrés : « Gloire et patrie! »

Déjà mille escadrons épars
Couvrent le pied de ces montagnes;
Je vois leurs nombreux étendards
Briller sur les vastes campagnes.
Français, là sont vos ennemis :
Que pour eux seuls soient les alarmes;
Qu'ils tremblent : tous seront punis!...
Roland a demandé ses armes!
Soldats français, etc...

L'honneur est d'imiter Roland,
L'honneur est près de sa bannière;
Suivez son panache éclatant,
Qui vous guide dans la carrière.
Marchez, partagez son destin;

Des ennemis que fait le nombre?
Roland combat : ce mur d'airain
Va disparaître comme une ombre.
Soldats français, etc...

Combien sont-ils? Combien sont-ils?
C'est le cri du soldat sans gloire;
Le héros cherche le péril;
Sans les périls, qu'est la victoire?
Ayons tous, ô braves amis!
De Roland l'âme noble et fière :
Il ne comptait ses ennemis
Qu'étendus morts sur la poussière.
Soldats français, etc...

Mais j'entends le bruit de son cor
Qui résonne au loin dans la plaine...
Eh quoi! Roland combat encor!
Il combat! ô terreur soudaine!
J'ai vu tomber ce fier vainqueur,
Le sang a baigné son armure;
Mais toujours fidèle à l'honneur.
Il dit, en montrant sa blessure :

« Soldats français!... Chantez Roland,
Son destin est digne d'envie :
Heureux qui peut en combattant
Vaincre et mourir pour sa patrie! »

SALM-DYCK (C. princesse de). — Née en 1767, morte en 1845.
Dès sa jeunesse elle se livra à la poésie, et fit représenter l'opéra
de *Sappho* avec succès; elle composa des épîtres, qui l'ont fait sur-
nommer le Boileau des femmes, et des poésies pleines d'élévation
et de sentiment.

PRIÈRE ET TRAVAIL

Prie et travaille, est la devise heureuse
D'un noble cœur, d'un esprit éclairé;
C'est d'une vie et pure et généreuse
L'art, le bonheur et le devoir sacré.

Prie et travaille, était, dans le vieil âge,
Ce que disaient nos guerriers valeureux.
Ils priaient même au milieu du carnage,
Et pour l'honneur ils en travaillaient mieux.

Prie et travaille, est ce que l'on répète
Au malheureux qui demande un peu d'or :
Et ce conseil que souvent il rejette,
S'il le suivait, lui vaudrait un trésor.

Prie et travaille, est le refrain du sage ;
Faibles mortels, récitez-le tout bas :
Ceux dont l'erreur fait l'éternel partage
Ne priaient guère et ne travaillaient pas.

Prie et travaille, ô toi que peut surprendre,
Loin d'un époux, le monde, le plaisir ;
Par la prière occupe un cœur trop tendre,
Par le travail, un dangereux loisir.

Prie et travaille en tes sombres retraites,
Beauté qu'à Dieu je vois sacrifier :
Crains, en priant, les biens que tu regrettes ;
En travaillant cherche à les oublier.

Prie et travaille, homme vain, femme altière,
Riche qu'entoure un pompeux attirail !
Que reste-t-il à notre heure dernière,
Hors la prière et les fruits du travail ?

Prie et travaille, ou redoute le blâme ;
Avec raison enfin on le redit ;
Car la prière est le charme de l'âme,
Et le travail, le repos de l'esprit.

TRENEUIL (Joseph). — Né en 1763, mort en 1818. Ce poëte élégiaque, qui fut conservateur de la bibliothèque de l'Arsenal, a laissé des *Élégies historiques* pleines de nobles sentiments parfaitement exprimés.

LES TOMBEAUX DE SAINT-DENIS

Des barbares jadis l'instinct religieux
Respecta dans ces rois les images des dieux ;
Et vous exterminez leur auguste poussière
Qu'avait su conserver la mort hospitalière !
Du roi le plus pieux, d'un des plus saints mortels,
Vos sacriléges mains renversent les autels !
Accordez-lui du moins un asile à Vincenne,
Un tombeau de gazon sous cet auguste chêne
Où sa voix équitable, en jugeant nos aïeux,
Semblait leur annoncer la volonté des cieux.
Et Charles V, formé sur cet illustre exemple,
A-t-il perdu le droit d'habiter dans ce temple ?

29

Vont-ils des potentats partager le destin,
Ce sage et ce guerrier, Suger et du Guesclin?
Suger, enfant du cloître, et qui, né sans ancêtres,
Sut gouverner en père et la France et ses maîtres;
Et ce bon du Guesclin, dont la Victoire en deuil
Sous les murs de Randon couronna le cercueil.
Magnanime Louis! ta tombe et tes images
Périssent; mais, vainqueur de ces lâches outrages,
Ton siècle, qui te doit toute sa majesté,
Te couvre des rayons de l'immortalité :
Siècle encor sans rival, rempli de ton histoire,
Héritier de ton nom et chargé de ta gloire.
Ah! parmi tant d'objets de respect et d'amour,
Quand chacun dans mon âme éveillait tour à tour
Les brillants souvenirs et les tristes pensées
Qu'inspire le destin des grandeurs terrassées,
Que devins-je à l'aspect du roi le plus chéri?
Il semblait respirer : est-ce toi, bon Henri?
Du poignard sur ton sein je reconnais la marque...
C'est toi-même! Et je crois, ô généreux monarque !
Entendre ces accents échapper de ton cœur :
« Ah! si l'un de mes fils, des factions vainqueur,
Et ministre du ciel devenu plus propice,
Ramène dans l'Etat la paix et la justice;
S'il relève jamais mon trône renversé,
D'un généreux oubli couvrant tout le passé,
Puisse-t-il, comme nous, ami de la clémence,
Pardonner en pleurant ces crimes à la France! »

NAPOLÉON BONAPARTE. — Né en 1769, mort en 1821. Nous croyons faire plaisir à nos lecteurs en leur citant une fable composée par le grand guerrier à l'âge de treize ans.

LE CHIEN, LE LAPIN ET LE CHASSEUR

(Fable.)

César, chien d'arrêt renommé,
Mais trop enflé de son mérite,
Tenait arrêté dans son gîte
Un malheureux lapin, de peur inanimé.
« Rends-toi! lui cria-t-il d'une voix de tonnerre
Qui fit au loin trembler les peuplades des bois;
Je suis César, connu par ses exploits,
Et dont le nom remplit toute la terre. »
A ce grand nom Janot lapin,
Recommandant à Dieu son âme pénitente,
Demande d'une voix tremblante :
« Très-sérénissime mâtin,
Si je me rends, quel sera mon destin ?
— Tu mourras. — Je mourrai? dit la bête innocente;
Et si je fuis? — Ton trépas est certain.
— Quoi ! reprit l'animal qui se nourrit de thym,
Des deux côtés je dois perdre la vie !
Que votre auguste seigneurie

Veuille me pardonner, puisqu'il me faut mourir,
 Si j'ose tenter de m'enfuir. »
Il dit , et fuit en héros de garenne.
Caton l'aurait blâmé; je dis qu'il n'eut pas tort;
 Car le chasseur le voit à peine,
Qu'il l'ajuste, le tire... et le chien tombe mort.
Que dirait de ceci notre bon la Fontaine?
 Aide-toi, le ciel t'aidera.
J'approuve fort cette méthode-là.

CHÊNEDOLLÉ (C. Pioult de). — Né en 1769, mort en 1833. Après avoir rempli plusieurs autres fonctions universitaires, il devint inspecteur général de l'Université. Ses œuvres, consciencieusement écrites, sont : le *Génie de l'homme*, poëme didactique; l'*Invention*, l'*Esprit de Rivarol*, etc.

LA ROSE

Mais, au souffle embaumé des brises matinales,
Déployant de son sein les couleurs virginales,
Emblème ravissant de pudeur et d'amour,
La rose, au front de mai, vient briller à son tour.
Salut! reine des fleurs! salut, vermeille rose!
A peine le matin a vu sa fleur éclose,
Que les jeunes zéphirs, d'un doux zèle emportés,
Racontent ta naissance aux bosquets enchantés;
Et le printemps ravi, que ton éclat décore,
Te remet la couronne et le sceptre de Flore.
Oh! tu mérites bien la douce royauté
Que la main du Printemps décerne à la beauté!
N'es-tu pas de l'Amour le riant interprète,
L'ornement de la vierge et l'amour du poëte?
O fleur! tu fais briller d'un éclat enflammé
Le sein vermeil et frais du printemps parfumé;
Au front de la pudeur tu souris et reposes,
Et le char du matin est rougi de tes roses.
Mais, hélas! combien peu vont durer ses couleurs!
L'aube en vain lui versa le tribut de ses pleurs;
Deux soleils en passant ont hâté sa vieillesse;
Ce matin, riche encor de grâce et de jeunesse,
Elle était du jardin l'espérance et l'amour;
Mais la rose a vieilli dans l'espace d'un jour.
De cette tête, en vain par les Grâces ornée,
Le soir j'ai vu tomber la couronne fanée,
Et les zéphirs ingrats, sur les gazons fleuris,
De la rose, à mes pieds, ont roulé les débris.

BOSSUET

Toujours sublime et magnifique,
 Soit que, plein de nobles douleurs,
Il nous montre un abime où fut un trône antique,
Et d'une grande reine étale les malheurs!
 Soit, lorsque entr'ouvrant le ciel même,
 Il peint le Monarque suprême

Courbant tous les États sous d'immuables lois,
Et de sa main terrible ébranlant les couronnes,
Secouant et brisant les trônes,
Et donnant des leçons aux rois !

Mais de quelle mélancolie
Il frappe et saisit tous les cœurs,
Lorsque attristant notre âme et sombre et recueillie,
Au cercueil d'Henriette il convoque nos pleurs !
Et comme il peint cette princesse,
Riche de grâce et de jeunesse,
Tout à coup arrêtée au sein du plus beau sort,
Et des sommets riants d'une gloire croissante
Et d'une santé florissante,
Tombant dans les bras de la mort !

Voyez, *à ce coup de tonnerre*,
Comme il méprise les grandeurs !
De ce qu'on croit pompeux sur notre triste terre
Comme il voit en pitié les trompeuses splendeurs !
Du plus haut des cieux élancée,
Sa vaste et sublime pensée
Redescend, et s'assied sur les bords d'un cercueil,
Et là, dans la muette et commune poussière,
D'une voix redoutable et fière,
Des rois il terrasse l'orgueil !...

Comme une aigle aux ailes immenses,
Agile habitante des cieux,
Franchit en un instant les plus vastes distances,
Parcourt tout de son vol, et voit tout de ses yeux ;
Tel, à son gré changeant de place,
Bossuet à notre œil retrace
Sparte, Athènes, Memphis aux destins éclatants ;
Tel il passe, escorté de leurs grandes images,
Avec la liberté des âges
Et la rapidité du temps.

Oui, s'il parut jamais sublime,
C'est, lorsque armé de son flambeau,
Interprète inspiré des siècles qu'il ranime,
Des États écroulés il sonde le tombeau ;
C'est lorsqu'en sa douleur profonde,
Pour fermer le convoi du monde,
Il scelle le cercueil de l'empire romain ;
Et qu'il élève alors ses accents prophétiques
A travers les débris antiques
Et la poudre du genre humain !

MICHAUD (Joseph). — Né en 1767, mort en 1839. Michaud, rédacteur de la *Quotidienne,* est surtout estimé par ses travaux historiques, l'*Histoire des Croisades,* les *Mémoires pour servir à l'Histoire de France,* etc. ; on lui doit aussi quelques poëmes, dont le meilleur et le plus connu est le *Printemps d'un proscrit.*

LE PRINTEMPS

(*Le Printemps d'un proscrit.*)

Déjà les nuits d'hiver moins tristes et moins sombres,
Par degré de la terre ont éloigné leurs ombres,
Et l'astre des saisons, marchant d'un pas égal,
Rend au jour moins tardif son éclat matinal.
Avril a réveillé l'aurore paresseuse ;
Et les enfants du Nord, dans leur fuite orageuse,
Sur la cime des monts ont porté les frimas.
Le beau soleil de mai, levé sur nos climats,
Féconde les sillons, rajeunit les bocages,
Et de l'hiver oisif affranchit ces rivages.
La séve, emprisonnée en ses étroits canaux,
S'élève, se déploie, et s'allonge en rameaux ;
La colline a repris sa robe de verdure ;
J'y cherche le ruisseau dont j'entends le murmure ;
Dans ces buissons épais, sous ces arbres touffus,
J'écoute les oiseaux, mais je ne les vois plus.
Des pâles peupliers la famille nombreuse,
Le saule ami de l'onde, et la ronce épineuse,
Croissent au bord du fleuve, en longs groupes rangés.
Dans leur feuillage épais les Zéphirs engagés
Soulèvent les rameaux, et leur troupe captive
D'un doux frémissement fait retentir la rive.
Le serpolet fleurit sur les monts odorants,
Le jardin voit blanchir le lis, roi du printemps ;
L'or brillant du genêt couvre l'humble bruyère ;
Le pavot dans les champs lève sa tête altière ;
L'épi cher à Cérès, sur sa tige élancé,
Cache l'or des moissons dans son sein hérissé ;
Et l'aimable Espérance, à la terre rendue,
Sur un trône de fleurs du ciel est descendue.
Dans un humble tissu longtemps emprisonné,
Insecte parvenu, de lui-même étonné,
L'agile papillon, de son aile brillante,
Courtise chaque fleur, caresse chaque plante ;
De jardin en jardin, de verger en verger,
L'abeille en bourdonnant poursuit son vol léger.
Zéphir, pour ranimer la fleur qui vient d'éclore,
Va dérober au ciel les larmes de l'Aurore :
Il vole vers la rose, et dépose en son sein
La fraîcheur de la nuit, les parfums du matin.
Le soleil, élevant sa tête radieuse,
Jette un regard d'amour sur la terre amoureuse,
Et du fond des bosquets un hymne universel
S'élève dans les airs et monte jusqu'au ciel.
L'Amour donne la vie à ces beaux paysages,
Pour construire leurs nids, les hôtes des bocages
Vont chercher dans les prés, dans les cours des hameaux
Des débris de gazons, la laine des troupeaux.
L'un a placé son nid sous la verte fougère ;
D'autres au tronc mousseux, à la branche légère,
Ont confié l'espoir d'un mutuel amour.

Les passereaux ardents, dès le lever du jour,
Font retentir les toits de la grange bruyante ;
Le pinson remplit l'air de sa voix éclatante ;
La colombe attendrit les échos des forêts ;
Le merle des taillis cherche l'ombrage épais ;
Le timide bouvreuil, la sensible fauvette,
Sous la blanche aubépine ont choisi leur retraite ;
Et les chênes des bois offrent à l'aigle altier
De leurs rameaux touffus l'asile hospitalier.

JOUY (V.-J.-E. de). — Né en 1769, mort en 1846. Jeune encore, il voyagea en Asie et en Amérique ; et, de retour en France, il fit une heureuse opposition aux terroristes les plus violents. Il quitta le service militaire pour s'adonner à la culture des lettres, et se distingua comme romancier, comme auteur dramatique, comme chansonnier et comme moraliste. Il fut de l'Académie française.

MONOLOGUE DE SYLLA

Malheureux !... Il dit vrai... je le suis. Est-ce vivre,
Que subir les tourments où ma grandeur me livre ?
Punir, verser du sang, étouffer des complots...
La nuit, point de sommeil !... le jour, point de repos !...
L'esprit toujours porté vers des pensers funèbres,
Comme un timide enfant avoir peur des ténèbres !...
Restons sous ces parvis ; plus calme, dans ces lieux
Attendons que le jour vienne éclairer les cieux.
Si je pouvais dormir !... Mais, quelle est ma faiblesse !...
Je tremble pour mon fils !... Vainement ! Ma tendresse
Ne saurait désarmer mon inflexible cœur.
Je suis père, dis-tu ?... Non, je suis dictateur.
Dictateur ! quoi ! toujours marcher de crime en crime !
Ah ! je suis fatigué de vivre sur l'abîme !
Je veux... Ils me tueront... Tout-puissant, glorieux,
Que puis-je désormais demander à nos dieux ?
Le terme de mes maux, la fin d'un long délire ;
Cette paix de la tombe, où quelquefois j'aspire.
Mourir ! dormir enfin ! Que m'importent des jours
Dont les profonds ennuis empoisonnent le cours !
Mais je sens que mon âme, enfin moins oppressée,
Laisse en un vague heureux s'éteindre ma pensée :
Oh ! bienfait inconnu ! mes yeux et mes esprits
S'affaissent lentement, par le sommeil surpris !
     (*Il s'endort et rêve tout haut.*)
Que vois-je ? et quel pouvoir... dans ces demeures sombres,
De ceux que j'ai proscrits a ranimé les ombres ?...
Que voulez-vous de moi, transfuges des tombeaux ?
J'ai puni vos forfaits, j'ai puni vos complices...
Tremblez qu'on ne vous traîne à de nouveaux supplices !
Je les vois tous, les bras vers mon lit étendus,
Agiter leurs poignards sur mon sein suspendus.
O dieux ! à me frapper leurs mains sont toutes prêtes.
     (*Il se lève en dormant.*)

A moi, licteurs ! à moi!... J'avais proscrit leurs têtes,
Je les revois encor!... Chassez tous ces pervers !
Et que vos fouets sanglants les rendent aux enfers!
Sylla le veut... l'ordonne..., obéissez!...
(*Il retombe sur son lit.*)

CHATEAUBRIAND (F.-A.-R., vicomte de). — Né en 1769, mort en 1848. L'ordre de nos biographies place ici le plus brillant de nos prosateurs. D'abord destiné à l'Église, il entra au service, et il était sous-lieutenant au moment où la révolution le força à quitter la France. Il partit pour l'Amérique, et les scènes qu'il y contempla ne firent qu'augmenter son goût pour les voyages : il vit l'Afrique, la Palestine, l'Espagne, la Suisse, la Grèce, la Prusse, Rome, l'Angleterre, et ses œuvres portent la trace de son passage en ces différents pays. En 1800, il revint à Paris avec Fontanes, et publia le *Génie du christianisme*, « qui releva l'Église ébranlée par les coups de l'Encyclopédie, et tombée sous ceux de la révolution. » Devenu homme politique, il fut chargé de plusieurs ambassades et de plusieurs ministères : dans ces postes différents il sut conquérir, par sa dignité loyale, l'estime de ses ennemis.

Ses œuvres, outre le *Génie du christianisme*, sont : *René*, *Atala*, *Essai sur les révolutions*, les *Martyrs*, les *Natchez*, les *Études historiques*, des mémoires, des traductions, etc., et quelques poésies, que sa prose a fait négliger.

LE CID

Prêt à partir pour la rive africaine,
Le Cid, armé, tout brillant de valeur,
Sur la guitare, aux pieds de sa Chimène,
Chantait ces vers que lui dictait l'honneur :

Chimène a dit : « Va combattre le Maure;
De ce combat surtout reviens vainqueur.
Oui, je croirai que Rodrigue m'adore,
S'il fait céder son amour à l'honneur. »

Donnez, donnez et mon casque et ma lance;
Je prouverai que Rodrigue a du cœur;
Dans les combats signalant sa vaillance,
Son cri sera pour sa dame et l'honneur !

Maure vanté par ta galanterie,
De tes accents mon noble chant vainqueur
D'Espagne un jour deviendra la folie,
Car il peindra l'amour avec l'honneur.

Dans les vallons de notre Andalousie,
Les vieux chrétiens chanteront ma valeur:
Il préféra, diront-ils, à la vie,
Son Dieu, son roi, sa Chimène et l'honneur.

NOUS VERRONS

(Chanson.)

Le passé n'est rien dans la vie,
Et le présent est moins encor :
C'est à l'avenir qu'on se fie
Pour nous donner joie et trésor.
Tout mortel dans ses vœux devance
Cet avenir où nous courons ;
Le bonheur est en espérance ;
On vit en disant : Nous verrons !

Mais cet avenir plein de charmes,
Qu'est-il lorsqu'il est arrivé ?
C'est le présent qui, de nos larmes,
Matin et soir est abreuvé !
Aussitôt que s'ouvre la scène
Qu'avec ardeur nous désirons,
On bâille, ou la regarde à peine ;
On voit, en disant : Nous verrons !

Ce vieillard penche vers la terre :
Il touche à ses derniers instants :
Y pense-t-il ? Non ; il espère
Vivre encore soixante et dix ans.

Un docteur fort d'expérience,
Veut lui prouver que nous mourrons :
Le vieillard rit de sa sentence
Et meurt en disant : Nous verrons !

Valère et Damis n'ont qu'une âme,
C'est le modèle des amis.
Valère, en un malheur, réclame
La bourse et les soins de Damis :
« Je viens à vous, ami si tendre,
Ou ce soir au fond des prisons...
— Quoi ! ce soir ! — Oui ! — Mon cher Valère,
Revenez demain : Nous verrons !

Nous verrons est un mot magique
Qui sert dans tous les cas fâcheux.
Nous verrons, dit le politique,
Nous verrons, dit le malheureux.
Les grands hommes de nos gazettes,
Les rois du jour, les fanfarons,
Les faux amis et les coquettes,
Tout cela vous dit : Nous verrons !

ESMÉNARD (J.-Alph.). — Né en 1770, mort en 1812. Ayant émigré en 1792, il ne revint à Paris qu'après le 18 brumaire ; au retour de Saint-Domingue, où il avait suivi le général Leclerc, il publia les opéras de *Trajan* et de *Fernand Cortez*, le poëme de la *Navigation*, et un recueil de poésies qui ne sont pas sans mérite.

LA PRIÈRE DU SOIR SUR LE VAISSEAU

Cependant le soleil, sur les ondes calmées,
Touche de l'horizon les bornes enflammées ;
Son disque étincelant, qui semble s'arrêter,
Revêt de pourpre et d'or les flots qu'il va quitter !
Il s'éloigne, et Vesper, commençant sa carrière,
Mêle au jour qui s'éteint sa timide lumière.
J'entends l'airain pieux, dont les sons éclatants
Appellent la prière et divisent le temps.
Pour la seconde fois, le nautonier fidèle,
Adorant à genoux la puissance éternelle,
Dès que l'astre du jour a brillé dans les airs,
Adresse l'hymne sainte au Dieu de l'univers.
Entre l'homme et le ciel, sur des mers sans rivages,
Un prêtre en cheveux blancs conjure les orages :
Son zèle des nochers adoucit les travaux,
Épure leur hommage, et console leurs maux.
« Dieu créateur ! dit-il, toi dont les mains fécondes
Dans les champs de l'espace ont suspendu les mondes ;
Dieu des vents et des mers, dont l'œil conservateur

De l'Océan qui gronde arrête la fureur,
Et, d'un regard chargé de tes ordres sublimes,
Suis un faible vaisseau flottant sur les abîmes,
Que peuvent devant toi nos esprits incertains?
Dieu! que sont les mortels sous tes puissantes mains?
Par des vœux suppliants nos alarmes t'implorent;
Bénis, Dieu paternel, tes enfants qui t'adorent;
Rends-les à leur patrie, à ton culte, à ta loi :
La force et la vertu ne viennent que de toi.
Daigne remplir nos cœurs : éloigne la tempête;
Que le sombre ouragan se dissipe et s'arrête
Devant ces pavillons qui te sont consacrés;
Et qu'un jour nos drapeaux, par toi-même illustrés,
Aux doutes de l'orgueil opposant nos exemples,
Appellent le respect et la foi dans tes temples! »
Il dit, et prie encor; ses chants consolateurs
D'espérance et d'amour pénètrent tous les cœurs :
O spectacle touchant! ravissantes images !
Tandis que, l'œil fixé sur un ciel sans nuages,
Du prêtre, dont la voix semble enchaîner les vents,
Les nautoniers émus répètent les accents,
Le couchant a brillé d'une clarté plus pure;
L'Océan de ses flots apaise le murmure;
Et seule, interrompant ce calme solennel,
La prière s'élève aux pieds de l'Éternel.

DÉSAUGIERS (M.-A. M.). — Né en 1772, mort en 1827. Ce poëte
se fit connaître par ses joyeuses chansons et ses vaudevilles, et
fut longtemps le boute-en-train du Caveau. Il est connu encore
par des pièces fort gaies qui toutes jouirent d'une grande vogue.

JEAN QUI PLEURE ET JEAN QUI RIT

Il est deux Jean dans ce bas monde,
Différents d'humeur et de goût;
L'un toujours pleure, fronde, gronde,
L'autre rit partout et de tout.
Or, mes amis, en moins d'une heure,
Pour peu que l'on ait de l'esprit,
On conçoit bien que Jean qui pleure,
N'est pas si gai que Jean qui rit.

Aux Français une tragédie
A-t-elle éprouvé quelque échec,
Vite d'une autre elle est suivie :
Le public la voit d'un œil sec;
L'auteur en vain la croit meilleure;
On siffle... son rêve finit...
Dans la coulisse est Jean qui pleure,
Dans le parterre est Jean qui rit.

Jean-Jacques gronde et se démène
Contre les hommes et leurs mœurs;

La gaîté de Jean la Fontaine
Épure et pénètre les cœurs;
L'un avec ses grands mots nous leurre;
De l'autre un rat nous convertit :
Nargue, morbleu! du Jean qui pleure!
Vive à jamais le Jean qui rit!

Jean, porteur d'eau de la Courtille,
Un soir, se noya de chagrin;
Un autre Jean, jeune et bon drille,
Tomba mort ivre un beau matin;
Et sur leur funèbre demeure
On grava, dit-on, cet écrit :
« Le ciel fit l'eau pour Jean qui pleure,
Et fit le vin pour Jean qui rit! »

Auprès d'un vieux millionnaire
Qui va dicter son testament,
Le Jean qui rit est en arrière,
Le Jean qui pleure est en avant

Jusqu'à ce que le vieillard meure
Il reste au chevet de son lit;
Est-il mort, adieu Jean qui pleure;
On ne voit plus que Jean qui rit.

Professeurs dans l'art de bien vivre,
Dispensateurs de la santé,

Vous, que ne cessent pas de suivre
Et l'appétit et la gaité,
Ma chanson est inférieure
A tout ce qu'on a déjà dit,
Et je vais être Jean qui pleure,
Si vous n'êtes pas Jean qui rit.

CHIEN ET CHAT

Chien et chat,
Chien et chat,
Voilà le monde
A la ronde.
Chaque état,
Chaque état,
N'offre, hélas! que chien et chat.

Que sont, hélas! trop souvent,
Dans ce Paris si savant,
Le poëte et l'éditeur,
L'auteur et le spectateur?
    Chien et chat, etc.

Admirables écrivains,
De leur siècle astres divins,
Malgré leur brillant flambeau,
Qu'étaient Voltaire et Rousseau?
    Chien et chat, etc.

Qu'êtes-vous sous ce beau ciel
Que réfléchit l'Archipel,
Turcs si doux et si polis
Et vous, soldats de Miaulis?
    Chien et chat, etc.

Grâce aux nouveaux procédés
Dont nous sommes inondés,
Draps Ternaux, maîtres tailleurs,
Fourgons, bateaux à vapeurs...
    Chien et chat, etc.

Que sont, dès que le jour luit,
Et qu'il fait place à la nuit,
Le phosphore et le briquet,
Le gaz et l'huile à quinquet?
    Chien et chat, etc.

Que sont le classique pur
Et le romantique obscur?
Et qu'ont trop souvent été
La justice et l'équité?
    Chien et chat, etc.

Le devoir et le plaisir,
La morale et le désir,
La tisane et la gaité,
L'hygiène et la santé...
    Chien et chat, etc.

Bref, à la bourse, aux journaux,
A la chambre, aux tribunaux,
Qui voyons-nous s'il vous plaît,
Hurler, se prendre au collet?

Chien et chat,
Chien et chat,
Voilà le monde
A la ronde.
Chaque état,
Chaque état,
N'offre, hélas! que chien et chat.

CAMPENON (Vincent). — Né en 1773, mort en 1843. Outre son talent de poëte, Campenon eut aussi le mérite d'un historien sérieux. Il était le neveu de Léonard; il fut de l'Académie française.

LA JEUNE FILLE MOURANTE

L'huile sainte a touché les pieds de la mourante;
    L'arrêt fatal est prononcé.
L'art n'a point de secours pour cette âme souffrante,
    Le monde pour elle a cessé.
Tout s'éloigne, tout fuit; hélas! l'amitié même
    A l'effroi des derniers adieux
    Se dérobe en baissant les yeux.

Intrépide témoin de ce moment suprême,
La mère est seule enfin près de l'enfant qu'elle aime.
Elle s'enferme alors sous les obscurs rideaux,
Écarte loin du lit les funèbres flambeaux,
    Et d'un œil que la foi rassure,
Regarde sans pâlir le crucifix de bois ·
Que la vierge chrétienne a saisi de ses doigts ;
Et l'eau sainte, et le buis à la sombre verdure,
Du chevet des mourants douloureuse parure.

    Mais quand elle voit de plus près
Le sinistre frisson qui parcourt tous ses traits,
Et ce front d'où s'écoule une sueur mortelle,
Et cet œil qui s'éteint ! « O mon enfant, dit-elle,
Si tu vis, je vivrai ; et si tu meurs, je meurs.
Déjà la tombe enferme et ton père et tes sœurs ;
Seules, nous, nous restons ; toi seule es ma famille !
Et tu me quitterais, toi mon sang, toi ma fille !
Non, tu vivras pour moi : Dieu voudra te guérir ;
Ta mère t'aime trop, tu ne peux pas mourir ;
Je ne sais quelle voix me dit encore : Espère !
Hélas ! pour espérer est-il jamais trop tard ?
Jeune âme de ma fille, oh ! suspends ton départ,
Et pour quitter ce monde attends au moins ta mère.

Ainsi la foi l'anime et l'espoir la soutient,
Mais par quels soins touchants cet espoir s'entretient ?
Elle courbe son front sur la jeune victime ;
De son souffle abondant la réchauffe et l'anime,
Saisit la froide main ; d'un doigt mal assuré
Interroge le pouls dans sa marche égaré,
Joint le doux suc du miel au doux jus de l'orange,
Et dans sa bouche en feu versant ce frais mélange,
Par un breuvage heureux cherche à combattre enfin
Le brasier de la fièvre allumé dans son sein.
Et déjà cependant, évoquant ses ténèbres,
Ses larves, ses terreurs, ses spectres menaçants,
    L'agonie aux ailes funèbres,
De la vierge expirante égarait tous les sens,
Et l'ange du départ, sur ses lèvres muettes,
Répandait de la mort les pâles violettes.
A ce spectacle affreux, le front humilié,
Prenant entre ses bras son Dieu crucifié :
« Toi seul peux la sauver, Dieu puissant, dit la mère,
Ce n'est qu'en ton secours maintenant que j'espère ;
Oui, sur ma pauvre enfant j'appelle tes bontés.
Ses jours si peu nombreux sont-ils déjà comptés ?
Tu vois l'affreuse lutte où se débat sa vie ;
De ce calice amer tu bus jusqu'à la lie,
Je le sais, et la mort fut digne encor de toi.
Je n'ose à tes douleurs égaler ma misère,
Mais souviens-toi des maux que dut souffrir ta mère,
    Et tu prendras pitié de moi.
La fille de Jaïr à ta voix fut sauvée,
Tu lui dis : « Levez-vous ; » la fille s'est levée.

De l'éternel sommeil elle dormait pourtant ;
La mienne au moins respire et peut-être m'entend. »
En prononçant ces mots, elle craint d'en trop dire,
          Et vers le lit revient soudain,
          Pour s'assurer que sa fille respire ;
Puis, sur les blancs rideaux qu'a soulevés sa main,
De la mère du Christ apercevant l'image :
« Toi qui fus mère aussi, tu conçois mes douleurs ;
D'un hymen trop fécond voilà le dernier gage,
De ton nom, au berceau, je dotai son jeune âge,
Je vouai son enfance à tes blanches couleurs ;
Ce nom, ce vêtement m'étaient d'un doux présage ;
Et quand ma fille et moi, nous tenant par la main,
Nous allions à l'Église invoquer ta puissance,
          Les compagnes de son enfance
          Voyant de loin par le chemin
Et sa blanche tunique et son voile de lin,
Se disaient : « Celle-là dans ses destins prospères
« Aura des jours d'amour, d'innocence et de paix ; »
Et moi, l'œil attaché sur ses chastes attraits,
Je me trouvais encore heureuse entre les mères. »

Ainsi disait la mère, et la nuit s'écoulait ;
          Depuis neuf jours elle veillait.
Déjà l'aube naissante a rougi le nuage,
Le jour se lève armé de feux plus éclatants.
Le jour la voit encor devant la sainte image ;
Longtemps elle gémit ; elle pria longtemps.
Tandis qu'elle priait : « Ma mère..., où donc est-elle ?
Dit une faible voix. Oh ! viens..., je me rappelle
Qu'un étrange sommeil a pesé sur mes yeux.
Dieu ! quel songe à la fois triste et délicieux !
Dans mon accablement je me sentais ravie
Loin de notre humble terre et par delà les cieux :
C'était un autre jour, c'était une autre vie ;
Dans ce monde nouveau, paisible, exempt de soins,
D'étoiles et de fleurs ta fille couronnée,
Cherchait ta main pour guide et tes yeux pour témoins.
De fronts purs et joyeux j'étais environnée,
Et mon âme pourtant ne goûtait qu'à moitié
Ce bonheur imparfait dont j'étais étonnée.
Ma mère..., où donc est-elle ? ai-je aussitôt crié ;
Et les anges en chœur vers toi m'ont ramenée. »

BAOUR-LORMIAN (L.-P.-M.-F.). — Né en 1772, mort en 1854. Cet
académicien, traducteur d'*Ossian* et auteur dramatique, composa
aussi des satires. « Il s'est montré un des champions les plus intrépides du classicisme contre le romantisme ; mais rien ne fut
moins classique que la manière dont il s'acquitta de cette tâche. »
Lebrun fit sur lui ce quatrain :

Rien n'est si lent, si lourd,	Rien n'est si lourd, si lent,
Que Monsieur Lormian-Balourd ;	Que Monsieur Balourd-Lormian.

A LA LUNE

Ainsi qu'une jeune beauté
Silencieuse et solitaire,
Des flancs du nuage argenté
La lune sort avec mystère.
Fille aimable du ciel, à pas lents et sans bruit,
Tu glisses dans les airs où brille ta couronne,
Et ton passage s'environne
Du cortége pompeux des soleils de la nuit.
Que fais-tu loin de nous quand l'aube blanchissante
Efface à nos yeux attristés
Ton sourire charmant et tes molles clartés?
Vas-tu, comme Ossian, plaintive, gémissante,
Dans l'asile de la douleur
Ensevelir ta beauté languissante?
Fille aimable du ciel, connais-tu le malheur?
Maintenant revêtu de toute sa lumière,
Ton char voluptueux roule au-dessus des monts;
Prolonge, s'il se peut, le cours de ta carrière,
Et verse sur les mers tes paisibles rayons.

LE TOMBEAU D'UN ENFANT

Ce marbre éclatant de blancheur
M'annonce d'un mortel la fin prématurée.
C'est un enfant; d'un lis il avait la fraîcheur,
Comme lui, d'un soleil il avait la durée.
Faible et timide, il ne s'est arrêté
Qu'un seul moment aux portes de la vie;
Du berceau dans la tombe, au gré de son envie,
Il s'est bientôt précipité.
A peine il entrevit ce monde de misère,
Il en trouva la coupe trop amère;
Et, détournant la tête, il s'enfuit pour jamais,
Loin des baisers et des chants d'une mère,
Dans le séjour d'une éternelle paix.
Heureux enfant! l'ambition perfide,
Les noirs chagrins, les peines, les remords,
Ne t'ont point infecté de leur souffle homicide;
Tu n'as point souffert, et tu dors!
Et vous, tristes parents, séchez enfin vos larmes!
Quittez ces longs habits de deuil!
L'objet de votre amour, soustrait à tant d'alarmes,
Se repose dans ce cercueil.
Que lui reprochez-vous? c'est une fleur timide
Qui, dans ses feuilles se cachant,
D'une fraîche rosée encore tout humide,
A prévenu l'orage du couchant.

SAINT-VICTOR (J.-B. Bins de). — Né en 1772, mort en 1858.
Outre ses travaux de rédacteur du *Journal des Débats*, il fit deux

poëmes didactiques dignes d'éloge, le *Voyage du poëte* et l'*Espérance*, un opéra-comique, une traduction d'Anacréon, etc.

L'ITALIE ET ROME

O terre de Saturne! ô doux pays! beau ciel!
Lieux où chanta Virgile, où peignit Raphaël!
Terre dans tous les temps consacrée à la gloire,
Grande par les beaux-arts, reine par la victoire,
Sans respect, sans amour, qui peut toucher tes bords?
Que de belles cités! que de riches trésors!
L'Italie et la Grèce ensemble confondues;
Les palais, les tombeaux, un peuple de statues,
Et la toile animée, et partout réunis
Les beaux temps des Césars, et ceux des Médicis!
Partout les descendants de la reine du monde
Ressuscitent sa gloire, et la terre féconde
Rend l'Italie antique à leurs nobles efforts!

Rome! c'est toi surtout qu'appellent nos transports.
La voilà donc enfin, cette ville sacrée,
De tombeaux, de déserts, tristement entourée!
Quel trouble à son aspect saisit le voyageur!
La reine des cités a perdu sa splendeur:
Le silence est assis sous ses voûtes antiques;
Cependant ses palais, ses temples, ses portiques,
Attestent ses grandeurs dans leurs restes confus,
Sur ces arcs mutilés, vingt fleuves suspendus
Versaient en frémissant le tribut de leur onde;
Ce temple fut paré des dépouilles du monde;
Par ces portes sortaient de fières légions;
Voilà ce Capitole, effroi des nations!
De là, semblable aux dieux, Rome lançait la foudre
Là, les rois interdits, et le front dans la poudre,
Aux portes du sénat, oubliés, sans honneur,
Attendaient pour entrer les ordres du licteur.

A ses pieds j'aperçois cette place fameuse
Où s'agitait, semblable à la mer orageuse,
Ce peuple ambitieux, insolent, importun,
Tyran d'un monde entier, esclave d'un tribun.
Ordonne; et des héros, parmi ces beaux décombres,
L'imagination va t'évoquer les ombres:
Les vois-tu s'élevant, sortant de toutes parts?
Voilà ces vieux enfants de la ville de Mars,
Honneur de ses conseils, appui de ses murailles,
Qui labouraient leurs champs, et gagnaient des batailles.

LE MERCIER (Nép.-L.). — Né en 1773, mort en 1840. L'auteur de la tragédie d'*Agamemnon* est un véritable poëte, et un auteur dramatique distingué. « L'indépendance de son caractère, a-t-on dit, égala celle de son talent. » Il dissimulait son mérite sous une rare modestie.

BÉLISAIRE

Un jeune enfant, un casque en main,
Allait quêtant pour l'indigence
D'un vieillard aveugle et sans pain,
Fameux dans Rome et dans Byzance ;
Il disait à chaque passant
Touché de sa grande misère :
« Donnez une obole à l'enfant
Qui sert le noble Bélisaire.

Je tiens le casque du guerrier,
Effroi du Goth et du Vandale ;
Il fut, dit-on, sans bouclier
Contre l'imposture fatale.
Un tyran fit brûler ses yeux
Qui veillaient sur toute la terre ;
La nuit voile à jamais les cieux
Au triste et pauvre Bélisaire.

L'infortuné pour qui ma voix
S'élève seule et vous supplie,
Après son char traîna les rois
De l'Afrique et de l'Italie.
On sait que, même en triomphant,
Il n'est point d'orgueil téméraire :
Quand je le nomme, il me défend
De dire le grand Bélisaire. »

Privé du plaisir des regards,
Le héros qui rêve sa gloire,
Du monde et de tous ses hasards
Voit le spectacle en sa mémoire.
Son jeune guide apprend de lui
Que la fortune est mensongère,
Et s'étonne d'être l'appui
Que Dieu laisse au grand Bélisaire.

LE SPECTRE DE THYESTE A ÉGISTHE

(*Agamemnon.*)

Thyeste, tu verras Agamemnon puni ;
Qu'Oreste même expire, à ses destins uni !
Chère ombre, apaise-toi ! calmez-vous, Euménides !
Vous avez au berceau proscrit les Pélopides :
Oreste n'est-il pas l'héritier de son rang?
Périssent lui, son fils, Electre, et tout son sang !...
Ils mourront sous ce fer que l'exécrable Atrée
Remit dès mon enfance à ma main égarée,
Lorsqu'un affreux serment, de ma bouche obtenu,
M'arme contre Thyeste, à moi-même inconnu.
Un dieu seul me ravit à ce noir parricide.
O mon père!... pourquoi ton spectre errant, livide,
Assiége-t-il mes pas ? Il me parle, il me suit,
Sous le même portique, au milieu de la nuit.
Ne crois pas qu'une erreur, dans le sommeil tracée,
De sa confuse image ait troublé ma pensée.
Je veillais sous ces murs, où de son souvenir
Ma douleur recueillie osait s'entretenir :
Le calme qui régnait à cette heure tranquille
Environnait d'effroi ce solitaire asile ;
Mes regards sans objet dans l'ombre étaient fixés ;
Il vint, il m'apparut, les cheveux hérissés,
Pâle, offrant de son sein la cicatrice horrible ;
Dans l'une de ses mains brille un acier terrible,
L'autre tient une coupe... O spectacle odieux !
Souillée encor d'un sang tout fumant à mes yeux.
L'air farouche, et la lèvre à ses bords abreuvée :
« Prends, dit-il, cette épée à ton bras réservée ;
Voici, voici la coupe où mon frère abhorré
Me présenta le sang de mon fils massacré ;
Fais-y couler le sien que proscrit ma colère,

Et qu'à longs traits encor ma soif s'y désaltère. »
Il recule à ces mots, me montrant de la main
Le Tartare profond dont il suit le chemin.
Le dirai-je? sa voix, perçant la nuit obscure,
Ce geste et cette coupe, et sa large blessure,
Ce front décoloré, ces adieux menaçants...
J'ignore quel prestige égara tous mes sens.
Entraîné sur ses pas vers ces demeures sombres,
Gouffre immense où gémit le peuple errant des ombres,
Vivant, je crus descendre au noir séjour des morts.
Là, jurant et le Styx et les dieux de ses bords,
Et les monstres hideux de ses rives fatales,
Je vis, à la pâleur des torches infernales,
Les trois sœurs de l'Enfer irriter leurs serpents,
Le rire d'Alecton accueillir mes serments ;
Thyeste les reçut, me tendit son épée,
Et je m'en saisissais, quand, à ma main trompée,
Le vain spectre échappa poussant d'horribles cris.
Je fuyais... Je ne sais à mes faibles esprits
Quelle flatteuse erreur présenta sa chimère.
Il me sembla monter au trône de mon père ;
Que, de sa pompe auguste héritier glorieux,
Tout un peuple en mon nom brûlait l'encens des dieux ;
Je vis la Grèce entière à mon joug enchaînée,
La reine me guidant aux autels d'Hyménée,
Et mes fiers ennemis, consternés et tremblants,
Abjurer à mes pieds leurs mépris insolents.

MOLLEVAUT (C.-L.). — Né en 1777, mort en 1815. Mollevaut
« est connu par ses traductions en vers français de plusieurs poëtes
latins, ainsi que par le beau poëme des *Fleurs,* où brille une remarquable grâce d'expression. »

LA FILLE DE JEPHTÉ

La nuit même, à l'instant où dans les cœurs mortels
Le sommeil a versé l'oubli des maux cruels,
Seule veille et s'afflige une vierge éplorée,
Seule, au fond du désert, triste, pâle, égarée ;
De sa voix gémissante à l'écho des forêts
Elle conte en ces mots sa peine et ses regrets :

« La jeune vigne en paix boit les feux de l'aurore,
Le palmier verdoyant ne craint point de périr ;
La fleur même vivra plus d'un matin encore,
    Et moi, je vais mourir !

Mes compagnes, un jour, au nom sacré de mère,
En secret tressaillant d'orgueil et de plaisir,
Verront sourire un fils aussi beau que son père,
    Et moi, je vais mourir !

Aux auteurs de leurs jours prodiguant leur tendresse
Sous le fardeau des ans s'ils viennent à fléchir,

Elles seront l'appui de leur faible vieillesse,
　　Et moi, je vais mourir!

Toi, qui des cieux entends une vierge plaintive,
Vois les pleurs de mon père et daigne les tarir;
Donne-lui tous les jours dont ta rigueur me prive,
　　Et je saurai mourir!

PEYRONNET (C.-J., comte de). — Né en 1777, mort en 1854. C'est l'auteur de l'*Histoire de France*, et le ministre malheureux de Charles X. Il a laissé quelques poésies.

L'HIRONDELLE ET LE PRISONNIER

Hirondelle gentille,
Voltigeant à la grille
　　Du cachot noir,
Vole, vole sans crainte :
Autour de cette enceinte
　　J'aime à te voir.

Légère, aérienne,
Dans ta robe d'ébène,
　　Lorsque le vent
A soulevé ta plume,
Comme un flocon d'écume
　　Ton corset blanc

D'où viens-tu? qui t'envoie
Porter si douce joie
　　Au condamné?
Oh! charmante compagne
Viens-tu de la montagne
　　Où je suis né?

Viens-tu de la patrie
Éloignée et chérie
　　Du prisonnier;
Fée aux luisantes ailes,
Conte-moi des nouvelles
　　Du vieux foyer.

Oh! dis-moi si la mousse
Est toujours aussi douce,
　　Et si parfois,
Au milieu du silence,
Le son du cor s'élance
　　Au fond du bois.

Si la blanche aubépine,
Au haut de la colline,
　　Fleurit toujours;
Dis-moi si l'homme espère
Encor sur cette terre
　　Quelque beau jour.

Il pleut, la nuit est sombre,
Le vent souffle dans l'ombre
　　De la prison;
Hélas! pauvre petite,
As-tu froid? Entre vite
　　Au noir donjon.

Tu t'envoles, j'y songe!
C'est que tout est mensonge,
　　Espoir heurté.
Il n'est dans cette vie
Qu'un bien digne d'envie,
　　La liberté!

ÉTIENNE (C.-G.). — Né en 1778, mort en 1845. « Homme politique, il eut à se plaindre, dit sa biographie, du flux et du reflux de la fortune; homme de lettres, il eut beaucoup d'envieux, malgré la mansuétude et l'équité de son esprit. Ses principaux titres à la célébrité sont la pièce spirituelle de *Brueys et Palaprat* et celle des *Deux Gendres*, dont on a voulu, mais à tort, lui enlever la gloire d'être l'auteur. »

EXTRAIT DES DEUX GENDRES

DERVIÈRE.

Ah! mon père! c'est vous! quel moment pour mon cœur!
Je viens à Dalainville annoncer mon bonheur...
Ce plan que nuit et jour dès longtemps je médite
Est enfin adopté.

DUPRÉ.

Je vous en félicite.

DERVIÈRE.

Vous sentez que, pour moi, c'est un brillant succès;
Le ministre le fait imprimer à ses frais.

DUPRÉ.

Et d'un projet si beau, qu'espérez-vous, mon gendre?

DERVIÈRE.

Les malheureux n'ont plus de larmes à répandre;
Il assure au vieillard l'aisance et le repos,
Promet à l'indigent d'honorables travaux,
De divers éléments fait cesser les ravages,
Met le cultivateur à l'abri des orages,
Et de tous les fléaux dont le ciel irrité
Accable trop souvent la triste humanité!

DUPRÉ.

C'est fort beau. Vous pourriez, dans cette circonstance,
Donner un libre cours à votre bienfaisance.

DERVIÈRE.

Parlez, que dois-je faire? Est-il des malheureux?
Je suis prêt, s'il le faut, à m'immoler pour eux.

DUPRÉ.

Il s'agit d'un parent que le malheur accable;
Jetez sur lui, mon gendre, un regard favorable :
J'aurais rempli jadis un devoir aussi doux;
Maintenant il faut bien que je m'adresse à vous.

DERVIÈRE.

Hélas! dans ce moment, cela m'est impossible.
Ah! qu'un pareil refus afflige un cœur sensible!
Que ne m'avez-vous donc hier parlé pour lui?
Mais comment voulez-vous que je fasse aujourd'hui?
Mes épargnes d'un an viennent d'être données
A des incendiés des Basses-Pyrénées.

DUPRÉ.

Eh! vous allez bien loin chercher des malheureux,
Quand il en est ici qui fatiguent vos yeux.
Oui, dût votre fierté s'en trouver offensée,
Mon gendre, vous allez connaître ma pensée.
Ces airs de bienfaisance et ce brillant vernis

Ne trompent que les sots, je vous en avertis :
De cette belle ardeur je ne suis point la dupe ;
De vous, je le vois bien, vous voulez qu'on s'occupe.
Le monde où nous vivons est plein de charlatans
Qui tâchent d'arrêter les regards des passants.
Répand-on des bienfaits, il faut qu'un journaliste
Dans sa feuille aussitôt en imprime la liste.
La charité, jadis, s'exerçait sans éclat ;
A Paris maintenant on s'en fait un état.
Tout n'est plus que calcul, et cette ardeur factice
Est un masque nouveau qui couvre l'avarice.

DERVIÈRE.

A faire des heureux appliquez-vous donc bien :
De tout empoisonner on trouve le moyen.

DUPRÉ.

Mais où sont, s'il vous plaît, les heureux que vous faites ?
Je n'en ai jusqu'ici vu que dans les gazettes.
Avez-vous obligé des parents, des amis?
L'humanité pourtant respire en vos écrits ;
Vous y plaignez le sort des nègres de l'Afrique,
Et vous ne pouvez pas garder un domestique.

DERVIÈRE.

Fort bien ; de la satire épuisez tous les traits :
De semblables discours ne m'atteindront jamais.
Est-il des mécontents? qu'ils parlent sans rien craindre.

DUPRÉ.

Il en est quelques-uns de trop fiers pour se plaindre.

DERVIÈRE.

A se taire toujours s'ils veulent s'obstiner,
Je n'ai pas, j'en conviens, l'art de les deviner.

DUPRÉ.

Vos vœux sont accomplis : ils ont parlé, mon gendre ;
Mais il ne paraît pas qu'ils se soient fait entendre.
Adieu. C'est aujourd'hui que je sors de chez vous.
Je n'oublierai jamais un accueil aussi doux,
Et vous pouvez compter sur la reconnaissance
Dont je suis pénétré pour votre bienfaisance.
.   .   .   .
.   .   .   .

DERVIÈRE.

Ah! monsieur, permettez que je vous félicite ;
Je vois qu'on sait encore honorer le mérite :
Vous voilà donc ministre !

DALAINVILLE.

                    Ah! bon Dieu! quelle erreur!
Je suis loin de prétendre à cet excès d'honneur :
D'en soutenir le poids je me sens incapable.

DERVIÈRE.

On ne pouvait pas faire un choix plus honorable ;
Je ne vous flatte point : malgré nos différends,
On m'a toujours vu rendre hommage à vos talents.

DALAINVILLE.

Quoi ! je serais nommé !

DERVIÈRE.

              Mais le fait est notoire :
C'est un bruit général, et vous devez y croire.

DALAINVILLE.

Jusqu'ici cependant je ne l'ai pas appris.

DERVIÈRE.

Vous seul assurément l'ignorez dans Paris.
Bientôt vous allez voir cette foule importune
Qui s'attache toujours au char de la fortune.
J'arrive le premier, mais guidé par mon cœur ;
Je ne demande ici ni place ni faveur :
Je viens pour vous parler de la classe indigente ;
Daignez la protéger de votre main puissante.
Vous sentirez un jour que cet objet sacré
Est digne des regards d'un ministre éclairé.

DALAINVILLE.

Si j'occupe, en effet, cette place éminente,
Je servirai d'abord l'humanité souffrante :
C'est de l'homme public le plus noble devoir.

DERVIÈRE.

Sans doute. Si jamais j'ai le moindre pouvoir...
Que dis-je ? le pouvoir ne saurait me séduire ;
Et j'ai mal exprimé ce que je voulais dire :
Satisfait de mon sort, je ne désire rien ;
Je mets tout mon bonheur à faire un peu de bien.

DALAINVILLE.

Aujourd'hui cependant on parlait de finances,
Et chacun a beaucoup vanté vos connaissances ;
On a même pensé, pour le bien de l'État,
Qu'il faudrait vous charger de ce soin délicat ;
Mais d'un mot vous sentez que je les ai fait taire.

DERVIÈRE.

Comment donc ?

DALAINVILLE.

              La réponse était facile à faire.
J'ai dit que vous seriez honoré d'un tel choix,
Mais que vous refusiez toute espèce d'emplois.

DERVIÈRE.

Vous avez eu grand tort.

DALAINVILLE.

Comment!

DERVIÈRE.

Je le répète,
J'aime à vivre ignoré, je chéris la retraite ;
Mais, lorsque le public veut bien me désigner,
Je sais que mon devoir est de me résigner.
Tout homme vertueux se doit à sa patrie,
Et c'est avec plaisir que je me sacrifie.

DALAINVILLE.

Eh! que ne parliez-vous? Fort bien; je vous entends.

DERVIÈRE.

Vous avez contre moi donné prise aux méchants.
Mon humeur, en effet, n'est que trop légitime ;
Bientôt de mon refus on va me faire un crime ;
Peut-être a-t-on déjà disposé de l'emploi.
Cela serait fâcheux.

DALAINVILLE.

Reposez-vous sur moi ;
Vous obtiendrez la place.

DERVIÈRE.

Elle va m'être chère,
Car je l'exercerai sous votre ministère.
Dans des cas importants, si je viens à douter,
Permettez qu'aussitôt j'aille vous consulter :
J'aurai souvent besoin de votre expérience.

DALAINVILLE.

Oui, vous serez toujours sûr de mon assistance.
(A part.)
Je ne puis pas souffrir cet air bas et flatteur.

DERVIÈRE, à part.

Je ne saurais me faire à ce ton protecteur.
(Haut.)
L'intérêt général aujourd'hui nous rassemble :
Nos deux noms quelque jour seront bénis ensemble.

NODIER (C.-Emm.). — Né en 1780, mort en 1844. Sa place est
comme poëte, mais il fut avant tout un admirable prosateur.
Nodier, a-t-on dit, était doué d'une imagination vive, d'une sensibilité vraie, d'une ironie piquante, mais il manquait de conviction, de sérieux, de force et de puissance artistique. » Ses contes
sont de vrais chefs-d'œuvre ; ses ouvrages, variés et innombrables, formeraient presque à eux seuls une bibliothèque, et Nodier
n'eût pu lui-même les nommer tous. Il fut bibliothécaire de l'Arsenal, et fut reçu à l'Académie en 1833.

LE BUISSON

S'il est un buisson quelque part
Bordé de blancs fraisiers ou de noires brunelles,
Ou de l'œil de la vierge aux riantes prunelles,
Dans le creux des fossés, à l'abri d'un rempart...

Ah! si son ombre printanière
Couvrait avec amour la pente d'un ruisseau,
D'un ruisseau qui bondit sans souci de son eau,
Et qui va réjouir l'espoir de la meunière!..

Si la liane aux blancs cornets
Y roulait en nœuds verts sur la branche embellie!
S'il protégeait au loin le muguet, l'ancolie,
Dont les filles des champs couronnent leurs bonnets!

Si ce buisson, nid de l'abeille,
Attirait quelque jour une vierge aux yeux doux,
Qui viendrait en dansant, et sans penser à nous,
De boutons demi-clos enrichir sa corbeille!..

S'il était aimé des oiseaux;
S'il voyait sautiller la mésange hardie;
S'il accueillait parfois la linotte étourdie,
Echappée, en boitant, aux pièges des réseaux!..

S'il souriait depuis l'aurore,
A l'abord inconstant d'un léger papillon,
Tout bigarré d'azur, d'or et de vermillon,
Qui va, vole et revient, vole et revient encore!..

Si, dans la brûlante saison,
D'une nuit sans lumière éclaircissant les voiles,
Les vers luisants venaient y semer leurs étoiles,
Qui de rayons d'argent blanchissent le gazon!

Si, longtemps, des feux du soleil,
Il pouvait garantir une fosse inconnue!
Enfants, dites-le-moi! l'heure est si bien venue!
Il fait froid. Il est tard. Je souffre et j'ai sommeil.

LE TRÉSOR ET LES TROIS HOMMES
(Fable.)

Trois hommes (c'est bien peu pour en trouver un bon)
D'un trésor en commun firent la découverte.
En profitèrent-ils? L'histoire dit que non;
Ils ne sont pas les seuls dont l'or ait fait la perte.

A quoi sert un trésor sans Bacchus et Cérès?
Ces hommes eurent faim; à la ville prochaine
L'un des trois du repas va chercher les apprêts.

« Pour ces gens-ci, dit-il, la mort serait certaine,
Si je voulais... Alors les dieux savent combien
De l'un et l'autre lot j'augmenterais le mien!
Et je laisse échapper une pareille aubaine! »
    On peut juger qu'il n'en fit rien.
Quiconque pense au crime est près de s'y résoudre.
Sur un plat du festin il mit certaine poudre
Qui devait envoyer nos trouveurs de trésors
    Finir leur banquet chez les morts.
Pendant qu'en son esprit il supputait la somme,
Le couple de là-bas lui brassait même tour,
Et le même destin l'attendait au retour.
    Il vient; on l'embrasse, on l'assomme;
L'endroit qui cachait l'or tient le forfait caché,
    En place, on enterre notre homme;
On divisa sa part, avant d'avoir touché
    Aux mets apportés par le traître :
Mais l'effet du poison ne tarda pas beaucoup;
La mort fit cette fois trois conquêtes d'un coup,
    Et le trésor resta sans maître.

PICHAT (Michel). — Né en 1790, mort en 1828. Il composa deux tragédies, *Léonidas* et *Guillaume Tell*, remarquables toutes deux par la noblesse des pensées et des expressions.

LÉONIDAS AUX TROIS CENTS

(*Léonidas.*)

Eh bien! écoutez donc l'espoir qu'un dieu m'inspire,
Et le but salutaire où notre mort aspire!
Contre ce roi barbare et qui compte aux combats
Autant de nations que nos rangs de soldats,
Que pourraient tous les Grecs? Puissance inattendue,
Il faut qu'une vertu, même à Sparte inconnue,
Frappe, étonne, confonde un despote orgueilleux.
De notre sang versé va sortir, en ces lieux,
Une leçon sublime; elle enseigne à la Grèce
Le secret de la force, aux Perses leur faiblesse.
Devant nos corps sanglants on verra le grand Roi
Pâlir de la victoire et reculer d'effroi :
Ou, s'il ose franchir le pas des Thermopyles,
Il frémira d'apprendre, en marchant sur nos villes,
Que dix mille après nous y sont prêts pour la mort.
Mais, que dis-je? dix mille! O généreux transport!
Notre exemple en héros va féconder la Grèce!
Un cri vengeur succède au cri de sa détresse :
Patrie! indépendance! A ce cri tout répond
Des monts de Messénie aux mers de l'Hellespont,
Et cent mille héros, qu'un saint accord anime,
S'arment en attestant notre mort unanime.
Au bruit de leurs serments, sur ces rochers sacrés,
Réveillez-vous alors, ombres qui m'entourez!
Voyez, en fugitif, sur une frêle barque,

L'Hellespont emporter ce superbe monarque,
Et la Grèce, éclipsant ses exploits les plus beaux,
Rassurer son olympe au pied de nos tombeaux !...
Alors, du temps fameux levant les voiles sombres,
Le voyageur sur Sparte évoquera nos ombres,
Et de Léonidas et de ses compagnons,
Les échos n'auront pas oublié les grands noms !

AIMÉ-MARTIN (Louis). — Né en 1786, mort en 1847. Ce fut un poëte et un prosateur fort distingué. Ses ouvrages les plus remarquables, destinés pour la plupart à la jeunesse, sont les *Lettres sur la physique*, l'*Éducation des mères*, l'*Essai sur les ouvrages et la vie de Bernardin de Saint-Pierre*.

LE CHEVALIER

Honneur au chevalier qui s'arme pour la France !
Dans les champs de l'honneur il reçut la naissance ;
Bercé dans un écu, dans un casque allaité,
Déchirant des lions le flanc ensanglanté,
Il marche sans repos où la gloire l'appelle :
A l'aspect du combat son visage étincelle,
L'amour arme son bras, et l'honneur le conduit.
Il paraît, tout frissonne ; il combat, tout s'enfuit.
Au sein de la tempête étendu sur la terre,
Il dort paisiblement au fracas du tonnerre ;
Et, lorsque la poussière, en épais tourbillons,
Cache des ennemis les sanglants bataillons,
Lui seul les voit encore et s'élance avec joie,
Semblable à l'aigle altier qui découvre sa proie,
Et qui, dans sa fureur, plongeant du haut des cieux,
La frappe, la saisit, la déchire à nos yeux.
Les montagnes, les bois et les mers orageuses,
Des Sarrasins vaincus les rives malheureuses,
Ont retenti souvent du bruit de ses exploits ;
Il venge la faiblesse, il protége les rois.
Vingt troupes de guerriers devant lui dispersées,
Les coursiers effrayés, les armes fracassées,
Comblent tous les désirs de son cœur belliqueux ;
Et voilà ses plaisirs, ses fêtes et ses jeux.

MILLEVOYE (Ch.-H.). — Né en 1782, mort en 1816. Il quitta le barreau pour se livrer à la poésie. Ses œuvres nombreuses sont empreintes d'une profonde mélancolie, frappante surtout dans les dernières élégies qu'il composa aux approches d'une mort prématurée.

LA CHUTE DES FEUILLES

De la dépouille de nos bois,
L'automne avait jonché la terre :
Le bocage était sans mystère,
Le rossignol était sans voix.

Triste et mourant, à son aurore,
Un jeune malade, à pas lents,
Parcourait une fois encore
Le bois cher à ses premiers ans.

«Bois que j'aime! adieu... Je succombe,
Votre deuil me prédit mon sort;
Et dans chaque feuille qui tombe
Je vois un présage de mort.
Fatal oracle d'Épidaure,
Tu m'as dit : « Les feuilles des bois
« A tes yeux jauniront encore,
« Mais c'est pour la dernière fois.
« L'éternel cyprès t'environne :
« Plus pâle que la pâle automne,
« Tu t'inclines vers le tombeau.
« Ta jeunesse sera flétrie
« Avant l'herbe de la prairie,
« Avant les pampres du coteau. »
Et je meurs!... De leur froide haleine
M'ont touché les sombres autans :
Et j'ai vu comme une ombre vaine
S'évanouir mon beau printemps.

Tombe, tombe, feuille éphémère!
Voile aux yeux ce triste chemin;
Cache au désespoir de ma mère
La place où je serai demain.
Mais, vers la solitaire allée
Si mon amante échevelée
Venait pleurer quand le jour fuit,
Éveille par ton léger bruit
Mon ombre un instant consolée! »

Il dit, s'éloigne... et sans retour!..
La dernière feuille qui tombe
A signalé son dernier jour.
Sous le chêne on creusa sa tombe...
Mais son amante ne vint pas
Visiter la pierre isolée.
Et le pâtre de la vallée
Troubla seul du bruit de ses pas
Le silence du mausolée.

PRIEZ POUR MOI

Dans la solitaire bourgade,
Rêvant à ses maux tristement,
Languissait un pauvre malade
D'un long mal qui va consumant.
Il disait : « Gens de la chaumière,
Voici l'heure de la prière
Et les tintements du beffroi :
Vous qui priez, priez pour moi.

Mais quand vous verrez la cascade
Se couvrir de sombres rameaux,
Vous direz : « Le jeune malade
« Est délivré de tous ses maux! »
Lors revenez sur cette rive
Chanter la complainte naïve :
Et, quand tintera le beffroi,
Vous qui priez, priez pour moi.

Quand à la haine, à l'imposture,
J'oppose mes mœurs et le temps,
D'une vie honorable et pure
Le terme approche, je l'attends.
Il fut court, mon pèlerinage ;
Je meurs au printemps de mon âge,
Mais du sort je subis la loi :
Vous qui priez, priez pour moi.

Ma compagne, ma seule amie,
Digne objet d'un constant amour!
Je t'avais consacré ma vie,
Hélas! et je ne vis qu'un jour.
Plaignez-la, gens de la chaumière,
Lorsqu'à l'heure de la prière
Elle viendra sous le beffroi
Vous dire aussi : « Priez pour moi. »

GUIRAUD (P.-M.-T.-A, baron de). — Né en 1788, mort en 1847.
membre de l'Académie française, poëte et prosateur distingué.

LA SŒUR GRISE

J'ai laissé pour toujours la maison paternelle;
Mes jeunes sœurs pleuraient, ma pauvre mère aussi.
Ah ! qu'un regret tardif me rendait criminelle!
Ne suis-je pas heureuse ici ?...

Ne m'abandonne pas, toi qui m'as appelée;
Dieu, qui mourus pour nous, mon Dieu, je t'appartiens!
Et moi, qui console et soutiens,
J'ai besoin d'être consolée.

Ignorante du monde avant de le quitter,
          Je ne le hais point ; et peut-être
(Un mourant me l'a dit) j'aurais dû le connaître,
          Pour ne jamais le regretter.

Quand je me sens reprendre à sa joie éphémère,
          Faible encor du dernier adieu,
          J'embrasse ta croix, ô mon Dieu !...
          Je n'embrasserai plus ma mère.

Souvenirs de bonheur, que voulez-vous de moi ?
Que vous sert de troubler ma retraite profonde ?
          Et qu'ai-je à faire avec le monde,
Dont le nom seul ici doit me glacer d'effroi ?

Ici, la charité remplit mes chastes heures ;
Le malheureux bénit ma main qui le défend :
Je nourris l'orphelin d'espérances meilleures :
Ta servante, ô mon Dieu, dans ces tristes demeures,
Est l'enfant du vieillard, la mère de l'enfant.
Et, tandis que mes sœurs à de nouvelles fêtes
          Vont peut-être se préparer,
Que de fleurs, dont ma mère aimait à me parer,
          Elles vont couronner leurs têtes,
Moi, je veille et je prie... et ne dois point pleurer.

O de mes premiers jours images trop fidèles !
Mes songes quelquefois me rendent vos douceurs ;
Ma bouche presse encor les lèvres maternelles,
Et même au bal joyeux je suis mes jeunes sœurs,
          Le front ceint de roses, comme elles.

          Vaine illusion d'un instant,
Dont le charme confus et gracieux m'éveille !...
Mais la cloche plaintive a frappé mon oreille ;
A son lit de douleur le malade m'attend.

          Là, naguère une pauvre fille
Me disait en pleurant : « Dieu finit nos malheurs :
          J'étais orpheline, et je meurs
          Sans avoir connu ma famille. »
Moi, j'ai quitté la mienne... Et nous mêlons nos pleurs.
J'avais une famille, et pourtant je l'oublie ;
          Et mon cœur bat d'un noble orgueil
Quand le pauvre a pressé de sa main affaiblie
Ma main qui doucement l'accompagne au cercueil.

Consolé par ma voix à son heure suprême,
Bien souvent le pécheur s'endort moins agité.
Que dis-je ? le mourant me console lui-même
De ce monde si vain qu'avant lui j'ai quitté.
Et, lorsque dans ses yeux une dernière flamme
Révèle un saint espoir, né d'une ardente foi,
Je recommande à Dieu de recevoir son âme,
          Au mourant de prier pour moi !

CHAPITRE III

PROSATEURS ET MORCEAUX

VOLTAIRE. (Voir les poëtes, chapitre deuxième.)

LOUIS XIV ET GUILLAUME III

(*Siècle de Louis XIV.*)

Guillaume III laissa la réputation d'un grand politique, quoiqu'il n'eût point été populaire, et d'un général à craindre, quoiqu'il eût perdu beaucoup de batailles. Toujours mesuré dans sa conduite, et jamais vif que dans un jour de combat, il ne régna paisiblement en Angleterre que parce qu'il ne voulut pas y être absolu. On l'appelait, comme on sait, le stathouder des Anglais et le roi des Hollandais. Il savait toutes les langues de l'Europe, et n'en parlait aucune avec agrément, ayant beaucoup plus de réflexion dans l'esprit que d'imagination. Son caractère était en tout l'opposé de Louis XIV: sombre, retiré, sévère, sec, silencieux, autant que Louis était affable...
Louis faisait la guerre en roi, et Guillaume en soldat. Il avait combattu contre le grand Condé et contre Luxembourg, laissant la victoire indécise entre Condé et lui à Séneffe, et réparant en peu de temps ses défaites à Fleurus, à Steinkerke, à Neerwinden; aussi fier que Louis XIV, mais de cette fierté triste et mélancolique qui rebute plus qu'elle n'impose. Si les beaux-arts fleurirent en France par les soins de son roi, ils furent négligés en Angleterre, et l'on ne connut plus qu'une politique dure et inquiète, conforme au génie du prince. Ceux qui estiment plus le mérite d'avoir défendu sa patrie, et l'avantage d'avoir acquis un royaume sans aucun droit de la nature, de s'y être maintenu sans être aimé, d'avoir gouverné continuellement la Hollande sans la subjuguer, d'avoir été l'âme et le chef de la moitié de l'Europe, d'avoir eu les ressources d'un général et la valeur d'un soldat, de n'avoir jamais persécuté personne, d'avoir été simple et modeste dans ses mœurs, ceux-là sans doute donneront le nom de *grand* à Guillaume plutôt qu'à Louis. Ceux qui sont plus touchés des plaisirs et de l'éclat d'une cour brillante, de la magnificence, de la protection donnée aux arts, du zèle pour le bien public, de la passion pour la gloire, du talent de régner; qui sont plus frappés de cette hauteur avec laquelle des ministres et des généraux ont ajouté des provinces à la France, sur un ordre de leur roi; qui s'étonnent davantage d'avoir vu un seul État résister à tant de puissance; ceux qui estiment plus un roi de France qui sait donner l'Espagne à son petit-fils, qu'un gendre qui détrône son beau-père; enfin ceux qui admirent plus le protecteur que le persécuteur du roi Jacques, ceux-là donneront à Louis XIV la préférence.

CHARLES XII ET PIERRE LE GRAND

(*Histoire de Charles XII.*)

Ce fut le 8 juillet de l'année 1709 que se donna cette bataille décisive de Pultava, entre les deux plus singuliers monarques qui fussent alors dans le monde : Charles XII, illustre par neuf années de victoires ; Pierre Alexiowitz, par neuf années de peines prises pour former des troupes égales aux troupes suédoises; l'un glorieux d'avoir donné des États, l'autre d'avoir civilisé les siens; Charles aimant les dangers et ne combattant que pour la gloire; Alexiowitz ne fuyant point le péril et ne faisant la guerre que pour ses intérêts; le monarque suédois libéral par grandeur d'âme, le Moscovite ne donnant jamais que par quelque vue; celui-là d'une sobriété et d'une continence sans exemple, d'un naturel magnanime, et qui n'avait été barbare qu'une fois; celui-ci n'ayant pas dépouillé la rudesse de son éducation et de son pays, aussi terrible à ses sujets qu'admirable aux étrangers, et trop adonné à des excès qui ont même abrégé ses jours. Charles avait le titre d'Invincible, qu'un moment pouvait lui ôter; les nations avaient déjà donné à Pierre Alexiowitz le nom de Grand, qu'une défaite ne pouvait lui faire perdre, parce qu'il ne le devait pas à des victoires.

DE L'ÉLOQUENCE

Cicéron distingue le genre simple, le tempéré et le sublime. Rollin a suivi cette division dans son *Traité des études* ; et, ce que Cicéron ne dit pas, il prétend que le tempéré est une belle rivière ombragée de vertes forêts des deux côtés; le simple, une table servie proprement, dont tous les mets sont d'un goût excellent, et dont on bannit tout raffinement; que le sublime foudroie, et que c'est un fleuve impétueux qui renverse tout ce qui lui résiste.

Sans se mettre à cette table, et sans suivre ce foudre, ce fleuve et cette rivière, tout homme de bon sens voit que l'éloquence simple est celle qui a des choses simples à exposer, et que la clarté et l'élégance sont tout ce qui lui convient. Il n'est pas besoin d'avoir lu Aristote, Cicéron et Quintilien pour sentir qu'un avocat qui débute par un exorde pompeux au sujet d'un mur mitoyen, est ridicule : c'était pourtant le vice du barreau jusqu'au milieu du XVIIᵉ siècle; on disait avec emphase des choses triviales; on pourrait compter des volumes de ces exemples; mais tous se réduisent à ce mot d'un avocat, homme d'esprit, qui, voyant que son adversaire parlait de la guerre de Troie et du Scamandre, l'interrompit en disant : « La cour observera que ma partie ne s'appelle pas Scamandre, mais Michaut. »

Le genre sublime ne peut regarder que de puissants intérêts, traités dans une grande assemblée : on en voit de vives traces dans le parlement d'Angleterre : on a quelques harangues qui y furent prononcées en 1739, quand il s'agissait de déclarer la guerre à l'Espagne. L'esprit de Démosthène et de Cicéron a dicté plusieurs traits de ces discours; mais ils ne passeront pas à la postérité comme ceux des Grecs et des Romains, parce qu'ils manquent de cet art et de ce charme de la diction qui mettent le sceau de l'immortalité aux bons ouvrages.

Le genre tempéré est celui de ces discours d'appareil, de ces harangues publiques, de ces compliments étudiés, dans lesquels il faut couvrir de fleurs la futilité de la matière.

Ces trois genres rentrent encore souvent l'un dans l'autre, ainsi que les trois objets de l'éloquence qu'Aristote considère, et le grand mérite de l'orateur est de les mêler à propos.

ATHÉISME

Otez aux hommes l'opinion d'un Dieu rémunérateur et vengeur : Sylla et Marius se baignent alors avec délices dans le sang de leurs concitoyens ; Auguste, Antoine et Lépide surpassent les fureurs de Sylla; Néron ordonne de sang-froid le meurtre de sa mère. Il est certain que la doctrine d'un Dieu vengeur était alors éteinte chez les Romains. L'athée, fourbe, ingrat, calomniateur, brigand, sanguinaire, raisonne et agit conséquemment, s'il est sûr de l'impunité de la part des hommes; car, s'il n'y a pas de Dieu, ce monstre est son dieu à lui-même : il s'immole tout ce qu'il désire, ou tout ce qui lui fait obstacle; les prières les plus tendres, les meilleurs raisonnements ne peuvent pas plus sur lui que sur un loup affamé.

Une société particulière d'athées qui ne se disputent rien, et qui perdent doucement leurs jours dans les amusements de la volupté, peut durer quelque temps sans trouble; mais, si le monde était gouverné par des athées, il vaudrait autant être sous le joug immédiat ces êtres informes qu'on nous peint acharnés contre leurs victimes.

A M. HELVÉTIUS

Cirey, 25 février 1739.

Mon cher ami, l'ami des Muses et de la vérité, votre épître est pleine d'une hardiesse de raison bien au-dessus de votre âge, et plus encore de nos lâches et timides écrivains qui riment pour leurs libraires, misérables oiseaux à qui on rogne les ailes; qui veulent s'élever, et qui retombent en se cassant les jambes. Vous avez un génie mâle, et votre ouvrage étincelle d'imagination. J'aime mieux quelques-unes de vos sublimes fautes que les médiocres beautés dont on nous veut affadir. Si vous me permettez de vous dire en général ce que je pense pour les progrès qu'un si bel art peut faire entre vos mains, je vous dirai : « Craignez, en atteignant le grand, de sauter au gigantesque; n'offrez que des images vraies et servez-vous toujours du mot propre. Voulez-vous une petite règle infaillible pour les vers? la voici : Quand une pensée est juste et noble, il n'y a encore rien de fait; il faut voir si la manière dont vous l'exprimez en vers serait belle en prose; et si votre vers, dépouillé de la rime et de la césure, vous paraît alors chargé d'un mot superflu; s'il y a dans la construction le moindre défaut; si une conjonction est oubliée; enfin, si le mot le plus propre n'est pas employé, ou s'il n'est pas à sa place, concluez alors que l'or de cette pensée n'est pas bien enchâssé. Soyez sûr que des vers qui auront l'un de ces défauts ne se retiendront jamais par cœur et ne se feront jamais relire; et il n'y a de bons vers que ceux qu'on relit et qu'on retient malgré soi. Il y en a beaucoup de cette espèce dans votre épître, tels que personne n'en peut faire à votre âge, et tels qu'on en faisait il y a cinquante ans. Ne craignez donc point d'honorer le Parnasse de vos talents; ils vous honoreront sans doute, parce que vous ne négligerez jamais vos devoirs; et puis voilà de plaisants devoirs! Les fonctions de votre état ne sont-elles pas quelque chose de bien difficile pour une âme comme la vôtre? Cette besogne se fait sur règle la dépense de sa maison et le livre de son maître d'hôtel. Quoi! pour être fermier général, on n'aurait pas la liberté de penser! Eh! vraiment! Atticus était fermier général, les chevaliers romains étaient fermiers généraux, et pensaient en Romains. Continuez donc, Atticus.

A MADAME DENIS, SA NIÈCE

Nous voilà dans la retraite de Postdam : le tumulte des fêtes est passé, mon âme en est plus à son aise : je ne suis pas fâché de me trouver auprès d'un roi qui n'a ni cour ni conseil. Il est vrai que Postdam est habité par des moustaches et des bonnets de grenadier; mais, Dieu merci! je ne les vois point. Je travaille paisiblement dans mon appartement au son du tambour. Je me suis retranché les dîners du roi; il y a trop de généraux et trop de princes. Je ne pouvais m'accoutumer à être toujours vis-à-vis d'un roi en cérémonie, et à parler en public. Je soupe avec lui en plus petite compagnie. Je mourrais au bout de trois mois, de chagrin et d'indigestion, s'il fallait dîner tous les jours avec un roi en public.

Il n'est plus question de mon voyage d'Italie. Je vous ai sacrifié sans remords la ville souveraine : j'aurais dû peut-être vous sacrifier Postdam. Qui m'aurait dit, il y a sept ou huit mois, quand j'arrangeais ma maison avec vous à Paris, que je m'établirais à trois cents lieues dans la maison d'un autre? et cet autre est un maître. Il m'a bien juré que je ne m'en repentirais pas ; il vous a comprise, ma chère enfant, dans une espèce de contrat qu'il a signé avec moi, et que je vous enverrai ; mais viendrez-vous gagner votre douaire de quatre mille livres?

Il est plaisant que les mêmes gens de lettres de Paris qui auraient voulu *m'exterminer* il y a un an, crient actuellement contre mon éloignement, et l'appellent désertion. Il semble qu'on soit fâché d'avoir perdu sa victime. J'ai très-mal fait de vous quitter ; mon cœur me le dit tous les jours plus que vous ne pensez ; mais j'ai très-bien fait de m'éloigner de ces messieurs-là.

Je vous embrasse avec tendresse et avec douleur.

A M. LEBRUN

Ferney, 6 octobre 1860.

Je vous ferais, monsieur, attendre ma réponse quatre mois au moins, si je prétendais la faire en aussi beaux vers que les vôtres. Il faut me borner à vous dire en prose combien j'aime votre ode et votre proposition.

Il convient assez qu'un vieux soldat du grand Corneille tâche d'être utile à la petite-fille de son général. Quand on bâtit des châteaux et des églises, et qu'on a des parents pauvres à soutenir, il ne reste guère de quoi faire ce qu'on voudrait pour une personne qui ne doit être secourue que par les plus grands du royaume.

Je suis vieux ; j'ai une nièce qui aime tous les arts, et qui réussit dans quelques-uns : si la personne dont vous me parlez, et que vous connaissez sans doute, voulait accepter auprès de ma nièce l'éducation la plus honnête, elle en aurait soin comme de sa fille, et je chercherais à lui servir de père. Le sien n'aurait absolument rien à dépenser pour elle. On lui payerait son voyage jusqu'à Lyon. Elle serait adressée à Lyon, à M. Tronchin, qui lui fournirait une voiture jusqu'à mon château ; ou bien une femme irait la prendre dans mon équipage. Si cela convient, je suis à vos ordres ; et j'espère avoir à vous remercier jusqu'au dernier jour de ma vie de m'avoir procuré l'honneur de faire ce que devait faire M. de Fontenelle. Une partie de l'éducation de cette demoiselle serait de nous voir jouer quelquefois les pièces de son grand-père, et nous lui ferions broder les sujets de Cinna et du Cid.

J'ai l'honneur d'être.....

LEBEAU (Charles). — Né en 1701, mort en 1778. Après avoir exercé avec dignité les fonctions de professeur, il aida à la publication de l'*Anti-Lucrèce*, et devint secrétaire perpétuel de l'Académie des inscriptions et belles-lettres, et professeur d'éloquence au collége de France. Il fit des poésies latines, des *Éloges* et l'*Histoire du Bas-Empire*.

HORMISDAS A SES SUJETS RÉVOLTÉS

Témoin et auteur de mes maux, votre prisonnier est votre roi. Je ne vois plus que l'insulte dans ces regards où je voyais le respect et la crainte. Adoré jusqu'à ce jour, revêtu de la pourpre la plus éclatante, maître du plus puissant empire qu'éclaire le soleil, le dieu suprême de la Perse, me voilà chargé de fers, couvert d'opprobres, réduit à la plus affreuse misère. Je vous suis odieux, et votre haine vous persuade que je mérite ces horribles traitements; mais qu'ont mérité mes ancêtres, ces monarques victorieux, fondateurs de cet empire, qui ont transmis à leur postérité les droits qu'ils ont acquis à vos respects par leurs actions immortelles? Les outrages dont vous m'accablez retombent sur eux : oui, tous les Sassanides gémissent avec moi couchés dans la poussière. Les Artaxerxès, les Sapor, les Chosroës, tremblent avec moi sous les regards d'un geôlier, ils attendent le bourreau.

Mais, si les droits les plus sacrés sont effacés de nos cœurs, si les lois n'ont plus de pouvoir, si vous foulez aux pieds la majesté souveraine, la justice, la reconnaissance, écoutez encore une fois votre prince, écoutez mon amour pour la Perse; il respire encore malgré vos outrages, et il ne s'éteindra qu'avec moi. Satrapes et seigneurs, vous tenez entre vos bras les colonnes du plus puissant, du plus ancien empire de l'univers : la révolte les ébranle aujourd'hui, c'est à vous de les affermir; c'est à vous de soutenir ce vaste édifice, dont la chute vous écraserait. Que deviendra votre pouvoir, s'il ne reste plus d'obéissance? Serez-vous plus grands, si tout se dérobe sous vos pieds? La sédition confond les rangs; elle élève la poussière des États; elle rompt cette chaîne politique qui descend du prince jusqu'au dernier de ses sujets. Il faut qu'un vaisseau périsse, si chacun des matelots s'érige en pilote, et ne prend l'ordre que de son caprice. Vous êtes maintenant agités d'une violente tempête; Varane a les armes à la main; il débauche vos troupes, il soulève vos provinces, il menace d'envahir, de mettre à feu et à sang la Perse entière. Quel moment choisissez-vous pour vous défaire de votre roi? Jamais un chef ne vous fut plus nécessaire. Et ce chef, sera-ce Chosroës? Je sais que vous jetez les yeux sur lui. Croyez-en celui qui l'a vu naître, celui qui a vu croître ses inclinations perverses que les soins paternels n'ont pu réformer. Faut-il que j'accuse mon fils! mais ce fils malheureux serait le fléau de la Perse. Jamais je n'aperçus en lui aucun des caractères de la majesté royale : sans génie, sans élévation dans l'âme, esclave de ses passions, impétueux dans ses désirs, livré sans réflexion à tous ses caprices, emporté, intraitable, inhumain, aussi avide d'argent qu'indifférent pour l'honneur et la gloire, ennemi de la paix, également incapable de se gouverner et d'écouter un bon conseil: jugez des qualités de son cœur par cet air sombre et farouche qu'il porte dans ses regards.

Si vous êtes obstinés à changer de prince, si vous ne pouvez souffrir Hormisdas, il vous offre un roi : c'est un frère de Chosroës; mais il ne l'est pas d'esprit et de caractère. Plus heureux qu'Hormisdas, plus digne de régner que Chosroës, il fera revivre tous ces monarques sages et généreux dont la mémoire vous est précieuse. Hélas! j'ai marché sur leurs traces. N'ai-je pas étendu leurs conquêtes? Interrogez les Turcs, qui vous payent aujourd'hui le tribut qu'ils vous avaient imposé; interrogez les Dilimnites, que j'ai forcés dans leurs montagnes à plier sous le joug qu'ils refusaient de porter; interrogez les Romains, qui pleurent la perte de Martyropolis.

Mais oubliez tous mes triomphes; ce n'est plus à mes yeux qu'un songe brillant, qui ne me laisse que la misère et l'attente d'une mort cruelle. Je consens à m'oublier moi-même. C'est à vous à prendre un parti dont la Perse n'ait pas à se repentir!

BRIDAINE (Jacques). — Né en 1701, mort en 1767. Ce prédicateur fut surtout remarquable par son zèle ardent pour le salut des âmes. Il avait une éloquence énergique qui remuait profondément les cœurs ; et ses sermons étaient improvisés.

LE SALUT

(Sermon sur l'éternité.)

A la vue d'un auditoire si nouveau pour moi, il semble, mes frères, que je ne devrais ouvrir la bouche que pour vous demander grâce en faveur d'un pauvre missionnaire, dépourvu de tous les talents que vous exigez quand on vient vous parler de votre salut. J'éprouve cependant aujourd'hui un sentiment bien différent ; et, si je me sens humilié, gardez-vous de croire que je m'abaisse aux misérables inquiétudes de la vanité. A Dieu ne plaise qu'un ministre du ciel pense jamais avoir besoin d'excuse auprès de vous ! car, qui que vous soyez, vous n'êtes tous, comme moi, au jugement de Dieu, que des pécheurs. C'est donc uniquement devant votre Dieu et le mien que je me sens pressé dans ce moment de frapper ma poitrine.

Jusqu'à présent j'ai publié les justices du Très-Haut dans des temples couverts de chaume ; j'ai prêché les rigueurs de la pénitence à des infortunés dont la plupart manquent de pain ; j'ai annoncé aux bons habitants des campagnes les vérités les plus effrayantes de ma religion. Qu'ai-je fait, malheureux ! j'ai contristé les pauvres, les meilleurs amis de mon Dieu ; j'ai porté l'épouvante et la douleur dans ces âmes simples et fidèles que j'aurais dû plaindre et consoler ?

C'est ici, où mes regards ne tombent que sur des grands, sur des riches, sur des oppresseurs de l'humanité souffrante, ou sur des pécheurs audacieux et endurcis : ah ! c'est ici seulement, au milieu de tant de scandales, qu'il fallait faire retentir la parole sainte dans toute la force de son tonnerre, et placer avec moi dans cette chaire, d'un côté, la mort qui vous menace, et de l'autre, mon grand Dieu qui doit tous vous juger. Je tiens déjà dans ce moment votre sentence à la main : tremblez donc devant moi, hommes superbes et dédaigneux qui m'écoutez ! L'abus ingrat de toutes les espèces de grâces, la nécessité du salut, la certitude de la mort, l'incertitude de cette heure si effroyable pour vous, l'impénitence finale, le jugement dernier, le petit nombre des élus, l'enfer, et, par-dessus tout, l'éternité : voilà les sujets dont je viens vous entretenir, et que j'aurais dû réserver pour vous seuls.

Eh ! qu'ai-je besoin de vos suffrages, qui me damneraient peut-être sans vous sauver ? Dieu va vous émouvoir, tandis que son indigne ministre vous parlera ; car j'ai acquis une longue expérience de ses miséricordes. C'est lui-même, c'est lui seul qui, dans quelques instants, va remuer le fond de vos consciences. Frappés aussitôt d'effroi, pénétrés d'horreur pour vos iniquités passées, vous viendrez vous jeter entre les bras de ma charité en versant des larmes de componction et de repentance, et, à force de remords, vous me trouverez assez éloquent.

POULLE (Louis). — Né en 1702, mort en 1781. Il fut poëte d'abord, entra dans la magistrature et la quitta pour le sacerdoce et la prédication. Bientôt, malgré la corruption du goût, il excella dans ce dernier genre. «L'abbé Poulle, a dit la Harpe, éblouit beaucoup plus qu'il ne persuade ; mais il entraîne dans certains moments par la vivacité des tours et des figures. »

LES AMIS DANS L'ADVERSITÉ

Dans la prospérité connaît-on les hommes? Je le demande aux grands de la terre. Leur exemple est plus frappant, et donnera plus de force à cette vérité. Vous avez du crédit; le vent de la faveur vous porte, vous élève, vous soutient : n'attendez des hommes que complaisances, soins assidus, louanges éternelles, envie de vous plaire. Vous les prenez pour autant d'amis? Ne précipitez pas votre jugement : dans peu, vous lirez au fond de leur cœur, mais il vous en coûtera votre fortune. Ce moment critique arrive; un revers imprévu hâte votre chute : tout s'ébranle, tout s'agite, tout fuit, tout vous abandonne. — Quoi! ces esclaves toujours attachés à mes pas? — Ils vous punissent de leurs humiliations passées. — Quoi! ces flatteurs qui canonisaient toutes mes actions? — Vous n'avez pas de quoi payer leur encens; vous n'êtes plus digne qu'ils vous trompent. — Quoi! ces magistrats que j'avais comblés de bienfaits? — Ils n'espèrent plus rien de vous, ils vont vendre ailleurs leur présence et leurs hommages. — Quoi! ces confidents, les dépositaires de mes secrets? — Ils ont abusé de votre confiance pour travailler plus sûrement à votre ruine. Comptez à présent tous ceux qui sont restés autour de vous, et qui vous demeurent fidèles après l'orage : voilà vos amis! vous n'en eûtes jamais d'autres. Le monde n'est rempli que de ces âmes basses et vénales qui se livrent au plus puissant; de ces courtisans mercenaires, prostitués à la fortune, et toujours courbés devant l'autel où se distribuent les grâces. Renversez l'idole qu'ils adorent, ils la maudiront. Mettez à sa place telle autre idole qu'il vous plaira, ils l'adoreront. O honte de l'humanité! dans le siècle où nous sommes, on pardonne plus aisément des injustices qu'une disgrâce. Un homme perdu d'honneur, s'il est puissant, trouvera mille approbateurs; un homme vertueux et sans tache, s'il est malheureux, ne trouvera pas un seul consolateur.

Duclos (Charles, Bineau). — Né en 1704, mort en 1772. Il abandonna le genre du roman pour se livrer à des travaux historiques et philosophiques, tels que l'*Histoire de Louis XI*, *Considérations sur les mœurs*, « l'ouvrage d'un honnête homme, » disait Louis XV, des mémoires, etc. Il fut admis à l'Académie française.

LES FRANÇAIS
(Mœurs du xviiiᵉ siècle.)

C'est le seul peuple dont les mœurs peuvent se dépraver sans que le fond du cœur se corrompe ni que le courage s'altère; il allie les qualités héroïques avec le plaisir, le luxe et la mollesse : ses vertus ont peu de consistance, ses vices n'ont point de racines. Le caractère d'Alcibiade n'est pas rare en France. Le dérèglement des mœurs et de l'imagination ne donne point atteinte à la franchise, à la bonté naturelle du Français. L'amour-propre contribue à le rendre aimable; plus il croit plaire, plus il a de penchant à aimer. La frivolité qui nuit au développement de ses talents et de ses vertus le préserve en même temps des crimes noirs et réfléchis. La perfidie lui est étrangère, et il est bientôt fatigué de l'intrigue. Le Français est l'enfant de l'Europe. Si l'on a quelquefois vu parmi nous des crimes odieux, ils ont disparu plutôt par le caractère national que par la sévérité des lois.

31

LOUIS XII

Louis XII, un des meilleurs, et par conséquent un des plus grands rois que la France ait eus, fut accusé d'avarice, parce qu'il ne foulait pas les peuples pour enrichir des favoris sans mérite. Le peuple doit être le favori d'un roi; et les princes n'ont droit au superflu que quand les peuples ont le nécessaire. Les reproches qu'on pouvait lui faire ne prouvaient que sa bonté. On porta l'insolence jusqu'à le jouer sur le théâtre : « J'aime mieux, dit ce prince honnête homme, que mon avarice les fasse rire, que si elle les faisait pleurer. » Il ajoutait : « Leurs plaisanteries prouvent ma bonté; car ils n'oseraient pas les faire sous tout autre prince. » Il avait raison ; les reproches des courtisans valent souvent des éloges, et des éloges sont des piéges.

PENSÉES CHOISIES

La fierté du cœur est l'attribut des honnêtes gens; la fierté des manières est celle des sots; la fierté de la naissance et du rang est souvent la fierté des dupes.

Les grands, qui écartent les hommes à force de politesse sans bonté, ne sont bons qu'à être écartés eux-mêmes à force de respect sans attachement.

Une des premières vertus sociales est de tolérer dans les autres ce qu'on doit s'interdire à soi-même.

Les âmes sensibles ont plus d'existence que les autres.

L'orgueil fait faire autant de bassesses que l'intérêt.

Le peuple doit être le favori d'un roi.

L'ignorant est semblable à une toile blanche, sur laquelle le peintre peut appliquer ce qu'il lui plaît ; et le demi-savant est comme une toile sur laquelle un mauvais peintre a ébauché des figures estropiées qu'il est presque impossible de corriger.

BUFFON (G.-L., Leclerc, comte de). — Né en 1707, mort en 1788. Dès sa jeunesse, il se livra à l'étude des sciences, et il fut nommé à trente-deux ans intendant du Jardin du Roi et membre de l'Académie des sciences. Son *Histoire naturelle* le mit au premier rang des savants et des littérateurs : son style est resté le modèle de la dignité et de l'harmonie. Au milieu de ses œuvres, on reste embarrassé pour choisir, tant toutes les parties en sont belles et accomplies. Il fut admis à l'Académie française et put jouir de la vue de sa statue. «Aristote, dit Condorcet, semble n'avoir écrit que pour des savants, Pline pour les philosophes, M. de Buffon pour tous les hommes éclairés. »

INVOCATION A LA PAIX
(*Histoire naturelle.*)

Grand Dieu! dont la seule présence soutient la nature et maintient l'harmonie des lois de l'univers; vous qui, du trône immobile de l'Empyrée, voyez rouler sous vos pieds toutes les sphères célestes sans choc et sans confusion; qui, du sein du repos, reproduisez à chaque instant leurs mouvements immenses, et seul régissez dans une paix profonde ce nombre infini de cieux et de mondes; rendez, rendez enfin le calme à la terre agitée ! qu'elle soit dans le silence! qu'à votre voix la discorde et la guerre cessent de faire retentir leurs clameurs orgueilleuses !

Dieu de bonté, auteur de tous les êtres, vos regards paternels embrassent tous les objets de la création; mais l'homme est votre être de choix ; vous avez éclairé son âme d'un rayon de votre lumière immortelle ; comblez vos bienfaits en pénétrant son cœur d'un trait de votre amour : ce sentiment divin, se répandant partout, réunira les natures ennemies; l'homme ne craindra plus l'aspect de l'homme; le fer homicide n'armera plus sa main; le feu dévorant de la guerre ne fera plus tarir la source des générations; l'espèce humaine, maintenant affaiblie, mutilée, moissonnée dans sa fleur, germera de nouveau et se multipliera sans nombre; la nature, accablée sous le poids des fléaux, stérile, abandonnée, reprendra bientôt, avec une nouvelle vie, son ancienne fécondité ; et nous, Dieu bienfaiteur, nous la seconderons, nous la cultiverons, nous l'observerons sans cesse, pour vous offrir à chaque instant un nouveau tribut de reconnaissance et d'admiration.

LE STYLE

(*Discours de réception.*)

Les ouvrages bien écrits seront les seuls qui passeront à la postérité. La quantité des connaissances, la singularité des faits, la nouveauté même des découvertes, ne sont pas de sûrs garants de l'immortalité; si les ouvrages qui les contiennent ne roulent que sur de petits objets, s'ils sont écrits sans goût, sans noblesse et sans génie, ils périront; parce que les connaissances, les faits et les découvertes s'enlèvent aisément, se transportent, et gagnent même à être mis en œuvre par des mains plus habiles. Ces choses sont hors de l'homme; le style est l'homme même. Le style ne peut donc ni s'enlever, ni se transporter, ni s'altérer; s'il est élevé, noble, sublime, l'auteur sera également admiré dans tous les temps; car il n'y a que la vérité qui soit durable et même éternelle. Or, un beau style n'est tel, en effet, que par le nombre infini des vérités qu'il présente. Toutes les beautés intellectuelles qui s'y trouvent, tous les rapports dont il est composé, sont autant de vérités aussi utiles, et peut-être plus précieuses pour l'esprit humain, que celles qui peuvent faire le fond du sujet.

Le sublime ne peut être que dans les grands sujets. La poésie, l'histoire et la philosophie ont toutes le même objet, et un très-grand objet : l'homme et la nature. La philosophie décrit et dépeint la nature; la poésie la peint et l'embellit; elle peint aussi les hommes, elle les agrandit, elle les exagère, elle crée les héros et les dieux. L'histoire ne peint que l'homme, et le peint tel qu'il est; aussi le ton de l'historien ne deviendra sublime que quand il fera le portrait des plus grands hommes, quand il exposera les plus grandes actions, les plus grands mouvements, les plus grandes révolutions; et partout ailleurs il suffira qu'il soit majestueux et grave. Le ton du philosophe pourra devenir sublime toutes les fois qu'il parlera des lois et de la nature, des êtres en général, de l'espace, de la matière, du mouvement et du temps, de l'âme, de l'esprit humain, des sentiments, des passions; dans le reste, il suffira qu'il soit noble et élevé; mais le ton de l'orateur ou du poëte, dès que le sujet est grand, doit toujours être sublime, parce qu'ils sont les maîtres de joindre à la grandeur des sujets autant de couleurs, autant de mouvement, autant d'illusion qu'il leur plaît; et que, devant toujours peindre et agrandir les objets, ils doivent aussi partout employer toute la force et déployer l'étendue de leur génie.

LE CHEVAL

La plus noble conquête que l'homme ait jamais faite est celle de ce fier et fougueux animal, qui partage avec lui la fatigue et la gloire des combats : aussi intrépide que son maître, le cheval voit le péril et l'affronte ; il se fait au bruit des armes, il l'aime, il le cherche et s'anime de la même ardeur ; il partage aussi ses plaisirs ; à la chasse, aux tournois, à la course, il brille, il étincelle ; mais, docile autant que courageux, il ne se laisse point emporter à son feu, il sait réprimer ses mouvements ; non-seulement il fléchit sous la main qui le guide, mais il sait consulter ses désirs, et, obéissant toujours aux impulsions qu'il en reçoit, il se précipite, se modère ou s'arrête, et n'agit que pour y satisfaire : c'est une créature qui renonce à son être pour n'exister que par la volonté d'un autre, qui sait mieux la prévenir ; qui, par la promptitude et la précision de ses mouvements, l'exprime et l'exécute ; qui sent autant qu'on le désire, et ne rend qu'autant qu'on veut ; qui, se livrant sans réserve, ne se refuse à rien, sert de toutes ses forces, s'excède et même meurt pour mieux obéir.

L'OISEAU-MOUCHE

C'est dans les contrées les plus chaudes du nouveau monde que se trouvent toutes les espèces d'oiseaux-mouches ; elles sont assez nombreuses et paraissent confinées entre les deux tropiques, car ceux qui s'avancent en été dans les zones tempérées n'y font qu'un court séjour ; ils semblent suivre le soleil, s'avancer, se retirer avec lui, et voler sur l'aile des zéphirs à la suite d'un printemps éternel.

Rien n'égale la vivacité de ces petits oiseaux, si ce n'est leur courage ou plutôt leur audace ; on les voit poursuivre avec furie des oiseaux vingt fois plus gros qu'eux, s'attacher à leur corps, et, se laissant emporter par leur vol, les becqueter à coups redoublés, jusqu'à ce qu'ils aient assouvi leur petite colère. Quelquefois même ils se livrent entre eux de très-vifs combats. L'impatience parait être leur âme : s'ils s'approchent d'une fleur, et qu'ils la trouvent fanée, ils lui arrachent ses pétales avec une précipitation qui marque leur dépit. Ils n'ont pas d'autre voix qu'un petit cri fréquent et répété. Il le font entendre dans les bois dès l'aurore, jusqu'à ce qu'aux premiers rayons du soleil, tous prennent l'essor et se dispersent dans les campagnes.

LES DÉSERTS DE L'ARABIE PÉTRÉE

Qu'on se figure un pays sans verdure et sans eau, un pays brûlant, un ciel toujours sec, des plaines sablonneuses, des montagnes encore plus arides, sur lesquelles l'œil s'étend et le regard se perd sans pouvoir s'arrêter sur aucun objet vivant ; une terre morte, et, pour ainsi dire, écorchée par les vents, laquelle ne présente que des ossements, des cailloux jonchés, des rochers debout ou renversés, un désert entièrement découvert, où le voyageur n'a jamais respiré sous l'ombrage, où rien ne l'accompagne, rien ne lui rappelle la nature vivante : solitude absolue, mille fois plus affreuse que celle des forêts ; car les arbres sont encore des êtres pour l'homme qui se voit seul ; plus isolé, plus dénué, plus perdu dans ces lieux vides et sans bornes, il voit partout l'espace comme son tombeau : la lumière du jour, plus triste que l'ombre de la nuit, ne renait que pour éclairer sa nudité, son impuissance, et pour lui présenter l'horreur de sa situation, en reculant à ses yeux les barrières du vide, en étendant autour de lui l'abîme de l'immensité qui le sépare de la terre habitée : immensité qu'il tenterait en vain de parcourir; car la faim, la soif et la chaleur brûlante pressent tous les instants qui lui restent entre le désespoir et la mort.

BLANCHET (l'abbé). — Né en 1707, mort en 1784. Il se livra avec succès à la prédication, et fut bibliothécaire du roi à Versailles. Il était renommé pour l'esprit qu'il répandait sur une narration. Il a écrit des *Fables,* des *Contes* et les *Variétés morales et amusantes.*

L'ACADÉMIE SILENCIEUSE

Il y avait à Amadan une célèbre académie dont le premier statut était conçu en ces termes : « Les académiciens penseront beaucoup, écriront peu, et ne parleront que le moins qu'il sera possible.» On l'appelait l'académie silencieuse; et il n'était point en Perse de vrai savant qui n'eût l'ambition d'y être admis. Le docteur Zeb, auteur d'un petit livre excellent, intitulé le *Bâillon,* apprit, au fond de sa province, qu'il vaquait une place dans l'académie silencieuse. Il part aussitôt, arrive à Amadan ; et, se présentant à la porte de la salle où les académiciens sont assemblés, il prie l'huissier de re- mettre au président ce billet : « Le docteur Zeb demande humblement la place vacante. » L'huissier s'acquitta sur-le-champ de sa commission ; mais le docteur et son billet arrivaient trop tard ; la place était déjà remplie.

L'académie fut désolée de ce contre-temps. Elle avait reçu, un peu malgré elle, un bel esprit de la cour, dont l'éloquence vive et légère faisait l'admiration de toutes les ruelles, et elle se voyait réduite à refuser le docteur Zeb, le fléau des bavards, une tête si bien faite, si bien meublée! Le président, chargé d'annoncer au docteur cette nouvelle désagréable, ne pouvait presque s'y résoudre, et ne savait comment s'y prendre. Après avoir un peu rêvé, il fit remplir d'eau une grande coupe, mais si bien remplir, qu'une goutte de plus eût fait déborder la liqueur ; puis il fit signe qu'on introduisît le candidat. Il parut avec cet air simple et modeste qui annonce presque toujours le vrai mérite. Le président se leva, et, sans proférer une parole, il lui montra d'un air affligé la coupe emblématique, cette coupe si exactement pleine. Le docteur comprit de reste qu'il n'y avait plus de place à l'académie ; mais, sans perdre courage, il songeait à faire comprendre qu'un académicien sur- numéraire n'y dérangerait rien. Il voit à ses pieds une feuille de rose ; il la ramasse, il la pose délicatement sur la surface de l'eau, et fait si bien qu'il n'en échappe pas une seule goutte. A cette réponse ingénieuse, tout le monde battit des mains; on laissa dormir les règles pour ce jour-là, et le docteur Zeb fut reçu par acclamation. On lui présenta sur-le-champ le regis- tre de l'académie, où les récipiendaires devaient s'inscrire eux-mêmes. Il s'y inscrivit donc ; et il ne lui restait plus qu'à prononcer, selon l'usage, une phrase de remercîment ; mais, en académicien vraiment silencieux, le doc- teur Zeb remercia sans dire un mot. Il écrivit en marge le nombre 100 : c'était celui de ses nouveaux confrères; puis, en mettant un zéro devant le chiffre, il écrivit au-dessous: « Ils n'en vaudront ni moins ni plus (0100). » Le président répondit au modeste docteur avec autant de politesse que de pré- sence d'esprit. Il mit le chiffre zéro après le nombre cent, et écrivit : « Ils en vaudront dix fois davantage (1000) »

MABLY (G. Bonnot de). — Né en 1709, mort en 1785; neveu du cardinal de Tencin et frère de Condillac, il négligea le sacerdoce pour s'occuper de politique et d'histoire. Ses ouvrages, sévères et empreints de mauvaise humeur, sont dictés par un sentiment républicain fort prononcé : on cite particulièrement le *Parallèle des Romains et des Français* et les *Principes de morale*.

LA COUR DE CHARLEMAGNE

Que c'est un spectacle agréable pour qui connaît les devoirs de la société, d'examiner le ménage de Charlemagne ! Sa femme, impératrice et reine de presque toute l'Europe, comme une simple mère de famille, avait soin des meubles du palais et de la garde-robe de son mari, payait les gages des officiers, réglait les dépenses de la bouche et des écuries, et faisait à temps les provisions nécessaires à sa maison. De son côté, Charlemagne, vainqueur des Saxons et des Lombards, craint des empereurs de Constantinople, et respecté des Sarrasins en Asie et en Afrique, gouvernait ses domaines avec autant de prudence que l'État, veillait, avec économie, à ce qu'ils fussent cultivés avec soin, et ordonnait de vendre les légumes qu'il ne pouvait consommer.

Les hommes ne changent pas d'idées en un jour; plus nos préjugés sont bizarres et absurdes, plus ils ont de force contre notre raison. Les passions ont leur habitude qu'on ne détruit que très-lentement. Les progrès vers le bien doivent être souvent interrompus. Si Charlemagne eût voulu arracher brusquement les Français à leurs habitudes et à leurs préjugés, il n'eût fait que les révolter, au lieu de les éclairer. Il ne s'agissait pas de leur donner des lois parfaites en elles-mêmes, mais les meilleures qu'ils pussent exécuter. Voilà le chef-d'œuvre de la raison humaine, quand de la théorie elle passe à la pratique. Il faut louer dans le législateur des Français jusqu'aux efforts qu'il fit pour se rabaisser jusqu'à eux, et n'être sage qu'autant qu'il le fallait pour être utile.

BOCCAGE (Lepage, dame du). — Née en 1710, morte en 1802. Auteur d'une imitation de l'épopée de Milton, de la *Mort d'Abel*, de Gessner, et du poëme de la *Colombiade*, elle reçut les éloges de Voltaire et de Fontenelle.

A SA SŒUR
Rome, 22 août 1757.

Vous vous plaignez de ce que je ne vous parle pas du Capitole, ma chère sœur ; j'y fus hier exprès pour vous en dire un mot : vous chercherez le reste dans votre cabinet de livres. Vous vous étonnerez qu'il n'y reste de l'antique forteresse, du fameux temple de Jupiter Capitolin, de cinquante autres dont les auteurs font mention, qu'une prison du temps de Tullus Hostilius, à présent une chapelle. Le nouveau Capitole, bâti par Michel-Ange, a pour fondement l'ancien. Au pied du vaste escalier qui y conduit, la rampe porte deux fontaines fournies par des sphynx, et deux grands chevaux de marbre, tenus par Castor et Pollux, la couronnent. Sur la balustrade qui ferme la cour, vis-à-vis le palais, règnent les trophées de Marius, la colonne qui marquait le premier mille de la Via Appia, et les fils de Constantin en marbre. La statue équestre de Marc-Aurèle en bronze doré, déterrée près de Saint-Jean-de-Latran, où fut la maison de son aïeul Vérus, marque le centre de cette place. Jugez de la perfection de cette statue. Quand Carle Marate la voyait, il s'arrêtait; et, en repassant, disait au cheval : « Quoi ! tu restes encore à la même place ? Que ne marches-tu ? Oublies-tu que tu es en vie ? »

En descendant du Capitole, les restes du théâtre de Marcellus, bâtis par Balbus, s'offrent à la vue ; il sert d'enceinte au palais du cardinal des Ursins. Du lieu que je vous décris, Rome se découvre de la manière la plus enchanteresse. Nous arrivâmes d'assez bonne heure pour l'admirer de jour. Le superbe salon où nous étions forme un angle d'où les fenêtres présentent divers aspects rendus dans les glaces. On voit, d'un côté, la campagne et les Apennins, dont quelques cimes, dans le lointain, conservent en été leurs frimas ; de l'autre, la ville est sous les yeux au point d'y distinguer les passants. Nulle situation ne présente une vue si merveilleuse, non-seulement par la magnificence des dômes, obélisques, colonnes, palais, mais par la manière dont ces édifices sont distribués. Les sept ou neuf monticules qui les soutiennent, en les déployant par amphithéâtre, en accroissent l'étendue. Les pins des jardins d'une maison semblent sortir des toits de l'autre. Tout se voit, rien ne se nuit, la variété en fait le charme.

Quoique Rome soit bien vaste, comment tant d'édifices de pur agrément y trouvaient-ils place ? On y comptait deux cents temples ; il est vrai qu'aujourd'hui le nombre des églises va presque au double, et que les anciens n'en eurent jamais d'aussi spacieuses que Saint-Pierre, Saint-Paul, et nombre d'autres. Les fontaines, les places, occupent aussi un grand terrain. Rome moderne a peut-être autant de beautés que l'antique. Voici des vers à ce sujet, qu'il me prend envie d'ici vous traduire :

Qui voit les superbes débris	Qui voit les marbres, les lambris
De Rome antique qu'on déplore,	Dont l'art aujourd'hui la décore,
Peut dire : « Rome fut jadis. »	Peut dire : « Rome vit encore ! »

ROUSSEAU (Jean-Jacques). — Né en 1712, mort en 1778. Son éducation fut fort négligée et fut nourrie surtout de la lecture des romans. Il se vit successivement clerc de greffier, apprenti graveur, laquais, professeur de musique, précepteur, secrétaire d'ambassade et commis de finances. Il débuta dans les lettres en traitant cette question : *Le progrès des sciences et des arts a-t-il contribué à corrompre ou à épurer les mœurs ?* Il prit parti contre la civilisation et gagna le prix de l'académie de Dijon. Bientôt il composa l'opéra du *Devin de village*, la *Lettre sur la musique*, la comédie de *Narcisse*, un nouveau discours, sur l'*Inégalité*. Après un voyage à Genève, sa patrie, où il abjura le catholicisme, il vint se fixer à l'ermitage de Montmorency, et y composa la *Nouvelle Héloïse* et l'*Émile*. Ce dernier ouvrage le fit décréter de prise de corps à Paris et à Genève ; et, réfugié à Neuchâtel, il écrivit plusieurs défenses de son livre. De là il passe en Angleterre, revient en France et tombe dans une humeur mélancolique qui lui fait apercevoir des ennemis dans tous les hommes. Cependant, malgré le dévouement de plusieurs amis, sa misanthropie le rongeait : il mourut presque subitement, laissant pour héritage ses *Confessions*, œuvre rendue odieuse par le cynisme de l'auteur. Écrivain d'une sublime éloquence, Jean-Jacques cache sous une sensibilité qui paraît touchante une grande sécheresse de cœur, un égoïsme sans nom, les principes les plus subversifs, les plus immoraux et les plus contradictoires. Sa vie privée même n'a que l'apparence de la dignité et de l'honneur; il manqua à tous les devoirs de l'homme, du père et du citoyen. Il écrivit beaucoup d'autres ouvrages, en outre de ceux que nous avons nommés.

L'OMBRE DE FABRICIUS AUX ROMAINS

(Discours à l'Académie de Dijon.)

O Fabricius! qu'eût pensé votre grande âme, si, pour votre malheur, rappelé à la vie, vous eussiez vu la face pompeuse de cette Rome sauvée par votre bras, et que votre nom respectable avait plus illustrée que toutes ses conquêtes? « Dieux! eussiez-vous dit, que sont devenus ces toits de chaume et ces foyers rustiques qu'habitaient jadis la modération et la vertu? Quelle splendeur funeste a succédé à la simplicité romaine! Quel est ce langage étranger? Quelles sont ces mœurs efféminées? Que signifient ces statues, ces tableaux, ces édifices? Insensés! qu'avez-vous fait? Vous, les maîtres des nations, vous vous êtes rendus les esclaves des hommes frivoles que vous avez vaincus : ce sont des rhéteurs qui vous gouvernent; c'est pour enrichir des architectes, des peintres, des statuaires et des historiens, que vous avez arrosé de votre sang la Grèce et l'Asie. Les dépouilles de Carthage sont la proie d'un joueur de flûte!

« Romains, hâtez-vous de renverser ces amphithéâtres, brisez ces marbres, brûlez ces tableaux, chassez ces esclaves qui vous subjuguent, et dont les funestes arts vous corrompent. Que d'autres mains s'illustrent par de vrais talents; le seul talent digne de Rome est celui de conquérir le monde et d'y faire régner la vertu. Quand Cinéas prit notre sénat pour une assemblée de rois, il ne fut ébloui ni par une pompe vaine, ni par une élégance recherchée; il n'y entendit point cette éloquence frivole, l'étude et le charme des hommes futiles. Que vit donc Cinéas de majestueux? O citoyens! il vit un spectacle que ne donneront jamais vos richesses ni tous vos arts, le plus beau spectacle qui ait jamais paru sous le ciel, l'assemblée de deux cents hommes vertueux, dignes de commander à Rome et de gouverner la terre. »

LE DUEL

(*Nouvelle Héloïse.*)

Gardez-vous de confondre le nom sacré de l'honneur avec ce préjugé féroce qui met toutes les vertus à la pointe d'une épée, et n'est propre qu'à faire de braves scélérats.

En quoi consiste ce préjugé? Dans l'opinion la plus extravagante et la plus barbare qui entra jamais dans l'esprit humain, savoir, que tous les devoirs de la société sont suppléés par la bravoure; qu'un homme n'est plus fourbe, fripon, calomniateur; qu'il est civil, humain, poli, quand il sait se battre; que le mensonge se change en vérité, que le vol devient légitime, la perfidie honnête, l'infidélité louable, sitôt qu'on soutient cela le fer à la main; qu'un affront est toujours bien réparé par un coup d'épée, et qu'on n'a jamais tort avec un homme, pourvu qu'on le tue. Il y a, je l'avoue, une autre sorte d'affaire où la gentillesse se mêle à la cruauté, et où l'on ne tue les gens que par hasard; c'est celle où l'on se bat au premier sang! Au premier sang! grand Dieu! Et qu'en veux-tu faire de ce premier sang, bête féroce? le veux-tu boire?

Les plus vaillants hommes de l'antiquité songèrent-ils jamais à venger leurs injures personnelles par les combats particuliers? César envoya-t-il un cartel à Caton, ou Pompée à César, pour tant d'affronts réciproques? Et le plus grand capitaine de la Grèce fut-il déshonoré pour s'être laissé menacer d'un bâton? D'autres temps, d'autres mœurs, je le sais; mais n'y en a-t-il que de bonnes, et n'oserait-on s'enquérir si les mœurs d'un temps sont celles qu'exige le solide honneur? Non, cet honneur n'est point variable, il ne dépend ni des temps, ni des lieux, ni des préjugés; il ne peut ni passer, ni renaître; il a sa source éternelle dans le cœur de l'homme juste et dans la règle inaltérable de ses devoirs. Si les peuples les plus éclairés, les plus braves, les plus vertueux de la terre, n'ont point connu le duel, je dis qu'il n'est point une institution de l'honneur, mais une mode affreuse et barbare, digne de sa féroce origine. Reste à savoir si, quand il s'agit de sa vie ou de celle d'autrui, l'honnête homme se règle sur la mode, et s'il n'y a pas alors plus de vrai courage à la braver qu'à la suivre. Quel est celui qui s'y veut asservir, dans des lieux où règne un usage contraire? A Messine ou à Naples, il irait attendre son homme au coin d'une rue, et le poignarder par derrière. Cela s'appelle être brave en ce pays-là, et l'honneur ne consiste pas à se faire tuer par son ennemi, mais à le tuer lui-même.

L'homme droit, dont toute la vie est sans tache, et qui ne donne jamais aucun signe de lâcheté, refusera de souiller sa main d'un homicide, et n'en sera que plus honoré. Toujours prêt à servir la patrie, à protéger le faible, à remplir les devoirs les plus dangereux, et à défendre en toute rencontre juste et honnête ce qui lui est cher, au prix de son sang, il met dans ses démarches cette inébranlable fermeté qu'on n'a point sans le vrai courage. Dans la sécurité de sa conscience, il marche la tête levée, il ne fuit ni ne cherche son ennemi. On voit aisément qu'il craint moins de mourir que de mal faire, et qu'il redoute le crime et non le péril. Si les vils préjugés s'élèvent un instant contre lui, tous les jours de son honorable vie sont autant de témoins qui les récusent; et, dans une conduite si bien liée, on juge d'une action sur toutes les autres.

Les hommes si ombrageux et si prompts à provoquer les autres, sont, pour la plupart, de malhonnêtes gens, qui, de peur qu'on ose leur montrer ouvertement le mépris qu'on a pour eux, s'efforcent de couvrir de quelque affaire d'honneur l'infamie de leur vie entière.

Tel fait un effort et se présente une fois, pour avoir le droit de se cacher le reste de sa vie. Le vrai courage a plus de constance et moins d'empressement; il est toujours ce qu'il doit être; il ne faut ni l'exciter ni le retenir: l'homme de bien le porte partout avec lui; au combat contre l'ennemi; dans un cercle, en faveur des absents et de la vérité; dans son lit, contre les attaques de la douleur et de la mort. La force de l'âme qui l'inspire est d'usage dans tous les temps: elle met toujours la vertu au-dessus des événements, et ne consiste pas à se battre, mais à ne rien craindre.

LE SUICIDE

(*Nouvelle Héloïse.*)

Tu veux cesser de vivre; mais je voudrais bien savoir si tu as commencé. Quoi! fus-tu placé sur la terre pour n'y rien faire? Le Ciel ne t'impose-t-il point avec la vie une tâche pour la remplir? Si tu as fait ta journée avant le soir, repose-toi le reste du jour, tu le peux; mais voyons ton ouvrage. Quelle réponse tiens-tu prête au juge suprême qui te demandera compte de ton temps? Malheureux! trouve-moi ce juste qui se vante d'avoir assez vécu: que j'apprenne de lui comment il faut avoir porté la vie pour être en droit de la quitter.

Tu comptes les maux de l'humanité, et tu dis: «La vie est un mal.» Mais regarde, cherche dans l'ordre des choses si tu y trouves quelques biens qui ne soient point mêlés de maux. Est-ce donc à dire qu'il n'y ait aucun bien dans l'univers, et peux-tu confondre ce qui est mal par sa nature avec ce qui ne souffre le mal que par accident? La vie passive de l'homme n'est rien, et ne regarde qu'un corps dont il sera bientôt délivré, mais sa vie active et morale, qui doit influer sur tout son être, consiste dans l'exercice de sa volonté. La vie est un mal pour le méchant qui prospère, et un bien pour l'honnête homme infortuné; car ce n'est pas une modification passagère, mais son rapport avec son objet, qui la rend ou bonne ou mauvaise.

Tu t'ennuies de vivre, et tu dis : «La vie est un mal.» Tôt ou tard tu seras consolé, et tu diras: «La vie est un bien.» Tu diras plus vrai sans mieux raisonner; car rien n'aura changé que toi. Change donc dès aujourd'hui; et, puisque c'est dans la mauvaise disposition de ton âme qu'est le mal, corrige tes affections déréglées, et ne brûle pas ta maison pour ne pas avoir la peine de la ranger.

Que sont dix, vingt, trente ans pour un être immortel? La peine et le plaisir passent comme une ombre : la vie s'écoule en un instant; elle n'est rien par elle-même; son prix dépend de son emploi. Le bien seul qu'on a fait demeure, et c'est par lui qu'elle est quelque chose. Ne dis donc plus que c'est un mal pour toi de vivre, puisqu'il dépend de toi seul que ce soit un bien; et, si c'est un mal d'avoir vécu, ne dis pas non plus qu'il t'est permis de mourir; car autant vaudrait dire qu'il t'est permis de n'être pas homme, qu'il t'est permis de te révolter contre l'auteur de ton être, et de tromper ta destination.

Le suicide est une mort furtive et honteuse; c'est un vol fait au genre humain. Avant de le quitter, rends-lui ce qu'il a fait pour toi. — Mais je ne tiens à rien, je suis inutile au monde. — Philosophe d'un jour! ignores-tu que tu ne saurais faire un pas sur la terre sans trouver un devoir à remplir, et que tout homme est utile à l'humanité par cela seul qu'il existe?

Jeune insensé! s'il te reste au fond du cœur le moindre sentiment de vertu, viens, que je t'apprenne à aimer la vie. Chaque fois que tu seras tenté d'en sortir, dis en toi-même : « Que je fasse encore une bonne action avant de mourir; » puis, va chercher quelque indigent à secourir, quelque infortuné à consoler, quelque opprimé à défendre. Si cette considération te retient aujourd'hui, elle te retiendra demain, après demain, toute ta vie. Si elle ne te retient pas, meurs, tu n'es qu'un méchant.

JEAN-JACQUES A LA CAMPAGNE, S'IL ÉTAIT RICHE

(*Émile.*)

Je n'irais pas bâtir une ville en campagne, et mettre au fond d'une province les Tuileries devant mon appartement. Sur le penchant de quelque agréable colline bien ombragée, j'aurais une petite maison rustique, une maison blanche avec des contre-vents verts; et, quoique une couverture de chaume soit en toute saison la meilleure, je préférerais magnifiquement, non la triste ardoise, mais la tuile, parce qu'elle a l'air plus propre et plus gaie que le chaume, qu'on ne couvre pas autrement les maisons dans mon pays, et que cela me rappellera un peu l'heureux temps de ma jeunesse. J'aurais pour cour une basse-cour, et pour écurie une étable avec des vaches, pour avoir du laitage que j'aime beaucoup. J'aurais un potager pour jardin, et pour parc un joli verger. Les fruits, à la discrétion des promeneurs, ne seraient ni comptés, ni cueillis par mon jardinier, et mon avare magnificence n'étalerait point aux yeux des espaliers superbes auxquels à peine on osât toucher. Or, cette petite prodigalité serait peu coûteuse, parce que j'aurais choisi mon asile dans quelque province éloignée où l'on voit peu d'argent et beaucoup de denrées, et où règnent l'abondance et la pauvreté.

Là, je rassemblerais une société plus choisie que nombreuse d'amis aimant le plaisir, et s'y connaissant, de femmes qui pussent sortir de leurs fauteuils et se prêter aux jeux champêtres; prendre quelquefois, au lieu de la navette et des cartes, la ligne, les gluaux, le râteau des faneuses et le panier des vendangeurs. Là, tous les airs de la ville seraient oubliés; et, devenus villageois au village, nous nous trouverions livrés à des foules d'amusements divers, qui ne nous donneraient chaque soir que l'embarras du choix pour le lendemain. L'exercice et la vie active nous feraient un nouvel estomac et de nouveaux goûts. Tous nos repas seraient des festins où l'abondance plairait plus que la délicatesse. La gaieté, les travaux rustiques, les folâtres jeux sont les premiers cuisiniers du monde, et les ragoûts fins sont bien ridicules à des gens en haleine depuis le lever du soleil. Le service n'aurait pas plus d'ordre que d'élégance; la salle à manger serait partout, dans le jardin, dans un bateau, sous un arbre, quelquefois au bois, près d'une source vive, sur l'herbe verdoyante et fraîche, sous des touffes d'aunes et de coudriers : une longue procession de gais convives porterait en chantant l'apprêt du festin; on aurait le gazon pour table et pour chaises; les bords de la fontaine serviraient de buffet, et le dessert pendrait aux arbres. Les mets seraient servis sans ordre; l'appétit dispenserait des façons; chacun, se préférant ouvertement à tout autre, trouverait bon que tout autre se préférât de même à lui : de cette familiarité cordiale et modérée naîtrait, sans grossièreté, sans fausseté, sans contrainte, un conflit badin, plus charmant cent fois que la politesse, et plus fait pour lier les cœurs. Point d'importuns laquais épiant nos discours, critiquant tout bas nos maintiens, comptant nos morceaux d'un œil avide, s'amusant à nous faire attendre à boire, et murmurant d'un trop long dîner. Nous serions nos valets pour être nos maîtres; chacun serait servi par tous; le temps passerait sans le compter, le repas serait le repos, et durerait autant que l'ardeur du jour. S'il passait près de nous quelque paysan retournant au travail, ses outils sur l'épaule, je lui réjouirais le cœur par quelques bons propos, par quelques coups de bon vin qui lui feraient porter plus gaiement sa misère; et moi, j'aurais aussi le plaisir de me sentir émouvoir un peu les entrailles, et de me dire en secret : « Je suis encore homme. »

Si quelque fête champêtre rassemblait les habitants du lieu, j'y serais des premiers avec ma troupe. Si quelques mariages, plus bénis du ciel que ceux des villes, se faisaient à mon voisinage, on saurait que j'aime la joie et j'y serais invité. Je porterais à ces bonnes gens quelques dons simples comme eux, qui contribueraient à la fête, et j'y trouverais en échange des biens d'un prix inestimable, des biens si peu connus de mes égaux, la franchise et le vrai plaisir. Je souperais gaiement au bout de leur longue table, j'y ferais chorus au refrain d'une vieille chanson rustique, et je danserais dans leur grange de meilleur cœur qu'au bal de l'Opéra.

A MILORD MARÉCHAL

Motiers-Travers, juillet 1762.

Un pauvre auteur proscrit de France, de sa patrie, du canton de Berne, pour avoir dit ce qu'il pensait être utile et bon, vient chercher un asile dans les Etats du roi. Milord, ne me l'accordez pas, si je suis coupable; car je ne demande point de grâce, et ne crois point en avoir besoin. Mais, si je ne suis qu'opprimé, il est digne de vous et de Sa Majesté de ne pas me refuser le feu et l'eau qu'on veut m'ôter par toute la terre. J'ai cru vous devoir dé-

clarer ma retraite et mon nom trop connu par mes malheurs. Ordonnez de
mon sort, je suis soumis à vos ordres : mais, si vous m'ordonnez aussi de
partir dans l'état où je suis, obéir m'est impossible, et je ne saurais plus où
fuir.

« Daignez, milord, agréer les assurances de mon profond respect. »

AU ROI DE PRUSSE
Octobre 1762.

Vous êtes mon protecteur et mon bienfaiteur, et je porte un cœur fait pour
la reconnaissance; je viens m'acquitter avec vous, si je puis. Vous voulez me
donner du pain; n'y a-t-il aucun de vos sujets qui en manque? Otez de devant mes yeux cette épée qui m'éblouit et me blesse; elle n'a que trop fait
son devoir, et le sceptre est abandonné. La carrière est grande pour les rois
de votre étoffe, et vous êtes encore loin du terme; cependant le temps presse,
et il ne vous reste pas un moment à perdre pour aller au bout.

Puissé-je voir Frédéric, le juste et le redouté, couvrir ses États d'un peuple nombreux dont il soit le père, et J.-J. Rousseau, l'ennemi des rois, ira
mourir aux pieds de son trône!

FRÉDÉRIC II. (Voir les poëtes, chapitre deuxième.)

A D'ALEMBERT
Sans-Souci, 28 juillet 1770.

Le plus beau monument de Voltaire est celui qu'il s'est érigé lui-même :
ses ouvrages. Ils subsisteront plus longtemps que la basilique de Saint-Pierre,
et le Louvre, et tous ces bâtiments que la vanité consacre à l'éternité. On ne
parlera plus français, que Voltaire sera encore traduit dans la langue qui lui
aura succédé. Cependant rempli du plaisir que m'ont fait ses productions si
variées, et chacune si parfaite en son genre, je ne pourrais, sans ingratitude,
me refuser à la proposition que vous me faites, de contribuer au monument
que lui érige la reconnaissance publique. Vous n'avez qu'à m'informer de ce
qu'on exige de ma part; je ne refuserai rien pour cette statue plus glorieuse
pour ceux qui l'élèvent que pour Voltaire lui-même. On dira que, dans ce
XVIIIe siècle où tant de gens de lettres se déchireraient par envie, il s'en est
trouvé d'assez généreux pour rendre justice à un homme doué de génie et
de talents supérieurs à tous les siècles ; que nous avons mérité de posséder
Voltaire ; et la postérité la plus reculée nous enviera encore cet avantage.
Distinguer les hommes célèbres, rendre justice au mérite, c'est encourager
les talents et les vertus; c'est la seule récompense des belles âmes; elle est
bien due à tous ceux qui cultivent supérieurement les lettres; elles adoucissent
les mœurs les plus féroces, elles répandent leur charme sur tout le cours de
la vie, elles rendent l'existence supportable, et la mort moins affreuse. Continuez donc, Messieurs, de protéger ceux qui s'y appliquent, et qui ont le
bonheur en France d'y réussir. Ce sera ce que vous pourrez faire de mieux
pour votre nation.

DIDEROT. (Voir les poëtes, chapitre deuxième.)

LE ROSSIGNOL, LE COUCOU ET L'ANE

Il s'agissait, entre Grimm et M. Leroy, du génie qui crée et de la méthode
qui ordonne. Grimm déteste la méthode : c'est, selon lui, la pédanterie des
lettres. Ceux qui ne savent qu'arranger feraient aussi bien de rester en re-

pos; ceux qui ne peuvent être instruits que par des choses arrangées feraient aussi bien de rester ignorants. « Mais c'est la méthode qui fait valoir... — et qui gâte. — Sans elle on ne profiterait de rien... — qu'en se fatiguant, et cela n'en serait que mieux. Où est la nécessité que tant de gens sachent autre chose que leur métier? » Ils dirent beaucoup de choses que je ne vous rapporte pas, et ils en diraient encore si l'abbé Galiani ne les eût interrompus comme ceci : « Mes amis, je me rappelle une fable : écoutez-la. Elle sera peut-être un peu longue, mais elle ne vous ennuiera pas.

« Un jour, au fond d'une forêt, il s'élève une contestation sur le chant entre le rossignol et le coucou. Chacun prise son talent. « Quel oiseau, disait le « coucou, a le chant aussi simple, aussi naturel et aussi mesuré que moi? — « Quel oiseau, disait le rossignol, l'a plus doux, plus varié, plus éclatant, plus « léger, plus touchant que moi? » Le coucou : « Je dis peu de choses, mais « elles ont du poids, de l'ordre, et on les retient. » Le rossignol : « J'aime à « parler; mais je suis toujours nouveau, et je ne fatigue jamais. J'enchante les « forêts, le coucou les attriste : il est tellement attaché à la leçon de sa mère, « qu'il n'oserait hasarder un ton qu'il n'a pas pris d'elle. Moi, je ne reconnais « point de maître, je me joue des règles. C'est surtout lorsque je les enfreins « qu'on m'admire. Quelle comparaison de sa fastidieuse méthode avec mes « heureux écarts! »

« Le coucou essaya plusieurs fois d'interrompre le rossignol; mais les rossignols chantent toujours et n'écoutent point; c'est un peu leur défaut. Le nôtre, entraîné par ses idées, les suivait avec rapidité, sans se soucier des réponses de son rival. Cependant, après quelques dits et contredits, ils convinrent de s'en rapporter au jugement d'un tiers animal. Mais où trouver ce tiers également instruit et impartial qui les jugera? Ce n'est pas sans peine qu'on trouve un bon juge. Ils vont, en cherchant un peu partout.

« Ils traversaient une prairie, lorsqu'ils y aperçurent un âne des plus graves et des plus solennels. Depuis la création de l'espèce, aucun n'avait porté de si longues oreilles. « Ah! dit le coucou en le voyant, notre querelle est une « affaire d'oreilles, voilà notre juge. » L'âne broutait. Il n'imaginait guère qu'un jour il jugerait de musique. Nos deux oiseaux s'abattent devant lui, le complimentent sur sa gravité et sur son jugement, lui exposent le sujet de leur dispute, et le supplient très-humblement de les entendre et de décider. Mais l'âne, détournant à peine sa lourde tête et n'en perdant pas un coup de dent, leur fait signe de ses oreilles qu'il a faim, et qu'il ne tient pas aujourd'hui son lit de justice. Les oiseaux insistent; l'âne continue à brouter. En broutant, son appétit s'apaise. Il y avait quelques arbres plantés sur la lisière du pré. « Eh bien! leur dit-il, allez là, je m'y rendrai; vous chan- « terez, je digèrerai : je vous écouterai, et puis je vous en dirai mon avis. »

« Les oiseaux vont à tire-d'aile et se perchent; l'âne les suit, de l'air et du pas d'un président à mortier qui traverse les salles du palais. Il arrive, il s'étend à terre, et dit : « Commencez, la cour vous écoute. » C'est lui qui était toute la cour. Le coucou dit : « Monseigneur, il n'y a pas un mot à « perdre de mes raisons; saisissez bien le caractère de mon chant, et surtout « daignez observer l'artifice de la méthode. » Puis, se rengorgeant et battant à chaque fois des ailes, il chanta : « Coucou, coucou, coucou, coucou, coucou, coucou. » Et après avoir combiné cela de toutes les manières possibles, il se tut.

« Le rossignol, sans préambule, déploie sa voix, s'élance dans les modulations les plus hardies, suit les chants les plus neufs et les plus recherchés : ce sont des cadences ou des tenues à perte d'haleine; tantôt on entendait les sons descendre et murmurer au fond de sa gorge comme l'onde du ruisseau qui se perd sourdement entre les cailloux; tantôt on l'entendait s'élever, se renfler peu à peu, remplir l'étendue des airs et y demeurer comme suspendue. Il était excessivement doux, léger, brillant, pathétique ; et, quelque caractère qu'il prît, il peignait ; mais son chant n'était pas fait pour tout le monde. Emporté par son enthousiasme, il chanterait encore ; mais l'âne, qui avait déjà bâillé plusieurs fois, l'arrêta et lui dit : « Je ne doute pas que tout « ce que vous avez chanté là ne soit fort beau ; mais je n'y entends rien : cela « me paraît bizarre, brouillé, décousu. Vous êtes peut-être plus savant que « votre rival, mais il est plus méthodique que vous, et je suis, moi, pour la « méthode. »

Et l'abbé, s'adressant à M. Leroy et montrant Grimm du doigt : « Voilà, dit-il, le rossignol ; et vous êtes le coucou ; et moi je suis l'âne qui vous donne gain de cause. »

RAYNAL (G.-T.-F.). — Né en 1713, mort en 1796. Après avoir reçu les ordres, il se livra aux lettres, s'occupa de la rédaction du *Mercure* et de travaux historiques. Ses écrits, entachés d'emphase et de déclamation, présentent cependant quelques passages remarquables. Il désavoua les excès de la révolution.

L'OURAGAN AUX ANTILLES

(*Histoire philosophique.*)

L'ouragan est un vent furieux, le plus souvent accompagné de pluies, d'éclairs, de tonnerre, quelquefois de tremblements de terre, et toujours des circonstances les plus terribles, les plus destructives que les vents puissent rassembler. Tout à coup, au jour vif et brûlant de la zone torride, succède une nuit universelle et profonde ; à la parure d'un printemps éternel, la nudité des plus tristes hivers. Des arbres aussi anciens que le monde sont déracinés et disparaissent. Les plus solides édifices n'offrent en un moment que des décombres. Où l'œil se plaisait à regarder des coteaux vifs et verdoyants, on ne voit plus que des plantations bouleversées et des cavernes hideuses. Des malheureux, dépouillés de tout, pleurent sur des cadavres, ou cherchent leurs parents sous des ruines. Le bruit des eaux, des bois, de la foudre et des vents qui tombent et se brisent contre les rochers ébranlés et fracassés ; les cris et les hurlements des hommes et des animaux, pêlemêle emportés dans un tourbillon de sable, de pierres et de débris ; tout semble annoncer les dernières convulsions et l'agonie de la nature.

Les premiers habitants des Antilles croyaient avoir de sûrs pronostics de ce phénomène effrayant. « Lorsqu'il doit arriver, disent-ils, l'air est trouble, le soleil rouge, et cependant le temps est calme et le sommet des montagnes clair. On entend sous terre, ou dans les citernes, un bruit sourd comme s'il y avait des vents enfermés. Le disque des étoiles semble obscurci d'une vapeur qui les fait paraître plus grandes. Le ciel est, au nord-ouest, d'un sombre menaçant. La mer rend une odeur forte, et se soulève même au milieu du calme. Le vent tourne subitement de l'est à l'ouest, et souffle avec violence par des reprises qui durent deux heures chaque fois...

MAGNANIMITÉ D'UN NÈGRE

Un nègre de Saint-Christophe, en 1756, fut associé dès l'enfance aux jeux de son jeune maître. Cette familiarité, communément si dangereuse, étendit les idées de l'esclave sans altérer son caractère. Quazy, c'était son nom, mérita bientôt d'être choisi pour être directeur des travaux de la plantation, et il montra dans ce poste important une intelligence rare et un zèle infatigable. Sa conduite et ses talents augmentèrent encore sa faveur : elle paraissait hors de toute atteinte, lorsque le chef des ateliers, jusqu'alors si chéri et si distingué, fut soupçonné d'avoir manqué à la police établie, et publiquement menacé d'une punition humiliante. Un esclave qui a long-temps échappé aux châtiments infligés trop facilement et trop souvent à ses pareils, est infiniment jaloux de cette distinction. Quazy, qui craignait l'op-probre plus que le tombeau, et qui ne se flattait pas de faire révoquer par ses supplications l'arrêt prononcé contre lui, sortit à l'entrée de la nuit pour aller invoquer une médiation puissante. Son maître l'aperçut malheureu-sement et voulut l'arrêter. On se prend corps à corps ; les deux champions, adroits et vigoureux, luttent quelques moments avec des succès variés. L'esclave terrasse à la fin son inflexible ennemi, le met hors d'état de sortir de cette situation fâcheuse ; et, lui portant un poignard sur le sein, lui tient ce discours : « Maître, j'ai été élevé avec vous, vos plaisirs ont été les miens ; jamais mon cœur ne connut d'autres intérêts que les vôtres. Je suis inno-cent de la petite faute dont on m'accuse ; et, quand j'en aurais été coupable, vous auriez dû me la pardonner. Tous mes sens s'indignent au souvenir de l'affront que vous me prépariez. » En disant ces mots, il se coupe la gorge et tombe mort, sans maudire un tyran qu'il baigne de son sang.

VAUVENARGUES (Luc de Clapien, marquis de). — Né en 1715, mort en 1774. Il quitta à vingt-huit ans le service avec le grade de capitaine ; dès lors il vécut dans la retraite et publia des *Maximes* et des *Réflexions* pleines de sens et finement écrites.

PENSÉES DÉTACHÉES

On ne peut être juste si l'on n'est humain.

On doit se consoler de n'avoir pas de grands talents, comme on se console de n'avoir pas les grandes places. On peut être au-dessus de l'un et de l'autre par le cœur.

Pour exécuter de grandes choses, il faut vivre comme si l'on ne devait ja-mais mourir.

Les conseils de la vieillesse éclairent sans échauffer, comme le soleil d'hiver.

Les premiers jours du printemps ont moins de grâce que la vertu nais-sante d'un jeune homme.

L'utilité de la vertu est si manifeste, que les méchants la pratiquent par intérêt.

La vérité est le soleil des intelligences.

Les grandes pensées viennent du cœur.

Le bon sens est une qualité du caractère, plus encore que de l'esprit.

Apprenons à subordonner les petits intérêts aux grands, même éloignés, et faisons généralement et sans compter tout le bien qui tente nos cœurs : on ne peut être dupe d'aucune vertu.

Le fruit du travail est le plus doux des plaisirs.

Ce n'est point un avantage d'avoir l'esprit vif, si on ne l'a juste. La per-fection d'une pendule n'est pas d'aller vite, mais d'être réglée.

Il est faux que l'égalité soit une loi de la nature. La nature n'a rien fait d'égal. Sa loi souveraine est la subordination et la dépendance.

Il n'y a point de contradictions dans la nature.

Nul n'est ambitieux par raison, ni vicieux par défaut d'esprit.

Il y a peu de choses que nous sachions bien.

Lorsque notre âme est pleine de sentiments, nos discours sont pleins d'intérêt.

Ceux qui méprisent l'homme ne sont pas de grands hommes.

HELVÉTIUS. (Voir les poëtes, chapitre deuxième.)

LE GÉNIE ET L'ESPRIT

Quiconque, ou se modèle sur les grands hommes qui l'ont déjà précédé dans la même carrière, ou ne les surpasse pas, ou n'a point fait un certain nombre de bons ouvrages, n'a pas assez combiné, n'a pas fait d'assez grands efforts d'esprit, ni donné assez de preuves d'invention pour mériter le titre de génie. En conséquence, on place dans la liste des hommes de talent les Regnard, les Vergier, les Campistron et les Fléchier; lorsqu'on cite comme génies les Molière, les la Fontaine, les Corneille et les Bossuet. J'ajouterai même, à ce sujet, qu'on refuse quelquefois à l'auteur le titre qu'on accorde à l'ouvrage. Un conte, une tragédie ont un grand succès : on peut dire de ces ouvrages qu'ils sont pleins de génie, sans oser quelquefois en accorder le titre à l'auteur. Pour l'obtenir, il faut, ou comme la Fontaine, avoir, si je l'ose dire, dans une infinité de petites pièces la monnaie d'un grand ouvrage, ou, comme Corneille et Racine, avoir composé un certain nombre d'excellentes tragédies.

Le poëme épique est, dans la poésie, le seul ouvrage dont l'étendue suppose une mesure d'attention et d'invention suffisante pour décorer un homme du titre de génie.

Il me reste, en finissant ce chapitre, deux observations à faire : la première, c'est qu'on ne désigne dans les arts par le nom d'esprit, que ceux qui, sans génie ni talent pour un genre, y transportent les beautés d'un autre genre : telles sont, par exemple, les comédies de M. de Fontenelle, qui, dénuées du génie et du talent comique, étincellent de quelques beautés philosophiques; la seconde, c'est que l'invention appartient tellement à l'esprit, qu'on n'a jusqu'à présent, par aucune des épithètes applicables au grand esprit, désigné ceux qui remplissent des emplois utiles, mais dont l'exercice n'exige point d'invention. Le même usage, qui donne l'épithète de bon au juge, au financier, à l'arithméticien habile, nous permet d'appliquer l'épithète de sublime au poëte, au législateur, au géomètre, à l'orateur. L'esprit suppose donc toujours invention. Cette invention, plus élevée dans le génie, embrasse d'ailleurs plus d'étendue de vue; elle suppose, par conséquent, et plus de cette opiniâtreté qui triomphe de toutes les difficultés, et plus de cette hardiesse de caractère qui se fraye des routes nouvelles.

Telle est la différence entre le génie et l'esprit, et l'idée générale qu'on doit attacher à ce mot esprit.

BOISMONT (N. Thyrel de). — Né en 1715, mort en 1786. Académicien, prédicateur du roi, il se fit une renommée comme orateur et s'illustra surtout dans l'oraison funèbre.

LE CURÉ DE CAMPAGNE

Le pasteur, sur lequel la politique peut-être ne daigne pas abaisser ses regards, ce ministre relégué dans la poussière et l'obscurité des campagnes, voilà l'homme de Dieu qui les éclaire, et l'homme d'Etat qui les calme. Simple comme eux, pauvre avec eux, parce que son nécessaire même devient leur patrimoine, il les élève au-dessus de l'empire des temps, pour ne leur laisser ni le désir de ses trompeuses promesses, ni le regret de ses fragiles félicités. A sa voix, d'autres cieux, d'autres trésors s'ouvrent pour eux; à sa voix, ils courent en foule aux pieds de ce Dieu qui compte leurs larmes, de ce Dieu, leur éternel héritage, qui doit les venger de cette exhérédation civile à laquelle une Providence qu'on leur apprend à bénir les a dévoués. Les subsides, les impôts, les lois fiscales, les éléments mêmes, fatiguent leur triste existence; dociles à cette voix paternelle qui les rassemble, qui les ranime, ils tolèrent, ils supportent, ils oublient tout. Je ne sais quelle onction puissante s'échappe de nos tabernacles, le sentiment toujours actif de cette autre vie qui nous attend, adoucit dans les pauvres toute l'amertume de la vie présente. Ah! la foi n'a point de malheureux; ces mystères de miséricorde dont on les environne, ces ombres, ces figures, ce traité de paix et de protection qui se renouvelle, dans la prière publique, entre le ciel et la terre, tout les remue, tout les attendrit dans nos temples; ils gémissent, mais ils espèrent, et ils en sortent consolés.

Ce n'est pas tout. Garant des promesses divines, ce pasteur, cet ange tutélaire, les réalise en quelque sorte dès cette vie, par les secours, par les soins les plus généreux, les plus constants. Je dis les soins; et peut-être, hommes superbes, n'avez-vous jamais compris la force et l'étendue de cette expression! Peignez-vous les ravages d'un mal épidémique, ou plutôt placez-vous dans ces cabanes infectes, habitées par la mort seule, incertaine sur le choix de ses victimes : hélas! l'objet le moins affreux qui frappe vos regards est le mourant lui-même; épouse, enfants, tout ce qui l'environne semble être sorti du cercueil pour y rentrer pêle-mêle avec lui. Si l'horreur du dernier moment est si pénétrante au milieu des pompes de la vanité, sous le dais de l'opulence, qui couvre encore de son faste l'orgueilleuse proie que la mort lui arrache, quelle impression doit-elle produire dans les lieux où toutes les misères et toutes les horreurs sont rassemblées! Voilà ce que bravent le zèle et le courage pastoral. La nature, l'amitié, les ressources de l'art, le ministre de la religion seul remplace tout; seul au milieu des gémissements et des pleurs, livré lui-même à l'activité du poison qui dévore tout à ses yeux, il l'affaiblit, il le détourne; ce qu'il ne peut sauver, il le console, il le porte jusque dans le sein de Dieu. Nuls témoins, nuls spectateurs; rien ne le soutient, ni la gloire, ni le préjugé, ni l'amour de la renommée, ces grandes faiblesses de la nature, auxquelles on doit tant de vertus; son âme, ses principes, le ciel qui l'observe, voilà sa force et sa récompense. Le monde, cet ingrat qu'il faut plaindre et servir, ne le connaît pas : s'occupe-t-il, hélas! d'un citoyen utile, qui n'a d'autre mérite que celui de vivre dans l'habitude d'un héroïsme ignoré?

CONDILLAC (Et. Bonnot de). — Né en 1715, mort en 1780. Lié avec Diderot, J.-J. Rousseau, Duclos, il rendit la philosophie de Locke populaire en France, en la montrant sous une forme plus simple et plus claire, et il devint le chef des sensualistes de ce temps. Parmi ses œuvres nombreuses, on distingue surtout la *Logique* et le *Cours d'étude.*

L'HARMONIE
(Dissertation sur le style.)

L'harmonie, en musique, est le sentiment que produit sur nous le rapport appréciable des sons. Si les sons se font entendre en même temps, ils font un accord ; et ils font un chant et une mélodie, s'ils se font entendre successivement.

Il est évident que l'accord ne peut pas entrer dans ce qu'on appelle harmonie du style ; il n'y faut donc chercher que quelque chose d'analogue au chant. Or il y a deux choses dans le chant : mouvement et inflexion.

Nos mouvements suivent naturellement la première impression que nous leur avons donnée ; et il y a toujours le même intervalle de l'un à l'autre. Quand nous marchons, par exemple, nos pas se succèdent dans des temps égaux. Tout chant obéit également à cette loi ; les pas, si je puis m'exprimer ainsi, se font dans des intervalles égaux, et ces intervalles s'appellent mesures.

Suivant les passions dont nous sommes agités, nos mouvements se ralentissent ou se précipitent, et ils se font dans des temps égaux. Voilà pourquoi, dans la mélodie, les mesures se distinguent par le nombre, et par la rapidité ou la lenteur des temps.

En effet, la nature et l'habitude ont établi une si grande liaison entre les mouvements du corps et les sentiments de l'âme, qu'il suffit d'occasionner dans l'un certains mouvements, pour éveiller, dans l'autre, certains sentiments. Cet effet dépend uniquement des mesures et des temps auxquels le musicien assujettit la mélodie.

L'organe de la voix fléchit, comme les autres, sous l'effort des sentiments de l'âme. Chaque passion a un cri inarticulé qui la transmet d'une âme à une âme ; et, lorsque la musique imite cette inflexion, elle donne à la mélodie toute l'expression possible. Chaque mesure, chaque inflexion a donc, en musique, un caractère particulier ; et les langues ont plus d'harmonie, et une harmonie plus expressive, à proportion qu'elles sont capables de plus de variété dans leurs mouvements et dans leurs inflexions.

BARTHÉLEMY (J.-J.). — Né en 1716, mort en 1795. Il puisa le goût de l'antiquité chez les oratoriens et les jésuites, et il devint promptement un érudit en numismatique. Son *Voyage du jeune Anacharsis*, où le style, l'érudition, l'intérêt, tout se trouve réuni, obtint un prodigieux succès.

LA PESTE D'ATHÈNES

Jamais ce fléau terrible ne ravagea tant de climats. Sorti de l'Éthiopie, il avait parcouru l'Égypte, la Libye, une partie de la Perse, l'île de Lemnos, et d'autres lieux encore. Un vaisseau marchand l'introduisit sans doute au Pirée, où il se manifesta d'abord ; de là, il se répandit avec fureur dans la ville, et surtout dans ces demeures obscures et malsaines, où les habitants de la campagne se trouvaient entassés.

Le mal attaquait successivement toutes les parties du corps ; les symptômes en étaient effrayants, les progrès rapides, les suites presque toujours mortelles. Dès les premières atteintes, l'âme perdait ses forces, le corps semblait en acquérir de nouvelles, et c'était un cruel supplice de resister à la maladie, sans pouvoir résister à la douleur. Les insomnies, les terreurs, des sanglots redoublés, des convulsions effrayantes, n'étaient pas les seuls tourments réservés aux malades. Une chaleur brûlante les dévorait intérieurement. Couverts d'ulcères et de taches livides, les yeux enflammés, la poitrine oppressée, les entrailles déchirées, exhalant une odeur fétide de leur bouche souillée de sang impur, on les voyait se traîner dans les rues, pour respirer plus librement, et, ne pouvant éteindre la soif brûlante dont ils étaient consumés, se précipiter dans des puits ou dans des rivières couvertes de glaçons.

La plupart périssaient au septième ou neuvième jour. S'ils prolongeaient leur vie au delà de ces termes, ce n'était que pour éprouver une mort plus douloureuse et plus lente.

Ceux qui ne succombaient pas à la maladie n'en étaient presque jamais atteints une seconde fois. Faible consolation! car ils n'offraient plus aux yeux que les restes infortunés d'eux-mêmes. Les uns avaient perdu l'usage de plusieurs de leurs membres, les autres ne conservaient aucune idée du passé, heureux sans doute d'ignorer leur état; mais ils ne pouvaient reconnaître leurs amis.

Le même traitement produisait des effets tour à tour salutaires et nuisibles : la maladie semblait braver les règles de l'expérience. Comme elle infectait aussi plusieurs provinces de la Perse, le roi Artaxerxès résolut d'appeler à leur secours le célèbre Hippocrate, qui était alors dans l'île de Cos : il fit briller à ses yeux de l'or et des dignités; mais le grand homme répondit au roi qu'il n'avait ni besoins ni désirs, et qu'il se devait aux Grecs plutôt qu'à leurs ennemis. Il veut ensuite offrir ce service aux Athéniens, qui le reçurent avec d'autant plus de reconnaissance, que la plupart de leurs médecins étaient morts victimes de leur zèle; il épuisa les ressources de son art, et exposa plusieurs fois sa vie. S'il n'obtint pas tout le succès que méritaient de si beaux sacrifices et de si grands talents, il donna du moins des consolations et des espérances. On dit que, pour purifier l'air, il fit allumer des feux dans les rues d'Athènes; d'autres prétendent que ce moyen fut employé, avec quelque succès, par un médecin d'Agrigente, nommé Acron.

On vit, dans les commencements, de grands exemples de piété filiale, d'amitié généreuse; mais, comme ils furent presque toujours funestes à leurs auteurs, ils ne se renouvelèrent que rarement dans la suite. Alors les liens les plus respectables furent brisés; les yeux, près de se fermer, ne virent de toutes parts qu'une solitude profonde, et la mort ne fit plus couler de larmes.

Cet endurcissement produisit une licence effrenée. La perte de tant de gens de bien, confondus dans un même tombeau avec les scélérats, le renversement de tant de fortunes, devenues tout à coup le partage ou la proie des citoyens les plus obscurs, frappèrent vivement ceux qui n'ont d'autre principe que la crainte. Persuadés que les dieux ne prenaient plus d'intérêt à la vertu, et que la vengeance des lois ne serait pas aussi prompte que la mort dont ils étaient menacés, ils crurent que la fragilité des choses humaines leur indiquait l'usage qu'ils en devaient faire, et que, n'ayant plus que peu de moments à vivre, ils devaient du moins les passer dans le sein des plaisirs.

Au bout de deux ans, la peste parut se calmer. Pendant ce repos, on s'aperçut plus d'une fois que le germe de la contagion n'était pas détruit : il se développa dix-huit mois après; et, dans le cours d'une année entière, il reproduisit les mêmes scènes de deuil et d'horreur. Sous l'une et l'autre époque, il périt un très-grand nombre de citoyens, parmi lesquels il faut compter près de cinq mille hommes en état de porter les armes. La perte la plus irréparable fut celle de Périclès, qui, dans la troisième année de la guerre, mourut des suites de la maladie.

SAINT-LAMBERT (R.-F., marquis de). — Né en 1717, mort en 1803. Auteur de poésies fugitives, et du poëme des *Saisons*. Cet écrivain travailla de plus à l'*Encyclopédie*, écrivit des *Contes*, des *Fables*, et le *Catholicisme universel*, ouvrage philosophique dont le succès nous semble difficile à expliquer.

L'ABÉNAKI

(Conte.)

... Un jeune officier anglais, pressé par deux sauvages qui l'abordaient la hache levée, n'espérait plus se dérober à la mort. Il songeait seulement à vendre chèrement sa vie. Dans le même temps, un vieux sauvage armé d'un arc s'approche de lui et se dispose à le percer d'une flèche ; mais, après l'avoir ajusté, tout d'un coup il abaisse son arc et court se jeter entre le jeune officier et les deux barbares qui allaient le massacrer : ceux-ci se retirèrent avec respect.

Le vieillard prit l'Anglais par la main, le rassura par ses caresses, et le conduisit à sa cabane, où il le traita toujours avec une douceur qui ne se démentit jamais ; il en fit moins son esclave que son compagnon ; il lui apprit la langue des Abénakis, et les arts grossiers en usage chez ces peuples. Ils vivaient fort contents l'un de l'autre. Une seule chose donnait de l'inquiétude au jeune Anglais ; quelquefois le vieillard fixait les yeux sur lui, et, après l'avoir regardé, il laissait tomber des larmes.

Cependant, au retour du printemps, les sauvages reprirent les armes, et se mirent en campagne.

Le vieillard, qui était encore assez robuste pour supporter les fatigues de la guerre, partit avec eux accompagné de son prisonnier.

Les Abénakis firent une marche de plus de deux cents lieues à travers les forêts ; enfin ils arrivèrent à une plaine où ils découvrirent un camp d'Anglais. Le vieux sauvage le fit voir au jeune homme en observant sa contenance.

« Voilà tes frères, leur dit-il ; les voilà qui nous attendent pour nous combattre. Écoute, je t'ai sauvé la vie, je t'ai appris à faire un canot, un arc, des flèches, à surprendre l'orignal dans la forêt, à manier la hache et à enlever la chevelure à l'ennemi. Qu'étais-tu quand je t'ai conduit dans ma cabane? Tes mains étaient celles d'un enfant, elles ne servaient ni à te nourrir ni à te défendre ; ton âme était dans la nuit ; tu ne savais rien ; tu me dois tout. Serais-tu assez ingrat pour te réunir à tes frères, et pour lever la hache contre nous? »

L'Anglais protesta qu'il aimait mieux perdre mille fois la vie que de verser le sang d'un Abénaki.

Le sauvage mit les deux mains sur son visage en baissant la tête ; et, après avoir été quelque temps dans cette attitude, il regarda le jeune Anglais, et lui dit d'un ton mêlé de tendresse et de douleur: « As-tu un père? » Et, après un moment de silence, il ajouta : « Sais-tu que j'ai été père?... Je ne le suis plus. J'ai vu mon fils tomber dans le combat ; il était à mon côté, je l'ai vu mourir en homme ; il était couvert de blessures, mon fils, quand il est tombé. Mais je l'ai vengé... oui, je l'ai vengé. » Il prononça ces mots avec force. Tout son corps tremblait. Il était presque étouffé par les gémissements qu'il ne voulait pas laisser échapper. Ses yeux étaient égarés, ses larmes ne coulaient pas. Il se calma peu à peu ; et, se tournant vers l'orient, où le soleil allait se lever, il dit au jeune Anglais : « Vois-tu ce beau ciel resplendissant de lumière? As-tu du plaisir à le regarder? — Oui, dit l'Anglais, j'ai du plaisir à regarder ce beau ciel. — Eh bien!... je n'en ai plus, » dit le sauvage en versant un torrent de larmes. Un moment après, il montre au jeune homme un manglier qui était en fleur. « Vois-tu ce bel arbre? lui dit-il ; as-tu du plaisir à le regarder? — Oui, j'ai du plaisir à le regarder. — Je n'en ai plus, reprit le sauvage avec précipitation ; » et il ajouta tout de suite : « Pars, va dans ton pays, afin que ton père ait encore du plaisir à voir le soleil qui se lève, et les fleurs du printemps. »

D'ALEMBERT. (Voir les poëtes, chapitre deuxième.)

JUGEMENTS LITTÉRAIRES

BOSSUET

Les sermons qu'on a imprimés de lui, restes d'une multitude immense (car il ne prêcha jamais deux fois le même), sont plutôt les esquisses d'un grand maître que des tableaux terminés; ils n'en sont que plus précieux pour ceux qui aiment à voir dans ces dessins heurtés et rapides les traits hardis d'une touche libre et fine, et la première sève de l'enthousiasme créateur. Cette fécondité, pleine de chaleur et de verve, qui dans la chaire ressemblait à l'inspiration, subjuguait et entraînait ceux qui l'écoutaient.

CORNEILLE

Corneille, après avoir sacrifié longtemps au mauvais goût dans la carrière dramatique, s'en affranchit enfin, découvrit par la force de son génie, bien plus que par la lecture, les lois du théâtre, et les exposa dans ses discours admirables sur la tragédie, dans ses réflexions sur chacune de ses pièces, mais principalement dans ses pièces mêmes.

FÉNELON

Le charme le plus touchant des ouvrages de Fénelon, est ce sentiment de quiétude et de paix qu'il fait goûter à son lecteur; c'est un ami qui s'approche de vous et dont l'âme se répand dans la vôtre; il tempère, il suspend au moins pour un moment vos douleurs et vos peines; on pardonne à l'humanité tant d'hommes qui la font haïr, en faveur de Fénelon qui la fait aimer.

FLÉCHIER

La réputation des oraisons funèbres de Fléchier s'est conservée jusqu'à nos jours ; on peut ajouter qu'elles en sont dignes, si l'on se souvient qu'elles ont été prononcées dans un temps où les véritables lois de l'éloquence étaient bien peu connues. Le style en est non-seulement pur et correct, mais plein de douceur et d'élégance ; à la pureté de la diction, l'auteur joint une harmonie douce et facile, quoique pleine et nombreuse.

On fera plus ou moins grand l'intervalle entre Bossuet et lui, selon qu'on sera plus ou moins entraîné par l'éloquence entraînante de l'un, ou séduit par l'élégance harmonieuse de l'autre ; mais il paraît au moins décidé que les autres oracles de la chaire, les Massillon et les Bourdaloue, si différents d'eux-mêmes dans leurs oraisons funèbres et leurs sermons, ne peuvent être placés dans cet intervalle.

MASSILLON ET BOURDALOUE

Massillon excelle dans la partie de l'orateur, qui seule peut tenir lieu de toutes les autres, dans cette éloquence qui va droit au cœur.

La diction de Bourdaloue, toujours facile, élégante et pure, est partout de cette simplicité noble sans laquelle il n'y a ni bon goût, ni véritable éloquence, simplicité qui, étant réunie, dans Massillon, à l'harmonie la plus

séduisante et la plus douce, en emprunte encore des grâces nouvelles, ce qui
met le comble au charme que fait éprouver ce style enchanteur.

On sent que tant de beautés ont coulé de source et n'ont rien coûté à celui
qui les a produites. Il lui échappe même quelquefois dans la mélodie si touchante de son style des négligences qu'on peut appeler heureuses, parce
qu'elles achèvent de faire disparaître, non-seulement l'empreinte, mais jusqu'au soupçon du travail.

BONNET (Charles). — Né en 1720, mort en 1793. Ce fut à la fois
un habile écrivain, un savant naturaliste, et un moraliste pur et
religieux. Ses œuvres principales sont la *Palingénésie*, l'*Essai ana-
lytique*, la *Contemplation de la nature*, etc.

CONTEMPLATION DE LA NATURE

(Conclusion.)

Je borne ici ma course ; j'ai présenté assez de faits, et de faits intéressants,
pour que mes lecteurs puissent juger des plaisirs attachés à la contemplation
de la nature ; mais cette contemplation serait bien stérile, si elle ne nous
conduisait point à l'auteur de la nature. C'est cet être adorable qu'il faut
chercher sans cesse dans cette chaîne immense de productions diverses, où
sa puissance et sa sagesse se peignent avec tant de vérité et d'éclat. Il ne se
révèle pas à nous immédiatement : le plan qu'il a choisi ne le comportait
pas ; mais il a chargé les cieux et la terre de nous annoncer ce qu'il est. Il a
proportionné nos facultés à ce langage divin, et il a suscité des génies sublimes qui en approfondissent les beautés et en deviennent les interprètes.
Relégués pour un temps dans une petite planète assez obscure, nous n'avons
que la portion de lumière qui convient à notre état présent : recueillons précieusement tous les traits de cette lumière ; n'en laissons perdre aucun ;
marchons à sa clarté. Un jour, nous puiserons dans la source éternelle de
toute lumière ; et, au lieu de contempler l'ouvrier dans l'ouvrage, nous con-
templerons l'ouvrage dans l'ouvrier. Présentement, nous voyons les choses
confusément, et comme par un verre obscur ; mais alors, nous verrons face
à face.

GUÉNEAU DE MONTBELLIARD (Philibert). — Né en 1720, mort en
1785. Collaborateur de Buffon, il fit la description des oiseaux avec
une perfection de style égale à celle de l'*Histoire naturelle*.

LA POULE ET SES POUSSINS

Cette mère qui a montré tant d'ardeur pour couver, qui a couvé avec tant
d'assiduité, qui a soigné avec tant d'intérêt des embryons qui n'existaient
pas encore pour elle, ne se refroidit pas lorsque ses poussins sont éclos ; son
attachement, fortifié par la vue de ces petits êtres qui lui doivent la naissance, s'accroît encore tous les jours par les nouveaux soins qu'exige leur
faiblesse ; sans cesse occupée d'eux, elle ne cherche de la nourriture que
pour eux ; si elle n'en trouve point, elle gratte la terre avec ses ongles pour
lui arracher les aliments qu'elle recèle dans son sein, et elle s'en prive en
leur faveur ; elle les rappelle lorsqu'ils s'égarent, les met sous ses ailes à
l'abri des intempéries, et les couve une seconde fois : elle se livre à ces
tendres soins avec tant d'ardeur et de souci, que sa constitution en est sen-

siblement altérée, et qu'il est facile de distinguer de toute autre poule une mère qui mène ses petits, soit à ses plumes hérissées et à ses ailes traînantes, soit au son enroué de sa voix et à ses différentes inflexions toutes expressives, et ayant toutes une forte empreinte de sollicitude et d'affection maternelle.

Mais, si elle s'oublie elle-même pour conserver ses petits, elle s'expose à tout pour les défendre : parait-il un épervier dans l'air, cette mère si faible, si timide, et qui, en toute autre circonstance, chercherait son salut dans la fuite, devient intrépide par tendresse; elle s'élance au-devant de la serre redoutable; et, par ses cris redoublés, ses battements d'ailes et son audace, elle impose souvent à l'oiseau carnassier, qui, rebuté d'une résistance imprévue, s'éloigne et va chercher une proie plus facile. Elle parait avoir toutes les qualités du bon cœur; mais, ce qui ne fait pas autant d'honneur au surplus de son instinct, c'est que, si par hasard on lui a donné à conserver des œufs de cane ou de tout autre oiseau de rivière, son affection n'est pas moindre pour ces étrangers qu'elle le serait pour ses propres poussins : elle ne voit pas qu'elle n'est que leur nourrice ou leur bonne, et non pas leur mère : et, lorsqu'ils vont, guidés par la nature, s'ébattre ou se plonger dans la rivière voisine, c'est un spectacle singulier de voir la surprise, les inquiétudes, les transes de cette pauvre nourrice, qui se croit encore mère, et qui, pressée du désir de les suivre au milieu des eaux, mais retenue par une répugnance invincible pour cet élément, s'agite, incertaine sur le rivage, tremble et se désole, voyant toute sa couvée dans un péril évident sans oser lui donner de secours.

Cazotte (Jacques). — Né en 1729, mort en 1792. « Doué d'une facilité prodigieuse, en une nuit il improvisa un petit opéra (*les Sabots*). Sauvé par le dévouement de sa fille aux massacres de septembre, il fut traduit au tribunal une seconde fois et mourut sur l'échafaud. » On a de lui le poëme d'*Olivier*, les *Mille et une fadaises*, *Chansons* pour bercer le duc de Bourgogne, etc.

AVERTISSEMENT CÉLESTE

J'arrive à la ville; je touche à la première calle. Je parcours d'un air effaré toutes les rues qui sont sur mon passage, ne m'apercevant point qu'un orage affreux va fondre sur moi, et qu'il faut m'inquiéter pour trouver un abri. C'était dans le milieu du mois de juillet. Bientôt je fus chargé par une pluie abondante mêlée de beaucoup de grêle. Je vois une porte ouverte devant moi : c'était celle de l'église du grand couvent des franciscains; je m'y réfugie. Ma première réflexion fut qu'il avait fallu un semblable accident pour me faire entrer dans une église depuis mon séjour dans les Etats de Venise; la seconde fut de me rendre justice sur cet entier oubli de mes devoirs. Enfin, voulant m'arracher à mes pensées, je considère les tableaux et cherche à voir les monuments qui sont dans cette église : c'était une sorte de voyage curieux que je faisais autour de la nef et du chœur.

J'arrive enfin dans une chapelle enfoncée et qui était éclairée par une lampe, le jour extérieur n'y pouvant pénétrer; quelque chose d'éclatant frappe mes regards dans le fond de la chapelle : c'était un monument. Deux génies descendaient dans un tombeau de marbre noir une figure de femme. Deux autres génies fondaient en larmes auprès de la tombe. Toutes les figures étaient de marbre blanc, et leur éclat naturel, rehaussé par le contraste, en réfléchissant vivement la faible lumière de la lampe, semblait le faire briller d'un jour qui leur fût propre, et éclairer lui-même le fond de la chapelle.

J'approche, je considère les figures; elles me paraissent des plus belles proportions, pleines d'expression et de l'exécution la plus finie. J'attache mes yeux sur la tête de la principale figure. Que devins-je? je crois voir le portrait de ma mère. Une douleur vive et tendre, un saint respect me saisissent. « O ma mère! est-ce pour m'avertir que mon peu de tendresse et le désordre de ma vie vous conduiront au tombeau, que ce froid simulacre emprunte ici votre ressemblance chérie? O la plus digne des femmes! tout égaré qu'il est, votre fils vous a conservé tous vos droits sur son cœur. Avant de s'écarter de l'obéissance qu'il vous doit, il mourrait plutôt mille fois; il en atteste ce marbre insensible. Hélas! je suis dévoré de la passion la plus tyrannique : il m'est impossible de m'en rendre maître désormais. Vous venez de parler à mes yeux; parlez, ah! parlez à mon cœur; et, si je dois la bannir, enseignez-moi comment je pourrai faire sans qu'il m'en coûte la vie!... »

Je retourne à mon auberge ordinaire; je cherche une voiture, et, sans m'embarrasser d'équipages, je prends la route de Turin pour me rendre en Espagne par la France.

NOÉ (M.-A. de). — Né en 1724, mort en 1802. Évêque de Troyes, il se fit remarquer par son éloquence et par sa charité : « Il regardait, dit-on, les revenus de son évêché comme le patrimoine des malheureux, et donnait, dans l'exercice de ses fonctions, un rare exemple de piété. »

DISCOURS POUR LA BÉNÉDICTION DES DRAPEAUX
(Fragment.)

Tout homme naît donc soldat, quoique tout soldat ne porte point les armes. Mais le jour que la patrie, croyant avoir besoin de son bras, appelle un citoyen à son secours, ou que ce citoyen venant s'offrir lui-même, elle veut bien agréer ses services, il reçoit le caractère de ministre armé pour sa défense, il devient une victime honorable dévouée à la sûreté publique; et, par un engagement solennel, il resserre ses premiers nœuds, il retourne à sa destination originaire. C'est donc le jour que, succédant au trône de leurs pères, nos rois viennent prendre sur l'autel le glaive pour nous protéger et le sceptre pour nous conduire; le jour que, marchant sur les traces de leurs ancêtres, notre jeune noblesse fait les premiers pas dans la carrière où ils se sont illustrés; le jour que la patrie, sonnant l'alarme, invite le citoyen qui n'a pas fait choix d'une profession, à prendre parti sous ses enseignes, ou qu'arrachant le pâtre à ses troupeaux, le cultivateur à sa charrue, elle lui dit : « Cesse de me nourrir, et viens me défendre; » c'est en ce jour que tous ces enfants de l'État passent dans la classe honorable de ses défenseurs. Là, sous les yeux du Dieu des armées qui fait la revue de ses nouveaux soldats, chacun d'eux, en se revêtant de ses armes, reçoit comme en dépôt la sûreté de nos campagnes, le repos de nos villes, la vie, la liberté de ses frères; il devient l'épée et le bouclier de celui qui n'en a point, ou dont le bras, trop faible pour les porter, ne saurait en faire usage; et Dieu lui dit, comme à Josué, comme à Gédéon, comme à tous les chefs de son peuple : « Allez, voici mes ordres : soyez vaillants !... »

DESMAHIS. (Voir les poëtes, chapitre deuxième.)

LE FAT

C'est un homme dont la vanité seule forme le caractère; qui ne fait rien par goût, qui n'agit que par ostentation, et qui, voulant s'élever au-dessus des autres, est descendu au-dessous de lui-même. Familier avec ses supérieurs, important avec ses égaux, impertinent avec ses inférieurs, il tutoie, il protége, il méprise. Vous le saluez, il ne vous voit pas; vous lui parlez, il ne vous écoute pas; vous parlez à un autre, il vous interrompt. Il lorgne, il persiffle au milieu de la société la plus respectable et de la conversation la plus sérieuse. Il dit à l'homme le plus vertueux de venir le voir, et lui indique l'heure du brodeur ou du bijoutier. Il n'a aucune connaissance, et il donne des avis aux savants et aux artistes : il en eût donné à Vauban sur les fortifications, à Lebrun sur la peinture, à Racine sur la poésie.

Il fait un long calcul de ses revenus; il n'a que soixante mille livres de rente, il ne peut vivre. Il consulte la mode pour ses travers comme pour ses habits, pour son médecin comme pour son tailleur. Vrai personnage de théâtre, à le voir vous croiriez qu'il a un masque, à l'entendre vous diriez qu'il joue un rôle; ses paroles sont vaines, ses actions sont des mensonges, son silence même est menteur. Il manque aux engagements qu'il a; il en feint quand il n'en a pas. Il ne va pas où on l'attend; il arrive tard où il n'est pas attendu. Il n'ose avouer un parent pauvre, ou peu connu; il se glorifie de l'amitié d'un grand à qui il n'a jamais parlé, ou qui ne lui a jamais répondu. Il a du bel esprit la suffisance et les mots satiriques; de l'homme de qualité, les talons rouges, le coureur et les créanciers. Pour peu qu'il fût fripon, il serait en tout le contraste de l'honnête homme : en un mot, c'est un homme d'esprit pour les sots qui l'admirent; c'est un sot pour les gens sensés qui l'évitent. Mais, si vous connaissiez bien cet homme, ce n'est ni un homme d'esprit, ni un sot : c'est un fat, c'est le modèle d'une infinité de jeunes sots mal élevés.

ANQUETIL (L.-P.). Né en 1723, mort en 1808. Il fut successivement directeur de séminaire, de collége, et curé de Paris. Il fut prisonnier sous la Terreur, mais il obtint promptement sa liberté. Ses ouvrages, auxquels on reproche leur monotonie, sont : l'*Esprit de la Ligue*, l'*Histoire de France*, *Motifs des guerres et des traités sous Louis XIV*, etc.

HENRI IV

(*Histoire de France.*)

Le caractère loyal et généreux de Henri, solidement établi alors en Europe, faisait redouter son alliance ou sa protection. Aussi vit-on le duc de Savoie, Charles-Emmanuel, ce prince si clairvoyant, attaché jusqu'alors par intérêt à l'Espagne, commencer à reconnaître que la France pouvait lui être utile, et désirer enfin son alliance. Les princes Allemands, dont la maison d'Autriche alarmait l'indépendance, et les habitants de la Valteline, opprimés par le comte de Fuentes, réclamaient tous les secours de la France ; tous étaient aidés, défendus, protégés, et les bons offices du roi s'étendaient au dehors comme au dedans. « Cependant, disait Henri avec amertume à Sully, ceux que j'ai comblés des plus grands bienfaits, ceux à qui j'ai réparti le plus d'honneurs, sont assez audacieux que de dire que cette paix dont je jouis me fait négliger mes affaires, mépriser les entreprises glorieuses et honorables; que j'aime trop les plaisirs, auxquels j'emploie l'argent que je

devrais leur donner en gratifications, comme ils le méritent; que j'aime
trop les bâtiments et les riches ouvrages, la chasse, les chiens et les chevaux, les cartes, les dés et tous les jeux ; les dames, les délices, l'amour, les
festins, les assemblées, comédies, bals, courses de bagues, où l'on me voit
encore paraître avec ma barbe grise, et être aussi vain et content d'avoir
reçu une bague de quelque belle dame, que dans ma jeunesse.

« Je ne nierai pas, avoue-t-il, qu'il n'y ait quelque chose de vrai dans ces
reproches; mais on devrait me pardonner ces divertissements, qui n'apportent aucun dommage à mes peuples, par forme de compensation de tant
d'amertumes que j'ai goûtées, et des peines que j'ai eues jusqu'à cinquante
ans. Est-il étonnant, d'ailleurs, qu'élevé dans la licence des camps, j'aie contracté des vices? Les faiblesses sont l'apanage de l'humanité : la religion
n'ordonne pas de ne point avoir de défauts, mais de ne pas s'en laisser dominer; et c'est à quoi je me suis étudié, ne pouvant faire mieux. Vous
savez, ajoute-t-il en continuant d'adresser la parole à son confident, que,
touchant mes maîtresses qui sont la passion que tout le monde a crue la
plus puissante sur moi, je les ai rabaissées dans l'occasion, et que je vous
ai hautement préféré à elles.

« Je le ferai toujours, conclut-il avec une espèce de transport, et je quit-
terai plutôt maîtresses, amour, chasse, bâtiments, festins, plaisirs, que de
perdre la moindre occasion d'acquérir honneur et gloire, dont la principale,
après mon devoir envers Dieu, ma femme et mes enfants, mes fidèles serviteurs et mes peuples, que j'aime comme mes enfants, est de me faire
tenir pour prince loyal, de foi et de parole, et faire action, sur la fin de mes
jours, qui les couronne de gloire et d'honneur. »

Voilà Henri IV peint par lui-même, avec cette noble franchise qui faisait
le fond de son caractère, et cette inépuisable tendresse pour ses peuples qui
doit nous rendre sa mémoire si chère et si respectable.

MILLOT (C.-F.-X., l'abbé). — Né en 1726, mort en 1785. Il pro-
fessa plusieurs années comme jésuite les humanités et la rhétorique ; nommé grand vicaire à Lyon, il se livra à des travaux historiques assez estimés, tels que les *Éléments de l'histoire de
France,* et surtout l'*Histoire d'Angleterre.*

JEANNE D'ARC

Jeanne d'Arc, connue sous le nom de Pucelle d'Orléans, était le principal
instrument destiné à sauver sa patrie. Cette fille, née de parents pauvres, à
Donremy, village du diocèse de Toul, n'avait que dix-sept ans lorsqu'elle
parut sur la scène. Sa dévotion, sa simplicité, une imagination vive, échauf-
fée par le récit des horreurs de la guerre, la rendaient fort susceptible de
ces mouvements qui mettent une âme hors d'elle-même. Elle se crut inspirée. Saint Michel, sainte Marguerite, sainte Catherine, lui avaient apparu
dans ses extases, disait-elle, pour lui annoncer les desseins de Dieu. Elle
devait délivrer Orléans et faire sacrer le roi à Reims : sa mission ne s'étendait pas plus loin.

Baudricourt, commandant de Vaucouleurs, à qui elle confia ce secret, la
traita d'abord de visionnaire. Enfin on la présenta au roi : il la fit examiner.
Prélats, docteurs, magistrats, après beaucoup d'interrogations, reconnurent
du merveilleux dans cette fille. Elle était fortement persuadée, et persuada
les autres. On résolut de profiter d'une ressource si imprévue : la pucelle

armée de pied en cap, une bannière à la main, conduisant les Français de la part de Dieu, les remplit de la même ardeur et de la même confiance dont elle était pénétrée. Elle combattit en héroïne, mais en se faisant scrupule de donner la mort. Dirigée par les conseils de Dunois, elle entre dans Orléans, y introduit des renforts, y rend la garnison invincible. Elle avait écrit aux généraux anglais une lettre menaçante, avec cette suscription : « Entendez les nouvelles de Dieu et de la pucelle. » Au duc de Bedford, « qui se dit régent du royaume de France pour le roi d'Angleterre.» Une terreur panique frappe les Anglais. Toujours battus, ils lèvent le siége. On ne peut guère douter que les généraux, comme les soldats, n'attribuassent cette révolution à quelque cause surnaturelle. Le duc de Bedford dit, dans une de ses lettres, que la pucelle, « vrai disciple de Satan, » s'est servie d'enchantements et de sortiléges. Aux yeux des Français, c'était un ange tutélaire ; c'était une sorcière aux yeux des Anglais. Les uns et les autres pouvaient se tromper, sans que l'opinion fût moins propre à produire un grand effet sur des hommes extrêmement crédules.

Cette héroïne, après la délivrance d'Orléans, pressa le roi de venir se faire sacrer à Reims. Il fallait traverser environ quatre-vingts lieues de pays dont les Anglais étaient maîtres ; on n'avait ni argent ni vivres, peu de troupes, des obstacles prodigieux ; tout était perdu si l'on échouait : l'autorité de la pucelle entraîna les esprits irrésolus. Les Anglais furent battus à Patai, malgré les efforts de Talbot, leur général. Auxerre refusa d'ouvrir ses portes, et fournit néanmoins des provisions ; Troyes et Châlons se soumirent ; Reims reçut Charles VII ; il fut sacré, et la pucelle assista en habits de guerre à une cérémonie si glorieuse pour elle. Alors, croyant sa mission accomplie, elle voulut se retirer. Les ordres du roi et les instances des seigneurs la retinrent. Quoique sa gloire fît des jaloux, on sentait combien sa présence était utile. Mais le ciel parut l'abandonner tout à coup. Blessée et prise dans une sortie, en défendant Compiègne qu'assiégeait le duc de Bourgogne, elle fut livrée aux Anglais, qui chantèrent le *Te Deum,* et qui se déshonorèrent pour la punir de leurs défaites.

On devait la traiter comme prisonnière de guerre ; on la condamna au feu comme sorcière et hérétique. Le jacobin qui faisait l'office d'inquisiteur à Paris, et l'Université en corps, par un honteux fanatisme, ou par une bassesse plus honteuse, sollicitèrent vivement les Anglais de l'abandonner au jugement d'un tribunal ecclésiastique. Les ennemis n'y étaient que trop disposés. Cauchon, évêque de Beauvais, leur partisan, homme exécrable, d'autres évêques français auxquels on joignit l'évêque de Winchester, un grand nombre d'ecclésiastiques et de docteurs furent les ministres de la barbarie. La pucelle leur fit une réponse célèbre. Interrogée pourquoi elle avait assisté au sacre de Charles VII avec sa bannière : « Il est juste, dit-elle, que qui a eu part au travail en ait à l'honneur. »

Sa sentence, rendue et exécutée à Rouen, est un des plus honteux monuments de la folie et de la méchanceté humaine. Après plusieurs interrogatoires captieux, conformes au génie de l'inquisition, ces cruels théologiens n'avaient pu convaincre l'héroïne que d'avoir ajouté foi à ses visions et de s'être crue inspirée. On lui avait arraché une rétractation juridique, à force de la menacer du feu ; on l'avait condamnée seulement à une prison perpétuelle. Mais, ayant été surprise en habits d'hommes contre la défense des juges, et vraisemblablement par un artifice de ses oppresseurs, ils la jugèrent relapse, et l'abandonnèrent au bras séculier, c'est-à-dire au feu.

GAILLARD. (Voir les poëtes, chapitre deuxième.)

PASSAGE DES ALPES, PAR FRANÇOIS Iᵉʳ

On part ; un détachement reste et se fait voir sur le mont Cenis et sur le mont Genève, pour inquiéter les Suisses et leur faire craindre une attaque ; le reste de l'armée passe à gué la Durance, et s'engage dans les montagnes, du côté de Guillestre ; trois mille prisonniers la précédent. Le fer et le feu lui ouvrent une route difficile et périlleuse à travers des rochers ; on remplit des vides immenses avec des fascines et de gros arbres ; on bâtit des ponts de communication ; on traîne, à force d'épaules et de bras, l'artillerie dans quelques endroits inaccessibles aux bêtes de somme : les soldats aident les pionniers ; les officiers aident les soldats ; tous indistinctement manient la pioche et la cognée, poussent aux roues, tirent les cordages ; on gravit sur les montagnes, on fait des efforts plus qu'humains ; on brave la mort, qui semble ouvrir mille tombeaux dans ces vallées profondes que l'Argentière arrose, et où des torrents de glace et de neige fondues par le soleil se précipitent avec un fracas épouvantable. On ose à peine les regarder de la cime des rochers sur laquelle on marche en tremblant par des sentiers étroits, glissants et raboteux, où chaque faux pas entraîne une chute, et d'où l'on voit souvent rouler dans le fond des abîmes et les hommes et les bêtes avec toute leur charge. Le bruit des torrents, les cris des mourants, les hennissements des chevaux fatigués et effrayés, étaient horriblement répétés par tous les échos des bois et des montagnes, et venaient redoubler la terreur et le tumulte.

On arriva enfin à une dernière montagne, où l'on vit avec douleur tant de travaux et tant d'efforts prêts à échouer. La sape et la mine avaient renversé tous les rochers qu'on avait pu aborder et entamer ; mais que pouvaient-elles contre une seule roche vive, escarpée de tous côtés, impénétrable au fer, presque inaccessible aux hommes ? Navarre, qui l'avait plusieurs fois sondée, commençait à désespérer du succès, lorsque des recherches plus heureuses lui découvrirent une veine assez tendre qu'il suivit avec la dernière précision ; le rocher fut entamé par le milieu, et l'armée introduite, au bout de huit jours, dans le marquisat de Saluces, admira ce que peuvent l'industrie, l'audace et la persévérance.

GUÉNARD (Antoine). — Né en 1726, mort en 1806. Le *Discours sur l'esprit philosophique* publié par ce père jésuite et couronné par l'Académie française, est un des plus beaux monuments que nous ayons du genre académique.

DÉCADENCE DES ARTS ET DE L'ÉLOQUENCE

Je pourrais, en parcourant tous les genres, montrer partout les beaux-arts en proie à l'esprit philosophique ; mais il faut se borner. Plaignons cependant ici la triste destinée de l'éloquence, qui dégénère et périt tous les jours, à mesure que la philosophie s'avance à la perfection. Il est vrai que la passion des faux brillants et de la vaine parure a flétri sa beauté naturelle, à force de la farder. Il est vrai que le bel esprit a ravagé presque toutes les parties de l'empire littéraire ; mais voici un autre fléau bien plus terrible encore : je dis cette raison géométrique, qui dessèche, qui brûle, pour ainsi dire, tout ce qu'elle ose toucher. Elle renouvelle aujourd'hui la tyrannie de ce faux atticisme qui calomniait autrefois l'orateur romain, et dont la lime sévère persécutait l'éloquence, déchirant tous ses ornements, et ne lui laissant qu'un corps décharné, sans coloris, sans grâces et presque sans vie. Une justesse superstitieuse qui s'examine sans cesse, et compose toutes ses démarches; une fière précision qui se hâte d'exposer froidement ses vérités, et ne laisse sortir de l'âme aucun sentiment, parce que les sentiments ne sont pas des raisons; l'art de poser des principes et d'en exprimer une longue suite de conséquences également claires et glaçantes; des idées neuves et profondes qui n'ont rien de sensible et de vivant, mais qu'on emporte avec foi pour les méditer à loisir : voilà l'éloquence de nos orateurs formés à l'école de la philosophie. D'où vient encore cette métaphysique distillée, que la multitude dévore sans pouvoir se nourrir d'une substance si déliée, et qui devient pour les lecteurs les plus intelligents eux-mêmes un exercice laborieux où l'esprit se fatigue à courir après des pensées qui ne laissent aucune prise à l'imagination? Tous ces discours, pleins, si l'on veut, d'une sublime raison, mais où l'on ne trouve point cette chaleur et ce mouvement qui viennent de l'âme, ne sortent-ils point manifestement de ce génie de discussion et d'analyse accoutumé à tout décomposer et à tout réduire en abstractions idéales, à dépouiller les objets de leurs qualités vagues et générales, qui ne sont rien pour le cœur humain? Je le dirai : ce n'est pas corrompre l'éloquence, comme a fait le bel esprit, c'est lui arracher le principe même de sa force et de sa beauté. Ne sait-on pas qu'elle est presque tout entière dans le cœur et l'imagination, et que c'est là qu'elle va prendre ses charmes, sa foudre même et son tonnerre ?

Lisons les anciens : nous y trouverons des peintures vives et frappantes qui semblent faire entrer les objets eux-mêmes dans l'esprit; des tours hardis et véhéments qui donnent aux pensées des ailes de feu, et les jettent comme des traits brûlants dans l'âme des lecteurs; une expression touchante des sentiments et des mœurs qui se répand dans tout le discours, comme le sang dans les veines, et lui communique, avec une chaleur douce et continue, un air naturel et toujours animé; une variété charmante de couleurs et de tons qui représentent les nuances et les divers changements du sujet. Or, tous ces grands caractères de l'antique éloquence, pourrait-on les retrouver aujourd'hui dans les discours si pressés, si méthodiques, si bien raisonnés, dont l'esprit philosophique est le père et l'admirateur? Défendons-lui donc de sortir de la sphère des sciences, de porter dans les arts de goût sa tristesse et son austérité naturelle, son style aride et affamé.

ÉLISÉÉ (J.-F. Copel, le P.). — Né en 1726, mort en 1783. Choisi comme prédicateur par sa société, il réussit peu d'abord à cause de son faible organe; mais l'admiration avouée de Diderot pour lui le fit bientôt goûter. Ses discours plaisent surtout par le charme de la simplicité.

ORAISON FUNÈBRE DE STANISLAS, ROI DE POLOGNE
(Exorde.)

N'attendez pas, messieurs, que j'expose à vos yeux les tristes images de la patrie, de la vertu, versant des larmes sur le tombeau d'un prince qui a fait le bonheur des hommes; que je vous rappelle ce jour de deuil, où un peuple abattu, consterné, suivait la pompe funèbre de son roi, le cherchait encore dans les ombres de la mort, et s'arrachait avec effort à ses déplorables restes; que je vous fasse entendre les cris du pauvre, de la veuve, de l'orphelin, qui demandent encore leur père, leur consolateur, leur appui. Dans une calamité si générale, chacun trouve en soi la source de son affliction, et il faudrait plutôt chercher à calmer votre vive douleur qu'à l'augmenter par des images si fortes. Un plus grand objet se présente à ma pensée; la mort d'un roi bienfaisant est autant une instruction qu'un malheur pour l'humanité. Quand Dieu frappe ce coup terrible, il veut détacher nos cœurs sur la terre, en arrêtant le cours de nos prospérités; il ôte à tout ce qui nous séduit ce charme secret qui fait oublier le Ciel; il nous fait voir, après quelques vaines douceurs, que les maux du monde sont toujours plus réels que ses biens, et ses chagrins plus vifs que ses joies; il nous apprend que le présent n'est rien, que notre destinée est dans l'avenir, qu'il faut servir le roi tout-puissant, parce qu'on ne trouve de félicité durable que sous son empire, *unus et altissimus et Dominus Deus*. Venez donc, vous qui pleurez le meilleur des maîtres, peuples qu'il rendait heureux, grands qu'il honorait de sa confiance et de son estime, venez tous, environnez ce triste monument, percez ce voile lugubre, considérez ce qui reste d'une vie si belle : des inscriptions qui rappellent quelques actions de ce prince, des titres qui font souvenir qu'il a existé en faisant penser qu'il n'est plus, des images fragiles que le temps ne tardera pas à détruire. Dites, en voyant les débris de tant de grandeurs, en admirant peut-être, à la lueur des torches funèbres, les tristes décorations de ce temple : Voilà donc ce qui reste de ces puissances qui semblent nous écraser de leur poids, un tombeau qui n'occupe plus d'espace que pour laisser un plus grand vide; voilà tout ce que la magnificence, la piété, la tendresse peuvent faire pour honorer un monarque chéri, rappeler le souvenir de ses bienfaits, proposer l'exemple de ses vertus, louer ce qui n'existe plus dans le temps, et terminer l'éloge le plus pompeux par l'aveu du néant et de la fragilité de son objet.

MARMONTEL (Voir les poëtes, chapitre deuxième.)

BÉLISAIRE

Dans la vieillesse de Justinien, l'empire, épuisé par de longs efforts, approchait de sa décadence. Toutes les parties de l'administration étaient négligées; les lois étaient en oubli, les finances au pillage, la discipline militaire à l'abandon. L'empereur, lassé de la guerre, achetait de tous côtés la paix au prix de l'or, et laissait dans l'inaction le peu de troupes qui lui restaient, comme inutiles et à charge à l'État. Les chefs de ces troupes délaissées se dissipaient dans les plaisirs; et la chasse, qui leur retraçait la guerre, charmait l'ennui de leur oisiveté.

Un soir, après cet exercice, quelques-uns d'entre eux soupiraient ensemble dans un des châteaux de la Thrace, lorsqu'on vint leur dire qu'un vieillard aveugle, conduit par un enfant, demandait l'hospitalité. La jeunesse est compatissante; ils firent entrer le vieillard. On était en automne; et le froid, qui déjà se faisait sentir, l'avait saisi. On le fit asseoir auprès du feu.

Le souper continue; les esprits s'animent; on commence à parler des malheurs de l'État. Ce fut un champ vaste pour la censure, et la vanité mécontente se donna toute liberté. Chacun exagérait ce qu'il avait fait et ce qu'il aurait fait encore, si l'on n'eût pas mis en oubli ses services et ses talents. Tous les malheurs de l'empire venaient, à les en croire, de ce qu'on n'avait pas su employer des hommes comme eux. Ils gouvernaient le monde en buvant, et chaque nouvelle coupe de vin rendait leurs vues plus infaillibles.

Le vieillard, assis au coin du feu, les écoutait, et souriait avec pitié. L'un d'eux s'en aperçut et lui dit : « Bonhomme, vous avez l'air de trouver plaisant ce que nous disons là? — Plaisant : non, mais un peu léger, comme il est naturel à votre âge. » Cette réponse les interdit. « Vous croyez avoir à vous plaindre, poursuivit-il, et je crois, comme vous, qu'on a tort de vous négliger; mais c'est le plus petit mal du monde. Plaignez-vous de ce que l'empire n'a plus sa force et sa splendeur ; de ce qu'un prince consumé de soins, de veilles et d'années, est obligé, pour voir et pour agir, d'employer des yeux et des mains infidèles. Mais, dans cette calamité générale, c'est bien la peine de penser à vous ! — Dans votre temps, reprit l'un des convives, ce n'était donc pas l'usage de penser à soi? Hé bien! la mode en est venue, on ne fait plus que cela. — Tant pis, dit le vieillard ; et, s'il en est ainsi, on vous rend justice. — Est-ce pour insulter les gens, lui dit le même, qu'on leur demande l'hospitalité? — Je ne vous insulte point, dit le vieillard; je vous parle en ami, et je paye mon asile en vous disant la vérité. »

Le jeune Tibère, qui depuis fut un empereur vertueux, était du nombre des chasseurs. Il fut frappé de l'air vénérable de ce vieillard à cheveux blancs. «Vous nous parlez, lui dit-il, avec sagesse, mais avec un peu de rigueur : et ce dévouement que vous exigez est une vertu, et non pas un devoir. — C'est un devoir de votre état, reprit l'aveugle avec fermeté, ou plutôt c'est la base de vos devoirs et de toute vertu militaire. Celui qui se dévoue pour sa patrie doit la supposer insolvable; car ce qu'il expose pour elle est sans prix. Il doit même s'attendre à la trouver ingrate; car si le sacrifice qu'il lui fait n'était pas généreux, il serait insensé. Il n'y a que l'amour de la gloire, l'enthousiasme de la vertu, qui soient dignes de vous conduire. Et alors, que vous importe comment vos services seront reçus ? La récompense en est indépendante des caprices d'un ministre et du discernement d'un souverain. Que le soldat soit attiré par le vil appât du butin; qu'il s'expose à mourir pour avoir de quoi vivre, je le conçois. Mais vous qui, nés dans l'abondance, n'avez qu'à vivre pour jouir, en renonçant aux délices d'une molle oisiveté pour aller essuyer tant de fatigues et affronter tant de périls, estimez-vous assez peu de noble dévouement pour exiger qu'on vous le paye ? Ne voyez-vous pas que c'est l'avilir ? Quiconque s'attend à un salaire, la grandeur du prix n'y fait rien; et l'âme qui s'apprécie un talent est aussi vénale que celle qui se donne pour une obole. Ce que je dis de l'intérêt, je le dis de l'ambition; car les honneurs, les titres, le crédit, la faveur du prince, tout cela est une solde, et qui l'exige se fait payer. Il faut ou se donner ou se vendre, il n'y a point de milieu. L'un est un acte de liberté, l'autre un acte de servitude : c'est à vous de choisir celui qui vous convient. — Ainsi, bonhomme, vous mettez, lui dit-on, les souverains à leur aise. — Si je parlais aux souverains, reprit l'aveugle, je leur dirais que, si votre devoir est d'être généreux, le leur est d'être justes. — Vous avouez donc qu'il est juste de récompenser les services? — Oui, mais c'est à celui qui les a reçus d'y penser : tant pis pour celui qui les oublie. Et puis, qui de nous est sûr, en pesant les siens, de tenir la balance égale? Par exemple, dans votre état, pour que tout le monde se crût placé et fût content, il faudrait que chacun commandât, et que personne n'obéit; or cela n'est guère possible. Croyez-moi, le gouvernement peut quelquefois manquer de lumières et d'équité; mais il est encore plus juste et plus éclairé dans ses choix, que si chacun de vous en était cru sur l'opinion qu'il a de lui-même. — Et qui êtes-vous, pour nous parler ainsi? lui dit en haussant le ton le jeune maître du château.

— Je suis Bélisaire, » répondit le vieillard.

Qu'on s'imagine, au nom de ce héros tant de fois vainqueur dans les trois parties du monde, quels furent l'étonnement et la confusion de ces jeunes gens. L'immobilité, le silence, exprimèrent d'abord le respect dont ils étaient frappés; et, oubliant que Bélisaire était aveugle, aucun d'eux n'osait lever les yeux sur lui.

CALME SUR L'OCÉAN

(*Les Incas.*)

Dix fois le soleil fit son tour sans que le vent fût apaisé. Il tombe enfin, et bientôt après un calme profond lui succède. Les ondes, violemment émues, se balancent longtemps encore après que le vent a cessé. Mais insensiblement leurs sillons s'aplanissent ; et, sur une mer immobile, le navire, comme enchaîné, cherche inutilement dans les airs un souffle qui l'ébranle ; la voile, cent fois déployée, retombe cent fois sur les mâts. L'onde, le ciel, un horizon vague, où la vue a beau s'enfoncer, dans l'abîme de l'étendue un vide profond et sans bornes, le silence et l'immensité, voilà ce que présente aux matelots ce triste et fatal hémisphère. Consternés et glacés d'effroi, ils demandent au ciel des orages et des tempêtes ; et le ciel, devenu d'airain comme la mer, ne leur offre de toutes parts qu'une affreuse sérénité. Les jours, les nuits s'écoulent dans ce repos funeste ; ce soleil, dont l'éclat naissant ranime et réjouit la terre ; ces étoiles, dont les rochers aiment à voir briller les feux étincelants ; ce liquide cristal des eaux, qu'avec tant de plaisir nous contemplons du rivage, lorsqu'il réfléchit la lumière et répète l'azur des cieux, ne forme plus qu'un spectacle funeste ; et tout ce qui, dans la nature, annonce la paix et la joie, ne porte ici que l'épouvante, et ne présage que la mort.

Cependant les vivres s'épuisent, on les réduit, on les dispense d'une main avare et sévère. La nature qui voit tarir les sources de la vie en devient plus avide ; et plus les ressources diminuent, plus on sent croître les besoins. A la disette enfin succède la famine, fléau terrible sur la terre, mais plus terrible mille fois sur le vaste abîme des eaux ; car au moins sur la terre quelque lueur d'espérance peut abuser la douleur et soutenir le courage ; mais, au milieu d'une mer immense, solitaire et environné du néant, l'homme, dans l'abandon de toute la nature, n'a pas même l'illusion pour se sauver du désespoir ; il voit comme un abîme l'espace épouvantable qui l'éloigne de tout secours ; sa pensée et ses yeux s'y perdent ; la voix même de l'espérance ne peut arriver jusqu'à lui.

Les premiers accès de la faim se font sentir sur le vaisseau : cruelle alternative de douleur et de rage, où l'on voyait les malheureux, étendus sur les bancs, lever les mains vers le ciel, avec des plaintes lamentables, ou courir, éperdus et furieux, de la proue à la poupe, et demander au moins que la mort vint finir leurs maux !

GAILLARD (G.-H.). — Né en 1726, mort en 1806. Il quitta le barreau pour les lettres, et fut reçu à l'Académie des inscriptions et belles-lettres et à l'Académie française. Ses écrits historiques et didactiques lui ont conquis une place honorable ; il fut l'intime de Malesherbes.

HENRI IV ET SULLY

Une calomnie travaillée de main de courtisan avait sapé les fondements de l'amitié qui régnait entre le roi et son ministre : on avait présenté Sully comme dangereux, comme prêt à s'armer contre son maître ; on avait cité les exemples de tant d'ingrats et de traîtres, dont ces temps malheureux abondaient. Les avis étaient si multipliés, si détaillés, toutes les circonstances avaient été rassemblées avec tant d'art, qu'elles avaient ébranlé Henri. Déjà son cœur se resserre et s'éloigne ; Sully voit le progrès de la calomnie, peut l'arrêter d'un seul mot et ne daigne pas le dire. Henri attend ce mot et ne l'exige point : la douce familiarité, le badinage aimable, la liberté, la confiance avaient fui de leurs entretiens. Henri n'était plus que poli, Sully n'était plus que respectueux : le ministre n'était pas renvoyé, mais l'ami était disgracié. Qu'il est dur et difficile de cesser d'aimer! Henri jette encore de temps en temps sur celui qu'il aimait encore des regards de tendresse et de regret, et il voit sur son visage quelques traces de douleur; s'il croit reconnaître à quelque marque son fidèle Sully, son cœur ne se contient plus, ses bras vont s'ouvrir, il va se jeter au cou de son ami. Une mauvaise honte, un reste de défiance, et toujours ce fier silence de Sully, le retiennent encore... Il succombe enfin. « Sully, lui dit-il, n'auriez-vous rien à me dire? Quoi! Sully n'a plus rien à me dire! Eh bien! c'est donc à moi de parler. » Il lui dévoile alors son âme tout entière, avec tous les combats qui l'ont agitée, et toutes les douleurs qui l'ont affligée : « Cruel, comment pouviez-vous laisser à votre ami le désespoir de vous croire infidèle? » Sully, pénétré de ce tort, le seul qu'il ait pu avoir, veut tomber aux pieds de Henri... « Que faites-vous, Sully? lui dit le roi; vos ennemis vous voient, ils vont penser que je vous pardonne; ne leur donnez point la satisfaction de vous avoir cru coupable. »

PALISSOT (Ch. de Montenoy). — Né en 1730, mort en 1814. « Palissot fut un critique judicieux et un écrivain correct : il fut admirateur de Voltaire, des ouvrages duquel il a donné une édition complète. Pour les autres écrivains, il était assez sévère, et, en revanche, il était l'objet de leurs éternels sarcasmes. »

JUGEMENTS LITTÉRAIRES

AMYOT

Il y a plus de deux cents ans qu'il a écrit, et cependant on préfère sa traduction de Plutarque à toutes celles qui ont paru jusqu'à nos jours. Cet ouvrage fut une époque pour notre langue. A l'ancienne rudesse, Amyot substitua la douceur, la naïveté; et son style, quoique très-simple, n'est dépourvu ni d'élégance ni de grâce.

BOILEAU

Les étrangers ne l'ont appelé longtemps que le Poëte français, et cette gloire était bien due à l'immortel auteur de l'*Art poétique* et du *Lutrin*. Ses vers, devenus proverbes en naissant, répandaient dans toute l'Europe la honte des Scudéri et la gloire des Corneille. Il eut à la vérité pour ennemie toute la populace des rimeurs, et rien n'était plus naturel; car

> Si de tout temps et satire et bons mots
> Ont attaqué les méchans et les sots,
> C'est bien raison que nous voyions médire
> Sots et méchans de bons mots et satire.

CORNEILLE

Le créateur de la tragédie en France sera toujours le plus imposant de nos poëtes tragiques. L'admiration qu'il mérite s'est encore fortifiée, si nous l'osons dire, par une admiration de préjugé. Il semble, à notre égard, avoir acquis déjà la majesté d'un antique. L'héroïsme des Romains lui devint si familier en méditant leur histoire, qu'il a l'air de leur appartenir plutôt qu'à nous. Son génie fut sublime comme celui de la Fontaine fut naïf.

Son grand nom fut pour son frère un honneur dangereux. Celui-ci est un des premiers qui aient altéré la simplicité de la tragédie par des intrigues romanesques.

FÉNELON

Le Racine de la prose par son immortel ouvrage de *Télémaque,* qu'il composa pour l'éducation de monseigneur le duc de Bourgogne, dont il était précepteur. Jamais homme ne fut plus digne que l'archevêque de Cambrai, de présider à l'éducation d'un prince.

Son extrême sensibilité l'entraîna dans cette erreur respectable, si pourtant quelque erreur peut l'être, qu'il fallait aimer Dieu pour lui-même. M. de Bossuet s'éleva avec force contre un sentiment qui lui parut tenir aux chimères du quiétisme. Mais M. de Cambray n'opposa à cet emportement que de la douceur et de la modération. L'un et l'autre étaient dignes de s'estimer. Tous deux, mais dans un genre différent, furent les hommes les plus éloquents de leur siècle. Rien ne les caractérise mieux peut-être que ce mot de la reine de France : «M. de Bossuet, disait-elle, prouve la religion; M. de Fénelon la fait aimer. »

LA BRUYÈRE

C'est le philosophe qui, après Molière, a le mieux observé et connu les hommes. Ses caractères, écrits d'un style nerveux, et dont il n'y avait pas de modèle avant lui, sont l'ouvrage le plus précieux sur les mœurs qui ait paru chez aucun peuple. Ce fut en vain que, pour lui nuire, ses ennemis publièrent des clefs satiriques de son ouvrage. Ces libelles téméraires sont oubliés, et le livre de la Bruyère est demeuré comme un des plus précieux monuments du beau siècle de Louis XIV.

LA FONTAINE

On peut l'appeler le poëte de tous les âges. Il amuse l'enfance, il instruit l'âge mûr; il fait encore les délices de la vieillesse, parce qu'il tient de plus près à la nature que tous nos autres poëtes. A l'exemple du Corrége, qui s'écria qu'il était peintre à la vue d'un tableau de Raphaël, la Fontaine, à vingt-deux ans, se reconnut poëte en lisant par hasard une ode de Malherbe; et ceux qui ne verraient en lui que le fabuliste naïf et le conteur agréable, ne connaîtraient qu'une très-faible partie de son mérite. Il savait que la vérité a besoin d'être ornée, et il disait lui-même :

> Une morale nue apporte de l'ennui,
> Le conte fait passer la morale avec lui.

Souvent même le précepte, dans ses ouvrages, ne paraît être que l'expression du sentiment. Tel est cet épilogue intéressant d'une de ses plus belles fables :

> Qu'un ami véritable est une douce chose !
> Il cherche vos besoins au fond de votre cœur :
> Il vous épargne la pudeur
> De les lui découvrir vous-même ;
> Un songe, un rien, tout lui fait peur,
> Quand il s'agit de ce qu'il aime.

ROLLIN

Les jeunes gens ne puiseront jamais des leçons d'une morale plus saine et d'un goût plus épuré que dans les ouvrages de cet estimable écrivain. Il conservera toujours aux yeux de la postérité le caractère d'un écrivain sage, rempli de connaissances et de goût, et qui a fait passer jusque dans son style la douceur et l'aménité de ses mœurs. Ce caractère devient aujourd'hui d'autant plus remarquable qu'il est plus rare d'en trouver un exemple.

BEAUVAIS (J.-S.-C. Marie de). — Né en 1731, mort en 1790. Il eut un grand succès comme prédicateur, fut nommé évêque de Séez, puis député aux États généraux. Ses sermons et ses oraisons funèbres se distinguent par une grande vigueur jointe à une noble simplicité.

ORAISON FUNÈBRE DE C. DE BROGLIE, ÉVÊQUE DE NOYON

(Exorde.)

Fidèles amis, tendre et magnanime frère du pontife que cette église a perdu, vous avez donc voulu vous réunir en ce jour autour de ses cendres chéries, pour le pleurer encore au milieu de son église et de son peuple? Vous voulez que l'un des témoins de sa vie et des confidents de son cœur soit l'interprète de votre douleur et de votre tendresse; et qu'après avoir recueilli avec vous ses derniers soupirs, je rende encore à sa mémoire ce dernier hommage.

Pourquoi réveiller une douleur que le temps semblait avoir assoupie? Pourquoi renouveler en ce jour des funérailles qui nous ont déjà coûté tant de larmes? Ah! que ceux qui ont perdu l'espérance de l'immortalité cherchent à oublier les morts, et qu'ils s'épargnent l'inutile douleur de pleurer sur une poussière insensible; mais nous, qui croyons à l'immortalité; mais nous, qui avons les présages les plus consolants sur la destinée éternelle de l'ami que nous pleurons, comment voudrions-nous oublier celui que nous avons aimé, celui qui est vivant et immortel devant Dieu, celui dont le souvenir doit nous remplir de consolation? Doux souvenir d'un ami qui a expiré au sein de la foi et de la vertu! larmes délicieuses, aimable tristesse plus chère aux âmes vertueuses et sensibles que toutes les joies du siècle!

Et moi-même, messieurs, qui suis obligé de remplir une fonction si douloureuse pour l'amitié, cessez de me plaindre, je sens combien elle doit affliger mon cœur; mais mon cœur se complait dans son affliction : et, si ces souvenirs renouvellent ma douleur, ils soulageront mon âme. Dans les anciennes mœurs, n'était-ce donc pas l'ami le plus fidèle qui rendait ce triste devoir? Voyez les fleurs dont saint Jérôme orna la tombe de son cher Népotien; écoutez les Ambroise, les Grégoire, les Bernard, dont le cœur était si sensible; écoutez les louanges dont ils font retentir les funérailles de leurs frères. Cherchons comme eux, dans notre douleur même, un remède à notre douleur. Répandons aussi des fleurs avec nos larmes sur la tombe de notre illustre ami. Consolons-nous mutuellement par le souvenir de sa vertu, et par la foi de l'immortalité.

Quel étonnant contraste avait partagé la destinée de celui que nous pleurons! Les espérances et les qualités les plus brillantes, tout semblait préparer en lui l'un des personnages les plus heureux et les plus illustres de son siècle. Hélas! à peine est-il entré dans la carrière des honneurs, qu'une langueur irrémédiable vint dessécher autour de lui toute sa gloire et sa postérité. Mais aussi, avec quelle constance il a soutenu cette rigoureuse épreuve, et avec quel courage il a fait servir une mortelle infirmité au salut immortel de son âme! Faisons reparaître un instant sur son tombeau les grandes espérances qu'il avait données à cette église et à toute l'église de France, et gémissons sur la fragilité des choses humaines. Déplorons ses malheurs, mais bénissons le ciel des grâces et des consolations dont il l'a comblé dans ses souffrances. Tels sont les deux objets du discours que nous consacrons à la mémoire de Charles de Broglie, évêque, comte de Noyon, pair de France, désigné cardinal de la sainte Église romaine...

THOMAS. (Voir les poëtes, chapitre deuxième.)

COMBAT NAVAL

(Éloge de Duguay-Trouin)

Duguay-Trouin s'avance, la victoire le suit. La ruse et l'audace, l'impétuosité de l'attaque et l'habileté de la manœuvre, l'ont rendu maître du vaisseau-commandant. Cependant l'on combat de tous côtés; sur une vaste étendue de mer règne le carnage. On se mêle : les proues heurtent contre les proues; les manœuvres sont entrelacées entre les manœuvres; les foudres se choquent et retentissent. Duguay-Trouin observe d'un œil tranquille la face du combat, pour porter des secours, réparer des défaites, ou achever des victoires. Il aperçoit un vaisseau armé de cent canons, défendu par une armée entière. C'est là qu'il porte ses coups; il préfère à un triomphe facile l'honneur d'un combat dangereux. Deux fois il ose l'aborder, deux fois l'incendie qu'il allume dans le vaisseau ennemi l'oblige de s'écarter. Le *Devonshire*, semblable à un volcan allumé, tandis qu'il est consumé au dedans, vomit au dehors des feux encore plus terribles.

Les Anglais d'une main lancent des flammes, de l'autre tâchent d'éteindre celles qui les environnent. Duguay-Trouin n'eût désiré les vaincre que pour les sauver. Ce fut un horrible spectacle pour un cœur tel que le sien, de voir ce vaisseau immense brûlé en pleine mer, la lueur de l'embrasement réfléchie au loin par les flots, tant d'infortunés errant en furieux, ou palpitant immobiles au milieu des flammes, s'embrassant les uns les autres ou se déchirant eux-mêmes, levant vers le ciel des bras consumés, ou précipitant leurs corps fumants dans la mer; d'entendre le bruit de l'incendie, les hurlements des mourants, les vœux de la religion mêlés aux cris du désespoir et aux imprécations de la rage, jusqu'au moment terrible où le vaisseau s'enfonce, l'abîme se referme et tout disparaît. Puisse le génie de l'humanité mettre souvent de pareils tableaux devant les yeux des rois qui ordonnent les guerres! Cependant Duguay-Trouin poursuit la flotte épouvantée. Tout fuit, tout se disperse. La mer est couverte de débris; nos ports se remplissent de dépouilles; et tel fut l'événement de ce combat, qu'aucun des vaisseaux qui portaient du secours ne passa chez les ennemis. Les fruits de la bataille d'Almanza furent assurés; l'archiduc vit échouer ses espérances, et Philippe V put se flatter que son trône serait un jour affermi.

FRAGMENT DE L'ÉLOGE DE MARC-AURÈLE

Dans cette assemblée du peuple romain était une foule d'étrangers et de citoyens de toutes les parties de l'empire. Les uns se trouvaient depuis longtemps à Rome, les autres avaient suivi de plusieurs provinces le char funèbre, et l'avaient accompagné par honneur. Tout à coup l'un d'eux (c'était le premier magistrat d'une ville au pied des Alpes) éleva la voix; et, s'adressant à Apollonius : « Orateur, dit-il, tu nous as parlé du bien qu'a fait Marc-Aurèle à des particuliers malheureux; parle-nous de ce qu'il a fait à des villes et à des nations entières; souviens-toi de la famine qui a désolé l'Italie. Nous entendions les cris de nos enfants qui nous demandaient du pain; nos campagnes stériles et nos marchés déserts ne nous offraient plus de ressource : nous avons invoqué Marc-Aurèle, et la famine a cessé. » Alors il approcha, toucha la tombe et dit : « J'apporte à la cendre de Marc-Aurèle les hommages de toute l'Italie. »

Un autre homme parut : son visage était brûlé par un soleil ardent, ses traits avaient je ne sais quoi de fier, et sa tête dominait toute l'assemblée : c'était un Africain; il éleva la voix et dit : « Je suis né à Carthage; j'ai vu un embrasement général dévorer nos maisons et nos temples. Echappés de ces flammes, et couchés plusieurs jours sur des ruines et des monceaux de cendres, nous avons invoqué Marc-Aurèle à réparer nos malheurs. Carthage a remercié une fois les dieux d'être humains.» Il approcha, toucha la tombe et dit : « J'apporte à la cendre de Marc-Aurèle les hommages de l'Afrique. » Trois des habitants de l'Asie s'avancèrent ; ils tenaient d'une main de l'encens, et de l'autre des couronnes de fleurs. L'un d'eux prit la parole : « Nous avons vu dans l'Asie le sol qui nous portait s'écrouler sous nos pas, et nos trois villes renversées par un tremblement de terre. Du milieu de ces débris, nous avons invoqué Marc-Aurèle, et nos villes sont sorties de leurs ruines. » Ils posèrent sur la tombe l'encens et les couronnes et dirent : « Nous apportons à la cendre de Marc-Aurèle les hommages de l'Asie. »

Enfin il parut un homme des rives du Danube. Il portait l'habillement des barbares, et tenait une massue à la main. Son visage cicatrisé était mâle et terrible, mais ses traits à demi sauvages étaient adoucis dans ce moment par la douleur. Il s'avança et dit : « Romains, la peste a désolé nos climats; on dit qu'elle avait parcouru l'univers, et qu'elle était venue des frontières des Parthes jusqu'à nous. La mort était dans nos cabanes, elle nous poursuivait dans nos forêts, nous ne pouvions plus ni chasser ni combattre. Tout périssait; j'éprouvais moi-même ce fléau terrible, et je ne soutenais plus le poids de mes armes. Dans cette désolation, nous avons invoqué Marc-Aurèle; Marc-Aurèle a été notre dieu conservateur. » Il approcha, posa sa massue sur la tombe et dit : « J'apporte à ta cendre l'hommage de vingt nations que tu as sauvées. »

DESCARTES, BACON, LEIBNITZ ET NEWTON
(*Éloge de Descartes.*)

Si on cherche les grands hommes modernes, avec qui l'on peut comparer Descartes, on en trouvera trois : Bacon, Leibnitz et Newton. Bacon parcourut toute la surface des connaissances humaines ; il jugea les siècles passés, et alla au-devant des siècles à venir : mais il indiqua plus de grandes choses qu'il n'en exécuta; il construisit l'échafaud d'un édifice immense, et laissa à d'autres le soin de construire l'édifice.

Leibnitz fut tout ce qu'il voulut être; il porta dans la philosophie une grande hauteur d'intelligence, mais il ne traita la science de la nature que par lambeaux; et ses systèmes métaphysiques semblent plus faits pour étonner et accabler l'homme que pour l'éclairer.

Newton a créé une optique nouvelle, et démontré les rapports de la gravitation dans les cieux. Je ne prétends point ici diminuer la gloire de ce grand homme; mais je remarque seulement tous les secours qu'il a eus pour ces grandes découvertes. Je vois que Galilée lui avait donné la théorie de la pesanteur; Képler, les lois des astres dans leurs révolutions; Huyghens, la combinaison et les rapports des forces centrales et centrifuges; Bacon, le grand principe de remonter des phénomènes vers les causes; Descartes, sa méthode pour le raisonnement, son analyse pour la géométrie, une foule innombrable de connaissances pour la physique, et plus que tout cela peut-être, la destruction de tous les préjugés. La gloire de Newton a donc été de profiter de tous ces avantages, de rassembler toutes ces forces étrangères, d'y joindre les siennes propres qui étaient immenses, et de les enchaîner toutes par les calculs d'une géométrie aussi sublime que profonde.

Si maintenant je rapproche Descartes de ces hommes célèbres, j'oserai dire qu'il avait des vues bien plus nouvelles et bien plus étendues que Bacon; qu'il a eu l'éclat et l'immensité du génie de Leibnitz, mais bien plus de consistance et de réalité dans sa grandeur; qu'enfin il a mérité d'être mis à côté de Newton, et qu'il n'a été créé que par lui-même, parce que, si l'un a découvert plus de vérités, l'autre a ouvert la route de toutes les vérités; géomètre aussi sublime, quoiqu'il n'ait pas fait un aussi grand usage de la géométrie; plus original par son génie, quoique son génie l'ait souvent trompé; plus universel dans ses connaissances, comme dans ses talents, quoique moins sage et moins assuré dans sa marche; ayant peut-être en étendue ce que Newton avait en profondeur; fait pour concevoir en grand, mais peu fait pour suivre les détails, tandis que Newton donnait aux plus petits détails l'empreinte du génie; moins admirable sans doute, pour la connaissance des cieux, mais bien plus utile pour le genre humain, par sa grande influence sur les esprits et sur les siècles.

LETTRE A DUCIS

1785.

Je voudrais pouvoir vous accompagner dans votre voyage à la Grande-Chartreuse. Ce lieu est fait pour vous. Combien il réveillera dans votre imagination d'idées mélancoliques et tendres! Je vous connais, vous serez plus d'une fois tenté d'y rester; vous n'en partirez du moins qu'avec les regrets les plus touchants. Ces pieux solitaires ont abrégé et simplifié le drame de la vie, ils ne s'occupent que du dénoûment et s'y précipitent sans cesse. C'est bien là que la vie n'est que l'apprentissage de la mort; mais la mort y touche aux cieux : c'est une porte qui s'ouvre sur l'éternité. L'horreur même du désert qu'ils habitent ressemble à un tombeau. Il semble que déjà ils se sont retirés de la vie le plus loin qu'ils ont pu. Ah! que la vue de Ferney sera différente à vos yeux! Quel contraste! Là tout tendait à la gloire, à l'agitation, au mouvement. C'était pourtant aussi une retraite, mais celle d'un homme qui, de là, voulait remuer le monde, et se mêlait à tous les événements, dont le bruit même le plus éloigné ne parvient pas jusqu'aux autres...

J'ai appris avec douleur la mort de ce pauvre abbé Millot.

Mon cher ami, le canon perce nos lignes, et les rangs se serrent de moment en moment; cela est effrayant! Aimons-nous jusqu'au dernier jour; et que celui qui survivra à l'autre aime encore sa mémoire. Quel asile plus respectable et plus doux peut-elle avoir que le cœur d'un ami? C'est là qu'elle repose, au lieu que, dans l'opinion et dans la gloire, elle est errante et agitée.

BEAUMARCHAIS (P.-A. Caron de). — Né en 1732, mort en 1799. Horloger comme son père, habile musicien, professeur des filles de Louis XV, financier, il fit une énorme fortune dans les fournitures de la guerre d'Amérique. C'est alors qu'il débuta dans les lettres p a ses *Mémoires*, chef-d'œuvre de malice, de verve et d'intérêt. Outre les mémoires et d'autres écrits, il a laissé des drames, des comédies, dont les plus illustres sont le *Barbier de Séville* et

le *Mariage de Figaro*. Beaumarchais a soustrait avec peine sa tête
aux rigueurs de la Terreur.

FRAGMENT DU BARBIER DE SÉVILLE

LE COMTE, FIGARO.

FIGARO, *une guitare sur le dos, attachée en bandoulière avec un large ruban;
il chantonne gaiement, un papier et un crayon à la main.*

Le vin et la paresse	Si l'une est ma maîtresse,
Se partagent mon cœur;	L'autre est mon serviteur.

Heu, heu! quand il y aura des accompagnements là-dessous, nous verrons
encore, messieurs de la cabale, si je ne sais ce que je dis... (*Il aperçoit le
comte.*) J'ai vu cet abbé-là quelque part. (*Il se relève.*)

LE COMTE, *à part.*

Cet homme ne m'est pas inconnu.

FIGARO.

Eh! non, ce n'est pas un abbé! Cet air altier et noble...

LE COMTE.

Cette tournure grotesque...

FIGARO.

Je ne me trompe point, c'est le comte Almaviva.

LE COMTE.

Je crois que c'est ce coquin de Figaro.

FIGARO.

C'est lui-même, Monseigneur.

LE COMTE.

Maraud, si tu dis un mot...

FIGARO.

Oui, je vous reconnais; voilà les bontés familières dont vous m'avez toujours honoré.

LE COMTE.

Je ne te reconnais pas, moi. Te voilà si gros et si gras...

FIGARO.

Que voulez-vous, Monseigneur, c'est la misère.

LE COMTE.

Pauvre petit! Mais que fais-tu à Séville? Je t'avais autrefois recommandé
dans les bureaux pour un emploi.

FIGARO.

Je l'ai obtenu, Monseigneur, et ma reconnaissance...

LE COMTE.

Appelle-moi Lindor. Ne vois-tu pas à mon déguisement que je veux être
inconnu?

FIGARO.

Je me retire.

LE COMTE.

Au contraire. J'attends ici quelque chose, et deux hommes qui jasent sont moins suspects qu'un seul qui se promène. Ayons l'air de jaser. Eh bien! cet emploi?

FIGARO.

Le ministre, ayant égard à la recommandation de Votre Excellence, me fit nommer sur-le-champ garçon apothicaire.

LE COMTE.

Dans les hôpitaux de l'armée?

FIGARO.

Non, dans les haras d'Andalousie.

LE COMTE, *riant.*

Beau début!

FIGARO.

Le poste n'était pas mauvais, parce qu'ayant le district des pansements et des drogues, je vendais souvent aux hommes de bonnes médecines de cheval...

LE COMTE.

Qui tuaient les sujets du roi!

FIGARO.

Ah! ah! il n'y a point de remède universel; mais qui n'ont pas laissé de guérir quelquefois des Galiciens, des Catalans, des Auvergnats.

LE COMTE.

Pourquoi donc l'as-tu quitté?

FIGARO.

Quitté? c'est bien lui-même; on m'a desservi auprès des puissances.

L'envie aux doigts crochus, au teint pâle et livide...

LE COMTE.

Oh! grâce, grâce, ami! Est-ce que tu fais aussi des vers? Je t'ai vu là griffonnant sur ton genou, et chantant dès le matin.

FIGARO.

Voici précisément la cause de mon malheur, Excellence. Quand on a rapporté au ministre que je faisais, je puis dire assez joliment, des bouquets à Chloris; que j'envoyais des énigmes aux journaux, qu'il courait des madrigaux de ma façon; en un mot, quand il a su que j'étais imprimé tout vif, il a pris la chose au tragique, et m'a fait ôter mon emploi, sous prétexte que l'amour des lettres est incompatible avec l'esprit des affaires.

LE COMTE.

Puissamment raisonné! Et tu ne lui fis pas représenter...

FIGARO.

Je me crus trop heureux d'en être oublié, persuadé qu'un grand nous fait assez de bien quand il ne nous fait pas de mal.

LE COMTE.

Tu ne dis pas tout. Je me souviens qu'à mon service tu étais un assez mauvais sujet.

FIGARO.

Eh! mon Dieu, Monseigneur, c'est qu'on veut que le pauvre soit sans défaut.

LE COMTE.

Paresseux, dérangé...

FIGARO.

Aux vertus qu'on exige dans un domestique, Votre Excellence connaît-elle beaucoup de maîtres qui fussent dignes d'être valets?

LE COMTE, *riant.*

Pas mal. Et tu t'es retiré en cette ville?

FIGARO.

Non, pas tout de suite.

LE COMTE, *l'arrêtant.*

Un moment... J'ai cru que c'était elle... Dis toujours, je t'entends de reste.

FIGARO.

De retour à Madrid, je voulus essayer de nouveau mes talents littéraires; et le théâtre me parut un champ d'honneur...

LE COMTE.

Ah! miséricorde!

FIGARO. (*Pendant sa réplique, le comte regarde avec attention du côté de la jalousie.*)

En vérité, je ne sais comment je n'eus pas le plus grand succès, car j'avais rempli le parterre des plus excellents travailleurs; des mains... comme des battoirs; j'avais interdit les gants, les cannes, tout ce qui ne produit que des applaudissements sourds; et, d'honneur, avant la pièce, le café m'avait paru dans les meilleures dispositions pour moi. Mais les efforts de la cabale...

LE COMTE.

Ah! la cabale! monsieur l'auteur tombé.

FIGARO.

Tout comme un autre : pourquoi pas? ils m'ont sifflé; mais, si jamais je puis les rassembler...

LE COMTE.

L'ennui te vengera bien d'eux!

FIGARO.

Ah! comme je leur en garde, morbleu!

LE COMTE.

Tu jures! Sais-tu qu'on n'a que vingt-quatre heures au palais pour maudire ses juges?

FIGARO.

On a vingt-quatre ans au théâtre; la vie est trop courte pour user un pareil ressentiment.

LE COMTE.

Ta joyeuse colère me réjouit. Mais tu ne me dis pas ce qui t'a fait quitter Madrid?

FIGARO.

C'est mon bon ange, Excellence, puisque je suis assez heureux pour retrouver mon ancien maître. Voyant à Madrid que la république des lettres était celle des loups, toujours armés les uns contre les autres, et que, livrés au mépris où ce risible acharnement les conduit, tous les insectes : les moustiques, les cousins, les critiques, les maringouins, les envieux, les feuilletonistes, les libraires, les censeurs, et tout ce qui s'attache à la peau des malheureux gens de lettres, achevait de déchiqueter et sucer le peu de substance qui leur restait ; fatigué d'écrire, ennuyé de moi, dégoûté des autres, abîmé de dettes et léger d'argent ; à la fin, convaincu que l'utile revenu du rasoir est préférable aux vains honneurs de la plume, j'ai quitté Madrid ; et, mon bagage en sautoir, parcourant philosophiquement les deux Castilles, la Manche, l'Estramadure, la Sierra-Moréna, l'Andalousie ; accueilli dans une ville, emprisonné dans l'autre, et partout supérieur aux événements ; loué par ceux-ci, blâmé par ceux-là ; aidant au bon temps, supportant le mauvais ; me moquant des sots, bravant les méchants ; riant de ma misère et faisant la barbe à tout le monde ; vous me voyez enfin établi dans Séville, et prêt à servir de nouveau Votre Excellence en tout ce qu'il lui plaira de m'ordonner.

LE COMTE.

Qui t'a donné une philosophie aussi gaie ?

FIGARO.

L'habitude du malheur. Je me presse de rire de tout, de peur d'être obligé d'en pleurer.

RULHIÈRE. (Voir les poëtes, chapitre deuxième.)

INCENDIE DE LA FLOTTE TURQUE

(Histoire de Pologne.)

Les vaisseaux turcs, en suivant la côte, rencontrèrent le petit golfe de Tchesmé, et y entrèrent comme dans un asile.

L'armée russe jeta l'ancre à la même place que l'armée turque venait d'abandonner ; et, apercevant les vaisseaux ennemis amoncelés dans une baie étroite, et dont l'entrée se trouvait encore resserrée par un rocher qui s'élevait au milieu des eaux, on conçut l'espérance d'y incendier cette flotte.

Quatre vaisseaux russes furent aussitôt détachés pour fermer la sortie de cette baie. Mais les courants firent tomber ces quatre vaisseaux sous le vent, sans que tout le jour aucune manœuvre pût les rapprocher. Chacune des deux escadres demeurait ainsi dans un extrême péril ; l'une malgré sa force, amoncelée entre des rochers, où il était facile de la détruire ; l'autre, malgré sa faiblesse, séparée en deux divisions hors de portée de se secourir mutuellement.

Hassan, qui s'était fait porter au lieu du danger, représenta au capitan-pacha combien la flotte ottomane était exposée dans cette anse. Mais celui-ci, de plus en plus attaché à sa résolution de ne point combattre, se croyait sous la protection de la petite forteresse de Tchesmé et des batteries qu'il faisait établir sur les côtes. Il défendit à tout vaisseau de prendre le large, et envoya par terre aux Dardanelles, pour en faire venir encore quelques vaisseaux. Il employa toute la journée suivante à établir des batteries sur le rivage. Une fut placée sur le rocher qui rétrécissait l'entrée du golfe ; quatre vaisseaux, placés en travers dans l'intérieur du golfe, couvraient toute la flotte et défendaient le passage. Mais, pendant cette même journée, l'escadre russe, parvenue à se réunir, préparait des brûlots pour une expédition plus terrible qu'un combat.

Au milieu de la nuit, ces brûlots s'avancent, soutenus par trois vaisseaux de ligne, une frégate et une bombarde. Un de ces vaisseaux, monté par Gregg, arriva le premier à l'entrée du port, et y resta longtemps exposé au feu de la batterie et des quatre vaisseaux ennemis, faisant de son côté un feu terrible et continuel, avec des grenades, des boulets rouges, des carcasses, des fusées, de la mitraille. Les deux autres vaisseaux arrivèrent enfin à la même portée, et commencèrent un feu semblable, tandis que la bombarde, placée à leur tête, envoyait au loin ses bombes dans l'intérieur du golfe. Pendant ce temps, les deux brûlots approchent, conduits l'un et l'autre par des officiers anglais. L'un, dont le commandant ne put bien faire comprendre ses ordres par les Esclavons et les Grecs qui formaient son équipage, prit feu trop tôt et brûla inutilement; l'autre s'en éloigna et gagna le centre de l'ennemi. Le crampon s'accrocha à quelques grillages d'un des plus gros vaisseaux turcs. Cinq minutes après, le vaisseau turc fut enflammé, et le feu gagna aussitôt les trois autres vaisseaux qui fermaient l'entrée du port.

Les vaisseaux russes, auxquels on avait envoyé toutes les chaloupes, se retirèrent pour n'être pas exposés quand les vaisseaux ennemis sauteraient en l'air.

L'escadre turque était si resserrée que les vaisseaux se touchaient presque les uns les autres. En peu d'instants, les flammes poussées par le vent s'élevèrent, s'étendirent, et offrirent aux yeux des Russes le spectacle de la flotte ennemie embrasée tout entière. Le golfe de Tchesmé ne paraissait qu'un globe de feu. De lamentables cris sortaient de cette mer enflammée. La plus grande partie des équipages turcs était descendue à terre dans la journée précédente. Ce qui restait dans les navires se précipite dans la mer et cherche à fuir au rivage. Mais les canons de ces vaisseaux étaient chargés; à mesure que la flamme les échauffait, les batteries faisaient feu et foudroyaient la côte. Quand l'embrasement eut gagné les soutes à poudre, d'affreux éclats retentissaient du sein de cet horrible incendie, et dispersaient au loin les débris, des corps expirants, des troncs mutilés.

Les habitants de Scio, accourus au rivage, et tremblants de voir leur ville pillée par les vainqueurs, voyaient distinctement, à la lueur de l'incendie et sur toute la surface de la mer, différentes scènes de cette horrible catastrophe; les eaux couvertes de malheureux nageant à travers les débris enflammés; la forteresse de Tchesmé, la ville et une mosquée bâties en amphithéâtre sur une colline, abîmées de fond en comble, et tous les habitants de cette côte fuyant sur les hauteurs éloignées. On entendait mugir dans l'enfoncement des terres les montagnes et les rochers. Au moment de cette destruction, il y eut un si horrible fracas, que Smyrne, distante de dix lieues, sentit la terre trembler.

Athènes, à plus de cinquante lieues d'une mer coupée d'îles, prétend en avoir entendu le bruit. Les vaisseaux russes, quoique assez éloignés, étaient agités comme par les secousses d'une violente tempête. Cet affreux spectacle dura depuis une heure après minuit jusqu'à six heures du matin.

LIGNE (C.-J., prince de). — Né en 1735, mort en 1814. Ce prince spirituel, officier distingué dans la guerre de Sept Ans au service de l'Autriche, et contre les Turcs au service de la Russie, devint feld-maréchal. Son long séjour en France donna à ses heureuses dispositions le cachet d'originalité française. Il écrivit le *Journal des guerres*, la *Vie du prince Eugène*, etc. Le fragment de discours que nous citons est une leçon d'éloquence appropriée au sujet, leçon qu'il voulut donner à un aumônier de régiment qui parlait trop, à son gré, de doctrine à des soldats.

SERMON AUX SOLDATS D'UN RÉGIMENT WALLON
(Fragment.)

Le Dieu des armées aime ceux qui y servent. Il met ce titre au-dessus des autres, et vous regarde plus particulièrement pour ses enfants. C'est lui qui vous a sauvés des périls où vos serments vous ont conduits, mais où votre valeur vous a rendus si souvent vainqueurs de vos ennemis. C'est lui qui vous préservera des dangers où vous cherchez à vous exposer, lorsqu'il se présentera de nouvelles occasions de gloire, et c'est lui, de la part de qui je vous annonce celle de l'éternité, si vous remplissez bien les devoirs de votre état.

En effet, qu'y a-t-il de plus respectable qu'un militaire pénétré de zèle et d'application ? Quelle offre plus digne à faire à l'Éternel le jour que vous trouverez la mort dans ces champs d'honneur que vous aurez déjà rougis de votre sang? Quelle plus belle offre, dis-je, à faire, que les actions d'une vie passée à bien remplir vos fonctions? Eh! que vous demandera-t-on ? « Mon joug est léger, » dit le fils de Dieu ; *leve est jugum meum.* Obéissance, union, patience, modération, tempérance : voilà ce qui vous distinguera dans ce monde-ci, et vous fera récompenser dans l'autre. C'est à ceux qui sont à votre tête à vous garantir de tous les maux auxquels vous seriez souvent exposés, si vous étiez abandonnés à vous-mêmes. Ils se chargent de tous les embarras que la jeunesse des uns, l'inexpérience des autres, le peu de lumière de plusieurs, et la vivacité d'une grande partie, vous occasionneraient à tout moment. Une subordination sans bornes, un respect pour ceux qui vous commandent, une foi aveugle en leurs paroles, une confiance en leurs promesses, un silence profond, quand ils exigent quelque chose de vous, c'est tout ce qu'ils vous recommandent en vertu d'un pouvoir qu'ils ont reçu du Dieu qui parle par ma voix.

La charité, cette vertu si précieuse à ses yeux, vous empêchera de faire servir entre vous et contre vous-mêmes, cet honneur mal entendu qui n'a de réalité que vis-à-vis des ennemis de votre patrie. Que votre délicatesse n'en souffre pas! mais que votre raison vous fasse apprécier l'horreur de ces combats, dont les suites sont aussi fâcheuses pour celui qui y triomphe que pour celui qui en est la victime ! Tournez cette fureur meurtrière contre ceux qui veulent enlever la couronne dont vous êtes le soutien. Que le même esprit vous unisse; que l'union règle votre conduite; que la paix règne dans vos âmes, jusqu'à ce que la trompette guerrière vous appelle à la victoire. Jouissez du bonheur de la société! Goûtez les plaisirs de l'amitié; que vos camarades soient prêts à répandre leur sang pour vous; et que vos casernes, vos chambres retentissent de la joie pure qui règne dans vos cœurs!

Je vous ai parlé de la patience ; c'est la première vertu des héros. C'est elle qui leur fait souffrir des maux dont le sacrifice est si agréable à Dieu. Dans ces marches forcées, ces bivouacs de l'hiver le plus rigoureux, ces tranchées où l'eau vous couvre presque entièrement; dans ces gelées, ces frimas, au milieu des glaçons où vos membres presque perclus peuvent à peine soutenir vos armes, c'est là que j'admirerai la douceur d'un chrétien et la fermeté d'un soldat.

O vous! soldats que l'honneur a ralliés à nos drapeaux, soyez vos juges à vous-mêmes. C'est à votre équité que j'en appelle; c'est votre sentiment intérieur que j'interroge. Comment appelez-vous ceux qui se dégradent, et qui, indignes du titre de vos camarades, abandonnent toute espèce de sentiment et de raison, et se livrent à la passion qui leur fait perdre l'usage de leurs sens. L'ivresse est la marque la plus vile de l'abaissement, et l'abaissement est incompatible avec la noblesse de votre état. Que de reproches à se faire, lorsque des maladies, suite des plaisirs, vous empêchent de vous trouver en ces jours où vous moissonneriez des lauriers!

Et vous qui, du haut des cieux, voyez la valeur, et tant de vertus que je reconnais moi-même dans cette brave troupe, couronnez tant de mérites par le pardon des injures que la fragilité humaine vous en a fait quelquefois essuyer. Et ajoutez, à vos bienfaits déjà reçus, la foi dont ces héros ont besoin pour trouver dans votre sainte loi une consolation toujours sûre. Faites, Dieu puissant, luire sur eux les rayons de votre lumière, et, en les éclairant, récompensez la bonne volonté et l'honneur qui brillent dans leurs yeux.

Priez, vous-mêmes, pour moi. Que vos cœurs soient un temple vivant, où sans cesse vous sacrifiez au Seigneur, et puissé-je, avec vos exemples et la grâce du Dieu des armées, goûter avec vous, après une vie glorieuse, la vie éternelle que je vous souhaite.

FLORIAN. (Voir les poëtes, chapitre deuxième.)

COMBAT DE TAUREAUX

(Gonzalve de Cordoue.)

Au milieu du champ est un vaste cirque entouré de nombreux gradins : c'est là que l'auguste reine, habile dans cet art si doux de gagner les cœurs de son peuple en s'occupant de ses plaisirs, invite souvent ses guerriers au spectacle le plus chéri des Espagnols. Là, les jeunes chefs, sans cuirasse, vêtus d'un simple habit de soie, armés seulement d'une lance, viennent sur de rapides coursiers attaquer et vaincre des taureaux sauvages. Des soldats à pied, plus légers encore, les cheveux enveloppés dans des réseaux, tiennent d'une main un voile de pourpre, de l'autre des lances aiguës. L'alcade proclame la loi de ne secourir aucun des combattants, de ne leur laisser d'autres armes que la lance pour immoler, le voile de pourpre pour se défendre. Les rois, entourés de leur cour, président à ces jeux sanglants; et l'armée entière, occupant les immenses amphithéâtres, témoigne par des cris de joie, par des transports de plaisir et d'ivresse, quel est son amour effréné pour ces antiques combats.

Le signal se donne, la barrière s'ouvre, le taureau s'élance au milieu du cirque; mais, au bruit de mille fanfares, aux cris, à la vue des spectateurs, il s'arrête, inquiet et troublé; ses naseaux fument; ses regards brûlants errent sur les amphithéâtres; il semble également en proie à la surprise, à la fureur. Tout à coup il se précipite sur un cavalier qui le blesse et fuit rapidement à l'autre bout. Le taureau s'irrite, le poursuit de près, frappe à coups redoublés la terre, et fond sur le voile éclatant que lui présente un combattant à pied. L'adroit Espagnol, dans le même instant, évite à la fois sa rencontre, suspend à ses cornes son voile léger, et lui darde une flèche aiguë, qui de nouveau fait couler son sang. Percé bientôt de toutes les lances, blessé de ces traits pénétrants dont le fer courbé reste dans la plaie, l'animal bondit dans l'arène, pousse d'horribles mugissements, s'agite en parcourant le cirque, secoue les nombreuses flèches enfoncées dans son large cou, fait voler ensemble les cailloux broyés, les lambeaux de pourpre sanglants, les flots d'écume rougie, et tombe enfin épuisé d'efforts, de colère et douleur.

FÊTE DE CÉRÈS

(*Numa-Pompilius.*)

Le jour de la fête de Cérès était arrivé. Chez les Sabins, cette fête ne se célèbre pas à Éleusis. Chaque année, avant de commencer la moisson, tous les laboureurs, parés de leurs plus beaux habits, se rassemblent dans la ville de Cures. C'est de là qu'ils partent pour aller au temple. Les joueurs de flûte ouvrent la marche; ensuite viennent de jeunes vierges, portant sur leurs têtes, dans des corbeilles ornées de fleurs, des offrandes pures pour la déesse.

Les enfants des laboureurs marchent après elles, vêtus de robes blanches, couronnés de bluets, et conduisant le vorace animal qui se nourrit des fruits du chêne. Cette troupe nombreuse, fière de garder la victime, veut apporter une gravité toujours dérangée par leur joie bruyante. Leurs pères les suivent d'un pas tardif, en recommandant le silence, et pardonnant d'être mal obéis. Chacun d'eux porte dans ses mains une gerbe, prémices de sa moisson. Les princes, les guerriers, les magistrats n'ont plus de rang dans ce grand jour, et cèdent le pas avec respect à ceux qui les ont nourris.

On arrive au temple. Tullus se prosterne devant la déesse, en lui présentant les prémices : « Mère des humains, s'écrie-t-il, c'est toi qui fais croître ces gerbes, et c'est ton père Jupiter qui nous rend pieux et reconnaissants. Dieux immortels, nous vous offrons vos propres bienfaits. Ne rejetez pas nos offrandes; et que votre bonté suprême donne à nos champs l'abondance, à nos corps la force, et à nos âmes la vertu ! »

Après cette prière, Tullus répand l'orge sacrée sur la victime; il lui tourne la tête vers le ciel, l'immole et la fait consumer tout entière.

L'AMITIÉ

(Extrait d'*Estelle.*)

Tendre amitié, délice des bons cœurs, c'est dans le ciel que tu pris naissance; tu descendis sur la terre aux premiers chagrins des humains. Le Créateur, toujours attentif à soulager par un bienfait chacun des maux de la nature, t'opposa seule à toutes les peines. Sans toi, jouets éternels du sort, nous passerions dans les pleurs les longs instants de cette courte vie; sans toi, frêles vaisseaux, privés de pilote, toujours battus par des vents contraires, portés à leur gré çà et là sur une mer semée d'écueils, nous péririons sans être plaints, ou nous échapperions pour souffrir encore. Tu deviens le port tranquille où l'on se réfugie pendant l'orage, où l'on se félicite après le danger. Bienfaitrice de tous les mortels, dans la douleur, dans la joie, tu donnes seule des jouissances que les remords et la crainte ne viennent point empoisonner.

A M. BOISSY D'ANGLAS

27 messidor, an II.

Mon cher confrère en Apollon, vous êtes instruit peut-être que je vais dans une maison d'arrêt, par l'ordre du comité du salut public. J'ai beau fouiller et scruter jusqu'au fond de mon cœur, je ne crains pas de vous dire (car le malheur ne peut être soupçonné d'orgueil) que ce cœur est pur comme le vôtre. Peut-être ai-je mal pris le moment pour faire la demande de réquisition que votre zèle a sollicitée. Cette idée est superflue avec une âme amicale comme la vôtre, pour vous engager à faire ce qui sera en votre pouvoir pour abréger ma captivité. Je vous le dis du profond de mon âme;

si j'ai péché, c'est par ignorance. S'il est possible de faire abréger un châtiment plus grand pour les malheureux poëtes que pour les autres, le comité exercera un acte de justice et de bienfaisance. Ces deux mots sont les plus beaux de toutes les langues; et, quand je songe à vous, je trouve que le plus doux est celui d'amitié.

BAILLY (Jean-Silvain). — Né en 1736, mort en 1793. Il fut reçu à l'Académie en 1784. Président de l'Assemblée nationale lors de la Révolution, il en devint une des plus nobles victimes. Le plus remarquable de ses ouvrages, c'est l'*Histoire de l'astronomie*. On apprécie aussi son *Essai sur l'origine des fables,* ainsi que ses *Mémoires d'un témoin de la Révolution.*

LA FABLE

La fable est sans doute aussi vieille que le monde; elle conserve et conservera toujours son empire : nous l'aimons, nous sommes nés pour elle. C'est une immortelle dont la voix mensongère en tous temps nous charme et nous amuse ; c'est une enchanteresse qui nous entoure de prestiges, qui à des réalités substitue, ou du moins ajoute des chimères agréables et riantes; et qui cependant, soumise à l'histoire et la philosophie, ne nous trompe jamais que pour nous mieux instruire. Fidèle à conserver les réalités qui lui sont confiées, elle couvre, dans son enveloppe séduisante, et les leçons de l'une et les vérités de l'autre.

Son spectre enchanteur ne fait que des miracles et ne produit que des métamorphoses. Elle nous transporte d'un monde où nous sommes toujours mal, dans un autre monde qui, créé par l'imagination, a tout ce qu'il faut pour nous plaire. Elle embellit tout ce qu'elle touche : si elle raconte, elle sème les merveilles, les prodiges, pour attacher la curiosité, pour graver dans la mémoire ; si elle trace des leçons, c'est d'une main si légère que l'orgueil n'en est pas atteint. Elle se joue autour de la vérité, pour ne la laisser voir qu'à la dérobée ; et, soit qu'elle ait voulu, ou nous agrandir, ou nous consoler, elle prend ses exemples dans des espèces privilégiées, dans une race divine qu'elle élève exprès au-dessus de la faible humanité; tantôt nous conduisant à la vertu par ses exemples illustres, tantôt caressant notre faiblesse, orgueilleuse de retrouver nos passions et nos fautes dans la perfection même.

LEIBNITZ

(Éloge.)

Lorsqu'un grand talent se montre, il éclipse tout ce qui l'entoure. Des milliers d'hommes se mesurent à ce colosse, et peut-être se plaignent-ils de la nature; peut-être pensent-ils que, pour organiser une seule tête, elle dépouille une génération entière. La nature est juste : elle distribue également tout ce qui est nécessaire à l'individu, jeté sur la terre pour vivre, travailler et mourir; mais elle réserve à un petit nombre d'hommes le privilège d'éclairer le monde ; et, en leur confiant les lumières qu'ils doivent répandre sur le siècle, elle dit à l'un : « Tu observeras ses phénomènes ; » à l'autre : « Tu seras géomètre. » Elle appelle celui-ci à peindre les mœurs des peuples et les révolutions des empires. Ces génies passent en perfectionnant la raison humaine, et laissent une grande mémoire après eux. Mais tous se sont partagé des routes différentes. Un homme s'est élevé qui osa être universel, un homme dont la tête forte réunit l'invention à la méthode, et qui semble né pour maîtriser l'étendue de l'esprit humain.

A ces mots, l'Europe reconnaîtra Leibnitz, qui fut à la fois poëte, jurisconsulte, historien, politique, grammairien, géomètre, physicien, théologien, métaphysicien et philosophe, ou simplement philosophe; car les différentes recherches où l'homme s'engage ne sont que le développement des vues du philosophe, qui, spectateur de l'univers, placé entre Dieu et son ouvrage, contemple l'un pour arriver jusqu'à l'autre.

SERVAN (J.-M.-A.). — Né en 1737, mort en 1807. Avocat général à 27 ans, il chercha à corriger les défauts de la législature de son temps; jusqu'en 1800, il poursuivit cette glorieuse étude, et publia alors le recueil de ses admirables travaux.

AUX JUGES CRIMINELS

Le moment critique est arrivé où l'accusé va paraître aux yeux de ses juges. Je me hâte de le demander, quel est l'accueil que vous lui destinez? Le recevrez-vous en magistrats ou bien en ennemis? Prétendez-vous l'épouvanter ou bien vous instruire? Que deviendra cet homme enlevé subitement à son cachot, ébloui du jour qu'il revoit, et transporté tout à coup au milieu des hommes qui vont traiter de sa mort? Déjà tremblant, il lève à peine un œil incertain sur les arbitres de son sort, et leurs sombres regards épouvantent et repoussent les siens. Il croit lire d'avance son arrêt sur les replis sinistres de leurs fronts; ses sens, déjà troublés, sont frappés par des voix rudes et menaçantes; le peu de raison qui lui reste achève de se confondre; ses idées s'effacent; sa voix faible pousse à peine une parole hésitante; et, pour comble de maux, ses juges imputent peut-être au trouble du crime un désordre que produit la terreur seule de leur aspect. Quoi! vous vous méprenez sur la consternation de cet accusé, vous qui n'oseriez peut-être parler avec assurance devant quelques hommes assemblés! Éclaircissez ce front sévère, laissez lire dans vos regards cette tendre inquiétude pour un homme qu'on désire trouver innocent; que votre voix, douce dans sa gravité, semble ouvrir avec votre bouche un passage à votre cœur; contraignez cette horreur secrète que vous inspirent la vue de ses fers et les dehors affreux de sa misère. Gardez-vous de confondre ces dehors équivoques du crime avec le crime même, et songez que ces tristes apparences cachent peut-être un homme vertueux. Quel objet! Levez les yeux, et voyez sur vos têtes l'image de votre Dieu qui fut un innocent accusé. Vous êtes hommes, soyez humains; vous êtes juges, soyez modérés; vous êtes chrétiens, soyez charitables. Hommes, juges, chrétiens, qui que vous soyez, respectez le malheur: soyez doux et compatissants pour un homme qui se repent, et qui peut-être n'a point à se repentir.

BOUFFLERS. (Voir les poëtes, chapitre deuxième.)

LETTRE SUR LA SUISSE

Novembre.

Oh! pour le coup, me voici dans les Alpes jusqu'au cou. Il y a des endroits ici où un enrhumé peut cracher à son choix dans l'Océan ou dans la Méditerranée. Où est Pampan? C'est ici qu'il ferait beau le voir grossir les deux mers de sa pituite, au lieu d'en inonder votre chambre. Où est l'abbé Porquet, que je le place, lui et sa perruque, sur le sommet chauve des Alpes, et que sa calotte devienne, pour la première fois, le point le plus élevé de la terre?

Pardonnez-moi mon transport, Madame; les grandes choses amènent les grandes idées, et les grandes idées les grands mots. J'ai resté longtemps à Vevey; c'est une ville charmante où il y a une compagnie très-agréable. J'ai dîné et soupé avec le grand et célèbre Haller. Nous avons eu, pendant et après le repas, une conversation de cinq heures de suite, en présence de dix ou douze personnes du pays, qui étaient très-étonnées d'entendre raisonner un Français; mais, malgré l'attention et l'applaudissement de tout le monde, j'ai vu que, pour parvenir à une certaine supériorité, les livres valent mieux que les chevaux.

Dans peu de jours je verrai Voltaire, dont Haller n'est point assez jaloux; et, par échelons, après avoir été d'Haller à Voltaire, j'irai de Voltaire à vous.

BERNARDIN DE SAINT-PIERRE. — Né en 1737, mort en 1814. Il mena une vie fort agitée à son début : après avoir voulu être missionnaire, puis marin, il fit quelques campagnes comme ingénieur, voyagea en Hollande et en Russie, passa en Pologne, revint en France, et ne se consacra aux lettres qu'à trente-quatre ans. Son style est une heureuse imitation de celui de Rousseau et de celui de Fénelon; sa pensée est riche, sa rêverie pleine de sentiment, sa peinture des phénomènes naturels d'une exacte vérité. Ses œuvres principales sont : les *Harmonies de la nature*, les *Études de la nature*, *Paul et Virginie*, la *Chaumière indienne*, etc.

LE LIS ET LA ROSE

(*Études de la nature.*)

Pour me montrer le caractère d'une fleur, les botanistes me la font voir sèche, décolorée et étendue dans un herbier. Est-ce dans cet état où je reconnaîtrai un lis? N'est-ce pas sur le bord d'un ruisseau, élevant au milieu des herbes sa tige auguste, et fléchissant dans les eaux ses beaux calices plus blancs que l'ivoire, que j'admirerai le roi des vallées? Sa blancheur incomparable n'est-elle pas encore plus éclatante quand elle est mouchetée comme des gouttes de corail par de petits scarabées écarlates, hémisphériques, piquetés de noir, qui y cherchent presque toujours un asile? Qui est-ce qui peut reconnaître dans une rose sèche la reine des fleurs? Pour qu'elle soit à la fois un objet de l'amour et de la philosophie, il faut la voir lorsque, sortant des fentes d'un rocher humide, elle brille sur sa propre verdure, que le zéphir la balance sur sa tige hérissée d'épines, que l'aurore l'a couverte de fleurs, et qu'elle appelle par son éclat et par ses parfums la main des amants. Quelquefois une cantharide, nichée dans sa corolle, en retire le carmin par son vert d'émeraude; c'est alors que cette fleur semble nous dire que, symbole du plaisir par ses charmes et sa rapidité, elle porte comme lui le danger autour d'elle, et le repentir dans son sein.

MORT DE VIRGINIE

(*Paul et Virginie.*)

Tout présageait l'arrivée prochaine d'un ouragan. Les nuages qu'on distinguait au zénith, étaient, à leur centre, d'un noir affreux, et cuivrés sur leurs bords. L'air retentissait des cris des paille-en-cul, des frégates, des coupeurs d'eau, et d'une multitude d'oiseaux de marine qui, malgré l'obscurité de l'atmosphère, venaient de tous les points de l'horizon chercher des retraites dans l'île.

Vers les neuf heures du matin, on entendit du côté de la mer des bruits épouvantables, comme si des torrents d'eau, mêlés à des tonnerres, eussent roulé au haut des montagnes. Tout le monde s'écria : « Voilà l'ouragan! » Et dans l'instant un tourbillon affreux de vent enleva la brume qui couvrait l'île d'Ambre et son canal. Le *Saint-Géran* parut alors à découvert, avec son pont chargé de monde, ses vergues et ses mâts de hune amenés sur le tillac, son pavillon en berne, quatre câbles sur son avant, et un de retenue sur son arrière; il était mouillé entre l'île d'Ambre et la terre, en deçà de la ceinture de récifs qui entoure l'île de France, et qu'il avait franchis par un endroit où jamais vaisseau n'avait passé avant lui. Il présentait son avant aux flots qui venaient de la pleine mer, et à chaque lame d'eau qui s'engageait dans le canal, sa proue se soulevait tout entière, de sorte qu'on en voyait la carène en l'air; mais dans ce mouvement, sa poupe, venant à plonger, disparaissait à la vue jusqu'au couronnement, comme si elle eût été submergée. Dans cette position où le vent et la mer le jetaient à terre, il lui était également impossible de s'en aller par où il était venu, ou, en coupant ses câbles. d'échouer sur le rivage, dont il était séparé par des hauts-fonds semés de récifs. Chaque lame qui venait se briser sur la côte s'avançait en mugissant jusqu'au fond des anses, et y jetait des galets à plus de cinquante pieds dans les terres; puis, venant à se retirer, elle découvrait une grande partie du lit du rivage, dont elle roulait les cailloux avec un bruit rauque et affreux. La mer, soulevée par le vent, grossissait à chaque instant, et tout le canal compris entre cette île et l'île d'Ambre n'était qu'une vaste nappe d'écumes blanches, creusées de vagues noires et profondes. Ces écumes s'amassaient dans le fond des anses, à plus de six pieds de hauteur; et le vent, qui en balayait la surface, les portait par-dessus l'escarpement du rivage, à plus d'une demi-lieue dans les terres. A leurs flocons blancs et innombrables, qui étaient chassés horizontalement jusqu'au pied des montagnes, on eût dit d'une neige qui sortait de la mer. L'horizon offrait tous les signes d'une grande tempête; la mer y paraissait confondue avec le ciel. Il s'en détachait sans cesse des nuages d'une forme horrible, qui traversaient le zénith avec la vitesse des oiseaux, tandis que d'autres y paraissaient immobiles comme de grands rochers. On n'apercevait aucune partie azurée du firmament; une lueur olivâtre et blafarde éclairait seul tous les objets de la terre, de la mer et des cieux.

Dans les balancements du vaisseau, ce qu'on craignait arriva. Les câbles de son avant rompirent ; et, comme il n'était plus retenu que par une seule ansière, il fut jeté sur les rochers à une demi-encâblure du rivage. Ce ne fut qu'un cri de douleur parmi nous. Paul allait s'élancer à la mer, lorsque je le saisis par le bras : « Mon fils, lui dis-je, voulez-vous périr? — Que j'aille à son secours, s'écria-t-il, ou bien que je meure! » Comme le désespoir lui ôtait la raison, pour prévenir sa perte, Domingue et moi, nous lui attachâmes à la ceinture une longue corde, dont nous saisîmes l'une des extrémités. Paul s'avança vers le *Saint-Géran*, tantôt nageant, tantôt marchant sur les récifs. Quelquefois il avait l'espoir de l'aborder; car la mer, dans ses mouvements irréguliers, laissait le vaisseau presque à sec, de manière qu'on eût pu faire le tour à pied; mais bientôt après, revenant sur ses pas avec une nouvelle furie, elle le couvrait d'énormes voûtes d'eau qui soulevaient tout l'avant de sa carène, et rejetaient bien loin sur le rivage le malheureux Paul, les jambes en sang, la poitrine meurtrie, et à demi noyé. A peine ce jeune homme avait-il repris l'usage de ses sens, qu'il se relevait, et retournaît avec une nouvelle ardeur vers le vaisseau, que la mer cependant entr'ouvrait par d'horribles secousses.

Tout l'équipage, désespérant alors de son salut, se précipitait en foule à la mer, sur des vergues, des planches, des cages à poules, des tables et des tonneaux. On vit alors un objet digne d'une éternelle pitié; une jeune demoiselle parut dans la galerie de la poupe du *Saint-Géran*, tendant les bras vers celui qui faisait tant d'efforts pour la joindre. C'était Virginie. Elle avait reconnu son amant à son intrépidité. La vue de cette aimable personne, exposée à un si terrible danger, nous remplit de douleur et de désespoir. Pour Virginie, d'un port noble et assuré, elle nous faisait signe de la main, comme nous disant un éternel adieu. Tous les matelots s'étaient jetés à la mer. Il n'en restait plus qu'un seul sur le pont, qui était tout nu et nerveux comme Hercule. Il s'approcha de Virginie avec respect : nous le vîmes se jeter à ses genoux, et s'efforça même de lui ôter ses habits; mais elle, le repoussant avec dignité, détourna de lui sa vue. On entendit aussitôt ces cris redoublés des spectateurs : « Sauvez-la, sauvez-la! ne la quittez pas! » Mais, dans ce moment, une montagne d'eau d'une effroyable grandeur s'engouffra entre l'île d'Ambre et la côte, et s'avança en rugissant vers le vaisseau, qu'elle menaçait de ses flancs noirs et de ses sommets écumants. A cette terrible vue, le matelot s'élança seul à la mer; et Virginie, voyant la mort inévitable, posa une main sur ses habits, l'autre sur son cœur, et, levant en haut des yeux sereins, parut un ange qui prend son vol dans les cieux.

Quand nous fûmes à l'entrée du vallon de la rivière des Lataniers, des noirs nous dirent que la mer jetait beaucoup de débris du vaisseau dans la baie vis-à-vis. Nous y descendîmes; et l'un des premiers objets que j'aperçus sur le rivage fut le corps de Virginie; elle était à moitié couverte de sable, dans l'attitude où nous l'avons vue périr; ses traits n'étaient point sensiblement altérés; ses yeux étaient fermés, mais la sérénité était encore sur son front; seulement les pâles violettes de la mort se confondaient sur ses joues avec les roses de la pudeur.

LE SENTIMENT DE LA DIVINITÉ

(*Études de la nature.*)

Avec le sentiment de la Divinité, tout est grand, noble, beau, invincible dans la vie la plus étroite; sans lui, tout est faible, déplaisant et amer au sein même des grandeurs. Ce fut lui qui donna l'empire à Sparte et à Rome, en montrant à leurs habitants vertueux et pauvres les dieux pour protecteurs et pour concitoyens; ce fut sa destruction qui les livra riches et vicieux à l'esclavage, lorsqu'ils ne virent plus d'autres dieux dans l'univers que l'or et les voluptés. L'homme a beau s'environner des biens de la fortune, dès que ce sentiment disparaît de son cœur, l'ennui s'en empare; si son absence se prolonge, il tombe dans la tristesse, ensuite dans une noire mélancolie, et enfin dans le désespoir; si cet état d'anxiété est constant, il se donne la mort. L'homme est le seul être sensible qui se détruise lui-même dans un état de liberté : la vie humaine, avec ses pompes et ses délices, cesse de lui paraître une vie, quand elle cesse de lui paraître immortelle et divine.

LA HARPE. (Voir les poëtes, chapitre deuxième.)

EN PRISON

(1794)

J'étais dans ma prison, seul dans une petite chambre, et profondément triste. Depuis quelques jours, j'avais lu les Psaumes, l'Évangile et quelques

bons livres. Leur effet avait été rapide, quoique gradué. Déjà j'étais rendu
à la foi, je voyais une lumière nouvelle, mais elle m'épouvantait et me con-
sternait en me montrant un abîme, celui de quarante années d'égarement.
Je voyais tout le mal et aucun remède. Rien autour de moi qui m'offrît les
secours de la religion! D'un côté, ma vie était devant mes 'yeux, telle que
je la voyais au flambeau de la vérité céleste; et de l'autre, la mort que j'attendais tous les jours, telle qu'on la recevait alors. Le prêtre ne paraissait
plus sur l'échafaud pour consoler celui qui allait mourir : il n'y montait que
pour mourir lui-même. Plein de ces désolantes idées, mon cœur était abattu
sous le poids de cette vérité divine que je venais de retrouver et qu'à peine
connaissais-je encore. Je lui disais : « Que dois-je croire? que vais-je devenir? » J'avais sur ma table l'*Imitation*, et l'on m'avait dit que dans cet
excellent livre je trouverais souvent la réponse à mes pensées. Je l'ouvre
au hasard, et je tombe en l'ouvrant sur ces paroles : « Me voici, mon fils!
je viens à vous, parce que vous m'avez invoqué. » Je n'en lus pas davantage;
l'impression subite que j'éprouvai est au-dessus de toute expression, et il
ne m'est pas plus possible de la rendre que de l'oublier. Je tombai la
face contre terre, baigné de larmes, étouffé de sanglots, jetant des cris et
des paroles entrecoupées. Je sentais mon cœur soulagé et dilaté, mais en
même temps comme prêt à se fendre. Assailli d'une foule d'idées et de sentiments, je pleurai assez longtemps, sans qu'il me reste d'ailleurs d'autre
souvenir de cette situation, si ce n'est que, sans aucune comparaison, ce
que mon cœur a jamais senti de plus violent et de plus délicieux, et que ces
mots : « Me voici, mon fils! » ne cessaient de retentir dans mon âme et
d'en ébranler puissamment toutes les facultés.

FÉNELON

(Éloge de Fénelon.)

Son humeur était égale, sa politesse affectueuse et simple, sa conversation
féconde et animée. Une gaieté douce tempérait en lui la dignité de son ministère, et le zèle de la religion n'eut jamais chez lui ni sécheresse ni amertume. Sa table était ouverte, pendant la guerre, à tous les officiers ennemis
ou nationaux, que sa réputation attirait en foule à Cambrai. Il trouvait
encore des moments à leur donner, au milieu des devoirs et des fatigues de
l'épiscopat. Son sommeil était court, ses repas d'une extrême frugalité, ses
mœurs d'une pureté irréprochable. Il ne connaissait ni le jeu ni l'ennui :
son seul délassement était la promenade; encore trouvait-il le secret de la
faire rentrer dans ses exercices de bienfaisance. Il rencontrait des paysans,
il se plaisait à les entretenir. On le voyait assis sur l'herbe au milieu d'eux,
comme autrefois saint Louis sous le chêne de Vincennes. Il entrait dans
leurs cabanes, et recevait même avec plaisir tout ce que lui offrait leur
simplicité hospitalière. Sans doute ceux qu'il honorait de semblables
visites racontèrent plus d'une fois à la génération qu'ils virent naître que
leur toit rustique avait reçu Fénelon.

EXORDE DE L'ÉLOGE DE CATINAT

Dans cette foule de génies célèbres en tout genre, que la nature semblait
avoir de loin préparés et nourris pour en faire l'ornement d'un seul règne,
l'orgueil de nos annales et l'admiration du monde; dans ce siècle resplendissant de gloire, dont tous les rayons viennent se confondre et se réunir au
trône de Louis IV, j'observe avec étonnement un homme qui, prenant sa
place au milieu de tous ces grands hommes, sans avoir rien qui leur res-

semble, et sans être effacé par aucun d'eux, forme seul avec tout son siècle un contraste frappant digne de l'attention des sages et des regards de la postérité.

Placé dans une époque et chez une nation où tout est entraîné par l'enthousiasme, lui seul, dans sa marche tranquille, est constamment guidé par la raison. Sur un théâtre où l'on se dispute les regards, où l'on brigue à l'envi la place la plus brillante, il attend qu'on l'appelle à la sienne, et la remplit en silence sans songer à être regardé. Quand l'idolâtrie vraie ou affectée, qu'inspire le monarque, est le principe de tous les efforts, est dans tous les cœurs et dans toutes les bouches, il ne s'occupe que de la patrie, n'agit que par elle, et n'en parle pas.

Autour de lui, tout sacrifie plus ou moins à l'opinion, à la mode, à la cour; il ne connaît que le devoir, le bien public et sa propre estime; autour de lui le bruit, l'ostentation, l'esprit de rivalité, semblent inséparables de la gloire qu'on obtient ou qu'on prétend, et se mêlent à toute espèce d'héroïsme; seul il semble, pour ainsi dire, éteindre sa gloire, étouffer sa renommée, et ne dissimule rien tant que ses succès et ses avantages, si ce n'est les fautes d'autrui.

Tous les hommes illustres de son temps sont marqués par la nature d'un signe particulier et caractéristique qui annonce d'abord le talent dont elle les a doués; il semble indifféremment né pour tous; et, suivant le témoignage qu'un de ses ennemis lui rendait devant leur maître commun, on peut également faire de lui un général, un ministre, un ambassadeur, un chancelier; et, en effet, il paraît en réunir les qualités sans en exercer les fonctions.

Enfin (et c'est ce qui le distingue plus que tout le reste), parmi tant d'hommes rares qui offraient à la grandeur de leur monarque le tribut de leurs talents, aucun n'est exempt de préjugé ni de faiblesse; ces grandes âmes sont égarées par de grandes passions, ou dominées par les erreurs du vulgaire : seul il possède cette raison supérieure, cette inaltérable égalité d'âme, cette philosophie, en un mot, si étrangère à son siècle; caractère principal, qui marque toutes les actions, tous les moments de sa vie.

Ces traits singuliers et vraiment admirables, dont aucun n'est exagéré, et que l'on peut recueillir dans nos histoires, me frappent et m'attirent comme malgré moi vers le grand homme dont les interprètes de la nature et de la renommée inscrivent aujourd'hui le nom dans leurs fastes. J'entre, autant que je le puis, Messieurs, dans vos vues patriotiques, et je présente à mes concitoyens l'éloge de Nicolas de Catinat, maréchal de France, et général des armées de Louis XIV.

TACITE

(Cours de littérature.)

On ne peut pas dire de Tacite comme de Salluste, que ce n'est qu'un parleur de vertu; il la fait respecter à ses lecteurs, parce que lui-même paraît la sentir. Sa diction est forte comme son âme, singulièrement pittoresque, sans jamais être trop figurée, précise sans être obscure, nerveuse sans être tendue. Il parle à la fois à l'âme, à l'imagination, à l'esprit. On pourrait juger des lecteurs de Tacite par le mérite qu'ils lui trouvent, parce que sa pensée est d'une telle étendue, que chacun y pénètre plus ou moins, selon le degré de ses forces. Il creuse à une profondeur immense, et creuse sans effort. Il a l'air bien moins travaillé que Salluste, quoiqu'il soit, sans comparaison, plus plein et plus fini. Le secret de son style, qu'on n'égalera peut-être jamais, tient non-seulement à son génie, mais aux circonstances où il s'est trouvé.

Cet homme vertueux, dont les premiers regards, au sortir de l'enfance, se fixèrent sur les horreurs de la cour de Néron, qui vit ensuite les ignominies de Galba, la crapule de Vitellius et les brigandages d'Othon, qui respira ensuite un air plus pur sous Vespasien et sous Titus, fut obligé dans sa maturité de supporter la tyrannie ombrageuse et hypocrite de Domitien. Obscur par sa naissance, élevé à la questure par Vespasien, et se voyant dans la route des honneurs, il craignit pour sa famille d'arrêter les progrès d'une illustration dont il était le premier auteur, et dont les siens devaient partager les avantages. Il fut contraint de plier la hauteur de son âme et la sévérité de ses principes, non pas jusqu'aux bassesses d'un courtisan, mais du moins jusqu'aux complaisances, aux assiduités d'un sujet qui espère et qui ne doit rien condamner, sous peine de ne rien obtenir. Incapable de mériter l'amitié de Domitien, il fallut ne pas mériter sa haine, étouffer une partie des talents et du mérite du sujet, pour ne pas effaroucher la jalousie du maître; faire taire à tout moment son cœur indigné, ne pleurer qu'en secret les blessures de la patrie et le sang des bons citoyens, et s'abstenir même de cet extérieur de tristesse qu'une longue contrainte répand sur le visage d'un honnête homme, et toujours suspect à un mauvais prince qui sait trop que, dans sa cour, il ne doit y avoir de triste que la vertu.

Dans cette douloureuse oppression, Tacite, obligé de se replier sur lui-même, jeta sur le papier tout cet amas de plaintes, et ce poids d'indignation dont il ne pouvait autrement se soulager; voilà ce qui rend son style si intéressant et si animé. Il n'invective point en déclamateur : un homme profondément affecté ne peut pas l'être; mais il peint avec des couleurs si vraies tout ce que la bassesse et l'esclavage ont de plus dégoûtant, tout ce que le despotisme et la cruauté ont de plus horrible; les espérances et les succès du crime, la pâleur de l'innocence et l'abattement de la vertu; il peint tellement tout ce qu'il a vu et souffert, que l'on voit et que l'on souffre avec lui. Chaque ligne porte un sentiment dans l'âme; il demande pardon au lecteur des horreurs dont il l'entretient, et ces horreurs mêmes attachent au point qu'on serait fâché qu'il ne les eût point tracées. Les tyrans nous semblent punis quand il les peint. Il représente la postérité et la vengeance, et je ne connais point de lecture plus terrible pour la conscience des méchants.

MERCIER (L.-Séb.). — Né en 1740, mort en 1814. D'abord auteur de drames, il composa un *Essai* qui semble tracer la route au romantisme; l'*An 2440*, le *Tableau de Paris*, les *Annales patriotiques*, etc., sont des œuvres bizarres et curieuses à connaître : l'amour-propre empêcha peut-être Mercier d'être un génie supérieur. Il attaqua Voltaire, Locke, Condillac, et il n'obtint pour triste gloire que le surnom de *Singe de Jean-Jacques*.

GARE! GARE!

Gare les voitures! Je vois passer dans un carrosse le médecin en habit noir, le maître à danser dans un cabriolet, le maître en fait d'armes dans un diable; et le prince court à six chevaux, ventre à terre, comme s'il était en rase campagne.

L'humble vinaigrette se glisse entre deux carrosses, et échappe comme par miracle; elle traîne une femme à vapeurs qui s'évanouirait dans la hauteur d'un carrosse. Des jeunes gens à cheval cognent impatiemment les remparts, et sont de mauvaise humeur quand la foule pressée qu'ils éclaboussent retarde un peu leur marche précipitée. Les voitures et les cavalcades causent nombre d'accidents, pour lesquels la police témoigne la plus parfaite indifférence.

J'ai vu la catastrophe du 28 mai 1770, occasionnée par la foule des voitures qui obstruèrent la rue, unique passage ouvert à l'affluence prodigieuse du peuple qui se portait en foule à la triste illumination des boulevards. J'ai manqué d'y perdre la vie. Douze à quinze cents personnes ont péri, ou le même jour, ou des suites de cette presse effroyable. J'ai été renversé trois fois sur le pavé à différentes époques, et sur le point d'être roué tout vif. J'ai donc un peu le droit d'accuser le luxe effréné des voitures.

Il n'a reçu aucun frein, malgré les réclamations journalières. Les roues menaçantes qui portent orgueilleusement le riche, n'en volent pas moins rapidement sur un pavé teint du sang des malheureuses victimes qui expirent dans d'effroyables tortures, en attendant la réforme qui n'arrivera pas, parce que tous ceux qui participent à l'administration roulent carrosse, et dédaignent conséquemment les plaintes de l'infanterie.

Le défaut de trottoirs rend presque toutes les rues périlleuses. Quand un homme qui a un peu de crédit est malade, on répand du fumier devant sa porte pour rompre le bruit des carrosses, et c'est alors surtout qu'il faut prendre garde à soi. Jean-Jacques Rousseau, renversé en 1776 par un énorme chien danois qui précédait un équipage, resta sur le pavé, tandis que le maître de la berline le regardait étendu avec indifférence. Il fut relevé par des paysans, et reconduit chez lui boiteux et souffrant beaucoup. Le maître de l'équipage, ayant appris le lendemain quel était l'homme que son chien avait culbuté, envoya un domestique pour demander au blessé ce qu'il pouvait faire pour lui : « Tenir désormais son chien à l'attache, » répondit le philosophe; et il congédia le domestique.

Quand un cocher vous a moulu tout vif, on examine chez le commissaire si c'est la grande ou la petite roue; il n'y a point de dédommagements pécuniaires pour vos héritiers. Puis il est un tarif pour les bras, les jambes, les cuisses; et c'est un prix fait d'avance. Que faire? Bien écouter quand on crie : « Gare! » Mais nos jeunes phaétons font crier leurs domestiques de derrière leur cabriolet. Le maître vous renverse, puis le valet s'égosille, et se ramasse qui peut.

CHAMFORT. (Voir les poëtes, chapitre deuxième.)

L'ABBÉ DE MOLIÈRE ET LE VOLEUR

L'abbé de Molière était un homme simple et pauvre, étranger à tout, excepté à ses travaux sur le système de Descartes. Il n'avait point de valet, et travaillait dans son lit, faute de bois, sa culotte sur sa tête, par-dessus son bonnet, les deux côtés pendant à droite et à gauche. Un matin, il entend frapper à sa porte. « Qui va là? — Ouvrez! » Il tire un cordon, et la porte s'ouvre. L'abbé de Molière, ne regardant pas : « Qui êtes-vous? — Donnez-moi de l'argent. — De l'argent? — Oui, de l'argent. — Ah! j'entends, vous êtes un voleur. — Voleur ou non, il me faut de l'argent. — Vraiment, il vous en faut? Eh bien, cherchez là dedans. ?» Il tend le cou, présente un des côtés de la culotte; le voleur fouille. « Eh bien? — Il n'y a point d'argent. — Vraiment non, mais il y a ma clef. — Eh bien, cette clef?... — Cette clef, prenez-la. — Je la tiens. — Allez-vous-en à ce secrétaire; ouvrez. » Le voleur met la clef à un tiroir. « Laissez donc, ne dérangez pas; ce sont mes papiers. A l'autre tiroir, vous trouverez de l'argent. — Le voilà! — Eh bien! prenez. Fermez donc le tiroir. » Le voleur s'enfuit. « Monsieur le voleur! fermez donc la porte... Il laisse la porte ouverte! Quel chien de voleur!... Il faut que je me lève par le froid qu'il fait; maudit voleur!...» L'abbé saute à pieds, va fermer la porte, et vient se mettre au travail, sans songer que peut-être il n'a pas de quoi payer son dîner.

COUSIN-DESPRÉAUX (L.). — Né en 1743, mort en 1818. On lui doit une œuvre bien remarquable, les *Leçons de la nature*, où la création est sincèrement rapportée au Créateur.

BIENFAIT DES VENTS

Ici, comme dans toutes ses œuvres, le Créateur manifeste sa sagesse et sa bonté. Il règle le mouvement, la force et la durée des vents; il leur prescrit la carrière qu'ils doivent parcourir. Lorsqu'une longue sécheresse fait languir les animaux et dessécher les plantes, un vent, qui vient du côté de la mer, où il s'est chargé de vapeurs bienfaisantes, abreuve les prairies et ranime toute la nature. Cet objet est-il rempli, un vent sec accourt de l'Orient, rend à l'air sa sérénité, et ramène le beau temps. Le vent du nord emporte et précipite toutes les vapeurs nuisibles de l'air d'automne. A l'âpre vent du septentrion succède le vent du sud, qui, naissant des contrées méridionales, remplit tout de sa chaleur vivifiante. Ainsi, par ces variations continuelles, la fertilité et la santé sont maintenues sur la terre.

Du sein de l'Océan s'élèvent dans l'atmosphère des fleuves qui vont couler dans les deux mondes. Dieu ordonne aux vents de les distribuer et sur les îles et sur les continents : ces invisibles enfants de l'air les transportent sous mille formes diverses; tantôt ils les étendent dans le ciel comme des voiles d'or et des pavillons de soie; tantôt ils les roulent en forme d'horribles dragons et de lions rugissants, qui vomissent les feux du tonnerre; ils les versent sur les montagnes, en rosées, en pluies, en grêle, en neige, en torrents impétueux. Quelque bizarres que paraissent leurs services, chaque partie de la terre en reçoit tous les ans sa portion d'eau, et en éprouve l'influence. Chemin faisant, ils déploient sur les plaines liquides de la mer la variété de leurs caractères : les uns rident à peine la surface de ses flots, les autres les roulent en ondes d'azur; ceux-ci les bouleversent en mugissant, et couvrent d'écume les plus hauts promontoires.

CONDORCET (M.-J.-A.-N. Caritat, marquis de). — Né en 1743, mort en 1794. Condorcet fut académicien, mathématicien fort illustre, et grand penseur. On lui reproche de s'être empoisonné pour se soustraire à l'échafaud. Parmi ses œuvres, on loue les *Progrès de l'esprit* et l'*Éloge de d'Alembert*.

L'ESPRIT CHEZ LES PEUPLES PASTEURS
(Progrès de l'esprit humain.)

L'idée de conserver les animaux pris à la chasse dut se présenter aisément, lorsque la douceur de ces animaux en rendait la garde facile, que le terrain des habitations leur fournissait une nourriture abondante, que la famille avait du superflu, et qu'elle pouvait craindre d'être réduite à la disette par le mauvais succès d'une autre chasse ou par l'intempérie des saisons.

Après avoir gardé ces animaux comme une simple provision, l'on observa qu'ils pouvaient se multiplier et offrir par là une ressource plus durable.

Leur lait en présentait une nouvelle, et ces produits d'un troupeau qui, d'abord, n'étaient qu'un supplément à celui de la chasse, devinrent un moyen de subsistance plus assuré, plus abondant, moins pénible. La chasse cessa donc d'être le premier, et ensuite d'être même comptée au nombre de ces moyens; elle ne fut plus conservée que comme un plaisir, comme une précaution nécessaire pour éloigner les bêtes féroces des troupeaux qui, étant devenus plus nombreux, ne pouvaient plus trouver une nourriture suffisante autour des habitations.

Une vie plus sédentaire, moins fatigante, offrait un loisir favorable au développement de l'esprit humain. Assurés de leur subsistance, n'étant plus inquiets pour leurs premiers besoins, les hommes cherchèrent des sensations nouvelles dans les moyens d'y pourvoir.

Les arts firent quelques progrès; on acquit quelques lumières sur celui de nourrir les animaux domestiques, d'en favoriser la reproduction, et même d'en perfectionner les espèces.

On apprit à employer la laine pour les vêtements, à substituer l'usage des tissus à celui des peaux.

La société dans les familles devint plus douce sans devenir moins intime. Comme les troupeaux de chacune d'elles ne pouvaient se multiplier avec égalité, il s'établit une différence de richesse. Alors on imagina de partager le produit de ses troupeaux avec un homme qui n'en avait pas, et qui devait consacrer son temps et ses forces aux soins qu'ils exigent. Alors on vit que le travail d'un individu jeune, bien constitué, valait plus que ne coûtait sa subsistance rigoureusement nécessaire; et l'on prit l'habitude de garder les prisonniers de guerre pour esclaves, au lieu de les égorger. L'hospitalité, qui se pratique aussi chez les sauvages, prend chez ces peuples pasteurs un caractère plus prononcé, plus solennel, même parmi ceux qui errent dans des chariots ou sous des tentes. Il s'offre de plus fréquentes occasions de l'exercer réciproquement d'individu à individu, de famille à famille, de peuple à peuple. Cet acte d'humanité devient un devoir social, et on l'assujettit à des règles.

Enfin, comme certaines familles avaient non-seulement une subsistance assurée, mais un superflu constant, et que d'autres hommes manquaient du nécessaire, la compassion naturelle pour leurs souffrances fit naître le sentiment et l'habitude de la bienfaisance. Les mœurs durent s'adoucir, l'esclavage des femmes eut moins de dureté, et celles des riches cessèrent d'être condamnées à des travaux pénibles. Plus de variété dans les choses employées à satisfaire les divers besoins, dans les instruments qui servaient à les préparer, plus d'inégalité dans leur distribution, durent multiplier les échanges et produire un véritable commerce; il ne put s'étendre sans faire sentir la nécessité d'une mesure commune, d'une espèce de monnaie.

L'idée de la propriété et de ses droits avait acquis plus d'étendue et de précision. Le partage des successions, devenu plus important, avait besoin d'être assujetti à des règles fixes.

L'utilité de l'observation des étoiles, l'occupation qu'elles offraient pendant de longues veilles, le loisir dont jouissent les bergers, durent amener quelques faibles progrès dans l'astronomie.

DUPATY (J.-B. Mercier). — Né en 1744, mort en 1788. Avocat général et président à mortier du parlement de Bordeaux, il fut aussi illustre comme écrivain que comme magistrat; ses *Lettres sur l'Italie* ont obtenu un légitime succès.

LA GRANDE CASCADE

(*Lettres sur l'Italie.*)

Voilà le soleil ; courons vite à la cascade !

L'Arno arrive lentement sur un lit égal et uni, en baignant d'un côté une ville étalée sur ses bords, et de l'autre, de grands ormes qui balancent sur lui leur ombrage ; il s'avance ainsi, calme, majestueux, paisible : soudain, entrant dans une fureur inexprimable, il se brise tout entier sur des rocs ; il écume, il rejaillit, il retombe en bouillons impétueux, qui se heurtent, qui se mêlent, qui sautent ; il remplit un moment un vaste rocher, l'entraîne, et se précipite en grondant ? Où est-il donc ?

Je me suis éloigné de plus de cent toises, et la poussière de ces flots brisés m'arrose et m'inonde ; elle forme à plus de cent toises en tous sens une pluie continuelle.

Mais j'entends mugir encore ces flots : je demande à les revoir, on me conduit à la grotte de Neptune.

Là, une montagne de roche s'avance sur un abîme épouvantable, se creuse, se voûte et se soutient hardiment sur deux énormes arcades. A travers ces arcades, à travers plusieurs arcs-en-ciel qui les cintrent en se croisant, à travers les plantes et les mousses qui pendent de leurs fronts en festons, j'aperçois de nouveau ces flots furieux qui tombent encore sur des pointes de rochers, où ils se brisent encore, sautent de l'un à l'autre, se combattent, se plongent, disparaissent ; ils sont enfin dans l'abîme.

Écoutons bien les tonnerres de ces flots bondissants ; écoutons bien ce retentissement universel, et, tout alentour, ce silence.

Ces flots, cette hauteur, cet abîme, ce fracas, ces rocs pendant en précipice, les uns noircis par les siècles, d'autres verdis par de longues mousses, ceux-là hérissés de ronces et de plantes sauvages de toute espèce, ces rayons égarés du soleil, qui se brisent, qui se jouent sur le roc, dans les eaux, parmi les fleurs ; ces oiseaux que le bruit et le vent des ondes effrayent et repoussent, dont on ne peut entendre la voix : tout cela m'émeut, me trouble et m'enchante.

Horace, tu es venu sûrement, plus d'une fois, accorder ici ton imagination et ta lyre.

MAURY (J. Siffrein). — Né en 1746, mort en 1817. Archevêque de Paris et cardinal, il joua un certain rôle politique dont nous n'avons pas à nous occuper. Il fut reçu à l'Académie française et acquit une réputation, comme orateur sacré et politique, par la correction de son style, la richesse de sa parole, la fermeté de sa dialectique.

SAINT VINCENT DE PAUL

(Fragment du *Panégyrique.*)

A la tête de ces protecteurs de l'humanité souffrante, je vois un homme qui a reçu du ciel le don de l'élocution et la sensibilité la plus profonde : éloquent à force d'âme et de vertu, fécond en pensées du cœur, et par là même également sublime et populaire dans ses discours, doué du plus rare courage d'esprit, de la conception des grandes entreprises et de la patience des plus futiles détails, d'une imagination hardie et d'un jugement sage, d'une prudence consommée pour discerner l'à-propos des moments opportuns, saisir le point de maturité des projets utiles, et s'attacher aux établissements durables; enfin d'un zèle ardent et inébranlable, d'un attrait de persuasion qui rallie toutes les opinions à ses sentiments, et du talent plus heureux encore et plus rare d'embraser les cœurs du feu divin, dont il est consumé lui-même. Cet homme anime tout, propose les bonnes œuvres, discute les moyens, indique les ressources, écarte les obstacles, correspond à la fois avec le gouvernement, avec les riches, avec les malheureux. Son regard embrasse toutes les provinces; il veille sans cesse pour la patrie; il est présent à toutes les calamités; il atteint tous les malheurs par sa bienfaisance; il transporte tous ses auditeurs au milieu des désastres publics; il les entraîne dans ce tourbillon de charité qui l'environne, les pénètre de terreur, les fait fondre en larmes, les oppresse de sanglots, leur ôte leur âme pour leur donner la sienne, et cet homme de la Providence est Vincent de Paul, qui, du milieu de son assemblée de charité, semble dire comme le Fils de Dieu, d'une voix qui est entendue jusqu'aux extrémités du royaume : « Venez à moi, ô vous qui souffrez, et je vous soulagerai. »

LA RELIGION

Qu'est-ce que la religion? Une philosophie sublime qui démontre l'ordre, l'unité de la nature, et explique l'énigme du cœur humain ; le plus puissant mobile pour porter l'homme au bien, puisque la foi le met sans cesse sous l'œil de la Divinité, et qu'elle agit sur la volonté avec autant d'empire que sur la pensée ; un supplément de la conscience, qui commande, affermit et perfectionne toutes les vertus, établit de nouveaux rapports de bienfaisance sur de nouveaux liens d'humanité; nous montre dans les pauvres des créanciers et des juges, des frères dans nos ennemis, dans l'Être suprême un père; la religion du cœur, la vertu en action, le plus beau de tous les codes de morale, et dont tous les préceptes sont autant de bienfaits du ciel.

SAINTE-CROIX (G. de Clermont-Lodève, baron de). — Né en 1746, mort en 1809. Après avoir servi avec distinction, il remporta plusieurs prix à l'Académie des inscriptions et belles-lettres et fut nommé membre de l'Institut. Il publia des œuvres pleines de science et d'érudition, telles que les *Mémoires sur le paganisme, Examen des historiens d'Alexandre le Grand*, etc.

HÉRODOTE

Grand imitateur d'Homère, il adopta la forme épique, en transportant tout d'un coup ses lecteurs au règne de Crésus, et en enchaînant les faits à une action principale, la lutte des Grecs contre les barbares, dont la défaite de Xerxès est le dénoûment. Cette idée était belle et hardie : il l'exécuta avec autant d'habileté que de succès. Géographie, mœurs, usages, religion, histoire des peuples connus, tout fut enchâssé dans cet heureux cadre. Il arracha en quelque sorte le voile qui couvrait l'univers aux yeux des Grecs, trop prévenus en leur faveur pour chercher à connaître d'autres nations. Aux beautés de l'ordonnance, Hérodote joignit les charmes inimitables de la diction et du coloris. Ses tableaux sont animés et pleins de cette douceur qui le distingue éminemment; mais elle a quelquefois une teinte mélancolique que lui donne le spectacle des calamités humaines.

Les digressions sont des épisodes toujours variés, plus ou moins attachés au sujet principal, sans lui être jamais étrangers. Que de naïveté, de grâces, de clarté, d'éloquence, et même d'élévation, n'a pas cet écrivain inimitable! Enfin, il chante plus qu'il ne raconte, tant son style a d'harmonie et de ressemblance avec la poésie.

GENLIS (S.-F., Ducrest de Saint-Aubin, comtesse de). — Née en 1746, morte en 1830. Dame d'honneur de la duchesse de Chartres, elle fut chargée de l'éducation des enfants d'Orléans, dont l'un fut le roi Louis-Philippe. Ses œuvres sont en nombre considérable, et se composent de comédies, de fables, de romans, etc., d'éducation. Le style en est élégant, l'intérêt soutenu et la morale plus pure que ne le fut la conduite de l'auteur. On cite le *Siége de la Rochelle*, les *Petits émigrés*, etc.

MORT DE MARIE STUART

(Influence des femmes sur la littérature.)

Marie, dans les derniers jours de son existence, montra une résignation religieuse, un calme, un courage et en même temps une sensibilité qui subjuguèrent l'admiration de ses persécuteurs mêmes. Elle distribua à ses domestiques tout ce qu'elle possédait; elle écrivit en leur faveur à Henri III et au duc de Guise. Elle demanda qu'ils fussent témoins de son supplice. Le comte de Kent le refusait; Marie insista en ajoutant : « Malgré mon malheur, vous ne devez pas oublier que je suis cousine de votre souveraine, du sang de Henri VIII, que j'ai été reine de France, et sacrée reine d'Écosse. » Quoique le duc fût armé de toute l'insensibilité d'un courtisan, qui croit faire sa cour en montrant de la dureté, il permit cependant à Marie d'être accompagnée d'un petit nombre de domestiques. Elle fit choix de quatre hommes et de deux femmes : au lieu de lui donner un confesseur catholique qu'elle demandait, on lui envoya un ministre protestant qui la menaçait de la damnation éternelle, si elle ne renonçait pas à sa religion. « Cessez de vous agiter, lui dit-elle; vous n'ébranlerez point ma foi, vous n'affaiblirez pas les consolations qu'elle me procure. »

Le 18 février 1587, s'étant levée deux heures avant le jour, pour ne pas retarder l'heure de l'exécution de l'arrêt, elle s'habilla avec plus de soin qu'à l'ordinaire; et, ayant pris une robe de velours noir : « J'ai gardé, dit-elle, cette robe pour ce grand jour. » Elle rentra ensuite dans son oratoire, où, après avoir fait quelques prières, elle se communia elle-même avec une hostie consacrée, que le pape Pie V lui avait envoyée. Lorsque les commissaires entrèrent, elle les remercia de leurs soins; et, comme ils ne purent s'empêcher de lui témoigner l'admiration que leur causaient sa douceur et sa sérénité : « Je regarde, leur dit-elle, comme indigne de la félicité céleste, une âme trop faible pour soutenir le corps dans ce passage au séjour des bienheureux. » Elle se leva pour aller au supplice, avec un maintien calme et toute la dignité que peuvent donner le rang suprême, la piété et le courage, au milieu de la plus horrible oppression... Les personnes de sa suite l'escortaient en fondant en larmes. « Adieu, mon cher Melvil, dit-elle à l'un de ses secrétaires, tu vas voir le terme de mes malheurs! Publie que je suis morte inébranlable dans la religion, et que je demande au ciel le pardon de ceux qui sont altérés de mon sang; dis à mon fils qu'il se souvienne de sa mère, et que je lui défends de songer à me venger. »

On la conduisit dans une salle où l'on avait élevé un échafaud tendu de noir. Tous les spectateurs furent frappés d'admiration et saisis d'un profond attendrissement, en voyant cette reine infortunée, dont la beauté parut plus touchante que jamais, s'avancer d'un pas ferme, et avec un visage tranquille; elle tenait un crucifix serré contre sa poitrine. L'impitoyable comte de Kent lui dit qu'il fallait avoir le Christ non dans les mains, mais dans le cœur. Marie lui répondit avec une douceur angélique « que la vue de cette image ne pouvait que fortifier l'amour dû au Sauveur. » Elle monta sur l'échafaud, et fit placer ses femmes derrière elle pour recevoir son corps. Dans ce moment, qui offrait un spectacle si frappant et si terrible de la fragilité des choses humaines, on entendit dans toute la salle un murmure confus et général de sanglots et de gémissements! Marie se mit à genoux, en élevant les yeux et les mains vers le ciel; et, après une fervente et courte prière, elle tendit sa tête sans donner le moindre signe de frayeur. Elle était dans la quarante-sixième année de son âge... Sa tête ne fut séparée de son corps qu'au second coup.

BERQUIN. (Voir les poëtes, chapitre deuxième.)

LE VIEUX SAUVAGE

Un jour que je venais de la promenade avec les gens de ma maison, nous entendîmes à l'entrée d'un bois une voix plaintive. Nous allâmes du côté de la voix, et nous trouvâmes couché sous un arbre un sauvage déjà sur le retour qui était épuisé de fatigue et de besoin. Ce vieillard paraissait n'attendre là que la fin de ses jours. D'abord il ne voulut pas nous répondre, quoique je lui parlasse dans sa langue que j'avais apprise dans le cours de mes expéditions. Enfin il nous dit d'un ton plaintif : « Hélas! je me suis levé avec l'aurore dans l'espérance de me rendre à mon habitation; je me suis égaré, il se fait tard, les forces me manquent, et je suis contraint de rester ici. Sans doute que je serai la proie des serpents, ou des bêtes féroces, ou de mes ennemis. Ma pauvre femme! mes pauvres enfants! » Il se désolait. Je le priai de nous accompagner. « Mais, dit-il, tu ne me connais pas. — Je n'ai pas besoin de te connaître, lui répondis-je; viens. » Nous l'emmenâmes dans ma hutte. Après qu'il eut pris de quoi réparer ses forces, je lui fis préparer un gîte près de mon lit. Une toile des Indes, tendue en forme de rideau, était la seule cloison qui nous séparât. Il se coucha. Au milieu de la nuit, un bruit me réveille. Je crus l'entendre se lever. La peur me saisit. J'écoutai, et je connus bientôt quelle injustice ma frayeur lui avait faite. Jamais je n'oublierai ce trait. Le sauvage était à genoux, en prières, et il s'exprimait à peu près en ces termes : « O Dieu! je te remercie d'avoir fait luire ton soleil sur ma route; je te remercie de ce qu'aucune bête féroce n'a fondu sur moi, et de ce que mes ennemis ne m'ont point rencontré. Je te remercie de ce que ce bon étranger s'est présenté et m'a conduit dans sa hutte. O Dieu! quand cet étranger, ou ses enfants, ou ses amis voyageront, fais luire ton soleil sur leur route, garantis-les des serpents, des bêtes féroces et de leurs ennemis; et, si quelqu'un d'eux s'égare en chemin, fais qu'il se présente un homme aussi bon qui le mène dans sa hutte. » Telle fut sa prière. Voici celle que je fis : « Donne-moi, ô mon Dieu! une petite place dans ton paradis à côté de ce sauvage. »

MIRABEAU (H.-G. Riquetti, comte de). — Né en 1749, mort en 1791. « Il fut de bonne heure agité de passions violentes, cause de ses malheurs, et peut-être aiguillon de ses talents; sa conduite scandaleuse le fit enfermer plusieurs fois. En 1789, il fut élu dé-

puté du tiers état en Provence, et il domina bientôt l'assemblée
par sa parole. Cependant Mirabeau n'était pas républicain ; il voulait fonder en France une monarchie constitutionnelle, et il essaya
d'arrêter la chute de la monarchie. » Ses ouvrages sont nombreux et fort remarquables ; mais leur mérite est éclipsé par l'éclat
de ses discours, qui lui ont valu, à juste titre, le surnom du *Démosthène français*.

SUR LA BANQUEROUTE

Messieurs, au milieu de tant de combats tumultueux, ne pourrais-je donc
pas vous ramener à la délibération du jour par quelques questions bien
simples ?

Daignez, Messieurs, daignez me répondre.

Le premier ministre des finances ne vous a-t-il pas dit que tout délai
aggravait le péril ; qu'un jour, une heure, un instant pouvait le rendre
mortel ?

Avons-nous un plan à substituer à celui qu'il nous propose ? (*Oui*, s'écria
quelqu'un dans l'asssemblée.) Je conjure celui qui répond *oui*, de considérer que son plan n'est pas connu, qu'il faut du temps pour le développer,
l'examiner, le démontrer ; que, fût-il immédiatement soumis à notre délibération, son auteur a pu se tromper ; que, fût-il exempt de toute erreur, on
peut croire qu'il ne l'est pas ; que, quand tout le monde a tort, tout le monde
a raison ; qu'il se pourrait donc que l'auteur de cet autre projet, même
en ayant raison, eût tort contre tout le monde, puisque, sans l'assenti-
ment de l'opinion publique, le plus grand talent ne saurait triompher des
circonstances... Et moi aussi, je ne crois pas les moyens de M. Necker les
meilleurs possibles ; mais le ciel me préserve, dans une position aussi critique, d'opposer les miens aux siens ! Vainement je les tiendrais pour pré-
férables : on ne rivalise pas, en un instant, une popularité prodigieuse,
conquise par des services éclatants, une longue expérience, la réputation du
premier talent de financier connu ; et, s'il faut tout dire, une destinée telle
qu'elle n'échut à aucun autre mortel.

Il faut donc en revenir au plan de M. Necker.

Mais avons-nous le temps de l'examiner, de sonder ses bases, de vérifier
ses calculs ?... Non, non, mille fois non. D'insignifiantes questions, des conjectures hasardées, des tâtonnements infidèles : voilà tout ce qui, dans ce
moment, est en notre pouvoir. Qu'allons-nous faire par le renvoi de la délibération ? Manquer le moment décisif, acharner notre amour-propre à changer quelque chose à un ensemble que nous n'avons pas même conçu, et
diminuer par notre intervention indiscrète l'influence d'un ministre dont le
crédit financier est et doit être plus grand que le nôtre... Messieurs, certainement, il n'y a là ni sagesse, ni prévoyance... mais du moins y a-t-il de
la bonne foi ?

Oh ! si des déclarations moins solennelles ne garantissaient pas notre respect
pour la foi publique, notre horreur pour l'infâme mot de *banqueroute*, j'ose-
rais scruter les motifs secrets, et peut-être, hélas ! ignorés de nous-mêmes,
qui nous font si imprudemment reculer au moment de proclamer l'acte
d'un grand dévouement, certainement inefficace s'il n'est pas rapide et vraiment abandonné. Je dirais à ceux qui se familiarisent peut-être avec l'idée
de manquer aux engagements publics, par la crainte de l'excès des sacrifices,
par la terreur de l'impôt... : « Qu'est-ce donc que la banqueroute, si ce n'est
le plus cruel, le plus inique, le plus illégal, le plus désastreux des impôts ? »
Mes amis, écoutez un mot, un seul mot.

Deux siècles de déprédations et de brigandages ont creusé le gouffre où le royaume est près de s'engloutir; il faut le combler, ce gouffre effroyable. Eh bien! voici la liste des propriétaires français : choisissez parmi les plus riches, afin de sacrifier moins de citoyens. Mais choisissez; car ne faut-il pas qu'un petit nombre périsse pour la masse du peuple ? Allons. Ces deux mille notables possèdent de quoi combler le déficit. Ramenez l'ordre dans les finances, la paix et la prospérité dans le royaume. Frappez, immolez sans pitié ces tristes victimes, précipitez-les dans l'abîme; il va se refermer... Vous reculez d'horreur... Hommes inconséquents! hommes pusillanimes! Eh! ne voyez-vous donc pas qu'en décrétant la banqueroute, ou, ce qui est plus odieux encore, en la rendant inévitable sans la décréter, vous vous souillez d'un acte mille fois plus criminel, et, chose inconcevable! gratuitement criminel? Car enfin, cet horrible sacrifice ferait du moins disparaître le déficit. Mais croyez-vous que les milliers, les millions d'hommes qui perdront en un instant, par l'explosion terrible ou par ses contre-coups, tout ce qui faisait la consolation de leur vie et peut-être leur unique moyen de la sustenter, vous laisseront paisiblement jouir de votre crime ?

Contemplateurs stoïques des maux incalculables que cette catastrophe vomira sur la France, impassibles égoïstes, qui pensez que ces convulsions du désespoir et de la misère passeront comme tant d'autres, et d'autant plus rapidement qu'elles seront plus violentes, êtes-vous bien sûrs que tant d'hommes sans pain vous laisseront tranquillement savourer ces mets dont vous n'aurez voulu diminuer ni le nombre ni la délicatesse?... Non, vous périrez; et, dans la conflagration universelle que vous ne frémissez pas d'allumer, la perte de votre honneur ne sauvera pas une seule de vos détestables jouissances.

Voilà où nous marchons... J'entends parler de patriotisme, d'élans de patriotisme, d'invocation au patriotisme... Ah! ne prostituez pas ces mots de patrie et de patriotisme. Il est donc bien magnanime, l'effort de donner une portion de son revenu pour sauver tout ce qu'on possède! Eh! Messieurs, ce n'est là que de la simple arithmétique; et celui qui hésitera ne peut désarmer l'indignation que par le mépris que doit inspirer sa stupidité. Oui, Messieurs, c'est la prudence la plus ordinaire, la sagesse la plus ordinaire, la sagesse la plus triviale, c'est votre intérêt le plus grossier que j'invoque. Je ne vous dis plus comme autrefois : « Donnerez-vous les premiers aux nations le spectacle d'un peuple assemblé pour manquer à la foi publique?» Je ne vous dis plus : « Eh! quels titres avez-vous à la liberté? Quels moyens vous resteront pour la maintenir, si, dès votre premier pas, vous surpassez les turpitudes des gouvernements les plus corrompus; si le besoin de votre concours et de votre surveillance n'est pas le garant de votre constitution?...» Je vous dis : « Vous serez tous entraînés dans la ruine universelle ; et les premiers intéressés au sacrifice que le gouvernement vous demande, c'est vous-mêmes. »

Votez donc ce subside extraordinaire, qui puisse-t-il être suffisant! votez-le, parce que, si vous avez des doutes sur les moyens (doutes vagues et non éclaircis), vous n'en avez pas sur sa nécessité et sur notre impuissance à le remplacer immédiatement du moins. Votez-le, parce que les circonstances publiques ne souffrent aucun retard, et que nous serions comptables de tout délai. Gardez-vous de demander du temps : le malheur n'en accorde jamais... Eh! Messieurs, à propos d'une ridicule motion du Palais-Royal, d'une risible insurrection qui n'eut jamais d'importance que dans les imaginations faibles, ou les desseins pervers de quelques hommes de mauvaise foi, vous avez entendu naguère ces mots forcenés : « Catilina est aux portes de Rome, et l'on délibère! » Et certes, il n'y avait autour de nous ni Catilina, ni périls, ni factions, ni Rome... Mais aujourd'hui la banqueroute, la hideuse banqueroute est là ; elle menace de vous consumer, vous, vos propriétés, votre honneur... et vous délibérez !

RÉPONSE A SES ACCUSATEURS

C'est une étrange manie, c'est un déplorable aveuglement que celui qui anime ainsi les uns contre les autres des hommes qu'un même but, un sentiment indestructible, devraient, au milieu des débats les plus acharnés, toujours rapprocher, toujours réunir ; des hommes qui substituent ainsi l'irascibilité de l'amour-propre au .culte de la patrie, et se livrent les uns les autres aux préventions populaires ! Et moi aussi l'on voulait, il y a peu de jours, me porter en triomphe, et maintenant on crie dans les rues : « La grande trahison de Mirabeau ! » Je n'avais pas besoin de cette leçon pour savoir qu'il y a peu de distance du Capitole à la roche Tarpéienne. Mais l'homme qui combat pour la raison, pour la patrie, ne se tient pas si aisément pour vaincu. Celui qui a la conscience d'avoir bien mérité de son pays, et surtout de lui être encore utile ; celui que ne rassasie pas une vaine célébrité, et qui dédaigne les succès d'un jour pour la véritable gloire ; celui qui veut dire la vérité, qui veut faire le bien public indépendamment des mobiles mouvements de l'opinion populaire : cet homme porte avec lui la récompense de ses services, le charme de ses peines, et le prix de ses dangers. Il ne doit attendre sa moisson, sa destinée, la seule qui l'intéresse, la destinée de son nom, que du temps, ce juge incorruptible qui fait justice à tous. Que ceux qui prophétisaient depuis huit jours mon opinion sans la connaître, qui calomnient en ce moment mon discours sans l'avoir compris, m'accusent d'encenser des idoles impuissantes au moment où elles sont renversées, ou d'être le vil stipendié des hommes que je n'ai cessé de combattre ; qu'ils dénoncent comme un ennemi de la révolution celui qui peut-être n'y a pas été inutile, et qui, cette révolution fût-elle étrangère à sa gloire, pourrait là seulement trouver sa sûreté ; qu'ils livrent aux fureurs du peuple trompé celui qui, depuis vingt ans, combat toutes les oppressions, et qui parlait aux Français de liberté, de constitution, de résistance, lorsque ces vils calomniateurs suçaient le lait des cours et vivaient de tous les préjugés dominants. Que m'importe ? ces coups de bas en haut ne m'arrêteront pas dans ma carrière. Je leur dirai : « Répondez, si vous pouvez ; calomniez ensuite tant que vous voudrez. »

MALLET DU PAN (J.). — Né en 1749, mort en 1800. C'est l'auteur spirituel et profond des *Annales politiques, civiles et militaires*, le partisan de la monarchie constitutionnelle que la Terreur fit sortir de France. Il a laissé des mémoires et des brochures pleines de sagesse et d'à-propos.

LE MONT SAINT-BERNARD

Tandis qu'auprès d'un bon feu je questionnais le supérieur du couvent sur les suites de l'ouragan, les religieux hospitaliers étaient allés remplir leurs devoirs de circonstance, ou plutôt exercer leurs vertus de tous les jours ; chacun avait pris son poste de dévouement dans ces Thermopyles glaciales, non pour y repousser des ennemis, mais pour y tendre une main secourable aux voyageurs perdus, de tout rang, de toute nation, de tout culte, et même aux animaux chargés de leur bagage. Quelques-uns de ces sublimes solitaires gravissaient les pyramides de granit qui bordent leur chemin, pour y découvrir un convoi dans la détresse, et pour répondre aux cris

de secours ; d'autres suivaient le sentier enseveli sous la neige fraîchement
tombée, au risque de se perdre eux-mêmes dans les précipices ; tous bravant le froid, les avalanches, le danger de s'égarer, presque aveuglés par les
tourbillons de neige, et prêtant une oreille attentive au moindre bruit qui
leur rappelait la voix humaine. Leur intrépidité égale leur vigilance ; aucun
malheureux ne les appelle en vain ; ils le retirent étouffé sous les débris des
avalanches ; ils le raniment agonisant de froid et de terreur ; ils le transportent sur les bras, tandis que leurs pieds glissent sur la glace, ou plongent
dans les neiges : la nuit, le jour, voilà leur ministère. Leur pieuse sollicitude veille sur l'humanité, dans ces lieux maudits de la nature, où ils
présentent le spectacle habituel d'un héroïsme qui ne sera jamais célébré
par nos flatteurs.

Depuis une heure entière, cinq religieux et leurs domestiques étaient sur
les traces des voyageurs, lorsque l'aboiement des chiens nous annonça leur
retour. Compagnons intelligents des courses de leurs maîtres, ces dogues
bienfaisants vont à la piste des malheureux ; ils devancent les guides, et le
sont eux-mêmes : à la voix de ces fidèles auxiliaires, le voyageur transi
reprend l'espérance, il suit leurs vestiges toujours sûrs. Lorsque les éboule-
ments de neige, aussi prompts que l'éclair, engloutissent un passager, les
dogues du Saint-Bernard le découvrent sous l'abîme, et y conduisent les
religieuses qui retirent le cadavre et souvent le rendent à la vie.

Bientôt l'hospice s'ouvrit à dix personnes épuisées de froid, de lassitude
et de frayeur. Leurs conducteurs oublièrent leurs propres fatigues ; et, depuis le linge le plus blanc jusqu'aux liqueurs les plus restaurantes, tout ce
que l'hospitalité la plus attentive peut offrir de secours, tout ce qu'on ne
rassemblerait qu'à force d'argent dans les auberges de nos villes, fut prêt
dans l'instant, distribué sans distinction, employé avec autant d'adresse
que de sensibilité.

SÈZE (R. comte de). — Né en 1750, mort en 1828. De l'Académie
française en 1816, il avait partagé avec Malesherbes et Tronchet la
gloire de la défense de Louis XIV.

FRAGMENT DE LA DÉFENSE DE LOUIS XVI

Citoyens représentants de la nation ! il est donc enfin arrivé ce moment
où Louis, accusé au nom du peuple français, peut se faire entendre au milieu de ce peuple lui-même ! Il est arrivé ce moment où, entouré des conseils que l'humanité et la loi lui ont donnés, il peut présenter à la nation
une défense que son cœur avoue, et développer les intentions qui l'ont toujours animé ! Déjà le silence même qui m'environne m'avertit que le jour
de la justice a succédé aux jours de colère et de prévention ; que cet acte solennel n'est point une vaine forme ; que le temple de la liberté est aussi celui de l'impartialité que la loi commande, et que l'homme, quel qu'il soit,
qui se trouve réduit à la condition humiliante d'accusé, est toujours sûr
d'appeler sur lui et l'attention et l'intérêt de ceux mêmes qui le poursuivent.

Je dis l'homme « quel qu'il soit » : car Louis n'est plus, en effet, qu'un
homme, et un homme accusé. Il n'exerce plus de prestige ; il ne peut plus
rien ; il ne peut plus imprimer de crainte ; il ne peut plus offrir d'espérances :
c'est donc le moment où vous lui devez, non-seulement le plus de justice,
mais j'oserai dire le plus de faveur. Toute la sensibilité que peut faire naître
un malheur sans terme, il a le droit de vous l'inspirer ; et si, comme l'a dit
un républicain célèbre, les infortunes des rois ont, pour ceux qui ont vécu

dans des gouvernements monarchiques, quelque chose de bien plus atten-
drissant et de bien plus sacré que les infortunes des autres hommes, sans
doute que la destinée de celui qui a occupé le trône le plus brillant de l'u-
nivers doit exciter un intérêt bien plus vif encore ; et cet intérêt doit même
s'accroître à mesure que la décision que vous allez prononcer sur son sort
s'avance. Jusqu'ici vous n'avez entendu que les réponses qu'il vous a faites.
Vous l'avez appelé au milieu de vous : il y est venu ; il y est venu avec calme,
avec courage, avec dignité ; il y est venu plein du sentiment de son innocence, fort de ses intentions, dont aucune puissance humaine ne peut lui
ravir le consolant témoignage ; et, appuyé en quelque sorte sur sa vie entière, il vous a manifesté son âme ; il a voulu que vous connaissiez, et la nation par vous, tout ce qu'il a fait ; il vous a révélé jusqu'à ses pensées ; mais,
en vous répondant ainsi, au moment même où vous l'appeliez, en discutant
sans préparation et sans examen des inculpations qu'il ne prévoyait pas, en
improvisant, pour ainsi dire, une justification qu'il était bien loin même d'i-
maginer devoir donner, Louis n'a pu vous dire que son innocence ; il n'a pas
pu vous la démontrer ; il n'a pas pu vous en produire les preuves. Moi, citoyens, je vous les apporte ; je les apporte à ce peuple au nom duquel on
l'accuse.

Je voudrais pouvoir être entendu dans ce moment de la France entière ;
je voudrais que cette enceinte pût s'agrandir tout à coup pour la recevoir.
Je sais qu'en parlant aux représentants de la nation, je parle à la nation elle-
même ; mais il est permis sans doute à Louis de regretter qu'une foule immense de citoyens aient reçu l'impression des inculpations dont il est l'objet, et qu'ils ne soient pas aujourd'hui à portée d'apprécier les réponses qui
les détruisent. Ce qui lui importe le plus, c'est de prouver qu'il n'est point
coupable : c'est là son seul vœu, sa seule pensée. Louis sait bien que l'Europe attend avec inquiétude le jugement que vous allez rendre ; mais il ne
s'occupe que de la France. Il sait bien que la postérité recueillera un jour
toutes les pièces de cette grande discussion, qui s'est élevée entre une nation
et un homme ; mais Louis ne songe qu'à ses contemporains ; il n'aspire qu'à
les détromper. Nous n'aspirons non plus nous-même qu'à le défendre ; nous
ne voulons que le justifier. Nous oublions, comme lui, l'Europe qui nous
écoute ; nous oublions la postérité, dont l'opinion déjà se prépare ; nous ne
voulons voir que le moment actuel ; nous ne sommes occupé que du sort de
Louis, et nous croirons avoir rempli toute notre tâche, quand nous aurons
démontré qu'il est innocent.

FONTANES. (Voir les poëtes, chapitre deuxième.)

LES TROUBADOURS MODERNES

Des nuances plus fugitives et moins faciles à saisir forment les traits de
ces auteurs ingénieux et légers, dont l'à-propos fut, pour ainsi dire, la première muse ; plus leur esprit souple et varié s'accommode aux circonstances
qui l'inspirent, plus il a quelquefois de peine à leur survivre. Mais, si leur
gloire est moins imposante et moins durable, elle est peut-être plus douce et
plus tranquille. L'envie et la haine s'éloignent d'eux, car leurs succès sont
peu disputés dans ces cercles brillants dont ils embellissent les fêtes ; dignes
héritiers de nos vieux troubadours, prouvant par leur gaieté cette antique et
joyeuse origine, ils courent dans tous les lieux où le plaisir les appelle ; ils
entrent, une lyre à la main, dans le palais des princes ; ils payent noblement
l'hospitalité dans ces demeures du luxe et de la grandeur, en y chassant la
contrainte et les soucis par les jeux d'une muse badine, qui mêle plus d'une

fois les leçons de la sagesse aux chants de la folie et du plaisir. Plus heureux encore, ils viennent s'asseoir aux banquets de l'amitié; partout la joie redouble à leur passage. C'est la joie qui leur dicta ces vaudevilles piquants, ces refrains qu'une heureuse naïveté rend populaires; c'est la joie encore qui, mieux que l'or et la faveur, acquitta les vers qu'elle fit naître, en les répétant de la cour à la ville, et de la ville jusqu'aux extrémités de la France. Les fruits de leur imagination riante, après avoir charmé les contemporains, sont même recueillis avec soin par la postérité, s'ils réunissent la finesse au naturel, et la satire agréable des mœurs au respect pour les bienséances sociales.

RICHELIEU

Si l'on s'obstine à admirer Louis XI pour avoir abattu les grands vassaux et avoir étendu les prérogatives de la royauté, je répondrai qu'il est un homme dont la gloire en ce genre a fait disparaître celle de Louis XI. Cet homme est Richelieu. En effet, l'orgueil des seigneurs féodaux ne fut pas tellement humilié par Louis XI qu'il ne troublât longtemps la France après lui. Richelieu seul affermit le trône sur les débris de l'anarchie féodale. Mais que sa marche est plus grande et plus imposante! Comme ses moyens sont plus hardis, ses ressources plus fécondes et ses coups plus assurés! Il ne craint point d'annoncer ses vengeances avant de frapper ses victimes. Ses artifices même ont quelque chose de grand qui suppose le courage.

D'ailleurs Richelieu, qu'un seul coup d'œil peut précipiter au fond des cachots où il plonge ses ennemis, nous intéresse comme un homme fort et courageux qui se livre à tous les dangers et se confie à sa fortune. Sa vie est un combat éternel; toutes les scènes en sont animées, et tous les tableaux en contraste. Il est forcé de combattre à la fois la puissance de ses nombreux ennemis et la faiblesse de son maître : toujours près de sa chute en préparant celle des autres, il a besoin d'être courtisan, même quand il est roi. Ce mélange de souplesse et d'audace, ces dangers qu'il éprouve, et cette terreur qu'il inspire, sans jamais la ressentir; l'énergie de son âme qui résiste aux souffrances d'un corps usé par les maladies, cette ambition qui ne trouve aucune gloire ni au-dessus ni au-dessous d'elle-même; tout dans Richelieu imprime l'étonnement ou commande l'admiration. Un tel caractère est précisément l'opposé de Louis XI.

CAMPAN (J.-L.-H. Genet de). — Née en 1752, morte en 1822. Attachée à la personne de Marie-Antoinette, elle lui donna de grandes preuves de dévouement. Napoléon, empereur, lui confia la direction de la maison d'Écouen, établie pour l'éducation des filles de braves morts sur le champ de bataille. « Faites-en, écrivit-il, des croyantes et non des raisonneuses. Je désire qu'il sorte d'Écouen non des femmes agréables, mais des femmes vertueuses; que leurs agréments soient du cœur, et non de l'esprit. » Mᵐᵉ de Campan fut digne de cette glorieuse mission. Elle a laissé un traité de l'*Éducation des femmes* et des *Mémoires* sur Racine.

VOYAGE DE VARENNES
(*Mémoires.*)

La première fois que je vis Sa Majesté, après la funeste catastrophe du voyage de Varennes, je la trouvai sortant de son lit; ses traits n'étaient pas extrêmement altérés; mais, après les premiers mots de bonté qu'elle m'adressa, elle ôta son bonnet et me dit de voir l'effet que la douleur avait produit sur ses cheveux. En une seule nuit ils étaient devenus blancs comme ceux d'une femme de soixante-dix ans. Je ne peindrai point ici les sentiments qui déchirèrent mon cœur. Il serait trop peu convenable de parler de mes peines, quand je retrace une si grande infortune. Sa Majesté me fit voir une bague qu'elle venait de faire monter pour la princesse de Lamballe : c'était une gerbe de ses cheveux avec cette inscription : « Blanchis par le malheur. » A cette époque de la constitution, la princesse voulut rentrer en France. La reine, qui ne croyait nullement au retour de la tranquillité, s'y opposa; mais l'attachement que lui avait voué Madame de Lamballe lui fit venir chercher la mort.

Lorsque je rentrai à Paris, la plus grande partie des mesures de rigueur était levée; les portes ne restaient pas ouvertes; on donnait plus de témoignages de respect au souverain; on savait que la Constitution, bientôt terminée, serait acceptée, et l'on espérait un meilleur ordre de choses.

Dès le jour de mon arrivée, la reine me fit entrer dans son cabinet pour me dire qu'elle aurait un grand besoin de moi pour des relations qu'elle avait établies avec MM. Barnave, Duport et Alexandre Lameth. Elle m'apprit que M. de J*** était son intermédiaire avec ces débris du parti constitutionnel, qui avaient de bonnes intentions malheureusement trop tardives; et me dit que Barnave était un homme digne d'inspirer de l'estime. Je fus étonnée d'entendre prononcer ce nom de Barnave avec tant de bienveillance. Quand j'avais quitté Paris, un grand nombre de personnes n'en parlaient qu'avec horreur. Je lui fis cette remarque, elle ne s'en étonna point; mais elle me dit qu'il était bien changé; que ce jeune homme, plein d'esprit et de sentiments nobles, était de cette classe distinguée par l'éducation et seulement égarée par l'ambition que fait naître un mérite réel. « Un sentiment d'orgueil, que je ne saurais trop blâmer dans un jeune homme du tiers état, disait la reine en parlant de Barnave, lui a fait applaudir à tout ce qui aplanissait la route des honneurs et de la gloire pour la classe dans laquelle il est né; si jamais la puissance revient dans nos mains, le pardon de Barnave est d'avance écrit dans nos cœurs. » La reine ajoutait qu'il n'en était pas de même à l'égard des nobles qui s'étaient jetés dans le parti de la révolution, eux qui obtenaient toutes les faveurs, et surtout au détriment des gens d'un ordre inférieur, parmi lesquels se trouvaient les plus grands talents; enfin que les nobles, nés pour être les remparts de la monarchie, étaient trop coupables d'avoir trahi sa cause pour mériter leur pardon. La reine m'étonnait de plus en plus par la chaleur avec laquelle elle justifiait l'opinion favorable qu'elle avait conçue de Barnave. Alors elle me dit que sa conduite en route avait été parfaite, tandis que la rudesse républicaine de Pétion avait été outrageante; qu'il mangeait, buvait dans la berline du roi, avec malpropreté, jetant les os de volaille par la portière, au risque de les envoyer jusque sur le visage du roi; haussant son verre sans dire un mot, quand Madame Elisabeth lui versait du vin, pour indiquer qu'il en avait assez; que ce ton offensant était calculé, puisqu'il avait reçu de l'éducation; que Barnave en avait été révolté. Pressé par la reine de prendre quelque chose : « Madame, répondit Barnave, les députés de l'Assemblée nationale, dans une circonstance aussi solennelle, ne doivent occuper Vos Majestés que de leur mission, et nullement de leurs besoins. » Enfin, ses respectueux égards, ses attentions délicates et toutes ses paroles avaient gagné non-seulement sa bienveillance, mais celle de Madame Elisabeth.

Le roi avait commencé à parler à Pétion sur la position de la France et sur les motifs de sa conduite, qui étaient fondés sur la nécessité de donner au pouvoir exécutif une force nécessaire à son action, pour le bien même

de l'acte constitutionnel, puisque la France ne pouvait être républiquc...
« Pas encore à la vérité, répondit Pétion, parce que les Français ne sont pas
assez mûrs pour cela. » Cette audacieuse et cruelle réponse imposa silence
au roi, qui le garda jusqu'à son arrivée à Paris. Pétion tenait sur ses genoux
le petit dauphin ; il se plaisait à rouler sur ses doigts les beaux cheveux
blonds de l'intéressant enfant : et, parlant avec action, il tirait ses boucles
assez fort pour le faire crier... « Donnez-moi mon fils, lui dit la reine ; il
est accoutumé à des soins, à des égards qui le disposent peu à de telles fa-
miliarités.

Le chevalier de Dampierre avait été tué près de la voiture du roi, en sortant de Varennes. Un pauvre curé de village, à quelques lieues où ce crime
venait d'être commis, eut l'imprudence de s'approcher pour parler au roi ;
les cannibales qui environnaient la voiture se jettent sur lui. « Tigres, leur
cria Barnave, avez-vous cessé d'être Français? Nation de braves, êtes-vous
devenue un peuple d'assassins?... » Ces seules paroles sauvèrent d'une mort
certaine le curé déjà terrassé. Barnave en les prononçant s'était jeté hors de
la portière, et Madame Elisabeth, touchée de ce noble élan, le retenait par
la basque de son habit. La reine disait, en parlant de cet événement, que,
dans les moments des plus grandes crises, les contrastes bizarres la frappaient
toujours, et que, dans cette circonstance, la pieuse Elisabeth, retenant Barnave par le pan de son habit, lui avait paru la chose la plus surprenante.
Ce député avait éprouvé un autre genre d'étonnement. Les dissertations de
Madame Élisabeth sur la situation de la France, son éloquence douce et per-
suasive, la noble simplicité avec laquelle elle entretenait Barnave, sans s'é-
carter en rien de sa dignité, tout lui parut céleste dans cette divine princesse ; et son cœur, disposé sans doute à de nobles sentiments s'il n'eût pas
suivi le chemin de l'erreur, fut soumis par la plus touchante admiration.

MAISTRE (Joseph, comte de). — Né en 1753, mort en 1821.
Après plusieurs services rendus à la Sardaigne, sa patrie, il fut
ministre plénipotentiaire en Russie. Sa gloire particulière est
d'avoir combattu les erreurs philosophiques de son siècle et de
s'être montré le plus ferme champion de l'Église. Outre les *Soirées
de Saint-Pétersbourg*, on a de lui : *Considérations sur la France, du
Pape*, etc. Il mourut en disant : « Je finis avec l'Europe, c'est s'en
aller en bonne compagnie. »

UNE NUIT D'ÉTÉ A SAINT-PÉTERSBOURG

(Soirées de Saint-Pétersbourg.)

Rien n'est plus rare, mais rien n'est plus enchanteur qu'une belle nuit
d'été à Saint-Pétersbourg, soit que la longueur de l'hiver et la rareté de ses
nuits leur donnent, en les rendant plus désirables, un charme particulier,
soit que, comme je le crois, elles soient plus douces et plus calmes que dans
les plus beaux climats.

Le soleil qui, dans les zones tempérées, se précipite à l'occident, et ne
laisse après lui qu'un crépuscule fugitif, rase ici lentement une terre dont
il semble se détacher à regret. Son disque, environné de vapeurs rougeâtres,
roule, comme un char enflammé, sur les sombres forêts qui couronnent
l'horizon, et ses rayons, réfléchis par le vitrage du palais, donnent au spectateur l'idée d'un vaste incendie.

Les grands fleuves ont ordinairement un lit profond et des bords escarpés qui leur donnent un aspect sauvage. Le Néva coule à pleins bords au sein d'une cité magnifique ; ses eaux limpides touchent le gazon des îles qu'elle embrasse ; et, dans toute l'étendue de la ville, elle est contenue par deux quais de granit, alignés à perte de vue ; espèce de magnificence répétée dans les trois grands canaux qui parcourent la capitale, et dont il n'est pas possible de trouver ailleurs le modèle ni l'imitation.

Mille chaloupes se croisent et sillonnent l'eau en tous sens : on voit de loin les vaisseaux étrangers qui plient leurs voiles et jettent l'ancre. Ils apportent sous le pôle les fruits des zones brûlantes et toutes les productions de l'univers. Les brillants oiseaux d'Amérique voguent sur la Néva avec des bosquets d'orangers : ils retrouvent en arrivant la noix du cocotier, l'ananas, le citron et tous les fruits de leur terre natale. Bientôt le riche opulent s'empare des richesses qu'on lui présente, et jette l'or sans compter à l'avide marchand.

Nous rencontrions de temps en temps d'élégantes chaloupes dont on avait retiré les rames, et qui se laissaient aller doucement au paisible courant de ces belles eaux. Les rameurs chantaient un air national, tandis que leurs maîtres jouissaient en silence de la beauté du spectacle et du calme de la nuit.

Près de nous une longue barque emportait rapidement une noce de riches négociants. Un baldaquin cramoisi, garni de franges d'or, couvrait le jeune couple et les parents. Une musique russe, resserrée entre deux files de rameurs, envoyait au loin le son de ses bruyants cornets. Cette musique n'appartient qu'à la Russie, et c'est peut-être la seule chose particulière à un peuple qui ne soit pas ancienne.

Une foule d'hommes vivants ont connu l'inventeur, dont le nom réveille constamment dans sa patrie l'idée de l'antique hospitalité, du luxe élégant et des nobles plaisirs. Singulière mélodie ! emblème éclatant fait pour occuper l'esprit bien plus que l'oreille ! Qu'importe à l'œuvre que les instruments sachent ce qu'ils font? Vingt ou trente automates agissant ensemble produisent une pensée étrangère à chacun d'eux : le mécanisme aveugle est dans l'individu ; le calcul ingénieux, l'imposante harmonie, sont dans le tout.

La statue équestre de Pierre Ier s'élève sur le bord de la Néva, à l'une des extrémités de l'immense place d'Isaac. Son visage sévère regarde le fleuve et semble encore animer cette navigation créée par le génie du fondateur. Tout ce que l'oreille entend, tout ce que l'œil contemple sur ce superbe théâtre, n'existe que par une pensée de la tête puissante qui fit sortir d'un marais tant de monuments pompeux. Sur ces rives désolées, d'où la nature semblait avoir exilé la vie, Pierre assit sa capitale et se créa des sujets. Son bras terrible est encore étendu sur leur postérité qui se presse autour de l'auguste effigie. On regarde, et l'on ne sait si cette main protége ou menace.

A mesure que notre chaloupe s'éloignait, le chant des bateliers et le bruit confus de la ville s'éteignaient insensiblement. Le soleil était descendu sous l'horizon ; des nuages brillants répandaient une clarté douce, et que je n'ai jamais vue ailleurs ; la lumière et les ténèbres semblent se mêler et comme s'entendre pour former le voile transparent qui couvre alors ces campagnes.

SÉGUR (L. de comte de). — Né en 1753, mort en 1832. Jouet des événements politiques qui troublaient la patrie, il décrit lui-même ainsi sa vie : «Le hasard a voulu que je fusse successivement colonel, officier général, voyageur, navigateur, courtisan,

fils de ministre, ambassadeur, négociateur, prisonnier, cultivateur, soldat, électeur, poëte, auteur dramatique, publiciste, historien, député, conseiller d'État, académicien et pair de France. »
On lui doit la *Décade historique,* la *Galerie morale et politique,* des
pensées, des contes et des fables, des mémoires et une *Histoire
universelle,* etc.

LA NOBLESSE FRANÇAISE

(Mémoires et souvenirs.)

Pour nous, jeune noblesse française, sans regret pour le passé, sans inquiétude pour l'avenir, nous marchions gaiement sur un tapis de fleurs qui nous
cachait un abîme... Consacrant tout notre temps à la société, aux fêtes, aux
plaisirs, aux devoirs peu assujettissants de la cour et des garnisons, nous
jouissions à la fois avec incurie et des avantages que nous avaient transmis
les anciennes institutions, et de la liberté que nous apportaient les nouvelles mœurs : ainsi ces deux régimes flattaient également, l'un notre vanité, l'autre nos penchants pour les plaisirs. Retrouvant dans nos châteaux,
avec nos paysans, nos gardes et nos baillis, quelques vestiges de notre
ancien pouvoir féodal, jouissant à la cour et à la ville des distinctions de
la naissance, élevés par notre nom seul aux grades supérieurs dans les
camps, et libres désormais de nous mêler, sans faste et sans entraves, à tous
nos concitoyens pour goûter les douceurs de l'égalité plébéienne, nous
voyions s'écouler les tristes années de notre printemps dans un cercle d'illusions et dans une sorte de bonheur qui, je crois, en aucun temps, n'avaient
été destinés qu'à nous. Liberté, royauté, aristocratie, démocratie, préjugés,
raison, nouveauté, philosophie, tout se réunissait pour rendre nos jours
heureux, et jamais réveil plus terrible ne fut précédé par un sommeil plus
doux et par des songes plus séduisants.

SAINT LOUIS ET LA CROISADE

Le pape Innocent IV convoqua un concile à Lyon, et écrivit à tous les
conciles de l'Europe pour les conjurer de s'armer et de marcher au secours
des chrétiens dans la Palestine. Dans le même temps, Louis tombe gravement malade : le bruit de son danger se répand. Toute la France gémit et
s'alarme; jamais on n'avait vu l'affection publique se manifester avec plus
d'éclat; partout le peuple, d'un commun accord, lui décernait le nom de
Prince de paix et de justice; mais le ciel paraît sourd au vœu général; l'art
des médecins cède au mal; le danger s'accroît; Louis reçoit les derniers
sacrements et tombe en léthargie. Toutes les églises sont remplies d'une
foule consternée, invoquant Dieu pour le salut du père de la patrie. Des
contrées les plus éloignées, on accourt au palais du monarque, qui retentit
de cris et de sanglots. Déjà une des femmes de la reine croit voir sur le
visage du roi l'empreinte de la mort; elle jette le drap sur sa tête; mais, si
son corps était glacé, son imagination pieuse était encore brûlante. Soudain
il s'agite, soupire et dit : « La lumière de l'Orient s'est répandue du ciel sur
moi par la grâce du Seigneur; Dieu me rappelle du séjour des morts. »

Après ce peu de paroles, le roi, tournant ses regards sur l'évêque de Paris,
regardant sa guérison comme miraculeuse, l'attribua aux reliques de saint
Denis, qu'on avait portées plusieurs jours en procession dans le palais, et à
un morceau de la vraie croix placé sur le lit du malade par les ordres de sa
mère.

QUIPROQUO

Un étranger très-riche, nommé Suderland, était banquier de la cour et naturalisé en Russie; il jouissait auprès de l'impératrice d'une assez grande faveur. Un matin on lui annonce que sa maison est entourée de gardes, et que le maître de police demande à lui parler. Cet officier, nommé Reliew, entre avec l'air consterné : « Monsieur Suderland, dit-il, je me vois, avec un vrai chagrin, chargé par ma gracieuse souveraine d'exécuter un ordre dont la sévérité m'effraye, m'afflige, et j'ignore par quelle faute ou par quel délit vous avez excité à ce point le ressentiment de Sa Majesté. — Moi, monsieur, répond le banquier, je l'ignore autant et plus que vous ; ma surprise surpasse la vôtre. Mais enfin quel est cet ordre ? — Monsieur, reprend l'officier, en vérité, le courage me manque pour vous le faire connaître. — Eh quoi! aurais-je perdu la confiance de l'impératrice? — Si ce n'était que cela, vous ne me verriez pas si désolé. La confiance peut revenir, une place peut être rendue. — Eh bien! s'agit-il de me renvoyer dans mon pays? — Ce serait une contrariété; mais avec vos richesses on est bien partout. — Ah! s'écrie Suderland tremblant, est-il question de m'exiler en Sibérie? — Hélas! on en revient. — De me jeter en prison? — Si ce n'était que cela; on en sort. — Bonté divine! voudrait-on me knouter? — Ce supplice est affreux, mais il ne tue pas. — Eh quoi! dit le banquier en sanglotant, ma vie est-elle en péril? L'impératrice, si bonne, si clémente, qui me parlait encore si doucement il y a deux jours, elle voudrait... mais je ne puis le croire. Ah! de grâce, achevez; la mort serait moins cruelle que cette attente insupportable. — Eh bien, mon cher monsieur, dit l'officier de police avec une voix lamentable, ma gracieuse souveraine m'a donné l'ordre de vous faire empailler. — Empailler! s'écrie Suderland en regardant fixement son interlocuteur ; mais vous avez perdu la raison, ou l'impératrice n'aurait pas conservé la sienne; enfin vous n'auriez pas reçu un pareil ordre sans en faire sentir la barbarie et l'extravagance. — Hélas! mon cher ami, j'ai fait ce qu'ordinairement nous n'avons jamais tenté; j'ai marqué ma surprise, ma douleur; j'allais hasarder d'humbles remontrances, mais mon auguste souveraine, d'un ton irrité, en me reprochant mon hésitation, m'a commandé de sortir et d'exécuter sur-le-champ l'ordre qu'elle m'avait donné, en ajoutant ces paroles qui retentissent encore à mon oreille : « Allez , et n'oubliez pas que votre devoir est « de vous acquitter sans murmure des commissions dont je daigne vous « charger. »

Il serait impossible de peindre l'étonnement, la colère, le tremblement, le désespoir du pauvre banquier. Après avoir laissé quelque temps un libre cours à l'explosion de sa douleur, le maître de police lui dit qu'il lui donne un quart d'heure pour mettre ordre à ses affaires. Alors Suderland le prie, le conjure, le presse longtemps en vain d'écrire un billet à l'impératrice pour implorer sa pitié. Le magistrat, vaincu par ses supplications, cède en tremblant à ses prières, se charge de son billet, sort, et, n'osant aller au palais, se rend précipitamment chez le comte de Bruce. Celui-ci croit que le maître de police est devenu fou ; il lui dit de le suivre, de l'attendre dans le palais, et court, sans tarder, chez l'impératrice. Introduit chez cette princesse, il lui expose le fait. Catherine, entendant cet étrange récit, s'écrie : « Juste ciel ! quelle horreur! En vérité, Reliew a perdu la tête. Comte, partez, courez, et ordonnez à cet insensé d'aller tout de suite délivrer mon pauvre banquier de ses folles terreurs et de le mettre en liberté. » Le comte sort, exécute l'ordre, revient, et trouve avec surprise Catherine riant aux éclats.

« Je vois à présent, dit-elle, la cause d'une scène aussi burlesque qu'inconcevable : j'avais depuis quelques années un petit chien que j'aimais beaucoup, et je lui avais donné le nom de Suderland, parce que c'était celui d'un Anglais qui m'en avait fait présent. Ce chien vient de mourir ; j'avais ordonné à Reliew de le faire empailler ; et, comme il hésitait, je me suis mise en colère contre lui, pensant que, par une vanité sotte, il croyait une telle commission au-dessous de sa dignité. Voilà le mot de cette ridicule énigme. »

BONALD (L.-G.-A., vicomte de). — Né en 1753, mort en 1840. Cet écrivain philosophe fut longtemps rédacteur du *Mercure* au retour de l'exil, puis conseiller de l'Université, député et enfin pair de France. Il écrivit les *Recherches philosophiques*, la *Théorie du pouvoir politique et religieux*.

CHARLES XII

(*Législation primitive.*)

Arrêtons-nous un moment devant ce Charles XII, comme on s'arrête devant ces pyramides du désert dont l'œil étonné contemple les énormes proportions, avant que la raison se demande quelle est leur utilité. On aime à voir, dans cet homme extraordinaire, l'alliance si rare des vertus privées et des qualités héroïques, même avec cette exagération qui a fait de ce prince le phénomène des siècles civilisés. On admire et ce profond mépris des voluptés de la vie, et cette soif démesurée de la gloire, et cette extrême simplicité de mœurs, et cette étonnante intrépidité, et sa familiarité, et sa bonté même envers les siens, et sa sévérité sur lui-même, et ses expéditions fabuleuses entreprises avec tant d'audace, et cette défaite de Pultawa soutenue avec tant de fermeté, et cette prison de Bender, où il montra tant de hauteur, et ce roi qui commande respect à des barbares, lorsqu'ils n'ont plus rien à en craindre ; l'amour à ses sujets, lorsqu'ils ne peuvent plus rien en attendre ; et, quoique absent, l'obéissance dans ces mêmes États, où ses successeurs présents n'ont pas toujours pu l'obtenir ; et, à la vue de cette combinaison unique de qualités et d'événements, on est tenté d'appliquer à ce prince ce mot du père Daniel, en parlant de notre saint Louis : « Un des plus grands hommes, et des plus singuliers qui aient été. »

PENSÉES

L'ordre va avec poids et mesure ; le désordre est toujours pressé.

Il y a beaucoup de gens qui ne savent pas perdre leur temps tout seuls ; ils sont les fléaux des gens occupés.

Le repentir est une seconde innocence.

RAMOND DE CARBONNIÈRES (L.-F.-Élis.). — Né en 1755, mort en 1827. Attaché à la maison militaire de Louis XVI, il partit au 10 août et fit plusieurs voyages scientifiques dans les montagnes. Plus tard il fut député, préfet, conseiller d'État, etc. Il a laissé des récits intéressants de ses voyages.

LE HAUT VALAIS

Au-dessus de Brieg, la vallée se transforme en un étroit et inabordable précipice dont le Rhône occupe et ravage le fond. La route s'élève sur les montagnes septentrionales, et l'on s'enfonce dans la plus sauvage des solitudes; les Alpes n'offrent rien de plus lugubre. On marche deux heures sans rencontrer la moindre trace d'habitation, le long d'un sentier dangereux, ombragé par de sombres forêts, et suspendu sur un précipice dont la vue ne saurait pénétrer l'obscure profondeur : ce passage est célèbre par des meurtres, et plusieurs têtes exposées sur des piques étaient, lorsque je le traversai, la digne décoration de son affreux paysage. On atteint enfin le village de Lax, situé dans le lieu le plus désert et le plus écarté de cette contrée. Le sol sur lequel il est bâti penche rapidement vers le précipice, du fond duquel s'élève le sourd mugissement du Rhône. Sur l'autre bord de cet abîme, on voit un hameau dans une situation pareille : les deux églises opposées l'une à l'autre ; et, du cimetière de l'une, j'entendais successivement le chant des deux paroisses, qui semblaient se répondre. Que ceux qui connaissent la triste et grave harmonie des cantiques allemands, les imaginent chantés dans ce lieu, accompagnés par le murmure éloigné du torrent et le frémissement des sapins.

LES PYRÉNÉES

La nuit tombait, et les étoiles perçaient, successivement et par ordre de grandeur, le ciel obscurci. Je quittai le torrent et le fracas de ses flots pour aller respirer encore l'air de la vallée et son parfum délicieux. Je remontais lentement le chemin que j'avais descendu, et je cherchais à me rendre compte de la part que mon âme avait dans la sensation douce et voluptueuse que j'éprouvais. Il y a je ne sais quoi, dans les parfums, qui réveille puissamment le souvenir du passé. Rien ne rappelle à ce point des lieux chéris, des sensations regrettées, de ces minutes dont le passage laisse de si profondes traces dans le cœur qu'elles en laissent peu dans la mémoire. L'odeur d'une violette rend à l'âme les jouissances de plusieurs printemps. Je ne sais de quels instants plus doux de ma vie le tilleul en fleurs fut témoin; mais je sentais vivement qu'il ébranlait des fibres depuis longtemps tranquilles, qu'il excitait d'un profond sommeil des réminiscences liées à de beaux jours; je trouvais entre mon cœur et ma pensée un voile qu'il m'aurait été doux peut-être..., triste peut-être..., de soulever; je me plaisais dans cette rêverie vague et voisine de la tristesse qu'excitent les images du passé; j'étendais sur la nature l'illusion qu'elle avait fait naître, en lui alliant, par un mouvement involontaire, les temps et les faits dont elle suscitait la mémoire; je cessais d'être isolé dans ces sauvages lieux; une secrète et indéfinissable intelligence s'établit entre eux et moi; et, seul sur les bords du torrent de Gédra, seul, mais sous ce ciel qui voit s'écouler tous les âges et qui enserre tous les climats, je me livrais avec attendrissement à cette sécurité si douce, à ce profond sentiment de coexistence qu'inspirent les champs de la patrie... Invisible main, qui répands quelques doux moments dans la vie comme des fleurs dans un désert, sois bénie pour ces heures passagères où l'esprit se repose, où le cœur s'entend avec la nature, et jouit; car jouir est à nous, êtres frêles et sensibles que nous sommes; et connaître est à celui qui, en livrant la terre à nos partages et l'univers à nos disputes, étendit entre la création et nous, entre nous et nous-mêmes, la sainte obscurité qui le couvre.

ROLAND (M.-J. Philippon). — Née en 1756, morte en 1793. Le mari de cette femme célèbre fut ministre en 1792, et l'on a prétendu qu'il n'agit en rien jamais que d'après les inspirations de sa femme. « Leurs liaisons avec les girondins les brouillèrent avec

les jacobins : Mme Roland fut exécutée. Elle imposa à ses bourreaux par une sérénité, une fermeté dignes des hommes de l'antiquité. » On a d'elle des mémoires et une correspondance avec
un député de la convention, Bancal des Issarts.

A M. HENRI BANCAL

Clos Laplatière, 20 novembre 1790.

Les affaires de Lyon prennent une nouvelle tournure; cinq des anciens
municipaux, demeurés par la voix du sort, ayant donné leur démission, les
premiers notables passent à leur place; notre ami est du nombre. Cependant mille difficultés inventées à plaisir pour diminuer le nombre des vo-
tants, ou naissant des passions diverses, retardaient beaucoup les élections;
nous avons arrêté d'attendre qu'elles fussent achevées pour nous rendre à
Lyon, où notre ami ira remplir ses fonctions, disposé comme tout bon citoyen qui doit pouvoir dire aujourd'hui avec César, mais pour une meilleure
cause :

Quoi qu'il puisse arriver, mon cœur n'a rien à craindre ;
Je vaincrai sans orgueil ou mourrai sans me plaindre.

Vous avez fait un charmant voyage avec votre aimable compagne, et vous
commencez sans doute à connaître quelques sociétés; j'imagine que vous
n'échapperez pas le lord Stanhope non plus que tous les amis de la révolution.

Vous voilà établi dans un quartier duquel nous n'étions pas fort loin, car
nous habitions *Creven street in the Strand*; le parc et tout ce qui y fait suite
vous offriraient de charmantes promenades dans une autre saison.

LE ROSSIGNOL ET LA FAUVETTE

Privée dès son jeune âge, une fauvette vivait en paix sans rien regretter.
Bon maître, agréable volière suffisaient à ses besoins, ou servaient à contenir ses vœux. Un brillant rossignolet, volant, chantant çà et là, conduit
par le hasard, vint un jour près de sa cage. Beaux yeux, bec mignon, gentil
corsage, mais surtout jolie voix et accents des plus tendres, attirent, charment tour à tour la prisonnière et le passant. Quand on sent qu'on se
ressemble, on ne tarde pas de s'aimer : c'est ce que firent nos oiseaux.
Quelle sera leur destinée? La fauvette, constante en sa captivité, d'une aile
caressante et de son doux ramage doit récompenser les soins du maître qui
la chérit; tandis qu'appelé par la gloire, le rossignol ira dans les bois célébrer le printemps, la liberté, l'amour. « Vole, poursuis ta carrière, dit la
fauvette attendrie; sois l'honneur de nos forêts, enseigne leurs hôtes sauvages : en chantant le bonheur, tu le feras goûter; sensible à tes succès, je
jouirai de tes triomphes. » Grandes promesses, charmant parlage, signa-
lèrent leurs adieux : le rossignol part à tire-d'aile. Bientôt pays nouveau,
bocages délicieux, oiseaux d'étrange plumage attirent ses regards; on est
curieux chez les moineaux, tout comme parmi les humains : on veut voir,
et le temps passe, et l'appétit vient en mangeant.

Adieu fauvette dans sa cage ;
La pauvrette a beau compter les moments,
Ils vont vite pour qui voyage.

VOLNEY (C.-F. Chassebœuf, comte de). — Né en 1757, mort en
1820. Républicain d'abord, il sentit la Terreur refroidir ce que son

ardeur avait de trop vif. Il fit de longs et utiles voyages qui le rendirent le plus illustre de nos philologues et de nos orientalistes.
Ses œuvres principales sont : *Les Ruines*, la *Chronique d'Hérodote*,
le *Voyage en Égypte et en Syrie*, etc.

LES PYRAMIDES

(Voyage en Égypte.)

La main du temps et encore celle des hommes, qui ont ravagé tous les
monuments de l'antiquité, n'ont rien pu jusqu'ici contre les pyramides. La
solidité de leur construction et l'énormité de leur masse les ont garanties
de toute atteinte, et semblent leur assurer une durée éternelle. Les voyageurs en parlent tous avec enthousiasme, et cet enthousiasme n'est point
exagéré. L'on commence à voir ces montagnes factices dix lieues avant d'y
arriver. Elles semblent s'éloigner à mesure qu'on s'en approche; on en est
encore à une lieue, et déjà elles dominent tellement sur la tête qu'on croit
être à leur pied; enfin l'on y touche, et rien ne peut exprimer la variété des
sensations qu'on y éprouve; la hauteur de leur sommet, la rapidité de leur
pente, l'ampleur de leur surface, le poids de leur assiette, la mémoire des
temps qu'elles rappellent, le calcul du travail qu'elles ont coûté, l'idée que
ces immenses rochers sont l'ouvrage de l'homme, si petit et si faible, qui
rampe à leur pied, tout saisit à la fois le cœur et l'esprit d'étonnement, de
terreur, d'humiliation, d'admiration, de respect. Mais, il faut l'avouer, un
autre sentiment succède à ce premier transport; après avoir pris une si
grande opinion de la puissance de l'homme, quand on vient à méditer l'objet
de son emploi, on ne jette plus qu'un œil de regret sur son ouvrage; on s'afflige de penser que, pour construire un vain tombeau, il a fallu tourmenter
vingt ans une nation entière; on gémit sur la foule d'injustices et de vexa-
tions qu'ont dû coûter les corvées onéreuses, et du transport, et de la coupe,
et de l'entassement de tant de matériaux.

On s'indigne contre l'extravagance des despotes qui ont commandé ces
barbares ouvrages : ces sentiments reviennent plus d'une fois en parcourant
les monuments de l'Égypte; ces labyrinthes, ces temples, ces pyramides,
dans leur massive structure, attestent bien moins le génie d'un peuple opulent et ami des arts que la servitude d'une nation tourmentée par le caprice
de ses maîtres.

Alors on pardonne à l'avarice qui, violant leurs tombeaux, a frustré leur
espoir : on accorde moins de pitié à ces ruines; et, tandis que l'amateur des
arts s'indigne, dans Alexandrie, de voir scier les colonnes des palais pour
en faire des meules de moulin, le philosophe, après la première émotion
que cause la perte de toute belle chose, ne peut s'empêcher de sourire
à la secrète justice du sort, qui rend au peuple ce qui lui coûta tant de
peines, et qui soumet au plus humble de ses besoins l'orgueil d'un luxe
inutile.

LACÉPÈDE (B.-G.-E. Laville, comte de). — Né en 1756, mort en
1825. Lacépède, qui fut grand chancelier de la Légion d'honneur,
était un naturaliste célèbre, un musicien distingué, aimé de
Buffon et de Gluck à la fois. Outre ses ouvrages scientifiques, qui
le rendent à jamais renommé, il a laissé une *Histoire de l'Europe*, des romans, etc.

LE LÉZARD GRIS

Le lézard gris paraît être le plus doux, le plus innocent et l'un des plus utiles des lézards. Ce joli petit animal, si commun dans le pays où nous écrivons, et avec lequel tant de personnes ont joué dans leur enfance, n'a pas reçu de la nature un vêtement aussi éclatant que plusieurs autres quadrupèdes ovipares; mais elle lui a donné une parure élégante : sa petite taille est svelte, son mouvement agile, sa course si prompte qu'il échappe à l'œil aussi rapidement que l'oiseau qui vole. Il aime à recevoir la chaleur du soleil : ayant besoin d'une température douce, il cherche les abris; et, lorsque, dans un beau jour de printemps, une lumière pure éclaire vivement un gazon en pente, ou une muraille qui augmente la chaleur en la réfléchissant, on le voit s'étendre sur ce mur, ou sur l'herbe nouvelle, avec une espèce de volupté. Il se pénètre avec délices de cette chaleur bienfaisante, il marque son plaisir par de molles ondulations de sa queue déliée; il fait briller ses yeux vifs et animés; il se précipite comme un trait pour saisir une petite proie ou pour trouver un abri plus commode. Bien loin de s'enfuir à l'approche de l'homme, il paraît le regarder avec complaisance; mais, au moindre bruit qui l'effraye, à la chute seule d'une feuille, il se roule, tombe, et demeure pendant quelques instants comme étourdi par sa chute; ou bien il s'élance, disparaît, se trouble, revient, se cache de nouveau, reparaît encore, et décrit en un instant plusieurs circuits tortueux que l'œil a de la peine à suivre, se replie plusieurs fois sur lui-même, et se retire enfin dans quelque asile, jusqu'à ce que sa crainte soit dissipée.

RIVAROL. (Voir les poëtes, chapitre deuxième.)

LA PHILOSOPHIE ET LA RELIGION

Le vice radical de la philosophie, c'est de ne pouvoir parler au cœur. Or, l'esprit est le côté partiel de l'homme; le cœur est tout... Aussi la religion, même la plus mal conçue, est-elle infiniment plus favorable à l'ordre politique, et plus conforme à la nature humaine en général que la philosophie; parce qu'elle ne dit pas à l'homme d'aimer Dieu de tout son esprit, mais de tout son cœur; elle nous prend par le côté sensible et vaste qui est à peu près le même dans tous les individus, et non par le côté raisonneur, inégal et borné qu'on appelle esprit.

Que l'histoire vous rappelle que partout où il y a mélange de religion et de barbarie, c'est toujours la religion qui triomphe; mais que, partout où il y a mélange de barbarie et de philosophie, c'est la barbarie qui l'emporte... En un mot, la philosophie divise les hommes par les opinions, la religion les unit dans les mêmes principes : il y a donc un contrat éternel entre la politique et la religion. Tout État, si j'ose le dire, est un vaisseau mystérieux qui a ses ancres dans le ciel.

PARIS

Paris est-il donc une ville de guerre? N'est-ce pas, au contraire, une ville de luxe et de plaisir? Rendez-vous de la France et de l'Europe, Paris n'est la patrie de personne, et l'on ne peut que rire d'un homme qui se dit citoyen de Paris. Cette capitale n'est qu'un vaste spectacle qui doit être ouvert en tout temps. Ce n'est point la liberté qu'il lui faut; cet aliment des républiques est trop indigeste pour de frêles sybarites; c'est la sûreté qu'elle exige,

et si une armée la menace, elle doit être désertée en deux jours. Il n'y a
qu'un gouvernement doux et respecté qui puisse donner à Paris le repos
nécessaire à son opulence et à sa prospérité.

ANDRIEUX (Voir les poëtes, chapitre deuxième.)

MANIE DE PARLER TOUS A LA FOIS

Un des défauts que je remarque chez les Parisiens, c'est la manie de vouloir converser ensemble, sans s'écouter, sans se répondre, et de parler plusieurs à la fois. J'ai déjà été invité à dîner dans plusieurs maisons; pour peu
qu'il y ait dix à douze personnes à table, il s'établit vers la fin du repas au
moins trois ou quatre conversations, ou plutôt chacun fait la sienne; ce qu'il
y a de pis, c'est qu'il n'est pas un convive qui ne parle très-haut, comme s'il
avait la prétention d'être seul entendu; c'est un bruit à devenir sourd. Il en
est de même dans les assemblées, dans les cercles : vient-on à citer un fait,
chacun le raconte aux autres; à élever une question, chacun veut montrer
de l'esprit et occuper de soi les auditeurs.

Jugez quel effet désagréable doit produire ce tapage sur un homme accoutumé aux assemblées silencieuses des amis; aussi, me faisant en moi-même
une retraite, je me livre souvent à la méditation au milieu de ces cohues, ce
qui m'est d'autant plus facile, que chacun, ne songeant qu'à ce qu'il dit, fait
fort peu d'attention à son voisin. Je me rappelle alors avec une douce émotion nos soirées charmantes, quand, rassemblés autour de la table à thé,
nous restions souvent un quart d'heure sans dire un seul mot. Personne
parmi nous n'est empressé de prendre la parole; on ne parle que quand on
a quelque chose à dire; aussi la conversation est-elle toujours intéressante,
souvent instructive, quelquefois gaie, jamais bruyante; c'est que mes amis
sont gens de beaucoup de réflexion et de peu de mots; mais à Paris, comme
l'a dit un homme d'esprit, « le parler gâte la conversation. »

Je suis surpris que, chez un peuple qui se pique de politesse, on manque
à ce point de savoir-vivre; car enfin, qu'y a-t-il de plus incivil que de ne pas
écouter celui qui parle, de l'interrompre sans cesse, de couvrir sa voix im-
pitoyablement? N'est-ce pas comme si on lui disait : « Taisez-vous; je ne
fais pas le moindre cas de vos discours; il n'y a que moi qui mérite d'être
écouté. »

Ils ne savent pas de quels avantages ils se privent; écouter est de toutes
les manières d'apprendre celle qui donne le moins de peine. Tel serait bientôt moins ignorant, s'il daignait prêter l'oreille aux gens instruits. Les
hommes habiles s'éclaireraient entre eux : le génie s'échauffe dans une conversation soutenue; il s'anime par la discussion et produit des beautés soudaines : mais ne parler que pour faire mouvoir sa langue, quel misérable
emploi du don de la parole, de ce bel attribut de l'homme, et que Dieu n'a
donné qu'à lui seul entre ses créatures!...

Ce soir même, je viens d'empêcher deux honnêtes Parisiens d'avoir ensemble une affaire sérieuse, et peut-être de se casser la tête ou de se couper
la gorge. Ils se contredisaient avec aigreur; une repartie n'attendait pas
l'autre; je m'aperçus qu'ils étaient si échauffés et s'écoutaient si peu réciproquement, que, dans des termes différents, ils soutenaient tous deux la
même opinion : je me suis éloigné d'eux un moment; j'ai déchiré deux
feuilles de mes tablettes, et, après y avoir écrit quelques mots, j'en ai présenté une à chacun des deux adversaires : « Ami, ai-je demandé, n'est-ce
là ta proposition ? — C'est ce que je veux, et ce qu'il ne veut pas, a dit l'un.
— C'est ce que j'entends, et ce qu'il me conteste, » a répondu l'autre. Je les

ai priés alors de rapprocher les deux feuilles de papier; ils ont vu avec surprise que toutes deux contenaient absolument la même chose, et que, par conséquent, ils étaient parfaitement d'accord sans s'en douter. Ils n'ont pu s'empêcher de rire; je les ai fait s'embrasser, et je suis revenu chez moi écrire dans mon journal ces réflexions sur la manie de parler plusieurs à la fois, et le danger de ne point écouter.

BERCHOUX. (Voir les poëtes, chapitre deuxième.)

LE DINER DE L'ABBÉ COSSON

(*La Gastronomie.*)

M. Delille, en avril 1796, étant à diner chez Marmontel, son confrère, raconta ce qu'on va lire, au sujet des usages qui s'observaient à table dans la bonne compagnie. On parlait de la multitude de petites choses qu'un honnête homme est obligé de savoir dans le monde pour ne pas courir risque d'y être bafoué. « Elles sont innombrables, dit M. Delille, et ce qu'il y a de fâcheux, c'est que tout l'esprit du monde ne suffirait pas pour faire deviner ces importantes vétilles. Dernièrement, ajouta-t-il, l'abbé Cosson, professeur de belles-lettres au collège Mazarin, me parla d'un diner où il s'était trouvé, quelques jours auparavant, avec des gens de cour, des cordons bleus, des maréchaux de France, chez l'abbé Radonvillers, à Versailles. « Je parie, lui dis-je, que vous avez commis cent incongruités. — Comment donc? reprit vivement l'abbé Cosson fort inquiet. Il me semble que j'ai fait la même chose que tout le monde. — Quelle présomption! Je gage que vous n'avez rien fait comme personne. Mais voyons, je me bornerai au diner. D'abord, que fites-vous de votre serviette en vous mettant à table? — De ma serviette? Je fis comme tout le monde : je la déployai, je l'étendis sur moi, et je l'attachai par un coin à ma boutonnière. — Eh bien, mon cher, vous êtes le seul qui ayez fait cela; on n'étale point sa serviette, on la laisse sur ses genoux. Et comment fites-vous pour manger votre soupe? — Comme tout le monde, je pense : je pris ma cuiller d'une main et ma fourchette de l'autre... — Votre fourchette, bon Dieu! personne ne prend de fourchette pour manger sa soupe : mais poursuivons. Après votre soupe, que mangeâtes-vous? — Un œuf frais. — Et que fites-vous de la coquille? — Comme tout le monde, je la laissai au laquais qui me servait. — Sans la casser? — Sans la casser. — Eh bien, mon cher, on ne mange jamais un œuf sans briser la coquille. Et après votre œuf? — Je demandai du bouilli.— Du bouilli? Personne ne se sert de cette expression; on demande du bœuf et point du bouilli; et après cet aliment?— Je priai l'abbé de Radonvillers de m'envoyer d'une très-belle volaille.—Malheureux ! de la volaille! On demande du poulet, du chapon, de la poularde, on ne parle de volaille qu'à la basse-cour. Mais vous ne dites rien de votre manière de demander à boire. — J'ai, comme tout le monde, demandé du champagne, du bordeaux, aux personnes qui en avaient devant elles.—Sachez donc qu'on demande du vin de Champagne, du vin de Bordeaux, continua M. Delille... Mais dites-moi quelque chose de la manière dont vous mangeâtes votre pain? — Certainement à la manière de tout le monde : je le coupai proprement avec mon couteau. — Eh! l'on rompt son pain, on ne le coupe pas par tronçons. Le café, comment le prites-vous? — Eh! pour le coup, comme tout le monde : il était brûlant, je le versai par petites parties de ma tasse dans ma soucoupe. — Eh bien! vous fites comme ne fit sûrement personne : tout le monde boit son café dans sa tasse, et jamais dans sa soucoupe. Vous voyez donc, mon cher

Cosson, que vous n'avez pas dit un mot, pas fait un mouvement qui ne fût contre l'usage.» L'abbé Cosson était confondu, continue M. Delille. Pendant six semaines, il s'informait à toutes les personnes qu'il rencontrait de quelques-uns des usages sur lesquels je l'avais critiqué.

DESMOULINS (B.-Camille). — Né en 1762, mort en 1794 sur l'échafaud. On sait suffisamment qu'il fut victime de la révolution dont il avait été le plus fervent adepte. Il rédigea deux journaux illustres de son temps, et en particulier le *Vieux cordelier.*

LA TERREUR EN FRANCE

(*Histoire secrète.*)

A cette époque, les propos devinrent des crimes d'État : de là il n'y eut qu'un pas pour changer en crimes les simples regards, la tristesse, la compassion, les soupirs, le silence même. Bientôt ce fut un crime de lèse-majesté ou de contre-révolution à Crémutius Cordus, d'avoir appelé Brutus et Cassius les derniers des Romains; crime de contre-révolution à un descendant de Cassius d'avoir chez lui un portrait de son bisaïeul; crime de contre-révolution à un Mamercus Scaurus qui avait fait une tragédie où il y avait des vers à qui l'on pouvait donner deux sens; crime de contre-révolution à Torquatus Silanus, accusé de faire de la dépense; crime de contre-révolution à Pomponius, parce qu'un ami de Séjan était venu chercher un asile dans une de ses maisons de campagne ; crime de contre-révolution de se plaindre des malheurs du temps, car c'était faire le procès du gouvernement; crime de contre-révolution à la mère du consul Fufius Géminus, d'avoir pleuré la mort funeste de son fils.

Il fallait montrer de la joie de la mort de son ami, de son parent, si l'on ne voulait s'exposer à périr soi même. Sous Néron, plusieurs dont il avait fait périr les proches, allaient en rendre grâces aux dieux. Du moins il fallait avoir un air de contentement : on avait peur que la peur même ne rendît coupable. Tout donnait de l'ombrage au tyran. Un citoyen avait-il de la popularité; c'était un rival du prince qui pouvait susciter une guerre civile. Suspect. Étiez-vous riche ; il y avait un péril imminent que le peuple ne fût corrompu par vos largesses. Suspect. Étiez-vous pauvre; il fallait vous surveiller de plus près ; il n'y a personne d'entreprenant comme celui qui n'a rien. Etiez-vous d'un caractère sombre, mélancolique et d'un extérieur négligé ; ce qui vous affligeait, c'était que les affaires publiques allaient bien. Suspect. Un citoyen se donnait-il du bon temps et des indigestions; c'est parce que le prince allait mal. Suspect. Était-il vertueux, austère dans ses mœurs; il faisait la censure de la cour. Suspect. Était-ce un philosophe, un orateur, un poëte; il lui convenait bien d'avoir plus de renommée que ceux qui gouvernaient. Suspect. Enfin, s'était-on acquis une réputation à la guerre; on n'en était que plus dangereux par son talent. Il fallait se défaire du général ou l'éloigner promptement de l'armée. Suspect.

La mort naturelle d'un homme célèbre ou seulement en place était si rare que les historiens la transmettaient comme un événement à la mémoire des siècles. La mort de tant de citoyens innocents et recommandables semblait une moindre calamité que l'insolence et la fortune scandaleuse de leurs meurtriers et de leurs calomniateurs. Chaque jour le délateur sacré et inviolable faisait son entrée triomphale dans le palais des morts, en recueillait quelque riche succession. Tous ces dénonciateurs se paraient des plus beaux noms, se faisaient appeler Cotta, Scipion, Régulus, Sævius, Sévérus. Pour se signaler par un début illustre, le marquis Sérénus intenta une accusation de contre-révolution contre son vieux père déjà exilé, après quoi il se faisait appeler fièrement Brutus. Tels accusateurs, tels juges; les tribunaux, protecteurs de la vie et des propriétés, étaient devenus des boucheries, où ce qui portait le nom de supplice ou de confiscation n'était que vol ou assassinat.

ROYER-COLLARD (P.- P.). — Né en 1763, mort en 1845. On sait que Royer-Collard, reçu à l'Académie française en 1827, a été un philosophe, un homme d'État et un orateur fort distingué. Nous citons de lui un fragment du discours sur le *Sacrilége,* sans en adopter toute la pensée.

SUR LE SACRILÉGE

Il s'agit du crime de sacrilége. Qu'est-ce que le sacrilége? C'est, selon le projet de loi, la profanation des vases sacrés et des hosties consacrées. Qu'est-ce que la profanation? C'est toute voie de fait commise volontairement, et par haine ou mépris de la religion. Là s'arrêtent les définitions du projet de loi; il n'a pas voulu ou n'a pas osé les pousser plus loin ; mais il devait poursuivre. Qu'est-ce que les hosties consacrées ? Nous croyons, nous catholiques, nous savons par la foi, que les hosties consacrées ne sont plus ce que nous voyons, mais Jésus-Christ, le saint des saints, Dieu et homme tout ensemble, invisible et présent dans le plus auguste de nos mystères. Ainsi la voie de fait se commet sur Jésus-Christ lui-même. L'irrévérence de ce langage est choquante, car la religion a aussi sa pudeur; mais c'est celui de la loi. Le sacrilége consiste donc, j'en prends la loi à témoin, dans une voie de fait commise sur Jésus-Christ. Je n'ai point parlé de voies de fait commises sur les vases sacrés, parce que cette espèce de sacrilége dérive de l'autre.

En substituant Jésus-Christ, fils de Dieu, vrai Dieu, aux hosties consacrées, qu'ai-je voulu, Messieurs, si ce n'est établir par le témoignage irrécusable de la loi, d'une part, que le crime qu'elle punit sous le nom de sacrilége est l'outrage direct à la majesté divine, c'est-à-dire, selon les anciennes ordonnances, le crime de lèse-majesté divine, et, d'une autre part, que ce crime sort tout entier du dogme catholique de la présence réelle, tellement que, si votre pensée sépare des hosties la présence réelle de Jésus-Christ et sa divinité, le sacrilége disparaît avec la peine qui lui est infligée : c'est le dogme qui fait le crime, et c'est encore le dogme qui le qualifie.

Sans doute, Messieurs, je le reconnais, et je me hâte de le dire, l'outrage à Dieu est aussi, en certaines circonstances, un outrage aux hommes, et non-seulement aux âmes pieuses, blessées dans leurs croyances, mais à la société entière, qui a besoin de religion, parce qu'elle a besoin de la morale, et que la morale n'a de sanction positive et dogmatique que dans la religion. Mais l'outrage à Dieu, et l'outrage aux hommes, sont deux choses si prodigieusement différentes qu'elles restent toujours distinctes, alors même qu'elles semblent se confondre dans le même acte. Il y a, de l'une à l'autre, la distance du ciel à la terre. De laquelle s'agit-il ? Relisons le projet de loi. Quel est le crime défini et puni? Est-ce l'offense à la société qui se rencontre dans l'outrage à Dieu, c'est-à-dire dans le sacrilége, ou bien est-ce le sacrilége lui-même? C'est le sacrilége seul, le sacrilége simple. Est-il possible que la société soit comprise avec Dieu dans le sacrilége? Non. Dieu seul est saint et sacré. Les sociétés humaines naissent, vivent et meurent sur la terre : là s'accomplissent leurs destinées, là se termine leur justice imparfaite et fau-

36

tive, qui n'est fondée que sur le besoin et le droit qu'elles ont de se conserver. Mais elles ne contiennent pas l'homme tout entier. Après qu'il s'est engagé dans la société, il lui reste la plus noble partie de lui-même, ces hautes facultés par lesquelles il s'élève à Dieu, à une vie future, à des biens inconnus dans un monde invisible. Ce sont les croyances religieuses, grandeur de l'homme, charme de la faiblesse et du malheur, recours inviolable contre les tyrannies d'ici-bas. Reléguée à jamais aux choses de la terre, la loi humaine ne participe point aux croyances religieuses : dans sa capacité temporelle, elle ne les connaît ni ne les comprend : au delà des intérêts de cette vie, elle est frappée d'ignorance et d'impuissance. Comme la religion n'est pas de ce monde, la loi humaine n'est pas du monde invisible; ces deux mondes, qui se touchent, ne sauraient jamais se confondre : le tombeau est leur limite.

MAISTRE (Xavier de). (Voir les poëtes, chapitre deuxième.)

UN JOUR DE MOINS

(*Voyage autour de ma chambre.*)

L'horloge du clocher de Saint-Philippe sonna lentement minuit. Je comptai l'un après l'autre chaque tintement de la cloche, et le dernier m'arracha un soupir. « Voilà donc, me dis-je, un jour qui vient de se détacher de ma vie; et, quoique les vibrations décroissantes du son de l'airain frémissent encore à mon oreille, la partie de mon voyage qui a précédé minuit est déjà aussi loin de moi que le voyage d'Ulysse ou celui de Jason. Dans cet abîme du passé, les instants et les siècles ont la même longueur; et l'avenir a-t-il plus de réalité? » Ce sont deux néants entre lesquels je me trouve en équilibre comme sur le penchant d'une lame. En vérité, le temps me paraît quelque chose de si inconcevable, que je serais tenté de croire qu'il n'existe réellement pas, et que ce qu'on nomme ainsi n'est autre chose qu'une punition de la pensée.

Je me réjouissais d'avoir trouvé cette définition du temps, aussi ténébreuse que le temps lui-même, lorsqu'une autre horloge sonna minuit; ce qui me donna un sentiment désagréable. Il me reste toujours un fonds d'humeur, lorsque je me suis inutilement occupé d'un problème insoluble; et je trouvai fort déplacé ce second avertissement de la cloche à un philosophe comme moi. Mais j'éprouvai décidément un véritable dépit quelques secondes après, lorsque j'entendis de loin une troisième cloche, celle du couvent des Capucins, situé sur l'autre rive du Pô, sonner encore minuit, comme par malice.

Lorsque ma tante appelait une ancienne femme de chambre, un peu revêche, qu'elle affectionnait cependant beaucoup, elle ne se contentait pas, dans son impatience, de sonner une fois, mais elle tirait sans relâche le cordon de la sonnette, jusqu'à ce que la suivante parût. « Arrivez donc, mademoiselle Branchet? » Et celle-ci, fâchée de se voir presser ainsi, venait tout doucement, et répondait avec beaucoup d'aigreur, avant d'entrer au salon : « On y va, Madame, on y va. » Tel fut encore le sentiment d'humeur que j'éprouvai, lorsque j'entendis la cloche indiscrète des Capucins sonner minuit pour la troisième fois. « Je le sais, m'écriai-je en étendant les mains du côté de l'horloge; oui, je le sais, je le sais qu'il est minuit : je ne le sais que trop... »

O minuit!... heure terrible!... je ne suis pas superstitieux; mais cette heure m'inspira toujours une espèce de crainte, et j'ai le pressentiment que, si jamais je venais à mourir, ce serait à minuit. Je mourrai donc un jour? Comment, je mourrai? J'ai quelque peine à le croire : car enfin, que les autres meurent, rien n'est plus naturel; on voit cela tous les jours : on les voit passer, on s'y habitue; mais mourir soi-même! mourir en personne, c'est un peu fort! Et vous, Messieurs, qui prenez ces réflexions pour du galimatias, apprenez que telle est la manière de penser de tout le monde, et la vôtre à vous-mêmes. Personne ne songe qu'il doit mourir. S'il existait une race d'hommes immortels, l'idée de la mort les effrayerait plus que nous.

NECKER (A.-A. de Saussure). — Née en 1765, morte en 1841. C'est la femme de Jacques Necker, professeur à Genève, et la fille d'Horace de Saussure, géologue et physicien. On lui doit un livre utile, l'*Éducation progressive*, et une notice sur sa parente, Mme de Staël.

LE SENTIMENT RELIGIEUX

(*Éducation progressive.*)

Le sentiment qui nous est le plus naturel ne se déclare que lorsque l'objet fait pour l'exciter nous est présenté; autrement ce n'est qu'un désir vague, un besoin non satisfait. Même dans cet état équivoque un penchant qui n'a pas trouvé à s'appliquer donne pourtant quelques signes d'existence. Il tourmente d'un certain malaise celui qui l'éprouve, et nuit au développement harmonieux de ses facultés. L'âme qui n'exerce pas toutes ses forces subit un appauvrissement partiel, sans pouvoir se figurer ce qui lui manque. Un jeune cygne élevé loin de l'eau n'aurait pas l'idée distincte de l'eau, mais il languirait; tour à tour agité, inquiet, ou livré à l'abattement, sa tristesse, sa maigreur, la teinte jaune de son plumage indiqueraient assez que sa destination n'est pas remplie. A l'aspect d'une mare infecte, il pourrait s'y précipiter, et ce noble oiseau nageant dans la vase ne paraîtrait qu'un être vil, rebut et honte de la création. Mais donnez-lui la source vive; que l'onde pure du grand fleuve vienne à restaurer sa vigueur, et vous verrez ce qu'est le cygne. En peu de jours, sa blancheur éclatante, la grâce, la majesté, la rapidité de ses mouvements vous montreront quelle était sa nature, quel élément avait manqué à son développement.

Telle est notre âme; elle peut vivre sans adorer Dieu, mais languissante et desséchée; elle peut donner le change à ses désirs et se plonger dans la superstition. C'est là ce qu'on voit sur les bords du Gange; mais sur ceux de la Tamise, mais sur l'Atlantique où s'élève un monde nouveau, on apprend quel est l'essor que la religion donne à l'âme.

On ne doit pas s'étonner si l'intelligence des femmes est précoce, et si les progrès des hommes sont tardifs : on ne parle aux unes que du présent, et aux autres que de l'avenir.

M. de Fontenelle disait : « De mémoire de rose on n'a vu mourir de jardinier. » Jolie leçon pour les jeunes personnes qui ne veulent pas se soumettre aux leçons de l'expérience.

Ce qui prouve en faveur des femmes, c'est qu'elles ont tout contre elles, et les lois et la force, et cependant elles se laissent rarement dominer.

L'enfance est un état plutôt qu'un âge, et l'on y retombe toujours quand la raison est désordonnée, violente à la foi, et dépourvue de raison.

La lecture est utile à certaines personnes : les idées passent debout dans leur tête.

STAEL-HOLSTEIN (A.-L.-G., baronne de). — Née en 1766, morte
en 1817. Fille de Necker, elle fut toujours remplie d'admiration
pour son père. Elle épousa l'ambassadeur de Suède à Paris, et
devint, sous le Directoire, une des puissances de l'opinion qu'elle
influençait par ses salons. Bonaparte l'exila, et lui fournit l'occasion d'étudier la littérature allemande. Revenue en France, elle
déplut encore à Napoléon, qui lui écrivit à propos de son livre sur
l'Allemagne : « Nous ne sommes pas encore réduits à chercher des
modèles chez les peuples que vous admirez. Votre dernier ouvrage n'est pas français. » Mme de Staël habita désormais sa terre
de Coppet, voyagea par toute l'Europe et ne revint à Paris qu'à la
chute de l'empire. Elle a écrit *Corinne* et *Delphine,* deux romans
célèbres, l'*Allemagne*, les *Considérations sur la révolution*, etc.
« Dans ces ouvrages, dit le critique, on trouve une hauteur de
génie et une profondeur bien rares dans son sexe, une érudition
variée, unies à une extrême finesse et à une grande connaissance
du monde ; mais sa prose est trop souvent lyrique, son style est
quelquefois guindé et fatigant. »

PENSÉES DÉTACHÉES

La gloire ne saurait être pour une femme qu'un deuil éclatant du bonheur.
Faire une belle ode, c'est rêver l'héroïsme.

Si l'on osait donner des conseils au génie, dont la nature veut être le seul
guide, ce ne seraient pas des conseils purement littéraires qu'on devrait lui
adresser : il faudrait parler aux poëtes comme à des citoyens, comme à des
héros. Il faudrait leur dire : « Soyez vertueux, soyez croyants, soyez libres ;
respectez ce que vous aimez ; cherchez l'immortalité dans l'amour, et la divinité dans la nature ; enfin sanctifiez votre âme comme un temple, et l'ange
des nobles pensées ne dédaignera pas d'y paraître. »

Il y a dans l'hypocrisie autant de folie que de vice : il est aussi facile
d'être honnête homme que de le paraître.

La force se passe du temps et brise la volonté ; mais, par cela même, elle
ne peut rien fonder parmi les hommes.

CORINNE AU CAPITOLE

Italie, empire du soleil ! Italie, maîtresse du monde ! Italie, berceau des
belles-lettres ! je te salue. Combien de fois la race humaine te fut soumise,
tributaire de tes armes, de tes beaux-arts et de ton ciel !

Un dieu quitta l'Olympe pour se réfugier en Ausonie ; l'aspect de ce pays
fit rêver les vertus de l'âge d'or, et l'homme y parut trop heureux pour l'y
supposer coupable.

Rome conquit l'univers par son génie et fut reine par la liberté. Le caractère romain s'imprima sur le monde, et l'invasion des barbares, en détruisant
l'Italie, obscurcit l'univers entier.

L'Italie reparut avec les divers trésors que les Grecs fugitifs rapportèrent
dans son sein ; le ciel lui révéla ses lois ; l'audace de ses enfants découvrit
un nouvel hémisphère : elle fut reine encore par le sceptre de la pensée,
mais ce sceptre de lauriers ne fit que des ingrats.

L'imagination lui rendit l'univers qu'elle avait perdu. Les peintres, les poëtes enfantèrent pour elle une terre, un Olympe, des enfers et des cieux; et le feu qui l'anime, mieux gardé par son génie que par le dieu des païens, ne trouva point en Europe un Prométhée qui le ravit.

Pourquoi suis-je au Capitole? Pourquoi mon humble front va-t-il recevoir la couronne que Pétrarque a portée, et qui reste suspendue au cyprès funèbre du Tasse? Pourquoi... si vous n'aimiez assez la gloire, ô mes concitoyens, pour récompenser son culte autant que ses succès!

Eh bien! si vous l'aimez cette gloire qui choisit trop souvent ses victimes parmi les vainqueurs qu'elle a couronnés, pensez avec orgueil à ces siècles qui virent la renaissance des arts! Le Dante, l'Homère des temps modernes, poëte sacré de nos mystères religieux, héros de la pensée, plongea son génie dans le Styx pour aborder à l'enfer, et son âme fut profonde comme les abîmes qu'il a décrits.

L'Italie, au temps de sa puissance, revit tout entière dans le Dante. Animé par l'esprit des républiques, guerrier aussi bien que poëte, il souffle la flamme des actions parmi les morts, et ses ombres ont une vie plus forte que les vivants d'aujourd'hui.

Les souvenirs de la terre les poursuivent encore; leurs passions sans but s'acharnent à leur cœur; elles s'agitent sur le passé, qui leur semble encore moins irrévocable que leur éternel avenir.

On dirait que le Dante, banni de son pays, a transporté dans les régions imaginaires les peines qui le dévoraient. Ses ombres demandent sans cesse des nouvelles de l'existence, comme le poëte lui-même s'informe de sa patrie, et l'enfer s'offre à lui sous les couleurs de l'exil.

Tout, à ses yeux, se revêt du costume de Florence. Les morts qu'il évoque semblent renaître aussi Toscans que lui; ce ne sont point les bornes de son esprit, c'est la force de son âme qui fait entrer l'univers dans sa pensée.

Un enchaînement mystique de cercles et de sphères le conduit de l'enfer au purgatoire, au paradis; historien fidèle de sa vision, il inonde de clarté les régions les plus obscures, et le monde qu'il crée dans son triple poëme est complet, animé, brillant comme une planète nouvelle aperçue dans le firmament.

A sa voix, tout sur la terre se change en poésie : les objets, les idées, les lois, les phénomènes, semblent un nouvel Olympe, de nouvelles divinités; mais cette nouvelle mythologie de l'imagination s'anéantit comme le paganisme à l'aspect du paradis, de cet océan de lumière, étincelant de rayons d'étoiles, de vertus et d'amour.

Les magiques paroles de notre plus grand poëte sont le prisme de l'univers; toutes ses merveilles s'y réfléchissent, s'y divisent, s'y recomposent! Les sons imitent les couleurs, les couleurs se fondent en harmonie; la rime, sonore ou bizarre, rapide ou prolongée, est inspirée par cette divination poétique, beauté suprême de l'art, triomphe du génie, qui découvre dans la nature tous les secrets en rapport avec le cœur de l'homme.

Le Dante espérait de son poëme la fin de son exil : il comptait sur la renommée pour médiatrice; mais il mourut trop tôt pour recueillir les palmes de la patrie. Souvent la vie passagère de l'homme s'use dans les revers; et, si la gloire triomphe, si l'on aborde enfin sur une plage plus heureuse, la tombe s'ouvre derrière le port, et le destin à mille formes annonce souvent la fin de la vie par le retour du bonheur.

Ainsi le Tasse infortuné, que vos hommages, Romains, devaient consoler de tant d'injustices, beau, sensible, chevaleresque, rêvant les exploits, éprouvant l'amour qu'il chantait, s'approcha de ces murs, comme ses héros de Jérusalem, avec respect et reconnaissance. Mais, la veille du jour choisi pour le couronner, la mort l'a réclamé pour sa terrible fête : le ciel est jaloux de la terre, et rappelle ses favoris des rives du temps.

Dans un siècle plus fier et plus libre que celui du Tasse, Pétrarque fut aussi, comme le Dante, le poëte valeureux de l'indépendance italienne. Ailleurs on ne connaît de lui que ses amours; ici des souvenirs plus sévères honorent à jamais son nom; et la patrie l'inspira mieux que Laure elle-même.

Il ranima l'antiquité par ses veilles; et, loin que son imagination mît obstacle aux études les plus profondes, cette puissance créatrice, en lui soumettant l'avenir, lui révéla les secrets des siècles passés. Il éprouva que connaître sert beaucoup pour inventer, et son génie fut d'autant plus original, que, semblable aux forces éternelles, il fut présent à tous les temps.

Notre air serein, notre climat riant, ont inspiré l'Arioste. C'est l'arc-en-ciel qui parut après nos longues guerres : brillant et varié comme le messager du beau temps, il semble se jouer familièrement avec la vie, et sa gaieté légère et douce est le sourire de la nature, et non pas l'ironie de l'homme.

Michel-Ange, Raphaël, Pergolèse, Galilée, et vous, intrépides voyageurs avides de nouvelles contrées, bien que leur nature ne pût vous offrir rien de plus beau que le vôtre, joignez aussi votre gloire à celle des poëtes! Artistes, savants, philosophes, vous êtes comme eux enfants de ce soleil qui, tour à tour, développe l'imagination, anime la pensée, excite le courage, endort dans le bonheur, et semble tout promettre ou tout faire oublier.

Connaissez-vous cette terre où les orangers fleurissent, que les rayons des cieux fécondent avec amour? Avez-vous entendu les sons mélodieux qui célèbrent la douceur des nuits? Avez-vous respiré ces parfums, luxe de l'air déjà si pur et si doux? Répondez, étrangers! la nature est-elle chez vous belle et triomphante?

Ailleurs, quand les calamités sociales affligent un pays, les peuples doivent s'y croire abandonnés par la Divinité; mais ici, nous sentons toujours la protection du ciel, nous voyons qu'il s'intéresse à l'homme, et qu'il a daigné le traiter comme une noble créature...

Ici, l'on se console des peines même du cœur, en admirant un Dieu de bonté, en pénétrant le secret de son amour; les revers passagers de notre vie éphémère se perdent dans le sein fécond et majestueux de l'immortel univers.

LA POÉSIE ALLEMANDE

Les poésies allemandes détachées sont, ce me semble, plus remarquables encore que les poëmes, et c'est surtout dans ce genre que le cachet de l'originalité est empreint : il est vrai aussi que les auteurs les plus cités à cet égard, Goëthe, Schiller, Bürger, etc., sont de l'école moderne, qui seule porte un caractère vraiment national. Goëthe a plus d'imagination, Schiller plus de sensibilité, et Bürger est de tous celui qui possède le talent le plus populaire. En examinant successivement quelques poésies de ces trois hommes, on se fera mieux l'idée de ce qui les distingue. Schiller a de l'analogie avec le goût français; toutefois l'on ne trouve dans ses poésies détachées rien qui ressemble aux poésies fugitives de Voltaire; cette élégance de conversation et presque de manières, transportée dans la poésie, n'appartenait qu'à la France; et Voltaire, en fait de grâce, était le premier des écrivains français. Il serait intéressant de comparer les stances de Schiller sur la perte de la jeunesse..., avec celles de Voltaire...

On voit dans le poëte français l'expression d'un regret aimable dont les joies de la vie sont l'objet; le poëte allemand pleure la perte de l'enthou-

siasme et de l'innocente pureté des pensées du premier âge; et c'est par la
poésie et la pensée qu'il se flatte d'embellir encore le déclin de ses ans. Il n'y
a pas, dans les stances de Schiller, cette clarté facile et brillante que permet
un genre d'esprit à la portée de tout le monde; mais on y peut puiser des
consolations qui agissent sur l'âme intérieurement. Schiller ne présente jamais les réflexions les plus profondes que revêtues de nobles images; il
parle à l'homme comme la nature elle-même; car la nature est tout à la fois
penseur et poëte. Pour peindre l'idée du temps, elle fait passer devant nous
les flots d'un fleuve inépuisable; et, pour que sa jeunesse éternelle nous
fasse songer à notre existence passagère, elle se revêt de fleurs qui doivent
périr, elle fait tomber en automne les feuilles des arbres que le printemps
a vus dans tout leur éclat : la poésie doit être le miroir terrestre de la divinité, et réfléchir, par les couleurs, les sons et les rhythmes, toutes les beautés de l'univers.

LETTRE A NAPOLÉON I

Avril 1812.

SIRE,

Je prends la liberté de présenter à Votre Majesté mon ouvrage sur l'Allemagne. Si elle daigne le lire, il me semble qu'elle y trouvera la preuve d'un
esprit capable de quelques réflexions et que le temps a mûri. Sire, il y a
douze ans que je n'ai vu Votre Majesté, et que je suis exilée. Douze ans de
malheurs modifient tous les caractères, et le destin enseigne la résignation
à ceux qui souffrent. Prête à m'embarquer, je supplie Votre Majesté de
m'accorder une demi-heure d'entretien. Je crois avoir des choses à lui dire
qui pourront l'intéresser, et c'est à ce titre que je la supplie de m'accorder
la faveur de lui parler avant mon départ. Je me permettrai seulement une
chose dans cette lettre : c'est l'explication des motifs qui me forcent à quitter le continent, si je n'obtiens pas de Votre Majesté la permission de vivre
dans une campagne assez près de Paris pour que mes enfants y puissent demeurer. La disgrâce de Votre Majesté jette sur les personnes qui en sont
l'objet une telle défaveur en Europe, que je ne puis faire un pas sans en rencontrer les effets. Les uns craignent de se compromettre en me voyant, les
autres se croient des Romains en triomphant de cette crainte. Les plus simples rapports de la société deviennent des services qu'une âme fière ne peut
supporter. Parmi mes amis, il en est qui se sont associés à mon sort avec
une admirable générosité; mais j'ai vu les sentiments les plus intimes se
briser contre la nécessité de vivre avec moi dans la solitude, et j'ai passé ma
vie depuis huit ans entre la crainte de ne pas obtenir des sacrifices, et la
douleur d'en être l'objet.

Il est peut-être ridicule d'entrer ainsi dans le détail de ces impressions
avec le souverain du monde; mais ce qui vous a donné le monde, Sire, c'est
un souverain génie. Et, en fait d'observation sur le cœur humain, Votre Majesté comprend depuis les plus vastes ressorts jusqu'aux plus délicats. Mes
fils n'ont point de carrière; ma fille a treize ans : dans peu d'années, il faudra l'établir; il y aurait de l'égoïsme à la forcer de vivre dans les insipides
séjours où je suis condamnée. Il faudrait donc aussi me séparer d'elle ! Cette
vie n'est pas tolérable, et je n'y sais aucun remède sur le continent. Quelle
ville puis-je choisir où la disgrâce de Votre Majesté ne mette pas un obstacle
invincible à l'établissement de mes enfants comme à mon repos personnel?
Votre Majesté ne sait peut-être pas elle-même la peur que les exilés font à la
plupart des autorités de tous les pays, et j'aurais dans ce genre des choses à
lui raconter qui dépassent sûrement ce qu'elle aurait ordonné. On a dit à
Votre Majesté que je regrettais Paris à cause du musée et de Talma : c'est

une agréable plaisanterie sur l'exil, c'est-à-dire sur le malheur que Cicéron
et Bolingbrocke ont déclaré le plus insupportable de tous; mais, quand j'aimerais les chefs-d'œuvre des arts que la France doit aux conquêtes de Votre
Majesté; quand j'aimerais ces belles tragédies, images de l'héroïsme, serait-ce
à vous, Sire, à m'en blâmer? Le bonheur de chaque individu ne se compose-
t-il pas de la nature de ses facultés? et, si le ciel m'a donné du talent, n'ai-je
pas l'imagination qui rend les jouissances des arts et de l'esprit nécessaires?
Tant de gens demandent à Votre Majesté des avantages réels de toute espèce!
Pourquoi rougirais-je de lui demander l'amitié, la poésie, la musique, les tableaux, toute cette existence idéale dont je puis jouir sans m'écarter de la
soumission que je dois au monarque de la France?

LACRETELLE (C.-J.). — Né en 1766, mort en 1855. « Membre de
l'Académie, il en était doyen à sa mort; attaché à la rédaction du
Journal des Débats, il s'y distingua comme publiciste. » Ses œuvres historiques, écrites d'un grand style, avec un sens moral
élevé et une impartiale justice, ont fait dire à Chateaubriand :
« M. Lacretelle a tracé l'histoire de nos jours avec raison, clarté,
énergie. Il a pris le noble parti de la vertu contre le crime; il déteste de la révolution tout ce qui n'est pas la liberté. »

INTRODUCTION

(*Histoire de France pendant le* XVIIIe *siècle.*)

J'entreprends d'écrire l'histoire de ma patrie durant un siècle qui s'ouvrit
par une austérité chagrine, tomba bientôt dans une licence impétueuse, s'arrêta longtemps dans une licence systématique, se dirigea pourtant avec ardeur dans des améliorations dans l'ordre social, renversa tout par son excès
d'orgueil et de précipitation, et finit par d'épouvantables crimes entremêlés
à une grande gloire militaire. Ce siècle offre deux parties bien distinctes :
l'une où la révolution française se prépare, et l'autre où elle éclate. La première occupe un grand nombre d'années, et la seconde n'en offre que dix.
Dans cette dernière, les événements se pressent avec une rapidité foudroyante
qui déconcerte l'historien, tandis que dans l'autre l'intérêt ne peut être vif
et soutenu que par le pressentiment d'une grande catastrophe.

Cette période historique offre un caractère particulier : c'est le règne de
l'opinion. Sans doute un esprit attentif sait démêler, dans d'autres époques
de l'histoire, l'impulsion que les peuples ont reçue et se sont donnée à eux-
mêmes, tantôt par une rapide propagation de leurs préjugés et de leurs sentiments, tantôt par un merveilleux concours de découvertes et de lumières
nouvelles. L'historien a presque toujours à décrire alternativement les progrès de la civilisation ou ses pas rétrogrades, les forces croissantes de l'esprit humain, et ses longues maladies. Mais une foule d'événements étrangers à cette importante recherche viennent en distraire l'historien ou la lui
rendent très-pénible. Lorsque les nations sont fortement gouvernées, leurs
traits individuels, leurs opinions particulières sont bien moins prononcés.
On voulait s'occuper d'un peuple, et l'on ne s'occupe plus que des rois, des
guerriers ou des ministres qui l'ont dominé, contenu et trop souvent opprimé. Au XVIIIe siècle, l'opinion publique se fortifie de tout ce que l'autorité
abandonne ou se laisse enlever; elle dicte ses lois au gouvernement, qui n'a
plus sur elle qu'une action faible et craintive.

Dans un tel tableau, l'on peut suivre le mouvement de toutes les classes

d'une nation. La cour, qui auparavant remplissait seule presque tout le tableau de l'histoire, n'en occupe plus qu'une partie. De longues guerres ne
paraissent plus que des épisodes subordonnés à une action principale, qui
est le mouvement des esprits. Loin de le ralentir, elles le favorisent et l'ac-
célèrent. Le pouvoir législatif passe en quelque sorte des hommes d'État
qui n'ont aucun plan arrêté aux philosophes qui créent des théories. En répétant les opinions de ces derniers, les cercles de la capitale doublent la
puissance et la partagent. Les parlements portent des coups directs et répétés à l'autorité royale : c'est de l'opinion publique qu'ils empruntent leur
force; elle les entraîne, les égare, les relève dans leurs chutes, leur procure
de fatales victoires sur le gouvernement, et bientôt se déclare contre eux. La
noblesse, livrée aux intrigues de la cour, ou séduite par des opinions nouvelles, a perdu son existence politique; elle fait un effort tardif pour la recouvrer. A peine a-t-elle mis le trône en péril qu'elle-même est menacée. Le
clergé, par ses imprudentes discordes, prête des armes aux nombreux et redoutables adversaires de la religion. C'est aux classes intermédiaires de la
nation que toute la puissance arrive par degrés; elles s'en laissent dépossé-
der par la multitude, et tous les pas qu'on a cru faire vers un ordre admirable, sont des pas vers l'anarchie.

Pourquoi l'historien s'effrayerait-il de la multitude de ces points de vue?
Des faits qui amènent une des plus grandes catastrophes qu'ait subies le
genre humain, n'offrent que trop une progression d'intérêt. Chaque partie de
ce récit expliqué tient l'esprit attentif. Le lecteur saisit plus de rapports que
l'historien ne peut lui en présenter. A peine lui avez-vous fait entendre les
murmures qui accompagnent Louis XIV dans ses malheurs et dans ses dernières années, qu'il prévoit ce que vont produire la lassitude et l'inconstance
de la nation. Il voit le premier choc livré aux anciennes institutions dans la
gaieté licencieuse de la régence. L'esprit de discussion qui succède à ce
bruyant délire l'étonne par la hardiesse des conceptions et des résultats.
C'est avec effroi qu'il examine toutes les fautes du gouvernement. Comme
on voudrait réveiller de sa langueur un monarque amolli par les plaisirs!
Combien de fois ne dit-on pas à un monarque : « Sois ferme, sois constant,
toi dont l'âme est si pure et si compatissante ! »

Je crois inutile, d'après les observations préliminaires, d'expliquer pourquoi cette histoire ne remonte pas précisément aux premières années du
siècle. La guerre de la succession d'Espagne n'offre aucun rapport avec le
sujet que je traite. Je m'arrête à tout ce qui, dans la vieillesse de Louis XIV,
pouvait faire pressentir un brusque changement des mœurs et des esprits.

DARU (P.-A.-N.-B., comte). — Né en 1769, mort en 1829. Il fut
pair de France, et se vit reçu à l'Académie en 1806. « Daru s'est
distingué surtout comme administrateur. C'est en cette qualité que
l'empereur Napoléon disait de lui : « Daru est un homme d'une
grande probité, sûr, grand travailleur, joignant au travail du
bœuf le courage du lion. » Il fut en outre poëte, traducteur, et
enfin, par son immense *Histoire de Venise*, l'un des estimables
historiens de son époque. »

MARINO FALIERO
(Histoire de Venise.)

Après avoir occupé les principales dignités de la république, Marin Falier,
déjà presque octogénaire, fut élu successeur du doge André Dandolo. Son

élévation au trône paraissait terminer glorieusement une longue carrière. Venise ne devait pas s'attendre à voir son prince à la tête d'une conjuration...

Le nouveau doge donnait un bal le jeudi gras à l'occasion d'une solennité. Un jeune patricien, nommé Michel Sténo, membre de la quarantie criminelle, s'y permit auprès d'une des dames qui accompagnaient la dogaresse, quelques légèretés que la gaieté du bal et le mystère du masque rendaient peut-être excusables. Le doge, soit qu'il fût jaloux plus qu'il n'est permis de l'être à un vieillard, soit qu'il fût offensé de cet oubli du respect dû à sa cour, ordonna qu'on fit sortir l'insolent qui lui avait manqué. Falier était d'un caractère naturellement violent.

Le jeune homme, en se retirant, le cœur ulcéré de cet affront, passa par la salle du conseil, et écrivit sur le siége du doge quelques mots injurieux pour la dogaresse et pour son époux. Le lendemain cette affiche fut un grand sujet de scandale. On informa contre l'auteur, et l'on eut peu de peine à le découvrir. Sténo arrêté avoua sa faute avec une ingénuité qui ne désarma point le prince ni surtout l'époux offensé. Falier s'oublia jusqu'à manifester un sentiment qui ne convenait ni à la supériorité de son rang, ni à son âge. Il ne demandait rien moins que de voir renvoyer cette affaire au conseil des Dix comme un crime d'État; mais on jugea autrement de son importance; on eut égard à l'âge du coupable, aux circonstances qui atténuaient sa faute, et on le condamna à deux mois de prison que devait suivre un an d'exil.

Une satisfaction si ménagée parut au doge une nouvelle injure. Il éclata en plaintes qui furent inutiles. Malheureusement, le jour même, il vit venir à son audience le chef des patrons de l'arsenal, qui, furieux et le visage ensanglanté, venait demander justice d'un patricien qui s'était oublié jusqu'à le frapper. « Comment veux-tu que je te fasse justice, dit le doge? Je ne puis pas l'obtenir pour moi-même! — Ah! dit le patron dans sa colère, il ne tiendrait qu'à nous de punir ces insolents. » Le doge, loin de réprimander le plébéien qui se permettait une telle menace, le questionna à l'écart, lui témoigna de l'intérêt, de la bienveillance même, enfin l'encouragea à tel point que cet homme, attroupant quelques-uns de ses matelots, se montra dans les rues avec des armes, annonçant hautement la résolution de se venger du noble qui l'avait offensé.

Celui-ci se tint renfermé chez lui et écrivit au doge pour lui demander la sûreté qui lui était due. Le patron fut mandé devant la seigneurie. Le prince le réprimanda sévèrement, le menaça de le faire pendre s'il s'avisait d'attrouper la multitude ou de se permettre des invectives contre un patricien, et le renvoya en lui ordonnant, s'il avait quelques plaintes à former, de les porter devant les tribunaux.

La nuit était venue; un émissaire alla trouver cet homme qui se nommait Israël Bertuccio, l'amena au palais et l'introduisit mystérieusement dans un cabinet où était le prince avec son neveu Bertuce Falier. Là, l'irascible vieillard écouta avec complaisance tous les emportements et tous les projets de vengeance du patron, lui demanda ce qu'il pensait des dispositions des hommes de sa classe; quelle était son influence sur eux; combien il pourrait en ameuter; quels étaient ceux dont on espérait se servir plus utilement. Bertuccio indiqua un sculpteur, d'autres disent un ouvrier de l'arsenal, nommé Philippe Calendaro; on le fit venir à l'instant même, ce qui prouve à quel excès d'imprudence la colère peut entraîner. Un doge de quatre-vingts ans passa une partie de la nuit avec deux hommes du peuple, qu'il ne connaissait pas la veille, discutant des moyens d'exterminer la noblesse vénitienne.

Il était difficile qu'on soupçonnât un pareil complot; les conférences pouvaient se multiplier sans être remarquées; cependant il n'y en eut pas un grand nombre; car les conjurés se jugèrent au bout de quelques jours en état de mettre à exécution cette grande entreprise. Il fut convenu qu'on choisirait seize chefs parmi les populaires les plus accrédités; qu'on les engagerait à prêter main-forte pour un coup de main d'où dépendait le salut de la république; qu'ils se distribueraient les différents quartiers de la ville, et que chacun s'assurerait de soixante hommes intrépides et bien armés. Ainsi c'était un millier d'hommes qui devait renverser le gouvernement d'une ville si puissante : cela prouve qu'il n'y avait pas alors de force dans Venise. On arrêta que le signal serait donné au point du jour par la cloche de Saint-Marc : à ce signal les conjurés devaient se réunir, en criant que la flotte génoise arrivait à la vue de Venise, courir vers la place du palais et massacrer les nobles à mesure qu'ils arriveraient au conseil. Quand tous les préparatifs furent terminés, on arrêta que l'exécution aurait lieu le 15 avril (1355).

La plupart de ceux qu'on avait engagés dans cette affaire ignoraient quel en était l'objet, le plan, le chef, et quelle en devait être l'issue. On avait été forcé d'initier plus avant ceux qui devaient diriger les autres. Un bergamasque nommé Bertrand, pelletier de sa profession, voulut préserver un noble, à qui il était dévoué, du sort réservé à ses pareils. Il alla trouver, le 14 avril au soir, le patricien Nicolas Lioni, et le conjura de ne pas sortir de chez lui le lendemain, quelque chose qui pût arriver. Ce gentilhomme, averti par cette sorte de révélation d'un danger qui devait menacer beaucoup d'autres personnes, pressa le conjuré de questions, et n'en obtint que des réponses mystérieuses, accompagnées de prières de garder le plus profond silence. Alors Lioni se détermina à se rendre maître de Bertrand, jusqu'à ce qu'il eût dit son secret; il le fit retenir, et lui déclara que la liberté ne lui serait rendue qu'après qu'il aurait pleinement expliqué le motif du conseil qu'il lui avait donné. Le conjuré, qu'une bonne intention avait conduit auprès du patricien, sentit qu'il ne lui restait plus qu'à se faire un mérite d'une révélation entière. Il ne savait probablement pas tout, mais ce qu'il révéla suffit pour faire voir à Lioni qu'il n'y avait pas un moment à perdre.

Celui-ci courut chez le doge pour lui communiquer ses découvertes et ses craintes. Falier feignit d'abord de l'étonnement, mais il voulut paraître avoir déjà connaissance de cette conspiration, et la juger peu digne de l'importance qu'on y attachait. Ces contradictions étonnèrent Lioni; il alla consulter un autre patricien, Jean Gradénigo; tous deux se transportèrent ensuite chez Marc Cernaro; et enfin ils vinrent ensuite interroger Bertrand, qui était toujours retenu dans la maison de Lioni. Bertrand ne pouvait dire jusqu'où s'étendaient les liaisons et les projets des conjurés; mais il ne pouvait ignorer que le patron Bertuccio et Philippe Calendaro y avaient une part considérable, puisque c'était par eux qu'il avait été entraîné dans le complot.

Les trois patriciens que je viens de nommer convoquèrent aussitôt, non dans le palais ducal, mais au couvent du Saint-Sauveur, les conseillers de la seigneurie, les membres du conseil des Dix, les avogados, les chefs de la quarantie criminelle, les seigneurs de nuit, les chefs des six quartiers de la ville, et les cinq juges de paix. Cette assemblée envoya sur-le-champ arrêter Bertuccio et Calendaro. Ils furent appliqués l'un et l'autre à la torture. A mesure qu'ils nommaient quelque complice, on donnait des ordres pour s'assurer de sa personne. Lorsqu'ils révélèrent que la cloche de Saint-Marc devait donner le signal, on envoya un garde dans le clocher pour empêcher de sonner. Il était naturel que les coupables cherchassent à atténuer leur faute en nommant leur chef : on apprit avec étonnement que le doge était à la tête de leur conjuration.

Cette nuit même, Bertuccio et Calendaro furent pendus devant les fenêtres du palais ; des gardes furent placées à toutes les issues de l'appartement du doge. Huit des conjurés, qui s'étaient échappés vers Chiozza, furent arrêtés et exécutés après leur interrogatoire.

La journée du 15 fut employée à l'instruction du procès du doge. Le conseil des Dix, dont une pareille cause relevait si haut l'importance, demanda que vingt patriciens lui fussent adjoints pour le jugement d'un aussi grand coupable. Cette assemblée, qu'on nomma *Giunta*, fit comparaître le doge, qui, revêtu des marques de sa dignité, vint, dans la nuit du 15 au 16 avril, subir son interrogatoire et sa confrontation. Il avoua tout.

Le 16, on procéda à son jugement ; toutes les voix se réunirent pour son supplice. Le 17, à la pointe du jour, les portes du palais furent fermées ; on amena Marin Falier au haut de l'escalier des Géants, où les doges reçoivent la couronne ; on lui ôta le bonnet ducal en présence du conseil des Dix. Un moment après, le chef de ce conseil parut sur le grand balcon du palais, tenant à la main une épée sanglante et s'écriant : « Justice a été faite du traître ! » Les portes furent ouvertes, et le peuple, en se précipitant dans le palais, trouva la tête du prince roulant sur les degrés.

Dans la salle du grand conseil, où sont tous les portraits des doges, un cadre voilé d'un crêpe fut mis à l'endroit que devait occuper celui-ci, avec cette inscription : « Place de Marin Falier, décapité. »

BENJAMIN-CONSTANT (Henri). — Né en 1767, mort en 1830. Orateur distingué, il fut de plus publiciste honnête, ami de l'ordre et d'une saine liberté. Exilé en 1802, il voyagea en Allemagne avec Mme de Staël. On lui doit une œuvre d'imagination, *Adolphe*, qui a donné naissance à ce qu'on a appelé depuis le *Roman intime*.

M. DE TALLEYRAND

(*Portraits historiques.*)

Ce qui a décidé du caractère de M. de Talleyrand, ce sont ses pieds. Ses parents, le voyant boiteux, décidèrent qu'il entrerait dans l'état ecclésiastique, et que son frère serait le chef de la famille. Blessé, mais résigné, M. de Talleyrand prit le petit collet comme une armure, et se jeta dans sa carrière pour en tirer un parti quelconque.

Jusqu'à la révolution, il n'eut que la réputation d'un homme d'esprit. Entré dans l'assemblée constituante, il se réunit tout de suite à la minorité de la noblesse, et prit sa place entre Siéyès et Mirabeau. Il était peut-être de bonne foi, car tout le monde a été de bonne foi à une époque quelconque. D'ailleurs, dans ce temps-là, on pouvait être de bonne foi et réussir, parce que les opinions et les intérêts étaient d'accord.

Pour briller dans l'assemblée, il aurait fallu travailler ; or M. de Talleyrand est essentiellement paresseux ; mais il avait je ne sais quel talent de grand seigneur pour faire travailler les autres. Je l'ai vu, à son retour d'Amérique, quand il n'avait aucune fortune, qu'il était mal vu de l'autorité, et qu'il boitait dans les rues, en allant faire sa cour d'un salon dans l'autre. Il avait, malgré cela, tous les matins quarante personnes dans son antichambre, et son lever ressemblait à celui d'un prince.

Il ne s'était jeté dans la révolution que par intérêt. Il fut fort étonné, quand il vit que le résultat de la révolution était sa proscription et la nécessité de fuir la France. Embarqué pour passer en Angleterre, il jeta les yeux sur les côtes qu'il venait de quitter, et il s'écria : « On ne m'y reprendra plus, à faire une révolution pour les autres ! »

Il a tenu parole !

Chassé d'Angleterre fort injustement, il se réfugia en Amérique et s'y ennuya trois ans. Son compagnon d'exil et d'infortune était un autre membre de l'Assemblée constituante, un marquis de Blacons, homme d'esprit, joueur forcené, et qui s'est brûlé la cervelle de fatigue de la vie et de ses créanciers, à son retour à Paris. M. de Talleyrand parcourut avec lui toutes les villes d'Amérique, appuyé sur son bras, parce qu'il ne savait marcher seul. Quand il a été ministre, M. de Blacons, revenu en France, invité par lui, a demandé une place de six cents livres de rente ; M. de Talleyrand ne lui a pas répondu, ne l'a pas reçu, et Blacons s'est tué. Un de leurs amis communs, ému de cette mort, dit à M. de Talleyrand : « Vous êtes pourtant cause de la mort de Blacons, » et lui en fit de vifs reproches. M. de Talleyrand l'écouta paisiblement, appuyé contre la cheminée, et lui répondit en bâillant : « Pauvre Blacons ! »

Pendant qu'il était en Amérique, il apprit que Mᵐᵉ de Staël était rentrée en France, et il chargea ses amis de lui monter la tête pour son retour. Cela ne fut pas difficile. Mᵐᵉ de Staël est de toutes les femmes celle qui aime le plus à rendre des services. Elle croit qu'on ne peut pas les refuser, comme s'il y avait quelque chose qu'on ne pût pas refuser dans ce monde. Elle s'employa pour M. de Talleyrand avec un zèle admirable. Grâce à ses soins, Chénier le présenta à la Convention comme un des républicains les plus purs, comme un ennemi de la monarchie dans tous les temps, etc. La Convention qui, à cette époque, votait également d'enthousiasme la proscription de ses membres et le rappel de ses ennemis, vota la rentrée de M. de Talleyrand.

Une fois rentré, il fallait arriver au ministère, et Mᵐᵉ de Staël fut encore son moyen.

VERGNIAUD (P.-Vict.). — Né en 1759, mort en 1793. Ce célèbre girondin a été une des gloires oratoires de la Convention. Il mourut sur l'échafaud.

LES MASSACRES DE SEPTEMBRE

La commission extraordinaire et le comité de surveillance se sont déjà concertés ; mais il y a un grand nombre de pièces à examiner. Le rapport ne pourra être fait que demain, peut-être même à la séance du soir, et il importe de ne pas retarder les précautions. S'il n'y avait que le peuple à craindre, je dirais qu'il y a tout à espérer ; car le peuple est juste, et il abhorre le crime. Mais il y a ici des satellites de Coblentz ; il y a des soldats soudoyés pour semer la discorde, répandre la consternation et nous précipiter dans l'anarchie. Ils ont frémi du serment que les citoyens ont prêté de protéger de toutes leurs forces la sûreté des personnes, les propriétés, et l'exécution de la loi ; de la fédération qu'ils ont formée pour donner de l'efficacité à leurs serments. Ils ont dit : « On veut faire cesser les proscriptions, on veut nous arracher nos victimes ; on ne veut pas que nous puissions les assassiner dans les bras de leurs femmes et de leurs enfants ; eh bien ! ayons recours aux mandats d'arrêt. Dénonçons, arrêtons, entassons dans les cachots ceux que nous voulons perdre. Nous agiterons ensuite le peuple, nous lâcherons nos sicaires ; et, dans les prisons, nous établirons une boucherie de chair humaine, où nous pourrons à notre gré nous désaltérer de sang. » Et savez-vous, citoyens, comment disposent de la liberté du citoyen, des hommes qui s'imaginent qu'on a fait la révolution pour eux; qui croient follement qu'on a envoyé Louis XVI au Temple pour les introniser eux-mêmes aux Tuileries? Savez-vous comment sont décernés les mandats d'arrêt? La commune de Paris s'en repose à cet égard sur son comité de surveillance. Ce comité de surveillance, par un abus de tous les principes ou une confiance bien folle, donne à des individus le terrible droit de faire arrêter ceux qui lui paraîtront suspects. Ceux-ci le subdélèguent encore à d'autres affidés dont il faut bien seconder les vengeances, si l'on veut en être secondé soi-même. Voilà de quelle étrange série dépendent la liberté et la vie des citoyens; voilà entre quelles mains repose la sûreté publique! Les Parisiens aveuglés osent se dire libres! Ah! ils ne sont plus esclaves, il est vrai, des tyrans couronnés; mais ils le sont des hommes les plus vils, des plus détestables scélérats. Il est temps de briser ces chaînes honteuses, d'écraser cette nouvelle tyrannie; il est temps que ceux qui ont fait trembler les hommes de bien tremblent à leur tour. Je n'ignore pas qu'ils ont des poignards à leurs ordres. Eh! dans la nuit du 2 septembre, dans cette nuit de proscription, n'a-t-on pas voulu les diriger contre plusieurs députés et contre moi! Ne nous a-t-on pas dénoncés au peuple comme des traîtres! Heureusement c'était en effet le peuple qui était là : les assassins étaient occupés ailleurs. La voix de la calomnie ne produisit aucun effet, et la mienne peut encore se faire entendre ici : et, je vous l'atteste, elle tonnera de tout ce qu'elle a de force contre le crime et les tyrans. Eh! que m'importent des poignards et des sicaires! qu'importe la vie aux représentants du peuple, quand il s'agit de son salut! Lorsque Guillaume Tell ajustait la flèche qui devait abattre la pomme fatale que le monstre avait placée sur la tête de son fils, il s'écriait : « Périssent mon nom et ma mémoire, pourvu que la Suisse soit libre! »

Et nous aussi nous dirons : « Périssent l'assemblée nationale et sa mémoire, pourvu que la France soit libre! » (*Les députés se lèvent et répètent ces mots; les tribunes applaudissent.*) Périssent l'assemblée nationale et sa mémoire, si elle épargne un crime qui imprimerait une tache au nom français; si sa vigueur apprend aux nations de l'Europe que, malgré les calomnies dont on cherche à flétrir la France, il est encore, et au sein même de l'anarchie momentanée où des brigands nous ont plongés, il est encore dans notre patrie quelques vertus publiques, et qu'on y respecte l'humanité! Périssent l'assemblée nationale et sa mémoire, si, sur nos cendres, nos successeurs plus heureux peuvent établir l'édifice d'une constitution qui assure le bonheur de la France, et consolide le règne de la liberté! Je demande que les membres de la commune répondent sur leurs têtes de la sûreté de tous les prisonniers.

NAPOLÉON. (Voir les poëtes, chapitre deuxième.)

APRÈS LA BATAILLE D'AUSTERLITZ

8 décembre 1805.

SOLDATS!

Je suis content de vous; vous avez, à la journée d'Austerlitz, justifié ce que j'attendais de votre intrépidité; vous avez décoré vos aigles d'une immortelle gloire; une armée de cent mille hommes, commandée par les empereurs de Russie et d'Autriche, a été, en moins de quatre heures, ou coupée ou dispersée; ce qui a échappé à votre fer s'est noyé dans les lacs. Quarante drapeaux, les étendards de la garde impériale de Russie, cent vingt pièces de canon, vingt généraux, plus de trente mille prisonniers, sont le résultat de cette journée à jamais célèbre. Cette infanterie tant vantée et en nombre supérieur, n'a pu résister à votre choc, et désormais vous n'avez plus de rivaux à redouter. Ainsi, en deux mois, cette troisième coalition a été vaincue et dissoute. La paix ne peut être éloignée ; mais, comme je l'ai promis avant de passer le Rhin, je ne ferai qu'une paix qui nous donne des garanties et assure des récompenses à nos alliés.

Soldats, lorsque le peuple français plaça sur ma tête la couronne impériale, je me confiai à vous pour la maintenir toujours dans ce haut éclat de gloire, qui seul pouvait lui donner du prix à mes yeux ; mais, dans le même moment, nos ennemis pensaient à la détruire et à l'avilir ; et cette couronne de fer, conquise par le sang de tant de Français, ils voulaient m'obliger de la placer sur la tête de nos plus cruels ennemis : projets téméraires et insensés, que, le jour même de l'anniversaire du couronnement de votre empereur, vous avez anéantis et confondus. Vous leur avez appris qu'il est plus facile de nous braver et de nous menacer que de nous vaincre.

Soldats, lorsque tout ce qui est nécessaire pour assurer le bonheur et la prospérité de notre patrie sera accompli, je vous ramènerai en France. Là, vous serez l'objet de mes plus tendres sollicitudes. Mon peuple vous reverra avec joie, et il vous suffira de dire : « J'étais à la bataille d'Austerlitz, » pour que l'on réponde : « Voilà un brave ! »

PICARD (L.-B.). — Né en 1769, mort en 1828. Destiné au barreau, il se laissa entraîner par sa passion pour le théâtre ; et, aidé des conseils d'Andrieux, il donna plusieurs pièces, réussit comme auteur et comme acteur, eut la direction de plusieurs théâtres et composa plus de quatre-vingts comédies, vaudevilles, opéras-comiques, etc. Il entendait la scène, et son dialogue est toujours spirituel et vif.

LES OISIFS

LEFFILÉ.
Bonjour, mon cher Flamand.

FLAMAND.
Ah ! c'est vous, M. Leffilé ; mais d'où venez-vous donc ? Voilà tantôt deux mois qu'on ne vous a vu.

LEFFILÉ.
Eh ! mon ami, est-ce que vous ne savez pas que j'ai été bien malade ?

FLAMAND.
Vous, Monsieur ! on ne le dirait pas ; vous n'êtes pas plus maigre qu'auparavant. Je me disais aussi : « Mais d'où vient donc que M. Leffilé ne nous fait plus sa petite visite une fois par semaine au moins ? »

LEFFILÉ.
Est-ce que votre maître n'a pas été inquiet de ma santé ?

ARMAND.
Pardonnez-moi, Monsieur ; il m'en demandait des nouvelles de temps en temps.

LEFFILÉ.
Annoncez-moi, je vous prie, mon ami.

FLAMAND.
Oh ! comme Monsieur sera fâché !... Il n'y est pas.

LEFFILÉ.

Eh bien! je verrai monsieur son oncle, en l'attendant.

FLAMAND.

Il vient de sortir, Monsieur.

LEFFILÉ.

M. Durmont aussi? Je reviendrai. Attendez; faites-moi le plaisir de remettre cette carte à M. Déricour... Attendez donc; et celle-ci à M. Durmont.

FLAMAND.

Je n'y manquerai pas, Monsieur.

LEFFILÉ.

Cela me contrarie; je ne sais trop que devenir d'ici à l'heure de la parade. Vous savez qu'il y a aujourd'hui une revue magnifique. Permettez que je me repose un instant; je suis si faible encore.

FLAMAND.

Comment donc, Monsieur, avec le plus grand plaisir. (*A part.*) Il ne s'en ira pas.

LEFFILÉ, *assis.*

Savez-vous que le Louvre avance; je suis une espèce d'inspecteur des travaux publics : les ouvriers m'ont reconnu.

DÉRICOUR, *sortant de chez son oncle.*

Oui, mon oncle, toutes les sommes en chiffres.

LEFFILÉ.

Eh! le voilà, ce cher Déricour! Y a-t-il assez longtemps que nous ne nous sommes vus? Eh bien, mon ami, m'en voilà sauvé!

DÉRICOUR.

De quoi donc?

LEFFILÉ.

De ma maladie. Je l'ai échappé belle : c'est aujourd'hui ma première sortie. Je me suis dit ce matin : Il fait un peu froid, mais sec; c'est le temps que mon médecin m'a ordonné; j'irai à pied, tout en me promenant, le long des quais; et me voilà.

DÉRICOUR.

Vous permettez que j'écrive...

LEFFILÉ.

Écrivez, écrivez; je vous parlerai quand vous aurez fini.

DÉRICOUR.

Quand j'aurai fini, il faudra que je sorte.

LEFFILÉ.

Ah! vous sortirez? Comme je vous disais, l'air est un peu vif. Il faut prendre garde aux rhumes : ma maladie m'a trop appris combien la santé est précieuse. Une jaunisse affreuse! Cela m'est venu d'une colère... contre mon gendre. Je voyais tout jaunir; enfin je rêvais jaune. J'ai envoyé chercher mon docteur : il m'a ordonné je ne sais quelle potion composée de je ne sais quelles drogues : cela m'a fait un bien! J'étais tout gaillard.

DÉRICOUR *s'est assis et écrit.*

Et vous fûtes guéri?

LEFFILÉ, *allant prendre un fauteuil et s'approchant de Déricour.*

Oh! que non pas. Nous n'en sommes pas là ; n'allons pas si vite. Il me survint une crise le lendemain... non, le surlendemain... Je disais bien, le lendemain, un mardi : cela devint très-compliqué. J'ai été six semaines au lit ; on m'a mis les sangsues ; j'ai eu les ventouses aux jambes ; on m'a saigné deux fois ; j'ai pris trois fois l'émétique.

DÉRICOUR, *à part.*

Allons, il ne me fera pas grâce d'un verre de tisane.

LEFFILÉ.

Enfin, il y a huit jours, mon médecin m'écrit une ordonnance ; l'apothicaire se trompe, et m'envoie le contraire précisément.

DÉRICOUR.

Ah! grand Dieu !

LEFFILÉ.

Ne vous effrayez pas. Méprise heureuse ! cela m'a sauvé ; mon médecin en était tout fier.

DÉRICOUR.

Il y avait de quoi. (*On entend un cor de chasse.*) Qu'est-ce que c'est que cela ?

LEFFILÉ.

Un cor de chasse ; quelque voisin qui s'amuse. Cela me transporte dans les bois. Ce que vous aurez peine à croire, c'est que ma maladie n'a pas été sans quelque agrément pour moi ; cela m'a occupé.

(*On entend le cor de chasse.*)

DÉRICOUR.

Encore! mais ce n'est pas un voisin. Flamand! (*Le cor continue.*)

LEFFILÉ.

Voilà un homme qui a une bonne poitrine.

DÉRICOUR.

Flamand! Flamand!

FLAMAND, *un cor de chasse à la main.*

Monsieur?

DÉRICOUR.

Comment, malheureux, c'est toi qui fais ce tintamarre ?

FLAMAND.

Oui, Monsieur : je prends ma leçon.

DÉRICOUR.

Si tu pouvais la prendre plus loin.

FLAMAND.

Ne vous fâchez pas, je vais dans ma chambre. (*Il sort.*)

DÉRICOUR.

Ce drôle-là!

LEFFILÉ.

Il aime à s'instruire : cela ne vaut-il pas mieux que de dormir ou de jouer aux cartes dans une antichambre? Comme je vous disais, je suis méthodique, sans passions. Ce que j'ai fait hier, je le fais aujourd'hui, et je le ferai demain; je ne manque pas une cérémonie, une revue.

DÉRICOUR.

Vous devez bien regretter les processions?

LEFFILÉ.

Beaucoup.
(*Une nouvelle visite coupe en deux celle de M. Leffilé. Après une longue et sotte conversation, ces nouveaux venus se retirent, et M. Leffilé, qui s'est endormi, se trouve à son réveil maître du champ de bataille.*)

DÉRICOUR.

Comme il dort! au moins celui-là ne me gênera pas. Respectons son sommeil, et travaillons. (*Il va pour s'asseoir.*)

LEFFILÉ, *s'éveillant*.

Eh bien! ils sont partis!

DÉRICOUR.

Allons!

LEFFILÉ.

Je m'étais endormi. Je vous dirai que ce qui m'est resté de ma maladie, c'est une perpétuelle envie de dormir; je m'endors au bruit d'une dispute, d'une conversation; mais, quand je me trouve seul avec quelqu'un, je me réveille sur-le-champ.

DÉRICOUR.

Comme c'est agréable!

LEFFILÉ.

Ce que c'est que l'imagination! Il me vient des idées en dormant... Je rêvais que j'étais chef des Arabes.

DÉRICOUR.

Peste!

LEFFILÉ.

Attendez donc! Qu'est-ce que j'entends là? les tambours! Eh! vraiment. La revue! Là, vous me faites perdre mon temps; autant rester à présent. Mais non, je vais courir. Voici votre oncle; je ne vous laisse pas seul. Je vous souhaite le bonjour.

CUVIER (Georges). — Né en 1769, mort en 1832. Après six ans de préceptorat, il se livra à l'étude de l'histoire naturelle, et se fit glorieusement connaître à Paris par ses écrits et par ses cours. Il devint professeur au collége de France, membre de l'Institut, chancelier de l'Université, etc. Il joua même alors un rôle politique assez important. A l'exception des *Éloges historiques,* ses œuvres traitent surtout d'histoire naturelle; l'*Histoire des poissons* est son travail le plus remarquable.

LES OISEAUX ET LES POISSONS

(*Histoire des Poissons.*)

Jusque dans les derniers détails, l'économie tout entière des poissons contraste avec celle des oiseaux. L'être aérien découvre nettement un horizon immense; son ouïe subtile apprécie tous les sons, toutes les intonations; sa voix les reproduit; si son bec est dur, si son corps a dû être enveloppé d'un duvet qui le préservât du froid des hautes régions qu'il visite, il retrouve dans ses pattes toute la perfection du toucher le plus délicat. Il jouit de toutes les douceurs de l'amour conjugal et paternel; il en remplit les devoirs avec courage: les époux se défendent, et défendent leur progéniture. Un art surprenant préside à la construction de leur demeure; quand le temps est venu, ils y travaillent ensemble et sans relâche; pendant que la mère couve ses œufs avec une constance si admirable, le père charme par ses chants les ennuis de sa compagne. Dans l'esclavage même, l'oiseau s'attache à son maître; il se soumet à lui et exécute sous ses ordres les actes les plus adroits, les plus délicats : il chasse pour lui comme le chien, il revient à sa voix du plus haut des airs; il imite jusqu'à son langage, et ce n'est qu'avec peine que l'on se décide à lui refuser une espèce de raison.

L'habitant des eaux, au contraire, ne s'attache point; il n'a point de langage, point d'affection; il ne sait ce que c'est que d'être époux et père, ni que de se préparer un abri; dans le danger, il se cache sous les rochers de la mer ou se précipite dans la profondeur des eaux; sa vie est silencieuse et monotone; sa voracité seule l'occupe, et ce n'est que par elle qu'on peut lui enseigner à diriger ses mouvements par des signes venus du dehors. Et cependant ces êtres à qui a été ménagé si peu de jouissances, ont été ornés par la nature de toute espèce de beauté : variété dans les formes, élégance dans les proportions, diversité et vivacité des couleurs, rien ne leur manque pour attirer l'attention de l'homme, et il semble que ce soit cette attention qu'en effet la nature ait eu le dessein d'exciter: l'éclat de tous les métaux, de toutes les pierres précieuses, dont ils resplendissent, les couleurs de l'iris qui se brisent, se reflètent en bandes, en taches, en lignes onduleuses, anguleuses et toujours régulières, toujours symétriques, de nuances admirablement contrastées; pour qui auraient-ils reçu tous ces dons, eux qui ne peuvent au plus que s'entrevoir dans ces profondeurs où la lumière a peine à pénétrer; et, quand ils se verraient, quel genre de plaisir pourraient éveiller en eux de tels rapports?

CHENEDOLLÉ. (Voir les poëtes, chapitre deuxième.)

RIVAROL

Au sortir de table, nous fûmes nous asseoir dans le jardin, à l'ombre d'un petit bosquet formé de pins, de tilleuls et de sycomores panachés, dont les jeunes et frais ombrages flottaient au-dessus de nous. Rivarol compara d'abord, en plaisantant, le lieu où nous étions aux jardins d'Académe, où Platon se rendait avec ses disciples pour converser sur la philosophie. Et, à vrai dire, il y avait bien quelques points de ressemblance entre les deux scènes qui pouvaient favoriser l'illusion. Les arbres qui nous couvraient, aussi beaux que les platanes d'Athènes, se faisaient remarquer par la vigueur et le luxe extraordinaire de leur végétation. Le soleil, qui s'inclinait déjà vers l'occident, pénétrait jusqu'à nous, malgré l'opulente épaisseur des ombrages, et son disque d'or et de feu, descendant comme un incendie derrière un vaste groupe de nuages, leur prêtait des teintes si chaudes et si animées, qu'on eût pu se croire sous un ciel de la Grèce... Rivarol, après avoir admiré quelques instants ce radieux spectacle, et nous avoir jeté à l'imagination deux ou trois de ces belles expressions poétiques qu'il semblait créer en se jouant, se remit à causer littérature.

Il passa en revue presque tous les principaux personnages littéraires du xvııı⁰ siècle, et les jugea d'une manière âpre, tranchante et sévère. Il parla d'abord de Voltaire, contre lequel il poussait fort loin la jalousie; il lui en voulait d'avoir su s'attribuer le monopole de l'esprit. C'était pour lui une sorte d'ennemi personnel. Il ne lui pardonnait pas d'être venu le premier et d'avoir pris sa place.

Il lui refusait le talent de la grande, de la haute poésie, même de la poésie dramatique. Il ne le trouvait supérieur que dans la poésie fugitive, et là seulement Voltaire avait pu dompter l'admiration de Rivarol et la rendre obéissante. « La *Henriade*, disait-il, n'est qu'un maigre croquis, un squelette épique où manquent les muscles, les chairs et les couleurs... »

Enhardi par l'accueil aimable que Rivarol me faisait, je me hasardai à lui demander ce qu'il pensait de Buffon, alors pour moi l'écrivain par excellence. « Son style a de la pompe et de l'ampleur, me répondit-il; mais il est diffus et pâteux. On y voit toujours flotter les plis de la robe d'Apollon, mais souvent le dieu n'y est pas.

« Mais un écrivain bien supérieur à Buffon, poursuivait Rivarol sans s'interrompre, c'est Montesquieu. J'avoue que je ne fais plus de cas que de celui-là (et de Pascal toutefois!) depuis que j'écris sur la politique; et sur quoi pourrait-on écrire aujourd'hui? Quand une révolution inouïe ébranle les colonnes du monde, comment s'occuper d'autre chose? La politique est tout; elle envahit tout, remplit tout, attire tout : il n'y a plus de pensée d'intérêt et de passion que là. — Et Rousseau, monsieur de Rivarol? — Oh! pour celui-là, c'est une autre affaire : c'est un maître sophiste qui ne pense pas un mot de ce qu'il dit ou de ce qu'il écrit; c'est le paradoxe incarné. »

Le reste de la conversation se passa en un feu roulant d'épigrammes lancées avec une verve intarissable sur d'autres renommées politiques et littéraires. Jamais Rivarol ne justifia mieux son surnom du Saint-Georges de l'épigramme. Pas un n'échappait à l'habileté désespérante de sa pointe. Là passèrent tour à tour, transpercés coup sur coup, et l'abbé Delille, « qui n'est qu'un rossignol qui a reçu son cerveau en gosier; » et Chamfort, « qui, en entrant à l'Académie, ne fut qu'une branche de muguet entée sur des pavots; » et Roucher, « qui est en poésie le plus beau naufrage du siècle ; » et Chabanon, « qui a traduit Théocrite et Pindare de toute sa haine contre le grec; » et Mercier, avec son *Tableau de Paris*, « ouvrage pensé dans la rue et écrit sur la borne ; » et l'abbé Millot, « qui n'a fait que des commissions dans l'histoire; » et Palissot, « qui a toujours un chat devant les yeux pour modèle : c'est pour lui le torse antique; » et Condorcet, « qui écrit avec de l'opium sur des feuilles de plomb; » et Target, « qui s'est noyé dans son talent. » Chaque mot était une épigramme condensée qui portait coup et perçait son homme. Mirabeau obtint les honneurs d'une épigramme plus détaillée. « Mirabeau, disait-il, n'était qu'une grosse éponge toujours gonflée des idées d'autrui. Il n'a eu quelque réputation que parce qu'il a toujours écrit sur des matières palpitantes de l'intérêt du moment. Ses brochures sont des brûlots lâchés au milieu d'une flotte : ils y mettent le feu, mais ils s'y consument. »

Trois heures s'écoulèrent dans ces curieux et piquants entretiens, et me parurent à peine quelques instants...

MICHAUD. (Voir les poètes, chapitre deuxième.)

PRISE DE JÉRUSALEM

L'histoire a remarqué que les chrétiens étaient entrés dans Jérusalem un vendredi, à trois heures du soir; c'était le jour et l'heure où J.-C. expira

pour le salut des hommes. Cette époque mémorable aurait dû rappeler leurs
cœurs à des sentiments de miséricorde ; mais, irrités par les menaces et les
longues insultes des Sarrasins, aigris par les maux qu'ils avaient soufferts
pendant le siége, et par la résistance qu'ils avaient trouvée jusque dans la
ville, ils remplirent de sang et de deuil cette Jérusalem qu'ils venaient de
livrer, et qu'ils regardaient comme leur future patrie. Bientôt le carnage
devint général ; ceux qui échappaient au fer des soldats de Godefroy et de
Tancrède, couraient au-devant des Provençaux également altérés de leur
sang. Les Sarrasins étaient massacrés dans les rues, dans les maisons ; Jérusalem n'avait pas d'asile pour les vaincus. Quelques-uns purent échapper à
la mort en se précipitant des remparts ; les autres couraient en foule se
réfugier dans les palais, dans les tours, et surtout dans les mosquées, où ils
ne purent se dérober à la poursuite des chrétiens...

L'imagination se détourne avec effroi de ces scènes de désolation, et peut
à peine, au milieu du carnage, contempler l'image touchante des chrétiens
de Jérusalem dont les croisés venaient de briser les fers. A peine la ville
venait-elle d'être conquise, qu'on les vit accourir au-devant des vainqueurs ;
ils partageaient avec eux les vivres qu'ils avaient pu dérober aux Sarrasins ;
tous remerciaient ensemble le Dieu qui avait fait triompher les armes des
soldats de la croix. L'ermite Pierre qui, cinq ans auparavant, avait promis
d'armer l'Occident pour la délivrance des fidèles de Jérusalem, dut jouir
alors du spectacle de leur reconnaissance et de leur joie. Les chrétiens de la
ville sainte, au milieu de la foule des croisés, semblaient ne chercher, ne
voir que le cénobite pieux qui les avait visités dans leurs souffrances, et
dont les promesses venaient d'être accomplies. Ils se pressaient en foule
auprès de l'ermite vénérable ; c'est à lui qu'ils adressaient leurs cantiques ;
c'est lui qu'ils proclamaient leur libérateur ; ils lui racontaient les maux
qu'ils avaient soufferts pendant son absence ; ils pouvaient à peine croire ce
qui se passait sous leurs yeux ; et, dans leur enthousiasme, ils s'étonnaient
que Dieu se fût servi d'un tel homme pour soulever tant de nations et pour
opérer tant de prodiges.

Jouy. (Voir les poëtes, chapitre deuxième.)

MORT DU MARÉCHAL BRUNE

(L'Ermite en province.)

Arrivé sur les bords de la Durance, le maréchal, poussé par une fatalité
(je n'ose dire aveugle), congédia son escorte ; et, le mardi 2 août 1815, vers
les dix heures du matin, il entre dans Avignon pour n'en plus sortir vivant,
dans cette auberge du *Palais-Royal*, où on lui servit à déjeuner avec ses
aides de camp, dans cette même chambre où je vous raconte en ce moment
sa fin déplorable.

Une heure, une heure fatale s'était écoulée ; le maréchal, en remontant en
voiture, fut reconnu et nommé par un militaire, qui se trouvait avec quelques autres personnes sur la porte du café du *Midi*, situé en face de la poste
aux chevaux. L'aspect du guerrier excita parmi les spectateurs le mouvement de curiosité respectueuse, à laquelle un seul mot fit changer de motif :
« Admirez, s'écrie un homme en se mêlant au groupe de peuple assemblé
plus près de la voiture, admirez l'assassin de la princesse Lamballe. »

On eût dit qu'à cet affreux mot d'ordre, des légions de bandits étaient
sortis de dessous terre : des huées se font entendre, la voiture part ; mais
elle est arrêtée à la porte de l'Oule par un poste de gardes nationaux, tout
fiers d'examiner le passe-port d'un maréchal de France. L'officier de service

exige que ce passe-port, écrit tout entier de la main de M. le marquis de Rivière, soit visé par le major Lambat, commandant provisoire du département de Vaucluse. Chaque minute de délai accroît le péril ; une populace ivre de fureur ferme tous les passages ; une grêle de pierres est lancée contre la voiture, qui avait franchi la porte, lorsque des forcenés saisissent la bride des chevaux, et ramènent le maréchal à l'hôtel qu'il venait de quitter : on en ferme aussitôt les portes.

Le guerrier, inaccessible à la crainte, encourage ses aides de camp qui ne tremblent que pour lui ; on les sépare, et il remonte seul dans cette chambre, où il attend, avec une constance héroïque, l'événement dont il prévoit l'issue.

La ville entière est réunie sur la place ; l'atroce calomnie vole de bouche en bouche, répétée, commentée par M. M..., que l'on voit errer à travers les groupes.

Déjà s'élèvent contre un vieux guerrier, dont le sang a tant de fois coulé pour la France, des cris de mort dont on n'entend que les terribles échos. Il est juste de dire qu'une partie des officiers de la garde nationale firent tous leurs efforts pour empêcher cette sanglante catastrophe.

Dans les premiers moments de l'émeute, le maréchal écrivit sur le chapeau d'un officier au général autrichien Nugent, qui se trouvait en ce moment à Aix, un billet conçu en ces termes : « Vous savez nos conventions ; je suis arrêté à Avignon ; je compte que vous viendrez me délivrer. » Que devint cette lettre ? C'est ce qu'on ignore.

Le nouveau préfet de Vaucluse, M. de Saint-Chamans, arrivé pendant la nuit, se trouvait incognito dans cette même auberge ; éveillé par cet affreux tumulte, il se présente au peuple ; son autorité est méconnue, et l'un des chefs de l'émeute ne craint pas de déclarer qu'il est lui-même investi des fonctions de préfet. On bat la générale : le maire, le courageux et respectable M. Puy, à la tête d'une compagnie de gardes nationaux et de quelques gendarmes, écarte un moment ces furieux. Le préfet se rend auprès du maréchal, et cherche vainement à favoriser sa fuite ; il harangue de nouveau une populace frénétique ; elle répond en s'efforçant d'enfoncer la garde, qui lui résiste avec toute l'intrépidité que le maire lui communique : « Misérables, leur crie ce digne magistrat du peuple, vous n'arriverez au maréchal qu'en passant sur mon corps ; » et il se place au milieu des baïonnettes qu'il fait croiser au-devant de la porte de l'hôtel.

Pendant ce temps, d'autres bandits escaladent les murailles, et pénètrent par les derrières de l'hôtel. Le maréchal, qui les entend approcher, demande aux factionnaires placés à la porte de sa chambre ses armes qu'on lui a enlevées ; on les lui refuse ; il offre vainement à l'un d'eux une bourse d'or pour son fusil.

Quelques assassins ont pénétré dans sa chambre ; le maréchal, debout auprès de cette cheminée, découvre sa poitrine sans proférer un seul mot. Une voix abominable répète en sa présence l'infâme accusation qui sert de prétexte à la rage d'une odieuse canaille.

« Mon sang a coulé pour la patrie, répond-il à ses bourreaux ; j'ai vieilli sous les drapeaux de l'honneur, et j'étais à soixante lieues de Paris à l'époque où fut commis le crime affreux dont on ose m'accuser. — Tu mourras, interrompit un scélérat. — J'ai appris à braver la mort, répond le général, et je puis vous épargner un crime ; donnez-moi une arme, et accordez-moi cinq minutes pour écrire mes dernières volontés. — La mort ! » s'écria l'assassin, en tirant sur le guerrier un premier coup de pistolet qui effleura son front et lui enleva une touffe de cheveux. L'intrépide Brune croise ses bras, et attend un second coup : le pistolet fait long feu.

« Tu l'as manqué, dit alors un autre brigand ; ôte-toi de là, c'est mon tour; » et d'un coup de carabine un portefaix étend à ses pieds un maréchal de France, fameux par vingt combats et couvert des lauriers du Mincio, de Vérone et de Tavernelle.

Il était deux heures... Les infâmes brigands se précipitent dans la chambre, et mettent au pillage les effets de leur victime, parmi lesquels se trouvait un sabre d'un grand prix que le maréchal avait reçu en présent du Grand Seigneur.

Le meurtre consommé, un des assassins se montre au balcon, le front paré des plumes blanches qui décoraient le chapeau du général français.

La meute de cannibales, assemblée sous les fenêtres, pousse des hurlements féroces, et demande qu'on lui jette sa proie.

Je crois vous avoir dit, au commencement de cet horrible récit, que le corps inanimé du maréchal fut jeté par la fenêtre; ce fait n'est pas exact; les restes du héros furent placés sur un brancard pour être portés au cimetière : mais la rage des bourreaux n'était pas assouvie : à vingt-cinq pas de l'hôtel, les monstres s'en emparèrent et le traînèrent par les pieds au bruit du tambour, qui battait la farandole, jusqu'à la neuvième arche du pont, d'où ils le précipitèrent dans le Rhône, après avoir déchargé toutes leurs armes sur un cadavre que de nouvelles horreurs attendaient au rivage où il fut jeté par les flots.

CHATEAUBRIAND. (Voir les poëtes, chapitre deuxième.)

ROME ANTIQUE

(Les Martyrs.)

J'errais sans cesse du Forum au Capitole, du quartier des Carènes au champ de Mars; je courais au théâtre de Germanicus, au môle d'Adrien, au cirque de Néron, au Panthéon d'Agrippa... Je ne pouvais me lasser de voir le mouvement d'un peuple composé de tous les peuples de la terre, et la marche de ces troupes romaines, gauloises, germaniques, grecques, africaines, chacune différemment armée et vêtue. Un vieux sabin passait avec des sandales d'écorce de bouleau auprès d'un sénateur couvert de pourpre; la litière d'un consulaire était arrêtée par le char d'une courtisane; les grands bœufs du Clitumne traînaient au Forum l'antique chariot du Volsque, l'équipage de chasse d'un chevalier romain embarrassait la voie sacrée; les prêtres couraient encenser les dieux, et des rhéteurs ouvrir leurs écoles.

Que de fois j'ai visité ces thermes ornés de bibliothèques; ces palais, les uns déjà croulants, les autres à moitié démolis pour servir à construire d'autres édifices! La grandeur de l'horizon romain se mariant aux grandes lignes de l'architecture romaine : ces aqueducs qui, comme des rayons aboutissant à un même centre, mènent les eaux au peuple-roi sur des arcs de triomphe; le bruit sans fin des fontaines; ces innombrables statues qui ressemblent à un peuple immobile au milieu d'un peuple agité; ces monuments de tous les âges et de tous les pays, ces travaux des rois, des consuls, des Césars, ces obélisques ravis à l'Égypte, ces tombeaux enlevés à la Grèce; je ne sais quelle beauté dans la lumière, les vapeurs et le dessin des montagnes; la rudesse même du cours du Tibre; les troupeaux de cavales demi-sauvages qui viennent s'abreuver dans ses eaux; cette campagne que le citoyen de Berne dédaigne maintenant de cultiver, se réservant de déclarer chaque année aux nations esclaves quelle partie de la terre aura l'honneur de le nourrir : que vous dirai-je enfin? Tout porte à Rome l'empreinte de la domination et de la durée : j'ai vu la carte de la ville éternelle tracée sur des rochers de marbre au Capitole, afin que son image même ne pût s'effacer.

LA MORT

(*Les Martyrs.*)

Un fantôme s'élance sur le seuil des portes inexorables; c'est la Mort. Elle se montre comme une tache obscure sur les flammes des cachots qui brûlent derrière elle; son squelette laisse passer les rayons livides de la lumière infernale entre les creux de ses ossements. Sa tête est ornée d'une couronne changeante, dont elle dérobe les joyaux aux peuples et aux rois de la terre. Quelquefois elle se pare des lambeaux de la pourpre ou de la bure, dont elle a dépouillé le riche et l'indigent. Tantôt elle vole, tantôt elle se traîne; elle prend toutes les formes, même celle du plus petit bruit qui décèle la vie; elle paraît aveugle et pourtant elle découvre le moindre insecte rampant sous l'herbe. D'une main elle tient une faux comme un moissonneur, de l'autre elle cache la seule blessure qu'elle ait jamais reçue et que le Christ vainqueur lui porta dans le sein, au sommet du Golgotha. C'est le crime qui ouvre les portes de l'enfer, et c'est la Mort qui les referme.

LE SERPENT

(*Génie du christianisme.*)

Tout est mystérieux, caché, étonnant dans cet incompréhensible reptile. Ses mouvements diffèrent de ceux de tous les autres animaux; on ne saurait dire où gît le principe de son déplacement; car il n'a ni nageoires, ni pieds, ni ailes, et cependant il fuit comme une ombre, il s'évanouit magiquement, et reparaît et disparaît encore, semblable à une petite fumée d'azur, et aux éclairs d'un glaive dans les ténèbres. Tantôt il se forme en cercle, et darde une langue de feu; tantôt debout, sur l'extrémité de sa queue, il marche dans une attitude perpendiculaire comme par enchantement. Il se jette en orbe, monte et s'abaisse en spirale, roule ses anneaux comme une onde, circule sur les branches des arbres, glisse sous l'herbe des prairies, ou sur la surface des eaux. Ses couleurs sont aussi peu déterminées que ses mouvements : elles changent aux divers aspects de la lumière, et, comme ses mouvements, elles ont le faux brillant et les variétés trompeuses de la séduction.

Plus étonnant encore dans le reste de ses mœurs, il sait, ainsi qu'un homme souillé de meurtre, jeter à l'écart sa robe tachée de sang, dans la crainte d'être reconnu... Il sommeille des mois entiers, fréquente des tombeaux, habite des lieux inconnus, compose des poisons qui glacent, brûlent ou tachent le corps de sa victime des couleurs dont il est lui-même marqué. Là il lève deux têtes menaçantes; ici il fait entendre une sonnette; il siffle comme un aigle de montagne; il mugit comme un taureau. Il s'associe naturellement aux idées morales ou religieuses, comme par une suite de l'influence qu'il eut sur nos destinées : objet d'horreur ou d'adoration, les hommes ont pour lui une haine impitoyable, ou tombent devant son génie; le mensonge l'appelle, la prudence le réclame, l'envie le porte dans son cœur, et l'éloquence à son caducée. Aux enfers, il arme le fouet des Furies; au ciel, l'éternité en fait son symbole. Il possède encore l'art de séduire l'innocence; ses regards enchantent les oiseaux dans les airs; et, sous la fougère de la crèche, la brebis lui abandonne son lait.

PRIÈRE A BORD

(*Génie du christianisme.*)

Je ne suis rien; je ne suis qu'un simple solitaire; j'ai souvent entendu les savants disputer sur le premier Être, et je ne les ai point compris; mais j'ai toujours remarqué que c'est à la vue des grandes scènes de la nature que cet Être inconnu de la nature se manifeste au cœur de l'homme. Un soir (il faisait un profond calme), nous nous trouvions dans ces belles mers qui baignent les rivages de la Virginie ; toutes les voiles étaient pliées ; j'étais occupé sur le pont, lorsque j'entendis la cloche qui appelait l'équipage à la prière : je me hâtai d'aller mêler mes vœux à ceux de mes compagnons de voyage. Les officiers étaient sur le château de poupe avec les passagers ; l'aumônier, un livre à la main, se tenait un peu en avant d'eux : les matelots étaient répandus pêle-mêle sur le tillac ; nous étions tous debout, le visage tourné vers la proue du vaisseau, qui regardait l'occident.

Le globe du soleil, prêt à se plonger dans les flots, apparaissait entre les cordages du navire, au milieu des espaces sans bornes. On eût dit, par les balancements de la poupe, que l'astre radieux changeait à chaque instant d'horizon. Quelques nuages étaient jetés sans ordre dans l'orient, où la lune montait avec lenteur ; le reste du ciel était pur ; vers le nord, formant un glorieux triangle avec l'astre du jour et celui de la nuit, une trombe, brillante des couleurs du prisme, s'élevait de la mer comme un pilier de cristal supportant la voûte du ciel.

Il eût été bien à plaindre celui qui, dans ce spectacle, n'eût point reconnu la beauté de Dieu. Des larmes coulèrent malgré moi de mes paupières, lorsque mes compagnons, ôtant leurs chapeaux goudronnés, vinrent à entonner d'une voix rauque leur simple cantique à Notre-Dame de Bon-Secours, patronne des mariniers. Qu'elle était touchante, la prière de ces hommes qui, sur une planche fragile, au milieu de l'Océan, contemplaient le soleil couchant sur les flots ! Comme elle allait à l'âme, cette invocation du pauvre matelot à la mère de douleur ! La conscience de notre petitesse à la vue de l'infini, nos chants s'étendant au loin sur les vagues, la nuit s'approchant avec ses embûches, la merveille de notre vaisseau au milieu de tant de merveilles, un équipage religieux saisi d'admiration et de crainte, un prêtre auguste en prière, Dieu penché sur l'abîme, d'une main retenant le soleil aux portes de l'occident, de l'autre élevant la lune dans l'orient, et prêtant, à travers l'immensité, une oreille attentive à la voix de sa créature : voilà ce qu'on ne saurait peindre, et ce que tout le cœur de l'homme suffit à peine pour sentir.

CONSTANTINOPLE

(*Itinéraire de Paris à Jérusalem.*)

Nous arrivâmes à Galata. Je remarquai sur-le-champ le mouvement des quais, et la foule des porteurs, des marchands et des mariniers ; ceux-ci annonçaient, par les couleurs diverses de leur visage, par la différence de leurs langages, de leurs habits, de leurs robes, de leurs chapeaux, de leurs bonnets, de leurs turbans, qu'ils étaient venus de toutes les parties de l'Europe et de l'Asie habiter cette frontière des deux mondes. L'absence presque totale des femmes, le manque de voitures à roues, et les meutes de chiens sans maîtres, furent les trois caractères distinctifs qui me frappèrent d'abord dans l'intérieur de cette ville extraordinaire. Comme on ne marche guère qu'en babouches, qu'on n'entend point de bruit de carrosses et de charrettes, qu'il n'y a point de cloches, ni presque point de métiers à marteau, le silence est continuel. Vous voyez autour de vous une foule muette qui semble vouloir passer sans être aperçue, et qui a toujours l'air de se dérober aux regards du maître. Vous arrivez sans cesse d'un bazar à un cimetière, comme si les Turcs n'étaient là que pour acheter, vendre et mourir. Les cimetières, sans murs et placés au milieu des rues, sont des bois magnifiques de cyprès : les colombes font leurs nids dans ces cyprès et partagent la paix des morts. On découvre çà et là quelques monuments antiques qui n'ont de rapport ni avec les hommes modernes, ni avec les monuments nouveaux dont ils sont environnés : on dirait qu'ils ont été transportés dans cette ville orientale par l'effet d'un talisman. Aucun signe de joie, aucune apparence de bonheur ne se montre à vos yeux : ce qu'on voit n'est pas un peuple, mais un troupeau qu'un iman conduit et qu'un janissaire égorge. Il n'y a d'autre plaisir que la débauche, d'autre peine que la mort... Au milieu des prisons et des bagnes s'élève un sérail, capitole de la servitude : c'est là qu'un gardien sacré conserve soigneusement les germes de la peste et les lois primitives de la tyrannie. De pâles adorateurs roulent sans cesse autour du temple, et viennent apporter leur tête à l'idole. Rien ne peut les soustraire au sacrifice; ils sont entraînés par un pouvoir fatal : les yeux du despote attirent les esclaves, comme les regards du serpent fascinent les oiseaux dont il fait sa proie.

COMBOURG

(Mémoires d'outre-tombe.)

En arrivant de Saint-Malo, nous aperçûmes non loin d'un étang le clocher de l'église d'une bourgade ; à l'extrémité de cette bourgade, les tours d'un château féodal montaient dans les arbres d'une futaie éclairée par le soleil couchant.

J'ai été obligé de m'arrêter après ces lignes; mon cœur battait à repousser la table sur laquelle j'écris. Les souvenirs qui se réveillent dans ma mémoire m'accablent de leur force et de leur multitude; mais n'interrompons pas mon récit : à chaque souffrance son ordre et sa place.

Descendus de la colline, nous guéâmes un ruisseau; après avoir cheminé une demi-heure, nous quittâmes la grande route, et la voiture roula au bord d'un quinconce, dans une allée de charmilles dont les cimes s'entrelaçaient au-dessus de nos têtes; je me souviens encore du moment où j'entrai sous cet ombrage et de la joie effrayée que j'éprouvai.

En sortant de l'obscurité du bois, nous franchîmes une avant-cour plantée de noyers attenant au jardin et à la maison du régisseur; de là nous débouchâmes, par une porte bâtie, dans une cour de gazon appelée la Cour-Verte. A droite étaient de longues écuries et un bosquet de marronniers. Au fond de la cour, dont le terrain s'élevait insensiblement, le château se montrait entre les deux groupes d'arbres.

Sa triste et sévère façade présentait une courtine portant une galerie à mâchicoulis, denticulée et couverte. Cette courtine tient ensemble deux tours inégales en âge, en matériaux, en hauteur et en grosseur, lesquelles tours se terminaient par des créneaux surmontés d'un toit pointu, comme un bonnet posé sur une couronne gothique.

Quelques fenêtres grillées, d'un goût mauresque, apparaissaient çà et là sur la nudité des murs. Un large perron roide et droit, de vingt-neuf marches, sans rampe, sans garde-fous, remplaçait sur les fossés comblés l'ancien pont-levis; il atteignait la porte du château, percée au milieu de sa courtine : au-dessus de cette porte étaient les armes des seigneurs de Combourg, sculptées dans la pierre, et les ouvertures à travers lesquelles sortaient jadis les bras et les chaînes du pont-levis.

La voiture s'arrête au pied du perron; mon père vint au-devant de nous. La réunion de la famille dans le lieu de son choix adoucit si fort son humeur pour le moment, qu'il nous fit la mine la plus gracieuse. Nous montâmes le perron; nous pénétrâmes dans un vestibule encore à voûte en ogive, et, de ce vestibule, dans une petite cour intérieure. Cette cour était formée par le corps de logis d'entrée, par un autre corps de logis parallèle, qui réunissait également deux tours plus petites que les premières, et par deux autres courtines qui rattachaient la grande et la grosse tour aux deux petites tours. Le château entier avait la figure d'un char à quatre roues.

Dans la petite cour on remarquait un puits d'une profondeur immense, et, en face, une tourelle, cage d'un escalier de granit en spirale.

De la cour intérieure, passant dans le bâtiment jointif des deux petites tours, nous nous trouvâmes de plein-pied dans une galerie jadis appelée la salle des gardes. Une fenêtre s'ouvrait à chacune de ses extrémités; deux autres coupaient la ligne latérale. Pour agrandir ces quatre fenêtres, il avait fallu excaver des murs de huit à dix pieds d'épaisseur.

Deux corridors à plan incliné, comme le corridor de la grande pyramide, partaient des deux angles extérieurs de la salle et conduisaient aux deux petites tours; un escalier serpentant dans l'une de ces tours établissait des relations entre la salle des gardes et l'étage supérieur. Tel était le corps de logis.

Celui de la façade de la grande et de la grosse tour, du côté de la Cour-Verte, se composait d'une espèce de dortoir carré et sombre servant de cuisine, du vestibule, du perron et d'une chapelle. Au-dessus de ces pièces se déployait le salon des archives, ou des armoiries, ou des chevaliers, ainsi nommé d'un plafond semé d'écussons coloriés. Les embrasures des fenêtres étroites et triples étaient si profondes, qu'elles formaient des espèces de cabinets autour desquels régnait un banc de granit. Mêlez à cela, dans les diverses parties de l'édifice, des passages et des escaliers secrets, des cachots et des donjons, un labyrinthe de galeries couvertes et découvertes, des souterrains murés, dont les ramifications étaient inconnues; et partout silence, obscurité et visage de pierre : voilà le château de Combourg.

Un repas copieux, pris dans la salle des gardes, où je mangeai sans contrainte, termina pour moi cette première journée heureuse de ma vie : le vrai bonheur coûte peu; quand il est cher, il n'est pas de bonne espèce.

A peine fus-je éveillé le lendemain, que j'allai visiter le dehors du château et célébrer mon avénement à la solitude. Le perron faisait face au nord et à l'ouest; quand on était assis sur le diazome de ce perron, on avait devant soi la Cour-Verte, et, au delà de cette cour, un potager étendu entre deux futaies; l'une à droite, le quinconce sur lequel nous étions arrivés, s'appelait le Petit-Mail; l'autre, à gauche, le Grand-Mail : celle-ci était un bois de chênes, de hêtres, de sycomores, d'ormes et de châtaigniers. Mme de Sévigné vantait, de son temps, ces vieux ombrages. Depuis cette époque, cent quarante années avaient été ajoutées à leur beauté.

Du côté opposé, au midi et à l'est, le paysage offrait un tout autre tableau. Par les fenêtres de la grande salle, on apercevait les maisons confuses de Combourg, un étang, la chaussée de cet étang, sur laquelle passait le grand chemin de Rennes, un moulin à eau, une prairie couverte de troupeaux de vaches, et séparée de l'étang par la chaussée; le long de cette prairie, un hameau dépendant d'un prieuré fondé en 1149 par Rivallon, seigneur de Combourg, et où l'on voyait sa statue mortuaire, couchée sur le dos, en armure de chevalier. Depuis l'étang, le terrain, s'élevant par degrés, formait un amphithéâtre d'arbres d'où sortaient des campaniles de village et des tourelles gentilhommières. Sur un dernier plan de l'horizon, entre le couchant et le midi, se profilaient les hauteurs de Becherel; une terrasse bordée de grands bois taillis circulait au pied du château de ce côté, passait derrière les écuries et allait à divers replis rejoindre le jardin des bains, qui communiquait au Grand-Mail.

Si, d'après cette description, un peintre prenait son crayon, produirait-il une esquisse ressemblante au château? Je ne le crois pas. Et cependant ma mémoire voit l'objet comme s'il était sous mes yeux. Telle est, dans les choses matérielles, l'impuissance de la parole et la puissance du souvenir. En commençant à parler de Combourg, je chante les premiers couplets d'une complainte qui ne charmera que moi, et dans laquelle rien ne sera oublié. Demandez au pâtre du Tyrol pourquoi il se plaît aux trois ou quatre notes qu'il répète du matin au soir à ses chèvres. Le sait-il? Non. Ce sont notes de montagne, jetées d'écho en écho, pour retentir d'une roche à l'autre, du bord d'un torrent au bord opposé.

HUMBOLDT (A.-G., de). — Né en 1769, mort en 1859. Frère de Ch.-G., ministre, chambellan, ambassadeur, qui a ajouté à sa gloire d'homme d'État celle d'homme de lettres et d'homme de sciences, Alexandre s'est acquis aussi une renommée glorieuse par ses voyages utiles, ses relations géographiques et surtout par le *Cosmos*, qui restera une mine inépuisable de connaissances à l'usage des plus savants.

RÉGIONS ÉQUINOXIALES
(Fragment.)

La nuit était calme et sereine : il faisait un beau clair de lune. Les crocodiles étaient étendus sur la plage. Ils se plaçaient de manière à pouvoir regarder le feu. Nous avons cru observer que son éclat les attire comme il attire les poissons, les écrevisses et les autres habitants de l'eau. Les Indiens nous montraient dans le sable les traces de trois tigres, dont deux très-jeunes. C'était sans doute une femelle qui avait conduit ses petits pour les faire boire à la rivière. Ne trouvant aucun arbre sur la plage, nous plantâmes les rames en terre pour y attacher nos hamacs. Tout se passa assez tranquillement jusqu'à onze heures de la nuit. Alors il s'éleva dans la forêt voisine un bruit si épouvantable, qu'il était impossible de fermer l'œil. Parmi tant de voix d'animaux sauvages qui criaient à la fois, nos Indiens ne reconnaissaient que ceux qui se faisaient entendre isolément. C'étaient les petits sons flûtés des sapajous, les gémissements des alouates, les cris du tigre, du couguar ou lion américain sans crinière, du pécari, du paresseux, du hocco, du parraqua, et de quelques oiseaux gallinacés. Quand les jaguars approchèrent de la lisière de la forêt, notre chien, qui n'avait cessé d'aboyer jusque-là, se mit à hurler et à chercher de l'abri sous nos hamacs. Quelquefois, après un long silence, le cri des tigres venait du haut des arbres; et, dans ce cas, il était suivi du sifflement aigu et prolongé des singes, qui semblaient fuir le danger dont ils étaient menacés.

NORVINS (J.-M. de Montbreton de). — Né en 1769, mort en 1854. « Il appartient, a-t-on dit, à l'école historique dont les Ségur ont été les représentants les plus distingués, alors que les livres d'histoire étaient plutôt le produit d'un art élégant et facile que celui d'une science profonde. »

BATAILLE DES PYRAMIDES
(*Histoire de Napoléon.*)

Le 21 juillet, l'armée, partie d'Omdinar pendant la nuit, arrive sur les deux heures après midi à une demi-lieue d'Embabeh, et voit le corps des

Mamelucks se déployer en avant du village. Bonaparte fait faire halte; l'excès de la fatigue et de la chaleur accablait les troupes : un repos d'une heure seulement est le besoin du soldat; mais les mouvements de l'ennemi leur en commandent le sacrifice, et l'ordre de bataille devient un besoin plus impérieux.

Tout est nouveau pour les Français. En arrière de la gauche de l'ennemi s'élevaient les pyramides, ces immobiles témoins des plus grandes fortunes et des plus grandes adversités du monde. En arrière de la droite coulait majestueusement le vieux Nil, brillaient les trois cents minarets du Caire, et s'étendaient les plaines jadis si fertiles de l'antique et populeux Memphis. Le costume magnifique, l'éclat des armes, la beauté des chevaux de la cavalerie des beys, contrastaient singulièrement avec l'uniforme sévère des bataillons français, dont le général se confond avec eux par la simplicité. C'est Léonidas luttant avec ses Spartiates contre la fastueuse armée des satrapes; mais il n'y eut pas de Thermopyles. Les pyramides furent heureuses aux Français. « Soldats, s'écrie Bonaparte, songez que, du haut de ces monuments, quarante siècles vous contemplent! »

Mourad-Bey appuie sa droite au Nil, vers lequel il a construit à la hâte un camp retranché, garni de quarante pièces de canon, et défendu par une vingtaine de mille hommes, janissaires et spahis; sa gauche, qui se prolonge vers les pyramides, comprend dix mille Mamelucks, servis chacun par trois fellahs, et trois mille Arabes. Bonaparte dispose son armée comme à Chébreiss, mais de manière à présenter plus de feu aux ennemis. Desaix occupe notre droite, Vial notre gauche, Dugua le centre. La reconnaissance du camp retranché nous apprend que son artillerie n'est point sur des affûts de campagne, et ne pourra sortir, non plus que l'infanterie, qui n'oserait le faire sans canons. Aussitôt Bonaparte ordonne un mouvement de toute son armée sur sa droite, en passant hors de la portée des pièces du camp : dès lors l'artillerie et l'infanterie deviennent presque inutiles à l'ennemi, et nous n'aurons à faire qu'aux Mamelucks.

Né avec l'instinct de la guerre et doué d'un coup d'œil pénétrant, Mourad sent que le succès de la journée dépend de ce mouvement, et qu'il faut l'empêcher à tout prix. Il part avec six à sept mille chevaux, et vient fondre sur la colonne du général Desaix. Attaquée en marche, cette colonne parait ébranlée et même en désordre un moment; mais les carrés se forment et reçoivent avec sang-froid la charge des Mamelucks, dont la tête seule avait commencé le choc. Reynier flanque notre gauche. Bonaparte, qui se tenait dans le carré du général Dugua, avance aussitôt sur le gros des Mamelucks et se place entre le Nil et Reynier. Les Mamelucks font des efforts inouïs pour nous entamer; ils périssent foudroyés par le feu de nos carrés, comme sous les murs d'autant de forteresses. Ces remparts vivants font croire à l'ennemi que nos soldats sont attachés les uns aux autres. Alors les plus braves acculent leurs chevaux contre les baïonnettes de nos grenadiers et les renversent sur eux; ils succombent tous. La masse tourne autour de nos carrés en cherchant à pénétrer dans les intervalles. Dès lors leur but est manqué : au milieu de la mitraille et des boulets, une partie rentre dans le camp; Mourad, suivi de ses plus habiles officiers, se dirige sur Gizeh, et se trouve ainsi séparé de son armée. Cependant la division Bon se porte sur le camp retranché, tandis que le général Rampon vole occuper une espèce de défilé entre Gizeh et le camp, où règne la plus horrible confusion. La cavalerie se jette sur l'infanterie, qui, voyant la défaite des Mamelucks, s'enfuit vers la gauche d'Embabeh; un bon nombre parvient à se sauver à la nage ou avec des bateaux, mais beaucoup sont précipités dans le Nil par le général Vial.

Les autres divisions françaises gagnent du terrain; pris entre leur feu et celui des carrés, les Mamelucks essayent de se faire jour, et tombent en désespérés sur la petite colonne du général Rampon; tout leur courage échoue contre ce nouvel obstacle : ils tournent bride, mais un bataillon, devant lequel ils sont obligés de passer à cinq pas, en fait une effroyable boucherie : tout le reste périt ou se noie. Mourad-Bey n'emmène dans sa retraite que deux mille cinq cents Mamelucks sauvés comme lui du carnage. Le camp des ennemis enlevé à la baïonnette, les cinquante pièces de canon qui le défendaient, quatre cents chameaux, les vivres, les trésors, les bagages de cette noble milice d'esclaves, l'élite de la cavalerie de l'Orient et la possession du Caire, furent les trophées de la victoire d'Embabeh.

Bonaparte, qui connaissait toute la puissance des anciens souvenirs, et aspirait sans cesse à semer sa vie de glorieuses comparaisons avec les grandes choses, voulut donner à cette brillante journée le nom de bataille des Pyramides.

JAY (Antoine). — Né en 1770, mort en 1854. Reçu à l'Académie française en 1832. « Il fit dans sa jeunesse de vastes voyages dans le nord de l'Amérique, puis se voua à l'état d'avocat, et plus tard exclusivement aux lettres. C'était un écrivain correct, judicieux et très-impartial dans ses jugements. »

FONDATION DE L'ACADÉMIE FRANÇAISE

Cependant Richelieu ne se bornait pas à favoriser l'agrandissement du royaume, et à poursuivre ceux qui osaient lui résister. Il travaillait avec un zèle remarquable à ranimer le commerce, à favoriser l'industrie, et à faire fleurir les sciences et les arts. La tranquillité intérieure qu'il avait rétablie, en faisant respecter les lois, lui en facilitait les moyens : et il sentait tout ce qu'on pouvait attendre d'une nation vive, ingénieuse, et non moins propre aux arts de la paix qu'à ceux de la guerre. Il était impossible qu'un homme de cette trempe n'aperçût pas le mouvement qui, depuis la réformation, avait été communiqué à l'esprit humain; et il voulut que, dans cette nouvelle carrière, les Français fissent de nobles efforts pour devancer les autres peuples.

La philosophie n'existait pas en France; et cependant un philosophe du premier ordre, Montaigne, avait publié son livre, où se trouvent les plus hautes pensées, et les maximes les plus salutaires de la raison. Mais on le lisait sans le comprendre; et ces doctrines bizarres, connues sous le nom de philosophie scolastique, formaient la base de l'enseignement, servaient à protéger l'erreur, à défendre les préjugés et à donner une fausse direction à l'esprit humain. L'ignorance et la crédulité étaient généralement répandues dans toutes les classes de la société. Toutefois l'étude des chefs-d'œuvre de l'antiquité, en tournant l'attention vers la littérature, avaient excité quelque émulation. On négligeait les pensées; mais on s'était occupé des signes qui les transmettent à l'esprit. On n'était pas instruit, mais on sentait le besoin de l'instruction. La langue avait perdu une partie de sa rudesse et commençait à se perfectionner. Malherbe créa l'idiome poétique : l'éclat de son langage, la pompe et l'harmonie de ses vers, annoncèrent l'arrivée des Muses dans leur nouvelle patrie.

La langue nationale devint l'objet d'une étude plus assidue, et s'éleva quelquefois jusqu'à l'éloquence. Balzac lui rendit des services éminents. Il la força de se prêter aux divers mouvements de la pensée, et chercha surtout la noblesse de l'expression. Le cardinal de Richelieu lui-même, au milieu de ses immenses travaux politiques, s'occupait de belles-lettres et préparait les conquêtes du génie français. Il savait que, sans la gloire des lettres, les nations n'arrivent jamais au premier rang.

Les lettres patentes de fondation de l'Académie française, datées du mois de janvier 1635, sont elles-mêmes un exemple des progrès du langage, et un noble témoignage des grandes vues du cardinal de Richelieu dans tout ce qui pouvait concourir à fonder la gloire nationale, et à élever la France au premier rang des nations civilisées. L'établissement de l'Académie marque l'époque où le génie national prit un essor sublime, et fonda cette domination littéraire que la France exerce encore sur les autres peuples de l'Europe. La philosophie avait fait ailleurs des progrès plus rapides. Bacon en Angleterre, Galilée en Italie, Képler en Allemagne avaient déjà porté un coup d'œil rapide et profond dans les sciences exactes, et soulevé une partie du voile qui nous dérobe les opérations et les lois de la nature; mais à peine le mouvement général se fut-il communiqué en France, qu'elle s'éleva dans les sciences, dans les lettres et dans les arts, à un point de perfection qui ne cessera jamais d'exciter la surprise et l'admiration. Trois génies du premier ordre dans des genres différents, et tels que chacun d'eux suffirait à l'illustration d'un siècle, Corneille, Descartes et Pascal, parurent presque en même temps et ouvrirent cette grande époque à jamais célèbre dans les annales de l'esprit humain.

BIGNON (L.-P.-E., baron de). — Né en 1771, mort en 1841. « Les services de M. Bignon, ses ouvrages, ses discours parlementaires lui assignent un rang élevé parmi les diplomates les plus distingués de l'Europe. »

PASSAGE DU SAINT-BERNARD

(*Histoire de France.*)

Le 13 mai, le premier consul faisait défiler devant lui, à Lausanne, l'avant-garde commandée par le général Lannes, et montant à sept à huit mille hommes. C'étaient de vieux régiments qui, étrangers aux désastres de 1799, avaient conservé le sentiment de leur supériorité dans la précédente guerre. Ces sept à huit mille hommes sont la force la plus solide de l'armée, et ils auront les principaux honneurs de la campagne. De Lausanne à Saint-Pierre, village au pied du Saint-Bernard, le chemin est praticable. A Saint-Pierre, la difficulté commence. Pour l'artillerie en particulier, elle eût dû paraître insurmontable. Il avait été pourvu à tout. La prévoyance des généraux Gassendi et Marmont avait imaginé des moyens ingénieux pour le transport de ce qui appartient à cette arme. Des milliers de petites caisses, remplies de munitions pour les pièces et de cartouches pour les soldats, les forges, les instruments nécessaires aux divers services, furent transportés à dos de mulet. On démonta les affûts, les caissons, les voitures. Partie fut chargée de même sur des mulets, partie sur des traîneaux. Chaque bouche à feu, détachée de son attirail, se plaça dans des troncs d'arbres habilement creusés. Soixante, cent soldats s'attelèrent gaiement à chacune de ces bouches à feu, et enlevèrent, à force de bras, ces lourdes masses, dont le poids, diminué par moments, quand le terrain se trouvait plus égal, se multipliait souvent par les aspérités à pic de la montagne. La confiance de l'armée dans son chef, l'audace de l'entreprise, la nouveauté curieuse des expédients, la généreuse rivalité des inventions et des efforts, l'orgueil de vaincre des obstacles réputés jusqu'alors invincibles, l'espoir de regagner par une courte campagne tout ce que la France avait perdu dans une longue année de malheurs, faisaient de cette tentative inouïe une sorte de voyage aventureux, ou de fête militaire pour les simples soldats comme pour les officiers et les généraux. La musique des régiments animait la marche par des sons joyeux ou guerriers. Quand le chemin devenait plus difficile et plus périlleux, les tambours battaient la charge. C'était l'escalade du temple de la gloire. Une prudente hospitalité était préparée au sommet du mont. Les moines, approvisionnés par les soins du premier consul, distribuèrent eux-mêmes d'abondantes rations aux troupes. Du pain, du vin et du fromage étaient un banquet magnifique pour une armée sur le sommet du Saint-Bernard. L'église fut bientôt l'objet d'une curiosité qui n'avait rien d'irrespectueux; mais l'ardeur patriotique du soldat le suivait au sein même du sanctuaire. L'orgue jusqu'alors pacifique du cloître s'étonna de rendre des sons inaccoutumés, et l'écho de la voûte sainte répéta, pour la première fois, les airs belliqueux si chers à l'armée française.

Bonaparte est arrivé à la cime des Alpes. Est-ce là, est-ce sur quelque autre point que passèrent Annibal, César et Pompée? Les savants, pour le découvrir, en sont encore à de vagues conjectures.

On connaît les difficultés qu'eurent à vaincre deux de nos rois, Charlemagne par le mont Cenis, François Ier par la vallée de la Stura. Mais quelle trace ont laissée après eux Pompée, César et Annibal, François Ier et Charlemagne? Vainement, dans ces nombreux défilés de ces montagnes, on cherche aujourd'hui l'empreinte de leurs pas. Cette empreinte fut effacée par la neige ou le vent du lendemain. Devant Bonaparte seul, les Alpes se sont abaissées; seul il en a aplani les sommités et comblé les abîmes; seul il a établi un pont, héroïque en même temps et populaire, entre la France, la Suisse et l'Italie.

LA ROCHEJACQUELEIN (M.-L.-V., marquise de). — Née en 1772, morte en 1857. Elle prit sa part énergique de tous les dévouements de la guerre vendéenne. Ses mémoires ont été traduits dans toutes les langues de l'Europe.

LA DÉROUTE DU MANS

Tout le monde était accablé de fatigue. La journée avait été forte. Les blessés et les malades, dont le nombre allait chaque jour en croissant, demandaient avec instance qu'un séjour plus long fût accordé dans une grande ville, où l'on ne manquait ni de vivres ni de ressources. D'ailleurs on voulait essayer de remettre un peu d'ordre dans l'armée, de concerter quelque dessein, de remonter un peu les courages. Généraux, officiers, soldats, tout était abattu. On voyait clairement qu'un jour ou l'autre nous allions être exterminés, et que les efforts qu'on pouvait faire étaient les convulsions de l'agonie. Chacun voyait souffrir autour de soi. Le spectacle des femmes, des enfants, des blessés, amollissait les âmes les plus fortes, au moment où il aurait fallu avoir une constance miraculeuse. Le malheur avait aigri les esprits et divisé tous les chefs. L'échec d'Angers, la perte de l'espérance qu'on avait conçue de rentrer dans la Vendée, avaient porté le dernier coup à l'opinion de l'armée. Tout le monde désirait la mort; mais, comme on la voyait certaine, on aimait mieux l'attendre avec résignation que combattre pour la retarder. Tout présageait que c'était fini de nous.

Le Mans est situé sur la grande route d'Alençon à Tours. La route de Paris à Angers se croise avec celle-là, à une demi-lieue de la ville. Un large pont, sur la Sarthe, se trouve à moitié chemin, entre les routes et le faubourg. Le grand chemin d'Alençon traverse dans la ville une grande place, puis une petite, où aboutit une rue étroite qui est le prolongement de la route de traverse du Mans à Laval. J'étais logée sur cette petite place.

Le second jour, de grand matin, les républicains vinrent attaquer le Mans. On ne les attendait pas sitôt. La veille, des levées en masse s'étaient présentées, et avaient été bientôt dispersées. L'ennemi s'avança, sur trois colonnes, sur le point où les routes se croisent. M. de la Rochejacquelein embusqua un corps considérable dans un bois de sapins, sur la droite. Ce fut là que la défense fut la plus opiniâtre : les bleus furent même repoussés plus d'une fois ; mais leurs généraux ramenaient sans cesse les colonnes. Nos gens se décourageaient en voyant leurs efforts inutiles. Peu à peu, il en revenait beaucoup dans la ville ; des officiers mêmes s'y laissaient entraîner. Enfin, sur les deux heures de l'après-midi, la gauche des Vendéens étant entièrement enfoncée, il fallut abandonner le bois de sapins. Henri voulut porter la troupe qui lui restait dans un champ défendu par des haies et des fossés, où elle eût facilement arrêté la cavalerie. Jamais il ne put la rallier. Trois fois, avec MM. Forestier et Allard, il s'élança au milieu des ennemis, sans être suivi d'aucun soldat. Les paysans ne voulurent même pas se retourner pour tirer un coup de fusil. Henri tomba, en faisant sauter un fossé à son cheval, dont la selle tourna ; il se releva. Le désespoir et la rage le saisirent. On n'avait pas décidé quelle route on prendrait en cas de revers. Il n'y avait aucun ordre donné, ni pour la défense de la ville, ni pour la retraite. Il voulut y rentrer pour y pourvoir ; il essaya de ramener le monde. Il mit son cheval au galop, et culbutait ses misérables Vendéens, qui, pour la première fois, méconnaissaient sa voix. Il rentra au Mans. Tout y était en désordre. Il ne put pas rassembler un seul officier pour concerter ce qu'on avait à faire. Ses domestiques ne lui avaient pas même tenu un cheval prêt : il ne put en changer. Il revint, et trouva les républicains qui arrivaient au pont. Il y fit placer de l'artillerie, et l'on se défendit encore longtemps. Enfin, au soleil couchant, les bleus trouvèrent un gué et le passèrent. Le pont fut abandonné. On se battit à l'entrée de la ville, jusqu'au moment où, renonçant à tout espoir, le général, les officiers, les soldats se laissèrent presque tous entraîner dans la déroute, qui avait commencé depuis longtemps : mais quelques centaines d'hommes restèrent dans les maisons, tirèrent par les fenêtres, et, ne sachant au juste ce qui se passait, arrêtèrent toute la nuit les républicains, qui osaient à peine avancer dans les rues, et qui ne se doutaient pas que notre défaite fût aussi entière.

Il y eut des officiers qui se retirèrent à quatre heures du matin seulement. Les derniers furent, je crois, MM. Sépeaux et Allard. De braves paysans eurent assez de constance pour ne quitter la ville qu'à huit heures, s'échappant comme par miracle. C'est cette circonstance qui protégea notre fuite désordonnée, et qui nous préserva d'un massacre général.

COTTIN (M.-S.-J. Rousseau). — Née en 1773, morte en 1807. Cette femme, dont les écrits sont remplis de sensibilité, avait cependant pour maxime qu'une femme ne doit pas écrire : « On y met, disait-elle, quelque chose de son cœur ; il faut garder cela pour ses amis. »

LA SIBÉRIE
(*Élisabeth.*)

La ville de Tobolsk, capitale de la Sibérie, est située sur les rives de l'Irtish ; au nord, elle est entourée d'immenses forêts qui s'étendent jusqu'à la mer Glaciale. Dans cet espace de onze cents verstes, on rencontre des montagnes arides, nombreuses et couvertes de neiges éternelles ; des plaines incultes, dépouillées, où, dans les jours les plus chauds de l'année, la terre ne dégèle pas à un pied ; de tristes et larges fleuves dont les eaux glacées n'ont jamais arrosé une prairie ni vu épanouir une fleur. En avançant davantage vers le pôle, les cèdres, les sapins, tous les grands arbres disparaissent ; des broussailles de mélèzes rampants et de bouleaux nains deviennent le seul ornement de ces misérables contrées ; enfin des marais chargés de mousse se montrent comme le dernier effort d'une nature expirante ; après quoi toute trace de végétation disparaît. Néanmoins c'est là qu'au milieu des horreurs d'un éternel hiver, la nature a encore des pompes magnifiques ; c'est là que les aurores boréales sont fréquentes et majestueuses, et qu'embrassant l'horizon en forme d'arc très-clair d'où partent des colonnes de lumière mobile, elles donnent à ces régions hyperborées des spectacles dont les merveilles sont inconnues aux peuples du Midi. Au sud de Tobolsk s'étend le cercle d'Ischim ; des landes parsemées de tombeaux et entrecoupées de lacs amers, le séparent des Kirguis, peuple nomade et idolâtre. A gauche il est borné par l'Irtish, qui va se perdre, après de nombreux détours, sur les frontières de la Chine, et à droite par le Tobol. Les rives de ce fleuve sont nues et stériles ; elles ne présentent à l'œil que des fragments de rocs brisés, entassés les uns sur les autres, et surmontés de quelques sapins ; à leur pied, dans un angle du Tobol, on trouve le village domanial de Sainska. Sa distance de Tobolsk est de plus de six cents verstes. Glacé jusqu'à la dernière limite du cercle, au milieu d'un pays désert, tout ce qui l'entoure est sombre comme son soleil et triste comme son climat.

Cependant le cercle d'Ischim est surnommé l'Italie de la Sibérie, parce qu'il a quelques jours d'été, et que l'hiver n'y dure que huit mois ; mais il y est d'une rigueur extrême. Le vent du nord y souffle alors continuellement, arrive chargé des glaçons des déserts arctiques, et en apporte un froid si pénétrant et si vif, que, dès le mois de septembre, le Tobol charrie des glaces. Une neige épaisse tombe sur la terre, et ne la quitte plus qu'à la fin de mai. Il est vrai qu'alors, quand le soleil commence à la fondre, c'est une chose merveilleuse que la promptitude avec laquelle les arbres se couvrent de feuilles et les champs de verdure ; deux ou trois jours suffisent à la nature pour faire épanouir toutes ses fleurs. On croirait presque entendre le bruit de la végétation : les chatons des bouleaux exhalent une odeur de rose ; le cytise velu s'empare de tous les endroits humides ; des troupes de cigognes, de canards tigrés, d'oies du nord, se jouent à la surface des lacs ; la grue blanche s'enfonce dans les roseaux des marais solitaires, pour y faire son nid qu'elle natte industrieusement avec de petits joncs ; et, dans les bois, l'écureuil volant, sautant d'un arbre à l'autre, et fendant l'air à l'aide de ses pattes et de sa queue chargée de laine, va ronger les bourgeons des pins et le tendre feuillage des bouleaux. Ainsi, pour les êtres animés qui peuplent ces froides contrées, il est encore d'heureux jours ; mais pour les exilés qui les habitent, il n'en est point.

Courrier de Méré (Paul-Louis). — Né en 1773, mort en 1825. Entré jeune au service, il fit avec distinction les guerres de la république et de l'empire. Sorti du service en 1809 comme chef d'escadron, il se livra à la culture des lettres, s'occupa de traductions grecques, publia des pamphlets pleins de finesse et d'esprit, et une correspondance pleine d'intérêt. « Habitué par son éducation à saisir rarement le grand côté des choses, il ne vit dans l'em-

pire, dit sa biographie, que des prétentions ridicules, et dans la
restauration qu'un objet de mesquines tracasseries. C'est le libéra-
lisme dans ce qu'il y a de plus étroit et de plus bourgeois. »

A SA COUSINE

Resina, 1er novembre 1807.

Un jour je voyageais en Calabre. C'est un pays de méchantes gens qui, je
crois, n'aiment personne et en veulent surtout aux Français. De vous dire
pourquoi, cela serait trop long; suffit qu'ils nous haïssent à mort, et qu'on
passe fort mal son temps lorsqu'on tombe entre leurs mains. J'avais pour
compagnon un jeune homme d'une figure... ma foi comme ce monsieur que
nous vîmes au Raincy; vous en souvenez-vous? et mieux encore peut-être.
Je ne dis pas cela pour vous intéresser, mais parce que c'est la vérité. Dans
ces montagnes, les chemins sont des précipices; nos chevaux marchaient
avec beaucoup de peine : mon camarade allant devant, un sentier qui lui
parut plus praticable et plus court nous égara. Ce fut ma faute; devais-je
me fier à une tête de vingt ans? Nous cherchâmes, tant qu'il fit jour, notre
chemin à travers ces bois; mais plus nous cherchions, plus nous nous perdions, et il était nuit noire quand nous arrivâmes près d'une maison fort
noire. Nous y entrâmes, non sans soupçon; mais comment faire? Là nous
trouvons toute une famille de charbonniers à table, où du premier mot on
nous invita. Mon jeune homme ne se fit pas prier : nous voilà mangeant et
buvant, lui du moins, car pour moi j'examinais le lieu et la mine de nos
hôtes. Nos hôtes avaient bien mine de charbonniers; mais la maison, vous
l'eussiez prise pour un arsenal. Ce n'étaient que fusils, pistolets, sabres, couteaux, coutelas. Tout me déplut, et je vis bien que je déplaisais aussi.
Mon camarade, au contraire : il était de la famille, il riait, il causait avec
eux; et, par une imprudence que j'aurais dû prévoir (mais quoi! s'il était
écrit!); il dit d'abord d'où nous venions, où nous allions, qui nous étions :
Français, imaginez un peu! chez nos plus mortels ennemis, seuls, égarés, si
loin de tout secours humain! Et puis, pour ne rien omettre de ce qui pouvait nous perdre, il fit le riche, promit à ces gens, pour la dépense et pour
nos guides le lendemain, ce qu'ils voulurent. Enfin, il parla de sa valise,
priant fort qu'on en eût grand soin, qu'on la mit au chevet de son lit; il ne
voulait point, disait-il, d'autre traversin. Ah! jeunesse! jeunesse! que votre
âge est à plaindre! Cousine, on crut que nous portions les diamants de la
couronne; ce qu'il y avait qui lui causait tant de souci dans cette valise,
c'étaient les lettres de sa fiancée.

Le souper fini, on nous laisse; nos hôtes couchaient en bas, nous dans la
chambre haute où nous avions mangé; une soupente élevée de sept à huit
pieds, où l'on montait par une échelle, c'était là le coucher qui nous attendait, espèce de nid, dans lequel on s'introduisait en rampant sous des solives
chargées de provisions pour toute l'année. Mon camarade y grimpa seul, et
se coucha tout endormi, la tête sur la précieuse valise. Moi, déterminé à
veiller, je fis bon feu, et m'assis auprès. La nuit s'était déjà passée presque
entière assez tranquillement, et je commençais à me rassurer, quand, sur
l'heure où il semblait que le jour ne pouvait être loin, j'entendis au-dessous
de moi notre hôte et sa femme parler et se disputer; et, prêtant l'oreille
par la cheminée qui communiquait avec celle d'en bas, je distinguai parfaitement ces mots du mari : « Eh bien! enfin, voyons, faut-il les tuer tous les
deux? » A quoi la femme répondit : « Oui. » Et je n'entendis plus rien. Que
vous dirai-je? je restai respirant à peine, tout mon corps froid comme un
marbre; à me voir, vous n'eussiez su si j'étais mort ou vivant. Dieu! quand

j'y pense encore!... Nous deux presque sans armes, contre eux douze ou quinze qui en avaient tant! Et mon camarade mort de sommeil et de fatigue! L'appeler, faire du bruit, je n'osais; et m'échapper tout seul, je ne pouvais; la fenêtre n'était guère haute, mais en bas deux gros dogues hurlant comme des loups!... En quelle peine je me trouvais, imaginez-le si vous pouvez. Au bout d'un quart d'heure qui fut long, j'entends sur l'escalier quelqu'un, et, par les fentes de la porte, je vois le père, sa lampe dans une main, dans l'autre un de ses grands couteaux. Il montait, sa femme après lui; moi derrière la porte : il l'ouvrit; mais, avant d'entrer, il posa la lampe, que sa femme vint prendre; puis il entre pieds nus, et elle de dehors lui disait à voix basse, masquant avec ses doigts le trop de lumière de la lampe : « Doucement, va doucement. » Quand il fut à l'échelle, il monte, son couteau dans les dents, et, venu à la hauteur du lit... ce pauvre jeune homme étendu offrant sa gorge découverte, d'une main il prend son couteau, et de l'autre, ah! cousine!... il saisit un jambon qui pendait au plancher, en coupe une tranche, et se retire comme il était venu. La porte se referme, la lampe s'en va, et je reste seul à mes réflexions.

Dès que le jour parut, toute la famille à grand bruit vint nous réveiller comme nous l'avions recommandé. On apporte à manger : on sert un déjeuner fort propre, fort bon, je vous assure. Deux chapons en faisaient partie, dont il fallait, dit notre hôtesse, emporter l'un et manger l'autre. En les voyant je compris enfin le sens de ces terribles mots : « Faut-il les tuer tous deux? » Et je vous crois, cousine, assez de pénétration pour deviner à présent ce que cela signifiait.

Cousine, obligez-moi : ne contez point cette histoire. D'abord, comme vous voyez, je n'y joue pas un beau rôle, et puis vous me la gâteriez. Tenez, je ne vous flatte point; c'est votre figure qui nuirait à l'effet de ce récit. Moi, sans me vanter, j'ai la mine qu'il faut pour les contes à faire peur. Mais vous, voulez-vous conter : prenez des sujets qui aillent à votre air, Psyché, par exemple.

DROZ (F.-X.-J.). — Né en 1773, mort en 1851. Droz fut un philosophe économiste dont le cœur fut meilleur encore que l'esprit : il fut reçu de l'Académie en 1824. C'est de lui cette pensée : « Un ami est un frère que nous avons choisi. »

EMPLOI DE LA FORTUNE

(*L'Art d'être heureux.*)

Se contenter d'une fortune médiocre est la meilleure preuve de philosophie; toutes les autres me semblent douteuses. Celui qui sait vivre de peu donne seul une haute garantie de la probité et du courage qu'il saurait conserver dans les situations difficiles : celui-là seul a mis, autant qu'il est possible, sa vertu, son repos, son bonheur, à l'abri des vicissitudes du sort et des caprices de ses semblables.

Il est des instants où le désir des richesses pénètre dans la retraite du sage, non avec le puéril et dangereux projet d'éblouir les hommes, mais avec la séduisante espérance de leur être utile. Quand l'imagination crée de riantes chimères, on pense quelquefois aux richesses; et l'emploi qu'on en fait dans ses rêves les rend dignes d'envie. Quel vaste champ est ouvert à ceux qui les possèdent! Ils peuvent hâter les progrès des sciences et concourir à la gloire des lettres. Qu'ils offrent un appui aux jeunes gens, dont les premiers essais annoncent des dispositions heureuses, et dont le caractère, peu propre à réussir, se compose d'indépendance et de timidité. Qu'ils s'honorent en parant de leurs mains la retraite du vieillard modeste, qui consacra sa vie à l'étude, et qui négligea sa fortune pour enrichir les hommes de quelques découvertes. Ils peuvent, sans même accroître leurs dépenses, donner aux arts une noble impulsion : un groupe qui perpétue le souvenir d'une action héroïque ne coûte pas plus qu'un groupe insignifiant de faunes et de bacchantes. Une carrière plus belle encore est ouverte à l'opulence. De combien de vices et de pleurs il est en son pouvoir de tarir la source ! Ah ! le riche, pour être heureux, n'a besoin que de vouloir le devenir, il peut faire immortaliser son nom par les arts ; et, ce qui vaut mieux, le faire bénir par les infortunés. De tels plaisirs sont durables ; et l'on doit se ranimer encore pour les goûter, même après s'être lassé de tous les autres.

NODIER. (Voir les poëtes, chapitre deuxième.)

POLICHINELLE

Voilà, voilà Polichinelle, le grand, le vrai, l'unique polichinelle ! Il ne paraît pas encore et vous le voyez déjà ! Vous le reconnaissez à son rire fantastique, inextinguible comme celui des dieux. Il ne paraît pas encore ; mais il susurre, il siffle, il bourdonne, il babille, il crie, il parle de cette voix qui n'est pas une voix d'homme, de cet accent qui n'est pas pris dans les organes de l'homme, et qui annonce quelque chose de supérieur à l'homme, Polichinelle, par exemple. Il s'élance en riant, il tombe, il se relève, il se promène, il gambade, il saute, il se débat, il gesticule, il retombe démantibulé contre un châssis qui résonne de sa chute. Ce n'est rien, c'est tout : c'est Polichinelle ! Les sourds l'entendent et rient ; les aveugles rient et le voient ; et toutes les pensées de la multitude enivrée se confondent en un cri : « C'est lui, c'est lui ! c'est Polichinelle ! »

Alors... Oh ! c'est un spectacle enchanteur que celui-ci !... Alors les petits enfants, qui se tenaient immobiles d'un curieux effroi entre les bras de leurs bonnes, la vue fixée avec inquiétude sur le théâtre vide, s'émeuvent et s'agitent tout à coup, agrandissent encore leurs beaux yeux ronds pour mieux voir, s'approchent, se retirent, se rapprochent, se disputent la première place. — Ils s'en disputeront bien d'autres quand ils seront grands ! — Le flot de l'avant-scène roule à sa surface de petits bonnets, de petits shakos, des toques, des casquettes, des bourrelets, de jolis bras blancs qui se contrarient, de jolies mains blanches qui se repoussent, et tout cela, vous savez pourquoi ? pour saisir, pour avoir Polichinelle vivant. Je le comprends à merveille : mais moi, pauvres enfants, moi qui ai grisonné là, derrière vos pères, il y a quarante ans que je l'attends !

LE PIGEON, L'HIRONDELLE ET LE MOINEAU

Le pigeon, l'hirondelle et le moineau sont les hôtes volontaires de la maison de l'homme. On croirait que la nature les a produits tout exprès pour entretenir dans sa pensée le souvenir de son premier état, et pour ne pas lui laisser perdre de vue ses anciens rapports avec le reste du monde créé. Ils ne sont pas ses vassaux par droit de conquête ; seulement ils aiment à vivre dans les bâtiments qu'il a édifiés, et ils y accourent à l'envi comme s'ils étaient faits pour eux. Ils l'enchantent des grâces variées de leur vol, de leurs chants et de leurs couleurs ; car le pigeon plane avec élégance et avec noblesse, il roucoule tendrement, il déploie au soleil les richesses de sa robe nuée de mille reflets, il reproduit tous les jours sous nos yeux ces miracles d'inconsolable constance dont les poëtes sont obligés de lui emprunter le modèle.

L'hirondelle, au vêtement plus sévère, comme il convient à une exilée, file, s'égare et disparaît dans l'air; elle va au loin pour nous préparer à la perdre; elle vient de loin pour nous consoler par l'idée de la revoir. Elle ne sait que susurrer et se plaindre, et son murmure inquiet ressemble à des pleurs, parce qu'elle a le soin d'une famille. On sait de quels enseignements elle est chargée pour nous : elle annonce la pluie, elle annonce le beau temps, elle annonce le deuil de l'année, elle annonce le retour de la bonne saison, elle porte sur ses ailes le calendrier du laboureur. C'est elle qui apprit à nos pères l'art de l'architecture rustique; c'est elle qui apprend à nos filles les sollicitudes et les soins de la maternité.

Le moineau, habillé comme un simple paysan, pauvre mais robuste, de bonne humeur et tout dispos pour une fête, le moineau vif, indiscret, curieux, pétulant et bouffon, vole, sautille, bondit au milieu de nos troupeaux et de nos enfants. Il babille, il jargonne, il siffle, il porte partout la gaieté. Libre habitant du toit domestique, on lui doit tout ce qu'il dérobe, on lui donne tout ce qu'il demande, et il le sait si bien qu'il ne manque jamais, quand la neige couvre la terre où dorment les semences que nous lui avons confiées, de venir frapper du bec, avec un air résolu, à la vitre de la salle à manger, pour réclamer les miettes du festin. En vérité, j'imagine que le premier homme qui fit servir sur sa table le pigeon de ses tourelles, l'hirondelle de ses corniches, et le moineau de ses murailles, viola outrageusement les saintes lois de l'humanité.

MARCHANGY (L.-A.-F. de). — Né en 1782, mort en 1826. Il se destina de bonne heure et avec succès à la magistrature. Comme littérateur, il a été très-différemment jugé; la *Gaule poétique* est son seul titre fondé à la célébrité.

LES FORÊTS DRUIDIQUES

(*Gaule poétique.*)

Les forêts, dont les druides faisaient leurs temples, n'étaient éclairées que par des rayons vacillants et presque éteints, par des reflets aussi pâles que les lueurs d'une lampe sépulcrale; les chênes, les sapins, les ormes, que n'avaient jamais atteints la foudre ni la cognée, étendaient leurs branches touffues sur le sanctuaire, que remplissaient les simulacres des dieux représentés par des pierres brutes et des troncs grossièrement façonnés. L'eau du ciel, filtrée à travers cent étages de rameaux, traçait d'humides couleurs sur ces images livides que la mousse et les lichens rongeaient comme une lèpre affreuse.

C'est là que les druides, vêtus de la robe blanche des Platon et des Pythagore, armés de faucilles d'or et portant un sceptre surmonté du croissant des prêtres de l'antique Héliopolis; c'est là que ces terribles semnothées, le front ceint de feuilles de chêne et de bandeaux étoilés, emblème de l'apothéose, viennent chercher avec des cérémonies mystérieuses le gui sacré que nos ancêtres appelèrent longtemps le rameau des spectres, l'épouvantail de la mort et le vainqueur des poisons.

C'est là qu'attentif à leur signal, le sacrificateur immole les captifs en l'honneur d'Ésus et de Teutatès; c'est là qu'il brûle au milieu de la nuit les figures d'osier renfermant des victimes humaines; le sang rougit tous les autels et arrose le sol sur lequel les racines tortueuses des vieux arbres re-présentent d'énormes serpents.

Le Gaulois, soumis par la terreur à ce culte formidable, craint de rencon-trer les dieux qu'il vient adorer dans ces vastes solitudes; il y pénètre les bras chargés de chaînes comme un esclave, afin de s'humilier encore plus devant ces divinités; il s'avance en tremblant, il frémit au seul bruit de ses pas. Effrayé de ce silence menaçant, son cœur bat avec force, sa vue se trou-ble; une sueur froide coule de tous ses membres; s'il tombe, ses dieux lui défendent de se relever; il se traîne hors de l'enceinte, il rampe comme un reptile parmi les bruyères sanglantes et les ossements des victimes.

Souvent, du milieu de ces forêts lugubres où l'on n'entendit jamais ni le vol des oiseaux, ni le souffle des vents, de ces forêts muettes et dévorantes où coulait sans murmure une onde infecte, sortaient tout à coup des hurle-ments affreux, des cris perçants, des voix inconnues, et soudain, à l'horreur du tumulte, succédait l'horreur du silence.

D'autres fois, de ces solitudes impénétrables, la nuit fuyait tout à coup, et, sans se consumer, les arbres devenaient autant de flambeaux dont les lueurs laissaient apercevoir des dragons ailés, de hideux scorpions, des cé-rastes impurs, s'entrelacer, se suspendre aux rameaux éblouissants, des larves, des fantômes montraient leurs ombres sur un fond de lumière, comme des taches sur le soleil; mais bientôt tout s'éteignait, et une obscu-rité plus terrible ressaisissait la forêt mystérieuse.

BEYLE (Henri). — Né en 1783, mort en 1842. Après avoir servi, il entra dans la diplomatie, et consacra ses loisirs aux lettres. Il a publié, sous le nom de *Stendahl*, une tragédie nommée les *Cenci*, la *Vie de Rossini*, *Rome et Shakespeare*, plaidoyer en faveur du romantisme, la *Chartreuse de Parme*, etc. « Il y avait, dit-on, dans ses écrits des fautes purement grammaticales, mais il se sauva par le sentiment profond qui animait sa pensée. »

LE LAC DE COME

(*Chartreuse de Parme.*)

Le lac de Côme n'est point environné, comme le lac de Genève, de gran-des pièces de terre bien closes et cultivées selon les meilleures méthodes, choses qui rappellent l'argent et la spéculation. Ici, de tous côtés, je vois des collines d'inégales hauteurs, couvertes de bouquets d'arbres plantés par le hasard, et que la main de l'homme n'a point encore gâtés et forcés à ren-dre du revenu. Au milieu de ces collines aux formes admirables et se pré-cipitant vers le lac par des pentes si singulières, je puis garder toutes les illusions des descriptions du Tasse et de l'Arioste. Tout est noble et tendre, rien ne rappelle les laideurs de la civilisation. Les villages situés à mi-côte sont cachés par de grands arbres, et, au-dessus des sommets des arbres, s'é-lève l'architecture charmante de leurs jolis clochers. Si quelque petit champ de cinquante pas de large vient interrompre de temps à autre les bouquets de châtaigniers et de cerisiers sauvages, l'œil satisfait y voit croître des plantes plus vigoureuses et plus heureuses là qu'ailleurs. Par delà ces col-lines, dont la faîte offre des ermitages qu'on voudrait tous habiter, l'œil étonné aperçoit les pics des Alpes, toujours couverts de neige, et leur auste-rité sévère lui rappelle des malheurs de la vie ce qu'il en faut pour accroître la volupté présente: l'imagination est touchée par le son lointain de la cloche de quelque petit village caché sous les arbres; ces sons, portés sur les eaux qui les adoucissent, prennent une teinte de douce mélancolie et de résignation, et semblent dire à l'homme : « La vie s'enfuit : ne te montre donc point si difficile envers le bonheur qui se présente; hâte-toi de jouir. »

DEPPING (G.-B.). — Né en 1784, mort en 1853. Célèbre érudit d'origine allemande, et naturalisé Français; ses œuvres nombreuses ont toutes un but d'utilité. Ce sont : les *Soirées d'hiver*, les *Merveilles et beautés de la nature en France*, la *Suisse*, etc.

PAYSAGES DE LA SUISSE

(*La Suisse.*)

La beauté des paysages de la Suisse est un sujet inépuisable pour le poëte et pour le peintre. Cependant, lorsqu'après avoir lu leurs descriptions et vu leurs tableaux, on voyage sur les Alpes, on sent vivement l'impuissance où est l'art de rendre sensibles les beautés sublimes de la nature. Ce calme et cette pureté de l'air qu'on y respire, l'aspect imposant de cent montagnes colossales enfoncées dans les nues et chargées de glaciers, la multitude de fleurs qui émaillent au printemps les pâturages des hauteurs, et contrastent, par la vivacité des couleurs, avec la sombre verdure des bois d'arbres résineux ; ces châlets solitaires adossés contre les rochers, ou protégés par les tiges élancées des sapins ; ces troupeaux qui animent les tapis de verdure, et que l'on voit paître jusqu'au bord des abîmes; la fraîcheur des eaux vives qui jaillissent sur les flancs des montagnes et dans tous les vallons; ces nappes d'eaux bleuâtres qui remplissent plusieurs bassins des vallées, et brillent dans le lointain; la situation pittoresque de tant de hameaux et d'habitations isolées : tous ces objets divers font sur le voyageur une impression que ni le pinceau de l'artiste ni la plume du poëte ne peut se flatter d'égaler. L'imagination peut se la figurer. Cependant la réalité est encore au-dessus des effets de l'imagination ; elle y ajoute toujours des incidents dont on n'a guère d'idées dans les pays de plaine. Tantôt ce sont des vapeurs qui couronnent la cime du rocher d'où se précipite un torrent, en sorte que la masse d'eau paraît tomber des nues; tantôt ce sont des brouillards blanchâtres qui remplissent les vallées et toute la région inférieure, au point de faire croire au voyageur arrivé au sommet d'une montagne, qu'il est entouré d'un vaste océan ; tantôt c'est la foudre qui de toutes parts s'élance d'épais nuages d'une teinte de cuivre rouge, et sillonne les airs au-dessous du spectateur, autour duquel l'air conserve une sérénité parfaite ; tantôt ce sont les derniers rayons du soleil qui éclairent les pyramides, plateaux et masses de glace au haut des Alpes, les transforment en objets fantastiques et leur prêtent les couleurs les plus variées et les plus vives, les rapprochent de l'œil du spectateur, et leur laissent en se retirant une teinte pâle et grisâtre qui les a fait comparer à des fantômes gigantesques; quelquefois il semble que les arêtes et les brèches des rochers et des glaciers frappent sur des nuages et composent des citadelles aériennes; d'autres fois les nuages paraissent s'étayer à leur tour sur deux montagnes opposées, et former, en se rejoignant, une arcade immense au-dessous de laquelle on aperçoit en perspective un paysage riant, éclairé par le plus beau soleil. En un mot, la nature réserve toujours à l'étranger qui voyage en Suisse, et même à l'indigène, des sujets de surprise, et il serait tenté de croire souvent qu'il est transporté dans un monde nouveau.

LATOUCHE (H. Thabaud de). — Né en 1785, mort en 1851. Il est plus connu sous le prénom de Henri. Destiné à l'administration et d'une éducation incomplète, il se fit connaître par quelques pièces de poésies et de théâtre, des romans, où la forme laisse trop souvent à désirer. « C'était, a dit E. Deschamps, son collaborateur et son ami, une souffrance de voir un esprit si fin mal servi par son talent, et il était le premier à en souffrir. »

LA MORT D'ANDRÉ CHÉNIER

C'est à Saint-Lazare qu'il composa, pour Mˡˡᵉ de Coigny, cette ode, la *Jeune captive*, que peut-être on n'a jamais lue sans attendrissement. La veille du jour où il fut jugé, son père le rassurait encore, en lui parlant de ses talents et de ses vertus. « Hélas! dit-il, M. de Malesherbes aussi avait des vertus! »

Il parut au tribunal sans daigner parler ni se défendre. Déclaré ennemi du peuple, convaincu d'avoir écrit contre la liberté et défendu la tyrannie, il fut encore chargé de l'étrange délit d'avoir conspiré pour s'évader. Ce jugement fut rendu pour être exécuté le 7 thermidor, c'est-à-dire l'avant-veille de ce jour qui eût brisé ses fers, et qui délivra toute la France.

MM. de Trudaine demandèrent la faveur de périr avec lui; mais on les avait réservés à l'exécution du lendemain (du lendemain, 8 thermidor!). Les bourreaux s'applaudissaient alors quand la victime pouvait reconnaître le sang de ses amis à la place où elle allait répandre le sien.

Chénier monta, à huit heures du matin, sur la charrette des criminels. Dans ces instants où l'amitié n'est jamais plus vivement réclamée, où l'on sent le besoin d'épancher ce cœur qui va cesser de battre, le malheureux jeune homme ne pouvait ni rien recueillir, ni rien exprimer des affections qu'il laissait après lui. Peut-être il regardait avec un désespoir stérile ses pâles compagnons de mort : pas un qu'il connût! A peine savait-il, dans les trente-huit victimes qui l'accompagnaient, les noms de MM. de Montalembert, Créqui, de Montmorency, celui du baron de Trenck et de ce généreux Loiserolles, qui s'empressait de mourir pour laisser vivre un fils à sa place; mais aucun d'eux n'était dans le secret de son âme. Cet esprit qui entendît sa pensée, ce cœur parent du sien, comme a dit le poëte, Chénier l'appelait peut-être, et frémissait de son vœu..., quand tout à coup s'ouvrent les portes d'un cachot fermé depuis six mois; et l'on place à ses côtés, sur le premier banc du char fatal, son ami, le peintre des *Mois*, l'infortuné Roucher.

Que de regrets ils exprimèrent l'un sur l'autre! « Vous, disait Chénier, le plus irréprochable de nos citoyens! un père, un époux adoré! c'est vous qu'on sacrifie! — Vous! répliquait Roucher, vous, vertueux jeune homme! on vous mène à la mort brillant de vie et d'espérance! — Je n'ai rien fait pour la postérité, » répondit Chénier; puis en se frappant le front, on l'entendit ajouter : « Pourtant j'avais quelque chose là. »

« C'était la muse, dit l'auteur de *René* et d'*Atala*, qui lui révélait son talent au moment de la mort. » Il est remarquable que la France perdit, sur la fin du dernier siècle, trois beaux talents à leur aurore : Malfilâtre, Gilbert et André Chénier. Les deux premiers ont péri de misère, le troisième sur un échafaud.

Cependant le char s'avançait; et, à travers les flots de ce peuple, que son malheur rendait farouche, leurs yeux rencontrèrent ceux d'un ami, qui accompagna toute leur marche funèbre, comme pour leur rendre un dernier devoir, et qui raconta souvent au malheureux père, qui ne survécut que dix mois à la perte de son fils, les tristes détails de leur fin.

Ils parlèrent de poésie à leur dernier moment. Pour eux, après l'amitié, c'était la plus belle chose de la terre. Racine fut l'objet de leur entretien et de leur dernière admiration. Ils voulurent réciter ses vers, comme pour étouffer les clameurs de cette foule qui insultait à leur courage et à leur innocence. Quel fut le morceau qu'ils choisirent? Quand je fis cette question à un homme dont l'âge et les malheurs commencent à glacer la mémoire, il hésita à me répondre. Il me promit de chercher ce souvenir, de s'informer près de quelques personnes à qui, autrefois, il avait pu le raconter. Je demeurai dans une pénible attente, jusqu'à ce qu'on me dit, après quelques jours, et avec une sorte d'indifférence : « C'était la première scène d'*Andromaque*. »

Ainsi, tour à tour, ils récitèrent le dialogue qui expose cette noble tragédie. Chénier, que cette idée avait frappé le premier, commença, et peut-être un dernier sourire effleura ses lèvres, lorsqu'il prononça ces beaux vers :

> Oui, puisque je retrouve un ami si fidèle,
> Ma fortune va prendre une face nouvelle ;
> Et déjà son courroux semble s'être adouci,
> Depuis qu'elle a pris soin de nous rejoindre ici.

Ces sentiments étaient dans son cœur, l'époque où il succomba les explique. Pouvait-il regretter l'avenir? Il avait désespéré, en France, de la cause de la vertu et de la liberté.

Ainsi périt ce jeune cygne, étouffé par la main sanglante des révolutions. Heureux de n'avoir élevé de culte qu'à la vérité, à la patrie et aux Muses ! On dit qu'en marchant au supplice, il s'applaudissait de son sort : je le crois. Il est si beau de mourir jeune ! Il est si beau d'offrir à ses ennemis une victime sans tache, et de rendre au Dieu qui nous juge une vie encore pleine d'illusions !

AIMÉ MARTIN. (Voir les poëtes, chapitre deuxième.)

BERNARDIN DE SAINT-PIERRE

Un jour il assistait à la toilette de sa mère, en se réjouissant de l'accompagner à la promenade; tout à coup il fut accusé d'une faute assez grave par une bonne fille nommée Marie Talbot, dont, malgré cette aventure, il garda toujours le plus touchant souvenir. Il avait alors près de neuf ans, et il était fort doux à cet âge. Encouragé par son innocence, il se défendit d'abord avec assez de tranquillité ; mais, comme toutes les apparences étaient contre lui, et qu'on refusait de croire à sa justification, il finit par s'emporter jusqu'à donner un démenti à sa bonne. Mme de Saint-Pierre, étonnée d'une vivacité qu'elle ne lui avait point encore vue, crut devoir le punir en le privant de la promenade ; et, comme il ne cessait de l'importuner par ses larmes et ses protestations, elle prit le parti de s'en débarrasser en l'enfermant seul dans une chambre. Trompé dans l'attente d'un plaisir, condamné pour une faute dont il n'était point coupable, tout son être se révolta contre l'injustice de sa mère. Dans cette extrémité, il se mit à prier avec une confiance si ardente, avec des élans de cœur si passionnés, qu'il lui semblait à tout moment que le ciel allait faire éclater son innocence par quelque grand miracle. Cependant l'heure de la promenade s'écoulait, et le miracle ne s'opérait pas. Alors le désespoir s'empare du pauvre prisonnier; il murmure contre la Providence, il accuse sa justice ; et bientôt, dans sa sagesse profonde, il décide qu'il n'y a pas de Dieu. Assis auprès de cette porte que ses prières n'avaient pu faire tomber, il s'abîmait dans cette pensée avec une incroyable amertume, lorsque, le soleil perçant les nuages qui, depuis le matin, attristaient l'atmosphère, un de ses rayons vint frapper la croisée que le petit incrédule contemplait avec tant de tristesse. A la vue de cette clarté si vive et si pure, il sentit tout son corps frissonner, et s'élançant vers la fenêtre par un mouvement involontaire, il s'écria avec l'accent de l'enthousiasme : « Ah! il y a un Dieu! » puis il fondit en larmes...

Vers les derniers temps de sa vie, Bernardin de Saint-Pierre disait que toutes les terreurs que la mort nous inspire, viennent de ce que sa pensée n'entre pas assez familièrement dans notre éducation. On nous en parle toujours comme d'une chose étrangère, comme d'un malheur arrivé à autrui; on s'en étonne même, en sorte qu'il n'y a plus rien de naturel dans un acte qui s'accomplit sans cesse.

La dernière fois qu'il se fit porter dans son jardin, il remarqua un rosier du Bengale tout chargé de fleurs, mais dont une partie des feuilles était jaunie par le vent. Il le regarda un instant, et le montrant à sa femme, il lui dit : « Demain les feuilles jaunes n'y seront plus. »

BALLANCHE (P.-S.).— Né en 1786, mort en 1848. « Il consacra sa vie entière à la culture des lettres. Il écrivit *Antigone*, tableau touchant du malheur coupable d'*Œdipe* et du malheur innocent d'*Antigone;* un essai sur les *Institutions sociales*, tentative de conciliation entre le passé et l'avenir ; l'*Homme sans nom*, peinture des remords du régicide; le *Vieillard et le jeune homme*, *Virginie*, etc. Il entreprit encore un grand ouvrage, la *Palingénésie sociale*, où il voulait montrer que tout s'use et disparaît dans l'ordre moral comme dans l'ordre physique. Son langage est riche, brillant, d'une harmonieuse pureté, mais il sent un peu trop le travail. » Il entra à l'Académie en 1842.

ŒDIPE SUR LE CITHÉRON

(*Antigone.*)

Après plusieurs jours de marche incertaine, Œdipe et sa jeune fille parvinrent au pied du Cithéron... « Arrêtons-nous, dit Œdipe... C'est ici! oui, c'est ici, je le sens! Dis-moi, l'ombre de Laïus n'est-elle pas assise sur le rocher? — Non, répondit Antigone, l'ombre de Laïus n'est pas assise sur le rocher. — Ah! je la vois, reprenait Œdipe; je la vois, grande, terrible; une large blessure..., des torrents de sang qui en découlent...; ses gardes fuient...; il est étendu sur son char : ses mains défaillantes abandonnent les rênes; un son qui se forme en vain dans sa poitrine et qui ne peut devenir une parole articulée sur ses lèvres mourantes... Dieux! il a reconnu son fils! Visage auguste, pourquoi es-tu sur moi? Tes yeux lancent des éclairs... Laisse tomber un regard sur mon Antigone; elle est innocente, et elle implore mon pardon. Mon Antigone! viens dans mon sein; entoure-moi de tes bras, fille chérie, je me mets sous ta protection. Ah! prie pour moi le ciel! prie le grand Jupiter! prie les Muses, consolatrices des hommes! Terribles Euménides, laissez-moi! Nulle puissance ne vous est donnée sur la vertu douce et modeste; et Antigone m'enveloppe de ses embrassements. Je sens ses larmes qui inondent ma poitrine. Ses lèvres pressent sur mon front mes cheveux blanchis avant le temps... Ma fille! tu vois en moi une victime destinée au sacrifice; mon heure suprême est arrivée. Je ne sais comment s'accomplira ce dernier acte de la justice des dieux; mais enfin je vais mourir. Ma fille, coupe sur mon front une boucle de mes cheveux, et tu la placeras sur la tombe de l'infortuné à qui tu dois le jour. Tu feras des libations de lait et de miel sur cette tombe solitaire qui est restée sans honneur. Ah! c'est la première fois qu'une reine, qu'une épouse, qu'une mère a été ainsi déposée sans pompe, et comme à la dérobée, dans le sein de la terre. Ma fille, rien ne pourra t'empêcher d'accomplir ce pieux devoir : la mort aura tout purifié. »

Après un long silence, il ajouta : « Je vais mourir! A cet instant solennel, je sens à la fois la puissance solennelle de la vie et de la mort. La vie n'a plus rien à m'apprendre; la mort commence à m'instruire. Clarté du jour, tu ne luis plus à mes yeux; mais une autre clarté luit à mon intelligence. Demeure infortunée, ouvrez-vous pour recevoir celui qui, deux fois, fut appelé au rang suprême, tant son front était fait pour le bandeau royal! ouvrez-vous pour recevoir l'homme qui connut toutes les misères! Et toi, Antigone, fille courageuse et magnanime, implore de nouveau la clémence des dieux immortels... Pendant que je me purifierai dans la fontaine, va chercher une brebis noire; je l'immolerai aux déités infernales. »

Antigone, plus légère qu'un chevreuil, s'élance dans la vallée, et court demander à un pâtre la victime que désire son père. « A présent, lui dit Œdipe, retire-toi. » Antigone se jette à ses pieds. « O ma fille! lui dit le roi, nous ne pouvons rien contre la volonté des dieux. Hélas! je te laisse seule sur la terre; je ne puis te confier ni à tes frères barbares, ni à la faible Ismène, ni à Créon, qu'une secrète ambition dévore, ni même à son généreux fils. Tu ne trouveras d'appui qu'en toi-même, dans ton innocence et ta vertu. Antigone, tu iras trouver Thésée. Le héros d'Athènes est désigné par les dieux pour protéger les nobles projets que tu pourras encore former...» La vierge... ne songe qu'au triste sort de ses frères... « Mon père! avant que de mourir, pardonnez à mes frères. Les dieux, n'en doutez pas, ferment l'oreille aux vœux de la bonté et de l'amour, lorsque ces vœux n'embrassent pas tous les enfants. Ah! pardonnez à mes frères, pour que le malheur cesse de s'appesantir sur moi-même. — Ma fille, répond Œdipe, pourquoi parler ainsi? Ame sublime d'Antigone, que t'importe le bonheur ou le malheur? N'auras-tu pas toujours la paix de la conscience, les louanges des hommes et l'amour des dieux? Va, ma fille, je t'ai devinée, tu n'as parlé de toi qu'à cause de mes malheureux fils. Hélas! c'est à eux maintenant que tu vas te consacrer. Un seul sentiment aura donc rempli tes jours? Ta vie n'aura été qu'une vie de dévouement et de sacrifices. Non, tant de vertu ne restera pas sans récompense ; ma fille, crois-en les paroles d'Œdipe qui va mourir. »

Antigone s'éloigne en pleurant. Bientôt elle entend un bruit effroyable... Antigone se retourne, le cœur serré de mille angoisses; elle voit... le malheureux roi de Thèbes, le visage couvert d'un long voile, tenant d'une main le couteau sacré, et de l'autre la patère, pleine du sang de la victime. L'auguste misérable est entouré d'une lumière dont la vierge ne peut soutenir tout l'éclat, et qui s'éteint aussitôt : alors d'épaisses ténèbres lui dérobent la vue de son père; et, du sein de ces ténèbres mystérieuses, sort ce dernier cri : « Hélas! hélas! adieu, ma fille! » A l'instant même renaît la clarté du jour : Antigone s'approche en tremblant ; mais elle ne trouve que la brebis égorgée : il ne restait plus rien d'Œdipe. Ainsi disparut de la terre le fils de Laïus. Fut-il consumé par la foudre? fut-il englouti dans un abîme? fut-il enlevé vivant dans l'Olympe? Les dieux se sont réservé ce secret.

GUIRAUD. (Voir les poètes, chapitre deuxième.)

LE TIGRE ET LE GLADIATEUR

(*Rome au désert.*)

Soixante mille spectateurs avaient trouvé place dans l'amphithéâtre, soixante mille autres erraient autour de l'enceinte et se renvoyaient les uns aux autres ce bruit assourdissant, où rien n'est distinct, ni joie, ni fureur. L'amphithéâtre ressemblait à un vaisseau dans lequel la vague a pénétré et qu'elle a rempli jusqu'au pont, tandis que d'autres vagues se battent à l'extérieur, et se brisent en mugissant contre lui. Un horrible mugissement auquel répondirent les cris de la foule, annonça l'arrivée du tigre; car on venait d'ouvrir sa loge.

A l'une des extrémités était un homme couché sur le sable, nu et comme endormi, tant il se montrait insoucient de ce qui agitait la multitude; et, tandis que le tigre s'élançait de tous les côtés de l'arène, avide, impatient de la proie attendue, lui, appuyé sur le coude, semblait fermer ses yeux appesantis.

Cependant plusieurs voix parties des gradins demandent à l'intendant des jeux de faire avancer la victime. Car, ou le tigre ne l'a point distinguée, ou il l'a dédaignée en la voyant si docile. Les préposés de l'arène, armés d'une longue pique, obéissent à la volonté du peuple, et du bout de leur fer aigu excitent le gladiateur. Mais à peine a-t-il ressenti les atteintes de leurs lances, qu'il se lève avec un cri terrible auquel répondent, en mugissant d'effroi, toutes les bêtes enfermées dans les cavernes de l'amphithéâtre. Saisissant aussitôt une des lances qui avaient ensanglanté sa peau, il l'arrache d'un seul effort à la main qui la tenait, la brise en deux portions, jette l'une à la tête de l'intendant qu'il renverse; et gardant celle qui est garnie de fer, il va lui-même avec cette arme au-devant de son sauvage ennemi. Dès qu'il se fut levé et que le regard des spectateurs put mesurer sur le sable l'ombre que projetait sa taille colossale, un murmure d'étonnement circula dans toute l'assemblée; chacun, le montrant du doigt avec une sorte d'orgueil, le désignait par son nom et racontait tous ses exploits. Le peuple était content : tigre et gladiateur, il jugeait les adversaires dignes l'un de l'autre. Pendant ce temps, le gladiateur s'avançait lentement dans l'arène, se tournant parfois du côté de la loge impériale, et laissant alors tomber ses bras avec une sorte d'abattement, ou creusant du bout de sa lance la terre qu'il allait bientôt ensanglanter.

Comme il était d'usage que les criminels ne fussent pas armés, quelques voix crièrent : « Point d'armes au bestiaire! le bestiaire sans armes! » Mais lui, brandissant le tronçon qu'il avait gardé, et le montrant à cette multitude: « Venez le prendre! » disait-il, mais d'une bouche contractée, avec des lèvres pâles et une voix rauque presque étouffée par la colère. Les cris ayant redoublé cependant, il leva la tête, fit du regard le tour de l'assemblée, lui sourit dédaigneusement, et, brisant de nouveau l'arme qu'on lui demandait, il en jeta les débris à la tête du tigre, qui aiguisait en ce moment ses dents et ses griffes contre le socle d'une colonne. Ce fut là son défi. L'animal, se sentant frappé, détourna la tête; et, voyant son adversaire debout au milieu de l'arène, d'un bond il s'élança sur lui. Mais le gladiateur l'évita en se baissant jusqu'à terre, et le tigre alla tomber en rugissant à quelques pas. Le gladiateur se releva, et trois fois il trompa, par la même manœuvre, la fureur de son sauvage ennemi. Enfin le tigre vint à lui à pas comptés, les yeux étincelants, la queue droite, la langue déjà sanglante, montrant les dents et allongeant le museau. Mais cette fois ce fut le gladiateur qui, au moment où il allait le saisir, le franchit d'un saut, aux applaudissements de la multitude que l'émotion de cette lutte maîtrisait déjà tout entière.

Enfin, après avoir longtemps fatigué son ennemi furieux, plus excédé des encouragements que la foule semblait lui donner que des lenteurs d'un combat qui avait semblé d'abord si inégal, le gladiateur l'attendit de pied ferme, et le tigre, tout haletant, courut à lui avec un rugissement de joie. Un cri d'horreur, ou peut-être de joie aussi, partit en même temps de tous les gradins, quand l'animal, se dressant sur ses pattes, posa ses griffes sur les épaules nues du gladiateur, et avança sa gueule pour le dévorer. Mais celui-ci jeta sa tête en arrière, et saisissant de ses deux bras roidis le col soyeux de l'animal, il le serra avec une telle force que, sans lâcher prise, le tigre redressa son museau et se leva violemment pour faire arriver jusqu'à ses poumons un peu d'air dont les mains du gladiateur lui fermaient le passage comme deux tenailles de forgeron.

Cependant le gladiateur, sentant ses forces faiblir et s'en aller avec son sang sous les griffes tenaces, redoublait d'efforts pour en finir au plus tôt; car la lutte en se prolongeant devait tourner contre lui. Se dressant donc sur ses deux pieds, et se laissant tomber de tout son poids sur son ennemi dont les jambes ployèrent sous le fardeau, et lui brisa les côtes, et fit rendre à sa poitrine écrasée un souffle qui s'échappa de sa gorge longtemps étreinte, avec des flots de sang et d'écume. Se relevant alors tout à coup à moitié et dégageant ses épaules, dont un lambeau demeura attaché à l'une des griffes sanglantes, il posa un genou sur le flanc pantelant de l'animal; et, le pressant avec une force que sa victoire avait doublée, il le sentit se débattre un moment sous lui; et le comprimant toujours, il vit ses muscles se roidir, et sa tête, un moment redressée, retomber sur le sable, la gueule entr'ouverte et souillée d'écume, les dents serrées, les yeux éteints.

Une acclamation générale s'éleva aussitôt, et le gladiateur, dont le triomphe avait ranimé les forces, se redressa sur ses pieds. Alors, saisissant le monstrueux cadavre, il le jeta de loin, comme un hommage, sous la loge impériale.

BRIFAUT (Ch.). — Né en 1781, mort en 1857. Cet écrivain, reçu à l'Académie en 1826, fut surtout un homme d'esprit. Ses œuvres les plus remarquables sont : *Ninus II, Charles de Navarre,* deux volumes de dialogues et contes, etc.

LE NÈGRE EUSTACHE

Né en 1773 à Saint-Domingue, sur l'habitation de M. Belin de Villeneuve, propriétaire dans la partie nord de l'île, Eustache se recommanda de bonne heure à l'attention et aux bienfaits de son maître par des qualités peu connues parmi les noirs. Attaché aux travaux de la sucrerie, dont il s'occupait avec autant de zèle que d'intelligence, il fuyait la société de ses jeunes camarades pour chercher dans la conversation des blancs les instructions qui devaient éclairer son esprit, les vertus qui pouvaient élever son âme. Aussi était-il parvenu à se faire aimer de ses chefs et considérer de ses compagnons, à tel point qu'au moment où éclatèrent les premiers désastres de la colonie, Eustache dut à l'influence qu'il avait acquise, et le salut de son maître et celui d'un grand nombre de propriétaires, menacés de périr dans le massacre général.

Quand les nègres, déterminés à la perte des blancs, jurèrent de les égorger tous, ils appelèrent Eustache parmi eux. En lui révélant leur conspiration, ils croient parler à un complice; ils ne sont entendus que par un honnête homme.

L'idée du meurtre ne s'associe pas dans l'âme d'Eustache avec celle de la liberté. Placé entre ses compagnons demandant à la torche et au poignard leur émancipation sanglante, et ses maîtres près de périr assassinés sous les décombres de leurs maisons embrasées, il ne balance pas. Ni les animosités des noirs contre les blancs, ni la communauté d'intérêts, ni les liens d'affection ne le retiennent; il va où le porte son sublime instinct; il va où il voit, non des vengeances à exercer, mais des devoirs à remplir, non des triomphateurs à suivre, mais des malheureux à sauver. Dès ce moment il abjure la race de ceux qui proscrivent, il se fait de la famille des proscrits.

Si le temps permettait d'entrer dans le long détail des ruses ingénieuses employées par son actif dévouement pour dérober à la mort tant de victimes, on le montrerait sans cesse occupé à prévenir les habitants des complots formés contre eux; se glissant dans les conciliabules des révoltés pour épier et déconcerter leurs mesures; donnant aux propriétaires le temps et les moyens de se réunir, de se fortifier, et enfin d'échapper à l'horrible destinée qui les attendait : on le ferait voir couvrant surtout son bon maître d'une protection de chaque moment, en échange de celle qu'il lui avait due pendant plus de vingt années; l'aidant à traverser des périls inouïs, à se ménager une retraite sur un navire américain qui venait de mouiller à Limbé; faisant transporter dans le bâtiment plusieurs milliers de sucre pour sauver M. Belin, non-seulement du trépas, mais encore du dénûment, et s'embarquant avec lui sans autre prétention que de le servir modestement, comme par le passé, après avoir eu l'inconcevable bonheur de mettre hors de danger les jours de quatre cents colons.

Mais quel désespoir! le navire américain est attaqué et pris par des corsaires anglais. M. Belin et ses amis ne sont-ils échappés à la mort que pour tomber dans l'esclavage? Non : Eustache va les délivrer de ce second péril. Lui qui a fait échouer, au moins en partie, une conspiration, il devient conspirateur, ce qui prouve que tous les conjurés ne sont pas blâmables. Tandis que les vainqueurs, sans défiance, se livrent aux joies d'un repas dans lequel il les amuse par ses jeux, l'habile et audacieux Eustache profite de leur sécurité pour tomber sur eux, pour les enchaîner à l'aide des autres captifs avertis secrètement de ce projet, et le bâtiment délivré arrive, au milieu des cris de joie de ceux-ci, des soupirs de honte de ceux-là, jusque dans la rade de Baltimore. Ainsi deux fois Eustache a sauvé ses maîtres.

Lorsque l'ordre parut se rétablir dans la colonie, M. Belin et son esclave, ou plutôt son bienfaiteur, se hâtèrent d'y retourner avec les autres exilés; mais, à peine débarqués, ils apprennent une affreuse nouvelle : vingt mille révoltés, sous le commandement du nègre Jean-François, ont placé leur camp sur des hauteurs voisines de la ville. Cette ville était le Fort-Dauphin, alors occupé par les Espagnols. Les blancs demandent en vain des armes à ces derniers, qui les laissent égorger par les noirs sortis en tumulte de leurs retranchements. Cinq cents colons périrent dans les rues, dans les maisons, dans l'église même, en présence des Espagnols impassibles. Au bruit de cet épouvantable massacre, M. Belin cherche à fuir. Poursuivi par une troupe de nègres jusqu'au bord de la mer, où il va être précipité, il aperçoit un corps de garde espagnol, se fait reconnaître du commandant, et lui crie : « Sauvez-moi! » Des soldats accourent, l'arrachent des mains des barbares, le jettent dans leur poste, et là, couvert de leur uniforme, il voit la fureur des assassins s'arrêter devant l'habit qu'il a revêtu : il respire, il échappe de nouveau à la mort, et à quelle mort!

Que devenait cependant son fidèle ami? Séparé de lui par la foule, après l'avoir inutilement cherché, Eustache recommande son maître à la Providence, et s'efforce de garantir au moins du pillage les débris d'une fortune toujours recomposée et toujours compromise. Habile dans ses projets, c'est

à la femme même de Jean-François qu'il s'adressa pour conserver les effets
de M. Belin. Il se rend sous la tente où elle reposait couchée et malade, lui
annonce la mort de son maître, dont il se dit le légataire, et la conjure de
l'aider à soustraire à l'avidité des vainqueurs quelques malles renfermant
des objets précieux, mais dont il se garde bien de faire l'énumération. Muni
de son consentement, il cache sous le lit de cette femme ces dernières richesses, court sur le théâtre du carnage, cherche, heureusement en vain,
parmi les cadavres qu'il relève les uns après les autres, celui de son maître,
vole aux informations, apprend enfin que ce maître, auquel il tient tant,
pour lequel il a tout fait, est parvenu à s'échapper ; revient essayer d'enlever
son dépôt pour le lui rendre ; réussit, à force d'adresse et de précautions, et
il s'embarque une seconde fois sur un bâtiment qui se rend au môle Saint-
Nicolas, où s'est réfugié M. Belin. Là Eustache, précédé par le bruit de sa
belle conduite, se voit accueilli comme le héros des colonies ; on le porte
en triomphe, on l'offre en spectacle ; on appelle autour de lui les hommages
de la population noire, et la vertu a son jour comme le crime avait eu les
siens.

Désormais plus de dangers. Aux traits d'un sublime héroïsme ont succédé
les marques de la plus ingénieuse affection. Retiré au Port-au-Prince, à la
suite de M. Belin, que sa grande réputation avait fait nommer président du
conseil privé, Eustache entendait souvent son maître, parvenu au déclin de
l'âge, gémir sur l'affaiblissement progressif de sa vue. Si Eustache savait
lire, il tromperait les longues insomnies du vieillard en lui faisant la lecture
des journaux. Quel chagrin pour lui et pour son ami qui se reproche de ne
lui avoir pas procuré dans son enfance un si utile genre d'instruction ! Ce
chagrin ne durera pas. Eustache acquiert le don qu'il regrettait. Il s'adresse
en secret à un maître de lecture, et, grâce aux leçons de ce maître, grâce
surtout à une volonté puissante, Eustache, sans nuire à son service, car c'é-
tait à quatre heures du matin qu'il allait prendre ses leçons, Eustache arrive
un jour auprès du pauvre demi-aveugle un livre à la main, et lui prouve
par le plus touchant des exemples que, si rien ne semble facile à l'ignorance,
rien n'est impossible au dévouement.

Tel est Eustache, tel est cet homme qui honore le nom d'homme :
du sein des deux mondes s'élèvent des milliers de voix pour attester l'inépuisable et sublime bienfaisance d'un simple domestique qui pouvait cesser
de l'être, s'il n'avait préféré le bien-être de ses semblables au sien même !
Et, quand la louange vient le chercher, il la repousse avec sa simplicité
habituelle par ces mots qu'il a dits à l'un de nous : « Ce n'est pas pour les
hommes, mon cher Monsieur, que je fais cela, c'est pour le maître qui est
là-haut. »

LIVRE V. — 5ᴱ ÉPOQUE [1]

CHAPITRE PREMIER

POËTES ET MORCEAUX

ANCELOT

SAINT LOUIS A SON FILS

(*Louis IX.*)

Lorsqu'un arrêt sanglant aura frappé ton père,
O mon fils, c'est à toi de consoler ta mère;
Tu vois où la conduit sa tendresse pour nous;
Tu connais tes devoirs, tu les rempliras tous.
De respect et d'amour environne sa vie;
Je vais m'en séparer, et je te la confie.
Révère ton aïeule : à ses conseils soumis,
Suis ses sages leçons; n'en rougis pas, mon fils :
Redoutée au dehors, de mon peuple bénie,
L'Europe avec respect contemple son génie;
Et les Français en elle admirent avec moi
Les vertus de son sexe et les talents d'un roi.
Loin de ta cour l'impie et ses conseils sinistres!
Affermis les autels, honore leurs ministres;
Fils aîné de l'Église, obéis à sa voix;
Du pontife romain fais respecter les droits;
Rends hommage au pouvoir qu'il reçut du ciel même;
Mais, soutenant, mon fils, l'honneur du diadème,
Si d'une guerre injuste il t'imposait la loi,
Résiste et sois chrétien avant que d'être roi.
Accueille ces vieillards dont l'austère sagesse,
A travers les périls guidera ta jeunesse;
De leur expérience emprunte les secours,
Fais régner la justice. Abolis pour toujours
Ces combats où, des lois usurpant la puissance,
La force absout le crime et tient lieu d'innocence.

---

(1) On comprend le sentiment de réserve qui nous empêche de donner le tableau de cette dernière époque, et la biographie des auteurs.

A la voix des flatteurs que ton cœur soit fermé.
Consolateur du pauvre, appui de l'opprimé,
Permets que tes sujets t'approchent sans alarmes,
Qu'ils te montrent leur joie, ou t'apportent leurs larmes.
Compatis à leurs maux, sois fier de leur amour,
Règne enfin pour ton peuple et non pas pour ta cour.
Je le connais, ce peuple : il mérite qu'on l'aime ;
En le rendant heureux tu le seras toi-même.

DISCOURS D'UN MOSCOVITE

Vous parlez de changer nos lois et nos usages :
Qu'allez-vous demander à ces climats sauvages
Du savoir et des arts les bienfaits décevants ?
Il vous faut des soldats, et non pas des savants !
Écoutez nos conseils et regardez Byzance :
De ses fiers habitants on vantait la science !
Aux fers de Mahomet les a-t-elle ravis ?
Amollis par les arts, ils furent asservis.
Ah ! loin de pénétrer je ne sais quels mystères,
Ils auraient dû s'instruire à défendre leurs terres,
Apprendre à vaincre enfin !... Je ne le cache pas,
Je les vois à regret porter ici leurs pas !
Des vaincus oseront se proclamer nos maîtres !
Ils altèrent déjà les mœurs de nos ancêtres ;
Leurs leçons dans les cœurs germent de toutes parts.
Par l'âme de Rurick ! que nos jeunes boyards
Au lieu d'un vain savoir montrent des cicatrices !
On veut les policer, qu'y gagnent-ils ? des vices !
Il leur faut aujourd'hui, dans le luxe élevés,
Reposer sous un toit leurs membres énervés ;
Des frivoles désirs la foule les assiége.
Nous, vainqueurs du Mongol, nous dormions dans la neige ;
On ne nous avait pas inventé des besoins,
Et nous nous battions mieux, si nous raisonnions moins !
Avec de beaux discours vaincrons-nous le Tartare ?
Je suis barbare ! Eh bien ! je veux rester barbare !
Des peuples du Midi méprisons la langueur :
Les sciences, les arts ont détruit leur vigueur ;
Ne les imitons pas, restons ce que nous sommes,
Afin que sur la terre on trouve encor des hommes !

ALEX. DUMAS

CHRISTINE AVANT D'ABDIQUER

Quand mon père à Lutzen succomba triomphant,
Éveillée en sursaut dans mon berceau d'enfant,
Faible, je me levai ; j'avais quatre ans à peine,
Je regardai mon peuple ; il dit : « Voilà la reine ! »
Je grandis vite : car, avec son bras puissant,
La gloire paternelle était là me berçant ;
Je grandis vite, dis-je, et j'endurcis mon âme
A ces travaux qui font que je ne suis point femme :

Je suis le roi Christine ! Et, dites-moi, plus fort,
Mon trône a-t-il pesé sur vous de cet effort ?
Non. Quand le ciel était noir et chargé d'orages,
Quand pâlissaient les fronts, quand pliaient les courages,
Je vous disais : « Enfants, dormez, le ciel est beau ; »
Et je vous abritais sous mon vaste manteau.
Mais, comme ce géant qui soutient les deux pôles,
J'ai courbé sous leur poids mon front et mes épaules.
Je voudrais maintenant, pour les jours qui viendront,
Relever mon épaule et redresser mon front,
Car je suis fatiguée ; eh bien ! qu'un autre porte
La charge qui me lasse et me paraît trop forte.
Mon rôle est achevé. Le tien commence. — A toi
La couronne ! — Salut, Charles-Gustave roi !

BÉRANGER

LE VIEUX SERGENT

Près du rouet de sa fille chérie,
Le vieux sergent se distrait de ses maux,
Et d'une main que la balle a meurtrie,
Berce en riant deux petits-fils jumeaux.
Assis tranquille au seuil du toit champêtre,
Son seul refuge après tant de combats,
Il dit parfois : « Ce n'est pas tout de naître ;
Dieu, mes enfants, vous donne un beau trépas ! »

Mais qu'entend-il ? le tambour qui résonne :
Il voit au loin passer un bataillon ;
Le sang remonte à son front qui grisonne ;
Le vieux coursier a senti l'aiguillon.
Hélas ! soudain, tristement il s'écrie :
« C'est un drapeau que je ne connais pas.
Ah ! si jamais vous sauvez la patrie, etc.

« Qui vous rendra, dit cet homme héroïque,
Aux bords du Rhin, à Jemmape, à Fleurus,
Ces paysans fils de la république
Sur la frontière à sa voix accourus ?
Pieds nus, sans pain, sourds aux lâches alarmes,
Tous à la gloire allaient du même pas.
Le Rhin lui seul peut retremper nos armes, etc.

« De quel éclat brillaient dans la bataille
Ces habits bleus par la victoire usés !
La liberté mêlait à la mitraille
Des fers rompus et des sceptres brisés.
Les nations, reines par nos conquêtes,
Ceignaient de fleurs le front de nos soldats.
Heureux celui qui mourut dans ces fêtes ! etc.

Tant de vertu trop tôt fut obscurcie.
Pour s'anoblir nos chefs sortent des rangs ;

Par la cartouche encor toute noircie,
Leur bouche est prête à flatter les tyrans.
La liberté déserte avec ses armes;
D'un trône à l'autre ils vont offrir leurs bras;
A notre gloire on mesure nos larmes, etc. »

Sa fille alors interrompant sa plainte,
Tout en filant lui chante à demi-voix
Ces airs proscrits qui, les frappant de crainte,
Ont en sursaut réveillé tous les rois :
« Peuple, à ton tour que ces chants te réveillent :
Il en est temps ! » dit-il aussi tout bas.
Puis il répète à ses fils qui sommeillent :
« Dieu, mes enfants, vous donne un beau trépas ! »

LES SOUVENIRS DU PEUPLE

On parlera de sa gloire
Sous le chaume bien longtemps.
L'humble toit, dans cinquante ans,
Ne connaîtra pas d'autre histoire.
Là viendront les villageois,
Dire alors à quelque vieille :
« Par des récits d'autrefois,
Mère, abrégez notre veille.
Bien, dit-on, qu'il nous ait nui,
Le peuple chez nous le révère,
Oui, le révère.
Parlez-nous de lui, grand'mère,
Parlez-nous de lui.

— Mes enfants, dans ce village,
Suivi de rois il passa.
Voilà bien longtemps de ça :
Je venais d'entrer en ménage.
A pied grimpant le coteau
Où pour voir je m'étais mise;
Il avait petit chapeau
Avec redingote grise.
Près de lui je me troublai;
Il me dit : « Bonjour, ma chère,
« Bonjour, ma chère. »
— Il vous a parlé, grand'mère !
Il vous a parlé !

— L'an d'après, moi, pauvre femme,
A Paris étant un jour,
Je le vis avec sa cour :
Il se rendait à Notre-Dame.
Tous les cœurs étaient contents;
On admirait son cortége.
Chacun disait : « Quel beau temps !
« Le ciel toujours le protége ! »
Son sourire était bien doux ;
Dieu d'un fils le rendait père !

— Quel beau jour pour vous, grand'mère !
    Quel beau jour pour vous !

— Mais, quand la pauvre Champagne
Fut en proie aux étrangers,
Lui, bravant tous les dangers,
Semblait seul tenir la campagne.
  Un soir, tout comme aujourd'hui,
  J'entends frapper à la porte ;
  J'ouvre, bon Dieu ! c'était lui,
  Suivi d'une faible escorte.
Il s'asseoit où me voilà,
S'écriant : « Oh ! quelle guerre !
    « Oh ! quelle guerre ! »
— Il s'est assis là, grand'mère !
    Il s'est assis là !

  « J'ai faim, » dit-il ; et bien vite
Je sers piquette et pain bis ;
Puis il sèche ses habits :
Même à dormir le feu l'invite.
  Au réveil, voyant mes pleurs,
  Il me dit : « Bonne espérance !
  « Je cours de tous ses malheurs,
  « Sous Paris venger la France. »
Il part, et comme un trésor
J'ai depuis gardé son verre,
    Gardé son verre.
— Vous l'avez encor, grand'mère !
    Vous l'avez encor !

  — Le voici. Mais à sa perte
Le héros fut entraîné.
Lui qu'un pape a couronné,
Est mort dans une île déserte ;
  Longtemps aucun ne l'a cru ;
  On disait : « Il va paraître.
  « Par mer il est accouru ;
  « L'étranger va voir son maître. »
Quand d'erreur on nous tira,
Ma douleur fut bien amère !
    Fut bien amère !
— Dieu vous bénira, grand'mère ;
    Dieu vous bénira ! »

LES HIRONDELLES

Captif au rivage du Maure,
Un guerrier courbé sous ses fers
Disait : « Je vous revois encore,
Oiseaux ennemis des hivers !
Hirondelles, que l'espérance
Suit jusqu'en ces brûlants climats,
Sans doute vous quittez la France :
De mon pays ne me parlez-vous pas ?

« Depuis trois ans, je vous conjure
De m'apporter un souvenir
Du vallon, où ma vie obscure
Se berçait d'un doux avenir.
Au détour d'une eau qui chemine,
A flots purs, sous de frais lilas,
Vous avez vu notre chaumine ;
De ce vallon ne me parlez-vous pas ?

« L'une de vous peut-être est née
Au toit où j'ai reçu le jour ;
Là, d'une mère infortunée
Vous avez dû plaindre l'amour.
Mourante, elle croit à toute heure
Entendre le bruit de mes pas.
Elle écoute, et puis elle pleure.
De son amour ne me parlez-vous pas ?

« Ma sœur est-elle mariée ?
Avez-vous vu de nos garçons
La foule, aux noces conviée,
La célébrer dans leurs chansons ?
Et ces compagnons du jeune âge
Qui m'ont suivi dans les combats,
Ont-ils revu tous le village ?
De tant d'amis ne me parlez-vous pas ?

« Sur leurs corps, l'étranger peut-être
Du vallon reprend le chemin ;
Sous mon chaume il commande en maître,
De ma sœur il trouble l'hymen.
Pour moi, plus de mère qui prie,
Et partout des fers ici-bas !
Hirondelles de ma patrie,
De nos malheurs ne me parlez-vous pas ? »

LE CAPORAL

En avant, partez, camarades,
L'arme au bras, le fusil chargé.
J'ai ma pipe et vos embrassades ;
Venez me donner mon congé.
J'eus tort de vieillir au service ;
Mais pour vous tous, jeunes soldats,
J'étais un père à l'exercice.
  Conscrits, au pas
  Ne pleurez pas,
  Ne pleurez pas ;
  Marchez au pas,
Au pas, au pas, au pas, au pas !

Un morveux d'officier m'outrage ;
Je lui fends !... Il vient d'en guérir.
On me condamne, c'est l'usage ;
Le vieux caporal doit mourir ;

Poussé d'humeur et de rogomme,
Rien n'a pu retenir mon bras ;
Puis moi, j'ai servi le grand homme.
    Conscrits, au pas, etc.

Conscrits, vous ne troquerez guère,
Bras ou jambes contre une croix.
J'ai gagné la mienne à ces guerres
Où nous bousculions tous les rois.
Chacun de vous payait à boire,
Quand je racontais nos combats.
Ce que c'est pourtant que la gloire !
    Conscrits, au pas, etc.

Robert, enfant de mon village,
Retourne garder tes moutons.
Tiens, de ces jardins vois l'ombrage :
Avril fleurit mieux nos cantons.
Dans nos bois, souvent, dès l'aurore,
J'ai fait de bons et gais repas.
Bon Dieu, ma mère existe encore !
    Conscrits, au pas, etc.

Qui, là-bas, sanglote et retarde !
Eh ! c'est la veuve du tambour.
En Russie, à l'arrière-garde,
J'ai porté son fils nuit et jour.
Comme le père, enfant et femme,
Sans moi restaient sous les frimas,
Elle va prier pour mon âme.
    Conscrits, au pas, etc.

Morbleu, ma pipe s'est éteinte :
Non, pas encore... Allons, tant mieux !
Nous allons entrer dans l'enceinte ;
Çà, ne me bandez pas les yeux !
Mes amis, fâché de la peine,
Surtout ne tirez point trop bas ;
Et qu'au pays Dieu vous ramène !
    Conscrits, au pas,
    Ne pleurez pas,
    Ne pleurez pas ;
    Marchez au pas,
Au pas, au pas, au pas, au pas !

CASIMIR BONJOUR

LES JEUNES FILLES

(*L'Éducation.*)

Ce sont les arts qui font le charme de la vie,
Et par eux une femme est toujours embellie ;
Votre sexe avec nous peut bien les partager :
Rien d'aimable ne doit lui rester étranger.

Il est doux de trouver, dans une épouse chère,
Des arts consolateurs qui sachent nous distraire;
De pouvoir, sans quitter son modeste séjour,
Se reposer le soir des fatigues du jour.
Ayez donc des talents; mais il est nécessaire
Qu'on en fasse un plaisir, et non pas une affaire.
Chacun veut aujourd'hui briller; voilà le mal!
Ce vice est parmi nous devenu général;
Il est dans tous les rangs. Le marchand le plus mince
Élève ses enfants comme des fils de prince;
Sa fille, qu'en tous lieux il se plait à vanter,
N'entend rien au ménage et ne sait pas compter;
En revanche, elle fait des vers, de la musique,
Et l'on trouve un piano... dans l'arrière-boutique!

L'AGIOTEUR

(*L'Argent.*)

Sa vie est un roman; il n'est point de carrière,
De spéculation qui lui soit étrangère.
On l'a vu médecin, comédien, soldat;
Dans les vivres ensuite il a volé l'Etat.
Possesseur aujourd'hui d'une fortune énorme,
Il s'est, à ce qu'il dit, jeté dans la réforme;
Il s'est fait bienfaisant, et, par humanité,
Dégage les effets du Mont-de-Piété.
Du reste, il est toujours dans toutes les affaires :
Il est dans les emprunts, dans les prêts usuraires;
Et, par mille moyens ingénieux, nouveaux,
Fait produire vingt fois les mêmes capitaux.
Il s'occupe de tout, de tout il fait ressource;
Des salons au comptoir, du palais à la bourse,
Il porte son génie actif, intelligent;
Enfin, il est partout où l'on voit de l'argent.

HÉGÉSIPPE MOREAU

LA FERMIÈRE

Amour à la fermière! Elle est
     Si gentille et si douce!
C'est l'oiseau des bois qui se plaît
     Loin du bruit dans la mousse.
Vieux vagabond qui tend la main,
     Enfant pauvre et sans mère,
Puissiez-vous trouver en chemin
     La ferme et la fermière!

De l'escabeau vide au foyer
     Là le pauvre s'empare,
Et le grand bahut de noyer
     Pour lui n'est point avare;
C'est là qu'au jour je vins m'asseoir
     Les pieds blancs de poussière,

Un jour... puis en marche! Et bonsoir
     La ferme et la fermière!

Mon seul beau jour a dû finir,
     Finir dès son aurore;
Mais pour moi ce doux souvenir
     Est du bonheur encore :
En fermant les yeux, je revois
     L'enclos plein de lumière,
La haie en fleur, le petit bois,
     La ferme et la fermière!

Si Dieu, comme notre curé
     Au prône le répète,
Paye un bienfait, même égaré,

Ah! qu'il songe à ma dette!
Qu'il prodigue au vallon les fleurs,
La joie à la chaumière,
Et garde des vents et des pleurs
La ferme et la fermière!

Chaque hiver qu'un groupe d'enfants
A son fuseau sourie,
Comme les anges, aux fils blancs
De la Vierge Marie;
Que tous par la main, pas à pas,
La ferme et la fermière!

Guidant un petit frère,
Réjouissent de leurs ébats
La ferme et la fermière!

Ma chansonnette, prends ton vol!
Tu n'es qu'un faible hommage;
Mais qu'en avril le rossignol
Chante et la dédommage;
Qu'effrayé par ses chants d'amour,
L'oiseau du cimetière,
Longtemps, longtemps se taise pour
La ferme et la fermière!

A. CHOPIN

LE NID DÉROBÉ

Hélas! à la prochaine aurore,
Dans les airs ils seraient partis!
Entends leur mère qui t'implore!
Oh! rends-moi, rends-moi mes petits!

Quel est mon crime? Sur la treille,
Ai-je jamais de vos raisins
Effleuré la grappe vermeille,
Ou détruit l'espoir des jardins?
Oh! non; pour nourrir ma famille,
Je n'ai pris que le vermisseau,
Le moucheron dont l'air fourmille,
Et l'eau limpide du ruisseau.

Hélas! à la prochaine aurore,
Dans les airs ils seraient partis!
Entends leur mère qui t'implore!
Oh! rends-moi, rends-moi mes petits!

Ils mourront dans l'étroite cage
Où tu vas les emprisonner;
Tu n'entendras pas le bocage
De leurs douces voix résonner;
Ils mourront, et leur pauvre mère
Seule, à l'heure où le jour finit,
Viendra pleurer sa peine amère
Sur le lilas où fut son nid!

Hélas! à la prochaine aurore,
Dans les airs ils seraient partis!
Entends leur mère qui t'implore!
Oh! rends-moi, rends-moi mes petits!

Lorsque la neige amoncelée
Couvrira les champs et les bois,
Près de ta chaumière isolée
J'irai voltiger quelquefois;

Et, quitte à mourir de froidure
Au souffle glacé des autans,
Dans ces bocages sans verdure
Je chanterai comme au printemps.

Hélas! à la prochaine aurore,
Dans les airs ils seraient partis!
Entends leur mère qui t'implore!
Oh! rends-moi, rends-moi mes petits!

Et toi, cruelle jeune fille!
Joyeuse, et portant dans ta main
Le nid où criait sa famille,
Tu continuas ton chemin...
D'arbre en arbre jusqu'à ta porte
L'oiseau vola... Le lendemain,
La pauvre famille était morte,
Morte, hélas! de froid et de faim!

Deux ans plus tard, épouse et mère,
Elle berçait un bel enfant,
Et déjà de mainte chimère
Son cœur s'enivrait triomphant.
Œil d'azur, chevelure blonde,
Visage de grâce rempli!
Oh! non, jamais enfant au monde
Ne vint si frais et si joli!

Mais tout à coup la mort jalouse
Sur lui posa sa froide main,
O douleur! et la jeune épouse,
Implorant le spectre inhumain :
« Oh! rends-moi l'enfant que j'adore!
Qu'il se joue encor dans mes bras!
Qu'à sa mère il sourie encore!... »
Mais la mort ne l'écouta pas.

Et seule, à l'heure où les ténèbres
Invitent l'âme à soupirer,
Sous un saule aux rameaux funèbres
La pauvre mère vint pleurer...

Et, mêlant sa plainte fidèle
Aux sanglots de l'ombre sortis,
Une fauvette, non loin d'elle,
Murmurait : « Rends-moi mes petits ! »

Mᵐᵉ D'ARBOUVILLE

LA JEUNE FILLE ET L'ANGE DE LA POÉSIE

« J'écouterai ta voix, ta divine harmonie,
Et tes rêves d'amour, de gloire et de génie.
Mon âme frémira comme à l'aspect des cieux ;
Ces larmes de bonheur brilleront dans mes yeux.
Mais de ce saint délire ignoré de la terre
Laisse-moi dans mon cœur conserver le mystère.
Sous tes longs voiles blancs cache mon jeune front :
C'est à toi seul, ami, que mon âme répond.
Et, si dans mon transport m'échappe une parole,
Ne la redis qu'au Dieu qui comprend et console.
Le talent se soumet au monde, à ses décrets ;
Mais un cœur attristé lui cache ses secrets.
Qu'aurait-il à donner à la foule légère
Qui veut qu'avec esprit on souffre pour lui plaire ?
Ma faible voix a peur de l'éclat et du bruit,
Et, comme Philomèle, elle chante la nuit.
Adieu donc ! laisse-moi ma douce rêverie,
Reprends ton vol léger vers ta douce patrie. »

L'ange reste près d'elle ; il sourit à ses pleurs,
Et resserre les nœuds de ses chaînes de fleurs ;
Arrachant une plume à son aile azurée,
Il la met dans la main qui s'était retirée.
En vain elle résiste, il triomphe... il sourit...
Laissant couler ses pleurs, la jeune fille écrit !

O. SEURE

L'ENFANT JÉSUS ET LES PETITS OISEAUX

L'enfant Jésus, pensif et souriant,
Avec d'autres enfants, dit un vieil évangile,
Sous le beau ciel de l'Orient,
Se jouait avec de l'argile.
Ils en façonnaient des oiseaux,
Et toute la bande joyeuse
De son œuvre était orgueilleuse ;
Chaque enfant s'écriait : « Les miens sont les plus beaux.
Jésus seul achevait son ouvrage en silence,
Et, lorsque deux ramiers et quatre colibris
Par le Sauveur furent pétris,
De son souffle leur corps s'anime et se nuance ;
Il frappe dans sa main !... les oiseaux merveilleux
Sont vivants ; leurs plumes palpitent ;

Le soleil fait briller leurs ailes qui s'agitent;
On les voit en chantant se perdre dans les cieux.

       Parmi d'éphémères systèmes
    La vérité se cache bien souvent.
       Chaque inventeur sur ses problèmes
    Souffle, et ne produit que du vent.
La sottise se montre et la raison se cache;
    Mais, quand il a fini sa tâche,
Le génie à son œuvre ordonne de marcher.
       Alors, en dépit de l'envie,
    Que le succès condamne à se cacher,
    La vérité se prouve par la vie.

L'ARCHEVÊQUE DE PARIS

Tandis que de ses mains Paris se déchirait,
Seul, au pied des autels, l'archevêque pleurait;
Et, semblable à Moïse au pied du sanctuaire,
Son âme avec ses pleurs s'épanchait en prière :
« Épargnez votre peuple, ô mon Dieu! sauvez-nous;
Ne nous accablez pas d'un éternel courroux!
Pour eux tous, pour le peuple, hélas! qui vous ignore,
Vous avez tant souffert, et le sang coule encore!
Sans connaître la vie ils meurent! et leurs yeux
Se ferment sans chercher un pardon dans les cieux;
Ils meurent étrangers à la famille humaine,
Et leur dernier soupir est un souffle de haine!
Voilà donc, ô mon Dieu! quelle fraternité
Leur préparaient l'orgueil et l'incrédulité!
Vous les avez laissés, pauvres enfants prodigues,
Du pouvoir et des lois rompre toutes les digues,
Et le flot révolté qui va les engloutir
Loin de vous les emporte... et loin du repentir!
Levez-vous maintenant, paraissez, voici l'heure!
Et, s'il vous faut encore un disciple qui meure,
O mon Dieu! prenez-moi... j'irai, je parlerai,
Au nom de cette croix que je leur porterai!
En ce jour de combats, de terreurs et de larmes,
Il faut que vos pasteurs prennent aussi les armes,
Et montrent, pour le peuple empressés de souffrir,
Qu'on doit, pour triompher, pardonner et mourir :
Car l'heure est arrivée où vos divins symboles
Ne se prouveront plus par de vaines paroles;
Bientôt, pour les humains lassés de vous braver,
Celui-là sera Dieu qui pourra les sauver..
Et Dieu, ce sera vous! vous, mon père! et quel autre
M'inspirerait l'amour et la foi de l'apôtre?
Je suis prêt : guidez-moi! Vous vivez, vous régnez,
Et je meurs trop heureux si vous les épargnez! »

Ainsi priait le juste; et, sur son front modeste,
Dieu reflétait déjà l'auréole céleste...

Tout à coup, dans l'armée et sur les barricades,

Un long cri de respect suspend les fusillades ;
Entre les deux partis, sur un sol plein de sang,
Un homme au front serein marche en les bénissant.
Sa robe violette et sa croix pectorale
Disent sa dignité chrétienne et pastorale :
C'est lui, c'est l'archevêque !.. « O mon père, arrêtez :
Autour de vous la mort vole... et vous l'affrontez !
— Je ne crains pas la mort, répondait le saint prêtre :
Ma vie est à mon peuple, et le ciel en est maître.
Pour sauver son troupeau, le pasteur doit savoir
Offrir à Dieu son âme : et je fais mon devoir. »
... Précédé du rameau, symbole d'alliance,
Il ose pénétrer jusque dans ces remparts
D'où la soudaine mort jaillit de toutes parts.
Sans crainte il a passé sous les pans de muraille
Qui chancellent déjà, minés par la mitraille,
Et, sur la barricade étonnée à sa voix,
Au triste drapeau rouge il oppose une croix...
« Arrêtez-vous ! assez de sang et de victimes ;
A vos malheurs, du moins, n'ajoutez point de crimes,
Et si, pour assouvir ceux qui vous ont trompés,
Il vous faut une tête, ô mes enfants ! frappez.
J'assume sur moi seul tous les torts de vos maîtres ;
Car les médiateurs du monde sont les prêtres !
Si vous me refusez, je ne vous quitte plus ;
Et, voyant mes discours et mes vœux superflus,
Aux boulets qui viendront finir votre ruine
J'offrirai le premier ma tête et ma poitrine ;
Heureux de ne point voir le forfait s'achever,
Je périrai pour vous, n'ayant pu vous sauver ! »

C'est ainsi qu'il parlait, debout sur son calvaire ;
Et Dieu, tout à la fois indulgent et sévère,
Préparait la couronne au front de son martyr,
A la guerre un opprobre, à tous un repentir !

SAINTE-BEUVE

L'ILE SAINT-LOUIS

Dans l'île Saint-Louis, le long d'un quai désert,
L'autre soir je passais ; le ciel était couvert,
Et l'horizon brumeux eût paru noir d'orages,
Sans la fraîcheur du vent qui chassait les nuages :
Le soleil se couchait sous de sombres rideaux ;
La rivière courait verte entre les radeaux ;
Aux balcons çà et là quelque figure blanche
Respirait l'air du soir ; — et c'était un dimanche.
Le dimanche est pour nous le jour de souvenir ;
Car, dans la tendre enfance, on aime à voir venir,
Après les soins comptés de l'exacte semaine
Et les devoirs remplis, le soleil qui ramène
Le loisir et la fête, et les habits parés,
Et l'église aux doux chants, et les jeux dans les prés ;

Et plus tard, quand la vie, en proie à la tempête,
Ou stagnante d'ennui, n'a plus loisir ni fête,
Si pourtant nous sentons, aux choses d'alentour,
A la gaîté d'autrui, qu'est revenu ce jour,
Par degrés attendris jusqu'au fond de notre âme,
De nos beaux ans brisés nous renouons la trame...
Et nous nous rappelons nos dimanches d'alors,
Et notre blonde enfance, et ses riants trésors.
Je rêvais donc ainsi sur ce quai solitaire,
A mon jeune matin si voilé de mystère,
A tant de pleurs obscurs en secret dévorés,
A tant de biens trompeurs ardemment espérés,
Qui ne viendront jamais..., qui sont venus peut-être !
En suis-je plus heureux qu'avant de les connaître ?
Et, tout rêvant ainsi, pauvre rêveur, voilà
Que soudain, loin, bien loin, mon âme s'envola ;
Et d'objets en objets dans sa course inconstante,
Se prit aux longs discours que feu ma bonne tante
Me tenait, tout enfant, durant nos soirs d'hiver,
Dans ma ville natale, à Boulogne-sur-Mer.
Elle m'y racontait souvent, pour me distraire,
Son enfance, et les jeux de mon père, son frère,
Que je n'ai pas connu ; car je naquis en deuil,
Et mon berceau d'abord posa sur un cercueil.
Elle me parlait donc et de mon père et d'elle ;
Et ce qu'aimait surtout sa mémoire fidèle,
C'était de me conter leurs destins entraînés
Loin du bourg paternel où tous deux étaient nés.
De mon antique aïeul je savais le ménage,
Le manoir, son aspect et tout le voisinage ;
La rivière coulait à cent pas près du seuil ;
Douze enfants (tous sont morts !) entouraient le fauteuil,
Et je disais les noms de chaque jeune fille,
Du curé, du notaire, amis de la famille,
Pieux hommes de bien, dont j'ai rêvé les traits,
Morts pourtant sans savoir que jamais je naîtrais.
Et tout cela revint en mon âme mobile,
Ce jour que je passais le long du quai dans l'île.

Et bientôt, au sortir de ces songes flottants,
Je me sentis pleurer, et j'admirai longtemps
Que de ces hommes morts, de ces choses vieillies,
De ces traditions par hasard recueillies,
Moi, si jeune et d'hier, inconnu des aïeux,
Qui n'ai vu qu'en récit les images des lieux,
Je susse ces détails ; seul peut-être sur terre,
Que j'en gardasse un culte en mon cœur solitaire ;
Et qu'à propos de rien, un jour d'été, si loin
Des lieux et des objets, ainsi j'en prisse soin.
Hélas ! pensai-je alors, la tristesse dans l'âme,
Humbles hommes, l'oubli sans pitié nous réclame,
Et sitôt que la mort nous a remis à Dieu,
Le souvenir de vous ici nous survit peu ;
Notre trace est légère et bien vite effacée ;
Et moi, qui de ces morts garde encor la pensée,

Quand je m'endormirai, comme eux du temps vaincu,
Sais-je, hélas ! si quelqu'un saura que j'ai vécu?
Et, poursuivant toujours, je disais qu'en la gloire,
En la mémoire humaine il est peu sûr de croire,
Que les cœurs sont ingrats, et que bien mieux il vaut
De bonne heure aspirer et se fonder plus haut,
Et croire en celui seul, qui, dès qu'on le supplie,
Ne nous fait jamais faute et qui jamais n'oublie.

BARTHÉLEMY ET MÉRY

BONAPARTE ET LES PESTIFÉRÉS

. . . . . . On ouvre la mosquée :
Un peuple de soldats, arrêté sur le seuil,
Mesure avec effroi ce long palais du deuil...
Tout à coup, s'arrachant à ces groupes timides,
Plus calme qu'à Lodi, plus grand qu'aux Pyramides,
Bonaparte est entré; ses plus chers généraux,
Kléber, Reynier, Murat, escortent le héros;
Il marche, et de mourants la salle parsemée
Tressaille sous les pas du père de l'armée ;
Dans les regards éteints un céleste pouvoir
Fait luire à son aspect le reflet de l'espoir ;
De ces rangs désolés compagnes assidues,
La douleur et la mort sont comme suspendues,
Et, dans leurs lits de jonc des spectres enchaînés
Se dressent un moment sur leurs bras décharnés :
Tous invoquent des yeux l'homme que Dieu protége;
Et, tandis que les chefs qui forment son cortége,
Pâles imitateurs d'un magnanime effort,
Pour la première fois tremblent devant la mort,
Et, dans cet air chargé d'atomes homicides,
Se penchent avec soin sur des parfums acides,
Lui, le front découvert, prononce dans les rangs,
Ces mots mystérieux qui charment les mourants;
Sur ces lits qu'il dénombre étendant sa main nue,
Lentement il poursuit cette horrible revue.
On vit, en ce moment, le magique docteur
Porter dans chaque plaie un doigt consolateur ;
Au souffle du malade il mêlait son haleine ,
Découvrait les tumeurs qui se cachent sous l'aîne;
Et dans ce temple impur, dieu de la guérison,
Il promettait la vie en touchant le poison.

Alors, sous les arceaux de la funèbre voûte,
Retentit une voix que le silence écoute :
« Soldats, le monde entier contemple vos destins;
La France a déjà lu vos premiers bulletins :
Le Nil, conquis par vous, a roulé dans son onde
Les premiers cavaliers de l'Egypte et du monde.
Combattus par la soif et les déserts mouvants,
Vos bataillons vainqueurs ont reparu vivants;
Le Jourdain prisonnier vous doit sa délivrance;

Et la voix du Thabor parle de notre France!
Ce lieu de tant d'exploits serait-il le cercueil?
Si, veuve de ses fils, notre patrie en deuil
Me demandait un jour : « Qu'as-tu fait de l'armée?
« Où sont ces vieux soldats si grands de renommée,
« Ces vainqueurs de Mourad, des beys, des osmanlis? »
Faudra-t-il lui répondre : « Ils sont morts dans leurs lits? »
Levez-vous, ranimez votre force abattue;
Bien plus que le fléau, l'effroi du mal vous tue;
Sur un lit de douleur comme au sein des combats,
La mort est moins funeste à qui ne la craint pas :
Vivez, nous quitterons demain, avant l'aurore,
Cette horrible cité que la peste dévore;
Ici votre ennemi se dérobe à vos coups,
Cherchons d'autres combats sous un soleil plus doux.
L'Égypte nous attend; implacable adversaire,
Mourad a reparu dans les plaines du Caire;
Suivi de Mameluks, bientôt il va s'unir
Aux nouveaux Ottomans, campés sous Aboukir.
C'est en vain que du Nil le désert nous sépare;
Marchons! au moment même où ce peuple barbare
Nous croit ensevelis au pied du mont Thabor,
A ses yeux étonnés reparaissons encor;
Et, vengeant d'Aboukir le sanglant promontoire,
Couvrons un nom de deuil par un nom de victoire! »

MICHELET

LA JEUNE MENDIANTE

          Sous le portique d'une église,
Révélant le besoin qui causait sa douleur,
Pour la troisième fois, par les ombres surprise,
Se plaignait en ces mots la fille du malheur :
« Je me meurs, je le sens, je me meurs; car ma vue
Est d'un voile funèbre obscurcie à moitié.
          La charité ne m'a pas entendue,
                Et l'aumône de la pitié
          A mon secours n'est point venue.
C'en est fait, orpheline à la fleur de mes ans,
                Rien ne m'a servi sur la terre;
                Comme le roseau solitaire,
                Je cède à l'effet des autans.
                Adieu, triste sol des vivants!
Ma place est dans le ciel à côté de ma mère :
Adieu! c'est pour toujours!... Mais quoi! dans ma misère
N'est-il donc plus d'espoir? Si du moins le sommeil
Fermait quelques instants ma paupière lassée,
          J'aurais encor la force à mon réveil
                De tendre cette main glacée.
Tendre la main, souffrir, et se voir repoussée!
Hélas! l'airain qui sonne augmente mon effroi;
Il est minuit : peut-être est-ce ma dernière heure!
          O mon Dieu! prends pitié de moi :

Je suis jeune, et j'ai faim ; et je veille et je pleure. »
Elle dit et se tait... Et quand, le lendemain,
S'arrêta près du temple une foule attendrie,
    La pauvre enfant n'avait plus faim ;
Elle ne pleurait plus en attendant du pain,
    Et sa veillée était finie.

CASIMIR DELAVIGNE

JEANNE D'ARC

    Silence au camp ! la vierge est prisonnière !
Par un injuste arrêt Bedfort croit la flétrir :
Jeune encore, elle touche à son heure dernière...
    Silence au camp ! la vierge va périr.
A qui réserve-t-on ces apprêts meurtriers ?
    Pour qui ces torches qu'on excite ?
    L'airain sacré tremble et s'agite...
D'où vient ce bruit lugubre ? où courent ces guerriers
Dont la foule à longs flots roule et se précipite ?
    La joie éclate sur leurs traits !
    Sans doute l'honneur les enflamme ;
Ils vont pour un assaut former leurs rangs épais :
    Non, ces guerriers sont des Anglais
    Qui vont voir mourir une femme !

    Qu'ils sont nobles dans leur courroux !
Qu'il est beau d'insulter un bras chargé d'entraves !
La voyant sans défense, ils s'écriaient, ces braves :
    « Qu'elle meure ! elle a contre nous
Des esprits infernaux suscité la magie... »
    Lâches, que lui reprochez-vous ?
D'un courage inspiré la brûlante énergie,
L'amour du nom français, le mépris du danger,
    Voilà sa magie et ses charmes.
    En faut-il d'autres que des armes
Pour combattre, pour vaincre, et punir l'étranger ?

Du Christ, avec ardeur, Jeanne baisait l'image ;
Ses longs cheveux épars flottaient au gré des vents ;
Au pied de l'échafaud, sans changer de visage,
    Elle s'avançait à pas lents.
Tranquille elle y monta. Quand, debout sur le faîte,
Elle vit ce bûcher qui l'allait dévorer,
Les bourreaux en suspens, la flamme déjà prête,
Sentant son cœur faillir, elle baissa la tête,
    Et se prit à pleurer.

    Ah ! pleure, fille infortunée !
    Ta jeunesse va se flétrir.
    Dans sa fleur trop tôt moissonnée !
    Adieu ! beau ciel, il faut mourir !
Tu ne reverras plus tes riantes montagnes,
Le temple, le hameau, les champs de Vaucouleurs ;

Et ta chaumière, et tes compagnes,
Et ton père, expirant sous le poids des douleurs.
Chevaliers, parmi vous qui combattra pour elle?
N'osez-vous entreprendre une cause si belle?
Quoi! vous restez muets! aucun ne sort des rangs!
Aucun pour la sauver ne descend dans la lice!

Puisqu'un forfait si noir les trouve indifférents,
        Tonnez, confondez l'injustice,
Cieux, obscurcissez-vous de nuages épais;
Eteignez sous leurs flots les feux du sacrifice,
        Ou guidez au lieu du supplice,
A défaut du tonnerre, un chevalier français.
Après quelques instants d'un horrible silence,
Tout à coup le feu brille, il s'irrite, il s'élance...
Le cœur de la guerrière alors s'est ranimé :
A travers les vapeurs d'une fumée ardente,
        Jeanne encor menaçante,
Montre aux Anglais son bras à demi consumé.
        Pourquoi reculer d'épouvante?
        Anglais, son bras est désarmé.
La flamme l'environne et sa voix expirante
Murmure encore : « O France! ô mon roi bien-aimé! »

Qu'un monument s'élève au lieu de ta naissance,
O toi qui des vainqueurs renversas les projets!
La France y portera son deuil et ses regrets,
        Sa tardive reconnaissance :
Elle y viendra gémir sous de jeunes cyprès.
Puissent croître avec eux ta gloire et ta puissance!
Que sur l'airain funèbre on grave des combats,
Des étendards anglais fuyant devant tes pas,
Dieu vengeant par tes mains la plus juste des causes.
Venez, jeunes beautés! venez, braves soldats!
Semez sur son tombeau des lauriers et des roses.
Qu'un jour le voyageur, en parcourant ces bois,
Cueille un rameau sacré, l'y dépose et s'écrie :
« A celle qui sauva le trône et la patrie,
Et n'obtint qu'un tombeau pour prix de ses exploits! »

LE PARIA

Il est sur ce rivage une race flétrie;
Une race, étrangère au sein de sa patrie,
Sans abri protecteur, sans temple hospitalier,
Abominable, impie, horrible au peuple entier :
Les parias. Le jour à regret les éclaire,
La terre sur son sein les porte avec colère,
Et Dieu les retrancha du nombre des humains,
Quand l'univers créé s'échappa de ses mains.
L'Indien, sous les feux d'un soleil sans nuage,
Fuit la source limpide où se peint leur image,
Les doux fruits que leur main de l'arbre a détachés,
Ou que d'un souffle impur leur haleine a touchés.

                                    40

D'un seul de leurs regards a-t-il reçu l'atteinte,
Il se plonge neuf fois dans les flots d'une eau sainte :
Il dispose à son gré de leur sang odieux;
Trop au-dessous des lois, leurs jours sont, à ses yeux,
Comme ceux du reptile ou des monstres immondes
Que le limon du Gange enfante sous les ondes.
Profanant la beauté, si jamais leur amour
Arrache à sa faiblesse un coupable retour,
Anathème sur elle, infamie et misère !
Morte pour sa tribu, maudite par son père,
Promise après la vie au céleste courroux,
Un exil éternel la livre à son époux !

LE MARIAGE ET LE CÉLIBAT

(*L'École des vieillards.*)

BONNARD.

Que je t'ai vu plus sage à mon dernier congé !
Tu t'occupais alors de tes travaux champêtres,
A l'ombre des pommiers plantés par tes ancêtres,
Debout avant le jour, doucement tourmenté
Du démon vigilant de la propriété.
Tu pâlissais de crainte au bruit d'une visite;
A tirer des perdreaux tu bornais ton mérite;
Ta joie, à faire en paix bonne chère et bon feu,
Et ton piquet du soir... quand j'avais mauvais jeu.
Te voilà citadin ! le luxe t'environne;
Un gros Suisse est là-bas qui défend ta personne :
Et tout cela pourquoi? Ta femme l'a voulu.

DANVILLE.

Hortense ! elle me laisse un pouvoir absolu;
Mais elle y voit très-clair; quand on a ma fortune,
Une capacité qu'elle croit peu commune,
Sans prétendre à Paris au rang d'un potentat,
Dans un poste honorable on peut servir l'État.
L'espoir qu'elle a conçu me semble légitime,
Et je lui sais bon gré d'une si haute estime.
Toi-même qu'en dis-tu?

BONNARD.
Rien.

DANVILLE.
Parle franchement.

BONNARD.

Sur une chose à faire on dit son sentiment;
C'est d'abord mon système; et, quand la chose est faite,
J'ai pour système aussi de la trouver parfaite.
Mais tiens, Paris abonde en amis obligeants,
Qui se font un doux soin de marier les gens.
Ils m'avaient découvert une honnête personne,
Savante comme un livre, aimable, toute bonne;
Au cousin d'un ministre elle tenait de près;

Ces chers amis pour moi l'avaient fait faire exprès :
Eh bien! j'ai refusé.

DANVILLE.

D'où vient?

BONNARD.

                              Elle est jolie,
Elle est jeune.

DANVILLE.

                    Tant mieux. Depuis quand, je te prie,
La jeunesse à tes yeux paraît-elle un défaut?

BONNARD.

Depuis que j'ai vieilli. Dans ma femme il me faut,
Pour que le mariage entre nous soit sortable,
Une maturité tout à fait respectable.
Or, une vieille femme a pour moi peu d'appas;
Une jeune, à son tour, peut ne m'en trouver pas.
Pour agir prudemment dans cette conjoncture,
J'ai fait du célibat ma seconde nature;
J'y tiens, j'y prends racine, et je suis convaincu
Que je mourrai garçon, ainsi que j'ai vécu.

DANVILLE.

L'hymen a des douceurs que ta vieillesse ignore.

BONNARD.

Il a tel déplaisir qu'elle craint plus encore.
Je ne suis pas de ceux qui font leur volupté
Des embarras charmants de la paternité;
Pauvres dans l'opulence, et dont la vertu brille
A se gêner quinze ans pour doter leur famille;
De ceux qu'on voit pâlir, dès qu'un jeune éventé
Lorgne en courant leur femme assise à leur côté;
Et, geôliers maladroits de quelque Agnès nouvelle,
Sans fruits en soins jaloux se creuser la cervelle.
Jamais le bon plaisir de madame Bonnard,
Pour danser jusqu'au jour, ne me fait coucher tard,
Ne gonfle mon budget par des frais de toilette;
Et jamais ma dépense, excédant ma recette,
Ne me force à bâtir un espoir mal fondé
Sur le terrain mouvant du tiers consolidé.
Aussi, sans trouble aucun, couché près de ma caisse,
Je m'éveille à la hausse ou m'endors à la baisse.
A deux heures je dîne : on en digère mieux.
Je fais quatre repas comme nos bons aïeux,
Et n'attends pas à jeun, quand la faim me talonne,
Que ma fille soit prête, ou que ma femme ordonne.
Dans mon gouvernement, despotisme complet :
Je rentre quand je veux, je sors quand il me plaît;
Je dispose de moi, je m'appartiens, je m'aime;
Et, sans rivalité, je jouis de moi-même.
Célibat! célibat! le lien conjugal
A ton indépendance offre-t-il rien d'égal!

Je me tiens trop heureux, et j'estime qu'en somme
Il n'est pas de bourgeois récemment gentilhomme,
De général vainqueur, de poëte applaudi,
De gros capitaliste à la Bourse arrondi,
Plus libre, plus content, plus heureux sur la terre,
Pas même l'empereur, s'il n'est célibataire.

DANVILLE.

Et je te soutiens, moi, que le sort le plus doux,
L'état le plus divin, c'est celui d'un époux,
Qui, longtemps enterré dans un triste veuvage,
Rentre au lien chéri dont tu fuis l'esclavage.
Il aime, il ressuscite, il sort de son tombeau :
Ma femme a de mes jours rallumé le flambeau.
Non, je ne vivais plus : le cœur froid, l'humeur triste,
Je végétais, mon cher, et maintenant j'existe.
Que de soins! quels égards! quels charmants entretiens!
Des défauts, elle en a ; mais n'as-tu pas les tiens?
Tu crains pour mes amis les travers de son âge?
J'ai deux fois plus d'amis qu'avant mon mariage.
Ma caisse dans ses mains fait jaser les railleurs?
Je brave leurs discours ; je suis riche, et d'ailleurs,
Une bonne action que j'apprends en cachette
Compense bien pour moi les rubans qu'elle achète.
Hortense a l'humeur vive ; et moi, ne l'ai-je pas?
Nous nous fâchons parfois ; mais qu'elle fasse un pas,
Contre tout mon courroux sa grâce est la plus forte.
Je n'ai pas de chagrin que sa gaîté n'emporte.
Suis-je seul? elle accourt ; suis-je un peu las? sa main
M'offrant un doux appui m'abrége le chemin.
J'ai quelqu'un qui me plaint, quand je maudis ma goutte ;
Quand je veux raconter, j'ai quelqu'un qui m'écoute.
Je suis tout glorieux de ses jeunes attraits ;
Ses regards sont si vifs! son visage est si frais!...
Quand cet astre à mes yeux luit dans la matinée,
Il rend mon front serein pour toute la journée ;
Je ne me souviens plus des outrages du temps ;
J'aime, je suis aimé, je renais, j'ai vingt ans.

BONNARD.

Quel feu!

DANVILLE.

        Je veux fêter le jour qui nous rassemble ;
Au bonheur des maris nous trinquerons ensemble ;
... Bientôt, cher receveur, vous la verrez paraître,
Et vous accepterez, quand vous l'allez connaître.
Oui, vous que rien n'émeut, vous aurez votre tour ;
Bonnard, Monsieur Bonnard, vous lui ferez la cour.

LA POPULARITÉ

La popularité, que pour toi je redoute,
Commence, en nous prenant sur ses ailes de feu,
Par nous donner beaucoup et nous demander peu.

Elle est amie ardente ou mortelle ennemie ;
Et comme elle a sa gloire, elle a son infamie.
Jeune, tu dois l'aimer : son charme décevant
Fait battre mon vieux cœur, il m'enivre ; et souvent,
Au fond de la tribune où ta voix me remue,
Quand d'un même transport toute une chambre émue
Se lève, t'applaudit, te porte jusqu'aux cieux,
Je sens des pleurs divins me rouler dans les yeux.
Mais, si la volonté n'est égale au génie,
Cette faveur bientôt se tourne en tyrannie.
Tel qui croit la conduire est par elle entraîné.
Elle demande alors plus qu'elle n'a donné :
On fait, pour lui complaire, un premier sacrifice,
Un second, puis un autre ; et, quand à son caprice
On a cédé fortune, et repos, et bonheur,
Elle vient fièrement vous demander l'honneur ;
Non pas cet honneur faux qu'elle-même dispense,
Mais l'estime de soi qu'aucun bien ne compense.
Ou l'honnête homme, alors, ou le dieu doit tomber :
Vaincre dans cette lutte est encor succomber.
On résiste, elle ordonne ; on fléchit, elle opprime,
Et traîne le vaincu des fautes jusqu'au crime.
De son ordre, au contraire, avez-vous fait mépris,
Cachez-vous, apostat ; ou voyez, à ses cris,
Se dresser de fureur ceux qu'elle tient en laisse,
Pour flatter qui lui cède et mordre qui la blesse :
Des vertus qu'ils n'ont plus ces détracteurs si bas,
Ces insulteurs gagés des talents qu'ils n'ont pas !
Elle excite leur meute, et les pousse, et se venge,
En vous jetant au front leur colère et leur fange :
Voilà ce qu'elle fut, ce qu'elle est de nos jours,
Ce qu'en un pays libre on la verra toujours ;
Et, s'il faut être enfin ou paraître coupable,
Laissant là l'honneur faux pour l'honneur véritable,
Souviens-toi qu'il vaut mieux tomber en citoyen
Sous le mépris de tous, que mériter le sien.

LE VENDREDI SAINT

(Le Prêtre.)

C'est l'heure où la nature, à son Sauveur amie,
Et qui sembla du Christ partager l'agonie,
Dans un saisissement d'horreur et de respect,
    Suspendit ses lois, à l'aspect
    De cette douleur infinie ;
Où, déchiré d'un coup, le rideau du saint lieu,
    Que d'invisibles mains tirèrent,
Des combles au pavé s'ouvrit par le milieu ;
Où, du mont Golgotha les rocs qui s'ébranlèrent
    Jusqu'en leurs fondements tremblèrent,
    Sous le dernier soupir d'un Dieu.

C'est l'heure où la lumière aux ténèbres fit place,
Où des formes sans nom traversèrent l'espace ;

C'est l'heure où le soleil, du crime épouvanté,
        Se roula, dans l'obscurité,
        Un voile sanglant sur la face ;
Où je ne sais quel froid glaça l'air et les vents
        Quand les sépulcres se fendirent,
En laissant échapper de leurs débris mouvants
Le peuple enseveli qu'à ce monde ils rendirent,
        Et dont les morts se confondirent
        Avec le peuple des vivants.

Heure où se consomma le sacrifice immense,
Heure de dévoûment, de fureur, de clémence,
Où d'un autre chaos l'univers fut tiré,
        Comme un vieillard régénéré
        Dont la jeunesse recommence !
L'Homme-Dieu, sans se plaindre, à la mort se livra,
        Et, laissant sur la croix immonde
Le corps inanimé dont il se sépara,
Après le long travail de cette mort féconde,
        D'où sortit le salut du monde,
        Penchant la tête, il expira !...

DELPHINE GAY

LE PETIT FRÈRE

De ma sainte patrie
J'accours vous rassurer ;
Sur ma tombe fleurie,
Mes sœurs, pourquoi pleurer ?
Dans son affreux mystère
La mort a des douceurs :
Je vous vois sur la terre,
Ne pleurez point, mes sœurs !

Dans les cieux, je suis ange,
Et je veille sur vous ;
Ma joie est sans mélange,
Car je suis humble et doux.
Des saintes immortelles
Je suis le protégé ;
Dieu m'a donné des ailes,
Mais ne m'a point changé.

Ma souffrance est passée,
Et mes pleurs sont taris ;
Ma main n'est plus glacée,
Je joue et je souris ;
Mon regard est le même,
Et j'ai la même voix ;
Mon cœur d'ange vous aime,
Mes sœurs, comme autrefois.

J'ai la même figure

Qui charmait tant vos yeux ;
La même chevelure
Orne mon front joyeux ;
Mais ces boucles coupées
Au jour de mon trépas,
De vos larmes trempées,
Ne repousseront pas !

Le ciel est ma demeure,
J'habite un palais d'or ;
Nous puisons à toute heure
Dans l'éternel trésor.
Un fil impérissable
A tissu nos habits ;
Nous jouons sur un sable
D'opale et de rubis.

Là-haut, dans des corbeilles,
Les fleurs croissent sans art ;
Les méchantes abeilles,
Là-haut n'ont point de dard.
Les roses qu'on effeuille
Peuvent encor fleurir,
Et les fruits que l'on cueille
Ne font jamais mourir.

Les anges de mon âge
Connaissent le sommeil ;

Je dors sur un nuage,
Dans un berceau vermeil;
J'ai pour rideau le voile
De la mère d'amour;
Ma lampe est une étoile
Qui brille jusqu'au jour.

Le soir, quand la nuit tombe,
Parmi vous je descends;
Vous pleurez sur ma tombe :
Vos larmes, je les sens;
Caché parmi les pierres

De ce funeste lieu,
J'écoute vos prières,
Et je les porte à Dieu.

Oh ! cessez votre plainte,
Ma mère, croyez-moi ;
Vous serez une sainte,
Si vous gardez la foi.
C'est un mal salutaire
Que perdre un nouveau-né ;
Aux larmes d'une mère
Tout sera pardonné !

DE STASSART

LE TRONE DE NEIGE

Qui n'aime à voir folâtrer des enfants?
On se croit de leur âge. O douce jouissance
De pouvoir quelquefois se rappeler ce temps
Si regretté, bien qu'il ait ses tourments!
Un rien suffit pour amuser l'enfance ;
Mais dans ses yeux, plus qu'on ne pense,
S'introduisent déjà les passions des grands.

Un jour, échappés du collége,
Des écoliers d'onze à douze ans
Aperçurent un tas de neige...
Le plus âgé, qu'on avait nommé roi,
Dit que de son pouvoir il en faisait le siége,
Le trône enfin : et le cortége
Donne à ce vœu force de loi.
Le trône était froid comme glace;
N'importe; avec plaisir s'y place
Cette éphémère majesté.
On s'enivre de la puissance...
Peut-on impunément avoir l'autorité?
Chez notre prince l'insolence
Surpasse encor la dureté :
Des malheureux sujets la moindre négligence
Est réprimée avec sévérité.
De Tarquin le Superbe il avait l'arrogance ;
Et de Néron, plus tard, selon toute apparence,
Il aurait eu la cruauté.
Pourtant le soleil le dérange :
Le trône, qui se fond d'une manière étrange,
Avant la fin du jour s'abat!...
Bientôt, l'orgueilleux potentat
Se voit au milieu de la fange !

Redoutez un destin pareil,
Vous que la fortune protége :
Vous êtes sur un tas de neige...
Gare le rayon de soleil!...

LEFEBVRE-DEUMIER

HIER, AUJOURD'HUI, DEMAIN

Ce tout petit garçon, qui folâtre, et qui joue
Avec ces beaux bouquets moins vermeils que sa joue;
Qui, sans avoir à lui la lampe d'Aladin,
Dans le sable infertile improvise un jardin,
Où quelque bête à Dieu, regagnant son parterre,
Pourrait improviser un tremblement de terre;
Qui bâtit des cités, où tiendrait un grillon,
Et des forts, qu'abattrait le vent d'un papillon;
Cet enfant, pas plus haut que les moissons nouvelles,
Qui saute, pour les prendre, après les hirondelles;
Qui chante pour chanter, comme font les pinsons,
Ou qui parle morale à des colimaçons;
Qui trouve les fruits verts bien meilleurs que les autres;
Dont les rires sans fin déconcertent les nôtres,
Dont le sommeil vous charme et le réveil vous plaît :
Nous avons tous été, mes amis, ce qu'il est.

Ce jeune cavalier, au pied vif et rapide,
Aux traits dominateurs, au sourire intrépide,
Dont le corps de granit ne craint pas les autans,
Ou sent l'hiver si loin qu'il n'a foi qu'au printemps;
Ouvrant son cœur avide, et sa large poitrine,
Au vent des passions qui gonflent sa narine;
Qui croit l'amour un bien qu'aucun mal ne détruit,
Et la gloire qu'il rêve autre chose qu'un bruit;
Dont l'arbre d'espérance où fleurit chaque feuille,
Cache un nid de boutons sous chaque fleur qu'on cueille;
Qui, du monde asservi dénonçant le réveil,
Croit à la liberté comme on croit au soleil;
Dont l'œil ambitieux touche à l'inaccessible;
Qui, parce qu'il veut tout, ne voit rien d'impossible,
Et pose dans la vie un pas ferme et si fier :
C'est ce que vous étiez, ce que j'étais hier.

Cet homme au front penché qu'on prendrait pour un sage,
Qui s'est assis là-bas, au bord du marécage,
Ainsi qu'un laboureur, fatigué du labour;
Dont l'œil triste et baissé semble, inquiet du jour,
Pour y trouver de l'ombre, interroger son âme;
Dont l'ardent Sirius a, comme un vent de flamme,
Avec ceux des forêts, desséché les cheveux;
Cet homme qui repasse en lui-même ses vœux,
Qui, des larmes d'hier les paupières trempées,
Redit son chapelet d'espérances trompées;
Qui, tombeau par tombeau, rassemble ses amis,
Le long de sa carrière à mesure endormis;
Qui, de son œil voilé de brumes assidues,
Compte par ses regrets les étoiles perdues;
C'est vous, c'est moi, c'est l'homme à moitié du chemin
Qui s'arrête, et qui dit : Que serai-je demain?

PRIÈRE A LA MORT

De l'antique néant aïeule injuriée,
Pourquoi restes-tu sourde, ô mort, à mes douleurs?
Du banquet des heureux déesse expatriée,
Pourquoi n'éteins-tu pas mon âme avec mes pleurs?

Jamais par mon effroi je ne t'ai décriée;
Brodant ton noir manteau de leurs jeunes couleurs,
Mes vers, sœur du sommeil, avant lui t'ont priée,
Et je t'ai pour de l'ombre offert toutes mes fleurs.

Au lieu de voir en toi ce squelette difforme,
Dont le bras vermoulu tient les clefs du tombeau;
Je t'ai donné d'un ange et les traits et la forme.

Prends-moi donc dans tes bras, afin que je m'endorme;
Viens, séraphin sans nom, toi que j'ai fait si beau,
Souffler, dans un baiser, ta nuit sur mon flambeau!

ÉMILE SOUVESTRE

LE NID

De ce buisson de fleurs approchons-nous ensemble,
Vois-tu ce nid posé sur la branche qui tremble;
Pour le couvrir, vois-tu les rameaux se ployer;
Les petits sont cachés sous leur couche de mousse;
Ils sont tous endormis!... Oh! viens, ta voix est douce,
    Ne crains pas de les effrayer.

De ses ailes encor la mère les recouvre,
Son œil appesanti se referme et s'entr'ouvre,
Et son amour souvent lutte avec le sommeil;
Elle s'endort enfin... Vois comme elle repose!
Elle n'a rien pourtant qu'un nid sous une rose
    Et sa part de notre soleil.

Vois, il n'est point de vide en son étroit asile,
A peine s'il contient sa famille tranquille;
Mais là, le jour est pur et le sommeil est doux,
C'est assez!... Elle n'est ici que passagère;
Chacun de ses petits peut réchauffer son frère,
    Et son aile les couvre tous.

Et nous, pourtant, mortels, nous passagers comme elle,
Nous fondons des palais quand la mort nous appelle,
Le présent est flétri par nos vœux d'avenir;
Nous demandons plus d'air, plus de jour, plus d'espace,
Des champs, un toit plus grand!... Ah! faut-il tant de place
    Pour aimer un jour... et mourir!

D'ASSAS

L'ART

(*Vénus de Milo.*)

PHIDIAS.

Je te crois un sculpteur partout fort estimable ;
Tu connais le métier fort bien, et ton ciseau
Peut fouiller une frise, orner un chapiteau ;
Ta main adroite, autour d'un torse de bacchante,
Sait enrouler le pampre et la feuille d'acanthe ;
Et bien qu'au trivial tu sois toujours porté,
L'on rencontre chez toi certaine habileté.
Mais ce n'est point de l'art.

AGATHON.

Tu dis ?

PHIDIAS.

                  L'art, c'est la flamme
Qui brûle ; c'est le don merveilleux de deviner le beau ;
C'est ce je ne sais quoi qui pousse le ciseau,
Quand l'âme du sculpteur, d'un démon obsédée,
Parvient à condenser en marbre son idée,
Et que le front brisé du Jupiter nouveau,
Laisse échapper Pallas de son puissant cerveau.
Je te l'ai déjà dit, ton âme, sybarite,
Dans de pareils travaux se fatiguerait vite,
Et tu ne pourrais pas subir un seul moment
Les cruelles douleurs de cet enfantement.
Tu me croyais jaloux ; écoute ma parole : (*Montrant la statue*)
De l'art dont je parlais cette œuvre est le symbole.
De ces contours charmants j'aime la pureté,
Et la grandeur s'y mêle à la simplicité.
Ce n'est pas seulement l'idéal de la femme,
Ce que j'admire, moi, dans ce marbre, c'est l'âme.
Un rayon immortel anime sa beauté.
Dans son regard divin brille la majesté,
D'une chaste pudeur sa nudité se pare ;
C'est bien une déesse ! Ainsi je le déclare,
Jamais rien d'aussi beau ne parut à mes yeux.
Un sculpteur nous est né, remercions les dieux ;
Oui, devant ta Vénus courbant sa tête nue,
O génie ignoré, Phidias te salue !

VICTOR HUGO

MOISE

« Mes sœurs, l'onde est plus fraîche aux premiers feux du jour :
Venez ; le moissonneur repose en son séjour ;
      La rive est solitaire encore ;
Memphis élève à peine un murmure confus ;

Et nos chastes plaisirs sous ces bosquets touffus,
    N'ont d'autres témoins que l'aurore.

Au palais de mon père on voit briller les arts;
Mais ces bords pleins de fleurs charment plus mes regards
    Qu'un bassin d'or ou de porphyre;
Ces chants aériens sont mes concerts chéris;
Je préfère aux parfums qu'on brûle en nos lambris
    Le souffle embaumé du zéphire!

Venez : l'onde est si calme et le ciel est si pur!
Laissez sur ces buissons flotter les plis d'azur
    De vos ceintures transparentes;
Détachez ma couronne et ces voiles jaloux;
Car je veux aujourd'hui folâtrer avec vous,
    Au sein des vagues murmurantes.

Hâtons-nous... Mais, parmi les brouillards du matin,
Que vois-je? — Regardez à l'horizon lointain...
    Ne craignez rien, filles timides!
C'est sans doute, par l'onde entraîné vers les mers,
Le tronc d'un vieux palmier qui, du fond des déserts,
    Vient visiter les pyramides.

Que dis-je? si j'en crois mes regards indécis,
C'est la barque d'Hermès ou la conque d'Isis
    Que pousse une brise légère.
Mais non : c'est un esquif où, dans un doux repos,
J'aperçois un enfant qui dort au sein des flots,
    Comme on dort au sein de sa mère!

Il sommeille; et, de loin, à voir son lit flottant,
On croirait voir voguer, sur le fleuve inconstant,
    Le nid d'une blanche colombe.
Dans sa couche enfantine il erre au gré du vent;
L'eau le balance, il dort, et le gouffre mouvant
    Semble le bercer dans sa tombe.

Il s'éveille; accourez, ô vierges de Memphis!
Il crie... Ah! quelle mère a pu livrer son fils
    Au caprice des flots mobiles?
Il tend les bras; les eaux grondent de toutes parts;
Hélas! contre la mort il n'a d'autre rempart
    Qu'un berceau de roseaux fragiles.

Sauvons-le... — C'est peut-être un enfant d'Israël;
Mon père les proscrit : mon père est bien cruel
    De proscrire ainsi l'innocence!
Faible enfant! ses malheurs ont ému mon amour;
Je veux être sa mère; il me devra le jour,
    S'il ne me doit pas la naissance. »

Ainsi parlait Iphis, l'espoir d'un roi puissant,
Alors qu'au bord du Nil son cortége innocent
    Suivait sa course vagabonde;

Et ces jeunes beautés qu'elle effaçait encor,
Quand la fille des rois quittait son voile d'or,
    Croyaient voir la fille de l'onde.

Sous ses pieds délicats déjà le flot frémit;
Tremblante, la pitié vers l'enfant qui gémit
    La guide en sa marche craintive;
Elle a saisi l'esquif! Fière de ce doux poids,
L'orgueil sur son beau front, pour la première fois,
    Se mêle à la pudeur naïve.

Bientôt divisant l'onde et brisant les roseaux,
Elle apporte à pas lents l'enfant sauvé des eaux
    Sur le bord de l'arène humide.
Et ses sœurs tour à tour, au front du nouveau-né,
Offrant ce doux sourire à son œil étonné,
    Déposaient un baiser timide.

Accours, toi qui, de loin, dans un doute cruel,
Suivais des yeux ton fils sur qui veillait le ciel;
    Viens ici comme une étrangère;
Ne crains rien : en pressant Moïse entre tes bras,
Tes pleurs et tes transports ne te trahiront pas,
    Car Iphis n'est pas encor mère !

Alors, tandis qu'heureuse et d'un pas triomphant,
La vierge au roi farouche amenait l'humble enfant,
    Baigné des larmes maternelles,
On entendait en chœur, dans les cieux étoilés,
Des anges devant Dieu, de leurs ailes voilés,
    Chanter les lyres éternelles.

« Ne gémis plus, Jacob, sur la terre d'exil;
Ne mêle plus tes pleurs aux flots impurs du Nil :
    Le Jourdain va t'ouvrir ses rives;
Le jour enfin approche où vers les champs promis
Gessen verra s'enfuir, malgré leurs ennemis,
    Les tribus si longtemps captives.

Sous les traits d'un enfant délaissé sur les flots,
C'est l'élu de Sina, c'est le roi des fléaux,
    Qu'une vierge sauve de l'onde.
Mortels, vous dont l'orgueil méconnaît l'Éternel,
Fléchissez : un berceau va sauver Israël,
    Un berceau doit sauver le monde! »

L'ARC DE TRIOMPHE

La France a des palais, des tombeaux, des portiques,
De vieux châteaux tout pleins de bannières antiques,
Héroïques joyaux conquis dans les dangers;
Sa pieuse valeur, prodigue en fiers exemples,
    Pour parer ces superbes temples,
    Dépouille les camps étrangers.

On voit dans ses cités, de monuments peuplées,
Rome et ses dieux, Memphis et ses noirs mausolées ;
Le lion de Venise en leurs murs a dormi ;
Et quand, pour embellir nos vastes Babylones,
    Le bronze manque à ses colonnes,
    Elle en demande à l'ennemi !

Lorsque luit aux combats son armure enflammée,
Son oriflamme auguste et de lis parsemée
Chasse les escadrons ainsi que des troupeaux ;
Puis elle offre aux vaincus des dons après les guerres,
    Et comme des hochets vulgaires,
    Y mêle leurs propres drapeaux.
Arc triomphal, la foudre, en terrassant ton maître,
Semblait avoir frappé ton front encore à naître.
Par nos exploits nouveaux te voilà relevé !
Car on n'a pas voulu, dans notre illustre armée,
    Qu'il fût de notre renommée
    Un monument inachevé !

Dis aux siècles le nom de leur chef magnanime !
Qu'on lise sur ton front que nul laurier sublime
A des glaives français ne peut se dérober !
Lève-toi jusqu'aux cieux, portique de victoire !
    Que le géant de notre gloire
    Puisse passer sans se courber !

LA STATUE DE HENRI IV

Assis près de la Seine, en mes douleurs amères,
Je me disais : « La Seine arrose encore Ivry,
Et les flots sont passés où, du temps de nos pères,
    Se peignaient les traits de Henri.
Nous ne verrons jamais l'image vénérée
    D'un roi qu'à la France éplorée
    Enleva sitôt le trépas ;
Sans saluer Henri nous irons aux batailles,
Et l'étranger viendra chercher dans nos murailles
    Un héros qu'il n'y verra pas ! »

Où courez-vous ? Quel bruit naît, s'élève et s'avance ?
Qui porte ces drapeaux, signe heureux de nos rois ?
Dieu ! quelle masse au loin semble, en sa marche immense,
    Broyer la terre sous son poids ?
Répondez !... Ciel ! c'est lui ! je vois sa noble tête...
    Le peuple fier de sa conquête,
    Répète encor son nom chéri.
O ma lyre ! tais-toi dans la publique ivresse ;
Que seraient tes concerts près des chants d'allégresse
    De la France aux pieds de Henri ?

Par mille bras traîné, le lourd colosse roule :
Ah ! volons, joignons-nous à ces efforts pieux.
Qu'importe si mon bras est perdu dans la foule !

Henri me voit du haut des cieux.
Tout un peuple a voué ce bronze à sa mémoire,
Roi chevalier, rival en gloire
Des Bayard et des du Guesclin !
De l'amour des Français reçois la noble preuve ;
Nous devons la statue au denier de la veuve,
A l'obole de l'orphelin.

N'en doutez pas : l'aspect de cette image auguste
Rendra nos maux moins grands, notre bonheur plus doux.
O Français ! louez Dieu. Vous voyez un roi juste,
Un Français de plus parmi vous.
Désormais, dans ses yeux, en volant à la gloire,
Nous viendrons puiser la victoire ;
Henri recevra notre foi ;
Et, quand on parlera de ses vertus si chères,
Nos enfants n'iront pas demander à leurs pères
Comment souriait le bon roi.

Jeunes amis, dansez autour de cette enceinte ;
Mêlez vos pas joyeux, mêlez vos heureux chants.
Henri, car sa bonté dans ses traits est empreinte,
Bénira vos transports touchants.
Près des vains monuments que des tyrans s'élèvent,
Qu'après de longs siècles achèvent
Les travaux d'un peuple opprimé,
Qu'il est beau cet airain, où d'un roi tutélaire
La France aime à revoir le geste populaire,
Et le regard accoutumé !

THÉOPHILE GAUTIER

L'ITALIE

. . . . Italie, Italie !
Si riche et si dorée, oh ! comme ils t'ont salie !
Les pieds des nations ont battu tes chemins ;
Leur contact a limé tes vieux angles romains,
Les faux dilettanti s'érigent en artistes,
Les milords ennuyés et les rimeurs touristes,
Les petits lord Byron fondent de toutes parts,
Sur ton cadavre à terre, ô mère des Césars !
Ils s'en vont mesurant la colonne et l'arcade ;
L'un se pâme au rocher, et l'autre à la cascade ;
Ce sont à chaque pas des admirations,
Des yeux levés en l'air et des contorsions.
Au moindre bloc informe et dévoré de mousse,
Au moindre pan de mur où le lentisque pousse,
On pleure d'aise, on tombe en des ravissements
A faire de pitié rire tes monuments.
L'un avec son lorgnon collant le nez aux fresques,
Tâche de trouver beaux tes damnés gigantesques,
O pauvre Michel-Ange ! et cherche, en son cahier,
Pour savoir si c'est là qu'il doit s'extasier ;
L'autre, plus amateur de ruines antiques,

Ne rêve que frontons, corniches et portiques,
Ne croit qu'en Jupiter et jure par Vesta.
De mots italiens fardant leurs rimes blêmes,
Ceux-ci vont arrangeant leurs voyages en poëmes,
Et sur de grands tableaux font de petits sonnets :
Artistes et dandys, roturiers, baronnets,
Chacun te tire aux dents, belle Italie antique,
Afin de remporter un pan de ta tunique !

Restons ; car au retour on court risque souvent
De ne retrouver plus son vieux père vivant ;
Et votre chien vous mord, ne sachant plus connaître
Dans l'étranger bruni celui qui fut son maître ;
Les cœurs qui vous étaient ouverts se sont fermés :
D'autres en ont la clef, et, dans vos plus aimés,
Il ne reste de vous qu'un vain nom qui s'efface.
Lorsque vous revenez, vous n'avez plus de place ;
Le monde où vous viviez s'est arrangé sans vous,
Et l'on a divisé votre part entre tous...
Restons au colombier... après tout, notre France
Vaut bien ton Italie ; et, comme dans Florence,
Rome, Naples ou Venise, on peut trouver ici
De beaux palais à voir et des tableaux aussi.
Nous avons des donjons, de vieilles cathédrales,
Aussi haut que Saint-Pierre élevant leurs spirales :
Notre-Dame tendant ses deux grands bras en croix,
Saint-Séverin dardant sa flèche entre les toits,
Et la Sainte-Chapelle aux minarets mauresques,
Et Saint-Jacques hurlant sous ses monstres grotesques ;
Nous avons de grands bois et des oiseaux chanteurs,
Des fleurs embaumant l'air de divines senteurs ;
Des ruisseaux babillards dans de belles prairies,
Où l'on peut suivre en paix ses chères rêveries ;
Nous avons, nous aussi, des fruits blonds comme miel,
Des archipels d'azur aux flots de notre ciel,
Et, ce qui ne se trouve en aucun lieu du monde,
Ce qui vaut mieux que tout, ô belle vagabonde,
Le foyer domestique ineffable en douceurs,
Avec la mère au coin et les petites sœurs,
Et le chat familier qui se joue et se roule,
Et, pour hâter le temps, quand goutte à goutte il coule,
Quelques anciens amis causant de vers et d'art,
Qui viennent de bonne heure et ne s'en vont que tard.

ÉLISA MERCOEUR

LE RÉVEIL D'UNE VIERGE

La cloche matinale et résonne et t'appelle,
Vierge, ne rêve plus un prestige effacé.
    Eveille-toi, l'airain de la chapelle,
Plaintive Nathaly, déjà s'est balancé.

C'est l'heure où, chaque jour, soulevant ta paupière,

S'ouvrent tes yeux, cet asile des pleurs;
Quand au pied de l'autel, près de tes jeunes sœurs,
    Ta douce voix soupire une prière.
        Sur le marbre silencieux,
        Incline-toi, vierge timide;
Dans un calme sacré, fais méditer les cieux
        A ton âme pure et candide.
Oh! ne rappelle pas un souvenir trompeur,
    En déchirant le voile des mensonges :
        Qu'échappant au séjour des songes,
Ton âme soit un ange au sein du Créateur!
Le monde te parut de loin comme un orage,
    Tu l'évitas comme un craintif agneau;
    Et de l'oubli sur sa funeste image,
Le cloître qui t'enferme a posé le bandeau.

La cloche matinale et résonne et t'appelle
Vierge, ne rêve plus un prestige effacé.
        Eveille-toi, l'airain de la chapelle,
Plaintive Nataly, s'est déjà balancé.

REBOUL

L'ANGE ET L'ENFANT

Un ange au radieux visage,
Penché sur le bord d'un berceau,
Semblait contempler son image,
Comme dans l'onde d'un ruisseau.

«Charmant enfant qui me ressemble,
Disait-il, ah! viens avec moi;
Viens, nous serons heureux ensemble:
La terre est indigne de toi.

Là, jamais entière allégresse,
L'âme y souffre de ses plaisirs;
Les airs de joie ont leur tristesse,
Et les voluptés leurs soupirs.

La crainte est de toutes les fêtes,
Jamais un jour calme et serein
Du choc des vents et des tempêtes
N'a garanti le lendemain.

Eh quoi! les chagrins, les alarmes,
Viendraient flétrir ton front si pur,

Et dans l'amertume des larmes
Se terniraient tes yeux d'azur!

Non, non, dans les champs de l'espace
Avec moi tu vas t'envoler;
La Providence te fait grâce
Des jours que tu devais couler.

Que personne dans ta demeure
N'obscurcisse ses vêtements;
Qu'on accueille ta dernière heure
Ainsi que tes premiers moments.

Que les fronts y soient sans nuage,
Que rien n'y révèle un tombeau :
Quand on est pur comme à ton âge,
Le dernier jour est le plus beau. »

Et, secouant ses blanches ailes,
L'ange à ces mots a pris l'essor
Vers les demeures éternelles!...
Pauvre mère, ton fils est mort.

COMTE ANATOLE DE MONTESQUIOU

ADIEUX AU RUISSEAU

Charmant ruisseau, vous fuyez cet ombrage
Et ce vallon protégé par les cieux,

Comme si l'on pouvait être ailleurs plus heureux.
Vous avez tort de quitter ce bocage
Et ces bords paisibles et purs.
Imprudent, vous courez aux cités d'où j'arrive!...
Ah! pendant vos succès futurs,
Vous regretterez cette rive,
Et vos rochers déserts, et vos antres obscurs.
Sans retour, onde fugitive,
On vous voit renoncer à des charmes si doux!...
Je ne ferai pas comme vous.

Mᵐᵉ AM. TASTU

RÊVERIE

Alors que sur les monts l'ombre s'est abaissée,
Des jours qui ne sont plus s'éveille la pensée,
Le temps fuit plus rapide ; il entraîne sans bruit
Le cortége léger des heures de la nuit.
Un songe consolant rend au cœur solitaire
Tous les biens qui jadis l'attachaient à la terre,
Ses premiers sentiments et ses premiers amis,
Et les jours de bonheur qui lui furent promis.
Calme d'un âge heureux, pure et sainte ignorance,
Amitié si puissante, et toi, belle espérance,
Doux trésors qui jamais ne me seront rendus,
Ah ! peut-on vivre encore et vous avoir perdus!

LE DERNIER JOUR DE L'ANNÉE

Déjà la rapide journée
Fait place aux heures du sommeil,
Et du dernier fils de l'année
S'est enfui le dernier soleil.
Près du foyer, seule, inactive,
Livrée aux souvenirs puissants,
Ma pensée erre, fugitive,
Des jours passés aux jours présents.
Ma vue, au hasard arrêtée,
Longtemps de la flamme agitée
Suit les caprices éclatants,
Ou s'attache à l'acier mobile
Qui compte sur l'émail fragile
Les pas silencieux du temps.
Un pas encore, encore une heure,
Et l'année aura sans retour
Atteint sa dernière demeure,
L'aiguille aura fini son tour.
Pourquoi, de mon regard avide
La poursuivre ainsi tristement,
Quand je ne puis d'un seul moment
Retarder sa marche rapide?
Du temps qui vient de s'écouler,

Si quelques jours pouvaient renaître,
Il n'en est pas un seul peut-être
Que ma voix daignât rappeler!
Mais des ans la fuite m'étonne ;
Leurs adieux oppressent mon cœur ;
Je dis : « C'est encore une fleur
Que l'âge enlève à ma couronne,
Et livre au torrent destructeur ;
C'est une ombre ajoutée à l'ombre,
Qui déjà s'étend sur mes jours ;
Un printemps retranché du nombre
De ceux dont je verrai le cours!
Écoutons!...» Le timbre sonore
Lentement frémit douze fois ;
Il se tait... je l'écoute encore,
Et l'année expire à sa voix.
C'en est fait, en vain je l'appelle :
Adieu!... Salut sa sœur nouvelle,
Salut! quels dons chargent ta main?
Quel bien nous apporte ton aile?
Quels beaux jours dorment dans ton sein?
Que dis-je? à mon âme tremblante
Ne révèle point tes secrets :

41

D'espoir, de jeunesse, d'attraits,
Aujourd'hui tu parais brillante ;
Et ta course insensible et lente
Peut-être amène les regrets !
Ainsi chaque soleil se lève
Témoin de nos vœux insensés ;
Ainsi toujours son cours s'achève,

En entraînant comme un vain rêve,
Nos vœux déçus et dispersés.
Mais l'espérance fantastique,
Répandant sa clarté magique
Dans la nuit du sombre avenir,
Nous guide d'année en année,
Jusqu'à l'aurore fortunée

Du jour qui ne doit point finir.

C. LOYSON

SUR LA MORT D'UNE COUSINE DE SEPT ANS

Hélas ! si j'avais su, lorsque ma voix qui prêche
T'ennuyait de leçons, que sur toi rose et fraîche,
Le noir oiseau des morts planait inaperçu ;
Que la fièvre guettait sa proie, et que la porte
Où tu jouais hier, te verrait passer morte...
       Hélas ! si j'avais su !...

Je t'aurais fait, enfant, l'existence bien douce ;
Sous chacun de tes pas j'aurais mis de la mousse,
Les ris auraient sonné chacun de tes instants ;
Et j'aurais fait tenir dans ta petite vie
Un trésor de bonheur immense... à faire envie
       Aux heureux de cent ans !

Loin des bancs où pâlit l'enfance prisonnière,
Nous aurions fait tous deux l'école buissonnière
Dans les bois pleins de chants, de parfums et d'amour,
J'aurais vidé les nids pour emplir ta corbeille,
Et je t'aurais donné plus de fleurs qu'une abeille
       N'en peut voir dans un jour.

Puis quand le vieux janvier, les épaules drapées
D'un long manteau de neige et suivi de poupées,
De magots, de pantins, minuit sonnant, accourt,
Au milieu des cadeaux qui pleuvent pour étrenne,
Je t'aurais fait asseoir comme une jeune reine
       Au milieu de sa cour.

Mais je ne savais pas, et je prêchais encore ;
Sûr de ton avenir, je le pressais d'éclore,
Quand tout à coup, pleurant un long espoir déçu,
De tes petites mains je vis tomber le livre,
Tu cessas à la fois de m'entendre et de vivre...
       Hélas ! si j'avais su !

C. DOVALLE

LE CONVOI D'UN ENFANT

Un jour que j'étais en voyage,
Près de ce clos qu'un mur défend,

Je vis deux hommes du village
Qui portaient un cercueil d'enfant.

Une femme marchait derrière
Qui pleurait, et disait tout bas
Une lente et triste prière,
Celle qu'on dit lors d'un trépas.

Point de parents, point de famille !
Je ne vis, le long du chemin,
Qu'un pauvre petite fille
Cachant ses larmes sous sa main.

Elle suivait la longue allée
Qui conduit au champ du repos,
Et paraissait bien désolée,
Et dévorait bien des sanglots.

Ainsi marchant, quand ils passèrent
Au pied de ce grand peuplier,
Ceux qui travaillaient s'arrêtèrent,
Et je les vis s'agenouiller,

Prier le ciel pour la jeune âme,
Faire le signe de la croix,

Et, quand passa la pauvre femme,
Se détourner tous à la fois !

Cependant, inclinant la tête,
Au cimetière on arriva.
Une fosse ouverte était prête ;
Alors un homme dit : « C'est là. »

Et la fosse n'était plus vide ;
On y poussa la terre... Et puis
Je ne vis plus qu'un tertre humide
Avec une branche de buis.

Et, comme la petite fille,
S'en allant, passa près de moi,
Je l'arrêtai par sa mantille :
« Tu pleures, mon enfant, pourquoi ?

—Monsieur, c'est que Julien, dit-elle,
Mon petit camarade, est mort ! »
Et, voilant sa noire prunelle,
La pauvrette pleura plus fort.

BERGERONNETTE

Pauvre petit oiseau des champs,
Inconstante bergeronnette,
Qui voltiges, vive et coquette,
Et qui siffles tes jolis chants ;

Bergeronnette si gentille,
Qui tournes autour du troupeau,
Par les prés sautille, sautille,
Et mire-toi dans le ruisseau !

Va, dans tes gracieux caprices,
Becqueter la pointe des fleurs,
Ou poursuivre, aux pieds des génisses,
Les mouches aux vives couleurs.

Reprends tes jeux, bergeronnette,
Bergeronnette au vol léger ;
Nargue l'épervier qui te guette !
Je suis là pour te protéger.

Si haut qu'il soit je puis l'abattre...
Petit oiseau, chante !... et demain,
Quand je marcherai, viens t'ébattre
Près de moi le long du chemin.

C'est ton doux chant qui me console ;
Je n'ai point d'autre ami que toi.
Bergeronnette, vole, vole,
Bergeronnette, devant moi !

J. BRIZEUX

LES ILIENNES

I.

Par un soir de grand deuil, de tous les bords de l'île,
Vers l'église on les vit s'avancer à la file ;
Chacune d'elles avait son chapelet en main,
Lentement égrené par le triste chemin ;
Jusqu'à terre à longs plis pendait leur cape noire,
Mais leur coiffe brillait blanche comme l'ivoire.
Et c'était en Lion et dans l'île de Batz,
L'île des grands récits et des sombres trépas,
Où les sillons des champs sont creusés par les femmes,
Tandis que leurs maris vont sillonner les lames ;

Au tomber de la nuit, dans ce funèbre lieu,
Ces femmes allaient donc vers la maison de Dieu.

II.

Bien humble est la chapelle, humble est le cimetière,
Où chacune en priant vient chercher une pierre,
Quelque pierre noirâtre avec son bénitier,
Mais vide du cher mort qu'on ne peut oublier,
Car les corps sont absents de ces tombes étranges...
Voici ce qu'à genoux elles lurent, ces anges,
Et de leurs cœurs tombaient des murmures pieux,
L'eau sainte de leurs mains, les larmes de leurs yeux :
« Au capitaine Jean Servet, dans un naufrage,
Mort loin de la Bretagne avec son équipage!
A Fâl-Levâ, sombré dans l'Inde! — Aux deux Juliens,
Jetés sur le cap Horn et perdus corps et biens! »
Et d'autres noms encore avec leur date sombre,
Disant des lieux de mort, des morts disant le nombre.
Or ces noms, sur les croix déjà presque effacés,
Vivaient en plus d'un cœur fidèlement tracés,
Dans votre souvenir, ô chastes Iliennes,
Gémissant et priant sur ces tombes chrétiennes !
Pour ceux qui, ballottés dans un lit sans repos,
Parmi les durs cailloux sentent rouler leurs os :
Malheureux dont la voix pleurante vous arrive
Avec les cris du vent, les fracas de la rive !...

III.

Mais voici près de vous, par ce lugubre soir,
D'autres femmes venir sous leur mantelet noir;
Et leurs bras vers la terre, elles disent : « O veuves,
N'est-il plus dans ce champ bénit de places neuves?
Nous avons, comme vous, des pierres à poser,
Et nous n'avons, hélas! nulle fosse à creuser.
Pleurez, veuves! de pleurs inondez cette argile !
Nos pères et nos fils ne viendront plus dans l'île :
Dans la couche éternelle, on ne voit pas chez nous
Les femmes reposer auprès de leurs époux :
Mais, pour garder leurs noms, apprenez-nous, ô veuves,
S'il n'est plus dans ce champ bénit de places neuves. »

IV.

O rites inspirés, religieux tableaux,
Toujours du sol breton vous surgissez nouveaux !
Après mille récits sur les lieux, sur les choses,
Le poëte disait : « Mes histoires sont closes... »
Et, pour semer l'air fort qui vient de l'exalter,
Fervent révélateur, il se prend à chanter.

H. DURAND

NAITRE, VIVRE ET MOURIR

Naître, vivre, mourir! tout le destin des hommes,
Le secret de la vie et le décret de Dieu.

Tout ce que nous étions et tout ce que nous sommes,
Tout ce que nous serons..., en trois mots, que c'est peu !
Mais, si l'instant obscur qui nous a donné l'être
Dans son germe contient un avenir sans fin,
Si l'effort a son but et non pas son peut-être,
Si tout ce qui commence a son terme divin ;
Si notre esquif atteint, guidé par l'Espérance,
Par le fleuve du temps l'Océan éternel,
Si la mort que l'on craint n'est qu'une renaissance,
Si la terre n'est rien que le chemin du ciel,
Si, quand le temps finit, l'éternité commence,
Heure unique et sans sœur qui ne frappe qu'un coup,
Si l'amour est un jour bonheur et non souffrance,
Vivre alors, vivre, ami!... dans un mot..., c'est beaucoup !

SCRIBE

MON FILS EST LA

Dans cette riante prairie,
Auprès de ce tertre de fleurs,
Quelle est cette femme jolie
Dont les yeux sont mouillés de pleurs ?
« De tes douleurs quelle est la cause ?
— Mes pleurs!... rien ne les tarira :
Tu vois ce tertre que j'arrose...
          Mon fils est là !

Cette rose, qui d'elle-même
Vient de croître sur son tombeau,
Me retrace ce fils que j'aime :
Vois, hélas! comme il était beau !
Cette fraîcheur était la sienne ;
Son teint si vermeil, le voilà...
Ce parfum..., c'est sa douce haleine :
          Mon fils est là !

De plus près viens que je l'admire !
Voilà l'image de mon fils :
Mais qui me rendra son sourire,
Et surtout ses baisers chéris ?

Ciel ! vois-tu la brise légère,
Qui de mes lèvres l'approcha ?
Il s'est incliné vers sa mère...
          Mon fils est là !

Que la fortune moins jalouse,
Jeune étranger, comble tes vœux !
Que le sort te donne une épouse,
Et que ton fils ferme tes yeux !
Moi..., cette fleur que je protège
Chaque matin me reverra :
En d'autres lieux que deviendrais-je ?
          Mon fils est là ! »

Le voyageur vers l'autre année,
Revint comme un ancien ami.
La rose, hélas! était fanée,
Le tertre s'était agrandi!...
Lors s'informant de l'étrangère,
Le pasteur, qu'il interrogea,
Lui dit, en lui montrant la terre :
          « Tous deux sont là ! »

ANAÏS SÉGALAS

LES PREMIERS PAS A L'ÉGLISE

Vois-tu cette maison où la cloche t'appelle,
La haute tour sculptée en légère dentelle,
Ses vitraux mêlés d'or, d'écarlate et de bleu ?
C'est une église... Oh! viens y faire une prière !
Vois tous les saints rangés sur le portail de pierre,
Pour bénir les enfants qui viennent prier Dieu.

Regarde, tout au fond, la chapelle fleurie
De la reine du ciel qu'on appelle Marie :
Là, tout est blanc et frais comme tes jeunes ans.
Oh! vois sur cet autel, qui parle à nos deux âmes,
Une vierge au front pur pour soutenir les femmes,
Un nouveau-né divin pour sourire aux enfants.

Implore avec ferveur ce Dieu bon comme un père,
Grand comme un roi des rois, tout petit comme un frère :
Il aime ton cœur simple et son naïf élan ;
Il préfère un front pur à tout ce qu'on renomme,
La candeur de l'enfant aux vanités de l'homme,
Et la plume du cygne à la plume du paon.

Dis à la Vierge aussi : « Priez pour nous, Marie,
Rose du paradis, et lis de la prairie,
Reine au palais de feu, mère à l'amour brûlant! »
Demande-lui la douce et divine croyance,
Et les chastes vertus qu'elle garde à l'enfance
   Dans les plis de son voile blanc.

Viens..., donne à l'indigente au seuil du temple assise.
L'ange de charité, qu'on rencontre à l'église,
Doit descendre avec nous les marches du saint lieu.
Ton front a je ne sais quelle pure lumière.
Et tous les saints rangés sur le portail de pierre
Bénissent mon enfant qui vient de prier Dieu.

LA JEUNE FILLE MOURANTE

« Comment me délivrer de cette fièvre ardente?
Mon sang court plus rapide et ma main est brûlante,
Je souffre... Dites-moi, je suis mal, n'est-ce pas?
Souvent, le front penché, l'œil baissé vers la terre,
Vous rêvez tristement; puis d'un air de mystère
   J'entends parler bien bas.

Et, si je fais un bruit léger, si je respire,
Des larmes dans les yeux, on essaye un sourire,
On se rend bien joyeux; mais j'entends soupirer.
Sur les fronts tout brillants passe une idée amère;
Et ma petite sœur qui voit pleurer ma mère,
   Près du lit vient pleurer.

Ces larmes me l'ont dit, votre secret terrible :
Je vais mourir!... Déjà mourir! Oh! c'est horrible!
Mon Dieu, pour fuir la mort, n'est-il aucun moyen?
Quoi! dans un jour peut-être immobile et glacée!
Aujourd'hui l'avenir, le monde, la pensée,
   Et puis demain... plus rien !

La robe que j'avais dans la dernière fête

Est fraîche encor; les nœuds rattachés sur ma tête
Ont gardé ces couleurs et ces reflets changeants,
Dont j'admirais l'éclat dans une folle extase;
Et moi, je vivrai moins que ces tissus de gaze
   Et ces légers rubans.

Comme une frêle plante, un souffle m'a brisée.
Vous, mes sœurs, vous avez cette teinte rosée
De jeunesse et de vie; oh! votre sort est beau!
Et j'ai les yeux ternis; je suis pâle, abattue;
On dirait, à me voir, une blanche statue
   Pour orner un tombeau.

On m'admirait pourtant, moi fantôme, ombre vaine,
La foule m'entourait comme une jeune reine;
Mon pouvoir tout nouveau semblait encor bien long;
Quelques bijoux formaient ma parure suprême,
Et puis mes dix-huit ans, comme un beau diadème,
   Rayonnaient sur mon front.

A vous encor mes sœurs, cet avenir qui brille,
A vous tous ces plaisirs bruyants de jeune fille;
Puis cet anneau d'hymen, ce mot dit en tremblant,
Et ces grains d'oranger, couronne virginale;
Moi, pour voile de noce et robe nuptiale,
   J'aurai mon linceul blanc.

Lugubre vêtement jeté sur une pierre,
Qui tout ensevelit dans une étroite bière,
Bien des illusions, bien du bonheur rêvé;
Qui tombe par lambeaux sous la terre jalouse,
Et que les battements d'un cœur de jeune épouse
   N'ont jamais soulevé.

Moi, dans un long cercueil étendue, insensible,
Morte!... Quoi! je mourrai! oh! non, c'est impossible.
Quand on a devant soi tout un large avenir,
Quand les jours sont joyeux, quand la vie est légère;
Quand on a dix-huit ans, n'est-ce pas, bonne mère?
   On ne peut pas mourir!

Je veux jouir encor de toute la nature;
De la fleur dans les prés, du ruisseau qui murmure;
Du ciel bleu, de l'oiseau chantant sur l'arbre vert;
Je veux aimer la vie, et de toute mon âme,
La voir dans le soleil briller en jets de flamme,
   La respirer dans l'air. »

Le lendemain, la cloche appelait aux prières;
Les cierges éclairaient de leurs pâles lumières
La nef et l'autel saint; quelques prêtres en deuil
Disaient le chant des morts; et, sous les voûtes sombres,
Des vierges à genoux, blanches comme des ombres,
   Pleuraient près d'un cercueil.

A. BARBIER

LE DANTE

Dante, vieux gibelin ! Quand je vois en passant
Le plâtre blanc et mat de ce masque puissant
Que l'art nous a laissé de sa divine tête,
Je ne puis m'empêcher de frémir, ô poëte !
Tant la main du génie et celle du malheur
Ont imprimé sur toi le sceau de la douleur !
Sous l'étroit chaperon qui presse tes oreilles,
Est-ce le pli des ans ou le sillon des veilles
Qui traverse ton front si laborieusement ?
Est-ce au champ de l'exil, dans l'avilissement,
Que ta bouche s'est close à force de maudire ?
Ta dernière pensée est-elle en ce sourire
Que la mort sur tes lèvres a cloué de ses mains ?
Est-ce un ris de pitié sur les pauvres humains ?
Ah ! le mépris va bien à la bouche de Dante ;
Car il reçut le jour dans une ville ardente,
Et le pavé natal fut un champ de graviers
Qui déchira longtemps la plante de ses pieds.
Dante vit comme nous les factions humaines
Rouler autour de lui leurs fortunes soudaines ;
Il vit les citoyens s'égorger en plein jour,
Les partis écrasés renaître tour à tour :
Il vit pendant trente ans passer des flots de crimes,
Et le mot de patrie à tous les vents jeté,
Sans profit pour le peuple et pour la liberté.
O Dante Alighieri, poëte de Florence !
Je comprends aujourd'hui ta mortelle souffrance,
Amant de Béatrix à l'exil condamné,
Je comprends ton œil cave et ton front décharné,
Le dégoût qui te prit des choses de ce monde,
Ce mal de cœur sans fin, cette haine profonde
Qui, te faisant atroce et te fouettant l'humeur,
Inondèrent de bile et ta plume et ton cœur.
Ainsi, d'après les mœurs de ta ville natale,
Artiste, tu peignis une toile fatale ;
Et tu fis le tableau de sa perversité
Avec tant d'énergie et tant de vérité,
Que les petits enfants, qui, le jour, dans Ravenne,
Te voyaient traverser quelque place lointaine,
Disaient en contemplant ton front livide et vert :
« Voilà, voilà celui qui revient de l'enfer !

C. DUBOS

LA PETITE MARGUERITE

Toi, qui de l'innocence
As toute la fraîcheur ;
Délices de l'enfance,
Dont tu sembles la sœur,

Marguerite fleurie,
Honneur de nos vallons,
Comme dans la prairie,
Brille dans nos chansons.

Quand tu te renouvelles
Au retour des zéphirs,
Combien tu me rappelles
De touchants souvenirs!
Fleur aimable et champêtre,
Mes premières amours,
Que ne vois-je renaître
Avec toi mes beaux jours!

Des mains de la nature
Échappée au hasard,
Tu fleuris sans culture
Et tu brilles sans art.
Telle qu'une bergère
Oubliant ses appas,
Sans apprêts tu sais plaire
Et ne t'en doutes pas.

Souvent la jeune fille,
Loin d'un père exilé,
Te dit : « Vers sa famille
Revient-il consolé?... »
Tremblante elle te cueille;
Sous son doigt incertain,
L'oracle qui s'effeuille
Révèle son destin.

Ton sein que la froidure
Empêchait de s'ouvrir,
Lorsque le ciel s'épure,
Aime à s'épanouir.

Ainsi l'aimable enfance
Qu'intimide un censeur,
Aux jeux de l'indulgence
Ouvre son jeune cœur.

Loin des prés solitaires
Étalant ses attraits,
Ta sœur, dans nos parterres,
Va briguer des succès :
L'éclat d'un vain suffrage
Flatte sa vanité;
Mais un stérile hommage
Vaut-il l'obscurité?

Tel souvent, pour la ville,
Un jeune ambitieux
Fuit le champêtre asile
Qu'habitaient ses aïeux;
L'insensé! pour partage,
Aux pieds de la grandeur,
Il trouve l'esclavage
En perdant le bonheur.

Crois-moi : jamais n'envie
De plus brillants destins;
Fille de la prairie,
Fuis toujours les jardins.
Songe que l'on préfère
Dans ses humbles atours,
La naïve bergère
Aux sultanes des cours.

CASTEL

LE VOLCAN ET L'INCENDIE

L'incendie a gagné les antiques forêts.
Les animaux fuyant dans les sentiers secrets,
Vingt fois pour s'échapper retournent sur leur trace :
Partout la mort en feu les repousse et les chasse.
On voit, loin du volcan et de leurs toits brûlants,
Errer de toutes parts les pâles habitants;
Et l'époux, qui soutient sa moitié défaillante,
Et du vieillard courbé la marche chancelante,
Et la mère qui croit dérober au trépas
Son fils, unique espoir, qu'elle tient dans ses bras.
Inutiles efforts : les vagues irritées
Franchissent en grondant leurs rives dévastées,
L'Apennin a tremblé jusqu'en ses fondements.
La terre ouvre en tout lieu des abîmes fumants,
Des plus fermes cités ébranle les murailles,
Et les ensevelit au fond de ses entrailles.

Un jour peut-être, un jour, nos neveux attendris
Découvriront enfin, sous de profonds débris,

Ces villes, ces palais, ces temples, ces portiques,
De nos arts florissants monuments authentiques.
Ainsi, dans les remparts qu'Hercule avait bâtis,
Par un malheur semblable autrefois engloutis,
Nous allons admirer de superbes ruines,
Et de l'antiquité fouiller les doctes mines.
Quel sera le destin de tant de malheureux
Echappés par hasard à ce désastre affreux ?
De cendres, de cailloux, une pluie enflammée
Couvre tout le pays de feux et de fumée.
Le laboureur a vu les trésors des sillons
Sortir de ses greniers en brûlants tourbillons.
En vain il cherche encor dans les arides plaines
Les buffles vigoureux, compagnons de ses peines :
Ils ne reviendront plus d'un pas obéissant
Sur ce sol calciné traîner le soc pesant.
Nul secours, nul espoir ne s'offre à sa misère.
Comment nourrir, hélas! ses enfants et leur mère?
Ira-t-il secouer le gland dans les forêts?
Mais l'orage partout a fait tomber ses traits;
Et les chênes, séchés jusque dans leurs racines,
De ces lieux désolés ont accru les ruines.
Alors parmi les feux, les laves, les tombeaux,
La famine apparaît; et, traînant ses lambeaux,
Traverse les cités, rôde dans les villages!
D'abord sous l'humble toit exerce ses ravages;
Puis des palais pompeux franchissant les degrés,
Entre avec le besoin sous les lambris dorés.

A. DE LAMARTINE

L'ITALIE

Italie, Italie! ah! pleure tes collines
Où l'histoire du monde est écrite en ruines!
Où l'empire, en passant de climats en climats,
A gravé plus avant l'empreinte de ses pas !
Où la gloire, qui prit ton nom pour son emblème,
Laisse un voile éclatant sur ta nudité même!
Voilà le plus parlant de tes sacrés débris!
Pleure! un cri de pitié va répondre à tes cris!
Terre que consacra l'empire et l'infortune,
Source des nations, reine, mère commune!
Tu n'es pas seulement chère aux nobles enfants
Que ta verte vieillesse a portés dans ses flancs;
De tes ennemis même enviée et chérie,
De tout ce qui naît grand ton ombre est la patrie!
Et l'esprit inquiet, qui, dans l'antiquité,
Remonte vers la gloire et vers la liberté,
Et l'esprit résigné qu'un jour plus pur inonde,
Qui, dédaignant ces dieux qu'adore en vain le monde,
Plus loin, plus haut encore, cherche un unique autel
Pour le Dieu véritable, unique, universel,
Le cœur plein, tous les deux, d'une tendresse amère,

T'adorent dans ta poudre, et te disent : « Ma mère ! »
Le vent en ravissant tes os à ton cercueil ,
Semble outrager la gloire et profaner le deuil !
De chaque monument qu'ouvre le roc de Rome,
On croit voir s'exhaler les mânes d'un grand homme ;
Et, dans ce temple immense où le Dieu du chrétien
Règne sur les débris du Jupiter païen,
Tout mortel, en entrant, prie et sent mieux encore
Que ton temple appartient à tout ce qui l'adore !...
Sur tes monts glorieux, chaque arbre qui périt,
Chaque rocher miné, chaque nuée qui tarit,
Chaque fleur que le soc brise sur une tombe,
Au cœur des nations retentissent longtemps,
Comme un coup plus hardi de la hache du temps !
Et tout ce qui flétrit ta majesté suprême
Semble, en te dégradant, nous dégrader nous-même !
Le malheur pour toi seule a doublé le respect,
Tout cœur s'ouvre à ton nom, tout œil à ton aspect !
Ton soleil trop brillant pour une humble paupière,
Semble épancher sur toi la gloire et la lumière ;
Et la voile qui vient de sillonner tes mers,
Quand tes grands horizons se montrent dans les airs,
Sensible et frémissante à ces grandes images,
S'abaisse d'elle-même en touchant tes rivages !
Ah ! garde-nous longtemps, veuve des nations,
Garde au pieux respect des générations,
Ces titres mutilés de la grandeur de l'homme,
Qu'on retrouve à tes pieds dans la cendre de Rome !
Respecte tout de toi, jusques à tes lambeaux !
Ne porte point envie à des destins plus beaux !
Mais, semblable à César à son heure suprême,
Qui du manteau sanglant s'enveloppe lui-même,
Quel que soit le destin que couvre l'avenir,
Terre, enveloppe-toi de ton grand souvenir !
Que t'importe où s'en vont l'empire et la victoire ?
Il n'est point d'avenir égal à ta mémoire !

AU SOLEIL

Dieu ! que les airs sont doux ! que la lumière est pure !
Tu règnes en vainqueur dans toute la nature,
O soleil ! et des cieux où ton char est porté,
Tu lui verses la vie et la fécondité !
Le jour où, séparant la nuit de la lumière,
L'éternel te lança dans ta vaste carrière,
L'univers tout entier te reconnut pour roi ;
Et l'homme, en t'adorant, s'inclina devant toi !
De ce jour, poursuivant ta carrière enflammée,
Tu décris sans repos ta route accoutumée ;
L'éclat de tes rayons ne s'est point affaibli,
Et sous la main des temps ton front n'a point pâli.
Quand la voix du matin vient réveiller l'aurore,
L'Indien prosterné te bénit et t'adore !
Et moi, quand le midi, de ses feux bienfaisants,
Ranime par degrés mes membres languissants.

Il me semble qu'un Dieu, dans tes rayons de flamme,
En échauffant mon sein, pénètre dans mon âme!
Et je sens de ses fers mon esprit détaché,
Comme si du Très-Haut le bras m'avait touché!
Mais ton sublime auteur défend-il de le croire?
N'es-tu point, ô soleil, un rayon de sa gloire?
Quand tu vas mesurant l'immensité des cieux,
O soleil! n'es-tu point un rayon de ses yeux?

LE CHRÉTIEN MOURANT

Qu'entends-je? autour de moi l'airain sacré résonne.
Quelle foule pieuse en pleurant m'environne?
Pour qui ce chant funèbre et ce pâle flambeau?
O mort! est-ce ta voix qui frappe mon oreille
Pour la dernière fois? Eh quoi! je me réveille
          Sur le bord du tombeau!

O toi! d'un feu divin précieuse étincelle,
De ce corps périssable habitante immortelle,
Dissipe ces terreurs : la mort vient t'affranchir!
Prends ton vol, ô mon âme! et dépouille tes chaînes!
Déposer le fardeau des misères humaines,
          Est-ce donc là mourir?

Oui, le temps a cessé de mesurer mes heures.
Messagers rayonnants des célestes demeures,
Dans quels palais nouveaux allez-vous me ravir?
Déjà, déjà je nage en des flots de lumière,
L'espace devant moi s'agrandit, et la terre
          Sous mes pieds semble fuir.

Mais qu'entends-je? au moment où mon âme s'éveille,
Des soupirs, des sanglots ont frappé mon oreille!
Compagnons de l'exil, quoi! vous pleurez ma mort!
Vous pleurez! et déjà dans la coupe sacrée
J'ai bu l'oubli des maux, et mon âme enivrée
          Entre au céleste port.

A. SOUMET

LA PAUVRE FILLE

J'ai fui le pénible sommeil
Qu'aucun songe heureux n'accompagne;
J'ai devancé sur la montagne
Les premiers rayons du soleil.
S'éveillant avec la nature,
Le jeune oiseau chantait sous l'aubépine en fleurs;
Sa mère lui portait sa douce nourriture.
Mes yeux se sont mouillés de pleurs :
Ah! pourquoi n'ai-je pas de mère?
Pourquoi ne suis-je pas semblable au jeune oiseau,
Dont le nid se balance aux branches de l'ormeau?

Rien ne m'appartient sur la terre ;
Je n'eus pas même de berceau,
Et je suis un enfant trouvé sur une pierre,
Devant l'église du hameau.
Loin de mes parents exilée,
De leurs embrassements j'ignore la douceur,
Et les enfants de la vallée
Ne m'appellent jamais leur sœur.
Je ne partage pas les jeux de la veillée ;
Jamais, sous son toit de feuillée,
Le joyeux laboureur ne m'invite à m'asseoir.
Et de loin je vois la famille,
Autour du sarment qui pétille,
Chercher sur ses genoux les caresses du soir.
Souvent je contemple la pierre
Où commencèrent mes douleurs :
Je cherche la trace des pleurs
Qu'en m'y laissant peut-être... y répandit ma mère.
Souvent aussi mes pas errants
Parcourent des tombeaux l'asile solitaire ;
Mais pour moi les tombeaux sont tous indifférents :
La pauvre fille est sans parents,
Au milieu de cercueils ainsi que sur la terre.
J'ai pleuré quatorze printemps,
Loin des bras qui m'ont repoussée.
Reviens, ma mère, je t'attends
Sur la pierre où tu m'as laissée.

LES ENFANTS AU PARADIS

(*Divine épopée.*)

Oh ! parmi tous ces cieux que réjouit Marie,
Celui qu'elle préfère est la jeune patrie
De ce peuple d'enfants, souriant et vermeil,
Dont le front eut à peine un rayon de soleil,
Qui n'ont pas adopté la terre pour demeure ;
Elus, pour qui l'exil ne dura pas une heure,
Qui sont victorieux sans avoir combattu,
Et pour qui l'innocence est plus que la vertu !
Dont le pied rose et nu n'a pas touché nos fanges :
Qui ne sont pas des saints, qui ne sont pas des anges ;
Qui n'ont pas dit : « Ma mère ! » à leurs mères en deuil,
Et n'ont à leur amour demandé qu'un cercueil !
Sous les arbres de nard, d'aloès et de baume,
Chaque souffle de l'air, dans ce flottant royaume,
Est un enfant qui vole, un enfant qui sourit
Au doux lait virginal dont le flot le nourrit ;
Un enfant, chaque fleur de la sainte corbeille ;
Chaque étoile, un enfant ; un enfant, chaque abeille.
Le fleuve y vient baigner leurs groupes triomphants ;
L'horizon s'y déroule en nuages d'enfants,
Plus beaux que tout l'éclat des vapeurs fantastiques
Dont le couchant superbe enflamme ses portiques.
Là, sous les grands rosiers, ils tiennent lieu d'oiseaux,

Quand le zéphir d'Eden balance leurs berceaux,
Et que leur tête blonde, et charmante et sereine,
Se tourne avec orgueil du côté de la reine :
Car la reine est leur mère ; oui, celle que leurs yeux,
En se fermant au jour, ont rencontrée aux cieux.
Mais, lorsque vient à vous, enfants, cette autre mère
A qui votre naissance ici-bas fut amère,
Pour que son pauvre cœur cesse d'être jaloux,
Votre front caressé s'endort sur ses genoux.
Sous ses baisers heureux votre bouche se pose ;
Votre béatitude entre ses bras repose :
Et même au paradis rien n'est plus gracieux
Que ce tableau d'amour chaste et silencieux.

Mᵐᵉ DESBORDES-VALMORE

CONTE

C'était jadis. Pour un peu d'or,
Un fou quitta ses amours, sa patrie.
(De nos jours cette soif ne paraît point tarie ;
J'en connais qu'elle brûle encor.)
Courageux, il s'embarque ; et, surpris par l'orage,
Demi-mort de frayeur, il échappe au naufrage.
La fatigue d'abord lui donna le sommeil ;
Puis enfin l'appétit provoqua son réveil.
Au rivage où jamais n'aborda l'espérance,
Il cherche, mais en vain, quelque fruit savoureux :
Du sable, un rocher nu s'offrent seuls à ses yeux ;
Sur la vague en fureur il voit fuir l'existence.
L'âme en deuil, le cœur froid, le corps appesanti,
L'œil fixé sur les flots qui mugissent encore,
Sentant croître et crier la faim qui le dévore,
Dans un morne silence il reste anéanti.
La mer, qui par degrés se calme et se retire,
Laisse au pied du rocher les débris du vaisseau ;
L'infortuné vers lui lentement les attire,
S'y couche, se résigne, et s'apprête au tombeau.
Tout à coup il tressaille, il se lève, il s'élance ;
Il croit voir un prodige, il se jette à genoux.
D'un secours imprévu bénir la Providence
Est de tous les besoins le plus grand, le plus doux !
Puis en tremblant, sa main avide
Soulève un petit sac qu'il sent encore humide,
Le presse..., en interroge et la forme et le poids,
Y sent rouler des fruits..., des noisettes..., des noix...
Des noix ! dit-il, des noix ! quel trésor plein de charmes !...
Il déchire la toile... ô surprise ! ô tourments !
« Hélas ! dit-il en les mouillant de larmes,
Ce ne sont que des diamants. »

L'OREILLER D'UNE PETITE FILLE

Cher petit oreiller ! doux et chaud sous ma tête,
Plein de duvets choisis, et blanc, et fait pour moi !

Quand on a peur des vents, des loups, de la tempête,
Cher petit oreiller, que je dors bien sur toi !

Beaucoup, beaucoup d'enfants, pauvres et nus, sans mère,
Sans maison, n'ont jamais d'oreiller pour dormir ;
Ils ont toujours sommeil ! ô destinée amère !
Maman ! douce maman ! cela me fait gémir.

Et, quand j'ai prié Dieu pour tous ces petits anges
Qui n'ont pas d'oreiller, moi, j'embrasse le mien ;
Seule dans mon doux lit, qu'à tes pieds tu m'arranges,
Je te bénis, ma mère, et je touche le tien.

Je ne m'éveillerai qu'à la lueur première
De l'aube au rideau bleu ; c'est si gai de la voir !
Je vais dire tout bas ma plus tendre prière.
Donne encore un baiser, bonne maman ! bonsoir !

Dieu des enfants, le cœur d'une petite fille,
Plein de prière, écoute ! est ici sous mes mains ;
On me parle toujours d'orphelins sans famille :
Dans l'avenir, mon Dieu ! ne fais plus d'orphelins !

Laisse descendre au soir un ange qui pardonne,
Pour répondre à des voix que l'on entend gémir ;
Mets sous l'enfant perdu, que la mère abandonne,
Un petit oreiller qui le fasse dormir.

A. VINET

LE RENOUVELLEMENT DE L'ANNÉE

Ainsi que d'une lyre
Un accord échappé
Rapidement expire
Dans l'air qu'il a frappé,
De même chaque année,
Prompte à s'évanouir,
N'est pour l'âme étonnée
Qu'un nom, qu'un souvenir.

Mais, ô Dieu de lumière !
Dieu de l'éternité !
Sur notre vie entière
Ton œil est arrêté ;
Pour toi seul tout demeure,
Quand tout passe pour moi :
Un siècle comme une heure
Sont présents devant toi.

J'interroge ma vie,
A peine elle répond ;
Ta justice infinie
L'accuse et la confond.

De leur tombe arrachées
A la voix de mon roi,
Mille fautes cachées
Se lèvent contre moi.

De l'humaine misère
Divin réparateur !
Sainte image du Père !
Jésus ! ô mon Sauveur !
A ta foi je me livre,
Et j'espère obtenir
Ta grâce pour bien vivre,
Ta grâce pour mourir.

Avec l'an qui commence
Renouvelle mon cœur ;
D'amour et d'espérance
Compose mon bonheur.
Seigneur, ma foi t'embrasse,
Mon cœur a soif de toi ;
Viens y verser ta grâce,
Viens y graver ta loi.

DE GUÉRIN

A TRAVERS LA LANDE

« Terre, terre ! oh ! combien tes entrailles sont belles !
Et ton flanc abondant ! Heureuses mes prunelles
A qui tu laisses voir, en toute intimité,
La source et les secrets de ta fécondité !
Bienheureux mes regards, heureuses mes oreilles,
Que ravissent des voix en douceur non pareilles,
Les merveilleuses voix des êtres qu'en ton sein
La nature façonne avec sa belle main,
Et qui chantent après, dans leur joie infinie,
Des actions de grâce et l'hymne de la vie ! »
Je m'écriais ainsi de bonheur radieux,
Et mes regards ardents attachés sur les cieux.
Quand je les rabattis, je ne vis dans la plaine
Que des buissons épars et l'ombre des grands chênes ;
Et les calmes rayons du croissant argentin
Me venaient d'un limpide et sauvage lointain,
Et notre monde allait dans sa couche moelleuse,
S'endormant sous les yeux de sa belle veilleuse.

LA ROCHE D'OUELLE

Les siècles ont creusé dans la roche vieillie
Des creux où vont dormir des gouttes d'eau de pluie ;
Et l'oiseau voyageur, qui s'y pose le soir,
Plonge son bec avide en ce pur réservoir...
Ici je viens pleurer, sur la roche d'Ouelle,
De mon premier amour l'illusion cruelle ;
Ici mon cœur souffrant en pleurs vient s'épancher...
Mes pleurs vont s'amasser dans le creux du rocher...
Si vous passez ici, colombes passagères,
Gardez-vous de ces eaux ; les larmes sont amères.

A. DE MUSSET

UNE VISION

Du temps que j'étais écolier,
Je restais un soir à veiller
Dans notre salle solitaire.
Devant ma table vint s'asseoir
Un pauvre enfant vêtu de noir,
Qui me ressemblait comme un frère.

Son visage était triste et beau ;
A la lueur de mon flambeau
Dans mon livre ouvert il vint lire.
Il pencha son front sur sa main,
Et resta jusqu'au lendemain,
Pensif avec un doux sourire.

Comme j'allais avoir quinze ans,
Je marchais un jour à pas lents,
Dans un bois sur une bruyère.
Au pied d'un arbre vint s'asseoir
Un jeune homme vêtu de noir,
Qui me ressemblait comme un frère.

Je lui demandai mon chemin ;
Il tenait un luth d'une main,
De l'autre un bouquet d'églantine.
Il me fit un salut d'ami,
Et, se détournant à demi,
Me montra du doigt la colline.

Un an après, il était nuit;
J'étais à genoux près du lit
Où venait de mourir mon père.
Au chevet du lit, vint s'asseoir
Un orphelin vêtu de noir,
Qui me ressemblait comme un frère.

Ses yeux étaient noyés de pleurs;
Comme les anges de douleurs
Il était couronné d'épines;
Son luth à terre était gisant,
Sa pourpre de couleur de sang
Et son glaive dans sa poitrine.

Je m'en suis si bien souvenu,
Que je l'ai toujours reconnu
A tous les instants de ma vie :

C'est une étrange vision,
Et cependant, ange ou démon,
J'ai vu partout cette ombre amie.

Lorsque plus tard, las de souffrir,
Pour renaître ou pour en finir,
J'ai voulu m'exiler de France;
Lorsqu'impatient de marcher
J'ai voulu partir, et chercher
Les vestiges d'une espérance ;

Partout où j'ai voulu dormir,
Partout où j'ai voulu mourir,
Partout où j'ai touché la terre,
Sur ma route est venu s'asseoir
Un malheureux vêtu de noir,
Qui me ressemblait comme un frère.

LE PÉLICAN

Lorsque le pélican, lassé d'un long voyage,
Dans les brouillards du soir retourne à ses roseaux,
Ses petits affamés courent sur le rivage
En le voyant au loin s'abattre sur les eaux.
Déjà, croyant saisir et partager leur proie,
Ils courent à leur père avec des cris de joie,
En secouant leur bec sur leurs goîtres hideux.
Lui, gagnant à pas lents une roche élevée,
De son aile pendante abritant sa couvée,
Pêcheur mélancolique il regarde les cieux.
Le sang coule à longs flots de sa poitrine ouverte ;
En vain il a des mers fouillé la profondeur,
L'Océan était vide et la plage déserte :
Pour toute nourriture il apporte son cœur.
Sombre et silencieux, étendu sur la pierre,
Partageant à ses fils ses entrailles de père,
Dans son sublime amour il berce sa douleur ;
Et, regardant couler sa sanglante mamelle,
Sur son festin de mort il s'affaisse et chancelle,
Ivre de volupté, de tendresse et d'horreur.
Mais parfois, au milieu du divin sacrifice,
Fatigué de mourir dans un trop long supplice,
Il craint que ses enfants ne le laissent vivant;
Alors il se soulève, ouvre son aile au vent,
Et se frappant le cœur avec un cri sauvage,
Il pousse dans la nuit un si funèbre adieu,
Que les oiseaux des mers désertent le rivage,
Et que le voyageur, attardé sur la plage,
Sentant passer la mort, se recommande à Dieu.

Poëte, c'est ainsi que font les grands poëtes,
Ils laissent s'égayer ceux qui vivent un temps;
Mais les festins humains qu'ils servent à leurs fêtes
Ressemblent la plupart à ceux des pélicans.

42

C. REYNAUD

LA FERME A MIDI

Il est midi : la ferme a l'air d'être endormie.
Le hangar aux bouviers prête son ombre amie :
Là, profitant de l'heure accordée au repos,
Bergers et laboureurs sont couchés sur le dos,
Et, près de retourner à leurs rudes ouvrages,
Dans un calme sommeil réparent leurs courages.
Auprès d'eux sont épars les fourches, les râteaux,
La charrette allongée et les lourds tombereaux.
Par une porte ouverte on voit l'étable pleine
Des bœufs et des chevaux revenus de la plaine.
Ils prennent leur repas; on les entend de loin
Tirer du râtelier la luzerne et le foin ;
Leur queue aux crins flottants, sur leurs flancs qu'ils caressent,
Fouette à coups redoublés les mouches qui les blessent.
A quelques pas plus loin, un poulain familier
Frotte son poil bourru le long d'un vieux pailler ;
Et des chèvres, debout contre une claire-voie,
Montrent leurs fronts cornus et leurs barbes de soie.
Les poules, hérissant leur dos bariolé,
Grattent le sol, cherchant quelques graines de blé.
Tout est en paix, le chien même dort sous un arbre,
Sur la terre allongé comme un griffon de marbre.
Au seuil de la maison, assise sur un banc,
Entre ses doigts légers, tournant son fuseau blanc,
Le pied sur l'escabeau, la ménagère file,
Surveillant du regard cette scène tranquille :
Seul, penché sur un toit, un poulet étourdi,
Croit encore au matin et chante en plein midi.

H. MURGER

LA BALLADE DU DÉSESPÉRÉ

« Qui frappe à ma porte à cette heure ?
—Ouvre, c'est moi.—Quel est ton nom ?
On n'entre pas dans ma demeure
A minuit ainsi sans façon.

Quel est ton nom ?—Je suis la gloire,
Je mène à l'immortalité !
— Passe, fantôme dérisoire !
— Donne-moi l'hospitalité.

Je suis la brillante jeunesse,
Cette belle moitié de Dieu.
— Passe ton chemin, la traîtresse
Depuis longtemps m'a dit adieu.

— Je suis l'art et la poésie,
On me proscrit; vite, ouvre. — Non !

Je ne sais plus chanter ma mie,
Je ne sais même plus son nom.

— Ouvre-moi, je suis la richesse,
Et j'ai de l'or, de l'or toujours;
Je puis terminer ta détresse.
— Peux-tu recommencer mes jours ?

— Ouvre-moi, je suis la puissance,
J'ai la pourpre. — Vœux superflus !
Peux-tu me rendre l'existence
De ceux qui ne reviendront plus?

— Si tu ne peux ouvrir ta porte
Qu'au voyageur qui dit son nom,
Je suis la mort; ouvre, j'apporte
Pour tous tes maux la guérison.

— Entre, je suis las de la vie,
Qui pour moi n'a plus d'avenir ;
J'avais depuis longtemps l'envie,
Non le courage de mourir.

Je t'attendais, je veux te suivre ;
Où tu m'emmèneras, j'irai ;
Mais laisse mon pauvre chien vivre
Pour que je puisse être pleuré. »

VIENNET

LE PREMIER LARCIN

(Fable.)

N'abandonnez jamais le sentier de l'honneur,
Enfants, je vous le dis, malheur, cent fois malheur
    A qui fait un pas dans le crime !
Le chemin est glissant, on n'y peut s'arrêter ;
    Qui se laisse une fois tenter,
    Est tôt ou tard entraîné dans l'abîme.

Près d'un clos, entouré d'épineux arbrisseaux,
Un jeune voyageur, passant par aventure,
    Vit un poirier dont la verdure
S'effaçait sous les fruits qui chargeaient ses rameaux,
Une poire le tente ; il franchit la barrière,
Et déjà de ce fruit savoure la douceur,
Quand un chien se réveille, et ce gardien sévère
    S'élance sur le voyageur.
Contre cet ennemi qui déjà le terrasse,
Le jeune homme est contraint de défendre ses jours :
Il redouble d'efforts, lutte, se débarrasse ;
Et sa main, d'une bêche empruntant le secours,
    Etend le dogue sur la place.
Aux aboiements du chien le maître est accouru.
Il voit son cher Azor sur la terre sanglante ;
Et, d'un destin pareil menaçant l'inconnu,
Du tube meurtrier il presse la détente.
Le coup part, le plomb siffle à l'oreille tremblante
    Du voyageur qu'il n'a point abattu.
Mais cet infortuné, qu'emporte la colère,
De la bêche à son tour frappe son adversaire,
Et près de son Azor le maître est étendu.
Du criminel bientôt s'empare la justice.
Il pleure vainement son malheur et ses torts.
    Malgré ses pleurs et ses remords,
Le jeune voyageur est conduit au supplice :
« Hélas ! s'écriait-il, que mon sort est cruel !
Je lègue à ma famille une affreuse mémoire ;
    Je meurs comme un vil criminel,
Et ne voulais pourtant dérober qu'une poire ! »

ANTONY DESCHAMPS

L'ENFER DU DANTE

« C'est par moi que l'on va dans la cité des pleurs,
C'est par moi que l'on va dans le champ des douleurs,

C'est par moi que l'on va chez la race damnée !
La justice a conduit la main dont je suis née ;
Or le Père et le Fils, et l'Esprit souverain,
Font depuis le chaos tourner mes gonds d'airain.
Rien n'existe avant moi que chose sans naissance.
Vous qui passez mon seuil, laissez là l'espérance. »

Voilà ce que je vis en caractère noir,
Sur le haut d'une porte, et sans le concevoir !
« Maître, dis-je en tremblant, ces paroles sont dures ! »
Et lui : « Mon fils, il faut qu'en ton cœur tu t'assures,
Nous sommes arrivés aux lieux où je t'ai dit
Que tu devrais bientôt voir le peuple maudit
Qui ne pourra jouir de la béatitude. »
Alors, pour apaiser ma grande inquiétude,
Il prit en souriant ma main avec sa main,
Et puis me fit entrer dans l'infernal chemin.
Là, tout était couvert d'impénétrables voiles,
Et des cris résonnaient sous ce ciel sans étoiles ;
C'est pourquoi tout d'abord je me mis à pleurer.
Des soupirs comme en fait l'homme près d'expirer,
Des sanglots étouffés, un bizarre langage,
Des froissements de mains, des hurlements de rage,
Formaient une tourmente, et ressemblaient au vent
Qui soulève la mer et le sable mouvant,
Quand retentit en haut la voix de la tempête.
Et moi, qui me sentais tout autour de la tête
Comme un bandeau d'erreurs, je dis d'un air surpris :
« Maître, quel est ce bruit, et quels sont ces esprits
Qui se désolent tant ? » Lui : « Ce sont les supplices
De la race qui fut sans vertus et sans vices :
Tels sont les habitants de cette région ;
Ils sont ici mêlés à cette légion
Des anges qui ne fut fidèle ni rebelle,
Mais qui demeura neutre en la grande querelle :
Les cieux les ont chassés, de peur d'être moins purs,
Et le dernier enfer, en ses gouffres obscurs,
Ne les a point reçus ; car les coupables âmes
En tireraient honneur, brûlant aux mêmes flammes.
— Mais pourquoi, dis-je alors, pleurent-ils donc si fort ? »
Et lui me répondit : « Voici quel est leur sort :
Ils ne peuvent mourir, et si basse est leur vie,
Que le moindre renom excite leur envie.
Le monde n'en a point gardé le souvenir,
Dieu les a repoussés sans daigner les punir ;
Mais ne parlons point d'eux, regarde-les et passe ! »
Et moi, qui regardai, j'aperçus dans l'espace
Courir en tournoyant un immense étendard
Qui traversait les airs aussi vite qu'un dard ;
Et derrière, venait une si grande foule
Sur cette triste plage où le monde s'écoule,
Que je n'aurais pas cru que de ses froides mains
La mort jusqu'à ce jour eût défait tant d'humains ;
Et, comme je cherchais dans cette plaine sombre,
Au milieu de ces morts à reconnaître une ombre,

Je reconnus celui qui fit le grand refus,
Et je compris alors que ce groupe confus
Etait formé de ceux qui furent incapables,
Quand ils étaient ici, d'être bons ou coupables;
Et ces infortunés, qui ne vécurent pas,
Étaient nus, et couraient piqués à chaque pas
Par des guêpes d'enfer qu'éveillait leur passage.
Tout leur corps ruisselait de sang; de leur visage
Tombaient des pleurs amers avec ce sang mêlés,
Que buvaient à leurs pieds des vers longs et pelés.
Or, regardant plus loin dans la triste carrière,
Je vis une autre foule au bord de la rivière,
Et m'écriai : « Virgile, ô poète, dis-moi
Quels sont ces malheureux, et quelle étrange loi
Les fait passer si vite à cet autre rivage,
Autant que je puis voir à travers ce nuage? »
Et lui me répondit : « Ne m'interroge pas,
Tu l'apprendras bientôt quand nous serons là-bas,
Près du fleuve Achéron. » Je baissai la paupière,
Et demeurai muet comme un homme de pierre;
Et puis je m'avançai vers le fleuve en tremblant.
Voici, sur un esquif, venir un vieillard blanc,
Criant : « Malheur à vous, malheur, âmes damnées!
N'espérez point revoir vos rives fortunées,
Car je vais vous conduire en un terrible lieu,
Dans l'éternel enfer et de glace et de feu!
Et toi, vivant, qui viens sur ces rivages sombres,
Éloigne-toi des morts et des coupables ombres! »
Et, comme à cet appel je n'obéissais pas :
« Il te faudra, dit-il, porter ailleurs tes pas,
Pour qu'un esquif moins lourd te porte à l'autre rive!
— Si cet homme vivant dans ton domaine arrive,
Dit Virgile au vieillard, c'est parce qu'on le veut,
Pilote de l'enfer, dans l'endroit où l'on peut
Toujours ce que l'on veut. » Et le nocher, avide
Conducteur des damnés sur ce marais livide,
Éteignit ses regards comme la braise ardents.
Or les âmes des morts allaient grinçant les dents,
Car elles comprenaient ces paroles amères;
Elles maudissaient Dieu, leurs pères et leurs mères,
Leurs fils, le genre humain, le temps et le moment,
Le pays et le lieu de leur enfantement;
Puis, en pleurant bien fort, elles vinrent ensemble
A la rive maudite où leur destin rassemble
Ceux qui n'aiment point Dieu : là le vieillard Caron,
Diable aux yeux flamboyants, bat de son aviron
Quiconque avec lenteur s'approche du rivage;
Et, comme on voit l'automne, en la forêt sauvage,
Quand les arbres aux vents semblent près de céder,
Les feuilles s'en aller une à une et tomber,
Si que la branche enfin rend son bois à la terre;
Ainsi les fils d'Adam, par ce champ solitaire,
Se jettent dans la barque au signal du nocher,
Semblables au faucon que rappelle l'archer;
Ils s'en vont, ils s'en vont sur la rivière sombre,

Et ne sont pas encor passés, qu'un pareil nombre
Attend déjà la barque aux bords qu'ils ont quittés.
« Mon fils, me dit alors Virgile avec bonté,
Ceux qui laissent là-haut une dépouille immonde
Arrivent sur ces bords de tous les points du monde ;
Ils sont tous possédés, en cet étrange lieu,
Du besoin d'avancer ; la justice de Dieu
Les presse tellement, que leur crainte se change
En un brûlant désir de passer cette fange.
Or jamais âme humaine éprise de vertu
N'est descendue ici ; c'est pour cela, vois-tu,
Que Caron t'écartait de ceux qu'il accompagne. »
Quand il eut achevé, l'infernale campagne
Trembla si fortement, qu'à ce seul souvenir
Je sens un froid de mort jusqu'à mon cœur venir,
Et mon cœur s'arrêter comme en ce jour d'alarmes.
Un grand vent balaya cette terre de larmes,
L'air s'embrasa soudain et devint tout vermeil,
Et moi, je tombai tel qu'un corps pris de sommeil.

F. NOGARET

LE PATER

Créateur des humains, des mondes et des cieux !
Que ton nom soit béni, qu'il le soit en tous lieux !
Sur terre, au firmament ta volonté soit faite !
Règne enfin, règne seul ; écarte la disette :
Sous tes yeux paternels que le blé dans nos champs
Multiplie et suffise à nos besoins pressants !
Dans nos cœurs ta justice a placé la clémence ;
Nous pardonnons..., grand Dieu ! pardonne à qui t'offense,
Épargne la faiblesse, et fais grâce à l'erreur :
De nos maux passagers allége la souffrance ;
Et que tout homme juste, après son existence,
Repose dans ton sein : tous ont droit au bonheur.

M. PONSARD

MONOLOGUE DE BRUTUS
(Lucrèce.)

« Celui qui le premier embrassera sa mère
Règnera le premier. » Et j'embrassai la terre.
N'ai-je pas accompli l'oracle? et puis encor,
Quand j'eus offert au dieu mon bâton rempli d'or :
« Brute, me fut-il dit, tu m'offres ton emblème ;
La substance est pareille, et l'écorce est la même.
Le bâton brisera le sceptre, et, par deux fois,
Le nom qu'on donne aux fous sera fatal aux rois. »
(Il se lève.)
Qu'on donne aux fous! C'est bien celui dont on me nomme :
Mais alors c'est donc moi qui gouvernerai Rome !
En effet, j'éprouvais comme un élancement
Qui m'emportait en haut vers le commandement ;

Et cet oracle intime était déjà le signe
Que je dominerais, et que j'en serais digne.
Ah! je gouvernerai!... l'arrêt du sort est clair;
Et puis je sens monter un orage dans l'air.
Tarquin veut tout soumettre au niveau qu'il promène;
Il courbe avec effort la noblesse romaine.
Si quelques sommités tendent à s'exhausser,
Il abat chaque front qu'il ne peut abaisser.
Telle envers le sénat parut sa politique,
Quand, ce corps invoquant son privilége antique,
L'usurpateur jaloux fit taire ses griefs
En le décapitant de ses plus nobles chefs.
Mais contre lui s'amasse une colère sombre,
Sous la soumission la haine croît à l'ombre,
Et, quoiqu'on obéisse enfin sans murmurer,
Qui ne murmure plus est près de conspirer,
Oui, Lucrèce a dit vrai : quelque chose s'apprête.
Vienne une occasion, vienne un homme à leur tête,
Et les patriciens, mal fléchis par les rois,
Sauront se redresser pour ressaisir leurs droits.
Et cet homme c'est moi, qu'attend l'honneur suprême
De venger mon pays, et mon père, et moi-même,
D'affranchir l'avenir, de punir le passé,
Et de glorifier mon surnom d'insensé.
Patience! les jours n'ont pas atteint leur borne ;
On n'est pas furieux encore; on n'est que morne.
C'est un calme inquiet, semblable à cette horreur
Qui de l'éther tournant précède la fureur.
La menace des cieux attend qu'un vent l'allume.
Sommeillez jusque-là, foudres, sur mon enclume!
Noble sang des aïeux, qui me gonfles le cou,
Redescends indigné dans les veines du fou!
Et toi, Rome que j'aime, et que souvent j'invoque,
Rome à qui je médite une fameuse époque,
Rome à qui je promets, si j'arrive au pouvoir,
Des grandeurs que tes rois n'oseraient concevoir ;
Quand il sera besoin, à tes destins prospères
J'offrirai tout le sang que je tiens de mes pères.
J'offre ma patience en attendant. Reçois
Cette libation des affronts que je bois.
D'ailleurs je suis plus fort contre le vieil outrage.
Aux pleurs de la pitié j'ai trempé mon courage.
Cette source, nouvelle à mon front étonné,
A lavé sa souillure et l'a rasséréné.
Je m'apprivoise au lit de fange où je me vautre.
Je ne vois mes affronts que comme ceux d'un autre,
Et j'ai besoin tantôt, non pas de me dompter,
Mais de me battre exprès les flancs pour m'irriter.
Oh! qu'un mot bienveillant apaise de colère
Au cœur d'un malheureux !

EXPOSITION DE L'HONNEUR ET L'ARGENT

PREMIER AMI, *à George.*
Mon cher, votre dîner était fort bon.

GEORGE.

Vraiment ?

PREMIER AMI.

Je ne connais que vous pour traiter galamment.

GEORGE.

C'est à mon cuisinier qu'en appartient la gloire.

PREMIER AMI.

Non, pas plus qu'au soldat n'appartient la victoire.
Les cuisiniers savants ne se voient pas partout;
On n'en trouve, mon cher, que chez les gens de goût.

DEUXIÈME AMI, *regardant des aquarelles posées sur une table à gauche.*

Bon! très-bien! — De qui donc, George, ces aquarelles?

GEORGE.

De moi.

DEUXIÈME AMI.

Bravo! mon cher! Les eaux sont naturelles.
Comme cet horizon fait bien dans ce fond clair!
Et comme en ce feuillage on sent frissonner l'air!

PREMIER AMI.

Ce sol est vigoureux.

TROISIÈME AMI.

Cette lumière est chaude.

DEUXIÈME AMI.

Cette feuille au soleil luit comme une émeraude.

GEORGE.

Vous me flattez.

DEUXIÈME AMI.

Non pas, je ne suis pas flatteur.
C'est mon avis.

GEORGE.

Messieurs, je suis un amateur,
Rien de plus, et n'ai pas l'orgueil insupportable
De me faire passer pour peintre véritable.

DEUXIÈME AMI.

Pourquoi donc? je connais des peintres en renom
Qui ne vous valent pas, cher ami; ma foi, non!

PREMIER AMI.

Quel malheur qu'il soit riche et travaille à ses heures!
Pauvre, il eût encor fait des choses bien meilleures.

GEORGE.

Là, vraiment, croyez-vous, tout compliment à part,
Qu'au besoin je vivrais des produits de mon art?

DEUXIÈME AMI.

Parbleu! vous vous feriez vingt mille francs de rente.

GEORGE.

Oh! vingt mille francs!

PREMIER AMI.

Oui, vingt mille, et même trente.

UN HOMME D'ÉTAT.

C'est bel et bon; je crois que vous peignez fort bien;
Mais laissez donc cela, George, à ceux qui n'ont rien.
Qu'un pauvre diable à jeun, n'ayant ni sou ni livre,
Barbouille bien ou mal quelques toiles pour vivre,
Je ne l'en blâme pas; quoiqu'il pût, selon moi,
D'une toile en bon fil faire un meilleur emploi.
Mais vous, riche, honoré, qu'on recherche et qu'on fête,
Ce sont d'autres projets qu'il faut vous mettre en tête.
J'étais au ministère, où l'on parla de vous :
« Pourquoi, me disait-on, ne vient-il pas à nous?
Il ne sied pas aux fils des grands propriétaires
De vivre, comme il fait, en dehors des affaires.
Voyez-le; dites-lui que nous lui trouverons
Un poste convenable où nous le pousserons.
Une sous-préfecture ? »

GEORGE.

Oh! je vous remercie

L'HOMME D'ÉTAT.

Le conseil d'État?

GEORGE.

Non.

L'HOMME D'ÉTAT.

Ou la diplomatie?

GEORGE.

Non, non, j'aime les arts, et je me sens peu fait
Pour être conseiller, diplomate ou préfet.

UN CAPITALISTE.

Mariez-vous alors, et que la dot soit ronde,
Afin que vous fassiez figure dans le monde.

GEORGE.

Je n'y répugne point; mais je veux, avant tout,
Une femme avenante et qui soit à mon goût.

LE CAPITALISTE.

Tant mieux! j'ai justement de quoi vous satisfaire,
Et puis vous proposer une excellente affaire. (*Il le tire à l'écart.*)
La fille d'un courtier. Dot : cinq cent mille francs.

GEORGE.

Quel âge ?

LE CAPITALISTE.

Un million à la mort des parents.

GEORGE.

Mais...

LE CAPITALISTE.

Sur la mort d'un oncle on a quelque espérance.
Ensuite nous avons... (*Il lui parle à l'oreille.*)
Fille d'un pair de France;
Beau nom; peu d'argent. L'autre est un parti meilleur.
Troisièmement...

GEORGE.

Assez.

LE CAPITALISTE.

La fille d'un tailleur.

GEORGE.

Assez, je n'en connais pas une.

LE CAPITALISTE.

Bah! qu'importe,
Si vous connaissez bien la dot qu'on vous apporte !

GEORGE.

Fi donc!

LE CAPITALISTE.

On se connait après le sacrement,
Et les choses jamais ne se font autrement.

GEORGE.

Tant pis, mon cher monsieur! tant pis! C'est une honte
Dont je ne serai pas complice, pour mon compte.
On ne saurait flétrir avec trop de rigueur
Le règne du calcul dans les choses de cœur;
Et je souhaite aux gens qui suivent cette mode
Tous les sots accidents qu'entraîne leur méthode.
Il n'est pas d'union qui n'ait ses mauvais jours;
Mais, lorsqu'on s'est aimé, l'on s'en souvient toujours,
Et ces doux souvenirs que le cœur accumule,
Survivent à l'amour comme un long crépuscule.
Quant à voir devant soi, toujours, jusqu'à la mort,
Une femme à laquelle on parle avec effort,
Importune à vos yeux, à tous vos goûts contraire,
Dont les qualités même ont l'art de vous déplaire,
C'est un épouvantable esclavage; et plutôt
Que de vivre à ce prix, dans un royal château,
Je voudrais n'habiter qu'une chambre au cinquième,
Seul et pauvre, mais libre, et maître de moi-même.

LE CAPITALISTE.

Vous êtes jeune; un jour vous calculerez mieux.

GEORGE.

Pour penser en vieillard, j'attends donc d'être vieux.
Jeune, je ne vendrai ni mon corps ni mon âme ;
Je ne me marirai que pour aimer ma femme,
Et pour me marier, je considérerai
Non pas quelle est la dot, mais quels sont les attraits.

S. PÉCONTAL

LE FORGERON DES PYRÉNÉES

I

« Toi qui hantes les monts, la nue et les esprits,
Berger du Tourmalet, dis-nous donc quelque histoire ;
Tes troupeaux sont parqués, tout dort, la nuit est noire,
    L'heure est bonne pour les récits.

— Eh bien, soit ! sur ce lit de mousse et de lavande,
Autour du pauvre pâtre asseyez-vous en rond ;
Je vais vous raconter une vieille légende,
    La légende du forgeron.

II

C'était près d'une fondrière,
En plein hiver, quand le grand froid
Fait blottir l'ours dans sa tanière
Et les montagnards sous leur toit.

Devers Viscos, devers Baréges,
Dans les sentiers pas un vivant ;
On ne voyait rien que les neiges,
Il ne passait rien que le vent.

Seulement, le long d'une gorge,
Du mont Sinistre au mont Perdu
L'écho lointain d'un bruit de forge
Par moments était entendu.

Là, depuis l'aube, près du Gave,
Bras et marteaux étaient en jeu ;
Le métal coulait comme lave,
Et jetait des flocons de feu.

Noirci par le charbon qui fume,
Velu comme un démon d'enfer,
Le forgeron sur son enclume
A coups pressés battait le fer.

Il avait un air effroyable !
Et l'on disait dans son endroit,
Qu'il ne craignait ni Dieu ni diable,
Et qu'il ne marchait pas bien droit.

Tout à coup au seuil de la porte
Se présente un pauvre vieillard,
Dont la barbe d'étrange sorte
Semble de neige et de brouillard.

Il touchait à cette montagne,
A ce val horrible d'Héas,

Où la peur en plein jour vous gagne,
Et d'où plus d'un ne revient pas.

Il entendait mugir les trombes,
Ce mortel effroi du passant,
Et l'avalanche, au fond des combes
Qui s'engouffrait en bondissant.

« Maître, dit-il, puis-je à ta flamme
« Chauffer mes membres engourdis ?
« J'ai bien froid !... Dieu garde ton âme,
« Et la mette en son paradis !

— Que le diable emporte la tienne !
Répondit le noir forgeron ;
« Mais, en attendant qu'il te tienne,
« Attrape ceci, vieux larron !

« C'est ma charité du dimanche ! »
Et d'un fer rouge, en blasphémant,
Il lui larde sa barbe blanche,
Qui se recoquille en fumant.

Mais, ô prodige ! à cet outrage,
Au lieu du vieillard, apparaît
Un radieux et doux visage :
C'était Jésus de Nazareth !

A cet aspect, l'homme farouche
Est saisi d'un grand tremblement ;
Un cri rauque sort de sa bouche
Et se change en rugissement.

Tout son corps de poils se hérisse ;
Il fuit, et va, pareil aux ours,
Hurler d'horreur au précipice,
Et d'épouvante aux carrefours.

Un pâtre espagnol, le vieux Pèdre,
L'a vu rôder plus d'une fois,

Et jamais on n'en parle à Gèdre
Sans faire des signes de croix.

III

— Berger du Tourmalet, encore une autre histoire ;
Il fait bon t'écouter. — Et meilleur de me croire,
Mon beau chasseur d'isard ! — Eh bien, nous te croirons !
Tu passes pour savant ; tu lis dans maint vieux livre ;
Parle, nous sommes tous disposés à te suivre
Dans tes récits de saints, de diable ou de larrons ;
Et, de peur que le froid de la nuit ne nous gagne,
Nous allons faire un feu flambant sur la montagne.
— Bien ! mais faites aussi retentir votre cor,
Pour m'aider à trouver quelque légende encor. »

C. LAFONT

NE M'OUBLIEZ PAS

J'errais sans guide et sans étoile
Dans les eaux d'un monde inconnu ;
L'orage avait rompu ma voile ;
Mon dernier jour semblait venu.
Fille du ciel, votre sourire
M'a sauvé d'un prochain trépas ;
Vous avez réveillé ma lyre.
Si je meurs, ne m'oubliez pas !

Béni sois-tu, temple rustique,
Parvis humble et silencieux,
Où, dans une ombre poétique,
Vous apparûtes à mes yeux.
C'était à la Pâque fleurie.
Vous priiez, vous chantiez tout bas.
J'ai prié comme vous, Marie.
Si je meurs, ne m'oubliez pas !

Je me disais : « La mort délivre. »
Vous m'avez dit : « C'est blasphémer ! »
Qui n'a plus de plaisir à vivre,
Se déclare indigne d'aimer.

Aimer, voilà le but suprême ;
On peut l'atteindre sans combats.
Depuis ce jour-là, je vous aime !
Si je meurs, ne m'oubliez pas !

Des Ossian et des Tyrtée
L'ardeur m'enflammait autrefois ;
Mais ma muse désenchantée
Ne s'émeut plus qu'à votre voix.
Tous ces morts que la foule adore,
Les a-t-on pleurés ici-bas ?
La gloire n'est qu'un mot sonore.
Si je meurs, ne m'oubliez pas !

Tenez, voici la fleur charmante
De qui les rameaux onduleux
Au bord des eaux, parmi la menthe,
Ouvrent en foule leurs yeux bleus.
Que sa nuance est douce et tendre !
Ma main la sème sous vos pas.
C'est la fleur qu'aimera ma cendre.
Si je meurs, ne m'oubliez pas !

P. LACHAMBAUDIE

LE FIGUIER STÉRILE

Un jour sur la montagne, annonçant l'Évangile,
Jésus fut surpris par la faim ;
S'écartant de la foule, il aperçut enfin
Un figuier... un figuier stérile.
« Apprends, dit le Seigneur, apprends, figuier maudit,
Que tout arbre stérile est indigne de vivre,
Et qu'aux feux éternels il faut que je te livre... »

En tremblant aussitôt le figuier répondit :
« Révoquez, ô Seigneur, la fatale sentence !
Sur l'aride rocher je reçus l'existence ;
Je courbai mille fois mes rameaux agités
Sous le vent des hivers, sous le feu des étés ;
          Jamais une onde fécondante
N'infiltra sous mes pieds une sève abondante ;
          Jamais la main du vigneron
Ne détruisit la ronce attachée à mon front :
Or, n'ayant rien reçu, que pouvais-je vous rendre ? »
          Il dit ; alors, sans plus attendre,
Jésus, de sa justice apaisant la rigueur,
L'arrache et le transporte au pied de la montagne,
Où, prospérant bientôt sur un sol producteur,
Il donna par milliers des fruits au voyageur.

Combien de parias que la honte accompagne,
Sur le roc du malheur rameaux abandonnés,
A végéter sans fruits semblent prédestinés !
Loin de les condamner au vent de l'anathème,
De la manne des arts qui pleut sur vos élus,
Riches, versez sur eux l'ineffable baptême :
Cultivez-les ; vos soins ne seront pas perdus.

A. DES ESSARTS

FRAGMENT DE LA COMÉDIE DU MONDE

Je dis à la fleur : « Qui donc t'a plantée
Et qui t'a donné tes fraîches couleurs ? »
Avant de répondre, elle est emportée
Pour être vendue avec d'autres fleurs.

Je dis aux forêts : « Votre toit de feuille
Est un saint asile où je rêve en paix. »
A peine ai-je dit, que l'automne cueille
L'abri bienfaisant que je bénissais.

Je dis au grand bœuf pâturant dans l'herbe :
« L'églogue pour moi renaît à te voir. »
Un paysan vient, et le bœuf superbe,
Une corde au cou, marche à l'abattoir.

Je dis, admirant la flèche hardie
Du temple de Dieu : « Quelle noble tour ! »
Mais la foudre tombe, et dans l'incendie
Le temple de Dieu s'écroule à son tour.

Je dis aux vapeurs qui dans l'étendue
Vont rapidement : « Quel main prend soin
De vous soutenir ainsi ? » Mais la nue
Ne peut me répondre, elle est déjà loin.

Je dis au bonheur : « Hôte de caprice,
Ne peux-tu rester une heure avec nous? »
Le bonheur sourit et dehors se glisse,
Quand nous l'appelons en vain à genoux.

Et je dis, sentant que sur moi retombe
L'ennui de mon cœur plein de mille effrois :
« Quand saurai-je enfin? — Demande à la tombe,
C'est là qu'on sait tout, » me dit une voix.

A. THIERRY

LES DEUX VOIX

LA VOIX D'EN BAS.

Pour quelques pas, fatigué, hors d'haleine,
Je vais m'asseoir auprès de ce coteau,
Puis, assurant ma démarche incertaine,
Seul, lentement regagner le hameau.
Que l'air est pur, mais que le ciel est sombre!
Je sens le feu d'un beau jour de printemps.
Hélas! ce jour à mes yeux n'est qu'une ombre;
Je suis aveugle et je n'ai que trente ans.

LA VOIX D'EN HAUT.

Toi que j'entends plaindre ta destinée,
Faible mortel, qui te crois malheureux,
Ton âme aux sens serait-elle enchaînée?
Ne saurais-tu vivre et penser sans eux?
Ne peux-tu pas, planant sur les ruines
D'un corps fragile à périr condamné,
Chercher la vie en ses sources divines,
Et l'arracher à ce monde borné?

LA VOIX D'EN BAS.

Ce ne sont point les plaisirs de ce monde,
Ses vanités, ni son vil intérêt,
Ni la richesse en dégoûts si féconde,
Qui dans mon cœur éveillent un regret.
Mon seul souhait, le rêve de ma vie,
Était d'avoir, dans mon simple réduit,
Une compagne, une épouse, une amie,
Et je perds tout si ce rêve me fuit.

LA VOIX D'EN HAUT.

Laisse-le fuir, ce rêve d'un autre âge,
Ou garde-le comme un vain souvenir;
Car s'ils sont doux, les nœuds du mariage,
C'est pour celui qui voit un avenir.
Ne songe plus aux filles de la terre;
A leur faiblesse il faut un protecteur.
Plus faible encor, que peux-tu pour leur plaire
Peux-tu promettre et donner le bonheur?

LA VOIX D'EN BAS.

Ah! j'espérais qu'une âme douce et tendre,
Par la pitié s'attachant à mon sort,
Pourrait aimer celui qui sait attendre,
Sans se troubler, et la vie et la mort.
Près d'un enfant et d'un vieillard débile,
J'ai vu la femme assise nuit et jour,
Des malheureux elle cherchait l'asile.
Je souffre aussi; n'aurai-je pas mon tour?

LA VOIX D'EN HAUT.

Ton tour viendra, mais pour la bienveillance,
Non pour l'amour; il faut y renoncer;
Mets en oubli cette faible espérance,
Comme un éclair qui ne fait que passer.
De vrais amis charment ta solitude :
Tourne vers eux ton unique désir.
Donne ton cœur et tes jours à l'étude,
Sois libre et fier jusqu'au dernier soupir.

LA VOIX D'EN BAS.

Oui, j'abandonne une erreur trop chérie,
J'obéirai sans murmure à ta loi;
J'écouterai cette voix qui me crie:
« Ne pleure pas, homme, résigne-toi. »
Vous tous que j'aime et qui m'appelez frère,
Entourez-moi, serrez-moi dans vos bras;
Je n'ai que vous, que vous seuls sur la terre;
Oh! mes amis, ne m'abandonnez pas !

CHAPITRE II

PROSATEURS ET MORCEAUX

SISMONDI

MORT DE RICHELIEU

(*Histoire des Français.*)

Le 1er décembre 1642, Richelieu fut saisi d'un violent accès de fièvre, d'une cruelle oppression à la poitrine et d'une vive douleur au côté. Le malade sentit lui-même alors que sa fin était prochaine; il se confessa. Il reçut le lendemain la visite du roi; il lui recommanda sa famille; il lui indiqua les personnes les plus capables de le servir, puis il se prépara à la mort. Le jour suivant, il reçut encore une visite du roi, qui avait quitté Saint-Germain pour le Louvre, afin de se rapprocher de lui. Comme les médecins déclaraient que leur art ne présentait plus de ressources, on essaya de celles d'un empirique, qui lui rendit en effet quelques heures de vigueur; mais lui-même ne s'y trompa pas; et, vers midi, le 4 décembre, il expira dans la cinquante-huitième année de son âge. Richelieu, de même que presque tous les personnages de ce siècle, fit ce qu'on nomme communément une belle mort, une mort chrétienne. Ceux qui furent, en si grand nombre, envoyés à l'échafaud, tout comme ceux qui les y envoyèrent, exprimèrent d'une manière touchante, dans leurs derniers moments, leur foi, leur résignation, leur confiance en Dieu et leur oubli des injures qu'ils avaient reçues. Nous devons les estimer tous heureux d'avoir trouvé dans la religion des consolations et du courage; mais nous ne devons pas juger leur caractère ou leurs actions d'après leur conduite à cette heure suprême. Soit que leur esprit fût trop troublé pour juger eux-mêmes la ligne qu'ils avaient parcourue, soit que leur illusion sur leur conduite fût entretenue par ceux qui les entouraient, on vit les plus malhonnêtes gens parler et sentir en vrais chrétiens; on les vit quelquefois repentants de leurs petits péchés, jamais de leurs grands crimes. Richelieu, en recevant le saint sacrement, s'écria : « Voilà mon juge, devant qui je paraîtrai bientôt; je le prie de bon cœur qu'il me condamne, si j'ai eu une autre intention que le bien de la religion et de l'État... Je pardonne de tout mon cœur, dit-il encore, à mes ennemis, comme je prie Dieu qu'il me pardonne à moi-même. »

Le roi fut peu ému de la mort de Richelieu; quelques-uns assurent même qu'il en témoigna de la joie. La maladie les avait aigris tous les deux; ils se faisaient souffrir mutuellement, et Louis XIII était bien las de la tyrannie de son ministre; toutefois il ne se sépara pas de ceux que ce ministre avait élevés. Le soir même, il appela le cardinal Mazarin à son conseil, et le lendemain il adressa aux parlements, aux gouverneurs de province, ainsi qu'aux ambassadeurs, une circulaire par laquelle il annonçait vouloir maintenir en ses conseils les mêmes personnes qui l'avaient servi pendant l'administration de Richelieu, y appeler Mazarin, maintenir la bonne intelligence avec ses alliés, et agir avec la même vigueur et la même fermeté qu'il avait montrées jusqu'à ce jour. Il fit faire au cardinal, le 13 décembre, les plus magnifiques obsèques; il approuva la distribution de sa fortune et de ses charges, et il accepta les legs splendides qui lui étaient destinés à lui-même.

CUSTINE

LE RHIN

(*La Russie.*)

Hier j'ai été voir coucher le soleil sur le Rhin : c'est un grand spectacle. Ce que je trouve de plus beau dans ce pays, trop fameux pourtant, ce ne sont pas les bords du fleuve avec leurs ruines monotones, avec leurs vignobles arides, et qui, pour le plaisir des yeux, prennent trop de place dans le paysage; j'ai trouvé ailleurs des rives plus imposantes, plus variées, plus riantes, de plus belles forêts, une végétation plus forte, des sites plus pittoresques, plus étonnants; mais, ce qui me paraît merveilleux, c'est le fleuve même, surtout contemplé du bord. Cette glace immense glissant d'un mouvement toujours égal à travers le pays qu'elle éclaire, reflète et vivifie, me révèle une puissance de création qui confond mon intelligence. En mesurant ce mouvement, je me compare au médecin interrogeant le pouls d'un homme pour connaître sa force : les fleuves sont les artères de notre planète; et, devant cette manifestation de la vie universelle, je demeure frappé d'admiration; je me sens en présence de mon maître : je vois l'éternité, je crois, je touche à l'infini; il y a là un mystère sublime; dans la nature, ce que je ne comprends plus, je l'admire; et mon ignorance se réfugie dans l'adoration. Voilà pourquoi la science m'est moins nécessaire qu'aux esprits mécontents.

CHARLES DE BERNARD

UN VOYAGE IMPROMPTU

(*Le Paratonnerre.*)

... Le mois d'octobre avait son emploi ; mais que devenir durant les trente jours de cet infernal mois de septembre? Pour la cinquantième fois peut-être, je m'adressais cette question sans parvenir à y trouver une réponse satisfaisante, lorsque ma méditation fut interrompue par un de mes amis, l'élégant et spirituel Edmond Maléchard, que je n'avais pas vu depuis quelque temps : « Encore à Paris! me dit-il avec cette familiarité enjouée qui se prend aisément pour l'accent de la cordialité et de la franchise ; je venais vous voir à l'aventure, et à peu près convaincu que je ne vous trouverais pas. Que faites-vous cet automne? — C'est ce que je me demande, répondis-je en lui offrant ma boîte à cigares. — Qu'avez-vous décidé? — Rien. — En ce cas, je suis plus avancé que vous. J'étais depuis quelques jours assez embarrassé de ma personne, je ne savais que faire jusqu'à la mi-octobre, quand hier au soir il m'est venu tout à coup une inspiration sublime dont rien ne vous empêche de profiter. Je vais en Suisse voir notre ami Richomme. Hein! qu'en dites-vous? — Je le connais à peine, notre ami Richomme. — Laissez donc; j'ai dîné chez lui avec vous, et il vous a invité, moi présent, à aller à sa campagne. Sa femme prise beaucoup votre esprit. D'ailleurs le plus grand plaisir qu'on puisse leur faire est d'aller les voir. Vous savez que notre ami Richomme est fort bien nommé. Il possède là-bas, près de Berne, une propriété magnifique; c'est tout à fait la vie de château. Aimez-vous la chasse : il y a des bois superbes et du gibier à foison. Préférez-vous la pêche : l'Aar est à deux pas. Avez-vous le goût de l'étude : une bibliothèque considérable est à votre disposition. Et puis journaux, billard, chevaux de selle, voitures, en un mot, toutes les ressources que doit offrir une maison parfaitement montée. Je ne dis rien de la table, qui est excellente, ni du pays, que vous connaissez. On est aux portes de l'Oberland; en fait de pittoresque, c'est tout dire... Est-ce que cela ne vous tente pas?— Je crois que vous avez, en effet, juré de me tenter, » répondis-je en souriant de la chaleur que mettait Maléchard à vanter les délices de la campagne de notre ami commun.

« Vous devez comprendre, reprit-il gracieusement, que je serais enchanté de vous avoir pour compagnon de pèlerinage. Voyons, supposons que je réussisse à vous entraîner, de combien de temps pourriez-vous disposer? — Mais... je vous avouerai que d'ici à un mois environ je ne prévois ni affaires urgentes ni plaisirs absorbants. — A merveille : quatre jours pour aller, autant pour revenir, et trois semaines là-bas. Cela m'arrange parfaitement. Quand partons-nous? »

Pouvais-je faire mieux que d'accepter une proposition qui venait ainsi, comme à point nommé, terminer mon embarras? Sans être intimement lié avec M. Richomme, j'étais sûr d'être bien reçu chez lui : car, ainsi que l'avait dit Edmond, il mettait son plaisir, et surtout sa vanité, dans l'exercice d'une hospitalité fastueuse. Il m'avait, en effet, invité à plusieurs reprises à l'aller voir en Suisse; sa femme, d'autre part, m'avait toujours accueilli de la manière la plus aimable ; à tout égard, je me trouvais en règle.

« Ma foi! mon cher, vous parlez si bien, dis-je à Maléchard, que je n'ai pas la force de vous refuser. Va pour l'Helvétie, et partons quand vous voudrez. — Après-demain, répliqua-t-il d'un air fort satisfait. — Après-demain, soit : mais comment? — Il me semble, mon cher Duranton, que deux gentlemen comme nous ne peuvent convenablement aller qu'en poste. — D'accord : j'ai précisément un briska dont je vous garantis la commodité et la solidité. — Vous êtes un homme charmant. Après-demain donc je vous attends à déjeuner, et, après nous être lesté l'estomac le moins mal possible, fouette, postillon !

—C'est convenu, c'est entendu, » répétâmes-nous simultanément, en échangeant une poignée de main, comme cela se pratique dans le *septuor* des *Huguenots*. Contre l'usage, notre projet fut exécuté.

ÉMILE SOUVESTRE

LE GRAND CORPS ET LES BLEUS

(*Souvenirs d'un Bas-Breton.*)

A Brest, les idées révolutionnaires commençaient à germer vigoureusement, comme partout, mais sans pouvoir détruire l'aristocratique despotisme de la marine. Ce corps se partageait alors en deux catégories bien distinctes : l'une, nombreuse, riche, influente, recrutée dans la noblesse, formait ce qu'on appelait le grand corps; l'autre, presque imperceptible, pauvre et méprisée, était composée des officiers de fortune que le hasard ou un mérite supérieur avait tirés de la classe des pilotes, et que l'on désignait sous le nom d'officiers bleus. Avant de faire partie du grand corps, les cadets des familles titrées passaient par l'école du grand pavillon, qui, à de très-rares exceptions près, leur était exclusivement réservée. Cette école, soumise à une discipline fort relâchée, était pour Brest une cause perpétuelle de désordre.

Quant au dédain que le grand corps avait toujours témoigné aux officiers sans naissance, il restait le même qu'autrefois; c'étaient toujours les officiers bleus ou les intrus, comme ils les appelaient, hommes de fer qui, malgré les mépris, étaient allés droit devant eux; dont le courage et le talent avaient grandi au bruit des risées, et qui étaient entrés dans le corps aristocratique comme sur le pont d'un vaisseau anglais, le pistolet au poing et la hache à la main. Du reste, la hauteur injurieuse que les privilégiés affectaient à leur égard, avait une autre source que la cause avouée. L'orgueil couvrait de son pavillon les sentiments de haine et de jalousie que l'on n'aurait osé étaler au grand jour. Les nobles sentaient que la seule présence de ces hommes dans leurs rangs était une protestation vivante du talent contre la naissance, un cri sourd d'égalité jeté par la nature au milieu des inégalités consacrées. Puis les officiers bleus avaient l'impardonnable tort d'être habiles. On pouvait les humilier, mais non s'en passer. Il fallait donc leur faire payer le plus chèrement possible leurs indispensables services. Aussi rien n'était-il épargné à cet égard. L'insolence envers un intrus était non-seulement permise; c'était un devoir sacré qu'on ne pouvait oublier sans s'exposer soi-même au mépris de ses camarades. Lorsque je visitai Brest, on me montra un vieux capitaine qui, dans sa vie, avait fait amener pavillon à soixante navires anglais de toutes forces, qui comptait trente-deux blessures reçues dans quarante combats; ses deux fils, sortis depuis peu des gardes de marine, avaient tout à coup cessé de le voir. Surpris et affligé de cet abandon, le vieillard leur adressa un tendre reproche; les jeunes gens baissèrent les yeux avec embarras. Enfin, pressés par les questions du vieux marin : « Que voulez-vous, mon père? avait répondu l'un d'eux, on nous a fait sentir que nous ne pouvions plus vous voir... Vous êtes un officier bleu ! »

Et ne croyez pas que la haine des officiers du grand corps contre les intrus s'arrêtât à ces cruelles insultes; parfois elle descendait jusqu'aux plus lâches guet-apens. Le capitaine Charles Cornic en fournit un exemple. Ce nom est peu connu ; et, puisqu'il est tombé sous ma plume, je dirai quelque chose de celui qui le portait. Ce sera pour moi le moyen le plus infaillible de faire connaître ce qu'était la marine d'alors, et en même temps l'occasion de ramasser à terre une de ces gloires ignorées, pièces d'or perdues dans la poussière, et sur lesquelles un siècle marche sans les voir.

CE QUE C'EST QUE LA PATRIE

(Le Philosophe sous les toits.)

Le père Chaufour n'est plus qu'une ruine d'homme. A la place d'un de ses bras pend une manche repliée, la jambe gauche sort de chez le tourneur et la droite se traîne avec peine; mais, au-dessus de ces débris, se dresse un visage calme et jovial. En voyant son regard rayonnant d'une sereine énergie, en entendant cette voix dont la fermeté est, pour ainsi dire, accentuée de bonté, on sent que l'âme est restée entière dans l'enveloppe à moitié détruite. La forteresse est un peu endommagée, comme dit le père Chaufour ; mais la garnison se porte bien...

« Vous avez servi ? — Dans le 3ᵉ d'artillerie, pendant la République, et plus tard dans la garde, pendant tout le tremblement ; j'étais à Jemmapes et à Waterloo, comme qui dirait au baptême et à l'enterrement de notre gloire. »

Je le regardai avec étonnement. « Et quel âge aviez-vous donc à Jemmapes? demandai-je. — Mais quelque chose comme quinze ans, dit-il. — Et vous avez eu l'idée de servir si jeune? — C'est-à-dire que je n'y songeais pas. Je travaillais alors dans la bimbeloterie, sans penser que la France pût me demander autre chose que de lui fabriquer des damiers, des volants et des bilboquets. Mais j'avais à Vincennes un vieil oncle, que j'allais voir de loin en loin : un ancien de Fontenoi, arrangé dans mon genre, mais un savant qui en eût remontré à des maréchaux. Malheureusement, dans ce temps-là, il paraît que les gens de rien n'arrivaient pas à la vapeur. Mon oncle, qui avait servi de manière à être nommé prince sous l'autre, était alors retraité comme simple sous-lieutenant. Mais fallait le voir avec son uniforme, sa croix de Saint-Louis, sa jambe de bois, ses moustaches blanches et sa belle figure !... On eût dit un portrait de ces vieux héros en cheveux poudrés qui sont à Versailles !

« Toutes les fois que je le visitais, il me disait des choses qui me restaient dans l'esprit. Mais un jour je le trouvai tout sérieux : « Jérôme, me dit-il, « sais-tu ce qui se passe à la frontière? — Non, lieutenant! que je lui ré-« ponds.— Eh bien, qu'il reprend, la patrie est en péril. »

« Je ne comprenais pas bien, et cependant ça me fit quelque chose. « Tu « n'as peut-être jamais pensé à ce qu'est la patrie, reprit-il en me passant « une main sur l'épaule : c'est tout ce qui t'entoure, tout ce qui t'a élevé et « nourri, tout ce que tu as aimé. Cette campagne que tu vois, ces maisons, ces « arbres, ces jeunes filles qui passent là en riant, c'est la patrie! Les lois qui « te protègent, le pain qui paye ton travail, les paroles que tu échanges, la « joie et la tristesse qui te viennent des hommes et des choses parmi lesquels « tu vis, c'est la patrie! La petite chambre où tu as vu autrefois ta mère, les « souvenirs qu'elle t'a laissés, la terre où elle repose, c'est la patrie! Tu la « vois, tu la respires partout! Figure-toi, mon fils, tes droits et tes devoirs, « tes affections et tes besoins, tes souvenirs et ta reconnaissance, réunis « tout ça sous un seul nom, et ce nom-là sera la patrie! »

« J'étais tremblant d'émotion avec de grosses larmes dans les yeux. « Ah! « j'entends, m'écriai-je, c'est la famille en grand, c'est le morceau de monde « où Dieu a attaché notre corps et notre âme. »

PLANCHE

BENOIT FOGELBERG

(*Revue des Deux-Mondes.*)

Fogelberg est mort en décembre 1854, emporté par une attaque d'apoplexie foudroyante. Quand sa vie s'est éteinte à Trieste, il se disposait à retourner dans son Italie bien-aimée. Appelé en Suède par un ordre souverain, il avait recueilli sous la forme la plus éclatante la récompense de ses travaux. Au son des fanfares, au bruit du canon, au milieu des chants patriotiques entonnés par des milliers de voix, il avait vu découvrir devant une foule étonnée les créations savantes qui assurent la durée de son nom. La Suède saluait en lui un de ses plus glorieux enfants. A peine les fêtes données en son honneur étaient-elles achevées, qu'il se dérobait à son triomphe, car il rêvait déjà de nouveaux travaux; et l'éclat même de la récompense qu'il venait de recevoir, loin de lui conseiller le repos, suscitait en lui des pensées plus hardies. Sa mort n'a pas été moins heureuse que sa vie; ses derniers jours ont été des jours de joie et d'orgueil. A peine a-t-il eu le temps d'adresser des regrets à ses œuvres ébauchées.

Populaire en Suède, justement admiré en Italie, Fogelberg mérite et obtiendra sans doute une renommée européenne. Ses amis se proposent de faire graver la série complète de ses œuvres. Une telle publication ne peut manquer de lui assigner un rang très-élevé dans l'histoire de la sculpture moderne. Tous ceux, en effet, qui voudront prendre la peine de l'étudier, reconnaîtront en lui un esprit ingénieux et pénétrant, un goût sûr et un égal respect pour la tradition et pour l'invention. L'ensemble de ses travaux démontre avec la dernière évidence que le culte de l'idéal peut très-bien se concilier avec l'expression fidèle de la réalité. Quoique cette vérité soit prouvée, il faut en rajeunir le souvenir toutes les fois que l'occasion se présente. Or, il me semble que la vie entière de Fogelberg peut servir de commentaire à cette affirmation. Dans ses trois manières, il est resté fidèle aux mêmes doctrines; mais, à chaque œuvre nouvelle, son esprit devenait plus clairvoyant, son imagination plus hardie. Sans déserter la tradition, il inventait plus librement. Aussi les transformations de son talent nous offrent un perpétuel enseignement. Il n'y a dans ses œuvres ni soubresaut, ni solution de continuité, ni caprices, ni repentir; ce qu'il avait voulu au début, il le voulait encore quand son esprit, mûri par l'expérience, avait embrassé l'histoire entière de son art. Sa main était devenue plus habile, et son imagination ne s'était pas attiédie. Il voyait plus nettement le but qu'il s'était proposé, son dessein n'avait pas changé; et, quand la mort l'a surpris, il était en mesure, sinon de contenter toujours, au moins de charmer les esprits les plus délicats. Parmi les sculpteurs modernes, il y en a bien peu dont la vie et les œuvres offrent la même unité. Or, quand le but est bien choisi, l'unité dans le travail est une forme de la puissance.

SCRIBE

FRAGMENT DE LA CALOMNIE

LUCIEN.

Enfin, te voilà, mon cher Raymond; comme tu arrives tard!..

RAYMOND.

Que veux-tu? on n'est pas le maître... Quand on est ministre..., on ne

s'appartient plus, et il faut renoncer souvent aux joies de la famille ou de
l'amitié. Le conseil a fini si tard, que j'ai cru que je ne partirais pas; et, au
moment de monter en voiture..., les affaires sont encore venues m'assaillir
jusque sur le marchepied... Tiens..., tu vois ce que j'ai emporté avec moi.
J'en ai lu une partie en route...; et puis le voyage, la rapidité de la course,
l'air plus pur qui me rafraîchissait le sang, ont donné, malgré moi, une autre
direction à mes idées; le papier m'est tombé des mains; le présent a disparu; je me suis retrouvé au milieu de nos souvenirs de jeunesse..., dans la
cour du lycée..., le jour de mon premier prix au concours général... Vous,
mes rivaux et mes amis..., vous m'entouriez, vous m'applaudissiez..., tandis
que mon vieux père me serrait en pleurant dans ses bras... Mon pauvre
père!... j'ai fait toute la route avec lui..., avec toi; je me revoyais auprès du
foyer paternel..., choyé..., chéri de tous... J'avais tout oublié!... j'étais heureux, j'étais aimé! je n'étais plus ministre.

LUCIEN.

Et ton rêve va continuer, je l'espère..., ici, avec moi, avec ta famille, avec
ta jolie pupille.

RAYMOND, *gaiement.*

Oui! j'ai laissé là-bas les ennuis et les haines...; j'ai congé pour vingt-
quatre heures. Eh bien! Monsieur le marié, que dites-vous de votre prétendue?

LUCIEN.

Nous revenons à l'instant d'une promenade en mer que nous avons faite
tous ensemble en t'attendant! J'étais à côté d'elle; et il me semble, si toutefois c'est possible, que d'aujourd'hui, je l'aime plus encore... Si jolie, si modeste!... et puis cette grâce, ce charme, cet air parfait des convenances.

RAYMOND, *souriant.*

En effet, la tête est partie; et tu as raison. C'est un vrai trésor que je te
donne là..., et que chacun eût envié... Voilà la femme qu'il m'eût fallu...:
bonté, douceur, saine raison, jugement solide...; et, quand je la compare à
mon évaporée de sœur... En as-tu été content depuis qu'elle est ici?

LUCIEN.

Certainement..., nous venons d'avoir la discussion la plus animée.

RAYMOND.

Où donc?

LUCIEN.

Pendant notre promenade en mer.

RAYMOND.

Un combat naval...

LUCIEN.

Justement, une bataille rangée... Cécile et moi, d'un côté, te défendions...
contre ta sœur et son mari, qui t'attaquaient vivement.

RAYMOND, *souriant.*

En vérité, c'est amusant; et le sujet de l'attaque?

LUCIEN.

Elle prétend que tu ne fais rien pour ta famille.

RAYMOND.

Et ce que j'ai fait obtenir dernièrement à son mari?

LUCIEN.

Précisément... Lui confier une opération si importante, c'était déjà un tort.., ou du moins une faiblesse à toi d'avoir cédé...

RAYMOND.

Oui, si parmi les concurrents il y avait eu des hommes de mérite; mais ceux qu'on me proposait..., je te le prouverai, n'étaient pas d'honnêtes gens!... De plus, ils étaient tout aussi nuls, et j'ai pu, sans grande injustice, accorder à mon beau-frère la palme de la nullité... et de la probité!...

LUCIEN.

N'importe, tout autre choix valait mieux; car c'était celui-là qui devait exciter contre toi le plus de clameurs.

RAYMOND.

Un pareil motif est bon pour toi que les clameurs effrayent; mais moi, c'est tout le contraire... Tu sais bien que, dans les jours de combat, elles m'excitent et m'encouragent.

LUCIEN.

Tu ignores donc ce que l'on a dit et imprimé. On prétend que cet emprunt vaut des sommes immenses, et que tu les partages avec ton beau-frère.

RAYMOND, *froidement.*

Vraiment, ils disent cela! Parbleu, j'en suis charmé, et tu me fais grand plaisir. Est-ce tout? N'as-tu rien de mieux à m'annoncer?

LUCIEN.

En vérité! je t'admire, toi et ton sang-froid...; une pareille attaque me ferait bouillir le sang dans les veines.

RAYMOND.

Toi, je le crois bien; tu n'y es pas fait, tu n'y es pas habitué; nous avons pris tous les deux des chemins différents qui aboutiront peut-être au même but. Moi, marchant sur la calomnie et l'attaquant de front; toi, tremblant à son approche et courbant la tête pour la laisser passer. Soins inutiles! quelque bas que l'on s'incline, fût-ce même dans la fange..., on l'y trouverait encore. C'est là qu'elle habite; et, je te le prédis, mon pauvre Lucien, tu ne la désarmeras pas plus que moi; tu as beau prodiguer les poignées de mains, t'abonner à tous les journaux, faire la cour à tout le monde...

LUCIEN, *avec fierté.*

Excepté au pouvoir.

RAYMOND.

Eh! morbleu, il y a peu de bravoure à l'attaquer aujourd'hui! Le courage serait peut-être de le défendre, et tu ne l'oses pas!

LUCIEN.

Je défends ce que le monde approuve; je repousse ce qui est blâmé par lui; et toi, au contraire, tu prends à tâche de le froisser dans ses opinions, de le heurter dans ses jugements. Frondeur et misanthrope, tu sembles estimer les gens en proportion du mal que l'on en pense! S'il est, au contraire, quelqu'un que tout le monde s'accorde à louer, et qui réunisse tous les suffrages...

RAYMOND.

Celui-là n'aura pas le mien.

LUCIEN.

Et pourquoi?

RAYMOND.

Parce qu'il y a vingt à parier contre un qu'il ne les mérite pas, et qu'ils sont usurpés. Si un joueur gagne à tous les coups, c'est que les dés sont pipés; si toutes les opinions, tous les journaux s'accordent à louer quelqu'un, c'est qu'ils sont gagnés ou vendus..., car l'approbation universelle est impossible... Les jugements humains se composent de blâmes plus que de louanges, d'erreurs plus que de vérités; et celui dont le mérite et le talent sont en discussion, celui qui a quelques amis et beaucoup d'ennemis, c'est celui-là que j'estime, que j'aime et que je défends; mais l'ami de tout le monde doit être, selon moi...

LUCIEN, *riant.*

Un réprouvé!

RAYMOND, *s'échauffant.*

Oui, sans doute! car, pour être l'ami de tout le monde, il l'a donc été des méchants, des sots, des intrigants... Non, non! il faut avoir ceux-là pour antagonistes; il faut se faire honneur de leur haine, se glorifier de leurs outrages; et, comme chez nous, tu ne peux pas le nier, les méchants sont en plus grand nombre, en immense majorité, j'en conclus que celui qui a le plus d'ennemis...

LUCIEN, *riant.*

Est le plus honnête homme.

RAYMOND.

Certainement!... je m'en vante! Et, à chaque nouveau pamphlet, à chaque nouvelle injure, je me frotte les mains, et je me dis: « Courage; continuons ma route! J'ai donc en chemin marché sur quelque reptile, puisqu'il siffle et qu'il mord. »

LUCIEN.

Et les morsures multipliées te laissent toujours invulnérable?

RAYMOND.

Autrefois..., dans les commencements..., je ne dis pas que j'eus la force d'âme d'y rester insensible; mais, quand j'ai vu comment se forgeaient et se propageaient les calomnies, quand j'ai vu surtout d'où elles partaient, et comment, une fois lancées, il n'y avait plus moyen de les retenir; quand j'ai vu les gens les plus raisonnables, les plus spirituels, accueillir des absurdités, par cela même qu'elles étaient en circulation, et qu'on les répétait autour d'eux..., j'ai pris le parti, non de les discuter, mais de les fouler aux pieds et de les repousser dans leur bourbier natal! Si tu savais quelle a été ma vie! Je ne te parle pas de ma carrière politique, qui appartient à tout le monde...; je ne te rappellerai pas tous les reproches dont ils m'accablent: avilir sa patrie, la trahir, la livrer à l'étranger, la partager même..., ils l'ont dit!... comme si cela était possible, moi, un ministre du roi!... moi, un Français!... moi, qui donnerais ma vie pour la prospérité et la gloire de mon pays!... (*Avec émotion.*) Enfin, ils l'ont dit, peu importe...

LUCIEN.

Cette idée seule t'émeut!

RAYMOND.

Non..., non; cela m'est indifférent..., je te le jure; mais ce qui ne
l'est pas, ce qui ne pouvait l'être, c'est quand je me suis vu attaquer
dans ma vie privée, dans mes sentiments les plus chers... Fils d'un vigneron de la Bourgogne, qui a donné pour mon éducation le peu qu'il possédait, j'ai eu le bonheur de répondre dignement à ses sacrifices; mais si,
grâce à lui, j'ai fait de brillantes études et remporté des prix dans nos concours; si plus tard, comme avocat, je me suis distingué dans quelques
affaires importantes; si j'ai obtenu, au barreau, une réputation d'honneur et
de talent que l'on ne me contestait pas alors, Dieu sait que ces couronnes et
ces succès, je les rapportais tous à mon père... Eh bien! quand, après de pénibles luttes et de glorieux combats soutenus pour la défense de nos droits,
la cause de la liberté eut enfin triomphé...; quand le vote de mes concitoyens m'eut porté à la chambre, et que, plus tard, la confiance du roi m'eut
appelé au pouvoir...; en entrant dans le somptueux hôtel du ministre, moi,
fils de paysan, ma première pensée fut pour mon père; j'allai le chercher,
et je voulus l'emmener avec moi... « Non, me dit-il, je suis bien vieux! le
séjour de Paris m'effraye; je préfère mon repos et ma retraite... C'est mon
désir, mon fils! » Ce désir, je devais le respecter; cette retraite, je l'embellis de mon mieux; je l'entourai de toute l'aisance que je pouvais lui donner...; et, un matin, je lus dans une feuille publique que moi, sorti de la
classe du peuple, je rougissais de devoir le jour à un paysan, à un vigneron,
et que j'avais chassé mon père de mon hôtel!

LUCIEN.

Chassé!

RAYMOND.

C'était imprimé..., et mille voix le répétaient à ma honte. Hors de moi,
éperdu, je courus chercher mon père : « Que vous le vouliez ou non, cette
fois, lui dis-je, il faut venir, il y va de mon honneur...: on accuse votre fils
d'être un ingrat, d'être un infâme... Venez!... » J'avais ce jour-là dans mon
salon des députés, de hauts dignitaires, l'élite de la société de Paris. J'ame-
nai mon père, je le leur présentai à tous; et, m'inclinant devant lui, je
m'écriai : «Dites-leur, mon père, dites-leur à tous si votre fils vous respecte
et vous honore. »

LUCIEN.

C'était bien, très-bien! Il n'y avait rien à répondre à cela.

RAYMOND.

Ah! tu le crois? Tu crois qu'on impose jamais silence à la calomnie? Le
lendemain, tous répétaient que, reconnaissant l'indignité de ma conduite,
j'avais voulu la réparer par ce coup de théâtre qu'ils tournaient en ridicule.
En vain mon père réclama hautement, et attesta ma tendresse et mes soins
pour lui... On prétendit que ces réclamations tardives étaient dictées par
moi, que je l'avais forcé à les écrire; que la pension que je lui faisais en était
le prix; que je la retirerais s'il parlait et disait la vérité. Et maintenant,
j'aurai beau dire et beau faire, les plus honnêtes gens du monde ont cette
conviction; quand on parle d'un mauvais fils..., tous les regards se tournent
de mon côté, ou plutôt se détournent de moi... Que faire? quel parti prendre?... Se brûler la cervelle? ... J'y ai pensé d'abord, je l'avoue.

LUCIEN.

Ah! ciel!...

RAYMOND, *avec amertume.*

Mais loin de désarmer la calomnie, c'eût été pour elle une preuve de plus. « Voyez-vous, aurait-elle dit, l'effet des remords ! »

LUCIEN.

Y penses-tu ?

RAYMOND.

Oui, mon ami, oui ! Tu ne les connais pas ; et plus tard, quand la vieillesse, quand les chagrins peut-être termineront les jours de mon père, ils diront que j'en suis cause ; ils diront que je l'ai tué ; ils m'appelleront parricide ! je m'y attends ! Eh bien ! soit ! redoublez vos clameurs, je les brave et les méprise. Un mot, mon père, un seul mot !... votre bénédiction au parricide !... et que Dieu nous juge !

LUCIEN, *avec émotion.*

Raymond !

RAYMOND.

Mais pour les jugements des hommes, jugements d'iniquité et d'erreurs, je ne veux pas même en appeler, ni leur faire l'honneur de me défendre devant ce qu'ils appellent le tribunal de l'opinion publique. « Fais ce que dois, advienne que pourra. » C'est maintenant ma seule devise, et je marche bravement au milieu de leurs injures, qui, peu à peu, me sont devenues indifférentes, et qui maintenant font mon bonheur. Oui, pamphlets âcres et calomniateurs, je ne ferai pas un pas pour vous désarmer ; si je savais qu'une mesure me rendît populaire à vos yeux, je serais tenté de la rétracter ! C'est votre estime, ce sont vos éloges que je redoute ; et, approuvé par vous, je dirais comme cet Athénien que le peuple applaudissait : « Est-ce que j'ai dit quelque sottise ? »

LUCIEN, *souriant.*

Allons, allons, te voilà comme toujours : ardent, exagéré, dépassant le but et allant trop loin.

RAYMOND.

Je ne te ferai pas le même reproche.

LUCIEN.

Je m'en félicite.

RAYMOND.

Tant pis pour toi.

LUCIEN.

Tant mieux.

RAYMOND.

Qui de nous deux est le plus raisonnable ?

LUCIEN, *apercevant Cécile qui entre.*

Je m'en rapporte à ta pupille.

RAYMOND.

Et moi aussi !... Toi, Cécile, qui connais nos caractères et nos systèmes, prononce ! Qui de nous deux a tort ?

CÉCILE, *hésitant.*

Eh ! mais... tous les deux, peut-être !... Pardon d'oser donner mon avis ; mais, à moi qui ne m'y connais guère, il me semble (*regardant Lucien*) que, si l'un craignait moins l'opinion publique... (*regardant Raymond*), que, si l'autre la redoutait un peu plus...

RAYMOND, *riant*.

Bravo!... nous tomberions dans le juste milieu!

CÉCILE.

Non, mais vous seriez, tous les deux peut-être, bien près de la perfection!

L. REYBAUD

LE COMMIS VOYAGEUR

« Ne plaisantons pas, voyageur; laissez-moi gouverner ma mécanique. La côte est rapide, voyez-vous; nous tombons à pic sur Tarare.

— Conducteur, soyez calme! La mécanique, ça me connaît. J'ai vu périr le sabot et naître la mécanique. Vous avez affaire à un routier.

— Possible, voyageur; mais une imprudence est vite commise. S'il arrivait un accident, on me mettrait à pied.

— Conducteur, vous êtes jeune; autrement votre mot serait sans excuse. Vous ne connaissez donc pas le vieux troubadour, l'ancien des anciens?... Diable! le palonnier, comme il s'emporte!

— Mais serrez le frein, voyageur; la pente nous gagne.

— C'est fait, conducteur; on ne prend pas le vieux troubadour en faute. Voilà! Nous allons vous insérer doucement dans Tarare. N'empêche que votre palonnier ne soit une pauvre bique. Dites donc, postillon?

— De quoi, m'sieur?

— Conseillez à votre maître, mon garçon, de ne prendre des limousins que pour l'arbalète. Au limon, toujours des normands ou des comtois, des races carrées; beau poitrail, croupes énormes : il n'y a que cela pour tenir à la descente :

Et vogue la berline
Qui porte mes amours ! »

Cette conversation, mêlée de chants, se passait sur l'impériale de l'une des grandes messageries qui faisaient naguère le service entre Paris et Lyon par la route du Bourbonnais. Le principal interlocuteur était un homme trapu, vigoureux, et dont la figure ronde et joviale exprimait cette satisfaction qui naît d'une santé parfaite et d'un merveilleux estomac. Les rides du visage accusaient une cinquantaine d'années, mais des années légèrement portées, et qui n'avaient nui ni à l'enluminure du teint, ni à la vivacité de l'œil, ni à la pétulance des allures. Le buste était puissant, le cou large, les cheveux gris et coupés ras, le nez un peu camard, l'oreille rouge, la denture encore belle, le front court et sillonné. La force de la musculature et la richesse du sang éclataient chez ce sujet, et son florissant aspect donnait une haute idée de l'harmonie de ses fonctions digestives.

C'est à Moulins, au milieu de la nuit, que l'on avait pris le nouvel hôte de l'impériale. Depuis qu'il s'y était installé, personne n'avait eu un instant de repos. La température était froide, et les autres voyageurs auraient voulu se défendre contre l'air extérieur à l'aide des rideaux de cuir qui garantissaient leur demeure aérienne. Impossible : le nouveau venu les écartait avec une obstination infatigable, et semblait avoir fait un pacte avec la bise. Il est vrai qu'il avait pris ses précautions : la houppelande doublée de peau de mouton, les bottes fourrées, la casquette de loutre rabattue sur les oreilles, et par-dessus tout cela le manteau bleu de ciel avec l'agrafe en similor. Notre homme s'agitait sous ces enveloppes, coudoyant ses voisins ou les inquiétant par ses piétinements opiniâtres. Désormais, à ses côtés, personne ne s'appartint plus; il semblait être le maître, le souverain de cette voiture. Son aplomb dominait le conducteur, et les postillons avaient pris le parti de lui obéir. A chaque relai, il mettait pied à terre, non sans fouler les orteils qui se trouvaient sur son passage; puis, à peine remonté, il allumait une énorme pipe allemande, et infectait de fumée les trois pauvres diables que leur étoile avait fait asseoir sur les mêmes banquettes que lui.

Quand le jour parut, ce fut un autre manége. Dans le moindre bourg dans les hameaux même, cet homme trouvait quelqu'un à apostropher, quelques mots à échanger.

« Bonjour, père Picard !

— Tiens! ah! c'est vous, troubadour?

— Oui, mon bonhomme, c'est moi. Et la mère Picard, et les petits Picard, comment tout ce monde-là se porte-t-il?

— Très-bien, troubadour, à souhait: faites honneur. Ah çà, dégringolez donc de votre perchoir; il y a le temps de se gargariser avec un peu de fil-en-quatre.

— A la bonne heure; voilà un homme généreux qui régale. En avant le fil-en-quatre, et vive le père Picard! »

Quelques lieues plus loin, la scène variait. Du haut de son observatoire, notre remuant voyageur apercevait, à une certaine distance, un épicier sur le seuil de sa porte, et s'improvisant un porte-voix à l'aide de ses deux mains : « Père Jaboulot, criait-il, combien vous reste-t-il de sacs de poivre du dernier envoi de la maison Grabeausec et compagnie?

> Ah! comme on entrait
> Boire à son cabaret !

— Quatre sacs, troubadour; de la vraie drogue; impossible de les vendre.

— Fouette, postillon! » répliquait le voyageur, en accompagnant ces mots d'un geste qui exprimait à son interlocuteur lointain le regret de n'avoir pu comprendre et saisir ses paroles.

Cet homme remplissait ainsi les grands chemins de son activité, et menait à lui seul plus de bruit que tout le coche ensemble. Peu à peu le conducteur s'était vu forcé de lui abandonner une partie de ses attributions; il surveillait l'attelage, ajustait les traits, sonnait de la trompette, prodiguait ses conseils aux postillons, s'emparait du fouet et l'agitait d'une manière bruyante. Quand ces distractions étaient épuisées; il entamait son répertoire de chansons, et cherchait à justifier le nom de troubadour, sous lequel il paraissait fort connu et presque populaire dans la contrée. Passant du grave au doux, il épuisa son Béranger et le recueil de ses romances. Ses voisins semblaient moins charmés qu'impatientés de cet exercice vocal; mais l'artiste n'en continuait que de plus belle à les combler de refrains et de flonflons. Probablement il s'inquiétait peu des impressions de son auditoire; son propre suffrage lui suffisait. De leur côté, ses compagnons avaient pris le parti d'opposer à ce débordement un silence et une résignation exemplaires, et cette patience ne se démentit qu'au dernier tournant de la descente qui aboutissait à la Grande-Rue de Tarare.

« Monsieur, se hasarda alors à dire l'un des voyageurs, nous voici au relai; si vous modériez les éclats de votre voix? On va nous prendre pour une émeute. »

Celui qui parlait ainsi était un jeune homme de vingt-cinq ans, blond, délicat, presque imberbe, d'une physionomie douce et heureuse. Depuis que le personnage qui répondait au surnom de troubadour avait fait invasion dans le cabriolet, il s'était appliqué à lui laisser toutes ses aises et à ne point gêner ses mouvements. Pelotonné dans un coin, il s'efforçait d'occuper le moins d'espace possible, et se contentait de se défendre contre les écarts d'une pantomime turbulente. Le troubadour aurait dû lui tenir compte de cette longue condescendance; cependant il mit quelque aigreur dans sa réponse.

« Jeune homme, lui dit-il, on pourrait croire que vous êtes étranger à la Charte constitutionnelle et aux lois du royaume.

— Mais, monsieur, il me semble...

— Au fait, vous êtes jeune, et vous n'avez pas triomphé en juillet pour la défense des lois.

> Au sein d'une masse profonde,
> Que guide leurs drapeaux sanglants?
> Dessous une perruque blonde,
> C'est Lafayette en cheveux blancs.

— Encore une fois, monsieur...

— Deux minutes d'attention, jeune homme. Que dit la Charte, article 3? « Tout Français a le droit de publier ses opinions ; la censure ne pourra «jamais être rétablie. »

— Eh bien?

— Je publie mes opinions par la voie ou plutôt par la voix des romances, et vous attentez à ma liberté individuelle, vous me ramenez au mauvais temps de la censure, en m'interpellant hors de propos.

— Cessez vos railleries, monsieur.

— Jeune homme, écoutez votre ancien jusqu'au bout. Je suis Potard, le fameux Potard, autrement dit le vieux troubadour, doyen des commis-voyageurs de l'épicerie et de la droguerie lyonnaises. Il faut que le con-ducteur soit excessivement jeune pour ne pas connaître le père Potard, le vieux troubadour. De Lille en Flandre jusqu'à Bayonne, tous les conduc-teurs me connaissent; ils ont tous fumé avec moi le calumet de l'amitié et partagé le petit verre de la sympathie. Il n'y a qu'un Potard au monde, comme il n'y a qu'un Napoléon. Bon garçon, viveur, noceur, balochard même, mais inflexible sur les principes :

> Plutôt la mort que l'esclavage !
> C'est la devise des Français.

— Mon Dieu, monsieur, dit l'interlocuteur en insistant...

— Maintenant que je me suis déboutonné, jeune homme, que j'ai mis mon cœur à jour, comme si j'étais de verre, à votre tour pour les noms, prénoms et qualités. A propos, j'oubliais d'ajouter que je voyage pour les Grabeausec et compagnie, rue du Bât-d'Argent, première maison de dro-guerie, ayant des relations dans les Indes : voilà. »

H. LAMENNAIS

LA MÈRE ET LA FILLE

(Paroles d'un croyant.)

C'était une nuit d'hiver. Le vent soufflait au dehors, et la neige blanchis-sait les toits. Sous un de ces toits, dans une chambre étroite, étaient assises, travaillant de leurs mains, une femme à cheveux blancs et une jeune fille. Et, de temps en temps, la vieille femme réchauffait à un brasier ses mains pâles. Une lampe d'argile éclairait cette pauvre demeure, et un rayon de lampe venait expirer sur une image de la Vierge suspendue au mur.

Et la jeune fille, levant les yeux, regardait en silence, pendant quelques moments, la femme à cheveux blancs; puis elle dit : « Ma mère, vous n'avez pas toujours été dans ce dénûment? » Et il y avait dans sa voix une douceur et une tendresse inexprimables.

Et la femme à cheveux blancs répondit : « Ma fille, Dieu est le maître; ce qu'il fait est bien fait. »

Ayant dit ces mots, elle se tut un peu de temps; ensuite elle reprit : « Quand je perdis votre père, ce fut une douleur que je crus sans consolation; cependant vous me restiez; mais je ne sentais qu'une chose alors. Depuis, j'ai pensé que, s'il vivait et qu'il nous vît dans cette détresse, son âme se briserait, et j'ai reconnu que Dieu avait été bon envers lui. »

La jeune fille ne répondit rien; mais elle baissa la tête, et quelques larmes, qu'elle s'efforçait de cacher, tombèrent sur la toile qu'elle tenait entre ses mains. La mère ajouta : « Dieu, qui a été bon envers lui, a été bon aussi envers nous. De quoi avons-nous manqué, tandis que d'autres manquent de tout? Il est vrai qu'il a fallu nous habituer à peu, et ce peu, le gagner par notre travail; mais ce peu ne suffit-il pas? et tous n'ont-ils pas été, dès le commencement, condamnés à vivre de leur travail? Dieu, dans sa bonté, nous a donné le pain de chaque jour, et combien ne l'ont pas! un abri, et combien ne savent où se retirer! Il vous a, ma fille, donnée à moi; de quoi me plaindrais-je? »

A ces dernières paroles, la jeune fille, tout émue, tomba aux genoux de sa mère, prit ses mains, les baisa, et se pencha sur son sein en pleurant. Et la mère, faisant un effort pour élever la voix : « Ma fille, lui dit-elle, le bonheur n'est pas de posséder beaucoup, mais d'espérer et d'aimer beaucoup. Notre espérance n'est pas ici-bas, ni notre amour non plus; ou, s'il y est, ce n'est qu'en passant. Après Dieu, vous m'êtes tout en ce monde; mais ce monde s'évanouit comme un songe, et c'est pourquoi mon amour s'élève avec vous vers un autre monde. Quelque temps avant votre naissance, je priais un soir avec plus d'ardeur la Vierge Marie; et elle m'apparut pendant mon sommeil, et il me semblait qu'avec un sourire céleste, elle me présentait un petit enfant. Et je pris l'enfant qu'elle me présentait; et, lorsque je le tins dans mes bras, la Vierge mère posa sur sa tête une couronne de roses blanches. Peu de mois après, vous naquites, et la douce vision était toujours devant mes yeux. »

Ce disant, la femme aux cheveux blancs tressaillit, et serra sur son cœur la jeune fille.

A quelque temps de là, une âme sainte vit deux formes lumineuses monter vers le ciel, et une troupe d'anges les accompagnait : et l'air retentissait de leurs chants d'allégresse.

L'EXILÉ

Il s'en allait errant sur la terre. Que Dieu guide le pauvre exilé!

J'ai passé à travers les peuples, et ils m'ont regardé, et je les ai regardés, et nous ne nous sommes point reconnus. L'exilé partout est seul.

Lorsque je voyais, au déclin du jour, s'élever du creux d'un vallon la fumée de quelque chaumière, je me disais : « Heureux celui qui retrouve, le soir, le foyer domestique, et s'y assied au milieu des siens! » L'exilé partout est seul.

Où sont ces nuages que chasse la tempête? Elle me chasse comme eux, et qu'importe où? L'exilé partout est seul.

Ces arbres sont beaux, ces fleurs sont belles; mais ce ne sont point les fleurs ni les arbres de mon pays : ils ne me disent rien. L'exilé partout est seul.

Ce ruisseau coule mollement dans la plaine; mais son murmure n'est plus celui qu'entendit mon enfance : il ne rappelle à mon âme aucun souvenir. L'exilé partout est seul.

Ces chants sont doux, mais les tristesses et les joies qu'ils réveillent ne sont ni mes tristesses ni mes joies. L'exilé partout est seul.

On m'a demandé : « Pourquoi pleurez-vous? » Et, quand je l'ai dit, nul n'a pleuré, parce qu'on ne me comprenait point. L'exilé partout est seul.

J'ai vu des vieillards entourés d'enfants, comme l'olivier de ses rejetons; mais aucun de ces vieillards ne m'appelait son fils, aucun de ces enfants ne m'appelait son frère. L'exilé partout est seul.

J'ai vu de jeunes filles sourire, d'un sourire aussi pur que la brise du matin, à celui que leur amour s'était choisi pour époux; mais pas une ne m'a souri. L'exilé partout est seul.

J'ai vu de jeunes hommes, poitrine contre poitrine, s'étreindre comme s'ils avaient voulu de deux vies ne faire qu'une vie; mais pas un ne m'a serré la main. L'exilé partout est seul.

Il n'y a d'amis, d'épouses, de pères et de frères que dans la patrie. L'exilé partout est seul.

Pauvre exilé! cesse de gémir; tous sont bannis comme toi; tous voient passer et s'évanouir pères, frères, épouses, amis.

La patrie n'est point ici-bas; l'homme vainement l'y cherche; ce qu'il prend pour elle n'est qu'un gîte d'une nuit.

Il s'en va errant sur la terre. Que Dieu guide le pauvre exilé!

AUG. THIERRY

MEURTRE DE SAINT THOMAS BECKET

(Conquête de l'Angleterre.)

Thomas Becket venait d'achever son dîner, et ses serviteurs étaient encore à table; il salua les Normands à leur entrée, et demanda le sujet de leur visite. Ceux-ci ne lui firent aucune réponse intelligible, s'assirent, et le regardèrent fixement pendant quelques minutes. Regnault, fils d'Ours, prit ensuite la parole : « Nous venons, dit-il, de la part du roi, pour que les excommuniés soient absous, que les évêques suspendus soient rétablis, et que vous-même rendiez raison de vos desseins contre le roi. — Ce n'est pas moi, répondit Thomas, c'est le souverain pontife lui-même qui a excommunié l'archevêque d'York, et qui seul, par conséquent, a le droit de l'absoudre. Quant aux autres, je les rétablirai s'ils veulent me faire leur soumission. — Mais de qui donc, demanda Regnault, tenez-vous votre archevêché? Est-ce du roi ou du pape? — J'en tiens les droits spirituels de Dieu et du pape, et les droits temporels du roi. — Quoi! ce n'est pas le roi qui vous a tout donné? — Nullement, » répondit Becket. Les Normands murmurèrent à cette réponse, traitèrent la distinction d'argutie, et firent des mouvements d'impatience, s'agitant sur leurs siéges et tordant leurs gants qu'ils tenaient à la main. « Vous menacez, à ce que je crois, dit le primat; mais c'est inutilement : quand toutes les épées de l'Angleterre seraient tirées contre ma tête, vous ne gagneriez rien sur moi. — Aussi ferons-nous mieux que menacer, » répliqua le fils d'Ours se levant tout à coup; et les autres le suivirent vers la porte en criant : « Aux armes! »

La porte de l'appartement fut fermée aussitôt derrière eux; Regnault s'arma dans l'avant-cour; et, prenant une hache des mains d'un charpentier qui travaillait, il frappa contre la porte pour l'ouvrir ou la briser. Les gens de la maison, entendant les coups de hache, supplièrent le primat de se réfugier dans l'église, qui communiquait à son appartement par un cloître ou une galerie; il ne le voulut point, et on allait l'y entraîner de force, quand un des assistants fit remarquer que l'heure des vêpres avait sonné. « Puisque c'est l'heure de mon devoir, j'irai à l'église, » dit l'archevêque ; et, faisant porter sa croix devant lui, il traversa le cloître à pas lents, puis marcha vers le grand autel, séparé de la nef par une grille de fer entr'ouverte. A peine il avait mis le pied sur les marches de l'autel, que Regnault, fils d'Ours, parut à l'autre bout de l'église, revêtu de sa cotte de mailles, tenant à la main sa large épée à deux tranchants, et criant : «A moi! à moi, loyaux servants du roi! » Les autres conjurés le suivirent de près, armés comme lui de la tête aux pieds, et brandissant leurs épées. Les gens qui étaient avec le primat voulurent alors fermer la grille du chœur; lui-même le leur défendit, et il quitta l'autel pour les en empêcher; ils le supplièrent avec de grandes instances de se mettre en sûreté dans l'église souterraine, ou de monter l'escalier par lequel, à travers beaucoup de détours, on parvenait au faîte de l'édifice. Ces deux conseils furent repoussés aussi positivement que les premiers. Pendant ce temps les hommes armés s'avançaient ; une voix cria : « Où est le traître? » Personne ne répondit. «Où est l'archevêque? — Le voici, répondit Becket; mais il n'y a point de traître ici; que venez-vous faire dans la maison de Dieu avec un tel vêtement? Quel est votre dessein? — Que tu meures. — Je m'y résigne ; vous ne me verrez point fuir devant vos épées; mais, au nom du Dieu tout-puissant, je vous défends de toucher à aucun de mes compagnons, clerc ou laïque, grand ou petit. » Dans ce moment, il reçut par derrière un coup de plat d'épée entre les épaules, et celui qui le lui porta lui dit : « Fuis, ou tu es mort. » Il ne fit pas un mouvement; les hommes d'armes entreprirent de le tirer hors de l'église, se faisant scrupule de l'y tuer. Il se débattit contre eux, et déclara fermement qu'il ne sortirait point, et les contraindrait d'exécuter sur la place leurs intentions ou leurs ordres. Durant cette lutte, les clercs qui accompagnaient le primat s'enfuirent et l'abandonnèrent tous, à l'exception d'un seul; c'était le porte-croix, Edward Gruin... Les conjurés, le voyant sans armes d'aucune espèce, firent peu d'attention à lui, et l'un d'entre eux, Guillaume de Traci, leva son épée pour frapper l'archevêque à la tête; mais le fidèle et courageux Saxon étendit aussitôt le bras droit, afin de parer le coup : il eut le bras presque emporté, et Thomas ne reçut qu'une légère blessure. «Frappez, frappez, vous autres!» dit le Normand à ses compagnons; et un second coup, porté à la tête, renversa l'archevêque la face contre terre ; un troisième lui fendit le crâne, et fut asséné avec une telle violence, que l'épée se brisa sur le pavé. Un homme d'armes, appelé Guillaume Mautrait, poussa du pied le cadavre immobile, en disant : « Qu'ainsi meure le traître qui a troublé le royaume et fait insurger les Anglais! »

F. SOULIÉ

UNE AVENTURE A LA GUADELOUPE

En pénétrant avec une lumière, Ernest ne fut pas peu surpris de voir un homme penché sur son lit, qui, avec un désordre qui semblait tenir de la folie, disait d'une voix étouffée : « Monsieur, monsieur, éveillez-vous, Monsieur... » Ernest reconnut Jean Plouget et lui dit : « Eh bien! qu'est-ce que tu as? » A cette voix Jean Plouget se retourna; et, avant qu'il eût le temps de reconnaître son maître, il tomba la face contre terre en tremblant de tout son corps, mais sans pouvoir parler, tant ses dents claquaient avec force l'une contre l'autre. La pâleur du malheureux Jean était si livide,

son œil si hagard, qu'Ernest en fut épouvanté ; il le releva, l'assit sur son
lit, et essaya de le calmer. Mais longtemps encore Jean Plouget jeta autour
de lui des regards effarés, comme s'il cherchait à reconnaître les lieux où
il se trouvait ; et puis tout à coup il cachait sa tête dans ses mains, en s'é-
criant : « Je l'ai pourtant vu..., oui..., je l'ai vu...

— Qu'est-ce donc? lui criait son maître.

— Oh! l'horreur!... l'infamie!... Ah! quittons ce pays, Monsieur, allons-
nous-en. »

L'effroi de Jean, qui de sa nature était un garçon brave et décidé, attestait
à son maître qu'il avait dû être témoin de quelque chose d'épouvantable ; il
pensait que Jean avait surpris peut-être quelque complot contre lui-même
ou contre son hôte. Mais Jean n'était pas homme à se laisser intimider par
une chose naturelle, si dangereuse qu'elle pût être : il en eut bientôt la
preuve.

Après une foule d'exclamations profondes et de retours de terreur, Jean
finit par se rassurer assez pour que son maître entreprit de ramener de
l'ordre dans ses idées.

« Mais voilà, Monsieur, que pendant que j'étais comme saint Laurent sur
le gril, j'entends quelque chose qui frôle à côté de moi. Il ne faut pas faire
le fier, Monsieur ; il y a dans ce pays des animaux atroces, des serpents horribles, des êtres qui n'ont pas de nom, capables de faire disparaître un
homme comme un rien du tout. Je me sentis pris d'une colique effrayante.
(Je vous demande pardon, Monsieur, mais c'est l'effet que me fait la peur,
et j'ai eu peur.) Oui, Monsieur, dit Jean Plouget frappant du poing sur son
lit, j'ai eu peur..., moi, Jean Plouget, moi, Normand, j'ai eu peur ; et je me
suis racrouptacé dans mon buisson. Je n'étais qu'une bête, car j'aperçus
aussitôt deux êtres humains qui passaient à quelque distance. Quand je dis
deux êtres humains, Monsieur, ce n'est qu'une manière de parler, attendu
que je sais particulièrement que le nègre n'est qu'un chacal, qui a usurpé
la forme de l'homme pour faire croire qu'il est capable d'un sentiment honnête. Mais je suis bien revenu de cela depuis une heure. Tant il est, cependant, que je me rassure en voyant que ce n'était que deux moricauds qui se
faufilaient doucement..., doucement ; et je n'aurais pas fait grande attention
à ces gaillards, si je n'avais entendu l'un qui disait à l'autre : « Tu es sûre
« qu'il mourra? »

« A quoi l'autre, qui était une femme, répondit : « Aussi sûre que la lune
« nous éclaire. » Je n'aime pas à entendre parler de mort la nuit, et quand
il fait clair de lune. Tenez, Monsieur, se trouver en face d'une batterie de
canons, ça n'est pas précisément comme d'avoir un bon pichet de poiré
devant soi ; mais enfin n'y a pas de quoi donner mal au ventre à un Normand ; mais voir des figures de noir de fumée qui parlent de quelqu'un qui
mourra sûrement, c'est atroce. Comme je suis curieux de m'instruire, je
me mets à la suite du couple noir, et je le vois enfiler le chemin qui conduit au cimetière que nous a montré ce matin cet autre moricaud de la ville,
qui doit être une canaille comme les autres.

— Du côté du cimetière? dit Ernest ; en es-tu bien sûr?

— Ah! reprit Jean Plouget, j'ai eu de quoi m'en assurer, Monsieur. Écoutez, ils arrivent et j'arrive ; ils marchent comme des gens qui sont chez
eux ; la nuit est leur lumière, à ces sombres figures-là, et ils allaient comme
s'ils avaient eu des yeux au bout des pieds.

« J'avais eu de la peine à les suivre, mais j'avais trouvé un gros bouquet de
gabba où je m'étais fourré et d'où je les voyais aller et venir pendant qu'ils
se promenaient dans le cimetière, ni plus ni moins embarrassés que s'ils
avaient été sur le boulevard de Gand. Enfin, voilà qu'ils viennent de mon
côté. Je serre les poings et je m'apprête à les congédier s'ils s'adressaient à

moi pour avoir des renseignements, lorsqu'ils s'arrêtent tout à coup à trois ou quatre pas, et la femme dit à l'homme : « Voici la fosse. »

« Je n'aime pas ces mots-là, et je me sentis prêt à défaillir ; mais ce n'était pas l'occasion, et je vois aussitôt l'homme qui se met à piocher la terre, tandis que la femme grommelait une chanson dont je ne compris pas un mot, mais qui devait être abominable, d'après l'air et les contorsions qu'elle faisait en chantant.

« Tout à coup, et au moment où ça commençait à se prolonger indéfiniment comme la complainte de Papavoine, voilà le nègre qui s'écrie :

« C'est fait. » J'ouvre les yeux, et qu'est-ce que je vois ?... Quelle infamie !... un cadavre qu'ils venaient de déterrer, le cadavre d'un enfant, Monsieur. Alors la vieille sorcière, la tigresse s'agenouille, retire l'enfant de la fosse, et avec un grand coutelas... Je l'ai vu, Monsieur, vu comme je vous vois : vous ne direz pas que les cheveux me tombaient dans les yeux, car ils étaient droits sur ma tête comme des piques de Suisse ; oui, dans ce moment elle lui coupa les doigts des mains, lui ouvrit la poitrine, en retira le cœur, et mit le tout dans un sac.

— Ce n'est pas possible, dit Ernest épouvanté à son tour des détails de cette horrible nuit.

— C'est possible, c'est fait, je l'ai vu, Monsieur ; et alors, quand la vieille eut fini, elle dit à l'autre : « Demain, apporte-moi les doublons que tu m'as « promis, et tu auras le poison. — Et tu es sûre qu'il mourra ? — Je lui en « donne pour quinze jours. — C'est trop long, dit l'homme. — Bête, lui dit « la femme, s'il mourait tout de suite, on verrait bien qu'il a pris du poison, « au lieu que comme ça il sera malade..., et je lui porterai du bouillon à « l'hôpital. »

« Vous êtes pâle de m'écouter, Monsieur, continua Jean, mais moi, j'étais là..., j'ai tout vu, tout entendu... Je ne sais pas si c'est la peur qui m'a soutenu tant qu'ils sont restés pour combler la fosse, mais, à peine ont-ils été partis et n'ai-je plus eu rien à craindre, que je me suis senti défaillir.

« Les épines avaient sans doute poussé pendant ma léthargie ; car, en revenant à moi, je me suis senti encore atrocement piqué ; alors, Monsieur, quand je me suis rappelé ce que j'avais vu, entendu, il m'a pris un vertige de me sauver... J'ai couru du côté de la maison ; je ne sais pas comment je l'ai trouvée ; je ne sais pas comment j'ai trouvé votre chambre ; mais j'en étais à m'imaginer que quelque sorcière vous avait emporté, en ne vous apercevant pas dans votre lit, lorsque tout à coup vous êtes entré, et vous m'avez fait l'effet du diable en personne. »

A. DE TOCQUEVILLE

LES MŒURS ADOUCIES PAR L'ÉGALITÉ DES CONDITIONS

(*La Démocratie en Amérique.*)

Lorsque les chroniqueurs du moyen âge, qui tous, par leur naissance ou leurs habitudes, appartenaient à l'aristocratie, rapportent la mort d'un noble, ce sont des douleurs infinies, tandis qu'ils racontent tout d'une haleine et sans sourciller le massacre et les tortures des gens du peuple.

Ce n'est point que ces écrivains éprouvassent une haine habituelle ou un mépris systématique pour le peuple. La guerre entre les diverses classes de l'État n'était point encore déclarée. Ils obéissaient à un instinct plutôt qu'à une passion ; comme ils ne se formaient pas une idée nette des souffrances du pauvre, ils s'intéressaient faiblement à son sort.

44

Il en était ainsi des hommes du peuple dès que le lien féodal venait à se briser. Ces mêmes siècles qui ont vu tant de dévouements héroïques de la part des vassaux pour leurs seigneurs, ont été témoins de cruautés inouïes, exercées de temps en temps par les basses classes sur les hautes. Il ne faut pas croire que cette insensibilité mutuelle tînt seulement au défaut d'ordre et de lumières, car on en retrouve la trace dans les siècles suivants, qui, tout en devenant réglés et éclairés, sont encore restés aristocratiques. En l'année 1675, les basses classes de la Bretagne s'émurent à propos d'une nouvelle taxe. Ces mouvements tumultueux furent réprimés avec une atrocité sans exemple. Voici comment Mme de Sévigné, témoin de ces horreurs, en rend compte à sa fille :

Le 3 octobre 1675.

« Mon Dieu, ma fille, que votre lettre d'Aix est plaisante ! Au moins relisez vos lettres avant que de les envoyer. Laissez-vous surprendre à leur agrément et consolez-vous, par ce plaisir, de la peine que vous avez d'en tant écrire. Vous avez donc baisé toute la Provence ? Il n'y auroit pas satisfaction à baiser toute la Bretagne, à moins qu'on n'aimât à sentir le vin. Voulez-vous savoir des nouvelles de Rennes ? On a fait une taxe de cent mille écus, et, si l'on ne trouve point cette somme dans vingt-quatre heures, elle sera doublée et exigible par les soldats. On a chassé et banni toute une grande rue, et défendu de recueillir les habitans sous peine de vie ; de sorte qu'on voyoit tous ces misérables, femmes accouchées, vieillards, enfans, errer en pleurs au sortir de cette ville, sans savoir où aller, sans avoir de nourriture, ni de quoi se coucher. Avant-hier on roua le violon qui avoit commencé la danse et la pillerie du papier timbré ; il a été écartelé et ses quatre quartiers exposés aux quatre coins de la ville. On a pris soixante bourgeois, et on commence demain à les pendre. Cette province est un bel exemple pour les autres, et surtout de respecter les gouverneurs et gouvernantes, et de ne point jeter de pierres dans leur jardin.

« Mme de Tarente étoit hier dans ces bois par un temps enchanté. Il n'est question ni de chambre ni de collation. Elle entre par la barrière et s'en retourne de même... »

Dans une autre lettre, elle ajoute :

« Vous me parlez bien plaisamment de nos misères ; nous ne sommes plus si roués ; un en huit jours pour entretenir la justice. Il est vrai que la penderie me paroît maintenant un rafraîchissement. J'ai une tout autre idée de la justice depuis que je suis en ce pays. Vos galériens me paroissent une société d'honnêtes gens qui se sont retirés du monde pour mener une vie douce. »

On aurait tort de croire que Mme de Sévigné, qui traçait ces lignes, fût une créature égoïste et barbare : elle aimait avec passion ses enfants, et se montrait fort sensible aux chagrins de ses amis ; et l'on aperçoit même, en la lisant, qu'elle traitait avec bonté et indulgence ses vassaux et ses serviteurs. Mais Mme de Sévigné ne concevait pas clairement ce que c'était que de souffrir quand on n'était pas gentilhomme. De nos jours, l'homme le plus dur, écrivant à la personne la plus insensible, n'oserait se livrer de sang-froid au badinage cruel que je viens de reproduire, et lors même que ses mœurs particulières lui permettraient de le faire, les mœurs générales de la nation le lui défendraient. D'où vient cela ? Avons-nous plus de sensibilité que nos pères ? Je ne sais ; mais, à coup sûr, notre sensibilité se porte sur plus d'objets.

Quand les rangs sont presque égaux chez un peuple, tous les hommes ayant à peu près la même manière de penser et de sentir, chacun d'eux peut juger en un moment des sensations de tous les autres; il jette un coup d'œil rapide sur lui-même : cela lui suffit. Il n'y a donc pas de misères qu'il ne conçoive sans peine, et dont un instinct secret ne lui découvre l'étendue. En vain s'agira-t-il d'étrangers ou d'ennemis : l'imagination le met aussitôt à leur place. Elle mêle quelque chose de personnel à sa pitié, et le fait souffrir lui-même tandis qu'on déchire le corps de son semblable.

Dans les siècles démocratiques, les hommes se dévouent rarement les uns pour les autres; mais ils montrent une compassion générale pour tous les membres de l'espèce humaine. On ne les voit point infliger de maux inutiles; et quand, sans se nuire beaucoup à eux-mêmes, ils prennent plaisir à le faire, ils ne sont pas désintéressés, mais ils sont doux. Quoique les Américains aient, pour ainsi dire, réduit l'égoïsme en théorie sociale et philosophique, ils ne s'en montrent pas moins fort accessibles à la pitié. Il n'y a point de pays où la justice criminelle soit administrée avec plus de bénignité qu'aux Etats-Unis. Tandis que les Anglais semblent vouloir conserver précieusement dans leur législation pénale les traces sanglantes du moyen âge, les Américains ont presque fait disparaître la peine de mort de leur code. L'Amérique du Nord est, je pense, la seule contrée sur la terre, où, depuis cinquante ans, on n'ait point arraché la vie à un seul citoyen pour délits politiques.

E. GAULLIEUR

LA QUERELLE DES ANCIENS ET DES MODERNES

La Suisse française possède une littérature, en ce sens qu'à toutes les époques de son histoire, depuis sa constitution en fraction de nation, elle a eu des auteurs dont les ouvrages furent plus ou moins le reflet de son individualité religieuse et politique. Depuis les temps de Bonnivard et de Calvin, en passant par ceux de Turettin, d'Osterwald, de Jean-Jacques Rousseau, de Bonnet, de Benjamin Constant, jusqu'à ceux de Sismondi, du père Girard, de Vinet, de Monnard, de Vulliemin et d'Olivier, la Suisse française a constamment compté un certain nombre d'hommes dont les ouvrages ont été plus ou moins le reflet de la vie religieuse, politique, intellectuelle du pays ou de la patrie romane.

Cette littérature de la Suisse française est à celle de la France à peu près ce que nous sommes vis-à-vis de cette nation.

Comme l'instrument est le même, c'est-à-dire la langue française, il doit y avoir nécessairement une très-grande analogie dans les productions écrites ou dans la littérature des deux contrées; mais, en y regardant de près, on reconnaît des différences et des nuances, des manières d'être et de dire qui sont particulières à la Suisse de langue française.

Quand arrive dans le grand pays, en France, quelque grand événement, comme la Réforme, la Saint-Barthélemy, la révocation de l'Edit de Nantes, ou la Révolution de 1789, le contre-coup se fait immédiatement sentir dans nos cantons romans, et notre langue, notre littérature en sont modifiées d'autant. Cependant, à travers toutes ces commotions, l'individualité nationale, et, jusqu'à un certain point, l'originalité, se maintiennent heureusement. Conserver ce caractère *sui generis* de notre littérature, quand bien même il serait à certains égards bien plus un défaut qu'une qualité, constitue une chose bonne et utile. Le jour où ces traits, ces linéaments particuliers n'existeront plus chez nous, la Suisse française sera bien près de finir.

MACCARTHY

L'IMMORTALITÉ DE L'HOMME

(Péroraison.)

Que les insensés et les impies viennent maintenant; qu'à ces pensées si hautes et si divines, à l'autorité si imposante de toutes les écritures, au fait si incontestable de la résurrection de J.-C., et aux conséquences décisives qu'en tirait saint Paul, ils opposent quoi? j'ai honte de le dire : l'impossibilité prétendue où sera le Dieu tout-puissant de faire revivre ce qui est mort, après avoir donné la vie à ce qui n'était pas, et de retrouver dans ce qu'ils appellent le vaste sein de la nature, les éléments dispersés de nos corps, après les avoir su trouver dans les profonds abîmes du néant; qu'ils reproduisent ces difficultés vaines dont les païens eux-mêmes rougirent, et qu'ils abandonnèrent; nous les méprisons, et il nous suffira de leur répondre : qu'une seule chose est impossible à Dieu, c'est de ne pouvoir pas faire tout ce qu'il veut, ou de ne pas accomplir ce qu'il a promis; que, supposer quelque obstacle insurmontable à une puissance sans bornes, c'est aller jusqu'aux dernières limites de la déraison, c'est se contredire dans les termes; que, pour avoir le droit de nier la résurrection, parce qu'elle est incompréhensible, il faudrait pouvoir citer au moins une seule œuvre de Dieu que l'on comprenne, il faudrait au moins être en état de comprendre notre propre existence, qui est elle-même pour nous un mystère impénétrable; enfin que, si nous voyons tous les jours ces savants hommes qui ont dérobé à la nature une partie de ses secrets, décomposer sous nos yeux des substances matérielles, former de leurs éléments combinés avec art des substances nouvelles, décomposer encore celles-ci, et des mêmes éléments reformer les premières; il serait étrange que le souverain auteur de la nature ne pût pas, après la dissolution de nos corps et les divers changements qu'ils auront subis, rassembler leurs éléments épars, pour reconstruire l'édifice de nos membres, et rétablir ainsi son premier ouvrage.

Oh! qu'il sera facile à la parole créatrice et toute-puissante d'opérer cette merveille! Avec quelle promptitude, au son de la trompette, c'est-à-dire à la voix du Fils de Dieu, l'air, les eaux, la terre et les abîmes, rendant les débris de nos corps dévorés, enfouis, évaporés, consumés en mille manières; nos cendres et notre poussière disséminées se rapprochant en un clin d'œil, et reprenant leur ancienne forme; tous les morts sortiront vivants de leurs sépulcres, et comparaîtront devant l'arbitre suprême de leur sort, pour recevoir le salaire dû à leurs œuvres!

O saints habitants de la céleste Jérusalem, dont nous célébrons aujourd'hui le triomphe! c'est alors que votre gloire et votre félicité seront à leur comble, par la réunion de vos âmes bienheureuses à vos corps ressuscités et immortels. En attendant ce dernier bienfait de votre Dieu, vous protégez du ciel l'Église et les royaumes de la terre, les souverains et les peuples qui croient en J.-C., et chacun des fidèles qui soutiennent ici-bas une si pénible lutte, pour mériter la palme que vous avez remportée. Ah! veillez sur cette France si longtemps malheureuse, que des miracles redoublés ont sauvée de l'abîme, que de nouveaux miracles empêchent à toute heure d'y retomber. Veillez sur ce monarque très-chrétien, et sur les princes et princesses augustes de cette royale maison, dont le rétablissement a été la résurrection de l'Europe, dont la conservation sera le salut du monde; gardez ce précieux rejeton que le Seigneur nous a donné dans son amour, et qui nous est cher comme l'espérance, nécessaire comme le souffle qui entretient la vie.

Mais vous surtout, saints que la France a produits, saints pontifes qui fûtes l'ornement de son Église, saints monarques qui régnâtes sur elle, saints et saintes de la race bénie et bien-aimée de nos rois ! et vous, avant tous les autres, ô saint Louis, défendez votre patrie, votre héritage, vos autels, votre trône, votre sang et votre postérité...

R. TOEPFFER

FRAGMENT DE LA BIBLIOTHÈQUE DE MON ONCLE

L'idée de la mort est lente à naître ; mais, une fois qu'elle a pénétré dans l'esprit de l'homme, elle n'en sort plus. Jadis son avenir était la vie ; maintenant, de tous ses projets, la mort est le terme. Aussi dès lors elle intervient à tous ses actes : il songe à elle lorsqu'il remplit ses greniers, il la consulte lorsqu'il acquiert ses domaines, elle est présente lorsqu'il passe ses baux, et s'enferme avec elle dans son cabinet pour tester, et elle signe au bas avec lui.

La jeunesse est généreuse, sensible, brave ; et les vieillards la disent prodigue, inconsidérée, téméraire. La vieillesse est ménagère, sage, prudente ; et les jeunes hommes la disent avare, égoïste, poltronne. Mais pourquoi se jugent-ils, et comment pourraient-ils se juger ? Ils n'ont point de mesure commune. Les uns calculent tout sur la vie, et les autres, tout sur la mort.

Il est critique, ce moment où l'horizon de l'homme change. Ces plages de l'air, naguère lointaines, infinies, se rapprochent ; ces fantastiques et brillantes nuées deviennent opaques et immobiles ; ces espaces d'azur et d'or ne montrent plus que la nuit au bout d'un court crépuscule... Oh ! que son séjour est changé ! que tout ce qu'il faisait avait peu de sens ! Il comprend alors que son père soit sérieux, que son aïeul soit grave, qu'il se retire le soir quand les jeux commencent. Lui-même s'émeut ; cette nouvelle idée traverse son cœur ; elle y réveille le souvenir de beaucoup de paroles, dont il ne pénétra point jadis le lugubre sens ou le charme consolateur !...

H. DE BALZAC

L'EMPEREUR

(Fragment du *Récit d'un vieux soldat*.)

Voyez-vous, mes amis, Napoléon est né en Corse, qu'est une île française chauffée par le soleil d'Italie, où tout bout comme dans une fournaise, et où l'on se tue les uns les autres, de père en fils, à propos de rien : c'est une idée qu'ils ont. Pour vous commencer l'extraordinaire de la chose, sa mère, qui était la plus belle femme de son temps et une finaude, eut la réflexion de le vouer à Dieu, pour le faire échapper à tous les dangers de son enfance et de sa vie, parce qu'elle avait rêvé que le monde était en feu le jour de son accouchement. C'était une prophétie ! Donc, elle demande que Dieu le protége, à condition que Napoléon rétablira sa sainte religion qu'était alors par terre. Voilà qu'est convenu, et ça s'est vu...

Il est sûr et certain qu'un homme qui avait eu l'imagination de faire un pacte secret pouvait seul être susceptible de passer à travers les lignes, les balles, les décharges de mitraille qui nous emportaient comme des mouches et qui avaient du respect pour sa tête. J'ai eu la preuve de cela, moi, particulièrement à Eylau. Je le vois encore : il monte sur une hauteur, prend sa lorgnette, regarde la bataille, et dit : « Ça va bien ! » Un de mes intrigants à panaches, qui l'embêtaient considérablement et le suivaient partout, même pendant qu'il mangeait, veut faire le malin, et prend la place de l'empereur quand il s'en va. Oh! râflé! plus de panache! Vous entendez bien que Napoléon s'était engagé à garder son secret pour lui seul. Voilà pourquoi tous ceux qui l'accompagnaient, même ses amis particuliers, tombaient comme des noix : Duroc, Bessières, Lannes, tous hommes forts comme des barrières d'acier, et qu'il choisissait à son usage. Enfin, à preuve qu'il était l'enfant de Dieu, fait pour être le père du soldat, c'est qu'on ne l'a jamais vu ni lieutenant, ni capitaine. Ah! bien oui! en chef tout de suite. Il n'avait pas l'air d'avoir plus de vingt-trois ans qu'il était vieux général, depuis la prise de Toulon, où il a commencé par faire voir aux autres qu'ils n'entendaient rien à manœuvrer les canons. Pour lors il nous tombe, tout maigrelet, général en chef de l'armée d'Italie, qui manquait de pain, de munitions, de souliers, d'habits; une pauvre armée, nue comme un ver. « Mes amis, qui dit, nous voilà ensemble. Or, mettez-vous dans le faial que, d'ici à quinze jours, vous serez vainqueurs, habillés à neuf; que vous aurez tous des capotes, de bonnes guêtres, de fameux souliers; mais, mes enfants, faut marcher pour les aller prendre à Milan, où il y en a. »

Et l'on a marché. Le Français était écrasé, plat comme une punaise ; il se redresse. Nous étions trente mille va-nu-pieds contre quatre-vingt mille fendants d'Allemands, tous beaux hommes, bien garnis. Alors Napoléon, qui n'était encore que Bonaparte, nous souffle je ne sais quoi dans le ventre ; et on marche la nuit, et on marche le jour; on les tape à Montenotte; ou court les rosser à Rivoli, Lodi, Arcole, Millesimo, et on ne les lâche pas. Alors Napoléon vous enveloppe ces généraux allemands, qui ne savaient où se fourrer pour être à leur aise; il les pelote très-bien, leur chippe quelquefois des dix mille hommes d'un seul coup, en vous les entourant de quinze cents français qu'il faisait foisonner à sa manière; enfin leur prend leurs canons, les vivres, argent, munitions, tout ce qu'ils avaient de bon à prendre, vous les jette à l'eau, les bat sur les montagnes, les mord dans l'air, les dévore sur terre, partout. Voilà les troupes qui se remplument, parce que, voyez-vous, l'empereur, qui était aussi un homme d'esprit, se fait bien venir de l'habitant, auquel il dit qu'il est arrivé pour le délivrer... Fin finale, en ventôse 96, qu'était dans ce temps-là le mois de mars d'aujourd'hui, nous étions acculés dans un coin du pays des marmottes; mais, après la campagne, nous voilà maîtres de l'Italie, comme Napoléon l'avait prédit; et, au mois de mars suivant, en une année et deux campagnes, il nous met en vue de Vienne : tout était brossé; les autres demandaient grâce à genoux! La paix était conquise. Un homme aurait-il pu faire cela? Non. Dieu l'aidait, c'est sûr.

Il se subdivisionnait comme les cinq pains de l'Évangile, commandait la bataille le jour, la préparait la nuit; les sentinelles le voyaient toujours aller et venir, ne dormait ni ne mangeait. Pour lors, reconnaissant ces prodiges, le soldat l'adopte pour son père, et en avant! Les autres, à Paris, voyant cela, se disent : « Voilà un pèlerin qui paraît prendre ses mots d'ordre dans le ciel; il est singulièrement capable de mettre la main sur la France. Faut le lâcher sur l'Asie ou sur l'Amérique, il s'en contentera peut-être ! » Ça était écrit pour lui comme pour Jésus-Christ. Et le fait est qu'on lui donna ordre de faire une faction en Egypte... Il rassemble ses meilleurs lapins, ceux qu'il avait endiablés, et leur dit comme ça : « Mes amis, pour le quart d'heure, on nous donne l'Egypte à manger; mais nous l'avalerons en un temps et deux mouvements, comme nous avons fait de l'Italie. Les simples soldats seront des princes qui auront des terres à eux! En avant! »

« En avant, mes amis! » disent les sergents. Et l'on arrive à Toulon, route d'Égypte. Pour lors, les Anglais avaient tous leurs vaisseaux en mer. Mais, quand nous nous embarquons, Napoléon nous dit : « Ils ne nous verront pas !... » Qui fut dit, fut fait. En passant sur la mer, nous prenons Malte comme une orange, pour le désaltérer de sa soif de victoire ; car c'était un homme qui ne pouvait pas être sans rien faire. Nous voilà en Égypte ; bon ! Là, autre consigne. Les Égyptiens, voyez-vous, sont des hommes qui, depuis que le monde est monde, ont coutume d'avoir des géants pour souverains, des armées nombreuses comme des fourmis, parce que c'est un pays de génies et de crocodiles, où l'on a bâti des pyramides grosses comme nos montagnes, sous lesquelles ils ont eu l'imagination de mettre leurs rois pour les conserver frais, chose qui leur plait généralement. Pour lors, en débarquant, le petit caporal nous dit : « Mes enfants, les pays que vous allez conquérir tiennent à un tas de dieux qu'il faut respecter, parce que le Français doit être l'ami de tout le monde, et battre les peuples sans les vexer. Mettez-vous dans la coloquinte de ne toucher à rien d'abord, parce que nous aurons tout après ! Et marchez ! »

Voilà que tout va bien. Mais tous ces gens-là, auxquels Napoléon était prédit sous le nom de Kébir Bonaberdis, un mot de leur patois qui veut dire « le sultan fait feu », en ont une peur comme du diable. Alors le grand turc, l'Asie, l'Afrique ont recours à la magie, et on nous envoie un démon nommé le Mody, soupçonné d'être descendu du ciel sur un cheval blanc qui était, comme son maître, incombustible au boulet, et qui, tous deux, vivaient de l'air du temps. Il y en a qui l'ont vu ; mais moi, je n'ai pas de raisons pour vous en faire certains. C'étaient les puissances de l'Arabie et les Mamelucks qui voulaient faire croire à leurs troupiers que le Mody était capable de les empêcher de mourir à la bataille... Vous entendez bien qu'on leur a fait faire la grimace tout de même...

Alors nous nous sommes mis en ligne à Alexandrie, à Gizeh, et devant les Pyramides. Il a fallu marcher sous le soleil, dans le sable, où les gens sujets d'avoir la berlue voyaient des eaux dont on ne pouvait pas boire, et de l'ombre que ça faisait suer. Mais nous mangeons le Mameluck à l'ordinaire, et tout plie à la voix de Napoléon, qui s'empare de la haute et basse Égypte, l'Arabie, enfin jusqu'aux capitales des royaumes qui n'étaient plus, et où il y avait des statues, les cinq cents diables de la nature, et, chose particulière, une infinité de lézards. Pendant qu'il s'occupe de ses affaires dans l'intérieur, les Anglais lui brûlent sa flotte à Aboukir ; car ils ne savaient quoi inventer pour nous contrarier. Mais Napoléon, qui avait l'estime de l'Orient et de l'Occident, que le pape l'appelait son fils, et le cousin de Mahomet son cher père, veut se venger de l'Angleterre et lui prendre les Indes pour se remplacer de sa flotte. Il allait nous conduire en Asie par la mer Rouge, dans des pays où il n'y a que des diamants, de l'or pour faire la paye aux soldats, et des palais pour étapes, lorsque le Mody s'arrange avec la peste, et nous l'envoie pour interrompre nos victoires. Halte ! Alors tout le monde défile à la parade d'où l'on ne revient pas. Le soldat mourant ne peut pas prendre Saint-Jean-d'Acre, où l'on est entré trois fois avec acharnement. Mais la peste était la plus forte, et il n'y avait pas à dire mon bel ami ! tout le monde se trouvait très-malade. Napoléon seul était frais comme une rose ; toute l'armée l'a vu...

Les Mamelucks, sachant que nous étions tous dans les ambulances, veulent nous barrer le chemin ; mais, avec Napoléon, cette farce-là ne pouvait pas prendre. Donc, il dit à ceux qui avaient le cuir plus dur que les autres : « Allez me nettoyer la route ! » Or Junot, qui était un sabreur au premier numéro, et son ami véritable, ne prend que mille hommes, et vous a décousu tout de même l'armée d'un pacha qui avait la prétention de se mettre en travers. Pour lors, nous revenons au Caire, notre quartier général. Autre histoire. Napoléon absent, la France s'était laissé manger le

cœur par les gens de Paris qui gardaient la solde des troupes, leur masse de
linge, leurs habits, leurs vivres, les laissaient crever de faim et voulaient
qu'ils fissent la loi à l'univers, sans s'en inquiéter autrement. C'étaient des
imbéciles qui s'amusaient à bavarder, au lieu de mettre la main à la pâte.
Et donc, nos armées étaient battues, les frontières de la France entamées :
l'homme n'était plus là. Voyez-vous, je dis l'homme, parce qu'on l'a appelé
l'homme; mais c'était une bêtise, puisqu'il avait une étoile et toutes ses
particularités; c'était nous autres qui étions les hommes!... Il apprend l'histoire de France après la fameuse bataille d'Aboukir, où, sans perdre plus de
trois cents hommes, et avec une seule division, il a vaincu la grande armée
des Turcs, forte de vingt-cinq mille hommes, dont il a bousculé dans la mer
plus d'une grande moitié. Ce fut son dernier coup de tonnerre en Égypte.

Il se dit, voyant tout perdu là-bas : « Je suis le sauveur de la France, je le
sais : faut que j'y aille.... » Nous voilà tous tristes quand nous sommes sans
lui, parce qu'il était notre joie; lui, laisse son commandement à Kléber, un
grand mâtin qu'a descendu sa garde assassiné par un Égyptien qu'on a fait
mourir en lui mettant une baïonnette dans le derrière, qui est la manière de
guillotiner dans ce pays-là... Napoléon met le pied sur une coquille de noix,
un petit navire de rien du tout qui s'appelait *la Fortune;* et, en un clin
d'œil, à la barbe de l'Angleterre, qui le bloquait avec des vaisseaux de ligne,
frégates, et tout ce qui faisait voile, il débarque en France, car il a toujours
eu le don de passer les mers en une enjambée. Était-ce naturel ?

Bah! aussitôt qu'il est à Fréjus, autant dire qu'il a les pieds dans Paris.
Là, tout le monde l'adore; mais lui convoque le gouvernement. « Qu'avez-
vous fait de mes enfants les soldats, qu'il dit aux avocats : vous êtes un tas
de galopins qui vous fichez du monde, et faites vos choux gras de la France.
Ça n'est pas juste, et je parle pour tout le monde qu'est pas content. »

Pour lors, ils veulent babiller et le tuer; mais, minute! il les enferme dans
leur caserne à paroles, les fait sauter par les fenêtres, et vous les enrégi-
mente à sa suite, où ils deviennent muets comme des poissons, souples
comme des blagues à tabac. De ce coup, passe consul; et, comme ce n'était
pas lui qui pouvait douter de l'Être suprême, il remplit alors sa promesse
envers le bon Dieu, qui lui tenait sérieusement parole; lui rend ses églises,
rétablit sa religion; les cloches sonnent pour Dieu et pour lui. Voilà tout le
monde content : *Primo,* les prêtres, qu'il empêche d'être tracassés; *segondo,*
le bourgeois, qui fait son commerce sans avoir à craindre le *rapiamus* de la
loi; *tertio,* les nobles, qu'il défend d'être fait mourir, comme on en avait
injustement contracté l'habitude...

DE SALVANDY

LE COUCHER ET LE RÉVEIL DU SOLDAT

La souffrance s'oublie. On pense à trouver le sommeil comme on pourra.
On répartit ce qu'on a de paille autour du foyer. On met le sac sous la tête,
les pieds au feu; le silence s'établit de foyer en foyer, de bataillon en bataillon; les chevaux s'avancent au-dessus des héros, leur tête sur la tête des
compagnons de leurs travaux, intrépides combattants, qui donnent leur vie
avec la même ardeur que le soldat, et, en échange, n'ont pas de gloire.
Gloire, péril, fatigues, voilà tout oublié.

> ... Tout dort, et l'armée, et les vents, et Neptune !

Oh! oui; mais Napoléon ne dort pas. Il s'est levé du lit de camp où il
s'est jeté. « A cheval! a-t-il dit; à cheval! » Son état-major vole par tous

les chemins. Sa parole est arrivée aux 300,000 hommes dont il est l'âme et
la volonté. Les tambours, les trompettes remplissent les airs. « Allons, conscrit, dit le grognard, tu as assez dormi, mon enfant; prends garde que le
sommeil ne t'engraisse comme un chanoine. Allons, te dis-je, mets ton casque à mèche dans l'armoire. Prends ta flûte d'acier, nous avons encore à en
jouer aujourd'hui. » Le conscrit n'entend pas. Le bruit des tambours n'é-
veille pas ce sommeil de plomb. Mais voilà le canon qui gronde. « Une,
deux, trois! oh! oh! cela va bien, dit la cantinière, en rechargeant son
mulet; nous allons rire, les bons enfants! La chasse au Cosaque doit bien faire
la nuit! » Voilà l'empereur! Les sacs sont repris, les faisceaux sont rompus,
le régiment est en bataille. Le conscrit, agitant son schako au bout de sa
baguette, crie plus haut qu'un autre: «Vive l'empereur! » On rompt en colonne. Toute l'armée se précipite sur les pas de son chef. Elle court à Lutzen,
à Bautzen, à la victoire. Les feux continuent à éclairer au loin la nuit profonde; il ne reste de l'armée que ces feux décevants, les abris abattus, la
paille que le vent emporte, la terre dévastée, une ruine de bivouac au milieu de tant d'autres ruines. C'est toute l'image de la guerre. Ces débris re-
présentent les ravages; cette paille, qu'un souffle disperse et brise les
armées; ces feux qui brillent un moment après elle, la gloire.

A. CARREL

LA MÈRE DE WASHINGTON

(*Revue américaine.*)

Au retour des armées combinées de New-York, et après une absence qui
avait duré près de sept ans, il fut enfin permis à cette mère de revenir et
d'embrasser son illustre fils. Arrivé près de Frédéricksbourg avec une suite
brillante et nombreuse, Washington envoya demander à sa mère quand il lui
serait agréable de le recevoir; et, se détachant de son escorte, le maréchal
de France, le commandant en chef des armées combinées de France et
d'Amérique, le libérateur de sa patrie, le héros du siècle, vint seul à pied
présenter ses hommages à celle qu'il vénérait comme l'auteur de ses jours
et de sa renommée. Nulles trompettes, nulles bannières déployées, ne procla-
mèrent son approche : il connaissait trop bien sa mère pour croire qu'elle
serait touchée par l'appareil de l'orgueil et de la puissance. Mrs Washington
était seule quand on lui annonça son fils.

Elle le reçut en l'embrassant et lui donnant les noms de son enfance;
elle compta les rides que les soucis et les travaux avaient gravées sur son
front, l'entretint beaucoup du temps passé, de ses vieux amis, et ne dit pas
un mot de sa gloire présente.

Cependant le village de Frédéricksbourg se remplissait d'officiers français et américains, et de patriotes accourus des environs pour accueillir les
vainqueurs de Cornwallis. Les citoyens du village préparèrent un bal magnifique, auquel Mrs Washington fut spécialement invitée. « Bien que mes
jours de danse soient un peu loin de moi, dit-elle, je me ferai un plaisir de
prendre part à la joie publique. »

Les officiers étrangers étaient impatients de voir la mère de leur général.
Ils avaient entendu parler vaguement du caractère peu commun de cette
femme; et, jugeant d'après ce qu'ils avaient vu en Europe, ils s'attendaient
à ce qu'elle paraîtrait avec la pompe qui accompagne les dames d'un haut
rang dans l'ancien monde. Grande fut leur surprise, quand Mrs Washington
se présenta dans la salle du bal, appuyée sur le bras de son fils, et portant

le costume simple, mais élégant, des Virginiennes d'autrefois. Son air, quoique imposant, était plein de bienveillance. Elle reçut les compliments de tout le monde sans le moindre signe de vanité ; et, après avoir joui quelque temps du plaisir des autres, elle observa qu'il était l'heure où les personnes âgées doivent se coucher, et se retira donnant le bras à Washington.

On était dans l'admiration de voir tant de simplicité dans une personne à qui tout semblait devoir inspirer une sorte d'orgueil. Les officiers français se prosternèrent devant cette force de caractère qui la rendait supérieure à sa propre grandeur. Ils disaient avec naïveté n'avoir rien vu de semblable en Europe, et on les entendait déclarer que, si telles étaient les mères en Amérique, ce pays pouvait s'attendre à d'illustres enfants.

Ce fut à cette fête que, pour la dernière fois de sa vie, le général dansa un menuet avec Mrs Willis. Le menuet était fort en vogue à cette époque ; il était très-propre à faire briller la belle figure et la taille élégante du général. Aussi les braves Français qui étaient présents affirmèrent-ils qu'on ne dansait pas mieux à Paris. Avant son départ pour l'Europe, en 1784, le marquis de la Fayette se rendit à Frédéricksbourg pour voir la mère de son général et lui demander sa bénédiction. Conduit par un des petits-fils de Mrs Washington, ils approchaient de la maison, lorsque le jeune homme s'écria : « Voici ma grand'maman ! » et le marquis aperçut la mère de son honorable ami qui travaillait à son jardin. Quelques éloges que la Fayette en eût entendu faire, cette entrevue ajouta encore à son estime pour elle, et il demeura persuadé que les dames romaines pouvaient avoir des émules dans les temps modernes.

Le marquis parla du glorieux avenir qui s'offrait à l'Amérique régénérée, annonça son prochain départ pour la France, paya à la mère son tribut d'amour et d'admiration pour le fils, et conclut en lui demandant sa bénédiction. Il obtint de l'octogénaire la faveur qu'il demandait ; mais Mrs Washington ne répondit que par ces paroles aux louanges qu'il avait prodiguées à son fils : « Je ne suis pas surprise de ce que Georges a fait ; car il a toujours été un très-bon garçon. »

DELPHINE GAY

LE LORGNON

M. de Lorville n'était que depuis peu de temps possesseur de ce lorgnon mystérieux. L'histoire en paraîtra surprenante ; plusieurs même douteront du fait, aussi me contenterai-je de le rapporter fidèlement sans l'expliquer.

Au moment de terminer ses voyages, Edgard avait rencontré, au fond d'une petite ville de la Bohême, un savant inconnu du monde, et d'autant plus instruit ; car il avait employé le temps qu'on use ordinairement à la faire valoir. A la fois physicien, médecin, mécanicien, opticien, il était tout, excepté bohémien. Cet homme étonnant, à force d'étudier les diverses propriétés de la vue, les variantes qualités du cristal, les mystères de la myopie et tous les secrets de la science oculaire, était parvenu, après bien des années, bien des travaux, bien des veilles, après ces longs jours de découragement qui servent de repos à la science, et ces heures enivrantes où l'imagination s'enflamme aux premières lueurs d'une découverte..., après avoir plus d'une fois consulté le célèbre Gall et Lavater, après avoir endormi et réveillé plus d'une somnambule, il était parvenu, dis-je, à composer une sorte de verre si parfaitement harmonisé aux rayons visuels, qui reproduisait si fidèlement les moindres expressions de la physionomie, qui montrait d'une manière si merveilleuse ces détails imperceptibles, ces fugitives contractions de nos traits causées par les divers mouvements de l'âme, que l'œil, aidé de ce flambeau, pénétrait la pensée la plus profonde, et traduisait, pour ainsi dire, la fausseté la plus intime. En un mot, le possesseur de cet antiprisme, de ce télescope moral, voyait aussi loin dans la pensée que l'astronome dans les cieux ; et, quel que fût le masque qui recouvrît votre visage, vous n'aviez, à travers ce cristal révélateur, que la physionomie de vos véritables sentiments.

Vivant dans la retraite, et avec de bonnes gens qui ne cachaient pas leurs pensées, ou qui peut-être n'en avaient pas, n'ayant d'autre passion que la science, d'autre intérêt que l'étude, le pauvre savant ne se doutait guère des inconvénients de sa découverte ; aussi, pour reconnaître quelques services que M. de Lorville lui avait rendus, il lui révéla son secret, et lui fit présent d'un lorgnon composé de ce cristal inappréciable, pour le remercier de tous les nobles sentiments qu'il avait lus dans son cœur. Enfin, dans leur double simplicité, naïveté de jeunesse et candeur de science, l'un crut faire un don profitable, l'autre, recevoir un talisman de bonheur.

A. DE VIGNY

FRAGMENT DE CHATTERTON

M. BECKFORD.

Votre histoire est celle de mille jeunes gens ; vous n'avez rien pu faire de vos maudits vers ; et à quoi sont-ils bons, je vous prie ? Je vous parle en père, moi ; à quoi sont-ils bons ? — Un bon Anglais doit-il être utile au pays ? — Voyons un peu, quelle idée vous faites-vous de nos devoirs à tous, tant que nous sommes ?

CHATTERTON.

... Je crois les comprendre, milord ; — l'Angleterre est un vaisseau, notre île en a la forme : la proue tournée au nord, elle est comme à l'ancre au milieu des mers, surveillant le continent. Sans cesse elle tire de ses flancs d'autres vaisseaux faits à son image, et qui vont la représenter sur toutes les côtes du monde. Mais c'est à bord du grand navire qu'est notre ouvrage à tous. Le roi, les lords, les communes, sont au pavillon, au gouvernail et à la boussole ; nous autres, nous devons tous avoir les mains aux cordages, monter aux mâts, tendre les voiles et charger les canons ; nous sommes tous de l'équipage, et nul n'est inutile dans la manœuvre de notre glorieux navire.

M. BECKFORD.

Pas mal ! pas mal ! quoiqu'il fasse encore de la poésie ; mais, en admettant votre idée, vous voyez que j'ai encore raison. Que diable peut faire le poëte dans la manœuvre ? (*Un mouvement d'attente.*)

CHATTERTON.

Il lit dans les astres la route que nous montre le doigt du Seigneur.

A. DE LAMARTINE

FRAGMENT D'UN VOYAGE EN ORIENT

A chaque pas, sur les flancs de la corniche que nous suivions, les cascades tombent sur la tête du passant, ou glissent dans les interstices des roches vives qu'elles ont creusées ; gouttières de ce toit sublime des montagnes, qui filtrent incessamment le long de ses pentes. Le temps était brumeux, la tempête mugissait dans les sapins, et apportait de moments en moments des poussières de neige qui perçaient, en le colorant, le rayon fugitif du soleil de mars. Je me souviens de l'effet neuf et pittoresque que faisait le passage de notre caravane, sur un des ravins de ces cascades. Les flancs des rochers du Liban se creusaient tout à coup, comme une anse profonde de la mer entre les rochers; un torrent retenu par quelques blocs de granit remplissait de ses bouillons rapides et bruyants cette déchirure de la montagne; la poudre de la cascade, qui tombait à quelques toises au-dessus, flottait au gré des vents sur les deux promontoires de terre aride et grise qui environnaient l'anse, et qui, s'inclinant tout à coup rapidement, descendaient au lit du torrent qu'il fallait passer; une corniche étroite, taillée dans le flanc de ces mamelons, était le seul chemin par où l'on pût descendre au torrent pour le traverser. On ne pouvait passer qu'un à un à la file sur cette corniche; j'étais un des derniers de la caravane; la longue file de chevaux, de bagages et de voyageurs descendait successivement dans le fond de ce gouffre, tournant et disparaissant complétement dans les ténèbres du brouillard des eaux, et reparaissait par degrés de l'autre côté et sur l'autre corniche du passage; d'abord vêtue et voilée d'une vapeur sombre, pâle et jaunâtre comme la vapeur du soufre, puis d'une vapeur blanche et légère comme l'écume d'argent des eaux; puis enfin éclatante et colorée par les rayons du soleil qui commençait à l'éclairer davantage, à mesure qu'elle remontait sur les flancs opposés: c'était une scène de l'enfer du Dante, réalisée à l'œil dans l'un des plus terribles cercles que son imagination eût pu inventer! Mais qui est-ce qui est poète devant la nature? qui est-ce qui invente après Dieu?

Le village d'Hammana, village druse où nous allions coucher, brillait déjà à l'ouverture de la vallée qui porte son nom. Jeté sur un pic de rochers aigus et concassés qui touchent à la neige éternelle, il est dominé par la maison du scheik, placée elle-même sur un pic plus élevé, au milieu du village. Deux profonds torrents encaissés dans les roches et obstrués de blocs qui brisent leur écume, cernent de toutes parts le village; on les passe sur quelques troncs de sapins sur lesquels on a jeté un peu de terre, sans parapet, et l'on gravit aux maisons. Les maisons, comme toutes celles du Liban et de la Syrie, présentent au loin une apparence de régularité, de pittoresque et d'architecture qui trompe l'œil au premier regard, et les fait ressembler à des groupes de villes italiennes avec leurs toits en terrasses et leurs balcons décorés de balustrades. Mais le château du scheik d'Hammana surpasse en élégance, en grâce et en noblesse tout ce que j'avais vu en ce genre, depuis le palais de l'émir Beschir à Deïr-el-Kamar. On ne peut le comparer qu'à un de nos merveilleux châteaux gothiques du moyen âge, tels du moins que leurs ruines nous les font concevoir, ou que la peinture nous les retrace. Des fenêtres en ogive décorées de balcons, une porte large et haute surmontée d'une ogive aussi, qui s'avance, comme un portique, au-dessus du seuil; deux bancs de pierre sculptés en arabesques, et tenant aux deux montants de la porte, sept ou huit marches de pierres circulaires descendant en perron jusque sur une large terrasse ombragée de deux ou trois sycomores immenses et où l'eau coule toujours dans une fontaine de marbre : voilà la scène. Sept ou huit Druses armés, couverts de leur noble costume aux couleurs éclatantes, coiffés de leur turban gigantesque et dans des attitudes martiales, semblent attendre l'ordre de leur chef; un ou deux nègres, vêtus de vestes bleues, quelques jeunes esclaves ou pages assis ou jouant sur les marches du perron; et enfin plus haut, sous l'arche même de la grande porte, le scheik assis, la pipe à la main, couvert d'une pelisse écarlate, et nous regardant passer dans l'attitude de la puissance et du repos : voilà les personnages.

G. DE NERVAL

LA MORT DE CAZOTTE

(Vie de Cazotte.)

Cazotte fut décrété d'accusation et arrêté dans sa maison de Pierry. Elisabeth fut arrêtée avec son père; et tous deux, conduits à Paris dans la voiture de Cazotte, furent enfermés à l'Abbaye. Mᵐᵉ Cazotte implora en vain de son côté la faveur d'accompagner son mari et sa fille.

Les malheureux réunis dans cette prison jouissaient encore de quelque liberté intérieure. Il leur était permis de se réunir à certaines heures, et souvent l'ancienne chapelle présentait le tableau des brillantes réunions du monde. Ces illusions réveillées amenèrent des imprudences; on faisait des discours, on chantait, on paraissait aux fenêtres; et des rumeurs populaires accusaient les prisonniers du 10 août de se réjouir des progrès de l'armée du duc de Brunswick et d'en [attendre leur délivrance. On se plaignait des lenteurs du tribunal extraordinaire créé à regret par l'assemblée législative sur les menaces de la commune. On croyait à un complot formé dans les prisons pour en enfoncer les portes à l'approche des étrangers, se répandre dans la ville et faire une Saint-Barthélemi des républicains.

La nouvelle de la prise de Longwy et le bruit prématuré de celle de Verdun, achevèrent d'exaspérer les masses. Le danger de la patrie fut proclamé, et les sections se réunirent au Champ-de-Mars. Cependant des bandes furieuses se portaient aux prisons, et établissaient aux guichets extérieurs une sorte de tribunal de sang destiné à suppléer l'autre. A l'Abbaye, les prisonniers étaient réunis dans la chapelle, livrés à leurs conversations ordinaires, quand le cri des guichetiers: « Faites remonter les femmes ! » retentit inopinément. Trois coups de canon et un roulement de tambour ajoutèrent à l'épouvante, et les hommes étant restés seuls, deux prêtres, d'entre les prisonniers, parurent dans une tribune de la chapelle et annoncèrent à tous le sort qui leur était réservé. Un silence funèbre régnait dans cette triste assemblée; dix hommes du peuple, précédés par les guichetiers, firent ranger les prisonniers le long des murs et en comptèrent cinquante-trois.

Dès ce moment on fit l'appel des noms, de quart d'heure en quart d'heure, ce temps suffisant à peu près aux jugements du tribunal improvisé à l'entrée de la prison. Quelques-uns furent épargnés, parmi eux le vénérable abbé Sicard; la plupart étaient frappés au sortir du guichet par les meurtriers fanatiques qui avaient accepté cette triste tâche. Vers minuit, on cria le nom de Jacques Cazotte.

Le vieillard se présenta avec fermeté devant le sanglant tribunal... En ce moment, quelques forcenés demandaient qu'on fît aussi comparaître les femmes, et on les fit, en effet, descendre une à une dans la chapelle; mais les membres du tribunal repoussèrent cet horrible vœu; et Maillard, ayant donné l'ordre de les faire remonter, feuilleta l'écrou de la prison et appela Cazotte à haute voix. A ce nom, la fille du prisonnier, qui remontait avec les autres femmes, se précipita au bas de l'escalier et traversa la foule au moment où Maillard prononça le mot terrible : « A la Force! » qui voulait dire : « A la mort! »

La porte extérieure s'ouvrait; la cour entourée de longs cloîtres, où l'on continuait à égorger, était pleine de monde et retentissait encore du cri des mourants : la courageuse Elisabeth s'élance sur les deux tueurs qui déjà avaient mis la main sur son père, et qui s'appelaient, dit-on, Michel et Sauvage, et leur demanda, ainsi qu'au peuple, la grâce de son père.

Son apparition inattendue, ses paroles touchantes, l'âge du condamné presque octogénaire, et dont le crime politique n'était pas facile à définir et à constater; l'effet sublime de ces deux nobles figures, touchante image de l'héroïsme filial, émurent des instincts généreux dans une partie de la foule. On cria grâce de toutes parts. Maillard hésitait encore. Michel versa un verre de vin et dit à Élisabeth : « Écoutez, citoyenne, pour prouver au citoyen Maillard que vous n'êtes pas une aristocrate, buvez cela au salut de la nation et au triomphe de la république! » La courageuse fille but sans hésiter; les Marseillais lui firent place; et la foule, applaudissant, s'ouvrit pour laisser passer la fille et le père; on les reconduisit jusqu'à leur demeure.

... Le lendemain du jour où il avait été ramené en triomphe par le peuple, plusieurs de ses amis vinrent le féliciter. Un d'eux, M. de Saint-Charles, lui dit en l'abordant : «Vous voilà sauvé! — Pas pour longtemps, répondit Cazotte en souriant tristement. Un moment avant votre arrivée, j'ai eu une vision : j'ai cru voir un gendarme qui venait me chercher de la part de Pétion; j'ai été obligé de le suivre; j'ai paru devant le maire de Paris, qui m'a fait conduire à la Conciergerie, et de là au tribunal révolutionnaire. Mon heure est venue. » M. de Saint-Charles le quitta, croyant que sa raison avait souffert des terribles épreuves par lesquelles il avait passé. Un avocat, nommé Julien, offrit à Cazotte sa maison pour asile, et les moyens d'échapper aux recherches; mais le vieillard était résolu à ne point combattre la destinée. Le 11 septembre, il vit entrer chez lui l'homme de sa vision, un gendarme portant un ordre signé Pétion, Paris et Sergent; on le conduisit à la mairie, et de là à la Conciergerie, où ses amis ne purent le voir.

Élisabeth obtint, à force de prières, la permission de servir son père, et demeura dans sa prison jusqu'au dernier jour. Mais ses efforts pour intéresser les juges n'eurent pas le même succès qu'auprès du peuple, et Cazotte, sur le réquisitoire de Fouquier-Tinville, fut condamné à mort, après vingt-sept heures d'interrogatoire.

Avant le prononcé de l'arrêt, l'on fit mettre au secret sa fille, dont on craignait les derniers efforts et l'influence sur l'auditoire; le plaidoyer du citoyen Julien fit sentir en vain ce qu'avait de sacré cette victime échappée à la justice du peuple; le tribunal paraissait obéir à une conviction inébranlable...

Lorsqu'on coupa les cheveux à Cazotte, il recommanda de les couper le plus près possible, et chargea son confesseur de les remettre à sa fille, encore consignée dans une des chambres de la prison. Avant de marcher au supplice, il écrivit quelques mots à sa femme et à ses enfants; puis, monté sur l'échafaud, il s'écria d'une voix très-haute : « Je meurs comme j'ai vécu, fidèle à Dieu et à mon roi ! »

EUGÈNE SUE

LA RADE DE BREST

(Vigie de Koat-Ven.)

C'est un spectacle imposant que la rade de Brest, pendant les premiers jours du mois de janvier 1781, car on comptait au mouillage vingt vaisseaux de ligne, neuf frégates, et un grand nombre de bâtiments légers. Non! il n'y avait, en vérité, rien de plus magnifique que ces bâtiments de haut bord, que ces lourdes masses de bois et de fer, si pesamment assises sur l'eau avec leur épaisse et large poupe, leur mâture énorme et leurs trois rangs de grosse artillerie.

Et le matin! quand ces grands navires mettaient leurs voiles au sec, il fallait les voir dérouler majestueusement ces toiles immenses, et les déployer comme un goëland qui étend ses ailes humides de rosée aux premiers rayons du soleil. Et puis, quel contraste entre ces vaisseaux gigantesques et ces frégates si alertes, ces corvettes si élancées, ces bricks si fins, ces lougres, ces cutters, ces dogres qui se berçaient à l'ombre de ces citadelles flottantes, ainsi que de jeunes alcyons se jouent autour du nid paternel. Et puis, quelle innombrable quantité d'embarcations de toutes sortes, qui vont, viennent, s'accostent et se croisent.

Voici venir une yole merveilleusement dorée, avec le pavillon royal à sa poupe, et ses riches tapis brodés de fleurs de lis. Elle vole sur les eaux, conduite par douze rameurs à larges ceintures écarlates; le patron est décoré d'une brillante chaîne d'argent; c'est la yole d'un amiral. Là s'avance lentement une longue chaloupe si encombrée de fruits et de verdure qu'on dirait une de ces îles flottantes des rivières de l'Amérique qui voguent couvertes de lianes et de fleurs. Cette chaloupe, précieuse ménagère, retourne à son bord, avec les provisions du jour, et son équipage culinaire de maîtres d'hôtel et de cuisiniers.

Tantôt c'est un bateau de Plougastel à grande voile carrément étarquée, manœuvré par des marins à longs cheveux, dont le costume pittoresque rappelle celui des Grecs de l'Archipel. Cette barque contient une vingtaine de femmes de Châteaulin ou de Plouinek qui reviennent de la ville, fraîches et riantes figures, encore avivées par un froid piquant, qui, bien encapuchonnées dans leurs mantes brunes, échangent dans leur patois quelques mots joyeux avec les marins des vaisseaux de guerre que leur bateau prolonge.

Plus loin, le cliquetis des chaînes, se mêlant au battement cadencé des rames, annonce une chiourme et ses galériens vêtus de rouge; ils remorquent à grand'peine un navire sortant du port; les uns chantent d'ignobles chansons, les autres blasphèment ou se tordent sous le bâton des argousins; à voir ces figures infâmes, hâlées, sordides, à entendre ces cris de rage ou de joie féroce, on frémit, comme à l'aspect d'une barque de damnés de l'enfer du Dante.

Enfin, pour compléter ce spectacle si varié, il y a encore une myriade de canots qui se croisent en tous sens, les uns chargés de nobles officiers du roi, les autres de femmes élégamment parées; il y a encore le roulement des tambours, les éclats de la fusillade, le cri des sifflets, le grincement des manœuvres, l'harmonie vibrante des fanfares de guerre; il y a l'émail de ces mille pavillons blancs, verts, jaunes, rouges, qui se découpent sur le bleu du ciel, comme autant de prismes aériens.

Il y a enfin le murmure imposant et grandiose de la mer qui mugit derrière la côte, et dont le retentissement sonore et prolongé domine ces bruits divers et les fond en un seul, grand comme elle, imposant comme elle...

H. FORTOUL

LE PANHELLÉNION

(De l'Art grec.)

Les débris du temple de Jupiter panhellénien s'élèvent au nord-est d'Égine, sur le sommet d'une montagne dont les prolongements fendent la mer, comme ferait une proue dorée, et forment un des trois angles de l'île; ce sont de belles colonnes doriennes qui se détachent au plus haut du paysage, et qui, dominant les forêts d'amandiers du rivage, les flots au loin déroulés, les montagnes de l'Attique et celles de l'Argolide étagées de chaque côté du golfe, semblent comme une couronne posée par le génie humain sur toutes ces splendeurs de la nature. M. E. Quinet nous a appris, dans son voyage en Grèce, qu'assis au pied du Panhellénion, il distinguait le Parthénon à l'extrémité de la perspective ; ainsi ces ruines semblent encore se défier, d'un bout à l'autre de l'horizon, comme les deux rivales dont Jupiter et Minerve étaient autrefois les divinités protectrices. On présume avec raison que les marbres trouvés sous les décombres du Panhellénion faisaient partie des deux frontons de ce temple. La date de ces statues dépend évidemment de celle de l'édifice auquel elles appartiennent.

Lorsque Pausanias visita Égine, on lui dit que le Panhellénion avait été fondé par Éaque. A en croire les habitants, tout ce qui existait dans leur île remontait jusqu'à ce prince ; ainsi c'était lui qui l'avait entourée d'écueils pour la préserver des pirates. Il est certain que Jupiter avait été adoré sur la colonne panhellénienne dès les temps les plus reculés, probablement même, comme nous l'avons dit, à l'époque d'Éaque. Mais le temple qui s'élevait au même endroit du temps de Pausanias, et dont on voit les restes, ne saurait avoir été construit au siècle des Pélasges, ni à celui des Achéens. L'architecture en est dorique, et fort éloignée de ce dorique primitif dont on a trouvé des exemples à Corinthe et à Sicyone. Les proportions élégantes, les colonnes plus élancées reposant sur un stylobate plus haut, indiquent une époque d'un goût avancé qui vise déjà plus à la beauté qu'à la force. La construction du Panhellénion a dû précéder de peu d'années celle du Parthénon ; toutes les convenances de l'art et de l'histoire s'accordent pour la placer immédiatement après la guerre des Perses. Le colosse d'or et d'ivoire qui ornait l'intérieur du sanctuaire avait probablement été fait avec le butin de Salamine et de Platée. Le temple, ainsi rebâti sur les fondements pélasgiques de l'ancien édifice d'Éaque, avait alors changé, selon la conjecture admirable de M. Müller, son nom d'Hellénion pour celui de Panhellénion, qui est, pour ainsi dire, un hommage rendu à la fraternité et à la délivrance de tous les Grecs.

A. OZANAM

LES CATACOMBES DE ROME

Il faut se représenter les catacombes comme un labyrinthe de galeries souterraines qui s'étendent à des distances considérables sous les faubourgs et sous la campagne de Rome. On n'a pas compté moins de soixante de ces cimetières chrétiens, et les circonvallations qu'ils forment autour de l'ancienne Rome, à en croire la tradition populaire, et ce que répètent les pâtres de la campagne, s'étendraient jusqu'à la mer.

Mais, quand on descend dans ces lieux sans lumière, on est encore plus frappé de leur profondeur que de l'étendue sur laquelle ils se développent. On entre communément par d'anciennes carrières de pouzzolane, qui ont servi, sans doute, à la construction des monuments de Rome, et qui furent l'ouvrage des anciens. Mais, au-dessous ou à côté de ces carrières, les chrétiens ont eux-mêmes creusé, dans le tuf granulé, d'autres galeries d'une forme tout à fait différente, qui ne pouvaient plus servir à l'extraction de la pierre, mais au seul but qu'ils se proposaient. Toutes les galeries descendent à deux, trois, quatre étages au-dessous de la surface du sol, c'est-à-dire à quatre-vingts, à cent pieds et plus encore ; elles serpentent en détours infinis, tantôt en montant, tantôt en descendant, comme pour fuir les pas des persécuteurs qui y sont engagés, qui pressent la foule des fidèles, et qu'on entend déjà venir à droite et à gauche. Les parois de la muraille sont percés de niches oblongues, horizontales, comme les rayons d'une bibliothèque, car je ne trouve pas de comparaison plus juste : chaque rayon forme une sépulture qui sert, suivant sa profondeur, pour un ou plusieurs corps. Une fois la sépulture remplie, on fermait le rayon avec des blocs de marbre, des briques, avec tout ce que le hasard mettait sous la main de ces ouvriers persécutés. De distance en distance, ces longs corridors s'ouvrent sur des chapelles où pouvaient se célébrer les mystères, et sur des salles dans lesquelles l'enseignement se donnait aux catéchumènes, et où s'accomplissaient les expiations des pénitents.

J'ai besoin de vous fournir immédiatement la preuve que ces grands ouvrages sont bien des premiers siècles chrétiens, des siècles persécutés. Nous en avons le témoignage dans Prudence et dans saint Jérôme, qui tous deux y étaient allés, plus d'une fois, vénérer les sépultures des martyrs, et qui en parlent avec autant d'épouvante que d'admiration. Saint Jérôme, jeune, étudiant à Rome avec toute l'ardeur de son âme, descendait chaque dimanche dans ces entrailles de la terre, et nous dit qu'alors revenait sans cesse à son esprit la parole du prophète : *Descendent ad infernum vivantes.* Et ce vers de Virgile : *Horror ubique animos, simul ipsa silentia terrent;* mêlant ainsi les grandes traditions sacrées aux traditions profanes, image de la double éducation de Jérôme et de ses contemporains.

En effet, on aperçoit d'abord dans les catacombes l'ouvrage de la terreur et de la nécessité. Mais, si l'on y prend bien garde, c'est un ouvrage bien éloquent; et, si les monuments, si l'architecture même n'a pas d'autre but que d'instruire les hommes et de les émouvoir, jamais aucune construction au monde n'a donné de si grandes et de si terribles leçons. En effet, lorsque vous avez pénétré dans ces profondeurs de la terre, vous apprenez par force ce qui est la grande leçon de la vie, à vous détacher de ce qui est visible, à vous détacher même de ce par quoi tout est visible, c'est-à-dire de la lumière. Le cimetière enveloppe tout, comme la mort enveloppe la vie, et ces oratoires mêmes, ouverts à droite et à gauche, par intervalle, sont comme autant de jours ouverts sur l'immortalité, pour consoler un peu l'homme de la nuit dans laquelle il vit ici-bas. Ainsi, tout ce que l'architecture doit faire plus tard, elle le fait déjà : elle instruit, elle émeut, elle pénètre.

A. DUMAS

MICHEL-ANGE

Michel-Ange se hâta de retourner dans sa patrie, qui respirait un peu après la tourmente. On fait remonter à cette époque l'exécution d'un petit saint Jean et celle d'un Amour endormi, auquel son propriétaire cassa un bras, et qu'il fit passer ensuite pour antique. La plaisanterie réussit pour le statuaire, comme elle avait réussi pour la statue, et le mystifié fut un cardinal, qui paya 200 ducats un morceau de sculpture dont il n'eût voulu pour rien s'il l'avait su moderne. Il est vrai que l'artiste ne toucha que 30 écus sur cette somme; car il avait vendu l'Amour comme étant réellement de lui, sans compter que tout l'or du monde n'aurait pu décider Michel-Ange à mutiler si cruellement son œuvre. Mais Son Éminence fut punie par où elle péchait. Les connaisseurs de cette force sont la providence des brocanteurs.

Par un des hasards les plus singuliers, Michel-Ange, tout en dessinant à la plume une main qui est restée, racontait à un ami du cardinal qu'il était l'auteur de la petite statue que Son Éminence avait achetée de seconde main comme antique. Émerveillé du talent de ce jeune homme, l'ami du cardinal engagea Michel-Ange à le suivre à Rome, où il ne manquerait pas d'occasion de travailler et de se faire connaître. L'artiste accepta ; et, à peine eut-il fait son entrée dans la Ville Éternelle, que les commandes abondèrent de toutes parts, et que son nom cessa d'être obscur.

Le premier ouvrage qu'il fit, pour Giacomo Galli, est le Bacchus de la galerie de Florence. Le dieu est couronné de pampres ; sa figure est souriante ; son regard, déjà voilé par l'ivresse, se porte avec amour sur une coupe qu'il tient de la main droite. Il semble déjà ne plus s'apercevoir de ce qui se passe autour de lui ; car un charmant petit satyre, prodige de malice et d'espièglerie, mange impudemment des raisins qu'il vient de dérober au dieu des buveurs.

Au Bacchus succéda presque immédiatement le beau groupe *della Pietà*, exécuté par ordre du cardinal de Saint-Denis. C'est Marie, qui soutient sur ses genoux le corps de son fils qu'on vient de détacher de la croix. Le succès qu'obtint ce groupe fut tel, que Vasari ne trouve pas de mots assez hyperboliques pour en faire l'éloge. A en juger par l'avis des contemporains, jamais ni les anciens ni les modernes n'avaient atteint à une telle hauteur pour l'idéal de l'art ; jamais le marbre n'avait été travaillé avec un soin si exquis, avec une si désespérante facilité. Cependant, au milieu de ce concours de louanges si justement méritées, la critique reprocha à l'artiste d'avoir fait la mère presque aussi jeune que le fils. « La mère du Christ était vierge, répondit durement Michel-Ange, et la chasteté de l'âme conserve la fraîcheur des traits. Il est juste, il est permis de croire que Dieu, pour rendre témoignage de la pureté de Marie, a voulu lui laisser longtemps l'éclat de la jeunesse et la puissance de la beauté. »

Malgré cette leçon, la critique ne s'avoua pas vaincue ; mais aussi, malgré la critique, et peut-être à cause d'elle, de nombreux admirateurs stationnaient devant le groupe *della Pietà*. Un jour que Michel-Ange se trouvait mêlé à la foule, il entendit un étranger demander à son voisin : « Savez-vous quel est l'auteur de ce groupe ? — Certainement, Monsieur ; l'auteur de ce groupe est Gobbo de Milan. — C'est juste, dit tout bas Michel-Ange, je n'avais oublié qu'une chose, c'est d'y graver mon nom. »

..... Aujourd'hui, il n'y a pas un homme qui, en voyant ce groupe, même sans prendre garde à la signature, même sans en avoir jamais entendu parler, ne s'écrie aussitôt : « Michel-Ange !... »

H. MURGER

LE CONVOI DU DOCTEUR

(*Les Buveurs d'eau.*)

Un jour, en passant sur le quai, Francis fut arrêté par le passage d'un convoi qui devait être celui d'un personnage important ; car, au milieu de la foule qui l'accompagnait, les curieux désignaient les illustrations de toutes les classes de la société, et particulièrement les membres les plus célèbres de la faculté de médecine. L'attitude du cortége était silencieuse et recueillie. Ce n'était pas un mort vulgaire que ce char funèbre portait au lieu du repos. Ce devait être un de ces hommes dont le nom était appelé à vivre dans la mémoire humaine, bien après que le temps l'aurait effacé sur la pierre de son monument ; car ses funérailles avaient l'apparence d'une marche triomphale vers la postérité, et la physionomie de ceux qui formaient le cortége indiquait que la perte de ce défunt était un deuil public. Francis allait demander qui l'on enterrait là ; mais tout à coup il se frappe le front comme un homme qui devine. Entre les derniers rangs de la file qui suivait le convoi, il venait d'apercevoir un groupe isolé, au milieu duquel marchait l'homme au gant donnant le bras à une vieille femme plus que simplement mise; un autre jeune homme, que Francis reconnut pour être le frère de Paul, soutenait aussi les pas de la pauvre femme. Ces trois personnes, qui étaient peut-être les seules dont les vêtements ne fussent pas d'une couleur conforme à la cérémonie, avaient, comme signe de deuil, enroulé un morceau de crêpe autour de leur bras gauche. Derrière eux marchaient cinq ou six jeunes gens, la tête nue et le visage grave. Francis comprit alors qu'il assistait aux funérailles du docteur ***, dont il avait appris la mort dans les journaux, et il eut le pressentiment que les jeunes gens qui accompagnaient les deux frères et leur aïeule, devaient compléter la société des buveurs d'eau. L'artiste tira son chapeau, traversa la chaussée, et prit rang derrière le groupe, sans qu'aucune personne parût prendre garde à sa présence.

On arriva ainsi dans la rue de la Roquette, qui conduit au Père-Lachaise. Comme on commençait à passer les marbriers et fournisseurs d'ornements funèbres, qui sont très-nombreux aux alentours des nécropoles, l'homme au gant jaune laissa la grand'mère au bras de son frère Paul, et vint se mêler à ses amis. Bien que Francis ne fût qu'à deux pas derrière lui, il ne l'aperçut pas. Antoine eut avec les buveurs d'eau une courte conversation, à la suite de laquelle Francis remarqua que chacun d'eux fouillait dans sa poche. Après avoir recueilli l'offrande commune, Antoine quitta les rangs, et Francis le vit entrer chez un marbrier. Peu d'instants après, Antoine vint reprendre sa place auprès de sa grand'mère : il avait à la main une grosse couronne d'immortelles. La pauvre femme parut étonnée; mais son fils lui dit quelques mots tout bas; et l'aïeule, se retournant du côté des buveurs d'eau, leur adressa un triste sourire de remercîment. Quand on pénétra dans le cimetière du Père-Lachaise, une grosse pluie, qui menaçait depuis les premières heures de la journée, commença à tomber. Malgré l'état du temps, on n'abrégea aucun détail de la cérémonie, et tous les honneurs funèbres furent rendus à la dépouille de l'homme illustre et utile que la terre allait recouvrir. Les buveurs d'eau et leur grand'mère s'étaient frayé un passage jusque dans le voisinage de la fosse, sur laquelle de belles paroles furent prononcées par des confrères qui avaient été rivaux du défunt; car où commence la mort, la justice commence. C'est une des premières restitutions que fait l'éternité. Un homme dont l'éloquence était connue, achevait une oraison funèbre dans laquelle il retraçait en magnifiques images la vie glorieusement remplie du docteur. Il s'efforçait surtout de rappeler à la foule qui l'écoutait le caractère élevé du défunt. Après l'avoir montré grand, il le montrait humain, il indiquait la trace de ses pas dans les évangéliques sentiers de la charité. Faisant illusion aux fonctions publiques que le docteur avait exercées pendant sa vie, comme un vivant symbole de l'éternelle misère et de la souffrance éternelle, il évoquait la sombre figure du Lazare populaire, l'hôte des grabats où n'entre pas le jour, le patient inconnu de l'espérance ; il le montrait, au réveil du lendemain, écartant les rideaux de sa couche moribonde, et appelant d'une voix endolorie l'homme dont la parole lui donnait le courage, et qui ne pourrait plus lui répondre; il mettait en relief toutes les belles actions de cette existence trop vite accomplie, il ouvrait les mansardes des quartiers laborieux, et faisait voir le prolétaire couvrant d'un crêpe l'outil qui mettait du pain dans la main de ses enfants, et que la science du grand praticien avait replacé dans la sienne.

Au milieu de ces paroles, qui semblaient tomber d'une lèvre touchée par le charbon sacré, une apparition qui venait matérialiser les images de sa péroraison attira les yeux de l'orateur, en même temps qu'elle troublait l'attention de l'auditoire. Une vieille femme, dont les sanglots avaient déjà été entendus plusieurs fois, parvint à s'échapper d'entre les mains des deux jeunes gens qui la retenaient; franchissant le vide formé autour de la fosse qu'on achevait de combler, elle plaça une couronne d'immortelles sur la croix provisoire qu'on venait d'y planter; et, les vêtements ruisselants de pluie, elle s'agenouilla auprès de la fosse, dans la boue, dans l'eau, joignit les mains et pria.

« Messieurs, dit l'orateur, en s'adressant aux spectateurs déjà gagnés par une émotion puissamment excitée, que pourrais-je dire de plus qui valût ces larmes, cette couronne et cette prière? Suivons l'exemple que nous donne cette femme; à genoux, messieurs, et prions avec elle ! »

A. KARR

L'HISTOIRE DE ROMAIN

Romain était un pêcheur, fils de pêcheur. Arriva un ordre de départ pour lui et pour trois autres jeunes gens d'Étretat. Ce fut un grand chagrin dans les familles. Outre les dangers de la guerre et les chagrins de la séparation, il y avait encore l'abandon où allaient se trouver les bateaux et les filets. Pour les trois jeunes gens, ils étaient désespérés.

Il n'y a que quinze ans que les gens d'Étretat sortent de chez eux. Avant ce temps, je veux dire avant les quinze ans qui viennent de s'écouler, on naissait, on vivait, on mourait entre les deux portes et les deux falaises d'aval et d'amont, c'est-à-dire dans l'enceinte de l'étroite et pittoresque pitite vallée où est situé Étretat. Ce n'est que depuis que le hareng ne vient presque plus sur nos côtes, qu'il a fallu prendre du service sur les navires marchands, et que beaucoup de jeunes gens quittent le pays pendant quelques années. On assure que le hareng a quitté les côtes de France depuis l'abdication de l'empereur. On avait fait espérer que le hareng reviendrait lors de l'avénement du neveu de Napoléon à la présidence de la République, mais cette flatteuse espérance ne s'est pas réalisée.

On comprend donc qu'en ce temps-là c'était avec toute la terreur qu'inspire l'inconnu que les hommes se voyaient enlevés pour le service.

« Quel malheur d'être pris ! disaient les compagnons d'infortune de Romain. — Ma famille, disait l'un, n'a plus que moi pour appui; mon père est vieux, et mes frères sont trop petits. — J'allais me marier, disait l'autre; c'est bien dur de quitter ainsi ma chère Noëmi. — J'allais faire pour la première fois la pêche de Dieppe, disait l'autre.

— Moi, je ne sais qu'une chose ! disait Romain, c'est que je ne partirai pas ! »

En effet, quand vint le moment du départ, les trois autres partirent en pleurant; mais, quoi qu'on pût dire à Romain, il ne partit pas.

Le sous-préfet, averti, envoya des gendarmes. Romain se cacha. « Que je quitte Bérénice que je vais épouser, disait-il, et mes parents pour aller me battre ! et contre qui me battre? contre des gens que je ne connais pas et qui ne m'ont jamais rien fait ! A la bonne heure si c'était contre ceux qui m'envoient au service ! Ceux-là m'ont fait quelque chose et sont mes vrais ennemis. » De nouveaux ordres arrivèrent. L'exemple était dangereux; il fallait prendre Romain à tout prix.

Il se réfugia dans un trou de la falaise, à trois cents pieds au-dessus de la mer, la hauteur de cinq maisons, dans une anfractuosité qui n'avait servi d'asile qu'aux goëlands, aux mouettes et aux guilmots. Là, Bénérice lui portait à manger la nuit, au moyen d'une corde.

On fit le siège du *Trou à Romain*, comme on l'appelle encore dans le pays; et, sur l'injonction de l'avoir mort ou vif arrivée de Paris, on lui tira des coups de fusil. Mais Romain, au fond de son trou, ne courait pas grand danger; et les pierres qu'il faisait rouler sur les soldats en blessèrent plusieurs. D'ailleurs on ne pouvait l'attaquer qu'à la marée basse ; à la marée haute, la mer battait le pied de la falaise. Un matin on trouva au pied de la falaise la vareuse et les sabots de Romain, puis on ne le vit plus sur le bord du trou.

On comprit ce qui avait dû arriver. Romain, en voulant se sauver, était tombé à la mer, ou il s'y était jeté, poussé par le désespoir.

Personne ne douta de sa mort, et les poursuites cessèrent.

La vérité est qu'il s'était échappé par un chemin impossible où un chat n'oserait se risquer. Il avait jeté ses hardes pour donner le change.

On ne sait pas bien où il se cacha ; mais toujours est-il qu'il ne quitta pas le pays. La guerre finie, il reparut comme d'ordinaire ; et il revint un des trois jeunes soldats qui étaient partis sans lui. Celui-ci était fier de ses succès guerriers ; il croyait avoir gagné deux batailles où il avait eu peur. Il eut le plus grand succès au village.

Or, voici la philosophie de l'histoire : Romain finit par être très-honteux et très-désespéré ! Celui qui avait soutenu seul un siége, n'ayant que des pierres contre des balles de fusil, cet homme qui, à la volonté de l'empereur, avait presque seul osé repondre : « Je ne veux pas ! » cet homme se crut lâche ! On ajoute que Bérénice elle-même, qu'il avait épousée, ressentit pour ce soldat qui était rentré dans ses foyers une admiration qui acheva de navrer Romain !

Un jour enfin, sous le trou qui a gardé son nom, on trouva encore une fois sa vareuse et ses sabots ; mais, dans la vareuse, on trouva le corps de Romain broyé. Il s'était précipité du haut de la falaise. Ainsi finit l'histoire de Romain. Savez-vous un plus grand soufflet pour ce que l'on appelle la gloire militaire ?

L. MOLÉ

SENTENCES

A côté de l'avantage d'innover, il y a le danger de détruire.

L'homme ne s'aime jamais tant que lorsqu'il s'oublie.

C'est une source abondante d'inspiration que l'honnêteté du cœur.

L'artiste et l'écrivain n'ont, après tout, qu'eux-mêmes à confier à leur pinceau ou à leur plume. On ne pense qu'en soi-même, quoi qu'on fasse, et l'on ne met que son âme ou sa vie sur la toile ou dans ses écrits.

A. THIERS

LA MORT DE LOUIS XVI

(Histoire de la Révolution.)

A huit heures du matin, Santerre, avec une députation de la commune, du département et du tribunal criminel, se rend au Temple. Louis XVI, en entendant le bruit, se lève et se dispose à partir. Il n'avait pas voulu revoir sa famille, pour ne pas renouveler la triste scène de la veille. Il charge Cléry de faire pour lui ses adieux à sa femme, à sa sœur et à ses enfants ; il lui donne un cachet, des cheveux et divers bijoux, avec commission de les leur remettre. Il lui serre ensuite la main, le remerciant de ses services. Après cela, il s'adresse à l'un des municipaux, en le priant de transmettre son testament à la commune. Ce municipal était un ancien prêtre, nommé Jacques Roux, qui lui répond brutalement qu'il était chargé de le conduire au supplice, et non de faire ses commissions. Un autre s'en charge ; et Louis, se retournant vers le cortége, donne avec assurance le signal du départ.

Des officiers de gendarmerie étaient placés sur le devant de la voiture. Le roi et M. Edgeworth étaient assis dans le fond. Pendant la route, qui fut assez longue, le roi lisait, dans le bréviaire de M. Edgeworth, les prières des agonisants, et les deux gendarmes étaient confondus de sa piété et de sa résignation tranquille. Ils avaient, dit-on, la commission de le frapper si la voiture était attaquée. Cependant aucune démonstration hostile n'eut lieu depuis le Temple jusqu'à la place de la Révolution. Une multitude armée bordait la haie : la voiture s'avançait lentement et au milieu d'un silence universel. Sur la place de la Révolution, un grand espace avait été laissé vide autour de l'échafaud. Des canons environnaient cet espace; les fédérés les plus exaltés étaient autour de l'échafaud; et la vile populace, toujours prête à outrager le génie, la vertu, le malheur, quand on lui en donne le signal, se pressait derrière les rangs des fédérés et donnait seule quelques signes extérieurs de satisfaction, tandis que partout on ensevelissait au fond de son cœur les sentiments qu'on éprouvait. A dix heures dix minutes, la voiture s'arrête. Louis XVI, se levant avec force, descend sur la place. Trois bourreaux se présentent, il les repousse et se déshabille lui-même. Mais, voyant qu'ils voulaient lui lier les mains, il éprouve un mouvement d'indignation et semble prêt à se défendre. M. Edgeworth, dont toutes les paroles furent alors sublimes, lui adresse un dernier regard et lui dit : « Souffrez cet outrage comme une dernière ressemblance avec le Dieu qui va être votre récompense. » A ces mots, la victime résignée et soumise se laisse lier et conduire à l'échafaud. Tout à coup, Louis fait un pas, se sépare des bourreaux, et s'avance pour parler au peuple. « Français, dit-il d'une voix forte, je meurs innocent des crimes qu'on m'impute; je pardonne aux auteurs de ma mort, et je demande que mon sang ne tombe point sur la France. » Il allait continuer; mais aussitôt l'ordre est donné de battre aux tambours; leur roulement couvre la voix du prince; les bourreaux s'en emparent, et M. Edgeworth lui dit ces paroles : « Fils de saint Louis, montez au ciel! » A peine le sang avait-il coulé, que des furieux y trempent leurs piques et leurs mouchoirs, se répandent dans Paris en criant : « Vive la république! vive la nation! » et vont jusqu'aux portes du Temple montrer la brutale et fausse joie que la multitude manifeste à la naissance, à l'avénement et à la chute de tous les princes.

VICTOR HUGO

LA MÈRE

(*Notre-Dame de Paris.*)

Placés entre le prévôt et la mère, tous deux menaçants, les soldats hésitèrent un moment; puis, prenant leur parti, s'avancèrent vers le Trou-aux-Rats. Quand la recluse vit cela, elle se dressa brusquement sur les genoux, écarta ses cheveux de son visage, puis laissa retomber ses mains maigres et écorchées le long de ses cuisses; alors de grosses larmes sortirent une à une de ses yeux; elles descendaient par une ride le long de ses joues, comme un torrent par le lit qu'il s'est creusé.

En même temps elle se mit à parler, mais d'une voix si suppliante, si douce, si soumise et si poignante, qu'alentour de Tristan plus d'un vieil argousin qui aurait mangé de la chair humaine s'essuyait les yeux.

« Messeigneurs! messieurs les sergents, un mot! C'est une chose qu'il faut que je vous dise! C'est ma fille, voyez-vous, ma chère petite fille que j'avais perdue! Écoutez, c'est une histoire. Figurez-vous que je connais très-bien messieurs les sergents : ils ont toujours été très-bons pour moi dans le temps

que les petits garçons me jetaient des pierres. Voyez-vous, vous me laisserez
mon enfant, quand vous saurez! Je suis une pauvre femme! Ce sont les
bohémiennes qui me l'ont volée, même que j'ai gardé son soulier pendant
quinze ans : tenez, le voilà. Elle avait ce pied-là! A Reims! la Chante-Fleu-
rie! rue Folle-Peine! Vous avez connu cela, peut-être? C'était moi : vous
aurez pitié de moi, n'est-ce pas, Messeigneurs? Les Égyptiennes me l'ont
volée; elles me l'ont cachée quinze ans. Je la croyais morte. Figurez-vous,
mes bons amis, que je la croyais morte. J'ai passé quinze ans ici, dans cette
cave, sans feu l'hiver. C'est dur, cela. Le pauvre cher petit soulier! J'ai tant
crié que le bon Dieu m'a entendue; cette nuit, il m'a rendu ma fille; c'est
un miracle du bon Dieu. Elle n'était pas morte. Vous ne me la prendrez pas,
j'en suis sûre. Encore, si c'était moi, je ne dirais pas; mais elle, une enfant
de seize ans! laissez-lui le temps de voir le soleil! Qu'est-ce qu'elle vous a
fait? Rien du tout, moi non plus. Si vous saviez que je n'ai qu'elle, que je
suis vieille, que c'est une bénédiction que la sainte Vierge m'envoie. Et puis,
vous êtes si bons tous! Vous ne saviez pas que c'était ma fille; à présent
que vous le savez!... Oh! je l'aime, monsieur le grand prévôt; j'aimerais
mieux un trou à mes entrailles qu'une égratignure à son petit doigt! C'est
vous qui aviez l'air d'un bon seigneur! Ce que je vous dis là vous explique
la chose, n'est-il pas vrai? Oh! si vous avez une mère, Monseigneur, vous
êtes le capitaine, laissez-moi mon enfant! Considérez que je vous prie à genoux, comme on prie un Jésus-Christ! Je ne demande rien à personne; je
suis de Reims, Messeigneurs; j'ai un petit champ de mon oncle Mahiet-
Pradon; je ne suis pas une mendiante; je ne veux rien, mais je veux mon
enfant! Le bon Dieu, qui me l'a rendue, ne me l'a pas rendue pour rien! Le
roi! vous dites le roi! cela ne lui fera déjà pas beaucoup de plaisir qu'on
tue ma petite fille! Et puis le roi est si bon! C'est une fille à moi! elle n'est
pas au roi! elle n'est pas à vous! Je veux m'en aller! nous voulons nous en
aller! Enfin, deux femmes qui passent, dont l'une est la mère et l'autre la
fille, on les laisse passer! Laissez-nous passer, nous sommes de Reims! Oh!
vous êtes bien bons, messieurs les sergents, je vous aime tous; vous ne me
prendrez pas ma chère petite, c'est impossible! N'est-ce pas que c'est tout à
fait impossible? Mon enfant! mon enfant! »

Nous n'essayerons pas de donner une idée de son geste, de son accent, des
larmes qu'elle buvait en parlant, des mains qu'elle joignait et puis tordait,
des sourires navrants, des regards noyés, des gémissements, des soupirs,
des cris misérables et saisissants qu'elle mêlait à ces paroles désordonnées,
folles et décousues. Quand elle se tut, Tristan l'Hermite fronça le sourcil,
mais c'était pour cacher une larme qui roulait dans son œil de tigre. Il surmonta pourtant cette faiblesse, et dit d'un ton bref : « Le roi le veut. »

Puis il se pencha à l'oreille d'Henriet Cousin, et lui dit tout bas : « Fais
vite! » Le redoutable prévôt sentait peut-être le cœur lui manquer, à lui
aussi. Le bourreau et les sergents entrèrent dans la logette. La mère ne fit
aucune résistance, seulement elle se traîna vers sa fille, et se jeta à corps
perdu sur elle. L'Égyptienne vit les soldats s'approcher; l'horreur de la
mort la ranima : « Ma mère! cria-t-elle avec un inexprimable accent de détresse, ma mère! ils viennent! défendez-moi! — Oui, mon amour! je te
défends! » répondit la mère d'une voix éteinte; et, la serrant étroitement
dans ses bras, elle la couvrit de baisers. Toutes deux ainsi à terre, la mère
sur la fille, faisaient un spectacle digne de pitié.

Henriet Cousin prit la jeune fille par le milieu du corps sous ses belles
épaules. Quand elle sentit cette main, elle fit : « Heuh! » et s'évanouit. Le
bourreau, qui laissait tomber goutte à goutte de grosses larmes sur elle,
voulut l'enlever dans ses bras; il essaya de détacher sa mère, qui avait, pour
ainsi dire, noué ses deux mains autour de la ceinture de sa fille; mais elle

était si puissamment cramponnée à son enfant qu'il fut impossible de l'en séparer. Henriet Cousin alors traîna la jeune fille hors de la loge, et la mère après elle. La mère aussi tenait les yeux fermés.

Le soleil se levait en ce moment, et il y avait déjà sur la place un assez bon amas de peuple qui regardait à distance ce qu'on traînait ainsi sur le pavé vers le gibet. Car c'était la mode du prévôt Tristan aux exécutions; il avait la manie d'empêcher les curieux d'approcher.

Il n'y avait personne aux fenêtres. On voyait seulement de loin, au sommet de celle des tours de Notre-Dame qui donne sur la Grève, deux hommes détachés en noir sur le ciel clair du matin, qui semblaient regarder.

Henriet Cousin s'arrêta avec ce qu'il traînait au pied de la fatale échelle; et, respirant à peine, tant la chose l'apitoyait, il passa la corde autour du cou adorable de la jeune fille. La malheureuse enfant sentit l'horrible attouchement du chanvre; elle souleva ses paupières, et vit le bras décharné du gibet de pierre étendu au-dessus de sa tête; alors elle se secoua, et cria d'une voix haute et déchirante : « Non, non, je ne veux pas! » La mère, dont la tête était enfouie et perdue sous les vêtements de sa fille, ne dit pas une parole, seulement on vit frémir tout son corps, et on l'entendit redoubler ses baisers sur son enfant. Le bourreau profita de ce moment pour dénouer vivement les bras dont elle étreignait la condamnée. Soit épuisement, soit désespoir, elle le laissa faire. Alors il prit la jeune fille sur son épaule, d'où la charmante créature retombait gracieusement pliée en deux sur sa large tête; puis il mit le pied sur l'échelle pour monter.

En ce moment la mère, accroupie sur le pavé, ouvrit tout à fait les yeux sans jeter un cri, elle se redressa avec une expression terrible; puis, comme une bête sur sa proie, elle se jeta sur la main du bourreau et le mordit. Ce fut un éclair. Le bourreau hurla de douleur. On accourut. On retira avec peine sa main sanglante d'entre les dents de la mère. Elle gardait un profond silence. On la repoussa assez brutalement, et l'on remarqua que sa tête retombait lourdement sur le pavé; on la releva, elle se laissa de nouveau retomber. C'est qu'elle était morte !

F. GUIZOT

NITHARD

(*Mémoires relatifs à l'histoire de France.*)

Charlemagne n'avait pas seulement fondé un grand empire ; auprès de lui s'étaient formés quelques hommes remarquables par leur énergie, la rectitude et la fermeté de leur esprit, et qui avaient pris à son école le goût de la civilisation, de l'ordre, et quelque intelligence du but comme des moyens d'un gouvernement habile et régulier. A sa mort leur destinée fut triste; hors d'état de continuer leur maître, ils se trouvèrent jetés au milieu des désordres et de l'incapacité de ses successeurs. Les uns, comme Éginhard, se retirèrent bientôt du monde et cherchèrent le repos dans les monastères; les autres, comme Adalhard et Wala, s'agitèrent encore, essayant de se faire une grande place dans le déchirement universel. Ils ne réussirent à rien, et on les voit disparaître successivement dans la confusion des intrigues du temps ou dans le silence des cloîtres, sans laisser d'eux aucune trace que le souvenir d'une capacité supérieure à celle des hommes qui n'avaient pas connu le grand empereur.

Nithard est le dernier en qui l'empreinte de Charlemagne se laisse encore reconnaître, le dernier en qui se révèle un esprit plus étendu et plus régulier que l'anarchie du règne de Charles le Chauve et de ses frères n'en pouvait former. Né avant l'an 790, il avait pour mère Berthe, l'une des filles de Charlemagne, et pour père Angilbert, surnommé l'Homère de son temps, qui fut longtemps l'un des principaux conseillers de ce prince, reçut de lui la mission de veiller, en qualité de duc ou de comte, à la sûreté des côtes nord-ouest de son empire, et mourut abbé de Saint-Riquier, le 18 février 814, c'est-à-dire vingt jours après l'empereur.

Ainsi, petit-fils de Charlemagne et fils d'un homme qui avait eu toute sa faveur, Nithard succéda de bonne heure à la charge militaire de son père, et défendit contre les Normands les côtes de la Gaule entre la Seine et l'Escaut. Les mêmes fonctions lui furent probablement conservées sous Louis le Débonnaire, auquel il demeura constamment attaché. Charles le Chauve, le fils préféré de Louis, hérita de ses services et de son affection.

Nithard lui fut fidèle dans toutes les vicissitudes de sa fortune, combattit pour lui en diverses rencontres, entre autres à la bataille de Fontenay, et fit, à plusieurs reprises, de vains efforts pour rétablir la paix entre Charles, Louis le Germanique et Lothaire. Je n'ai rien à dire sur cette époque de sa vie, car on n'en sait que ce qu'il en raconte lui-même dans son histoire. Il entreprit cet ouvrage à la sollicitation de Charles le Chauve, et le suspendit plusieurs fois, triste et dégoûté d'avoir à écrire tant d'incapacités et de malheurs. Les trois premiers livres furent écrits en 842, et le quatrième en 843 ; ce dernier livre s'arrête au commencement de cette même année ; mais il est clair que la fin manque, et rien n'indique jusqu'à quelle époque l'avait conduit l'historien, ni quelle était l'étendue de ce que nous avons perdu.

C'est une perte véritable ; de tous les historiens de la race carlovingienne, sans en excepter même Eginhard, Nithard est, sans contredit, le plus spirituel, le plus méthodique, celui qui pénètre le plus avant dans les causes des événements, et en saisit le mieux, pour ainsi dire, la filiation morale. Ce n'est point un simple chroniqueur, uniquement appliqué à retracer la succession chronologique des faits ; c'est un homme qui les a vus, sentis, compris, et en reproduit le tableau. Il s'en faut bien que ce tableau soit partout complet et clair ; l'esprit des hommes les plus distingués du ixᵉ siècle était loin de s'élever à des vues générales ou de descendre dans les profondeurs de la nature humaine ; on ne rencontre point dans leurs ouvrages ce grand développement de l'intelligence où nul individu ne saurait atteindre par sa propre force, et qui exigent la civilisation de la société tout entière ; leur sagacité est courte, leur imagination confuse ; et, au point où nous sommes parvenus aujourd'hui, ce qui leur manque nous frappe bien plus que ce qui les distinguait parmi leurs contemporains. Aussi les éloges que je viens de donner à Nithard paraîtront sans doute, à beaucoup de lecteurs, et me paraissent à moi-même exagérés, car les mots qui les expriment réveillent maintenant en nous l'idée d'un mérite bien supérieur au sien. Cependant, quand on le compare aux meilleurs annalistes du ixᵉ siècle, il est impossible de méconnaître sa supériorité ; et, sans qu'on en puisse extraire aucune réflexion saillante, aucun passage éloquent, rien, en un mot, qui fasse admirer le politique ou l'écrivain ; on sent, en le lisant, que ce petit-fils de Charlemagne devait être l'un des plus capables et les plus éclairés de son temps.

Quelques érudits ont pensé, sur le témoignage des chroniqueurs du xiᵉ siècle, que Nithard, dégoûté des affaires et du monde, comme la plupart des élèves de Charlemagne, avait fini par se retirer dans un monastère, et qu'il était mort abbé de Saint-Riquier, comme son père Angilbert, vers l'an 853. D'autres lui ont assuré pour retraite l'abbaye de Primm. Je ne discuterai point ici les petites conjectures et les minutieux rapprochements sur lesquels ces opinions se fondent. Elles paraissent démenties par d'autres traditions qui rapportent que Nithard fut tué vers 858 ou 859, en repoussant une invasion de Normands sur les côtes de Picardie. Au milieu du XIᵉ siècle, Gerwin, abbé de Saint-Riquier, fit faire des fouilles sous le portique de l'église de cette abbaye dans l'espoir de découvrir le corps d'Angilbert. Les recherches furent infructueuses; mais il retrouva le corps de Nithard, qu'on reconnut, dit le chroniqueur Hariulf, à la blessure qu'il avait reçue à la tête dans le combat où il fut tué par les Normands. Dom Rivet affirme hardiment que Nithard ne pouvait être abbé ni moine, puisqu'il avait péri les armes à la main. Cet argument est atténué par plus d'un exemple, et il ne serait point impossible que Nithard, abbé de Saint-Riquier, se fût ressouvenu, dans l'occasion, qu'il avait jadis, sur ce même rivage, repoussé, en qualité de comte, les invasions des Normands.

A. GRATRY

LA VIE ÉTERNELLE

(*Philosophie du* Credo.)

L'homme cherche. Ce n'est pas là seulement un fait, c'est le principe des faits et la cause de l'histoire. Il n'y a rien ici à démontrer; indiquons seulement les faces principales du grand fait. C'est d'abord le fait universel de la prière. Tout être prie. Et qu'est-ce que prier? C'est chercher.

Puis ce fécond principe de toute philosophie véritable : « Je suis, et je sens et connais que je suis une chose imparfaite, incomplète, qui tend et qui aspire sans cesse à quelque chose de meilleur et de plus grand que je ne suis. »

Enfin l'élan si empressé de notre vie entière : toujours penchés hors du présent, toujours lancés vers l'avenir, « nous ne vivons jamais, nous espérons de vivre. » L'homme n'est qu'un voyageur, et la vie n'est qu'une marche. Et cet ardent désir du but est notre titre de noblesse. « Mais, dit saint Paul, non-seulement l'homme, mais toute créature souffre et gémit dans l'attente. » *Omnis creatura ingemiscit et parturit usque adhuc... exspectans !* N'est-ce pas visible?

Voyez ce globe. La terre, et ce n'est pas là une phrase poétique, mais bien la réalité même, la terre est un vaisseau en marche. Nous sommes des passagers sur un vaisseau. Le monde est en travail, et même, comme on le dit, le monde est en retard. Or tous ces mouvements du monde, des mondes et de la nature, tous ces mouvements des esprits et des âmes ont un but. On court pour arriver, non pour courir. « La fin du mouvement n'est pas le mouvement lui-même, » dit saint Thomas d'Aquin sur ce sujet.

Et, comme l'a dit de la manière la plus sublime le plus grand géographe de ce siècle, pour qui la science géographique est devenue science morale et même science religieuse : « La terre, dans ses révolutions perpétuelles, cherche peut-être le lieu de son éternel repos, » Ainsi l'homme cherche, et le monde avec lui. La signification d'un pareil fait, grand comme l'histoire, grand comme le monde, ne peut être qu'immense.

H. LACORDAIRE

DE LA VIE MORALE

(*Conférences de Toulouse.*)

Jeunes gens, je me tourne vers vous. C'est une habitude ancienne qu'il faut que vous me pardonniez. Je vous ai si souvent appelés au chemin des grandes choses, qu'il m'est malaisé d'écarter de ma parole votre souvenir et votre nom. Vous avez devant vous une longue carrière; mais, si vous préférez la vie à la justice, si la pensée de la mort vous trouble, cette carrière, que vous peignez si belle, sera tôt ou tard obscurcie par des faiblesses indignes de vous. Citoyens, magistrats, soldats, vous rencontrerez des heures où le mépris de la mort est la seule source du bien dire et du bien faire, où les vertus privées ne servent plus à couvrir l'homme, mais où il faut l'intrépidité d'une âme qui regarde plus haut que ce monde, et qui y a placé sa vie avec sa foi. Si cette foi vous manque, c'est en vain que la patrie comptera sur vous, c'est en vain que la vérité et la justice vous regarderont du haut du ciel, leur éternelle demeure, et que la Providence amènera sous vos pieds des événements capables d'immortaliser votre vie. Vous ne les comprendrez pas. La gloire passera devant vous, elle vous tendra la main, et vous ne pourrez pas même lui dire son nom.

Mais qu'est-ce que la gloire? Les temps sont bien changés où elle avait des autels. C'est du sort de la vérité sur la terre, de l'expansion universelle de la justice, qu'il est question désormais parmi nous. Le christianisme nous a ouvert des voies que l'antiquité ne connaissait pas; tout s'est agrandi : le droit, le devoir, la responsabilité, l'homme et le monde. Il y faut, par conséquent, de plus hautes vertus encore, de plus grands sacrifices et de plus viriles âmes. Quand les trois cents Spartiates attendaient aux Thermopyles les innombrables hordes de la barbarie efféminée, ils connurent bien qu'ils devaient mourir; et l'un d'eux, voulant laisser une épitaphe sur la tombe de ses frères d'armes, grava de la pointe de son dard, au haut d'un rocher, cette inscription fameuse : « Passant, va dire à Sparte que nous sommes morts ici pour obéir à ses saintes lois. » Il y avait là, de quelque point de la terre ou du ciel qu'on y regarde, un spectacle héroïque, et les siècles chrétiens ne lui ont pas refusé leur admiration. Mais pourtant ils avaient plus près d'eux d'autres Thermopyles, des Thermopyles baignées d'un sang plus pur et plus abondant. Comme la Grèce, le christianisme avait eu ses barbares à vaincre, et les obscurs défilés des catacombes étaient les Thermopyles où ses fidèles l'avaient sauvé par leur mort. Assurément ils eussent pu graver aussi sur le roc une inscription digne de leur martyre, et l'inscription n'eût plus été : « Passant, va dire à Sparte; » elle eût été celle-ci : « Passant, va dire au genre humain que nous sommes morts pour obéir aux saintes lois de Dieu. » Mais celui pour qui ils mouraient leur avait appris une modestie dont l'héroïsme antique n'avait aucune idée. Ils moururent donc sans faste, inconnus de la Grèce et d'eux-mêmes; et, lorsque enfin la gloire les chercha sous terre, elle ne trouva que leur sang.

Ici, Messieurs, vous m'arrêterez peut-être, vous me demanderez où est la félicité dont le nom avait bercé votre oreille au commencement de ces discours, comme le but de votre vie et la fin dernière de l'homme. Nous voici arrivés au sang, au martyre, au sacrifice sous les formes les plus âpres; n'est-ce pas là une étrange route? Étrange, si vous le voulez, Messieurs; mais je ne m'en dédis pas. Dans le sillon glorieux où le cours des idées nous a conduits, je sens comme vous les épines qui menacent ou pénètrent ma chair; elles sont dures, elles forment une route dont vous pouvez tout dire, excepté qu'elle n'est pas la route des héros et des saints, la route de tous ceux qui ont honoré leur nature, immortalisé leur vie, servi leurs frères et respecté Dieu.

VILLEMAIN

LE 20 MARS
(Souvenirs contemporains.)

Napoléon, par une superstition de dates, par une dévotion de jours heureux ou malheureux, faiblesse assez fréquente dans ces grandes puissances qui ont dominé le monde en croyant plus au destin qu'à la morale, Napoléon, à ce moment d'un si glorieux retour de la fortune, avait tenu beaucoup à rentrer dans Paris le 20 mars même, anniversaire de la naissance de son fils : arrivé si fort à point pour cela, il lui était facile de traverser sa capitale, dès le milieu du jour, et de venir, par le pont d'Austerlitz et la longue allée des boulevards, reprendre, aux yeux du peuple et en plein midi, possession du trône abandonné dans la nuit précédente. Mais, par une timidité, et presque par une pudeur de succès, symptôme fâcheux du présent et de l'avenir, il aima mieux ralentir volontairement, au dernier terme, une course si rapide, et différer son entrée à une heure assez avancée de la soirée, afin d'échapper aux regards des Parisiens, plus étonnés qu'enthousiastes, même dans cette partie de la population oisive et tumultueuse que fait accourir tout spectacle nouveau, et pour laquelle toute révolution est un spectacle.

Ainsi cachée dans la nuit, comme un triomphe souffert par la nation, mais voulu et préparé par quelques adeptes seulement, l'arrivée de Napoléon, au galop d'une rapide calèche, par l'issue de la cour intérieure des Tuileries, voisine du pont Royal, au milieu des sabres de quelques cavaliers de sa garde, trouva répandue, sous les guichets et dans les vestibules de ce palais sans maître, une foule d'officiers à demi-solde, ivres d'enthousiasme. Ils attendaient et proclamaient l'empereur. Ce fut là son peuple.

A peine la voiture poudreuse arrêtée, pressés, agenouillés, poussant mille cris de joie, tous voulurent toucher au moins ses vêtements; quelques-uns l'enlevèrent et le portèrent sur leurs bras, comme un glorieux trophée, jusque dans la salle du trône.

Là, sans l'ordre d'aucune personne apparente, sans mission d'aucune autorité, un spectacle magnifique était organisé pour recevoir le vainqueur. Sous la voûte, illuminée de cent lustres, se pressait, dans la plus grande parure, l'élite des dames qui avaient appartenu à la cour impériale, femmes et filles de dignitaires, de généraux, et aussi de quelques hommes considérables de la banque et du haut commerce.

C'était un éblouissement de richesses, de pierreries et d'élégance mondaine, succédant comme par enchantement à l'obscurité de l'exil. La durée du premier empire n'avait pas été assez longue pour que beaucoup de ces dames, qui en avaient porté et en reprenaient les couleurs, ne fussent pas encore dans tout l'éclat de la jeunesse et de la beauté ; et un historien étranger affirme que rien n'égalait le charme de cette réunion parée de diamants et de violettes, sinon l'enthousiasme dont elle semblait animée. Mais le dieu d'airain auquel s'adressaient tant d'hommages n'en fut pas un moment adouci ni trompé.

A peine au terme de sa course, sitôt qu'il eut senti se refroidir l'ardeur de son dessein accompli, et qu'il eut reposé dans le lit royal et impérial où, depuis sept règnes, soit effectifs, soit nominaux, il n'est mort jusqu'à nous qu'un seul monarque, il vit clairement le néant de sa victoire. On ne saurait en donner une meilleure preuve que de rappeler ses propres paroles à un des plus hommes de bien de l'empire, le comte Mollien, ministre du trésor public. Venu le 21 mars au soir, pour saluer son maître, l'intègre et dévoué ministre, avec l'aménité naturelle de son langage, n'ayant pu se défendre des lieux communs, du jour et peut-être de l'avenir sur cette merveilleuse révolution, cette victoire si facile, ce triomphe inespéré et pourtant si complet : « Assez, assez, le temps des compliments est passé; ils m'ont laissé venir comme ils les ont laissés s'en aller. »

GEORGES SAND

LE LABOUR

(La Mare au diable.)

Je marchais sur la lisière d'un champ que des paysans étaient en train de préparer pour la semaille prochaine. L'arène était vaste comme celle du tableau d'Holbein. Le paysage était vaste aussi, et encadrait de grandes lignes de verdure, un peu rougies aux approches de l'automne, ce vaste terrain d'un brun vigoureux, où des pluies récentes avaient laissé, dans quelques sillons, des lignes d'eau que le soleil faisait briller comme de minces filets d'argent.

La journée était claire et tiède, et la terre, fraîchement ouverte par le tranchant des charrues, exhalait une vapeur légère. Dans le haut du champ un vieillard, dont le dos large et la figure sévère rappelaient celui d'Holbein, mais dont les vêtements n'annonçaient pas la misère, poussait gravement son areau de forme antique, traîné par deux bœufs tranquilles, à la robe d'un jaune pâle, véritables patriarches de la prairie, hauts de taille, un peu maigres, les cornes longues et rabattues, de ces vieux travailleurs qu'une longue habitude a rendus frères, comme on les appelle dans nos campagnes, et qui, privés l'un de l'autre, se refusent au travail avec un nouveau compagnon, et se laissent mourir de chagrin. Les gens qui ne connaissent pas la campagne traitent de fable l'amitié du bœuf pour son camarade d'attelage. Qu'ils viennent voir au fond de l'étable un pauvre animal maigre, exténué, battant de sa queue inquiète ses flancs décharnés, soufflant avec effroi et dédain sur la nourriture qu'on lui présente, les yeux tournés vers la porte, en grattant du pied la place vide à ses côtés, flairant les jougs et les chaînes que son compagnon a portés, et l'appelant sans cesse avec de déplorables mugissements. Le bouvier dira : « C'est une paire de bœufs perdue ; son frère est mort, et celui-là ne travaillera plus. Il faudrait pouvoir l'engraisser pour l'abattre ; mais il ne veut pas manger, et bientôt il sera mort de faim. »

Le vieux laboureur travaillait lentement, en silence, sans efforts inutiles. Son docile attelage ne se pressait pas plus que lui ; mais, grâce à la continuité d'un labeur sans distraction et d'une dépense de forces éprouvées et soutenues, son sillon était aussi vite creusé que celui de son fils, qui menait, à quelque distance, quatre bœufs moins robustes, dans une veine de terre plus forte et plus pierreuse.

Mais ce qui attira ensuite mon attention était véritablement un beau spectacle, un noble sujet pour un peintre. A l'autre extrémité de la plaine labourable, un jeune homme de bonne mine conduisait un attelage magnifique : quatre paires de jeunes animaux à robe sombre mêlée de noir fauve à reflets de feu, avec ces têtes courtes et frisées qui sentent encore le taureau sauvage, ces gros yeux farouches, ces mouvements brusques, ce travail nerveux et saccadé qui s'irrite encore du joug et de l'aiguillon, et n'obéit qu'en frémissant de colère à la domination nouvellement imposée. C'est ce qu'on appelle des bœufs fraîchement liés. L'homme qui les gouvernait avait à défricher un coin naguère abandonné au pâturage et rempli de souches séculaires, travail d'athlète auquel suffisaient à peine son énergie, sa jeunesse et ses huit animaux quasi indomptés.

Un enfant de six à sept ans, beau comme un ange, et les épaules couvertes, sur sa blouse, d'une peau d'agneau qui le faisait ressembler au petit saint Jean-Baptiste des peintres de la renaissance, marchait dans le sillon parallèle à la charrue et piquait le flanc des bœufs avec une gaule longue et légère, armée d'un aiguillon peu acéré. Les fiers animaux frémissaient sous la petite main de l'enfant, et faisaient grincer les jougs et les courroies liés à leur front, en imprimant au timon de violentes secousses. Lorsqu'une racine arrêtait le soc, le laboureur criait d'une voix puissante, appelant chaque bête par son nom, mais plutôt pour calmer que pour exciter; car les bœufs, irrités par cette longue résistance, bondissaient, creusaient la terre de leurs larges pieds fourchus, et se seraient jetés de côté, emportant l'areau à travers champs, si, de la voix et de l'aiguillon, le jeune homme n'eût maintenu les quatre premiers, tandis que l'enfant gouvernait les quatre autres. Il criait aussi, le pauvret, d'une voix qu'il voulait rendre terrible et qui restait douce comme sa figure angélique. Tout cela était beau de force ou de grâce : le paysage, l'homme, l'enfant, les taureaux sous le joug; et, malgré cette lutte puissante où la terre était vaincue, il y avait un sentiment de calme profond qui planait sur toutes choses. Quand l'obstacle était surmonté et que l'attelage reprenait sa marche égale et solennelle, le laboureur, dont la feinte violence n'était qu'un exercice de vigueur et une dépense d'autorité, reprenait tout à coup la sérénité des âmes simples et jetait un regard de contentement paternel sur son enfant, qui se retournait pour lui sourire. Puis la voix mâle de ce jeune père de famille entonnait le chant solennel et mélancolique que l'antique tradition du pays transmet, non à tous les laboureurs indistinctement, mais aux plus consommés dans l'art d'exciter et de soutenir l'ardeur des bœufs de travail. Ce chant, dont l'origine fut peut-être considérée comme sacrée, et auquel de mystérieuses influences ont dû être attribuées jadis, est réputé encore aujourd'hui posséder la vertu d'entretenir le courage de ces animaux, d'apaiser leurs mécontentements et de charmer l'ennui de leur longue besogne. Il ne suffit pas de savoir bien les conduire en traçant un sillon parfaitement rectiligne, de leur alléger la peine en soulevant ou enfonçant à point le fer dans la terre : on n'est point un parfait laboureur, si l'on ne sait chanter aux bœufs, et c'est là une science à part qui exige un goût et des moyens particuliers.

P. FÉLIX

LE PROGRÈS

(Première conférence.)

MESSIEURS,

La blessure la plus large et la plus profonde faite par nos erreurs et nos vices à la société vivante, c'est sans contredit la dissolution qui menace la famille au milieu de nous. Le siècle, par ses doctrines, par ses mœurs, par tous les courants qui l'entraînent, ébranle de toutes parts ce nécessaire fondement de la société, et la famille, avec ses divisions, son anarchie, ses déprédations morales, sa stérilité honteuse, est, pour tout observateur attentif aux malheurs qui nous menacent, un des symptômes les plus alarmants des temps modernes. Certes, je ne suis pas pessimiste; mais je ne puis me défendre de voir clairement et de vous dire hardiment que, si la civilisation devait disparaître du milieu de nous, elle s'en irait surtout par les brèches effrayantes faites par nos mœurs à ce rempart sacré des sociétés humaines.

Voilà pourquoi, après avoir montré Jésus-Christ restaurateur de l'ordre social, je vous ai montré Jésus-Christ restaurateur de la famille, point d'appui naturel de l'un et de l'autre. Comme la famille est le principe, le modèle et la force de la société humaine, Jésus-Christ s'est constitué lui-même le principe, le modèle et la force de la famille chrétienne; il la pénètre de sa vie, il la façonne à son image, et la couvre contre toute cause de dissolution

du bouclier de son amour. Il fonde l'unité et la perpétuité de la famille sur
le dogme austère de l'indissolubilité du lien conjugal ; et, en même temps
qu'il constitue par l'union indissoluble de l'homme et de la femme le centre
vivant de la famille, il fait aux deux êtres mis dans son propre cœur une
fonction spéciale, qui y maintient à la fois l'harmonie et la fécondité : à l'un,
la fonction de la puissance et de l'autorité ; à l'autre, la fonction de l'amour
et du dévouement.

Après avoir montré séparément ces deux ministères de la paternité et de
la maternité, il restait à vous montrer le ministère simultané de l'un et de
l'autre. Si le père et la mère ont dans la famille une fonction propre, la Providence fait à tous deux une fonction commune, où l'autorité qui caractérise l'un et le dévouement qui caractérise l'autre, se rencontrent et s'unissent
pour faire le grand œuvre de la famille, élever l'enfant ; l'enfant, troisième
personne de cette trinité humaine, procédant du père et de la mère, pour
compléter cette société domestique et atteindre sa destinée.

C'est de ce ministère d'élever, tout à la fois commun et propre à la paternité et à la maternité, que j'entreprends de vous parler. Ce sujet est le complément si naturel de ce qui fut dit sur la famille, il touche à des fibres si
délicates et à des intérêts si chers, et, malgré sa vulgarité apparente, il
garde dans l'humanité une si persévérante popularité, que ce ne sera pas
trop de lui consacrer toutes les conférences de cette année.

La nature de cet enseignement, et, si je puis le dire, la hauteur de cette
chaire, nous commandent d'écarter les questions d'un ordre inférieur où
l'opinion partage les intelligences, et où tout homme et tout chrétien peut
garder ses préférences. Il ne peut être question de se faire ici le défenseur
exclusif de telle méthode pédagogique ou de telle classe d'instituteurs. En
toute méthode et pour tout instituteur, au-dessus de toutes les questions
secondaires, il y a des principes généraux d'éducation dont personne ne
peut s'écarter sans blesser la vie de l'enfant et sans fausser la formation de
l'homme. C'est dans ces grandes lignes que je veux me renfermer ; c'est à
mettre en relief ces données essentielles, souvent trop oubliées, que je bornerai mon apostolat.

Dans cette calme région, tous les bons esprits et tous les nobles cœurs
peuvent se reconnaître, s'aimer et s'unir pour cette généreuse mission :
agrandir l'humanité par l'éducation de l'enfance, et glorifier Dieu par le
progrès de l'humanité. Je veux m'élever à ces hauteurs sereines et m'étendre à ces largeurs impartiales, où l'intelligence, libre de toute passion, rencontre, pour le communiquer avec amour, le bénéfice d'une lumière désin-
téressée.

Vous me demandez, Messieurs, peut-être, pourquoi, à propos de la question du progrès, j'arrive à traiter de l'éducation, et vous êtes curieux de
savoir quel est le rapport intime qui rattache ce projet particulier à mon
sujet général, le *Progrès par le christianisme*. Je commence par répondre
tout d'abord à cette question, en vous montrant comment le progrès tient à
l'éducation, et comment l'éducation tient au christianisme.

JULES JANIN

SOUVENIRS

Je tirai donc ma lettre de ma poche. — Au collège royal de Louis-le-
Grand, rue Saint-Jacques, 167, et je demandai la rue Saint-Jacques ; je la
trouvai facilement, comme on trouve toutes les rues de Paris, en allant tout
droit, tout droit, tout droit ; et, au montant de la rue Saint-Jacques, je trou-

vai le collége, et j'entrai; tout fut dit : seulement, malgré mon oncle Charles, je n'eus pas le prix d'honneur.

Il m'arriva au collége ce qui arrive à tous les brillants latinistes de la province, je me trouvai ici ne presque rien savoir; j'ai passé là trois ans d'une éducation très-coûteuse à ne pas apprendre grand'chose. Le système d'éducation de l'Université de Paris est la chose la plus misérable du monde; il ne s'agit, pour les professeurs et pour les élèves, que d'avoir le prix de la course; et, pourvu que, parmi tous ces enfants enfermés là, l'un d'eux arrive le premier à un but tracé à l'avance, tout va bien. Mon professeur n'eut besoin que de donner un coup d'œil sur ma capacité, pour juger que je n'étais pas un coureur digne de son attention. Ce professeur était un petit homme très-savant, le seul qui sût le grec dans la maison, et qui était très-fier d'une grammaire qu'il avait faite avec la grammaire de Port-Royal.

Après le premier coup d'œil jeté sur moi, il me poussa sur un banc avec une trentaine de mes condisciples, aussi inutiles que moi à ses projets et à ses leçons : à dater de ce jour, il fut convenu, entre le maître et moi, que je ne lui demanderais rien à lui le maître, et qu'en revanche il ne me demanderait rien à moi l'élève, que du silence ! Je lui ai tenu parole, et je lui tiens encore parole, aujourd'hui que mon silence, en ma qualité de critique quelque peu influent, le contrarie peut-être un peu.

Nous autres, mes amis et moi, nous nous rassemblions aux heures de récréation dans la grande cour du collége; et là, sous les fenêtres du proviseur, nous faisions de l'opposition à notre manière contre ce despotisme absurde et cruel. Mais nous autres, je parle toujours de mes amis et de moi, c'est-à-dire des inutiles et des dangereux, c'est-à-dire de ceux que le professeur condamnait au silence, de ceux dont le proviseur n'attendait rien au concours général; mais, dis-je, nous étions déjà, nous autres, assez avancés pour nous moquer de l'hypocrisie de tout ce monde, pour la poursuivre à outrance de notre sarcasme railleur; nous allions tous ensemble et par groupes, moi à la tête, et déjà commençant cette pénible profession de la critique politique et littéraire de chaque jour, à laquelle je devais être condamné.

De ces trois années passées au collége, je n'ai donc qu'un souvenir assez triste, pour ce qui regarde le collége; puis, pour ce qui est de l'amitié que nous avons faite entre nous, pour ce qui est de cette fraternité du deuxième ciel à laquelle nous nous sommes élevés entre nous, pour ce qui est de cette famille que nous nous sommes donnée entre nous, pauvres orphelins que nous étions, oh ! c'est bien là de ces bonheurs qui composent toutes les misères, qui font oublier tous les hypocrites, qui enchantent tous les souvenirs. Ces trois ans passés au collége ne m'ont peut-être pas appris grand'chose en fait de sciences; mais ils m'ont beaucoup avancé en fait d'amitié, cette grande science de la vie. En sortant de là, il est vrai, je ne savais ni l'histoire, ni les mathématiques, ni les langues, ni aucune espèce de littérature; mais je savais comment on a des amis et comment on les conserve, et puis je savais aussi, à n'en pas douter, avec combien peu de science, de mérite et de travail on devient quelque chose dans le monde; c'était avoir déjà beaucoup appris.

FIN.

TABLE ANALYTIQUE

DES MATIÈRES

LIVRE IV — 4e EPOQUE

LE XVIIIe SIÈCLE

LIVRE V — 5e ÉPOQUE

FIN DE LA TABLE.